"十四五"国家重点出版物
出版规划项目

中华民族音乐传承出版工程
中华民族音乐传承出版工程
精品出版入选项目
苏州艺术基金项目

主编　韩启超
副主编　韩莉薇
编委　郑捷
　　　钟文君
　　　王梓均
　　　王珂

全宋诗乐舞史料辑录与研究

全宋诗乐舞史料辑录

打击乐器卷

苏州大学出版社
Soochow University Press

图书在版编目(CIP)数据

全宋诗乐舞史料辑录. 打击乐器卷／韩启超主编. 苏州：苏州大学出版社，2025.1. -- ISBN 978-7-5672-4690-4

Ⅰ.I207.227.44

中国国家版本馆 CIP 数据核字第 20241Q0T85 号

书　　　名：	全宋诗乐舞史料辑录・打击乐器卷
	QUANSONGSHI YUEWUSHILIAO JILU · DAJI YUEQI JUAN
主　　编：	韩启超
主　　审：	秦　序
责任编辑：	马德芳　沈　琴
助理编辑：	宋宏宇
出版发行：	苏州大学出版社（Soochow University Press）
社　　址：	苏州市十梓街1号　邮编：215006
印　　装：	苏州工业园区美柯乐制版印务有限责任公司
网　　址：	www.sudapress.com
邮购热线：	0512-67480030
销售热线：	0512-67481020
开　　本：	890 mm×1 270 mm　1/32　印张：27.5　字数：767 千
版　　次：	2025 年 1 月第 1 版
印　　次：	2025 年 1 月第 1 次印刷
书　　号：	ISBN 978-7-5672-4690-4
定　　价：	98.00 元

凡购本社图书发现印装错误，请与本社联系调换。服务热线：0512-67481020

序

　　河北师范大学音乐学院院长韩启超带领多届研究生组成的研究团队，历时八年多，对留传至今的两宋诗歌，仔细阅读、爬梳、比较，再将其中涉及乐舞艺术的内容及相关研究成果一一捡录并加以研究，终于编辑成厚厚的六卷本《全宋诗乐舞史料辑录与研究》并正式出版。对于中国古代尤其是两宋时期乐舞史料库的建设来说，这是一项全面而坚实的重要基础工作。该项成果的出版面世将大大有利于中国古代音乐史研究的深入和拓展，有利于我们更好地、创造性地认识和发展传统文化。

　　在这之前，已经有学者搜集、编辑了全唐诗中的乐舞资料，以及全宋词中的乐舞资料，但相比较而言，对整个宋代诗歌中的乐舞史料进行考察、辑录，难度更大。

　　谈到中国文学史，谈到中国历史上"一代有一代之文学"，唐诗、宋词、元曲是大家耳熟能详的对不同时代代表性文学样式的总结。其实，正如唐代不只有诗，也有词（曲子词），宋代最有代表性的、艺术成就最高的韵文样式固然是词，但宋诗的数量和艺术质量，以及相关的史料价值，也是不可忽视的。有关宋诗艺术成就的评价，我们不妨参看钱锺书先生的代表作之一——《宋诗选注》。

　　据统计，《全唐诗》共900余卷，收录多达2200余人的诗歌作品，共

48900余首,300余万字,这已经让人兴奋咋舌!然而,20世纪80年代由北京大学古文献研究所牵头,傅璇琮、倪其心、孙钦善、陈新、许逸民几位先生担任主编,集众多学者之力,历经八年之功才系统整理出版的《全宋诗》,可以说篇幅更为宏大,更令人惊叹!

已经出版的《全宋诗》共有72册之多,录入了目前传世的诗集(包括现存宋人别集600多种和历代选集)中的诗,现存宋元诗话、笔记及其他史籍中辑佚的分散宋诗,宋元类书、总集以及《永乐大典》和《诗渊》残存本中可见的宋诗,宋元方志以及近年来集中印行的若干重要方志中所刊载的宋诗。另外,还有《宋诗纪事》《宋诗纪事补遗》已引用到的群书、敦煌遗书中的零散宋代史料中的宋诗等。

因此,整套《全宋诗》,共辑录两宋9000多名诗人的多达24万余首诗作,近4000万字,涵盖了两宋300余年间有迹可循的几乎所有诗作。这是宋诗研究里程碑式的成果,是宋代诗文研究、历史研究的重要资料库。由此可见《全宋诗》不仅在作者人数、诗篇数量上远超《全唐诗》,其体量也是《全宋词》无法比拟的。

现在呈现在读者面前的是获得2023年度国家出版基金支持,并先后入选"十四五"国家重点出版物出版规划项目、中华民族音乐传承出版工程,由苏州大学出版社出版的《全宋诗乐舞史料辑录与研究》(以下简称《辑录与研究》),其字数多达400余万字!《辑录与研究》中所收录的诗歌就是从海量的全宋诗中,经过仔细比较、精心筛选出来的宝贵的相关乐舞史料。

《辑录与研究》将全宋诗中的乐舞史料分门别类地编录为五卷,再加上相关研究成果的汇总介绍一卷,共六卷,分别为《全宋诗乐舞史料辑录·弹拨乐器卷》《全宋诗乐舞史料辑录·吹管乐器卷》《全宋诗乐舞舞史料辑录·打击乐器卷》《全宋诗乐舞史料辑录·乐曲、乐器组合卷》《全宋诗乐舞史料辑录·乐舞、乐人、乐事、乐律卷》《全宋诗乐舞史料研究》。这样编排,将给读者阅读和查找感兴趣的相关乐舞史料提供极大的方便。

有了这部《辑录与研究》,有心了解或研究宋代乐舞艺术的后来者,不必再一页一页、一首一首地去翻检汗牛充栋的近4000万字的《全宋诗》,或再苦心孤诣地一点一滴搜集、摘录相关史料。我们可以凭借《辑录与研究》,以之为向导、为概要,方便、高效地加以参考和利用,再结合前人的相关研究,结合其他相关文献及考古发现的实物、图像材料等,探寻、把握宋代乐舞艺术的真相和奥秘。当然,也可以在《辑录与研究》的基础上,进一步查阅了解诗歌作者及其所处时代的其他相关信息,以加深对《辑录与研究》材料的深层认知。

据韩启超教授介绍,他是在2016年指导硕士研究生王珂选择毕业论文的题目时,不经意间关注到了《全宋诗》,认为其中的乐舞史料值得搜集研究。但考虑到《全宋诗》的体量,决定退而求其次,先让其选择《宋诗钞》(清代选编刊刻,内收宋诗12000余首)作为自己论文的研究对象,聚焦于《宋诗钞》中的乐舞史料研究。

这一抉择是合理的。由此,也就拉开了韩启超教授和他的研究生团队持续八年之久收集研究全宋诗乐舞史料工作的序幕。他们以《全宋诗》为基础,又得到国家出版基金、"十四五"国家重点出版物出版规划项目、中华民族音乐传承出版工程的支持,以及苏州大学出版社的大力帮助。今天,韩启超教授和他的团队终于完成这一重要工程,并将成果提供于社会。

当初看好像是无意间的抉择和取向,其实,回头看,是天时、地利、人和诸因素的亲密契合。同学们不仅在导师亲力亲为的带领指导下，在实战、实践过程中，学习如何进行学术研究，顺利完成论文取得学位，更重要的是，通过共同的努力，完成了一项很有社会意义和学术价值的、嘉惠学界并可以传世的集体大项目，一项文化艺术工程！

所以，我看到他们的辑录和研究成果能够顺利出版，并提供给学界和广大社会人士运用，可以说是喜出望外，同时又非常振奋、非常感动！

谨向他们团队和出版社表示崇高的敬意和衷心的祝贺！

这里，还想谈谈"以诗证史"，谈谈《辑录与研究》中来自宋代诗歌的乐舞史料的重要性。

历史研究一刻也离不开史料。所以，曾有历史学家强调"史学就是史料学"。从某种意义上讲，这一看法是有道理的。因为，没有史料就无从认识历史、建构历史；而没有可靠的、扎实的史料，便大谈历史，或高谈各种史学理论，也只能是向壁虚构、主观臆造，结论也只能是无源之水，必然掉进历史虚无主义的陷阱。

古人很早就认识到要了解、研究历史，就不能局限于经、史、子、集的简单分类。很早就有学者明确提出"六经皆史"，近代大学问家梁启超更强调"举凡人类智识之记录，无不丛纳之于史"。马克思也说我们所知道的唯一一门科学，就是历史科学。近代科学史学还进一步强调，研究历史，不仅要依靠文献史料，还要结合大量的实物史料、图像史料（包括考古学发掘的相关地下文物史料）。此外，还有"活"的史料，即遗存至今的种种传统文化，来自民族学、人类学、民俗学等各个方面的物质与非物质史料，来以今证古，由此产生了必须结合"二重"乃至"多重"史料来进行研究的多重证据历史研究法。

诗歌是重要的人类文化创造，也是历史、文化和传统的产物，所以

"以诗证史",是运用文献史料来研究历史的重要角度。诗歌等文学作品来源于生活,也反映生活,所以,研究古代历史,特别是研究古代乐舞,诗歌当然也是一种不可或缺的史料来源,"以诗证史"也成为一种自觉的历史研究方法。近代著名史学家陈寅恪先生,就有不少通过"以诗证史"取得重要研究突破的成果,他的相关研究被视为"以诗证史"的成功范例,值得关注和学习。

很多学者指出,"以诗证史"是历史研究的基本方法之一,认为这种方法通过分析古代诗歌的内容,来探讨和解读历史现象和社会状况,从而为历史研究提供新的视角和证据。还有学者指出,"以诗证史"这种方法的应用,不应局限于对古代社会的理解上,还应扩展到对历史气候等的研究上。例如,通过分析唐宋时期的诗歌,研究者可以了解当时的农业生产、气候变化、社会生活等多方面的信息。相关诗歌不仅反映了当时的社会生活,还蕴含了丰富的气候和自然环境知识,为历史研究提供了宝贵的资料。比如,具体到唐代的研究,通过分析白居易、丁仙芝、杜荀鹤等诗人的作品,可以发现唐代农村经济商品化发展的情况。这些诗歌中提到的农业生产和商业活动,如蚕桑养殖、农产品交易等,揭示了唐代农村经济活动的多样性和活跃性。这些发现不仅丰富了我们对唐代社会经济的认识,也为我们理解唐代社会经济结构提供了新的视角。又如,通过对唐宋诗歌中关于梅雨、节气、物候等现象的描述进行分析,可以更深入地理解古代人们对自然环境的感知和适应方式,以及这些自然环境因素如何影响当时的社会生活和农业生产。其中,对物候知识和气候变迁的描述,为我们研究古代气候变化提供了直观而生动的资料。

这里我想强调的是,古代的诗歌等韵文,与音乐、舞蹈艺术的关系本来就极其密切。中国以礼乐文明著称,号称"礼乐之邦"。"礼乐"之"乐"不仅非常重要("礼非乐不行,乐非礼不举"),而且在古代,"乐"的内涵与外延是非常广义的,包含文学(尤其诗歌)、音乐、舞蹈、戏剧、戏曲等,这些充分说明文学与乐舞的关系非同寻常,不少学者用"孪生姐妹"来形容它们之间的关系。一部中国文学史和一部中国音乐史,借用王小盾先生的话来说,它们的十分之八九原是重叠在一起的,也就是"一部中国音乐文学史"。换言之,打开中国文学史,从源头《诗经》开始,《楚辞》也好,汉魏南北朝的"乐府"(乐府诗歌)也好,唐诗宋词元曲也好,等等,一言以蔽之,都是配合唱歌、奏乐、舞蹈的歌词。

如唐代刘禹锡的《纥那曲》中"踏曲兴无穷,调同词不同"所描述的那样,文学歌词和歌唱舞蹈本来就是密不可分的,文学最开始也是口头文学,后来人们逐渐发明了文字,便用文字来记载歌词,才逐渐有了歌唱和文学的分离。所以,这种亲密的关系,也是我们通过诗歌来研究乐舞所具有的天然优势。

比如,被誉为中国文学源头的《诗经》,里面就有大量对音乐、乐舞、乐器演奏的刻画与描写。《诗经》"风""雅""颂"的分类(据上海博物馆藏战国楚竹书,分类原是"颂""夏""风",其中"夏"就是"雅"),就是当时音乐的分类,"十五国风"指的就是十五国的民歌。今本《诗经》第一篇《关雎》,里面就有当时乐舞活动和乐舞社会功能的生动展现,例如"窈窕淑女,琴瑟友之""窈窕淑女,钟鼓乐之"等。前辈学者很早就知道运用"诗"(《诗经》)来证史、写史,比如杨荫浏先生在《中国古代音乐史稿》中,就认为《诗经》中提到的乐器有近30种之多。笔者也曾对《诗经》中多次提到的"簧"进行考证,比如《王风·君子阳阳》中的"君子阳阳,左执簧,右招我由房",《小雅·鹿鸣》中的"我有嘉宾,鼓瑟吹笙,吹笙鼓簧,承筐是将",还有《秦风·车邻》中的"既见君子,并坐鼓簧"等,再结合其他历史文献,判断"簧"就是今天仍在部分地区流行的"口弦"(或"口簧")。现在还有考古报告说距今 4000 多年的石峁遗址出土了骨质的"口簧"。所以,用"以诗证史"的方法来研究考证古代乐舞历史,是不能忽视的方法和途径。

古代的类书,包括今天还能见到的年代最早的唐代的《艺文类聚》《初学记》,以及宋代的《太平御览》《玉海》等,都运用了包括前代和当代的诗歌史料来记述和研究乐舞史问题。清代体量极其巨大的《古今图书集成》,其《经济汇编·乐律典》,除征引经部、史部古籍记载外,还大量引用有关乐舞、乐律活动的历代诗文史料。这些都可以看作是"以诗证史"的史例。

用宋诗来证宋代乐舞史,在已有的中国古代音乐史研究中,也非常有效。比如研究宋代的古琴艺术,就有许多学者采纳、运用了宋代诗歌中的材料。例如,北宋大诗人苏东坡出身于热爱古琴的世家,自己还收藏、研究过唐代名琴——雷琴(雷氏琴)。其一生咏琴的诗很多,如《听杭僧惟贤琴》《九月十五日观月听琴西湖一首示坐客》《听武道士弹贺若》《次韵子由弹琴》《破琴诗》《听贤师琴》等。他写的《琴诗》——"若言琴上有琴声,放在匣中何不鸣?若言声在指头上,何不于君指上听",一直很受关注。为纪念欧阳修,苏东坡还为琴曲《醉翁操》(系沈遵根据欧阳修《醉翁亭记》的意境创作)专门创作了琴歌……这里就不多罗列了。这些都是研究宋代音乐舞蹈非常重要的史料。

当然,诗歌作为文学体裁的一种,也具有反映刻画现实的某些特殊性,比如也运用夸张、虚构等手法,还有习惯性的用典,所以诗歌的描写不完全等同于现实摹写和精确再现。这些都是在"以诗证史"时应该注

意的。

应该说,宋诗(以及其他各种宋代文献)中还有大量的乐舞史料,有待我们进一步去了解、研究。河北师范大学音乐学院韩启超教授和他的团队所进行的相关辑录工作,非常有价值,为我们开启了深入掌握运用这些宝贵史料的大门。我们也期待他们在此基础上继续前行,更好地运用这些宝贵史料,为我们揭开宋代乐舞史上的更多奥秘,传达出更多的珍贵信息,力争取得更多更新的研究成果!

秦 序
2024 年 9 月初草于昆明

凡 例

一、**底本选择**。本书以北京大学古文献研究所编写的《全宋诗》（共72册）为底本，结合北京大学推出的全宋诗分析系统，收录其中涉及乐舞的诗歌。

二、**收录原则**。本书尽可能全面地收录涉及乐舞的诗歌，但以下情况不予收录：（一）标题或诗句中出现乐器名但与乐器无关的诗歌。（二）对标题中只作与乐舞相关的交代，而诗句中与乐舞无关的诗歌。（三）内容完全相同（或只有少数字眼不同），但作者不同或诗名不同的诗歌。（四）个别无法确定与乐舞直接相关的诗歌。另联句诗，只做标注说明，不重复收录。

三、**体例次序**。本书除研究卷外，每卷内容以乐舞元素分列，各名目下呈现作者及诗歌内容，并按照作者姓氏拼音进行排序，姓氏拼音相同者及同姓名者则以生年先后为序，其他涉及无名氏者、僧道以及帝王等，具体情况具体处理。

四、**用字原则**。本书采用简体横排，文字原则上遵循《古籍字体转换释例》，保留通假字、同义字等。异体字在适当范围内审慎稳妥地改为正体字；特殊情况下则保留原字，如人名等专名的用字不作转换。旧字形不作保留。

五、**校勘原则**。本书原则上遵照底本以及全宋诗分析系统中的内容,但针对编校过程中发现的个别错误,参校权威版本直接改正,不出校记。如:(一)"朱碧烂干夜明灭"句,据四部丛刊景清爱汝堂本《石湖诗集》,将"烂"改作"栏";(二)"奇花异奔相迎开"句,据影印文渊阁四库全书本《乐轩集》,将"奔"改作"卉";(三)"晓钟梦裹苦相呼"句,据四部丛刊景宋写本《诚斋集》,将"裹"改作"里";等等。

目 录

钟

艾性夫(?—?)
　秋风 /1
　天下第二钟歌 /1

敖陶孙(1154—1227)
　送行者妙淙往青龙谒陈七官人 /1
　次韵萍乡文叔章访别 /1
　病中用杜工部江村韵 /2
　绝句 /2

白玉蟾(1194—?)
　炙灯 /2
　棹歌九章寄彭鹤林(其二) /2
　赠徐钟头 /2
　忆留紫元古意(其一) /2
　挹爽 /2
　谒雩都灵济大师 /2
　燕岩游罢与岩主话别 /3
　武夷有感(其五) /3
　武昌怀古十咏·奇章台 /3
　五夜 /3
　题钟 /3
　疏山舟中联句 /3
　山庵晓色 /3
　清胜轩夜话 /3
　觉非居士东庵甚奇观玉蟾曾游其间
　　醉吟一篇旧风以纪之 /4
　降真室 /4
　画中众仙歌 /5
　凤凰台 /5
　宝慈寺 /5
　赠李道士谒仙行 /6
　游简寂观 /6
　永州花月楼 /6
　叠字招隐(其二) /6

包　恢(1182—1268)
　挽陈和仲二首(其一) /7

毕仲游(1047—1121)
　余除铸钱使者居厚除尚书郎俄皆销
　　印即事二首呈居厚(其一) /7
　夜雨 /7

蔡　沈(1167—1230)
　游灵岩分韵得从字 /7

蔡　沈(1159—1237)
　夜行舟 /8

蔡　槃(?—?)
　旅中 /8

蔡 权(1195—1257)
  夜坐 /8

蔡如松(?—?)
  国师南岩诗 /8

蔡 佃(?—?)
  雨霁漈 /8

蔡 襄(1012—1067)
  昭陵行 /9
  饮薛老亭晚归 /9
  怀文雅俨上人 /9
  和答孙推官久病新起见过钱塘之什二首(其一) /9
  登三乡寺阁 /9
  春野亭待月有怀 /9
  和答孙推官久病新起见过 /9

蔡 肇(?—1119)
  雨中游西庵 /10
  题李世南画扇 /10
  句(其五) /10
  敬用无咎学士年兄长韵上呈子方太仆 /10
  和无咎奉答文潜戏赠 /10
  次韵慎思贻无咎文潜诵诗 /11

曹 辅(?—?)
  同舍问及故山景物用钟字韵诗以答 /11

曹 勋(1098—1174)
  浴罢 /11
  游仙四首(其四) /11
  游惠山 /11
  山中二首(其二) /11
  山居杂诗九十首(其一八) /12
  和次子耜久雨韵三首(其二) /12
  白头吟 /12
  政府生日十首(其三) /12
  枕上闻杜宇 /12
  天台书事十三首(其二) /12
  题扇二十四首(其一三) /12
  和张达道先生三首(其二) /12

曹彦约(1157—1229)
  次韵赵使君师夏谒白鹿游栖贤长句 /12

柴随亨(1220—1277)
  春词 /13

柴 望(1212—1280)
  戒珠寺右军宅 /13
  归来 /13
  富阳道中 /13

柴元彪(?—?)
  姜林居别业 /13
  登衡山宿上封寺祝融峰 /13

晁补之(1053—1110)
  叙旧感怀呈提刑毅父并再和六首(其二) /14
  锁试呈同舍三首(其三) /14
  试院呈文潜用前韵 /14
  次韵苏翰林五日扬州石塔寺烹茶 /14
  钟山有石故名 /14
  赠段万顷 /14
  汤村逢陈安性 /15
  试院次韵呈兵部叶员外端礼并呈祠部

陈员外元舆太学博士黄冕仲　/ 15
　　径山　/ 15
　　和关承议彦远水乐　/ 16
晁冲之(1073—1126)
　　东阳山人僻居　/ 16
晁端友(1029—1075)
　　早行　/ 17
晁公遡(1116—?)
　　昼寝　/ 17
　　江边(其一)　/ 17
　　过圆觉院简照上人　/ 17
　　得东南书报乱后东都故居犹存而州
　　　北松槚亦无毁者　/ 17
晁说之(1059—1129)
　　枕上作　/ 18
　　一舍　/ 18
　　夜闻钟惜其不响　/ 18
　　谢程致道监丞以秋夜直舍二诗相视
　　　并简苏在廷少监　/ 18
　　闻钟五更起行　/ 18
　　闻三十六丈乞西京留台辄成长句时
　　　先之七兄已拜北京留台　/ 18
　　题弟子问　/ 19
　　谋归寄阳翟李九吕十四兄　/ 19
　　京居五更闻钟　/ 19
　　寄恂公　/ 19
　　寄侍讲吕原明七丈　/ 19
车若水(?—1275)
　　游灵岩　/ 19
　　不寐　/ 19
陈必复(?—?)
　　舟行崇德　/ 20

元日酌悠然赋坐客悠字韵　/ 20
夜宿山庵　/ 20
僧房　/ 20
陈　炳(?—?)
　　题资福院平绿轩二首(其一)　/ 20
陈长方(1108—1148)
　　边公明尽屏荤茹因成古风约叔度良
　　　佐周翰同赋公明学佛而不专意性
　　　理故及之　/ 20
陈　棣(?—?)
　　叠韵春日杂兴五首(其五)　/ 21
陈　东(1086—1127)
　　与士繇游金山翼日分袂二绝(其一)
　　　/ 21
陈傅良(1137—1203)
　　和张端士初夏　/ 21
　　赋芙蕖简诸友　/ 21
陈贵诚(?—?)
　　禅师塔　/ 21
陈　纪(1255—?)
　　夜宿增江松鹤庵　/ 22
陈　克(1081—?)
　　送僧归天宁万年禅院　/ 22
陈　宓(1171—1230)
　　寄鹤山魏侍郎(其一)　/ 22
　　次林司户清水岩韵　/ 22
陈　某(?—?)
　　夜归　/ 22
　　江心寺　/ 22
陈　普(1244—1315)
　　咏史·张良(其三)　/ 22

咏史·王荆公(其一) / 23
野烧 / 23

陈 起(?—?)
　枕上 / 23
　望晓 / 23
　寄题当湖隐渌亭 / 23

陈汝锡(?—?)
　寿刘漕二首(其二) / 23

陈汝羲(?—?)
　众乐亭(其二) / 23

陈 深(1260—1344)
　题扇上画 / 23
　会霜晴诗(其二) / 24

陈师道(1053—1102)
　送法宝禅师 / 24
　秋怀十首(其四) / 24
　次韵李节推九日登南山 / 24
　别月华严 / 24

陈舜俞(?—1075)
　宿灵源院 / 24
　林屋洞 / 25
　奉慈禅寺 / 25
　峰顶院 / 25

陈天麟(1116—1177)
　青山辞 / 25

陈 岩(?—1299)
　上下华池 / 26
　叠石塔 / 26

陈尧佐(963—1044)
　知果教寺 / 26

陈一斋(?—?)
　维扬怀项朴庵 / 26

陈 羽(?—?)
　梓州与温商夜别 / 26

陈与义(1090—1138)
　书怀示友十首(其四) / 26
　连雨书事四首(其一) / 26
　开壁置窗命曰远轩(其一) / 27
　衡岳道中(其二) / 27
　陈叔易赋王秀才所藏梁织佛图诗邀
　　同赋因次其韵 / 27

陈 渊(?—1145)
　小诗七首寄养蒙兼呈景骏(其三)
　　/ 27
　香严寺洗足 / 27
　次韵李耸卿贺太守祷雨有应二首(其
　　二) / 28
　处冲为栖神导气之术每晓起得意成
　　诗前后四首次其韵(其四) / 28

陈允平(?—?)
　芝山 / 28
　赠东皋恭行人 / 28
　夜泊 / 28
　西兴 / 28
　宛陵道院 / 28
　青龙渡头 / 29
　暮秋游虎丘 / 29
　梅梁堰 / 29

陈 造(1133—1203)
　云岩晓(其一) / 29
　元日 / 29

又次铦朴翁韵四首(其一) / 29
题坟庵壁四首(其三) / 29
宿云岩山 / 29
十诗谢廖计使(其六) / 30
山居十首(其四) / 30
仁于庵 / 30

陈知柔(?—1184)
谒姜相坟次邓经略韵 / 30

陈 著(1214—1297)
张氏馆中早作 / 30
与龄叟 / 30
四月五日醉书慈云阁 / 30
四次寄意 / 31
似永固主僧惠福 / 31
似法椿长老还住净慈 / 31
似法椿长老 / 31
梅山醉后过丹山 / 32
黄虚谷以唐体五言一首来别次韵饯其归 / 32
戴帅初九日无憀以满城风雨近重阳为韵七首袖而示余因次其韵(其六) / 32
次韵单君范 / 32
柏溪岩头 / 32

陈子高(?—?)
客怀 / 32

陈自新(?—?)
瑞迹山 / 32

陈宗道(?—?)
洗马行 / 32

陈宗礼(1203—1271)
晚出 / 33

成大亨(?—?)
游石桥 / 33

程 珌(1164—1242)
挽程枢密(其二) / 33
五十六字庸以告未知野夫者 / 33

程公许(1182—?)
又省闱锁宿十月十三日夜月独酌(其二) / 33
谒告得归拜呈内机知府郎官五首(其五) / 33
借宿洞门五绝(其三) / 33
借宿灵隐翌旦晓粥后步游上竺 / 33

程 俱(1078—1144)
同游道场何山二首·道场山 / 34
送崔闲归庐山四首(其三) / 34
三峰草堂(其二) / 34
癸巳岁除夜诵孟浩然归终南旧隐诗有感戏效沈休文八咏体作·永怀愁不寐 / 34

程 楠(?—?)
花山寺 / 34

程元岳(1218—1268)
游黄山次韵 / 34

崔放之(?—?)
栖禅寺 / 35

崔与之(1158—1239)
峡山飞来寺 / 35

戴表元(1244—1310)
因营张村蛮窝并书所见(其三) / 35
杖锡寺 / 35
送官归作 / 35

梨洲寺(其一) / 35
九日在迩索居无聊取满城风雨近重阳为韵赋七诗以自遣(其六) / 35
大名元复初郎中携示感遇五言八章次韵并陈东平曹子贞编修蓟丘曹克明(其七) / 36
拜袁越公墓因游定水寺有怀源老 / 36

戴 昺(?—?)
侍屏翁领客游雪山分得生字 / 36

戴复古(1167—?)
游天竺 / 36
山中少憩 / 36
罗汉寺 / 36
许介之约过清溪道上有成 / 36
海上鱼西寺 / 36
庚子荐饥(其六) / 37
春陵山中作写寄孔海翁 / 37
松江舟中四首荷叶浦时有不测末句故及之(其一) / 37

戴 栩(?—?)
徐少卿挽词(其二) / 37
宿局次韵卢直院炎夜之作 / 37
莆门陈东野挽词 / 37
林酒库挽词 / 37
贺丞相家庙诗 / 37

邓德秀(?—?)
慈相寺 / 38

邓 林(?—?)
庐山栖贤寺 / 38

邓南秀(?—?)
铃冈早行 / 38

邓 深
寄饶云叟 / 38

邓 肃(1091—1132)
鼓腹谣谢许令 / 39
鼓腹谣 / 39
次鼓腹谣元韵 / 39

邓 剡(?—?)
题龙山钟 / 39
暑夕 / 39
报先寺 / 39

邓忠臣(?—?)
重九考罢试卷书呈同院诸公二首(其一) / 40
夜听无咎文潜对榻诵诗响应达旦钦服雄俊辄用九日诗韵奉贻 / 40
感兴复用钟字韵戏呈同舍 / 40

邓 柞(?—?)
题白莲院 / 40

丁 开(?—1263)
漂泊岳阳遇张中行因泛舟洞庭晚宿君山联句 / 40

丁 谓(966—1037)
游卧龙山 / 41

丁竹岩(?—?)
五更枕上 / 41

董师谦(?—?)
钱塘怀古(其四) / 41

董嗣杲(?—?)
阻风系舟 / 41

目 录

舟出西门 / 41
赠天池寺觉翁圆上人 / 42
游东林寺 / 42
夕憩西林寺诗 / 42
武康附夜航入京 / 42
石屋 / 42
石佛庵 / 42
秋岩自山中见约 / 43
庐山杂兴二首(其一) / 43
灵隐天竺寺门 / 43
寄湖口张监渡 / 43
回至兴国宫望天池一簇云气中因杨道士留有赋 / 43
怀庐山 / 43
过岳家市 / 43
过林口市 / 43
官舍病中 / 44
葛岭 / 44
返察矶回望九华 / 44
崇真道院 / 44
辨才塔 / 44

杜　东(?—?)
山行 / 44

杜　范(1182—1245)
南乡舟中偶成 / 44
花翁将归婺女因江西游有长篇留别社中次韵送之 / 45
和高吉父六绝(其三) / 45

杜应然(?—?)
融州老君洞敕赐真仙岩之图 / 45

范成大(1126—1193)
重游南岳 / 46

中秋无月复次韵 / 46
元日山寺 / 46
玉堂寓直 / 46
晓枕三首(其一) / 46
宿长芦寺方丈 / 46
社山放船 / 46
林屋洞 / 47
登西楼 / 47
次韵袁起岩提刑游金焦二山二首(其一) / 47
次韵耿时举王直之夜坐 / 47
丙午新正书怀十首(其九) / 47
自嘲二绝(其一) / 47
戏题无常钟二绝(其二) / 47
望都 / 47
净慈显老为众行化且示近所写真戏题五绝就作画赞(其一) / 47
次韵郊祀庆成 / 47
淳安 / 48

范纯仁(1027—1101)
贾文元生日 / 48
富相公挽词五首(其五) / 48

范　浚(1102—1150)
送袁上人还铜山 / 48

范　偃(?—?)
和孟东野韵 / 49

范　宜(?—?)
游虎丘 / 49

范应铃(?—?)
明水寺 / 49
金鸡城 / 49

7

范　镇(1008—1089)
　　登崇圣阁　/ 49
范仲淹(989—1052)
　　依韵酬毋湜推官　/ 49
方逢振(？—？)
　　示湖田庵僧　/ 50
方　凤(1240—1321)
　　赠张叔元镇帅　/ 50
　　忆同张子长游北山诸名胜　/ 50
　　三洞　/ 51
方　回(1227—1307)
　　赠程君以忠杨君泰之(其二)　/ 52
　　早起煮药　/ 52
　　再次韵谢吴通翁　/ 52
　　雨后　/ 52
　　学诗吟十首(其八)　/ 52
　　晓起　/ 52
　　喜宾旸再来三桥次旧韵二首(其一)　/ 52
　　西斋秋感二十首(其一一)　/ 53
　　戊戌元日三首(其三)　/ 53
　　题龙虎山高士毛和叔愚泉诗稿　/ 53
　　送周府尹三首(其一)　/ 53
　　送李君佐游浙东　/ 53
　　十月七日早起　/ 53
　　十月二十二夜三更读清波杂志至五更　/ 53
　　七十翁吟七言十首(其二)　/ 54
　　偶亦夜坐用前韵　/ 54
　　寄题吕常山平章锦绣香中　/ 54
　　怀秋崖　/ 54

丁亥元日二首(其二)　/ 54
次韵赵云中饮呈孟君复二首(其二)　/ 54
次韵汪以南教授美康使君新政因及贱迹四首(其二)　/ 55
次韵刘君鼎见赠二首(其一)　/ 55
次韵金直卿夏夜　/ 55
白云山房次韵马道士虚中三首(其二)　/ 55
白云山房次韵马道士虚中三首(其三)　/ 55
八月十八日天晓二首(其二)　/ 55
方信孺(1177—1223)
　　悬钟　/ 55
方一夔(？—？)
　　早行　/ 56
　　岩峰寄洪复翁　/ 56
　　晓行二首(其一)　/ 56
　　沃祥卿和前韵见寄再和答之　/ 56
　　桐关大石　/ 56
　　贺方逢辰得宣命　/ 56
方　岳(1199—1262)
　　宿奉圣寺下　/ 57
　　山中(其一)　/ 57
　　立春都堂受誓祭九宫坛(其一)　/ 57
　　瑾屋　/ 57
　　次韵赵同年赠示进退格(其二)　/ 57
　　次韵徐宰集珠溪(其二)　/ 57
　　次韵宋尚书山居十五·咏见溪亭　/ 57

目 录

白鹿洞 / 57
书手实簿 / 58
春望 / 58

冯伯规(?—?)
无题 / 58
岁晚倚栏 / 58

冯去非(?—?)
怀颐山老 / 58

冯时行(?—1163)
游石龙偶成寺僧通首坐饱历丛林归
老此山故诗多及之 / 58
隐甫圣可子仪同游宝莲分韵得郭字
/ 59
同郭师圣司空仲容探韵得江字 / 59
送杨元老召赴阙 / 59
客丹棱天庆观夜坐 / 60

冯 坦(?—?)
绝句(其二) / 60

傅 察(1090—1126)
赠朱令中泮宫二首(其二) / 60

傅 宏(?—?)
和孟郊韵 / 60

傅梦得(?—?)
宿镇江丹阳馆 / 60

傅 求(?—?)
寄张觊 / 61

傅 权(?—?)
再游广福院 / 61

傅崧卿(?—1138)
句 / 61

甘文政(?—?)
游龙城寺赠普训 / 61

高 绅(?—?)
游峡山飞来寺 / 61

高斯得(?—?)
三丽人行 / 61
酒阑 / 62

高似孙(1158—1231)
万年山 / 62
分绣阁夜作二首(其一) / 62
别云门 / 63

高 颐(?—?)
支提禅寺 / 63

高 翥(1170—1241)
夜过西兴 / 63
晓出黄山寺 / 63
灵鹫寺 / 63
曹娥浦泊舟 / 63

葛立方(?—1164)
章氏园小集荷池上(其二) / 63
赠友人莫之用 / 64
横山堂三章(其一) / 64
子直画屏求题诗·谢安东山 / 64

葛起耕(?—?)
和芦洲刘子泉秋怀 / 64

葛绍体(?—?)
夜读 / 64
渭南考室 / 64
饭溪石 / 65

葛胜仲(1072—1144)
辛卯次雾山大明院进士万廷老介来
谒 / 65

9

送灵浩赴江州般若之请三首(其一) / 65

十二月二十三日立春中散兄棣华第六会特盛是日天大雪小孙女出彩幡胜及花柳精巧夜漏且五鼓方罢既归不得寐偶成律诗纪事拜呈中散兄兼简公任阜民详定侍郎道祖签幕判院朝提辖奉议卿任宝录待制 / 65

立方和韵复和一首 / 66

和韵答马用宏朝散 / 66

次长清寺 / 66

葛书思(1032—1104)

宿广福寺 / 67

葛天民(?—?)

西湖泛舟入灵隐山 / 67

耿南仲(?—1129)

和邓慎思重九考罢试卷书呈同院诸公 / 67

龚 程(?—?)

题壁绝句 / 67

龚 开(?—?)

仆为虚谷先生作玉豹马先生有诗见酬极笔势之驰骋乃以此诗报谢 / 67

龚茂良(?—1178)

幽化院 / 68

灵源庵 / 68

勾台符(?—?)

宿上清宫 / 68

古成之(?—?)

忆罗浮 / 68

五仙观二首(其二) / 68

顾 逢(?—?)

枕上 / 69

雪夜枕上 / 69

雪后月夜登楼 / 69

秋夜宿山寺 / 69

秋夜宿僧房 / 69

寄童梅岩 / 69

候仙亭即事 / 69

过僧房 / 69

访金苏壁山居 / 69

顾松年(?—?)

过练湖 / 70

关 注(?—?)

句(其一) / 70

郭 附(?—?)

枫桥 / 70

郭世模(?—1160)

短歌行 / 70

郭祥正(1035—1113)

舟次白鹭洲再寄安中尚书用李白寄杨江宁韵(其一) / 70

赠端禅师 / 70

赠辨才宗衍大师 / 71

雨中南楼望西方僧舍要元舆同赋 / 71

新昌吟寄颖叔待制 / 71

谢许栖默道士手写黄庭经见寄 / 71

题净惠院 / 72

山中乐 / 72

罗汉院 / 72

琅琊行 / 72
挥扇 / 73
黄山二首(其二) / 73
和颖叔千岁枣 / 73
奠谒王荆公坟三首(其二) / 73

郭　印(？—？)
夜坐 / 73
时升咏雪效前人体尽禁比类颜色等字率予同赋用其韵 / 74
秋阴 / 74

韩　淲(1159—1224)
子功过别 / 74
仲至早入局有诗次韵因亦自述并谢外日留酌(其二) / 74
中秋呈潘德久 / 74
正月十三日 / 74
张以道见过 / 74
斋居湖寺晚对南屏疏钟茂林雾气蓊然 / 75
赠勤老 / 75
玉田道中得诗二句因足之 / 75
夜过霞山看赵百醉诗刻及诸名胜跋语(其二) / 75
夜过博山 / 75
夜长 / 75
沿檄涧上将回呈元立 / 75
王丞留饮(其二) / 75
晚立涧旁 / 75
桐君祠用壁间韵(其二) / 76
同景瑜诸人饮于横碧(其二) / 76
同景瑜诸人饮于横碧(其四) / 76
梅下 / 76

看梅 / 76
净居院 / 76
寄淮圣僧元肇 / 76
和昌甫 / 76
访杰师不值 / 76
二十一日晴过山园(其二) / 77
道场山山上有伏虎师宴坐岩寺中方池清深可爱 / 77
次韵信卿 / 77
次韵昌甫九峰留诗(其三) / 77
禅月台(其二) / 77
别斯远 / 77

韩　驹(1080—1135)
夏夜广寿寺偶书(其二) / 78
闻富郑公少时随侍至此读书景德寺后人为作祠堂因跋余旧诗后以自嘲(其一) / 78
送蜀僧希肇往云居 / 78
馆中直宿书事(其一) / 78
故枢密郑公挽词(其一) / 78
出宰分宁别旧同舍五首(其三) / 78

韩　琦(1008—1075)
次韵答王荀龙郎中旅次除夜 / 78

韩　松(？—？)
游洞霄宫(其二) / 79

韩　维(1017—1098)
与张仲巽游善护院 / 79
太皇太后阁六首(其五) / 79
次韵和相公九月八日所赐诗 / 79
次韵和平甫同介甫当世过饮见招 / 79

11

和微之 /80

韩元吉(1118—?)
　叶梦锡丞相挽词二首(其二) /80
　龙华寺傅大士真身像 /80
　寒食前三日携家至丁山 /80
　过松江寄务观五首(其一) /80
　次韵赵任卿至北苑二首(其二)
　　/80

何筹斋(?—?)
　溪轩即事 /81

何处厚(?—?)
　游洞霄 /81

何　耕(1127—1183)
　暇日与陈楚材游四天王寺见五髻文殊画像于庑下剥落可惜遂以告罗宗约参议迁之正法禅院俾长老惠公龛而祠之为诗十四韵书其事 /81

何梦桂(1229—?)
　再和(其三) /81
　次山房韵古意四首(其三) /82
　邑水南夜归即景 /82
　和访使徐容斋西湖韵寄县尹赵文玉二首(其二) /82

何锡汝(?—?)
　玉虹泉 /82

贺　铸(1052—1125)
　自讼 /82
　重游梵行院 /82
　永城邂逅周元通再索诗赠别 /82
　舣舟秦淮雨中寄侍其服之 /83

同王克慎宿清凉寺兼示和上人孙安之 /83
题诸葛褴田家壁 /83
宿宝泉山慧日寺 /83
梦游金陵设堂故基 /83
怀寄清凉和上人二首(其一) /83
和彭城王生悼歌人盼盼 /83
和答郑郎中见寄 /83
过晁揆端智 /84
东畿舟居阻雪怀寄二三知旧三首(其一) /84
待晓朝谒天庆作 /84
答孙休兼简清凉和上人二首(其一) /84
答孙休兼简清凉和上人二首(其二) /84

洪　刍(?—?)
　同苏伯固游东山寺 /84
　题渤潭院 /84
　宿翠岩寺呈马彦若徐师川 /85
　和郭功甫题客馆韵 /85

洪　迈(1123—1202)
　游山光寺 /85

洪　朋(?—?)
　同鸿父游南寺 /85

洪　适(1117—1184)
　赠崇教寺颜上人 /85
　送李相之提干闽中十二韵 /85
　石鼓诗 /86
　山行遇雨 /86

洪　炎(1067?—1133)
　四月二十三日晚同太冲表之公实野步 /86

二月十二日偶成 / 86
洪咨夔(1176—1236)
　棕榈 / 86
　小雪前三日锺冠之约余侍老人行山舟发后洪入杜坞自郑盖庵闯山趋翔凤山菁山遍览杨坟秀园遂至何山道场山乘兴薄吴兴访玉湖书院水晶境界而归自戊子至庚子阴晴相半胜处辄徘徊赋诗饮酒伟哉观也数诗见后·道场山 / 87
　同孙子直和李参政东园韵(其九) / 87
　六月二十八日入朱陀山寺 / 87
　九月一日侍老人游洞霄宿超然馆闻钟 / 87
　答及甫和(其一) / 87
胡朝颖(?—?)
　小金山 / 88
胡　珵(?—?)
　枫桥 / 88
胡　定(?—?)
　东山塔 / 88
胡　宏(1105—1161)
　圃景大吟呈伯氏 / 88
胡梅所(?—?)
　仙亭岩 / 89
胡　融(?—?)
　桐柏碑 / 89
胡舜陟(1083—1143)
　白水寺(其一) / 89
胡　宿(995—1067)
　仲夏有感 / 89

　西郊二首(其一) / 89
　天街晓望 / 89
　题兰溪 / 90
　宿秀峰寺 / 90
　送张待诏知越州 / 90
　送聂学士赴阙 / 90
　寄题徐都官吴下园亭 / 90
　公子 / 90
　晨起马上口占 / 90
胡　衍(?—?)
　宿冲虚观 / 90
胡　寅(1098—1156)
　游龙山寺六祖故居也 / 91
　题中元观次黎才翁韵 / 91
　寄唐坚伯 / 91
　三月晦和唐人韵诗云三月正当三十日风光别我苦吟身共君今夜不须寐未到五更犹是春 / 91
胡直孺(?—?)
　河朔同官倡和用山字韵 / 91
胡仲参(?—?)
　郊行暮归 / 91
胡仲弓(?—?)
　自笑 / 91
　重九日法轮庵次凤山韵(其一) / 92
　倚窗诗 / 92
　夜过萧寺 / 92
　晚眺(其一) / 92
　桐江舟中 / 92
　山馆对月 / 92

妙觉山用老溪宝叶二僧韵(其二) / 92

旅中早行 / 92

怀悟书 / 92

次韵山居 / 93

次冯深居韵赠原上人 / 93

次法石寺即事韵 / 93

春郊晚归 / 93

胡子澄(？—？)

游乳洞庵 / 93

华　岳(？—1221)

题练省元壁 / 93

矮斋杂咏·江涛 / 93

华　镇(1051—？)

永嘉巡检张侍禁廨舍辟洞名黄石 / 93

题西成轩 / 94

如意院井诗二首(其一) / 94

道林寺 / 94

寿潭帅李金部二首(其一) / 94

黄大受(？—？)

油口夜饮醉卧一室及觉三鼓矣秋夜新冷雨湿虫鸣展转不能成寐于是浩然有归志 / 94

黄　庚(？—？)

西州即事 / 95

宿甘露寺 / 95

兰亭会饮观晋帖 / 95

寄秋山和尚 / 95

鹤林仙坛会 / 95

黄公度(1109—1156)

早发东城迓宪车 / 95

迓泉守晚宿囊山 / 95

宿鹫峰庵题壁兼呈林孚卿诸友 / 95

送陈应求赴官 / 96

宋永兄一访青帝而黄婆作恶累日戏作小诗问安二首(其一) / 96

和泉上人 / 96

次韵余子侯游石泉 / 96

次韵宋永兄感旧五首(其二) / 96

次韵宋永兄感旧五首(其五) / 96

春雨中会西山佛迹 / 97

黄　珩(？—？)

和刘后村梅花绝句(其一) / 97

黄敏求(？—？)

予丙子辛巳两游解空寺己亥秋又至思上人徙旧径自怪石中顿发奇观叔亮弟取山谷诗文名阁曰卧龙岩曰青玉盎山之门曰天下胜处令泳之作隶扁为赋七言 / 97

初秋白云道院(其一) / 97

黄庭坚(1045—1105)

追和东坡壶中九华 / 97

乙卯宿清泉寺 / 97

薛乐道自南阳来入都留宿会饮作诗饯行 / 97

戏用题元上人此君轩诗韵奉答周彦起予之作病眼空花句不及律书不成字 / 98

送醇父归蔡 / 98

四月戊申赋盐万岁山中仰怀外舅谢师厚 / 99

双涧寺二首(其二) / 99

诗一首 / 99

南康席上赠刘李二君 / 99
大秀宫 / 99
次韵刘景文登邺王台见思五首(其二) / 99
次韵吉老游青原将归 / 99
次韵奉答南山禅师二颂兼呈琦上人(其一) / 100
次韵答王夺中 / 100
次韵答和甫卢泉水三首(其三) / 100
丙寅十四首效韦苏州(其八) / 100

黄文雷(?—?)
次黄存之东皋韵(其四) / 100

黄虚舟(?—?)
五更枕上 / 100

黄岩孙(?—?)
鸣峰岩 / 100

黄彦平(?—1046?)
还自豫章寄谢胡帅承公(其四) / 101

黄　载(?—?)
题大洪山 / 101

黄　轸(?—?)
延庆院 / 101

黄　铸(?—?)
赟见洪师 / 101

黄宗德
阊门滩 / 101

吉康国(?—?)
和运使修升阳观落成 / 101

姜特立(1125—1203)
田文 / 102

蒋　恢(?—?)
舟回练塘 / 102

蒋之奇(1031—1104)
九峰寺(其一) / 102

金君卿(1020—?)
挽仁宗皇帝词(其二) / 102
蒙诏书奖谕寄呈王介甫相公 / 102

柯梦得(?—?)
晚望 / 102

孔平仲(1044—1102)
十月寒 / 103
寄芸叟年兄 / 103
和萧十六人名(其二) / 103
和萧十六人名(其五) / 103

孔舜思(?—?)
题灵岩寺 / 104

孔武仲(1041—1097)
十二月朔入局 / 104
明月亭下作 / 104

寇　准(962—1023)
早行 / 104
西垣致斋日因成一章呈二相公 / 104
江上晚行 / 104
江上晚望 / 104
春初夜书 / 104
长安春书 / 105

黎良知(?—?)
句 / 105

15

黎善夫(?—?)
  挽赵秋晓(其二) / 105

黎廷瑞(1250—1308)
  偕仲退周南翁登曲岛山分韵得曲字 / 105
  同齐节初游吴园登四时佳兴楼有怀张史君 / 105
  连雨郁蒸夜不能寐 / 106
  晋元帝庙 / 106
  金陵岁晚 / 106
  虎溪三笑图 / 106

李长庚(?—?)
  陈士淳主簿举似与严庆曾主簿邓伯允仙尉同到阳华佳句且有岩下弄琴舟中吹笛之乐长庚虽不奉胜游辄继高韵(其三) / 107

李　乘(?—?)
  慧聚杂题·压云轩依张朝奉韵 / 107

李处权(?—1155)
  雪后赴徐氏燕集 / 107
  谢徐献可送款识刻 / 107
  同士特似表过中峰饯似宗 / 107
  寄吴晦二首(其一) / 107
  赠宝胜主僧 / 108

李　迪(971—1047)
  灵岩 / 108

李　昉(925—996)
  对海红花怀吏部侍郎 / 108

李　复(1052—?)
  玉泉寺 / 108

  游宝雨寺 / 109
  新罗寺唐有新罗僧咒草愈疾卵塔今在闲来因题 / 109
  下元日朝谒回与李秉文冒雪过承天寺因题二诗于僧壁(其二) / 109
  送僧惠本 / 109

李　纲(1083—1140)
  陈几叟以了翁所作默堂箴见示且求余言拾其遗意作四绝句(其四) / 109
  钟模石 / 109
  玉山道中五首(其五) / 109
  谢德夫约游开平寺 / 109
  晚行 / 110
  题陈氏隐圃佚老堂二十韵 / 110
  宿都峤山灵景寺 / 110
  深省轩在丈室之西余为名之 / 110
  金陵怀古四首(其二) / 111
  胶山兰若幽胜予寓梁溪久而未之到闻翁士特携家居其间赋诗见意 / 111
  和唐人张为秋醉歌 / 111
  过鹅湖留赠昌长老二首(其一) / 111
  冬日闲居遣兴十首(其一) / 111
  次韵仲弟独游惠山古风 / 111
  除夜 / 112

李公麟(1049?—1106)
  和邓慎思重九考罢试卷书呈同院诸公二首(其二) / 112

李　龏(1194—?)
  早起 / 112
  月林为僧甫赋 / 112
  雨楼晚思 / 113

刈田　/ 113
题吴兴岘山寺　/ 113
送僧广明　/ 113
瑞光寺　/ 113
梅花集句(其三七)　/ 113
旧馆忆王抱节　/ 113
端居写兴　/ 113
道场山灾后叶靖逸同游　/ 113
桃州古田铸歌　/ 113

李　觏(1009—1059)
早起有怀　/ 114
送李著作知柳州　/ 114
东岩精舍　/ 114
渔父二首(其二)　/ 114

李　光(1078—1159)
九月二十八日枕上　/ 114

李　洪(1129—1183)
题慈感寺极目轩(其三)　/ 115
探梅(其一)　/ 115
国一禅师塔　/ 115

李诲言(?—?)
赠周书记　/ 115

李　兼(?—?)
钟山　/ 115

李建中(945—1013)
开垦曲山路成　/ 115
澹山岩　/ 116

李谨思(?—?)
补疏斋题鹅湖　/ 116

李　琏(?—?)
题金陵杂兴诗后十八首(其八)　/ 116

李流谦(1123—1176)
峡中赋百韵　/ 116
宿离相院　/ 118
送张子勤九陇尉　/ 118
送乐季和　/ 118
送崔子渊秘丞出守小益二首(其一)
　　　/ 119
十月十五日同黄大博出城　/ 119
关王祠(其二)　/ 119

李昂英(1201—1257)
重九日游南山峡觉海寺　/ 119
峡山飞来殿　/ 119
送鉴师住灵洲寺　/ 119
观入试者　/ 119
观定堂　/ 120

李弥素(?—?)
白水寺　/ 120

李弥逊(1089—1153)
五松寺　/ 120
送邹德久还乡在福唐作　/ 120
秋晚十咏·瞑坐　/ 120
将至泽溪　/ 120
和表之清阴亭作　/ 121
得仙亭　/ 121
次韵仲辅山中之作　/ 121
次韵学士兄春日漫成　/ 121
次韵钱申伯山堂之咏　/ 121
次韵贲远归田(其四)　/ 121
玉山道中有感(其一)　/ 121
偶成(其一)　/ 121

李　彭(?—?)
自寰通巽桥寻幽　/ 122

竹间两绝句(其二) / 122
舟中次珍书记韵 / 122
重过康王观 / 122
游云居三首(其二) / 122
游庐山怀叔粲季敌兼忆小子氓等次
　谢康乐寄惠连韵 / 122
夜坐兼戏环上人(其三) / 123
戏答赋蚊 / 123
闻苏大养直同李子充游云居作此诗
　招之 / 123
遂初堂为伸仲题 / 123
宿慧日 / 123
宿翠岩 / 124
失题(其二) / 124
七夕怀徐十用去年所赋东坡清凉韵
　 / 124
南至 / 124
庐山道中望天池诸寺 / 124
句(其六) / 124
寄徐圣功 / 124
寄微先驰 / 124
即事(其五) / 125
过广济 / 125
次韵九弟幽园即事(其二) / 125
次韵答仲兄元亮 / 125
次妙明观韵 / 125
不宿开先道中口占 / 125

李　朴(1063?—1127?)
　游通天岩 / 125

李清照(1084—?)
　晓梦 / 125

李时雍(?—?)
　题巨然平湖舟泊图 / 126

李　石(1108—1181)
　资圣看画 / 126
　题白塔古迹二首(其二) / 126
　送叔规 / 126
　唤鱼亭 / 126

李士会(?—?)
　银城旧县 / 126

李思衍(?—1290)
　见王参政 / 127

李　焘(1115—1184)
　客怀(其二) / 127

李　鏛(?—?)
　金紫岩 / 127

李　新(1062—?)
　游法济寺(其一) / 127
　游法济寺(其二) / 127
　杨村四十韵 / 127
　宿西谷院六首(其五) / 128
　送刘金部三首(其二) / 128
　送程公明(其二) / 128
　江道中 / 128
　次韵员子春游马溪二首(其一)
　　 / 128
　病中二首(其二) / 129

李曾伯(1198—1268)
　宜兴山房十首(其一) / 129
　宜兴山房十首(其九) / 129
　题利州道上江月轩 / 129
　宿江州药王寺 / 129

登西楼题柱 / 129

李昭玘(？—1126)
　　送李容甫归北都 / 129

李正民(1073—1151)
　　杂诗(其九) / 130
　　秀士诗 / 130

李之仪(1048—1127)
　　文忠公画像赞 / 130
　　同子重望长芦寺 / 130
　　瑞竹即事三绝(其一) / 130
　　陪子重游长芦寺 / 130
　　蒙宠惠朋樽深佩眷意聊奉一噱 / 130
　　晦堂宝觉真赞 / 130
　　登鹳雀楼 / 131
　　除夜小舟中雨不止而作雪寄德麟 / 131
　　罢官后稍谢宾客十绝(其一○) / 131

李　廌(1059—1109)
　　自山中归至登封遂讽高宰令取峻极中院厨前石钟板盖唐人寺记字甚奇丽也 / 131
　　游宝应寺 / 131
　　同仲宝风雨中过德麟留宿以夜未央为韵分得未字并和二公夜央字韵(其三) / 132
　　少林寺诗 / 132
　　丙子岁三月十有二日游嵩山宿峻极中院时天气清朗山月甚明因以阴翳生虚籁月林散清影为韵诗各六句(其六) / 132

连久道(？—？)
　　洞霄琳宫(其二) / 132

连文凤(1240—？)
　　月夜独坐 / 132
　　晓起 / 132
　　晚步 / 132
　　三省斋为洪中行赋 / 132
　　葛岭废第 / 133

廖行之(1137—1189)
　　挽武宣教㷫四首(其三) / 133

林　嶑(？—？)
　　题西湖山岩二首(其一) / 133

林伯春(？—？)
　　蓝溪次曾状元韵 / 133

林　逋(968—1028)
　　风水洞 / 133
　　赠蒋公明 / 133
　　盱眙山寺 / 133
　　峡石寺 / 134
　　西湖泛舟入灵隐寺 / 134
　　送昱师赴请姑苏 / 134
　　寺居 / 134
　　寄思齐上人 / 134
　　湖村晚兴 / 134
　　和西湖霁上人寄然社师 / 134
　　孤山雪中写望 / 134

林拱中(？—？)
　　游虎丘(其二) / 135

林光朝(1114—1178)
　　资中行奉寄临邛守宇文郎中 / 135

林景熙(1242—1310)
　　宴德初书楼 / 135

19

晓意 / 135

故宫 / 135

次翁秀峰 / 135

林亮功(?—?)

送友至飞云渡 / 136

林尚仁(?—?)

喜友人为僧 / 136

林希逸(1193—1271)

宿西兴渡作 / 136

又绝句 / 136

林 宪(?—?)

台州兜率寺淳熙三年孟春作(其四) / 136

林亦之(1136—1185)

忆浮家洞 / 136

秋夜同章三十九弟次邲宿延庆山中纪游一首 / 136

林 泳(?—?)

题进道西楼 / 137

林之奇(1112—1176)

雨后出城马上作 / 137

泗州画赞 / 137

刘安上(1069—1128)

宿方潭 / 137

刘 攽(1023—1089)

五月望日赴紫宸谒待旦假寐 / 137

挽胡太傅二首(其一) / 137

宿岘山寺二首(其二) / 138

涉伊水宿宝应寺 / 138

山寺 / 138

日晚步过孙监丞 / 138

秋过荐福院竹亭(其二) / 138

寄题萧山岁寒堂直己亭 / 138

和裴库部诸家雪·侯家 / 139

冯当世生日(其一) / 139

春雪早朝和沈编校 / 139

初夜 / 139

将至洛中先寄宋次道诸幕府 / 139

刘才邵(1086—1157)

游山寺诗 / 139

青原台次前人韵 / 140

慈宁寿庆曲 / 140

刘 敞(1019—1068)

雨中闻钟 / 141

鄢陵兴国寺题壁 / 141

五月望日赴紫宸谒待旦假寐 / 141

同徐监簿灈濊望长安 / 141

同邻几持国过杜和州 / 141

听钟 / 141

山寺 / 142

久雨二首(其一) / 142

丁右丞挽词二首(其二) / 142

刘辰翁(1232—1297)

夏景·蝉声集古寺 / 142

刘奉世(1041—1113)

入直 / 142

刘 扶(?—?)

题净土寺 / 142

刘 黻(1217—1276)

朱菊山汪眉山会宿萧寺 / 142

章江信笔 / 143

寺居 / 143

20

横浦十咏·宝界寺 / 143

和题临赋(其二) / 143

悼许氏柔则 / 143

刘　过(1154—1206)

张帅干席上口占 / 143

上袁文昌知平江五首(其四) / 143

和大参相公(其三) / 143

古诗 / 144

呈王山父(其一) / 144

刘克庄(1187—1269)

真隐寺 / 144

幽居寺 / 144

用强甫蒙仲韵十首(其二) / 144

用强甫蒙仲韵十首(其四) / 144

用强甫蒙仲韵十首(其八) / 145

用强甫蒙仲韵十首(其一〇) / 145

咏潇湘八景各一首·烟寺晚钟 / 145

夜坐二首(其一) / 145

野性 / 145

香山寺 / 145

喜大渊至二首(其二) / 145

乌石山 / 145

铜雀瓦砚歌一首谢林法曹 / 145

宿庄家二首(其一) / 146

送王允恭隐君 / 146

梦赏心亭 / 146

哭林山人 / 146

警斋吴侍郎再和余送行及居厚弟诗
　各次韵(其一) / 146

华严知客寮 / 146

和方孚若瀑上种梅五首(其四) / 146

海口官舍 / 147

郭熙山水障子 / 147

悼阿驹七首(其三) / 147

大目寺 / 147

慈氏阁 / 147

病起窥园十绝(其八) / 147

北来人二首(其二) / 147

报恩寺 / 148

乌石山 / 148

刘　琦(?—?)

登东峰亭 / 148

刘　跂(1053—?)

见苏黄邦字韵诗戏示王倅安国二首
　(其二) / 148

次胡伸道韵并简公允弟 / 148

刘天益(?—?)

呈陈紫微 / 148

刘　曈(?—?)

禅师塔次韵 / 149

刘孝甝(?—?)

题佘山宣妙寺 / 149

刘信夫(?—?)

西湖 / 149

刘学箕(?—?)

密庵题柱二首(其一) / 149

寄题吴介夫专壑七咏·负闲 / 149

赋祝次仲八景·烟寺晚钟 / 149

刘　弇(1048—1102)

哲宗皇帝挽词二首(其二) / 149

赠知训上人 / 150

元丰辛酉七月九夜大风四十韵 / 150

送致政吴通直 / 151

送哲公禅老二首(其一) / 151

车盘岭 / 151

刘一止(1080—1161)

送吴兴太守卢给事赴兵部侍郎召四首以邦家之光为韵(其一) / 151

送邹德章教授之官合淝二首(其二) / 152

刘　翼(1198—?)

题心游楼 / 152

刘应龙(?—?)

游五云观 / 152

刘应时(?—?)

雪夜二首(其二) / 152

刘　豫(1073—1143)

杂诗六首(其六) / 152

刘　筠(971—1031)

南朝 / 153

句(其七) / 153

别墅 / 153

刘　宰(1166—1239)

题布金寺钟楼 / 153

送傅守归(其六) / 153

秋怀二首(其一) / 153

漫塘晚望 / 153

过司徒墓 / 153

刘　镇(?—?)

山中早行 / 154

刘　拯(?—?)

破山八咏·御赐钟 / 154

刘正夫(1062—1119)

宣妙院上方 / 154

刘　政(?—?)

重过龙居寺 / 154

刘　挚(1030—1097)

观音院饯送章子平出守郑州探得近字 / 154

题齐己草堂 / 154

送益路提刑谢师厚郎中三首(其三) / 155

题致政朱郎中适园林 / 155

刘　著(?—?)

病中寄楚卿 / 155

刘子澄(?—?)

会真观水帘 / 155

刘子寰(?—?)

寿侍郎 / 155

刘子翚(1101—1147)

杂题四首(其一) / 155

有酒 / 156

游龙潭 / 156

宿云际偶题 / 156

少稷远访弊庐仍留佳句书此写怀抱不足为报也 / 156

隆祐太后挽歌辞三首(其三) / 156

刘道祖江程万丘顺甫讲易孟子拾其意为二十韵 / 157

景阳钟二首(其一) / 157

寄秀峰忠老 / 157

和安汝功采紫竹杖篇 / 157

次韵张守同往华严 / 157

次韵文殊五言 / 158
次韵刘宪诗二首(其一) / 158
晨兴 / 158

楼　淳(?—?)
隐居凤山清明寺(其二) / 158

楼　钥(1137—1213)
赠宝藏老道源 / 158
杨圣可棋集余方归自桃源不及预次
　韵 / 158
宿佛日山 / 158
宿登山 / 159
佛日山 / 159
次韵十诗(其九) / 159

卢　襄(?—?)
秋 / 159
登鹿苑隐天阁(其四) / 159
登鹿苑寺玉虹亭 / 159

陆　佃(1042—1102)
魏国太夫人陈氏挽歌词 / 159

陆文圭(1250—1334)
题南夫四时佳致园亭 / 159
送吴君远 / 160
送北禅释天泉长老入燕 / 160
壬辰六月旦日记异 / 160
耳聩二首(其一) / 160

陆　游(1125—1210)
醉中作 / 161
醉中长歌 / 161
自云门之陶山肩舆者失道行乱山中
　有茅舍小塘极幽邃求见主人不可
　意其隐者也 / 161

自咏 / 161
自遣 / 161
自妙相归将至杜浦堰舟中作 / 161
子聿欲暂归山阴见乃翁作恶遂不行
　赠以此诗 / 161
舟中作 / 162
幽居 / 162
舟中晓赋 / 162
枕上作 / 162
昭德堂晚步 / 162
赠湖上父老十八韵 / 162
云门溪上独步 / 163
醉中作 / 163
与子坦子聿游明觉十四韵 / 163
雨中至西林寺 / 163
雨夜作 / 163
雨夜 / 163
幽居记今昔事十首以诗书从宿好林
　园无俗情为韵(其三) / 163
幽居 / 164
驿壁偶题三首(其一) / 164
忆云门诸寺 / 164
夜坐 / 164
夜意 / 164
夜行宿湖头寺 / 164
夜泊 / 164
夜梦与宇文子友谭德称会山寺若饯
　予行者明日黎明得子友书感叹久
　之乃作此诗 / 165
夜归 / 165
书斋壁 / 165
夜泛西湖示桑甥世昌 / 165

夜步 / 165
辛丑正月三日雪 / 165
小筑 / 165
小舟过吉泽效王右丞 / 166
小雨舟过梅市 / 166
小饮罢行至湖塘而归 / 166
夙兴 / 166
夏末野兴二首(其二) / 166
暇日 / 166
溪行二首(其二) / 166
午醉径睡比觉已甲夜矣 / 166
我梦 / 167
晚兴 / 167
晚行舍北 / 167
晚眺 / 167
题赵生画 / 167
题莹上人二画·吴江 / 167
题苏虞叟岩壑隐居 / 167
宿华严寺 / 168
夙兴 / 168
送十五郎适临安 / 168
霜夜二首(其一) / 168
数日不出门偶赋三首(其三) / 168
书斋壁 / 168
书壁二首(其二) / 168
史院晚出 / 168
舍北摇落景物殊佳偶作五首(其四) / 168
山行 / 169
山寺 / 169
三泉驿舍 / 169
日暮自湖上归 / 169

日暮自大汇村归 / 169
秋雨初霁试笔 / 169
秋夜闻兰亭天章寺钟 / 169
秋夜感遇十首以孤村一犬吠残月几人行为韵(其四) / 169
秋夜 / 169
秋晚 / 170
秋思 / 170
蜻蜓浦夜泊 / 170
南堂杂兴八首(其七) / 170
暮行 / 170
暮秋二首(其一) / 170
暮归舟中二首(其二) / 170
暮春新路至湖上示元敏 / 170
沔阳夜行 / 171
梦游山水奇丽处有古宫观云云台观也 / 171
梦蜀 / 171
梦入禅林有老宿方升座或云通悟禅师也 / 171
梦回 / 171
旅舍 / 171
罗江驿翠望亭读宋景文公诗 / 171
六月十四日宿东林寺 / 172
老叹 / 172
考古 / 172
将至京口 / 172
肩舆历湖桑堰东西过陈湾至陈让堰小市抵暮乃归二首(其二) / 172
寄子虡子遹 / 172
记梦 / 172
故里 / 172

湖山九首(其八) /172
杭湖夜归二首(其二) /173
归兴二首(其二) /173
龟堂雨后作 /173
故山四首(其四) /173
故里 /173
记梦 /173
法云寺 /173
对食 /173
冬夜独酌 /174
对酒 /174
短歌行 /174
读书至夜分感叹有赋 /174
东窗 /174
对食 /174
灯笼 /174
道院遣兴 /175
道室杂咏三首(其一) /175
村舍杂兴五首(其一) /175
翠围院 /175
春雨中偶赋 /175
春阴溪上小轩作 /175
初夏夜赋 /175
初夏出游 /175
初秋书怀 /176
出游 /176
城东 /176
步至湖上寓小舟还舍五首(其五)
　　/176
步至东庄 /176
步月 /176
病起小饮 /176

丙寅元日 /176
闭阁 /177
纵笔四首(其四) /177
舟中三首(其二) /177
赠丐士 /177
杂题六首(其四) /177
烟波即事十首(其六) /177
西林傅庵主求定庵诗二首(其一)
　　/177
天竺晓行二首(其一) /177
宿枫桥 /177
梦中作游山绝句二首(其二) /177
梅市 /177
块坐斋中有感 /177
江上散步寻梅偶得三绝句(其二)
　　/178
湖村野兴二首(其一) /178
和曾待制游两山三首·题天章山宿
　　鹭亭 /178
过能仁光孝寺欲访昕老府中速客
　　遂不果入 /178
龟堂杂兴十首(其八) /178
孤店 /178
村饮四首(其二) /178
残年 /178
病中卧闻春声二首(其一) /178
病中绝句六首(其三) /178
自咏 /178

吕本中(1084—1145)
郑昂用岑参太白胡僧歌韵作楞伽室
　　老人歌寄杲老 /179
正月十七日 /179

余病不能蔬食惧有五味口爽之责作
　　诗自戒　/ 179
游阳山广庆寺　/ 179
游会胜寺蒙泉　/ 179
晚至城南　/ 180
同诸人再登鹿头山再次前韵　/ 180
题筠州僧房　/ 180
柳州开元寺夏雨　/ 180
久雨　/ 180
寄刘彦冲兼寄胡原仲刘致中　/ 180
海陵杂兴八首(其四)　/ 180
尘外亭　/ 180
晨兴　/ 181
无题四首(其三)　/ 181
水西与李彦恢相从余将取旌德趋徽
　　州彦恢先归旌德相候彭元任亦自
　　太平县来相送遇于三溪驿遂同过
　　旌德道中呈二子三首(其一)
　　/ 181
寄蔡伯世赵才仲(其一)　/ 181

吕　定(？—？)
　　追和苏子瞻游峡山寺韵　/ 181

吕南公(1047—1086)
　　君益惠竹杖　/ 181

吕　陶(1028—1104)
　　云顶寺　/ 182
　　游交城石壁寺二首(其二)　/ 182
　　和再游二首(其二)　/ 182
　　和郏仲辅开化寺三首(其一)　/ 182
　　和郏仲辅开化寺三首(其二)　/ 182
　　和郏仲辅开化寺三首(其三)　/ 182
　　次伯通云顶山长句韵　/ 183

吕天策(？—？)
　　咏洗心堂得鸟鸣山更幽(其五)
　　/ 183

吕颐浩(1071—1139)
　　题临济所居　/ 183

吕祖谦(1137—1181)
　　再赋真觉僧房芦三首(其三)　/ 183
　　明招杂诗四首(其一)　/ 183

罗公升(？—？)
　　冬至　/ 183

罗　椅(1204—？)
　　题信丰县城门六首·民信　/ 184

罗与之(？—？)
　　虎溪　/ 184

马　某(？—？)
　　游南山赋五十六言呈书记郎中教授
　　大著　/ 184

马之纯(1144—？)
　　促妆钟　/ 184

毛　滂(1060—？)
　　送僧觉归上饶　/ 184
　　代人和孟羽　/ 185
　　隋堤写怀寄上右丞　/ 185
　　寄曹子方使君　/ 185

毛　玠(？—？)
　　寓泉之定空寺　/ 186
　　寓泉之安溪　/ 186
　　宿广果寺　/ 186
　　送客游吴　/ 186
　　庐山栖贤寺　/ 186

目 录

梅尧臣(1002—1060)
　坐睡依韵和持国 /186
　依韵和宣城张主簿见赠 /187
　依韵和刘敞秀才 /187
　邃隐堂 /187
　送达观禅师归隐静寺古律二首(其二) /187
　使风 /187
　暝 /187
　陆子履见过 /188
　寄文鉴大士 /188
　和滕公游穿山洞 /188
　和司马学士上辛祀事出郊寄冯学士 /188
　和端式上人十咏·云际钟 /188
　瓜洲对雪欲再游金山寺家人以风波相止 /188
　定号依韵和禹玉 /188
　次韵和景彝闰腊二十五日省宿 /189
　朝堂斋宿 /189

梅 挚(995—1059)
　新繁县法要院孙太古壁画罗汉 /189
　句(其一) /189

孟 贯(？—？)
　宿山寺 /189

米 芾(1051—1107)
　万籁 /189
　寄题开福院白莲堂(其二) /189
　都梁十景诗·龟山寺晚钟 /189

缪 蟾(？—？)
　应举早行 /190

莫 俦(1089—1164)
　游破山兴福寺 /190

牟 巘(1227—1311)
　送恩上人还云门(其二) /190
　长江图 /190
　赠厉白云上人 /190
　题诗禅方丈 /190

慕容彦逢(1067—1117)
　和四十伯父见寄二首(其一) /190
　和四十伯父见寄二首(其二) /191

欧阳澈(1097—1127)
　宿世弼书馆 /191
　朝宗以诗赠行和酬二篇一以留别一以谢诗(其二) /191

欧阳修(1007—1072)
　游龙门分题十五首·上方阁 /191
　晚泊岳阳 /191
　题净慧大师禅斋 /191
　题金山寺 /191
　送王公慥判官 /191
　庆爱寺 /192
　庐山高赠同年刘中允归南康 /192
　寄左军巡刘判官 /192
　寄题相州荣归堂 /192

潘景良(？—？)
　游金山 /193

潘 阆(？—1009)
　秋日题琅琊山寺 /193
　暮春漳川闲居收事 /193

27

瓜州临江亭留题 /193

潘良贵(1094—1150)
  朱教授见寄七言二首遂用其韵(其二) /194

潘献可(?—?)
  山楼枕上 /194

潘玙(?—?)
  枕上闻钟 /194
  九里松路上 /194

彭汝砺(1042—1095)
  水轩昼寝 /194
  江上晚起 /194
  和执中游山四诗·谷隐寺(其二) /194
  和颖叔寄佛印(其二) /195
  和深之饮字 /195
  和济叔冬字 /195
  城上 /195

朴通(?—?)
  恩德寺 /195

朴寅亮(?—?)
  过龟山 /195

蒲寿宬(?—?)
  题深省庵 /195
  游西岩 /196
  题瀑布图后 /196
  和杨芸斋送枯崖住兴福韵 /196

钱时(1175—1244)
  泊无碍定庵二首(其一) /196
  九月一日睡起 /196

钱时敏(1086—1153)
  蟹浦 /196

钱惟演(962—1034)
  致斋太一宫 /197
  宣曲二十二韵 /197
  无题 /197
  南朝 /197
  句(其一二) /197
  句(其三五) /198

钱文婉(?—?)
  白石岩 /198
  落星寺 /198

钱元鼎(?—?)
  登黄花亭遗址 /198

强至(1022—1076)
  依韵奉和司徒侍中同赏梨花 /198
  山中遇雨 /198
  暮春晦日 /198
  和重九晚登骑山楼 /198
  安正堂二首(其二) /199

秦观(1049—1100)
  开府李公挽章(其二) /199
  题赵团练画江干晚景四绝(其三) /199
  还自广陵四首(其二) /199

丘葵(1244—1333)
  再次前韵呈吴天游居士 /199
  与可大水头闲望 /199
  晓意 /199
  求约 /199
  北山闻钟亭 /199

仇远(1247—?)
  早赴东寺行香 /200

28

元夕放夜 / 200

晓霜 / 200

闲居十咏(其二) / 200

闻鸡 / 200

庆孝僧自金陵回虎林 / 200

广教寺 / 200

窗下 / 200

裘万顷(?—1219)

用郑浮梁韵简圜师二首(其一)
/ 200

用前韵谢伯量过访山中 / 201

留浅沙 / 201

饶　节(1065—1129)

袭室诗王立之为宗子求 / 201

任希夷(1156—?)

明堂庆成五首(其二) / 201

宝钟院 / 201

芮　烨(1115—1173)

罗浮宝积寺 / 202

商　倚(?—?)

次韵重九之什(其一) / 202

次韵重九之什(其二) / 202

邵　棠(?—?)

回舟石壁书感 / 202

邵　雍(1011—1077)

秋怀三十六首(其二五) / 202

沈　辽(1032—1085)

寄题僧荣妙胜斋 / 202

和颖叔冲寂观 / 203

池阳(其二) / 203

沈　瀛(?—?)

石人 / 203

沈与求(1086—1137)

单颜徒以盗失邑被谴赦令复官喜而
有诗次其韵 / 203

次韵叶左丞见寄(其三) / 203

新城道中 / 203

东西二林寺(其二) / 204

陈子尚博士休官还京口作此诗饯之
(其二) / 204

报中有盛年休官者感而赋诗 / 204

盛　烈(?—?)

晚步段桥 / 204

暮天即事 / 204

石　郊(?—?)

石梁寺 / 204

史　浩(1106—1194)

代叔父九经堂歌 / 204

史　监(?—?)

五台山和韵 / 205

史尧弼(1119—?)

题大光寺诗 / 205

释安永(?—1173)

颂古三十一首(其一三) / 205

释宝昙(1129—1197)

张约斋生日 / 205

送灯老住翠山 / 205

上刘左史二首(其二) / 206

平江灵岩 / 206

梅花 / 206

倦夜再用前韵 / 206

别杨道夫二首(其一) / 206

释保暹(?—?)

寄行肇上人 / 206

29

释重显（980—1052）
　　往复无间（其七）　/ 206

释崇岳（1132—1202）
　　偈颂一百二十三首（其六七）　/ 206

释从瑾（1117—1200）
　　颂古三十八首（其二一）　/ 207

释道璨（?—?）
　　送西苑径上人见深居冯常簿求寺记
　　　　/ 207
　　偈颂十二首（其四）　/ 207
　　偈颂十八首（其一二）　/ 207
　　国祥斋中晚坐　/ 207

释道昌（1089—1171）
　　颂古五十七首（其一九）　/ 207

释道宁（1053—1113）
　　偈六十三首（其一七）　/ 208

释道潜（1044—?）
　　与愚上人宿天竺（其一）　/ 208
　　同周元翁著作范明远秘校西湖夜泛
　　　　各赋一首　/ 208
　　同曾仲锡通判游天竺诸山　/ 208
　　邵伯道中（其二）　/ 208
　　僧首然师院北轩观牡丹　/ 208
　　和莘老初至温泉呈庆禅师　/ 209
　　晨起　/ 209

释道颜（1094—1164）
　　颂古（其四一）　/ 209
　　颂古（其四二）　/ 209

释德洪（1071—1128）
　　再游三峡赠文上人　/ 209
　　余号甘露灭所至问者甚多作此　/ 209

　　游南禅　/ 209
　　用高僧诗云沙泉带草堂纸帐卷空床
　　　　静是真消息吟非俗肺肠园林坐清
　　　　影梅杏嚼红香谁住原西寺钟声送
　　　　夕阳作八首（其八）　/ 210
　　须臾月出叠石峰侧散坐于知隐桥以
　　　　迟之余谓二子曰兹游也与存豁辈
　　　　何远所恨倔强嗟不及耳乃咏而归
　　　　钟已绝而廊庑寂无声为之诗曰
　　　　　/ 210
　　效李白湘中体　/ 210
　　潇湘八景·烟寺晚钟　/ 210
　　湘山独宿闻雨　/ 210
　　投老庵读云庵旧题拜次其韵二首（其
　　　　一）　/ 210
　　同超然无尘饭柏林寺分题得柏字
　　　　　/ 210
　　题使台后圃八首·独秀堂　/ 211
　　宋迪作八境绝妙人谓之无声句演上
　　　　人戏余曰道人能作有声画乎因为
　　　　之各赋一首·烟寺晚钟　/ 211
　　山寺早秋　/ 211
　　僧求晓披晚清二轩诗二首（其二）
　　　　　/ 211
　　三月二十八日枣柏大士生辰用达本
　　　　情忘知心体合为韵作八偈供之时
　　　　在建康狱中（其五）　/ 211
　　任价玉馆东园十题·四可亭　/ 211
　　器之喜谈禅纵横迅辩尝摧衲子丛林
　　　　苦之有诗见赠次其韵　/ 211
　　摩陀歌赠乾上人　/ 212
　　留题三峰壁间　/ 212

居上人自云居来访白莲社话明日告归作此送之 / 212

饯枯木成老赴南华之命 / 212

寄南昌黄次山 / 213

季长尽室来长沙留一月乃还邵阳作是诗送之 / 213

华药英禅师赞 / 213

和游南台 / 213

过沩山陪空印禅师夜话 / 213

观山茶过回龙寺示邦基 / 214

道林喜见故人 / 214

大沩山外侍者求诗 / 214

次韵游南岳 / 214

次韵思禹思晦见寄二首(其二) / 215

次韵宁乡道中 / 215

次韵见赠 / 215

次韵公弱寄胡强仲 / 216

陈莹中左司自丹丘欲家豫章至溢浦而止余自九峰往见之二首(其一) / 216

释法泉(?—?)

偈七首(其四) / 216

释法顺(1076—1139)

偈五首(其一) / 216

释梵琮(?—?)

偈颂九十三首(其二八) / 217

释广闻(1189—1263)

偈颂一百四十二首(其四九) / 217

偈颂一百四十二首(其一四〇) / 217

释怀深(1077—1132)

念弥陀颂(其二) / 217

释慧晖(1097—1183)

偈颂四十一首(其七) / 217

释慧空(1096—1158)

幽岩头陀求化 / 217

送支提化士 / 217

送梦石归妙峰德云庵 / 217

寄支提禅师 / 218

和支提秀和尚 / 218

合三韵酬梦石二首(其一) / 218

冬至 / 218

释慧懃(1059—1117)

颂古七首·达磨见武帝 / 218

释慧远(1103—1176)

偈颂一百零二首(其二八) / 218

释景云(?—?)

老僧 / 218

释居简(1164—1246)

月楼陈寺簿惠李阳冰千文新刻 / 219

应真赞三首(其一) / 219

陶窗 / 219

钱竹岩之官清远 / 219

泊港口 / 219

觉海铸钟 / 220

旧馆夜雪投静上人 / 220

金鳌山御榻 / 220

寄杨大监 / 220

偈颂一百三十三首(其八三) / 220

化钟 / 220

31

甘园寻梅(其二) /220
枫桥酬张季思 /220
杜侍郎坐上得彝字 /221
祷雨龙祠 /221
大洞 /221
次复斋奚左藏补随岩寺韵寺有象鼻
　岩渴霓皆佳致 /221
酬于君实 /221
辩才钟 /221
柏香岩 /221

释居静(？—？)
　住东岩 /222

释克勤(1063—1135)
　颂古七首·麻三斤 /222
　颂 /222

释了悟(？—？)
　颂古 /222

释了一(1092—1155)
　颂古二十首(其一八) /222

释祕演(？—？)
　山中 /222

释普济(1179—1253)
　送僧偈 /223

释契嵩(1007—1072)
　山舍晚归 /223
　嘉公济冲晦见访 /223
　次韵和酬 /223

释清顺(？—？)
　宿天竺 /223

释如珙(1222—1289)
　颂古四十五首(其二五) /223

偈颂三十六首(其三四) /223
偈颂二十首(其五) /223

释如净(？—？)
　颂古八首(其三) /224
　偈颂三十八首(其三一) /224

释善昭(？—？)
　句(其三) /224

释善珍(1194—1277)
　苔径 /224
　金陵怀古(其二) /224

释绍嵩(？—？)
　游信州仙岩 /224
　写怀 /224
　西湖晚步偶成呈曾君举司户 /224
　山居即事(其一二) /225
　山居即事(其一七) /225
　陪赵知府登桃岭山亭 /225
　城西野行(其一) /225

释绍昙(？—1297)
　偈颂一百零四首(其三二) /225
　偈颂一百零四首(其七二) /225

释师范(1177—1249)
　偈颂七十六首(其七四) /225

释师观(1143—1217)
　偈颂七十六首(其五五) /225

释师体(1108—1179)
　颂古十首(其四) /226
　颂古二十九首(其二) /226

释师一(1107—1176)
　偈颂七首(其四) /226

释士珪(1083—1146)
  颂古七十六首(其四七) / 226
  安上座所作墨梅 / 226

释斯植(?—?)
  上竺寺 / 226
  怀芳林处士 / 226
  多福寺 / 227
  丁巳灯夕前六日观抱拙寄敏斋韵因事有感走笔以赋 / 227

释昙莹(?—?)
  姚江 / 227
  示超然上人 / 227

释惟凤(?—?)
  吊长禅师 / 227

释惟谨(?—?)
  舟泊括苍溪口 / 227

释惟晤(?—?)
  次韵和酬 / 227

释惟一(1202—1281)
  颂古三十六首(其九) / 228

释文珽(1073—1144)
  偈四首(其一) / 228

释文珦(1210—?)
  竹下晓吟 / 228
  赠隐僧 / 228
  游兴(其二) / 228
  鄞中他山堰 / 228
  野僧 / 229
  晓坐 / 229
  晓别故人 / 229
  向乐古移居山中 / 229
  晚(其二) / 229
  石室 / 229
  山寺(其一) / 229
  楼头钟 / 229
  雷峰 / 230
  记梦 / 230
  湖寺上方通玄峰顶 / 230
  湖上雨中晚归 / 230
  过贾似道葛岭旧居 / 230
  冯深居挽词 / 230
  登太白绝顶龙池望远 / 231
  出越城访归隐庵主人 / 231
  乘兴 / 231
  残夜清坐 / 231
  晓钟 / 231
  即事 / 231

释文准(1061—1115)
  十二时颂(其一〇) / 231

释希坦(?—?)
  五台明智院 / 231

释显忠(?—?)
  南明山宝相寺十五题·三生像 / 231

释心月(?—1254)
  见性堂 / 232

释行海(1224—?)
  雨后 / 232
  晚兴(其二) / 232
  天竺浮寻小楼 / 232
  送人之姑苏 / 232
  遁溪 / 232

33

释义怀(993—1064)
　　偈 / 232

释义青(1032—1083)
　　第二十三南泉斩猫颂 / 232

释印肃(1115—1169)
　　证道歌(其八九) / 233
　　信士画真请赞(其二) / 233
　　颂十玄谈祖意(其六) / 233
　　金刚随机无尽颂能净业障分第十六(其六) / 233
　　金刚随机无尽颂知见不生分第三十一(其二) / 233
　　金刚随机无尽颂知见不生分第三十一(其七) / 233
　　金刚随机无尽颂结实分主(其六) / 233
　　洪钟歌 / 233

释永颐(?—?)
　　游何山登道场 / 234
　　宿永安潭上 / 234
　　山中晚兴 / 234
　　金鹅晚眺 / 234
　　湖上春晚 / 234
　　初秋忆湖上诸山 / 234

释宇昭(?—?)
　　宿丁学士宅朱严希昼不至 / 234

释元肇(1189—?)
　　中秋 / 234
　　天姥 / 235
　　题远景山水四首(其二) / 235
　　送致政许朝请 / 235

送方常簿赴召 / 235
巾山 / 235
湖上秋日 / 235
和许提干宿平远 / 235
寒岩 / 235
乖目相者 / 235
访天目梁渚 / 236
得坐 / 236
道场山 / 236

释圆悟(?—?)
　　宿友人白云庵三首(其三) / 236

释月磵(1231—?)
　　送付藏主 / 236
　　偈颂一百零三首(其九三) / 236

释　云(?—?)
　　偈颂二十九首(其二十九) / 236

释云岫(1242—1324)
　　题梓岩和尚吟卷 / 237
　　明定 / 237

释允韶(?—?)
　　偈七首(其三) / 237

释真净(?—?)
　　送人之南岳 / 237

释正觉(1091—1157)
　　资圣庵欲过圆通 / 237
　　清潭荣长老写师像求赞 / 237
　　假日山行 / 237
　　惠首座写师像求赞 / 238
　　次韵真歇和尚圆觉经颂一十四首·威德自在菩萨章 / 238
　　禅人并化主写真求赞(其一一六) / 238

禅人并化主写真求赞(其二四三) / 238

禅人并化主写真求赞(其二九四) / 238

禅人并化主写真求赞(其三一〇) / 238

禅人并化主写真求赞(其四〇八) / 238

释志璿(？—？)
  偈五首(其三) / 238

释智朋(？—？)
  梦宅 / 239
  鄙翁住菁山庵 / 239

释智仁(？—？)
  留题云门寺 / 239

释智愚(1185—1269)
  颂古一百首(其八一) / 239
  颂古三首(其一) / 239
  寄集庆开山 / 239
  出山古像赞 / 239

释智圆(976—1022)
  赠守能师 / 239
  赠清义律师 / 239
  予近卜居孤山之下友人元敏以四绝
    见嘲遂依韵和酬(其四) / 240
  游风水洞僧院 / 240
  忆龙山院兼简蟾上人 / 240
  夏日寄谅律师 / 240
  同友人宿山院 / 240
  宿道场山寺 / 240
  送遇贞师归四明山 / 240

送夤上人归道场山 / 240
送希中游雪 / 240
上方院 / 241
寄赠子正律师 / 241
寄题梵天圣果二寺兼简昭梧二上人
  (其四) / 241
寄石城行光长老 / 241
寄华亭虚己师 / 241
寄海慧大师 / 241
怀中侄 / 241
湖上晚望寄友人 / 241
孤山诗二首(其一) / 241
梵天寺二首(其二) / 242
登武林高峰 / 242

释子淳(？—1119)
  颂古一〇一首(其八一) / 242

释子兰(？—？)
  华严寺望樊川 / 242

释宗杲(1089—1163)
  颂古一百二十一首(其四二) / 242
  颂古一百二十一首(其八四) / 242
  送法轮思藏主化钟 / 242

释宗盛(？—？)
  偈 / 243

释祖钦(1216—1287)
  偈颂一百二十三首(其二二) / 243
  偈颂一百二十三首(其一一三) / 243
  偈颂一百二十三首(其一二二) / 243
  偈颂七十二首(其一六) / 243

舒邦佐(1137—1214)
　　残腊书怀　/ 243
舒　亶(1041—1103)
　　题福源院　/ 243
　　和马粹老四明杂诗聊纪里俗耳十首
　　　（其六）　/ 243
舒岳祥(1219—1298)
　　正仲思归作篆畦今夜月十诗非篆畦
　　　月乃雁苍月盖杜子美鄜州月之意
　　　也予作十章乃篆畦月也（其二）
　　　/ 244
　　芎岩山居孟夏二十绝（其六）　/ 244
　　闻有海船入鄞作诗附寄正仲　/ 244
　　闻鸡早起　/ 244
　　题汪日宾西楼附山甫达之　/ 244
　　宿龟石寺　/ 244
　　六月十四夜久雨新霁见月极佳坐观
　　　万堂中收拾尘霓湛然不作久不见
　　　此趣因书之以寄正仲　/ 244
　　冬日山居好十首（其六）　/ 245
　　次韵酬用之见和　/ 245
司马光(1019—1086)
　　送罗郎中管勾玉局观　/ 245
　　送张太博知岳州　/ 245
　　华星篇　/ 245
　　和邵不疑校理蒲州十诗·碧楼
　　　/ 245
　　和端式十题·烟际钟　/ 245
　　奉同范景仁宋次道太常致斋韩廷评
　　　见过阍人不时内韩去乃知为诗谢
　　　之　/ 246
　　风　/ 246

　　春晓　/ 246
　　春贴子词·太皇太后阁六首（其三）
　　　/ 246
　　咏史（其一）　/ 246
宋伯仁(1199—?)
　　羊角埂晚行　/ 246
宋　辉(?—?)
　　次唐彦猷顾亭林韵　/ 246
宋景瞻(?—?)
　　崇庆寺　/ 247
宋敏求(1019—1079)
　　题招提院静照堂　/ 247
宋　祁(998—1061)
　　游海云寺　/ 247
　　喜药山贤师见过　/ 247
　　喜翟颖先辈至有感　/ 247
　　题蜀州修觉寺　/ 247
　　顺祀诗　/ 247
　　秋日与天章侍讲王原叔曾明仲正言
　　　余安道三学士集普光院　/ 248
　　偶作　/ 248
　　会圣宫　/ 248
　　和王君贶禁中寓直　/ 249
　　和登山城望京邑　/ 249
　　奉和圣制清明日　/ 249
　　春晓感别　/ 249
　　春夕　/ 249
宋　无(1260—?)
　　游楞伽寺　/ 250
　　寄山中僧　/ 250
　　寄翰苑所知　/ 250

目 录

杭州 /250

送宗上人游金陵 /250

金陵送倪水西之江陵 /251

别惠上人 /251

玉津园弃景钟歌 /251

宋 庠(996—1066)

宿斋太一宫寄天休 /251

适闻留台侍郎独游龙门属府事牵鞅辄成短诗奉寄 /251

句(其八) /251

登龟山上方寺 /251

登大明塔 /251

次韵和侍读梅学士秋雪 /252

晨谒感怀 /252

宋直方(?—?)

慈圣皇后赐钟赞 /252

苏 泂(1170—?)

游天意寺 /252

夜坐读韦苏州集序 /252

题山寺 /253

泊祠下诗 /253

金陵杂兴二百首(其一九八) /253

归自陶山舟中示暹侄 /253

姑苏台 /253

次韵颍叟弟耕堂杂兴六首(其六) /253

苏 轼(1037—1101)

纵笔 /253

自金山放船至焦山 /253

追和子由去岁试举人洛下所寄九首过广爱寺见三学演师观杨惠之塑宝山朱瑶画文殊普贤(其三) /254

舟中夜起 /254

再和潜师 /254

元祐六年六月自杭州召还汶公馆我于东堂阅旧诗卷次诸公韵三首(其一) /254

郁孤台 /254

与王郎昆仲及儿子迈绕城观荷花登岘山亭晚入飞英寺分韵得月明星稀四首(其四) /254

游灵隐寺得来诗复用前韵 /255

游净居寺 /255

游径山 /255

雍秀才画草虫八物·蜣螂 /255

宿海会寺 /255

送杨孟容 /256

送金山乡僧归蜀开堂 /256

石塔寺 /256

僧惠勤初罢僧职 /256

入寺 /256

去岁与子野游逍遥堂日欲没因并西山叩罗浮道院至已二鼓矣遂宿于西堂今岁索居儋耳子野复来相见作诗赠之 /257

和欧阳少师会老堂次韵 /257

过建昌李野夫公择故居 /257

梵天寺见僧守诠小诗清婉可爱次韵 /257

发广州 /257

独游富阳普照寺 /257

苏舜钦(1008—1049)

游招隐道中 /257

宿太平宫 /258

梦归 /258
独游辋川 /258
丙子仲冬紫阁寺联句 /258

苏　颂(1020—1101)
皇帝初郊大礼庆成诗 /259
和欧阳永叔少师会老唱和诗三首·寄汝阴少师 /259
恭谢庆成诗十韵 /259
次韵蒋颖叔游西湖入南屏山 /259
次韵曾子固舍人上元从驾游幸 /259

苏　辙(1039—1112)
舟次磁湖以风浪留二日不得进子瞻以诗见寄作二篇答之前篇自赋后篇次韵(其一) /260
再游庐山三首(其三) /260
游庐山山阳七咏·万杉寺 /260
游庐山山阳七咏·归宗寺 /260
王君贶宣徽挽词三首(其三) /260
题王诜都尉画山水横卷三首(其二) /260
送董扬休比部知真州 /260
上元不出 /261
留题石经院三首(其三) /261
孔毅父封君挽词二首(其二) /261
画学董生画山水屏风 /261
和子瞻自净土步至功臣寺 /261
和子瞻玉盘盂二首(其一) /261
和子瞻金山 /262
和子瞻凤翔八观八首·石鼓 /262
范蜀公挽词三首(其二) /262
次韵子瞻自普照入山独游二庵 /263

次韵子瞻寿州城东龙潭 /263
次韵子瞻上元扈从观灯二首(其二) /263
次韵子瞻江西 /263
次韵子瞻过海 /263

苏　籀(1091—?)
次韵范子仪怡山饭讫访王仙君旧迹一首 /263

孙　觌(1081—1169)
致政运使直阁朱公挽词三首(其二) /263
越国郑夫人挽词二首(其一) /264
鼂画连雨溪涨丈余雨霁水落喜而赋诗二首(其二) /264
疏山寺次白文林韵三首(其二) /264
示龟潭文上人二首(其二) /264
沈公序亦爱亭二首(其一) /264
南山寺二首(其一) /264
妙觉寺适轩二首(其二) /264
灵岩 /264
利见置酒燕超轩袭明赋诗次韵二首(其一) /265
寄题虞阳山周氏隐居五咏·妙光庵 /265
过枫桥寺示迁老三首(其一) /265
读王季恭诗卷小诗为谢二首(其二) /265
读刘方叔诗卷二首(其二) /265
朝议胡公挽词二首(其一) /265
别如老 /265
安仁县有大第一区官兵纵暴主人谷

氏避不敢居三年矣县尹常馆过客
　　于第中赋主人避地二首（其一）
　　　　/ 266

孙　迈（？—？）
　　简寂观作 / 266

孙　嵩（1238—1292）
　　冬初杂兴（其三） / 266

孙应凤（？—1261）
　　宝藏寺洪钟 / 266

孙应时（1154—1206）
　　枕上口占 / 266
　　五月末如鄞舟中戏作 / 266
　　和景孟宿山中 / 266
　　和简叔（其二） / 266
　　和顶山前韵 / 267
　　重答 / 267

谭用之（？—？）
　　闲居寄陈山人 / 267

谭知柔（？—？）
　　练湖春霁 / 267

唐　庚（1071—1121）
　　钟潭行 / 267
　　游仙云宫 / 268
　　夜坐感怀 / 268

唐　询（1005—1064）
　　题会稽溪口躬师上人房 / 268

陶　弼（1015—1078）
　　句（其五二） / 268

陶梦桂（1180—1253）
　　极高明楼饮散次韵二首（其二）
　　　　/ 268

田　况（1005—1063）
　　成都遨乐诗二十一首·三月十四日
　　　太慈寺建乾元节道场 / 268

田如鳌（？—？）
　　题度门寺 / 268

田　锡（940—1004）
　　茱萸堰泊 / 269
　　秋怀 / 269
　　寄韩丕进士 / 269

汪梦斗（？—？）
　　枕上漫成 / 269

汪　莘（1155—1212）
　　夏日西湖闲居十首（其八） / 269

汪炎昶（1261—1338）
　　香严院 / 269
　　初冬 / 269

汪元量（1241—1317）
　　晓行 / 270
　　宫人为尼 / 270

汪　藻（1079—1154）
　　同张昌时宿高明寺 / 270
　　试闱同宋德操陈纯中登稽古阁晓望
　　　　/ 270
　　上蔡太师生辰二首（其一） / 270
　　过定香寺 / 271
　　庚午岁屏居零陵七月二十以门掩
　　　候虫秋为韵赋五首（其三） / 271
　　从稚子出前溪 / 271
　　次韵吴明叟集鹤林五首（其三）
　　　　/ 271
　　次韵刘立道二首（其二） / 271

次韵蔡天任二首(其一) / 271

王安礼(1034—1095)
  梦长 / 272

王安石(1021—1086)
  赠安大师 / 272
  用王微之韵和酬即事书怀 / 272
  为裴使君赋拟岘台 / 272
  题回峰寺诗 / 272
  梦长 / 272
  即事五首(其三) / 272
  化城阁 / 273
  光宅寺 / 273
  春寒 / 273
  北山道人栽松 / 273

王安中(1076—1134)
  和李达之庚寅秋雨三首(其三) / 273

王　柏(1197—1274)
  题玉涧八景八首(其五) / 273
  题宁庵 / 273
  侍伯兄宿履庵即事呈本老 / 274
  伯兄新楼十首(其八) / 274

王　谌(?—?)
  宿北山(其一) / 274
  游善区寺 / 274

王　冲(989—1056)
  次韵范公游云门 / 274

王　舫(?—?)
  晚憩石门洞 / 274
  次黄日岩韵 / 274

王　观(?—?)
  九日狼山 / 275

王　珪(1019—1085)
  喜定号 / 275
  送史寺丞赴真州六合县 / 275
  留题吴仲庶省副北轩画壁兼呈杨乐
    道谏院龙图三首(其二) / 275
  就日馆 / 275
  宫词(其六二) / 275
  大飨明堂庆成诗 / 275

王九龄(?—?)
  祠庞颍公 / 276

王　秬(?—1173)
  句(其二) / 276

王　令(1032—1059)
  再次元韵答几道 / 276

王　迈(1184—1248)
  题弟纲举之奉仙之室曰小蓬莱 / 276
  送朱典卿履常参学 / 277
  和书楼叔遇叔题小蓬莱 / 277
  殿廷初考诸同舍约共赋诗 / 277

王　阮(?—1208)
  投周益公三首(其一) / 278
  题东林一首 / 278
  送晦翁十首(其三) / 278

王十朋(1112—1171)
  左原诗三十二首·白岩庵 / 278
  至兴国军(其一) / 278
  游圆通 / 278
  游楞伽(其三) / 278
  题佛阁三绝(其三) / 279
  宿双岩寺 / 279

40

宿石佛 / 279

宿华容寺 / 279

三月晦日与同舍送春于梅溪因诵贾阆仙诗云三月更当三十日风光别我苦吟身共君今夜不须睡未到晓钟犹是春时有二十八人遂以齿序分韵 / 279

王　曙(963—1034)

　　回峰院留题 / 279

王　随(973—1039)

　　栖霞寺(其一) / 279

　　栖霞寺(其二) / 279

王　遂(?—?)

　　枕上闻钟 / 280

　　赠肖岩(其一) / 280

王庭珪(1080—1172)

　　赠行者悟本 / 280

　　赠曦上人二绝句(其一) / 280

　　赠度门僧(其二) / 280

　　游湖头观桃花行数里弥望不绝有僧新开兰若于万花之中留三绝句书辩公房(其一) / 280

　　谒僧惠端不遇 / 280

　　迁善斋铭 / 280

　　庐陵行 / 280

　　建炎己酉十二月五日避乱鸫湖山十绝句(其三) / 281

　　建炎己酉十二月五日避乱鸫湖山十绝句(其四) / 281

　　寄胡邦衡兼简陈金判黄书记 / 281

　　次韵赵逢源秋日溪居十绝(其九) / 281

再和德济旧韵 / 281

用前韵酬清首座 / 281

送南台长老 / 281

寄程子山舍人 / 282

惠门寺钟铭 / 282

和胡观光黄元授二首(其二) / 282

次韵送别曾英发 / 282

次韵刘升卿惠焦坑寺茶用东坡韵 / 282

次韵段季裕惠诗二首(其二) / 282

宝珠寺钟铭 / 282

王　投(?—?)

　　三学院(其一) / 282

王　沺(?—?)

　　湖山十景·苏堤春晓 / 283

王　炎(1138—1218)

　　用前韵酬魏倅 / 283

　　溪上晚望二绝(其二) / 283

王　洋(1089—1154)

　　重九日至云号 / 283

　　郑顾道惠腊梅二首(其二) / 283

　　秀实惠简问闲居消息有滴水滴冻之语以诗报之(其二) / 283

　　路居士山水歌 / 283

　　过慈感知古阁黎为童行落发留饭偶已食不果留 / 284

　　曾铉父惠黄龙菜 / 284

王　益(993—1038)

　　和梅公仪新繁县显曜院 / 284

王应麟(1223—1296)

　　天童寺 / 284

王　嵎(?—1182)
　　登更好堂同景思少卿表丈韵　/ 285
王禹偁(954—1001)
　　谪居感事　/ 285
　　雪后登灵果寺阁　/ 288
　　寄献润州赵舍人(其一)　/ 288
　　恭闻种山人表谢急征不赴荣侍因成
　　　拙句仰纪高风　/ 288
王　云(?—1126)
　　赠仰山简老　/ 288
王之道(1093—1169)
　　闲眠二首(其一)　/ 288
　　题浮光丘家山寺　/ 288
　　示隐静恭老　/ 288
　　和张彦智中秋对月　/ 288
　　酬周少隐赠行之什　/ 289
　　题南巢地藏寺　/ 289
王之望(?—1170)
　　龙华山寺寓居十首(其二)　/ 289
王志道(?—?)
　　六月八日夜步西湖即事　/ 289
王　铚(?—?)
　　溪上观雪　/ 289
　　诗送韩简伯学官于临浦呈劝其重修
　　　西子祠　/ 289
　　明觉寺折梅　/ 290
　　九月二十七日与客游龙山　/ 290
　　系舟余杭门访西湖金轮寺参上人
　　　/ 290
王　质(1135—1189)
　　银山寺和宗禅师四季诗·春　/ 290

　　近村　/ 290
　　和王充道夜坐二首(其一)　/ 290
　　和王充道夜坐二首(其二)　/ 290
王　灼(?—?)
　　曲尺山云居寺　/ 291
　　监乐堂　/ 291
　　东禅别新资官令荣安中走笔次韵
　　　/ 291
王　镃(?—?)
　　游仙词三十三首(其二)　/ 291
　　登开元宫德和楼　/ 291
韦　骧(1033—1105)
　　中夏偶成　/ 292
　　雨止　/ 292
　　宿宁化县鹫峰寺　/ 292
　　贺简夫石丈罢令先期请老　/ 292
　　和孙叔康探梅二十八韵　/ 292
　　和书怀　/ 293
　　和宝严阁　/ 293
　　逸龙　/ 293
卫宗武(?—1289)
　　山行(其四)　/ 293
　　耕渔处　/ 293
魏了翁(1178—1237)
　　虞万州生日　/ 294
　　杨仲博生日　/ 294
　　魏抚干挽诗　/ 294
　　春社日祀事既毕轿中得三绝(其一)
　　　/ 295
魏　野(960—1020)
　　知府石太尉闲抱瑶琴荣临圭窦烧笋

供膳刻竹题名因成二绝纪而谢之
　　(其一) / 295
暮秋闲望 / 295
冬暮郊居 / 295
别同州陈太保 / 295

魏　宗(?—?)
石桥 / 295

文天祥(1236—1283)
游青源二首(其一) / 295
游青源二首(其二) / 296
晓起(其一) / 296
入狱第一百一 / 296
偶成二首(其一) / 296
龙雾洲觉海寺次李文溪壁间韵
　　/ 296
冬至 / 296
不睡 / 296

文　同(1018—1079)
重过旧学山寺 / 296
续青城山四咏·飞赴寺 / 296
郡学锁宿 / 297
寄楞严大师 / 297
和仲蒙石龙涡 / 297
大慈交师演古轩 / 297
苍溪山寺 / 297

文彦博(1006—1097)
运使兵部见采拙诗四沐继和唱者已
　　竭而答者无穷内省小巫敢当大敌
　　既难收合余烬愿为城下之盟
　　/ 297
送乾元寺住持实大师 / 298
和副枢吴谏议寄题广化寺东轩 / 298

答南都致太傅相公 / 298

闻人符(?—?)
题清习阁 / 298

闻人祥正(?—?)
集句(其一六) / 298

翁　卷(?—?)
寓南昌僧舍 / 298
寄沈洞主 / 298

翁　森(?—?)
山房 / 299

吴　芾(1104—1183)
陪梁大谏察院同登蒋山 / 299
偶苦耳聋 / 299
哭元帅宗公泽 / 299
元夕即席呈郭次张 / 300

吴　璘(?—?)
句 / 300

吴晦之(?—?)
忆江湖旧游 / 300

吴　激(?—1142)
句(其六) / 301
长安怀古 / 301
病后寄开甫 / 301

吴　儆(1125—1183)
休日饮直之运属家 / 301

吴龙翰(1233—1293)
晚舟过临平 / 301
泊真州方山下 / 301
春山晚望 / 301

吴　栻(?—?)
灵岩寺(其一) / 301

43

吴惟信(?—?)
　　登下竺塔 / 302

吴仙湖(?—?)
　　夜乘航 / 302

吴　泳(?—?)
　　寿李雁湖(其一) / 302
　　和虞沧江赋梅(其五) / 302
　　和洪舜俞太一宫韵 / 302

吴　渊(1190—1257)
　　早朝步葛元喆韵 / 302

吴则礼(?—1121)
　　坐睡 / 302
　　晚步 / 303
　　同曾公卷出南城 / 303
　　过井宝谒田端彦 / 303
　　次周开祖游鹤林韵 / 303
　　次公卷韵 / 303

伍　乔(?—?)
　　游西山龙泉禅寺 / 303
　　游西禅 / 303
　　题西林寺水阁 / 303
　　宿灊山 / 304

武　衍(?—?)
　　恭谢庆成诗十阕(其三) / 304

夏　竦(985—1051)
　　感兴 / 304
　　帝京春日 / 304
　　代村叟 / 304

鲜于侁(?—?)
　　灵岩 / 304

项安世(1129—1208)
　　重过鄂州 / 304
　　次韵孙金判试院中秋咏月三绝(其三) / 305
　　次韵江陵曹令祈雨 / 305

萧立之(1203—?)
　　越一月复以宪檄按死事于抚之溪暑中望疏山不得往归宿永兴寺拜象山先生墓而后行兼旬得诗如前之数可发一笑为后山行云·方广寺 / 305
　　题危叔阳兰雪诗卷下 / 305
　　束邵中立 / 305
　　春晴试笔 / 306
　　报恩荷池纳凉呈云心 / 306

萧　肃(1111—?)
　　句 / 306

萧元之(?—?)
　　清明省扫归舟陆相半 / 306

谢　翱(1249—1295)
　　山寺送翁景芳归觐 / 306
　　己丑除夜 / 306
　　虎石 / 306
　　叠山 / 306
　　悼南上人 / 307

谢枋得(1226—1289)
　　谢黄禅师华严会供食 / 307

谢　伋(?—?)
　　国清愚谷禅师索更好堂诗 / 307

谢隽伯(?—?)
　　秋日杂兴(其一) / 307

44

谢 逸(1068—1112)
　　夜兴 / 307
　　和王立之见赠四首(其四) / 307
谢 直(?—?)
　　辰十月八日同希周扫松灵石晚步松下怆然有怀以数诗示儿侄辈邀希周同赋时阿同在新城他日当寄之(其二) / 308
辛弃疾(1140—1207)
　　和泉上人 / 308
邢居实(1068—1087)
　　雨后出城马上作 / 308
邢 恕(?—?)
　　题愚溪 / 308
熊 蕃(?—?)
　　登金山 / 309
熊 禾(1247—1312)
　　平江舟中不寐 / 309
徐冲渊(?—?)
　　中秋夕设醮洞霄宫 / 309
徐 恢(?—?)
　　寄题赵昌父发深省斋 / 309
徐集孙(?—?)
　　赠黄羽士 / 309
　　闲赋 / 309
徐 钧(?—?)
　　刘禹锡 / 309
徐良弼(?—?)
　　桃花洲 / 310
徐鹿卿(1189—1251)
　　酬众士友(其二) / 310

徐梦发(?—1276)
　　龟山祷雨 / 310
徐千里(?—?)
　　茉莉花 / 310
徐 侨(1160—1237)
　　后坡 / 310
徐 瑞(1255—1325)
　　客枕有感 / 310
　　次韵仲退山中小景四首·夕阳烟树 / 311
徐似道(1144—1212)
　　虞仲房司马游园约予不赴因次其韵 / 311
徐文卿(?—?)
　　庐陵刘氏以仲立于枕上和余韵夜半得诗句敲门唤余余摄衣而起相对语于野航桥上殊为胜绝因再用韵 / 311
徐 铉(917—992)
　　雪中作 / 311
　　奉和御制岁日二首(其一) / 311
徐元杰(1194?—1245)
　　饯刘恭父二首(其二) / 311
徐元娘(1261—1276)
　　绝命诗(其二) / 311
徐 照(?—1211)
　　游衡山 / 312
　　题浯溪 / 312
　　题何仙姑旧居 / 312
　　宿永康 / 312
　　宿吉州永庆寺 / 312

刘明远会宿翁灵舒西斋 /312

寄筠阳赵紫芝推官 /312

许安世(1041—1084)

题清化山 /313

许 琮(1149—?)

夜宿祥符寺晓钟有感 /313

许 当(?—?)

宝峰寺 /313

许 棐(?—?)

书郭子度壁 /313

不语僧 /313

许广渊(?—?)

放生池 /313

许 翰(?—1133)

奉和大观文相公见寄古风 /313

许及之(1141—1209)

自和 /314

赵故城 /314

再用韵答转庵 /314

再用韵酬居甫 /314

再酬梅南寿 /314

寓居 /314

游南明山 /314

用韵酬侯居甫 /315

用韵酬常之 /315

吴门次韵颐刚严陵留别过新安 /315

望平山堂 /315

题石乳洞 /315

送禹之皋之舅赴调二首(其一) /315

某谬题媚川图江心寺晚荷仲归兄依韵宠和至再愈工勉酬厚意终惭辞费 /315

次韵酬梅南寿旧曾和予梅花词 /315

次韵诚斋寒食日雨中游上天竺(其七) /316

酬翁常之和媚川图上观江心寺诗 /316

许 将(1037—1111)

能仁禅寺 /316

许 玠(?—?)

汉宫春夜 /316

许景衡(1072—1128)

次韵彦崇游三洞 /316

许 式(?—?)

寄洞山聪禅师 /316

许月卿(1216—1285)

浴罢 /316

晓喂 /317

薛 繗(?—?)

和吴公仲庶游海云寺 /317

薛 琦(?—?)

舟泊五圣祠前 /317

薛师石(1178—1228)

宿瞿溪 /317

送翁灵舒闲游 /317

薛 嵎(1212—?)

早起即事 /317

雁山纪游七首·能仁寺 /317

雁山纪游七首·灵岩寺 /317

雁山纪游七首·宝冠灵云二寺 /318
松阜弟于宝成寺祖墓之侧营创别业为赋得闲亭诗取又得浮生半日闲之句 /318
潘南夫察院出台乡人荣其归拉余迎访因赋七言 /318

严粲(?—?)
建德县梅山寺 /318

严羽(1192?—1245?)
古剑行 /318
访益上人兰若 /319

晏殊(991—1055)
题东湖涵虚阁 /319
壬午岁元日雪 /319
癸酉岁元日中书致斋感事 /319
初秋宿直 /319

阳枋(1187—1267)
挽故人(其一) /319

杨备(?—?)
虎丘 /319
促妆钟 /319
吴建初寺 /320

杨伯岩(?—1254)
徐偃王庙 /320

杨大全(?—?)
句 /320

杨公远(1227—?)
烟寺晚钟 /320

杨冠卿(1138—?)
九里松六言 /320

以浯溪磨崖颂为友人寿 /320

杨徽之(921—1000)
汉阳晚泊 /320

杨简(1141—1226)
题华盖仙山院默斋 /321
寿赵泉使(其一) /321
富春龙门 /321
庐山五笑·陶渊明 /321

杨侃(964—1032)
游梅山寺 /321

杨蟠(?—?)
早过天竺呈明智及同游二老 /321

杨齐(?—?)
冬至夜旅怀 /321

杨万里(1127—1206)
寓仙林寺待班戏题 /322
乙丑改元开禧元日 /322
彦通叔祖约游云水寺二首(其二) /322
辛丑正月二十五日游蒲涧晚归 /322
戊申四月九日得请补外初出国门宿释迦寺 /322
五更入宣城诣天庆观朝谒 /322
往安福宿代度寺 /322
同君俞季永步至普济寺晚泛西湖以归得四绝句(其一) /322
送客既归晚登清心阁 /322
三月晦日 /322
瑞庆节日同王式之诣云际寺满散 /323

47

壬寅岁朝发石塔寺　/ 323
人日出游湖上十首(其五)　/ 323
秋日早起　/ 323
清晓趋郡早炊幽居延福寺　/ 323
前苦寒歌　/ 323
林景思寄赠五言以长句谢之　/ 323
记梦三首(其一)　/ 324
记梦三首(其三)　/ 324
寒夜不寐　/ 324
寒鸡　/ 324
过吕城闸六首(其二)　/ 324
过淮阴县题韩信庙前用唐律后用进退格(其二)　/ 324
归涂观刘寺新叠石山　/ 324
庚戌正月三日约同舍游西湖十首(其七)　/ 324
冬至后贺皇太子及平阳郡王　/ 324

杨　埙(？—？)
　　郎官岩　/ 324

杨　亿(974—1020？)
　　秋晚　/ 325
　　郡斋即事书怀十二韵呈诸官　/ 325
　　成都凤道人游终南山谒种征君　/ 325
　　升山　/ 325
　　廉上人归天台　/ 325

杨则之(？—？)
　　游慧聚寺　/ 325
　　题慧聚寺　/ 326

姚　勉(1216—1262)
　　放生池纳凉晚归　/ 326
　　登四圣观月桂亭有感　/ 326

　　次友人示诗集(其三)　/ 326

姚　铉(968—1020)
　　句　/ 326

姚　镛(1191—？)
　　寄冲晦　/ 326
　　法华寺　/ 326
　　拜先君墓　/ 326
　　宿护国寺观晦翁先生题名(其一)　/ 327

叶梦得(1077—1148)
　　鹅湖山　/ 327
　　次韵再答子因　/ 327

叶清臣(1000—1049)
　　先照寺　/ 327

叶善夫(？—？)
　　芹溪八咏(其七)　/ 327

叶　适(1150—1223)
　　赵清叔挽词　/ 327
　　赠瑞鹿莹老化缘铸钟　/ 328
　　再过吴江赠僧了洪　/ 328
　　送陈粮料　/ 328

叶秀发(1161—1230)
　　题龙吟寺　/ 328

叶　茵(1199？—？)
　　止庵　/ 328
　　天童山　/ 328
　　次游法喜寺韵　/ 328
　　次吴菊潭八月十四夜韵二首(其一)　/ 329
　　阿育王寺舍利塔　/ 329

应　枢(？—？)
　　游它山　/ 329

目录

尤 袤(1127—1194)
　送吴待制帅襄阳二首(其二) / 329
　句(其一二) / 329

于 革(?—?)
　龙王庙云平阁 / 329

于 石(1247—?)
　伊昔(其四) / 330
　宿栖真院分韵得独字 / 330
　送友人之武林 / 330
　山居(其一) / 330
　鹿田 / 330
　半山亭 / 330

余 靖(1000—1064)
　和伯恭殿丞游西蓉山寺 / 330

俞德邻(1232—1293)
　石门洞 / 331
　陈登父和再用韵奉答共说江南杜禅 / 331
　病中谢亲友四首(其三) / 331

俞 桂(?—?)
　寓归 / 331
　丙午七夕后一日晚抵松江塔下(其二) / 332

俞 烈(?—1213)
　题东山 / 332

俞紫芝(?—?)
　秋阁晨兴 / 332

虞 俦(?—?)
　元衍曹居士挽诗(其二) / 332
　十五日看梅花上雪销已尽(其二) / 332

圣龙长老资公求修佛殿疏余不暇作也昔丹霞烧木佛院主堕落须眉普贤劝修古佛末后童子证果居士举此公案二段以问圣龙若下得一转语则佛殿一时修了其或未然定又去聒扰檀施矣因作山偈奉送只此大胜作疏头劝缘也 / 332
　和汉老弟南坡三十韵 / 333
　故安国夫人挽诗(其一) / 333
　出郊迓倅车暮归二首(其二) / 333

喻良能(1120—?)
　夜宿浮石山崇福寺上方题壁 / 333
　王枢使生辰 / 334
　题雪峰寺 / 334
　石钟山 / 334
　三月二十六日工部宿直 / 334
　就报恩借碾碾茶彝老有诗因次其韵 / 334
　鹅湖寺(其二) / 334
　点检朝陵内人顿递至西兴道中纪事 / 335

冤亭卞(?—?)
　留题灵岩古诗十韵 / 335

元 绛(1009—1084)
　和圣徒洛中九老会 / 335

袁 燮(1144—1224)
　赠蒋德言昆仲三首(其一) / 335

袁说友(1140—1204)
　岷山塔院 / 336

袁 陟(?—?)
　百丈山 / 336

49

乐雷发(？—？)
　　到衡岳呈弟山长　/336
　　慈氏阁　/336

岳　珂(1183—？)
　　至鄂期年以饷事不给于诗己亥夏五廿有八日始解维雪锦夜宿兴唐寺繁星满天四鼓遂行日初上已抵浠黄洲几百里矣午后南风薄岸舟屺不能移延缘葭苇间至莫不得去始作纪事十解呈旧幕诸公(其五)　/336
　　赵德麟召还诗帖赞　/336
　　兴唐寺闻钟　/337
　　塔灯六言四绝(其一)　/337
　　去岁五月二十八日发雪锦亭以六月旦谒富池而行是夜始望见庐山今岁以此日正在湖濆中念岁月之倏忽惊道途之劳勋回首感叹二首(其一)　/337
　　宫词一百首(其四)　/337
　　宫词一百首(其七三)　/337
　　洞霄宫　/337

臧　诜(？—？)
　　东峰亭　/337

曾从龙(1175—？)
　　题清水寺　/338

曾　丰(1142—？)
　　题谌氏奉先亭　/338
　　三山寺戏堂头僧(其二)　/338
　　买舟赴广至太和逢迓吏　/338
　　寄题张子登遂勤斋　/338

曾　巩(1019—1083)
　　游金山寺作　/338
　　薛老亭晚归　/338
　　送觉祖院明上人　/339
　　升山灵岩寺　/339
　　甘露寺多景楼　/339
　　秋怀二首(其一)　/339
　　读五代史　/339

曾　会(？—？)
　　题法华山天衣寺　/339

曾季貍(？—？)
　　憩雷公山　/339

曾　旼(？—？)
　　游九锁　/340

曾　协(1119—1173)
　　饮沈氏园得僻字　/340

曾有光(？—？)
　　赠画山水陈兄　/340

曾　惜(？—1155)
　　巫山　/340

查　籥(？—？)
　　万州湖滩寄王夔州　/341

翟　龛(1224—1314)
　　寄王祥季昆　/341

翟汝文(1076—1141)
　　北固山　/341

詹　本(？—？)
　　宿天台　/341

张伯玉(？—？)
　　桐庐寺晓钟　/342
　　清思堂晓雪初霁望飞来山　/342

50

张　澂(？—1143)
　　孝义寺　/ 342
　　雷公山　/ 342

张道成(？—？)
　　临终偈　/ 342

张方平(1007—1091)
　　劝酒行　/ 343
　　秦州即事　/ 343
　　平台秋　/ 343
　　偶兴　/ 343
　　梦后　/ 343
　　赴益部途中　/ 343

张　纲(1083—1166)
　　李居正挽词　/ 344
　　次韵国衡　/ 344

张公庠(？—？)
　　宫词(其六八)　/ 344

张　斛(？—？)
　　高寺　/ 344

张　徽(？—？)
　　句(其二)　/ 344

张继先(1092—1127？)
　　钟　/ 344
　　题度仪堂四首(其三)　/ 344
　　庵居杂咏九首(其九)　/ 345

张九成(1092—1159)
　　三月晦到大庾　/ 345
　　拟归田园(其一)　/ 345
　　过报恩　/ 345

张　絜(？—？)
　　第一峰诗(其二)　/ 345

张　侃(1189—？)
　　枫桥　/ 346

张　揆(？—？)
　　宿灵岩寺　/ 346

张　扩(？—？)
　　子公复和亦次韵(其一)　/ 346
　　山居四首(其四)　/ 346

张　耒(1054—1114)
　　醉宿慈氏院晨起　/ 346
　　赠铁牌道者　/ 346
　　寓寺八首(其二)　/ 346
　　寓陈杂诗十首(其五)　/ 346
　　永宁遣兴三首(其一)　/ 347
　　谒僧不值　/ 347
　　夜霜　/ 347
　　叙十五日事　/ 347
　　题庐阜官厅壁　/ 347
　　题大苏净居寺　/ 347
　　太宁庭柏　/ 347
　　索莫　/ 348
　　宿泗州戒坛院　/ 348
　　宿龟山寺下赠旻师　/ 348
　　宿慈氏院　/ 348
　　疏梅二首(其一)　/ 348
　　书寺中所见四首(其二)　/ 348
　　书初凉夜至将晓　/ 348
　　神运殿望香炉天池等峰晚宿官厅明
　　　日早发　/ 349
　　山下　/ 349
　　破幌　/ 349
　　柯山杂诗四首(其三)　/ 349
　　绝句　/ 349

将别普济二首(其二) /349
湖上成绝句呈刘伯声四首(其一)
　　/349
广化遇雨 /349
庚辰腊八日大雪二首(其一) /350
厄台寺三首(其二) /350
渡洛游三乡书所见 /350
冬夜二首(其一) /350
冬日即事 /350
春日怀淮阳六首(其二) /350
出京寄无咎二首(其一) /350
别钱筠甫三首(其一) /350
白羊道中二首(其一) /350

张　嵲(1096—1148)
坐听啼鸟如春禽响信笔书 /351
赠相僧杨懒散 /351
游下岩寺先是刘宝学约于此相聚既
　而先进舟遂失胜业 /351
题画扇二首(其一) /351
宿永睦将口香积院满山皆松桧声二
　首(其二) /351
送冯元通帅夔 /351
绍兴圣孝感通诗 /352
九日三首(其三) /353
病中夜雨 /353
秋晚游谦上人庵四首(其三) /354
秋晚游谦上人庵四首(其四) /354
孤山 /354

张　揆(995—1074)
留题灵岩寺 /354

张声道(?—?)
九折岩(其二) /354

张师中(?—?)
枫桥寺 /354

张　栻(1133—1180)
游灵岩 /354
腊月二十二日渡湘登道乡台夜归得
　五绝(其五) /355
和元晦赠上封长老 /355
寒食前三日野步乌龙山中石上往往
　多新芽手撷盈掬酌玉泉煮之芳甘
　特甚有怀伯承兄赋此以寄 /355
方广寺睡觉 /355
晨钟动雷池望日 /355

张　守(1084—1145)
次韵曾天猷赠知宗赵端礼展钵诗
　　/356
丞相惠诗复次前韵(其一) /356
丞相惠诗复次前韵(其二) /356

张　枢(1292—1348)
宫词十首(其二) /356

张舜民(?—?)
试院感怀 /356

张　微(?—?)
句 /356

张　先(990—1078)
将赴南平宿龙门洞 /357

张孝祥(1132—1170)
重入昭亭赋二十韵 /357
用韵简天童应庵 /357
题定山寺(其一) /357
上辟廱 /357
寄题向彦绩史君采菊堂 /358

福严　/ 358

登马氏永宁阁和朱漕元顺分韵
　　/ 358

丙戌七月望日自南台游福严书留山
　　中　/ 358

张　弋(？—？)

元日　/ 359

张玉娘(1250—1276)

暮春夜思　/ 359

张元干(1091—1161)

真歇老人退居东庵予过雪峰特访之
　　为留再宿仍赋两诗(其二)　/ 359

用折枢韵呈李丞相二首(其一)
　　/ 359

夜宿宗公丈室求诗甚勤为赋五字
　　/ 359

留寄黄檗山妙湛禅师　/ 359

奉酬才元席上所赋前韵　/ 359

范才元道中杂兴(其五)　/ 359

送言上人往见径山老十四韵　/ 360

张至龙(？—？)

紫微阁赠凌丹士　/ 360

晚窗　/ 360

题白沙驿　/ 360

宿灵岩　/ 360

张　镃(1153—？)

至华藏寺先呈琏长老　/ 360

正月三日同诸亲从叔祖阁学登宁寿
　　观东西山寻至邻园次叔祖韵
　　/ 360

杨伯时李子永潘茂洪同游安福寺诗
　　/ 361

送客至无相兰若归过慈云岭小憩崇

寿寺书所见十首(其五)　/ 361

山寺漫兴　/ 361

清晖阁在柳洲寺旧址二首(其二)
　　/ 361

陆编修送月石砚屏　/ 361

芦山长老慧举见访约游其临平庵居
　　自号云邱草堂因赠四韵　/ 361

偈　/ 362

桂隐纪咏·高寒堂　/ 362

钓台　/ 362

自安福过真珠园梅坡　/ 362

夜兴　/ 362

宿余杭普救兰若同讷义二僧访法喜
　　寺寻登绿野亭　/ 363

宿吴江华严院　/ 363

次韵酬铦上人二首(其二)　/ 363

章得象(978—1048)

题山宫法安院(其一)　/ 363

题明庆塔院　/ 363

章　甫(？—？)

六言(其三)　/ 364

章　纶(？—？)

庚子冬夜宿郡馆怀白从古　/ 364

章藻之(？—？)

明水寺　/ 364

赵必瑑(1245—1294)

再用前韵集句(其五)　/ 364

赵　抃(1008—1084)

题灵山寺　/ 364

屡乞致政诏答未允述怀　/ 364

和宿峡石寺下　/ 364

次韵程给事越州元夕观灯 / 364

赵崇森(?—?)
题三女冈白莲花 / 365

赵处澹(?—?)
题周恭叔谢池读书处 / 365

赵 鼎(1085—1147)
夜坐 / 365
灵岩寺 / 365

赵 蕃(1143—1229)
周十三丈约同马三丈入青原山赋诗
　五首以记行(其三) / 365
重赋畏知寓斋 / 365
枕上 / 366
早作 / 366
雨后 / 366
游浮洲寺 / 366
隐山寺梁昭明题额 / 366
夜作绝句三首(其三) / 366
午过无锡明日五更到平江门外
　 / 366
微霰雪 / 367
投宿清福寺 / 367
同成父逸远自桃花游龟峰复回桃花
　赋诗二首(其二) / 367
孙季章无愧郑季奕徐斯远以仆留智
　门载酒见过坐中雪作三诗(其一)
　 / 367
宿龙须山(其二) / 367
送李袁州泛舟入浙 / 367
十一月大雷雨 / 367
十二日登列岫亭有设空鳜者去之荐
　福酌浅沙泉登大楚之秋屏阁而归

赋诗一首 / 367
闰月二十日离玉山八月到余干易舟
　又二日抵鄱阳城追集途中所作得
　诗十有二首(其三) / 368
秋陂道中三首(其一) / 368
秋陂道中三首(其三) / 368
六月十一夜简孙子肃子仪 / 368
溧水道中回寄子肃玉汝并属李晦庵
　八首(其三) / 368
简徐季益二首(其一) / 368
寄林敏夫二首(其二) / 369
和折子明丈闲居杂兴十首(其一)
　 / 369
鹅湖道中二首(其二) / 369
东庵上方 / 369
代书示逸二首(其一) / 369
代书寄张次律二首(其二) / 369
舂米方归瑞峰寺僧送菜适至遂成晚
　馈 / 369
曾耆英自太和携所录谢民师观妙诗
　文副以长句见惠次韵酬答 / 369
病中即事十五首(其一四) / 369
八月八日发潭州后得绝句四十首(其
　三八) / 369

赵福元(?—?)
晚钟 / 370

赵庚夫(1173—1219)
隐逸 / 370
句(其二) / 370

赵公豫(1135—1212)
庐山 / 370
登燕子矶 / 370

赵 佶(1082—1135)
　诗二首(其一) / 370
　宫词(其一四) / 370
　宫词(其四九) / 370
　宫词(其九〇) / 371
　上清乐(其四) / 371

赵 葵(1186—1266)
　赠石牛上人 / 371

赵立夫(?—?)
　谢刘潜夫寄示诗卷 / 371

赵帘谿(?—?)
　次韵大受冷清生活与赋拙何异 / 371

赵令畤(1061—1134)
　被责三十年蒙恩召还行在方驻跸钱塘书呈子常侍郎 / 371

赵孟坚(1200—?)
　追咏西湖行乐寄傅清叔 / 372

赵清源(?—?)
　天台石梁 / 372

赵汝淳(?—?)
　灵岩 / 372

赵汝譡(?—1223)
　寄题王宗卿答春堂 / 372

赵汝镂(1172—1246)
　早征 / 373
　雪中寻僧 / 373
　雪中观客夜博 / 373
　湘西行 / 373
　题村舍壁 / 373
　宿横山 / 373

　宿古寺 / 374
　山寺 / 374
　蒲涧行 / 374
　陇首 / 374
　黄干见约小饮就宿 / 374
　过宝云寺访密师 / 374
　访友野外 / 374
　泛洞庭 / 375
　八景歌(其七) / 375

赵汝腾(?—1261)
　陈谓老见过云今年六十有九将预为周身之防余曰君定未死不如觅钱沽酒耳用戏成拙句赠行 / 375

赵善括(?—?)
　再用前韵(其二) / 375
　同叶宰饯春净众寺 / 376
　题仪真天宁寺 / 376
　醮成作 / 376
　奉和章冠之长芦壁间韵 / 376

赵师圣(?—?)
　烂柯山 / 376

赵师秀(1170—1219)
　万年寺 / 376
　石门僧 / 376
　秋日游栖霞庵 / 376
　冷泉夜坐 / 377
　和陈水云湖庄韵 / 377
　扶栏 / 377
　大慈道 / 377
　翠岩寺 / 377

赵时韶(?—?)
　木鱼用韵 / 377

55

浮山用平叔韵 / 377

赵 文(1239—1315)
　寻郭道士不遇 / 378
　香径分韵得江字 / 378
　次韵赵韫玉 / 378

赵希侁(1166—1237)
　盱江山寺 / 378

赵希彭(1205—1266)
　游瑞象寺和杜梦麟韵 / 378

赵希樾(？—？)
　秋夕 / 378

赵 湘(959—993)
　桐江晚望 / 379
　题国清寺 / 379
　太皇太后阁春帖子(其二) / 379
　送僧归终南 / 379

赵 顼(1048—1085)
　赐秦国大长公主挽词三首(其三) / 379

赵彦端(1121—1175)
　题西隐 / 379

赵彦龄(1124—？)
　题南峰精舍蓝光轩 / 379

赵 镇(1152—1207)
　临安还游金龙洞志感 / 380

赵子潇(1101—1166)
　早朝十绝(其五) / 380

真德秀(1178—1235)
　闲吟 / 380

真山民(？—？)
　三峰寺 / 380

泊舟严滩 / 380

郑刚中(1088—1154)
　枕上 / 380
　杂兴 / 380
　有客问予每日何事客退赋此 / 381
　夜寒觉有霜 / 381
　五更霜寒拥被不寐 / 381
　晚望有感 / 381
　后圃石榴初为夏日所暴得秋雨所烂易落雀又从而窃之树间日以雕疏顾其余尚可侑吾小饮因成一诗而摘取之 / 381
　初夏 / 381

郑 玠(？—？)
　观源洞 / 381

郑良臣(？—？)
　磊石 / 381

郑 起(1199—1262)
　宿洞霄山中 / 382

郑 樵(1104—1162)
　晨雨 / 382

郑清之(1176—1251)
　三月末泛湖 / 382
　晨兴散步(其三) / 382

郑思肖(1241—1318)
　中秋苦雨赵知微登天柱峰赏月图 / 382
　晚晴 / 382

郑文宝(953—1013)
　句(其四) / 382

郑 侠(1041—1119)
　次韵杜幕春日 / 383

郑　獬(1022—1072)
　　感秋六首(其一) / 383

仲　并(?—?)
　　题大明寺 / 383
　　避暑报恩观 / 383

周邦彦(1056—1121)
　　夙兴 / 383

周必大(1126—1204)
　　靖州太守李秀实挽词二首(其二)
　　　　/ 384
　　洪景严枢密挽词二首(其二) / 384
　　参政李秀叔挽词二首(其二) / 384

周　弼(1194—?)
　　岁除思归(其二) / 384
　　菩提废寺 / 384
　　灵竺寺 / 384
　　枫桥寒山寺 / 384
　　酬杜八同宿西山兰若 / 385

周　登(?—?)
　　游庐山南阜步月回寓馆 / 385

周　孚(1135—1177)
　　送陈道人之金陵 / 385
　　闾丘仲时清晨见过作此诗遗之
　　　　/ 385
　　触目六言二首(其二) / 385

周　密(1232—1298)
　　潇湘八景·烟寺晚钟 / 385
　　毗山晚归 / 385
　　南郊庆成口号二十首(其七) / 386
　　访客南山僧舍 / 386
　　次牟德范客中即事 / 386

　　程仪父求石鼓文作歌赠之 / 386

周　南(1159—1213)
　　泛舟游虎丘 / 386

周文璞(?—?)
　　雨宿山中 / 386
　　游栖霞四首(其一) / 386
　　归别墅 / 387
　　法宝寺 / 387

周行己(1067—1125)
　　玩师求诗归台州 / 387
　　宿大足寺 / 387

周紫芝(1082—?)
　　与同舍郎观潮分韵得还字一字江字
　　　　三首一字江字为坐客作(其三)
　　　　/ 387
　　戊辰除夜四绝(其四) / 388
　　晚行湖堤望南山诸峰 / 388
　　时宰生日诗三十绝(其二二) / 388
　　李使君示开化诸诗 / 388
　　郊祀纪事十首(其八) / 388
　　甲子立春口号四首(其三) / 388
　　次韵季长感事 / 388
　　大宋中兴颂 / 388

朱　褒(1064—1127)
　　慈云寺 / 390

朱伯虎(?—?)
　　紫微山 / 390

朱　槔(?—?)
　　九日与数客登善福院之绝顶晚饮茗
　　　　饮阁予以病先归赋十二韵 / 390
　　寄人 / 390

朱 涣(?—?)
　　寒夜曲 /391

朱继芳(?—?)
　　和颜长官百咏·空门(其一) /391
　　和颜长官百咏·空门(其八) /391

朱 浚(?—?)
　　句(其一) /391

朱利宾(?—?)
　　题妙觉寺 /391

朱南杰(?—?)
　　舟过吴江县 /391

朱汝贤(?—?)
　　题素女石 /391

朱 松(1097—1143)
　　杂小诗八首(其三) /392
　　游山光寺 /392
　　西湖泛舟 /392
　　宿延庆寺 /392
　　送五二郎读书 /392
　　和人游仙峰庵三首(其二) /392

朱 熹(1130—1200)
　　刘德明彦集祝弟以夏云多奇峰为韵
　　　赋诗戏成五绝(其五) /392
　　奉和公济兄留周宾之句 /393
　　再至作 /393
　　试院杂诗五首(其三) /393
　　秋怀 /393
　　道中景物甚胜吟赏不暇敬夫有诗因
　　　次其韵 /393

朱 彦(?—?)
　　读齐云院碑有感 /393

朱 翌(1097—1167)
　　罗教授不赴真叟观李花之约已而有
　　　诗次其韵 /393
　　登白衣寺钟楼 /394
　　丙寅十月游南华 /394

祝 铸(?—?)
　　妙庭观(其一) /394

邹登龙(?—?)
　　上慧力寺 /394

邹 浩(1060—1111)
　　再用前韵答济明见和 /394
　　和路子高微雨中至山光寺 /394
　　悼范丞相(其一) /394
　　悼陈生 /394

祖无择(1010—1085)
　　经剑池 /396

左 纬(?—?)
　　避寇即事十二首(其一○) /396

钲

陈 普(1244—1315)
　　青蛙辞 /397

程公许(1182—?)
　　晚日 /397

范成大(1126—1193)
　　晓出古岩呈宗伟子文 /398
　　与周子充侍郎同宿石湖 /398
　　新岭 /398

方 回(1227—1307)
　　过临平镇 /398

目 录

冯 山（？—1094）
　和徐之才宿孔溪亭驿早行　/ 398
　发新安驿　/ 398

富 弼（1004—1083）
　定州阅古堂　/ 399

郭祥正（1035—1113）
　广州越王台呈蒋帅待制　/ 399

韩 淲（1159—1224）
　次韵（其四）　/ 400

何梦桂（1229—？）
　禅机四首·金钲一击　/ 400

华 镇（1051—？）
　题桃源图　/ 400
　送越倅胡郎中入京　/ 401

黄 庚（？—？）
　故相贾秋壑旧府　/ 402

黄庭坚（1045—1105）
　次韵韩川奉祠西太乙宫四首（其四）
　　/ 402

家铉翁（1213—？）
　中秋月蚀邦人鸣钲救月不约而齐中
　　原旧俗犹有存者感而有作（其一）
　　/ 402
　中秋月蚀邦人鸣钲救月不约而齐中
　　原旧俗犹有存者感而有作（其二）
　　/ 402

李 吕（1122—1198）
　贞妇　/ 402

李之仪（1048—1127）
　古东门行　/ 403

林景熙（1242—1310）
　鹿城晚眺　/ 403

彭龟年（1142—1206）
　送赵使君老父吟　/ 403

释德洪（1071—1128）
　代人上李龙图并廉使致语十首（其
　　六）　/ 404

舒邦佐（1137—1214）
　久雨望晴十月六日夜雷雨大作
　　/ 404

苏 轼（1037—1101）
　新城道中二首（其一）　/ 404
　新城道中二首（其二）　/ 404
　食槟榔　/ 404

苏 辙（1039—1112）
　次韵子瞻新城道中　/ 405
　魏佛狸歌　/ 405

陶梦桂（1180—1253）
　舟次吴城山　/ 405

汪元量（1241—1317）
　鲁港　/ 405

汪 藻（1079—1154）
　汴中放船归阳羡　/ 405

王 珪（1019—1085）
　宫词（其六八）　/ 406

王庭珪（1080—1172）
　和王彦谟县尉二首（其一）　/ 406

王之道（1093—1169）
　用东坡赠晁新城韵呈朱乌江　/ 406

卫 泾（1160—1226）
　晚晴　/ 406

59

向敏中(949—1020)
　　呈知鄜州何士宗　/406
项安世(1129—1208)
　　初三日解维　/406
熊　蕃(?—?)
　　御苑采茶歌十首(其四)　/407
薛季宣(1134—1173)
　　闻竞渡声　/407
阳　枋(1187—1267)
　　丙寅八月旦晨兴尚早坐而假寐梦与客诵诗云藜羹藿啜蔬园芳黄花晚节凌秋霜因增成十韵寄壬儿　/407
杨冠卿(1138—?)
　　次归耕堂稀字韵(其三)　/407
杨万里(1127—1206)
　　访周仲觉夜宿南岭月色粲然晓起路湿闻有夜雨　/407
　　雨后晚步郡圃二首(其一)　/407
　　稚子弄冰　/407
　　初离常州夜宿小井清晓放船三首(其一)　/408
　　荔枝堂夕眺三首(其一)　/408
　　过吕城闸六首(其六)　/408
　　过莺斗湖三首(其一)　/408
　　夏至雨霁与陈履常暮行溪上二首(其一)　/408
　　过瓜洲镇　/408
　　雪晴　/408
　　泊舟临平二首(其一)　/408
　　晓晴发黄杜驿二首(其一)　/408

新晴　/408
中秋月长句　/409
瓜州遇风　/409
秋日早起　/409
叶梦得(1077—1148)
　　闻莫尚书周侍郎已自鄂州过江入汉上　/409
虞　俦(?—?)
　　和使君巩大监秋阅　/410
袁　甫(?—?)
　　和毛中书劝农韵三首(其一)　/410
　　江东巡部纪行　/410
袁说友(1140—1204)
　　采石遇顺风　/411
岳　珂(1183—?)
　　经进百韵诗　/411
张　耒(1054—1114)
　　黄人谓寒食上冢为浇山其祭馔多用蒻菜事已则鸣钲而归　/413
　　和定州端明雪浪斋　/413
张　栻(1133—1180)
　　晨钟动雷池望日　/413
张　宪(?—?)
　　玩鞭亭　/414
张　镃(1153—?)
　　点视马驿因成两绝(其一)　/414
　　暂往吴兴出城　/414
赵　蕃(1143—1229)
　　早题　/414
　　爱山堂　/414

60

郑　侠（1041—1119）
　　谢太守惠酒　/ 414
朱继芳（？—？）
　　辛亥二月望祭斋宫因游甘园（其三）
　　　/ 415
朱　熹（1130—1200）
　　十七日早霜晴观日出雾中喜而成诗
　　　/ 415

饶

蔡　襄（1012—1067）
　　送杨殿丞通判睦州　/ 416
程　颢（1032—1085）
　　送吕晦叔赴河阳　/ 416
　　陪陆子履游白石万固　/ 416
邓忠臣（？—？）
　　天启有少年真喜事之句用其韵和
　　　/ 417
韩　琦（1008—1075）
　　过梁山泊　/ 417
韩　维（1017—1098）
　　送晁怀州学士（其一）　/ 417
洪咨夔（1176—1236）
　　九日阅武预观军容退而纪事　/ 417
胡　宿（995—1067）
　　送王龙图硕赴荆南　/ 417
胡　寅（1098—1156）
　　挽杨训母荚氏　/ 417
　　阻雪慈云有怀叔夏　/ 418
李　纲（1083—1140）
　　道临川按阅兵将钱巽叔侍郎赋诗次
　　其韵三首（其二）　/ 418
李　洪（1129—1183）
　　送钱进思倅吴郡　/ 418
李昭玘（？—1126）
　　送次膺赴诏二首（其一）　/ 419
李之仪（1048—1127）
　　闻葬者　/ 419
林希逸（1193—1271）
　　驻跸山　/ 419
刘　攽（1023—1089）
　　送欧阳永叔留守南都　/ 419
刘克庄（1187—1269）
　　竹溪直院盛称起予草堂诗之善暇日
　　览之多有可恨者因效颦作十首亦
　　前人广骚反骚之意内二十九首用
　　旧题惟岁寒知松柏被褐怀珠玉三
　　首效山谷余十八首别命题或追录
　　少作并存于卷以训童蒙之意·驻
　　跸山　/ 420
　　杂兴（其一）　/ 420
陆　游（1125—1210）
　　枕上述梦　/ 420
梅尧臣（1002—1060）
　　送邵郎中知潭州　/ 420
　　程文简公挽词三首（其一）　/ 420
彭汝砺（1042—1095）
　　寄君时（其一）　/ 421
释道颜（1094—1164）
　　颂古（其五九）　/ 421
释惠崇（？—1017）
　　句（其七七）　/ 421

释印肃(1115—1169)
偈颂三十首（其一四） / 421
达理歌 / 422

司马光(1019—1086)
入塞 / 422
送刘观察知洛州 / 422
送才元守广安军归成都觐省 / 423
朔会堂 / 423
送宋郎中知凤翔府 / 423
奉和济川代书三十韵寄诸同舍 / 423

宋 祁(998—1061)
守塞三年上北京留守贾相公（其二） / 424
学舍直归晚霁三首（其三） / 424
送马军范太尉 / 424

宋 庠(996—1066)
屏居春日 / 424
和经略宣徽吴太尉以将经洛阳旧隐之作 / 424
送龙图燕待制出守梓潼 / 424
迟明出都谢雪龙门佛祠途中复遇雪 / 424
赴洛经郑马上偶成 / 425
春晚坐建隆寺北池亭上 / 425
出都赴郑作 / 425

苏 颂(1020—1101)
司空赠太傅康国韩公挽辞五首（其五） / 425

苏 籀(1091—?)
元夕偶成 / 425

唐士耻(?—?)
癸酉旰江鹿鸣燕和罗守 / 425

汪 藻(1079—1154)
题止戈堂二首（其二） / 425

王 珪(1019—1085)
正月五日与馆伴耶律防夜燕永寿给事不赴留别 / 426
依韵和章枢密景灵宫奉安列圣神御 / 426
郊祀庆成诗（其一） / 426

王庭珪(1080—1172)
送通判周监丞 / 426

王 质(1135—1189)
和御制诗五首（其一） / 426

魏了翁(1178—1237)
昨有祷于社稷及境内山川是夕枕上闻雨（其一） / 427

项安世(1129—1208)
题谷湖诗 / 427

杨 亿(974—1020?)
阁门钱舍人知全州 / 427

姚 东(?—?)
皆山西爽二亭 / 427

张舜民(?—?)
秋日陪陕守成伯阁老过魏清逸草堂诗以志之 / 427

赵 鼎(1085—1147)
过石佛洋 / 427

朱 熹(1130—1200)
卧龙之游钱通守得江字不及赋诗已解维矣熹用其韵纪事以赠并附卷末 / 428

62

钺

洪咨夔(1176—1236)
　　天象　/ 429

周弼(1194—?)
　　龙井道中杂记(其二)　/ 429

锌

郑獬(1022—1072)
　　题名碑石琢之已成求章伯益先生篆
　　　　额　/ 430

磬

敖陶孙(1154—1227)
　　赠玻璃僧慧观长老　/ 431

白珽(1248—1328)
　　宿上天竺　/ 431

白玉蟾(1194—?)
　　景德观枕流　/ 431

蔡佃(?—?)
　　豁然阁　/ 432

蔡襄(1012—1067)
　　游烟霞洞　/ 432
　　题福州释迦院幽幽亭　/ 432

曹汝弼(?—?)
　　怀寄披云峰诚上人　/ 432
　　赠披云峰岳长老　/ 432

曹勋(1098—1174)
　　登逍遥阁　/ 432
　　仲春初五日报谒　/ 433

晁补之(1053—1110)
　　送会稽关彦远罢官河北　/ 433
　　再次韵文潜病起　/ 433

晁公武(?—?)
　　登金山　/ 433

晁说之(1059—1129)
　　致仕后寄白莲然公　/ 434
　　冬至日涂中　/ 434

陈必复(?—?)
　　出郭　/ 434

陈阜(?—?)
　　紫阳观和家兄作　/ 434

陈傅良(1137—1203)
　　送陈持中赴四明节推二首(其一)
　　　　/ 434

陈鉴之(?—?)
　　同刘叔泰放步湖边入灵芝寺坐依光
　　　　良久叔泰诵东坡仙好把西湖比西子
　　　　之句予因赋古风一首　/ 434

陈举恺(?—?)
　　龙邱山　/ 435

陈克(1081—?)
　　游善权山留题三首·水洞　/ 435

陈孔硕(?—?)
　　挽吕东莱先生(其二)　/ 435

陈宓(1171—1230)
　　到雪峰(其二)　/ 435
　　和方宗教鼓山韵(其一)　/ 435

陈师道(1053—1102)
　　寄参寥　/ 436

63

陈舜俞(?—1075)
　　灵溪观 / 436

陈 岩(?—1299)
　　崇圣院 / 436

陈 易(?—?)
　　答有需禅师 / 436

陈 俞(?—?)
　　玛瑙宝胜寺 / 436

陈允平(?—?)
　　题李丹壶壁 / 436
　　游阳明洞天 / 437
　　赠罗知宫 / 437

陈宗远(?—?)
　　呈豹林伯进斋表叔 / 437

程公许(1182—?)
　　行至罗江以代者爽期得史者书复还
　　涪滨径走富乐山中借馆(其三)
　　 / 437

程 企(?—?)
　　泗源 / 437

淳藏主(?—?)
　　山居(其六) / 438

戴 栩(?—?)
　　朱尚书夫人洪氏挽词 / 438

道 谦(?—?)
　　游灵隐寺 / 438

邓犀如(?—?)
　　华盖山 / 438

邓忠臣(?—?)
　　漫兴成章屡蒙子方宠和更辱赠句辄
　　用奉酬 / 438

丁伯桂(1171—1237)
　　晚坐 / 438

董 杞(?—?)
　　游招真观 / 439

杜 衍(978—1057)
　　赠应天寺昭净法华 / 439

范成大(1126—1193)
　　病中夜坐 / 439
　　耳鸣戏题 / 439
　　嘲峡石 / 439

范纯仁(1027—1101)
　　和象之石磬 / 440

范 浚(1102—1150)
　　理喻(其二) / 440

方 凤(1240—1321)
　　宿保安寺 / 440
　　客有问金华胜游者以诗叙其概
　　 / 440
　　读西峰寺壁间诗 / 440

方 回(1227—1307)
　　南山寺潇洒阁呈川无竭二首(其二)
　　 / 441

高 翥(1170—1241)
　　僧房夜坐 / 441
　　即事 / 441
　　虎丘寺 / 441
　　崇圣寺斌公房 / 441

葛 闳(1003—1072)
　　巾山广轩 / 441

葛立方(?—1164)
　　大人游千金访张仲宗以守舍不得侍

64

行用仲宗韵二首(其一) / 441
礼部尚书洪公挽歌词(其三) / 441
八月二十日与馆中同舍游西湖作(其五) / 442

葛绍体(？—？)
游本觉寺 / 442

耿南仲(？—1129)
和邓慎思诗呈同院诸公三首(其二) / 442

顾　逢(？—？)
斯岩庵 / 442

顾　禧(？—？)
偶作 / 442

郭祥正(1035—1113)
和杨公济钱塘西湖百题·许先生书堂 / 442
隐静寺(其一) / 442

郭　印(？—？)
总持院 / 443
合州菩提院和严梦锡韵 / 443
再和二首(其二) / 443

韩　淲(1159—1224)
邻僧晚磬 / 443
柬宿之藏主 / 443
有怀(其四) / 443

韩　驹(1080—1135)
上泰州使君陈莹中 / 444

韩　琦(1008—1075)
过甘泉寺 / 444

何　偁(1121—1178)
臞庵(其二) / 444

何梦桂(1229—？)
和何逢原寄韵 / 444

洪　适(1117—1184)
寒岩寺 / 445

胡大成(？—？)
游龙光寺 / 445

胡　寅(1098—1156)
初冬快晴陪宣卿叔夏游石头庵过三生藏穷深极峻遂登上封却下福严最爱廓然亭静憩久之乘兴入后洞置酒云庄榭徘徊方广阁山行崎岖不可以马虽笋舆傲兀小劳尚胜骑从之烦既归山前之翌日复会于坚伯兄小阁同安赵涧看北山余雪披云映日翠莹珑葱殆难模状因访季父庙令欢饮而罢集记所见成十五绝(其一二) / 445
过疏山题一览亭梁溪公所书也二首(其一) / 445

胡　则(963—1039)
别方岩 / 445

胡仲弓(？—？)
赠陈通妙 / 446
赠云谷道士 / 446
寄藏叟 / 446
重九日法轮庵次凤山韵(其二) / 446
集芳园 / 446

华　镇(1051—？)
咏古十六首(其一〇) / 446

黄大受(？—？)
公安寓馆夜立观前用载韵 / 446

65

黄 榦(1152—1221)
　绍熙庚戌十月偕赵仲宗舜和潘谦之
　曾鲁仲游九峰芙蓉寿山纪行十
　首·宿芙蓉寺　/ 447

黄 庚(?—?)
　道观即事　/ 447
　赠大禅寺昉上人　/ 447

黄 庶(1019—1058)
　和白云庵七首·磬石　/ 447

黄庭坚(1045—1105)
　题淡山岩二首(其一)　/ 447

季 季(?—?)
　祈泽寺(其一)　/ 447

江朝议(?—?)
　游阳华口占五言八句呈诸僚友
　　/ 447

姜特立(1125—1203)
　和叶枢密同游南明　/ 448

蒋 堂(980—1054)
　送梵才大师归天台　/ 448
　虎丘山(其一)　/ 448

蒋 瑎(1063—1138)
　和张祐韵　/ 449

蒋之奇(1031—1104)
　燕窝石　/ 449

金君卿(1020—?)
　题赠南台山院主吉大师　/ 449

金履祥(1232—1303)
　送金簿解官归天台五首(其四)
　　/ 449

康孝基(?—?)
　游虎邱　/ 449

寇 准(962—1023)
　赠宝上人　/ 450

李 邴(1085—1146)
　句(其二)　/ 450

李 乘(?—?)
　慧聚杂题·依张承吉韵　/ 450
　慧聚杂题·东斋　/ 450
　慧聚杂题·西庵　/ 450

李处权(?—1155)
　陪约之宿东禅　/ 450

李 复(1052—?)
　答李成季　/ 450
　唐秘书省书日石刻　/ 451

李 纲(1083—1140)
　去岁寓长沙游道林岳麓真天下绝景
　也今相去不远无因再游赋诗见意
　　/ 451
　游鼓山灵源洞次周元仲韵　/ 451

李 龏(1194—?)
　看桃偶集僧舍　/ 452
　与箸溪焕上人夜坐　/ 452

李含章(?—?)
　题庐山上化成寺　/ 452

李 洪(1129—1183)
　至后二日至东禅　/ 452
　赠支提德最　/ 452

李建中(945—1013)
　福圣观　/ 452

李 堪(965—?)
　　乌目山五题·延福院　/ 453
　　乌目山五题·永庆寺　/ 453
　　乌目山五题·龙院　/ 453
　　宿慧聚寺　/ 453

李流谦(1123—1176)
　　平都山二首(其二)　/ 453

李弥逊(1089—1153)
　　次韵舍弟游本觉寺　/ 453

李 牧(?—?)
　　次韵曾端伯晚过青山　/ 453

李 易(?—1142)
　　珠溪　/ 454

李昭玘(?—1126)
　　寇彦时自历下归携古铁刀白石压尺
　　见赠因以二诗答之·白石压尺
　　　/ 454

李正民(1073—1151)
　　杂诗(其四)　/ 454

李 至(947—1001)
　　至启休沐之中静专一室病不复饮无以
　　慰怀性且寡合若何为乐但窗闲弄笔
　　信意乱书无所用意无所得自如而已
　　岂曰诗乎不觉又成五章章之首句皆
　　云朱门多好景盖纪田第园林之胜美
　　明公游豫之适昔张处士献牛奇章诗
　　尤脍炙人口其警句有带盘红鼯鼠袍
　　斫紫犀牛之盛然而清议者不以为累
　　公之德何哉赋闲宴而歌富贵也小子
　　是作焉敢望回然亦驽骀之希骥尔(其
　　一)　/ 454

李 膺(1059—1109)
　　谷隐寺　/ 454

利 登(?—?)
　　青阳洞天呈青阳主人曾少裕　/ 455

林 逋(968—1028)
　　台城寺水亭　/ 455
　　和陈湜赠希社师　/ 455

林 昉(?—?)
　　赠张高士　/ 455

林 干(?—?)
　　赠传灯(其二)　/ 455

林景熙(1242—1310)
　　江心寺　/ 456

林用中(?—?)
　　道中景物甚胜吟赏不暇敬夫有诗因
　　　次其韵　/ 456
　　赠上封诸老　/ 456

刘才邵(1086—1157)
　　次韵王民瞻赠觉梵二首(其一)
　　　/ 456

刘 黻(1217—1276)
　　黄山楼　/ 456

刘 泾(?—?)
　　溪雨亭　/ 456

刘克庄(1187—1269)
　　夜登甘露山二首(其二)　/ 457
　　春日二首(其一)　/ 457
　　扶胥三首(其二)　/ 457
　　哭容倅舅氏二首(其一)　/ 457
　　雨华台　/ 457
　　挽郑夫人二首(其一)　/ 457

紫泽观 / 457
灵宝道院 / 457
三和(其二) / 457
崇化麻沙道中 / 458
关仝骤雨图 / 458

刘学箕(？—？)
石桥楼待(其二) / 458

刘弇(1048—1102)
宿长山寺二首(其一) / 458

刘一止(1080—1161)
姜山静疑院铁磬老师通公真赞 / 458

刘筠(971—1031)
奉诏立春日祝太乙宫书事 / 459

卢襄(？—？)
予同彦老自四明之永嘉中道留宿岳林会法照海印二禅伯夜话投晓登车乃行留题于寺三首(其一) / 459

卢岳(？—？)
送英公大师归终南 / 459

陆文圭(1250—1334)
访何庵观水陆功德 / 459

陆游(1125—1210)
小雪 / 460
题丈人观道院壁 / 460
山寺 / 460
读宛陵先生诗 / 460
夏夜四首(其三) / 460
冬朝 / 460
闲居七首(其四) / 460

心太平庵 / 460
秋怀十首末章稍自振起亦古义也(其七) / 461

吕定(？—？)
游海珠寺 / 461

罗公升(？—？)
题邹安斋诗卷 / 461

马廷鸾(1222—1289)
恭进明堂大礼庆成诗 / 461

马先觉(？—？)
慧聚僧神济善医能知人死生于数岁或数月之前或有奇疾以意用药无不差者既享高寿临终甚了了因作二诗哭之僧讳清照神济乃其师号云(其一) / 462

马仲珍(？—？)
游圆通寺(其一) / 462

梅尧臣(1002—1060)
甘露寺 / 462
送乐职方知泗州 / 462
吴仲庶殿院寄示与吕冲之马仲涂唱和诗六篇邀予次韵焉·次韵临淮感事 / 462
依韵和希深游大字院 / 462
潘歙州话庐山 / 463

孟宾于(？—？)
湘江亭 / 463

孟贯(？—？)
寄遥上人 / 463

欧阳澈(1097—1127)
过般若寺纳凉 / 463

68

潘 牥(1204—1246)
　　元日登九山　/ 463
彭应求(?—?)
　　宿崇圣院　/ 464
蒲寿宬(?—?)
　　寄径山书记悟上人　/ 464
秦 观(1049—1100)
　　白马寺晚泊　/ 464
　　同子瞻端午日游诸寺赋得深字
　　　/ 464
　　次韵蒋颖叔南郊祭告上清储祥宫
　　　/ 464
饶 节(1065—1129)
　　赠毛雍玉县丞谢到山中　/ 465
任希夷(1156—?)
　　明堂庆成五首(其四)　/ 465
阮 阅(?—?)
　　郴江百咏·开福寺　/ 465
芮 烨(1115—1173)
　　东林寺　/ 465
沈 辽(1032—1085)
　　奉寄零陵太平禅师　/ 465
沈 说(?—?)
　　偶成　/ 466
盛松坡(?—?)
　　乌石山僧舍　/ 466
施昌言(?—1064)
　　题会稽溪口躬师上人房　/ 466
石象之(?—?)
　　不见如师·白莲庵　/ 466

史 浩(1106—1194)
　　次韵戏酬张以道　/ 466
释保暹(?—?)
　　送人自阙下归天柱　/ 466
　　老僧　/ 466
释重显(980—1052)
　　乌龙和尚　/ 467
　　送僧之金陵　/ 467
释道璨(?—?)
　　送愿上人过雪窦兼呈弁山　/ 467
释道潜(1044—?)
　　夏日山居(其七)　/ 467
　　夏夜智果怀武康令毛泽民　/ 467
　　游咏真洞赠陶道人　/ 467
释德洪(1071—1128)
　　赠胡子显八首(其六)　/ 468
　　绣释迦像并十八罗汉赞·第十三因
　　　羯陀尊者　/ 468
　　题草衣岩　/ 468
释广闻(1189—1263)
　　化楞严会香烛(其二)　/ 468
释惠崇(?—1017)
　　句(其三〇)　/ 468
　　句(其六三)　/ 468
　　句(其一〇二)　/ 468
释鉴微(?—?)
　　赠翌上人　/ 468
释净端(1032—1103)
　　长兴周承事相访(其二)　/ 469
释尚能(?—?)
　　江行　/ 469

送秀登上人 / 469

释绍嵩(?—?)
  郏山道中答印上人游乳窦 / 469

释绍昙(?—1297)
  代赞罗汉(其一) / 469

释守卓(1065—1124)
  山居三首(其三) / 469

释斯植(?—?)
  天竺山居 / 469

释惟凤(?—?)
  与行肇师宿庐山栖贤寺 / 470

释惟一(1202—1281)
  颂古三十六首(其一七) / 470

释文珦(1210—?)
  送僧归静林精舍 / 470
  云际独坐 / 470
  夜气 / 470
  凭阑 / 470
  同友行山逢隐僧语 / 470

释文兆(?—?)
  送宇昭师 / 471
  宿西山精舍 / 471

释文准(1061—1115)
  十二时颂(其一) / 471

释咸静(?—?)
  拟寒山自述(其一〇) / 471

释心月(?—1254)
  偈颂一百五十首(其一三七) / 471

释行海(1224—?)
  赋独山 / 471

释行肇(?—?)
  送文兆归庐山 / 471

释延寿(904—975)
  山居诗(其四) / 472
  山居诗(其三二) / 472

释宇昭(?—?)
  喜惟凤师关中回 / 472

释元肇(1189—?)
  秋晚庵中 / 472

释正觉(1091—1157)
  庚子冬二十八日天意晴和与止上人同南麓行横冈转流长作清响阴溪直木寒无悴容到竹林人家饮茶而还 / 472

释智愚(1185—1269)
  方广寺 / 472

释智圆(976—1022)
  送僧 / 473
  山中与友人夜话 / 473
  游石壁寺 / 473
  次韵酬明上人 / 473
  南塔寺上方 / 473
  赠简上人 / 473
  寄德聪师 / 473
  次韵酬邻僧昼上人 / 473
  寄省悟师 / 473
  书久上人城中幽斋 / 474
  浙江晚望 / 474
  寄慧云大师 / 474
  书山中道士壁 / 474

释祖可(?—?)
  天台山中偶题 / 474

目 录

舒 亶(1041—1103)
    登五磊山 / 474

舒岳祥(1219—1298)
    神鳌 / 474
    十五日雨后微月遗安堂前有栀花一枝适开折为佛供此夜清寒 / 475
    夏日山居好十首(其一〇) / 475

宋 祁(998—1061)
    送杨偕太傅知淮阳军 / 475

宋 绶(991—1041)
    送僧归护国寺 / 475

宋 无(1260—?)
    游三茅华阳诸洞(其二) / 475
    月上人还西湖 / 475
    送僧还天目 / 475
    答无住和太初韵见寄 / 475
    咏石得天字 / 476

宋 庠(996—1066)
    清明出沐 / 476
    佛岭 / 477

苏 耆(978—1035)
    虎丘 / 477

苏 轼(1037—1101)
    与舒教授张山人参寥师同游戏马台书西轩壁兼简颜长道二首(其一) / 477
    观台 / 477
    题云龙山张山人草堂石磬 / 477

苏舜钦(1008—1049)
    宿华严寺与友生会话 / 477
    戒珠寺上方 / 477

苏元鼎(?—?)
    游齐山寺 / 478

苏 庠(?—?)
    寄鹤林辛上人 / 478

孙 觌(1081—1169)
    右丞相张公达明营别墅于汝川记可游者九处绘而为图贻书属晋陵孙某赋之·梅仙潭 / 478

孙 何(961—1004)
    僧 / 478

孙 迈(?—?)
    齐山僧舍 / 478
    游齐山寺寻陈鸿断碑 / 479

孙 嘉(?—?)
    酬汪将军携游白云寺 / 479

唐 肃(?—1030)
    吴中送僧 / 479

唐 最(?—?)
    安适轩 / 479

陶梦桂(1180—1253)
    游永福寺二首(其一) / 479
    酬坚大师 / 479

田 锡(940—1004)
    寄题象耳寺 / 479

汪 任(?—?)
    游南山 / 480

汪元量(1241—1317)
    全太后为尼 / 481

汪 藻(1079—1154)
    题张资政汝川图九首·多宝院 / 481

71

龟山上方 / 481
重送惟皓 / 481
寄何山慧老 / 481

王 谌(?—?)
赠茅也休(其一) / 482

王大受(?—?)
游水乐洞 / 482

王 迈(1184—1248)
题惠安赖汝恭溪山风月亭 / 482

王润之(?—?)
宝林寺 / 482

王十朋(1112—1171)
前端午一日会饮鄱江楼十有六人既分韵赋诗又戏成短篇 / 482

王 随(973—1039)
送妙明规长老 / 482

王庭珪(1080—1172)
清音亭 / 483

王同祖(?—?)
明堂观礼杂咏十三首·内前 / 483

王 庠(1071—?)
庠窃观学士九丈题此君轩诗谨次元韵因以求教 / 483

王 炎(1138—1218)
题苍玉轩 / 483

王予可(?—1172)
题灵隐寺 / 483

王禹偁(954—1001)
寄献润州赵舍人(其二) / 484
中元夜宿余杭仙泉寺留题 / 484
宁公新拜首座因赠 / 484

寄杭州西湖昭庆寺华严社主省常上人 / 484
八绝诗·庶子泉 / 484

王之道(1093—1169)
和秦寿之题天祚宫 / 484

王志道(?—?)
五言 / 485

王 镃(?—?)
宿香严院 / 485

韦 骧(1033—1105)
和蒋颖叔重山馆留题 / 485

卫宗武(?—1289)
晚眺(其二) / 485

魏了翁(1178—1237)
和胡秘书学中释奠 / 485

魏 野(960—1020)
送丕上人南游 / 485
送润上人南游 / 485

文 同(1018—1079)
阆州东园十咏·曲池 / 486
观音院怪松 / 486

翁 卷(?—?)
同赵灵芝杜子野游豫章总持寺 / 486

翁彦约(1061—1122)
武夷鸡窠岩 / 486

吴 栻(?—?)
游南山 / 486

吴惟信(?—?)
赠广淳破衣(其四) / 486
赠唐道士 / 486

72

吴　泳(？—？)
　　游大玲珑小玲珑　/ 487

伍　乔(？—？)
　　晚秋同何秀才溪上　/ 487

夏　竦(985—1051)
　　奉和御制玉清昭应宫成　/ 487

向敏中(949—1020)
　　游净居寺　/ 487

项安世(1129—1208)
　　赋竟陵毛氏新港亭　/ 487
　　题澹山岩二首(其二)　/ 488
　　次韵孙司户黄堂观醮遇雪　/ 488

谢　翱(1249—1295)
　　舣舟江心寺　/ 488
　　夜宿雪窦上方　/ 488

谢　逸(1068—1112)
　　游西塔寺探得王夷甫玉柄麈尾以柄
　　　　字为韵　/ 488

徐　积(1028—1103)
　　题扇·释扇　/ 489

徐　玑(1162—1214)
　　夏夜同灵晖有作奉寄翁赵二友
　　　　/ 489
　　宿寺　/ 489

徐　瑞(1255—1325)
　　义合寺二首(其二)　/ 489
　　周德言游小庐山观余壁间诗次韵示
　　　　教走笔奉谢(其二)　/ 489
　　东湖枕上　/ 489

徐　璹(？—？)
　　崇教院　/ 489

徐　铉(917—992)
　　和明道人宿山寺　/ 489
　　陪郑王相公赋檐前垂冰应教依韵
　　　　/ 490

徐　恺(？—？)
　　瀲波亭(其二)　/ 490

徐　照(？—1211)
　　访观公不遇　/ 490
　　题衢州石壁寺　/ 490
　　上封寺　/ 490
　　游雁荡山·能仁寺　/ 490

许　棐(？—？)
　　挽郭子度　/ 490

许及之(1141—1209)
　　再游雁荡观双峰　/ 490
　　媚川图亭上观江心寺　/ 491

薛季宣(1134—1173)
　　雨后忆龙翔寺(其一)　/ 491

薛利和(？—？)
　　西湖亭　/ 491

薛　嵎(1212—？)
　　雁山纪游七首·净明寺　/ 491

燕　肃(961—1040)
　　赠惠山庆上人　/ 491

严　粲(？—？)
　　招提游(其二)　/ 491
　　发清湘(其一)　/ 491

杨　简(1141—1226)
　　偶书(其二)　/ 492

杨　杰(？—？)
　　题白云环翠亭　/ 492

73

横望山 / 492
屏石谣赠郭功父 / 492

杨万里(1127—1206)
初夏即事十二解(其七) / 492
清远峡四首(其四) / 492
延陵怀古古兰陵令 / 493

杨 亿(974—1020?)
留题黄山院 / 493
次韵和光禄黄少卿学士感恩书事十六韵 / 493

姚 勉(1216—1262)
赠煜上人 / 493

叶 适(1150—1223)
无相寺道中 / 494
改东门出二首(其二) / 494

俞德邻(1232—1293)
扬州天庆观作 / 494
天竺山 / 494

俞紫芝(?—?)
钟山僧舍酬辟疆秘授 / 494

喻良能(1120—?)
水乐洞 / 494

员兴宗(?—1170)
游凌云寺 / 494

袁说友(1140—1204)
题乌程簿厅浮玉亭七首(其二) / 495
过风顶山 / 495
遂宁府库古铜物 / 495

岳 珂(1183—?)
邵伯温闻见录载范忠宣帅庆阳时总管种诂无故讼于朝上遣御史按治诂停任公亦罢帅至公为枢密副使诂尚停任复荐为永兴军路钤辖又荐知隰州公每自咎曰先人与种氏上世有契义某不肖为其子孙所讼宁论事之曲直哉予在山中读书偶见此书而表之 / 495

曾 丰(1142—?)
题刘武翼息斋 / 496
谢叶英州惠石山更托寻置绝品者 / 496

曾由基(?—?)
古寺 / 497

张伯玉(?—?)
乌龙寺祈雨回马上口占 / 497
登乌龙山寺阁 / 497

张方平(1007—1091)
赠三茅朱先生 / 497

张公庠(?—?)
宫词(其五) / 497

张继先(1092—1127?)
泝口治 / 498

张九成(1092—1159)
论语绝句(其六四) / 498

张 耒(1054—1114)
宿铜陵寺题壁 / 498
自遣四首(其三) / 498
夜书 / 498
夜意 / 498
赋得风示柜秸 / 498

张 理(?—?)
题惠山寺 / 498

张师锡(?—?)
　　老儿诗亦五十韵　/ 499

张　栻(1133—1180)
　　游道场山次沈国录韵　/ 500
　　自方广过高台　/ 500

张舜民(?—?)
　　句(其四四)　/ 500

张孝祥(1132—1170)
　　赋王唐卿庐山所得灵壁石　/ 500

张　志(?—?)
　　句　/ 500

张仲尹(?—?)
　　玉兔净居诗　/ 501

张　镃(1153—?)
　　种菊　/ 501

赵　抃(1008—1084)
　　题僧正仲灏定阁　/ 501
　　次韵前人见寄　/ 501

赵　鼎(1085—1147)
　　蒲中杂咏铁佛寺　/ 501

赵　蕃(1143—1229)
　　题圆通院　/ 501
　　早出小北门　/ 502
　　次韵沈司法送行　/ 502

赵公豫(1135—1212)
　　维摩寺和冷世修韵　/ 502
　　游琅琊寺　/ 502

赵　炅(939—997)
　　缘识(其三二)　/ 502

赵帘谿(?—?)
　　次韵大受游乳洞漫赋　/ 502

赵孟坚(1200—?)
　　招石希孟朝饭　/ 503

赵善括(?—?)
　　登坛作　/ 503

赵善訏(?—?)
　　游大涤(其一)　/ 503

赵师秀(1170—1219)
　　白石岩　/ 503

赵顺孙(1215—1277)
　　伤景吟　/ 503

赵　湘(959—993)
　　书松门寺壁　/ 503
　　金山寺　/ 503
　　登天竺灵隐寺上方　/ 504
　　赠省安上人　/ 504
　　照上人山房庭树　/ 504

真山民(?—?)
　　宿南峰寺　/ 504

郑可学(1152—1212)
　　和晦庵斋居闻磬韵　/ 504

郑清之(1176—1251)
　　宿翠山(其一)　/ 504

周　弼(1194—?)
　　山行　/ 504
　　赠唐栖寺僧　/ 505

周敦颐(1017—1073)
　　宿崇圣　/ 505

周　密(1232—1298)
　　游法华阜蜃洞以椮径杨花铺白毡点
　　溪荷叶叠青钱分韵余既有作复各赋
　　古诗一以纪游事(其二)　/ 505

周启明(?—?)
　送僧有言之天台 / 505

周文璞(?—?)
　重经洞霄 / 505

周紫芝(1082—?)
　送吕霞卿吕当世弃官而出家今为道士 / 505

朱继芳(?—?)
　昭庆寺 / 506
　有怀鹫山次僧芳庭韵 / 506
　灵芝寺 / 506

朱　熹(1130—1200)
　斋居闻磬 / 506
　梵天观雨 / 506

祖无择(1010—1085)
　寺有四绝一曰灵岩予以赴官获此税鞅因赋拙句用志其行 / 506

铎

敖陶孙(1154—1227)
　上闽帅范石湖五首(其五) / 507

白　珽(1248—1328)
　同陈太博诸公登六和塔 / 507

蔡　襄(1012—1067)
　温成皇后挽词二首(其二) / 507

曹　勋(1098—1174)
　梦仙谣 / 508

晁补之(1053—1110)
　复用方字韵奉赠同舍慎思文潜同年天启 / 508

晁冲之(1073—1126)
　复至新乡廨寄张稚 / 508

陈　棣(?—?)
　题范乌程松桂亭 / 509

陈　宓(1171—1230)
　和陈教 / 509

陈　普(1244—1315)
　劝考亭收文公书兼聚书 / 510

陈仁玉(?—?)
　南峰寺蓝光轩怀吴直翁 / 510

陈　轩(?—?)
　句(其九) / 510

陈与义(1090—1138)
　游玉仙观以春风吹倒人为韵得吹字 / 510
　游慧林寺以三峡炎蒸定有无为韵得定字是日欲逃暑阁下而守阁童子持不可 / 511

陈　著(1214—1297)
　次韵东平赵益三首·塔亭 / 511
　送严伯长教授邑庠任满 / 511
　寄台教王吉甫 / 511

程公许(1182—?)
　九月晦斋宿太一宫都监姚高士示刘长翁及汤仲能诸公唱酬诗轴因和韵二首(其二) / 512

程　俱(1078—1144)
　天宁潜老以山中春莫三诗投鸿庆尚书末章见及次韵答之(其一) / 512

戴复古(1167—?)
　　祝二严　/512

戴栩(?—?)
　　佛舍利塔　/512
　　次韵卢直院题秀邸所赠春龙出蛰图
　　　/512

戴埴(?—?)
　　和王教暮春出游　/513

度正(?—?)
　　奉挽近故制置侍郎畏斋先生吴公(其三)　/513

范成大(1126—1193)
　　再赋五杂组四首(其一)　/514

方回(1227—1307)
　　次韵赠道士汪庭芝二首(其一)
　　　/514
　　送张子敬湖南宣慰司都事　/514

方一夔(?—?)
　　感兴二十七首(其二〇)　/514
　　次韵稼隐告归　/514

冯山(?—1094)
　　和新成都知府邓润甫温伯内翰道中见寄　/515

傅察(1090—1126)
　　又挽词三首(其二)　/515

葛立方(?—1164)
　　九效·永固　/515

葛胜仲(1072—1144)
　　记梦诗(其二)　/516

郭祥正(1035—1113)
　　同颖叔修撰登蕃塔　/516

郭印(?—?)
　　和于子仪观见赠二十韵　/516

韩驹(1080—1135)
　　上太师公相生辰诗　/517

韩琦(1008—1075)
　　馆直二阕(其二)　/517
　　游开化寺　/517

韩维(1017—1098)
　　邓圣求挽诗二首(其二)　/518
　　郑公挽辞　/518
　　故汉嘉太守礼院学士张公挽诗(其二)　/518
　　同陈太丞游龙兴寺经藏院　/518

何梦桂(1229—?)
　　病起有感　/518
　　和夹谷书隐先生寄题蛟峰石峡书院三十韵　/518

洪刍(?—?)
　　曾内相以绝句诗还予诗卷和其韵五首(其四)　/519
　　同诸人西寺避暑　/519

洪适(1117—1184)
　　程司户挽诗　/519
　　彭叔阳挽诗　/519

洪咨夔(1176—1236)
　　剑外驴　/519
　　观物(其二)　/520

胡寅(1098—1156)
　　挽李太孺人　/520

华镇(1051—?)
　　挽郑十一府君并夫人　/520

77

挽周祖文 / 520

黄　庚(?—?)
　　寄王爱梅 / 520

黄庭坚(1045—1105)
　　见二十弟倡和花字漫兴五首(其二) / 520
　　戏答俞清老道人寒夜三首(其一) / 520
　　再答元舆 / 520
　　戏答公益春思二首(其一) / 521
　　戏答公益春思二首(其二) / 521

姜　夔(1155?—1208)
　　以长歌意无极好为老夫听为韵奉别沔鄂亲友(其六) / 522

金君卿(1020—?)
　　韩相生日 / 522

孔平仲(1044—1102)
　　四日郡集于景德寺 / 522

孔武仲(1041—1097)
　　风铎 / 522
　　寄襄邑宰丁阳叔 / 523

李处权(?—1155)
　　潜心斋 / 523

李　纲(1083—1140)
　　龙眠居士画十六大阿罗汉赞(其七) / 524
　　过吴江阻风游宁境寺 / 524
　　泗上瞻礼僧伽塔 / 524

李　龏(1194—?)
　　送赵子真赴信州司户 / 524

李　洪(1129—1183)
　　赠史康时二首(其二) / 525

李　吕(1122—1198)
　　代人挽妻父号道者 / 525

李　彭(?—?)
　　次韵东坡五更山吐月(其三) / 525

李曾伯(1198—1268)
　　自和山房十咏(其七) / 525

李之仪(1048—1127)
　　宿大乘赠祖灯 / 525
　　采石三题·赏咏亭 / 525
　　钱君倚夫人仙源郡君挽词 / 526

林夔孙(?—?)
　　资圣寺 / 526

刘　攽(1023—1089)
　　寄金山朝阳岩僧 / 526
　　观范公乐有感 / 526
　　酬临濮刘推官 / 527

刘　敞(1019—1068)
　　新年 / 527

刘　黻(1217—1276)
　　四先生像赞·晦庵朱文公 / 527

刘　鉴(?—?)
　　和率斋王廉使三首(其三) / 527

刘克庄(1187—1269)
　　乙丑元日口号十首(其一〇) / 527
　　挽南雄林使君 / 528
　　挽方倅景楫二首(其二) / 528
　　和南塘食荔叹 / 528

刘　挚(1030—1097)
　　又次韵四首(其一) / 528

78

挽宋次道二首(其一) / 528

陆　游(1125—1210)
　　夜酌 / 528
　　汪茂南提举挽词二首(其一) / 529
　　月夕 / 529
　　晨起 / 529
　　对酒 / 529
　　登塔 / 529
　　谢徐志父帐干惠诗编 / 529

吕南公(1047—1086)
　　题圆上人宴静轩 / 530

吕祖谦(1137—1181)
　　春日七首(其七) / 530
　　陈能之少卿挽章二首(其二) / 530

罗　椅(1204—?)
　　题向伯侨吴松雪霁图三首(其一)
　　　　 / 530

罗与之(?—?)
　　潇湘道中 / 530

马廷鸾(1222—1289)
　　恭和御制诗(其二) / 530

毛　滂(1060—?)
　　仙居禅院 / 531

梅尧臣(1002—1060)
　　施君挽歌 / 531
　　程文简公挽词三首(其三) / 531
　　依韵和郭秘校昭亭山偶作 / 531

缪　鉴(?—?)
　　题悟空寺 / 531

牟　巘(1227—1311)
　　和善之寄游何道二山(其一) / 532

慕容彦逢(1067—1117)
　　和吴显道 / 532

欧阳澈(1097—1127)
　　忆朝宗 / 533

欧阳修(1007—1072)
　　永昭陵挽词三首(其三) / 533

蒲寿宬(?—?)
　　送郭济叔分教邵阳 / 533

钱　时(1175—1244)
　　庚辰录誊如结款他日打断得了方成
　　　一段公案耳子居命时润色此殆谦
　　　词敬赓韵以谢 / 533

钱惟治(949—1014)
　　春日登大悲阁二首(其一) / 533

钱　选(?—?)
　　杂诗(其二) / 534

钱　昱(943—999)
　　留题巾山明庆塔院 / 534

强　至(1022—1076)
　　石太保挽词 / 534
　　王广渊郎中挽词 / 534
　　晋阳郡君挽词(其二) / 534

仇　远(1247—?)
　　送虞师宪赴延平书院山长 / 534
　　送杨志行赴徽州教授 / 535

沈　辽(1032—1085)
　　乐神 / 535

石　介(1005—1045)
　　留守待制视学(其一) / 535

释常竹坞(?—?)
　　辛巳陈世崇来访说偈 / 535

释崇岳(1132—1202)
  颂古二十五首(其一二) / 536

释道颜(1094—1164)
  颂古(其六〇) / 536

释德洪(1071—1128)
  送廓然 / 536
  送不伐赴天府仪曹 / 536
  游南岳福严寺 / 536

释法薰(1171—1245)
  普化和尚赞 / 537

释梵琮(?—?)
  偈颂九十三首(其四〇) / 537

释慧性(1162—1237)
  偈颂一百零一首(其三一) / 537

释慧远(1103—1176)
  颂古十五首(其一五) / 538
  禅人写师真请赞(其三) / 538
  普化和尚赞 / 538

释居简(1164—1246)
  普化赞 / 538
  泊然庵 / 538

释了惠(1198—1262)
  普化赞 / 538
  普化泉大道赞 / 538

释祕演(?—?)
  贾希德 / 539

释如净(?—?)
  普化赞 / 539

释绍昙(?—1297)
  普化赞 / 539

释师范(1177—1249)
  偈颂一百四十一首(其一一〇) / 539

释心月(?—1254)
  普化赞(其一) / 539

释印肃(1115—1169)
  行住坐卧三十二颂(其二〇) / 539

释智朋(?—?)
  偈颂一百六十九首(其二二) / 540
  偈颂一百六十九首(其九五) / 540

释宗杲(1089—1163)
  偈颂一百六十首(其九) / 540

释祖钦(1216—1287)
  如山上人 / 540

司马光(1019—1086)
  和江邻几金铃菊 / 540

宋 祁(998—1061)
  开元寺塔偶成题十韵 / 540
  哭中山公三十韵 / 541

苏舜钦(1008—1049)
  宿终南山下百塔院 / 541
  荐福塔联句 / 541
  寄守坚觉初二僧 / 542
  地动联句 / 542

苏 辙(1039—1112)
  王度支陶挽词二首(其二) / 543

苏 籀(1091—?)
  潘舍人求父朝议挽诗 / 543

孙应凤(?—1261)
  西塔 / 543

太学生(？—？)
  和张乖崖　/ 543
唐　庚(1071—1121)
  腊岭戏书　/ 543
  疟疾寄示圣俞　/ 543
通真子(？—？)
  文旃山　/ 544
王　柏(1197—1274)
  挽邵公容春(其三)　/ 544
  挽施子华　/ 544
王　珪(1019—1085)
  英宗皇帝挽词五首(其四)　/ 544
  挽霸州文安县主簿苏明允　/ 544
王庭珪(1080—1172)
  次韵曾育才翠樾堂雪诗　/ 545
王　炎(1138—1218)
  用元韵答徐尉　/ 545
王禹偁(954—1001)
  寄献鄜州行军司马宋侍郎　/ 545
王　铚(？—？)
  登育王山示现塔赠乡琏与三上人　/ 546
王　质(1135—1189)
  银山寺和宗禅师四季诗·夏　/ 546
韦　骧(1033—1105)
  石都讲仲谟挽辞二首(其一)　/ 547
文天祥(1236—1283)
  晓起(其二)　/ 547
文　同(1018—1079)
  和仲蒙山城　/ 547
  中梁山寺(其二)　/ 547

文彦博(1006—1097)
  古寺清秋日(其一)　/ 547
吴　芾(1104—1183)
  病中有作　/ 547
吴　泳(？—？)
  送李伯勇分教阆州　/ 548
项安世(1129—1208)
  绍兴孙察推席上　/ 548
萧立之(1203—？)
  花朝同刘同年判簿登苏山　/ 548
  谢包宏斋著述科目之荐　/ 549
谢　翱(1249—1295)
  元日枕流亭听雨　/ 549
徐　瑞(1255—1325)
  次韵月湾东湖十咏·双塔铃音　/ 549
  题周南甫草窗吟卷后　/ 549
  送凌霁云赴余姚州学正　/ 549
许及之(1141—1209)
  得东山居主人恋家不出因借戴希周渔乡居赋杂兴六首(其五)　/ 549
阳　枋(1187—1267)
  绍庆罗巡检　/ 550
杨公远(1227—？)
  次余静庵寒夜诗思(其二)　/ 550
杨　颐(？—？)
  游虎丘　/ 550
杨　亿(974—1020？)
  宿斋太乙宫答李寺丞次韵　/ 550
  北苑焙·大中塔　/ 550

姚 勉(1216—1262)
　送胡教授之沅水任(其一) / 551
　谢久轩蔡先生惠墨九首(其一) / 551

叶 茵(1199?—?)
　己酉生日敬次靖节先生拟挽歌辞三首(其二) / 551

易士达(?—?)
　青阳驿 / 551
　上亭驿 / 551

余 干(?—?)
　和邓慎思重九考罢试卷书呈同院诸公 / 551

虞 俦(?—?)
　林子中知府挽诗(其二) / 551
　挽余丞相(其二) / 552

岳 珂(1183—?)
　米元章书山谷大悲憯赞帖赞 / 552

曾 极(?—?)
　升元阁铎 / 552

张 扩(?—?)
　悼程西枢母朱夫人二首(其一) / 552
　大年复用前韵赋诗见赠亦次韵答之 / 553

张 耒(1054—1114)
　题南禅院壁二首(其一) / 553
　东方 / 553
　宿柳子观音寺 / 553
　休日同宋遐叔诣法云遇李公择黄鲁直公择烹赐茗出高丽盘龙墨鲁直出近作数诗皆奇绝坐中怀无咎作呈鲁直遐叔 / 553

张 嵲(1096—1148)
　夜坐 / 554

张商英(1043—1121)
　净明塔 / 554

张元道(?—?)
　秋意 / 554

张 镃(1153—?)
　杂兴(其三四) / 554

赵 抃(1008—1084)
　故吴丞相充挽诗三首(其三) / 554

赵 蕃(1143—1229)
　书合龙寺旧题后 / 554

赵公豫(1135—1212)
　立春日作 / 555

赵 佶(1082—1135)
　宫词(其三〇) / 555

赵汝腾(?—1261)
　赞径坂使君柯山仲春讲席之盛 / 555

赵师秀(1170—1219)
　太平山读书寄城中诸友 / 555

真山民(?—?)
　宿宝胜寺 / 555

郑刚中(1088—1154)
　送宋叔海郎中总领湖北 / 555

郑清之(1176—1251)
　和白雪老禅二偈(其一) / 556
　到龙井寺(其三) / 556

82

郑思肖(1241—1318)
　　十三砺十首(其九) / 556

周　贯(？—？)
　　题虚白观 / 557

周麟之(1118—1164)
　　春贴子词·皇帝阁六首(其一)
　　 / 557

朱　存(？—？)
　　金陵览古·阿育王塔 / 557

朱　熹(1130—1200)
　　宿新喻驿夜闻风铎 / 557
　　秀野刘丈寄示南昌诸诗和此两篇(其一) / 557

邹　浩(1060—1111)
　　世美归侍政府以送君南浦伤如之何作诗送之(其三) / 557
　　再和晦之 / 557
　　故成纪李季侔挽词(其二) / 558

祖无择(1010—1085)
　　感事 / 558

锣

曹　豳(1170—1250)
　　上竿诗 / 559

董嗣杲(？—？)
　　武康姓丁人号生魂神合邑骚动
　　 / 559

释道颜(1094—1164)
　　颂古八首(其四) / 559

释宗杲(1089—1163)
　　偈颂一百六十首(其三一) / 559

苏　洞(1170—？)
　　三峡 / 559

汪宗臣(1239—1330)
　　嘲贾似道 / 560

王　奕(？—？)
　　和叠山舟过澛港 / 560

叶　适(1150—1223)
　　送陈子云通判(其三) / 560

赵　蕃(1143—1229)
　　途中杂题六首(其六) / 560

郑　獬(1022—1072)
　　戍邕州 / 560

方响

黄　然(？—？)
　　题涪翁亭 / 561

吕颐浩(1071—1139)
　　真定城中闻莺声方响和贾明仲
　　 / 561

王之道(1093—1169)
　　追和元微之春余遣兴示王觉民
　　 / 561

周彦质(？—？)
　　宫词(其八四) / 561

拍板

董嗣杲(？—？)
　　银树道上客怀(其二) / 562

范成大(1126—1193)
　　鲁如晦郎中挽词二首(其二) / 562

方一夔(？—？)
　　游碧沼寺　/ 562
葛立方(？—1164)
　　八月二十日与馆中同舍游西湖作(其三)　/ 562
韩　琦(1008—1075)
　　壬子九月七日会大安寺　/ 563
洪　适(1117—1184)
　　次韵景卢赏梅　/ 563
洪咨夔(1176—1236)
　　迎秋　/ 563
李　觏(1009—1059)
　　野意亭　/ 563
李之仪(1048—1127)
　　瑛侍者欲再游方作此勉之　/ 563
林希逸(1193—1271)
　　和后村三绝句(其二)　/ 563
牟　巘(1227—1311)
　　四安道中所见(其八)　/ 563
仇　远(1247—？)
　　怀白石社尊师道坚　/ 564
饶　节(1065—1129)
　　送张师哲秀才出山　/ 564
　　祝大夫解房州印过山有颂次韵　/ 564
释德洪(1071—1128)
　　留题觉轩　/ 564
　　题一击轩　/ 564
　　述古德遗事作渔父词八首·香严　/ 564

释慧开(1183—1260)
　　傅大士赞　/ 564
　　法孙天龙长老思贤请赞　/ 564
释慧琳(？—？)
　　偈二首(其二)　/ 565
释绍嵩(？—？)
　　书事　/ 565
释绍昙(？—1297)
　　颂古五十五首(其四七)　/ 565
释行瑛(？—？)
　　偈十六首(其一三)　/ 565
释印肃(1115—1169)
　　颂石头和尚草庵歌(其三〇)　/ 565
释永颐(？—？)
　　赠术者王髯　/ 566
释正觉(1091—1157)
　　时禅人出丐求颂　/ 566
苏　轼(1037—1101)
　　中秋见月和子由　/ 566
吴　潜(1195—1262)
　　示慧开禅师颂二首(其一)　/ 566
　　自叹　/ 566
谢　逸(1068—1112)
　　哭胡民望(其一)　/ 567
员兴宗(？—1170)
　　距西湖五里至白塔院名蓝连五六最幽绝云　/ 567
张孝祥(1132—1170)
　　与荐福　/ 567
郑清之(1176—1251)
　　和白雪老禅二偈(其一)　/ 567

目 录

周 孚(1135—1177)
　　送印禅师赴雪窦二首(其一) / 567
朱 松(1097—1143)
　　送祝仲容归新安 / 567

筑

陈世卿(953—1016)
　　游黄杨岩 / 568
方 岳(1199—1262)
　　题高皇过沛图 / 568
郭祥正(1035—1113)
　　补易水歌 / 568
韩 淲(1159—1224)
　　偶成 / 569
何梦桂(1229—?)
　　鹃啼曲 / 569
姜特立(1125—1203)
　　除草篇 / 569
李之仪(1048—1127)
　　试郭底泉和韵 / 569
刘 过(1154—1206)
　　游北墅 / 570
刘克庄(1187—1269)
　　风 / 570
陆文圭(1250—1334)
　　咏风 / 570
　　寄录事王君玉 / 570
陆 游(1125—1210)
　　老将二首(其二) / 571
　　自阆复还汉中次益昌 / 571
　　秋夜 / 571

岁暮与邻曲饮酒用前辈独酌韵 / 571
牟 巘(1227—1311)
　　和王寅甫御史游南山韵 / 571
欧阳修(1007—1072)
　　黄河八韵寄呈圣俞 / 572
彭龟年(1142—1206)
　　奉和御赐进士诗 / 572
释道潜(1044—?)
　　寄题解颐堂 / 572
汪梦斗(?—?)
　　汉高祖歌风台 / 572
汪 莘(1155—1212)
　　放歌行 / 573
王 炎(1138—1218)
　　出塞曲 / 573
文天祥(1236—1283)
　　歌风台 / 573
吴龙翰(1233—1293)
　　侠客行 / 574
萧立之(1203—?)
　　题穆叔晦雨净风香亭三首(其三)
　　 / 574
谢 翱(1249—1295)
　　傚飞庙迎神引 / 574
　　有洗旧诰绫作青色鬻将以为缘以绀
　　　缯易得之作手卷赋小乐章求好事
　　　书其后 / 574
严 羽(1192?—1245?)
　　剑歌行 / 575

85

袁说友(1140—1204)
　　拟咏宴群臣 / 575
周　密(1232—1298)
　　将进酒 / 575

缶

白玉蟾(1194—?)
　　田舍 / 576
　　大都督制侍方岩先生召彭白饮于州
　　　治之春野亭因和苏子美韵 / 576
晁说之(1059—1129)
　　春晚感怀 / 576
陈　著(1214—1297)
　　次单君范袖来汪西皋所撰咏秋十章
　　　以示因和之十绝(其一〇) / 576
　　元宵薇山内弟酒边五首(其一)
　　　 / 576
崔与之(1158—1239)
　　寿李参政壁 / 576
邓　深(?—?)
　　丰城道中 / 577
范成大(1126—1193)
　　大厅后堂南窗负暄 / 577
　　病中不复问节序四遇重阳既不能登
　　　高又不觞客聊书老怀 / 577
费士戣(?—?)
　　次踏碛韵 / 578
冯　山(?—1094)
　　咏雪 / 578
葛胜仲(1072—1144)
　　追贤院食已度岭历宋胡诸庵转山夜

归 / 578
次韵卢行之知原见赠 / 579
韩　淲(1159—1224)
　　尹谏议秋怀昌甫以其韵赋之因亦和
　　　焉(其七) / 579
韩　维(1017—1098)
　　和三哥立春即事 / 579
洪　朋(?—?)
　　送谢无逸还临川 / 579
洪　适(1117—1184)
　　次韵得保州老张瓦研 / 580
胡　宿(995—1067)
　　上客 / 580
华　镇(1051—?)
　　用石桂阳韵谢左判官陈司理见寄
　　　 / 580
黄大受(?—?)
　　荆州人种秧击缶于田间以乐农者呜
　　　呼其犹有先王之世之遗意欤
　　　 / 580
黄　榦(1152—1221)
　　挽李尚书母太淑人(其二) / 580
黄　庚(?—?)
　　和茅亦山先生杂咏(其二) / 581
黄庭坚(1045—1105)
　　次以道韵寄范子夷子默 / 581
　　悼往 / 581
柯　举(?—?)
　　次韵答李景阳 / 582
孔平仲(1044—1102)
　　寄王滑州 / 582

孔武仲(1041—1097)
　蔡州三首(其一) / 582

李　衡(1100—1178)
　功成亦赋短项翁诗复次其韵 / 582

刘才邵(1086—1157)
　次韵朱新仲席上赋梅花影四首(其三) / 583

刘　敞(1019—1068)
　杂咏 / 583

刘克庄(1187—1269)
　纵笔一首 / 583
　四和 / 583

刘　弇(1048—1102)
　送曾诙 / 584
　古风谢汪都讲示惜惜吟 / 584

刘　宰(1166—1239)
　谢汤生惠酒和来韵 / 584

陆　游(1125—1210)
　居三山时方四十余今三十六年久已谢事而连岁小稔喜甚有作 / 585
　春夏之交衰病相仍过芒种始健戏作 / 585
　自咏 / 585
　野堂四首(其四) / 585
　小饮赏菊 / 585

吕南公(1047—1086)
　寄陈道先 / 585

梅尧臣(1002—1060)
　杂诗绝句十七首(其一七) / 586
　范饶州夫人挽词二首(其二) / 586

欧阳修(1007—1072)
　绿竹堂独饮 / 586

邵　叶(?—?)
　击瓯楼 / 586

邵　雍(1011—1077)
　戊申自贻 / 587

释智愚(1185—1269)
　送鄱阳复道者 / 587

苏　洞(1170—?)
　雨 / 587

苏　辙(1039—1112)
　次韵门下吕相公同访致政冯宣猷 / 587

孙　觌(1081—1169)
　送王循道赴省试四首(其三) / 587
　洞庭善庆堂置酒小诗寄之 / 587

孙　嵩(1238—1292)
　戏嘲二子 / 588

孙应时(1154—1206)
　读通鉴杂兴(其一) / 588

孙子秀(1212—1266)
　游丹山 / 588

汪　莘(1155—1212)
　竹洲见寄次韵 / 588

王　迈(1184—1248)
　赠谈星达士 / 588
　代简奉寄三山方时父遇游几叟明复 / 589

王十朋(1112—1171)
　哭令人 / 590

韦 骧(1033—1105)
　　和通甫见赠二首(其二) / 590

徐 钧(？—？)
　　蔺相如 / 590

徐 瑞(1255—1325)
　　马君采刲羊置酒作九日之会少长咸集主劝宾酬饮酒乐甚明日成小诗寄君采 / 590

许 棐(？—？)
　　破琴 / 590

许及之(1141—1209)
　　次韵洪萃之太社真率之集三首(其二) / 591
　　九日次常之柳市秋怀韵 / 591

杨 杰(？—？)
　　得安肃颜舅书再成哀词 / 591

杨万里(1127—1206)
　　豫章王集大成惠我思古人实获我心八诗谢以五字 / 591

元在庵主人(？—？)
　　石堂歌 / 591

岳 珂(1183—？)
　　四月二十日被以郡事入奏之命再赋二首(其二) / 592

张 耒(1054—1114)
　　冬节小不佳怀正叔老兄 / 592

张 镃(1153—？)
　　许深父送日铸茶 / 592

周麟之(1118—1164)
　　双投酒 / 593

周 密(1232—1298)
　　北山四时招隐辞(其四) / 593

朱 翌(1097—1167)
　　过王监园 / 593

鼓

艾性夫(？—？)
　　正觉僧榻 / 594

敖陶孙(1154—1227)
　　次韵张宰牡丹 / 594

白玉蟾(1194—？)
　　梧州江上夜行 / 594

蔡 戡(1141—？)
　　送葛谦问(其六) / 595

蔡 襄(1012—1067)
　　游灵峰院龙龛山 / 595
　　道中寄福州王祠部 / 595

曹 勋(1098—1174)
　　姑苏台上月 / 595
　　过楚有作 / 596
　　方诸曲二首(其一) / 596
　　苦雨吟 / 596

晁补之(1053—1110)
　　鸾车引 / 596
　　建除体二首答黄鲁直教授(其二) / 597
　　考校同文馆戏赠子方兼呈文潜 / 597

晁冲之(1073—1126)
　　香山示孔处厚 / 597

晁公溯(1116—?)
　　即事 / 598
　　去通义按刑汉嘉至中岩师伯浑临别
　　　　于此因成二诗(其二) / 598
晁公休(?—?)
　　夏日过庄严寺寺僧索诗为留三绝拉
　　　　舍弟同赋(其三) / 598
晁说之(1059—1129)
　　知宗节使临渡江至金陵送蜡梅来
　　　　/ 598
　　圆机游秦州有诗相寄辄次韵作
　　　　/ 598
　　庚子初伏前一夕大雨 / 598
　　题公震小景 / 598
　　飘流 / 599
　　蒙用诸人韵赋诗见贻复用韵谢之(其
　　　　二) / 599
　　荔枝送郭玄机戏作(其二) / 599
　　枕上和圆机绝句梅花十有四首(其
　　　　二) / 599
　　谢圆机送梅 / 599
　　久留帐下日夕思归辄作长言一首告
　　　　别经略安抚侍郎 / 599
陈必复(?—?)
　　席上和林端隐韵 / 599
陈昌时(?—?)
　　晓程 / 599
陈长方(1108—1148)
　　李西平画像赞 / 600
陈　淳(1155—1219)
　　贺傅寺丞喜雨二十六韵 / 600

陈　棣(?—?)
　　次韵叶梦符端午 / 601
陈傅良(1137—1203)
　　哭吕伯恭郎中舟行寄诸友 / 601
陈　瓘(1057—1124)
　　庐山诗二首(其一) / 601
陈　杰(?—?)
　　人日立春极寒 / 602
陈　克(1081—?)
　　唐人画牡丹图二首(其二) / 602
陈　宓(1171—1230)
　　感时 / 602
　　和徐绍奕 / 602
　　严州道中见月以祷雨不饮 / 602
陈　起(?—?)
　　以毅斋曾先生诗法曰能以无情作有
　　　　情子熊举以见教兼示学诗如学禅
　　　　之句次韵声谢 / 603
陈　容(?—?)
　　为人赋横舟二首(其二) / 603
陈士楚(?—1195)
　　和林艾轩城山国清塘韵 / 603
陈天麟(1116—1177)
　　游岩龛寺 / 603
陈文蔚(1154—1247)
　　和茂嘉郎中催梅韵 / 604
陈　襄(1017—1080)
　　天道不可跻 / 604
陈与义(1090—1138)
　　除夜二首(其二) / 604
　　寒食日游百花亭 / 604

89

又六言　/604
次韵王尧明郊祀显相之作　/604

陈　渊(？—1145)
　　钱清过堰　/604

陈元晋(1186—？)
　　晚步　/605

陈　造(1133—1203)
　　步西湖次韵徐南卿(其二)　/605
　　再次韵答节推司理　/605
　　早春十绝呈石湖(其五)　/605
　　真州诸公语别　/605
　　再次韵　/605
　　喜雨燕致语口号　/605
　　赠王仲和架阁　/606
　　次韵赵帅二首(其二)　/606

陈之方(？—1085)
　　祠南海神　/606

陈　著(1214—1297)
　　戴时芳时可学子吴叔度文可载酒西坑劳苦　/606
　　寿天宁寺主僧可举八十　/606
　　避难雪窦之西坑游西麓庵　/607

程公许(1182—？)
　　香积寺午斋　/607
　　夔门邂逅同年汪丈奉议示诗和吟三首(其三)　/607
　　送崔吉甫外刺安康分韵得客字　/607
　　东川节度歌　/607
　　甲午岁除即事二首初被聘召之命末章感遇述怀(其二)　/609

祷雨有应和郡广文希白韵　/609
书怀　/609

程　颢(1032—1085)
　　高观谷　/609

程　俱(1078—1144)
　　灵山观　/609
　　感春三首用退之韵(其三)　/609
　　秋雨三首(其一)　/610
　　天宁潜老以山中春莫三诗投鸿庆尚书末章见及次韵答之(其二)　/610
　　晓起　/610

程　洵(1135—1196)
　　送刘伯瑞通判还吴兴　/610

程元凤(1200—1269)
　　淳祐己酉岁谒祖梁将军忠壮公庙　/610

崔敦礼(？—1181)
　　楚州龙庙迎享送神辞(其二)　/610
　　挽太尉王权章　/611

戴表元(1244—1310)
　　南岩留宿分韵落字　/611
　　孙使君飞蓬亭　/611

邓润甫(1027—1094)
　　道中咏怀奉寄利州冯允南使君　/611

邓忠臣(？—？)
　　同舍问及故山景物用钟字韵诗以答　/612

董嗣杲(？—？)
　　江州重午二首(其一)　/612

南屏山 / 612

辛酉富池元宵写怀二首（其二） / 612

杏花 / 612

羽觞飞上苑 / 612

天池寺 / 613

题江州天庆观 / 613

太平兴国宫 / 613

钧天曲 / 613

霍山祠 / 613

北高峰 / 613

入寓双泉寺 / 613

别王监镇 / 614

将军教场墓 / 614

出德化门外 / 614

范成大（1126—1193）

次韵子文冲雨迓使者道闻子规 / 614

题开元天宝遗事四首（其一） / 614

次韵宗伟阅番乐 / 614

十二月十八日海云赏山茶 / 614

自晨至午起居饮食皆为墙外人物之声为节戏书四绝（其三） / 614

元夕泊舟雪川 / 615

晚潮 / 615

重送文处厚因寄蜀父老三首（其一） / 615

富顺杨商卿使君向与余相别于泸之合江渺然再会之期后九年乃访余吴门则喜可知也复分袂更增惘然病中强书数语送之 / 615

浮湘行 / 615

刺濆淖 / 615

方回（1227—1307）

宿西畴曹教授宅 / 616

早大雾午大风寇销兵解之象 / 616

十月六日小酌以自宝此身方有寿分韵得身字 / 616

宿包山杨明府宅（其一） / 616

乙巳三月十五日监察御史王东溪节宿戒方回万里饮灵隐冷泉亭赵宣慰君实赵提举子昂灵隐寺知事晦坛治具西方僧四人两提领北人放泉喷雪观猿掷果予醉先退赋诗五首记之（其一） / 617

晓枕 / 617

秋晚杂书三十首（其九） / 617

西斋秋日杂书五首（其一） / 617

方信孺（1177—1223）

铜鼓 / 617

方一夔（?—?）

无愁潭 / 617

冯山（?—1094）

和李曼修孺职方谢梓守张靖子立龙图游春 / 618

高景山（?—?）

留宿灵岩 / 618

葛立方（?—1164）

次韵洪庆善同饮道祖家赏梅（其二） / 618

葛绍体（?—?）

嘉兴尉府教阅即事 / 618

葛胜仲（1072—1144）

己未次广惠院 / 619

91

招中散兄饮 / 619
与襄阳太守张亚仲泛汉江 / 619
高君赟兼数职奔走疲甚以诗劳苦之 / 620

葛 郯(？—1181)
临终偈 / 620

龚颐正(？—？)
陈山龙君祠迎享送神曲(其二) / 620

郭祥正(1035—1113)
魏王台 / 620
望白纻山 / 620
宣州双溪阁夜宴呈太守余光禄 / 621
次韵和元舆待制后浦宴集三首(其三) / 621
送沈司理赴阙改官 / 621
石屏台致酒呈蒋帅待制 / 621

郭 积(？—？)
朱荸亭侍宴 / 622

韩 淲(1159—1224)
两倅约过南台 / 622
雪观(其二) / 622
书姜白石昔游诗后 / 622
十月十六日同器远晚步童游桥(其二) / 622

韩 驹(1080—1135)
昔与道颜智俱二僧居武宁明心寺未几与俱避贼山中颜几不免绍兴三年复会于广寿寺偶作一首 / 623
上王太守生辰诗 / 623

韩 琦(1008—1075)
陈商学士知常州 / 623
答孙植太博后园宴射 / 623
甲午冬阅 / 624
啄木 / 624

韩 维(1017—1098)
送李阁使出守冀州 / 625
遗吴冲卿大飨碑文 / 625
和冲卿晚秋过金明池 / 625

韩元吉(1118—？)
送中甫兄之淮南(其一) / 626
依韵和御制秋晚曲宴诗 / 626
远游十首(其三) / 626
次韵鲁如晦雪晴 / 626
与苏训直约游招隐寺(其二) / 626
送赵任卿芜湖丞 / 626
方务德元夕不张灯留饮赏梅务观索赋古风 / 627

何梦桂(1229—？)
送李县尹 / 627

贺 铸(1052—1125)
江行写望 / 627
寓泊临淮有怀杜脩撰 / 627
答许景亮 / 627

洪 刍(？—？)
席上次张法曹韵 / 628

洪 迈(1123—1202)
车驾幸玉津园晚归进诗 / 628

洪 朋(？—？)
早发新吴 / 628

洪 适(1117—1184)
广东春教致语口号 / 628

隆庭竹至四绝句(其二) / 628

洪咨夔(1176—1236)
十月晦过巫山(其一) / 628
送游考功将漕夔门(其二) / 628
章升伯妻孺人挽诗 / 629
送新婺州汪总领归歙 / 629
送石士志推官赴调 / 629
会心 / 629
用王司理韵送别(其二) / 629
续洗兵马上李制置 / 630

胡 宏(1105—1161)
送友人归荆南 / 630

胡 榘(?—?)
重游洞霄宫 / 630

胡舜陟(1083—1143)
滑石泉 / 631

胡松年(1087—1146)
洞庭 / 631
观音院德云堂 / 631

胡 宿(995—1067)
送刘观察赴襄阳 / 631

胡 寅(1098—1156)
岳阳楼杂咏十二绝(其九) / 631
再谢见寄 / 631

胡仲弓(?—?)
海月堂观涛 / 632
题通妙亭柱 / 632
颐斋再作催梅诗次韵 / 632

华 岳(?—1221)
江上双舟催发 / 632

黄公度(1109—1156)
奥村晚望 / 632
与方稚川 / 632

黄庭坚(1045—1105)
次韵钱德循鹿苑滩舣舟有作 / 633
定交诗二首效鲍明远体呈晁无咎(其二) / 633
浔阳江口阻风三日 / 633
罗汉南公塔颂 / 633
塞上曲 / 633
戏答仇梦得承制二首(其一) / 633
款塞来享 / 633
午寝 / 634

黄文雷(?—?)
石头怀古 / 634

黄 载(?—?)
陪侍丞相安晚先生宿觉际寺夜遇大风可畏遂赋大篇 / 634

金朋说(?—?)
海棠吟 / 635

孔平仲(1044—1102)
西兴 / 635

孔武仲(1041—1097)
送林子中知成都 / 635

黎廷瑞(1250—1308)
过太常寺簿谢公故第 / 635

李 常(1027—1090)
解雨送神曲(其一) / 636

李处权(?—1155)
次韵呈德基兼呈王侍郎 / 636
谒王夏卿同过曼卿西轩留题 / 636

次韵朴侄见寄 / 636
送荣茂世 / 636

李 苪(？—1276)
　　浯溪读中兴颂 / 637

李 复(1052—？)
　　过兴德寺 / 637

李 纲(1083—1140)
　　申伯和篇举叔易自代叔诗复推申伯
　　　要之二子皆当由此科取重名于世
　　　恨吾资妄高不得偕二子鸣跃其间
　　　复次前韵以兼勉之 / 637
　　余干 / 638
　　吴元中书言近不作诗以所著幽七月诗
　　　义见示因成三篇赠之(其三) / 638
　　题建德县开化寺 / 638
　　次韵王尧明游北寺 / 638
　　江行即事八首(其八) / 638
　　循梅道中遣人如江南走笔寄诸季十
　　　首(其六) / 638
　　次韵李似之秋居杂咏十首(其四)
　　　 / 638
　　读韩偓诗并记有感(其一) / 639

李 龏(1194—？)
　　梅花集句(其一二五) / 639

李 洪(1129—1183)
　　和柯山先生读中兴碑 / 639

李静独(？—)
　　回舟即事 / 639

李流谦(1123—1176)
　　金陵二首(其二) / 640
　　枕上 / 640

送孙隆州 / 640
刘林夫以诸公送行诗轴见示作此
　 / 640
用山谷上东坡韵与冯黎州(其二)
　 / 640

李弥逊(1089—1153)
　　春雪 / 641
　　东岗晚步 / 641
　　近报陕右大捷又继闻王师遂平建寇
　　　用高字韵 / 641
　　苦旱 / 641
　　早入昭亭与同游散步山中自樵径至
　　　水滨路穷还僧舍饭 / 642
　　送李仲和之泉南其子官所 / 642

李 彭(？—？)
　　余久不饮酒偶饮殊适因和九弟韵
　　　 / 642
　　寄甘露灭 / 642

李清照(1084—？)
　　和张文潜浯溪中兴颂二首(其二)
　　　 / 642

李 石(1108—1181)
　　舟中示开并寄圆 / 643
　　送浩侄成都学官 / 643

李思衍(？—1290)
　　隆山塔院 / 643

李 新(1062—？)
　　题兴化小阁(其三) / 643

李泽民(？—)
　　东湖 / 644

李曾伯(1198—1268)
　　庚子祈雨蒋山赠月老 / 644

李正民(1073—1151)
　　寄和叔(其三) / 644
　　破贼凯歌八章(其三) / 644
　　简邦求宗博 / 644

李之仪(1048—1127)
　　阮公啸台次韵辛正叔 / 644
　　七言古风寄题薛公尉氏逍遥阁兼送
　　　伯成知县宣德解印当涂直书民言
　　　耳非所谓诗也 / 645
　　次韵胡希圣登毗陵东山亭 / 645
　　离宣城 / 645
　　寄范七平凉有一优者颇相似每见即
　　　与从容聊遣吾思之不能已也
　　　　 / 646

李廌(1059—1109)
　　作塞上射猎行 / 646

廖刚(1071—1143)
　　送毛择民 / 646
　　燕待知泉州郑司业致语 / 647

廖行之(1137—1189)
　　送湖南张仓解官还建昌九首(其五)
　　　　 / 647
　　无题(其一) / 647

林东愚(?—?)
　　秋兴 / 647

林季仲(1090—?)
　　赠李端明 / 647

林景熙(1242—1310)
　　灯市感旧 / 647

林希逸(1193—1271)
　　代怀安王林丞上杨安抚十诗(其一)
　　　　 / 648

代怀安王林丞上杨安抚十诗(其四)
　　 / 648
闻鸡起舞 / 648

林宗放(?—?)
　　陪郡守游西园 / 648

刘攽(1023—1089)
　　寄老庵 / 648
　　荔枝(其二) / 649
　　送王相公 / 649
　　王正仲林子中联舟西上过睢阳寄书
　　　率尔成诗为报 / 649
　　季孙肥 / 649
　　观南戍士 / 649
　　送余江州 / 649

刘才邵(1086—1157)
　　为刘端礼题翠微堂 / 649

刘敞(1019—1068)
　　伯镇出都后见寄 / 650
　　寄佑之 / 650
　　送杜横州 / 650
　　出塞曲三首(其三) / 650
　　江行寄隐直 / 651
　　至日宴水上呕吐先醉上府公 / 651
　　次韵和宋职方北城 / 651

刘黻(1217—1276)
　　次酬胡编校赋竹屋(其一) / 651
　　淮上 / 651

刘光(?—?)
　　题南峰蓝光轩 / 651

刘过(1154—1206)
　　红酒歌呈京西漕刘郎中立义 / 651

95

刘克庄(1187—1269)
　　无题二首(其一) / 652
　　四和二首(其二) / 652
　　寒食 / 652
　　五月二十七日游诸洞 / 652
　　神君歌十首(其一○) / 652
　　和乡侯灯夕六首(其五) / 652
　　发湘潭驿寄府公 / 653
　　海棠七首(其三) / 653
　　燕二首(其二) / 653
　　再和十首(其八) / 653
　　九叠(其一○) / 653

刘　牧(1011—1064)
　　次韵经略吴及石门洞 / 653

刘学箕(？—？)
　　宿兴国寺方丈与客对床 / 654

刘　弇(1048—1102)
　　雷塘 / 654
　　同李端臣游荐福寺禅院 / 654
　　三用前韵酬达夫(其三) / 654

刘　筠(971—1031)
　　句(其三四) / 655

刘　宰(1166—1239)
　　送李果州(其三) / 655

刘　挚(1030—1097)
　　送郑毅夫舍人被召五首(其二) / 655
　　还句龙纬化文诗卷 / 655

刘　著(？—？)
　　次韵彦高即事 / 655

刘子翚(1101—1147)
　　荔子歌 / 655

双庙
　　赋双溪阁用蔡君谟诗声字韵 / 656
　　云际赠施子 / 656

柳子文(？—？)
　　再呈慎思诸公兼以言怀 / 656

楼　钥(1137—1213)
　　送一老住庐山归宗(其四) / 656
　　隐潭 / 656
　　侍仲舅同诸表游山 / 657
　　陪沈虞卿使君游钱园 / 657
　　寻春次韵(其一) / 657

陆文圭(1250—1334)
　　题刘晦卿月楼图并饯秋闱之行仍不犯月楼字 / 658

陆　游(1125—1210)
　　舟中偶书 / 658
　　中夜雨霁月色入户起饮酒一杯作绝句 / 658
　　秋夜读书每以二鼓尽为节 / 658
　　虾蟆碚 / 658
　　乾明院观画 / 658
　　舟过玉津 / 658
　　泛富春江 / 659
　　早春新晴 / 659
　　题卧龙山 / 659
　　冬夜 / 659
　　园中观草木有感 / 659
　　池上醉歌 / 659
　　秋月曲 / 659
　　喜晴 / 660
　　书悲二首(其二) / 660
　　中春偶书 / 660

96

野兴 / 660
老病追感壮岁读书之乐作短歌 / 660
初夜暂就枕 / 660
夜归 / 661
西湖春游 / 661
秋兴十二首(其一二) / 661
丰岁 / 661
发黄州泊巴河游马祈寺 / 661
寺居睡觉二首(其二) / 661
仗锡平老具舟车迎前天衣印老印悉遣还策杖访之作二绝句奉送兼简平(其二) / 661
寺居夙兴 / 662
眉州郡燕大醉中间道驰出城宿石佛院 / 662
越王楼二首(其二) / 662
芳华楼夜饮二首(其二) / 662
六月二十六日夜梦赴季长招饮 / 662
枕上感怀 / 662
春晚即事四首(其一) / 662
得韩无咎书寄使虏时宴东都驿中所作小阕 / 662
醉中下瞿唐峡中流观石壁飞泉 / 663
大将出师歌 / 663
日出入行 / 663
老马行 / 663
夜雨寒甚 / 663
胡无人 / 663

吕本中(1084—1145)
　句(其五) / 664
　守城士 / 664
　颂送山上人游南华 / 664

吕南公(1047—1086)
　梦寐 / 664
　麻姑山诗·宿仙都观 / 664

吕　陶(1028—1104)
　西郊 / 664

吕夏卿(?—?)
　谒张相公祠 / 665

罗与之(?—?)
　为言 / 665

毛　滂(1060—?)
　春词(其六) / 665
　上元夜 / 665

梅尧臣(1002—1060)
　和江邻几学士画鬼拔河篇 / 665
　将行赛昭亭祠喜雨 / 665
　宣州杂诗二十首(其八) / 666
　送王郎中知江阴 / 666
　送胡都官知潮州 / 666
　冬夕会饮联句 / 666
　湖州寒食陪太守南园宴 / 667

莫　渊(?—?)
　送程给事知越州 / 667

牟　巘(1227—1311)
　和梅君遇退闲 / 667
　羯鼓图 / 668

牟子才(?—?)
　春雨怀述(其一) / 668

97

慕容彦逢(1067—1117)
　　许冲元生日　/ 668

穆　脩(979—1032)
　　秋浦会遇　/ 668

倪德元(?—?)
　　钓鱼矶　/ 670

欧阳修(1007—1072)
　　得滕岳阳书大夸湖山之美郡署怀物甚野其意有恋著之趣作诗一百四十言为寄且警激之　/ 671
　　送杨员外　/ 671
　　送祝熙载之东阳主簿　/ 671
　　送润州通判屯田　/ 671
　　与谢三学士唱和八首·昨日偶陪后骑同适近郊谨成七言四韵兼呈圣俞　/ 672
　　代书寄尹十一兄杨十六王三　/ 672
　　读书　/ 672
　　鹭鸶　/ 673
　　栾城遇风效韩孟联句体　/ 673

潘　牥(1204—1246)
　　江行　/ 673

彭龟年(1142—1206)
　　送王仲显赴琼州　/ 674

彭汝砺(1042—1095)
　　古北口杨太尉庙　/ 674
　　韩氏周宣王时为侯尝入觐而归显父钱之尹吉甫作诵今司空康国公既老元祐丁卯朝京师戊辰春还许天子赐燕某赋是诗　/ 674
　　和致远学士游池(其二)　/ 675

彭　演(?—?)
　　羯鼓缘　/ 675

蒲寿宬(?—?)
　　登师姑岩见城中大阅恍如阵蚁因思旧从戎吏亦其中之一蚁感而遂赋　/ 675

钱公辅(1021—1072)
　　众乐亭二首(其一)　/ 675

钱　选(?—?)
　　五君咏·刘伶　/ 676

钱　易(968—1026)
　　七夕作　/ 676

强　至(1022—1076)
　　送李讲主还维扬　/ 676

秦　观(1049—1100)
　　秋兴九首·拟杜牧之　/ 676
　　和游金山　/ 676

仇　远(1247—?)
　　雪后祈晴　/ 677
　　夜闻秋声　/ 677

裘万顷(?—1219)
　　次洪内翰十月桃韵三首(其三)　/ 677

饶　节(1065—1129)
　　用海印和尚韵和吴提刑游山颂　/ 677

饶　鲁(?—?)
　　春水番湖　/ 677

茹芝翁(?—?)
　　秋月收兵献钟侍郎　/ 677

邵 雍(1011—1077)
　　杯盘吟 / 678
沈 迈(1028—1067)
　　奉祠东太乙宫七首·五言齐居有感一首 / 678
　　七言送沈景休知常州 / 678
　　五言信武殿 / 678
沈继祖(？—？)
　　俞舜俞作墨梅八轴皆取古人诗句请余赋之 / 679
沈 辽(1032—1085)
　　题文殊寺(其二) / 679
　　愚溪 / 679
沈与求(1086—1137)
　　葛鲁卿再和复用前韵奉酬(其二) / 679
　　溪上见梅 / 680
石延年(994—1041)
　　曹太尉西征 / 680
史 浩(1106—1194)
　　和建王雨中闻戒酒之什 / 680
释宝昙(1129—1197)
　　瑞岩行者写华严经求僧 / 680
　　为高芝大卿寿 / 681
释道璨(？—？)
　　偈颂十八首(其九) / 681
释道冲(1169—1250)
　　偈颂五十一首(其一四) / 681
释德洪(1071—1128)
　　代人上李龙图并廉使致语十首(其二) / 681
　　代人上李龙图并廉使致语十首(其三) / 681
　　代人上李龙图并廉使致语十首(其一〇) / 681
　　金华超不群用前韵作诗见赠亦和三首超不群剪发参黄檗(其三) / 682
　　余还自海外至崇仁见思禹以四诗先焉既别又有太原之行已而幸归石门复次前韵寄之以致山中之信云(其一) / 682
　　和陈奉御游梁山 / 682
释德一(？—1162)
　　祷雨颂 / 682
释法一(1084—1158)
　　偈三首(其一) / 682
释梵思(？—？)
　　颂古九首(其五) / 683
释慧开(1183—1260)
　　南剑州伏虎岩请师开山请赞 / 683
释居简(1164—1246)
　　王梁山画像赞 / 683
　　酬赵天乐 / 683
　　冷水谷桃花未开次竹岩韵 / 683
　　赵禅庵 / 683
　　飞湍 / 684
　　别宣城元僚府掾二赵柬诸名胜三十韵 / 684
释可湘(1206—1290)
　　偈颂一百零九首(其四一) / 684
释克勤(1063—1135)
　　颂 / 685

99

释普度(1199—1280)
　　偈颂一百二十三首(其一一二) / 685

释普宁(?—1276)
　　偈颂四十一首(其三二) / 685

释　珏(?—?)
　　颂古三十一首(其二) / 685

释绍嵩(?—?)
　　小憩东岳行宫戏题 / 685

释绍昙(?—1297)
　　偈颂一百零二首(其一一) / 685
　　颂古五十五首(其三九) / 685

释师体(1108—1179)
　　四圣赞(其二) / 686

释惟一(1202—1281)
　　偈颂一百三十六首(其一一八) / 686

释文珦(1210—?)
　　送极太初住鄞江宝严 / 686

释咸润(?—?)
　　五泄山三学院十题·石鼓 / 686

释行海(1224—?)
　　梅(其八) / 686

释印肃(1115—1169)
　　金刚随机无尽颂·无法可得分第二十二(其四) / 686
　　证道歌(其一三七) / 686

释云岫(1242—1324)
　　颂古十首(其一〇) / 687

释智本(1035—1107)
　　偈四首(其一) / 687

释智愚(1185—1269)
　　颂古一百首(其三九) / 687

释智远(?—?)
　　偈 / 687

释仲易(?—?)
　　偈 / 687

释遵式(964—1032)
　　依修多罗立往生正信偈 / 687

舒岳祥(1219—1298)
　　安住寺松声 / 688
　　巾山行同王监簿作 / 688

司马光(1019—1086)
　　出塞 / 688
　　早春(其二) / 688
　　送茹屯田知无为军 / 689
　　射堋 / 689
　　乐轩 / 689
　　和河阳王宣徽九日平嵩阁宴集 / 689
　　和君贶清明与上巳同日泛舟洛川十韵 / 689
　　景仁将归颖昌辄为诗二十韵纪赠 / 689

宋　白(936—1012)
　　宫词(其二六) / 690

宋　祁(998—1061)
　　陪季秋大宴 / 690
　　七不堪诗七首(其一) / 690
　　赠吴太博二首(其一) / 690
　　夜分 / 690
　　禁门待漏 / 690

吏上 / 690

宋 绶(991—1041)
  送何水部蒙出牧袁州 / 691

宋 庠(996—1066)
  从猎晚归马上默成奉呈承旨端明王学士 / 691

宋 逸(?—?)
  灵岩 / 691

苏 迟(?—1155)
  建炎己酉冬自婺女携家至临海岁首泛舟憩天柱精舍谒吴君文叟山林感泉石之胜叹城邑之人沈酣势利不知山中之乐也 / 691

苏 过(1072—1123)
  和良卿病目在告 / 691
  送昙秀 / 691
  次韵承之紫岩长句 / 691

苏 泂(1170—?)
  舟中(其二) / 692
  寒鸦诗 / 692
  次韵张耒学士病中二首(其一) / 692

苏 轼(1037—1101)
  寒食宴提刑致语口号 / 692
  和陶拟古九首(其五) / 692
  司竹监烧苇园因召都巡检柴贻勋左藏以其徒会猎园下 / 693
  常润道中有怀钱塘寄述古五首(其一) / 693
  次韵刘景文周次元寒食同游西湖 / 693

  和黄鲁直效进士作二首·款塞来享 / 693
  书晁说之考牧图后 / 693
  兴龙节侍宴前一日微雪与子由同访王定国小饮清虚堂定国出数诗皆佳而五言尤奇子由又言昔与孙巨源同过定国感念存没悲叹久之夜归稍醒各赋一篇明日朝中以示定国也 / 694
  游博罗香积寺 / 694
  有美堂暴雨 / 694
  虢国夫人夜游图 / 694
  渚宫 / 694
  书双竹湛师房二首(其二) / 695

苏舜钦(1008—1049)
  游山 / 695

苏 颂(1020—1101)
  观潮三首(其一) / 696

苏 辙(1039—1112)
  次韵子瞻和渊明饮酒二十首(其一〇) / 696
  上元夜适劝至西禅观灯 / 696
  送鲁有开中大知洺州次子瞻韵 / 696
  和子瞻凤翔八观八首·李氏园 / 697
  除夜泊彭蠡湖遇大风雪 / 697

苏 籀(1091—?)
  大坞山寺 / 698

孙 觌(1081—1169)
  钓台二首(其一) / 698

西斋 / 698

正月十四日半夜大雷雨许楙仲有诗次韵三首(其一) / 698

题杨令藏春坞三首(其二) / 699

东坡先生与蒋魏公游最善宣卿侍郎蓄东坡诗文自公始也心慕手追遂入于室某尝赋景坡堂诗宣卿谓余知音者遂标藏之楼中比守吴门治有状玺书褒进待制敷文阁某驰小舟往贺宣卿出诗三章见属句法华妙为一时绝唱有云正索解人那复得其谁知我固无从此真东坡语也辄次韵书于卷末(其三) / 699

孙　渐(?—?)

　　游骊山 / 699

孙　嵩(1238—1292)

　　临安钱武肃庙 / 699

孙　因(?—?)

　　越问·封疆 / 700

孙应凤(?—1261)

　　虎岩纪游 / 700

唐　庚(1071—1121)

　　骤雨 / 700

陶　弼(1015—1078)

　　醉石 / 701

陶梦桂(1180—1253)

　　望郡城酬舟中诸丈 / 701

滕　岑(1137—1224)

　　鼓腹无所思朝起暮归眠渊明诗也以诗定韵为十诗(其八) / 701

田　况(1005—1063)

　　成都遨乐诗二十一首·二日出城 / 701

　　成都遨乐诗二十一首·四月十九日泛浣花溪 / 701

汪炎昶(1261—1338)

　　汪颜复秋江堂 / 701

汪元量(1241—1317)

　　湖州歌九十八首(其八) / 702

　　寰州道中 / 702

　　湖州歌九十八首(其一四) / 702

　　易水 / 702

　　太皇谢太后挽章(其一) / 702

　　吴山 / 702

　　慈元殿赐牡丹 / 702

　　湖州歌九十八首(其二七) / 702

　　越州歌二十首(其四) / 702

　　杭州杂诗和林石田(其一三) / 703

　　邳州 / 703

　　成都 / 703

　　燕歌行 / 703

汪　藻(1079—1154)

　　徽州班春古岩寺呈诸僚友 / 703

王安国(1028—1074)

　　句(其一四) / 704

王安石(1021—1086)

　　自喻 / 704

王　柏(1197—1274)

　　拜明招二先生墓有感(其六) / 704

　　宿仙山浸碧轩二首(其一) / 704

王　珪(1019—1085)

　　宫词(其二二) / 704

　　依韵和景仁寄河中公仪龙图 / 704

王　令(1032—1059)

　　送曹杜赴试礼部 / 704

王　迈(1184—1248)
　　送黄成甫殿讲被召　/ 705
王梦应(?—?)
　　甲申元日　/ 706
　　东归　/ 706
王　阮(?—1208)
　　游三峡一首　/ 706
王庭珪(1080—1172)
　　读唐遗录六绝·梁祖纪　/ 706
　　观兢渡次壁间绝句四首(其二)
　　　/ 706
　　观骆元直经进江南形势图　/ 706
　　萧泷庙迎神诗　/ 706
　　送胡绍立往高陂游学　/ 707
　　送元上人游仰山归泐潭　/ 707
　　仙人春宴曲　/ 707
　　次韵周孟觉记皮老人事三首(其二)
　　　/ 707
　　和赵叔清书事　/ 707
　　和谢梦叟思乡用李巽伯韵　/ 707
王　炎(1138—1218)
　　过浯溪读中兴碑　/ 707
王　洋(1089—1154)
　　曾忿父再赋鼓字韵诗再赋一篇
　　　/ 708
　　冬雨不止郑丈作诗次韵　/ 708
　　十一月二十九夜大风明起书室皆败
　　　叶　/ 708
　　元日倦卧书斋闻僧食未敢歌鼓声作
　　　继以清唱感而戏作　/ 708
王　恽(?—?)
　　杨柳枝　/ 708

王之望(?—1170)
　　再用前二诗韵(其二)　/ 709
王　质(1135—1189)
　　和张安国闻捷　/ 709
　　赠杨溥　/ 709
王仲修(?—?)
　　宫词(其一〇)　/ 710
韦　骧(1033—1105)
　　和邓舍人读之罘碑二十韵　/ 710
　　和寒食　/ 710
　　送胜之宰仁和　/ 710
魏了翁(1178—1237)
　　春社日祀事既毕轿中得三绝(其三)
　　　/ 710
　　次韵李参政李提刑见和雁湖观梅
　　　/ 711
　　题大安军杨宝谟旌忠庙　/ 711
　　后殿侍立(其一)　/ 711
文天祥(1236—1283)
　　平原　/ 711
　　石楼　/ 711
文　同(1018—1079)
　　梁信羯鼓小图　/ 711
　　吴趋曲(其二)　/ 712
闻人祥正(?—?)
　　集句(其八)　/ 712
无名氏(?—?)
　　看弄潮　/ 712
吴　芾(1104—1183)
　　和胡经仲即事二首(其一)　/ 712
　　和经仲春日即事(其二)　/ 712

103

春阅偶成三首(其一) / 712

吴　可(?—?)
　　即事 / 712

吴龙翰(1233—1293)
　　持敬堂 / 713

吴顺之(1088—1163)
　　寿太师(其五) / 713

吴锡畴(1215—1276)
　　次韵题璜原僧舍 / 713

吴　泳(?—?)
　　汉中行 / 713

吴则礼(?—1121)
　　简王长元次元时复欲入都 / 714
　　今朝 / 714
　　简鲍钦止 / 714

鲜于侁(1019—1087)
　　锦屏山 / 714

咸淳士人(?—?)
　　刺贾平章 / 714

项安世(1129—1208)
　　二十六日下山观胜业寺禹柏偃卧地
　　　　上分为九枝 / 714
　　四月二十八日轮对遇雨 / 715
　　送李知县赴蕲州广济 / 715
　　小塘道中小雨二首(其二) / 715
　　别岳州 / 715
　　食角黍怀江陵 / 715

萧立之(1203—?)
　　次使长苍玉洞韵 / 715
　　开元天宝杂咏·玉有太平字 / 716
　　题陈广文苏山小草 / 716

谢　翱(1249—1295)
　　秋风海上曲 / 716

熊　禾(1247—1312)
　　观洛行 / 716

徐　积(1028—1103)
　　舞马诗 / 717

徐　钧(?—?)
　　倪若水 / 717
　　齐宣王 / 717

徐　瑞(1255—1325)
　　戊寅雪中有感 / 717

徐　铉(917—992)
　　奉和御制打球 / 718
　　送刘山阳 / 718

许及之(1141—1209)
　　舁石行 / 718

许景衡(1072—1128)
　　赠袁州仰山简长老 / 718
　　还自乐寿寄卢行之三绝句(其三)
　　　　/ 719
　　诸友偶赋克己以战喻次韵酬之
　　　　/ 719

许应龙(1169—1249)
　　拜赐宫花纪恩诗(其二) / 719

薛季宣(1134—1173)
　　贵游行 / 719

晏　殊(991—1055)
　　奉和圣制上元(其二) / 719

杨公远(1227—?)
　　寓婺源紫虚观 / 720

目　录

杨冠卿（1138—？）
　　辛丑残腊前一日扁舟东归阻风马当乞灵祠下　/ 720

杨　杰（？—？）
　　和酬子瞻内翰赠行长篇　/ 720

杨万里（1127—1206）
　　德寿宫庆寿口号（其三）　/ 720
　　雪霁晓登金山　/ 720
　　过弋阳观竞渡　/ 721

杨咸亨（？—？）
　　江郊亭新成赋诗二十三韵　/ 721

杨　亿（974—1020?）
　　句（其三）　/ 721

杨　寅（？—？）
　　龙云寺次罗辣韵　/ 721

姚　宽（1105—1162）
　　西溪早行　/ 722

姚　勉（1216—1262）
　　和邹希贤舟中遇风雨　/ 722
　　麻子湖遇逆风　/ 722
　　日食罪言　/ 722

叶梦得（1077—1148）
　　二月六日虏兵犯历阳方出师客自吴江来有寄声道湖山之适趣其归者慨然写怀　/ 724
　　陈子高移官浙东戏寄　/ 724
　　怀西山　/ 724
　　雨夜西堂独宿　/ 725

叶　茵（1199?—？）
　　道院偶成　/ 725

易士达（？—？）
　　梅花曲（其三）　/ 725
　　牛心寺　/ 725

游　何（？—？）
　　绍兴乙丑秋仲冒雨独游阳华岩胜绝未让淡山岩恨古今诗人未有奇句滴上游何临清流以赋之且棕鞋桐帽怅不一陪浮溪先生金华居士以徜徉　/ 725

余　复（？—？）
　　西陂　/ 726

俞德邻（1232—1293）
　　秋壑堂　/ 726
　　送程道大归新安兼简宪使卢处道学士四首（其三）　/ 726
　　古意八首（其八）　/ 727
　　寓山阳天庆馆作　/ 727
　　闻筑鹿门　/ 727
　　客中别友　/ 727
　　次韵陈登父送春有感　/ 727
　　赠月篷戴相士　/ 727

虞　俦（？—？）
　　春大阅呈郡僚　/ 727
　　和陈德章春日送客（其一）　/ 728
　　和汉老弟迎春　/ 728
　　和吴守韵送木犀　/ 728

喻良能（1120—？）
　　书大洞僧壁　/ 728

袁说友（1140—1204）
　　霸王庙　/ 728
　　遇顺风　/ 728

105

峡路山行即事十首(其七) / 728
被旨许浦阅舟归 / 728

岳　珂(1183—?)
　山居感旧百韵 / 729
　戏作呈赵通判胡教授张总干 / 731
　张文懿珍果帖赞 / 731
　予老病倦烦入山两月颇得静中趣良月六日赵南仲端明朱子明户部曾编摩忽皆专介王困衢诸人亦来而东老侄自石门至阁皂刘道士又以诗卷为赘戏成 / 731

曾　丰(1142—?)
　立春 / 731

曾　巩(1019—1083)
　依韵和酬提刑都官寒食阻风见寄 / 732

曾渊子(?—?)
　漳南示义军寄邑人谭野臣 / 732

张安修(?—?)
　题灵龟洞 / 732

张伯端(?—?)
　读雪窦禅师祖英集 / 732

张方平(1007—1091)
　秦州后园春宴赠部署刘几阁使 / 733
　题松江曹生学舍 / 733
　皇帝狩于近郊 / 733

张　纲(1083—1166)
　野望 / 733

张公庠(?—?)
　宫词(其一五) / 734

宫词(其三一) / 734

张九成(1092—1159)
　雨晴到江上 / 734

张　扩(?—?)
　奉和朱新仲祠部六月晦日省宿用白乐天诗无波古井水有节秋竹竿十字为韵(其三) / 734
　次韵顾子美陪方仲兄游允仲花园后篇简允仲(其二) / 734

张　耒(1054—1114)
　次韵慎思贻二公诵诗 / 734
　绝句三首(其三) / 734
　县斋 / 734
　务中晚作 / 735

张　镃(?—?)
　送向综通判桂州 / 735

张　嵲(1096—1148)
　即事 / 735
　劝农 / 735
　寓居 / 735
　喜张丞相破湖贼 / 735
　过平陵汉苏建所封 / 736

张商英(1043—1121)
　颂一首 / 736

张　栻(1133—1180)
　和查仲文雪中即席所赋 / 736

张元干(1091—1161)
　叶少蕴生朝 / 736

张　埴(?—?)
　春日武昌南楼 / 737

张　镃(1153—?)
　　崇德道中(其一) / 737
　　石首春鱼梅鱼三物形状如一而大小
　　　不同尔因赋长篇 / 737
　　题荷花画屏 / 737

赵　抃(1008—1084)
　　次韵前人见赠 / 737
　　次韵苏寀游学射山 / 738
　　将至太和寄蔡仲偃太博 / 738
　　次韵程给事同孙觉学士杨宪景略天
　　　衣谒禹庙夜归 / 738

赵崇鉘(?—?)
　　都昌书事 / 738
　　书事(其六) / 739

赵　鼎(1085—1147)
　　陪王毅伯游柏梯寺次毅伯韵 / 739
　　解梁别李氏女子晚宿静林寺(其三)
　　　/ 739

赵鼎臣(?—?)
　　杨时为苏在廷家有声伎之奉而又俱
　　　为秋官属诸公方以诗请之余恨未
　　　尝识苏然时可邀使同赋故亦用此
　　　韵 / 739
　　中秋夜杨时可与狄端叔载酒见过月
　　　下联句 / 739

赵　蕃(1143—1229)
　　叔文再用韵赋诗亦复用韵答叔文兼
　　　呈伯玉昆仲 / 740

赵　佶(1082—1135)
　　宫词(其二九) / 740
　　宫词(其五〇) / 740

赵　湑(?—?)
　　焦山顽石偈 / 740

赵　炅(939—997)
　　缘识(其二三) / 740

赵君锡(1028—1099)
　　送程给事知越州 / 741

赵汝譡(?—1223)
　　襄山寺 / 742

真德秀(1178—1235)
　　金国贺正旦使人到阙紫宸殿宴致语
　　　口号(其一) / 742

郑刚中(1088—1154)
　　和丘师悦二首·深夜 / 742
　　园中锦被花始开一枝红白二色赵守
　　　以二诗见报依韵答之(其二)
　　　/ 742
　　春晚 / 742

郑　霖(?—?)
　　彭知军宴交代都运陈宝章乐语
　　　/ 742

郑清之(1176—1251)
　　和敬禅师茶偈(其三) / 743

郑　獬(1022—1072)
　　戏酬正夫 / 743
　　初春欲为小饮先寄运使唐司勋运判
　　　张都官 / 743
　　出城 / 743
　　勉陈石二生 / 743

仲　并(?—?)
　　代人上师垣生辰(其四) / 744

107

周邦彦(1056—1121)
  开元夜游图 / 744
周必大(1126—1204)
  横州太守赵持挽诗 / 745
  和仲宁中秋赴饮庄宅 / 745
  次韵丁维皋粮料牡丹未开 / 745
周弼(1194—?)
  浣沙秋日五首(其二) / 745
周孚(1135—1177)
  高仲威总管挽词二首(其二) / 745
周麟之(1118—1164)
  破虏凯歌二十四首(其二) / 745
  望秦川歌(其六) / 745
  郊祀庆成 / 745
周密(1232—1298)
  拟长吉十二月乐辞·正月 / 746
周世昌(?—?)
  句 / 746
周紫芝(1082—?)
  洗马行和关子东韵 / 746
  次韵邦伯达春寒 / 747
  次韵道卿催梅 / 747
  寄家龙溪寺小阁初成 / 747
  晚浴崇教寺 / 747
  宿灵河寺 / 747
  次韵具茨老人观腊月十五日按兵 / 748
  燕衔柏行 / 748
  时宰生日乐府四首·升平谣 / 748
朱存(?—?)
  金陵览古·后湖 / 748

朱槔(?—?)
  徐彦猷以仇池诗句为韵作诗十四章见示答之 / 748
朱继芳(?—?)
  次韵李黄州江淮伟观 / 749
朱松(1097—1143)
  东阳社日泛舟观竞渡 / 749
朱熹(1130—1200)
  次子有闻捷韵四首(其一) / 749
  隆冈书院四景诗(其三) / 749
  和人都试之韵 / 749
  暇日侍法曹叔父陪诸名胜为落星之游分韵得往字率尔赋呈聊发一笑 / 749
朱翌(1097—1167)
  观潮 / 750
诸葛梦宇(?—1279)
  海边僧寺绝笔 / 750
邹登龙(?—?)
  宫词 / 750
邹浩(1060—1111)
  泛汉江(其一) / 750
  示方广长老从誉 / 750
邹极(1043—1107)
  石碧潺湲亭 / 750

风 铃

胡朝颖(?—?)
  风铃 / 751
于石(1247—?)
  次韵徐觉风铃 / 751

云 璈

程公许(1182—?)
　青山高为宋郎中德之作　/ 752
黎廷瑞(1250—1308)
　松　风　/ 753

汪元量(1241—1317)
　麻姑仙坛歌　/ 753
徐　铉(917—992)
　观灯玉台体十首(其九)　/ 754

后　记　/ 755

钟

艾性夫(？—？)

秋 风
千岩万壑吼虚钟,病叶吹黄树树空。寄语天公莫多事,杜陵茅屋怕秋风。

天下第二钟歌
濒江破寺如胶舟,大镛露立寒飕飕。金绳铁纽作断绠,土花苔碧生栾头。
我来摩挲考岁月,偻指落落三百秋。想当营度欲鼓火,野鬼夜哭山精愁。
铸之以绍威六州之铁,衅之以景升千斤之牛。
载之以长河万斛之舰,贮之以齐云百尺之楼。
风高一撞撼天地,世更几变宜追蠹。眼中惊见已无双,天下才称为第二。
庚庚古扁磨苍珉,徐郎妙墨吹玄云。声光喑哑尽埋没,宇宙颠倒方纷纭。
昭陵石马化为土,于上蒲牢幸存古。山僧作屋稳盖藏,他日岐阳求石鼓。

敖陶孙(1154—1227)

送行者妙涂往青龙谒陈七官人
三生同听寺楼钟,紧峭芒鞋任所从。莫向华亭觅船子,赵州桥下有青龙。

次韵萍乡文叔章访别
力田望逢年,倚市胜刺绣。十年丘里语,失火要自救。
君行半天下,何处得耆旧。请从老庞说,龙凤相赴凑。
全家隐鹿门,遗安不求富。常时拜床下,大钟尽徐扣。
男儿惟一身,用在百岁后。譬如营屋室,宗庙先库厩。

不闻买山隐,而有居巷陋。君看钟鼎家,梁肉或墨瘦。
宁为卖文活,一经老学究。出身即九折,时命乃大缪。
向来尸裹革,口语困逗留。居然齿编贝,月粟供赁僦。
何知山涧底,鹿豕对饭糗。文章忌随人,谨勿夸客右。
书林无浅植,笔末有深耨。纷纷青紫楦,后进渠领袖。
结交两任昉,设客一阴就。卑官惭处赠,俚语致公寿。

病中用杜工部江村韵

早岁纵横论九流,中年往往爱清幽。细观梦境皆争鹿,静遣机心欲狎鸥。
池上贪闲临晋帖,灯前抱病看吴钩。山林钟鼎从天赋,言志俱惭点与求。

绝　　句

霜风欺断柳,星月爱平芜。船暖知村近,钟寒想寺孤。

白玉蟾(1194—?)

炙　　灯

观里多时道士憎,只知贪酒百无能。黄昏钟了无人迹,借得邻房一盏灯。

棹歌九章寄彭鹤林(其二)

鸥飞梅山前,翠中一点雪。何处钟声来,云梢推上月。

赠徐钟头

楼上疏钟撞月明,五云影里一声声。九天星宿皆朝斗,人世晓鸡浑未鸣。

忆留紫元古意(其一)

东风若有情,吹我梦魂飞。灯前半夜醒,枕上三山归。
二子相与言,相执不相违。何处一声钟,寒泪滴征衣。

挹　　爽

高人今居笔架山,苍烟冥蒙常风寒。西壁千岩青未了,万顷岚光薄清晓。
晓来轩窗敞且明,风棂月牖一壶冰。鸡声未断钟声起,起饮沉潏朝紫清。
人间红尘刺人眼,世上蜗蝇徒尔乱。岂复知此爽气佳,已被高人俱占断。

谒雩都灵济大师

雪里僧伽已寂然,不知香火几何年。殷勤琢雪雕冰语,忏悔嘲风弄月愆。

林壑烟霞容有分,庙堂钟鼎得无缘。天池旧拜金灯了,却裹兜罗一袖绵。

燕岩游罢与岩主话别
西风吹作此岩游,满目松筠翠欲流。玉燕不飞明月夜,石钟一振晓霜秋。
惜乎分水便南北,忽尔回头欲去留。且去人间办丹料,却来山顶结茆休。

武夷有感(其五)
风吹万木醒栖鹊,月落西山啼断猿。云卷翠微深处寺,一声钟落碧岩前。

武昌怀古十咏·奇章台
登台日费万缗钱,宾从如云剑履骈。食鼎歌钟移楚地,貂金佩玉整唐天。
缅怀幢钺熊旂里,尚有冰辞匦语传。偃月堂中人用事,牛家僧孺得称贤。

五　　夜
　　　　五夜风吹露,林间鸟唤熟。钟声和月落,惊起四山云。

题　钟
闻道琳宫欲范钟,上皇敕赐万斤铜。一模脱出等闲事,千古要知陶铸功。
敲得星飞惊落月,撞教云破响呼风。于今欲为吾皇寿,笑指琼楼贴碧空。

疏山舟中联句
　　　　山影卧寒碧,波光摇虚空。棹凌千顷月,帆鼓一天风。
　　　　列岸万丝柳,遥岑数粒松。诗魂混雁鹭,草圣惊鱼龙。
　　　　梦断江楼笛,吟余烟寺钟。电华飞我剑,虹晕挂吾弓。
　　　　清啸骑汗漫,朗吟泛冥蒙。谁云泽国小,乐亦在其中。

山庵晓色
　　　　烛影夺明月,钟声撞晓云。瓷盘余柏子,倾作一炉焚。

清胜轩夜话
残灯结花满堂红,酒兴未已诗兴浓。寒云蠢星锁翠空,一林幽竹夜呼风。
逸士倚楼啸玉龙,秋声泣露落梧桐。把酒论文开心胸,黑甜相催话未终。
香篆飞蛇穿帘栊,邻鸡唤晓何处钟。摩挲醉眼栏干东,茶铛无火召玉童。
三子芒鞋七尺筇,踏破前山绿几重。

觉非居士东庵甚奇观玉蟾曾游其间醉吟一篇旧风以纪之

一瓯之闽古无诸,山奇水秀真画图。霍童山在闽之隅,天下第一神仙都。
神仙渺茫不可见,桑田沧海几迁变。三山峚崒青至今,堪嗟山下人如燕。
螺女江头十万家,西湖十里碧莲花。满城和气浓于酒,一天雨露饶桑麻。
东有鼓山榴花谷,南有方山小王屋。王霸炼药怡山西,老任跨鹤升山北。
距城以东七里余,丹崖翠壁凌太虚。天闶地藏一蓬壶,神刓鬼划画不如。
种橘仙人来瑞世,况是篯翁其后裔。苍松筋骨鹤精神,谓之觉非老居士。
居士少时观此山,便拟归隐乎其间。及其赋罢归去来,此山尚锁青烟寒。
平生使节半天下,秋霜夏日大声价。咄哉富贵非吾愿,何似归来一茅舍。
百丁持镵薙荆榛,寒岩怪石翠峥嵘。奇花异草不知名,地灵夜泣猿鸟惊。
天然一石大如廪,裂开发露五云锦。满地璀璨黄金沙,地下掘出玄玉枕。
度其广袤筑屋苏,鸠鹊峭耸鸳鸯铺。人来山下抬头看,直疑上有神仙居。
夜静星辰挂朱桷,万丈华表立双鹤。山童指向游山人,高处更有兼山阁。
阁边数石罗翠屏,倚崖建一介隐亭。一登云外忽舒啸,醉归小山风月清。
双石削成辟紫户,犹胜武夷石门坞。一石俯仰状如龟,一石跨蹲露如虎。
岩头千尺炼丹台,银泥丹砂朱草堆。台上凿开四小潆,不见炉鼎空寒灰。
石眼有泉迸山腹,可成一池足鸦浴。千山万山翠打围,稻田万顷如棋局。
于中突出五石岩,紫云苍雾缠松杉。吾疑闽中四五辈,向者曾此话同参。
粉墙围住万竿竹,白凤飞来枝外宿。山前山后多麋鹿,疏栽兰蕙密栽菊。
何年种此千树梅,满山雪色白皑皑。晚来山风扫落英,五色虹霓明绿苔。
隔林仿佛闻机杼,人家知在云深处。何处招提最近傍,早暮送钟斋送鼓。
凫汀鹤渚白蘋洲,小溪流水横断桥。画出一派潇湘秋,万家秋色人渔樵。
长江浩浩数千里,浪花喷薄蛟龙起。叶叶扁舟古渡头,目力所至海门止。
仆家本住青城边,去此迢迢路八千。对面窣堵高插天,恍惊天柱落樽前。
觉非居士高且洁,时把黄庭玩岁月。丹山碧水我楼观,苍椿翠桧我幢节。
客来到此蛰仙庵,披蒙茸兮登巘岩。龙盘虎踞甚形胜,大江以东斗以南。
酒空核尽人亦醉,眼花浑不醒天地。壁间醉墨正淋漓,夕阳已挂青山外。

降 真 室

琼钟发响彩幡飞,窗外青鸟半夜啼。松竹无言争地静,星辰可摘觉天低。

黄云屋角腾金辇,素月檐头放玉梯。稽首紫皇初宴罢,步虚声断乞刀圭。

画中众仙歌

不兴饮尽孙权酒,正欲画屏笔脱手。一点凝墨状生蝇,剔之不飞心始惊。
献之兴来拈起笔,笔如解飞自钩掣。戏染松烟作牸牛,脱似偃角眠沙丘。
萧贲深得鹤三昧,胸中不与造化碍。一幅素绢如片天,雪翎欲起凌苍烟。
僧繇醉后鼾鼾睡,睡起濡墨作石块。擘山裂岩而拿云,或如伏虎如露拳。
恺之画兰藏玉笥,开而视之已飞去。安得翠叶成寒丛,四景常使飘春风。
闻道南齐宇文焕,精笔妙墨扫芦雁。低颈吸水昂颈飞,仿象荷枯沙瘦时。
唐有处士吴道元,丹青之余多画猿。状出抱子落寒泉,又如弯弓绕树奔。
季成画虎常作怒,鬼神不敢正眼觑。但见纸上生狰狞,开口解啸风悲鸣。
叶公好龙故学画,不觉心孔开一罅。纸上笔画方似龙,风謦浪鬣来争雄。
韩干画马得滋味,霜蹄巧作追风势。可怜张口嘶无声,只惜风棱瘦骨成。
江头细草为谁绿,只有风烟相管束。阮瞻收拾草精神,笔端与草私为春。
画鱼古有康灵叔,掷头摆尾万鳞足。红鳍紫鲤成队行,跃碎琉璃跳上冰。
仁老胸中有雪月,画出梅花更清绝。鲁直嗅之嫌无香,幻出江南烟水乡。
张臻虚心而学竹,风雨潇潇生锦轴。风枝雨干欲化龙,不堪裁杖扶葛洪。
钱觊画松扫烟雨,松梢鹤立飞不去。凌风傲雪冷几时,翠色不改常清奇。
王维笔下多山水,千山万水一弹指。万顷玻璃碧欲流,千层翡翠波上浮。
有时画出几枯木,一片落霞间飞鹜。有时画出古涧泉,浪花滚滚人不闻。
有时花落鸟啼处,正是千林俵秋雨。有时日暮鸦鸣时,烟际钟声催月迟。
有时移却潇湘岸,移入洞庭彭蠡畔。有时掇过天台山,相对雁荡烟雨寒。
古人去后无人学,学者往往得皮壳。鬼神却易狗马难,匠世未能窥一班。
见君丹青与水墨,笔下剜出心中画。一发才精百发精,留取后世不死名。

凤凰台

凤去台空事尚存,晨钟暮鼓换垆薰。鱼龙吞吐四海水,鸾鹤歌啸三天云。
花觉月寒春又老,沙知潮落夜将分。紫霞真人去路杳,步虚一声闻不闻。

宝慈寺

殿古涵烟冷,楼空得月多。钟声巡远岫,塔影卧清波。

赠李道士谒仙行

蓬莱空夜月,琪树不秋风。霜畦老芝瓞,烟阙多麟龙。
灵龟不知岁,孤云杳无踪。白鹤忽归来,紫鸾鸣雍雍。
谁种蟠桃核,花开昆仑峰。一曲舞胎仙,瑶池宴已终。
手持三尺霜,浩气渺太空。坐断壶山景,杖头风月浓。
玉皇知何时,锡诏下霄蒙。玉膏满瓯雪,刀圭一粒红。
赠子谒仙行,金鸡呼晓钟。唤起老飞廉,羊角舞巽宫。
为君吹梦魂,横飞过海东。

游简寂观

手把武夷竹,江山满吾目。落花称意红,芳草无心绿。
双涧泻翠璃,群山断苍玉。青林隐成帷,碧洞深如屋。
烟锁花间猿,雨惊岩下鹿。药炉埋白云,丹井浸枯木。
虎岫耸锦屏,龙湫喷银粟。晋人陆修静,于此曾卜筑。
饥则饵嫩松,寒则披老槲。惠远同种莲,渊明共采菊。
当年学阿弥,飞神到天竺。旧有晒药台,荆棘蔽幽谷。
旧有朝元石,雾霭笼飞瀑。园桃晓猿攀,庭柏夜鹤宿。
何人建琳宫,先生留宝躅。铁板时敲茶,铜钟晓唤粥。
冠褐霭锵锵,车马来仆仆。巨壑有鱼飞,寒池足鸦浴。
天高星斗寒,更深鬼神哭。到此风骨清,直欲骑黄鹄。

永州花月楼

春风夜飞招月橄,橄月司花月供职。月落千娇百媚丛,诸花为月妍为容。
楼东月照楼西皎,楼西月向楼东笑。月与花戏天中流,花与月浴江中浮。
月皆不管春风怒,花为月歌为月舞。舞者媚绿歌娇红,争怜妒宠惊春风。
出有入无多变异,花竟不晓月之意。江花恼天天花愁,东楼月掩西楼羞。
花亦自睡花自醉,月倦欲归归未至。却缘晓钟呼月回,月回花醒花不知。

叠字招隐(其二)

逐逐且贪怎足。恋松楸,爱莲菊。

食玉衣锦,池酒林肉。瓮埋地阁钟,月泻天窗瀑。
郑卫殆塞其聪,赵燕可盲其目。镜盟钗诅漫交交,马迹车尘何仆仆。
名伤神兮,宠辱若惊,事掣肘兮,进退惟谷。
一真妄兮,故知空不空,观徼妙兮,常有欲无欲。
吾将先天后天明月之珠,裁作左仙右仙宾云之曲。

包 恢(1182—1268)

挽陈和仲二首(其一)

至宝幢边宝器钟,含光承影状难穷。明明山立千峰表,湛湛鄞清万派中。
炼不回容精匪石,灼无变泽气如虹。谁疑湖海豪犹在,安得楼高更卧龙。

毕仲游(1047—1121)

余除铸钱使者居厚除尚书郎俄皆销印即事二首呈居厚(其一)①

出处平生大致同,中间得失等鸡虫。髦髦昔似晋群谢,华发今成楚两龙。
握有兰香为子祟,御无铜臭坐余穷。善和旧宅残书卷,只合连床听晓钟。

夜 雨

夜雨洗残暑,秋风应候来。庭柯色未减,黄菊意将开。
布被已思夹,霜钟渐欲催。岁华空向晚,心事日成灰。

蔡 沈(1167—1230)

游灵岩分韵得从字

我来灵岩游,坐石披蒙茸。翛然忘世纷,便欲脱屣从。
外峻悬绝磴,中宽峙高峰。精庐三数间,岁久苍苔封。
寒藤结暝色,秋花敛愁容。哀猿发清声,月影山重重。
扁舟暮江下,疏林闻夜钟。

---

① 刘克庄《余除铸钱使者居厚除尚书郎俄皆销印即事二首呈居厚(其一)》内容与此诗大致相同,仅个别字词有异,不再重复收录。

蔡 沆(1159—1237)

夜 行 舟

霞晚临江岸,云深不见星。鸟栖沙篆暗,山远暮钟鸣。
燃火移村色,号风晚度声。船窗迷漏鼓,独立向天明。

蔡 槃(?—?)

旅 中

梧叶响荒塘,秋宵不耐长。猿啼千嶂外,人在一灯旁。
雁影溪桥月,钟声野寺霜。明朝又何处,烟水正茫茫。

蔡 权(1195—1257)

夜 坐

露冷风高天气清,中秋月色更分明。扪怀永夜心同照,抱膝孤灯兴自倾。
漏尽欣无尘客坐,钟鸣恍有老仙迎。归来最爱天机静,莫遣纷纷混世情。

蔡如松(?—?)

国师南岩诗

七闽山秀江逾碧,俗知礼义亡奸慝。贼潮何事率淮民,拥众南来稍蚕食。
椎埋却冢荒径里,醉饱呼天烂渔弋。孽驹蹀迹逞神怪,河海波腾云泼墨。
门开启圣像双阙,台筑三清伴紫极。一朝春燕飞入宫,九龙帐底生荆棘。
举宗屠肆血腥秽,骸骨无人坎坟域。群凶睒目暗招邀,起火狐鸣乘月黑。
雪峰禅客漏遗种,物色漳川俄访得。芦黄苇白秋风多,欲话辛酸语还塞。
易衣传入虎狼口,翻覆死生难可测。至今尚余下辇处,巧作妖言相诞惑。
我曾亲到国师岩,父老颇能为记忆。吐冤载手骂从效,阴与群奸为羽翼。
孤僧逼将上车去,水石含悲空寂默。唯有霜钟音韵清,破寒千里传消息。

蔡 佃(?—?)

雨 轰 漈

水流石激拟鸣雷,洞里乾坤别有台。玉鸟扶风飞复下,琼花带雨落还开。
钟声敲断白云衮,树影盘回黄鹤来。笑道神仙无觅处,空留丹灶冷苍苔。

蔡　襄(1012—1067)

昭　陵　行
宫人上临候昏钟,帘外香烟烛影红。庭柏飞霜陵漏永,可怜今夜月明中。

饮薛老亭晚归
终日行山不出城,城中山势与云平。万家市井鱼盐合,千里川原彩画明。
坐上潮风醒酒力,晚来岩雾盖钟声。归时休更燃官烛,在处纱灯夹道迎。

怀文雅俨上人
填填车马走沙尘,中有伊人离俗氛。千里不逢京下信,五年虚断海边魂。
何穷世事秋林叶,自在心灵晚岫云。闻道西堂今粹隐,暮钟朝磬欲何云。

和答孙推官久病新起见过钱塘之什二首(其一)
于世无机是海翁,客情醒醉任邻钟。廉纤雨意还侵夜,料峭春期未减冬。
宝气上浮难掩玉,岁寒中立不凋松。君王自结英雄网,千载风云定有从。

登三乡寺阁
历览宜阳道,披轩临朔风。地疑尘世外,人尽画图中。
岩曲疏钟答,村前小彴通。水烟寒更白,山气晓微红。
游宦真浮梗,流年似转蓬。长怀无所寄,尽日送归鸿。

春野亭待月有怀
淅沥凉风来,空郊生暮寒。山气郁苍苍,江流去漫漫。
阛关行人稀,投栖夕鸟还。疏钟度林际,华月吐城端。
徘徊待遥夜,露下明河宽。心朋隔万里,独坐起忧叹。

和答孙推官久病新起见过
去年大暑过京口,唯子见过牛马走。气温貌古风骨粹,如入魏国逢轲叟。
前趋王事难少留,兀若洪钟未遑扣。穷秋忽闻感疾恚,斗蚁入床扬左肘。
天生贤者固有待,岂得数奇而不偶。勿药之喜既和平,大肉快啖饮几斗。
神明复还方寸静,万卷旧书仍次部。新年于己无职事,虽欲耕田不盈亩。
轻舟将览吴中春,独信樯乌沿霞数。知子玉趾远临访,倒屣出迎唯恐后。

山堂永日接言词，楚萍色味两俱剖。自云君命入岩幽，顾此一身萦组绶。
病躯未堪事刀笔，野性如何屈杞柳。宁甘贫薄且晦处，终岁穷经徒皓首。
陶家埏埴以为器，其大如瓮小如缶。昔人知命斯上通，动静以时随所有。
我闻子论心恻恻，傥或祭天必薪槱。大篇短韵时见投，开霁清旸穿户牖。
强抽鄙意答长歌，脂泽陋滋容益丑。钱塘风物湖山好，与子相从频载酒。
一水汪湾暮日浴，千岩转侧朝云呕。放怀方外聊自适，举杯相属起为寿。
美哉此乐世难得，勿话归期论子丑。

蔡　肇(？—1119)

雨中游西庵

夹岸鸣钟早渡回，冥冥江色未全开。西庵要看千峰碧，更有江南半月梅。

题李世南画扇

野水潺潺平落涧，秋风瑟瑟细吹林。逢人抱瓮知村近，隔坞闻钟觉寺深。

句(其五)

三峡桥边春见雪，落星寺里暮闻钟。

敬用无咎学士年兄长韵上呈子方太仆

两河郡县沦西方，西人思汉今未忘。果园芜没白草芳，旃裘戏马谁家郎。
车箱峡口涧谷长，旄头倒挂回穹苍。王师西出讨猾狂，六花簇垒来堂堂。
前锋锐头臂两枪，伏奸谨索收生羌。天声隐辚摇姑臧，奇兵缭背断馈粮。
决河有声如坏冈，城头击钟声殷床。万甲几欲漂无旁，虽有伉健谁腾骧。
一夫不敢陵彼隍，马首欲东促归装。缄胸有策须眉扬，归来恍恍若有亡。
劬劳累日何由偿，战鞍挂屋寻书囊。目随飞鸿思帝乡，彭城老将官横行。
幕中市骏收骍骦，射堂两部奏清商。应弦破镝如蜂房，谈笑斥土羁名王。
画图遣奏朝明光，诏书留典真乘黄。锦鞯玉勒春风香，平池老柳高云凉。
神骏在目豪吟觞，跨下踩躩惊凫翔。皇居九衢天中央，我时项背聊相望。
西城九月天陨霜，夜谈关塞评文章。微言窃比惠与庄，和诗脱笔觉我忙。
祝君韬养寿且祥，功名有来成堵墙。勿忧寒暑败肉浆，毦弓簸矢用则张。

和无咎奉答文潜戏赠

邓子词锋鲁孟劳，荆钟剸玉尽铅刀。风流陶谢枝梧困，击节期君仆命骚。

次韵慎思贻无咎文潜诵诗

卧听高斋落叶风,清诗交咏想晨钟。故人厚意论千载,正始遗音仅一逢。
胶漆初期在俄顷,云龙莫恨不相从。芸房深锁秋香冷,郁郁葱葱佳气浓。

曹　辅(？—？)

同舍问及故山景物用钟字韵诗以答

洞庭湖外白云峰,醉卧虚堂听晓钟。涧草岩花无日歇,仙人玉女有时逢。
脂车石路君能去,蜡屐秋风我愿从。欲借神方变华发,黄精苗盛菊香浓。

曹　勋(1098—1174)

浴　罢

浴罢披襟竹影斜,客中残暑散空花。人行窗外云无脚,月起林间灯映纱。
举酒闻钟知近寺,谈诗食李却忘家。明朝又浴还来此,何必开樽只煮茶。

游仙四首(其四)

驾景络绝响,游目低阴虹。灵光转修袂,羽节飘晨风。
抗手辞金母,偃盖东华宫。高仙发空谣,逸响飞九重。
霞舫艳流日,叠舞歌玉童。缘云上虚籁,笑语铿洪钟。
海水屡清浅,倏忽欣再逢。不惜暂游诣,情款无初终。
欢余促归轸,摄辔翔斑龙。投闲憩三素,保绩崇真功。

游　惠　山

旧约溪山拄瘦筇,踏云渐听短长钟。山腰古佛闶金殿,石眼细泉喷玉龙。
欲濯泠泠终日水,且临楚楚一庭松。知公弭节期游胜,看取诗来阮仲容。

山中二首(其二)[①]

人间久矣倦迎逢,归路牛羊带夕舂。千点梅沉山店月,一溪烟咽寺楼钟。
穷犹羞涩巉岩面,老自平夷磊硊胸。曾笑古人多晚谬,草庵虽小幸相容。

---

① 方岳《山中》(其三)内容与此诗相同,不再重复收录。

山居杂诗九十首(其一八)

秋色遂将半,游云时淡浓。水光影穊稊,秀色增芙蓉。
剧地种三径,钩窗来五峰。新晴何以卜,一意听晨钟。

和次子耜久雨韵三首(其二)

眩瞀知阴久,茶瓯不厌浓。第忧沉稼穑,宁问浸芙蓉。
天阔翻盆雨,云昏淡墨峰。长安鼎烹者,列坐正撞钟。

白 头 吟

相如素贫贱,羽翼依文君。一朝富贵擅名价,文君见弃如束薪。
五羖自佣赁,释褐归强秦。鸣钟列华屋,膳羞罗八珍。
厌此糟糠妻,悦彼新美人。二子既失意,瑶瑟流埃尘。
促轸不成曲,未唱先眉颦。一发动三叹,泪下沾罗巾。
通宵坐披衣,凤昔谁与陈。愁叹不复道,平明白发新。

政府生日十首(其三)

郊祀三年大礼崇,上公翊赞极寅恭。清坛九奏应昭格,今岁人神识景钟。

枕上闻杜宇

催晓钟残景气清,杜鹃声里梦魂惊。山林广袤不知乐,犹作不如归去声。

天台书事十三首(其二)

老来少睡怕房栊,欲睡还休被屡烘。半夜披衣还打坐,耳边听尽两山钟。

题扇二十四首(其一三)

松篁交翠入幽深,道院萧闲每遣心。一炷清香宜燕坐,数声钟磬有余音。

和张达道先生三首(其二)

先生道价彻云空,凛凛撑天玉一峰。我亦何知求至理,颇如纤筳扣洪钟。

曹彦约(1157—1229)

次韵赵使君师夏谒白鹿游栖贤长句

三峡移名涧响空,中著一桥如饮虹。旁连溅瀑龙所宫,谓佛有力真冥蒙。
非造物意无禹功,一线偶达成巨谼。可怪一律人聩聋,助桀唱和更撞舂。

或者误信晨暮钟,万有一幸相际逢。吾儒自有名教踪,壁立万古涧底松。
异端琐细秋后蛩,一物不格皆妄庸。谁知健者此山中,朴实可乱田舍翁。
出郊小队不妨农,黄岩意与考亭通。
长养此道如种穜,骏发尔私雨我公,穮蔉虽馑亦有丰。
常行万世无污隆,行健不息人中龙。不妨更击白鹿鼓,扣之大小皆春容。

柴随亨(1220—1277)

春　　词

炉烟爇尽冷衣篝,长乐钟声半入楼。燕子不归春梦断,刺桐花月上帘钩。

柴　望(1212—1280)

戒珠寺右军宅

苍树寒烟两渺茫,后来谁此吊兴亡。晋朝风物今流水,萧寺钟声几夕阳。
话燕梁空春雨急,爱鹅人去暮山长。学书弟子知何在,风过池塘墨尚香。

归　　来

归计年来付酒杯,任他猿鹤自相猜。东家种竹西邻看,前日移花昨夜开。
钟送夕阳归草木,风吹凉月上楼台。老来懒听他家曲,惟看柴门长绿苔。

富阳道中

几年只向长安去,今日囊书被旨回。马首独行秋叶路,鲈鱼时共菊花杯。
黄昏钟动雁初下,夜半月明潮正来。我自不归归便得,故园早晚早梅开。

柴元彪(？—？)

姜林居别业

结庐尘外境,流水绕平田。三径故人菊,一池君子莲。
塔悬当户月,钟翳隔溪烟。自得平生趣,渔竿老渭川。

登衡山宿上封寺祝融峰

历井扪参上祝融,半空烟霭数声钟。地连云汉九千丈,天柱东南七十重。
石磴悬崖翻瀑布,海门碾日上高峰。翛然身世青冥表,俯立雷池看玉龙。

晁补之(1053—1110)

叙旧感怀呈提刑毅父并再和六首(其二)

赋成庚子尚魂惊,往事如风未暇评。长乐钟前偶相对,凌烟图上等浮名。
登车岂是君无意,襆被何妨我自行。更许心亲遗貌敬,老来尤见旧交情。

锁试呈同舍三首(其三)

周行梠比未应充,荐庙方求古鼎钟。经眼乍愁千纸积,解颐聊喜一言逢。
黄花庭槛时虽过,白酒邻槽愿可从。更促寄衣真似旅,晓堂初怯露寒浓。

试院呈文潜用前韵

神交千古圣贤中,尚想铜山应洛钟。倾盖十年唯子旧,知音一世更谁逢。
天如蚁磨骎骎旦,谈似缲车亹亹从。邻榻邓侯那不共,拥衾百首兴方浓。

次韵苏翰林五日扬州石塔寺烹茶

唐来木兰寺,遗迹今未灭。僧钟嘲饭后,语出饥客舌。
今公食方丈,玉茗摅噎嘻。当年卧江湖,不泣逐臣玦。
中和似此茗,受水不易节。轻尘散罗曲,乱乳发瓯雪。
佳辰杂兰艾,共吊楚累洁。老谦三昧手,心得非口诀。
谁知此间妙,我欲希超绝。持夸淮北士,汤饼供朝啜。

钟山有石故名

江上秋涛喷玉岩,风锼月炼白云缄。为君一叩无人境,要听洪钟出万杉。

赠段万顷

美人窈窕家南国,可与副笋亲黍稷。平生寂莫凤将雏,惭愧木桃犹报璧。
石城三桨为谁催,万里清江凌不测。王门酒肉傲胜诡,岂有邹阳仍下客。
危词欲洗大夫冤,千载独怀吾祖贤。不量腹小文籍博,颇似井蜺轻饮川。
丈夫趣舍无南北,情亲非为墙屋连。子真正用卧谷口,乃有高名喧日边。
胸中傀磊契何所,自笑柴愚得参鲁。借令好问忘足茧,狐腋岂堪黄犬补。
吾身栎社真寄耳,趣取无用安足数。无心俎几巍盘辱,拳曲不羞人厌睹。
土山出火石为融,羲和当午车隆隆。通渠束带过者寡,乃独葛巾终日同。
倾囷倒廪用饷我,我为牙羽陈编钟。蝉声入耳廪节改,别我整骖无愧容。

汤村逢陈安性

束装清晓来江浦,瘦马羸童犯山雨。解鞍入寺闻钟声,堂上僧斋日初午。
故人聆我足音喜,纱帽相逢坐东庑。别来几日颔生须,相见惊疑更问语。
念昨与君俱随书,贫贱不为人比数。侍郎门馆乏容悦,举子文章惭莽卤。
瞽言强献亦何有,君去东州我之楚。可怜今日江头路,草草逢君具鸡黍。
我贫无策未容饱,君禄虽微不犹愈。如今未可计得失,且作新诗致醇醑。

试院次韵呈兵部叶员外端礼并呈祠部陈员外元舆太学博士黄冕仲

盛世天休沓,真人宝历开。太任当政闳,元老位公槐。
莫盛官人始,相从试士来。鸣珂咸俊彦,索米独尘埃。
未叹官曹隔,多惭赏鉴陪。成川须畎浍,崇厦要条枚。
文武中铨集,丹铅百卷堆。豚鱼聊可辨,皮弁不应恢。
虎出争亡矢,蛇成屡夺杯。调钟求雅滥,烈火试珉瑰。
绿暗惊庭叶,朱明换律灰。得枭夸艾捷,闻鹤悼坚摧。
茧绪谈飞麈,渑波酒挹罍。赓酬皆绝韵,搜索病非才。
半是仙槎客,曾随禹浪雷。遭时鱼奋角,失路剑生苔。
胆气冲星在,词源卷汉回。声名改闾里,轩冕映舆台。
谖草怀堂北,灯花粲妇腮。凉风吹枕梦,薄雨滞城隈。
号奏天官近,胪传御史催。康衢骥鸣跃,归檐仆欢咍。
华省深扃钥,衡门翳草莱。尚怀休假远,别语重徘徊。

径　　山

盘崖绕壑步步高,仆痡马乏游人劳。五峰崛起干云霄,众山奔走争来朝。
我行直欲犯星杓,意彻绝顶才山腰。松间鸟语如我招,仰见白塔当林梢。
檐携上下若桔槔,路穷飞楼郁岧峣。钦翁未来蔽营茅,山精木怪欢游傲。
麋驰虺窜狨鼯跳,灵景晦昧何由昭。忽然飞锡从江皋,穷探不惮东峰遥。
曲腰丈人白丝袍,再拜辞前风雹飘。三百年来响钟铙,闽商海贾输金刀。
直栏横槛山周遭,晨参夜讽声嘈嘈。碧杉紫柏罗旌旄,客来六月忘炎歊。
明月庵前醉松醪,白云峰顶瞰吴郊。鹅毛一点钱塘潮,钱王宫阙如累樵。
临之股栗精魄超,归不得寐心摇摇。含辉孤亭立峣崅,此地览景尤难逃。

五更月落禽嘲嘲,阳乌欲上海水烧。晦明变化不终朝,倏阴忽晴状莫描。
夜阑灯青雨飘萧,偶坐两客论幻泡。
探玄穷妙窥寂寥,破除世事无丝毫,不奈诗思犹强豪。
归时日没红霞消,荒崖老木山蝉号。

和关承议彦远水乐

上盆五尺高,下盆二尺广。咿呦蚁穴间,飞瀑一线响。
关侯初为此,避世挹萧爽。晁子亦欣然,闭户穿瓦盎。
虚堂一亩静,纯白四隅敞。中央浑沌胚,鯈忽所求往。
凿窍令语言,岂但一成两。危峰下俯瞰,石井黝然仰。
奔泉决眦落,惨澹阴壑想。明珠溢盘盂,白露湿尘块。
声音通大道,断竹自谁赏。何曾戛击闹,瓶缶日夜长。
初疑风陨箨,骤雨来莽苍。乍似酒落槽,夜枕听惚恍。
鸣禽杂啁哳,物彪乱肸蠁。相依欠林樾,见蔽赖帷幌。
范侯惊侧耳,李令笑抵掌。张侯助我懒,不忆税归鞅。
云间余仲弟,聊可乐吾党。中和非外物,此理未宜罔。
相劝戒勿传,名字遍天壤。撞钟鼎食事,老罢不知飨。
但怪一世狂,端如转车辋。能来解幅巾,为子濯洮颡。

晁冲之(1073—1126)

东阳山人僻居

我家京洛间,桂玉资薄产。平生丘壑心,水竹不满眼。
清晨有客吴中来,山川指授收奇才。笑谈长揖波浪下,怀抱远承岩穴开。
东阳山人高华隐,豪侠持身复修谨。旁山多辟黍秋田,碧溪东流及春酝。
溪南一亩当翠微,秋风莼熟菰叶肥。龟鱼上带藻荇动,鸥鹭下拂芙蓉飞。
亭阴野塘亦新筑,溪山共作窗中绿。诸郎年少皆知书,子夜哦诗动修竹。
岁时冠盖如浮云,击钟鼎食江淮闻。爱山自比谢康乐,多士不减春申君。
我欲沿溪扬小楫,亭边共醉藤萝月。叩门夜访君家时,扁舟重载山阴雪。

晁端友（1029—1075）

早　　行

　　马上鸡初唱，天涯星未稀。惊风时坠笠，零露暗沾衣。
　　山下疏钟发，林梢独鸟飞。远峰烟霭淡，迤逦见朝晖。

晁公遡（1116—?）

昼　　寝

官曹无人吏休沐，杜门谢病车脱轴。门前经旬客不至，苔色侵阶春更绿。
书堂萧然白日静，黄蜂收声蜜房足。杨花浩荡天无风，檐端三丈朝阳红。
晴薰病眼暖欲醉，卧搔短发如飞蓬。枕书睡熟呼不醒，黄粱正饭邯郸翁。
不知纷纭梦几许，觉来烟际闻昏钟。

江边（其一）

素石寒沙共眇然，荒城古木暮云悬。空山静答钟声远，落日晴随树影圆。
屡报传烽沉塞外，时来倚杖立江边。东南耆旧今安否，欲寄新诗谁为传。

过圆觉院简照上人

　　一洗糟粕地，再闻钟梵音。前身老东院，具体小西林。
　　自昔知味少，于今无巷深。是中有妙理，直下试参寻。

得东南书报乱后东都故居犹存而州北松槚亦无毁者

旄头光垂北风起，胡沙漫漫暗天地。翠华清晓巡朔方，咸阳宫殿生荆杞。
胡儿解鞍留汉土，凝碧池上日歌舞。一朝忽弃洪河南，来归舆图丞相府。
当初乱离谁料此，南北中分指淮水。天暌地隔十五年，不知中原复何似。
至今兵罢关泥开，始有北客中原来。历言王侯故第宅，瓦砾半在高台摧。
最怜长杨与宣曲，树木荒凉迷御宿。上林苑废花自开，辇路春回草还绿。
宫中千门万户空，兽扉凝尘生网虫。遗民相对向天泣，耳冷不闻长乐钟。
外城白昼无人行，当道往往狐狸鸣。天阴日暮闻鬼哭，万家经乱今一存。
呜呼上帝白玉京，繁华扫地令人惊。此生复识太平象，不及百年终未能。
世人宁有金石坚，定恐不见全盛年。出门恍惚忘南北，故国何在山连天。
岂意扬雄一区宅，城破萧条尚如昔。闭门风雨长蓬蒿，槚梄多年亦倾侧。

户牖尚带沙场尘,小儿犹学胡笳声。四邻半已易新主,存者无复当时人。
城北凄凉九原路,往往停车不忍去。幸无樵牧犯松柏,那有鲜卑护置墓。
春风冢木生苍烟,北望拜泣还欣然。向来艰难谁得免,独我获此真天怜。
君不见开成相国玉杯第,甘露变兴巢亦毁。
又不见骊山筑坟葬祖龙,牧儿盗入焚其中。
儒生虑远无后忧,生居敝庐死山丘。五世相传盖有道,中无所欲人何求。
迩来天涯倦为客,角巾行卜东归日。里中耆旧今已无,忍听邻人更吹笛。

晁说之(1059—1129)

枕 上 作

年华又已暮,客恨更难裁。寒雁背潮去,钟声随雨来。
离骚今我读,时命昔人哀。但喜归期近,宁论白发催。

一 舍

一舍终朝得自容,强如平昔慰途穷。炉心搜火分香烬,砚首融冰护笔锋。
愁极偶逢醽醁酒,梦回犹待景阳钟。庙堂未肯图兴复,四海九州思会同。

夜闻钟惜其不响

宋都为客喜还惊,无数霜天归雁横。夜半钟声何太哑,由来石霣五无声。

谢程致道监丞以秋夜直舍二诗相视并简苏在廷少监

秋风虽云高,不到建章宫。巨丽发妙思,翰墨争豪雄。
移子范舟兴,入此潘庐中。诗成到谁手,茧面丝发翁。
岂不怜此老,气蔼志亦穷。聊以壮观之,行潦落长虹。
低头谩漠北,攘臂徒辽东。自娱蓬蒿兴,敢傍珪璧丛。
清时难但已,有感如霜钟。慎莫视苏子,是更得家风。

闻钟五更起行

野寺钟声报晓寒,征人方梦到长安。茫然涂路知难易,两避胡尘一岁残。

闻三十六丈乞西京留台辄成长句时先之七兄已拜北京留台

门地何人论甲乙,碧梧丹凤重徘徊。前时五相继三相,此日西台望北台。
器业云霄能我有,功名钟鼎待时来。重言四海宫师德,季子白头谁识哉。

题弟子问

人物昭陵一代倾,墨庄夫子著书成。我生既晚复何恨,解叩青霜钟大鸣。

谋归寄阳翟李九吕十四兄

着身到雍隙,故人在阳翟。白发何冉冉,清梦徒历历。
有美李将军,诗是万人敌。家封异姓王,身老二千石。
吕侯几世来,蝉冕必踵迹。如何此孙贤,早饥而晏食。
门前颍水流,屋上嵩山色。天以延二老,世人何用识。
只应尔日来,为我长叹息。我尝从之游,何难此投帻。
篱下菊黄时,雁背俯可即。岳寺讲时钟,婆娑且连屐。

京居五更闻钟

惯听山头五夜钟,忽惊孤枕景阳风。明朝乐事知何限,定自无人拜德公。

寄恂公

南屏不可见,岁晚得恂公。辩笑潮难久,闲嫌云住空。
谁家纫落月,独起汲寒钟。八十岁除夜,宁知塞漠风。

寄侍讲吕原明七丈

悠悠客子京华远,只把清秋泪濯缨。黄叶风前身亦老,白云影外世还轻。
书来旧德知无恙,梦断疏钟恨有情。昔日诸生今在不,丈人因为话平生。

车若水(?—1275)

游灵岩

一径碧如合,四山危欲堕。天低鸟不飞,露湿龙常过。
岩根小叶下,境净不可唾。深杳洞出云,冷钟佛惊卧。
川僧住八年,有此清福大。而我寻盟来,坐借蒲团破。
灯深眼双青,各话其所课。我谷未必实,他华已成果。
归来宜有余,吾道岂全懦。壁间清献存,当年愧轻和。

不寐

通夕不能寐,隔户闻钟声。野鸡四方啼,披衣天未明。

萧条六合内,耿耿华发生。断鳌何能立四极,杞人忧天自心失。
黄昏野沽添一盂,孔孟行世非我力。

陈必复(?—?)

舟行崇德

落日挂征帆,西风客袂单。灯明村店近,船重水程宽。
芦蓼作秋意,汀洲生晚寒。钟声烟外寺,山色梦中看。

元日酌悠然赋坐客悠字韵

东风第一番春游,白袷清樽半日休。花气未醒蜂蝶懒,宿寒犹殢雨云愁。
人烟带郭居全少,林沼当轩趣迥幽。吟过小桥归梦晚,乱钟何处思悠悠。

夜宿山庵

扣宿精庐旋启扉,佛香未冷坐多时。分僧一半云归榻,借竹几些风入诗。
隔梦听钟疑寺远,避寒移枕觉宵迟。起看犹有残窗月,春雪满山啼子规。

僧房

结庐修竹里,身外世缘轻。滑几净如拭,小窗低更明。
夜深留佛火,人静听钟声。共拨炉灰坐,跏趺对短檠。

陈炳(?—?)

题资福院平绿轩二首(其一)

水屋围春绿,云岑送晓青。无心向朝市,信步到禅扃。
野境连天远,疏钟隔岸听。杯行莫辞醉,檐月笑人醒。

陈长方(1108—1148)

边公明尽屏荤茹因成古风约叔度良佐周翰同赋公明学佛而不专意性理故及之

君不见何曾万钱不下箸,一食淋漓污刀俎。
又不见王济春醪人抱瓮,盈缶蒸豚渍人乳。
百年光景电画水,口腹何须事如许。夫君景德公侯家,鸣钟列鼎相矜夸。
奈何乌帽嵌岩底,栽松艺菊餐烟霞。年来删薙到口腹,不待闻韶便忘肉。

前身知是永禅师，想似当年房相国。庖厨渐远世缘轻，定水泓澄久更明。
蒲团好究风幡句，率陀未是公归处。一日还家不移步，方信今吾了非故。
作诗相贺杂苦语，爱人以德吾非据。

陈　棣(？—？)

叠韵春日杂兴五首(其五)

疏钟余逸响，野烧矗孤烟。轻暖花边日，微寒雨后天。
才能拆袜线，诗思上滩船。却忆峨嵋老，杯停已百篇。

陈　东(1086—1127)

与士繇游金山翼日分袂二绝(其一)

早别金山恰晓钟，离帆分破一江风。瓜洲渡口波声远，后夜相思明月中。

陈傅良(1137—1203)

和张端士初夏

绿阴四合水迷津，春去虽愁却可人。无数飞萤窥案帙，有时乳燕落梁尘。
满塘荷荫将还旧，试火包香又斩新。短夜得眠常不足，僧钟遮莫报昏晨。

赋芙蕖简诸友

我欲待明月，相从弄芙蕖。月郭一再满，我行竟徐徐。
诛茅困黄埃，开卷疲蠹鱼。缠缚二事间，红披绿萧疏。
秋风白发生，抚事增歔欷。美人隔云山，芙蓉并吾庐。
近者不得见，逾远还何如。花无三月长，人寿千岁余。
相期不朽事，勿与草木俱。君上钟鼎铭，我作山泽癯。

陈贵诚(？—？)

禅师塔

旧到乌回寺，相迎识短筇。重来已无迹，今去欲安从。
春晓空啼鸟，岩枯吼夜龙。诸天围绕处，重听一楼钟。

陈 纪(1255—?)

夜宿增江松鹤庵

木落风高夜欲冰,襆衾来此爱幽清。壁灯未灭见花影,山雨忽来闻竹声。
谩忆同游期后会,因思往事悟前生。自怜粗带山林骨,坐待寒钟吼五更。

陈 克(1081—?)

送僧归天宁万年禅院

朝天来诣觚棱阙,傍海归寻瀑布峰。才大不惭师号美,道高翻讶帝恩重。
问程行冒江村雨,寄宿吟听水寺钟。到日依依赏清景,石桥云月满杉松。

陈 宓(1171—1230)

寄鹤山魏侍郎(其一)

朝辞岩禁暮荒城,底是人间辱与荣。料得胸中无点累,每于夜半省钟声。

次林司户清水岩韵

祷雨当年百丈峰,森森夹径耸修筇。甘霖尚想四垂合,清境无因一到重。
仙伯遗踪参佛迹,王公新咏张军容。索诗尚及疏庸令,筳寸何堪击钜钟。

陈 某(?—?)

夜 归

青松行未尽,林外一钟闻。小雨不伤月,西风忽破云。
棹归秋水远,邻语夜灯分。稚子能无寐,空斋读古文。

江 心 寺

谁把袈裟筑半峰,倚云楼阁打天钟。东西塔上自分屿,风雨声中忽见龙。
隔岸愁吹孤戍角,归鸦寒立夕阳松。旧时行殿成荒土,烟草萋萋暝色重。

陈 普(1244—1315)

咏史·张良(其三)

本是山东忠孝门,卯金社稷暂相烦。君王良会青云意,长乐钟中无一言。

咏史·王荆公(其一)
鸳鸿阵阵落南溟,长乐钟中黑眚行。逐客不愁人鲊瓮,荷花落日第含情。

野　烧
杂沓平原起电红,凭陵势欲逼青峰。草芽不问新开甲,蛰户尤怜乍启封。
何暇彻侯分玉石,略如伯益逐蛇龙。际天逸德无人问,独倚高楼到晚钟。

陈　起(？—？)

枕　上
病与仇谋酒作成,药炉又复伴深更。邻钟自是常时听,才到霜天分外清。

望　晓
要知筋力衰多少,一觉才回常了了。邻钟无奈五更何,望断窗纱不能晓。

寄题当湖隐渌亭
曲径一亭幽,三十六水聚。檐影接波光,蝉声入秋思。
开藻静看云,爱月懒种树。濠上意如何,疏钟烟外寺。

陈汝锡(？—？)

寿刘漕二首(其二)
碧槐风细篆烟清,绿荾香浓寿酒倾。眉上嵩衡元秀整,胸中泾渭太分明。
巨材阅世三千岁,修翮抟风九万程。积粟流钱皆细事,异时钟鼎看功名。

陈汝羲(？—？)

众乐亭(其二)
遥思湖上自由春,醉踏吟看属使君。水底天光开静鉴,岸头花气递红云。
岛浮虚槛桥桥接,风翼时钟寺寺闻。渍墨新名人会否,不将民乐废民勤。

陈　深(1260—1344)

题扇上画
蹇驴欲往何处,落日空山暮钟。行到水边幽寺,白云低覆青松。

会霜晴诗（其二）

朝暾上高树，雾卷海天遥。劲气乘寒凝，严威见日销。
钟清出远寺，马滑恐危桥。稍逼南枝暖，疏花破寂寥。

陈师道（1053—1102）

送法宝禅师

平生夫铁脚，道价喧宇宙。望礼东南云，吾今独何后。
晚始识其子，瑶林一枝秀。初闻饮光笑，复作空生瘦。
今年退后禅，袖手不肯叉。真成菩萨魔，未免化城咎。
白月悬清光，大钟得辞扣。知止一何勇，随缘岂无复。
丰台两禅子，三请期一觏。翩然挈瓶盂，百里往相就。
古寺风雨余，触目初邂逅。夙昔有静缘，欢然宛如旧。
教我早自异，业成谁得救。世故已备尝，踌躇复何候。
钻火勿停手，时来自渠透。殷勤礼白足，吾为太山溜。

秋怀十首（其四）

翩翩王公孙，馆我翠微院。粥饭随钟鱼，朝昏度黄卷。
中年妻子累，往世西方愿。独无诗书力，尼父安得怨。

次韵李节推九日登南山

平林广野骑台荒，山寺鸣钟报夕阳。人事自生今日意，寒花只作去年香。
巾欹更觉霜侵鬓，语妙何妨石作肠。落木无边江不尽，此身此日更须忙。

别月华严

寓世生同里，随方去有情。来为百年别，不惜片时程。
斋钵须勤供，经钟莫倦鸣。当来第三会，此界却逢迎。

陈舜俞（？—1075）

宿灵源院

山家皆种橘，古寺独栽松。林静时栖鹤，泉灵合有龙。
何年人舍宅，今日我携筇。寓所留僧话，未眠闻打钟。

林 屋 洞

洞天三十六,第九曰林屋。神仙固难名,瑰怪存记录。
旷岁怀寻赏,兹辰幸临瞩。驰神在真游,岂复惴深谷。
解袜纳芒履,燃松命光烛。初行已伛偻,渐入但匍匐。
顾瞻避冲磕,浑淖没手足。如此百余步,始可立寓目。
或垂若钟虡,或植若旌纛。有如案而平,有类几而曲。
镌刻非人工,晶莹粲黄玉。遥知窍穴外,定有金庭箓。
凡肌不可往,叩击安敢黩。鸾凤无消息,但见白蝙蝠。
却还望微明,既出犹喘促。沾衣怜石髓,孰悔泥涂辱。
庶几达微慕,养生相吾福。

奉 慈 禅 寺

一宿禅关万虑空,明朝更上十余峰。山依碧落不多远,人在白云无数重。
木末疏钟惊虎兕,门前潴水穴蛟龙。劳生正负林泉约,犹喜官闲此处逢。

峰 顶 院

自怜随分有仙踪,曾宿金庭第九重。谁谓谪官真俗吏,还登庐阜最高峰。
坐头平揖千岩月,枕底微闻二寺钟。归去林泉缘更熟,定应春梦却过从。

陈天麟(1116—1177)

青 山 辞

青山崔崔,白云溶溶。我疑其中,仙人所宫。
风马云舆,霓旌羽幢。游行太空,翩然相从。
望而不见,使我心忡。我本金华,牧羊之童。
口诵蕊笈,有声如钟。震撼岩壑,无碍不通。
谪居下土,黄尘蒙蒙。五色之气,布满西东。
秋高露清,陟彼危峰。呼吸元气,精神内融。
啸傲万物,后天而终。

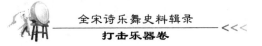

陈 岩(?—1299)

上下华池

听钟吃饭东西寺,就水烹茶上下池。二百年来陈迹在,摩挲苔藓日西时。

叠 石 塔

无复晨钟暮鼓声,慧云犹护法灯明。佛乘大有扶持力,旧塔虽欹不解倾。

陈尧佐(963—1044)

知 果 教 寺

萝岩山下寺,静境绝过从。芳草二三月,碧云千万峰。
窗虚明落日,楼迥响疏钟。恰恐重来晚,庭前记偃松。

陈一斋(?—?)

维扬怀项朴庵

长铗悲弹负壮游,京华倦客又扬州。西风昨夜他乡梦,明月故人何处楼。
石塔钟残枫叶暝,瓜州棹远荻花秋。幽窗一点寒灯影,徙倚阑干生暮愁。

陈 羽(?—?)

梓州与温商夜别

凤凰城里花时别,玄武江边月下逢。客舍莫辞先买酒,相门曾忝共登龙。
近风骚屑千家竹,隔水悠扬五夜钟。明日又行西蜀路,不堪天际远山重。

陈与义(1090—1138)

书怀示友十首(其四)

我梦钟鼎食,或作山林游。当其适意时,略与人间侔。
觉来迹便扫,我已不悲忧。人间安可比,梦中无悔尤。

连雨书事四首(其一)

九月逢连雨,萧萧稳送秋。龙公无乃倦,客子不胜愁。
云气昏城壁,钟声咽寺楼。年年授衣节,牢落向他州。

开壁置窗命曰远轩(其一)

钟妖鸣吾旁,杨獠舞吾侧。东西俱有碍,群盗何时息。
丈夫堂堂躯,坐受世褊迫。仙人千仞岗,下视笑予厄。
谁能久郁郁,持斧破南壁。窗开三尺明,空纳万里碧。
岩霏杂川霭,奇变供几席。谁见老书生,轩中岸玄帻。
荡漾浮世里,超遥送兹夕。倚楹发孤啸,呼月出荒泽。
天公亦粲然,林壑受珠璧。会有鹤驾宾,经过来见客。

衡岳道中(其二)

客子山行不觉风,龙吟虎啸满山松。纶巾一幅无人识,胜业门前听午钟。

陈叔易赋王秀才所藏梁织佛图诗邀同赋因次其韵

维摩之室本自空,忽惊满月临丹宫。稽首世尊真实相,不比图画填青红。
天女之孙擅天巧,经纬星宿超庸庸。沦精入此三昧手,一念直到祇园中。
意匠经营与佛会,七宝欲动声珑珑。眉间毫光放未尽,指下已带旃檀风。
飞梭本是龙变化,挟大威德行神通。恍若祇洹遇佛影,岂彼台像能比崇。
共惟此事不思议,细看众巧无遗踪。日浮鸡园赤烂烂,天入鹫岭青丛丛。
那知金臂是正倒,但觉已挫千魔锋。龙天四众俨然侍,喜满尺宅俱成功。
向来八风几卷地,众宝行树无摧桻。老萧区区佛所悯,岂与十二蜎蜎同。
重云之殿珠作帐,一朝入海奔雷公。幸留此像不为少,福聚万纪兼千总。
余休八叶终灰烬,坚固却赖三眠虫。似闻法猛藕丝像,当时已不随烟东。
煌煌二宝照南北,客摄万鬼专其雄。龙华已耀东坡墨,惊梦不假撞洪钟。
唯有兹图晦几岁,留待公句贻无穷。画沙累土皆见佛,而况笔墨如此工。
亦念众生业障厚,要与机杼聊分攻。从今俱尽未来世,买丝不绣平原容。

陈　渊(？—1145)

小诗七首寄养蒙兼呈景骏(其三)

它时樽酒对春风,夜雨霏霏抵晓钟。但说寻常往来地,岂知重到有丹枫。

香严寺洗足

肩舆苦顿撼,步入山间路。崎岖历荆榛,砂砾窘芒屦。

披云造萧寺,弛担日已暮。僧房急解袜,一洗尘泥污。
瓦盘深及膝,汤暖得频注。须臾和气达,凛凛毛发竖。
翛然入无何,醉梦宁知处。此生事奔走,早晏失期度。
念兹顷刻闲,百日不一遇。啖蔗入佳境,钟响忽予寤。
蒲团赴微火,默坐聊箕踞。明朝尘沙黄,莫忆少陵句。

次韵李耸卿贺太守祷雨有应二首(其二)

使君忧国愿年丰,肯放炎威久病农。尽道胸中藏渤澥,谁知笔下起蛟龙。
晓凉秋气生蕲簟,梦断檐声带梵钟。高卧已传民讼息,只应仁政古难逢。

处冲为栖神导气之术每晓起得意成诗前后四首次其韵(其四)

朝气爽不昏,清净天无霞。善恶两相融,世虑遗尘沙。
疏钟下残月,余响递幽遐。了失去来心,淤泥出荷茄。

陈允平(?—?)

芝　　山

春风几树石楠开,谁采灵芝去不回。彭蠡水分双港落,匡庐云度五峰来。
钟沉古寺僧初定,月堕长松鸟自哀。堪叹昔人携酒地,断碑无主卧苍苔。

赠东皋恭行人

重门临驿路,几向月中开。殿势江山合,钟声云水来。
长吟松溅瀑,久定石生苔。九品金沙观,青莲次第栽。

夜　　泊

停舟野渡头,客路恨悠悠。叶落风千树,钟残月半楼。
芦花双过雁,莎草独眠鸥。山鬼烧青火,飞来照髑髅。

西　　兴

西兴潮半落,渔浦日初昏。岳面云收脚,沙头浪积痕。
楼钟鸣野寺,船鼓入江村。回首长安路,归心几断魂。

宛陵道院

阙角溪城下,千年黑蟒蟠。云深仙宅窅,竹密醮坛寒。
汉量铜花绿,隋钟火籀丹。天风步虚静,微月听鸣銮。

青龙渡头

　　天阔雁飞飞,淞江鲈正肥。柳风欺客帽,松露湿僧衣。
　　塔影随潮没,钟声隔岸微。不堪回首处,何日可东归。

暮秋游虎丘

寂寞虚廊暗草莱,天风缭绕宝华台。江空露冷蛟龙伏,殿古云深鹳鹊来。
山馆老松褰绿蔓,石坛芳桂落苍苔。寒钟敲断枫桥月,半夜禅僧入定回。

梅梁堰

　　庙近云涛观,山遥翠欲重。只应溪上木,便是洞中龙。
　　堰折潮归海,楼迎浪答钟。断碑荒藓合,终古载灵踪。

陈　造(1133—1203)

云岩晓(其一)

淮山归梦清莫续,僧窗睡足雨亦足。钟鸣鼓动其炉红,深炷沈檀共僧粥。
我生身口良易供,志愿略与山僧同。明年听雨淮之东,还许幽人林下逢。

元　　日

爆竹声中杂笑呼,斗杓插海寺钟初。椒觞带梦随小饮,桃板得诗仍自书。
愒日晚涂知内讼,占风吉卜定非虚。新年旧管新收累,大府隆宽傥贷予。

又次铦朴翁韵四首(其一)

僧床正听晓楼钟,客棹方占上水风。喧静未须岐出处,与渠心事各冥鸿。

题坟庵壁四首(其三)

钟鸣已饭尚来游,竹好排门不待求。争席馈浆吾不计,此身沧海信虚舟。

宿云岩山

　　名山邦域中,每叹梦境隔。如何夏而春,共苦沾水厄。
　　向来梦中山,真作缘云升。夜气与僧话,凛凛冰壶清。
　　初宵潺淙声,大慰望霓意。睡醒钟鱼鸣,犹是翻盆势。
　　不因官事驱,宁许山门留。况今浴种天,顿释嗣岁忧。
　　雨既副我祷,山亦入吾手。一旦二喜并,谁谓终不偶。
　　涉世嗟聱牙,天颇怜其穷。更持灵台香,归谢渊德龙。

十诗谢廖计使(其六)

深井无浅汲,洪钟须妙撞。揆公取士心,海若吞湖江。
泓涵老昌黎,客或陇头泷。可待函丈扣,此心久已降。

山居十首(其四)

居深自少客,儿辈省謇门。日课午钟饭,生涯三亩园。
嗜鱼亲蜑户,辍果及王孙。不惜苔钱破,横纵步屐痕。

仁 于 庵

穤稌围僧屋,檀栾隔槿篱。月池聊濯足,雪壁剩留诗。
里社皆囷廪,钟鱼亦岁时。平生松隐赋,回首十年迟。

陈知柔(？—1184)

谒姜相坟次邓经略韵

欲将兴废问洪钧,来谒孤坟独怆神。千载高风余凛凛,一池秋水自粼粼。
门前帆影来天际,林杪钟声落海滨。此道寥寥今复振,不应渔水是东邻。

陈　著(1214—1297)

张氏馆中早作

小窗一榻清于水,亲戚相看话久暌。困带诗情投角枕,梦随梅伴策霜藜。
邻家落杵催樵爨,山寺分钟撼竹栖。犯冷披衣卷帘立,小丹山在翠楼西。

与 龄 叟

几年西崦寺,门薜路交藤。龙象开禅席,钟鱼张法镫。
领徒耕趁雨,对客句裁冰。我亦相忘者,慈云得屡登。

四月五日醉书慈云阁

峰开荷叶东南倾,梵宫截断西来青。参差楼阁半空起,撞钟椎鱼撼林坰。
奔走簦笠数百里,随事来乞山中灵。大众坐饱云捧足,百需顺应水建瓴。
彼饕者谁尸海阃,日鹭三帖出府庭。交驰争此一席卷,赭山不足搜钵瓶。
囊橐所攫鸟兽散,遗臭满山草亦腥。檐栋摧落甚败驿,旁风雨湿上见星。
厨烟寂寞甑釜破,残僧菜色身伶俜。山运忽回缘法到,铁锡飞入总云亭。

伽蓝起舞山鬼避,击大法鼓轰雷霆。竖硬脊梁施敏手,恢恢余刃新发硎。
仆者以兴弊者划,如痼病脱沈醉醒。况今佛流正澎湃,平地丈浪腾沧溟。
何事不可咄嗟办,寺已如画山翠屏。谁知不忍回首处,山下景色何凋零。
文献故家编下户,潇潇四壁门长扃。旧来富家鼠窜伏,贫民偶遗风涛萍。
叫嚣隳突尚不已,宛转就缚垂死丁。春风无分日光薄,冤声苦语那可听。
信有天堂与地狱,咫尺中间分异形。世变不情至此极,仰面三叹天冥冥。

四次寄意

正大从来不径由,穷崖今却伴猿愁。栖栖宇内知师孔,吃吃人间爱说侯。
昨夜撞钟搜句到,他年笼壁把名留。崆峒麦熟关时事,此意还曾入咏不。

似永固主僧惠福

偶来乘暇隙,又过古禅林。白日钟鱼外,清风竹树阴。
无言自有趣,得句亦何心。相见不相问,老僧知我深。

似法椿长老还住净慈

寺后山,青巉屼,忽如憔悴忽又开容颜。
寺前滩,声潺湲,忽然枯涩忽又起波澜。
知为谁乎丑或妍,只在主者往与还。追思畴昔狎群攫,痛卷无余遗百难。
山林赪矣囊橐外,栋宇委之荆棘间。飞锡一来重悲慨,张弮勇欲兴颓废。
积劳落成逾一纪,大书记实光千载。彼物何物众所唾,无事生事几乎骂。
蚁将撼木不自分,犬或见雪从他吠。无辩之辩如我何,有怪不怪当自坏。
胡为撞钟击鼓辞上方,若曰挑包顶笠皆吾乡。
戏衫脱了因甚快,大权契合终难忘。
风曾相送迎亦好,云与俱出归何妨。两不着相是去住,一拨便转无思量。
人生忽忽梦幻身,世界茫茫戏剧场。我老不觉八十三,师今亦且半百强。
石塔重来,我愧不是苏玉局。茅屋可赋,师却自爱杜草堂。

似法椿长老

山林有福足慈云,一耐中闲百废新。诗榻话香来雅伴,斋钟声好撼禅邻。
红颜药力如平日,青眼梅花又小春。欲赞法身安稳处,年年松竹长精神。

梅山醉后过丹山

醉揖梅花坞,意行来佛庐。相看如夜梦,一别又年余。
话到供无粥,笑言园有蔬。杯茶出山去,拍手谢钟鱼。

黄虚谷以唐体五言一首来别次韵饯其归

我欲话时穷,非翁谁与从。老来有两健,春到得相逢。
潮水明朝橹,云山后夜钟。相思无尽处,樽酒几时重。

戴帅初九日无憀以满城风雨近重阳为韵七首袖而示余因次其韵(其六)

世多多才翁,谁识识字农。可人忽来思,劳苦意稠重。
时危幸未死,尊酒得相从。一醉不须辞,毋待漏尽钟。

次韵单君范

驹隙光阴自去留,眉头底用著闲愁。人生枕上皆槐国,世事棋中几弈秋。
为子孙谋惟蠹简,有风月处即苋裘。醉多醒语不觉晓,何处钟声出梵楼。

柏溪岩头

晴色上游笻,西行二里中。荞花黄缬地,麦穗白潮风。
纸杵鸣山屋,斋钟出梵宫。归途须傍早,要折石岩红。

陈子高(?—?)

客　怀

远山云梦断,长路客愁新。残漏悲钟急,香车碾暗尘。

陈自新(?—?)

瑞　迹　山

雨过山溪生虎迹,云归岩洞长龙威。烟钟古寺敲残日,樵笛一声江鸟飞。

陈宗道(?—?)

洗　马　行

玉溪溪头波绿玉,玉溪溪上沙金粟。晓营出马五花云,鸣榜齐首桥南浴。

马高如屋长如龙,四蹄如铁声如钟。青刍几束粟几斗,豢汝爱汝争奇功。
编鬃抹刷解色罢,黑面雄儿齐上马。就中一马不敢骑,云是将军临陈者。

陈宗礼(1203—1271)

晚　　出

落日山气清,归禽噪林杪。意行忘远近,吟过深烟表。
瀸瀸水萦田,幽幽云反峤。忽闻邻寺钟,沿途发长啸。

成大亨(?—?)

游　石　桥

昙花亭下卧晴虹,两瀑交流雪喷洪。已许银灯观浚壑,未瞻秋月印长空。
龙盘修榜千峰霁,金吼霜钟半夜风。念我宿根惟德本,为除冥障与心通。

程　珌(1164—1242)

挽程枢密(其二)

忠壮源尤远,新安盛莫偕。千年瑶斗柄,一夜玉楼阶。
学业光文简,仪刑谢艮斋。晓钟传恨处,清泪落天涯。

五十六字庸以告未知野夫者

宁须山泽论高平,但要曾餐石决明。三世击钟敲石磬,十年学剑斫铜钉。
倘知狐祖天边去,肯向蛮奴脚底行。更许野夫寻上著,十洲三岛一宫城。

程公许(1182—?)

又省闱锁宿十月十三日夜月独酌(其二)

两月重来月又圆,寺钟惊梦五更残。此情谁遣啼鸦觉,飞过东墙代诉寒。

谒告得归拜呈内机知府郎官五首(其五)

膏车忍待晓钟撞,浩荡归情不可降。一笑朔风寒掠面,缓吟疏影蘸清江。

借宿洞门五绝(其三)

一枕蓢蓢客梦长,忽闻钟梵响云堂。舌根久厌蕲盐味,洗钵聊分豆粥香。

借宿灵隐翌旦晓粥后步游上竺

华鲸吼粥月朦胧,满意枝筇落手中。金碧三分灵鹫岭,烟云高峙补陀峰。

一贫未办庄严供,九品坚持忆念功。欲问耳根参透处,晓寒山静数声钟。

程　俱(1078—1144)

同游道场何山二首·道场山

何年窣堵波,独立妙峰顶。憧憧五湖舟,黑月仰光影。
千章列云构,灵液走甘冷。隆楼绝清空,横侧见峰岭。
下窥三州聚,尘末集毫颖。振衣薄云汉,万劫弹指顷。
辽辽天宇大,出没笑蛙井。堂中老比邱,奋迅颇精猛。
拟分数椽地,饱饭卧清境。何必少陵翁,闻钟始深省。

送崔闲归庐山四首(其三)

论世得师友,陶公乃其人。清游入梦寐,庐山真夙因。
迩来二十年,浪染衣上尘。陶公已去久,欸如空中云。
庐山如高士,可望不可亲。坐想虎溪路,闻钟动微颦。
永怀炉峰顶,飞烟发朝曛。羡子归故隐,兹焉毕其身。
吾意久规往,当从君问津。

三峰草堂(其二)

雨洗千山翠欲浮,稻畦松涧已争流。朝来风急凝云尽,历历钟声过五州。

癸巳岁除夜诵孟浩然归终南旧隐诗有感戏效沈休文八咏体作·永怀愁不寐

膈膊南枝鹊,铿宏半夜钟。寥寥数寒漏,唧唧类吟蛩。
马革思强仕,牛衣慕老农。此身何处是,展转听朝春。

程　楠(?—?)

花　山　寺

雨过群峰翠欲飞,白云松径鸟声微。山僧闲卧鸣钟起,共话无生醉月归。

程元岳(1218—1268)

游黄山次韵

谩宿林间夜对床,钟鱼衍度几星霜。月高花影频开画,风动松声自鼓簧。
人事悬知春日好,禅心不作少年狂。重来为称装公约,万绿阴中醅酒香。

崔放之（？—？）

栖 禅 寺

自从白马驮经始，宝地绀园知有几。今见逍遥岩洞深，啼猿坞接栖禅寺。
嵯峨楼阁东西桥，掬水闻香景趣饶。讲经云外天花落，卓锡林边暑气消。
尘埃不到松关口，僧老渐随松影瘦。谁知好事眼能青，借与诗人信宿逗。
山高地僻月空圆，晨钟暮鼓惊龙眠。看来懒把无生学，长笑一声归钓船。

崔与之（1158—1239）

峡山飞来寺

万里星槎海上旋，名山今喜得攀援。猿挥孙恪千年泪，月照维摩半夜禅。
磴长荒苔人迹少，崖攒古树鹊巢悬。江流上溯曹溪水，时送钟声到寺前。

戴表元（1244—1310）

因营张村蛮窝并书所见（其三）

男儿三十气吞牛，漏尽钟鸣走未休。不问征西并处士，山中一样土馒头。

杖 锡 寺

仙草漫漫路不分，钟鱼那许外间闻。凉天九月已飞雪，晴日西山犹带云。
火后客夸新屋样，兵前僧惜旧碑文。藤湖只去招提顶，见说滤田可种耘。

送 官 归 作

生世悔识字，祝身如野农。勤劳养尊老，膳味日可重。
晨刍熟新黍，耕林有过从。行吟聆松籁，此乐逾歌钟。

梨洲寺（其一）

不知何处起钟声，云作楼台雾作城。洲上稻肥初起堡，山中梨巨旧传名。
林疏野地惟多石，气湿炎天亦少晴。东畔有潭闻险绝，岩前时现老龙精。

九日在迩索居无聊取满城风雨近重阳为韵赋七诗以自遣（其六）

生世悔识字，祝身如野农。勤劳养尊老，膳味日可重。
农笃熟新黍，耕休有过从。行吟答松籁，此乐逾歌钟。

大名元复初郎中携示感遇五言八章次韵并陈东平曹子贞编修蓟丘曹克明(其七)

履卑惧名高,居群忌行独。不见歌钟家,白日卧金谷。

拜袁越公墓因游定水寺有怀源老

乃翁已作飞仙去,犹得潭潭好墓田。老树背风深拓地,野云依海细分天。青峰晓接鸣钟寺,玉井秋澄试茗泉。我与源公旧相识,遗言潇洒有人传。

戴 昺(？—？)

侍屏翁领客游雪山分得生字

雪峰峰顶寺,来此定诗盟。山瀑分云影,松风乱雨声。眼明春树绿,心醒晓钟清。未好言归去,尘中事又生。

戴复古(1167—？)

游 天 竺

好山看不了,遂借上方眠。酒渴倾花露,诗清泻涧泉。生无适俗韵,老欲结僧缘。睡觉钟声晓,窗腾柏子烟。

山 中 少 憩

地僻人稀到,山寒水欲冰。闻钟知有寺,见犬不逢僧。断垅森乔木,颓檐挂古藤。斜阳照孤影,诗骨瘦崚嶒。

罗 汉 寺

半空紫翠隔微茫,隐隐钟声落下方。名胜直同天地老,青山不管古今忙。散分瀑布烟霞润,点检苍松岁月长。绝顶好云如恋客,尽教怡阅到斜阳。

许介之约过清溪道上有成

行尽白云际,乘槎过水西。稻田秋后雀,茅舍午时鸡。野饭自不恶,村醪亦可携。闻钟欲投宿,何处是招提。

海上鱼西寺

北风三日弭行舟,登陆因为岛寺游。自笑奔驰如野马,本无拘束似沙鸥。人谁与语自缄口,山可观频举头。小雨疏烟晚来景,老僧相对倚钟楼。

庚子荐饥（其六）

去岁未为歉，今年始是凶。谷高三倍价，人到十分穷。
险淅矛头菜，愁闻饭后钟。新来慰心处，陇麦早芃芃。

舂陵山中作写寄孔海翁

昨日分携后，回头望竹关。相亲唯白水，所见但青山。
云近人家远，苔生石径斑。闻钟知有寺，又在渺茫间。

松江舟中四首荷叶浦时有不测末句故及之（其一）

夜听枫桥钟，晓汲松江水。客行信匆匆，少住亦可喜。
且食鳜鱼肥，莫问鲈鱼美。

戴 栩（？—？）

徐少卿挽词（其二）

忽作严州梦，难随上雍班。行藏天分巧，夷险世机闲。
瘴酒云生绿，铭旌露湿斑。保昌钟梵晓，依旧是家山。

宿局次韵卢直院炎夜之作

市屋炎蒸极，爱眠官署亭。酒泉清坐石，疏纸出危棂。
露草有尘色，风枝无动形。怀人兼述句，钟尽钥开扃。

莆门陈东野挽词

碧海云边为小隐，暮年世味等空蒙。笑看朝友题衔阔，爱共邻翁话岁丰。
书述南轩儿自注，诗参东野字应同。一丘裘褐甘寒梦，逗晓疏钟出梵宫。

林酒库挽词

静梦钟催漏，荣恩露眩花。能镌题墓语，终认读书家。
壤乐齐裘褐，风酸送旐车。竹轩孙儿辈，又减雁行斜。

贺丞相家庙诗

有永恢皇祚，中兴挺世臣。王封一品贵，庙锡五筵新。
日月临华表，璇玑近彩晨。秀当吴峤色，流自邓江津。
给吹仪襃燧，铭功鼎赐栒。神游来燕日，吉朔契龟辰。

骍骑传呼哄，仪鸾供帐陈。九街收雨净，午漏带钟匀。
　　从以簪缨贵，来羞俎豆珍。思随时共肃，欢与律回春。
　　感激思亲泪，春容致主身。群工瞻礼乐，百两溢车轮。
　　粤若今为盛，应无古与伦。王珪渐寂寞，诸葛抱酸辛。
　　父子千龄并，明良一德纯。秉心同此学，锡福遍生民。
　　日者邦维固，天令敌运屯。版图重入汉，玉玺已收秦。
　　遵养谋先定，规恢气遂振。相仍鸣鸳鹭，双玉上麒麟。
　　帝谓先朝旧，卿勋不数人。何官崇宠渥，无地匪经纶。
　　礼始昭陵建，恩参潞国均。有严京邑宇，还望越祠邻。
　　牺象时觫洁，貂蝉月拜频。烟芬沾杏霭，云气护轮囷。
　　龟泗提封衍，韦平系绪诜。祝宗辞不愧，善庆泽无垠。
　　永辅乾坤晏，同濡雨露仁。小儒松桷颂，留笔纪苍珉。

邓德秀(？—？)

慈相寺

　　小桥横过一溪长，因访梅花到上方。山到尽时逢怪石，楼于高处带斜阳。
　　殿经几劫壁多坏，碑刻前贤诗数章。三百年前钟尚在，可怜阅遍几兴亡。

邓 林(？—？)

庐山栖贤寺

　　名重于诸刹，前贤旧隐踪。无人知有路，隔树忽闻钟。
　　瀑壮山疑裂，云深树若封。或传遗稿在，三叩昔时松。

邓南秀(？—？)

钤冈早行

　　渔照灭不灭，水光空复空。疏钟五更月，残梦万松风。
　　沆瀣虚无外，凄清顷刻中。火轮欲飞动，滟滟紫霄东。

邓 深(？—？)

寄饶云叟

　　别来每辱遗双鲤，颇怪吾侬不作书。非为广文官独冷，自缘中散性常疏。

静晖待月昏钟后,制胜登高晓雨余。正忆去年同此会,只今相望问何如。

邓　肃(1091—1132)

鼓腹谣谢许令

东坡不恋二千石,却羡黄州芋径尺。一饱何妨作许难,千古光芒贯白日。
我生不暇哭途穷,入户青钱转手空。肉食不容久青琐,齿牢但可叩天钟。
许侯诗成谢斫削,飞流来洗徐凝恶。开缄百里已生春,九州更赖此心廓。

鼓　腹　谣

当时大镬四十石,馅粗如柱饼八尺。饱食起来舞金刚,挥戈天上驻斜日。
底事年来到骨穷,炙蒲脯苔诳腹空。斗牛一饭期五日,一半又听阇黎钟。
啄腐吞腥将日削,天公作意殊不恶。十围渐化杨柳轻,因驭冷风上寥廓。

次鼓腹谣元韵

我心不转本非石,世路爬沙任退尺。杯酒高怀独未忘,只有三万六千日。
原宪虽贫亦非穷,石发溪毛放箸空。已遣寸毫饱风月,安得高堂列鼎钟。
明朝莫怕山如削,夹路花香破酒恶。世间得失竞鸡虫,一笑危岑天地廓。

邓　剡(？—？)

题　龙　山　钟

丰山背后钟,霜月平原定。夜半响鲸音,隐隐天地应。
山灵鹤梦醒,独听还独咏。萧萧蓬蒿中,收入杜陵径。

暑　夕

暑夕不能寐,起坐林间亭。啮鼠欺黑月,流萤乱飞星。
星河光淡泊,不辨草树青。泥泥凉露下,稍稍残梦醒。
幽虫故儿女,私语如相应。邻钟自何来,迢迢入孤听。

报　先　寺

我是人间未了僧,苍崖如梦昔经行。炉中香愿犹余烬,石上精魂又一生。
绝嶂猿啼惊犬吠,四山屏合护钟声。何当缘业人间满,孤拥秋衾坐五更。

邓忠臣(？—？)

重九考罢试卷书呈同院诸公二首(其一)

题遍朱签栋宇充,灯窗长听景阳钟。昏眸直要金篦刮,黎瘦都如饭颗逢。
文律自随星斗变,月评应合士人从。了无一事犹深锁,辜负东篱菊品浓。

夜听无咎文潜对榻诵诗响应达旦钦服雄俊辄用九日诗韵奉贻

连床交语响春容,激楚评骚彻晓钟。绕宅金丝神共听,满潭雷雨剑初逢。
信知自有江山助,便欲长操几杖从。俱是年家情不浅,依兰应许丐香浓。

感兴复用钟字韵戏呈同舍

五年湘水听霜枫,长乐初闻此夜钟。辽鹤亦知华表在,仙棋犹许烂柯逢。
蓬山道藏聊为戏,石室真游久欲从。便拟作歌招隐去,人间得意不须浓。

邓柞(？—？)

题白莲院

古树纷纷千嶂雨,远寺鸣钟迷处所。一水东流浮落花,隔云应有秦人住。
海风不断长松路,万籁寒生苍玉麈。此去江南山更深,桄榔叶暗猿啼苦。

丁开(？—1263)

漂泊岳阳遇张中行因泛舟洞庭晚宿君山联句

元气无根株,地脉有断绝。日月互吞吐,云雾自生灭。
楚妃结幽想,巴客答清映。宁知莽苍中,不假巨鳌力。
势阅南纪浮,思随西风发。形影寄孤舟,吾道成缺舌。
笑谈正凌傲,俯仰不逼侧。每与景物会,未省欢娱毕。
叠翠晚愔愔,堕黄秋的的。鱼龙负贔屭,独鸟去不息。
旷原眇周抱,异境超慌惚。径度万顷空,忽得一拳碧。
稍稍鸡犬近,依依钟梵夕。推门月微堕,煮茗香初歇。
衣裳识霜信,瓶钵了禅悦。事定心源清,梦回斗柄直。
周游兴欲尽,长往计未决。出门更回首,沙水荡虚白。
美哉神禹功,已矣三苗国。山川长不朽,愚智俱可惜。

神交正冥冥,指点空历历。慎勿语俗人,桃源恐相失。

丁　谓(966—1037)

游卧龙山

日长春老职司闲,纵辔因寻负郭山。花气半飘青霭外,泉声多在白云间。
香灯肃肃严僧事,钟梵萧萧爽客颜。坐有诗人樽有酒,拟抛城市宿禅关。

丁竹岩(?—?)

五更枕上

一着非时一局非,山房愁到晓钟时。楠榴枕上平生事,听雨听风听子规。

董师谦(?—?)

钱塘怀古(其四)

行人指新寺,云此旧宫城。坐殿几朝帝,开山何处僧。
日边行塔影,天外送钟声。王气元无了,何消凿秣陵。

董嗣杲(?—?)

阻风系舟

避风急投港,港狭水如线。沙头虎迹多,此是铜陵县。
乱山号枯松,长风舞寒霰。饥凫宿荒畈,小雁带飞箭。
废刹撞破钟,催科走邮传。娼家编棘门,村饰无钗钏。
日纳抱酒钱,夜陪县官宴。有身怅此生,又复堕贫贱。
荒憔更点差,信步空阶遍。未昏行人绝,月色荡江面。
啜尽茶叶苦,不与愁魔战。托兴入短歌,聊以记吾见。

舟出西门

扁舟冒冷雨,初出安定门。天开水墨图,浓淡迷湖村。
渔板哄白昼,庙钟撞黄昏。客船行虚明,天净水不浑。
向行数十程,万愁谁与论。去家幸已近,方信萍无根。
湖歌发夜分,欸乃惊梦魂。江行两月余,不负惟酒樽。

赠天池寺觉翁圆上人

单起浯溪寺,禅栖主簿峰。收诗入顽石,礼塔趁昏钟。
好古心何癖,观空语更慵。觉翁才觉处,明月出孤松。

游东林寺

庐山白云拥,绝似兜罗绵。覆得丑好尽,何啻万万千。
东林香炉峰,生在寺门前。山阴土脉润,草木鸣秋妍。
意行梵庑旷,单下谁栖禅。主僧淮东秀,眉目棱棱然。
谈麈自高蹈,往往来著边。我游欲结社,有愧远师莲。
草堂流水环,遗像俨乐天。西风号万杉,趺坐青石颠。
野老喜我陪,谈吟超极玄。上方僧漫多,多结粥饭缘。
方且局诸安,焉得安三椽。浮生忘有家,妙句知无传。
尘垢送短日,风霜侵颓年。斜阳透西树,独支竹筇坚。
钟鸣拟寻睡,酒至流馋涎。月上三笑亭,醉听渔家眠。

夕憩西林寺诗

忆发德化门,饱看屏风叠。五峰自孱绝,两脚谁登蹑。
山高白日暗,溪断清泉接。闲倚迸崖松,静踏粘露叶。
珠台势巍巍,玉斗光烨烨。撞钟警三生,听禽愁百折。
圣峰足眺望,禅观宜妥帖。高蹈忘俗缘,迥处离尘劫。
废塔任欹仄,古碣尚岌嶪。归询打碑人,摹向斋壁贴。

武康附夜航入京

今晚后溪风色顺,暑威未肯回凉信。独泛官河雨气收,野林鸦落归无阵。
听钟摇出港汊重,新塘光现横空龙。松头暝破月色吐,油云散尽回千峰。

石屋

云梁烟栋翠嵚崟,五百痴人谩饰金。屋顶谁增华阁迥,石头自拥白云深。
钟声透谷泉分响,鬼力支空雨聚阴。无废无兴无启闭,老僧不动一生心。

石佛庵

南峰云堕屋梁危,异迹曾遗广顺时。行脚影留岩石涧,头陀老守草庵欹。

几年香火传朝晚,万谷烟霞拥路岐。半掩风扉钟又响,风霜皱尽砌街碑。

秋岩自山中见约

九江驿里见春风,几度怀清隔晓钟。思白有人伤柳色,依刘无地感萍踪。
半生力学羞长剑,两载心期信短筇。九叠屏高有标致,远公相约则吾从。

庐山杂兴二首(其一)

　　钟声警征人,顿者巡溪步。转盼失路头,红日生黄雾。
　　看松乘西风,荡此林影趣。古翠扑面老,肯放所历住。
　　幽聆采樵怨,薄言向谁诉。且复栖野店,低头解芒屦。

灵隐天竺寺门

画栋朱檐暴虎蹲,乱钟穿翠掩朝昏。去来所得无多衲,觉悟何曾有二门。
山鸟山花应自若,佛心佛法与谁论。风埃几换行人鬓,博士元公扁却存。

寄湖口张监渡

寂寞邮亭紫翠中,有怀不得远相从。渡头几发东西棹,西角长鸣上下钟。
江晚燕鸿秋信杳,野凉桑枣绿阴重。天空水阔云查断,收拾新诗寄兴浓。

回至兴国宫望天池一簇云气中因杨道士留有赋

迎面苍峦泼黛浓,几番回首想行踪。白云拥海文殊阁,老水屯烟圣治峰。
方别衲僧谈梦寐,又逢羽士接从容。明朝还踏青虚路,重掬神泉听乱钟。

怀　庐　山

　　屏心寒梦枕,屋角晓城钟。客子几多想,庐山千万峰。
　　仙源云气叠,溪坂雨声重。杨柳西门外,禅人屡此逢。

过 岳 家 市

　　鄂侯遗部曲,多岁此为农。茅店罢残暑,松峦出乱钟。
　　溪流分别坞,晚色失前峰。去去遗仙迹,苍云几万重。

过 林 口 市

　　浮泥踏着软,危坡倩谁累。家家翠岚压,此是林口市。
　　山中何清孤,聚落颇填委。快果甘如饴,浊醪淡如水。

43

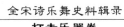

　　只是石眼泉，聊慰行子齿。此景自献酬，此市亦清美。
　　纷纭趁墟者，未晓听钟起。盛传有畸翁，韬晦翠樾里。
　　姓名素不闻，十载安所止。多言风月夜，吟啸传远迩。

官舍病中

　　古剑秋埋匣，昏钟冷压楼。吟情临晚锐，归计待春谋。
　　鸡绕村墟捕，鱼空薮泽收。敛将筋骨悴，所恃有新篘。

葛　岭

白云几叠翠岚重，往往疏钟出梵宫。石骨谁人镌佛像，岭头何处觅仙翁。
楼台水月丹青地，帘幕莺花锦绣丛。游子莫支苍竹去，风雷容易起虚空。

返察矶回望九华

　　日落返察矶，无地可卓筇。回首池阳山，九朵金芙蓉。
　　溪流出港急，树色收云封。行客快两目，欲游悔无从。
　　依依此时心，维舟当要冲。山游形梦寐，梦觉听遥钟。
　　应有神仙居，隔此江水重。移棹近荻港，月出霜华浓。

崇真道院

蹒跚鹤聚水云中，云水相逢色色空。讲道无人知畏垒，集仙有阁想崆峒。
柳堤风日斋钟散，蒲座尘埃食钵充。一老双丫离蜀久，西窗掩定读参同。

辨才塔

澜翻八十一年空，争讶前身是井龙。心静已成无上智，学知今复有谁宗。
云生遗塔封慈相，雨溅冲泉杂定钟。几字碑阴坡老笔，声声想得旧游从。

杜　东(？—？)

山　行

　　远岫依依落照，平林隐隐疏钟。独跨蹇驴归去，梅花一笑相逢。

杜　范(1182—1245)

南乡舟中偶成

日斜远浦闪朱光，烟抹前山湿翠妆。自有着身丘壑分，故应遭我水云乡。

便于世上夸钟鼎,何似田间饱稻粱。手把黄花相问讯,秋风不改旧时香。

花翁将归婺女因为江西游有长篇留别社中次韵送之

旷士隘宇宙,孰为君家山。逸兴渺湖海,孰遣君意还。
胡然动行色,便欲生惨颜。新篇写襟素,和章就词班。
亦念尘坱客,肯照窗几间。怀旧徒感怆,搜语愧冥顽。
两年重忧患,悲涕不胜潸。一身缠疚疾,形骸顿已孱。
吁天凡几疏,无路扣九关。望绝钟鼎贵,分甘茅衡跧。
薾然一疲驽,不愿十二闲。送君为心折,把酒惭量悭。
行行速京洛,去去难追攀。莫上八咏楼,且宿双溪滩。
为问赤松子,世道何其艰。

和高吉父六绝（其三）

饮啄于人似有缘,又将尘面对瞿昙。儒冠未必非相误,时听钟声静夜参。

杜应然（？—？）

融州老君洞敕赐真仙岩之图

古号黔南今号融,真仙第一胜高嵩。仙关标榜门增丽,圣像威灵民敬崇。
帝赐御书藏宝阁,天生石像老仙翁。瓶炉罗列非雕琢,幢盖周围夺巧工。
足履分明深踏石,仙衣仿佛挂玲珑。青牛水畔藏头角,白鹤溪边饮羽袤。
狮子像前如拜伏,猿猴梯上若登空。龙田龙迹施鳞甲,蛇藏蛇身似锦红。
罗汉数躯朝向北,斗星七位转回东。浮桥伫望金星座,仙径平瞻水月宫。
丹井千秋泉不竭,芝田万顷草常丰。余清近酌潺潺水,耸翠遥观叠叠松。
石柱经年坚且直,寿溪度岁淼无穷。吕仙隐迹居于壁,□□□容坐得穹。
彩仗彩仪皆拥护,仙床仙室尽高雄。化岩夏月生寒凛,和洞冬天都暖烘。
棋画台中人弈戏,树生石内月朦胧。列三寺观学俱近,会一楼堂像阐洪。
道院庵中居上道,风雩台畔自生风。桥名步扣登融石,楼号鸿音撞巨钟。
花圃西南前可望,钓台泉石景堪充。刘侯布德于融郡,父宿兴祠立寿容。
广地可容千位客,照天高挂一灯笼。洞天要比应难比,福地虽同未肯同。
一石镌经显居士,万碑题咏称名公。想君足迹难穷览,敬为裁诗入画中。

范成大（1126—1193）

重游南岳

舍舟得马如驭气，步入青松三十里。我从蛮岭瘴烟来，不怕雨云埋岳趾。
忆昔南征款庙庭，往来无恙神所祉。当时已有归田愿，帝临此心如白水。
煌煌南正馆于东，手握八觚温玉玺。骏奔灪霍左右辅，好生不杀扶炎纪。
崇禋竣事晓坛空，跻攀小试青鞋底。不知云磴几千丈，但见漫山白龙尾。
石头招我上南台，瑞应阑干天半倚。福严钟声过桥来，仿佛三生如梦里。
堂中尊者已先去，苔锁岩扉何日启。竹嫌硗确老逾瘦，松畏高寒蟠不起。
癯儒尚病怕深登，幽讨未穷行且止。我评七十二高峰，郁律穹窿少观美。
俨然可瞻不可玩，往往雄尊如负扆。乃知岳镇盖深厚，不与他山争秀伟。
区区献状眩儿童，乳洞淡岩真戏耳。

中秋无月复次韵

屋山从卷杜陵茅，门径慵芟仲蔚蒿。澹澹白虹风晕壮，纷纷苍狗雨云高。
凌空累箸仙无术，半夜撞钟句谩豪。枵腹题诗将底用，真成兔角与龟毛。

元日山寺

听熟朝鱼又暮钟，全将慵懒度三冬。贪眠豹褥窗间日，怕拥驼裘陌上风。
登版自怜行蹭蹬，读碑仍怪视蒙笼。少年豪壮今如此，略与残僧气味同。

玉堂寓直

摛文窗户九霄中，岸帻烧香愧老农。上直马归催下钥，传更人唱促鸣钟。
金城巀嶭云千雉，碧瓦参差月万重。骨冷魂清都不梦，玉阶萧瑟听秋蛩。

晓枕三首（其一）

煮汤听成万籁，添被知是五更。陆续满城钟动，须臾后巷鸡鸣。

宿长芦寺方丈

塔庙新浮水，汀洲旧布金。聊凭一苇力，与障万波侵。
帆影窥门近，钟声出院深。夜阑雷破梦，欹枕听潮音。

社山放船

社下钟声送客船，凌波挝鼓转沧湾。横烟袅处鸡豚社，落日浓边橘柚山。

八表茫茫孤鸟去,万生扰扰一舟闲。湖心行路平如镜,陆地风波却险艰。

林 屋 洞

击水抟风浪雪翻,烟销日出见仙村。旧知浮玉北堂路,今到幽墟三洞门。
石燕翾飞遮炬火,金龙深阻护嵌根。宝钟灵鼓何须叩,庭柱宵晨已默存。

登 西 楼

少年豪气合摧锋,青鬓朱颜万事慵。畴昔四愁无梦到,及时一笑有谁供。
诗情饮兴如云薄,草色花光似酒醲。千里春心吟不尽,下楼分付晚烟钟。

次韵袁起岩提刑游金焦二山二首(其一)

二山巉绝照南州,俯看千樯总芥舟。日脚镕金浮巨浸,波声翻雪撼高丘。
钟闻两岸诗无敌,口吸西江话已酬。别有英雄怀古意,他年击楫誓中流。

次韵耿时举王直之夜坐

庭叶翻翻闹,灯花粟粟秾。关山千里雁,风雨满城钟。
陇上新登谷,江头旧熄烽。今年吾计得,安稳读三冬。

丙午新正书怀十首(其九)

窗明窗暗篆烟霏,珍重晨光与夕晖。东院斋钟披被坐,南城严鼓岸巾归。
几人霜滑骑朝马,何处灯残织晓机。懒里若承三昧力,始知忙里事俱非。

自嘲二绝(其一)

终日哓哓漫说空,触来依旧与争锋。登时觉悟忙收拾,已是阇黎饭后钟。

戏题无常钟二绝(其二)

合成四大散成空,草木经春便有冬。生灭去来相对代,为君题作有常钟。

望　都

荒寺疏钟解客鞍,由山东畔白烟寒。望都风土连唐县,翁媪排门带瘿看。

净慈显老为众行化且示近所写真戏题五绝就作画赞(其一)

孤云野鹤本无求,刚被差充粥饭头。担负一奁牙齿债,钟鸣鼓响几时休。

次韵郊祀庆成

帝德重尧绪,天心与舜禋。庆期符后甲,元日际初辛。

土纬扶南极,旄胡拱北辰。律谐风自艮,衡正斗垂寅。
桂燎灵宫晓,萧脂太室晨。百神森壁垒,万卫密钩陈。
日月青旂色,雷霆玉辂尘。洗兵银汉水,收雪紫坛春。
天步临黄道,仙班像玉宸。陶匏宗素朴,琮璧慕精纯。
秘祝裛时对,高斿歆下宾。金钟鸣杰虞,朱火爇芳薪。
日丽鸡竿矗,天旋凤律新。端门敷锡后,六合共纲缊。

淳　　安

篙师叫怒破涛泷,水石如钟自击撞。欲识人间奇险处,但从歙浦过桐江。

范纯仁(1027—1101)

贾文元生日

宝运兴王国,真贤降帝庭。乾坤深毓粹,河岳共储灵。
庆泽贻谋远,光华变世丁。精心该古学,夷步涉仙扃。
虎变腾彪蔚,鹏飞绝窈冥。畎占渭滨兆,梦肖傅岩形。
姬旦兴周典,桓荣授汉经。四聪延启沃,百辟仰仪刑。
金节临全魏,天声震北溟。仁恩宣雨露,威令肃风霆。
玉垒兼前好,黄枢冠旧厅。出封仍衮职,开国直龙廷。
乐育先儒学,忧勤察讼图。谈宾延白屋,卫剑匣青萍。
体貌师臣贵,功名史笔青。朝廷方倚重,民物俟图宁。
大厦容栖翼,洪钟谢寸莛。徒能继舆颂,倾意祝遐龄。

富相公挽词五首(其五)

北走单车驯猰㺄,东徂万室活饥羸。谋深先帝承桃日,功在仁皇与子时。
英气不随钟漏尽,高名长与日星垂。登龙孤客怀知遇,恸哭秋原欲诉谁。

范浚(1102—1150)

送袁上人还铜山

上人眼睛黄,游艺出天悟。胸中七曜历,掌上九筹数。
通医诏百药,袭气了三住。余犹穷众术,辨口剧河注。
谁云不拘教,心实谨律度。提携木上座,白足勤远步。

丁丁啄郊扉,起我曳尘屦。高谈翠竹法,时觅碧云句。
语以丘轲书,竦踊知咏慕。南山古花界,可隐玄豹雾。
挽使小淹留,怀归锡难驻。长途雪没胫,栗烈正寒冱。
披披拂风袖,笑话岩中趣。巾瓶到铜山,钟梵岁云暮。
浮云亦何意,南北自来去。迟尔青春深,过予碧溪路。

范　偃(?—?)

和孟东野韵

散策欲薄暮,疏钟犹殷床。风烟函古趣,岩壑生幽香。
仰首逼象纬,俯视渺川光。向来非突兀,几成虎豹场。

范　宜(?—?)

游 虎 丘

山奇水秀碧交加,倚遍阑干眼力赊。阁跨剑池飞突兀,路盘石壁转欹斜。
日移高塔桥边影,风送疏钟岭外家。杰出人间清胜地,老僧终日卧烟霞。

范应铃(?—?)

明 水 寺

环山清浅一溪水,夹径高低十里松。烟锁石门疑路断,斜阳影里忽闻钟。

金 鸡 城

梦里家山竹里钟,金鸡山下快掀篷。垂杨不隔池楼月,宿酒吹残杨柳风。

范　镇(1008—1089)

登 崇 圣 阁

金地环回半锦城,累年斤斧不停声。远村民舍烟未起,满寺僧筵钟尽鸣。
栏槛高低资眺览,市廛言笑尚分明。阿房昔日徒虚语,壮丽应亏此画楹。

范仲淹(989—1052)

依韵酬毋湜推官

圣门非入室,文阵敢争盟。不意栖云阁,何才隶月卿。

珍群怜未至，霄鹗引修程。直舍有仙味，秘庭无俗声。
午阴宫树绿，宵刻禁钟清。奉制歌三秀，称觞听六英。
恩辉孤易感，交结淡难成。新发鉴中改，旧山天际横。
缨思渔父濯，春伴隼旃行。桃浪观秦塞，薰风省舜城。
几多兴废迹，重叠古今情。进退思先觉，蹉跎畏后生。
见诒如美裘，欲报乏英琼。净揖澄江练，高窥擢露茎。
复惊闻正始，终仰辅登闳。好励图南志，翱翔览四瀛。

方逢振（？—？）

示湖田庵僧

千里渴骥奔横川，万松滴翠蜿蜒盘。我来庐墓分一龛，纸窗摇动卓锡泉。
铸钟鞔鼓买祭田，云冠雪衲聊结缘。昆仑石壁蛟龙渊，呵禁守护灵物专。
六根五蕴洗不蠲，山鬼不肯降太颠。内热正坐饥火煎，睡蛇灭尽方安眠。
君不见沩山禅，刚把铁牛鼻孔穿。犯人禾稼痛挞鞭，常见迥迥在我前。
又不见高公嵬，天遣妖魔下玉軿。试我楞壁坚，不知死灰无复燃。
我游诸方三十年，出入无界参人天。
不羡犟飞绀碧捐金钱，不羡高堂会食罗大午，只羡当年开山祖师贤。

方　凤（1240—1321）

赠张叔元镇帅

越东佳气郁龙嵷，捉鼻馨名久识公。结发盖看翔艺苑，濡毫频见属诗筒。
弃书忽学万人敌，秉钺尤夸一世雄。拔距三千堪敌忾，歌钟二八陋和戎。
长驱誓捣燕幽北，大纛旋移浦汭东。重巩河山襄帝力，时垂竹帛励臣忠。
东南半壁腾王气，杞梓全材恃将功。鹅鸭几惊消玉垒，熊罴屡奋壮金墉。
玺书褒锡恩原厚，节钺招绥德愈隆。群策更能延俊彦，众讴先已遍旄童。
深仁共颂绵瓜瓞，伟绩还期勒华嵩。

忆同张子长游北山诸名胜

昔与张公子，翩翩访赤松。重来逾两纪，独去宿孤峰。
古木苍陂映，禅房侧径通。夕阴千嶂黑，人静一灯红。

幸及轩车会，宁辞杖屦从。相看如梦寐，健步愧儿童。
春尽山仍好，林深洞忽穷。天低时堕雨，寺远偶闻钟。
吊古田无鹿，探奇洞有龙。幽寻穿窅窱，高步蹑玲珑。
灵草多成药，疏篁不作丛。岚光疑暗暖，野色在空蒙。
下瞰疑无底，言旋复向东。岩阿依断础，烟嶂落飞淙。
细路缘苔磴，危桥跨石谼。泉依山曲曲，云与树重重。
巨刹标名岳，穹垣护宙宫。倚栏斜日下，入室老僧逢。
零落螭头墨，荒凉马鬣封。不才持薄禄，终古愧高风。
弛担云关里，传觞雪峡中。追随寻道侣，述作付文雄。
急景真流电，浮生尚转蓬。后期观岁晏，来往意憧憧。

三　　洞

金华北山三洞天，垂髫欲往今华颠。春风吹衣雨洗屐，瘦筇忽挂苍山烟。
山高地平走幽涧，根络石上森楠梗。步从飞桥瞰石洞，崖色阅世知几年。
风痕雾迹化异物，龙首昂左尾右旋。就中暗穴如蟆颐，急水泻碧鸣娲弦。
溯流束炬照徒涉，肩背擦石行拳挛。水穷路夷内景得，以炬交烛穷幽玄。
细纹蹙波涌浪接，皓彩凝雪飞霜鲜。大为狮子虎犀象，琐碎亦复蜂屯然。
蜿蜒双蟠角尾具，一一玉爪拿苍坚。穿龟负甲色深墨，长蛇白质相萦缠。
钟能钟声鼓能鼓，不假枞虡知谁悬。直桯斜槛藏湢室，短畦长町移原田。
青云白霓五色霞，笑画败絮留丹铅。中途经过最深窅，伏身低眺洞口泉。
空明一线隔远见，秋蟾浴海光婵娟。左岩袈衣颇横亘，叠折众皱垂蹁跹。
自余神怪不可极，似凿非凿镌非镌。出登山腰叩中洞，外视石井闻溅溅。
入深踏险思缒绠，长竿揭炬后且先。水帘可俯心为悼，到此十九归言遄。
嗜奇不惮历磊砢，足以目故差轻便。翻身却望水帘处，银河天落悬吾前。
常情疑复下百尺，积水定作神龙渊。石干径辟却易进，玉笋拔地修而圆。
宜为渊处乃为屋，亦或摩薛题新篇。同游怪我久未出，笑谓岂欲井底眠。
林幽风起日已晚，犹睨高洞山之巅。薪蒸可买樵我导，不远数里仍攀缘。
傍从石壁入深圻，如铁户限琼为楗。俨然海相挂珠络，熟视始信非夸传。
左为朝真正面入，便想笙鹤邀群仙。云霞波涛仙衣裳，奇诡岂必下洞专。
欻然修梁架岩起，左右苍白龙形全。望中极底胜漆黑，双扉隐隐启半边。

天光一道烛扉内,知此明罅从何穿。溜深壁峭不可往,安得插羽如飞鸢。
嗟余兹游尚牵俗,身所骤历辞难宣。但思乞水学坡老,洗眼看字消余年。

方　回(1227—1307)

赠程君以忠杨君泰之(其二)

程君骨骼鼎钟古,杨子精神霜月明。学海一针元自正,词场百喙不能鸣。
文潜雄浑开前路,无己深幽助晚成。老我苦心知己解,相逢差足慰平生。

早起煮药

五更钟已动,起步望中庭。东壁忽闻雨,西窗犹见星。
□□燃小灶,汲水净空瓶。儿子归来好,年来乏使令。

再次韵谢吴遁翁

一自为农去国赊,九天无路献忠嘉。不争老杜广文饭,且共仰山鸳子茶。
字画故家元祐脚,篇章时样鄂州花。它山待刻钟楼作,震撼烟霞十万家。

雨　后

重湿抖筠笼,追凉涤瓦钟。乏香嫌婢索,得酒赖儿供。
纸润剪弥钝,墨胶书不浓。幽斋雨中咏,寄远意还慵。

学诗吟十首(其八)

我寓侍郎桥,夜枕闻五德。四更即不眠,东望逆曙色。
南睨三茅阁,千灯破暗黑。百八仙林钟,鼍龙吼其北。
縈此倚阑人,四海谁我识。未能朱晦翁,乡邦续道脉。
犹当陆放翁,桐江刻诗集。

晓　起

夜凉无寐起吟诗,正是秋风欲动时。百尺楼高蟾独挂,五更钟过马交驰。
道怀了了元无事,世故纷纷总不知。但欠山头埋骨穴,归欤分付与诸儿。

喜宾旸再来三桥次旧韵二首(其一)

拟撩社瓮共治聋,难向春泥觅雁踪。每叹寄书多不达,孰知行役巧相逢。
道衣染褐惊新制,醉鼻添齇失老容。尽日携儿往何处,归途灯暗夜鸣钟。

西斋秋感二十首(其一一)

钟动市声绝,夜禁严鞭笞。独许浮屠氏,铙呗恣□□。
□□有病死,信巫不信医。既死又信佛,佛事殊不赀。
儿女数欢戏,顿失哭泣悲。一家不若是,里巷讪笑之。
高堂十七篇,岂不存丧仪。世事无一古,儒业偏独衰。

戊戌元日三首(其三)

仿佛晓钟鸣,家家起五更。物宜春后暖,人喜岁初晴。
衰老犹能饮,虚空误得名。题诗思旧日,无此好新正。

题龙虎山高士毛和叔愚泉诗稿

暂住身如鹤在松,忽然飞去又无踪。阁皂山头曾不睡,夜寒看月到晨钟。

送周府尹三首(其一)

潇洒名州吏事门,公余应已尽跻攀。钟鱼寺寺藏深树,楼阁家家见好山。
几许烟云藜杖外,无边风月锦囊间。俸钱节缩余多少,只买奇书数种还。

送李君佐游浙东

鉴湖北棹迓征鸿,昭代乾坤靡不容。运际包荒连茹泰,时当养正出泉蒙。
暂为掾史司刀笔,遄许勋名上鼎钟。看取汉家有故事,赵尧犹得拜三公。

十月七日早起

己亥十月六,是为立冬日。是日晴颇暄,虚叟偶饮客。
醉卧二更醒,起视天宇黑。三更至四更,大风一何急。
吼哮甚江潮,十屋九仆壁。五更再倚楼,云扫众星出。
我楼正向东,北斗挂东北。其杓渐指南,正东起太白。
日躔氐近房,红气卜晴色。万马渐次动,钟鸣戍鼓鼛。
今年未有霜,贫民或绨绤。忽念十日前,霰雪已垒集。
痢症死者夥,咎征复不一。所喜浙田登,百姓不忧食。

十月二十二夜三更读清波杂志至五更

远书答一封,近诗写数首。小雨客不来,我亦厌奔走。
茗罢午窗倦,草草具杯酒。独酌政自佳,唊茹聊诳口。

人生一日事,忽已卯至酉。就枕不解衣,须臾鼻雷吼。
起问夜何其,禁钟云已扣。颇欲复谋饮,床下但空缶。
再卧卧不成,灯膏幸犹有。坐至五更转,读过一寸厚。
是书必有益,但当审去取。着此者为谁,未欲斥氏某。
金陵三不足,奎聚天地剖。尊之配孔庭,邪说阴授受。
后世公论定,馨秽两不朽。未知八寒狱,惇卞果入否。

七十翁吟七言十首(其二)

自笑衰颓七十翁,全将拙钝易豪雄。犹贤乎已思诗苦,不失其驰饮酒恭。
女嫁男婚俱失望,廷胪殿对总书空。倚楼夜夜看星斗,未了昏钟又晓钟。

偶亦夜坐用前韵

林禽畏冷暮争归,水上荒城早阖扉。敲月会棋迎皂衲,斧冰供茗唤青衣。
龁萁老马厩中响,瞰烛痴蛾窗外飞。忽报楼头禁钟动,平生乐事叹今稀。

寄题吕常山平章锦绣香中

修善过如修亭馆,种德高于种花木。四时芳菲人不知,蜂犹有鼻蝶有目。
公心一寸春万宇,好事如麻不计斛。将相富贵世不少,钟鸣夜行鼎折足。
我公之游追张良,我公之隐胜梅福。犹忆妙年伐鬼国,二师击宛骑斩郁。
独乐先生五亩园,大庇寒士万间屋。图形已上功臣阁,投老未数王官谷。
千葩万卉春昼长,范蠡西施着膏沐。锦天绣地香中醉,汉相政窞千金牍。
一品闲身释衮衣,万古芳名垂汗竹。红霞蒸处几东风,会见瑶池三度熟。

怀秋崖

崖仙忆昔手予携,音响如钟气吐霓。槐国诸公千梦蚁,瓮天余子一醯鸡。
满浮芳酒春梅动,朗诵新诗夜月低。倏三十年如一瞬,东坡门下愧双溪。

丁亥元日二首(其二)

孰不闻钟起,吾犹拥褐眠。家人分两地,客邸跨三年。
果蔌思携幼,粢盛忆祀先。故山归去好,当及挂灯前。

次韵赵云中饮呈孟君复二首(其二)

可邀昆阆步瀛莱,只爱钻腮笑靥开。暮雨朝云元易散,昏钟晓鼓故相催。

身如病鹤犹遗骨,心似焦桐亦未灰。纵使吾曹不排闼,不应门阃上苍苔。

次韵汪以南教授美康使君新政因及贱迹四首(其二)

溃蚁狂澜拔地来,日多事变少人才。鼎钟古篆盲谁识,布素轻缣拙易裁。
夷甫风流空自命,子山词赋有余哀。邦侯博雅难酬对,且向筵前覆酒杯。

次韵刘君鼎见赠二首(其一)

厌闻世态已如聋,旧雨人来久绝踪。自笑云萍无定止,不图针芥有奇逢。
侯门列鼎三牲奉,田舍巾车一鹿容。试问吟怀欲何向,定应差傍马医钟。

次韵金直卿夏夜

楼高夜独吟,鉴古复筹今。不竞当知命,无瑕在养心。
人声钟后绝,天影水中深。风槛微凉处,时时一正襟。

白云山房次韵马道士虚中三首(其二)

意所欲往路无远,暖韭早梅政堪剪。相逢不少酒一杯,大胜能成丹九转。
争席者谁斯薪翁,何至帖奉鱼军容。我一山仆君一童,亦无蛾眉间歌钟。
忽如云散倏萍聚,无何有乡是归处。寄声为谢黄面仙,焉用七重围宝树。

白云山房次韵马道士虚中三首(其三)

霜净天空心共远,一缕游丝无可剪。欲识人间真道人,眼近红尘念头转。
历历落落一秃翁,取数过多邴曼容。从今教子为牧童,岂复敢望铭鼎钟。
闲朋冷友时相聚,方寸不无暗合处。谷神玄牝要深知,钓竿须拂珊瑚树。

八月十八日天晓二首(其二)

河中船已动,岸亦有人行。城北钟声断,楼东鬼宿明。
倚□□酒醒,搔首小诗成。□□中秋热,今朝始渐清。

方信孺(1177—1223)

悬　钟

绝壁初无路可通,何人特地铸金钟。神仙底处应难诘,弹落余声和涧松。

方一夔(?—?)

早　行

早行理归装,残灯耿曙光。开门半山月,立马一庭霜。
钟响知云寺,波声认石梁。修途留不住,去去出山庄。

岩峰寄洪复翁

岩峰孤尖来何雄,此地金紫山为宗。西行百里无去处,突起峭壁高衡嵩。
一支侧走截水口,鳞甲闪闪卧玉龙。龙来苦渴噢涧水,光芒错出千丈虹。
试缘石嶝步巉绝,圭笏琬琰来会同。天风回声过绝顶,波涛汹汹生寒松。
银塆玉涧斫冰雪,飞雪六月声琤琮。孤撑碧落望北极,世间无此奇绝峰。
其下仙人昔蜕骨,玉棺往往留遗踪。昂头欲语忽飞去,时有归鹤来辽东。
住持山人子洪子,枝叶远出崖仙翁。妙年历落出尘想,幽幽桂树生芳丛。
溪山佳胜属弹压,绮语异境争天工。心期不与俗子偶,移文招我来山中。
剧谈抵掌振林谷,妙趣吻合比钟镛。丈夫舒卷自常事,要令邱壑藏心胸。
他年蓄久极必泄,肤寸油云雨太空。

晓行二首(其一)

百年长扰扰,无地寄浮踪。客醉伤春酒,人行送曙钟。
烟霏啼谢豹,星斗压卢龙。笑共孤云往,归投江上峰。

沃祥卿和前韵见寄再和答之

西转东移客兴阑,风枝惊鹊不曾安。孤吟愧我诗筒涩,百罚怜君酒令宽。
西阁梅林迷雨浦,画桥松韵接寒滩。相思一夜知何处,梦醒楼头钟欲残。

桐关大石

盖天苍苍非虚空,高悬万象惊愚蒙。仙人朝罢玉帝侧,戏抛黄土留遗踪。
何年堕此作砥柱,千古屹立洪涛中。巨鱼出没深不测,罅缝草长蒲花茸。
淙淙细浪夜春击,水石鞺鞳铿金钟。我来载酒坐其上,扁舟南下编青篷。
饮酣恍恍欲飞去,如踞猛虎骑游龙。夜深酒醒山月落,一曲短笛横秋风。

贺方逢辰得宣命

飞凤翩翩下九阍,先生出处重斯文。不将钟鼎易朱绂,要老桐山守白云。

处士一生纯是晋,逸民千古尚为殷。皇家恩意如天大,定把三峰乞与君。

方　岳(1199—1262)

宿奉圣寺下

幽事随人撰,兹行亦屡逢。饭多依钓艇,宿喜近僧钟。
野水连秋暝,溪烟急晚春。诚斋题石老,细读得从容。

山中(其一)

久无筋力踞虬龙,西崦东塘漫倚筇。白练带随红练带,木夫容并水夫容。
宁消几两生前屐,忽忆当年饭后钟。孤负草堂今夜月,径眠谁与吐奇胸。

立春都堂受誓祭九宫坛(其一)

欠伸残梦雪鬅松,只等三茅午夜钟。传钥省门星斗湿,不知春已转苍龙。

墐　屋

旋墐山寮准备冬,石炉松火尽从容。功名那及生前酒,机会多如饭后钟。
谁寄一诗同保社,自将千竹比侯封。客来欲觅秋崖去,知在白云何处峰。

次韵赵同年赠示进退格(其二)

鬼自揶揄刘伯龙,文穷断不怨天公。诸侯王表今安用,中圣贤人时一逢。
凡事无心从我拙,独诗有癖与君同。檐花细雨从容夜,待发华鲸铿钜钟。

次韵徐宰集珠溪(其二)

僧不须敲饭后钟,自携茶去借松风。斩新山色佛头绿,依旧桃花人面红。
春瓮贮冰摇玉蚁,夜堂烘蜡缀钗虫。山灵共欲留人住,新月隔溪烟雾蒙。

次韵宋尚书山居十五·咏见溪亭

碧壶时与故人提,山带僧钟日去西。深不知寒双鹭浴,雪滩烟重碎玻璃。

白　鹿　洞

兹山信雄深,钟梵上云雨。微吾紫阳翁,几何不豪取。
有来青牛车,肯作白鹿主。诗书夜被之,一变至邹鲁。
唐虞际淳熙,此道日方午。涧声撼皇坟,山翠湿章甫。
纷其四方人,会此共谈麈。岳也互乡童,屡二不及户。

却后七十年,空堂凛遗矩。四书在乾坤,六老自今古。
昭回云汉光,不隔天尺五。厥惟貂续难,谨勿小吾土。

书手实簿

随缘常住薄于秋,不了钟鱼粥饭头。叹息结绳人远矣,例教吾负剡藤羞。

春　　望

春深酒熟溪桥鼓,午过斋闻野寺钟。花不知名香自永,倚风临水为谁容。

冯伯规(?—?)

无　　题

暇时结客小春容,路直重岩紫翠峰。云阁翚飞翼鸾凤,石楠盘屈老虬龙。
林扉雨过便秋菊,山寺风清度晚钟。快展眉头须剧饮,天开霁色不妨农。

岁 晚 倚 栏

倏忽秋又尽,明朝恰立冬。细倾碧潋滟,喜对白芙蓉。
问信迟宾雁,催寒有响蛩。暝烟都不见,闻得望□钟。

冯去非(?—?)

怀 颐 山 老

枯吟世虑轻,求道不求名。病起春风过,闲居野草生。
游山寻旧屐,煮茗试新铛。别久空相忆,疏钟隔水鸣。

冯时行(?—1163)

游石龙偶成寺僧通首坐饱历丛林归老此山故诗多及之

飞泉撼琳球,群山高崔嵬。中有古道场,紫烟笼观台。
石门不施关,荣辱自不来。霜钟鸣万壑,日出山雾开。
老僧挈筠篮,上山拾蕨材。归煮南涧水,至味谢盐梅。
食饱不下床,法身充九垓。破衲一甲子,云闲与徘徊。
我欲吐情语,铭之古岩隈。云切戒多事,勿听龙作媒。
为雨非不佳,世间多尘埃。预恐为雨罢,归来污苍苔。

隐甫圣可子仪同游宝莲分韵得郭字

海县一廛市，天地一郭郭。局蹐碍高厚，而况自羁络。
末俗竞芒忽，讼纸霜叶落。平心作巨寻，一扫付清廓。
无事我所得，超然解尘缚。天净镜磨垢，日炫眼刮膜。
野水照曳杖，山烟荐飞屐。清朋璠玙姿，兴寄相领略。
世间出世间，秋风古兰若。翠巘拂觚棱，紫苏滥关钥。
晨钟隐町疃，香雾散林薄。竹密万夫静，树迸苍虬跃。
黏壁篆干蜗，檐丝下晴蠖。蒲团便熟倚，茗碗快自瀹。
性与香火冷，身脱簿领虐。理窟深探讨，迷津锐疏凿。
心期跨汗漫，知音付丘壑。俯仰三十秋，痛被造化谑。
贫穷道味胜，老大世故约。妄念春朝冰，不作间市疟。
出据廊庙地，入分禽鸟乐。时来屈伸指，胸次何绰绰。
一官弛负担，五斗代菑获。看山未害廉，尘迹讵可削。
倦鸟争暝树，短景转修阁。一来固未厌，再至良不恶。
明日复命驾，便道过龙鹤。

同郭师圣司空仲容探韵得江字

孤月流高天，分影遍千江。我来无人境，亦复窥幽窗。
好客如佳月，开门辄㧞㧞。月到客亦到，不隔山岘谼。
把手入茅庐，笑语钟新撞。一鸣惊人友，更挟飞凫双。
连璧光照眼，老我心所降。呼童洗瓦盏，竹叶倾山缸。
清溪漱鸣玉，老树森高幢。更招二三子，放怀山水邦。
分题得佳句，一字鼎可扛。男儿树勋德，出手便可桩。
愿移诗句力，挽俗还纯厖。惟予心已灰，庶几鹿门庞。

送杨元老召赴阙

群心周道直，万国舜门开。咫尺清虚地，精微择异材。
光辉生锦里，合沓上兰台。霄汉横高鹜，风云接大来。
龟龙纷秘奥，奎壁焕昭回。碧海浮城阙，丹梯近斗魁。
由来升密勿，此地实胚胎。早晚龙渊跃，从容衮职陪。

斯文归黼藻,吾道久尘埃。汉武威怀远,周宣正化恢。
治源先简俭,国本厚封培。造膝心终启,前筹力竟回。
正宜须弼亮,岂独借淹该。畴昔先登际,声名亦壮哉。
追风先蹙踏,戢翼更徘徊。巨宝应难价,殊姿肯自媒。
中天悬日月,万里忽风雷。戮力铭钟鼎,余波及草莱。
故人元勃窣,晚节更摧颓。料想怜枯肺,吹嘘助酒杯。

客丹棱天庆观夜坐

家山千里秋风客,搔首夜深寒雨窗。万古兴亡心一寸,孤灯明灭影成双。
鬓边日月如飞鸟,眼底尘埃拟涨江。高枕欲眠眠不稳,晓钟迢递发清撞。

冯　坦(？—？)

绝句(其二)

向晚闲行步夕阳,归来松径已昏黄。隔林风度钟声细,认得庵中炷夜香。

傅　察(1090—1126)

赠朱令中泮宫二首(其二)

异时师盛德,此地喜同僚。大璧完无玷,和钟小不恌。
尊罍倾笑语,车马费招邀。莫使光阴度,从今便卜宵。

傅　宏(？—？)

和孟郊韵

修顶磨穹苍,云烟杂古床。僧饭钟声远,仙风桂子香。
老桧有寒操,怪石多冷光。俯瞰城郭人,衮衮名利场。

傅梦得(？—？)

宿镇江丹阳馆

暂泊喜天晴,丹阳住晚程。半窗留月色,隔岸送钟声。
江绕金山寺,云生铁瓮城。片帆催早发,莫待暗潮平。

傅　求(？—？)

寄张贶

利锁名缰脱者希,钟鸣漏尽尚忘归。独全至乐能齐物,未达高年遂拂衣。
明月数声仙鹤唳,秋风一尺鲙鲈肥。赏心乐事知多少,只恐蒲轮到钓矶。

傅　权(？—？)

再游广福院

古寺荒凉近水涯,钟声朝暮落渔家。昔年踪迹曾经此,依旧残阳伴晚霞。

傅崧卿(？—1138)

句

色带墨痕迷旧沼,响随钟韵下层楼。

甘文政(？—？)

游龙城寺赠普训

闲中思衲友,曳杖辄相寻。兴废关何事,浮沉惜此心。
柏阴遮塔密,雨气入钟深。剔藓碑堪读,茫茫岁月侵。

高　绅(？—？)

游峡山飞来寺

古寺清江上,维舟夕照前。山根盘到海,塔影直侵天。
萝月空禅石,霜钟落客船。秋风懒回首,送目入云烟。

高斯得(？—？)

三丽人行

相公列屋芙蓉城,烟红露绿千娉婷。朝回迎笑拥前后,忽遭唾弃嫌膻腥。
汝曹面作死瓦色,争似平康坊里人。连眉倒晕双鸦鬓,临春璧月阳台云。
西湖喧天歌鼓闹,列坐长筵未狎宾。紫衣中使天上至,黄封百榼罗前庭。
海鳌江柱堆嵓峣,猩唇熊白争鲜新。微哉何曾食万钱,陋矣杨家送八珍。
酒酣自有娱客具,非丝非竹非歌声。呼卢一掷数百万,刘毅酸寒何足陈。

此时相公眼生缬,平康一笑华堂春。鸡鸣钟动却归去,相公手自与金银。
恩缠爱结无与比,何意一朝遭怒嗔。偶缘病起思破闷,亟遣花使传丁宁。
谁知青鸟不解事,还报从人嬉水亭。立驱百骑捽而至,判司姓贾如弟兄。
同游七吏俱簿录,一日得钱千万缗。大书明梏令湖曲,苏堤扫迹无蹄轮。
风流宰相推第一,但恐稷契羞同伦。腥风霎霎塞宇宙,万年遗臭何时泯。
要当壮士为一洗,我老无力覆八溟。

酒 阑

世道日沦忽,涔泪夜中滋。客问子何伤,伤予士气痿。
不见齐鲁哄,所争在糟醨。我吻燥已久,幸歌韩奕诗。
若遭禁酒国,曹瞒尔何为。一麈皋兰下,赤壁竟不支。
虽云竟不支,主翁自怜之。骑虎不敢下,悲鸣亦可嗤。
朝廷尽君子,拄撑赖公师。似此好局面,诸生愿扶持。
尹京用老蔡,恐翻元祐规。斯言是耶非,识者当能知。
哑钟悬清庙,暗虎伏路垂。此而为君子,小人当谓谁。
币轻物痛跃,赤子命一丝。尚曰此元祐,天乎欲谁欺。
醪糁恩诚深,报复机诚危。独哀三百年,豢此终何神。
咸幡不复举,志士徒伤悲。

高似孙(1158—1231)

万 年 山

依松屈曲疑无路,十里廿里香深迤。殿台平入蓬莱图,人烟尽属天台赋。
山奔万马逼人立,泉吼晴雷半天注。乱峰发地翠参错,沓嶂参差龙屈怒。
阴磴仍遗前腊雪,阳崖竞拔千年树。亦容羽客卖丹来,更有神僧飞锡渡。
佛界焚香玉女跪,海舟献宝胡儿踞。未午催敲集梵钟,随云共展升堂具。
冥搜穷日不知极,妙尽所历何容遽。平生略持山水眼,是处且了林泉素。
挥支公钱极易事,分庞翁榻良难遇。青山不是世间无,山若识人人也住。

分绣阁夜作二首(其一)

一灯炯微明,敲尽寒更永。老蛮泣月鼙,脆叶鸣霜井。
此事谁主宰,凡物皆动静。不了达者观,却似醉难醒。

久无谢安石,况复陶弘景。残书非一慨,孤钟但深省。
梅生雪后花,雁叫云西影。他心不可度,此语堪自警。

别 云 门

回首云边更看松,风流王谢旧行踪。不知谁继诸贤后,夜半来听六寺钟。

高　颐(?—?)

支提禅寺

石龛金佛一千身,不到支提孰识真。仿佛钟声鸣翠阜,晶荧灯焰下苍旻。
平生梦想烟霞际,今日来游鬓发新。踏破禅林秋月皎,水云闲淡入精神。

高　翥(1170—1241)

夜过西兴

宵济向西兴,钟声隔岸听。浅滩淘落月,远树纳残星。
客路悠悠去,征桡在在停。明朝故山近,不必问邮亭。

晓出黄山寺

晓上篮舆出宝坊,野塘山路尽春光。试穿松影登平陆,已觉钟声在上方。
草色溪流高下碧,菜花杨柳浅深黄。杖藜切莫匆匆去,有伴行春不要忙。

灵鹫寺

灵鹫名山万古名,几回无事绕廊行。殿前流水晴犹急,塔上春云晚自生。
鹤傍经床听梵语,鸟窥斋钵候钟声。我来借得团蒲坐,归去闲眠梦亦清。

曹娥浦泊舟

夜宿曹娥浦,停舟是几更。闻钟知寺近,听橹信潮生。
风向沙头起,天从柁尾明。梦回无意绪,两岸杜鹃声。

葛立方(?—1164)

章氏园小集荷池上(其二)

钳䥫困残暑,杯铛方兴浓。歌舞趁晨版,欢呼从暮钟。
风声回立鹊,云影堕奇峰。行酒有佳丽,未须烦八龙。

赠友人莫之用

抱犬高眠已云足,更得牛衣有余燠。起来败絮拥悬鹑,谁羡龙髯织冰縠。
踏翻菜园底用羊,从他春雷吼枯肠。击钟烹鼎莫渠爱,小芼自许猴葵香。
半世饥寒孔移带,鼠米占来身渐泰。吉云神马日匜三,樗蒱肯作猪奴态。
虎头食肉何足夸,阴德由来报宜奢。丹灶功成无跃兔,玉函方秘缘青蛇。

横山堂三章（其一）

阳羡之山兮领地灵,鸿洞欻吸兮九叠为屏。
青萝层层兮深岩绝壁,一鸟不鸣兮山更寂。
横山老人兮蝉蜕埃尘,倚石梁兮手揽白云。眼中万仞兮,胸中万顷。
泰华山林兮,秋毫钟鼎。东山妓女兮,北山猿鹤。
西山挂笏兮,亦复奚乐。节彼南山兮山岩岩,突鲸额兮霄垮间。
民具瞻兮倾百川以为寿,鸿毋遵陆兮公归锦绣。

子直画屏求题诗·谢安东山

人间钟鼎与山林,出处由来异此心。既是东山成雅趣,底须捉鼻更微吟。

葛起耕（？—？）

和芦洲刘子泉秋怀

雨送秋归雁带霜,凝情无处寄诗狂。一庭莎草蛩吟老,万里梅花鹤梦长。
德谊可逾钟鼎贵,圣贤不死简编香。迩来世道添悲梗,不但摧车是太行。

葛绍体（？—？）

夜　　读

满床书籍夜从容,静里关心旧卧龙。灯烬落红烟缕碧,五更风雨咽疏钟。

渭南考室

丞郎昔躬耕,怀野垄上宅。东湖一棹近,南亩耦夫百。
风交苗怀新,云铺稼敷泽。疏椽翼虚堂,时焉此憩息。
殷勤左氏语,银钩挂檐壁。新居匜钟庆,金字照於赫。
水竹带左右,春秋燕晨夕。鼎鼎百年间,相望屹咫尺。

宁知笙歌地,一旦灰烬迹。人事定谁讹,毋乃数当革。
以彼而易此,仓卒有良策。丁丁斤旧材,介介绳新画。
美哉轮奂焉,不负肯堂责。父基贻厥子,子构孙更辟。
笙歌且置之,诗礼日探索。轨涂驰霜蹄,霄衢展云翮。
放我方寸宽,笑彼宇宙窄。益亹澶渊功,永寿元祐脉。
力穑乃有秋,先难而后获。

饭溪石

一石类古钟,范模昔谁制。开辟几岁月,萝蔓疑篆隶。
老木上婆娑,清泉下溶漓。左右乱石列,拱若朝玉帝。
惜在道路傍,倦客谩凝睇。倘立泰山巅,爰遇封禅代。
万乘躬巡幸,想象羲皇际。铭德刻隽功,表里千万世。
愿言勿轻凿,天意或有待。

葛胜仲(1072—1144)

辛卯次雾山大明院进士万廷老介来谒

石桥跨斯干,路转得佛庙。叩钟集黑衣,迎我千指闹。
龙宫五十轴,金碧烂相照。空翠沾我襟,冥蒙认堂奥。
无乃张公超,五里方术妙。邻居一逢掖,作名觊为倒。
莫言山未深,终当隐玄豹。

送灵浩赴江州般若之请三首(其一)

甚深真谛不容声,溢水炉峰照坐明。悟般若人居般若,钟鱼都是妙香城。

十二月二十三日立春中散兄棣华第六会特盛是日天大雪小孙女出彩幡胜及花柳精巧夜漏且五鼓方罢既归不得寐偶成律诗纪事拜呈中散兄兼简公任阜民详定侍郎道祖签幕判院朝提辖奉议卿任宝录待制

异县逢春启,羁怀百不堪。频倾次道酿,聊喜阿云谈。
棣萼仍清集,辛盘助半酣。彩幡惊节物,玉屑瑞田蚕。
太簇律初应,德星堂不惭。共夸筵秩秩,那羡府潭潭。

济美三公后,逃禅二老参。清欢时择胜,冲操自廉贪。
丹荔来闽部,黄鱼出峤南。云泉烹赐茗,罗帕荐珍柑。
经醉香浮座,言归钟动庵。萧然文字饮,共赋鹿鸣三。

立方和韵复和一首

属疾大废食,始进一麦麻。客至阙均礼,呼儿办瓜茶。
冷落乏胜事,病苦将日加。儿曹解人意,为泼闽岭芽。
山深生意足,香味冠百嘉。依稀仙掌露,仿佛石桥花。
过盏谢新法,失杯戒憎蛇。甘我舌三寸,浇我书五车。
余沥均学子,少长各有差。何须待鞠䘏,此段固已佳。
人生草头露,迅暑堪惊嗟。适意贫亦乐,钟鼎来何赊。
今朝复何幸,濯暑分流霞。苏息问苍生,欲泛牵牛槎。

和韵答马用宏朝散

三吴汗漫游,弥月沐风雨。归来骇贫舍,忽有金刚杵。
岂惟心疾失,顿觉头风愈。句如冰壶清,格类瓦棺古。
五言有奥境,此段得笺诂。吾衰久寂寂,笑人忧邓禹。
自贬岂不能,趋竞虞姗侮。洞庭岩壑秀,信美真吾土。
秋涛浮乾坤,日月互吞吐。中有七十山,招提称踵武。
归命两足尊,一洗俗谛苦。但喜经翻贝,那知檄驰羽。
钟鱼走诸刹,衽席讵安处。洞天隔尘寰,仙境一二数。
毛公金丹成,拔宅已轻举。空余朝斗坛,遗址犹可睹。
法城有龙象,今作西山主。净瓶逗真机,松枝代挥麈。
示我第一义,金篦破昏瞀。清游怀清标,所恨隔笑语。
茅庐新墅涂,户牖木仅斧。剧谈伫公来,相望十里许。

次 长 清 寺

迎宾一红亭,栋宇飞半岭。松筠引幽步,以渐入佳境。
阴风起涧壑,凛冽噤蛙黾。归云拥僧祴,飞溜入茶鼎。
揩笫薰风阁,玉溪两峰并。中阙认牢山,一点烟鬟整。
我来见所见,赍恨在俄顷。丘樊绝泥滓,钟鼎值机阱。

老逐黑衣居,此心真炯炯。

葛书思(1032—1104)

宿广福寺

我非山中人,暂借山中宿。灵风散微阴,片月出乔木。
蕙帐栖夕香,古井汲寒渌。名缁多凤契,延坐同茗粥。
况与静者俱,缮性久已熟。清词丽陶谢,玄谈干身毒。
所愧形迹拘,无由寄高躅。钟声殷江岛,露气霭林麓。
良遇惬素怀,徘徊至天旭。

葛天民(?—?)

西湖泛舟入灵隐山

晴岚漠漠水溶溶,落叶遮船翠盖重。秋色尽为渔者占,山光多向道人浓。
云连合抱前村树,磵绕飞来小朵峰。送罢夕阳迎素月,楼台高下自鸣钟。

耿南仲(?—1129)

和邓慎思重九考罢试卷书呈同院诸公

贡珍已选茂良充,犹被拘縻类缚钟。渌酒强陪高馆饮,黄花不似故园逢。
棋枰苦战挑灯坐,藓壁闲题捧砚从。风叶满庭秋索寞,更筹向尽睡方浓。

龚　程(?—?)

题壁绝句

月度疏棂起更慵,坐听澄照五更钟。却思潮上西兴急,风绕山前万个松。

龚　开(?—?)

仆为虚谷先生作玉豹马先生有诗见酬极笔势之驰骋乃以此诗报谢

南山有雄豹,隐雾成变化。奇姿惊世人,毛物亦增价。
天上房星浥瑞光,孕成白马而黑章。为谁容易来中国,风雪天山道路长。
头为王,欲得方。目为相,欲得明。脊为将军欲得强,腹为城郭欲得张。
绝怜此马皆具足,十五肋中包肾肠。嗟予老去有马癖,岂但障泥知爱惜。
千金市骏已无人,秃笔松煤聊自得。君侯昔如汗血驹,名场万马曾先驱。

山林钟鼎今何有,岁晚江湖托著书。白云未信仙乡远,黄发鬖鬖健有余。
饮酒百川犹一吸,吟诗何嫌万夫敌。我持此马将安归,投之君侯如献璧。
君侯作诗凛驰骛,八荒满盈动雷雨。定知此马知此意,独欠老奚通马语。
曹将军,杜工部,各有一心存万古。
其传非画亦非诗,要在我辈之襟期,君侯君侯知不知。

龚茂良(?—1178)

幽 化 院

昼寝招提最上头,饥禽亡赖故喧啾。岭云西去欲成暮,山雨北来浑似秋。
婉娩如今真是梦,经从似旧绝堪愁。昔年陈迹鸡窗下,日落钟鸣山更幽。

灵 源 庵

迟回不忍去,复作抱衾留。断续云间雨,萧骚木末秋。
劳生那有此,渐老欲相投。最爱千山暮,钟鸣处处幽。

勾台符(?—?)

宿 上 清 宫

寄宿翠微颠,身疑入半天。晓钟鸣物外,残月落岩前。

古成之(?—?)

忆 罗 浮

忆昔罗浮最上峰,当年曾得寄仙踪。凭阑月色出沧海,欹枕秋声入古松。
采药静寻幽涧洗,寄书闲仗白云封。红尘一下拘名利,不听山间午夜钟。

五仙观二首(其二)

玄元分古观,南镇越王城。五石空留瑞,群仙不记名。
丹砂虽久炼,鸡犬自长生。槛簇鳌头景,门通鹤颈程。
烟霞随砌起,花木逐时荣。古井涵虚碧,疏钟入户清。
荒芜怜夜色,寒溜引秋声。丹灶封苔老,芝田积雨平。
风光齐岳麓,音信接朱明。愿将身从此,乘云到平京。

顾 逢(?—?)

枕　　上
俗念枕边灰,晨钟又唤回。若无红日出,方免白头催。
花不多时好,人谁百岁来。死生弹指顷,有酒且衔杯。

雪夜枕上
客楼临水际,转觉夜寒生。欹枕天将晓,搜诗睡不成。
雪多添月色,风近远钟声。却喜心无事,梅花纸帐清。

雪后月夜登楼
雪屋凝寒冻不流,碧天如水似中秋。一楼月色无人共,听尽钟声未下楼。

秋夜宿山寺
静夜留山寺,清谈对老庞。树声如有雨,秋气欲无窗。
檐马随风走,楼钟带月撞。何人呼渡急,隔水吠村龙。

秋夜宿僧房
白云分半榻,正在碉声边。一夜山中宿,三生石上缘。
听猿推枕坐,爱月近窗眠。不觉天将晓,疏钟度暝烟。

寄童梅岩
数尽寒更六十点,钟声听了又鸡催。枕间展转不得睡,底事故人犹未来。

候仙亭即事
一峰飞到此,胜景幻幽林。苍径望不尽,白云行渐深。
钟声传日午,笠影卸松阴。候得神仙否,神仙不可寻。

过　僧　房
一饱听钟鱼,浮生百念疏。不知门外事,长对案头书。
白日闲中过,青山深处居。老天怜供薄,夜雨长园蔬。

访金荪壁山居
徐行策瘦筇,不觉过层峰。隐者在何处,白云知几重。
细泉鸣碎石,远籁起高松。只恐南天竺,夕阳催暮钟。

顾松年(?—?)

过 练 湖

行行何处慰吟观,负郭平湖万顷宽。两寺钟声烟外听,六朝山色镜中看。
难追鸥鹭朋俦密,颇怪鱼龙窟宅寒。请濯尘缨自兹始,为辞云水向长安。

关 注(?—?)

句(其一)

钟声互起东西寺,灯火遥分远近村。

郭 附(?—?)

枫 桥

师子山云漠漠,越来溪水悠悠。钟到客船未晓,月和渔火俱愁。
咫尺横塘古塔,连绵芳草长洲。一老翛然自在,时时来系扁舟。

郭世模(?—1160)

短 歌 行

天东衔烛龙,光景照四溟。羲和揽龙辔,鞭策日夜征。
露华以春晖,霜叶当秋零。危柱无弱弦,急辕无留旌。
华发不再绿,凋颜宁重荣。良辰足行乐,羁旅难为情。
乌程有美饷,为人驻颓龄。玉指陈兰藉,歌钟闲鸾笙。
短章可娱日,意气聊相倾。

郭祥正(1035—1113)

舟次白鹭洲再寄安中尚书用李白寄杨江宁韵(其一)

白鹭飞还集,新沙没故洲。山形龙晦角,江气蜃为楼。
欲问前朝事,空怀去国忧。钟声万家晓,霜叶半城秋。
化值唐虞盛,人逢王谢流。徐生思解榻,兵酘可销愁。

赠 端 禅 师

十年不变旧,交深情愈淡。世乐贻真羞,去若出阱陷。
故林泉石新,悠然在虚鉴。寂寂夜香沉,无心答钟梵。

赠辨才宗衍大师

开帆出长淮,泊舟近禅刹。仰瞻窣云塔,俯压神物穴。
衍语如悬河,事从古先说。欣闻佛力圣,降魔未尝杀。
尔来居几年,戒履皎霜雪。领徒三百人,昼饭天厨说。
重重殿阁阴,清爽无六月。固知出世缘,了与俗士别。
此生犹孤蓬,惊风畏飘瞥。长林宿鸟尽,而我归路绝。
出处既不同,净社无由结。三叹复何言,疏钟云外灭。

雨中南楼望西方僧舍要元舆同赋

残春丝雨洗氛埃,一日重城望数回。熟色浅深添草树,轻绡高下覆楼台。
溪声远与钟声杂,山影分从电影开。不得画工如立本,史君吟写最多才。

新昌吟寄颖叔待制

元祐丙寅冬,新昌有狂寇。名探其姓岑,厥初善巫咒。
南民欣尚鬼,来者争辐辏。经年惑群众,诡术遂潜构。
摧城止三阓,作蜂唯撒豆。竹竿变枪旗,锐兵莫吾斗。
此事古未闻,造意无乃陋。蚩蚩彼何知,丁壮拥前后。
长驱向城郭,尘土翳白昼。刺史亟闭户,神理默垂祐。
城头无百兵,坐待五羊救。贼中众所见,戢戢罗甲胄。
须臾薄寒阴,冻立多僵仆。平明若鸟散,贼本未遑究。
权帅计仓卒,遣将速诛踩。贪功恣杀戮,原野民血溜。
婴儿与妇女,屠割仅遗脰。传报及南昌,新帅若烟走。
入境亟止杀,渠恶用机购。逾旬果获探,腰斩余悉宥。
朝廷方好仁,帅略实能副。台章请褒赏,诏语优以懋。
抚绥聊借才,侍从尔来复。身居江湖上,名近日月右。
麟儿随飞龙,阴隲资贵富。彼美南山松,落落千丈秀。
终为廊庙器,未许连城售。吴毛持漕节,文彩烂锦绣。
发为新昌行,洪钟待谁扣。我将磨苍珉,为公悉镵镂。

谢许栖默道士手写黄庭经见寄

与君有前期,共为名山乐。十宿太上家,百骸失尘缚。

夜半瞻星辰,离离半空阁。香奁结盖网,华灯焕朱罳。
金钟击清霜,远响答玄礜。太霞无别境,洞章自酬酢。
君虽潜贱贫,志意在寥廓。暂为处群鸡,曾是横空鹤。
一别几何时,又见圆蟾落。长须俄及门,金石重然诺。
手写黄庭经,寄我辟邪恶。我方闭空屋,隐几效南郭。
为君兴一读,玉液泻河洛。何当结长游,相伴趋恬寞。

题净惠院

方塘水未涨,荷芰新展绿。游子惬轻衣,步与孤云逐。
初临寺外桥,已听钟声肃。徐登山后亭,葱苍翳松竹。
诸峰却罗列,龙蛇互奔触。红绡卷晴霞,白云落孤鹜。
了然身世忘,岂念冠带束。平时谬持节,善地甘厚禄。
更穷泉石乐,曾未伸启沃。何以报君恩,尧天漫凝目。

山 中 乐

归乎乐哉,山中之乐兮,其乐无穷。蔼葱苍而杳蘙丛兮,眷青瑶之诸峰。
琉璃一碧兮,湖波止而溶溶。层楼相望,曲径相通。
鱼龙转影于汀澜之际,钟梵答响于烟云之中。鸟嘤日暖兮,花气蒙蒙。
搴密叶而成幄兮,风飒飒而吹松。岩谷玲珑,霜木落也。
玉宇浮空,冰澌凝也。天高月朗兮,定省乎华严之境。
雷奔雨骤兮,作新乎水墨之宫。达僧拟王孙之葬,逸士蹑渊明之踪。
方尔祖之得名兮,考其言于庐陵之醉翁。曰嗟世之人兮,曷不归来乎山中。
山中之乐不可见,今予其往兮谁逢。后四十年,尔复好吟。
远游不返,求我之从。劝尔之归兮,栖老乎山中。
尔之材兮甚良,当自适其无庸之庸。违世绝俗,黜明塞聪。
山中之乐兮乃可以久,非我与尔兮谁同。

罗 汉 院

苍松夹径二十丈,碧殿藏云五百尊。金钟散响撼星斗,众灯续焰移朝昏。

琅 琊 行

琅琊异他山,坡陀晦诸峰。惟有山下水,其源与天通。

寻源见楼阁,鸳瓦青重重。宝镜递华灯,空岩散疏钟。
薰成香积界,回首非尘笼。阳冰俗篆未足数,禹偶八咏元无功。
我来独酌惜已晚,醉倒不见欧阳公。摩挲苍崖读旧记,谁掣玉索缠蛟龙。
不忧石泐解磨灭,斯文自与元气同。徘徊落日跨马去,老松为我摇悲风。

挥　扇

四月长汀郭,晴多暑气浓。欲眠难藉草,选荫必依松。
绿水遥思濯,青云底处逢。西岩残照尽,挥扇待疏钟。

黄山二首(其二)

秋晚陟浮丘,西临古渡头。钟声沉断岸,桥影散中流。
雪让芦花密,云排稻穗稠。乾坤均帝力,草木岂能酬。

和颖叔千岁枣

彼美祇园枣,珍同玉井船。后期千载熟,今日万珠圆。
地润仍依佛,栏深自幂烟。结花虽最晚,藏核莫如坚。
鸭脚看何小,鸡头美未全。种来谁共老,服久必成仙。
大食移根远,番禺记蒂连。旧名稽药录,新赏著诗编。
甜出诸饧上,香居百果前。黑腰虚羡尔,红皱岂为然。
柔脆怜金凤,飘零难木绵。讽包丹荔赋,精夺宝刀篇。
静夜风回海,清秋月蘸天。彩山要客集,翠颗绕枝骈。
邂逅为公寿,婆娑与世延。暮钟催酒散,嘶马引旗旋。
今作中州瑞,原从异国传。何当广栽植,欲以慰饥年。

奠谒王荆公坟三首(其二)

大手曾将元鼎调,龙沉鹤去事寥寥。寺楼早晚传钟响,坟草春回雪半消。

郭　印(?—?)

夜　坐

永夜不可寐,霜风凄北窗。一室何所有,书帙对寒缸。
当今苦乏才,九鼎从敌扛。翠华尘屡蒙,南北分大江。
有酒强排遣,饮湿难空缸。孙膑不再生,畴能死穷庞。

肉食无远谋,狐裘正茸尨。我欲叩阊阖,钟以寸筳撞。
　　理乱非吾事,忧心如是降。宴坐鸣天鼓,和声听逢逢。

时升咏雪效前人体尽禁比类颜色等字率予同赋用其韵

　　丰年真可必,时雪降今冬。飞霰纷纷集,同云幂幂重。
　　炉深添炽炭,寺远隔疏钟。先压窗前竹,难分岭上松。
　　画楼欺酒力,幽径火樵踪。蓑笠看渔父,锄犁慰老农。
　　穿檐寒正苦,布野润宜浓。梁苑思重赋,袁门想半封。
　　龙沙犹张王,虎士莫骄慵。吾土端无恙,天公久见容。

秋　　阴

　　天宇秋云阔,愁多日日阴。山川相惨淡,物色自萧森。
　　雁失空中影,钟沉风外音。分明含雨意,何事不为霖。

韩　淲(1159—1224)

子功过别

　　细酌林亭久,风烟起近钟。苍苍虽暮色,渐渐是秋容。
　　老眼浑相对,幽怀不易逢。人生几两屐,小槛尚能供。

仲至早入局有诗次韵因亦自述并谢外日留酌(其二)

持蟹重倾酒一杯,晚钟寒色共徘徊。近年得此于人少,公不招呼我亦来。

中秋呈潘德久

一年明月在中秋,数日阴云不奈愁。忽喜新晴转书室,极知清夜照歌楼。
醉当弄影如坡老,诗就撞钟忆贯休。千里故人应若此,吾生常好更何求。

正月十三日

南山春雪未全消,路并浮梁步石桥。深绿渐归高柳叶,浅红初上小梅梢。
峭寒寺院钟声起,昏暮人家烛影摇。一夜东风吹酒醒,梦回花月是元宵。

张以道见过

霜檐明日晓晴天,忽有骚人到眼边。煮饼漫留寻旧话,烹茶还得写新篇。
旅怀但且官天地,世道全凭酒圣贤。回首山鸣钟暮起,水浮桥外耿墟烟。

斋居湖寺晚对南屏疏钟茂林雾气翁然
南山起寒雾,雨气翁林木。但觉白漫漫,不见山下屋。
须臾逼昏黑,疏钟度幽谷。寺冷西湖秋,斋房媚幽独。

赠 勤 老
客路何曾好,禅林一味清。钟声回短梦,梵呗入幽情。
绮语多生债,尘劳宿念轻。诗边怀抱懒,聊复为君倾。

玉田道中得诗二句因足之
秋晚晴原上玉田,水边林下过金仙。寺钟欲动黄昏月,野鸟时横碧落天。
萸糁人家皆取醉,菊花篱槛亦争妍。三叉路入孤村去,九日闲投物外缘。

夜过霞山看赵百醉诗刻及诸名胜跋语(其二)
钟声殷空山,灯影照只字。区中无妙心,天外有能事。
消长以隆替,昏旦而寤寐。白夫阮籍眼,拥矣谢安鼻。

夜 过 博 山
山行迫昏黑,乞火野人家。阴风振林壑,水激沟港斜。
扶舆听鸣钟,尚觉涂路赊。叩门得兰若,僮仆欣不差。
老僧为作茗,跌坐谈无涯。子夜各休去,幻境良可嗟。

夜 长
夜长残雪小楼中,拥被闲思又一冬。灯影易昏炉渐冷,只消斜月五更钟。

沿檄涧上将回呈元立
一夜西风入南涧,便作秋声无畔岸。萧萧凉气梦初回,不奈离愁送游宦。
人生义命当乐天,倒睨钟鼎初悠然。明发分手莫惆怅,他年看我栖林泉。

王丞留饮(其二)
钟声来远寺,暝色起前溪。霜夜断鸿急,风庭落叶知。

晚 立 涧 旁
水边独立看黄昏,梅蕊能销客子魂。淡霭清钟知隔寺,微风幽笛是前村。
牛羊径路生寒色,鹅鸭陂池裂冻痕。一种清怀几多景,鸦栖密木更翩翩。

桐君祠用壁间韵(其二)

春阴寂寂万花中,花外声传古寺钟。几度潮生见潮落,尚余情思在云峰。

同景瑜诸人饮于横碧(其二)

夜色起佛屋,遥遥一钟鸣。年运今何时,共此觞咏情。
竹炉煴深暖,纸窗留微明。举手揖坐客,为善无近名。

同景瑜诸人饮于横碧(其四)

岁月不待人,初寒迫深冬。慨予歌声长,天地亦改容。
歌罢掷酒盏,忽然动昏钟。风余雪霏霏,鸦栖雁雍雍。

梅　下

虽只霜浓春自浓,野梅无处不为容。半依古渡迷芳草,独与荒山对老松。
绰约花房宜戏蝶,崔嵬枝干若游龙。角巾一幅支筇久,不觉烟中有寺钟。

看　梅

小园春早喜梅开,烟敛风回月色来。香细静知宜竹树,影孤清与散莓苔。
幽幽山嘴疏钟韵,耿耿楼头画角哀。自笑年年被花恼,十分情味为衔杯。

净　居　院

薄晚经禅悦,深更宿净居。急滩鸣断岸,绝磴下荒墟。
茗碗僧同把,诗篇我漫书。快欹闻梵呗,解榻见钟鱼。

寄淮圣僧元肇

风霜江浙又穷冬,瓶锡飘然寺寺钟。爵服岂能三事衲,轩车多欠一枝筇。
君先灵运当成佛,我比樊迟愿学农。想得禅家人不到,山门惟有白云封。

和　昌　甫

相望隔异县,但愿加餐饭。悠悠鸡唱晨,寂寂钟鸣晚。
是中或欣佳,聊以寄颓懒。有时得片言,经旬答寸简。
会当固穷斋,汲井为洗盏。

访杰师不值

老于交往喜寻僧,磵道微寒水未冰。尽日应身何处供,夜钟谁上佛前灯。

二十一日晴过山园(其二)

饮亦微微醉,归来睡思浓。身形方放脚,鼻息自填胸。
熟美可嫌老,轻安只益慵。分明醒复寝,不觉到昏钟。

道场山山上有伏虎师宴坐岩寺中方池清深可爱

翠麓转危径,清涟媚方池。钟鱼鸣宝坊,窣堵高不危。
凭轩眼力尽,晴色烟凄迷。秋原禾黍登,佳处端在兹。
斋余作茗事,昼寂香篆迟。当年伏虎师,此地尝岩栖。
高风动寥邈,胜迹穷险巇。回桡日已暮,怅望空自知。

次韵信卿

伊人学有源,疏汝道瀹涧。相羊辟雍水,他年定名宦。
谈高如已仙,笔妙疑善幻。池龙驾车辇,天马脱鞍绊。
平生诸公间,抵掌肯讥讪。顾我方卑飞,藩篱趁尺鷃。
相逢山水县,不觉逼岁晏。时评道精粗,万折归一贯。
更及羲文易,后世明忧患。行藏思鼎钟,舒卷付藜苋。
飘零朋旧交,俯仰亲故盼。因知昔能贤,此趣亦俱惯。
茫茫造化广,局局天壤间。溪山偶登临,古寺履危栈。
老来身本闲,懒去情转慢。词场足金章,决科信须绾。
霜天忍分手,恻怆涕空潸。夜坐把离杯,寒声度鸿雁。

次韵昌甫九峰留诗(其三)

每恨居山浅,扶舆过九峰。溪清通乱石,路暗失长松。
须鬓时时换,身心事事慵。雨寒樵牧断,朝暮听鸣钟。

禅月台(其二)

僧清知野逸,禅月有高台。自是登山去,谁非入寺来。
孤花明密叶,落絮起荒苔。香篆茶瓯久,昏钟我未回。

别斯远

卜居得幽旷,崇山倚长松。夜窗风雨来,岁事忽已冬。
人或知子欤,我身为从容。此闲岂有待,彼忙竟何逢。

徒以蜗角微,展转缠心胸。栽田艺禾黍,伏腊可粗供。
功名不难办,肉食皆鼎钟。

韩　驹(1080—1135)

夏夜广寿寺偶书(其二)

城郭初鸣定夜钟,苾刍过尽法堂空。移床独向西南角,卧看琅玕动晚风。

闻富郑公少时随侍至此读书景德寺后人为作祠堂因跋余旧诗后以自嘲(其一)

藤床瓦枕快清风,破闷文书亦漫供。乡信未传霜后雁,羁怀生怯晚来钟。
淹留已办三年计,流落应无万户封。犹有壁间诗句在,他时谁肯写尘容。

送蜀僧希肇往云居

邂逅他乡识,艰难此地逢。扁舟逆春水,一钵趁晨钟。
便欲依风穴,宁辞上雪峰。老禅行履处,着眼看机锋。

馆中直宿书事(其一)

十载名山惯杖藜,清都直宿梦魂疑。卧闻长乐钟声近,尚忆寒山半夜时。

故枢密郑公挽词(其一)

旧德凋零尽,惟公尚典型。遂无宣室对,徒有景钟铭。
志欲兼三代,文皆刺六经。何由瞻傅说,但觅泰阶星。

出宰分宁别旧同舍五首(其三)

昔惭芸阁姿,斥守蒲城市。五占天鸡星,未扶逐臣泪。
归闻长乐钟,疲马思一试。挈挈今又东,敝邑临无地。
人生缚微官,大似侏儒戏。升沉各几时,怨欣两当置。

韩　琦(1008—1075)

次韵答王荀龙郎中旅次除夜

故阴方向此宵穷,有客趋朝念礼容。将献未央称贺酒,坐听长乐欲明钟。
恩回品汇滋荣近,赏及孤平信息浓。早晚归同乡圃会,纵观春色上危墉。

韩　松(？—？)

游洞霄宫(其二)
万木森秋晃碧宫,灵霞栖断憼晨钟。道人志矣黄庭界,心眼惊旧天柱峰。

韩　维(1017—1098)

与张仲巽游善护院
高城面修涂,呀豁若箕口。其右释子庐,苍柏荫庭牖。
翘翘幕中彦,疏怀脱喧垢。结辔游禅扃,弹弦乐嘉友。
华榱翳广坐,仰视眩丹黝。朱光羞晨樱,绀玉折春藕。
初筵颇清简,中醉稍喧糅。歌休众管作,令发洪钟叩。
横浮或见违,义蕴□□□。酒酣隘常见,大观资远取。
上跻危磴盘,却立土崖斗。长川自西来,逶迤带坰薮。
绿树下成列,猎猎清风走。侧身宇宙间,群动何纷纠。
自顾龌龊极,天地一罂缶。安得修灵根,超然出诸有。

太皇太后阁六首(其五)
长乐钟残宝殿开,鸣梢移仗问安来。欲知纯孝通天地,和气氤氲绕御杯。

次韵和相公九月八日所赐诗
丛头金菊层层闹,木末丹花艳艳红。美景岁时暌寿斝,流光朝暮阅疏钟。
诗成洛社腾邮置,梦绕伊川捧杖从。早晚安车来就第,樽前重奏喜相逢。

次韵和平甫同介甫当世过饮见招
炎风得秋亦已凉,喜抱尘策罗南窗。策中古人不可见,独咏君子予心降。
高文大论日倾吐,响快有类钟应撞。却嗟吾侪多暇日,俚谣暴谑何其哤。
驱车正得我所念,起具肴蔌陈杯缸。自怜愚戆接豪迈,蔽履乃与华冕双。
圣经王道有本末,斟挹醇粹挥其尨。须臾上下今与古,武库扢扢千矛钂。
疑怀滞义一开豁,有如暗室来明釭。冯侯抗议亦殊健,短钩长铍相撑扠。
介卿后至语闲暇,偃载戈甲韬旌幢。弱弓枉矢尚何用,久已束手甘避逢。
是时君有山阳役,扁舟已具河之矼。朝吟淮山翠扑扑,夜梦楚水鸣淙淙。
轩然欲去坐所惜,文字雅正姿信悾。行年三十不得饱,况有荐道登朝邦。

遂令奔放不自敛,欲旅渔钓终湖江。朝廷揽贤无远近,北尽漠塞南岭泷。
如君才大齿且壮,安可推亮而居庞。功名得时看树立,岂若都尉眉空厖。

和微之

庭讼萧然昼景清,每因闲暇接耆英。言诗屡奉从容论,对酒常怀淡泊情。
解秩尚思嵩峤色,入朝还听禁钟声。怜君壮岁多留滞,不尽鹏抟九万程。

韩元吉(1118—?)

叶梦锡丞相挽词二首(其二)

味道苏仙井,言归鬓尚青。仅周新甲子,还仰旧仪刑。
秘殿欣疏宠,华钟待勒铭。追随樽酒地,愁绝最高亭。

龙华寺傅大士真身像

古寺郊丘侧,钟鱼晓未喧。双林有遗骨,瑞萼记名园。
粒石嗟余饭,神槌想叩门。蚕桑犹有谒,鼓舞动山村。

寒食前三日携家至丁山

春事已过半,豫怀风雨忧。苦无亲朋乐,自携儿女游。
丁山峙城南,老稚载一舟。狭径登诘曲,轩窗居上头。
遐观接去鸟,俯视临清流。溪花正烂漫,堤柳绿且柔。
杳霭烟云间,前瞻帝王州。田野乱棋布,山川莽相缪。
病妻不能饮,取酒自劝酬。鲜妆谁家妇,造席为我讴。
风光亦可醉,景物似见留。惜无百金资,买此林壑幽。
岁月实易得,里间尚沉浮。归来暮钟响,蘋风动沧洲。

过松江寄务观五首(其一)

四海习凿齿,云间陆士龙。酒狂须一石,文好自三冬。
风水客愁远,烟花春事浓。还将枕流耳,来听景阳钟。

次韵赵任卿至北苑二首(其二)

好雨惊连夜,疏钟喜报晨。池心春涨绿,花面晓妆匀。
野渡经年别,官茶几焙新。风光为传语,何事曲江滨。

何筹斋(?—?)

溪轩即事

小立溪窗下,山光晚不同。清秋霜未降,乌桕叶先红。
桥影涵深水,钟声挟远风。闲情谁领会,吟处倚梧桐。

何处厚(?—?)

游洞霄

洞天宫中清无尘,纷纷霏霏翔五云。光浮阆风蔼无垠,中有神仙相辈伦。
服曳云章玉佩珣,时闻金钟催朝真。仙班序列觐紫宸,琼花羌灵飞翁翁。
水晶帘卷许行循,群仙以我丘壑身。相与笑语交益亲,玄谈妙句泣鬼神。
一局围棋度几春,大开十二楼宴宾。玉真安排云锦茵,天女竞着绛霞裙。
盎缶罍洗罗珠珍,金炉龙脑香腾薰。七宝蜡炬光如银,凤泉饮散醉醺醺。
天子呼来不得臣,宴罢乘槎渡汉津。玉皇遽遣使者巡,使者交荐有大勋。
玉皇诏归眷注勤,不容山中伴帝君。

何 耕(1127—1183)

暇日与陈楚材游四天王寺见五髻文殊画像于庑下剥落可惜遂以告罗宗约参议迁之正法禅院俾长老惠公龛而祠之为诗十四韵书其事

陈侯招我古寺行,破椽老瓦烦支撑。丹青巨壁置庑下,大士五髻彯华缨。
旁风上雨尘土集,意象落莫无光晶。近前谛视乃名笔,妙处不减本与琼。
惜哉此地非所托,走卒嘈杂儿童轻。西邻塔庙颇雄伟,弥天老惠新主盟。
撞钟击鼓饭千指,分坐岂无三尺楹。何人堪作不请友,参谋行解俱圆明。
从容试以语二士,曰此甚易非难成。便从游戏出三昧,各借一臂相扶擎。
腾空似赴远公约,散花如入维摩城。都人改观香火肃,雨泪膜拜争投诚。
主人更在好看客,永为道伴终生平。莫言有我不须你,留取眉毛遮眼睛。

何梦桂(1229—?)

再和(其三)

渴不待醴酒,行潦聊可挹。寒不待罗襦,短布聊自织。

人生志富贵,役役死尘迹。天鸡报明晨,暮钟送归夕。
万化迭故新,来者未终极。百年无定期,余日姑自适。
拟学种蟠桃,谁能待花实。海鸥倦长风,低徊此休息。

次山房韵古意四首(其三)

牵牛饮天河,河水清可挹。天孙抚机杼,终日不成织。
相望空寱言,无人谅心迹。人生寡良会,百年倏朝夕。
朝夕不可期,来世固罔极。无金铸钟子,鼓瑟逝安适。
帝子仁不来,采芳翳庭实。悠悠万古心,俯仰三叹息。

邑水南夜归即景

郊原踏遍拾芳蘅,归听城头打二更。野渡无人舟早宿,山蹊有月马迟行。
人家灯落半江影,僧寺钟来隔岸声。世路百年双屐底,青山不老白头生。

和访使徐容斋西湖韵寄县尹赵文玉二首(其二)

满目湖山恨,凭栏泪雨挥。泉寒龙已化,云尽鹤犹飞。
楼影摇波乱,钟声隐岫微。谁家航十锦,歌舞夜深归。

何锡汝(?—?)

玉　虹　泉

百尺云岩佛阁前,晚钟疏叶思悠然。岸边酌酒和清露,石上题诗染翠烟。
半岭泉鸣通古涧,数峰秋尽隔寒川。西风似欲吹人起,去逐骑鲸汗漫仙。

贺　铸(1052—1125)

自　讼

朝听明钟出,暮随衙鼓归。朝朝复暮暮,是是与非非。
迹寄升沈路,言投祸福机。何穷百年事,端使一心违。

重游梵行院

晓渡南冈五里松,精庐未见已闻钟。门前拂地垂杨柳,扫净秋来过马踪。

永城邂逅周元通再索诗赠别

泛泛流萍滚滚蓬,偶然南北偶然逢。一樽通济桥边酒,两夜临濉驿外钟。
行矣风波宜尚慎,归哉尘土不相容。事功早立须知退,学稼它年访老农。

舣舟秦淮雨中寄侍其服之

篷卑每碍帻,仓狭才容席。凄酸拥膝吟,奈此风雨夕。
欣闻钟漏旦,怀彼南城客。欲往从之游,塞涂没吾屐。
方君慕栖遁,顾已淹行役。后夜岁云除,畸辰良足惜。
何当斥氛闭,新旸被东陌。壶觞殿两骖,聊取一日适。

同王克慎宿清凉寺兼示和上人孙安之

六代风流不可寻,石头胜概古犹今。疏钟答响江山迥,啼鸟忘形松竹深。
借问白云谁卜筑,拟要明月共登临。终投逸少兴公社,蔬粥麻衣事道林。

题诸葛谼田家壁

晚度孔明谼,林间访老农。行冲落叶径,坐听隔江钟。
后舍灯犹织,前溪水自春。无多游宦兴,卜隐幸兼容。

宿宝泉山慧日寺

日入不遑息,驱车更之东。回蹊出蒙密,解袂迎长风。
风从何许来,历历江南钟。顿辔阿兰若,虚庭月正中。
流萤逗深竹,白鸟巢青松。华灯耿翠箔,瑶花擢春丛。
绝境美清夜,恍非尘界逢。惜无一樽酒,幸与之子同。
明发即南北,浮生两飞蓬。

梦游金陵设堂故基

燕堂遗址压西州,剪径扪萝出石头。老木骙骙太相逼,连冈衮衮欲东流。
歌钟谁话前朝事,风雨魂惊别夜游。梦境浮生更多病,结芽归老信悠悠。

怀寄清凉和上人二首(其一)

不见江南客,愿听江南钟。倾耳度遥夜,天寒多北风。

和彭城王生悼歌人盼盼

东园花下记相逢,倩盼偷回一笑浓。书簏尚缄香豆蔻,镜奁初失玉芙蓉。
歌阑燕子楼前月,魂断凤凰原上钟。寄语虞卿谩多赋,九泉无路达鱼封。

和答郑郎中见寄

客子由来怀故乡,苏门冷落白云旁。梦随夜月钟前断,诗入秋风草共荒。

操板镰靴游宦厌,开樽挥麈旧欢长。沨川逸老应相念,为倚阑干向夕阳。

过晁掾端智

西风吹晚雨,饥雀噪寒丛。文举对谈客,坐惭觞豆空。
咄嗟宦游子,贫病略相同。斗俸折腰得,醉钱常不供。
君看北里儿,高堂燕歌钟。虽夸酒无算,饱德何由丰。
吾岂乞墦者,不为妻妾容。永怀冰檗操,未愧屠酤雄。

东畿舟居阻雪怀寄二三知旧三首(其一)

舟路江淮永,岁寒冰雪深。戍期良敦迫,王畿方滞淫。
疲筋苦跧卧,行药长川阴。云物接平陆,不见西飞禽。
风从城阙来,如闻钟漏音。昕霁更东迈,区区子牟心。

待晓朝谒天庆作

望晓谒琳宫,荒庭雾气浓。曾陪羽林仗,如待景阳钟。
薄宦情无几,劳生梦不容。樵朋与渔伴,它日会相从。

答孙休兼简清凉和上人二首(其一)

声迹相闻忽此逢,杖藜萧散一相从。平生诗酒真吾事,何处江山不尔容。
芳草自生南北路,孤云难系往来踪。异时荒戍长回首,风送石城楼上钟。

答孙休兼简清凉和上人二首(其二)

渭北人游楚水东,论诗说旧偶从容。乡关此日几多远,春酒与愁相胜浓。
且免牛衣愧妻子,莫将羊酪诧吾侬。哀王孙赖弥天释,肯学扬州饭后钟。

洪　刍(？—？)

同苏伯固游东山寺

五里来寻祇树园,寒蝉唶唶叶纷纷。田间坏衲僧收稻,天外奇峰山作云。
半榻华胥聊共寄,一盂香积许同分。迎人返照不无意,送客残钟犹自闻。

题泐潭院

平生麋鹿性,名山恣幽寻。历尽岩壑奥,始闻钟梵音。
中多不凋木,上有自呼禽。许税俗士驾,兹焉聊洗心。

宿翠岩寺呈马彦若徐师川
不到翠岩如许久,竭来聊复破春愁。已闻高士徐孺子,更约平生马少游。
梦里钟声惊客枕,静中玉子落纹楸。非关风雨留连我,要作山间十日留。

和郭功甫题客馆韵
容膝柴门觉易安,数椽喜枕寺东山。雁飞不到吾来此,燕亦知归客未还。
梦断霜钟年欲晏,愁听蛮鼓鬓先班。自公退食门长掩,未必邻僧似我闲。

洪 迈(1123—1202)

游 山 光 寺
寺藏两山腹,路转百步阴。登高试病脚,掬冷清烦襟。
败壁龛石刻,岁月不可寻。惟应查公石,俯仰阅古今。
屋古困枝挂,摧颓力难任。何当咄嗟办,嗣彼钟梵音。
兴衰岂关吾,得酒且满斟。归路有溪月,揽之醒吾心。

洪 朋(?—?)

同鸿父游南寺
薄寒中人晖景晚,江头兰若同游衍。蛛丝垂户像设深,蜃气成楼钟韵远。
机发于踵宝藏俱,神物护持胜事殊。更向僧房捉麈尾,令人欻忆聘君湖。

洪 适(1117—1184)

赠崇教寺颜上人
禅窟夸金碧,经行失旧踪。钟声穿茂竹,辙迹荫长松。
远到水常莹,前陈山更重。勤勤紫藤杖,一览为从容。

送李相之提干闽中十二韵
官柳讫春事,落絮东复西。门外高轩过,行行将何之。
七闽绣衣属,非如州县卑。少留长者辙,酌酒语别离。
五年官他壤,一面即故知。辩围尘仍落,诗坛襟屡题。
撞钟问今古,邃然五总龟。迢迢千里去,风过衫裳吹。
我亦及更书,归耘楚江涯。河梁携手叹,参辰后难期。
曼倩宁自炫,长卿固同时。征途慎勿遽,会看轺车驰。

石 鼓 诗

天作高山太王荒,鸑鷟一鸣周觐商。郏鄏卜年大蒐讲,诸侯敛衽尊天王。
六月中兴绳祖武,平荡犬戎恢境土。石崖可凿诗可镌,千载神光薄西浒。
橐驼挽入大梁都,璧水湛湛河出图。中间两鼓备章句,日惟丙申不模糊。
左骖秀弓射麋豕,有鳟有鲂君子渔。光和石经屹相望,诅楚登峄非吾徒。
辛壬癸甲雁分翅,桥门观者堵墙如。星沉东壁干戈起,首下足上天倒置。
景钟糜碎九鼎飞,王迹皇风吁扫地。群胡扛石徙幽燕,兵车乱载包无毡。
敲火砺角小小尔,为础为砧多历年。宣和殿中图复古,冠以车攻次十鼓。
韩诗欧跋尽兼收,云章剖判定鱼鲁。先君辛苦朔方归,文犀拱璧弃弗携。
一编十袭自镕秘,更有司马凤翔碑。我生不辰今已老,岐阳三雍身不到。
匆匆使房接渐行,在耶亡耶问无报。整齐篆籀饰牙签,简揖篇咏劳穷探。
致主有心歌小雅,汗颜无术下登三。

山行遇雨

天公作意轰雷霆,风雨骤至神如兵。翻手为云只俄顷,举头见日尤精明。
蚁君一战方奏凯,鸠妇复还已和鸣。税驾欲投佳处所,林间隐隐疏钟声。

洪 炎(1067?—1133)

四月二十三日晚同太冲表之公实野步

四山蠹蠹野田田,近是人烟远是村。鸟外疏钟灵隐寺,花边流水武陵源。
有逢即画元非笔,所见皆诗本不言。闲看插秧欲忘返,杖藜徙倚到黄昏。

二月十二日偶成

金溪东行二十里,高即登山下临水。乱山中断水横流,水际招提对山起。
丹青像设半泥涂,野僧一饭无钟鱼。散策闲寻笋蕨芽,密林时逢桃李花。

洪咨夔(1176—1236)

棕 榈

旧脱败蓑乱,新添华节高。肃容春尚静,侠气夏方豪。
黄孕子鱼腹,青披孔雀尻。丰撞知可制,雷动景钟号。

小雪前三日锺冠之约余侍老人行山舟发后洪入杜坞自郑盖庵过阆山趋翔凤山菁山遍览杨坟秀园遂至何山道场山乘兴薄吴兴访玉湖书院水晶境界而归自戊子至庚子阴晴相半胜处辄徘徊赋诗饮酒伟哉观也数诗见后·道场山

何山如幽人,道场如大家。穰穰衲子脚,刺刺骚翁牙。
挟隼控寒飙,搜光蹑晨霞。危颠矫窣堵,平畴略污邪。
岩泉跑虎涌,径松髯龙拿。钟梵破深寂,金碧开纷葩。
修廊步屐峻,杰阁望眼赊。山势佩玦矗,湖光镜奁斜。
清苔杳霭入,古弁空蒙遮。列翠不可唾,群籁无敢哗。
坐我旃檀林,酌之枪旗茶。宇定岫出云,语妙天雨华。
吾生久堕甑,昔游惯乘槎。夷犹庐阜阳,宿留岷江涯。
高曾凌峤栈,卑或搜崖洼。昨梦难历省,此行足雄夸。
老亲八十健,闲俜二三嘉。拍浮一叶舠,收揽万景奢。
富贵上蔡犬,贫贱东陵瓜。未须笑落铎,谁能苦鲔沙。
候门占噪鹊,旋桄趁归鸦。奇事恐没没,举诗属僧伽。

同孙子直和李参政东园韵（其九）

孔明遁世吟梁甫,范蠡遭时策计然。钟鼎山林非二物,莫随穷达较蚩妍。

六月二十八日入朱陀山寺

决决岩下泉,翛翛竹间路。破寂孤蜩吟,送暝疏钟度。
个里欲求心,应生无所住。

九月一日侍老人游洞霄宿超然馆闻钟

太一相过烛未销,朝元钟动郁罗萧。身轻不怕琼台滑,蹴踏青霞上斗杓。

答及甫和（其一）

束发读连山,端倪识乾坤。欲辨南北戒,须窥越胡门。
藏书探禹穴,乘槎穷灵源。平生蓬矢志,到处展齿痕。
脚方西湖脱,眼已青丘吞。长风一苇航,急浪万里奔。
易艛溯月峡,讯程指新繁。江行大玉篆,星垂小铜浑。

风俗异东吴,气候如南恩。青壁拔地起,黄流从天翻。
身随五两动,命恃百丈存。山灵迎我来,林影罗旌幡。
川妃导我去,涛声合钟埙。蛟龙蛰渊底,虎豹潜崖根。
间逢偓佺语,尽辟夔魍魂。有祠扁汶川,倚山坐平原。
已绝白狗渡,尚望黄牛蹲。要神楚怀糈,赉福鲁致膰。
力护重险济,兆应匪寇婚。欧以异梦纪,苏以定分论。
君诗班其间,压倒白与元。短窗箬叶蓬,浊酒椰子尊。
肯来共吸鲸,有味过解鼋。磴薜挹晓润,岩蒕借春温。
郊丁趁虚集,滩户射利喧。巢云屋鳞鳞,锄月坡反反。
棕花荐甘芳,竹枝写辛酸。是中有佳趣,所在留行轩。
胸次饫壮观,笔端快孤骞。一朝簿书来,能令目眵昏。

胡朝颖(?—?)

小 金 山

天光云影碧相涵,百顷玻璃一望间。绿水绕门迷客渡,白云终日伴僧闲。
疏钟破晓潜虬动,老木成阴倦鸟还。唤取头陀磨石壁,为渠题作小金山。

胡 珵(?—?)

枫 桥

朝辞海涌千人石,暮宿枫桥半夜钟。明日馆娃宫里去,洞庭呼起一帆风。

胡 定(?—?)

东 山 塔

一碧插禅扃,千年压郡城。岩峣分日表,孤耸碍云行。
夜静藏钟影,天晴送鹤鸣。秋风丹桂发,邑士好题名。

胡 宏(1105—1161)

圃景大吟呈伯氏

青鞋黄帽侵晨起,杖策徐行听流水。云轻淡月欲明时,竹里清风开太始。
山钟间发催天曙,庙鼓连声动群耳。东山青树映霞明,西岭朱楼眇烟里。

樵夫荷斧晨出山，渔子携鱼午趋市。静看岐路人营营，独坐小亭秋靡靡。
已知物理时常改，因见天工神不死。胸中浩荡一乾坤，世上荣枯均泰否。
悠然种植得佳趣，春意生生自无已。

胡梅所(？—？)

仙 亭 岩

仙子高栖海上山，一尘不到石台间。鹤随仙客收棋去，龙伴山僧采药还。
风送白云归洞口，钟随明月到人间。不须再问神仙事，花落花开暑又寒。

胡 融(？—？)

桐 柏 碑

　　韩公在大历，高名悬日月。游戏翰墨场，八分独奇绝。
　　遥嗤程邈钝，近鄙伯喈拙。我来桐柏巅，洗眼见碑碣。
　　岬屼挟风霜，钟虡粲成列。龟趺闳琳宇，铁画照清越。
　　至今毡墨工，石本走胡越。引袖拂台山，山尽字乃灭。

胡舜陟(1083—1143)

白水寺(其一)

　　雨过川原净，山寒草木疏。暮钟鸣古寺，行客解征裾。
　　马祖留遗迹，浮丘传异书。谁能寻胜概，来往谩纷如。

胡 宿(995—1067)

仲 夏 有 感

误逐时英落彀中，拙艰为吏悄无惊。鷄鶋已享鸣钟赐，澥𫚉焉知裂地封。
西北晚云长望阙，东南春亩久抛农。匆匆禹凿当年事，犹待神雷起蛰龙。

西郊二首(其一)

　　高楼十二曲，倚遍到斜晖。天幕清无翳，溪云冻不飞。
　　断冈残烧尽，远树宿禽归。久忆莲华社，钟声隔翠微。

天 街 晓 望

长乐才闻一叩钟，百官初谒未央宫。金波穆穆沙堤月，玉树琤琤上苑风。
香重椒兰横结雾，气寒龙虎远浮空。嗟余索米无人问，行避霜台御史骢。

题 兰 溪

招提紫翠中,僧住最高峰。几劫亲诸佛,三生听此钟。
早香依涧树,高腊寄庭松。性海无穷愿,金书字字浓。

宿 秀 峰 寺

夕钟初断海鲸音,投宿香园半翠岑。冰簟浸床消客梦,水帘澄月伴僧吟。
雄风拂衽清凉极,珍树交柯翠翳深。一夜汉阴机事息,草堂虚论破烦襟。

送张待诏知越州

长安厩吏驭花骢,竹使遥分浙水东。远势早推贤相子,任诚真有古人风。
稽山一镇居封内,阿阁三休耸禁中。长乐钟声偏怨别,何时同谒建章宫。

送聂学士赴阙

台召西来二节荣,清江浮舸鸭头平。十行受诏龙纶重,五两占风鸟羽轻。
目送华林春雨色,梦随长乐晓钟声。伫看只日延英对,丸墨宫毫属长卿。

寄题徐都官吴下园亭

吴下新居树石中,绿岩香叶一重重。潺溪枕上闻流水,缥缈檐间见好峰。
山客对棋闲觅劫,野僧留话几侵钟。由来止足前贤事,他日何惭邴曼容。

公 子

北第当衢载有衣,巾帷鲜媚仆如犀。万钱供箸鸣钟沸,三组垂腰佩玉低。
座上赋鹦穷处士,楼前盘马小征西。去天尺五城南路,此去青云别有梯。

晨起马上口占

马过津桥外,城临金斗傍。早霜浓着瓦,落月半衔墙。
暗水澄寒底,初霞漏晓光。疏钟林下寺,烟景正苍凉。

胡 衍(?—?)

宿 冲 虚 观

钟静日已夕,尘缘谢驱役。琪树鹤争定,山空万籁寂。
明月散庭除,寒光照床席。花鸟魂梦间,相见曾相识。
五更仙鹿鸣,声近在篱隙。晓来问童子,石径无行迹。

胡　寅(1098—1156)

游龙山寺六祖故居也

范阳卢以仕南迁,卜宅空山不计年。间气有钟超象类,美材无匠制方圆。
谁能判断风幡话,等是追随粥饭缘。携客同来又同去,浮屠依旧插苍烟。

题中元观次黎才翁韵

挂了衣冠却问农,几回欹枕听晨钟。壮怀不与浮云渺,宿疹犹资大药功。
想像濠梁宁有趣,追寻风驭岂无踪。道人要识春台乐,须向壶公问所从。

寄唐坚伯

君诗平昔思如泉,无事寻医孰使然。礼尚往来思报玖,情深汲引屡抛砖。
岂能遽造忘言地,应有沉吟得意联。待听钟声撼清夜,明朝纸贵万人传。

三月晦和唐人韵诗云三月正当三十日风光别我苦吟身共君今夜不须寐未到五更犹是春

一气冲融转大钧,四时舒卷见全身。若云春向晨钟断,须信诗人未识春。

胡直孺(？—？)

河朔同官倡和用山字韵

章句飘飘续小山,古风萧瑟笔追还。海鹏共击三千里,铁马同归十二闲。
功业会看钟鼎上,声华已在搢绅间。他年记忆怜衰老,为报西川引一班。

胡仲参(？—？)

郊行暮归

吟罢归来兴欲狂,重城半掩傍昏黄。钟声遥动山灵答,月魄未高人影长。
竹叶浅斟杯量窄,梅花满插帽檐香。不妨竟日酬心赏,才到明朝事又忙。

胡仲弓(？—？)

自　笑

自笑谋生拙,多应涉世疏。为贫趋斗禄,因病试方书。
榕叶寒侵户,梅花深结庐。焚香坐清夜,吟到晓钟初。

重九日法轮庵次凤山韵（其一）

野眺逾高阪,钟传响外幽。僧从孤寺出,客倚一林秋。
池上烟飞去,亭皋影尚留。远风山下起,吹我上层楼。

倚 窗 诗

倚窗成小立,风伯为清尘。帘卷梅当户,云开月闯人。
疏钟来远寺,落叶度吟身。无限关心事,栖迟寂寞滨。

夜 过 萧 寺

寻僧过野寺,清话捧茶瓯。幡影风生树,钟声月在楼。
梅花薰纸帐,贝叶看银钩。为问西来意,因成一夜留。

晚 眺（其一）

数点寒鸦过别村,晚来秋色眼中分。木从阙处留残照,山欲昏时杂乱云。
两岸草深虫语话,一汀沙白鸟耕耘。林间僧舍知何处,回首钟声远近闻。

桐 江 舟 中

推篷纳山色,愁坐对黄昏。雨过天无翳,舟行水有痕。
钟声来远寺,犬吠隔烟村。柳下渔人屋,收罾早闭门。

山 馆 对 月

山寺闻晨钟,深省静中发。展转睡不成,推窗看明月。

妙觉山用老溪宝叶二僧韵（其二）

庵居天半壁,古道拟山阴。风劲松须落,石高泉眼深。
钟声清嶂合,幡脚翠岚侵。二妙堪名世,诗人曾赏音。

旅 中 早 行

前山风雨暗,欲去路还迷。烛影照行李,钟声催晓鸡。
年光销旅况,秋气入征蹄。如此困行役,何时归去兮。

怀 悟 书

秋雁欲离群,怀人几夜分。吟当半窗月,坐断两山云。
幡影无心动,钟声出定闻。林间谋隐者,修洁莫如君。

次韵山居

夕阳漏影射疏林,三两人家桑柘阴。鹘过挢开归鸟路,钟敲撞碎野猿心。
常因境胜甘忘食,不为家贫辄废吟。说与门前樵牧者,日间过此可相寻。

次冯深居韵赠原上人

净洗尘埃脚,时来访道林。但知谋隐是,何用入山深。
瀹茗延新话,撞钟动苦吟。夜分僧出定,静听海潮音。

次法石寺即事韵

近郊来往熟,驯犬向人迎。半是吟将老,何时隐得成。
月明山景合,潮落海痕生。归路霜钟外,微闻三数声。

春郊晚归

苔钱随履迹,柳絮点春衣。塔影留残照,钟声出翠微。
扶将藜杖去,挑取锦囊归。缓步微吟久,重城半掩扉。

胡子澄(?—?)

游乳洞庵

结屋青山下,幽深不计年。泉声秋霁雨,钟响暮晴天。
入洞寻僧伴,穿云见鹿眠。徘徊不忍去,夜宿佛堂前。

华 岳(?—1221)

题练省元壁

脚债嗟犹欠,心朋喜偶逢。溪声含客怒,山色为谁浓。
古树晴摇盖,残蝉晚带钟。莫辞一樽酒,明日是吴侬。

矮斋杂咏·江涛

晓钟撞动巨鳌尝,枕上春雷一夜轰。应是金鳞三十六,化龙头角逞峥嵘。

华 镇(1051—?)

永嘉巡检张侍禁廨舍辟洞名黄石

下邳逋客赤松侣,兴薄云天寄廛市。五世鸣钟不自矜,肯向人前进遗履。

素灵将倾赤精奋,羽翼当资天下士。夜半殷勤授素书,历历商郊阪泉旨。
西过陈留得沛公,云蒸龙跃相因倚。剪嬴倾项成帝业,庙谋胜算皆予起。
汉家明堂穷壮观,楹栋能收真杞梓。清尘独步千载上,名实谁可继其美。
君家绪系出南阳,世服戎衣登禄仕。凤毛益使家声振,新以七书见天子。
君居无事若山居,退食小斋日经始。茨茅涂土完且洁,栽花接果盈阶陑。
风月江山散不收,标题黄石宁虚尔。应怀祖武日自砺,功名将使旂常纪。
今日中原久太平,颂声交作干戈止。南过铜标束带方,玉帛梯航余万里。
惟有祁连及贺兰,朝廷未欲知疆理。傥推汉幄从衡术,定远将军何可拟。

题西成轩

华轩闻在了溪东,轩号西成学老农。碧玉千峰终日好,黄云万顷几香浓。
天低每接金仙语,夜迥时闻紫府钟。只恐主人为吏去,春来三径绿苔封。

如意院井诗二首(其一)

太平兴国古佛刹,小院得名如意轮。何人默识原地脉,凿井正会甘泉津。
阔容三尺白银瓮,深可二丈青丝缙。夏凉未觉冰雪冷,味美不啻醍醐珍。
寺僧知爱不忍惜,汲引无间都城人。鸣钟声歇更漏促,天鸡初报扶桑晨。
侧肩接足负担者,排闼争凑苍苔唇。丝瓶上下掉孔急,语笑嘈杂春雷振。
永日迢迢既云暮,健夫嗡嗡皆嚬呻。万人已喜用周给,一泓依旧清斋沦。

道林寺

　　疏钟到城市,台殿隐修林。访古多陈迹,探幽惬赏心。
　　夜声寒溜碎,晓色翠烟深。自愧縻尘鞅,骊驹又见寻。

寿潭帅李金部二首(其一)

庆绪绵绵嗣伯阳,何时熊梦契嘉祥。月低堇荚光犹满,风入林钟景正长。
出去怀金参九列,归来画乃得三湘。遥知当日瞻佳气,还似兹辰赌寿香。

黄大受(？—？)

油口夜饮醉卧一室及觉三鼓矣秋夜新冷雨湿虫鸣展转不能成寐于是浩然有归志

一榻翛然着醉依,沉沉清夜大槐宫。梦回作恶酒气重,枕上不眠归兴浓。

点滴落阶添闷雨,清哀绕壁诉寒虫。计行良未成端绪,何处高楼撞晓钟。

黄　庚(？—？)

西州即事

一雨洗空碧,江城独倚楼。山吞残日没,水挟断云流。
灯影深村夜,钟声古寺秋。西州旧游地,十载此淹留。

宿甘露寺

山险疑无路,萦回一径通。钟声寒瀑外,塔影夕阳中。
窗出茶烟白,炉分蓺火红。禅房遇耆旧,清话数宵同。

兰亭会饮观晋帖

只说清谈晋业虚,兰亭之乐后来无。一时人物已陈迹,千古山林空画图。
钟带夕阳来远寺,碑和春雨卧平芜。昭陵玉匣犹难保,笔意从谁认鼠须。

寄秋山和尚

几夜孤吟忆贯休,疏钟敲月动诗愁。何人来入匡庐社,分我山中一半秋。

鹤林仙坛寺

古坛归鹤杳,野鹿自成群。岚气浮清晓,钟声出白云。
树穿僧屋老,水到寺门分。人世无穷事,山中了不闻。

黄公度(1109—1156)

早发东城迓宪车

五更驱倦仆,发轫古城边。月色潮初上,钟声人正眠。
自怜筋力在,无补岁时迁。远愧陶彭泽,归心独浩然。

迓泉守晚宿囊山

山木转斜晖,秋风动客衣。露华侵坐冷,星宿傍檐稀。
楼迥钟声隐,更长烛影微。年来倦奔走,早觉利名非。

宿鹫峰庵题壁兼呈林孚卿诸友

抱被招提听晚钟,昔游回首七春风。斩新花木轩窗外,依旧楼台烟霭中。
永夜篝灯元自照,故人尊酒偶然同。明年此日看腾踏,先数班杨赋律工。

送陈应求赴官

莫辞酒,且听歌,休被骊驹白玉珂。主人劝客终今夕,明日长亭可奈何。
金风萧萧鏖余热,砌虫唧唧助凄切。此时景物不胜愁,况是离人心欲折。
陈侯陈侯,貌岩岩而俊整,才浩浩而清绝。
有如壶山之万仞巉岏,寿水之千寻莹澈。
青芝赤箭药笼储,金钟大镛廊庙须。天生奇才为时出,容易弃掷天南隅。
君不见马宾王,新丰一逆旅。又不见公孙弘,菑川一老儒。
逢辰立谭取卿相,至今文采照天衢。广文官舍虽落莫,刀笔不与俗吏俱。
公余更勤五车读,未必不是北门西掖之权舆。
刺桐古城花欲燃,旧游人物想依然。
凭君到彼访二陆,向道故人饱饭度残年。

宋永兄一访青帝而黄婆作恶累日戏作小诗问安二首(其一)

鸣钟伐鼓南山阿,倾城车马相夐摩。万钉高下照朱碧,百堵往来纷绮罗。
身入醉乡颊红玉,月明归路湛金波。挽君一出卧三日,奈此陌上春光何。

和 泉 上 人

芒鞋踏遍万山松,得得归来丈室中。破衲一身在悬罄,清谈对客似撞钟。
名家要看惊人举,觅句何须效我穷。春雨地炉分半坐,便疑身住古禅丛。

次韵余子侯游石泉

竹杖棕鞋意白便,薛墙莎径色相鲜。平畴涨麦云连海,绝壁蟠松盖倚天。
竟日虎岩延眺瞩,何时蟹井费攀缘。归来幽独不成寝,山月侵廊钟韵圆。

次韵宋永兄感旧五首(其二)

何用咄咄愁书空,何用鼎食鸣金钟。流行坎止随所值,穮蓘不忧年不逢。
金钗困懒海棠睡,玉斝淋漓琥珀浓。安能辛勤炼石髓,苦学成周人姓邛。

次韵宋永兄感旧五首(其五)

三分春色二分空,莫待春归怨晓钟。诗句逼人何太甚,酒徒知己信难逢。
百年夜永昼愁短,千树红疏绿渐浓。尊俎班荆元不恶,试张云幕席苔邛。

春雨中会西山佛迹

自喜平生山水心,公余犹及此登临。云埋古寺钟声远,花落空村烟雨深。
是处芳尊追胜概,几人寒勒度疏林。都无春色一分在,况有尘寰万虑侵。

黄　珩(？—？)

和刘后村梅花绝句(其一)

丰钟逐散晓云遮,我欲伸冤玉帝家。青女一身都是胆,年年随下月偷花。

黄敏求(？—？)

予丙子辛巳两游解空寺己亥秋又至思上人徙旧径自怪石中顿发奇观叔亮弟取山谷诗文名阁曰卧龙岩曰青玉盎山之门曰天下胜处令泳之作隶扁为赋七言

两扣云关记昔曾,重来诗眼倍晶明。路移岩石中间入,人在洞天深处行。
玉盎虚明添翠色,霜钟清冽带秋声。与君小摘涪翁句,留得青山不朽名。

初秋白云道院(其一)

桧柏株樟竹与松,四山互长翠阴浓。逼教秋暑无来路,输与山僧坐晚钟。

黄庭坚(1045—1105)

追和东坡壶中九华

有人夜半持山去,顿觉浮岚暖翠空。试问安排华屋处,何如零落乱云中。
能回赵璧人安在,已入南柯梦不通。赖有霜钟难席卷,袖椎来听响玲珑。

乙卯宿清泉寺

税舆陟高冈,却立倚天壁。就舆乱清溪,转石飞霹雳。
十步一沮洳,五步一枳棘。上方未言返,豁见平土宅。
田家鸡犬归,佛庙檀栾碧。莲荡落红衣,泉泓数白石。
人如安巢鸟,稍就一枝息。钟鱼各知时,吾亦自得力。

薛乐道自南阳来入都留宿会饮作诗饯行

薛侯本贵胄,射策一矢中。金兰托平生,瓜葛比诸从。
数面尚成亲,况乃居连栋。交游及父子,讲学连伯仲。

奴人通使令,孩稚接戏弄。相怜负米勤,同力采兰供。
每持君家书,平安觑款缝。秦人与吾炙,忧乐一体共。
释之廷尉曹,微过成系讼。从此张长公,不肯为时用。
丘阿无梧桐,曲直不在凤。生涯谷口耕,世事邯郸梦。
自君抱忧端,酒碗未忍嗅。高秋自南归,意气稍宽纵。
黄花尚满篱,白蚁方浮瓮。私言助燕喜,且莫戒韬重。
霜风猎帷幕,银烛吐蟫蛛。密坐幸颇欢,剧饮宁辞痛。
疏钟鸣晓撞,小雨作寒霡。厩马萧萧鸣,征人稍稍动。
九衢槐柳中,纵缓青丝鞚。朱楼豪士集,红袖清歌送。
河鲤献鲙材,江橙解包贡。蟹擘鹅子黄,酒倾琥珀冻。
举觞遥酌我,发噱知见颂。行行鞭棰倦,短句烦屡讽。

戏用题元上人此君轩诗韵奉答周彦起予之作病眼空花句不及律书不成字

此道沈霾多历年,喜君占斗剚龙泉。我学渊明贫至骨,君岂有意师无弦。
潇洒侯王非爵命,道人胸中有水镜。霜钟堂下明月前,枝枝雪压如悬磬。
敝帚不扫舍人门,如愿不谒青洪君。来听道人写风竹,手弄霜钟看白云。
平生窃闻公子旧,今日谁举贾生秀。未知束帛何当来,但有一筇相倚瘦。
欲截老龙吟夜月,无人处为江山说。中郎解赏柯亭椽,玉局归时君为传。

送醇父归蔡

北风飘飘天作恶,枯木已无叶可落。寒溪溅溅声迫人,岁聿云莫惨不乐。
此时陈子乃弃我,归将索绹亟乘屋。吾室尚潭潭,留君欲晤谈。
掉头去不顾,明发解征骖。君来久相从,知我无所堪。
好学勇如虎,读书青出蓝。有疑必考击,无奥不穷探。
愧无洪钟响,十不答二三。慨予方食贫,予腹岂屡厌。
藜羹稀糁笔,寒菹薄酰盐。虽欲苦留君,俎豆无加添。
从来婚友间,恩义亦云兼。草枯方兀兀,麦秀待渐渐。
绿发佳少年,回首垂白髯。进德失盛时,时宁为人淹。
经纶自封植,岂不如春蚕。此地决矣戒童仆,归旁南陔种兰菊。

旅床夜夜悲蛩蛩,行色村中异风俗。青灯白酒留故人,莫爱一醉至晓角。

四月戊申赋盐万岁山中仰怀外舅谢师厚

只今汉庞公,白发佐州郡。穷通视寒暑,仕已谁喜愠。
长松卧涧底,桴溜多裂璺。未须论才难,世人无此韵。
禅悦称性深,语端入理近。涣若开春冰,超然听年运。
临民秉三尺,朱墨不可紊。传闻但言归,心许手自隐。
欲知南陂稻,得几就收捃。胥疏江湖滨,不迓金玉训。
濡需且肉食,穀觫恐钟峷。龙移山发洪,虎乳月生晕。
竹声寒夏簟,辍寝中夜听。寄声向鹿门,傥赐劳苦问。

双涧寺二首(其二)

山狭江深屋翠崖,夜钟声自瓮中来。长松偃蹇苍龙卧,六月涧泉轰怒雷。

诗 一 首

石磴层层鸟道斜,仙家楼阁锁烟霞。丹砂已化黄金鼎,玉洞犹开白鹤花。
铁简有云神永护,金钟无韵鬼曾楂。洞天福地阴阳合,胜事留传岂浪夸。

南康席上赠刘李二君

伯伦酒德无人敌,太白诗名有古风。浪许薄才酬大雅,长愁小户对洪钟。
月明如昼九江水,天静无云五老峰。此赏不疏真共喜,登临归兴尚谁同。

大　秀　宫

玉笋山前大白峰,望仙桥下水溶溶。前溪流水后溪月,五步白云三步松。
半夜佩环朝上阙,插天楼阁度疏钟。梦余仿佛钧天奏,如在蓬莱第几重。

次韵刘景文登邺王台见思五首(其二)

旧时刘子政,憔悴邺王城。把笔已头白,见书犹眼明。
平原秋树色,沙麓暮钟声。归雁南飞尽,无因寄此情。

次韵吉老游青原将归

欣欣林皋乐,赏心天际翔。清樽鲙鲂鲤,朱果实圆方。
醉罢听疏雨,衾寒梦国香。雨余山吐月,的皪满帘霜。
展转复展转,钟鱼晓琅琅。思归笑迎门,儿女相扶将。

次韵奉答南山禅师二颂兼呈琦上人(其一)

鱼吼钟鸣索饭钱,牧牛耕种别人田。淮师收得祖关在,一笛操江月满船。

次韵答王睿中

有身犹缚律,无梦到行云。俗里光尘合,胸中泾渭分。
我謇江南秀,一见空马群。夸士慕钟鼎,寒儒守典坟。
吾欲超万古,乃如负山蚊。能来商略此,跌坐对炉芬。

次韵答和甫卢泉水三首(其三)

舍后钟梵炉烟长,舍前帘影竹苍苍。事亲暖席扇枕凉,中有一士鬓苍浪。
同心之言兰麝香,与游者谁似姓杨。朝发枉渚夕辰阳,怀瑾握瑜只自伤。
东有浊河西清漳,胡为搔头卢泉思茫茫。清明在躬不在水,此曹狡狯可心死。

丙寅十四首效韦苏州(其八)

庭空日色静,楼迥钟声迟。褐叟已争席,驯鸦更不疑。
同来复同去,竟别我为谁。

黄文雷(？—？)

次黄存之东皋韵(其四)

挟册东皋下,从人笑未玄。传真秧马帖,参透牧牛篇。
列岫窗前月,平湖坞外烟。似蒙稽古力,钟鼎岂其然。

黄虚舟(？—？)

五 更 枕 上

睡觉愁无奈,难禁冬夜长。才听晓钟动,又是世人忙。
入市船撑月,朝天马踏霜。布衾绵样软,切莫笑寻常。

黄岩孙(？—？)

鸣 峰 岩

卓道当年爱此峰,直于顶上驻禅筇。岩深疑有仙人宅,地僻全无俗客踪。
罅石引泉围古屋,断烟拖露滴寒松。夜来冷枕蒲团睡,梦破一声残月钟。

黄彦平(?—1046?)

还自豫章寄谢胡帅承公(其四)

误解陈蕃榻,惭升贾谊堂。丝纶今典诰,钟铉古铭章。
窥豹迷深隐,攀龙漫激昂。鼎梅同臭味,妙语更难忘。

黄　载(?—?)

题 大 洪 山

地当平旷易为山,故得崔嵬汉沔间。云雾涌来无下界,楼台浮起在中天。
开窗时见雷霆出,隐几闲看日月还。更有钟声最堪恨,南风时到八陵边。

黄　轸(?—?)

延 庆 院

宝刹标奇处,烟萝响乱流。地灵僧得住,山好客多游。
灯影连金像,钟声散石楼。风雷等闲作,咫尺是龙湫。

黄　铸(?—?)

赘 见 洪 师

风烟入暝少人行,独鹤来依帝子城。华表柱头霜月冷,清宵有梦到钟声。

黄宗德(?—?)

阊 门 滩

姑苏西去是阊门,何事祁山亦共名。落月啼乌人睡觉,晓钟空动故乡情。

吉康国(?—?)

和运使修升阳观落成

被命经营始,鸠工结构初。深严开殿奥,高敞称楼居。
室外飞檐嶰,岩隈下屋渠。钟声薄霄汉,祠事走邱墟。
遁世谁能洒,登高迥莫如。鹤游三岛驾,人望五云车。
绮井风光润,疏寮月影舒。威仪模紫极,形势巩堪舆。

池有泉球旧,坛空级石余。霓旌那复下,绛简更谁书。
童子追前躅,愚生泣太虚。烟霞犹赫奕,松竹自扶疏。
封号方连进,休祥已密储。跻兹仁寿域,率土庆于胥。

姜特立(1125—1203)

田　文

田文养士天下无,撞钟列鼎倾金珠。入关几作秦囚拘,当时贵客如橛株。
仓皇脱死托小夫,嗟哉所养非所需。

蒋　恢(？—？)

舟回练塘

柁转秋塘迥,寒光彻万寻。叶声风外急,吟思雨中深。
白发存公道,青山适素心。疏钟何处起,暝色正沈沈。

蒋之奇(1031—1104)

九峰寺(其一)

沿涧扳崖入翠霞,寺僧犹寄旧钟家。芙蓉秀出天河外,我欲名为小九华。

金君卿(1020—？)

挽仁宗皇帝词(其二)

优贤从谏致时雍,舜目尧眉俨晬容。灵算格天齐睿考,瑞元开策倍神宗。
梦回彩仗归霓阙,愁入宫声咽暮钟。臣子诉号空殒血,鼎湖无路许攀龙。

蒙诏书奖谕寄呈王介甫相公

凤口衔书出九重,帝王亲赐紫泥封。神光下烛将飞剑,真赏重鸣既哑钟。
砥砺若为酬睿眷,驱驰何敢叹尘踪。仙翁更借提携力,竹杖由来解化龙。

柯梦得(？—？)

晚　望

无数寒鸦来远钟,物华心迹偶然同。不知海北江南路,更有愁人立晚风。

孔平仲(1044—1102)

十 月 寒

初寒十月终,凛烈若穷冬。阴谷冻猛虎,冰潭僵老龙。
霜威刷六合,雪影暗千峰。孤客坐无火,悲吟听暮钟。

寄芸叟年兄

垂天雄翮抟海风,穷高极远志不同。盛年折桂心未歉,磨刀水际思平戎。
西羌活擒偶失手,天南星堕郴山中。未甘遂葬江鱼腹,当归入觐明光宫。
何尝仆射干荐举,芸台乌府选择公。蛟龙齿角老愈硬,梗楠材格寒更浓。
耻为葳蕤要节目,预知子不见从容。川峡揭节建大戟,服紫腰金薄赏功。
暮年车辖徙荆楚,江离摇碧水蓼红。橘洲桥口皆莽草,贾傅井中苔已空。
我已衰白敛一郡,附子余光聊养蒙。尝言早休乃良策,倚空亲想莲花峰。
请君先去采芝术,我续随子栖蒿蓬。水甘松香真胜境,云滑石险多行踪。
半天河汉倾瀑布,自然铜吼闻霜钟。董仙种杏人竞取,渊明石床苍藓封。
怡神曲蘖有妙理,禾收石斛岁屡丰。林迥岩屋尤可遍,溪间小桥横木通。
手扪松萝攀紫葛,清凉半夏如秋冬。黄精久饵助冰雪,与君同作白头翁。

和萧十六人名(其二)

式微子叹归期滞,疏钟皓月僧窗睡。满郭丹枫已送秋,李白桃红春又至。
绿杨朱户锁娉婷,燕赵一笑谁相视。红颜回盼能溺人,有若大川无际涘。
吾曹操行薄云天,去险就平当择地。严君平昔教诸子,肯向赣江为此事。
勿损仁义纵欢娱,力与主张兴废坠。不才强使酬杜诗,搦管宁能言鄙志。

和萧十六人名(其五)

丘樊英俊君犹滞,掩卷无言偃然睡。江左思归未得归,家乡百里奚由至。
有楼望远最舒旷,蹑屐徐登极临视。云容弄白起危巅,霞气如朱浮浅涘。
侵梁松影侧窥檐,飘径柳芳深委地。谛法真空佛有灵,面颜安乐僧无事。
风摇柏直力相争,霜压橘黄香欲坠。夕阳城郭人渐稀,疏钟传响催归志。

孔舜思(？—？)

题灵岩寺

忽从平地出尘笼,亲到诸天释梵宫。却悟冗官长役物,争如大士日谈空。
山横青壁千层合,泉迸丹崖一线通。幽鸟静啼人外境,疏钟不堕世间风。
目无可欲猿猱伏,心绝微尘冰鉴融。自恨无缘陪宴坐,它生愿效种松翁。

孔武仲(1041—1097)

十二月朔入局

坐听禅林叩晓钟,官曹遥指禁城东。千门洒扫冰镰路,万木号呼叶受风。
金殿放朝闲虎士,蟾泓挥翰冷瑶宫。春晖闭目无多日,预草新文拟送穷。

明月亭下作

杳杳芜城起暮钟,亭亭华月照秋容。便疑碧海依墙堑,云水情知隔万重。

寇　准(962—1023)

早　行

严钟将报曙,游子已登途。野火时明灭,残星似有无。

西垣致斋日因成一章呈二相公

摄事修雩祀,斋居近紫庭。千门夏雨歇,高树夕阳生。
更散掖垣静,风来钟漏清。岩廊惭旧德,书殿愧群英。
白发将何补,丹心忽自惊。敢言陪邴魏,三接奉休明。

江上晚行

秦川不得却归耕,奉诏年来在楚城。孤寺残钟催夕照,汀洲疏苇送秋声。
西风独起湖山思,久客应知寂寞情。野鹤渐无惊弋意,对人孤立水烟平。

江上晚望

寒钟来极浦,古寺隔重岩。斜日搘颐坐,天涯落月帆。

春初夜书

水国淹留岁月空,云山东去阻千重。欲令遥夜春愁薄,须赖黄醅腊酒浓。

南浦有潮春栅锁,西窗无睡怯岩钟。谁家几点畲田火,疑是残星挂远峰。

长安春书
务闲公府都无事,骑吏前驱引马行。雨霁晚街官柳色,日长春寺讲钟声。
云山已有终南秀,泉石犹思洛下清。闻道曲江新水满,欲携歌管出重城。

黎良知(？—？)

句
见说老僧吟更苦,中宵得句喜撞钟。

黎善夫(？—？)

挽赵秋晓(其二)
十载荒村共乱离,云龙上下忆追随。生前已饱撞钟问,死后方传覆瓿诗。
此夕巷歌谁忍发,他年邻笛自应悲。伤心岂为幽冥负,重为斯文一涕洟。

黎廷瑞(1250—1308)

偕仲退周南翁登曲岛山分韵得曲字
吴子精悍锦满腹,周郎英妙人如玉。凌晨樽酒惜分携,飞鞚联翩相趁逐。
积雨新晴马气骄,振鬣长鸣踏平陆。村南村北枫叶赤,高田低田麦苗绿。
坡陀磊落如培塿,一岛轩然立于独。平生梦寐千仞冈,第取惬心那计足。
迢迢鸟道入青天,杳杳钟声出乔木。遥观疑雪复疑石,稍动始知樵与牧。
传闻隋代高隐君,避世曾兹结茅屋。李苑杨枯了不闻,坐拥玉书林下读。
灵君冠剑从飞龙,云雨苍茫手翻覆。瓢中但出是丰年,何惜穿崖悬一瀑。
毳虫自得餐松诀,一扫四山寒翠秃。天根突兀有孤梅,道气昂藏自修竹。
回看下界暗黄尘,蚁垤蜂房几陵谷。山空鸟啼尘虑绝,天寒日暮归心速。
会当摆落悠悠谈,八极神游纵吾目。玉井莲花十丈开,瑶池桃子千年熟。
廓然天地皋方圆,岂但山川见纡曲。已呼鸾凰作先导,岁晚期君两黄鹄。

同齐节初游吴园登四时佳兴楼有怀张史君
澹澹池中华,离离池上树。缅怀龙山翁,婆娑此成趣。
相招桃源舟,蹇予莫能赴。翁今为飞仙,乘云还帝所。

归燕随秋风,翠楼渺烟雾。会面良独难,知心那复遇。
空余千岁怀,冷落香珀句。平原若为绣,钟子安可铸。
萧萧众芳尽,冉冉流年度。浮生欲如何,三叹出门去。

连雨郁蒸夜不能寐

闭门十日雨,檐溜如泉声。沈阴晦兰烬,润气蒸桃笙。
馋蚤既跋扈,饕蚊复纵横。展转强就寐,草塘蛙乱鸣。
亦知夜漏促,安得曙色明。晨钟度深竹,云岫开新晴。
隐几补前梦,暂喜身境清。聒耳蝉嘒嘒,沿睫蝇营营。
所响辄如此,吾生安得宁。感叹还失笑,此物方施行。
天运如循环,转眼秋风生。

晋元帝庙

不知牛继马,却道马为龙。得士能成帝,生儿不亢宗。
荒祠烟树晚,残碣雨苔封。往事凭谁问,春城起暮钟。

金陵岁晚

不拟残年住秣陵,摩挲蜡屐笑平生。茫茫去雁云千里,渺渺疏钟雨一城。
天地无情催岁月,古今何物是功名。梅边且喜春风近,痛饮挑灯坐到明。

虎溪三笑图

阴壁掺苦竹,秋池淡芙蓉。二老庐山间,风味夙昔同。
亦有栗里人,心事黄花丛。囊中无一钱,眼底四海空。
羲皇未渠惬,上与无怀通。众羽集新条,云霄一冥鸿。
净社亦可人,念尔名教宗。博酒空勤渠,攒眉一声钟。
苍苔片石在,醉卧空山中。良辰入奇怀,杖屦闲相从。
偶然出岫云,倏尔风飘蓬。虎溪有严禁,讵敢待此翁。
行行不知远,大笑分西东。风流一时散,千载留高踪。
溪光与山色,隐隐尚笑容。笑意果何如,画史安能穷。
按图付一噱,翳景生长松。

李长庚(?—?)

陈士淳主簿举似与严庆曾主簿邓伯允仙尉同到阳华佳句且有岩下弄琴舟中吹笛之乐长庚虽不奉胜游辄继高韵(其三)

云水光中语更清,从他山寺晚钟鸣。满船载月归来好,一笛穿云裂石声。

李 乘(?—?)

慧聚杂题·压云轩依张朝奉韵

路峻山穷顶,岩低木露梢。半天修日观,一室分枝巢。
帆去归渔市,钟来报寺庖。世间荣悴事,寒暑转烟郊。

李处权(?—1155)

雪后赴徐氏燕集

已雪犹阴更逆风,斜川略彴断行踪。瑶台贝阙三千丈,玉树琼林一万重。
学子经时无载酒,邻僧过午未鸣钟。华筵此地成宾主,孔翠屏深琥珀浓。

谢徐献可送款识刻

九江使君何殷勤,千里遗我款识文。夏匜商钟迄周鼎,良工模刻锱铢分。
先秦述作知渊源,相斯不绍嗟无传。历载数千如昨日,人与宝器名俱镌。
使君雅尚心绝俗,考古稽疑如不足。搜罗遐迩极闻见,附益之功思更续。
曾奉宣和乙夜观,万丈光芒牛斗寒。兵戈散落人间世,神护往往投衣冠。
时去事非空叹息,玉轴牙签蛛网织。载行何啻数橐驼,变故纷纷岂人力。
烟尘翳没咸阳道,尺璧寸珠沉野草。秋风吹梦入长安,白发苍颜日枯槁。

同士特似表过中峰饯似宗

旧好崔亭伯,新交阮仲容。招携来白水,祖饯过中峰。
谷暖芊芊树,云深杳杳钟。兵戈一分袂,惆怅几时逢。

寄昙晦二首(其一)

道无南北本同流,远赴丛林非所求。到底此生俱扰扰,从前何事不悠悠。
撞钟击鼓千人饭,戴角披毛万劫休。蚤晚相从岩下寺,对床清话雨飕飕。

赠宝胜主僧

木落山重重,溪长雨霏霏。云惨伤客容,风饕裂征衣。
我行已千里,恨无羽翰飞。倒帆近古寺,烟钟深翠微。
明轩快远目,俯仰涵清辉。上人惠休辈,道眼与世遗。
匡床竹火炉,翛然自忘机。余生尚奔迫,所遇非所依。
天地兵革满,乡关音信稀。拊膺坐长啸,岁晚将安归。

李　迪(971—1047)

灵　岩

灵岩山势异,金地景难穷。塔影遮层汉,钟声落半空。
千峰罗雉堞,万仞耸屏风。飞鹤来清窦,剜鱼挂古桐。
名曾参四绝,封合亚三公。势彻河堧远,形差岳镇雄。
仙间邻峻极,日观伴穿崇。邃洞连蓬岛,重峦凿梵宫。
望应销俗虑,登喜出尘笼。献寿嵩衡并,分茅海岱同。
艮方标出震,午位对升中。岚滴晴烟碧,崖铺夕照红。
巍峨齐太华,奇胜敌崆峒。炼句共诗客,模真怯画工。
天孙分怪状,神化结全功。吟赏慵回首,云泉兴愈隆。

李　昉(925—996)

对海红花怀吏部侍郎

烂熳海红花,花中信殊异。万朵压栏干,一堆红锦被。
颜色烧人眼,馨香扑人鼻。宜哉富豪家,长近歌钟地。
对花花不语,忆君君不至。尽日惜秾芳,情怀有如醉。

李　复(1052—?)

玉　泉　寺

道人东立海上山,锡飞西落大江北。双屦还乘海云起,西过当阳驻山曲。
倚岩引锡神泉涌,一道明虹出幽谷。兀然孤冥踞盘石,清夜鬼神礼白足。
化城自化非人谋,七日焕然一何速。雄楼杰阁郁相望,拥路十里长松绿。
鸣钟击鼓四百年,法席巍巍倾楚蜀。堂上提印云门孙,闻我足音下山麓。

门衔大路久惯入,客馆萧萧荫寒竹。春茶自造始开尝,色味甘新气芬馥。
更穷上方纵登览,峰嶂四环森万木。投老经过得少留,明发飞尘暗征毂。

游宝雨寺

信步出江舫,庭松立两龙。晨僧自汲水,高阁忽鸣钟。
净饭多山蜜,新羹供野莙。传闻初祖锡,犹挂最西峰。

新罗寺唐有新罗僧咒草愈疾卵塔今在闲来因题

断石传遗事,唐年刻永徽。庭荒灵草尽,塔坏礼僧稀。
古殿含凉气,空堂照夕晖。独来人不问,行听暮钟归。

下元日朝谒回与李秉文冒雪过承天寺因题二诗于僧壁(其二)

僧炉有令禁触火,袖手指直冻欲堕。瓶暖微闻蚯蚓鸣,客寒对作橐驼坐。
叩钟击鱼呼众起,持钵分糜救晨饿。一参木佛古因缘,试举丹霞有何过。

送僧惠本

山僧青芒屩,厌踏城中土。水风寒萧萧,片影过沙渡。
晚云迎归锡,低飞暗石路。暮钟落前峰,去冲后山雨。

李　纲(1083—1140)

陈几叟以了翁所作默堂箴见示且求余言拾其遗意作四绝句(其四)

钟鸣谷响孰为然,因击缘声故有言。若会虽言本无说,从教千偈口澜翻。

钟模石①

谁铸三钟栾乳形,不须笋虡自能鸣。仙君欲奏宾云曲,只感清霜便发声。

玉山道中五首(其五)

行李远潆水,禅扉依玉山。烟岚数峰秀,云水一溪弯。
小市晚犹合,疏钟寒自还。旧游如昨日,屈指十年间。

谢德夫约游开平寺

出郭山村僻,寻真殿阁幽。双溪余赏兴,五马故来游。
钟梵含古思,林泉销客愁。归欤碧云合,罗绮满兰舟。

---

① 刘子羽《题武夷山钟模石》内容与此诗相同,不再重复收录。

晚　　行

岁杪旅怀恶,驱车残照中。暮云千里碧,落日半轮红。
掠水起行雁,隔林闻远钟。休鞍僧舍闲,皓月又生东。

题陈氏隐圃佚老堂二十韵

处世如大梦,悟者能有几。钟鸣漏已尽,耽著不知止。
贤哉颍川公,才老即谢事。悬车筑园池,归作隐君子。
大块方逸我,顺之聊复尔。燕居二十年,坐进端为此。
委形虽物化,妙湛本无死。我来恨不及,犹喜识其嗣。
鬓眉皓已霜,眸子炯如水。头着白纶巾,萧散真晋士。
传家有高风,何必拾青紫。衡门久不开,荒径为我洗。
相携步方塘,春渌涨清泚。修篁间苍松,新槐杂嘉卉。
断桥堆露箨,危架引烟蕊。荫庭桂团团,叠涧石齿齿。
萧森无俗姿,旷远含古意。慰我放逐情,翛然百忧弭。
缅怀前人风,安得九原起。相过不厌频,追随从此始。

宿都峤山灵景寺

清晨游栖真,薄暮宿灵景。山空松桂香,云细泉石冷。
高崖敞飞檐,象纬逼参井。惜无娟娟月,散此林下影。
夜阑风露寒,岩曲灯耿耿。疏钟响嵌窦,客枕发深省。
却随猿鸟起,再上翠微顶。道人山后来,眸子颇清炯。
试询龙虎诀,妙意默已领。我生忧患余,半世泛萍梗。
脱身鲸海中,扫迹方自屏。愿从稚川游,薪水事丹鼎。
庶资刀圭力,少使桑榆永。胡尘暗中原,静谧惟五岭。
渺然炎荒地,自绝羽书警。结茅定前缘,幽梦先异境。
上下三洞间,安得田二顷。携家学庞公,扪虱笑王猛。
采薇与散发,此志久已肯。嵇生非吾徒,幽愤醉方醒。

深省轩在丈室之西余为名之

轩槛虚明丈室西,丛筠佳木翠阴垂。游观物物皆深省,岂在闻钟欲觉时。

金陵怀古四首(其二)

六代繁华三百年,我来吊古一凄然。景阳钟断鸡空唱,玉树歌沈月自圆。
潮没旧痕生晚浦,柳摇新色媚晴天。高楼上尽穷双目,千里江山绕槛前。

胶山兰若幽胜予寓梁溪久而未之到闻翁士特携家居其间赋诗见意

闻道胶山寺,幽深过惠山。僧房穿窈窕,石溜落屏颜。
地僻车马绝,山空松桂环。钟声清霭外,刹影白云间。
旅泊君得计,飘流吾念还。时危暂安适,景胜且跻攀。
耿耿寸心赤,萧萧双鬓斑。抢攘悯瓯越,寂寞堕荆蛮。
风月三千首,轩裳五两纶。戎车伤浩荡,彩服羡褊斓。
天地旌麾满,江湖鸥鹭闲。何时共樽酒,世路正多艰。

和唐人张为秋醉歌

秋风愈凄紧,感此梁溪翁。烟水出砂石,风霜脱梧桐。
岁晏无与欢,步屦携苍筇。俯视槛中菊,仰瞻峰顶松。
有酒聊自适,旋滴真珠红。长鲸吸百川,坐使玉樽空。
念古壮气激,怀家归兴浓。陶然不知醉,如堕烟雾中。
醉魂眇安往,梦渡江水东。仿佛生六翮,飘忽腾双龙。
醒来无所见,溪冷山重重。纱窗透残月,瓦枕来疏钟。
起视夜将阑,星河粲玲珑。乘风欲轻举,骨肉疑都融。
却思向来醉,岂离方寸地。长醉不用醒,萧然谢名利。

过鹅湖留赠昌长老二首(其一)

云山深处到鹅湖,万木森森一径纡。日落风高钟倍响,烟寒林暝鸟相呼。
宗风振起人能继,祖道流传德不孤。须信山林真隐地,纷纷朝市更何如。

冬日闲居遣兴十首(其一)

岁暮碧山中,清霜日自浓。隐床吟蟋蟀,拂槛老芙蓉。
风月成三友,家山梦九龙。道人知睡美,将晓小鸣钟。

次韵仲弟独游惠山古风

我家九峰下,跬步临胜境。循除环佩声,满庭松桂影。

宦游阻幽寻,每若龟引颈。十年旅京华,万里走闽岭。
归怀寄清梦,投檄期子请。向来兵火作,此地偶无警。
余生集百忧,负郭耕二顷。新交浸已疏,旧学谋复整。
功名一灰烬,毁誉两蛙黾。抱拙与世违,退缩甘远屏。
杜关绝外游,但欲俗缘省。兹山乃故人,雅契相与永。
登临富泉石,采掇足芹荇。下瓢酌甘芳,日汲谢瓶绠。
胡为久不到,有愧稚川井。仲弟绝俗姿,好勇先我骋。
新诗纪清赏,得句颇彪炳。艰难见鸰原,岁月侵晚景。
相期老丘壑,不复叹土梗。梁溪寒可渔,襄笠同舴艋。
宁如六一翁,终日思汝颍。方兹筑吾庐,跧伏念前眚。
面山开小阁,制度阒深靓。山气日夕佳,爽致当共领。
夜久霜露寒,星月光冏冏。冷然欲御风,岂惮广寒冷。
邻钟韵更幽,皓鹤唳方俇。深炷一炉烟,宴坐得三省。

除　　夜

年来三百六十日,忽忽过尽唯今宵。天涯远谪罪未解,家问久缺心无聊。
强倾浊酒慰愁独,坐对寒灯尤寂寥。钟鸣漏尽不成寐,世事又属明年朝。

李公麟(1049?—1106)

和邓慎思重九考罢试卷书呈同院诸公二首(其二)

鞅掌栖迟一亩宫,愤听更柝及晨钟。黄华慰眼只尔许,绿蚁于人亦漫逢。
几日囊篇赓不逮,三时庭步笑相从。近来寻却家山梦,投枕和衣睡更浓。

李　龏(1194—?)

早　　起

远钟云际断,一雁度残河。闰气今年正,秋声昨夜多。
露花县茑蔓,风叶卷虫窠。坐结西游恨,南邻犹醉歌。

月林为僧甫赋

筛金镂玉影飕飕,一片松杉不断头。钟梵声残寒汐外,石床常拥四时秋。

雨楼晚思

红叶入溪树,凄凄吟思微。雨连秋市暗,钟绕暮天飞。
浅井阴萤出,高城宿鸟归。谁知凭栏处,愁响隔林机。

刈田

刈田秋雨外,孤屿集眾师。红树笼斜照,青篙网细丝。
钟殷山麓寺,灯淡野塘祠。一片凫鹭水,羞来鉴白髭。

题吴兴岘山寺

雨余山态活如云,过午钟闲寺影昏。寂寞春风荒草里,野僧惟主一洼尊。

送僧广明

忽辞同侣去,自喜水烟浓。江草有闲色,野僧无定踪。
衣韬方眼笠,瓶系曲枝筇。明宿枫桥寺,先听夜半钟。

瑞光寺

薛剥春痕土燥斑,下堂僧散午钟闲。寺门半掩东风急,尘卷空廊二十间。

梅花集句(其三七)

听钟投宿入孤烟,旅馆寒灯照不眠。竹里江梅寒未吐,平台宾客有谁怜。

旧馆忆王抱节

夜雨沧波上,寒塘草市中。钟闻两寺应,室掩一床空。
买醉留僧烛,敲吟折水葓。沙边鸣宿雁,亦似哭诗翁。

端居写兴

地偏双耳静,心近古无怀。扫壁书秋梦,听钟辨午斋。
贫疏亲骨肉,老病瘦形骸。欲买刘伶锸,教童死即埋。

道场山灾后叶靖逸同游

石烂木全焦,钟鱼变寂寥。老僧无法说,诸佛亦魂消。
寺有州图载,山余窣堵标。嗟嗟伏虎事,谁更问前朝。

桃州古田锛歌

老翁犁山田土中,获得昔人垦田器。似锃有柄,如钟不圜。

身长二尺径八寸,口薄腹厚唇微穿。颜色绀碧艳绿处,间有班红如血鲜。
形模古拙见者怪,铜性已变不复辨,疑是死铁兼顽铅。
老翁视为弃物委床下,一朝移出茅檐前,尘灰糠秕俱塞填。
乃有博雅识是古田鏄,垂涎拂拭再三看,扣之尚觉声隐然。
水痕土色两相蚀,叹息不知铸自三代之何年。
邀翁问所得,共入酒家保,买以十万青铜钱。
买来携归置几案,一架坐插青丝毡。图书钟鼎相联编,宝玩要使儿孙传。
自秦历汉以来此鏄只在土,出世便苦无常主。
博雅好事归泉台,可怜阅世亦如草头露,高堂山鬼不守护。
他家更有好古人,又以青钱易将去。

李 觏(1009—1059)

早起有怀

草草西风动葛衣,呼僮前启竹间扉。山僧好睡钟声晏,社户多贫酒气微。
岂是客愁浑较可,只因书卷解忘归。盱江百里清无滓,枉属闲人坐钓矶。

送李著作知柳州

到官十五月,太半在他邦。惠术未施一,公心无与双。
剖符新使粤,尽室始浮江。地理将分岭,行程即下泷。
旅愁侵酒座,秋色漏船窗。属吏谁非慑,群蛮不易降。
人稀财岂厚,俗异性多蠢。自此观贤业,洪钟且试撞。

东岩精舍

像设彼何时,高僧白衲衣。水寒吞日气,树老惯霜威。
幡影捎天近,钟声落谷微。可怜成道易,无事即无机。

渔父二首(其二)

村寺钟声渡远滩,半轮残月落前山。徐徐拨棹却归湾,浪叠朝霞锦绣翻。

李 光(1078—1159)

九月二十八日枕上

年来心气苦怔忪,永夜长忧百虑攻。赖是床头有清圣,一杯扶到五更钟。

李　洪(1129—1183)

题慈感寺极目轩(其三)

尘眼登临清旷,水心楼阁峥嵘。欲见普门大士,菰蒲影里钟声。

探梅(其一)

帝所春先到,西湖梅自开。横斜窥水鉴,想像下瑶台。
青女严霜侍,嫦娥借月来。景阳钟漏晚,翠羽勿须催。

国一禅师塔

蓬径安禅五百年,六时钟呗震诸天。我来不问安心法,露柱风林说炽然。

李诲言(?—?)

赠周书记

早悟功名岁月空,衲衣何处不从容。几回渡水自寻鹤,岂但买山方种松。
麈玉固尝闻咳唾,掷金未尽写心胸。与君能隔几多地,薄暮一声湖上钟。

李　兼(?—?)

钟　　山

白鸟江天阔,青山佛阁重。影孤寒日塔,声殷暮烟钟。
异世文中选,当时镜里容。犹传遗蜕骨,只在此高峰。

李建中(945—1013)

开垣曲山路成

为郡同卧理,民情识我情。三秋得公事,一月绕山行。
砥柱全抛险,黄河日接平。周遭到垣曲,尊大近神京。
借助林盐润,增饶国计成。虞州访遗迹,吴坂念长鸣。
董泽蒲侵绿,巫咸水傍清。人怀绛县老,地叹夏台倾。
下马听泉发,登原待月生。盘桓读碑版,扶持立刀兵。
晚霭闻钟断,微阳喜雨晴。峭空崖背落,斗截岭西横。
仙恐临王屋,高疑见析城。去车知轨辙,连亩有农耕。
彩错翻朝旆,铮釱击夜钲。凿开青石壁,填贮白云坑。

旧幕怜才俊，嘉言许道亨。何当议险阻，始信说分明。
不倦共廉使，常存济物诚。计时聊就笔，千古愧题名。

澹山岩

常思羽衣人，宅此岩崖傍。□□通大道，玄关掩中黄。
古朴宫殿□，偃亚松桂香。洞户漏夕月，木罅生□阳。
叠齿上层巅，露井连曲房。断壁广横幕，矗石排吟□。
蛰痕燕穴空，乳溜虬鳞张。清泉弄春□，灵草经冬芳。
自笑老倒容，谁□刀圭霜。金版佩上籍，玉音歌洞章。
□□夜森立，绛节朝飞扬。咫尺仙路高，喧嚣机世忙。
浮埃走车马，奔迸多事场。真地拥烟霞，根本无为乡。
不到久叹息，一来徒悲伤。但听铿华钟，所得心耳凉。

李谨思(？—？)

补疏斋题鹅湖

客来谁与期，微钟度山椒。松风如起予，间以笙与箫。
逸响谅斯存，幽踪莽难招。极目不知还，新诗坐沉寥。

李　琏(？—？)

题金陵杂兴诗后十八首（其八）

细竹千竿殿影斜，龙颜曾此着袈裟。寺楼杳杳钟声过，疑有宫娥出晚花。

李流谦(1123—1176)

峡中赋百韵

振奇欲何夸，颇疑造物者。两山擘其间，放此江东泻。
不知太古前，宇宙孰坏冶。疏凿著夏书，固自人力假。
巨崖切汉起，入眼惊见乍。影临数州迥，根插九地罅。
积铁老风雹，巨焰莫镕化。面恶骇夔魖，姿妍悦美姹。
城郭巧刻划，屏障工组画。髽鬟直高绾，剑槊寒可□。
抗立拟分庭，孤撑独称霸。骈罗纷儿孙，拱揖俨宾介。
盘空矫鸾鹄，饮溪走牛马。裂绞贯钩镰，翠项披绛帕。

碎砾星宿稠，乱石豹熊跨。
万甓累如甃，一桉平若砑。
悬空疑崩欹，丛密苦蒙纟。
周遭窘汉围，赤露经秦赭。
突展壮士臂，交锋报眭眦。
嵌窟谁剜刽，窍窦饱冲射。
烧余通鸟耘，微缺有蜗舍。
岩葩浅深杂，山木高低亚。
猿捷果垂接，禽轻枝倒挂。
阻兵割方域，狂心各侈哆。
负固不一姓，强嬴殒函华。
溪鱼肥入罾，村醪贱可贳。
儒绅企荣途，行有不俟驾。
载考江发源，其微酌杯斝。
弥漫众流会，灌注一门下。
腾涌山合沓，飘溅雪飞洒。
积油黯覆盎，征蘖浩飞瓦。
蛟鼍护老湫，鸥凫狎浅汊。
逆溯魄自褫，顺涉心犹怕。
万折期必至，愤屈当一写。
三年客中都，唯了湖山债。
一滩一危恐，奔湍剧旋輠。
百丈偶绝牵，刃交俄失靶。
假寐易成魇，惊呼亦多嗄。
忠信固凭倚，内省辄摧谢。
深惬唯壮观，此殆天所借。
夷陵忆文宗，小却宁芥蒂。
黄牛功配姒，法当祭之社。
秭归傍云岑，地恶记人鲊。

钱叠薛晕重，鳞坼树皮扯。
宽博敞坛墠，斜倾覆檐庌。
中断路已尽，合处天无罅。
怒觜忽横出，狂湍助喧骂。
飞瀑练垂素，响溜钟调哑。
阳光昼隐见，云气晓包藉。
妇肩赪背筐，樵指虚枯槎。
月黑吼饥虎，竹深见眠麝。
往者国柄分，群雄用狙诈。
一夫比剑阁，百万戈甲卸。
王灵今一家，女织男耕稼。
舳舻日下上，何曾舍昼夜。
估客聚百货，乘时沽善价。
坤轴听回斡，阴机默操舍。
旁束状殊窘，屡曲意不暇。
峻迅出暂顷，澄渟或时且。
日月在吐纳，雷电生叱咤。
涸涩苦穷冬，潆洑怖炎夏。
茫茫苍溟浸，落落洞庭野。
微官能我诱，里落腐鼠吓。
万里徒往来，百艰每吁嗟。
颠反常不持，疾风闪荷盖。
山行避涛濑，竟日劳髀胯。
瘦骨烦拄支，垢容招嗤怪。
贝叶丐慈护，牺牢乞神嘏。
襄贤近交臂，佳境倒啖蔗。
孟韩有正传，圣道识根派。
辇石肆威怒，斯言吾久讶。
重吊湘波魂，忠言弃土苴。

江蓠续遗些,异代称屈贾。宁胡悯国艳,可忍千金卖。
却笑效氂女,炙面不肯嫁。巴东仅三户,突兀著大厦。
一掷叹老张,岂但震盲聩。峨峨神女峰,索漠古台榭。
纤辞秽高仙,宜诛未应赦。行行到巫山,风烟郁桑柘。
瞿唐送残险,性命脱罝擭。关头跃马帝,炷香重再拜。
乡音近嶓岷,归梦绕松槚。韩公喜见蝎,正比怒嗔蟹。
人情有夺移,适意固暂快。妻孥知我还,欢呼及姻娅。
僮奴洁衣裈,争挈壶觞迓。灵鹊占吉噪,金虫缀寒灺。
扫我钓鱼石,整我插书架。栈羊拨香稭,蔬畦剪霜芥。
万事置勿问,但办供客炙。人生寻尺地,蚁宫共世界。
一斑仅豹窥,大庖姑蚋嘬。就令十年读,未胜行天下。
耳目异闻见,襟灵豁陋寡。杜陵半九州,诗史入嘉话。
马迁多经践,有文资博雅。吾惭笔墨斐,丝麻视菅蒯。
未能朋俦矜,粗足儿童诧。尚及日南杯,呼春送腊蜡。

宿离相院

客到苍苔寺,僧鸣暝色钟。古檠挑焰涩,疏屋透霜浓。
吾道元迂阔,中年雅倦慵。谁令背猿鹤,自酌不须攻。

送张子勤九陇尉

老凤高栖雏凤飞,山林钟鼎各相宜。出门马首亭亭去,敛板胸中落落奇。
颇忆浊醪过我夜,正愁碧草送君时。如何数日中年味,恰是今朝闻子规。

送乐季和

袖有礼神璧,横夭射蟾蜍。携持易羊皮,贤士衔隐痛。
短檠风雪窗,鼎钟入宵梦。出门雀适罥,挽弓不再中。
九折生庭除,款轮失严鞚。事固不可知,浅者发嘲哄。
磨以百艰虞,吾觉此意宠。蝇棘芟根株,织文彻机综。
如簧只嚣烦,战胜属阴拱。诘朝乌帽斜,瘦马霜鬣耸。
行世心愈老,转物身自重。解鞍浇客垢,先拨床头瓮。
君归我送之,我归欲谁送。

送崔子渊秘丞出守小益二首(其一)

宝峰山下识君初,岂但声华在石渠。海上三山元咫尺,人生五马少蹉跎。
鼎钟事业那能免,丘壑情怀自觉疏。安得一帆相逐去,故园春雨长新蔬。

十月十五日同黄大博出城

休沐来寻九里松,故因晴日觉春容。寒余浅水红衣尽,淡抹轻烟紫翠重。
倦向山僧谈白叶,归从逋客醉黄封。尘埃眯目成深省,何处招提鸣晓钟。

关王祠(其二)

万人杰谁可敌,千载名终不磨。此地晚钟晨梵,生前铁马金戈。

李昂英(1201—1257)

重九日游南山峡觉海寺

恰重阳日到南山,小摘黄花供绿樽。钟叩一声萧寺晚,移舟载月过前湾。

峡山飞来殿

龙门凿破碧天池,呈佛高峰插翠微。对岸钟声犹隐耳,御风檐角尚如翚。
二神择地非着相,双锡腾空向上机。此境世间如更有,安知古殿不重飞。

送鉴师住灵洲寺

少年芹泮也儒冠,底事缁袍染异端。孤岛一灯开佛屋,长身七尺占僧单。
钟鸣鱼叩随缘过,棹舞鸥飞取次看。亭下听经鼋在否,石栏摇影碧波寒。

观入试者

钟撼鸡鸣万家起,月下纷纷白袍子。提壶挈榼春游闹,擎箱摆箧谁家徙。
通衢隘塞行人绝,露坐欠伸奴跛倚。远闻雷噪轰应答,近亦汹汹殊聒耳。
轧然棘户破晓色,阵脚忽移去如蚁。壮夫先入护几案,儒雅雍容行且止。
垂髫趁哄未知苦,戴白相持叹衰矣。自从明诏到郡国,士出深山集城市。
但能操笔不曳白,秋榜人人都准拟。分明结社战所兵,投合主司谁得髓。
昨科试人今或亡,三年场屋能消几。功名信分置勿言,身健频来已堪喜。
槐黄早脱吾侥幸,因送儿曹得观视。傍人休笑李秀才,三十年前亦如此。

观 定 堂

梵宫凭水建,蓬荻费芟除。岸破群鱼出,枝危独鹤居。
定钟僧睡早,挥麈客谈虚。月满龛灯小,风停幡影疏。
供盘多佛果,僧饭饱园蔬。惟有开山老,清高闭草庐。

李弥素(?—?)

白 水 寺

白水水逾白,疏山山不疏。林迷钟递响,路久衲分裾。
痁寐念丘壑,征行怀简书。西来有意否,试与问何如。

李弥逊(1089—1153)

五 松 寺

秋风吹客衣,去路倚天碧。跻扳一何苦,政坐爱山癖。
人言五松下,曾是瞿昙宅。至今梧竹阴,列屋栖禅寂。
尘缨得暂解,俗驾聊可息。怡颜岩间树,洗耳泉上石。
孤云共还往,窈窕去无迹。道人粲可流,独步少林席。
客来了不言,碧眼照庭柏。希声出钟梵,妙意生墙壁。
寒灰暗青灯,偶坐遂终夕。归来人境空,缺月挂山额。

送邹德久还乡在福唐作

长松瑟瑟摇悲风,方床冷枕鸣秋蛩。短衾客子起孤闷,平明归思如春鸿。
我家君家各阳羡,梦寐不听闽山钟。自从敌马饮江水,去住彼此随飞蓬。
那知万里一樽酒,碧云落日聊春容。野林秋净山更远,楼殿突兀藏丹枫。
银钩玉箸光照座,高歌大笑声摩空。长亭着鞭莫太早,愁色正在登临中。
一身四海会面少,况我与子俱成翁。径须留作千日醉,坐看春风舒小红。

秋晚十咏·瞑坐

隐几北窗静,柏烟生鼎迟。雨焦寒入座,风竹暗侵篱。
贝叶谈无相,桃花现不疑。叩床呼稚子,怜到暮钟时。

将 至 泽 溪

护溪叠嶂隐长城,直下寒流泯泯清。背水人家认鸡犬,隔林佛屋听钟鲸。

山根合处客帆过,日脚断边渔火明。投老一身无地着,欲凭双桨寄浮生。

和表之清阴亭作

西山朝来多爽气,露沐风梳发新翠。泄云无力占山腰,初日分光上山背。
远山苍茫近山紫,四面钟鱼谈佛事。人间那得山为城,玉京联锦互相似。
先生结庐待三顾,道合宁论入宫妒。肯为闽山得得来,蜡屐深寻九霄路。
诗成逸兴横太清,平明更作支提行。会须佳处吞八九,归去与君增眼明。

得仙亭

隔水楼台耸佛宫,缘云扪石得攲筇。布金地主空遗像,折桂仙翁失旧踪。
人去远山留夕照,僧归晚径带残钟。眼中有句无人道,欲寄丹青恐未工。

次韵仲辅山中之作

崖阴坐清暝,目为山光注。妙意不可名,悠然与心晤。
疏泉石中鸣,落叶衣上住。冷风起虚籁,还向无中去。
三生听钟鱼,偶失来时步。佛屋倚秋风,团团两桂树。
却疑此境中,曾是经行处。

次韵学士兄春日谩成

飘泊悲生事,人情翻手云。习闲真似懒,补拙谩知勤。
老作渔樵计,梦观钟鼎勋。成亏皆一戏,不复问斯文。

次韵钱申伯山堂之咏

净坊秋色老苍官,檐额飞云细可攀。客梦偶随疏雨断,僧游长带暮钟还。
似闻遗锡藏银地,亲见高人住骨山。愁绝寒江归去路,乱峰青处望双鬟。

次韵贲远归田(其四)

归去田园好,门罗树外峰。地偏群燕雀,江静隐鱼龙。
愁觅邻家酒,眠憎近寺钟。一春强半雨,谁与问凶丰。

玉山道中有感(其一)

溪绕长山屋绕溪,隔林楼阁暮钟迟。青灯一枕家山梦,镜里平明满面丝。

偶成(其一)

蓬然真梦午钟回,独倚风轩数落梅。鼻观得香无处觅,僧窗寂寂定初开。

李　彭(?—?)

自寰通巽桥寻幽

谷鸟唤暝姿,孤钟生晚听。危桥澹忘归,岩壑耿相映。
潺湲见机泉,窈窕入云磴。遐瞩野寺门,忽尽山阴兴。

竹间两绝句(其二)

何许晚钟烟雨余,花间蛱蝶舞蘧蘧。莫将绝壑漱流齿,戏诵文园封禅书。

舟中次珍书记韵

沙头作别数峰暝,意逐屯云愁晏阴。雨打船篷藏柱渚,钟残客梦忆禅林。
山重水复归棹远,鱼跃鹭飞寒苇深。何日支郎访玄度,倚松停策伴微吟。

重过康王观

忆昔寻远山,停策康王谷。烟昏钟韵微,林茂鸟归速。
羽人虽稀少,落日见樵牧。徘徊临清溪,溪鱼白于玉。
并游几何人,槁叶下乔木。回首十年梦,前尘那可复。
欲去且少留,残霞带孤鹜。

游云居三首(其二)

故岁新芽约略黄,重来败叶带飞霜。寻幽少脱尘劳梦,访旧颇熏知见香。
深谷鸣钟云暗淡,半峰斜照树微茫。去天尺五今应是,璧月珠星挂上方。

游庐山怀叔粲季敌兼忆小子氓等次谢康乐寄惠连韵

诸峰霭遐瞩,上与箕斗近。西风吹人衣,萧然无畦畛。
烟霞入诗句,欲吐初未忍。但恨数往来,幽栖愧真隐。
真隐如虚舟,渺渺姑乘流。何须长卿慢,暮年称倦游。
钟鸣起菌阁,天上隐琼楼。焉能诱松桂,旷怀且少留。
少留平生欢,看云复长叹。芝兰念羯末,茧栗惟雍端。
倚松聊停策,意远萦层峦。风驶烟尚积,雨歇云犹攒。
攒云本无心,孤猿响山阴。俯瞰白鹿洞,仰窥紫霄岑。
何时携诸少,清盟可重寻。仲子日边去,归鸦闻暮音。

夜坐兼戏环上人(其三)

落木霜猿到耳,风高候雁横空。觅句深凭料理,解围俄听晨钟。

戏 答 赋 蚊

江湖白鸟传自古,蛰蛰孙曾亦如许。聚雷岂解殷晴空,媒孽耳根良自苦。
野人睡美不闻钟,草木苯荨森蟠胸。嗟肤攻喙漫不省,跃跃自喜安足雄。
若人才高乐讥评,滑稽能发古人兴。勾引西风麈细虫,小丑何劳霍去病。

闻苏大养直同李子充游云居作此诗招之

人心各如面,石交定难逢。吾观苏夫子,真有古人风。
自开蒋生径,日望求羊踪。乃携李长吉,上我欧岌峰。
羌山落君手,稍欲吞附庸。练练峰上云,萧萧岩际松。
想当岸纶巾,啸傲惊归鸿。我有浣花竹,隔林闻曙钟。
幽禽发佳响,亦足披心胸。何当小休嚳,一尊聊此同。

遂初堂为伸仲题

长卿四壁立,寥廓无赢余。子云英妙姿,有宅才一区。
东山文靖公,盛德压海隅。五亩几不保,翁仲泣遗墟。
张融贫寄傲,非水船安居。是皆知名士,慷慨振古无。
只椽与寸桷,乃尔未易图。顷年黄篾舫,赤壁藏菰蒲。
尉曹得钱侯,孤柂吞平湖。自言家吴会,曾高结精庐。
挟权彼何人,连茵列鼎徒。出奇斯无穷,怡颜享渠渠。
理世无冤民,屡上黄屋书。竟尔完赵璧,幸免攘公貐。
赤手缚於菟,几发壮士疽。草木初无情,和气匀嘘枯。
寻盟贺燕雀,声乐闻乌乌。获鼎名其年,作亭题遂初。
如公已克家,得雄必充闾。我居日涉园,养疴聊自娱。
卜筑颇清旷,风烟在衣裾。问舍经始难,觉公言不诬。
诗成增想似,疏钟暝虚徐。

宿 慧 日

幽窗着曙色,匆匆鸟乌啼。轸念在远壑,发轫离苕溪。

泉声作好语,挽客来招提。老衲道机熟,空洞了无疑。
霜钟耿晴空,上有垂露姿。暝随噌吰声,直与云汉齐。
摩挲不及去,行云会东归。

宿翠岩

开门望西山,岁月已云积。及兹一登眺,风雨送行役。
缘云路崎嵚,憩涧钟寂历。幽讨良独难,微吟夜寥阒。

失题(其二)

篱边日出抚孤松,户外云生遮数峰。避冷随阳闻过雁,催昏唤曙听疏钟。

七夕怀徐十用去年所赋东坡清凉韵

幽人喜雨静无尘,雨罢幽虫料理人。顾我维摩方卧病,忆君徐稚是前身。
钟鸣祇树年华隔,潮上吴江月色新。共看牵牛渡河汉,月残露脚湿纶巾。

南 至

邻鸡戒晓暮钟催,老境俱从里许来。但喜书云占嗣岁,讵知缇室暗飞灰。
和风欲上千门柳,协气先传五岭梅。弟劝兄酬真乐事,灯前细酌莫停杯。

庐山道中望天池诸寺

篮舆造林口,暝色归暮田。槁木半摇落,群峰翠回旋。
翳翳云门塔,霏霏祇树烟。夕梵落云际,微钟下遥天。
平时笑傲处,真成观辋川。岩壑事难必,赏心难舍旃。
还将九节杖,踏月上危颠。

句(其六)

湖平可爱西南水,石美堪邻上下钟。

寄徐圣功

暄风缘隙来,窈窕过我庐。新花已集目,弱柳复藏乌。
故人怪音素,定知中密疏。客从西县来,问讯聊可娱。
幽窗含暝色,亮月丽高隅。意逐前云去,微钟尚虚徐。

寄微先驰

云横暮钟微,窗含远山曙。卷裓正佳眠,候雁送寒暑。

观君弄泉手,岂是缝裳具。独鸟不西南,长怀天际树。

即事(其五)

眼看花雾共衣霏,已有群莺窗上飞。心事但随春事尽,钟声更伴鸟声微。

过 广 济

不到梅川已十年,市桥官柳尚依然。追寻耆旧知谁在,触拨清愁不欲眠。
兰若霜钟犹唤睡,平阳宰木上参天。倦游客子心无际,眼尽岗原起暮烟。

次韵九弟幽园即事(其二)

孰知卜筑野人居,饱听邻钟与粥鱼。便觉悠悠云入座,只无瀮瀮水鸣除。

次韵答仲兄元亮

杨柳江头人迹稀,心随钟度远山迟。忽传忆弟看云句,想见流觞曲水时。
人比封胡终有恨,韵低徐庾敢言诗。青春欲谢子规叫,莫惜归帆赴后期。

次妙明观韵

春岸波平汀草深,野航荡桨恣幽寻。星坛香转来真侣,菌阁钟鸣生道心。
忆昨霓旌归紫府,尚余鸿宝作黄金。肩吾戏吐烟霞语,缥缈欲仙难陆沈。

不宿开先道中口占

稚菊含佳色,苔痕上老笻。了山已埋玉,卢老自鸣钟。
但饮东溪水,休看双剑峰。斜阳空翠合,犹听隔溪春。

李　朴(1063?—1127?)

游 通 天 岩

春烟澄霁色,杖策出郊坰。叠嶂浮空翠,孤云罨断青。
燕衔泥作垒,僧结草为亭。万树山风里,钟声下界听。

李清照(1084—?)

晓　梦

晓梦随疏钟,飘然蹑云霞。因缘安期生,邂逅萼绿华。
秋风正无赖,吹尽玉井花。共看藕如船,同食枣如瓜。

翩翩坐上客,意妙语亦佳。嘲辞斗诡辨,活火分新茶。
　　虽非助帝功,其乐莫可涯。人生能如此,何必归故家。
　　起来敛衣坐,掩耳厌喧哗。心知不可见,念念犹咨嗟。

李时雍(？—？)

题巨然平湖舟泊图

遥岑矗矗水潺潺,茆屋松风昼掩关。落日钟声来远寺,行人初向石桥还。

李　石(1108—1181)

资圣看画

资圣名蓝妙画窟,前佛峥嵘连后佛。栴檀级上金琅玕,五月寒风吹佛骨。
我来看画瞻仙容,丹青古殿开天龙。薝卜花开日亭午,妙音破睡闻鸣钟。

题白塔古迹二首(其二)

　　塔倒峰峦影,钟埋涧谷音。二贤苔像古,四虎竹泉深。
　　炬火携归路,经台唤隔林。人头连地脉,古迹备幽寻。

送　叔　规

凤台却望桑麻川,残僧孤客同一年。我穷自取君更苦,只有布袜青行缠。
松楠阴阴水边寺,一饷款寻香火缘。笔端落尽蔬笋气,胸次不留荆棘田。
穷冬衣褐露黑肘,半夜风雪寒诗肩。时于连床乞被卧,睡到日午钟鱼传。
今朝别我眉色好,得得西谒骑鲸仙。自云老矣世涂熟,独有此老无人怜。
更须南去共舟楫,竹火江茶谭夜禅。

唤　鱼　亭

湖水涵空雪浸崖,老龙以下听差排。从今分钵供鱼饼,日与随钟具一斋。

李士会(？—？)

银　城　旧　县

人民城郭骇俱非,从此西迁西复西。曾是万家雄井邑,依然一段好山溪。
津无可锁沈江渚,市不闻钟委草泥。碑碣更随年月换,兴亡往事向谁稽。

李思衍(？—1290)

见王参政

猎猎风沙透纸窗,地炉火歇冷侵床。一声孤鹤唳残月,几杵疏钟敲晓霜。
黍律嘘春燕谷暖,梅花入梦楚天长。归期乞趁东风软,醉袅丝鞭吟绿杨。

李 焘(1115—1184)

客怀(其二)

久客厌尘土,幽居怀翠微。只余清夜梦,长作故山归。
菊已开三径,松应长十围。晨钟忽惊觉,犹有露沾衣。

李 鍚(？—？)

金紫岩

百尺云岩道院边,晓钟疏磬思悠然。荷间酌酒和清露,石上题诗染翠烟。
半岭泉鸣通古涧,数家秋尽隔寒川。西风似欲吹人起,去逐骑鲸汗漫仙。

李 新(1062—？)

游法济寺(其一)

俯槛微歌猛虎行,暮楼钟铁又铮铮。好将石剑磨三伏,自有巴猿报五更。
种竹养茶家计薄,依山临水国风清。张王左道曹刘战,只此祇园不识兵。

游法济寺(其二)

暮钟晓磬杂啼鸦,尤觉幽栖与市赊。风力吹回千嶂雨,柳阴遮断一溪花。
苍皮树瘿何妨丑,横水桥虹不厌斜。夜半春雷乱车轧,不须鸣鼓助惊茶。

杨村四十韵

欻行西山隈,茹荻风飕飕。阴岩有积雪,竟日无行辀。
滩声下层檐,写出千古愁。断墟灯火光,惨月神鬼讴。
巇岑泣哀猿,短筱驱归牛。顽云笼远峤,退水拓新州。
蟾肤累石拳,龙影卧松樛。顾惟衰病姿,畏作魑魅俦。
若有负郭田,肯抱穷年羞。昔怀截犀坚,今成绕指柔。
况复僻陋地,可是英俊游。山祠钟送夜,水国笛横秋。

薄雾晨欺鬓，斜阳独倚楼。睅寒碧冥鸿，叶小沙际舟。
渔师猎鱼去，数获惟芒鲰。射生持虎归，熟视俱老彪。
时世贱两目，东家如寇仇。长沙卑湿国，洛阳年少留。
太白窜夜郎，退之谪潮州。才大难为庸，不死即长囚。
官职虽差池，志意相夷侔。自匪迁逐客，而有迁逐忧。
田塍古丈人，来为寒士谋。胡不近长安，远土终悠悠。
回语古丈人，两泪不能收。从古长安儿，侠气侵云浮。
十九白如瓠，危帽钳轻褠。奚奴扶宝带，杂沓骖骅骝。
饮彻金张家，醉留骍骊裘。又恐银瓶欹，指扔营糟丘。
出阁讯花童，如何为麦麰。已不愿学孔，何时当梦周。
杏鞴照金龟，粉叶夸银钩。缓急乘一障，夜亡狄山头。
扫清玉门尘，澄澈黄河流。如彼行道人，颇有挟此筹。
咀嚼兰蘅芳，芜蘼梗其喉。夜光有先容，白日无暗投。
足钱便得已，谁卜公与侯。归来挥囊金，饱穷泉石幽。

宿西谷院六首（其五）

石髓门前水，松风谷外钟。迟迟半轮月，未忍出双峰。

送刘金部三首（其二）

烟老溪花几堕红，高阳闾巷接吴宫。禁墙钟断翻新雨，剑岭云寒想去鸿。
汴水波声天地远，上林春色古今同。行观勋策知多少，河水安流敌帐空。

送程公明（其二）

渐横碧落快秋风，回首云山几万重。明夕长亭新梦破，乱鸦残月五更钟。

江　道　中

项没黄茆疑虎蹲，风摇脱木本浮云。忘机沙淑双鸽远，小景人家一水分。
野寺钟声昏后寂，寒衣砧子夜深闻。山中悦老无亭榭，白酒长新橡栗肥。

次韵员子春游马溪二首（其一）

有花栽性地，余法寄灯房。虬蜿骈松瘦，钟寒殿谷长。
赤髯班石坐，白骥踏云骧。一夕参玄客，森森出虎场。

病中二首(其二)

林间风气杳无踪,欲遣谁人慰病惽。丐友何颜堪著论,祭拿无泪可沾胸。
不知心逐摇摇旆,反为官怜楚楚松。最是少眠多念处,暝鸦残月五更钟。

李曾伯(1198—1268)

宜兴山房十首(其一)

晓起炉烟一缕清,梵音缭绕槛轩行。须臾日上松梢了,又听斋钟相应鸣。

宜兴山房十首(其九)

俄顷钟声到枕边,朦胧晓色试霜天。披衣欲起浑无事,赢得平明一觉眠。

题利州道上江月轩

何用朝朝夜夜钟,一拳打透彻虚空。诗僧不见禅僧老,月自西沉江自东。

宿江州药王寺

指点烟林正午钟,亭亭楼阁有无中。铺张翠盖松间日,扫洒红尘竹外风。
啼鸟不惊禅入定,落花无迹色成空。解鞍暂作今宵歇,恰与云堂旦过同。

登西楼题柱

分弓来戍岭南州,勋镜尘生雪满头。愿进愚言宜简易,颇哀老子得遨游。
青山落处钟闻寺,白鹭明边人倚楼。衙散吏归冰样静,一庭落叶和晴鸠。

李昭玘(?—1126)

送李容甫归北都[①]

先生读书不下堂,堂上有客语琅琅。弟子出观如堵墙,怪君眉彩生光芒。
北都晁夫子,一别久相望。君来道信问,使我开肺肠。
三日不改服,犹觉芝兰香。平生寡投分,一笑且云乐。
殷勤发黄卷,钝吻悭应口。大杵撞哑钟,已厌音响恶。
更惭河伯观,未易穷海若。索寞岁华晚,飕飕黄叶秋。
归心剧流水,忽忽不可留。固知此鳣鲸,肯托寻常沟。

[①] 释斯植《送李容甫归北都》内容与此诗大致相同,仅个别字词有异,不再重复收录。

直须见老聃,可化南荣俦。
海州岁有冲天鹄,卵如萍实光琢玉,蜀鸡眇然何敢伏。
羽成不须求日浴,一举将惊万人目。

李正民(1073—1151)

杂诗(其九)

岁晏多风雨,寒云晓更浓。晚菘长乍剪,香稻细新春。
路远思行客,年荒叹老农。祇园人不到,惟听饭时钟。

秀　士　诗

一叶扁舟一席风,梦回已听景阳钟。夺袍有意趋文阵,鼓箧无言拙笔锋。
好把犁锄傍东郭,难陪衿佩集西雍。只缘未富三冬学,饮墨何须见愠容。

李之仪(1048—1127)

文忠公画像赞

霜空无云,秋天澄雾。照然政通,何劳钟虡。
俨然望之,希世一遇。万折方东,逢坡益注。

同子重望长芦寺

窣堵波寒对水东,坐来初报夕阳钟。回环桑柘疑无际,咫尺云烟隔几重。
听讲有心陪寂寞,杖藜何日许从容。主人境界诸缘尽,应笑规规着画龙。

瑞竹即事三绝(其一)

芭蕉叶密柿阴浓,散发西窗到晚钟。霹雳一声三尺水,旱天方信有真龙。

陪子重游长芦寺

行来思住觉城东,粥饭随缘早晚钟。安得心田荒万有,便惊眼界失千重。
笑谈喜接真摩诘,衰病休嗟老曼容。馋饮残羹应不惜,聊分水墨为成龙。

蒙宠惠朋樽深佩眷意聊奉一噱

万国衣冠拱醉容,钧天梦断失云龙。多情尚寄当时约,宛似阇黎饭后钟。

晦堂宝觉真赞

不勉而中,不思而得。从容中道,是为极则。

胡来胡现,汉来汉现。随所运用,莫非方便。
在迩求远,知深昧浅。头上安头,以口为眼。
以相而现,略无异同。一有所扣,则犹撞钟。
缘不我契,漫尔形容。稽首导师,如日方中。

登鹳雀楼

大河南奔山北走,脐裂天涯懒回首。撞钟击鼓醉横参,恃险英雄骨已朽。
岁暮风烟尤可悲,功名白发不相期。重来好是当晴日,应有鸡群翡翠儿。

除夜小舟中雨不止而作雪寄德麟

醉侣今何在,寒灯倍黯然。却应听雨梦,犹是散花天。
老境不自得,客程谁我怜。晓钟催去路,明日又新年。

罢官后稍谢宾客十绝(其一〇)

何须叹世鹿皮翁,得句真能发笑容。谁谓祖风无与寄,寸莛终愧触洪钟。

李　廌(1059—1109)

自山中归至登封遂讽高宰令取峻极中院厨前石钟板盖唐人寺记字甚奇丽也

吴砝已碎乐生论,京江昔沈瘗鹤铭。半裁紫阳立砆石,考击化度求金籯。
乃知金石有厄会,名碑旧叠长安城。顷年醴泉有贤令,政誉蔼蔼多流馨。
为怜文星足人杰,昔皆祔葬陪昭陵。坏垣粪壤得颜碣,榛丘棘垅求魏征。
史讹遂正冲远字,石阙再树六骏形。板图列籍示过客,龟趺螭首罗齐廷。
后来谬令类俗子,辄去其籍人皆惩。昔到般舟访遗迹,季海寺记今凋零。
晓闻晨钟呼僧粥,石磬嘹亮穿云清。往观乃是唐短碣,大穷索缚乘前楹。
字形峥嵘笔萧散,远过名殿诸题经。劝僧拂拭置高壁,安知野僧不我听。
十年再游尚如昔,击拊刻划将俱平。急归入城讽县令,立使舁至无久停。
此碑复立非我力,奇物久废天须兴。

游宝应寺

雨后秋风入翠微,我来仍值晚凉时。山遮日脚斜阳早,云碍钟声出谷迟。
故国空余烟冉冉,旧宫何在黍离离。兴亡满眼无人语,独倚栏干默自知。

同仲宝风雨中过德麟留宿以夜未央为韵分得未字并和二公夜央字韵(其三)

敢友天下士,辙环之四方。适愿得所向,偶如钟应霜。
交态久未定,市道良可伤。君看江汉水,安流日泱泱。

少林寺诗

禅老家风古少林,道场遗迹蔽烟岑。山遮石脚斜阳早,云碍钟声出谷深。
只履度关天杳杳,九年面壁海沉沉。欲知苗裔能传法,柏树犹明圣主心。

丙子岁三月十有二日游嵩山宿峻极中院时天气清朗山月甚明因以阴壑生虚籁月林散清影为韵诗各六句(其六)

风回荔萝香,意与尘气别。杳杳云际钟,皎皎松上月。
触焉感幽处,蜡屐俟明发。

连久道(？—？)

洞霄琳宫(其二)

栖真已得寻西洞,神应谁能辨雨钟。水奏五音鸣玉凤,山回九锁蹯苍龙。
古杉疑复天台去,怪石时从福地供。它日重游应更好,拟登天柱最高峰。

连文凤(1240—？)

月夜独坐

坐久不闻人语喧,风枝吹动宿禽翻。几家负却三更月,未到钟声已闭门。

晓起

钟声废早眠,倚棹过晴川。半夜凉风起,一帆秋影悬。
僧联闻雁句,仆请买鱼钱。每被人相问,谁家书画船。

晚步

不知风露寒,深坐翠微间。对酒秋花尽,看云暝鹤还。
钟声黄叶寺,樵唱夕阳山。安得吟身健,长随白日闲。

三省斋为洪中行赋

机巧日相寻,谁能自警深。惟君学夫子,此意即曾参。

钟破平生梦,灯明半夜心。遥知读书处,松桂已成林。

葛岭废第

此是歌钟第,斯人去不还。繁华一梦里,风雨十年间。
红叶自成径,绿苔空掩关。国亡家亦破,愁杀夕阳山。

廖行之(1137—1189)

挽武宣教溪四首(其三)

呜咽钟悲子夜昏,灵椿摧折重销魂。数丝白雪遗慈母,一寸青松括耳孙。
返哺声干那可及,挽须情在不堪论。桂枝皎皎歆寒玉,伫看扬名振礼门。

林　嵝(?—?)

题西湖山岩二首(其一)

咫尺移文唤即应,此亭便可配韩亭。溪流横过一湾碧,山色平分两岸青。
落日钟声鸣远树,半空塔影倒寒汀。云烟满目皆亲种,留与邦人作画屏。

林伯春(?—?)

蓝溪次曾状元韵

羊肠路入最高峰,倦倚东风点瘦筇。芳草有情春意远,青山依旧暮云重。
新来梵阁添奇观,前度诗人带老容。寄我此身天地里,梦回林杪一声钟。

林　逋(968—1028)

风水洞

平昔常闻风水洞,重山复水去无穷。因缘偶入云泉路,林下先闻接客钟。

赠蒋公明

高亢近谁同,心闲爱子慵。居深避俗客,睡起听邻钟。
纸轴敲晴响,茶铛煮晚浓。南斋屡招宿,幽话数诸峰。

盱眙山寺

下傍盱眙县,山崖露寺门。疏钟过淮口,一径入云根。
竹老生虚籁,池清见古源。高僧拂经榻,茶话到黄昏。

峡 石 寺

长淮如练楚山青,禹凿招提甲画屏。数崦林萝攒野色,一崖楼阁贮天形。
灯惊独鸟回晴坞,钟送遥帆落晚汀。不会剃头无事者,几人能老此禅扃。

西湖泛舟入灵隐寺

水天相映淡潋溶,隔水青山无数重。白鸟背人秋自远,苍烟和树晚来浓。
桐庐道次七里濑,彭蠡湖间五老峰。辍棹迟回比未得,上方精舍动疏钟。

送昱师赴请姑苏

同载阇闾人,衣囊覆氎巾。新烟赤岸暝,融雪太湖春。
钟远移斋候,香迟上定身。当知举如意,宝地雨花频。

寺 居

浩然巾杖立秋钟,院舍门门细径通。柏子有芽生塔地,鹤毛无响堕廊风。
闲栖已合称高士,清论除非对远公。不厌浮尘拟何了,片心难舍此缘中。

寄思齐上人

松下中峰路,怀师日日行。静钟浮野水,深寺隔春城。
阁掩茶烟晚,廊回雪溜清。当期相就宿,诗外话无生。

湖村晚兴

沧洲白鸟飞,山影落晴晖。映竹犬初吠,弄舡人合归。
水波随月动,林翠带烟微。寺近疏钟起,萧然还掩扉。

和西湖霁上人寄然社师

竹下经房号白莲,社师高行出人天。一斋巾拂晨钟次,数礼香灯夜像前。
瞑目几闲松下月,净头时动石盆泉。西湖旧侣因吟寄,忆著深峰万万年。

孤山雪中写望

片山兼水绕,晴雪复漫漫。一径何人到,中林尽日看。
远分樵载重,斜压苇丛干。楼阁严城寺,疏钟动晚寒。

林拱中(？—？)

游虎丘(其二)
我来一榻羡危亭,倦步支颐竹杖轻。僧听钟声归寺急,鸦争林宿压枝鸣。
禅机击拨如锋起,尘袂驱除似水清。风定夜虚声转寂,杯茶精舍一灯明。

林光朝(1114—1178)

资中行奉寄临邛守宇文郎中
铜驼陌上生秋草,前者刻石今如扫。儋边半纸半模糊,下床三日成悲恼。
苍史萌芽何可见,要从笔意生秦汉。欲将奇字问何人,所守一家如小篆。
是中变幻随形模,钟镈鼎鬲匜盘盂。如何两京到魏晋,搜尽苍崖惟此书。
即今原隶见颠末,仍于画上分锱铢。燕然有年固可纪,笔势岂得先黄初。
中郎袖手欲无作,正始不逮况其余。幸哉一见俱抵掌,翩翩如反古石渠。
且说金陵佛屋何年灯,晋分隋张犹青荧。忽听荒鸡还自起,资中之刻不徒尔。

林景熙(1242—1310)

宴德初书楼
楼高不二寻,已作百尺想。中有湖海豪,开襟纳万象。
颇延素心人,谈笑落清响。邻花吹午香,檐竹荐秋爽。
于中了行藏,此外断俯仰。西楼富薰天,歌钟乐华敞。
荒凉风雨余,山夔自来往。

晓　　意
僧钟觉曙鸟,纷飞弄林光。宿云渐离石,我起开秋房。
南山忽入几,相对各老苍。我老几何年,山曾见鸿荒。
流泉送日月,危石支兴亡。问山山无言,啼猿起前冈。

故　　宫
惊风吹雨过,历历大槐踪。王气销南渡,僧坊聚北宗。
烟深凝碧树,草没景阳钟。愁见花砖月,荒秋咽乱蛩。

次翁秀峰
花柳湖西别此翁,十年鬓雪忽重逢。唐陵愁问永和帖,楚水梦闻长乐钟。

黄奶秋灯余旧癖,素侯野服拜新封。世情云雨何时了,千古青青太玉峰。

林亮功(?—?)

送友至飞云渡

五里风涛路,人烟隔岸洲。去帆欹绿水,别棹会中流。
西岘钟声晓,东山塔影浮。何人有机事,惊起一沙鸥。

林尚仁(?—?)

喜友人为僧

身披云衲瘦伶俜,一刺新添得寺名。餐供未便跌足坐,诵经犹作读书声。
禅窗欲晚闻钟掩,吟履逢秋踏叶行。应是千生修得到,几人头白尚无成。

林希逸(1193—1271)

宿西兴渡作

古寺鸣钟罢,高林宿鸟忙。竹明风弄影,荷净露生香。
月到中天小,星过野水长。江村人寂寂,败叶响银床。

又 绝 句

堂虚陡觉暮寒生,长乐疏钟缓转更。对烛已无词可草,拥炉时听闹皇城。

林 宪(?—?)

台州兜率寺淳熙三年孟春作(其四)

月色半古寺,虫声杂疏钟。江城缭山色,星斗摇空蒙。
徐行不自觉,徙倚树影中。忽然变烟雨,江上东南风。

林亦之(1136—1185)

忆浮家洞

万竹苍苍乌鸟啼,一江渺渺薜萝西。幽怀动处兰初长,好句来时月已低。
年岁却从为客尽,家书长是倩人题。疏钟日落孤村立,秋燕梁空归思迷。

秋夜同章三十九弟次郊宿延庆山中纪游一首

芭蕉月上照窗扉,屋里老僧眠不知。起来树根饮一盏,举头忽是三更时。
藤萝一处一处好,我亦持杯随处坐。山鸡忽叫野钟鸣,满地西风愁杀我。

林　泳(？—？)

题进道西楼

买屋西楼好,诗中著卧龙。青山相对处,黄檗最高峰。
小尽容书画,低犹俯竹松。市声不到耳,惊梦是邻钟。

林之奇(1112—1176)

雨后出城马上作

既雨天气佳,微云淡如扫。欲寻烟际钟,骑马河边草。
紫椹饱黄鹂,人家夏蚕老。田妇踏缲车,隔篱语音好。
嗟我一何愚,读书浪枯槁。不及此中人,终年客长道。

泗州画赞

稽首泗州普照王,曩以宝塔接群品。塔今败坏成微尘,随意分身无不在。
我观世间有为法,无常迁变同一空。假饶建塔如恒沙,未有不归幻灭者。
岂惟淮塔有兴废,阿育王造亦非坚。菩萨应感常现世,不随宝塔俱存亡。
耕雨获晴长淮风,普为众生作饶益。我今绘此应感象,常以正念为皈依。
于此员光一寻中,而兴七级浮屠想。正念皈依无间断,普愿菩萨常感通。
洪钟小大随叩鸣,所求所请皆如意。

刘安上(1069—1128)

宿　方　潭

山中何所有,一味静难名。暗谷流泉响,疏林落叶声。
夜深寒月白,霜重晓钟清。早出松间路,衣裘空翠凝。

刘　攽(1023—1089)

五月望日赴紫宸谒待旦假寐

半夜北风凛凛寒,倒衣惊问紫衣班。云容不辨阴晴际,月色犹迷爽晦间。
偏喜鸣鸡识钟漏,正怜残梦失江山。濯缨簪笔初无补,空愧纷纷数往还。

挽胡太傅二首(其一)

州来推博物,伯始贵中庸。论道宜黄发,铭功遍景钟。

龙门余旧客,马鬣怅新封。后世瞻遗德,南山万丈峰。

宿岘山寺二首(其二)

苍山若无路,落日听鸣钟。旁舍适眠虎,古潭微见龙。
空窗向云月,高枕听风松。幽境昔未遘,仙游如可逢。

涉伊水宿宝应寺

日夕车马烦,路绝临清伊。云光与水色,极望相逶迤。
饮马清泠泉,凉风吹人衣。白石可历数,游鱼仍俯窥。
浅濑乍褰裳,榜舟亦迟迟。古木号乱蝉,白鸟时独飞。
上方两高阁,向水双朱扉。迢迢际烟霞,安得青云梯。
暝投中峰宿,四山凝夕霏。钟鸣众禽寂,孤灯明翠微。

山　　寺

叠嶂横秋水,招提隐半峰。白云迷到路,晓日自鸣钟。
法会樵渔熟,斋时鸟雀慵。试寻方外士,系马就长松。

日晚步过孙监丞

夕阳喧鸟雀,幽径入蓬蒿。于此兴不浅,行吟殊未劳。
市朝移俗态,麋鹿共吾曹。稍稍钟声暝,林梢白月高。

秋过荐福院竹亭(其二)

开门金锁碎,绕径碧檀栾。钟呗风余韵,房栊日暮寒。
老僧长入定,好鸟故相看。何事扁舟客,殷勤觅钓竿。

寄题萧山岁寒堂直己亭

我兄昔高第,时论推捷敏。由也政事科,五人实亲近。
古者邦诸侯,今之县令尹。试材非不难,善政知所蕴。
投虚刃若新,利刿钟已泯。遂驰能者声,肯作俗士窘。
高堂久颓挫,往者尝隐忍。即事新栋梁,开轩凌隐嶙。
后凋拔天材,破的见标准。山川濯襟尘,药饵纾客㐱。
呜呼九州间,胜事岂有尽。向观松桧姿,稍欲死蒿蓁。
始知岩穴士,自古须汲引。愿赋嘉树诗,为公广招隐。

和裴库部诸家雪·侯家

裘马寒逾壮,歌钟暝未闲。排云朝象阙,踏冻猎黄山。
上客珠装履,妖姬玉缀鬟。园林通夜赏,洞户不须关。

冯当世生日(其一)

申甫维崧岳,东方本岁星。旧书容尽信,成事况亲聆。
南纪浮江汉,青炜变顼冥。气和方毓粹,地胜已储灵。
德宇何寥廓,斯文实典刑。龙驹来汗血,霜刃脱青萍。
智略联三捷,规模壮六经。羽翰惊海运,辰象属天扃。
回首烟霄近,横云汉阁青。河图开秘奥,龙节付仪形。
万里风声肃,三年楚俗宁。里氓羞蟪蛄,乡校谨螟蛉。
圣主思霖雨,群生望大庭。指期调鼎实,洗眼颂椿龄。
授易尝占晋,论诗窃次骊。莫言狂简士,足记景钟铭。

春雪早朝和沈编校

晓寒初怪客衣重,隐约钟声长乐宫。出户万家横雪里,止车双阙秀云中。
退朝禁柳迎人绿,寓直庭花向日红。纵使著书嘲尚白,会应华发兆非熊。

初 夜

栖鸡已登屋,宿羽复归林。不语听钟坐,默默千里心。

将至洛中先寄宋次道诸幕府

频年洛阳道,秋月照征车。关口朝烟上,伊川晓日初。
舣船看饮马,投策数游鱼。蝉嘒随林静,钟鸣应谷虚。
夙龄怀胜尚,吏役久愁予。及此娱山水,翻知喜简书。
名都士渊薮,盛德世璠玙。羁旅如倾盖,詹言兴有余。

刘才邵(1086—1157)

游 山 寺 诗

冈峦围古刹,松桂发幽香。斜日烟姿薄,空庭花影长。
寻云穿藓径,汲水动溪光。好就山房宿,闲听钟殿床。

青原台次前人韵

伯仲联华萼,登临拥旌幢。从行真凤雏,不数襄阳庞。
圣人念远民,暂辍临此邦。共惊后夔手,胡为调众腔。
公独体上意,勤民起膏肓。余闲养诗勇,万钧一指扛。
谢家内集盛,文彩今可双。江白曳缟练,山青逼轩窗。
缅怀风幡语,闻者拱手降。独此双泉老,机锋暗相撞。
曹溪一滴水,倾出白玉缸。至今正脉通,洪流咽三江。
远水注江腹,浮云荡山胸。悠悠动遐想,矗矗标奇峰。
祖意透今古,风期协霜钟。诗中无碍辨,未信景能供。
黄堂正多暇,森戟闲卫兵。月波复荡漾,遥接银河倾。
天高万物肃,星润三阶平。使君乐岁丰,高台延客登。
从来中秋夕,难得满意晴。江山自高下,歌管摇空明。
参差桂影动,清湿露华凝。新诗出妙思,心境还双清。
皎如白玉壶,满中贮冰凌。坐久群动息,风生两腋轻。
觞咏有余乐,何物更关身。不减庾楼兴,风流自古情。

慈宁寿庆曲

凤凰山下瑞烟浓,湖海凝光秋正中。流星驿骑如飞电,来奏吉语闻天聪。
龙舟移棹渡淮水,金车归来长乐宫。诏书即日严法驾,出迎不惮劳清躬。
晓钟传箭金门开,翠华赫弈从天来。绣旗拂云势偃蹇,彩仗照日光徘徊。
汉宫威仪重烜赫,天宇披豁无氛埃。里闾纵观万人喜,秋城一变成春台。
高樯影转龙负舟,平河清浅乘安流。临平山色映雕辇,草木光荣佳气浮。
龙舆照耀金开鳞,御幄对起高连云。欢声喜气传万里,盛事创见超前闻。
煌煌仪卫回丹阙,万骑千艘乘晓发。道傍观者皆鼓舞,帝力难名但欣悦。
由来孝弟能通神,圣主成功在得人。谁云高高难感格,一德协谋天所因。
皇帝盛德动天地,丞相嘉谋无比伦。昭然独断纳远策,重见元恺承华勋。
圣情孜孜天不倦,宫中预建慈宁殿。绣栱云楣藏盛仪,广庭层陛宜清宴。
宝盛珍匦龙蟠拿,册写鸿猷金焕烂。臣民观听尽倾耸,文物声明信葱蒨。
共知睿意已潜达,行见天心从宿愿。果然悔祸答清衷,信使交驰邻好通。

宫闱大庆得所欲,惟断乃成全圣功。　唐朝二圣虽重欢,才自蜀道归长安。
当时歌颂中兴事,已自矜夸称至难。　德宗念母亦云切,宁受百欺诚意殚。
终然莫遇成永叹,屡诏访迎空百端。　以今准古孰难易,相去正如霄壤间。
殊方自与邦域异,一朝谋好銮舆还。　况复指期如素约,晬容克日瞻慈颜。
信知卓绝冠千古,其间仅有安能攀。　孝心锡类兆民赖,湛恩协气充人寰。
愿闻备乐播金石,刺经作制垂不刊。　扶桑晓色升红轮,阙庭瑞气朝朝新。
如川方至无穷尽,圣寿同过一万春。

刘　敞(1019—1068)

雨中闻钟

疏钟不隔雨,迢递入重城。倦客未能寐,归禽初不惊。
霏微通暮色,飒沓隐秋声。帘幕鲜风起,明朝应早晴。

鄢陵兴国寺题壁

寂寞空堂欲暮时,钟声断续雨千丝。此中会有西来意,正复庭前柏树知。

五月望日赴紫宸谒待旦假寐

半夜北风天反寒,倒衣惊问紫宸班。云容不辨阴晴际,月色犹迷爽晦间。
独喜鸣鸡应钟漏,正怜残梦识江山。濯缨簪笔初无补,空愧纷纷数往还。

同徐监簿灞涘望长安

驱车凌灞岸,回顾望长安。北阙尘明灭,南山气郁盘。
人来日远近,城转斗阑干。长乐钟声断,秦川树色残。
听歌迷夏首,倚瑟想邯郸。鬒变惊游子,因知行路难。

同邻几持国过杜和州

江南太守水斋居,残雪层冰正满渠。忽忆山阴乘兴往,可怜心抱向人摅。
放歌浩荡惊狂客,换酒从容解佩鱼。四座欢衷两倾倒,归鞍欲犯夕钟初。

听　钟

陋巷客回辙,夕阳钟送秋。寒声满空谷,暝色下高楼。
陡逐悲风起,微兼远角收。旅怀伤急景,听此愧淹留。

山 寺

野竹檀栾翠,孤峰杳霭青。山楼随诘曲,石路上青冥。
云色移时合,钟声隔水听。似闻堪避世,游子未尝经。

久雨二首(其一)

江雨黄梅实,湖云起蛰龙。寒生夜床簟,声绝暮山钟。
药裹添新粉,书编坼旧缝。虽知恨卑湿,凉夜尚吾容。

丁右丞挽词二首(其二)

司籍归良史,调钟待一夔。遽闻麟掩袂,犹觖凤来仪。
绝笔流风在,遗音后世知。春原国人送,黄鸟寄哀诗。

刘辰翁(1232—1297)

夏景·蝉声集古寺

此寺创何年,人间几变迁。山空千万古,声集两三蝉。
振木㯑余茧,凭风咽断弦。助成骚国晚,惊破少林禅。
喧寂闻尘外,炎凉落照边。客来悲世事,虫语暮钟连。

刘奉世(1041—1113)

入 直

玉烛含辉望处遐,禁钟动后起雌鸦。天高秘省云偏重,地迥琼林月半斜。
三古文章留大史,百年事业照东华。时挥子墨随班马,芝检初分宰相麻。

刘 扶(?—?)

题净土寺

物外萧然释子宫,楼台雄压郡城东。江回澄练浸碧落,山答疏钟飘远风。
隔岸橹声喧暮角,卧沙桥影转晴虹。可怜千里无穷景,尽属高僧吟笑中。

刘 黻(1217—1276)

朱菊山汪眉山会宿萧寺

共游溪上寺,因得话诗缘。客鬓添新雪,梅花似去年。
疏钟含暮雨,古木带寒烟。后会知难定,分题废夕眠。

章江信笔

自从谪向章江上,两饭惟听宝界钟。尚忆贾生陈痛哭,肯为胡广说中庸。
春风举世知骑鹤,夜雨何人识卧龙。吾道未嫌拘絷苦,一编炯炯照人胸。

寺　居

寺居贫亦乐,多被忆家分。井脉寒生雾,钟声远入云。
青松知出处,白发耐耕耘。此地民风古,如何弄梃闻。

横浦十咏·宝界寺

城中惟一寺,僧老雪盈头。曾识神仙到,仍多谏议游。
钟闻香火夕,碑隐桂杉秋。可惜高堂上,双趺石不留。

和题临赋(其二)

输君杖履临,草径静深深。野鸟随晴步,邻钟答晚吟。
飞沈皆有趣,穷达付无心。对月悭于酒,寒泉聊一斟。

悼许氏柔则

青青北山柏,苍苍南山松。属彼冰雪姿,无言意趣同。
造物何冥冥,摧以头夜风。伤心复伤心,忍听风中钟。

刘　过(1154—1206)

张帅干席上口占

海树婆娑日出东,一年穷处已残冬。春衫湿到西湖雨,魂梦觉来长乐钟。
梅掷白英楼压凤,灯挑红焰剑缠龙。便教分阃持麾去,未惬平时锦乡胸。

上袁文昌知平江五首(其四)

行尽淮南日日东,自携只影入吴松。人生五马方知贵,客老诸侯叹未逢。
适意秋风宁为鲙,惊心半夜忽闻钟。十年无计离场屋,说著功名气拂胸。

和大参相公(其三)

山邃龙蟠屈,江昏蜃吐楼。撞钟千百指,阅世八千秋。
僧笑衣冠累,天容杖屦游。松梢清影碎,薄月带沙流。

古　　诗

凉生几砚窗未糊,秋风射入如相呼。床头吴钩作龙吼,便欲乘此捣穹庐。
丈夫诗胆如斗大,摩挲笑与歌楚些。生平柔肠作铁坚,挑尽寒灯拥襟坐。
撞钟打鼓天欲明,鸦未知晓鸡先惊。夜来有雨不须问,听取窗前蕉叶声。
老僧惯闲定较可,山色朦胧半烟锁。玉簪委地怕禁持,消息雨中弹指过。
前回十日得一晴,远山松桧如泼青。痴云冉冉自辟易,半江滚滚金龙生。
桂花毕竟终燥薄,强出婵娟懒梳掠。正缘久不见云生,事半功倍扫萧索。
人言快意难得时,世间乐事须生悲。转头泼墨天地黑,依然雨脚如丝垂。
山翁岂识神龙志,特地霖淫阻游意。不知金鸭香篆长,拥鼻犹可看文戏。
重重叠叠添青苍,谁谓浓翠绕丛篁。草木过湿有香意,衣笼笃褥簟笼汤。
峭岩万丈苔斑驳,日固甚佳雨不恶。晴明晦冥俱可观,刍豢有时荐藜藿。
爱山之痴如爱诗,或日或雨皆足奇。
君不见若把西湖比西子,淡妆浓抹总相宜。

呈王山父（其一）

疏烟淡淡树重重,略得西南有路通。钟板不鸣山寺静,闭门人在月明中。

刘克庄（1187—1269）

真　　隐　　寺

出郭斜阳已在山,夜深乘月到江干。奴敲小店牢扃户,僧借虚堂径挂单。
骇浪急回冈胆薄,逆风小住为心宽。投床一枕潇湘梦,无奈霜钟苦唤残。

幽　　居　　寺

相传有儒者,唐季隐兹峰。电已收遗藁,云方锁暮钟。
木碑无世次,石洞断人踪。此士何曾死,林深不可逢。

用强甫蒙仲韵十首（其二）

绝无上足担簦至,仅有长须荷锸从。乍可沙边狎虫鸟,谁能池上送夔龙。
入耆英社老能几,举力田科今不逢。翠管檀槽方迭奏,未应考击到编钟。

用强甫蒙仲韵十首（其四）

俊物终当腾踏去,钝根犹欲溯洄从。邻家东皋无□子,小屋西堪住士龙。

掷笔不求佳传作,署门怕与恶宾逢。山歌亦自谐音节,莫管人嘲似哑钟。

用强甫蒙仲韵十首(其八)

幼磨铁砚翁同学,晚捧铜槃客鲜从。十二相宁分虎鼠,两家子各判猪龙。
有时扪虱灯前话,亦或骑鲸海上逢。自是老人眠睡少,梦回原不为晨钟。

用强甫蒙仲韵十首(其一〇)

先生拟把衣冠挂,稚子能操杖履从。叔夜只堪伴鱼鸟,子云何至况蛇龙。
豹皮尚欲留名死,鸡肋安知与怒逢。老去自鸣还自止,簨虡何敢间金钟。

咏潇湘八景各一首·烟寺晚钟

问寺莫知处,跻攀又溯洄。惟钟藏不密,日暮过溪来。

夜坐二首(其一)

依约前生是蠹鱼,坐窗不觉晓钟余。都忘还笏休官了,浑是担簦应举初。
亥豕安能承谬误,雪萤尚欲补空疏。玄花生眼蜩鸣耳,贪校新抄数板书。

野　　性

野性无羁束,人间毁誉轻。客言诗惹谤,妻谏酒伤生。
窗纳邻峰碧,瓢分远涧清。近来尤少睡,打坐到钟声。

香　山　寺

佛废何关儒者事,要知开创亦辛勤。居人公拆纯楞柱,巨室深藏旧记文。
钟已毁楼移出寺,石犹镌字徙为坟。吾诗句句通阴鹭,安得檀那子细闻。

喜大渊至二首(其二)

敕尾词头老不任,偶逢寸暇惜如金。进赓圣制董弦曲,退伴君联石鼎吟。
晓漏闻钟犹共话,雪泥蹑屐每相寻。而今不辨人颜色,坐久琅琅认语音。

乌　石　山

儿时逃学频来此,一一重寻尽有踪。因漉戏鱼群下水,缘敲响石斗登峰。
熟知旧事惟邻叟,催去韶华是暮钟。毕竟世间何物寿,寺前雷仆百年松。

铜雀瓦砚歌一首谢林法曹

凉州贼烧洛阳宫,黄屋迁播侨邺中。兵驱椒房出复壁,帝不能救忧及躬。

台下役夫皆菜色,台上美人如花红。九州战血丹野草,不闻鬼哭闻歌钟。
时人肆骂作汉贼,相国自许贤周公。一朝西陵瘗弓剑,帐殿寂寞来悲风。
美人去事黄初帝,家法乃与穹庐同。繁华销歇世代远,惟有漳水流无穷。
时时耕者钁遗瓦,苏侵土蚀疑古铜。后来好事斫成砚,平视端歙相长雄。
参军得之喜不寐,携归光怪夜吐虹。谓宜载宝饷洛贵,顾肯割爱遗山翁。
翁生建安七子后,幼览方册梦寐通。白头始获交石友,非不磨砺无新功。
复愁偷儿瞰吾屋,窃去奚异玉与弓。书生一砚何足计,老瞒万瓦扫地空。

宿庄家二首(其一)

　　初秋风露变,偶出憩庄家。原稼无全穗,陂荷有晚花。
　　疏钟逾涧响,微月转林斜。邻媪头如雪,灯前自绩麻。

送王允恭隐君

一叶撑来江浪阔,兼金却去客囊空。都将岁月供丹灶,不要功名上景钟。
古有礼罗招处士,今无书币起逋翁。南阳只在荆州北,时一登高吊卧龙。

梦赏心亭

梦与诸贤会赏心,怳然佳日共登临。酒边多说乌衣事,曲里犹残玉树音。
江水淮山明历历,孙陵晋庙冷沉沉。晓钟呼觉俱忘却,独记千门柳色深。

哭林山人

　　僵卧茅檐下,怡然八十春。竟无衾覆首,惟有钟随身。
　　赗吊稀来客,封崇托外亲。自言坟出贵,后必产奇人。

警斋吴侍郎再和余送行及居厚弟诗各次韵(其一)

朝阳凤味更谁同,回首啾啾笑候虫。洛下二龙闲马吕,建中两豸数邹龚。
呼来伯雅聊排闷,叱去奴星莫送穷。华发未交衰飒甚,敢鸣破釜答编钟。

华严知客寮

檐外苍榕六月秋,小年来此爱深幽。坏墙萤出如渔火,古壁蜂穿似射侯。
涉世昏昏忘旧话,入山历历记前游。故人埋玉僧归塔,独听疏钟起暮愁。

和方孚若瀑上种梅五首(其四)

百匝千回看不足,管他急雪溅奔泷。瑶林错立明梁苑,宝璐横陈照楚邦。

爱杀嚼芳仍嗅蕊,吟狂哆口更疏庞。晓来翠羽惊飞去,应为烟钟树杪撞。

海口官舍

晓起斋中望,千家未启扉。潮能驱海走,风欲挟人飞。
烟寺钟初定,霜林叶半稀。客身偏畏冷,着尽带来衣。

郭熙山水障子

高为峰岚下涛江,极目森秀涵苍凉。始知着色未造极,壹似丑女施铅黄。
惊泉骇石聚幽怪,巨楠穹柏蟠老苍。鹿门寺,华子冈,是耶非耶远莫详。
疑闻钟声起暗霭,似有帆影来微茫。陌穷渡绝雪满坂,驴鞍钓笠分毫芒。
炎曦亭午试展玩,坐觉烟雨生缣绡。古来绝艺必名士,俗史辟易安敢当。
大年脂粉米老狂,先朝仅数燕侍郎。吾闻汾阳子贵购父画,一笔不许它人藏。
矮屏短轴已可宝,况此四幅垂华堂。呜呼主人谨护守,神雷鬼电或取将。

悼阿驹七首(其三)

北辙南辕有返期,吾儿挈手去何之。梦中玉雪来怀抱,愁绝邻钟唤醒时。

大目寺

来人云虎出,留此到昏钟。寺小于诸刹,山高似众峰。
未寒先得雪,已夏尚如冬。老子曾游浙,微微有辨锋。

慈氏阁

阁建五季时,丹碧晃层累。吾行半区中,巨丽莫与比。
想方营综时,霸心极雄侈。但思穷耳目,宁论竭膏髓。
一朝陵谷变,飞电扫僭垒。湘波日夜流,不洗争篡耻。
惟存浮屠居,愿力久未毁。夕阳吊陈迹,危槛聊徙倚。
遥怜下界热,高处凉如水。若非逼严钥,坐待钟声起。

病起窥园十绝(其八)

姑山糠秕铸尧舜,铁拐刀圭度吕钟。结裹诸君成禹孟,可能不是老夫功。

北来人二首(其二)

十口同离北,今成独雁飞。饥锄荒寺菜,贫着陷蕃衣。
甲第歌钟沸,沙场探骑稀。老身闽地死,不见翠銮归。

报 恩 寺

一抹斜阳上缭垣,芫花满地柏阴繁。
城中客子闻钟去,独立空山听断猿。

乌 石 山

客子家山亦此峰,可堪投宿听疏钟。旋沽村酒开霜柿,欲访禅扉隔暮松。
乡信写成无便寄,寒衣着绽倩人缝。远来只为营瓜圃,不是贪渠万户封。

刘 琦(? —?)

登 东 峰 亭

凯还几度宴东峰,新构危亭接梵宫。势入青冥横绝壁,路盘空曲压高松。
临流自笑功名薄,对酒欣逢景色重。飘泊却惭归未得,日斜坐听暮云钟。

刘 跂(1053—?)

见苏黄邦字韵诗戏示王倅安国二首(其二)

天下本无事,此语仅兴邦。得志不与物,誓心有如江。
腐儒若腐萤,槁死读书窗。谁能守笔研,心大云何降。
终然气相许,霜钟不须撞。道虽千钧重,努力期自扛。
他时侨与札,日月声名双。只应南海赵,便是襄阳庞。
慎毋强拣择,贵纯不贵厖。请见胸中物,止水琉璃缸。

次胡伸道韵并简公允弟

几年书不到江东,知我忘形事事慵。南阮最贫方远宦,阿连同调且相从。
狂生肯信原非病,妄校须惭广未封。安得论文如定力,不眠长听五更钟。

刘天益(? —?)

呈陈紫微

欲下未下属玉双,喧瀑飞雪明石矼。扁舟激沥苍雪淙,断岸菰柳穿蓬窗。
舟程未达君子邦,心源直指如湍泷。后生薄俗邪说噇,老成砥柱回淳厖。
雄文翼道宝鼎扛,日月旂常九仞杠。急流勇退挂冠逢,饮水啮雪嗤羊腔。
孤轮绝翳空吠龙,飞蛾眇影捉明釭。翻思解缆鹿城江,寸楚不揣洪钟撞。

八年乔岳劳心忪,北望云迷翠羽幢。袖里虹霓气不降,珍储未辨珉与玒。
借公大扣声枞枞,庶几蚊虻附奔骁。

刘 瞳(？—？)

禅师塔次韵

皓月孤悬处,知师几驻筇。铁鞋虽踏破,只履觅无从。
传法灯灯火,闻经处处龙。可怜狂醉客,夜坐谩撞钟。

刘孝韪(？—？)

题佘山宣妙寺

水定浮春岫,鸦盘落远林。上方钟送夕,隐几兴何深。

刘信夫(？—？)

西 湖

长乐钟声下九天,万家春色柳摇烟。山迎山送利名客,潮落潮生来去船。

刘学箕(？—？)

密庵题柱二首(其一)

清钟静室破寂历,浩气空山生沉寥。长林风送涧水急,聒枕宛似春江潮。

寄题吴介夫专壑七咏·负闲

钟鼎本玩世,富贵徒苦人。何似天地间,萧然一闲身。

赋祝次仲八景·烟寺晚钟

钟声烟际来,佛屋栖云端。回飙度崖谷,疏韵出林峦。
东岫上明月,归僧濯清湍。

刘拿(1048—1102)

哲宗皇帝挽词二首(其二)

禹迹从容陟,虞华焉奕重。辰韩颁秘籍,湟鄯抚新封。
洮颊方凭玉,髯胡忽挽龙。凤冈盘王气,柏殿邃真容。
洛照当阳水,嵩回入抱峰。伤心守陵女,犹认上阳钟。

赠知训上人

英英商颜芝,远在青苍岑。云烟适有寄,为瑞本非心。
往闻攀缘人,纡轸恣所寻。一落城市间,蒁刍护萧森。
鲸鱼叩蒲牢,大吼洪钟音。岩岩清冰骨,外垢不得侵。
试从古人求,绛钵中支林。定香发远浃,慧剑韬长镡。
招提始尝聆凑泊,尘端驶辨秋黄落。一见知非伖儗人,惩躁雪烦真刮膜。
赤髭由来号该洽,况有新诗堪发药。俊如骁壶辈中出,秀甚巉巉麟一角。
卑枝雨过结留荑,曲汜萍开窥哺壳。紫茸缉春柔,轻靸不蹑跟。
白叠拥方袍,皖如崆峒云。时时好事者,巾屦喜及门。
随缘缀香火,高谢乃世纷。齿先众一饭,独傲倾羲轮。
顾我纷纷何所为,年来病眼欲成眵。风情落莫非故时,未适弃去唯应诗。
辱师勤请过六七,独恨琐琐无经奇。强颜终篇使持去,著足成累庸非师。

元丰辛酉七月九夜大风四十韵

海傍七月无好天,顽云夜半争纠缠。雷公轰车电操帜,如以墨汁当空湔。
门阑刺眼不见地,逼塞四野可筑拳。须臾飓风赑屃起,便觉怒窍呜喧阗。
茫茫平地驾轘辕,礌石杂下丽谯颠。训狐投隅狗走窦,拔木僵仆踵不旋。
铿轰时闻掷飘瓦,汹沸错以池羹煎。藩垣卷去甚撤幕,屋壁如受众挺挺。
戛空飞砾正激射,况复急雨筛涌泉。初疑昆阳遁猛兽,又讶伏弩攒庞涓。
黔头豹裈健肘髀,剖拆囊袋椎钤键。天吴助强马衔舞,鼯鼬嗥啸尸阴权。
呼声过于赴赵日,烈势更甚焚昆前。酣奔剧骤誊未已,阵马沓奏摩双鞭。
蚩尤歼师洒腥血,驱驾山岳挥秦鞭。海涛撞春万韇震,岌嶪直恐三山骞。
林椒宿鸟乱投坠,胁息岂间乌与鸢。虾蟆何知妄嘈杂,似为得意惊翩翾。
流萤迸草戢光耀,啾蚓缩穴愁踡跧。泓窾往往走湍濑,卧内直可浮长鱣。
伊余竟夕不成寐,纵有短炬谁复然。屋如漏釜直下注,坐取渗漉攒两肩。
赢童叩鼻卧东壁,㗲不哗骇如束毡。平时里闬悉倾㩻,饥民塞窦突不烟。
蒂钟堕檐相乌折,苙豕逸泽如遭畋。黎明下堂踏新淖,只觉抚髀成忧然。
田苗畦甲披殆尽,草木岂复根株连。助天挠物著自易,标为玉烛存礼篇。
我闻大块初噫气,蓄泄盖亦有节宣。条无鸣声瑞盛世,反禾宛在隆周年。

厥惟反此是为戾,标落下土灾所缘。尧罹长风崋滋甚,縻以大缴尸诸酃。
飞虫蔽空廪君怼,一昔崛起操戈铤。往时大旱几赤地,韩子讼藁于今传。
诗人或以况威虐,歌沛自是所见偏。尔来暴旱亦时有,孰与掀屋扬榍枅。
小家破荡大家耗,饮泣茹恨肩相骈。胡为斯民罹此患,孰任咎责当尤愆。
我将矼天吐愤懑,坐使百怪成拘挛。是非曲直当有辨,略举大较归吾编。
飞廉谴诛丰隆斥,庶几复使斯民痊。

送致政吴通直

黑头贪作隐中仙,高谢清时五两纶。物外收将闲日月,人间归去好溪山。
二疏等作挥金计,五柳犹迟倦鸟还。多少有车悬不得,规规钟漏亦胡颜。

送哲公禅老二首(其一)

有鹤青田来,骨傲九秋老。羽毛鸡鹜间,不复故时好。
吴霜割清梦,一夕落幽岛。哲乎开士秀,佛路着鞭早。
世累糊空云,一以凉飙扫。往闻琅琊觉,禅海卷狂潦。
纷纷方袍子,未易艖艒到。师如健啖儿,把握攫梨枣。
尔来三十年,方寸不赀宝。鲸钟人谁识,聊徇众击考。
又作云山行,方将同木槁。勿学断缘人,时寄新诗藁。

车　盘　岭

去年踏雪车盘去,今年执热车盘来。去年险涩自其分,车盘于我何有哉。
道傍飞砾如积糁,幽蔓缘崖不盈揽。悬知到此客胫酸,愁绝云舒与烟惨。
半山栖甀擎华藏,旋觉阴机万钧壮。钟梵时闻一两声,妙界还疑落天上。
短褐头陀揖我言,此途诘曲知何年。名情利态过万计,未闻厌者仍纷然。
造物驱人不留瞬,车盘有尽人无尽。劝君莫歌行路难,令人未老华双鬓。

刘一止(1080—1161)

送吴兴太守卢给事赴兵部侍郎召四首以邦家之光为韵(其一)

东风催行舻,旌旗转修扛。千骑如登仙,我心岂得降。
嗣学初元年,德意孚万邦。不战屈丑房,威声疾奔泷。
眷言帷幄旧,分符隔涛江。尚书古司戎,名实尚谁双。

折冲要从容,谈笑空酒缸。帝曰汝遄归,谋国资敦庞。
无庸斗大州,洪钟受微撞。

送邹德章教授之官合淝二首(其二)

古寺疏钟里,因依孰并游。歌行如短李,邂逅得髯邹。
皎月林塘夜,青霜雉兔秋。从今两相忆,一酹酹侬不。

刘　翼(1198—?)

题 心 游 楼

一自浮光抵玉融,东林山曲世为农。前场岁计禾麻麦,后圃年深竹荔松。
博我多闻千载史,唤人深省五更钟。不消更会楞严语,面面披云挹晓峰。

刘应龙(?—?)

游 五 云 观

雨绝春风和,沉栖慕遐瞩。野火开丛荆,遥岑路径熟。
极顶如掌平,群峰四环矗。人言古观基,突兀此有屋。
半岭汲饷劳,跻攀怨僮仆。一朝风霆怒,卷落置前麓。
至今五云宫,宛在平原曲。年代远莫稽,儿童记樵牧。
每闻风雨时,钟声隐岩谷。披寻杳无迹,灵境信非俗。
苔花蚀碎瓦,字迹不可读。居人传神奇,客子骇心目。
振襟坐危磐,阆风想晞沐。转石落悬岩,砰雷震山腹。
徘徊不能去,登览兴未足。一笑下田家,题诗寄游躅。

刘应时(?—?)

雪夜二首(其二)

浮云着眼不留踪,独与梅花共过冬。淡月故移疏影去,断魂谁杵暮山钟。

刘　豫(1073—1143)

杂诗六首(其六)

寒林烟重暝栖鸦,远寺疏钟送落霞。无限岭云遮不断,数声和月到山家。

刘 筠(971—1031)

南　　朝

华林酒满劝长星,青漆楼高未称情。麝壁灯回偏照昼,雀航波涨欲浮城。
钟声但恐严妆晚,衣带那知敌国轻。千古风流佳丽地,尽供哀思与兰成。

句(其七)

卷衲城钟断,揩筇岳雨寒。

别　　墅

感概复风流,交通遍五侯。鸣钟平乐宴,击鞠茂陵游。
狡兔方多穴,苍鹰始下鞲。铃奴藏广柳,剑骑骋长楸。
云际寻橦技,花间笑甓楼。害先除白额,梦已应黄头。
燕酒惟增气,秦筝漫送愁。鸿毛轻一死,只待报私雠。

刘 宰(1166—1239)

题布金寺钟楼

云间缥缈出层楼,楼上钟成四百秋。当日繁华今不见,钟声依旧满林丘。

送傅守归(其六)

金山故佳丽,杰观环孤峰。对峙焦公庐,林杪出疏钟。
南归谢尘鞅,北眺足从容。应持济川手,一酹击楫翁。

秋怀二首(其一)

翠幄迎霜半染红,高林风过杂笙钟。澄光万顷天无滓,留与羲和驾六龙。

漫塘晚望

霁色催云作晚霞,小桥却立岸乌纱。雨余菱芡新抽叶,秋早菰蒲未着花。
灯影微茫行客艇,钟声缥缈梵王家。沉吟索句输公等,我欲临流理钓槎。

过司徒墓

司徒墓,荒冢累累不知数。草中翁仲无复存,垄上牛羊自来去。
想见当时百万松,佳城在处郁葱葱。车马时来卿相子,钟鱼声出梵王宫。
年深事远无留迹,只与耕夫资垦辟。万古同成一窖尘,官爵高卑谁汝识。

刘　镇(?—?)

山中早行

严钟将报曙,游子已登途。野火时明灭,星残似有无。

刘　拯(?—?)

破山八咏·御赐钟

大声扣洪钟,万里来彤庭。鸟闲楼影重,星淡云气清。
余响绕岩壑,林叶如回惊。有客发深省,尘耳非谩倾。

刘正夫(1062—1119)

宣妙院上方

水定浮春岫,鸦盘落远林。上方钟送夕,隐几兴何深。

刘　政(?—?)

重过龙居寺

重来旧游处,触目景添幽。故墨犹余迹,忠魂已断头。
疏钟号暮雨,枯木响残秋。欲诉愁人意,频怀杞国忧。

刘　挚(1030—1097)

观音院饯送章子平出守郑州探得近字

大梁三尺雪,冰泥变尘坌。千驷国西门,俨若钟在簴。
使君御之行,往殿股肱郡。玉符佩祥麟,车旂舞飞隼。
去国虽所怀,而在百里近。朝方背象魏,暮已跨封畛。
荥阳介两京,左右事控引。咽喉半天下,客车日交轸。
闭关非人情,饰传古所哂。使君锦幖仙,才业苦清敏。
故人毁誉忘,要使仁义尽。昔贤此为政,遗爱浃微隐。
国人赋缁衣,千载声亦泯。二者在君兴,无嗟设施窘。

题齐己草堂

一曲流泉对草堂,何人与续帐前香。清诗自共秋风老,依旧钟声送夕阳。

送益路提刑谢师厚郎中三首(其三)

岁晏风云剑外天,故宫形势旧山川。地环锦绣三千里,兵后歌钟一百年。
金马已陈公子赋,海棠应补少陵篇。官私侈忕斯民病,可贺于今使者贤。

题致政朱郎中适园林

南宫仙郎绿发翁,归来甲第荆城中。翁家祖世有名德,至今孙子传清风。
园亭继继事营治,增华到此穷智工。铺张百物各有职,峥嵘一界疑壶宫。
清明过去春事老,林丛暗绿阴相通。朱栏曲槛巧晖映,晓风夜露香溟蒙。
溪鱼野鸟乐晴昊,碧萝怪石依长松。方城清泚虽可濯,主人缨上尘久空。
年年三日纵士女,观游思与乡人同。及时娱乐日月迈,肯使蟋蟀悲晋公。
阁书深藏一万轴,牙签锦带严编封。脱巾解屦游览倦,燕坐自有黄卷功。
三年羁客偶幸至,归来搔首嗟蒿蓬。生涯适意最难事,安用勋业铭鼎钟。
乡人勿笑翁不出,门外势利方憧憧。

刘　著(?—?)

病中寄楚卿

月满江楼午夜钟,多情多病一衰翁。行云不道无行雨,只恐相逢是梦中。

刘子澄(?—?)

会真观水帘

观近朱陵萃列真,烟霞虽僻境长春。若非火府炼神处,安用水帘遮世尘。
古像著灵多是石,补钟留迹似非人。寻源亦有桃花涧,莫是山山可避秦。

刘子寰(?—?)

寿　侍　郎

阳萌两日寿星光,天祐生贤侍玉皇。上世勋庸满钟鼎,后昆风骨总侯王。
朝回绛阙清都晓,梅发断桥流水香。政自调羹相门事,伫看衮绣作衣裳。

刘子翚(1101—1147)

杂题四首(其一)

积雨生秋意,浮阴放晚晴。钟声寒野迥,桥影小溪清。

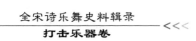

有 酒

谁家好事许相过,有酒何妨醉面酡。兄弟偶同词馆逸,林泉偏傍故园多。
晨钟屡趁伊蒲饭,晚艇时听欸乃歌。莫遣是非来到耳,只应憨睡奈闲何。

游 龙 潭

四客同笑言,一僧陪杖屦。徜徉山水窟,适意忘晨暮。
疏钟岩北寺,细竹溪南路。中流石参错,不碍潺湲注。
泓澄小龙潭,润气金碧聚。时惊木叶坠,俯见鱼虾度。
斯游非预期,偶尔造佳处。幼舆丘壑情,陶令琴觞趣。
淹留慰所愿,惟以宾友故。夕阳淡寒山,迟回不能去。

宿云际偶题

谷雨都无十日间,落红栖草已斑斑。晓烟未放屋头树,春涨欲浮天际山。
翠盖紫风沉远坂,渔舟惊浪落前湾。钟声认得林边寺,岁岁篮舆独往还。

少稷远访弊庐仍留佳句书此写怀抱不足为报也

常嫌门外车,驱驰但扬尘。今朝故人来,喜听声辚辚。
昔别自梁苑,分飞湘吴闽。痛心鸣镝祸,事往勿复陈。
共载谐寥阒,分筇上嶙峋。山川旧赏识,挟友意弥新。
徘徊小精庐,剧谈口翻津。为言漂荡余,投迹荒寒滨。
夕火斧僧林,朝餐籴邻囷。官闲非所恨,有禄不济贫。
牢愁写万斛,语壮眉不颦。定知撑肠书,为君发精神。
调钟尚变哑,画龙孰窥真。吾闻倜傥才,韬默贵自珍。
量海浚宜广,豪山磨欲磷。十科世所重,群公谓当仁。
向来荐牍飞,璧光动高旻。陈编论糟粕,中有王道谆。
谋国必张国,疗民须活民。但得君名扬,何异我志伸。

隆祐太后挽歌辞三首(其三)

俭约身为率,忧勤寿岂延。钟残长乐夜,日断泰陵烟。
归驭应奔月,余勋赖补天。伤心南渡日,一棹赣江船。

刘道祖江程万丘顺甫讲易孟子拾其意为二十韵

吾初读七篇，未领跃如义。晚而窥大易，稍解寂然意。
乃知平放著，的的目前事。尽心则无余，穷神忽超诣。
以斯印群书，拈出句句是。君臣父子间，运量周旋际。
体之则光明，杂物了无累。伟哉此陈编，孔孟心所寄。
有如撞洪钟，合响入迢递。言高听者聩，不绝仅如缀。
幸兹良友集，一发万古秘。真长富辞原，百折无留势。
文通秉文均，裁度取中制。宛丘坐忘言，袖手岂深闭。
鄙怀顿为空，快若扫长彗。旁观二三子，耳剽咸愕眙。
诱之循循然，活处鲅鲅地。气质虽有拘，学问欲如蜕。
时乎不再来，过此恐少味。大书镵坐隅，以起衰惰气。

景阳钟二首（其一）

景阳钟动晓寒清，度柳穿花隐隐声。三十六宫梳洗罢，却吹残烛待天明。

寄秀峰忠老

高钟号月掩岩扉，遥想幽人不梦时。曾听微言知见妙，应怜懒我用功迟。
幌疏种种宁相贷，窗静山山尚可疑。倘有一单容过客，眼中须接秀峰奇。

和安汝功采紫竹杖篇

赤藤表珍奇，桃竹寄吟玩。高情在丘壑，微物怀深眷。
征工匠远林，弥山选一干。云根傍崖蹙，椹色涵霜变。
匪凭精刃挥，根柢难立断。殷勤为摩抚，烨烨光浮烂。
触石声含钟，掸波影摇电。矧余疲曳姿，假力斯过半。
皇皇驲马威，秦赵昔临按。胡为步槃跚，猥逐渔樵伴。
千金一顾重，朽质增华焕。不经提携手，弃掷亦何算。
夙怀用舍情，感兹发长叹。

次韵张守同往华严

浅水荷花开傍桥，晚钟楼殿碧山椒。林松绕路行不彻，野鸟避人飞更遥。
喜有高情共丘壑，应须长啸混渔樵。老僧好事能延客，未觉山房苦寂寥。

次韵文殊五言

小雨贻新句,端如印印泥。凝眸方过鸟,倚杖忽横溪。
老态犹堪强,真豪已觉低。钟声隔林寺,惭愧有幽栖。

次韵刘宪诗二首(其一)

吾宗三凤久心降,一见端如渴饮江。好客襟怀直绝倒,封侯骨相自奢庞。
知名凤昔惭惊座,袖手雍容笑斫窗。岂谓诗盟容我辈,哑钟无韵若为撞。

晨 兴

晨兴访萧寺,爽气清如沐。坐看雨离山,飞阴断平陆。
归途阻夕涨,伫立惊幽独。曳杖听残钟,却寄僧坊宿。

楼 淳(?—?)

隐居凤山清明寺(其二)

日上钟未鸣,老僧睡犹熟。谁是山中人,长享清明福。

楼 钥(1137—1213)

赠宝藏老道源

骨相昂藏涧底松,平生禅窟尽从容。几年大隐清晖阁,今日来瞻独秀峰。
打破画瓶无挂碍,大开饭店喜迎逢。今朝且逐征途去,何日重来听晓钟。

杨圣可棋集余方归自桃源不及预次韵

屏处尤便野性慵,故人何幸总相逢。赋归敢慕陶彭泽,自免犹睎邴曼容。
棋酒交欢情正洽,江山得助景方浓。嗟余误入桃源去,归路满城闻晚钟。

宿佛日山

平生临平山,知诵藕花句。轻帆几来往,山色澹如故。
宁知千万峰,中间著佳趣。萧萧苍髯翁,为指花城路。
我来春正浓,天寒日将暮。云深钟呗鸣,自喜得胜具。
缅怀玉局仙,老笔扫朝雾。玉槊俨相持,珠旒竟何所。
惟余渥洼水,苍龙角牙露。人间翻覆手,烈日变烟雨。
俗子眩炎凉,三四错赋芋。道人笑视之,万化随所遇。
深坐十笏地,一息了千虑。个中谁得知,幽鸟背人去。

宿登山
竹舆来访小梅山,山在空蒙紫翠间。岚雾满林朝漠漠,溪声和雨夜潺潺。
峰头丹井随潮信,松下禅房旧祖关。谁是无生谁不死,晨钟未响梦先还。

佛日山
晓出都城暮入山,杖藜萧散易开颜。松风五里未行尽,隐隐疏钟紫翠间。

次韵十诗(其九)
秋宵坐到玉绳低,历历明蟾数桂枝。重露半翻蕉叶径,好风时飐豆花篱。
不妨起舞弄清影,何用撞钟夸小诗。浊酒困人垂欲睡,更揩病眼一扬眉。

卢 襄(?—?)

秋
岸红初破木芙蓉,送别遥闻野寺钟。江抱月流青炯炯,山随天去碧重重。

登鹿苑隐天阁(其四)
残雪领春来,疏钟惊梦去。尚忆去年愁,孤舟系江树。

登鹿苑寺玉虹亭
饥鼯愁玃号穷冬,层峦秀壁撑晴空。闲拖小藤借余力,来看霜岩飞怒虹。
小奚催呼老款段,瀹鼎簥火烹团龙。余甘入口齿颊爽,两腋便欲生清风。
悠然千里堕眼界,金篦刮膜开双瞳。乃知足力不到处,别有天地生壶中。
国恩欲报已华发,征车未去先晨钟。玉川乘云紫皇家,谪仙骑鲸河伯宫。
聊追二子归禹穴,碧空转首山重重。

陆 佃(1042—1102)

魏国太夫人陈氏挽歌词
漏逐晨钟尽,舟随暮壑移。文归大家传,行在小星诗。
珠佩临江失,金丹渡海迟。侍郎头已白,儿慕不胜悲。

陆文圭(1250—1334)

题南夫四时佳致园亭
桐川博士老文学,出处乃在可否间。舍东支径劣百步,墙北危亭俯两山。

风花辞枝黏草碧,雨竹卸箨连苔斑。林皋红叶白雁早,江国琼英翠羽寒。
一年天与四时景,百岁人无半日闲。扰扰鸣钟戒晨起,昏昏秉烛愁夜阑。
蜉蝣生死寄黄壤,乌兔飞走凋朱颜。主人自得静中趣,物理常于动处观。
从容琴书寓真乐,邂逅樽前追清欢。良时佳友不易得,恶客未至门先关。

送吴君远

暨阳幕职无他奇,置蓝一本水一盂。钟鸣张烛起署事,坐看日落庭西隅。
雁行钳纸走却立,高悬明镜分丝铢。长官堂上口啸诺,时时隔舍闻歌呼。
荒村人闲花自落,圚扉昼静草欲芜。寒帷使者上治状,为出清冰置玉壶。
小儿跟跄老翁怒,细问代者如君无。楚苔渍雨古驿寒,酒酣写出阳关图。
君行上马慎勿驱,梅水绿涨南兴湖。

送北禅释天泉长老入燕

金身梦觉白马东,西来禅教各一宗。讲师高据狮子座,缁素群集惊盲聋。
天华咫尺飞坠地,夜烛神光满室红。远师道林嗣宗风,专谈义学离禅锋。
三叶五性总超诣,一枝擘与天泉翁。不泥筌蹄求解脱,不执文字迷本空。
黄梅四月上卢龙,骑驴不下莫相逢。徐州麦饭足可饱,青州布衫谁与缝。
卢沟桥边石头滑,飞锡径入明光宫。手挥玉麈天颜喜,身被红绡帝渥浓。
回头却笑虎丘石,夜半不忆寒山钟。
君不见懒残昔住衡山峰,使者召之终不从,天寒垂涕石窟中。

壬辰六月旦日记异

六月朔旦昧爽天,我梦蝴蝶飞翻翻。一声惊觉不可执,铿然有物堕我前。
阴风萧萧榻震动,寨帷一咤声寂然。向空抹漆无所皋,堂上呼灯人自眠。
一生学道心勿动,养气未敢轻先贤。元忠昔日鬼移床,厅庑之下凡三迁。
稚圭卧内见匕首,金带忽置城头边。二公名德余不及,鬼贼揶揄空自怜。
神奸无复照金鼎,偷儿何暇哀青毡。二端是否吁莫辨,一夕仓卒嗟何缘。
吟哦未断纸窗白,山寺风雨鸣钟悬。起来搔首空四壁,湿薪灶婢愁炊烟。

耳聩二首(其一)

几年本分做家公,虽是痴顽幸不聋。何必张皇惊斗蚁,更须辛苦望攀龙。
湿窗暗想催花雨,开户遥知戛竹风。问夜何其将夜半,元来野寺已鸣钟。

陆　游（1125—1210）

醉　中　作
　　小市钟声断，高楼月色新。醉眠当大路，狂舞属行人。
　　有客要元亮，无妻谏伯伦。山花信手插，不复惜乌巾。

醉　中　长　歌
阑干斗柄摇天东，人间一夜回春风。沤桃染柳岁相似，惟我衰颜非昔红。
可怜逢春不自感，更欲使气惊儿童。烟郊射雉锦臆碎，水亭供鲙金盘空。
归穿南市万人看，流星突过连钱骢。高楼作歌醉自写，墨光烛焰交长虹。
人生未死贵适意，万里作客元非穷。故人夜直金銮殿，僵卧独听宫门钟。

自云门之陶山肩舆者失道行乱山中有茅舍小塘极幽邃求见主人不可意其隐者也
陂池幽处有茅堂，井臼萧条草树荒。小鸭怯波时聚散，病蔬伤蠹半青黄。
童儿冲雨收鱼网，婢子闻钟上佛香。我亦暮年思屏迹，数椽何计得连墙。

自　　咏
钝似窗间十月蝇，淡如世外一孤僧。心劳抚字虽亡补，笔判虚空却粗能。
厌见文书衔客袖，但思疏水曲吾肱。何时却宿云门寺，静听霜钟对佛灯。

自　　遣
枳篱茅屋枕孤峰，偃尽初来手种松。睡少未成千里梦，愁深先怯五更钟。
中天日月逢真主，数亩桑麻伴老农。世事古今谁料得，不堪陂水照衰容。

自妙相归将至杜浦堰舟中作
　　斜阳发东郭，初夜转西城。寺阁疏钟动，渔村远火明。
　　苍茫林霭灭，扑簌水禽惊。渐喜吾庐近，遥闻过埭声。

子聿欲暂归山阴见乃翁作恶遂不行赠以此诗
钟鸣岂复夜行时，文字相娱赖此儿。欲去复留知汝孝，未言先泣叹吾衰。
两篇易象能忘老，百亩山畬可免饥。但报家僮多酿酒，一栏红药是归期。

舟 中 作

断岸饮觳觫,清波跳唤喁。红桥未斜日,白塔已昏钟。
诗律与年迈,客愁如酒浓。宋公题壁处,横霭抱孤峰。

幽 居

莫笑茅茨陋,冈形接卧龙。连娟镜湖月,缥渺宝林钟。
闲约鱼池钓,眠听碓舍舂。他年好事客,过此访遗踪。

舟中晓赋

木落霜清水鸟呼,扁舟夜泊古城隅。吹残画角钟初动,低尽寒空斗欲无。
浪迹已同鸥境界,远游方羡雁程途。高樯健席从今始,遍历三湘与五湖。

枕 上 作

谢事还家一老农,悠然高卧听晨舂。虽无客共樽中酒,何至僧鸣饭后钟。
采若未能浮楚泽,思鲈犹欲钓吴松。自余万事慵开眼,知结宗门案几重。

昭德堂晚步

笑唤枯筇蹋夕阳,探春聊作静中忙。高枝鹊语如相命,幽径梅开只自香。
苔蚀断碑惊世换,钟来废寺觉城荒。谪仙未必无遗恨,老欠题诗到夜郎。

赠湖上父老十八韵

一镜三百里,环以碧玉峰。天公赐我厚,极目为提封。
烟收见石帆,雨霁望卧龙。嵯峨宝林塔,迢递天章钟。
兴来思一出,霜晴及初冬。父老舍杖迎,衣冠颇严恭。
语我相识久,幸未弃老农。间者传伏枕,喜闻足音跫。
贫舍有盘餐,勿责异味重。荞饼新油香,黍酒瓮面浓。
已遣买扑握,亦可致唤喁。愿公领此意,秩寒聊从容。
我起为太息,厚意敢不从。吾生行逆境,平地九折邛。
况今又老退,如子岂易逢。但愿从今健,衰疾缓见攻。
遇兴即扣门,草具烦炊舂。但恐乘月来,妨子睡味浓。

云门溪上独步

山路联翩十日阴,晚晴剩喜得幽寻。残红犹有数枝在,涨绿真成一倍深。
泉响佩环鸣暗壑,月明珠璧散疏林。归来寂寞钟初动,羞向孤灯说壮心。

醉 中 作

名醅羔儿拆密封,香粳玉粒出新春。披绵珍鲊经旬熟,斫雪双螯洗手供。
吟罢欲沉江渚月,梦回初动寺楼钟。炉烟袅袅衣篝暖,未觉家风是老农。

与子坦子聿游明觉十四韵

我自何山来,觅路占楼钟。联翩两葛巾,跌荡一短筇。
深谷已曛黑,夕阳犹半峰。堂中千岁师,磊砢如古松。
残僧三四辈,斗粟各自舂。长廊久寂寞,香火亦阙供。
颇闻在世时,一钵制恶龙。时时出雷雨,百里常年丰。
宿缘忽云尽,献供无春农。馋乌晨攫饭,饥鼠夜穿墉。
而况我辈人,生世本不逢。胡不安汝分,终年抗尘容。
静观兴废事,可洗芥蒂胸。一笑下山去,村坞烟重重。

雨中至西林寺

胸中荆棘费锄耘,正借幽寻暂解纷。不尽长江来画玉,半空飞阁对凌云。
昏昏横霭凭轩见,杳杳疏钟隔岸闻。珍重山僧迎客意,螭奁一缕起微熏。

雨 夜 作

十月多蚊蚋,昏昏气未平。正须三日雨,却用一霜晴。
闲馆萧条意,空阶点滴声。钟残抚枕叹,归梦几时成。

雨 夜

北风吹雨乱疏钟,蔌蔌灯花破碎红。孤梦正行天一握,高城俄报鼓三通。
衰迟空抱屠龙技,豪俊谁收汗马功。但愿舆图早来复,白头敢望起云中。

幽居记今昔事十首以诗书从宿好林园无俗情为韵(其三)

我昔挥短楫,终年钓吴松。亦尝携长镵,采药玉霄峰。
为计晚大缪,朝路偶见容。晨趋大明班,夜听长乐钟。

白发迫归休,居然鲜欢惊。上恩许乞骸,一日收孤踪。
蓬茅略补葺,甑硾勤炊舂。故交零落尽,岁晚当谁从。

幽　　居

绕屋巉巉碧玉峰,个中天遣养疏慵。捐书已叹空虚腹,得酒还浇垒块胸。
曲几坐看窥户月,短篷卧听隔城钟。柴桑自有归来意,枉道人间不见容。

驿壁偶题三首(其一)

累累驿门堠,杳杳寺楼钟。叶落树阴薄,云生山崦重。
交亲穷未弃,父子老相从。惟待新粳熟,高眠听夜舂。

忆云门诸寺

三百六十日,安可日日愁。四百八十寺,要须寺寺游。
云门若耶间,到处可淹留。金像闭古殿,霜钟发重楼。
临涧见鱼跃,穿林闻鹿呦。亦有疏豁处,白鹭下绿畴。
僧固非尽佳,终胜从公侯。夜阑煎蜜汤,岂不贤杯瓯。
泽居厌溽暑,慨思风露秋。晴雨俱可人,亦莫占鸣鸠。

夜　　坐

杳杳霜钟十里声,娟娟江月半窗明。陈编欲绝犹堪读,微火相依更有情。
九曲烟云新散吏,百年铅椠老诸生。颓然待旦君无笑,尚胜闻鸡赋早行。

夜　　意

浮云扫尽天如水,十里疏钟到野堂。窗纸月明人不睡,屋茅霜冷夜初长。
归休固已师沮溺,承学犹能陋汉唐。安得子孙常念此,不妨世世业耕桑。

夜行宿湖头寺

卧载蓝舆黄叶村,疏钟杳杳隔溪闻。清霜十里伴微月,断雁半行穿乱云。
去国不堪心破碎,平戎空有胆轮囷。泗滨乐石应如旧,谁勒中原第一勋。

夜　　泊

小聚近江干,中春尚尔寒。钓船随鹭宿,烟月伴钟残。
冉冉岁时速,茫茫天地宽。推篷一搔首,无处著悲欢。

夜梦与宇文子友谭德称会山寺若饯予行者明日黎明得子友书感叹久之乃作此诗

夜梦集山寺,二三佳友生。相顾惨不乐,若有千里行。
在门仆整驾,临道骓嘶鸣。我友顾谓我,天寒戒晨征。
迟速要当到,徐驱勿贪程。丁宁及药饵,依依有余情。
邻钟忽惊觉,鸦翻窗欲明。作诗谢我友,有使频寄声。

夜 归

疏钟渡水来,素月依林上。烟火认茅庐,故倚船篷望。

书 斋 壁

烟水云山千万重,散人名号继吾宗。买雏养就冲霄鹤,拾子栽成偃盖松。
父老年年同社酒,儿孙世世作春农。晚窗睡觉添幽事,卧听兰亭古寺钟。

夜泛西湖示桑甥世昌

嗟我客上都,忽已见暮春。骑马出暗门,眯眼吹红尘。
西湖商贾区,山僧多市人。谁令污泉石,只合加冠巾。
黄冠更可憎,状与屠沽邻。䴭䴭酒肉气,吾辈何由亲。
少须一哄散,境寂鸥自驯。举手邀素月,移舟采青蘋。
钟从南山来,殷殷浮烟津。鹤发隐者欤,长乐收钓缗。
畏冷不竟夕,恨此老病身。明发复扰扰,吾诗其绝麟。

夜 步

市人莫笑雪蒙头,北陌南阡信脚游。风递钟声云外寺,水摇灯影酒家楼。
鹤归辽海逾千岁,枫落吴江又一秋。却掩船扉耿无寐,半窗落月照清愁。

辛丑正月三日雪

开岁尚残冬,佳哉雪意浓。润归千里麦,声乱五更钟。
帘隙收初密,墙隅积已重。龙团笑羔酒,狐腋袭驼茸。
危槛临攲竹,幽窗听堕松。忽思西戍日,凭堞待传烽。

小 筑

西郊小筑临烟汀,南山秀色入窗棂。朝钟暮鼓在何许,乃是会稽山阴之兰亭。

堂中老人白须鬓,手扶藤杖垂九龄。客来不语坐至夕,往者绝物今忘形。
墙隅老鸡新树栅,长号催上东方星。老人亦起穿两屦,岩泉漱齿读黄庭。

小舟过吉泽效王右丞

泽园霜露晚,孤村烟火微。本去官道远,自然人迹稀。
木落山尽出,钟鸣僧独归。渔家闲似我,未夕闭柴扉。

小雨舟过梅市

故故催诗衬雨蓬,悠悠破梦隔云钟。遥看渔火两三点,已过暮山千万峰。
老矣自应埋病骨,归哉莫念抗尘容。停桡小住青枫岸,吴市高人傥可逢。

小饮罢行至湖塘而归

社酒真如粥面浓,朱颜顷刻换衰容。霜轻已觉树摇落,云起始知山叠重。
梅市鱼归冲雨棹,宝林人定隔城钟。此翁大似游僧样,炉暖窗深又过冬。

夙　　兴

草堂风雨少睡眠,骨冷始觉非壮年。水鸟长鸣声戛然,庭中栖鸦亦已翩。
老人清饿如龟蝉,起坐甚爱小窗妍。一生宦游膏火煎,归来杜门气粗全。
人看虽不直一钱,知我自有穿穹天。赋诗稿成弃不传,残钟断磬知谁编。

夏末野兴二首(其二)

漠漠川云阖复开,天公试手挽秋回。参差小市林边出,缥缈疏钟雨外来。
土增饭香供晚饷,布帘字大卖新醅。归舟自逐轻鸥去,不用城笳抵死催。

暇　　日

身健官闲荷主恩,萧然不异在家园。一池新墨生吟思,半篆残香入梦魂。
旧友无书知独冷,小儿有命会孤鶱。藜羹粗足余何事,钟动三茅又敛昏。

溪行二首(其二)

疏钟度莽苍,远火耿微茫。岁暮水归壑,夜寒天霣霜。
人生一虫臂,世路几羊肠。老大忘绳检,狂歌尽意长。

午醉径睡比觉已甲夜矣

自我归城西,已复再见冬。虽未挂衣冠,其实则老农。

166

好事或饷酒,石室酒最酽。一醉辄至暮,卧闻湖寺钟。
心安病自除,衾暖梦欲重。化作孤鹤去,云崦巢长松。

我　梦

我梦入烟海,初日如金镕。赤手骑怒鲸,横身当渴龙。
百日京尘中,诗料颇阙供。此夕复何夕,老狂洗衰慵。
梦觉坐叹息,杳杳三茆钟。车马动晓陌,不竟睡味浓。
平生击虏意,裂眦发上冲。尚可乘一障,凭堞观传烽。

晚　兴

地荒蓬藋与人齐,局促何曾厌屋低。村市船归闻犬吠,寺楼钟暝送鸦栖。
山童新斫朱藤杖,伧婢能腌白苣虀。政欲出门寻酒伴,霏霏小雨又成泥。

晚行舍北

逆旅将归客,扶衰取次行。霜浓木叶尽,水落岸痕生。
凫雁浮寒浦,牛羊满晚晴。东村隔烟寺,杳杳送钟声。

晚　眺

秋晚闲愁抵酒浓,试寻高处倚枯筇。云归时带雨数点,木落又添山一峰。
鸣雁沙边惊客橹,行僧烟际认楼钟。个中诗思来无尽,十手传抄畏不供。

题赵生画

东都画手排浮萍,天子独赏一赵生。幅缣尺纸皆厚赐,众史妒媚都人惊。
尔来一笔不复见,好事往往空闻名。奇哉此独出劫火,论价直恐千金轻。
老廉博士最别识,一见自谓双眼明。老夫寓居旱河上,矮轴正向幽窗横。
饭余扪腹看不厌,林外重阁高峥嵘。凭谁唤住两禅客,水边共听烟钟声。

题莹上人二画·吴江

晓听枫桥钟,暮泊松江月。斯人亦可人,淡墨写愁绝。

题苏虞叟岩壑隐居

苏子飘然古胜流,平生高兴在沧洲。千岩万壑旧卜筑,一马二僮时出游。
香断钟残僧阁晚,鲸吞鼍作海山秋。极知处处多奇语,肯草吴笺寄我不。

宿华严寺

夜宿华严寺,人扶到上方。唤僧同看画,避佛旋移床。
小雨不成雪,烈风还作霜。钟残灯渐暗,趺坐默焚香。

夙　兴

钟已楼头动,灯犹帐外残。霜浓愁枕冷,病起觉衣宽。
鹤怨凭谁解,鸥盟恐已寒。君恩等天地,应许纳微官。

送十五郎适临安

求禄亦常事,出门宁自由。苦留虽惜别,细语却生愁。
雨急投村市,钟残过寺楼。只应今夕梦,先汝到江头。

霜夜二首(其一)

月淡霜清夜漏迟,疏钟杳杳度南陂。灯残有恨欲谁语,鸡老无声如我衰。
使入蜀川方在道,书传淮浦定何时。若为可遣闲愁得,独拥寒炉爇豆萁。

数日不出门偶赋三首(其三)

湖上蜗庐仅自容,寸怀无奈百忧攻。补衣未竟追秋露,待饭不来闻午钟。
稚子挟书勤质问,邻翁释耒间过从。今朝一笑君知否,满瓮新醅粥面酦。

书　斋　壁

平生忧患苦萦缠,菱刺磨成芡实圞。天下不知谁竟是,古来惟有醉差贤。
过堂未悟钟将卙,睨柱宁知璧偶全。自笑为农行没世,尚如惊雁落空弦。

书壁二首(其二)

故里还初服,明恩念老农。方蒙镜湖赐,又忝渭川封。
炊粟犹支日,藏蔬可御冬。霜天病益减,高枕听邻钟。

史　院　晚　出

已乞残骸老故丘,误恩重作道山游。龙津雨过桥如拭,凤阙烟消瓦欲流。
直舍小眠钟报午,归途微冷叶飞秋。心知伏枥无千里,纵有王良也合休。

舍北摇落景物殊佳偶作五首(其四)

屋角成金字,溪流作谷纹。斜通小桥路,半掩夕阳门。
孤艇冲烟过,疏钟隔坞闻。杜门非独病,实自厌纷纷。

山　行
七十衰翁短鬓斑,药瓢藤杖伴清闲。平生恶路羊肠坂,晚岁羸躯饭颗山。
一寸塔余青霭外,数声钟下翠微间。往来处处皆奇绝,莫道先生兴尽还。

山　寺
　　路尽初逢寺,行行独叩扉。民贫稀送供,僧老少完衣。
　　日正楼钟动,溪深药草肥。吾衰亦久矣,舍此欲畴依。

三泉驿舍
残钟断角度黄昏,小驿孤灯早闭门。霜气峭深摧草木,风声浩荡卷郊原。
故山有约频回首,末路无归易断魂。短鬓萧萧不禁白,强排幽恨近清樽。

日暮自湖上归
我生本亦与人同,缘薄才疏剩得穷。细水自鸣沙渚外,乱山时出雪云中。
僧归独趁残钟去,人散遥怜晚渡空。造物陈诗信奇绝,匆匆摹写不能工。

日暮自大汇村归
笋舆伊轧暮山昏,水败陂塘路仅存。出谷钟声知过寺,隔林人语喜逢村。
庙㙙荒寂新犁地,堤草凄迷旧烧痕。儿子念翁霜露冷,遥持炬火出柴门。

秋雨初霁试笔
墨入红丝点漆浓,闲将倦笔写秋容。雨声已断时闻滴,云气将归别起峰。
斜日半穿临水竹,好风遥送隔城钟。远游更动轻舟兴,太息何人解见从。

秋夜闻兰亭天章寺钟
　　绝湖上兰亭,不过一炊顷。湖废缭堤行,往返常毕景。
　　犹有古寺钟,迢迢下重岭。烟云含莽苍,风露共凄冷。
　　萧然草堂卧,度此清夜永。百念一洗空,于焉发深省。

秋夜感遇十首以孤村一犬吠残月几人行为韵(其四)
　　我梦游异境,乌帽跨小蹇。桑麻夹阡陌,山川旷何远。
　　俗有太古风,萧散到鸡犬。钟鸣忽惊觉,所造恨犹浅。

秋　夜
　　抱病齿发非,阅世城市换。朋侪冢累累,在者亦云散。

穷居懒出户,俯仰秋已半。疏钟到倦枕,微火耿幽幔。
平生疑著处,忽若河冰泮。百年寓逆旅,万事真既灌。
纷纷彼方窹,袖手不须唤。萝月忽满窗,悠然付长叹。

秋　晚

春将愁并至,秋与病相终。过望犹赊死,扶衰又入冬。
拨香开社瓮,带睡听晨钟。懒放君无诮,天公尽见容。

秋　思

一径苔侵四壁空,北窗支枕听秋钟。故人去后登楼怯,白发多来览镜慵。
狂忆射麋穷楚泽,闲思钓雪泛吴松。相如病渴年来剧,酿酒倾家畏不供。

蜻蜓浦夜泊

风雨忽如秋已深,短篷今夜系枫林。溪翁那问市朝事,蔬食不生杯炙心。
横截烟波飞健鹘,远投沙渚落羁禽。斯游谁道伤幽独,犹有残钟伴苦吟。

南堂杂兴八首(其七)

年过八十更应稀,又向清秋听捣衣。一片雨来书幔黑,数声钟断钓船归。
酒垆好事能焚券,斋瓮无情未解围。剩欲出门寻一笑,故人零落叹畴依。

暮　行

志士能轻万户封,野人自爱一枝筇。行穷绿岸呼船渡,籴得黄粱就碓舂。
林外人家明远火,月边僧阁下疏钟。江村不用愁孤绝,小店茅檐尽见容。

暮秋二首(其一)

时序中年速,风霜客路长。孤愁巴月白,清梦楚山苍。
灯暗秋衔壁,钟疏夜殷床。端居有微禄,不敢恨殊方。

暮归舟中二首(其二)

湖水绿可爱,弄桡冲夕霏。林昏渔火壮,山转寺钟微。
老叹世情恶,穷知心事违。回头语孤鹤,伴我莫先飞。

暮春新路至湖上示元敏

时雨作未成,蒸溽思出门。湖塘直东西,行人各归村。

翻翻鸟投林,杳杳钟鸣昏。羊牛争连路,烟火出短垣。
吾儿望未到,谁与共盘餐。幽独多恻怆,且复携斯孙。
归来蓬窗下,聊可与晤言。

沔阳夜行

夜发沔阳驿,坡陁冈阜重。月斜欹帽影,霜重湿裘茸。
野岸鸣枯叶,烟林度晓钟。梁州明日到,一笑解衰容。

梦游山水奇丽处有古宫观云云台观也

神游忽到云台宫,太华彩翠明秋空。曲廊下阚白莲沼,小阁正对青萝峰。
林间突兀见古碣,云外缥缈闻疏钟。褐衣纱帽瘦如削,遗像恐是希夷翁。
穷搜未遍忽惊觉,半窗朝日初曈昽。却思巉然五千仞,可使常堕战尘中。
小臣昧死露肝鬲,愿启銮驾临崝潼。何当真过此山下,百尺袅袅龙旗风。

梦 蜀

梦饮成都好事家,新妆执乐雁行斜。赪肩郫县千筒酒,照眼彭州百驮花。
醉帽倾欹歌未阕,罚觥潋滟笑方哗。霜钟唤觉晨窗白,自怪无端一念差。

梦入禅林有老宿方升座或云通悟禅师也

尘埃车马何憧憧,獐头鼠目厌妄庸。乐哉梦见德人容,巍巍堂堂人中龙。
举头仰望太华峰,摄衣欲往路无从。忽然梦断难再逢,空记说法声如钟。

梦 回

病骨便衾暖,羁怀怯梦回。钟残灯烬落,香冷雨声来。
老抱忧时志,狂非济世材。明朝入冬假,烧兔荐新醅。

旅 舍

寺钟吹动四山昏,系缆来投江上村。木落不妨生意足,水归犹有涨痕存。
炉红手暖书差健,鼎沸汤深酒易温。勿为无年忧寇窃,猗猗小犬护篱门。

罗江驿翠望亭读宋景文公诗

扑马征尘拂不开,高亭欹帽一徘徊。蜀山地暖稀逢雪,闰岁春迟未见梅。
陂水近人无鹭下,烟林藏寺有钟来。宋公出牧曾题壁,锦段虽残试剪裁。

六月十四日宿东林寺

看尽江湖千万峰,不嫌云梦芥吾胸。戏招西塞山前月,来听东林寺里钟。
远客岂知今再到,老僧能记昔相逢。虚窗熟睡谁惊觉,野碓无人夜自舂。

老　叹

百年逝不留,万事本难料。夜行钟漏迫,但取贤达笑。
颇疑功名事,造物付年少。归休莫问人,晓镜勤自照。

考　古

考古无长昼,忧时少熟眠。偷生追钟漏,战死愧兜鞬。
莫报乾坤施,空惊岁月迁。藜羹安用椮,吾事本萧然。

将至京口

卧听金山古寺钟,三巴昨梦已成空。船头坎坎回帆鼓,旗尾舒舒下水风。
城角危楼晴霭碧,林间双塔夕阳红。铜瓶愁汲中濡水,不见茶山九十翁。

肩舆历湖桑堰东西过陈湾至陈让堰小市抵暮乃归二首(其二)

贪看西南一面山,不知信步到陈湾。未言散释经旬病,且要消磨半日闲。
蔬垄过寒常郁郁,鸟声迎暖已关关。斜阳不为行人驻,十里钟来翠霭间。

寄子虡子遹

大儿再度吴门秋,小儿钱塘逾月留。恨身不能插两翅,与汝相守宽百忧。
闻钟时宿云外寺,待月亦上湖边楼。但常保此岂不乐,路难悠悠非善谋。

记　梦

我梦结束游何邦,小憩野馆临幽窗。千峰庐山锦绣谷,一水蜀道玻璃江。
春耕叱犊翁眉厖,晓汲负盎女髻双。忽然梦断已鸡唱,拥衾坐待邻钟撞。

故　里

漏尽钟鸣有夜行,几人故里得归耕。摧伤自喜消前业,疾恙天教学养生。
邻曲新传秧马式,房栊静听纬车声。芋魁菰首君无笑,老子看来是大烹。

湖山九首(其八)

城边小市聚,烟水淡秋容。南走兰亭路,迢迢云外钟。

杭湖夜归二首（其二）

野艇迢迢信所之，归来常及欲昏时。陂塘烟重怨姑恶，林薄月明悲子规。
出谷寺钟初缥缈，穿篱缉火已参差。欣然笑向謇门说，又了浮生一首诗。

归兴二首（其二）

古道迢迢人迹稀，羸骖欹帽远村归。正看日暮羊牛下，又见月明乌鹊飞。
僧院疏钟出林岫，渔家微火耿窗扉。闲游要是幽人事，草露从教湿短衣。

龟堂雨后作

泽国春多雨，龟堂病少惊。虽名旧朝士，其实老耕农。
一点苇间火，数声烟外钟。诗材故不乏，处处起衰慵。

故山四首（其四）

落磵泉奔舞玉虹，护丹松老卧苍龙。霜柑篱角寒初熟，野磑云边夜自舂。
挈榼人沽村市酒，打包僧趁寺楼钟。幽寻自是年来懒，枉道山灵不见容。

故 里

故里淳风比结绳，归耕况遇岁丰登。已侵钟漏行安往，略有园庐退可凭。
万事宁容愧天地，一心常若蹈渊冰。区区僻见君无怪，人固终身有不能。

记 梦

环立江头千万峰，梦中于此倚枯筇。青冥谁见欹巾角，碧澥闲将洗笔锋。
一卷素书云笈贮，数升松粆水机舂。正呼鹤驾凌风去，惊觉西山烟外钟。

法 云 寺

法云古兰若，西走钱塘路。帆影梅市桥，人语柯山聚。
吾家昔为邻，来往无晨暮。十世三百年，散徙非复故。
修廊与广殿，亦已化烟雾。经营久不倦，大体始略具。
钟鱼以时鸣，轩槛有幽趣。中庭扫芜秽，断碣起颠仆。
老我绝世缘，随身惟两屦。愿言治北窗，寂寞同子住。

对 食

蓬藋生庭叶拥阶，经旬饭豆爨枯薪。烟霄旧谓行夷路，薪水今悲系病怀。
梦里百年元易过，人间万事苦难谐。痴儿自堕阇黎计，欢喜闻钟已过斋。

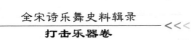

冬夜独酌

寒水茫茫浸月明,疏钟杳杳带霜清。一樽浊酒有妙理,十里荒鸡非恶声。
物外虽增新跌宕,胸中未洗旧峥嵘。颓然坐睡蒲团稳,残火昏灯伴五更。

对　酒

神仙岂易学,富贵不容求。百岁倪未尽,一樽差可谋。
钟鸣上方晚,桂发小山秋。处处多幽趣,攒眉勿浪愁。

短歌行

百年鼎鼎世共悲,晨钟暮鼓无休时。碧桃红杏易零落,翠眉玉颊多别离。
涉江采菱风败意,登楼待月云为祟。功名常畏谤谗兴,富贵每同衰病至。
人生可叹十八九,自古危机无妙手。正令插翅上青云,不如得钱即沽酒。

读书至夜分感叹有赋

老人世间百念衰,惟好古书心未移。断碑残刻亦在橐,时时取玩忘朝饥。
推寻点画到曲折,想见落笔纵横时。岂惟鸾凤九霄上,景钟大鼎森陆离。
虽然欲学则曷敢,驽马仰看骅骝驰。正如志士才不称,心慕伊傅终何施。
尔来亦复强点染,手不随意徒嗟咨。悬知明日天将雨,中夜云蒸紫玉池。

东　窗

腊近寒何薄,秋衣著尚宜。年光祈雪见,节物卖灯知。
川日初沉后,楼钟欲动时。东窗对儿子,聊与细论诗。

对　食

人苦不知足,贪欲浩无穷。豹胎日餍饫,萍齑却时供。
饮豚以人乳,万乘亦改容。方其未遇时,鹅炙动英雄。
哀哉王相国,计堕饭后钟。所以贤达士,一视约与丰。
我亦蹭蹬者,羁游半生中。木桀饱藜苋,美与玉食同。
口腹嗟几何,曾是役我躬。放箸一笑粲,赋诗晓愚公。

灯　笼

我年十六游名场,灵芝借榻栖僧廊。钟声才定履声集,弟子堂上分两厢。
灯笼一样薄腊纸,莹如云母含清光。还家欲学竟未暇,岁月已似奔车忙。

书生白首故习在,颠倒简牍纷朱黄。短檠虽复作老伴,目力眩晃不可常。
平生所好忽入手,摩挲把挈喜欲狂。兰膏潋滟支达旦,秋雨萧瑟输新凉。
讨论废忘正涂乙,遂欲尽发万卷藏。所嗟衰病终难勉,非复当年下五行。

道院遣兴

满镜新霜老可惊,十年烟陇废春耕。黄丝黑黍有归梦,白发苍颜无宦情。
浮世不堪供把玩,安心随处是修行。尚嫌未到无为地,酷爱朝钟暮磬声。

道室杂咏三首(其一)

舄化双凫杖化龙,云山回首不知重。药园夜啸丹台月,酒市秋听紫阁钟。
岂但烟霄随步武,故应冰雪换形容。小童开户惊奇事,野鹤来巢砌下松。

村舍杂兴五首(其一)

冉冉年华速,昏昏睡思浓。废书心自愧,谢病客能容。
雨急钟微度,溪涨碓自春。可怜灯下影,随处伴衰慵。

翠围院

晓入翠围寺,拥门千万峰。山空鸟自命,林茂鹿相从。
袅袅风中竽,昏昏云外钟。将归兴未尽,清啸倚长松。

春雨中偶赋

老子年来百事慵,不妨诗课尚能供。残花已觉胭脂淡,煮酒初尝琥珀浓。
羸病不堪连日雨,孤愁偏怯五更钟。旧交只有乌藤在,且伴禅床莫化龙。

春阴溪上小轩作

午醉初醒倚钓轩,悠然无与共清言。风微仅足吹花片,雨细才能见水痕。
杳杳暝钟浮远浦,离离烟树识孤村。故人万里岷山下,安得书来慰断魂。

初夏夜赋

好景入新夏,幽人卧弊庐。廊腰得风远,树罅见星疏。
门掩鸦栖后,钟鸣月上初。青灯尚堪近,起了读残书。

初夏出游

去去冲朝雾,行行弄夕霏。移秧晴竭作,坐社醉扶归。

细草迷行径,残花点钓矶。牸牛将犊过,雄雉挟雌飞。
野寺烟钟远,村墟绩火微。诸孙殊可念,相唤候柴扉。

初秋书怀
二十年前已二毛,即今何恨鬓萧骚。孤灯自伴诗情苦,俗子从嫌醉眼高。
烟外暮钟来远寺,雨余秋涨集空壕。思归更向文书懒,此手惟堪把蟹螯。

出　游
莫笑衰残百不能,一枝筇杖捷飞腾。山空野火焚秦篆,日淡烟芜遍禹陵。
小浦涨潮迎钓艇,疏钟出谷送行僧。踟蹰不觉归途晚,村落人家已上灯。

城　东
出郭溶溶细縠波,平生此地几经过。祭余野庙啼乌乐,酒贱村墟醉叟多。
亭午疏钟离石佛,敛昏微雨泊曹娥。采莲艇子愁衣湿,不为人家惜绿荷。

步至湖上寓小舟还舍五首(其五)
细浪随摇楫,新凉入岸巾。断行初到雁,空担暮归人。
漫道贫非病,谁知懒是真。疏钟起诗思,迢递度烟津。

步至东庄
泽国寒虽晚,霜天已迫冬。荠花雪无际,稻米玉新舂。
身已风中叶,人方饭后钟。儿能哀老子,努力事春农。

步　月
鸥鹭论交有旧盟,越山胜处著柴荆。只思小阁焚香卧,偶作长堤蹋月行。
湖阔烟钟来缥缈,林疏渔火见分明。店家已卖新篘酒,一醉今宵似可成。

病起小饮
病起新霜满鬓蓬,凭高一笑与谁同。酒如渌静春江水,人有鸿荒太古风。
野寺钟来夕阳外,寒山空插乱云中。一官正尔妨人乐,只合沧浪狎钓翁。

丙寅元日
缥缈初闻寺阁钟,霏微零雨兆年丰。家家椒酒欢声里,户户桃符霁色中。
春枕方浓从卖困,社醅虽美倦治聋。从今万事俱抛掷,且作人间百岁翁。

闭　阁

闭阁孤城剩放慵,桐江清绝胜吴松。云收忽见北山雪,月落正闻西寺钟。
世味老来无奈薄,土思病后不胜浓。纯羹岂止方羊酪,轻许平生笑士龙。

纵笔四首(其四)

坊远不闻宫漏声,三茅钟残窗欲明。山童睡熟呼不应,添水拂书翁自行。

舟中三首(其二)

萧萧风雨小江秋,不是愁人亦合愁。忽听疏钟知寺近,笑寻沙路上牛头。

赠丐士

志士宁闻毕世穷,此间从古混蛇龙。尚能忍耻墦间祭,安用追惭饭后钟。

杂题六首(其四)

黍醅新压野鸡肥,茆店酣歌送落晖。人道山僧最无事,怜渠犹趁暮钟归。

烟波即事十首(其六)

梦笔桥边听午钟,无穷烟水似吴松。前年送客曾来此,惟有山僧认得侬。

西林傅庵主求定庵诗二首(其一)

粥后钟鱼未动时,夜灯仍对碧琉璃。不须更说能生慧,枯木寒灰也自奇。

天竺晓行二首(其一)

三茆听彻五更钟,二竺穿穷九里松。无复官楼沽酒美,但烦湖水照衰容。

宿枫桥

七年不到枫桥寺,客枕依然半夜钟。风月未须轻感慨,巴山此去尚千重。

梦中作游山绝句二首(其二)

寺楼已断暮钟声,照佛琉璃一点明。不道溪深待船久,老僧惊怪太迟生。

梅　市

梅市柯山小系船,开篷惊起醉中眠。桥横风柳荒寒外,月堕烟钟缥渺边。
客思况经孤驿路,诗情又入早秋天。如今老病知何恨,判断江山六十年。

块坐斋中有感

败席凝尘懒拂除,况能作意去庭芜。读书眼力衰难强,对酒心情薄欲无。

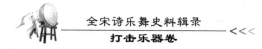

野寺钟鱼思下担，山邮鞍驮忆登途。颓然坐睡谁惊觉，寂寞西窗日又晡。

江上散步寻梅偶得三绝句(其二)

钟残小院欲销魂，漠漠幽香伴月痕。江上人家应胜此，明朝更出小南门。

湖村野兴二首(其一)

十里疏钟到野堂，五更残月伴清霜。已知无奈姮娥冷，瘦损梅花更断肠。

和曾待制游两山三首·题天章山宿鹭亭

疏钟迎客到溪亭，碧瓦朱栏相照明。想得松阴排万衲，篮舆放处恰诗成。

过能仁光孝寺欲访昕老会府中速客遂不果入

春日城南过宝坊，驰驱不得驻车箱。高门临道净如拭，杰屋凌空势欲翔。
斋近钟鱼初送响，风微松桧自生香。暂来堪笑忙如许，坐羡高人白昼长。

龟堂杂兴十首(其八)

蒲团安坐地炉温，无位真人出面门。世上不知何岁月，断钟残角送黄昏。

孤　店

孤店门前千万峰，酒浓不抵别愁浓。明朝晴雨吾能卜，但听兰亭古寺钟。

村饮四首(其二)

无念无营饱即嬉，老翁真个似婴儿。昏钟未动先酣枕，日上三竿是起时。

残　年

残年迫钟漏，病骨怯风霜。投帻早当去，强颜徒自伤。
文符纷似雨，讼诉进如墙。笑杀沧浪客，微官有许忙。

病中卧闻春声二首(其一)

丘嫂羹存先夏釜，山僧斋竟始鸣钟。孰知造物独怜我，一日未尝无夕春。

病中绝句六首(其三)

酒味醺人睡味浓，午时高枕到昏钟。经旬不见西窗日，世上应无懒似侬。

自　咏

朝衣无色如霜叶，将奈云安别驾何。钟鼎山林俱不遂，声名官职两无多。
低昂未免闻鸡舞，慷慨犹能击筑歌。头白伴人书纸尾，只思归去弄烟波。

吕本中(1084—1145)

郑昂用岑参太白胡僧歌韵作楞伽室老人歌寄杲老
楞伽室中绝皂白,去天何止三百尺。只今更住最高峰,斋无木鱼粥无钟。
已将虎兕等蝼蚁,更许蛙蚓同蛟龙。闻道说禅通一线,为尔不识楞伽面。
一生强项我所知,气压霜皮四十围。世人未辨此真伪,敢向楞伽论是非。
诸公固是旧所适,郑髯从之新有得。欲将此意向楞伽,但道鹄乌同一色。

正月十七日
令节今安在,晨钟奉夙兴。空庭留素月,广殿有残灯。
笑语已难记,经游如未曾。吾衰得坚卧,差胜住房僧。

余病不能蔬食惧有五味口爽之责作诗自戒
君不如屈大夫,夕餐但秋菊。又不如颜平原,未昼且食粥。
虽知舌本欠滋味,颇觉和气实其腹。痴人要盈余,椒有八百斛。
钱有一百屋,鼎俎浣腥膻。杯盘眩红绿,四方采珍异。
亦未极所欲,宁知下箸处,但有一饱足。坐偿姓命债,百死有未赎。
何如野僧饭,晚菜下脱粟。撞钟击鼓坐高堂,童奴唱饭来相续。
竹间新笋大如椽,树头老耳肥于肉。亦不见蟹躁扰,亦不见牛觳觫。
石郎爱惜韭萍齑,晋侯睥睨熊蹯熟。以此相重轻,于君未为福。

游阳山广庆寺
溯流荡桨到阳山,寺在云山缥缈间。雨洗竹萌穿野岸,风吹榕叶落荒湾。
僧眠白日钟声静,花送青春鸟语闲。留醉岭南无所恨,不妨蜡屐恣跻攀。

游会胜寺蒙泉
去郡十五里,满山蔽青松。朝来雨初过,萧瑟鸣悲风。
踏泥转溪曲,路尽山无穷。层崖筑栏阁,宛在云烟中。
引水绕砌下,渍石常飞蒙。寻幽到寺背,苍碧摩高空。
古甃冽寒泉,浅沙影重重。伏流尚数步,暗与溪相通。
潺湲去何之,可折从此东。会有到海期,岂计朝莫功。
我行因避贼,眺览聊从容。徘徊未忍去,僧饭催撞钟。

晚至城南

来往城南路,今年又作冬。荒林挂落日,古寺叠疏钟。
职事日三出,交游时一逢。可怜河上水,唯少莫山重。

同诸人再登鹿头山再次前韵

梅梢风动勒花寒,淡淡烟横天际山。顾我未能超物外,因君聊尔出云间。
水声不逐钟声歇,林影常随塔影还。异日同归嵩少路,即将诗卷话南蛮。

题筠州僧房

客来无语坐禅房,共赏西窗一榻凉。山路雨余新笋出,江城春色杂花香。
烟厨已逐钟声远,树色初随塔影长。敢道闲居便安稳,今年更欲下湖湘。

柳州开元寺夏雨

风雨翛翛似晚秋,鸦归门掩伴僧幽。云深不见千岩秀,水涨初开万壑留。
钟唤梦回空怅望,人传书到竟沈浮。面如田字非吾相,莫羡班超封列侯。

久 雨

宿雨何曾歇,浓云未放晴。莓苔侵户长,蛙蚓入窗行。
钟送远山响,灯挑残夜明。芭蕉添客恨,只伴□檐声。

寄刘彦冲兼寄胡原仲刘致中

故人别去两经冬,今岁书来第几封。正以空疏少制作,不因穷约废过从。
养生漫说终难效,学道无心亦未逢。若问真归是何处,五更常听寺楼钟。

海陵杂兴八首(其四)

荒城足风雨,今日更新冬。草木山岚暗,人家水影重。
漫看文字过,时有簿书逢。目极横塘路,西楼闻暮钟。

尘 外 亭

宁饮山中泉,勿食城中米。尘埃苦着人,何翅虱与蚁。
爬搔十指秃,败褐未易洗。缅怀佳公子,珠璧不受浣。
藏身着幽处,阖户谢纨绮。君看罗曲旃,何似容燕几。
不辜文字眼,未负钟鼎耳。长安游侠窟,未晚看参靳。

纷纷万马蹄,门外自千里。

晨　兴

书闱静若隐,钟到揽衣迟。花睡犹含露,莺歌方踏枝。
耘苔开曲径,考古韵新诗。谁识晨兴意,西山爽气时。

无题四首(其三)

闻钟即起待天明,客舍无聊坐五更。
何日长风破巨浪,看渠万里出门行。

水西与李彦恢相从余将取旌德趋徽州彦恢先归旌德相候彭元任亦自太平县来相送遇于三溪驿遂同过旌德道中呈二子三首(其一)

水西投宿返秋霜,起听晨钟厌束装。尚惜故人轻别,乱山深处过重阳。

寄蔡伯世赵才仲(其一)

我恨不识鹿门公,蔡郎心期千载同。不随吏部曹中板,去赴长芦寺里钟。

吕　定(？—？)

追和苏子瞻游峡山寺韵

山迥宝华阁,水绕金锁湾。尘虑顿焉息,于兹开我颜。
疏钟日夕动,老僧林下还。天风吹白云,悠悠满松关。
归猿有余悲,月明啸空山。仙人自何来,翱翔八极间。
手把玉芙蓉,吟笑锵佩环。歌罢忽飞去,千峰堆翠鬟。

吕南公(1047—1086)

君益惠竹杖

衰来病众难推荡,日觉筋骸非壮长。百亩锄耘致苦辛,万端应接皆牵强。
稀曾起处钟漏尽,多是归时星月朗。满腹经纶一意闲,垦田头绪重新讲。
偶逢过客语文字,突兀破坏如梦想。太息诸书不救饥,几曾货利微能仿。
故人怜我晚愁瘁,委曲相宽三复两。卒岁尝分蔽骭衣,方春又赠扶身杖。
修䉆一竹信瑰特,知自何山精产养。数节包骿鹤胫连,碎花黝纠彪皮爽。

提携宛胜冰玉滑,顿卓便同金石响。野老生看每问名,耕儿熟见仍私奖。
未谙黄钺端许制,久惯青藜饶俗状。灵寿杖坚负曳劳,朱藤饰伪功程枉。
何如得此清峭干,本与雪霜争气象。旧谷遗根未陆沉,末年遇主成真赏。
已将蜡屐作游伴,更共文箨为静党。测渡无忧石涧淹,助跳肯畏泥坑广。
时修疆畎便指画,自牧鸡豚谁放荡。差可擑蓬讯髑髅,岂徒辟野披榛莽。
倾危屡济功转积,安稳利征吾滥享。辄莫飞飞向葛陂,要当受侮敲原壤。
古人五十徇乡礼,我为困穷聊早上。画戟彤弓且勿思,苍颜荷筱西村丈。

吕　陶(1028—1104)

云顶寺

秀巘层层一径通,秋来更植万株松。闲中日永宜禅性,望处云平见物容。
半夜起风喧地籁,何年说佛响天钟。尘埃满马游从隔,寄恨烟萝第几重。

游交城石壁寺二首(其二)

山僧何事下山迎,步彻山腰到寺庭。清梵一声沈夕籁,碧岚千幅展春屏。
自惭缰锁非真赏,乍见林泉似独醒。回首暮钟留恨处,断烟层霭倍青青。

和再游二首(其二)

石门高下两相通,冰屋初开不复封。睡稳好欹方水玉,味清须试密云龙。
诗筒迭和难亲笔,谈柄闲摇屡折松。便写姓名镌翠壁,休论功烈刻华钟。

和郄仲辅开化寺三首(其一)

寺在西山第几重,山僧相遇喜相容。寂无尘虑到禅室,瞥有秋声来野松。
已恨夕阳催返辔,又过危磴听残钟。烟霞更约他时望,未必高怀负翠峰。

和郄仲辅开化寺三首(其二)

目前尘坌最重重,乍见名山喜动容。选胜道装堪著屐,谈禅麈柄亦挥松。
千寻急欲攀秋径,十里犹闻击午钟。下得峦林又牵俗,特书归恨寄晴峰。

和郄仲辅开化寺三首(其三)

烟岚深处几千重,难向丹青写物容。层阁试凭窥百里,函经慵读倚双松。
乔林乍响因秋籁,栖鸟频惊为晚钟。莫笑下山犹怅望,浪仙平昔爱三峰。

次伯通云顶山长句韵

金渊地界东西州,谚云锦担垂两头。中间石城最佳胜,二十余年尝再游。
奇峰虽向郡城见,好景半是僧家收。松萝四面围绝顶,九夏不暑长如秋。
东隅忽值海日出,下照岩壑无深幽。群阴破散宿雾敛,万象开阔晴云浮。
轩窗高处气势别,纵欲极望诚难周。蓝凝后嶂远更秀,雪壅前溪寒不流。
软草将春鹿麌麌,浓林未暝蝉啾啾。禅僧上堂演佛理,镗然钟韵喧层楼。
问之浮世辄不语,应笑世人多谬悠。下山倘有顿悟者,直须作意无迟留。

吕天策(?—?)

咏洗心堂得鸟鸣山更幽(其五)

环沙饶沃壤,农工敏锄耰。青秧拥翠被,大堤蔽吴牛。
渔商蛮獠杂,结屋桑柘幽。翁妇顾相喜,占风知有秋。
吾侪拙生事,腹果即无求。年丰预有托,一饱不难谋。
钟鼎固乐矣,其乐如是不。未可议鹏鷃,各尽逍遥游。

吕颐浩(1071—1139)

题临济所居

鸣钟列鼎心无累,茹糗羹藜乐亦全。解把穷通为一致,此生何处不超然。

吕祖谦(1137—1181)

再赋真觉僧房芦三首(其三)

清晓霜钟唤客兴,余声知度几棱层。烟霞深处无人到,时见凭栏一两僧。

明招杂诗四首(其一)

鸟声报僧眠,钟声报僧起。静中轻白日,邈视东流水。
风月有逢迎,出门聊徙倚。传遍南北村,松间横屐齿。

罗公升(?—?)

冬　至

穷冬乃常燠,庭础上云气。索居共谁语,煮药作冬至。
客来寄枯棋,客去玩奇字。是中即了我,自得在不智。

偷生轻日月,长短亦何计。惟应开辟事,颇得大易意。
门前鸣驺急,窗外飞雨细。云物吾不知,晓钟一觉睡。

罗椅(1204—?)

题信丰县城门六首·民信

南山天马来,南城下盘踞。前撞古寺钟,后雕谯楼鼓。
我来俯崔巍,山灵相呼舞。年丰民物熙,细听间阎语。

罗与之(?—?)

虎　溪

冲飙吹客襟,飘拂虎溪渡。远想三笑时,此意固有寓。
孰知秘密藏,奚间笑默语。绳绳彻上下,绵绵贯今古。
东林钟声幽,康庐山色娟。是皆善知识,长时相警悟。
世人自合尘,两耳聋莫觑。百千微妙义,堕在一毫许。
我行发深省,如重睡忽寤。向人欲举似,有舌不能吐。

马　某(?—?)

游南山赋五十六言呈书记郎中教授大著

暇时结客小春容,路值重岩紫翠峰。云阁翚飞翼鸾凤,石楠盘屈老虬龙。
林扉雨过便秋菊,山寺风清度晚钟。快展眉头须剧饮,天开霁色不妨农。

马之纯(1144—?)

促　妆　钟

禁鼓城头报五更,景阳楼上打钟声。只疑仿佛天将晓,不省徘徊月尚明。
闪闪青灯星户缀,松松绿鬓雾窗横。蜂黄蝶粉都描得,那有鸦儿画不成。

毛　滂(1060—?)

送僧觉归上饶

上士垂暮年,不受烦恼攻。欲修沙门果,坐怪须发空。
言有摩尼珠,自照迷妄踪。当来滞碍心,如以巨物撞。
妻子昔所爱,今断如溃痈。欲作大医王,遍救暗与聋。

长安坐寂寞,饥腹听午钟。行归洗黄尘,誓将扫青松。
一蠡渡长淮,东望迦叶峰。我走名利场,未可谈从容。
软语感屡发,为我清心胸。上士无住著,此别何由逢。

代人和孟羽

东野多穷辄自鸣,半生云水共将迎。朝廷纤悉收遗老,笔势巉岩压后生。
天上恩袍新草色,道傍诗句古钟声。出秦壮思磨锋锷,欲破刘郎五字城。

隋堤写怀寄上右丞

前年买符入函谷,归来柴车仍露宿。似闻石室陈图书,敢累山公为题目。
苍梧只觉波浪高,尺泽那知鳞尾秃。已将倦翮谢风云,便拟闲身寄松竹。
何庸复来良自嗤,聊当尔耳谁能卜。生长寒乡非挟纩,老去刚肠徒仰屋。
此日可惜那敢轻,流年已徂无计逐。淮山可人长好色,随潮入落裁瞬息。
隋堤官柳今许长,前年雪里曾相识。尚有寒蜩抱残叶,晚风凄瑟真相逼。
斜阳更在柁楼明,孤烟已转榆湾黑。浊流奔猛似欺人,前去高桅万牛力。
但令寸进殊不恶,行或止之那可测。朝廷无阶亦何往,想见夔龙在君侧。
取士端须拔十五,除吏何妨论八百。为郎二世疑有命,自著一生能几屐。
定知此意不在多,久从笔研安能掷。太常掌故本下才,未怪间关难射策。
仲翁陆陆元先售,却令小苑东门后。人生有志将毋同,异时善舞输长袖。
此去谁家借蹇驴,逼仄终看饭山瘦。平生读书过百纸,本是烟波钓徒尔。
笔床茶灶轻鼎钟,雨笠烟蓑傲朱紫。如今却著从事衫,犹喜无材堪鼓吏。
自从束带对小儿,久妨痛饮追名士。会须出处今勇决,进仍不合当休矣。
试来乞公五十犗,投竿往觅任公子。岂特区区守鲋鲵,更与侯生向温水。

寄曹子方使君

使君未知我,得自吞毡翁。我未识使君,已闻伯夷风。
十年诗卷里,未面先从容。顷我客东都,寄声谢老农。
绣衣南州来,是尔使君公。为尔扫菜色,无襦当夜缝。
东都逆旅人,零落如霜蓬。一廛愿为氓,归势鸟脱笼。
既登君子堂,倒戈避诗锋。紫芝秀眉宇,东野凛长松。
怜我骨碑兀,槽枥骈儿童。秣以玉山禾,不置凡马中。

去年溪城月,使君马如龙。呼我载后车,诗月相朣胧。
竭来桑麻间,午梦回村春。使君亦留犊,往听长安钟。
相望渺云海,烟雪迷西东。遥传摛彩笔,秀句争考功。
那知古槐畔,苦语如秋蛩。一笑答云山,万事付喑聋。
吞舟亦失水,虮蛜登背胸。拂钟虽不铮,缀履岂所工。
天高白虎殿,日永明光宫。去参鵷鹭群,勿羡高飞鸿。

毛 珝(?—?)

寓泉之定空寺

斋钟声断佛香销,闲步虚廊转几遭。浊世自缘君不舍,青山岂是俗难逃。
鸟如留客音声好,松似骄人意气高。因悟宿根元自有,栽培功浅长蓬蒿。

寓泉之安溪

已恨逢人语不通,更堪烟岭隔千重。山城纵是如花好,海雾终愁似墨浓。
远信断无鸿可寄,故乡惟有月相逢。闲于荔绿蕉红处,步屧时留到晚钟。

宿广果寺

寺门初掩夜沉沉,风逼灯寒桧影深。满屋异香僧入忏,一瓯新茗客搜吟。
云归古殿闻龙气,月照空池见佛心。坐久恰眠眠未稳,屋头钟起鹊惊林。

送客游吴

水乡秋易冷,珍重过吴松。在旅虽难遣,于诗莫厌攻。
一轮僧寺月,半夜客船钟。况有贤州牧,知音是旧逢。

庐山栖贤寺

名重于诸刹,前贤旧隐踪。无人知有路,隔树忽闻钟。
瀑壮山疑裂,云深寺若封。或传遗稿在,三叩昔时松。

梅尧臣(1002—1060)

坐睡依韵和持国

坐久既生倦,渐看冠佩斜。钟声传紫禁,乌影转西华。
窃印后当致,触屏前未嘉。不为疏慢意,何用北窗夸。

依韵和宣城张主簿见赠

韩子于文章,所贵不相效。譬彼古今人,同心不同貌。
吉从志久慕,亦以重名教。鸣钟与享鼎,易厌非苦乐。
禄仕不及亲,扬名可为孝。君方佐大邑,美锦同剪铰。
遂令吾乡民,绸直无曲桡。既暇乃作诗,欲与前人较。
朝来忽有赠,捧若管窥豹。又如捕鲸鱼,空自持网罩。
心降醉且睡,昏昏不知觉。

依韵和刘敞秀才

安得采虚名,师道欲吾广。虽然成术业,曾不计少长。
孔孟久已亡,富贵得亦傥。后生不闻义,前辈惧为党。
退之昔独传,力振功不赏。舌吻张洪钟,小大扣必响。
近世复泯灭,务觉多忽恍。今子诚有志,方驾已屡枉。
自惭怀道浅,所得可下上。正如种青松,而欲托朽壤。
典册皆可寻,圣言皆可仰。幸无增我过,此语固不爽。

邃隐堂

大梁车马地,尘土飞百尺。贤愚走其间,朝暮不见迹。
北望天波门,垣垣宗室宅。宗室令王孙,爱书轻玉帛。
华宇何深沈,但闻列图籍。曲房有窈窕,空自事眉额。
体胖生粹和,安在处岩石。古来为善乐,岂以歌钟适。

送达观禅师归隐静寺古律二首(其二)

栗林霜下熟,归摘御穷冬。带月涉溪水,过山闻寺钟。
未嫌云衲湿,已喜野人逢。且莫似杯渡,沧波无去踪。

使 风

胯下桥南逆水风,十幅蒲帆弯若弓。淮波带日鱼鳞红,岌岌飞上北斗中。
龟山始撞人定钟,岸草涩涩鸣秋虫。

暝

杳杳钟初发,昏昏户闭时。巢禽投树尽,疲马入城迟。

醉唱眠茅屋，晓光透槿篱。荷锄休带月，亭长竖毛眉。

陆子履见过

刘郎谪去十年归，长乐钟声下太微。屈指故人无曩日，平明骑马扣吾扉。
论情论旧弹冠少，多病多愁饮酒稀。犹喜醉翁时一见，攀炎附热莫相讥。

寄文鉴大士

读书夜寂冷无火，卷卷遂成摇膝吟。始忆高僧将偈去，安知古寺托云深。
寒堂正睡远钟发，野鸟乱鸣残月沉。明日呼儿整篮舆，欲烦重过小溪阴。

和滕公游穿山洞

洞口水石浅，潺潺泻绿蒲。缘源进岩窦，阴黑人境殊。
中言有物怪，蟠蛰春未苏。霖雨虽有意，风雷莫肯扶。
风雷自鼓荡，不久当何如。幸欣禅林近，钟梵来有无。
回策履幽径，衣香草露濡。老僧长松下，麋鹿与之俱。
溪云时见起，山鸟自相呼。羡尔得兹乐，何用劳形躯。

和司马学士上辛祀事出郊寄冯学士

侵晓度南薰，禁钟犹可闻。春郊微有霰，上苑稍藏云。
斋馆人相望，官桥路已分。宁同鸟乌乐，翔集自成群。

和端式上人十咏·云际钟

烟昏青枥道，风急隔溪钟。征马未及息，猛虎前有踪。
寻声欲投宿，僮仆畏所逢。

瓜洲对雪欲再游金山寺家人以风波相止

腊月海风急，雪吹岩下窗。轻舟不畏浪，昨日过寒江。
渡口复夕兴，区中无与双。忽牵儿女恋，空听远钟撞。

定号依韵和禹玉

言出君门日，遥闻紫禁钟。诏书中使降，骏马上闲供。
天下持平手，毫偏不置胸。文从有司较，卷是近臣封。
胜阵无容敌，精后已善攻。明朝当奏号，鸳鹭看归雍。

次韵和景彝闰腊二十五日省宿

君尝编史似吴兢,又值甘泉马踏冰。重腊雪花方漫漫,宿厅书架自层层。
桉头美酒初温火,帘底微风欲动灯。永夜未眠钟已发,此心闲寂似高僧。

朝堂斋宿

玉属陪祠日,宫庐寓宿时。钟来建章远,月过羽林迟。
寒入清绫被,风牵翠凤旗。贾生谁复召,安问鬼神为。

梅 挚(995—1059)

新繁县法要院孙太古壁画罗汉

绝艺知君少,谁怜太古踪。佳名吾党出,逸格彼苍钟。
山狖遥偷果,田衣半剥茸。乡人当保此,此画世无重。

句(其一)

寺僧日扣妆钟起,园客时翻辇路耕。

孟 贯(?—?)

宿 山 寺

溪山尽日行,方听远钟声。入院逢僧定,登楼见月生。
露垂群木润,泉落一岩清。此景关吾事,通宵寐不成。

米 芾(1051—1107)

万 籁

万籁寒空响,群山隐映开。迟迟暮钟里,且唤竹舆来。

寄题开福院白莲堂(其二)

旧多社客谈因果,新向禅林问祖风。归去万缘无不了,这回洗钵听斋钟。

都梁十景诗·龟山寺晚钟

龟峰高耸接云楼,撞月钟声吼铁牛。一百八声俱听彻,夜行犹自不知休。

缪 蟾(?—?)

应举早行

半恋家山半恋床,起来颠倒著衣裳。钟声远和鸡声杂,灯影斜侵剑影光。
路崎岖兮凭竹杖,月朦胧处认梅香。功名苦我双关足,踏破前桥几板霜。

莫 俦(1089—1164)

游破山兴福寺

久闻胜地有莲宫,乘兴来游杖瘦筇。庭老樛枝翠璎珞,地生并蒂玉芙蓉。
飞仙何意来题柱,开涧当年想斗龙。归骑回看楼阁处,云深隐隐度疏钟。

牟 巘(1227—1311)

送恩上人还云门(其二)

澈师何处觅遗踪,坐听云门寺里钟。正自年来苦行脚,个中元自有千峰。

长江图

汉川影落鹦鹉洲,金山钟到多景楼。老龙几载卧寒碧,中间不断万古流。
晚来雪浪大如屋,澎湃舞我一叶舟。舟移岸转知何处,离离烟草令人愁。
说与渠侬莫倚柂,转帆别浦盍少休。此图此景俱可惜,展玩不足空白头。
家在江水发源处,何时还我旧菟裘。

赠厉白云上人

双径闻钟罢,而今夜熟眠。事须红日上,身在白云边。
古貌应违俗,高吟不碍禅。炉头煨芋火,相对各欣然。

题诗禅方丈

切忌犯正位,须教截众流。闻钟应已悟,缚律未为遒。
室小才容膝,诗成自点头。出门忽大笑,明月一天秋。

慕容彦逢(1067—1117)

和四十伯父见寄二首(其一)

入夏情怀转不中,多愁多病愈乖慵。匪诗该博终难继,蒋迳幽闲颇愿从。
赖得古文消日月,更无佳友话心胸。吾宗幸有边经笥,却得时时一叩钟。

和四十伯父见寄二首(其二)

比来维日捧诗筒,久废吟哦觉懒慵。韵险不容更属和,意勤须索强随从。
深思往往花盈睫,得句常常汗浃胸。万事始知关习否,赓酬本合类撞钟。

欧阳澈(1097—1127)

宿世弼书馆

暂向云斋借榻眠,窗风一线晚秋天。淋浪樽酒狂摘句,点闪檠灯伴论禅。
盘角竹声时淅沥,帘旌桂影弄婵娟。话穷依约方成梦,蓦听疏钟到枕前。

朝宗以诗赠行和酬二篇一以留别一以谢诗(其二)

锻炼新诗摘锦囊,笔驱秀丽汝川傍。气横阿剑疑干斗,韵逸丰钟必待霜。
遒劲狂挥毛颖疾,淋漓醉扫麝煤香。珠玑喜就鲛人乞,收拾端期百斛量。

欧阳修(1007—1072)

游龙门分题十五首·上方阁

闻钟渡寒水,共步寻云嶂。还随孤鸟下,却望层林上。
清梵远犹闻,日暮空山响。

晚泊岳阳

卧闻岳阳城里钟,系舟岳阳城下树。正见空江明月来,云水苍茫失江路。
夜深江月弄清辉,水上人歌月下归。一阕声长听不尽,轻舟短楫去如飞。

题净慧大师禅斋

巾屦诸方遍,莓苔一室前。菱花吟次落,孤月定中圆。
斋钵都人施,谈机海外传。时应暮钟响,来度禁城烟。

题金山寺

地接龙宫涨浪赊,鹫峰岑绝倚云斜。岩披宿雾三竿日,路引迷人四照花。
海国盗牙争起塔,河童施钵但惊沙。春萝攀倚难成去,山谷疏钟落暮霞。

送王公慥判官

久客倦京国,言归岁已冬。独过伊水渡,犹听洛城钟。
山色经寒绿,云阴入暮重。腊梅孤馆路,疲马有谁逢。

庆 爱 寺

都人布金地,绀宇岿然存。山气蒸经阁,钟声出国门。
老杉春自绿,古壁雨先昏。应有幽人展,来留石藓痕。

庐山高赠同年刘中允归南康

庐山高哉几千仞兮,根盘几百里,巖然屹立乎长江。
长江西来走其下,是为扬澜左里兮,洪涛巨浪日夕相舂撞。
云消风止水镜净,泊舟登岸而远望兮。
上摩青苍以暗霭,下压后土之鸿厖。
试往造乎间兮,攀缘石磴窥空谾。千岩万壑响松桧,悬崖巨石飞流淙。
水声聒聒乱人耳,六月飞雪洒石矼。
仙翁释子亦往往而逢兮,吾尝恶其学幻而言哤。
但见丹霞翠壁远近映楼阁,晨钟暮鼓杳霭罗幡幢。
幽花野草不知其名兮,风吹露湿香涧谷,时有白鹤飞来双。
幽寻远去不可极,便欲绝世遗纷痝。
羡君买田筑室老其下,插秧盈畴兮酿酒盈缸。
欲令浮岚暖翠千万状,坐卧常对乎轩窗。
君怀磊砢有至宝,世俗不辨珉与玒。
策名为吏二十载,青衫白首困一邦。
宠荣声利不可以苟屈兮,自非青云白石有深趣,其气兀硉何由降。
丈夫壮节似君少,嗟我欲说安得巨笔如长杠。

寄左军巡刘判官

遥听洛城钟,独渡伊川水。绿树郁参差,行人去无已。
因高望京邑,驱马沿山趾。落日乱峰多,龙门何处是。

寄题相州荣归堂

白首三朝社稷臣,壶浆夹道拥如云。金貂争看真丞相,竹马犹迎旧使君。
岂止轩裳夸故里,已将钟鼎勒元勋。不须授简樽前客,好学平津自有文。

192

潘景良(？—？)

游 金 山

嵌岩穹窿,屹立乎江中。崩湍下瞰不见底,巨石崛出高摩空。
混沌破来到今几万岁,雄奇秀丽胡为乎此山兮独钟。
长江西来一万里,当空削出金芙蓉。上有金仙居,下有冯夷宫。
宝坊栉比列霄汉,塔影倒置惊鱼龙。有时洪钟咽烟响,潮音属和驱群聋。
鸟飞竟力不得到,我尝挐舟一抵其云峰。摄衣步楼阁,矫首观无穷。
齐州九点落眼底,岷峨西望沧溟蒙。忽闻长风破巨浪,芥蒂一洗平生胸。
山僧喜殊常,握手何从容。杯擎陆羽水,茶泛玉川风。
鹤庵散仙,恒斋老翁,把臂大笑声融融。
天风吹袂欲轻举,白云缥缈将何从。
不知海外之三山,群仙之乐与此将异而或同。
迄今别去五六载,我舟又复来掀篷。
山灵偃蹇我倨傲,尘怀汩没不得追前踪。
风帆一笑金山过,山头日落飞冥鸿。

潘 阆(？—1009)

秋日题琅琊山寺

岩下多幽景,且无尘事喧。钟声晴彻郭,山色晓当门。
深洞藏泉脉,悬崖露树根。更期来此宿,绝顶听寒猿。

暮春漳川闲居收事

吟斋漳水滨,孤僻度残春。长喜诗无病,不忧家更贫。
钟声来远寺,山色遍诸邻。门有谁相访,僧过岂厌频。

瓜州临江亭留题

谁构危亭已半空,野人时得恣疏慵。闲观扬子江心浪,静听金山寺里钟。
醉卧岂能妨燕雀,狂吟争不动鱼龙。夜来雨歇蛙声乱,忆著嵩阳千万峰。

潘良贵(1094—1150)

朱教授见寄七言二首遂用其韵(其二)

等闲长啸倚孤松,云破天边见碧峰。架上残书犹可读,瓶中储粟不堪舂。
生涯幸有千年秀,身世何须万户封。僧榻寄眠无一事,觉来深省听晨钟。

潘献可(?—?)

山楼枕上

山近寒偏早,愁多睡不浓。鸦啼半夜月,鹤唳五更风。
晓接残灯里,吟成落叶中。尘埃今已厌,懒听上方钟。

潘玙(?—?)

枕上闻钟

酒醒残月明,欹枕听钟声。风露秋将晚,家山梦辄惊。
客尘侵老鬓,官职借虚名。却羡僧无事,此心如水清。

九里松路上

联骑松边路,天将晓色分。涧鸣泉溅石,山暗树栖云。
诗梦迎风醒,钟声想寺闻。只嫌搅清思,乌鹊噪纷纷。

彭汝砺(1042—1095)

水轩昼寝

晓步迎晨旭,昏归踏暮钟。簿书分意思,尘土病颜容。
隔岸柳阴细,侵帘波影重。诸公惜驽蹇,一息养疏慵。

江上晚起

水昏如欲雨,雾落复非云。浩荡重波隐,微茫小岸分。
大明瞻日晓,微暖报风薰。隐约庐山寺,孤钟续续闻。

和执中游山四诗·谷隐寺(其二)

楼阁倚天外,钟梵落人间。俗客有时去,野僧长日闲。
白云何所往,飞鸟未能还。一望辄一叹,令人唯厚颜。

和颖叔寄佛印（其二）

忆留铁瓮城经夏，却泛金山寺看秋。钟梵去随沧海远，楼台低涌大江流。
波澜隐约开龙国，烟雾分明见蜃楼。他日上方容听法，不应疑我皱眉头。

和深之饮字

穷阴方欲归，故故作凝凛。乾坤几日雪，昼作宵还甚。
寒威镇氛祲，和气生丰稔。君子有酒食，健啖亦豪饮。
齑盐本吾味，笑此已多品。芬芳臭如兰，烂熳文似锦。
夜阑烛花低，更转鸟声噪。私饮乐已湛，情话言尤审。
驽才负荷重，终夕无安寝。楼头钟几声，展转屡欹枕。

和济叔冬字

雨声传到耳，雪意尽穷冬。气味闲相惬，形骸病见攻。
冷呵诗笔冻，寒啜酒醅酕。且剧红炉饮，行闻古寺钟。

城　　上

孤城纵目尽南东，山转溪回翠且重。云际静浮滨汉水，林端清送上方钟。
今时汉北无雏凤，当日襄南有卧龙。万事废兴无足问，登临吾乐正从容。

朴　通(？—？)

恩　德　寺

平昔常闻风水洞，重山复水去无穷。因缘偶入云泉路，林下先闻接客钟。

朴寅亮(？—？)

过　龟　山

岩岩峻石叠成山，下著珠玑一水环。塔影倒垂淮浪底，钟声摇落碧云间。
门前客棹洪涛急，竹下僧棋白日闲。一奉胜游堪惜景，故留诗句约重还。

蒲寿宬(？—？)

题深省庵

结草为庵寄一枝，钟鱼聊复事清规。野蔬入供无人识，古柏为香有佛知。
频去饮泉非为渴，偶来坐石忽忘饥。常谈且接头陀伴，欲说上乘空费辞。

游 西 岩

谁扇洪炉欲煮铁,一寸如冰不曾热。岁寒心事梅花知,炭事如何与冰说。
西岩结屋烟作罩,斑斑不露如隐豹。人生大欲刚断除,静处生涯乃仁乐。
碧梧翠竹如琅玕,寒泉玉佩鸣珊珊。终焉为计亦不恶,岂知白日生羽翰。
翻思一夜钟鸣时,先生高卧如希夷。何人更嗔瘴鬼疟,及锋而用皆惊疑。
荐泉采菊想遗迹,奚其与侣昌黎伯。薰莸已定人所知,聊把曾游纪岩石。

题瀑布图后

平生托游从,林野乃其趣。出处偶不同,清浊良已忤。
解组浣我尘,叩门为君诉。方殷岐黄事,何日当展晤。
欲漱岩下泉,蛩驢念同路。默携照胆镜,历历见情愫。
韦鞾谁为驱,千林泻悬布。初挂冰一帘,晶晶滴珠露。
弄电不辍笑,轰谷激电怒。玉虹擘重崖,白昼云雪互。
震掉若弗容,俄然脱沉痼。寂寂霜林钟,茫茫虎溪渡。
草堂香山基,兴废今几度。诛茅讵为晚,千古一旦暮。
与君共兹图,濯濯如振鹭。登眺晨百回,畴能局高步。

和杨芸斋送枯崖住兴福韵

一夜春光到竹门,东风拂拂动闲云。钳锤粗了人间债,瓶锡暂抛林下群。
烟塔忽惊当户立,霜钟犹记旧山闻。高谈亹亹天花落,老衲廊头意自欣。

钱　时(1175—1244)

泊无碍定庵二首(其一)

定庵回首几春风,坏砌颓檐咽暮钟。惟有窗间双月桂,花开还似旧时红。

九月一日睡起

帖帖冬窝眠正稳,剥地钟声忽敲醒。起来空堂一事无,日弄波纹满窗影。

钱时敏(1086—1153)

蟹　浦

层阁面沧江,夜色上东岭。风浦多远声,月岩见清影。
栖柯鸟梦恬,依苇渔榔静。招提落寒钟,寂然绝人境。

钱惟演(962—1034)

致斋太一宫

斋洁奉惟馨,瑶台独自升。楼迷五里雾,坛烛九枝灯。
珠馆来青雀,璇题射玉绳。疏钟平野阔,古柏夕霏凝。
鹤扇真规月,仙衣可镂冰。春茶泛云液,晓饭荐兰蒸。
弃药疑洪井,藏书类羽陵。回瞻太帝室,飞槛更长凭。

宣曲二十二韵

绛缕初分后,银镮未解时。已障纨扇笑,犹捧玉壶悲。
乞巧长生殿,迎风太液池。雕屏涵火齐,宝帐隔琉璃。
欲买词人赋,空传狎客诗。蔗浆销内热,琼蕊疗朝饥。
绮蒂桃初熟,红心草欲披。凌波渡罗袜,向日翳华芝。
素脸分丹柰,香津滴紫梨。龙梭随振素,獭髓补凝脂。
蓬饵重阳节,金针七夕期。玉膏尝瀣溢,翠盖逐葳蕤。
弦急哀随指,歌长恨入眉。青鸾惟有舞,赤凤可能疑。
下蔡迷还易,平阳破未知。髻高钗自坠,腰细佩长垂。
出恐严钟晚,归嫌钿幰迟。辘轳惊晓梦,鹦鹉漏春思。
魂怨惟愁断,肠柔已自危。璧珰萤影度,琼户藓花滋。
掩鼻谗难诉,披图悔岂追。只应金带枕,聊为达微辞。

无　　题

绛缕初分麝气浓,弦声不动意潜通。圆蟾可见还归海,媚蝶多惊欲御风。
纨扇寄情虽自洁,玉壶盛泪只凝红。春窗亦有心知梦,未到鸣钟已旋空。

南　　朝

结绮临春映夕霏,景阳钟动曙星稀。潘妃宝钏光如昼,江令花笺落似飞。
舴艋凌波朱火度,觚棱拂汉紫烟微。自从饮马秦淮水,蜀柳无因对殿帏。

句(其一二)

疏钟静起军城晚,华表双高水国秋。

句(其三五)

卷衲城钟断,擂筇岳雨寒。

钱文婉(?—?)

白石岩

两道蟠溪锁碧山,飘然仙带绿回环。千岩林木沟渠下,万顷沧田指掌间。
霜月天边清兴远,金钟云里梦魂闲。夕阳归步饶仙骑,懒拂烟萝下玉关。

落星寺

望中呈一点,晃若出云躔。陨石是何宿,到江知几年。
钟声昏晓屿,帆影去来船。此景分河汉,有槎须问天。

钱元鼎(?—?)

登黄花亭遗址

隔城舒晚啸,信步得高台。亭去名犹在,霜迟菊未开。
浮云西日下,明月大江来。逸思飞难禁,昏钟何处催。

强至(1022—1076)

依韵奉和司徒侍中同赏梨花

千株缀雪绀园中,数顷花开几度逢。体莹直忧春欲妒,色孤犹喜月相容。
香浮翠盖台光近,瓣落清樽饮兴浓。公恰徘徊吟妙句,不须忙打寺楼钟。

山中遇雨

马上凉秋雨,随愁入乱山。垂垂衣袖重,点点鬓毛斑。
猿鸟寒声外,渔樵古画间。片时全岭暗,急趁暮钟还。

暮春晦日

绿阴轻处记春踪,芳草虽残饮兴浓。明日清和天更好,不须愁听晓楼钟。

和重九晚登骑山楼

登临楼观一重重,下客追随岂易逢。九日燕私同恺乐,三台礼数极优容。
自酬佳节挥鸿笔,谁诧元勋载景钟。只恐斜阳催胜事,时时回首望西峰。

安正堂二首(其二)
飞飞燕雀倦檐牙,绣栱云楣斗彩霞。樽俎燕闲归相阁,鼎钟勋业在王家。
直纹惜破墙阴竹,巧笑嫌开席外花。今日正风传魏国,平居诗思亦无邪。

秦　观(1049—1100)

开府李公挽章(其二)
戚里薨耆旧,哀荣世未如。襚加三事衮,奠致两宫舆。
卤簿前衢隘,歌钟后院虚。英风知不坠,芝玉茂庭除。

题赵团练画江干晚景四绝(其三)
公子歌钟里,何从识渺茫。惟应斗帐梦,曾到水云乡。

还自广陵四首(其二)
南北悠悠三十年,谢公遗垄故依然。欲论旧事无人共,卧听钟鱼古寺边。

丘　葵(1244—1333)

再次前韵呈吴天游居士
心在江湖身在城,暂分禅座觉神清。秋深竹叶敲窗响,昼静蕉花照眼明。
吟罢灯前窥佛偈,梦回枕上数钟声。未能参透庞居士,安得师门掉臂行。

与可大水头闲望
暖入纱巾淡淡风,倚楼客思话无穷。前山倒影摇春水,野火飞烟入暮空。
无数舟人相尔汝,一群沙鸟自西东。江流不碍钟声度,和雨收来八句中。

晓　意
邻窗鸡唱晓,客路马嘶风。夜色钟声外,晨光角韵中。
蟾归曳残白,乌出浴新红。一点清明意,那无保养功。

求　约
求约未能休厌繁,每于得处自难言。书曾过眼平心看,道不依形触目存。
木本草根如有见,山巅水际尽逢源。可怜日月惟空过,休听钟声送黄昏。

北山闻钟亭
晓来草木自澄鲜,不到山中又五年。惆怅闻钟人不见,空余古木锁寒烟。

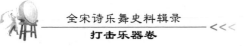

仇　远(1247—?)

早赴东寺行香

冲风冒雨过南桥,马上闻钟觉寺遥。客发顿惊秋信早,飞蓬落叶两萧萧。

元 夕 放 夜

绣衣玉节驻江城,放得元宵两夜晴。陆地金莲方滟滟,一天明月故盈盈。
逻兵酣卧忘钟韵,游子欢呼趁鼓声。儿女看灯归较晚,老夫自剔读书檠。

晓　霜

重衾惊骤冷,万瓦见浓霜。夹岸蒹葭白,空庭橘柚黄。
宦情真淡泊,岁晚转荒凉。野寺钟声早,何人仆马忙。

闲居十咏(其二)

树隔残钟远欲无,野云漠漠雨疏疏。飞蚊尽逐南风去,父子灯前共读书。

闻　鸡

今夕知何夕,此声非恶声。窗前疑月色,枕上误天明。
未必皆三唱,惟应只四更。姑苏城外寺,此际已钟鸣。

庆孝僧自金陵回虎林

白下长干住几年,西风入梦即飘然。断桥梅柳全非旧,古刹钟鱼大胜前。
万里岂宜常作客,一筇且可稳栖禅。沧江东去风波恶,亦欲湖山结数椽。

广　教　寺

三门当驿道,四壁启僧房。颇有千竿竹,能令六月凉。
撞钟山鹳起,煮茗石罂香。岸曲盘涡急,人言古濑阳。

窗　下

黄昏忽上云,西窗竟无月。烛花自盈枝,可玩不可折。
天风吹钟声,急急吹烛灭。可惜窗下书,少读三四叶。

裘万顷(?—1219)

用郑浮梁韵简圜师二首(其一)

杖屦山蹊窄,钟鱼佛界深。寒梅残屋角,春荠老墙阴。

一水元无恙,扁舟尚可寻。烦师掬清溜,为我洗尘心。

用前韵谢伯量过访山中

胜游千里笑谈中,雪片梅花正仲冬。肯向席门寻孺子,更能草具重茅容。
春风顿觉生寒谷,夜榻惟愁听晓钟。半世坡梅门下客,乃今何幸得过从。

留 浅 沙

故山岂不好,萧寺亦堪居。作意多成碍,无心始自如。
钟鱼饱香积,枕簟熟华胥。但惜诗成后,旁无阿买书。

饶 节(1065—1129)

蓉室诗王立之为宗子求

布谷作五更,鹍鹎亦司辰。田师遽束缊,请火起近邻。
耕耘岂辞劳,常虞秋计贫。区薄垄亩间,努力不自珍。
秋风落高原,罢亚千顷云。公子岂知田,得师自农人。
归来坐虚室,却扫富贵昏。架插河间书,门引霍三宾。
锄耰翰墨场,寒窗澹炉熏。六籍圣人师,百家素王臣。
骫骳离骚经,妙语泣鬼神。灵文陋诅楚,高论追过秦。
泛览四库余,瓦砾半珠玑。游心领其要,开卷得其人。
门前风作埃,肥马走搢绅。岂知歌钟地,辛苦事斯文。
懒夫江海士,履声远王门。未暇到此室,归欤老斫轮。

任希夷(1156—?)

明堂庆成五首(其二)

芝房羽驾备通宵,昧爽天兴辇路遥。原庙出游卑汉祀,太清先献踵唐朝。
冕旒穆穆升前殿,钟石锵锵达九霄。谬忝侍臣分奏告,嘉觞肃荐遍宗祧。

宝 钟 院

九江渊轮彭蠡东,江渍上下悬石钟。洪炉大冶见奇怪,千仞硉矹云涛冲。
旁罗簨虡万石从,侧立跂行势飞动。螭蟠蛇结增层崖,神剜鬼划森幽洞。
有如万钧陈未央,猛兽怒翅将腾骧。岂同九耳丰山上,欲鸣犹待天雨霜。
南音函胡北清越,未许人人尽幽绝。小声铿韸大噌吰,留与坡仙泛明月。

长风巨浪相吐吞,金镛自奏天然声。非雷非霆中清浊,龙渊蛟窟惊铿鎗。
献子歌钟景无射,千载寥寥声寂寂。此石长留天地间,海若冯夷能捬击。

芮　烨(1115—1173)

罗浮宝积寺

木落天寒山气沈,年华客意共萧森。偶于佳处发深省,其实宦游非本心。
红日坐移钟阁影,白云闲度石楼阴。还家莫话神仙事,老不宽人雪满簪。

商　倚(?—?)

次韵重九之什(其一)

英豪献策广庭中,问辨纷纷似叩钟。名奏九重书密上,士欣千载运亲逢。
莺鸣定获乔林乐,凤举应容众羽从。盛世文章由此变,坐看风俗反醇浓。

次韵重九之什(其二)

昔年此日故园东,烂醉牛山到暮钟。已往光阴那再得,如今羁旅又重逢。
渊明把菊情虽厚,子美登台愿莫从。且看群书欹枕卧,病多仍负酒杯浓。

邵　棠(?—?)

回舟石壁书感

熏风入佩舞翩翩,不到林泉二十年。钟歇恐惊岩豹隐,水流不动石牛眠。
野桥风月诗愁里,客路光阴归鬓边。长笑一声烟雨暝,书堂唤起贯休禅。

邵　雍(1011—1077)

秋怀三十六首(其二五)

　　九月气乍肃,衰柳犹有蝉。霜外疏钟断,风余清籁传。
　　千山乱远月,一鹗摩高天。自非出世人,而敢危行言。

沈　辽(1032—1085)

寄题僧荣妙胜斋

　　婉婉江记室,故庐在西陵。畴昔文雅地,何年钟梵兴。
　　越江下朝海,门前绀波腾。苍茫梦笔事,谁似画桥称。

世道久蒙昧,至人绝勾绳。名存谁有实,身往复奚凭。
万生着动静,其初匪云应。纷然竞其趣,自知远真乘。
上人学智者,高谈信能承。知以妙为胜,新题敞相仍。
色相不足夸,是境方清澄。行期授记诲,为我比然灯。

和颖叔冲寂观
畴昔学轻举,衰龄恨未逢。殷勤寻福地,邂逅听山钟。
陵阜规模古,烟霞气象浓。漏湖开左派,勾曲耸西峰。
宫殿瞻黄皓,风期想赤松。区中诚久厌,物外或能容。
落日窥三岛,阴云隔九重。蛟渊无往害,兔井识遗踪。
遐企旌阳隐,旁邻函里封。翘心冥有感,稽首敢忘恭。
幽士期相访,扁舟志未从。拳拳望仙境,尼父叹犹龙。

池阳(其二)
水南残钟水北清,浮云断处玉钩明。持杯欲饮还看帽,十里春江如镜平。

沈　瀛(?—?)

石　人
检点行程岁岁同,石人头畔且从容。向来奉口溪边月,此夜乾元寺里钟。

沈与求(1086—1137)

单颜徒以盗失邑被谴赦令复官喜而有诗次其韵
千里风雷起放臣,反骚端欲陋灵均。宦情遽逐鹏程远,喜气犹惊鹊语新。
它日钟鱼应落梦,半生尘土未酬身。会须更整青云步,往事当令问水滨。

次韵叶左丞见寄(其三)
幻缘东即西,妄境白成黑。那于土偶间,平地见佛国。
云山乐未央,岁月嗟何及。恩仇一快意,声利多惭德。
名成复逃名,翻恐钟鼎勒。

新城道中
马蹄随意到,回首隔南岗。日落鸟犹语,春归花自香。
长红媚幽谷,新绿涨回塘。假榻知何地,昏钟出上方。

东西二林寺（其二）

在昔得名齐,连墙亦共蹊。修篁同碧嶂,寒溜合清溪。
阁影高低并,钟声左右迷。游人俄省悟,东即是林西。

陈子尚博士休官还京口作此诗饯之（其二）

西风江上荻花秋,鲙玉频年念昔游。世事真成一可恸,身名那问二宜休。
公卿礼饯何为者,僮仆欢迎有此不。鬓影毵毵纷翠葆,晚来钟漏亦怀羞。

报中有盛年休官者感而赋诗

中都如海士如鳞,乘雁双凫亦见驯。林下已无长往客,江头谁伴独醒人。
因循傥使能成事,强健何须便乞身。但喜高风激颓俗,要令钟漏一番新。

盛 烈（？—？）

晚 步 段 桥

垂红顶上快登临,拍拍秋光满袖襟。伎痒欲吟吟未稳,两山钟里莫云深。

暮 天 即 事

东寺钟联西寺鸣,前村树末暝烟平。天涯倦翼归无限,只有鸦飞自唤名。

石 郊（？—？）

石 梁 寺

行破白云山几重,僧床投宿幸相容。泉声到枕夜无寐,时听隔林方广钟。

史 浩（1106—1194）

代叔父九经堂歌

黄冠物外士,碧眼世中儿。琅函赤轴富衰蓄,金作蛟龙盘绣柶。
撞钟击钵走聋俗,圣典寂寞令人悲。我登九经堂,四顾光陆离。
画檐散彩喷朝日,翠幌倒影摇天池。牙签插架争突兀,若有鬼物森扶持。
使君雅意尊经术,故辟后圃披遗基。咄嗟土木上星汉,下视仙宫梵宇俱么微。
我愿兹堂遍寰海,共治皆以经为师。一变人心至齐鲁,再使风俗跻农羲。
却向兹堂命宾友,霜藤象管唱新诗。东风吹到君王耳,唤取文翁归玉墀。

史　监（？—？）

五台山和韵

群峰历尽到巅峦，极目清凉境界宽。山入雁门真设险，地藏佛国即长安。
雨来绝涧自成响，云渡远溪时作团。花落经台钟梵寂，袈裟香霭翠云蟠。

史尧弼（1119—？）

题大光寺诗

百转细落修蛇蟠，两间螺髻巉青峦，其下碧涧流清寒。
天旋路尽不复去，环为绝嶂凌空攒。伧儜左右更折旋，摄伏犀虎蹲猊狻。
忽然覆釜落山趾，化出宝宇中平宽。石床曩事知有无，猖狂欲往心渺漫。
空忆盛时元壮观，鸣钟击鼓侵云端。天魔褫魄不敢干，那知劫灾须臾间。
凄凉瓦砾荒丛营，但存四壁空青山。兴亡一去宁复还，独遣道者身苦难。
我喟而作坐长叹，乞为白云千岁闲。

释安永（？—1173）

颂古三十一首（其一三）

掣开金殿锁，撞碎玉楼钟。贪程未归客，徒自觅行踪。

释宝昙（1129—1197）

张约斋生日

何年麒麟飞上天，下视平地为秦川。九关虎豹不敢去，为作南渡中兴年。
扶持斯文一鸣世，金钟大镛方在悬。百年人物有如此，旧山乔木今依然。
人言广平心铁石，梅花作赋犹清便。争如万象落吾手，颠倒掜拾无留妍。
晓窗沉水旋和墨，杂花落纸如云烟。问渠少室果何事，一笑粲粲成真传。
春风正堕散花手，亦有舞雪相回旋。愿公道眼皎如日，我欲以寿东家禅。

送灯老住翠山

我家凌云君蒋城，古佛小大犹弟兄。我痴如佛君甚武，一日放光来四明。
人皆谓君佛出世，趺坐说法如雷霆。翠山自古龙象窟，春风十里开林坰。
钟声况近王谢宅，一见为君须眼青。全提佛祖末后句，无败吾事由叮咛。

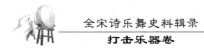

扶摇直上九万里,顷刻变化抟青冥。

上刘左史二首(其二)

不为穷愁始著书,一灯今与影同孤。从公亟欲问奇字,随世无因识故吾。
赖有霜钟当北道,不应璧月自西湖。举头更觉天人近,环佩声中试一呼。

平江灵岩

山断湖光迸一川,老师角黍过年年。春风步屧长尘静,只有钟鱼取次传。

梅 花

江南初见一枝春,陇月霜钟亦可人。不管玉堂岑寂夜,误随驿使马蹄尘。

倦夜再用前韵

饥鼠方吟屋,飞蚊已嚼肤。稍虚灯火读,径作壁鱼枯。
辟户从风入,移床就月铺。晓钟残暑破,依约在西湖。

别杨道夫二首(其一)

当道纷豺虎,逢人说象龙。一时余砥柱,何处见霜钟。
诸子方嗤点,吾行未缺供。大方同一笑,鹏鷃各春容。

释保暹(?—?)

寄行肇上人

旧隐湖西寺,青青千万峰。来书度深雪,归梦断疏钟。
开口与时违,论心似我慵。流年共衰鬓,昨夜又闻蛩。

释重显(980—1052)

往复无间(其七)

晡时申,急急逃生路上人。草鞋踏尽家乡远,顶罩烧钟一万斤。

释崇岳(1132—1202)

偈颂一百二十三首(其六七)

静处闹浩浩,闹中静悄悄。钟动月黄昏,鸡鸣五更早。
拄杖子,却懊恼,可惜好光阴,等闲空过了。

释从瑾(1117—1200)

颂古三十八首(其二一)

钟送黄昏鸡报晓,赵州何用闲烦恼。裂破虚空作两边,古庙香炉出芝草。

释道璨(？—？)

送西苑径上人见深居冯常簿求寺记

西苑宝峰麓,占地宽一弓。梵放殷青冥,与峰相长雄。
鬼域何方来,包举归提封。楼钟不敢鸣,僧趋邻寺钟。
径也铁石姿,直欲笺天公。天高不可叫,虎豹守九重。
六年长安道,往来如飞蓬。云开日正杲,死草生华风。
青山复入手,尽扫狐兔踪。鱼鼓发新响,松桂还旧容。
掘地寻泉源,锄荒理菊丛。桃李一家春,万古无异宗。
玉色十丈辉,秀润净磨砻。大书付谁氏,千载深居翁。
他年来读碑,病眼摩朦胧。为碑三夕留,卧听寒岩松。

偈颂十二首(其四)

扰扰匆匆,晨鸡暮钟。唤冬作夏,唤夏作冬。
一线短长谁管得,雪霜尽处是春风。

偈颂十八首(其一二)

秋深夜长,露寒月皎。钟声短底短、长底长,虫声大底大、小底小。
山僧闻得,展转反侧,不寐到晓。一片祖师心,狼藉知多少。

国祥斋中晚坐

炉香烧罢欲黄昏,风雨潇潇懒闭门。听得疏钟林后发,上方道士正朝元。

释道昌(1089—1171)

颂古五十七首(其一九)

黄檗活作死医,临济死作活用。维那听事不真,未免唤钟作瓮。

释道宁(1053—1113)

偈六十三首(其一七)

滂沱天际雨,嘹唳寺亭钟。耳目不到处,翻怜面壁翁。

释道潜(1044—?)

与愚上人宿天竺(其一)

夕阳山气蔼葱葱,路转松阴复几重。行过石桥人未见,数声先听寺楼钟。

同周元翁著作范明远秘校西湖夜泛各赋一首

薄云疏雨作还休,白帝撩人巧变秋。天地此身均逆旅,江湖几度共离忧。
暮声断续钟连磬,夜气浮沈浦与洲。圆峤方壶吾未羡,敢烦骚客为冥搜。

同曾仲锡通判游天竺诸山

煌煌世胄余,夫子非碌碌。由腹有诗书,所以能拔俗。
得官本河朔,瓜期未云促。扁舟下东南,逸兴追鸿鹄。
遇胜即徜徉,风餐兼露宿。嗟余偶倾盖,一笑外羁束。
杖策每过从,相携访山谷。春风披鲜荣,绣错出林麓。
松门有时尽,幽兴无断续。崖转闻钟声,林疏见华屋。
衔山余落景,归路犹踯躅。谁云邺下欢,往事不可复。
吾曹二三子,所乐亦云足。愿公纪新诗,一一能见录。
船头行北归,囊箧有美玉。尘埃京洛人,示与洗心目。

邵伯道中(其二)

回首山光古寺基,拂天寒木耿斜晖。孤撑渐与钟声远,但见风幡竹外飞。

僧首然师院北轩观牡丹

鸟声鸣春春渐融,千花万草争春工。纷纷桃李自缭乱,牡丹得体能从容。
雕栏玉砌升晓日,轻烟薄雾初冥蒙。深红浅紫忽烂熳,如以蜀锦罗庭中。
姚黄贵极未易睹,绿叶遮护藏深丛。露华膏沐披正色,肯事夭冶分纤秾。
从来品目压天下,百卉羞涩莫敢同。清净老禅根道妙,即此幻色谈真空。
上人封植匪玩好,庶敬先烈存遗风。邀芳公子应未耳,且乐樽俎怡歌钟。

和莘老初至温泉呈庆禅师

年华行已老,林莽尚葱苍。地胜连龙窟,泉温注鬼汤。
人风远城市,钟梵近僧坊。九夏来投锡,栖心应更凉。

晨　　起

猿鹤惊呼晓,楼钟动翠微。枫林堕清月,疏影乱人衣。

释道颜(1094—1164)

颂古(其四一)

钟未鸣,鼓未响,依前托钵归方丈。德山不会末后句,岩头密意谁相亮。
只得三年也大奇,留与诸门作榜样。

颂古(其四二)

七条披向钟声上,遍界难藏比丘相。若以色见音声求,迦叶师兄是虚妄。

释德洪(1071—1128)

再游三峡赠文上人

肉身大士延平公,眉毛如雪声如钟。东坡醉眼亦多耳,信口呼作僧中龙。
坐令玉色烟峦里,晨钟暮鼓三千指。而今滑冷撼不应,青灯白塔临寒水。
上人谈笑有精色,闻是延平坐中客。紫霄峰下曾相逢,别来几何头已白。
地炉夜语寻前事,当日交游半生死。与君等是三眠蚕,浮世百年那免此。
我寻旧游聊自娱,忽然见君欢有余。一笑且从吾所适,后会重来知有无。

余号甘露灭所至问者甚多作此

老俨化身甘露灭,不妨须发著伽梨。虚舟阅世鸥夷子,彗帚□除王伯齐。
香火共修心老大,楼钟重听意凄迷。余生未觉全无累,折脚铛犹手自提。

游　南　禅

智光广大精进力,化作人间释梵宫。我亦生涯无一钵,伴公他日听楼钟。

用高僧诗云沙泉带草堂纸帐卷空床静是真消息吟非俗肺肠园林坐清影梅杏嚼红香谁住原西寺钟声送夕阳作八首(其八)

林外鸣鸦零乱,山头落日微红。楼台迥然瞑色,谷幽已答疏钟。

须臾月出叠石峰侧散坐于知隐桥以迟之余谓二子曰兹游也与存豁辈何远所恨佢强嗟不及耳乃咏而归钟已绝而廊庑寂无声为之诗曰

月在留云峰上,人行落涧声中。归去殷床钟歇,满庭风露蒙蒙。

效李白湘中体

夕光江摇鱼尾红,何处扁舟开晚篷。雁字初成春有信,烟鬟空好雨无踪。
荒寒数苇橘洲岸,领略半窗湘寺钟。浦口行人已争渡,林下归僧欣一逢。

潇湘八景·烟寺晚钟

轻烟罩暮上黄昏,殷殷疏钟度远村。略彴横溪人迹静,幡竿缥缈插山根。

湘山独宿闻雨

殷床钟静自垂帘,庭树无声欲雪天。山寺凄凉容我宿,地炉深暖枕肱眠。
铜瓶秋蚓为谁泣,蜡烛春花亦自妍。夜半梦回闻骤雨,十年踪迹一茫然。

投老庵读云庵旧题拜次其韵二首(其一)

但觉意清净,不知山浅深。年华暗凋落,老境已侵寻。
三世楼钟旧,一生香火心。高风难补缀,永愧壁间吟。

同超然无尘饭柏林寺分题得柏字

沙村宿雨余,炊烟淡寒色。山墟蚕市休,野饭渔舟隔。
忽逢柳际门,知有道人宅。扣扉山答响,童子出迎客。
空庭竟何有,冻死千岁柏。钟鸣食时至,老僧揖就席。
香粳定宿舂,露葵应晓摘。羌饥一饭美,何啻万钱直。
风轩纳山翠,引手扪石壁。爱此玉崔嵬,岁久自崩拆。
下有洄涡泉,甘凉冰齿颊。勿轻一脉微,去涨万顷泽。
吾行无疾徐,住佳去亦得。欲收有声画,绝景为摹刻。

兴来勿复缓,转顾成陈迹。

题使台后圃八首·独秀堂

天质自奇峻,千寻紫翠重。谩烦君独秀,不愿掩群峰。
与客共秋晚,搜诗到暮钟。夕阴寒欲滴,倚槛见纤秋。

宋迪作八境绝妙人谓之无声句演上人戏余曰道人能作有声画乎因为之各赋一首·烟寺晚钟

十年车马黄尘路,岁晚客心纷万绪。猛省一声何处钟,寺在烟村最深处。
隔溪修竹露人家,扁舟欲唤无人渡。紫藤瘦倚背西风,归僧自入烟萝去。

山 寺 早 秋

千本苍杉俱合抱,夕阴相映寒蝉噪。残僧独归清入昼,秋色满庭浓可扫。
霜钟初歇月未生,但觉篝灯一点明。阶除环佩走流水,楼阁诵经童子声。

僧求晓披晚清二轩诗二首(其二)

旋螺堆空青,重叠不容数。夕阳穿贯之,浓薄自呈露。
数点没烟鸿,一声伐云斧。殷床钟未消,流萤自开户。

三月二十八日枣柏大士生辰用达本情忘知心体合为韵作八偈供之时在建康狱中(其五)

吾闻能障道,惟强觉妄知。欲得长灵妙,直须无失时。
钟声鸣静夜,昼击则生疑。踞地真师子,风颠漏泄之。

任价玉馆东园十题·四可亭

四注开野亭,面面可人意。我来俯危栏,塞傲成纵倚。
应接迷向背,转顾风掠耳。邻寺一声钟,墟落孤烟起。

器之喜谈禅纵横迅辩尝摧衲子丛林苦之有诗见赠次其韵

彭侯惯法战,机锋吸西江。衲子畏面目,望见投矛鈒。
丛林真一害,斯人喧此邦。我虽耐矢石,貌抗心已降。
霜钟但摩挲,岂敢施微撞。时来奋棘髵,剧谈对闲窗。
初见摇心树,久则摧幔幢。遂使浇薄态,琢磨成敦厐。

吾志荷大法,君欲插手扛。从来内外护,刘远名亦双。
斯道久破碎,百孔而千疮。要当共补缀,追配能与庞。

摩陀歌赠乾上人

处处三门向南开,青山绿水自围裹。钟鱼鸣时摊钵盂,精粗随分吃些个。
一生受用只如此,何用忙忙脚踏火。口闲莫说事,留取吞饭颗。
眼明穿得针,要自时补破。粥后眠一觉,不著溲涨亦不起。
斋后行数步,不是肚膨也打过。我不求世人,世人不求我。
时时牵衣领,臃肿包头涡。一味怯风吹耳朵,世上许多人。
柄柄犹如蚁旋磨,团团并头争什么。一筹输与摩陀板头盘脚坐,人言南岳好。
奇峰七十朵,庐山更是好。瀑布垂天云,净色不受涴。
殿阁参差如画出,万人围绕看登坐。汝若学道便成佛,汝若不学地狱祸。
眼看鼻孔也寻常,六月日头甚热火。
一筹输与摩陀看屋卧,唤渠挽不来,送渠推不可。
摩陀摩陀,无如之何。问着不答,好哑大哥。

留题三峰壁间

三峰棱层如削玉,一派悬泉泻寒绿。平生山水性贪婪,聊与白云相伴宿。
松风竹露有余清,夜伴孤月依檐楹。神凝气爽睡无梦,不闻楼上霜钟鸣。
庵头禅翁头雪白,麻衣草履提筇策。谓予久与世缘疏,青眼逢迎喜诗客。
三峰高兮溪水深,造物留之无古今。新生松竹不须剪,四时风露常萧森。
粥罢收盂知我去,殷勤乞与题诗句。山头尘土任茫茫,白云自在来时路。

居上人自云居来访白莲社话明日告归作此送之

浮云山尽际,花木迎春晖。佳人殊方来,见之消渴饥。
藉草坐松影,粉香时落衣。气貌秀可掬,出语超幽微。
岩壁钟声寂,山阴花发稀。去袂挽莫留,又作瓯峰归。

饯枯木成老赴南华之命

正中妙叶如何会,罗仙隐身露衣带。芙蓉克家桐城孙,海上闲名闻至尊。
天书夜到道林宫,大钟横撞山玲珑。山容光泽鸟声乐,一番佳气生岩丛。
曹溪宝林甲天下,楼观翔空盘万瓦。梦中先已逢祖师,异世曾同香火社。

人言骨清辟瘴雾，隘词一律撩人怒。大阳直裰果有灵，所至自有天龙护。
寄语山头锡杖泉，久枯遽涌宁非天。老师不作奇特想，已脱圣凡情量缠。

寄南昌黄次山

次山心地平如镜，照海照毛无少剩。刘公诃之昏雾蒙，张公磨之复清莹。
张刘皆是善知识，大黄甘草各医病。惊起荷山大字遂，玲珑撞钟山答应。
夜灯午梵赛心愿，望归引领如鹤颈。一朝骨祖在面前，笑不成声两目瞠。
小儿化去聊折灾，妇翁告殂适其命。但得夫妻各身健，回观阁中夜鸣磬。
欲知成佛妙法门，不与人争是捷径。

季长尽室来长沙留一月乃还邵阳作是诗送之

邵阳归去知几里，万顷斜阳渡湘水。一叶扁舟共看山，伯鸾德耀俱风味。
山中信宿不忍去，班草松间呼不起。波心月出卧不知，但爱松风吹醉耳。
朝来拾得浩荡春，雪英红雨纷桃李。大钟横撞山答响，遥知有寺藏层翠。
想见道人出迎客，犀颅皬皬三千指。王事得从方外乐，佳处迟留固其理。
何当更和宿山诗，要看云泉生逸气。

华药英禅师赞

以铁作喙，名无有双。老住回雁，道冠湘江。
神机之妙，如钟在撞。为功德林，为精进幢。
不动声气，天魔自降。怀我云庵，黄龙的嗣。
说法如云，纵横放肆。孰知此老，胆气相似。
大法付授，良亦在此。是名关西，克家之子。

和 游 南 台

笋舆翩追随，顿撼杂摇兀。蒙腾穿聚落，超放上巉绝。
山腰转巚崿，部曲失行列。身世逐云轻，眼力与天阔。
撞钟千指集，楼殿寄林末。同来久倦局，相向怀抱豁。
市朝昏利欲，走鹿不忘渴。公独蜕尘埃，风蝉妙脱骨。
盘桓拊孤松，松粉落金屑。谁卷青帝云，推出银蟾阙。

过沩山陪空印禅师夜话

浓翠湿衣三十里，渡溪知背几重云。忽惊宝构从空堕，便觉风光与世分。

夜久天香凝错莫,庭闲花雨自缤纷。他生曾伴安禅地,此夕楼钟复共闻。

观山茶过回龙寺示邦基

北窗赏新晴,睡美正清熟。竹鸡断幽梦,朦胧不能续。
卧闻故人家,山茶已出屋。欣然一命驾,妍暖快僮仆。
千朵鹤顶红,染此一丛绿。坐客例能诗,秀句抵金玉。
携过回龙寺,扫壁为君录。逸笔作波险,欹斜不可读。
坐惊殷床钟,暮色眩双目。入关更清兴,市井乱灯烛。
人生分万途,称心良易足。时平且行乐,余宾非所欲。

道林喜见故人

十年一别今重见,风度依然照映人。韵胜折松秋露骨,气和寒谷夜生春。
三都君已传名誉,万事吾今付欠伸。梦境楼钟同此听,独寻陈迹记前身。

大沩山外侍者求诗

湘南古丛林,钟梵百世传。大圆百丈来,缚屋岩石边。
焕然成宝坊,服用如诸天。经今成几何,已逾三百年。
谁为中兴者,卓哉空印贤。大钟日夕撞,圆音答山川。
衲子自成群,昼诵而夜禅。道人旧未识,眉目何渊然。
乞诗亦不恶,篝灯临网笺。人生等浮云,达者无后先。
我亦一戏耳,走笔成长篇。

次韵游南岳

退之倔强迁揭阳,道经衡山爱青苍。逸群骏气不可御,顿尘初控青丝缰。
朝云偶开岂有意,妙意放浪高称扬。我生少小善诗律,读之坐令身世忘。
揭来结友本上座,南游私喜初心偿。橘洲看雪已清绝,更棹野航浮碧湘。
忽惊万峰上云雨,走栋飞檐云雨旁。知谁凭栏俯落日,跳丸一笑千岩光。
紫金鸡含一粒粟,磨砖作镜传遗芳。小庵自披慈忍服,十方普熏知见香。
巍巍玉骨撼不应,但诵妙偈声琅琅。只今般若台前路,过者拳拳加敬庄。
我寻遗迹怳自失,譬如一苇航渺茫。三生为扫坐禅石,往事令人思建康。
绍隆佛种有神足,九旬妙义谈汪洋。当年以法施穷乏,无数珠玑曾斗量。
而今但有楼观好,再拜顾瞻空涕滂。我公王事获胜践,自谓此乐非寻常。

情高赋诗亦感慨,十年出处何明详。竹轩莫凉暑雨过,风檐把玩情激昂。
初如冰轮涌东崦,漻漻云幕方高张。俄如奇兵出不意,铁衣雪刃森堂堂。
细窥如春在花柳,芳心皱眼开包藏。魂惊豪气立毛发,风樯驾浪奔龙骧。
韵如玉色映晴昼,清如碧瓦粲晓霜。适如醉乡识归路,醇如烧春浮玉觞。
意公前身是太白,醉貌宜披云锦裳。芳津浣匙饭云子,美液浇齿尝琼浆。
吾闻高辞殆天得,宁论结发翰墨场。酸寒鸟迹无足道,坐令籍湜仆且僵。
皆言笔端有五色,不然古锦缠肺肠。夜阑掩卷耿不寐,空庭曳履心彷徨。
譬如三伏黄尘道,坐令炎焰欣清凉。又如病鹤长侧脑,仰看千仞孤鸢翔。
嗟余胆大亦欲和,韵险恍疑登太行。何时坐隅乞诗藁,襟量悬知容攫攘。
吾恐斯文将断绝,长哦披发下大荒。儿曹乃欲犯矢石,洪钟何异施莛芒。
公如珠玉在渊石,荣辉草木皆煌煌。读其诗律似仙曲,不杂人间笙与簧。
我非赏音空叹息,拟欲学之嗟未遑。遥怜与僧登绝顶,意适暗惊人世忙。
诗成气焰如项籍,叱咤千人谁敢当。自嫌白发世不要,万回歌舞聊伴狂。
盘珠岂有影迹露,雾豹不欲文彩彰。那知湘上偶邂后,气岸欣逢许子将。
霜鬓须面一破笑,城隅古寺眠闲房。心知贵贱不同调,且复抵掌谈江乡。
□□暇日陪杖履,对公岂敢谈文章。兹游正类羊叔子,湛□与山俱不忘。

次韵思禹思晦见寄二首(其二)

多生垢习消磨尽,一念定光空五蕴。尚能弄笔戏题诗,如钟殷床有余韵。
南台烟霭隔重滩,城廓遥应认刹竿。湘西六月失三伏,一枕窗风午簟寒。
年来懒复嫌山浅,更欲移庵藏僻远。又思喧寂不相妨,卧念当年三语掾。
镜里朱颜岂长对,岁月去人宁少待。是身已作梦幻观,肯复经营此身外。
议郎材志堪逆鳞,笑谈解生寒谷春。会看为天作喉舌,愿听高风淮海滨。
要知未必与世合,载之诣世世不答。譬如瓶中有渑淄,虽与世混终不杂。

次韵宁乡道中

夹道传呼部曲奔,遥知秋色动吟魂。黄柑绿橘平芜路,剩水残山夕照村。
似镜此心清自迥,如云往事去无痕。钟声有寺藏烟翠,忽见林间窈窕门。

次 韵 见 赠

楼钟尚殷床,密室僧定后。窗风鸣摵摵,黄落知榆柳。

蜘蛛忽胎丝,灯花亦骈秀。人从城郭归,村落闻夜嗾。
读诗映檐月,两清俱顿有。斯人太白豪,醉里诗千首。
要宜万丁带,肘合黄金斗。袖藏批诰手,却作僧扉扣。
玉堂未放君,此物君家旧。饱永仍父职,人望亦天授。
悬知夜直清,应念山中友。莫以腕脱后,嘲我饭山瘦。

次韵公弱寄胡强仲

念昔谪海南,路尘吹瘴风。未即弃沟壑,尚在拴索中。
亲朋半天下,万里不一逢。髯胡岂有罪,乃肯与我同。
情亲等昆弟,使令惟西东。时为解我语,道大自不容。
邵阳雨中别,涕泪落无从。我伴有形影,渠归无仆僮。
三年锻百巧,遂成喑与聋。今日复何日,岳寺闻楼钟。
聚观迎万指,登睥排千峰。黄泉天复见,白骨肉已重。
髯虽未对面,音问已喜通。夫子佐峋嵘,有道如葛洪。
笔力扛九鼎,奇语出邌匆。长篇春争丽,送我归新丰。
且约老南岳,幅巾追瘦笻。抚手辄大笑,此计随虚空。
山林当付我,君事侯与公。麒麟未易系,健鹘那可笼。

陈莹中左司自丹丘欲家豫章至溢浦而止余自九峰往见之二首(其一)

雁荡天台看得足,却搬儿女寄蓬窗。径来漳水谋三顷,偶爱庐山家九江。
名节逼真如醉白,生涯领略类湘庞。向来万事都休理,且听楼钟一夜撞。

释法泉(？—？)

偈七首(其四)

时人欲识南禅路,门前有个长松树。脚下分明不较多,无奈行人恁么去。
莫恁去,急回顾,楼台烟锁钟鸣处。

释法顺(1076—1139)

偈五首(其一)

好事堆堆叠叠来,不须造作与安排。落林黄叶水推去,横谷白云风卷回。
寒雁一声情念断,霜钟才动我山摧。白杨更有过人处,尽夜寒炉拨死灰。

释梵琮(？—？)

偈颂九十三首(其二八)

钟声披起郁多罗,信手拈来不在多。堪笑当年明上座,狼忙驰逐太奔波。

释广闻(1189—1263)

偈颂一百四十二首(其四九)

钟声才动鼓声催,看取如今是甚时。闹浩浩中静悄悄,须臾小立是便宜。

偈颂一百四十二首(其一四〇)

佛子住此地,踏著依前不相似。即是佛受用,切忌唤钟而作瓮。
经行及坐卧,常在于其中。鹤有九皋难翥翼,马无千里谩追风。

释怀深(1077—1132)

念弥陀颂(其二)

树林水鸟各宣扬,宝网金台尽道场。会得钟鸣并鼓响,弥陀触处现毫光。

释慧晖(1097—1183)

偈颂四十一首(其七)

花落秦川流水香,雨清荷玉妙珠藏。只么堂堂消息子,见来一点不相当。
静夜钟声楼上冷,残春岑色付红阳。好是满堂孤峻处,不知人世见金章。

释慧空(1096—1158)

幽岩头陀求化

火后幽岩山,中有四在句。院在要人兴,钟在要人铸。
道在要人行,佛在要人做。头陀寒拾流,四句尽分付。

送支提化士

天寒忽忆大支寺,迢递晚钟烟际山。安得腰缠十万贯,亦随君去饭天冠。

送梦石归妙峰德云庵

绍圣五年戊寅冬,王母吞却嘉州像。觉来扪腹喜且惊,一朝生出这和尚。
锐头长身碧两瞳,众聚说法声如钟。少年蹋断象骨路,出处大类飞山翁。
老而益健难近傍,德山缩手临济让。善财尽力无处寻,又是经行别峰上。

寄支提禅师

远听天冠化寺钟,孤烟明灭暮山重。念携挂壁木上座,问讯长沙岑大虫。
大虫声威动海宇,老不与世同其波。卷藏风月付一室,落日春山狐兔多。
威而不怒默常吼,寂子触之遭毒手。东山又似不知时,更来许露其家丑。

和支提秀和尚

尊宿老河东,丛林之眼目。灵明剑倚天,秀润山含玉。
忆昨台雁行,再拜初接足。森严听法徒,天冠千眷属。
不以空也愚,斯事力见笃。别来化城钟,屡度新丰曲。
一字妙无传,四方牢记录。安得从之游,寒泉荐秋菊。

合三韵酬梦石二首(其一)

老人说法山答钟,不以一重去一重。后生望道未之见,镂冰琢雪徒雕虫。
门前蚁合忽雷吼,虫臂堕阶争出手。三文捞波年代深,化成老婆黑而丑。
东山击节梦石歌,空花之影阳焰波。不知真伪争几何,高烧榾柮春寒多。

冬　　至

冬后一阳生,东君曾未睹。百草总不知,梅花先漏泄。
钟声出远林,雁阵横残月。更拟问如何,弄巧翻成拙。

释慧懃(1059—1117)

颂古七首·达磨见武帝

始闻阿阁一声钟,日暖苍龙睡正浓。再击凤凰台上鼓,夜半祥鸾未飞舞。
帝基永固如磐石,胡僧枉费平生力。回指少林归去来,春风一阵华狼藉。

释慧远(1103—1176)

偈颂一百零二首(其二八)

新罗国里打斋钟,稳泛灵槎到月宫。仙侣不知何处去,秋声依旧著梧桐。

释景云(?—?)

老　　僧

日照西山雪,老僧门始开。冻瓶黏柱础,宿火陷炉灰。

童子病归去,鹿麋寒入来。斋钟知渐近,枝鸟下生台。

释居简(1164—1246)

月楼陈寺簿惠李阳冰千文新刻

厥初至文无一字,谁将鸟迹分形似。天淳屡警不知防,七凿才终混沌死。
遂令天下后世空纷纶,虫鱼钟鼎骈相新。
茫然不理字外意,但见九州四海同轨仍同文。
王郎羽化不可絷,小篆千人万人习。祖龙无恙事如麻,稍缓簿书期会急。
西京杜门草太玄,诸儒载酒尊所闻。莫言字是纸上语,寻古康逵须得门。
竭来小楷无余韵,更复颠狂窥草圣。不见当时石鼓歌,哂乃数纸博白鹅。
悠悠古恨凭谁雪,想见月楼时对月。质衣访古锦作囊,李侯屈铁千琳琅。
百金购工镵翠琰,数间僦舍生寒光。欲寿此书休待贾,待向君家提此话。
不图复见古人心,要与月楼同博雅。

应真赞三首(其一)

传的的之宗自举,冰壶春未回而痕垢无些,玉林月已上而清光有许。
湛存此个宗乘,肯坏人家男女。黄梅之钵笑夜偷,少室之衣疑浪与。
方彻地区,圆该天宇。神发幽而空谷应呼,声出碍而霜钟忽杵。

陶 窗

如在羲皇上,都忘我是谁。闻钟还入寺,无酒却攒眉。
篱落西风晚,琴书白昼迟。千年续遗响,侧枕答凉飔。

钱竹岩之官清远

帆挂之清远,潮来驾浊流。火云方振虐,仙舃自生秋。
拔宅虽浮泛,逢山得款留。一夔携骥子,几度访羊裘。
景尽孤台胜,题分庾岭幽。风餐愁欿乃,水宿贯钩辀。
文采休藏豹,诗盟莫冷鸥。神明毋自鄙,蛮瘴不胜瘳。
单父鸣弦外,巴东野水头。鼎钟余事业,一德配灵修。

泊 港 口

港阔风初霁,潮平夜欲分。半江都是月,一点不留云。
东去舟无数,南飞鹊恋群。疏钟何处寺,隔浦最先闻。

觉海铸钟

须弥顶上声犹在,林浦山中虞久虚。任是雪峰千五百,呼来喝散总由渠。

旧馆夜雪投静上人

雪重官塘滑,堆篷扫不消。闻钟寻近寺,转港识飞桥。
肤粟寒初起,衣棱暖不朝。主人无木佛,泥佛不中烧。

金鳌山御榻

丁未龙飞动四溟,惊涛曾岂碍扬舲。抃鳌不露黄金背,跨岸谁开白玉京。
环扈翠华驱海若,勒回钓艇问山灵。暮钟万岁千秋颂,澄彻尧聪得细聆。

寄杨大监

商飙流西金,万卉寒如灰。广寒烂银阙,初放蟾枝开。
一花堕九地,四海无纤埃。钟作河岳灵,挺此梁栋才。
倘可济巨川,不然为盐梅。我欲问此翁,山林起摧颓。
勺以长安酤,大白非鲸杯。擘麟配万钱,鸟爪去不回。
抑以颂与箴,耸德如徂徕。赋岂料敌手,吟非横槊才。
不如姑置之,高卧深云隈。长啸揖箕翼,更把灵椿栽。
明年紫荷橐,此约当重来。

偈颂一百三十三首(其八三)

长乐宫深漏箭迟,忧家丙夜细思惟。钟鸣漏尽龙楼晓,无复鸡人问寝时。

化　　钟

试看大扣大鸣时,出冶顽铜亦自奇。弗是神通非妙用,虎岩炉鞴只如斯。

甘园寻梅(其二)

楮幌春生斗底房,不知冰结夜来霜。无因领略黄昏月,只遣疏钟管暗香。

枫桥酬张季思

欲唤扁舟一访寻,开窗同揖小猊岑。风晴堕叶声应燥,目远孤鸿影易沉。
餐为菊英聊缓带,醉因雪萼小低簪。隔溪半夜疏钟到,定有清新入短吟。

杜侍郎坐上得彝字

春事三分二分了，策勋淑景还宜早。野桃官柳嫌春少，却笑上林莺易老。
岂知老干空斗南，七八千岁春酣酣。无人闻此不大笑，有口只与庄生谈。
金钟大镛在东序，瑚琏陆离杂雕俎。歌工在列乐在悬，更复明堂须柱础。
一枝老我苔水湄，煮字不充亭午饥。丹崖苍壁信手题，咏歌事业铭鼎彝。

祷雨龙祠

魃奚为旱虐，亟问海峒龙。山吐四更月，楼敲三叠钟。
天应怜独苦，年亦岂终凶。霹雳轰平地，霁然足四封。

大　洞

才入肤生粟，炎炎伏暑前。凹中元有路，虚处岂无天。
待扣钟非虞，将崩石架船。蜿蜒毋熟寐，我欲庆丰年。

次复斋奚左藏补陁岩寺韵寺有象鼻岩渴霓皆佳致

当年聚石赋全提，断处飞梁险处梯。铁展霓腰疑水竭，玉伸象准卷云低。
危于汉使回车坂，深似秦人避乱溪。钟梵殿床连夜旦，相忘猿鸟各安栖。

酬于君实

新有吴霜着鬓颠，却无俗驾到门前。试寻池草生春思，不为楼钟废晓眠。
葵苦易荒锄短日，豆甘多种廪残年。家生冷淡尤堪笑，却怕炎炎又可怜。

辩才钟

井龙欲振兹山灵，忍使夜旦钟不声。西京旧赐禁犹在，即山铸得蒲牢鸣。
虚文破壁俨如故，县官正令今重新。身归柱后惠文手，加以束缚投诸囹。
夜图焰发照城阙，燎原不足方其明。民皆呼吏就回禄，骏奔稽颡祈玄冥。
及乎乡迩寂无睹，更欲炙手嗟无因。朝闻夕报事从贷，雨濡露濯恩如春。
乡来光亦上牛斗，九畴分野当丰城。干将独往莫耶在，延平涛浪今犹腥。
何如坎井蛰不死，雨旸答响如谷神。百年逸事付僧史，不然簨虡重刊铭。

柏香岩

卜筑深云榜柏香，小楼缥缈远吞江。路随山转巧当户，潮与月来高挂窗。

得饱但惭秋稼足,爱眠嫌听晓钟撞。明明斗劣无求胜,一任诸方建胜幢。

释居静(?—?)

住 东 岩

月生一,东岩乍住增愁寂。红尘世路有多端,米面仓储无颗粒。
崖为伴,泉为匹,飒飒清风来入室。山王土地暗中忙,云版钟鱼偷泪滴。
世人莫道空守岩,亦有东篱打西壁。

释克勤(1063—1135)

颂古七首·麻三斤

钟在扣,谷受响。池印月,镜含僧。曾非展事投机,岂是预搔待痒。
点铁成金,举直措枉。一箭雕一双,一捆血一掌。
君不见疏而不漏兮恢恢天网。

颂

鼓寂钟停托钵回,岩头一捺语如雷。果然只得三年活,莫是遭他受记来。

释了悟(?—?)

颂 古

试问钟声披七条,轻轻击著无明发。买来糊饼是馒头,苦哉观世音菩萨。

释了一(1092—1155)

颂古二十首(其一八)

钟楼上念赞,床脚下种菜。猛虎当路蹲,时人俱不会。
黄檗花开自有时,明州有个憨布袋。

释祕演(?—?)

山 中

结茅邻水石,澹寂益闲吟。久雨寒蝉少,空山落叶深。
危楼乘月上,远寺听钟寻。昨得江僧信,期来此息心。

释普济(1179—1253)

送 僧 偈
云遮剑阁三千里,水隔瞿塘十二峰。抖擞屎肠都说了,莫教错过瓮为钟。

释契嵩(1007—1072)

山 舍 晚 归
薄暮还精庐,徐行无所并。日入月还清,山空水更静。
仿佛闻疏钟,翛然在西岭。寄语高世流,来兹谢尘境。

嘉公济冲晦见访
数曲青溪山数重,山深日暮已鸣钟。忽闻行客门前语,来觅幽人林下踪。
初接风流殊历落,更张灯火倍迎逢。不须便去疑无待,已有黄粮在宿舂。

次 韵 和 酬
严维灵彻出山时,避雨曾闻碍木枝。几杪霜寒何足畏,管中春色已堪吹。
风含钟韵凝还散,水结溪声咽又悲。斗草野游君莫笑,初平元是牧羊儿。

释清顺(?—?)

宿 天 竺
昔人不可见,行路多长松。空遗炼丹处,井干绿苔封。
月明还独宿,白云下疏钟。夜半桂子落,不知自何峰。

释如珙(1222—1289)

颂古四十五首(其二五)
钟鸣众集归方丈,苦杀堂头请法人。法法本来无一法,若言无法法缠身。

偈颂三十六首(其三四)
群阴欲去未去之际,一阳欲来未来之时。
楼上钟鸣,堂前鼓响。凡圣交参,一期事毕。

偈颂二十首(其五)
楼上五更钟未动,人间万事已营营。明朝一饭先书籍,那取工夫细度量。

释如净（？—？）

颂古八首（其三）

钟声披起郁多罗，妙用灵通变化多。贼是家亲须扫迹，太平无象始安和。

偈颂三十八首（其三一）

钟楼上念赞，床脚下种菜。不会不自在，会得是障碍。
白狗吃生姜，胡人夜渡关。若不得流水，还应过别山。

释善昭（？—？）

句（其三）

三头六臂擎天地，忿怒那吒扑帝钟。

释善珍（1194—1277）

苔径

苔径长年断俗踪，亦无交旧可过从。闲忧颓堕自锄菜，老尚怪奇惟种松。
履破背时翻著袜，诗狂见月乱撞钟。千年陶谢今谁似，恐有山林不易逢。

金陵怀古（其二）

国号仓皇更几回，昔人事往后人哀。相赓璧月词千阕，帝劝长星酒一杯。
春草不怜同泰废，晓钟犹是景阳来。陵荒玉碗无踪迹，寒食梨花依旧开。

释绍嵩（？—？）

游信州仙岩

仙境闲寻采药翁，笋舆乘兴得蒿蓬。山钟夜度空江水，窗户凉生薜荔风。
断臂青猿啼玉笋，斜行白鸟入遥空。舍南有竹堪书字，借笔题诗却未工。

写怀

养拙甘沉默，萧条古寺间。中心无所愧，在世有余闲。
梦钓鸥边雪，钟鸣枕上山。徘徊幽兴熟，何处不开颜。

西湖晚步偶成呈曾君举司户

山引千岩翠作堆，钟鸣楼阁晚云开。鱼吹鉴面晕痕蹙，人过桥心倒影来。
要听剧谈飞木屑，便期携手上春台。世间刚有东流水，一洗从前猿鹤哀。

山居即事(其一二)

永日翛然坐,春风苦唤行。笋舆穿树色,竹坞度钟声。
雨恶天光淡,山穷地势倾。苔矶清境里,花湿转分明。

山居即事(其一七)

静境绝过从,昼门开更慵。荒林失轻雾,寒日下危峰。
曳履寻花圃,搜诗到暮钟。谁言淹泊意,无酒为浇胸。

陪赵知府登桃岭山亭

谁向云端著此亭,檐前树木映窗棂。野田流水溅溅白,芳草随人段段青。
春服照尘连草色,云萝幽信寄茶经。史君领客周遭看,钟送遥帆落晚汀。

城西野行(其一)

三月西城淑景多,晓烟清露暗相和。晚钟未用催归客,闻道新亭更可过。

释绍昙(?—1297)

偈颂一百零四首(其三二)

半夜客船钟,渔火愁眠省。不见老寒山,泪湿吴云冷。
幽鸟啼霜月影斜,野桥枫叶翻红锦。击碎重关,枯山未泯。

偈颂一百零四首(其七二)

吴江风急浪翻空,声击枫林半夜钟。惊起客船尘梦破,踏翻大地去无踪。
寒山抚掌,庞老槌胸。少室门庭空寂寂,凝寒古路绿苔封。

释师范(1177—1249)

偈颂七十六首(其七四)

扰扰匆匆,晨鸡暮钟。瑞岩不会,唤主人翁。

释师观(1143—1217)

偈颂七十六首(其五五)

前念是凡,后念是圣。脱体无依,因邪打正。
须弥顶上击金钟,七佛如来合掌听。

释师体(1108—1179)

颂古十首(其四)

越鸟巢南枝,胡马嘶北风。狸奴并白牯,寸步不曾通。
千山都坐断,万派尽朝东。天王才合掌,那吒扑帝钟。

颂古二十九首(其二)

肌骨当初赫赤穷,面皮今日厚千重。撩头搭尾应更点,赢赛阇黎斋后钟。

释师一(1107—1176)

偈颂七首(其四)

相逢握手不论心,心性吾侪眼里金。三个柴头煨品字,与君闲话古丛林。
柴头煨尽已更阑,楼上钟声落月寒。一把柳丝取不得,和烟搭在玉栏干。

释士珪(1083—1146)

颂古七十六首(其四七)

钟未鸣,鼓未响,依前托钵归方丈。德山不会末后句,岩头密意谁相亮。
只得三年也大奇,留与诸方作榜样。

安上座所作墨梅

道人色心净,了见造物根。笔端开此花,胸中有丘园。
清香凝暗夜,疏枝卧黄昏。撞钟西湖寺,见月罗浮村。
老眼隔烟雾,一笑作篱藩。

释斯植(?—?)

上竺寺

古寺寒桥路,钟声静忽闻。数峰平处合,一水众溪分。
老树烟萝雨,残灯石塔云。闲心寄幽寂,似觉远尘纷。

怀芳林处士

相思不可见,江路正迢迢。烟树同吟远,关河入望遥。
昼长花影转,风定篆香销。遥忆君居处,钟声隔暮潮。

多 福 寺

野鹿自成群,山中少隐君。钟声两寺合,人语一溪分。
泉响松间雨,苔生石上纹。多年僧住此,半榻锁闲云。

丁巳灯夕前六日观抱拙寄敏斋韵因事有感走笔以赋

萍迹倚春风,春光苦未浓。人间连日事,尘外一宵钟。
远雁书难寄,残碑字已封。幽人住城市,清梦两三重。

释昙莹(?—?)

姚 江

沙尾鳞鳞水退潮,柳行出没见渔樵。客船自载钟声去,落日残僧立寺桥。

示超然上人

往事明明是梦中,发霜那有旧形容。客床对卧秋深雨,听得邻僧半夜钟。

释惟凤(?—?)

吊长禅师

霜钟侵漏急,相吊晓悲浓。海客传遗偈,林僧写病容。
漱泉流落叶,定石集鸣蛩。回首云门望,残阳下远峰。

释惟谨(?—?)

舟泊括苍溪口

茅店在山下,舣舟茅店边。钟鸣何处寺,日落满溪船。
欹枕雁初到,离家月又圆。向来曾过此,夜泊石门前。

释惟晤(?—?)

次 韵 和 酬

白云苍海一重重,傍舍遥闻隔坞钟。月上更无人语闹,雪深空认虎行踪。
诗书共喜灯前论,茗果翻疑梦里逢。脱屣高谭无限乐,煴炉寒拥日高春。

释惟一(1202—1281)

颂古三十六首(其九)

一物不为,千圣不识。静夜霜钟,澄潭秋月。
清音绝听,清影难窥,药峤石头曾未知。

释文琏(1073—1144)

偈四首(其一)

诸方浩浩谈玄,每日撞钟打鼓。西禅无法可说,勘破灯笼露柱。
门前不置下马台,免被傍人来借路。
若借路,须照顾。脚下若参差,邯郸学唐步。

释文珦(1210—?)

竹下晓吟

竹下坐清晓,露气沾裳衣。楼钟发清响,山月耿余辉。
心静息欲无,渺与万物违。庄周苦未达,梦作蝴蝶飞。

赠隐僧

高僧成独往,古路少人过。切柏贞心在,看山静意多。
清钟生响答,空翠与云和。不解相随住,其如白发何。

游兴(其二)

闲人无所管,扶藜散幽步。古路绝游尘,霜林叶自雨。
坐石听流泉,颇得空寂趣。云外巢居子,邂逅两相遇。
语久各忘还,见月出深树。彼此无滞情,忽散同烟雾。
归来夜已深,山衣浥清露。隙然竟终夕,不复脱芒屦。
铁钟惊梦回,斗转东方曙。重欲见巢居,云深无觅处。

鄞中他山堰

碧浸他山古,梅梁昔化龙。江溪一堰隔,禾黍四郊重。
绝唱思幽客,欢声遍野农。长官功不朽,遗庙合歌钟。

野　僧

野僧尘虑尽，住在最深峰。庭树巢孤鹤，崖湫宅老龙。
瀑绡悬百尺，云幌幂千重。静里玄机发，登楼夜击钟。

晓　坐

梦破不成寐，茅斋坐清晓。他山已击钟，独树初啼鸟。
四体既调柔，众境亦深窈。素书未终轴，朝光射林杪。
任性无外求，一静万缘了。何事尘中人，百年徒扰扰。

晓 别 故 人

别日不易数，相逢多故情。为吾留一宿，同子话三生。
月印秋灯白，霜添夜气清。晨钟缘底事，还又动离声。

向乐古移居山中

高怀厌古市，买屋住深峰。束帛不可聘，世人那易逢。
故家遗石鼓，好景对金钟。得句凭谁会，长歌慰井龙。

晚（其二）

残阳下西岑，暝色起平坂。林下一僧归，钟声烟际远。

石　室

石室闲眠过午钟，看来唯我最疏慵。生憎俗客妨幽趣，不与樵夫说定踪。
麋下磵阴时引子，鹤归林表只依松。人生未解休心去，多向尘区叹不逢。

山寺（其一）

古寺氛埃表，幽程屈曲通。高峰常似雨，阴壑易生风。
架栈为平地，寒钟出半空。他年依老宿，挂锡此山中。

楼 头 钟

晨钟唤日出，夕钟号月升。两曜如辘轳，递转不曾停。
人生于其间，谁能驻颓龄。
楼头钟声催人入黄土，长生之学虚荒诞幻无可冯。
君不见嬴政入海采灵药，回舟翻作鲍鱼腥。

雷　峰

不定似飞蓬,还来宿此峰。霜欺孤客枕,风乱四山钟。
好梦如冰薄,归心与酒浓。旧房谁占住,门有最长松。

记　梦

神清发幽梦,梦到仙人峰。老仙启玄门,问我来何从。
仙发映山绿,仙颜眩日红。高低种玉田,异植方茸茸。
里闾见翁媪,亦复非尘容。鸡犬声相闻,略与桃源同。
云中飞仙人,缥缈如游龙。遄征不可即,得非是乔松。
白云既变灭,仙輧亦无踪。梦觉两何有,闻打西林钟。

湖寺上方通玄峰顶

峰顶非人世,青山满目多。塔层侵树影,钟响度湖波。
心外元无境,诗成亦是魔。禅翁清净耳,浑不听笙歌。

湖上雨中晚归

冷澹一堤枯柳,孤高九里寒松。行尽北山烟雨,白云深处闻钟。

过贾似道葛岭旧居

顺逆人兽心,成败翻覆手。鬼神不相容,子孙岂能守。
昔者过此门,歌钟会群丑。今者过此门,阒然已丰蔀。
羞死满院花,鞿残数株柳。空室走鼪鼯,荒池长蝌蚪。
转眼即凄凉,况复百年后。积眚多自戕,盛德斯可久。
富贵如浮埃,于身竟何有。为谢高明人,非义慎勿取。

冯深居挽词

天地一深翁,匡庐气所钟。亲传厚斋业,优得考亭宗。
劲节霜崖竹,高标雪峤松。沧溟含雅量,干莫避辞锋。
元老皆知敬,憸夫独不容。畏涂尝跌足,道院暂潜纵。
冤白州麾晚,身亡奠斝重。魂应归帝所,人尽哭堂封。
有道存方册,无名上景钟。死生今隔异,湖海昔过从。
刍束无繇致,愁凝五老峰。

登太白绝顶龙池望远

苍莽势连空,跻攀径绝踪。乱峰排似戟,片石响于钟。
鸟语春云密,龙归暮雨重。下观群岫小,始觉此为宗。

出越城访归隐庵主人

何事相寻向此游,入城不似出城幽。山于屋外参差见,水到门前款曲流。
树腹半空栖伏翼,竹梢初动蔓牵牛。分明记得前回过,斜月疏钟到客舟。

乘　兴

乘兴不拘程,悠悠任意行。小溪横木渡,何寺远钟声。
野菜抽心起,山花照眼明。幽禽亦堪爱,多解自呼名。

残夜清坐

壶更犹未彻,起坐看萤流。夜气清如水,禅心淡似秋。
月沉西岭树,钟动上方楼。可有昏冥者,知吾所得优。

晓　钟

梦觉风吹雨脚断,庵西斜月透疏松。披衣起坐不成寐,细听四山鸣晓钟。

即　事

偶被鸟声惊破梦,无心行到黄龙洞。道人已击晚香钟,犹有残阳在高栋。

释文准(1061—1115)

十二时颂(其一〇)

黄昏戌,楼上鸣钟已落日。行人旅店宿长途,花上游蜂罢采蜜。

释希坦(?—?)

五台明智院

时过九月秋,来作上方游。林瘦霜凋叶,钟鸣风满楼。
五台新月上,一洞暮云收。夺利争名者,宁知此地幽。

释显忠(?—?)

南明山宝相寺十五题·三生像

胜域将垂迹,先闻钟梵声。术陁犹未降,宣老已三生。

山接天门险,岩开月殿明。善财何处去,楼阁自峥嵘。

释心月(?—1254)

见 性 堂

髑髅沥尽眼头宽,炯炯圆明一颗寒。莫怪年来昏怛甚,钟声却被鼓声瞒。

释行海(1224—?)

雨 后

雨过山林近暮钟,片怀寂寂对孤松。夜深笛怨梅花落,月照人间睡正浓。

晚兴(其二)

塞北风寒雁字稀,群鸦日暮贴云飞。画船饭后水天碧,隔岸钟声出翠微。

天竺浮寻小楼

楼倚飞来小朵峰,每因动业思重重。三千日月欺王母,百二山河误祖龙。石浅易知丹井味,洞深难见白云踪。自惭半座分花雨,无复人听夜讲钟。

送人之姑苏

枫落吴江归兴浓,不知何日定相逢。山中独对三生石,城外谁听半夜钟。金井露凉鸣蟋蟀,石池霜早歇芙蓉。新诗别后须相寄,只在云深第一峰。

遁 溪

白石矶头鹭一丛,隔烟何处夕阳钟。青山两岸人家少,不种桃花只种松。

释义怀(993—1064)

偈

　　须弥顶上,不扣金钟。毕钵岩中,无人聚会。
　　山僧倒骑佛殿,诸人反著草鞋。朝游檀特,暮到罗浮。
　　拄杖针筒,自家收取。

释义青(1032—1083)

第二十三南泉斩猫颂

临险推人事要知,求财先自露针锥。钓鱼尽说谙风势,及至风来波路迷。潦倒赵州虽好手,钟鸣斋后赴来迟。要知大像嘉州路,铁牛镇断陕关西。

释印肃(1115—1169)

证道歌(其八九)

入深山,住兰若,离色离声无昼夜。撞钟击鼓不知鸣,地转天回全不怕。

信士画真请赞(其二)

普因乾坤非外物,周闻法界只圆音。含灵入我身毛孔,非相非名何处寻。
宝陀触目无人见,妙体端严不坏金。如钟含响随缘应,见我方知识自心。
释迦佛,普庵光,不二如来体不藏。香花供养谁知有,只在众生心印堂。

颂十玄谈祖意(其六)

回途石马出纱笼,嘶起寰中雨后风。吹散暮云孤月朗,危峦烟寺一声钟。

金刚随机无尽颂能净业障分第十六(其六)

花残晚壑风,烟寺一声钟。若能从此人,直下悟心宗。

金刚随机无尽颂知见不生分第三十一(其二)

真如实不如,万法了无依。钟中无鼓响,不堕往来机。

金刚随机无尽颂知见不生分第三十一(其七)

洪钟浑铁铸,悬楼插云势。摇杵一击时,此声振天地。

金刚随机无尽颂结实分主(其六)

心传静夜钟,意在九霄中。伫听钟声响,为人万劫穷。

洪 钟 歌

昭文昭文施一钟,悬空随叩警盲聋。圆音不断周沙界,纯体金刚空不空。
虽含响,击即通,十方诸佛应声中。天龙八部生忻悦,外道魔军失却踪。
此圆器,大神功,上祝皇王寿不穷。日月长辉邦国静,臣忠子孝续尧风。
昏者醒,愚者聪,民歌鼓腹意和浓。地水火风同一性,刹尘无间体含融。
包声印顽空,鸟树岩峦风月同。秦时何必驱山铎,大振金铃总脱空。
时节至,自相逢,肯信无心达本宗。和同一族输金玉,回向南泉铸此钟。
黄昏里,五更中,下下无空彻底通。近祖远宗迷识解,闻归净土礼金容。
涅槃侣,契心同,个个全音赞此功。显理扬真无二听,含灵蠢动一时通。
受者法,施者空,且无地狱与洋铜。孝子顺孙光远庆,昭文千古振家风。

释永颐(?—?)

游何山登道场

中流望极山头寺,溪午闻钟泊柳津。春草细沾微雨润,老松高与碧虚邻。
鹤归烟麓书堂废,虎去寒岩藓石皴。无奈薄游归路晚,水边风筛湿征尘。

宿永安潭上

子规啼在乱山中,废寺春深暮阁重。门外永安潭上水,朝昏惟送一楼钟。

山中晚兴

松间石上听流泉,看尽云归宿鸟还。夕殿焚香春院闭,暮钟沈响月阶闲。
非干独往轻遗世,自合离群静掩关。林境翠深烟树合,正堪高卧纵疏顽。

金鹅晚眺

天低野旷树蒙蒙,尽入金鹅望眼中。青嶂月生双雁去,碧溪云绕乱帆通。
平篁落照沈烟墅,结阵寒鸦噪暝丛。岁月飞腾吾懒矣,昏钟迢递起秋宫。

湖上春晚

水边三月芳菲晚,杨柳楼船拥万家。浩浩歌钟迷白日,不知烟寺落桐花。

初秋忆湖上诸山

山中夏日足幽娱,葛帔藤床诵宝书。白拂惹云黏几案,清香缘竹上空虚。
草堂夜月秋花近,水阁晨霞夕霓疏。遥忆钱唐旧朝寺,绕湖钟梵早凉初。

释宇昭(?—?)

宿丁学士宅朱严希昼不至

幽期不可见,牢落望君情。坐久诗源寂,谈余井浪平。
月依寒木尽,蛩背冷灯鸣。空听沟西寺,宵钟出禁清。

释元肇(1189—?)

中　秋

今夜中秋月,相看异楚江。侵阶如有雪,透屋欲无窗。
鹊为无枝绕,钟因得句撞。不知风露冷,吟到影成双。

天　姥
自登天姥岭,飞雪满千峰。采药难寻径,啼猿不见踪。
赤城应改色,白道定相逢。渐觉吾庐近,微闻日暮钟。

题远景山水四首(其二)
刹景重遮壑,钟声出莫楼。欲寻归寺路,滩畔问渔舟。

送致政许朝请
相遇在东州,相分十五秋。挂冠当健日,见子早封侯。
城外钟寒寺,山阴雪夜舟。还经钓台过,不愧客星游。

送方常簿赴召
门径森阴带草堂,修篁摇翠间垂杨。不知梦到三竿日,又拜除音一炷香。
池上游鱼觅清影,天边仪凤集朝阳。袖中大有安时策,长乐钟声夜未央。

巾　山
一登峰顶思悠然,始觉城临沧海边。水趁半江流缺月,塔将双笔写青天。
茫茫帆影随潮远,杳杳钟声带郭圆。可是任蕃来宿后,独留诗句到今传。

湖上秋日
湖上新晴人竞游,幽怀无处领清秋。夕阳送尽歌船了,始放钟声出寺楼。

和许提干宿平远
倾盖话平远,阴阴清昼长。沧波没鸥鹭,烟草暗牛羊。
楼影欹东岭,钟声出上方。新诗吟不足,就月屡移床。

寒　岩
信宿到寒岩,灵踪出晓岚。悬崖嵌似凿,著屋巧如龛。
石月观心处,霜钟是对谭。遍寻双隐句,风叶已鬖䰂。

乖目相者
一双乖角眼,阅世妙无伦。白日常穿市,青云少见人。
未尝眠锁店,午后听钟邻。盍向边头看,谁为阁上麟。

访天目梁渚

烟渚落渔篷,行行访隐踪。野禽冲断径,樵子指前峰。
云闭安禅石,霜清得句钟。长淮一千里,九日却重逢。

得　坐

一室坐春空,寥寥万境容。月移旁砌竹,风借别楼钟。
暗处元非滞,明边亦是逢。五更侵早起,清露滴长松。

道　场　山

水国山为重,僧居占上头。钟声冠别寺,塔杪入他州。
岩响寒泉雨,风欺老树秋。定回缘爱月,增起殿前楼。

释圆悟(?—?)

宿友人白云庵三首(其三)

城里秋犹热,山中寒已浓。紫檀时小炷,危坐听晨钟。

释月磵(1231—?)

送付藏主

老我无堪涉世艰,鬓毛新糁雪霜斑。有人来自庐山中,眼如点漆音如钟。
衔袖出新卷,两眼惊且眩。方知亲自香溪哥室来,老婆心切言诼诼。
三世诸佛一口吞,一大藏教彻底翻。
丛林乡社有此俊迈之英才,我辈可老可死无余怀。

偈颂一百零三首(其九三)

今古事茫茫,阴阳割昏晓。碧露缀小桃,绿线垂堤柳。
燕语雕梁,蛙鸣芳草。钟声杂报声,大底大,小底小。
山僧见了,直得培增慎恼。一片涅槃心,狼藉知多少。

释　云(?—?)

偈颂二十九首(其二十九)

人从陈州来,不得许州信。钟楼上念赞,床脚下种菜。
盏子扑落地,楪子成七八片。

释云岫(1242—1324)

题梓岩和尚吟卷
字字不因容易得,灯花曾落五更钟。东湖浪阔瓶声远,流出一溪霜叶风。

明　　定
万境无侵一念空,尽尘沙界不留踪。春风来摘杨花去,定起西山古寺钟。

释允韶(？—？)

偈七首(其三)
月月初一十五,处处槌钟打鼓。若不毁谤禅道,便是呵骂佛祖。
尽道慈悲接人,毕竟无过于此。承天鼻孔笑伊,直是未敢相许。
坐人舌头即不无,争教无舌人解语。

释真净(？—？)

送人之南岳
境幽南岳寺,路向碧岩分。远近松相接,高低钟共闻。
灵禽时奏乐,香石日笼云。想到经行处,超然趣不群。

释正觉(1091—1157)

资圣庵欲过圆通
我初浮舟济九江,幽寻兰若山苍龙。王摩诘画倚栏槛,谢灵运诗开绮窗。
艾禅高谈肖琢玉,法身雅论非枯桩。梦回便是圆通路,月冷上方钟一撞。

清潭荣长老写师像求赞
家山水兮,静忘处所。友鱼鸟兮,动忘尔汝。
默默之得谁传,的的之宗自举。冰壶春未回,而痕垢无些。
玉林月已上,而清光有许。湛存此个宗乘,肯坏人家男女。
黄梅之钵笑夜偷,少室之衣疑浪与。方彻地区,圆该天宇。
神发幽而空谷应呼,声出碍而霜钟忽杵。

假　日　山　行
平生胸中云外峰,有闲便与扶瘦筇。但知一世丘壑味,想得十分猿鸟从。

明见秋容山洗雨,清可人意风吟松。归来游兴散不尽,谁杵唤月黄昏钟。

惠首座写师像求赞

衰飒仪容,俛俛颓愢。玲珑岩寺,夭矫云松。

艳冷晚秋菊,韵清霜晓钟。刹刹尘尘三昧事,知音何处不相逢。

次韵真歇和尚圆觉经颂一十四首·威德自在菩萨章

门开三观莫迟留,得路行行到始休。鉴像照心无所住,楼钟出碍有来由。
顶中具眼如天主,肘后分符似国侯。应世度生游幻海,月船风棹驾涛头。

禅人并化主写真求赞(其一一六)

岁寒之容,高岩雪松。清白之胸,冷月霜钟。

种田博饭,地藏之春农。明镜非台,黄梅之夜舂。

百草头上闲和尚,而今何处不相逢。

禅人并化主写真求赞(其二四三)

衰形老容,瘦竹苍松。野食丹山凤,云吟枯木龙。

对机何似当台镜,扣应恰如随杵钟。了无一物,还我卢春。

禅人并化主写真求赞(其二九四)

皮苍老松,色暗焦桐。微尘尘破,一印印空。

大千经卷钟出碍,三世佛口谷吞风。六门了用,双眉有功。

禅人并化主写真求赞(其三一〇)

老抱孤踪,岁寒之松。静含远韵,霜晓之钟。

黄氏之羊起石,陶家之梭化龙。刹刹尘尘见身相,门门何处不相逢。

禅人并化主写真求赞(其四〇八)

这个形容,缘报遭逢。藏万德于未兆,戢六用于无踪。

雪阵血战,玉田历农。影响若空谷,随扣如霜钟。

竿头不是风幡动,知有此事还卢春。

释志璿(?—?)

偈五首(其三)

瘦竹长松滴翠香,流风疏月度炎凉。不知谁住原西寺,每日钟声送夕阳。

释智朋(？—？)

梦　宅
六窗深闭大槐宫,一枕清风瞬息中。穷劫至今佛与祖,楼头知是几声钟。

鄙翁住菁山庵
粪火堆中不善藏,蹲鸱直透九重香。烟云深锁菁山坞,辄莫钟声送夕阳。

释智仁(？—？)

留题云门寺
秦峰千古寺,岂易得跻攀。一梦几回到,片心长此闲。
溪光涵石壁,秋色露松关。静室孤禅后,寒钟夜满山。

释智愚(1185—1269)

颂古一百首(其八一)
泉石膏肓不可医,晓钟吟到夕阳时。天然句子终难得,几向风前暗皱眉。

颂古三首(其一)
金钟夜击九重城,六载归来改瘦形。待得众生心眼活,雪山依旧碧崚层。

寄集庆开山
如意来尸释梵宫,雨花狼藉湿春风。自惭老矣无灵骨,日在深云听讲钟。

出山古像赞
金钟夜击九重城,六载归来改瘦形。待得众生心眼活,雪山依旧碧崚嶒。

释智圆(976—1022)

赠守能师
高卧湖山畔,尘机任万端。连云吟阁静,度水讲钟寒。
幽户碧嶂闭,新书雪夜刊。却应趋竞者,相笑隐林峦。

赠清义律师
律藏精持世所稀,淡然高趣自忘机。禅开静室苍苔遍,饭起闲窗独鸟归。
雪岳夜钟清度枕,水轩秋月冷侵衣。吟余讲罢无他事,人外时容扣竹扉。

予近卜居孤山之下友人元敏以四绝见嘲遂依韵和酬（其四）

虚堂入夏讲残经，不击钟声击鼓声。林下唯君问幽趣，纪阳仪式近方成。

游风水洞僧院

风水分双洞，幽奇类沃洲。猿吟清彻夜，山色冷宜秋。
云拥阶前石，钟残竹畔楼。贤哉白太守，五马旧曾游。

忆龙山院兼简蟾上人

幽景远嚣俗，重来兴未穷。钟声翠微里，刹影碧溪中。
地冷庭松瘦，门闲野径通。几因深夜话，密雪下寒空。

夏日寄谅律师

澄江杳杳映千峰，坐夏岩房一望中。昼讲疏钟清度越，夜吟残月冷垂空。
扫轩静避阶棱藓，销暑闲当竹罅风。顾我相怀未能去，水边斜日照梧桐。

同友人宿山院

共依清境宿，话道复论文。潭月秋深见，山钟夜后闻。
虫声沉古砌，萤影没残云。会约长栖此，炉香树下焚。

宿道场山寺

绝顶秋气清，危栏凭树杪。仰窥清汉近，下视群峰小。
空池生夜月，风枝鸣宿鸟。吟坐不成寐，疏钟起将晓。

送遇贞师归四明山

吟余江上别，一锡寄扁舟。远度浮残照，千峰指旧游。
疏钟沈杳霭，群木落高秋。莫负重来约，禅心本自由。

送夤上人归道场山

行行携锡别，幽景到山分。残雪经春在，疏钟度水闻。
松深生晚次，潭静照闲云。岩阁重开讲，清香入夜焚。

送希中游霅

日暮蝉鸣急，临流动别吟。片帆冲晚照，归鸟入遥林。
月色寒溪静，钟声岳寺深。蘋洲逢旧识，应得话无心。

240

上 方 院

禅扉开绝顶,海色映层峦。刹影浸寥沉,钟声度渺漫。
荒苔幽径滑,冬雪暮窗寒。吟罢慵回首,迟迟独凭栏。

寄赠子正律师

威仪闲淡许谁同,苔径依然绝履踪。霜井滤泉浸晓色,雪房欹枕梦诸峰。
寒生静榻吟中月,冷答平湖讲次钟。尽日冥心忆高趣,三生行止道生松。

寄题梵天圣果二寺兼简昭梧二上人(其四)

性静百虑忘,轩闲万象归。空江答夜钟,高峤留残晖。
幽砌绝尘踪,孤云自依依。

寄石城行光长老

幽栖尘想绝,岩阁倚杉松。吟思禅中尽,霜髭病后浓。
溪闲澄夜月,山静答秋钟。寂寞怀高趣,残阳独倚筇。

寄华亭虚己师

懒答公卿信,高眠野兴浓。虚堂开夜月,孤枕度秋钟。
临水成新作,看云忆旧峰。林间仍抱疾,早晚遂相逢。

寄海慧大师

云门卜深隐,谁复继遗踪。旧寺抛双阙,新题咏十峰。
禅开杉径月,讲候雪楼钟。莫怪相寻晚,嵇康性本慵。

怀 中 侄

一从林下别,倏忽又经年。旧约山空在,相怀月屡圆。
郡钟宵断梦,江树晚沈烟。书札凭谁寄,波涛况渺然。

湖上晚望寄友人

不得天涯信,相思对景浓。惊飙吹落叶,残日在遥峰。
照水鱼村火,沈烟野寺钟。幽怀向谁说,静立自揩筇。

孤山诗二首(其一)

峭拔湖心起,湖心四望通。盘根入巨浸,叠翠点寒空。

势迥侔蓬岛,层危敌阆风。僧楼笼淡雾,雁塔碍飞鸿。
晓井金沙粲,晴坡玛瑙红。喷云春雨外,照影夕波中。
野蔓垂枯柏,疏钟匝梵宫。闲泉澄极顶,幽径入深丛。
古迹谈皆异,秋屏写未同。乐游非俗客,静望属渔翁。
买去知无价,栖来思岂穷。翻嗟市朝里,尘土日蒙蒙。

梵天寺二首(其二)

梵宇清虚远俗喧,登临时得爽吟魂。卷帘高雪明稽岭,上阁秋涛出海门。
群木冷阴连古塔,疏钟寒韵彻江村。城中泉石诗中景,闲对文公尽日论。

登武林高峰

千寻堆冷碧,极顶绝尘踪。雨霁闻清籁,云开见别峰。
落泉喷怪石,惊鸟入深松。吟罢凭栏久,遥天起暮钟。

释子淳(？—1119)

颂古一〇一首(其八一)

夜明帘外月朦胧,骑象翻身击宝钟。洪韵上腾三界外,聋夫何事睡犹浓。

释子兰(？—？)

华严寺望樊川

万木叶初红,人家树色中。疏钟摇雨脚,积水浸云容。
雪碛回寒雁,村灯促夜舂。旧山归未得,生计欲何从。

释宗杲(1089—1163)

颂古一百二十一首(其四二)

钟声披起郁多罗,碧眼胡儿不奈何。一箭双雕随手落,拈来元是栅中鹅。

颂古一百二十一首(其八四)

剔开金殿锁,撞动玉楼钟。泣露千般草,吟风一样松。

送法轮思藏主化钟

覆为钟,仰为鼎。自是法轮家风,妙喜争取驰骋。
思禅人,固相请。援毫临纸忽猛省,一声直透须弥顶。

释宗盛(?—?)

偈

钟声清,鼓声响,早晚相闻休妄想。荐得徒劳别问津,莫道山僧无伎俩。

释祖钦(1216—1287)

偈颂一百二十三首(其二二)

落花三月雨,残梦五更钟。声色俱销尽,玄关又一重。

偈颂一百二十三首(其一一三)

澄潭月影,静夜钟声。不留而照,不待而鸣。
而亦离闻绝见,非色非声。

偈颂一百二十三首(其一二二)

春山重重,夜雨蒙蒙。长连床上,闭眉合眼,睡到晓钟。
心也空,法也空。不起第二念,坐断主人翁。

偈颂七十二首(其一六)

南山云起北山云,上界钟声下界闻。遥望众僧行道处,天香桂子落纷纷。

舒邦佐(1137—1214)

残腊书怀

冰池照日暖初融,准拟迎春更饯冬。杯酒乍疏情少绪,尺缄稽报病多慵。
残年断送风和雪,晚节相依竹与松。回首思量十年事,倦投孤枕听鸣钟。

舒　亶(1041—1103)

题福源院

地占灵龟背,山横小屿头。一桥云借路,双沼月分秋。
竹影摇虚室,松烟著晓楼。残钟谁共听,空籁更飕飕。

和马粹老四明杂诗聊纪里俗耳十首(其六)

岁熟禾论秉,人归夜击钟。金澄沙底水,龙卧井边峰。
香火常存社,渔盐每夺农。年来缣帛贱,砧杵万家春。

舒岳祥(1219—1298)

正仲思归作篆畦今夜月十诗非篆畦月乃雁苍月盖杜子美鄜州月之意也予作十章乃篆畦月也(其二)

篆畦今夜月,涌海出初更。溪寺鸣钟罢,山城禁火明。
梅光初点滴,鹤睡自凄清。还念故人远,灯花结未成。

芗岩山居孟夏二十绝(其六)

钟声澄万室,月影散千林。岑寂岩栖客,应观不转心。

闻有海船入鄞作诗附寄正仲

华馆多髯客,深山短发翁。钟声更点外,萤焰烧痕中。
春日同倾酒,寒溪数过鸿。天门通海路,诗寄鄮城东。

闻鸡早起

钟扣星辰动,鸡号天地开。夜来新过雨,行处旋生苔。
白日一窗转,飞霜两鬓摧。劳生何所恋,只忆两三杯。

题汪日宾西楼附山甫达之

不忘西来意,开窗西复西。柳悬鱼怒颊,蒲缚蟹团脐。
县近更传信,寺围钟到齐。山翁出山处,放杖得新题。

宿龟石寺

山深无横吏,客至气和平。野寺鸣钟罢,安眠到五更。

六月十四夜久雨新霁见月极佳坐观万堂中收拾尘霓湛然不作久不见此趣因书之以寄正仲

久雨新霁如发蒙,嫩月出海来屋东。开轩静听白虫语,清光入沼翻帘栊。
白日劳劳生万事,不如淡月含冥蒙。收心展体且高枕,合眼不管东方红。
我缘居贫得清省,晏起一粥黄昏钟。更深一顿白汤饼,坐送落月沉西峰。
眼昏灯下不看字,与书相忘如不逢。渐收少年辟谷效,养取眼力成方瞳。
自行此法颇简易,有能修之神气充。临役多忧刘正仲,少忍一月毋匆匆。

冬日山居好十首(其六)

冬日山居好,农人告岁功。明朝输井税,深夜动机舂。
木脱见山市,霜清闻涧钟。倘无饥冻迫,何必羡侯封。

次韵酬用之见和

秋晚如春早,晨昏海气蒙。霜嘷呼偶鹿,雨哑破昏钟。
知命休行险,吟诗不怨穷。吾侪天所赐,出入戴青松。

司马光(1019—1086)

送罗郎中管勾玉局观

官名为玉局,已与俗尘疏。钟出寒松迥,香疑古殿虚。
乡间非甚远,俸禄岂无余。谁道神仙乐,神仙恐不如。

送张太博知岳州

严风秀木折为薪,得罪由来为出群。粥粥黄鸡憎鹤介,芃芃青蔓掩兰薰。
天资谗嫉多端巧,人极精明不易分。饮水岂言吴刺史,谤书翻似马将军。
波涛汹涌动寒野,楼阁嶣峣压暮云。红叶寺深秋暖见,苍山钟迥夜清闻。
何妨绝境聊为中,正恐中朝亟用君。身外百愁俱掷置,放歌沈饮且醺醺。

华 星 篇

凉风净扫云无迹,海月未生星历历。贝联珠贯拱北辰,三五纵横此何夕。
重楼叠榭出秋空,鸂鹅露寒连桂宫。瑶井迥临丹阙外,玉绳斜挂琐窗中。
征人远别空闺悄,钟漏萧疏天不晓。碧纱展转无复眠,卧视寒光度华沼。
汉家贤将戍临洮,结发从军今二毛。谁怜身老心犹壮,深入长占太白高。
丰城古剑沉沦久,匣中夜半双龙吼。乃知神物不自藏,紫气依稀见牛斗。
有客离居望所亲,遥知清夜会荀陈。堤繇未息无由去,不及浮槎河畔人。

和邵不疑校理蒲州十诗·碧楼

烟瓦叠琉璃,危楼半空倚。歌钟奉高宴,声来碧云里。
日暮天四垂,黯澹如秋水。

和端式十题·烟际钟

苍茫返照收,幂历寒烟起。前山黯同色,不辨峰峦美。

独有远来钟,悠扬翠微里。

奉同范景仁宋次道太常致斋韩廷评见过阍人不时内韩去乃知为诗谢之

端居太常署,寒日淡孤清。取酒呼诸友,谈笑方纵横。
韩君士林秀,四海依高名。家袭钟鼎贵,身无簪组萦。
逍遥风尘外,万物秋毫轻。未尝妄过人,所过以为荣。
如何枉玉趾,及门失相迎。主人岂傲客,事有迷误并。
追延既不及,相视徒嗟惊。威凤顾修梧,不下还孤征。
景星欻呈彩,旋有流云生。灵物固难睹,俗眼真不明。
投谢有何物,珉石从双琼。

风

陇首红旌急,樽前翠幕重。林端翻远刹,花外转疏钟。
夜寂清机发,春阑别意浓。如何玉琴韵,并欲在青松。

春　晓

钟漏初传晓,满窗风雨寒。东冈行可种,欹枕不成安。

春贴子词·太皇太后阁六首(其三)

长乐晓钟残,皇舆入问安。东风犹料峭,冒絮御余寒。

咏史(其一)

不事王侯者,翛然郑子真。开田谷口美,荷锸白渠春。
德化移乡曲,声光动搢绅。一时钟鼎贵,磨灭彼何人。

宋伯仁(1199—?)

羊角埂晚行

葛裙蒲履帽乌纱,迤逦乘凉到水涯。数寺晚钟声未歇,满身明月看荷花。

宋　辉(?—?)

次唐彦猷顾亭林韵

昔时高士宅,今日梵王居。楼影衔山远,钟声隔岸疏。
风流嗟往事,精爽闭遗墟。回首乌衣巷,凋零兵火余。

宋景瞻(？—？)

崇 庆 寺

峭壁青连古院松,疏林声渡晚风钟。地擎鳌背中分势,僧住天宫第几重。
泉落断崖悬素练,树蟠危石挂苍龙。登临远与红尘隔,疑在三山最上峰。

宋敏求(1019—1079)

题招提院静照堂

丛林起新构,燕坐水云乡。本自禅心静,能令世累忘。
幡花围昼永,钟梵度宵长。归袠新篇富,笼纱映宝坊。

宋　祁(998—1061)

游 海 云 寺

十里云边寺,重驱千骑来。天形欹野尽,江势让山回。
园竹浓成幄,楼钟近殿雷。斜阳归鞅促,飞盖冒轻埃。

喜药山贤师见过

风林曾语别,王舍此相逢。净月常涵水,孤云易去峰。
供缘宾阁饮,耳界帝城钟。却举当年话,无言促麈松。

喜翟颖先辈至有感

门下客逾落,胡为君见从。坠余仍顾甑,寒罢始知松。
休计流光迈,聊欣此地逢。已甘漂似梗,宁止哑如钟。
仕路惟希退,乡评幸见容。病偷它日壮,衰作长年慵。
世态同波荡,交情敌酒浓。好坚归去约,相伴老三封。

题蜀州修觉寺

蜀嶂纷重沓,祇园隐寂寥。花供法界雨,江助梵音朝。
海水闻钟下,天风引磬遥。少陵佳句后,物色付吾僚。

顺 祀 诗

孰顺其祀,明明天子。天子谦让,诏群臣其议。
惟章献章懿,遂祔先帝。宜索而典,而古而今。

顺考攸宜,慰我孝心。群臣稽首,不远厥成。
伊先猷是程,伊大孝是经。匪祥符孰从,则莫我京。
三代庙寝,止一帝后。汉制已迁,儒臣罔究。
礼缺不称,因朴趋陋。亲靡祔尊,神挚斯祐。
帝曰俞哉,予奉二慈。匪曰无典,实成训是依。
促灼尔龟,爰蓺尔仪。琢金追玉,昭款信辞。
不敢先后,惟以顺跻。孟冬十月,大飨其时。
朕不惮勤,于庭遣之。吉日辛酉,帝自文德。
至于大庆,奉宝授册。永怀劬劳,孝贯天极。
虞宾在位,百官承式。显显太岁,惟册宝是将。
和鸾有容,龙旗孔扬。既至于庙,是承是告。
奉迁后主,合侑文考。有主则止,有匹得行。
遂旅豆笾,以及毛牲。明水太羹,有飶有澄。
鼓钟钦钦,鼓瑟鼓琴。考悦妣安,蠲我德音。
德音惟何,帝受纯嘏。不专斯飨,用赦天下。
开释罪辜,赐逮九军。一人作孝,庶邦蒙仁。
礼非天作,托始于圣。圣克正始,万世攸定。
作述交善,神人胥庆。天谓皇帝,既付所覆。
帝克孝治,奉亲以侑。其收丕祺,蕃衍后昆。
万有亿年,继继存存。

秋日与天章侍讲王原叔曾明仲正言余安道三学士集普光院

长廊尽北到禅扃,宴坐林间共襹缨。秋气只知双鹤唳,尘喧已去一牛鸣。
晨钟暮磬无时歇,翠竹黄花相间明。妙墨仙郎题爵里,他年为寄此中行。

偶　　作

薄暮歌钟宴平乐,黎明车骑过宜春。身长六尺饥将死,唯是平原厌次人。

会　圣　宫

宝地披重岫,瑰宫庇万橑。人瞻鼎湖驾,天护玉箫祠。
列圣联绨衮,千宫拥翠绥。阴森殿中伞,习爚羽林旗。

白日窥晨幌，明河宿曙帷。露盘金突兀，甲帐绣葳蕤。
驯象春耕外，游冠月出时。洛湍萦禁籞，嵩岳倚罘罳。
早晏严薰燎，春秋达信辞。樽醻绿叶桂，斋馔紫房芝。
璧带华灯错，银床露绠垂。奇葩万品秀，珍木五衢滋。
碧柱峨翔凤，璇珰舞暗螭。园金布为地，泉玉漱成池。
劫石聊容拂，仙花自不萎。楼含太虚近，钟到下方迟。
赐服乡三老，歌风沛小儿。奉承纷有次，过谒俨多仪。
此路真姑射，前峰即具茨。何当纡诏跸，原庙慰时思。

和王君贶禁中寓直

长乐疏钟断，昆池夕照收。晚风生似雨，仙雾爽如秋。
钧曲来深殿，宫花出御沟。云天正如画，璧月在西楼。

和登山城望京邑

子牟怀魏阙，陈咸思帝城。他乡岂不美，吾土乐所生。
况复抚凋节，凭高怀上京。山川不可见，葱郁凝神县。
紫气抱关回，玉斗侵城转。负羽长杨猎，撞钟平乐宴。
高冠照华蝉，英俊皆比肩。朝奏主父牍，夜召贾生贤。
五侯交荐币，诸公亟为言。我生流离极，十年悲去国。
叶愿洛阳飞，鱼宁武昌食。当弃关下符，一对危言策。

奉和圣制清明日

璇杓临乙位，羲御届娄初。碧浪桃花涌，珍丛锦段舒。
轮蹄晴缥缈，钟漏夕虚徐。穆穆宣温殿，披文日有馀。

春 晓 感 别

楼外疏钟落晓河，天涯感别思烟波。三年客鲤传书远，五丈星机得素多。
沟水东流劳想象，峡灵西去隔嵯峨。良辰自古难并乐，不独骊驹送客歌。

春　　夕

卷幔星河近，严城钟漏迟。飞虫集暗牖，栖鹊忌明枝。
弱柳兼风困，高花战露危。回肠正无赖，仍此卧遥帷。

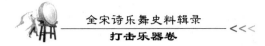

宋　无(1260—?)

游楞伽寺

萝径入苍霭,钟声来翠微。招提在何许,云外一僧归。

寄山中僧

名山旧隐岩峦秀,精舍萧闲殿阁虚。像礼旃檀千古佛,经翻贝叶五天书。
兽依草座跏趺后,禽下花台施食余。空翠湿衣横榔栗,绀泉澄钵涌芙蕖。
鹫峰梦绕云中寺,鹿苑身栖物外居。清梵夜回松月冷,孤禅昼起柏烟疏。
曙钟寒韵侵虚籁,午供春香入野芜。道念有时怜老病,尘缘无计问真如。
远公若许来同社,陶令何妨去结庐。便向东林傍尊宿,菩提从此发心初。

寄翰苑所知

多士当文治,明良际盛时。骚坛先佩印,策阵已搴旗。
西极蹄千里,南溟翼四垂。疾雷天地破,崩岳鬼神移。
学过三都赋,神超七步诗。阴何须大赏,鲍谢只平欺。
尺璧光难掩,华钟响发迟。人游丹桂窟,凤哕碧梧枝。
汉室方虚席,枚皋复擅词。数承恩诏见,趋赴重官仪。
黄阁登清要,苍生息旧疲。星辰侵履舄,桃李傍阶墀。
珂里豪家逐,铜驼乐部随。行歌金腰褭,醉舞玉参差。
杜曲花偏满,蓬壶酒不辞。弓开射熊馆,剑倚化龙陂。
秀彦居同审,轩车出共驰。侯门相杂沓,寒素独吁嘻。
尘榻应容下,仙舟可待追。亦惭才莫逮,终负志难衰。
攀附羞萝茑,徬徨向路岐。未酬题柱兴,徒抱练丝悲。
幽谷音犹涩,盐车力尚卑。泥途淹骥骊,荆棘困黄鹂。
睨睆还求友,腾骧却避羁。愁吟长铗伴,闲梦矮床知。
缝掖今谁贵,乘桴任所之。短章非善颂,聊以展吾私。

杭　州

锦绣波翻太液空,一池寒雨落芙蓉。内前尚有中官住,却听西蕃寺里钟。

送宗上人游金陵

千峰乱水上,一榻到应分。古像焚香礼,寒钟出定闻。

瓶离剑池月,锡入秣陵云。好去北山住,草堂休勒文。

金陵送倪水西之江陵

楚江江上暮云东,万里春波去意浓。桃叶歌残秣陵酒,梨花梦断景阳钟。
沅湘水落琼瑶合,巴蜀山来锦绣重。回雁峰前见归雁,相思何处再相逢。

别惠上人

秋归虎溪月,携锡入云松。又向深山住,还闻古寺钟。
出生供野鸟,持咒伏潭龙。好去东林下,吟看五老峰。

玉津园弃景钟歌

炎精不灵火不德,赤熛怒帝丧英魄。羿弓射日日无光,黄金大镛破釜色。
天崩七庙移神虚,鬼哭长陵一抔土。十二盘倾夜月寒,汉铜仙人泪如雨。
六龙屈曲眠秋草,草根蟋蛄语昏晓。紫苔满地愁古春,东风吹得乾坤老。
蜗涎鸟篆银泥剥,乌啄蒲牢戏左角。更残漏断声莫闻,凡鸡司晨尊铁铎。

宋 庠(996—1066)

宿斋太一宫寄天休

入暮凫钟警,乘凉鹄帐寨。雾来灯欲湿,萤过草疑燃。
野气樽浮桂,幽香席藉荃。无因招傲吏,同宿一壶天。

适闻留台侍郎独游龙门属府事牵鞅辄成短诗奉寄

飞盖遥闻上凿龙,白云苍霭晓楼钟。匏瓜讼阁空南望,知到诸天第几重。

句(其八)

竹坞度钟声。

登龟山上方寺

双树遗真宇,青鸾切紫氛。路盘千岭出,钟逼九天闻。
林影随崖断,泉声遇石分。晓风先得日,春崦易藏云。
佛果当轩落,仙苗护砌薰。客尘聊自拂,稽首贝多文。

登大明寺塔

寂寞南朝寺,徘徊北顾人。钟声含晓籁,塔相涌仙轮。
吊古千龄恨,观空万法尘。三车何处在,归鞅欲迷津。

次韵和侍读梅学士秋雪

秋宇霜华极,翻成暮雪飘。影迷霄桂满,气助海钟调。
梅花装宫树,芦花著浦苕。喜延梁客酒,愁敝洛人貂。
碧瓦千沟丽,银塘一色消。雅篇工状物,精思入参寥。

晨谒感怀

早拂华簪谒冕旒,五更残点便鸣驺。星沈长乐钟声外,月挂觚棱阙影头。
弱翮讵堪仪振鹭,孤怀终欲信群鸥。更惭晨坐鸿枢府,容鬓先于省树秋。

宋直方(？—？)

慈圣皇后赐钟赞

稽首圆通圆觉王,圆合一切救有情。圆修自性妙湛然,假以音声而说法。
众生闻音得悟解,非色非空二非尘。方便无边行法门,成就如来大圆智。
稽首巍巍观世音,证入如是秘密门。于一尘中现多身,于多刹尘现一相。
于不可说微尘劫,而救不可说众生。发起耳根真实门,不与世间相流转。
世间声论已宣明,声无无灭有非生。生灭二谛悉圆离,六根由是皆解脱。
奇哉庆喜最多闻,不知闻性常周普。因钟而闻佛所呵,不应更立钟之事。
当知金钟不可舍,能于末劫救沈沦。茫茫六道迷昏衢,得见钟声为慧日。
悲酸恶趣忍泪中,得凭钟声超彼岸。钟声有是大福力,能越苦海如智航。
我愿一切诸众生,闻是钟声同证觉。

苏 泂(1170—？)

游 天 意 寺

午后钟鸣鹳鹤飞,日高岚气湿人衣。回头但见青松树,不信城中有是非。

夜坐读韦苏州集序

兹辰孟春夕,芳意二分在。登临愧成晚,倏忽朝晡改。
楼栏带栖鸟,野色半苍黛。花围郡园夜,柳暗陂塘外。
昏钟四檐雨,悬灯澹予对。瓶梅书帙乱,茶树窗纱碍。
披文到韦集,神赏希唐代。炉烟起寂寞,至味久不坏。
妻眠稚无扰,斯境非凡会。于时暂得我,真净青莲界。

蚩蚩竞物欲，宵寐犹憎爱。谁知屡空者，庶远樊笼害。

题 山 寺
白云飞绕寺楼钟，点滴清声露打松。童子开门还报我，鹤眠犹在最高峰。

泊祠下诗
潮小淹留孝子祠，雪花须要老夫诗。钟声篷底不知处，却似姑苏夜泊时。

金陵杂兴二百首（其一九八）
紫云回薄隐新愁，早起钟声也是不。遍地葱花两三亩，至今人道景阳楼。

归自陶山舟中示暹侄
钟声四山晚，一舸镜中归。远舍火明树，寒天露湿衣。
塔高城不禁，林暗鸟畴依。有句传犹子，吾疏合世违。

姑 苏 台
草满污莱雪满峰，吴王台殿落青红。姑苏门外连宵泊，愁听寒山半夜钟。

次韵颖叟弟耕堂杂兴六首（其六）
珍重新来十绝诗，末章砥柱不能移。因思唐代诸公子，故少撞钟得意时。

苏 轼(1037—1101)

纵 笔
白头萧散满霜风，小阁藤床寄病容。报道先生春睡美，道人轻打五更钟。

自金山放船至焦山
金山楼观何耽耽，撞钟击鼓闻淮南。焦山何有有修竹，采薪汲水僧两三。
云霾浪打人迹绝，时有沙户祈春蚕。我来金山更留宿，而此不到心怀惭。
同游兴尽决独往，赋命穷薄轻江潭。清晨无风浪自涌，中流歌啸倚半酣。
老僧下山惊客至，迎笑喜作巴人谈。自言久客忘乡井，只有弥勒为同龛。
困眠得就纸帐暖，饱食未厌山蔬甘。山林饥饿古亦有，无田不退宁非贪。
展禽虽未三见黜，叔夜自知七不堪。行当投劾谢簪组，为我佳处留茅庵。

追和子由去岁试举人洛下所寄九首过广爱寺见三学演师观杨惠之塑宝山朱瑶画文殊普贤（其三）

朱瑶唐晚辈，得法尚雄深。满寺空遗迹，何人识苦心。
长廊敲雨脚，破壁撼钟音。成坏无穷事，他年复吊今。

舟中夜起

微风萧萧吹菰蒲，开门看雨月满湖。舟人水鸟两同梦，大鱼惊窜如奔狐。
夜深人物不相管，我独形影相嬉娱。暗潮生渚吊寒蚓，落月挂柳看悬蛛。
此生忽忽忧患里，清境过眼能须臾。鸡鸣钟动百鸟散，船头击鼓还相呼。

再和潜师

化工未议苏群槁，先向寒梅一倾倒。江南无雪春瘴生，为散冰花除热恼。
风清月落无人见，洗妆自趁霜钟早。惟有飞来双白鹭，玉羽琼枝斗清好。
吴山道人心似水，眼净尘空无可扫。故将妙语寄多情，横机欲试东坡老。
东坡习气除未尽，时复长篇书小草。且撼长条餐落英，忍饥未拟穷呼昊。

元祐六年六月自杭州召还汶公馆我于东堂阅旧诗卷次诸公韵三首（其一）

半熟黄粱日未斜，玉堂阴合手栽花。却思三十年前味，未饭钟时已饭茶。

郁孤台

吾生如寄耳，岭海亦闲游。赣石三百里，寒江尺五流。
楚山微有霰，越瘴久无秋。望断横云峤，魂飞咤雪洲。
晓钟时出寺，暮鼓各鸣楼。归路迷千嶂，劳生阅百州。
不随猿鹤化，甘作贾胡留。只有貂裘在，犹堪买钓舟。

与王郎昆仲及儿子迈绕城观荷花登岘山亭晚入飞英寺分韵得月明星稀四首（其四）

吏民怜我懒，斗讼日已稀。能为无事饮，可作不夜归。
复寻飞英游，尽此一寸晖。撞钟履声集，颠倒云山衣。
我来无时节，杖屦自推扉。莫作使君看，外似中已非。

游灵隐寺得来诗复用前韵

君不见,钱塘湖,钱王壮观今已无。屋堆黄金斗量珠,运尽不劳折简呼。
四方宦游散其孥,宫阙留与闲人娱。盛衰哀乐两须臾,何用多忧心郁纡。
溪山处处皆可庐,最爱灵隐飞来孤。乔松百尺苍髯须,扰扰下笑柳与蒲。
高堂会食罗千夫,撞钟击鼓喧朝晡。凝香方丈眠氍毹,绝胜絮被缝海图。
清风徐来惊睡余,遂超羲皇傲几蘧。归时栖鸦正毕逋,孤烟落日不可摹。

游净居寺

十载游名山,自制山中衣。愿言毕婚嫁,携手老翠微。
不悟俗缘在,失身蹈危机。刑名非夙学,陷阱损积威。
遂恐生死隔,永与云山违。今日复何日,芒鞋自轻飞。
稽首两足尊,举头双涕挥。灵山会未散,八部犹光辉。
愿从二圣往,一洗千劫非。徘徊竹溪月,空翠摇烟霏。
钟声自送客,出谷犹依依。回首吾家山,岁晚将焉归。

游径山

众峰来自天目山,势若骏马奔平川。中途勒破千里足,金鞭玉镫相回旋。
人言山住水亦住,下有万古蛟龙渊。道人天眼识王气,结茅宴坐荒山巅。
精诚贯山石为裂,天女下试颜如莲。寒窗暖足来朴渥,夜钵咒水降蜿蜒。
雪眉老人朝叩门,愿为弟子长参禅。尔来废兴三百载,奔走吴会输金钱。
飞楼涌殿压山破,朝钟暮鼓惊龙眠。晴空仰见浮海蜃,落日下数投林鸢。
有生共处覆载内,扰扰膏火同烹煎。近来愈觉世路隘,每到宽处差安便。
嗟余老矣百事废,却寻旧学心茫然。问龙乞水归洗眼,欲看细字销残年。

雍秀才画草虫八物·蜣螂

洪钟起暗室,飘瓦落空庭。谁言转丸手,能作殷床声。

宿海会寺

篮舆三日山中行,山中信美少旷平。下投黄泉上青冥,线路每与猿狖争。
重楼束缚遭涧坑,两股酸哀饥肠鸣。北渡飞桥踏彭铿,缭垣百步如古城。
大钟横撞千指迎,高堂延客夜不扃。杉槽漆斛江河倾,本来无垢洗更轻。

倒床鼻息四邻惊,纵如五鼓天未明。木鱼呼粥亮且清,不闻人声闻履声。

送杨孟容

我家峨眉阴,与子同一邦。相望六十里,共饮玻璃江。
江山不违人,遍满千家窗。但苦窗中人,寸心不自降。
子归治小国,洪钟噎微撞。我留侍玉座,弱步敲丰扛。
后生多高才,名与黄童双。不肯入州府,故人余老庞。
殷勤与问讯,爱惜霜眉厖。何以待我归,寒醅发春缸。

送金山乡僧归蜀开堂

撞钟浮玉山,迎我三千指。众中闻謦欬,未语知乡里。
我非个中人,何以默识子。振衣忽归去,只影千山里。
涪江与中泠,共此一味水。冰盘荐琥珀,何似糖霜美。

石 塔 寺

饥眼眩东西,诗肠忘早晏。虽知灯是火,不悟钟非饭。
山僧异漂母,但可供一莞。何为二十年,记忆作此讪。
斋厨养若人,无益只贻患。乃知饭后钟,阇黎盖具眼。

僧惠勤初罢僧职

轩轩青田鹤,郁郁在樊笼。既为物所縻,遂与吾辈同。
今来始谢去,万事一笑空。新诗如洗出,不受外垢蒙。
清风入齿牙,出语如风松。霜髭茁病骨,饥坐听午钟。
非诗能穷人,穷者诗乃工。此语信不妄,吾闻诸醉翁。

入 寺

曳杖入寺门,辑杖挹世尊。我是玉堂仙,谪来海南村。
多生宿业尽,一气中夜存。旦随老鸦起,饥食扶桑暾。
光圆摩尼珠,照耀玻璃盆。来从佛印可,稍觉魔忙奔。
闲看树转午,坐到钟鸣昏。敛收平生心,耿耿聊自温。

去岁与子野游逍遥堂日欲没因并西山叩罗浮道院至已二鼓矣遂宿于西堂今岁索居儋耳子野复来相见作诗赠之

往岁追欢地,寒窗梦不成。笑谈惊半夜,风雨暗长檠。
鸡唱山椒晓,钟鸣霜外声。只今那复见,仿佛似三生。

和欧阳少师会老堂次韵

一时冠盖尽严终,旧德年来岂易逢。闻道堂中延盖叟,定应床下拜梁松。
蠹鱼自晒闲箱箧,科斗长收古鼎钟。我欲弃官重问道,寸筳何以得舂容。

过建昌李野夫公择故居

彭蠡东北源,庐阜西南麓。何人修水上,种此一双玉。
思之不可见,破宅余修竹。四邻戒莫犯,十亩森似束。
我来仲夏初,解箨呈新绿。幽鸟向我鸣,野人留我宿。
徘徊不忍去,微月挂乔木。遥想他年归,解组巾一幅。
对床老兄弟,夜雨鸣竹屋。卧听邻寺钟,书窗有残烛。

梵天寺见僧守诠小诗清婉可爱次韵

但闻烟外钟,不见烟中寺。幽人行未已,草露湿芒屦。
惟应山头月,夜夜照来去。

发 广 州

朝市日已远,此身良自如。三杯软饱后,一枕黑甜余。
蒲涧疏钟外,黄湾落木初。天涯未觉远,处处各樵渔。

独游富阳普照寺

富春真古邑,此寺亦唐余。鹤老依乔木,龙归护赐书。
连筒春水远,出谷晚钟疏。欲继江潮韵,何人为起予。

苏舜钦(1008—1049)

游招隐道中

扬鞭望招隐,尘思漠然收。云接青林合,泉兼碧草流。
疏钟传别壑,晚日动前楼。嘉遁平生志,吁嗟得暂游。

宿太平宫

驱车长道久尘劳,一宿清宫醒骨毛。古桧有风天自籁,石坛多露鹤争噪。
星河耿耿秋还迥,栖观澄澄夜更高。吟对疏钟俗机尽,已疑身世属仙曹。

梦 归

雨隔疏钟晓不知,春风吹梦过江西。雨声破梦北窗响,卧意江西路亦迷。

独游辋川

行穿翠霭中,绝涧落疏钟。数里踏乱石,一川环碧峰。
暗林麋养角,当路虎留踪。隐逸何曾见,孤吟对古松。

丙子仲冬紫阁寺联句①

白石太古水,苍崖六月冰。昏明咫尺变,身世逗留增。
桥与飞霞乱,人间独鸟升。风泉冷相搏,楼阁暮逾澄。
反覆青冥上,跻攀赤日棱。呗音充别壑,塔影吊寒藤。
仙掌挂太一,佛坛依古层。岩喧闻斗虎,台静下饥鹰。
晴槛通年雨,浓萝四面罾。日光平午见,雾气半天蒸。
潭碧寒疑裂,钟清远自凝。阳陂冬聚笋,阴壁夏垂缯。
有客饶佳思,高吟出远凭。雄心翻表里,远目著轩腾。
岑寂来清夜,沈冥接定僧。宿猿深更杳,落木静相仍。
松竹高无奈,烟岚翠不胜。甘酸收脱实,坳墺布清塍。
北野才沈著,南天更勃兴。恣睢超一气,黪默起孤鹏。
并涧寒堪摘,看云重欲崩。行中向背失,呼处下高应。
庭树巢金爵,樵儿弄玉绳。断香浮缺月,古像守昏灯。
乳管明相照,莎髯绿自矜。深疑啸神物,觖欲敌湏陵。
俯仰孤心挠,回翔百感登。画图风动壁,诗句涕沾膺。
岁月看流矢,心肠剧断縆。追攀初有象,悲愤遂相乘。
故赏知无遁,遗灵若此凭。依然忍回首,愁绝下崚嶒。

---

① 此诗为苏舜钦与苏舜元的联句诗。

苏 颂(1020—1101)

皇帝初郊大礼庆成诗

六帝贻谋圣继明,两宫崇祀上躬行。熙坛初展严禋报,观盥三终孝享成。
仰法祖宗尊本始,致隆高厚罄纯精。告虔并荐圆方玉,在涤交充茧栗牲。
吉土兆南殊汉畤,景圭迎至协周正。羽旄备物甘泉仗,觚陛层垓委粟营。
斋寝累朝思志意,真廷谷旦奉粢盛。八神警跸驱氛沴,九貊梯航入贡菁。
过庙徂郊纤步武,撤茵停盖肃公卿。服裘尚质遵前制,配册修辞正重名。
篆鼎割烹工奏夏,午阶登降斗旋衡。先时非雾滋鳞鬣,竟夕祥光烛缦城。
钟虡四厢庭乐毕,樵蒸千石燎烟轻。龙回雕辇升峣阙,鹤负恩书下采楹。
海外鸡星占泽霈,楼前鼍鼓震霆惊。风云气应灵台候,雷雨仁深狴犴清。
有昊感通钦辅德,聿修寅畏念持盈。旁求遗逸搜岩穴,宽舍租逋惠隶氓。
天锡泰元神策瑞,民歌华黍岁丰声。老臣扈从知何补,敢次舆言颂太平。

和欧阳永叔少师会老唱和诗三首·寄汝阴少师

得时行道贵知终,猛退如公世罕逢。掷弃浮名同敝屣,保全高节似寒松。
文章千古追谟诰,勋业三朝镂鼎钟。见说新堂频燕会,故时宾客定相容。

恭谢庆成诗十韵

圣孝当天世继明,两全能飨礼交行。路朝躬款三年报,斋寝先端七日诚。
穹厚博临通肸蚃,祖宗严祀极专精。冕章从质更新制,钟虡铿纯复旧声。
舞佾前陈徽烈茂,燎烟升达上仪成。不祈厚福归诸己,务达庞恩及庶氓。
还御端闱孚大号,载颁元历庆鸿名。欢谣沸渭盈都辇,协气旁流浃海瀛。
百辟旅庭纷岳抃,四方延首效葵倾。帝心虔巩常无怠,亿万斯年享治平。

次韵蒋颖叔游西湖入南屏山

楼台高下满仙风,疑是蓬莱象帝宫。湖面涵虚云漾漾,山腰藏景石珑珑。
松筠影出红尘外,钟梵声来碧落中。薄暮将归起余思,落霞飞鹜正横空。

次韵曾子固舍人上元从驾游幸

雪霁蓬莱瑞景新,槐枫迎日丽重宸。钟残长乐千门晓,辇过章街九陌春。
星列从官齐拱极,风驱前跸旋清尘。一篇未易歌鸿业,三愿还将祝圣人。

苏　辙(1039—1112)

舟次磁湖以风浪留二日不得进子瞻以诗见寄作二篇答之前篇自赋后篇次韵(其一)

惭愧江淮南北风,扁舟千里得相从。黄州不到六十里,白浪俄生百万重。
自笑一生浑类此,可怜万事不由侬。夜深魂梦先飞去,风雨对床闻晓钟。

再游庐山三首(其三)

此山岩谷不知重,赤眼浮图自一峰。芒屩随僧践黄叶,晓光消雪堕长松。
石泉试饮先师锡,午饭归寻下寺钟。胜处转多浑恐忘,出山惟见白云浓。

游庐山山阳七咏·万杉寺

万木青杉一手栽,满堂白佛九天来。涓涓石溜供厨足,矗矗山屏绕寺开。
半榻松阴秋簟冷,一杯香饭午钟催。安眠饱食平生事,不待山僧唤始回。

游庐山山阳七咏·归宗寺

来听归宗早晚钟,疲劳懒上紫霄峰。墨池漫叠溪中石,白塔微分岭上松。
佛宇争推一山甲,僧厨坐待十方供。欲游山北东西寺,岩谷相连更几重。

王君贶宣徽挽词三首(其三)

从军在河上,仗钺喜公来。幕府方闲暇,歌钟得纵陪。
它年老宾佐,过国泣楼台。犹有坟碑在,仍令故客开。

题王诜都尉画山水横卷三首(其二)

怜君将帅虽有种,多君智慧初无师。篇章俊发已可骇,丹青妙绝当谁知。
自言五色苦乱目,况乃旨酒长伤脾。手狂但可时弄笔,口病未免多微词。
歌钟一散任池馆,幅巾静坐空书帷。偶从禅老得真趣,此身不足非财訾。
世间翻覆岸为谷,猛兽相食虎与罴。逝将得意比春梦,独取妙语传清诗。
眼看宫酿泻酥酪,未与村酒分醇漓。解鞍骏马空伏枥,寄书黄狗闲生釐。
江山平日偶有得,不自图写浑忘之。临窗展卷聊自适,盘礴岂复冠裳羁。
欲乘渔艇发吾兴,愿入野寺嗟儿痴。行缠布袜虽已具,山中父老应嫌迟。

送董扬休比部知真州

奏课西南最,分符江海冲。往来观惠术,蟠错试余锋。

文字从堆案,樽罍强解容。金山只隔水,时复听晨钟。

上 元 不 出
春寒未脱紫貂裘,灯火催人夜出游。老厌歌钟空命酒,病嫌风露怯登楼。
拥袍坐睡曾无念,结客追欢久已休。试问西邻传法老,此时情味似侬不。

留题石经院三首(其三)
孤绝山南寺,僧居无限清。不知行道处,空听暮钟声。

孔毅父封君挽词二首(其二)
别日笑言重,归来药饵忧。钟歌掩不试,贝叶乱谁收。
恨极囊封在,情多垄木稠。埋文应自作,一一记徽猷。

画学董生画山水屏风
承平百事足,鸿都无不有。策牍试篆隶,丹青写飞走。
纷然四方集,狐兔萃林薮。何人知有益,长啸呼鹰狗。
奔逃走城邑,惊顾念糊口。素屏开白云,称我茅檐陋。
濡毫愿挥洒,峰峦映岩窦。巨石连地轴,飞布泻天漏。
萦山一径通,过水微桥构。山家烟火然,远寺晨钟叩。
僧从何方来,行速午斋后。有客呼渡船,隔水惟病叟。
听然发一笑,此处定真否。人生初偶然,与此谁夭寿。
厄穷妄自怜,一醉辄日富。客至亦茫然,邀我沽斗酒。

和子瞻自净土步至功臣寺
山平村坞连,野寺钟相答。晚阴生林莽,落日犹在塔。
行招两社僧,共步青山月。送客渡石桥,迎客出林樾。
幽寻本真性,往事听徐说。钱王方壮年,此邦事轻侠。
乡人鄙贫贱,异类识英杰。立石象兴王,遗迹今岌嶪。
功勋三吴定,富贵四海甲。归来父老藏,崇高畏摧压。
诗人巧讥病,牛领恣挑抉。流传后世人,谈笑资口舌。
是非亦已矣,兴废何仓卒。持归问禅翁,笑指浮沤没。

和子瞻玉盘盂二首(其一)
千叶团团一尺余,扬州绝品旧应无。赏传莒国迁钟虡,移忆胡僧置钵盂。

丛底留连倾凿落,瓶中捧拥照浮屠。强将绛蜡封红萼,憔悴无言损玉肤。

和子瞻金山

长江欲尽阔无边,金山当中唯一石。潮平风静日浮海,缥缈楼台转金碧。
瓜洲初见石头城,城下波涛与海平。中流转柂疑无岸,泊舟未定僧先迎。
山中岑寂恐未足,复将江水绕山麓。四无邻家群动息,钟声铿锽答山谷。
乌鸢力薄堕中路,惟有胡鹰石上宿。谁知江海多行舟,游人上下夺岩幽。
老僧心定身不定,送往迎来何时竟。朝游未厌夜未归,爱山如此如公稀。
不待游人尽归去,恐公未识山中趣。

和子瞻凤翔八观八首·石鼓

岐山之阳石为鼓,叩之不鸣悬无虡。以为无用百无直,以为有用万物祖。
置身无用有用间,自托周宣谁敢侮。宣王没后坟垅平,秦野苍茫不知处。
周人旧物惟存山,文武遗民尽囚虏。鼎钟无在铸戈戟,宫殿已倒生禾黍。
厉宣子孙窜四方,昭穆错乱不存谱。时有过客悲先王,绸缪牖户彻桑土。
思宣不见幸鼓存,由鼓求宣近为愈。彼皆有用世所好,天地能生不能主。
君看项籍猛如狼,身死未冷割为脯。马童杨喜岂不仁,待汝封侯非怨汝。
何况外物固已轻,毛擒翡翠尾执麈。惟有苍石于此时,独以无用不见数。
形骸偃蹇任苔藓,文字皴剥困风雨。遭乱既以无用全,有用还于太平取。
古人不见见遗物,如见方召与申甫。文非科斗可穷诘,简编不载无训诂。
字形漫汗随石缺,苍蛇生角龙折股。亦如老人遭暴横,颐下髭秃口齿龉。
形虽不具意可知,有云杨柳贯鲂鲔。鲂鲔岂厌居溪谷,自投网罟入君俎。
柳条柔弱长百尺,挽之不断细如缕。以柳贯鱼鱼不伤,贯不伤鱼鱼乐死。
登之庙中鬼神格,锡女丰年多黍秜。宣王用兵征四国,北摧犬戎南服楚。
将帅用命士卒欢,死生不顾阚虓虎。问之何术能使然,抚之如子敬如父。
弱柳贯鱼鱼弗违,仁人在上民不怒。请看石鼓非徒然,长笑太山刻秦语。

范蜀公挽词三首(其二)

赋传长啸久,书奏镈钟新。共叹文章手,终为礼乐人。
遗风满台阁,好语落簪绅。欲取褒雄比,终非骨鲠臣。

次韵子瞻自普照入山独游二庵

披榛入山山路细,钟声出寺门将闭。石苔冉冉上芒鞋,草露泫泫著衣袂。
野人茅茨苦竹屋,终身局促无生计。天公未省长困人,春田米尽秋田继。
老妻稚子亦自乐,野草山花还插髻。长笑人间醉未醒,终老辛勤漫欺世。

次韵子瞻寿州城东龙潭

东行取次阅三州,击鼓清晨复解舟。车骑纷纭追过客,歌钟凄咽动潜虬。
宦游底处非巢燕,归计何嫌诮沐猴。赖有故人怜远适,殷勤屡劝酒行周。

次韵子瞻上元扈从观灯二首(其二)

春来有意乞归耕,足痹三年久未平。忽记上元銮辂出,起听前殿晓钟声。

次韵子瞻江西

许君马老共一邦,西山断处流蜀江。谁令十载重渡泷,滩头旧寺晨钟撞。
乱流赤脚记淙淙,道俗自谓丹霞庞。便令筑室修畦矼,往还二老笻一双。

次韵子瞻过海

我迁海康郡,犹在寰海中。送君渡海南,风帆若张弓。
笑揖彼岸人,回首平生空。平生定何有,此去未可穷。
惜无好勇夫,从此乘桴翁。幽子疑龙虾,牙须竟谁雄。
闭门亦勿见,一嗅同香风。晨朝饱粥饭,洗钵随僧钟。
有问何时归,兹焉若将终。居家出家人,岂复怀儿童。
老聃真吾师,出入初犹龙。笼樊顾甚密,俯首姑尔容。
众人指我笑,缰锁无此工。一瞬千佛土,相期兜率宫。

苏 籀(1091—?)

次韵范子仪怡山饭讫访王仙君旧迹一首

云衲撞钟集,鹤衣舆轿来。暂沽彭泽酒,岂碍太常斋。
道释纵横说,门庭南北开。皂丛天籁响,棋罢想龟回。

孙 觌(1081—1169)

致政运使直阁朱公挽词三首(其二)

萧散乌藤杖,风流白接䍦。分茵前席满,载酒后车随。

食鼎罗千指,歌钟拥十眉。凄凉今夜月,空照习家池。

越国郑夫人挽词二首(其一)

翁婿相望插两貂,夫人东第阅三朝。百年钟鼎联双璧,一代衣冠继八萧。
尽室全生还帝所,先生遗烈在天骄。家传故有缁衣在,且看司徒首百寮。

罨画连雨溪涨丈余雨霁水落喜而赋诗二首(其二)

月挂楼钟晓,风生岛树秋。林疏山献状,池漫水分流。
鹊喜如窥牖,鸥驯亦并舟。一声何处笛,莫遣碧云留。

疏山寺次白文林韵三首(其二)

藜杖匆匆集晚林,长廊破壁撼钟音。天涯流落相逢地,杯酒殷勤莫厌深。
万里功名飞燕颔,千金博饮炙牛心。更闻好句惊人倒,一洗蛮烟瘴雾侵。

示龟潭文上人二首(其二)

扫石风生坐,披云雨湿衣。飘飘一蝉脱,猎猎两凫飞。
伏槛观鱼乐,钩帘待燕归。疏钟何处寺,出谷自依依。

沈公序亦爱亭二首(其一)

吟牵东阁兴,静憩北窗眠。窟小中生月,文高迥入玄。
回看甲乙第,已到巳辰边。不见门生荟,歌钟尚隐然。

南山寺二首(其一)

千丈云根荫此邦,沈沈寒影卧秋江。潭空映日苍虬动,烟暖翘沙白鹭双。
梦觉滩声喧客枕,吟余竹色满僧窗。诗成绝叫层楼上,听我洪钟万石撞。

妙觉寺适轩二首(其二)

老厌风沙恶,安闲且当禅。开帘延白月,倚杖立苍烟。
鸟散人声里,钟残客梦边。小蒲风叶偃,薄槿露花鲜。
句好吟须断,欢余醉帽偏。人生但如此,何处不翛然。

灵 岩

青莲花出古娃宫,华殿亭亭月满容。风籁一声传夜壑,云幢千丈荫苍松。
曲池漫漫悲禾黍,古隧冥冥出鼎钟。落纸烟云供醉笔,吾宗文采擅雕龙。

利见置酒燕超轩袭明赋诗次韵二首(其一)
杯行到手莫留残,忍听金钟吼夜阑。红雨乱飘花帽动,碧云吹断玉笙寒。
破除孤闷千疴散,邂逅良图一笑欢。老去便须勤秉烛,对花浑似雾中看。

寄题虞阳山周氏隐居五咏·妙光庵
孤烟抱水村,落日满云树。乱山如连环,杨柳是门处。
青缭竹溪湾,翠点苔石路。钟鱼寂无声,白日掩僧户。
茗碗酌云腴,香篆擢烟缕。坐稳不知夕,炯炯山月吐。

过枫桥寺示迁老三首(其一)
白首重来一梦中,青山不改旧时容。乌啼月落桥西寺,欹枕犹闻半夜钟。

读王季恭诗卷小诗为谢二首(其二)
金钟吼彻晓霜清,瓦釜如雷不敢鸣。欲识呼卢真彦道,试吟石鼎调弥明。
牙签万轴撑肠满,金检千篇唾手成。堪笑韩公太多可,浪传侯喜有诗声。

读刘方叔诗卷二首(其二)
思如涌泉出,句似琢冰清。刻烛翻千偈,撞钟助一鸣。
磨天无刃迹,掷地有金声。好是衔杯处,云烟落纸生。

朝议胡公挽词二首(其一)
魁垒万夫雄,堂堂望一宗。名联千佛土,籍著九围重。
月旦推三凤,风流属二龙。哀哉埋玉树,一坞闭金钟。

别如老
同舟无胡越,四海皆弟兄。吾人虽晚接,一笑盖已倾。
我老未闻道,意行堕沟坑。逢人得推骂,知非愧平生。
世乱识真态,涂穷见真情。曳杖扣禅扃,撞钟听靴鸣。
小窗风雨夜,对此一榻横。吾身如木偶,春至不复荣。
岂无三宿恋,天雨方流行。去去得首邱,归田克残更。

安仁县有大第一区官兵纵暴主人谷氏避不敢居三年矣县尹常馆过客于第中赋主人避地二首（其一）

主人避地卧荒村，道傍故宅今仍存。乌乌呼风白日静，藤萝挂月苍烟昏。壁立削铁千步垣，客子不敢窥其门。一时胜事那能说，撞钟击鼓行金尊。

孙 迈（？—？）

简寂观作

松接朝天路，钟闻贾客船。醮坛秋有月，丹井古无泉。

孙 嵩（1238—1292）

冬初杂兴（其三）

钟声烟外寺，报我明朝霜。篱落暝雀惊，原野昏鸦翔。
杖策归茅茨，偶一歌慨慷。千载有我辈，感念行斜阳。

孙应凤（？—1261）

宝藏寺洪钟

枕畔鍧然宝藏钟，声从何处入高埔。蜀颅衰臂今如许，唤起穹庐一卧龙。

孙应时（1154—1206）

枕上口占

喧喧凫雁起寒汀，淡淡书窗半欲明。听彻霜钟发深思，对床欹枕有诗成。

五月末如鄞舟中戏作

七年不听丈亭潮，梦觉依然枕动摇。趁得晨钟上西渡，不妨野饭向高桥。
今年天故饶梅雨，是处人言好稻苗。惭愧鄞山最青眼，回环翠色总相招。

和景孟宿山中

倦行白雨翠云中，投宿禅房听晓钟。弹压山川诗未老，留连岩壑兴何浓。
回看尘世频三叹，上彻天关更几重。径欲乘风此仙去，时时笙鹤下前峰。

和简叔（其二）

落日衔山山更青，闲云敛尽绿烟横。危亭独倚阑干遍，又听疏钟第一声。

和顶山前韵
小山摇落故凄凉,想象登临野兴长。万里晴空初雁入,一年好景又橙黄。
极须痛饮偿秋节,生怕疏钟报夕阳。搔首故园归未得,荒篱寒菊为谁香。

重　　答
万古同山川,八方异风俗。男儿事弧矢,心目快一瞩。
结交必名胜,旷怀无狭促。昂昂千丈松,朗朗百间屋。
彼富自钟鼎,我贫甘芋菽。谁能工俯仰,未许相缚束。
读书头欲白,对客樽无渌。由来多此士,皎皎驹在谷。
瞿唐候水齐,秋风祛暑溽。归欤奉亲欢,羹丝鲙江玉。
青衫虽霜叶,已胜袍立鹄。进退吾何疑,肯事羝羊触。

谭用之(？—？)

闲居寄陈山人
闲居何处得闲名,坐掩衡茅损性灵。破梦晓钟闻竹寺,沁心秋雨浸莎庭。
瓮边难负千杯绿,海上终眠万仞青。珍重先生全太古,应看名利似浮云。

谭知柔(？—？)

练湖春霁
春入池塘绿涨初,蒲根水暖戏鸥凫。杂花开处自深浅,细雨漾空如有无。
风外钟声闻远寺,柳间帆影出平湖。冥搜竟日耽佳句,不负宗生来画图。

唐　庚(1071—1121)

钟潭行
君不见惠州城之西,永福古寺钟崛奇。
夜輀亡去黎明归,萍莎模糊水淋漓。
山僧初惊久恬嬉,一夕径去不返栖,父老嗟惜僧垂洟。
明年夏旱江水低,此钟居然水中坻。奔走往视空城陴,挽以巨缆牛百蹄。
牛喘缆绝钟不移,度不可得乃去之。江花开落水东驰,到今过者犹俯窥。
刻舟记剑真自痴,不应此物犹沙泥。

游仙云宫

出郭三竿日,横江一苇航。雀飞田有麦,蚕罢野无桑。
下马危梯滑,开门古殿香。雨余丹井溢,苔入醮坛荒。
画老星辰动,碑残岁月亡。钟声落城市,符祝走村乡。
野鸟啼巴蜀,山崖刻汉唐。临归更回首,惜此一襟凉。

夜坐感怀

声断钟楼月,文书对坐时。破窗灯焰走,冻砚笔锋迟。
名利发将鹤,风霜手欲龟。何当一蓑雨,披晓剪蒓丝。

唐 询(1005—1064)

题会稽溪口躬师上人房

溪口相传地最灵,其间风物与人清。钟声夜到江头尽,云气朝从槛外生。
几副轻绡供画笔,一林修竹寄闲情。闭门终日无尘事,卧看南□自晦明。

陶 弼(1015—1078)

句(其五二)

阴微辨樵火,霁早误僧钟。

陶梦桂(1180—1253)

极高明楼饮散次韵二首(其二)

江练紧缠山脚白,露珠密簇草头明。一天秋意凄凉甚,几日西风酝造成。
新月光中新雁过,暮云深处暮钟鸣。得君吟卷呼儿读,吹竹弹丝无此声。

田 况(1005—1063)

成都遨乐诗二十一首·三月十四日太慈寺建乾元节道场

赤精流景铄,朱夏向清和。绀宇修祠盛,华封祝庆多。
簪裳千载遇,钟梵五天歌。远俗尤熙泰,皇猷信不颇。

田如鳌(?—?)

题度门寺

山到秋来骨更奇,看山寻径步逶迤。楼台半与云相乱,钟梵时因风自移。

万卷生涯书可载,一身老去发先知。我来尚想诸贤在,绿竹堂前壁上诗。

田 锡(940—1004)

茱 萸 堰 泊

茱萸堰下泊行舟,初落帆樯暮雨收。寒水漾烟轻似縠,微云笼月澹如秋。
登封自惜天涯去,盛事空思国史修。达曙不眠灯耿耿,寺钟遥听在西楼。

秋 怀

蒹葭深处古严州,吟向潺湲为送秋。云映疏钟红叶寺,浪摇孤角翠微楼。
土茅路远催先贡,霜稻天晴趁早收。零落黄花正西笑,应怜印绶尚淹留。

寄韩丕进士

嵩室乱峰三十六,嵩阳今复住何峰。已因诗好声名出,却为情高仕进慵。
白鸟白云秋色树,水南水北月明钟。逍遥自得闲吟兴,谁识夫君是卧龙。

汪梦斗(?—?)

枕 上 漫 成

偶涉长江向北来,时寒江北较花迟。一春十日九风雨,百岁半生多别离。
佛刹疏钟催客睡,酒楼戏鼓挠人诗。幽燕尚在黄云外,倦指何时是到期。

汪 莘(1155—1212)

夏日西湖闲居十首(其八)

清夜湖心把酒杯,花间风月共徘徊。金钟何事催天晓,又恐游人相逐来。

汪炎昶(1261—1338)

香 严 院

荦确疲幽径,扶持仗瘦筇。断崖何处路,细雨隔山钟。
猿窃垂帘果,僧樵卧涧松。人言深僻处,别更有灵踪。

初 冬

城头钟断漏初长,布被寒生一夜霜。已剧凄凉犹似较,后来风色更凄凉。

汪元量(1241—1317)

晓 行

痴坐书窗待晓钟,背灯无语意无穷。一家骨肉正愁绝,四海弟兄如梦同。
西舍东邻今日别,北鱼南雁几时通。行行忍见御沟水,流出满江花片红。

宫人为尼

白发今如此,无依实可怜。圣恩空旧想,佛相又新圆。
镜晓容颜别,钟昏梦寐悬。百年心上事,怀古泪涟涟。

汪 藻(1079—1154)

同张昌时宿高明寺

幽卧不知觉,窗悬寒日初。矧伊夜来雨,溪声到吾庐。
故人挽我出,忽枉天际书。跻险敢自休,青山转篮舆。
相逢竹间寺,共撷园中蔬。残僧谁在亡,奄忽十载余。
茗果话畴昔,新晴报钟鱼。东雷亦已鸣,百草苕颖舒。
奈何与之子,齿发日夜疏。眷此不能发,牵衣更踌躇。
明朝各回首,世事将焉如。

试闱同宋德操陈纯中登稽古阁晓望

双睫不能熟,疏钟起初晓。危栏扶力上,层檐挂云表。
群峰苍玉如,开帘四环绕。向来声利场,自今眼界小。
两君天下士,一见意倾倒。有此风味佳,未受秋思恼。
我昔溪上住,盟言寄鸥鸟。今年纵得来,官事闲日少。
樊笼更樊笼,归途天样杳。是处非不佳,千虑舒怀抱。
浮云且东来,吾家隔林杪。境熟断难忘,终念今朝好。

上蔡太师生辰二首(其一)

万古储英气,生贤镇庙桃。方春回暖律,随帝下神霄。
早岁陪兴运,清忠服迩僚。三篇俱命说,两纪独承尧。
为国隆堂陛,中天斡斗枟。光华归使牒,宁谧载民谣。
九牧金成鼎,三山石峙桥。元圭来旧锡,神宝献新雕。

堂起房心次,音谐角徵韶。车书人一统,符瑞岁千条。
璧海材逾盛,沙场庑不骄。献琛皆累译,入彀有垂髫。
郭解双封国,班超五日朝。嘉谋从昔合,奕业更谁昭。
眷礼群臣异,恩光此日饶。授图开地壮,傍阙筑堤遥。
供帐移金屋,歌钟实绮寮。名园藏茂密,华阁耸岧峣。
诏跸纡临幸,宸毫纪宴招。弟兄联衮绣,孙子列蝉貂。
印琢金为彩,鱼悬玉在腰。中姻连筑沁,外族缀涂椒。
帝子传杯勺,宫墙有鼓箫。果新无独享,羹美或亲调。

过定香寺
雨痕狼藉龙挂虚,风林岑蔚枭哺雏。一川窈窕水云国,百家世世封樵渔。
钟来木杪知有寺,杖藜起踏苍烟孤。溪山清明搀楚尾,台殿倾圮存唐余。

庚午岁屏居零陵七月二十日以门掩候虫秋为韵赋五首(其三)
人生几聪明,日夜隙驹骤。才经花信风,又过麦秋候。
吾非金石坚,与世相邂逅。胡为闻钟鸣,更历路傍堠。

从稚子出前溪
霜敛万壑净,钟鸣空楚山。夕阳当我沈,风烟迫梅残。
西岭月未上,数峰深作寒。枝间鸟竞赴,亦复循溪还。

次韵吴明叟集鹤林五首(其三)
临分更携手,坐听烟钟声。斜阳有底急,不贷四窗明。

次韵刘立道二首(其二)
云花忽作授云倾,腊梅便欲迎嘉平。青灯已照浪头宿,夜长更苦风连明。
榆黄柳绿已衰悴,空余疏星漾寒水。想君怀抱亦凄然,况我飘零谁复齿。
不须闻此涕阑干,人今得归仍得官。未应百炼遽磨灭,他年尚识霜钟栾。
心知薄领令人俗,赖有烟波双属玉。长沙纵使贾生归,只恐樽前凋鬓绿。

次韵蔡天任二首(其一)
远屏郊园谁复过,支筇立到暮钟时。苦无啼鸟坐春去,时见好山缘竹低。
行逢邻僧语一则,绝胜饮客呼三迟。人间万事不关我,以壳自遮如冻龟。

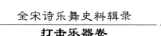

王安礼（1034—1095）

梦　　长

梦长随永漏，吟苦杂疏钟。动盖荷风劲，沾裳菊露浓。

王安石（1021—1086）

赠 安 大 师

独龙冈北第三峰，逼客归来老更慵。败屋数椽青缭绕，冷云深处不闻钟。

用王微之韵和酬即事书怀

秦惜逝者鳌，晋嘉良士休。古人皆好乐，哀此岁月遒。
嗟我抱愁毒，残年自羁囚。但为兔得蹄，非复天上鸥。
虽知林塘美，欲往辄回辀。名园一散策，笑语随觥筹。
探题绕梅花，高咏接应刘。宿雨洗荒堙，寒蛟沈老湫。
沿洄信画舸，归路子城幽。冬风不改绿，忽见新阳浮。
欢事去如梦，嘉时念难留。明发得君句，谓将续前游。
语我饮倡乐，不如诗献酬。淮洲奏钟鼛，雅刺德不犹。
文墨有真趣，荒淫何足收。来篇信时女，窈窕众所求。
兹理傥可谐，华簪为君抽。

为裴使君赋拟岘台

君作新台拟岘山，羊公千载得追攀。歌钟殷地登临处，花木移春指顾间。
城似大堤来宛宛，溪如清汉落潺潺。时平不比征吴日，缓带尤宜向此闲。

题回峰寺诗

山势欲压海，禅扃向此开。鱼龙腥不到，日月影先来。
树色秋擎出，钟声浪答回。何期乘吏役，暂此拂尘埃。

梦　　长

梦长随永漏，吟苦杂疏钟。动盖荷风劲，沾裳菊露浓。

即事五首（其三）

幽栖地僻经过少，钟梵声中掩竹门。唯有多情枝上雪，暗香浮动月黄昏。

化 城 阁

曾宫凭风回,两岸闻钟声。百里见秋毫,构云有高营。
化城若化出,仰攀日月行。俯视大江奔,众山遥相迎。
大江蟠嶔根,旋流自成浪。却略罗翠屏,秀色各异状。
楞伽海中山,迥出霄汉上。中有不死庭,天龙尽回向。
惜哉不得往,侧坐渺难望。拥掩难恕宥,意欲铲叠嶂。
登临独无语,一望一怊怅。忽忆少年时,孤屿坐题诗。
空怀焉能果,唯有故人知。

光 宅 寺

翛然光宅淮之阴,扶舆独来止中林。千秋钟梵已变响,十亩桑竹空成阴。
昔人倨堂有妙理,高座翳绕天花深。红葵紫苋复满眼,往事无迹难追寻。

春 寒

春风满地月如霜,拂晓钟声到景阳。花底夹衣朝宿卫,柳边新火起严妆。
冰残玉瓮泉初动,水涩铜壶漏更长。从此暄妍知几日,便应鹁鸠损年芳。

北山道人栽松

阳坡风暖雪初融,度谷遥看积翠重。磊砢拂天吾所爱,他生来此听楼钟。

王安中(1076—1134)

和李达之庚寅秋雨三首(其三)

邻僧雨不出,粥饭听钟鱼。事与吾辈异,一身易赢余。
而我千指家,食此半编书。饥驱欲何之,投瓜望琼琚。
侧闻州祷晴,早愿光景舒。祠官莫惮烦,沾湿只台舆。

王　柏(1197—1274)

题玉涧八景八首(其五)

梵宇出林杪,暝色敛烟树。钟声有无中,听于无听处。

题宁庵

寂寂钟鱼冷,松楸蔽杳冥。云侵晴路湿,衣染晚岚青。
天未生人物,山应销地灵。何祠香一瓣,遗恨满空庭。

侍伯兄宿履庵即事呈本老

朔风萧骚霜正浓,追随雁影来城东。楼阁宝门八字启,一超径入青莲宫。
老师槌拂活泼泼,临机一喝开盲聋。舌根拖地无死句,何曾一字粘虚空。
管带忘怀闻妙义,豁然暗与吾道通。诸方善人忽聚散,黄昏方打斋时钟。
明极堂前吞个枣,画灰炉畔捉条龙。须臾八万四千偈,尽在蒲团默坐中。

伯兄新楼十首(其八)

月满阑干风满衿,浪因景物动清吟。钟惊老鹤翻金刹,角引栖鸦投暮林。

王　谌(?—?)

宿北山(其一)

兀坐苦无营,乘闲偶访僧。山深云作伴,庵迥石为朋。
古木含苍藓,幽花落翠藤。昏钟三扣罢,童子上香灯。

游善区寺

闲来古寺欲忘归,无奈征尘染素衣。绿叶云稠荒涧水,白云青湿旧禅扉。
窗涵远色明丹篆,钟冒岚烟入翠微。盛世登封今已矣,断碑无语对斜晖。

王　冲(989—1056)

次韵范公游云门

高蹑五云堆,平看万象开。樵风溪路远,华雨梵天来。
刹倚三峰直,钟传万壑回。叨陪上方燕,依约近中台。

王　舫(?—?)

晚憩石门洞

舣棹石门外,天风吹夕阴。疏钟醒客梦,危瀑洗尘襟。
龙去洞云薄,鹤归松露深。旧碑看米字,犹带藓痕侵。

次黄日岩韵

孤舟闲野渡,竹外小桥通。不涉终南径,独高彭泽风。
云闲钟梵里,月静笑谈中。千载留清节,谁云吾道穷。

王　观（？—？）

九日狼山

山盘水转小桥通，殿角峥嵘倚乱峰。世上自闻真法力，岩前无复白狼踪。
蜃喷海气昏危塔，龙戏江声杂暮钟。为爱赞公房外月，解鞍求宿愿从容。

王　珪（1019—1085）

喜定号

忆昨怀君诏，章台听暮钟。人从太微下，书自道山共。
彩凤看飞笔，长虹见吐胸。冤家成行对，侧理入腰封。
海阔珠难采，山辉玉易攻。别吟平乐赋，高第唱西廱。

送史寺丞赴真州六合县

南国江山好，仍闻聚六峰。归心急春浪，别梦怅晨钟。
手泽存遗爱，民歌接旧封。凉秋鼓予楫，文酒待相从。

留题吴仲庶省副北轩画壁兼呈杨乐道谏院龙图三首（其二）

谁将画手分平远，几度曾窥雁鹜洲。六月炎风方病暑，五湖烟景已迎秋。
班趋规地来常晚，诗入笼纱思未休。为惜主人林下意，暮钟沉阁尚应留。

就日馆

高原春霁荡妖氛，使驲重来路始分。虽远长安初见日，渐亲冀北已瞻云。
东风未破胡天冻，芳草应连紫陌薰。早晚旅魂还旧干，晨钟一到玉关闻。

宫词（其六二）

春心滴破花边露，晓梦敲回禁里钟。十二楚山何处是，御楼曾见两三峰。

大飨明堂庆成诗

皇祐更秋律，明堂奉帝禋。粢盛虽荐德，霜露本怀亲。
於赫朝三后，无文秩百神。九筵交玉币，重屋近星辰。
邃幄留飙御，清坛堕月津。衣冠汉仪旧，金石舜韶新。
受胙开宣室，鸣钟降紫宸。群阴光复旦，协气斗回春。
灵贶丛千祝，丰恩渗四垠。惭非老辞笔，徒学颂尧人。

王九龄(?—?)

祠庞颍公

贤哉庞颍公,天相佑仁宗。清规映当代,劲节摩秋空。
皇祐维四年,蛮寇南海邕。委身任虎将,献馘鲁侯宫。
又能识君实,荐鹗如孔融。人言主与宾,霜降鸣丰钟。
至今勋业在,隐然齐岱嵩。少时居荫下,读书此堂中。
三年足不市,纷华尘垢同。平生经纶志,于此涵养丰。
梁间产灵芝,秀异郁青葱。殿角存琬琰,挥毫气吐虹。
常时有识者,固知非卧龙。一朝十载遇,谈笑集勋庸。
后人勤仰止,图像君子容。萧然堂庑间,香火一时共。
地远尘不到,山高气自雄。松竹交荫郁,桃李间繁秾。
堂经百年久,隳圮几一空。断砌行春蚓,败壁号秋蛩。
僧有惟劢者,鼎施葺施工。兴仆广湫隘,疏林撤翳蒙。
至今山下路,冠盖仍憧憧。我来为此邑,坐阅三年穷。
催科本自拙,抚字亦何功。惟有心如水,庶几踵前踪。
适当岁初吉,敛板挹清风。来携一壶酒,谨致三酹恭。
昔尝怀此念,今乃遂我衷。作诗留壁间,聊以写鄙悰。

王秬(?—1173)

句(其二)

柳色知春浅,钟声觉寺深。

王令(1032—1059)

再次元韵答几道

尘嚣摆落到鸿冥,始见当时遁世英。丛棘敢思丹凤至,寸筳惭叩巨钟鸣。
须知奔竞浮荣路,未若喧传不朽声。此道固为流俗笑,苟非夫子欲谁明。

王迈(1184—1248)

题弟纲举之奉仙之室曰小蓬莱

吾祖有方平,曾与麻姑会。沧溟化为田,弹指五百岁。

又有仙人乔,神游八极外。朝舄作凫飞,世缘比蝉蜕。
寥寥千载后,之子得正派。风度亦可人,春秋况未艾。
朝搬紫河车,暮结飞霞佩。严事钟与吕,信心终不退。
经营白玉坛,肖象俨相对。四面来青山,献奇飞羽盖。
炉熏彻玉虚,剑水清尘界。琼笈阅千函,丹方探三昧。
谁谓三凫遥,近在吾境内。蓬莱若云小,孰能为之大。

送朱典卿履常参学

文章久矣乏正气,作者付谁传位置。天庠晚乃得朱君,钟吕一鸣康瓠弃。
君看今岁大廷魁,一种风骨何尪羸。吾曹此名未立耳,立则万口须衔枚。
君今乘槎问星汉,名已籍仙政何患。蚕茧工夫何足筹,龙埠勋业须早办。
作诗赠君当马鞭,梅花送春入冷边。与君同舍我无缘,天其或者须同年。

和书楼叔遇叔题小蓬莱

月砌云阶不染埃,疑从天上幻将来。一龛俨坐钟兼吕,二老相从聃与莱。
丹剂好从金鼎炼,玄关须要玉匙开。他年勋业如粗了,待约群仙笑语陪。

殿廷初考诸同舍约共赋诗

绍丑夏五初,皇帝下明诏。大廷策群英,虚心问道要。
初考凡六员,同时赴宣召。宫讲絜斋子,典刑真克肖。
胄丞道乡孙,道心长返照。何殊钟在虡,宛如刀出鞘。
谷口亦何人,才德俱富邵。走也分尘埃,识见等萤爝。
亦获在选中,所得过所料。宫烛分夜辉,御香供早烧。
群羽竞赴赠,众鳞争入钓。意气云龙翔,精神风虎啸。
或巽入柔行,或疾声大叫。或自出机轴,或工事窃剽。
或写云和音,或鼓折杨调。或作朝凤鸣,或吟蚯蚓窍。
好恶随品题,宁复相讥诮。上方富春秋,明齐日月耀。
涓露增沧溟,微尘填岳峤。乙览公平章,甲科须直峭。
讽必纳祈招,箴必容庭燎。国步赖扶持,民瘼需砭疗。
诘朝已竣事,杯行可以釂。

王 阮(？—1208)

投周益公三首(其一)

洛中九老后,林下一人闲。薛篆易钟鼎,泉声先佩环。
禅从止水定,诗挽正风还。却为午桥惜,惜无螺浦山。

题东林一首

屏迹敷浅原,注目香炉峰。饱闻送客溪,鼎新古梵宫。
缅怀结社人,岂止避俗翁。一念薰戒香,千年仰玄踪。
蜂房始义熙,凤历当元丰。果有大士出,一与遗言同。
堂堂照觉师,赫赫襄敏公。彻彼毗尼藏,揭我临济宗。
元曰立成佛,坡曰僧中龙。少林来于西,双林振以东。
冥数其理暗,野烧中宵红。天遣真道人,夜役众鬼工。
幻出翚飞檐,化成雷吼钟。神运俨若初,佛法岂有终。
余生慕真乘,愿力愧祖风。再窥拈花座,骇叹折草功。
请续香山堂,老此平台中。白抚生池莲,青友夹涧松。
永劫不出门,寂照涵虚空。

送晦翁十首(其三)

武夷山下孤高节,五老亭中抚字心。出处本来无二致,讵分钟鼎与山林。

王十朋(1112—1171)

左原诗三十二首·白岩庵

飞凤吹归思竹实,蟠龙高卧恋山泉。吾家松槚今三世,僧舍钟鱼已百年。

至兴国军(其一)

一宿真如饮渫泉,钟声催上渡头船。夜来一雨湖光好,拟把穷愁洗富川。

游 圆 通

夹径森森郁老松,烟霞深处忽闻钟。虎溪水隔侯溪水,马耳峰联石耳峰。
遗像人犹思后主,开山僧不畏先锋。明朝杖屦山南去,喷沫飞流看玉龙。

游楞伽(其三)

藏书阁在已无书,山色依然满旧居。留得妇人三墨竹,金钟声里尚扶疏。

题佛阁三绝（其三）

灵运本狂客，偶来莲社游。钟鱼听已厌，归去故园休。

宿双岩寺

崎岖九岭更双岩，遥望闽山未见三。来访神钟隐见处，翠微深锁古精蓝。

宿石佛

修径入幽壑，梵宫摩碧霄。仰头惊突兀，跬步怯岧峣。
宝相石间涌，钟声云外飘。明朝路南北，身世各尘嚣。

宿华容寺

古刹何年有，传闻贞观初。药瘥明主疾，鼠福梵王庐。
帝赐褒嘉礼，神留吉利书。残僧三四辈，朝莫自钟鱼。

三月晦日与同舍送春于梅溪因诵贾阆仙诗云三月更当三十日风光别我苦吟身共君今夜不须睡未到晓钟犹是春时有二十八人遂以齿序分韵

记得来时手自探，预知今日思难堪。树头绿暗莺如诉，地上红多蝶尚贪。
此夜钟声那忍听，明朝酒盏可能酣。却因送别还惊我，老境如蚕已食三。

王　曙(963—1034)

回峰院留题

山势欲压海，禅扃向此开。鱼龙腥不到，日月影先来。
树色秋擎出，钟声浪答回。何期随吏役，暂得拂尘埃。

王　随(973—1039)

栖霞寺（其一）

翠巘耸层云，珍祠古迹存。获登千佛岭，仰荷九天恩。
塔影凌虚阁，钟声度远村。僧言前太守，罕有到松门。

栖霞寺（其二）

虚窗残烛明，欹枕旅怀清。永夜起松籁，蒲山疑雨声。
吟余闲景象，道胜小荣名。钟罢星河曙，悠悠回旆旌。

王　遂(？—？)

枕上闻钟

南来听是保宁钟，钟送风来风送钟。气只与声无间断，此心何况与人同。

赠肖岩(其一)

曾因肖象下箕星，梦寐犹应右武丁。顾我本非钟鼎相，不应端笏侍天庭。

王庭珪(1080—1172)

赠行者悟本

出家未踏曹溪碓，且打吟峰寺里钟。寺有高僧善哮吼，莫将一物蕴心胸。

赠曦上人二绝句(其一)

学诗真似学参禅，水在瓶中月在天。夜半鸣钟惊大众，斩新得句忽成篇。

赠度门僧(其二)

半夜钟声殷寺廊，吹螺打鼓助铮钪。不妨白日开门睡，更遣阇梨饭后撞。

游湖头观桃花行数里弥望不绝有僧新开兰若于万花之中留三绝句书辩公房(其一)

十里红香衬马蹄，更穿林樾访僧扉。烟长草远望不断，忽有钟声出翠微。

谒僧惠端不遇

僧扉深倚碧岩隈，何处看云久未回。日暮鸣钟应不语，嗔人马迹涴苍苔。

迁善斋铭

　　击石出火，鼓钟得声。不鼓不击，寂无声形。
　　人之有善，物中最灵。揉以学问，其识乃明。
　　跛鳖千里，六骥不行。玉不加琢，器何由成。
　　吾观成叔，挺挺有立。学有渊源，家声燀熠。
　　深山大泽，龙蛇蟠蛰。实无所迁，假迁而入。
　　犹天之升，不落阶级。参辰殊途，追莫能及。

庐陵行

庐陵地控虔与洪，孤城斗绝吴楚东。连年贼兵塞官路，烽火照夜旌旗红。

治中来时正逢此,自请按行山谷中。禾州吉水方震动,缚取两渠来衅钟。
凶徒披靡拜麾下,愿持田器为良农。凯歌归陈破贼状,捷书飞入甘泉宫。
甘泉侍臣知姓氏,天子往往闻其风。谓当到阙问边事,边上如今尘不起。
但把长笺造凤栖,莫说渡河挑马棰。此公淹久佐一州,安用州民遮道留。
州中老人错料事,此公行立蟎坳头。

建炎己酉十二月五日避乱鸪湖山十绝句(其三)
幡竿插入千岩底,鸟语飞来绝壁间。洞口行人迷处所,不知钟梵锁屏颜。

建炎己酉十二月五日避乱鸪湖山十绝句(其四)
山腰危殿倚青葱,知是云峰第几重。恐有书生来问道,为凭轻打饭前钟。

寄胡邦衡兼简陈佥判黄书记
斯文久寂寞,谁应擅雕龙。万事问伯始,今复得此公。
涛澜翻笔舌,锦绣蟠心胸。平时吐佳句,逸气如长虹。
制策收俊异,行当推选锋。元龙湖海士,江夏无双童。
词彩俱秀出,春葩发青红。铿锵排律吕,纯音玉玲琮。
草木吾臭味,坐隔神螺峰。遥闻玉荆产,长松想清风。
安得奋余勇,提戈噪其中。且愿试音响,径须撞巨钟。

次韵赵逢源秋日溪居十绝(其九)
千寻塔影照江清,古殿金龙蟠绣楹。秋色排门入萧寺,闲来饭后听钟声。

再和德济旧韵
小雨脊脊弄晚晴,饥肠过午自雷鸣。钟声隔岸闻香积,风味令人想麴生。
近报边头新奏捷,独怜江外未休兵。谁能驭此不羁马,纵使脱缰千里行。

用前韵酬清首座
寺寄他乡客,家居何处僧。一盂钟后饭,数盏夜深灯。
出井初无索,斫轮还中绳。拟心观此境,阶级已成层。

送南台长老
祝融峰畔南台路,杰阁危栏上云雨。绣木泥金好佛堂,撞钟击鼓闻潇浦。
瀛洲仙人东道主,谓敢招提境中住。请公说法也大奇,要公别下一转语。

寄程子山舍人

老泉仙翁骑列星,文采风流属此甥。凤阁初传舍人样,帝城新有能诗声。
青萍出匣蛟虺吼,赤手捕蛇狐兔惊。愿扣洪钟识音响,暮年聊欲听铿鍧。

惠门寺钟铭

  万动俱寂,如大虚空。虚空无椎,何物为钟。
  傍震万壑,高闻九穹。声缘何起,吾知所从。
  钟邪椎耶,莫尸其功。隐如雷霆,在大千中。

和胡观光黄元授二首(其二)

卧听萧寺五更风,错打当年饭后钟。不愿绨袍怜范叔,独缘蔬馔识茅容。
黄旗接武来招盗,皂盖行春且劝农。如此偷安欲持久,荒谋诞计恐无庸。

次韵送别曾英发

士元来访颍川公,桑下清谈有素风。不扣洪钟安识响,更闻妙句岂宜蒙。
如君晚节犹堪奋,期我高名莫大穹。此别应难问消息,寄书无惜到山中。

次韵刘升卿惠焦坑寺茶用东坡韵

日出城门啼早鸦,杖藜投足野僧家。非关西寺钟前饭,要看南枝雪里花。
玉局偶然留妙语,焦坑从此贵新茶。刘郎寄我兼长句,落笔更如锥画沙。

次韵段季裕惠诗二首(其二)

谪堕西南海角边,是中乐事亦天全。渐闻长乐钟声近,正遇巫阳敕放年。
客过茅蓬非率尔,诗如锦绣益飘然。一樽岂尽平生话,咫尺高楼起暮烟。

宝珠寺钟铭

蠢然冥顽孰与觉,空中雷电忽磅礴。大音希声本无作,回禄奋怒飞廉恶。
一鼓成钟神所托,剑蟠蛟螭怒牙角。六种震动天雨雹,铸此铭诗呵不若。

王　投(?—?)

三学院(其一)

精蓝本是真人宅,叠嶂今名释子山。绿树不妨丹鹤下,白云常伴老僧闲。
无风木任秋蝉荫,积雨庭多石藓斑。儒客坐来除俗态,暮钟飞出望归还。

王 洧(？—？)

湖山十景·苏堤春晓
孤山落月趁疏钟,画舫参差柳岸风。莺梦初醒人未起,金鸦飞上五云东。

王 炎(1138—1218)

用前韵酬魏倅
手把一麾来雪水,身似痿人方暂起。此行本为贫所驱,非恋吴中风土美。
浩荡烟波隔白鸥,间关道路劳黄耳。幸而别驾有诗流,相逢眉睫津津喜。
我今白首君黑头,莫讶钟鸣不知止。每因揖客愁下榻,岂暇谈玄频捉麈。
忙里偷闲花下饮,更约广文同笑语。把酒消忧忧更来,见说东皋今渴雨。

溪上晚望二绝(其二)
日堕西山烟水昏,寂寥鸡犬数家村。沧洲归鹭客停棹,古寺疏钟人掩门。

王 洋(1089—1154)

重九日至云号
梯山七千丈,接迹上清虚。钟杂钧天奏,僧参梵帝居。
摄衣鹏展背,洒墨雁添书。今日登高眼,平生总不如。

郑顾道惠腊梅二首(其二)
长垂月帔别天阶,翦作金钟应律灰。世上语言无入处,好从天上觅诗来。

秀实惠简问闲居消息有滴水滴冻之语以诗报之(其二)
晨钟斋鼓住僧园,纵不陪堂已一般。恐为因缘略相似,若无消息自难安。
乐为苦本宜先戒,病是良医要好看。为问炉香经卷外,有无尘妄更相干。

路居士山水歌
人年八十百虑昏,丈人耳目方聪明。他人到此筋力疲,丈人胜如年少时。
老中强健闲中忙,经卷丹炉肘后方。金书千轴造理窟,赤城七篇谈坐忘。
我年三十始相识,丈人年已几六十。往来出处三十年,体无作用神安然。
静窥了不见根底,我谓君心只如此。那知能事有别肠,笔下风光穷妙理。

龟溪道人古衲师,心辞声利常无为。晨钟粥钵半炉火,午日茶瓯一局棋。
一朝共语小窗前,袖出小卷含风烟。为言老路手作此,画出王郎访戴船。
明朝见我微笑语,漏泄丹青奈缁侣。别有一段壶中天,果若知音定分付。
轻轻一轴数尺长,奇峰突兀烟茫茫。其间细屑千万状,领略试为哦新章。
初画寒林宿鸟惊,山蹊渐晓人渐行。四僧趁饭分先后,人立渡头沙岸口。
一舟闲泊石岸中,一舟半渡凌云空。两舟一钓一垂网,上有雁落芦花风。
两桥近山转清绝,客携筇杖半脆蹶。定是当年鹤氅翁,神气飘飘犯寒雪。
山腰佛寺楼阁明,下有茅店临沙汀。刹竿挺立照山影,风幡仿佛闻谈僧。
纷然万象争奇怪,缩地便移他境界。才薄其如此画何,强写娇容捧心态。
昔闻大令驰笔锋,天门未借西南风。众工索钱阳好语,吴起果被公叔沮。
翩然拂袖返田庐,将军妙手今为几。乃知胸中千顷碧,来自传家万金直。
丈人丈人有余墨,莫惜逢场时戏剧。

过慈感知古阇黎为童行落发留饭偶已食不果留

晓冲轻浪远烟迷,闻道方为训导师。绿发小童辞俗日,白头老子泛舟时。
自缘旅客蔬盘早,不是阇黎钟饭迟。欲别殷勤更留客,逢君知是旧相知。

曾竑父惠黄龙菜

朝日团团上碧峰,蔬盘牢馔四时同。园供小摘添幽事,雨打寒菘带晚浓。
可但拈香参玉版,直须进步礼黄龙。溪堂炊甑容千客,不打阇黎饭后钟。

王　益(993—1038)

和梅公仪新繁县显曜院

梵宇萧条白日长,苦苣谭麈接藤床。云章酷爱休诗丽,莲柄慵思远社香。
石发雨梳鸡苑寂,风梭春织鹭山凉。劫灰心火销平尽,又听钟声下讲堂。

王应麟(1223—1296)

天　童　寺

十里青松接翠微,梵王宫殿白云飞。钟声出岫客初到,月色满庭僧未归。
偶有闲情依净土,竟无尘虑涴天机。明朝尚有登高兴,千仞冈头一振衣。

王 嵎(？—1182)

登更好堂同景思少卿表丈韵

万里同行一瘦筇,寻山问水有先容。更穷天姥投南路,已过台山第几峰。
从此又随双涧月,不妨曾听五峰钟。却从更好堂前望,满眼诗材思不供。

王禹偁(954—1001)

谪 居 感 事

迁谪独熙熙,襟怀自坦夷。孤寒明主信,清直上天知。
消息还依道,生涯只在诗。惟当谕山水,讵敢咏江蓠。
偶叹劳生事,因思志学时。读书方睹奥,下笔便搜奇。
赋格欺鹦鹉,儒冠薄骏骥。耕桑都不事,园井未曾窥。
必欲缣缃富,宁教杼轴纰。光阴常矻矻,交友尽偲偲。
步骤依班马,根源法孔姬。收萤秋不倦,刻鹄夜忘疲。
流辈多相许,时贤亦见推。叨荣偕计吏,滥吹谒春司。
仆瘦途中病,驴寒雪里骑。空拳入场屋,拭目看京师。
技痒初调箭,锋铦欲试锥。甲科登汉制,内殿识尧眉。
数刻愁晡矣,三题亦勉之。先鸣输俊彦,上第遂参差。
罢举身何托,还家命自奇。唯惭亲倚户,敢望嫂停炊。
竭力求甘旨,终朝走路歧。贪希仲由来,多废董生帷。
丹桂何时折,孤蓬逐吹移。知怜无国士,志气自男儿。
季子貂裘敝,狂生刺字隳。广场重考覆,蹇步载驱驰。
明代宁甘退,青云暗有期。礼闱冠多士,御试拜丹墀。
泽雾宁惭豹,抟风肯伏雌。重瞳念孤迹,一第忝鸿私。
得告还乡贵,除官佐邑卑。折腰称小吏,矩步慎初资。
枳棘心何恨,松筠操自持。及亲家有养,事长礼无亏。
铜墨官常改,烟霄雨露垂。县花聊主管,寺棘且羁縻。
吴郡包山侧,长洲巨海湄。万家呼父母,百里抚茕嫠。
敢起徒劳叹,长忧窃禄嗤。宦途甘碌碌,官业亦孜孜。
政事还多暇,优游甚不羁。村寻鲁望宅,寺认馆娃基。

西子留香径，吴王有剑池。狂歌殊不厌，酒兴最相宜。
草织登山履，蒲纫挽舫絼。果酸尝橄榄，花好插蔷薇。
震泽柑包火，松江鲙缕丝。三年无异政，一箧有新词。
多恋南园卧，俄从北阙追。呈材真朴樕，召对立茅茨。
载笔居三馆，登朝忝拾遗。紫泥天上降，朱绂御前披。
侍从殊为贵，图书颇自怡。史才愧班固，谏笔谢辛毗。
拟把微躯杀，惭将厚禄尸。安边上章疏，端拱献箴规。
精鉴逢英主，知怜是首夔。赓歌才不称，掌诰笔难摛。
制历无多事，词头每怯迟。繁阴温室树，清吹万年枝。
青琐霞光透，苍苔露片萎。御香飘砚席，宫叶落缨緌。
看浴池心凤，闲扪殿角螭。上林花掩映，仙掌露淋漓。
对近瞻旒冕，班清辟虎貔。宫帘垂翡翠，御水动涟漪。
纪号年淳化，朝元月建寅。摄官捧宝册，祝寿执樽彝。
表案行低折，宫悬听肃祇。德音王泽润，谦柄斗杓扡。
贵接皋夔步，深窥龙凤姿。策勋何烜赫，赐紫更萎蕤。
蚊力山难负，鹈梁翼易滋。论功惭八柱，受服欲三褫。
只虑殃将至，曾无事可裨。趁朝空俯伛，退食自逶迤。
更直当春好，横行隔宿咨。内朝长得对，驾幸每教随。
琼苑观云稼，金明阅水嬉。赏花临凤沼，侍钓立鱼坻。
拂面黄金柳，酡颜白玉卮。分题宣险韵，翻势得仙棋。
竟举窥天管，争燃煮豆萁。恨无才应副，空有表虔祈。
睿眷偏称赏，天颜极抚绥。中官赐文字，院吏捧巾綦。
遭遇诚堪惜，功名窃自悲。请缨无壮志，视草亦何为。
未献东封颂，空镌北岳碑。深惭专俎豆，长欲议边陲。
但可怀骄子，何须斩谷蠡。胸中贮兵甲，堂上有熊罴。
成败观千古，施张在四维。兼磨断佞剑，拟树直言旗。
遇事难缄默，平居疾喔咿。无权逐鸟雀，俯首任狐狸。
延尉专刑煞，词臣益等衰。五花仪久废，三尺法聊施。
书命犹无诰，评刑肯有欺。厚诬凌近侍，内乱疾妖尼。

丹笔当无赦,金科了不疑。拜章期悟主,引法更防谁。
娄斐终无已,雷霆遂赫斯。如弦伤讦直,投杼觅瑕疵。
众铄金须化,群排柱不支。佞权回北斗,谗舌簸南箕。
阙下羊肠险,朝端虎尾危。道孤贻众怒,责薄赖宸慈。
西掖除三字,南山佐一麾。苍黄尘满面,挥洒涕交颐。
目断九重阙,魂销八达逵。尊亲远扶侍,兄弟尽流离。
秦岭偏巉绝,商於更险巇。吾庐何处是,我马忽长辞。
六里山苍翠,丹河浪渺弥。分封思卫鞅,割地忆张仪。
懒读三闾传,空寻四皓祠。畬烟浓似瘴,松雪白如梨。
坏舍床铺月,寒窗砚结澌。振书衫作拂,解带竹为椸。
呼仆泥茶灶,从僧借药筛。钟愁上寺起,角怨水门吹。
旧友谁青眼,新秋出白髭。烟岚晴郁郁,风雨夜飔飔。
我过徒三省,吾生自百罹。初来闻旅雁,不觉见黄鹂。
市井采山菜,房廊盖木皮。野花红烂漫,山草碧离褷。
副使官资冷,商州酒味醨。尾因求食掉,角为触藩羸。
有梦思红药,无心采紫芝。瘦妻容惨戚,稚子泪涟洏。
暖怯蛇穿壁,昏忧虎入篱。松根燃夜烛,山蕨助朝饥。
岂独堂亏养,还忧地乏医。迹飘萍渤澥,亲老日崦嵫。
阁下辞巢凤,山中伴野麋。风欺秀林木,云隔向阳葵。
屈产遭驽马,丹山困吓鹓。悔须分黑白,本合混妍媸。
自此韬余刃,终当学钝锤。穷通皆有数,得丧又奚悲。
自顾才何者,空怜道在兹。宣尼犹削伐,大禹亦胼胝。
用去当如虎,投来且御魑。避风聊戢翼,得水会扬鬐。
琴酒图三乐,诗章效四虽。鱼须从典卖,貂尾任倾欹。
兀兀拖肠鼠,悠悠曳尾龟。北窗寻蛱蝶,南岸看鸬鹚。
山翠楼频上,云生杖独搘。箪闲留晓魄,檐暖负冬曦。
松柏寒仍翠,琼瑶涅不缁。望谁分曲直,只自仰神祇。
吾道宁穷矣,斯文未已而。狂吟何所益,孤愤泄黄陂。

雪后登灵果寺阁

雪引诗情不敢慵,来登高阁犯晨钟。山僧莫怪多时望,玉立南山万万峰。

寄献润州赵舍人(其一)

南徐城古树苍苍,衙府楼台尽枕江。甘露钟声清醉榻,海门山色滴吟窗。
直庐久负题红叶,出镇何妨拥碧幢。闻说秋来自高尚,道装笻竹鹤成双。

恭闻种山人表谢急征不赴荣侍因成拙句仰纪高风

未赴吾君凤诏征,蒲轮何似板舆荣。自期物外长无事,谁觉人间已有名。
饵术肯尝钟鼎味,纫兰应笑佩环声。洛南迁客堪羞死,犹望量移近帝城。

王 云(? —1126)

赠仰山简老

简师飞锡地,天外集云峰。拿石松根瘦,欹窗竹影浓。
山寒侵坏衲,涧响杂疏钟。客问西来意,无言凭短筇。

王之道(1093—1169)

闲眠二首(其一)

乍暖经行久,新凉出浴初。酒酣春昼永,食饱午钟余。
我懒喜聊复,君闲应乐胥。年来苦奔走,此味竟何如。

题浮光丘家山寺

古寺钟鸣漏向残,马嘶人起束征鞍。曈昽半弄阴晴日,栗烈初迎小大寒。
溪水断流寒冻合,野田飞烧晓霜干。嗟予老踏浮光路,陟岵怀亲眼欲酸。

示隐静恭老

游山何敢避泥涂,恰值催花夜雨余。杯渡已知无用楫,马行今信不更车。
数声幽鸟过庭际,一派飞泉赴壑初。正欲寻师问心法,却惊行色逼钟鱼。

和张彦智中秋对月

万里青天霁色开,嫦娥驾玉上云来。楼中胜饮八仙聚,物外清谈三语该。
空翠水光争滉漾,漏声钟韵共徘徊。秋盘应爱金樱好,红抹佳人醉里腮。

酬周少隐赠行之什
我老无知独梦鱼,清风一枕午钟余。忽惊珠玉情相厚,便觉山林计不疏。
酒熟会看延客醉,诗成还复遣儿书。何人竟得闲中趣,只恐无聊叹索居。

题南巢地藏寺
蚊䗱生花夜更长,睡乡蝴蝶正悠扬。山僧不恤秋眠熟,连打钟声到枕旁。

王之望(？—1170)

龙华山寺寓居十首(其二)
斋饭来香积,钟声出翠筠。僧投松径远,鸟下石坛驯。
茶摘春山嫩,泉烹雨涧新。萧然烟篆室,处处喜留人。

王志道(？—？)

六月八日夜步西湖即事
步绕西湖路,荷盘送晚香。归舟初褰缆,斜月已侵廊。
水外钟声杳,风前曲韵长。骎然思远举,逸兴渺难量。

王 铚(？—？)

溪上观雪
沙洲苍莽水云昏,雪落寒溪镜有痕。山际疏钟烟际寺,林边微径水边村。
天涯岁月行将尽,人世穷愁孰与论。忆与邹枚同赋咏,人非事往但心存。

诗送韩简伯学官于临浦呈劝其重修西子祠
昔游临浦春正浓,小江萦委如无穷。花浮千林锦绣幄,舟扬万顷玻璃风。
西施故乡擅佳丽,会稽秀气藏华秾。是时山晴见真色,落日西南千万峰。
今情不尽古情在,恨叠晚妆眉晕重。恨应但知倾国貌,无人能说亡吴功。
倘非绝态动君意,姑苏台上犹歌钟。成功未甘归范蠡,素衣故国宁相从。
文公之孙重端世,衮衣门户推八龙。官闲援毫来吊古,溪山顿为开愁容。
谪仙亦赋浣纱石,至今翠绢不停织。浴池邀伴下瑶池,沽丐越女天下白。
风流昭洗待名流,有德于人当血食。红心草葬旧金钗,黄陵庙成新石刻。
霞裙琼佩无消息,怨魄凄魂招不得。一杯流水奠江蓠,苎萝山前已秋色。

明觉寺折梅
遥山天际敛眉峰,清浅溪边淡粉容。薄暮寺桥人独立,一灯明灭数声钟。

九月二十七日与客游龙山
野服芒鞋步步同,天寒酒薄客情浓。身如萍水同千里,路入烟萝更几重。沧海清江共今古,黄花红叶杂秋冬。暝云自与千峰合,送我归鞍寺寺钟。

系舟余杭门访西湖金轮寺参上人
北郭望西湖,微径几寻尺。澹与人意长,云寒正无色。
深寻幽禅居,步转苍山侧。落叶不可纪,遮尽山下石。
师方无定居,我亦何所适。四海漭无归,老矣山中客。
百年熟机缘,还此共禅寂。语罢今古分,坐上有陈迹。
一笑视此生,何事非戏剧。开门纳遥峰,暮雨一江白。
兹游非世逢,归路晚萧瑟。积阴迷晓昏,钟声报将夕。

王　质(1135—1189)

银山寺和宗禅师四季诗·春
但听清圆不觉喧,松床纸帐坦便便。草深雉子争烘日,树暖蜂雏懒趁烟。
无事石头频打睡,有时村店暂逃禅。寻花问柳山前后,隐隐钟声暮已传。

近　　村
急急杀残点,沉沉敲远钟。黄深湖雾重,白厚草霜浓。
惨淡兵交气,凄凉岁晚容。云山望不极,吾恨亦重重。

和王充道夜坐二首(其一)
索索风呼叶,萧萧雨打窗。遥思双白发,相对一残釭。
梦落湘南浦,身浮浙右江。漏穷钟未断,犹自咽微撞。

和王充道夜坐二首(其二)
风雨连三日,晨昏共一窗。天寒怜翠袖,夜永对青釭。
有泪挥吴月,无船上楚江。梦寒元易断,钟静不须撞。

王　灼(？—？)

曲尺山云居寺

循溪上坡坨,溪亦因山曲。行尽高深处,招提隐山腹。
往者灰烬余,白塔但孤矗。十年闹斤斧,有此千间屋。
阿师笑相语,异事子当卜。今日钟报客,振响非人触。
病悴优婆塞,归梦到松菊。诸圣惠三昧,警我烦恼毒。
卧听夜雨喧,起看晓云族。去路犹恐迷,主人费斋粥。

监 乐 堂

隆然新堂,治所中间。江岭环匝,州瘠以寒。
吾氓蚩蚩,吏有夺欺。侯登新堂,来辑来绥。
新堂隆然,侯远近望。力纾吾氓,俾获其仰。
瘠吾与食,寒吾与犷。道尔嬉娱,废尔凄怅。
堂富众产,左右后前。沼鲂屿鸟,春棠夏莲。
莫莫者葛,荫五亩余。尔动尔植,其宁尔居。
侯宴新堂,宾僚接席。观者墙立,垂髫戴白。
歌钟既合,手之舞之。祝侯寿考,与江岭期。

东禅别新资官令荣安中走笔次韵

虽念三年别,犹欣一日逢。哦诗能淡伫,作邑想雍容。
古柏宜秋雨,寒鸦伴晓钟。归涂莫惆怅,喜事见重重。

王　镃(？—？)

游仙词三十三首(其二)

金钟三响紫微宫,玉树烟飘辇路风。彩凤已衔仙诏去,九天朝罢五云中。

登开元宫德和楼

瑞云深处碧玲珑,得道高人在此中。玉树影迷唐旧邸,金钟声绕汉诸宫。
夜看西北天星近,晓对东南海日红。咫尺便分仙俗路,吴山斜出锦屏风。

韦 骧(1033—1105)

中夏偶成

地交淮浙属通川,官守区区改岁年。鉴照自惊生鬓雪,感时还听噪林蝉。
钟鸣鼎食何为动,鹤引熊经似有缘。内乐无穷奚恤外,便便休诮孝先眠。

雨 止

雨止单蹊步可通,寻春天气似迎逢。山花有意飘行盖,野水无情照瘦容。
挈榼竟难成独饮,抽毫犹得当朋从。逡巡且尽今朝兴,数阕归来趁暮钟。

宿宁化县鹫峰寺

轻韬冒雨势匆匆,晚入幽溪宿鹫峰。一夜泉声绕清榻,梦回何待晓来钟。

贺简夫石丈罢令先期请老

七十能归世已稀,挂冠况在壮龄时。休风远过疏公上,清节未甘陶令卑。
门枕白云朝睡美,席函明月夜杯迟。区区胶禄宁无耳,漏尽钟鸣合自思。

和孙叔康探梅二十八韵

腊过春将近,江梅想已苞。逢时在南国,探信出东郊。
径雪晴初扫,河冰薄易敲。寻香望林隙,惊素辨山坳。
跃马回宾雁,飞旐慑蜡猫。初芳得消息,喜气自并包。
岂待莺声促,宁忧蝶足跑。先容为桃李,脱迹远萧茅。
此日花神眷,他年驿使诒。前驺传已的,后乘听犹謷。
独被阳功早,奚论地势硗。新葩同众阅,秀句仗谁抄。
湛湛尘缨濯,纤纤痒背抓。金丝才出苕,珠玑遍攒梢。
攀折诚难忍,将承亦旋教。重疑仙界种,复过岁寒交。
莹洁疏情窦,精神动目官。贪幽频倚杖,薄晚倦回鞘。
有酒安辞醑,无鱼孰叹庖。轻裘忘拥腋,短发任垂鬢。
坐不娱歌舞,盘非贵烙炮。量尊钟与鼎,器隘斗兼筲。
勇作先春计,甘从玩物嘲。琼英行渐盛,珍赏莫轻抛。
次第笤兵酿,随宜馈野肴。投闲集簪履,尽日卷旌旄。
陇笛终当起,涂歌或载呶。空枝徒取恨,片片若为胶。

和书怀
朴拙从来附会疏,恬然养内肯求无。自怜结发遭平世,不愧孤踪在坦途。
一意固当知趣舍,百钱宁复问荣枯。钟鸣鼎食非吾动,所得须论象罔珠。

和宝严阁
佛宫高阁踞城东,巾屦闲来面碧峰。风却云头护清景,春催柳眼作先容。
溪傍几簇红梢露,竹外谁家翠幕重。玉局棋收归路近,昏鸦惊溃一声钟。

谗龙
退之昔日谗风伯,今日吾友谗应龙。应龙闻之两耳卓,急卷海水飞长空。
阴云瞳瞳为后先,变化赫日成昏曚。田间槁穗有生意,虢子属犷卢医逢。
望霓万口动一喜,往往备赛求狌狨。顷之气象复舒霁,飘洒尚不遭溟蒙。
龙乎奚尔不努力,遽若有禀还收踪。天岂虐斯民,不欲为年丰。
林林未必皆咎戾,必有任责当其凶。蕲君勿龙谗,谗龙非无从。
旱干水溢各有召,应答不谬如洪钟。昭昭之鉴明且威,讵敢旷久而忘功。
一欲窃弄权,雩需私群农。震怒起旋踵,菹醢灾谁躬。
慎无凝土像夭矫,昼夜狂舞青衣童。精诚修警感毕听,朝暮膏泽盈寰中。

卫宗武(?—1289)

山行(其四)
古寺僧窗借榻眠,桑柔柳暗乍晴天。梦残一枕春醒醒,木杪钟声破晓烟。

耕渔处
清涟万顷渟为湖,湛湛一镜涵太虚。其旁鳞次田苺苺,四望沃若皆膏腴。
蔬畦麦陇间碧树,洲蘋岸蓼连平芜。水村落照晚钟寺,中有一山成画图。
郑谷无此宽闲野,严濑无此浩渺区。更于何所堪下钓,更于何所堪荷锄。
谁与卜筑于此居,峨然其冠孔氏徒。时哉不偶堪遁世,垂缗把耒以自娱。
兴来风月入吟啸,错落吐出鲛盘珠。人惟内省有足乐,眇视外物刍狗如。
膏粱于此且不愿,况为鱣鲔而施罛。则知之子命名者,是特寄意耕与渔。
岂亦伯成子高之在野,庄周濠上之观鱼。

魏了翁（1178—1237）

虞万州生日

春风吹我游锦官，客眸饱作沧江观。
主人闻客倒屣迎，案头点易朱未干。
馆中列鼎食客众，堂后鸣钟聚指千。
主人投闲六年久，禄廪不继胡能然。
向来曾于我乎贷，至今尚质黄金盘。
橐中似尔空亦屡，门外车马纷阗阗。
谁知出分本无几，况复奉赐随分班。
西京相裔平通侯，轻财重义无敢先。
节侯有子韦少翁，亦以明经世其传。
人于居约视所守，又以久近察所安。
不须远求汉诸公，姑复近考今时贤。
戚然不能以一日，宁复如君之六年。
归来试与友朋道，言之孔易行维艰。
友朋请书为君寿，更祝养素勤加餐。
鹤飞自由白日静，山来不断平野宽。
速呼朋俦俾接席，又遣儿女来拜前。
客来辄留张坐饮，客醉复与开榻眠。
问之主人笑不言，神情散朗心常闲。
又闻吾兄市桥尉，假五十万青铜钱。
其间犹有不知者，误谓公子非儒酸。
知之不知吾何恤，日用饮食于其间。
三年田家未云久，便怀富贵讥南山。
爵之附庸有何薄，径欲忍愧从夷蛮。
近而不渝觉可勉，久而无怨良独难。
虽云暂闲未尝约，一念长作膏火煎。
泉无昼夜盖有本，潦有朝夕繁无源。
厥今人物眇然甚，天道岂不于君还。

杨仲博生日

金街隆隆晓钟动，倚马禁门续残梦。
觉来丝丝理前绪，犹记平膝蟹鱼句。
两家儿女揽衣出，草草杯盘作生日。
不知风色今安否，但见朝朝侍明主。
朝回为君庆初度，才上心来到秋浦。
只虞江上风色恶，不似帝城镇欢乐。
吾侪且可饮，勿问尚书期。
梦惊风雨摇江霏，恍如秋浦哦诗时。
是日江风吹倒山，船头白浪高黏天。
自从襆被趋帝京，二年不见波涛惊。
银鞍白马上晴空，鸣鞘戒仗天无风。
君今去作什邡侯，归兴如山不可留。
高楼大第插云霓，烟花眩眼明春晖。
为我歌，毋庸归。

魏抚干挽诗

同姓又同升，知君莫我深。磨人三寸铁，行己四知金。
雪柏擎苍干，霜钟振晓音。若人今在否，抚事一沾襟。

春社日祀事既毕轿中得三绝（其一）

风雨声中听李陵，起来被服对神明。歌钟才彻车辖动，归到谯楼恰六更。

魏　野(960—1020)

知府石太尉闲抱瑶琴荣临圭窦烧笋供膳刻竹题名因成二绝纪而谢之（其一）

分茚人忽到茅斋，踏破溪边万点苔。却恐歌钟喧静境，随轩只背古琴来。

暮秋闲望

水阁闲登望，郊原欲刈禾。坏檐巢燕少，积雨病蝉多。
砧隔寒溪捣，钟随晚吹过。扁舟何日去，江上负烟蓑。

冬暮郊居

村落欲黄昏，寒云片片凝。隔城钟似磬，远岫烧如灯。
名利堪弹指，林泉但枕肱。何由遂闲散，自喜本无能。

别同州陈太保

至道不在言，至言不在舌。在琴复在诗，谅唯君子别。
侯门戟森森，中有野人谒。非趋势利场，慕彼仁义辙。
此去几迟留，忽焉还岁月。孤心伤欲摧，冻足涩如折。
离声无歌钟，行色有霜雪。去矣当复来，琴弦未欲绝。

魏　宗(？—？)

石　桥

闻说招提景，昙花结翠云。晴光朝更合，岚气晚来分。
梵语微茫韵，钟声杳霭闻。无由问禅法，坐对柏炉薰。

文天祥(1236—1283)

游青源二首（其一）

钟鱼闲日月，竹树老风烟。一径溪声满，四山天影圆。
无言都是趣，有想便成缘。梦破啼猿雨，开元六百年。

游青源二首（其二）

空庭横蝃蛛，断碣偃龙蛇。活火参禅笋，真泉透佛茶。
晚钟何处雨，春水满城花。夜影灯前客，江西七祖家。

晓起（其一）

梦破风烟迥，衾寒不自由。钟声到枕曙，月影入帘秋。
雁过江山老，蛩吟草树愁。整冠人共笑，两月不梳头。

入狱第一百一

行行见羁束，斯人独憔悴。欲觉闻晨钟，青灯死分骰。

偶成二首（其一）

灯影沉沉夜气清，朔风吹梦度江城。觉来知打明钟未，忽听邻家叫佛声。

龙雾洲觉海寺次李文溪壁间韵

阇黎钟后访团蒲，江色漫漫昼欲晡。一笛梅边何满子，千蓑芦外笔头奴。
急风吹雁还家未，新雨生涛到海无。本是白鸥随浩荡，野田漂泊不为孤。

冬　　至

书云今日事，梦破晓鸣钟。家祸三生劫，年愁两度冬。
江山乏小草，霜雪见孤松。春色蒙泉里，烟芜几万重。

不　　睡

终夕起推枕，五更闻打钟。精神入朱鸟，形影落卢龙。
弭节蓬莱岛，扬旗太华峰。奔驰竟何事，回首谢乔松。

文　同(1018—1079)

重过旧学山寺

当年读书处，古寺拥群峰。不改岁寒色，可怜门外松。
有僧皆老大，待客转从容。又下白云去，楼头敲暮钟。

续青城山四咏·飞赴寺

平林露层巘，上独置孤寺。群仙驭飞驾，往往赴于此。
风高幡影乱，日落钟声起。谁可谓诗豪，兴来吟万纸。

郡学锁宿

长柏高楠荫广庭,夜凉人静梦魂清。不知山月几时落,每到晓钟闻雨声。

寄楞严大师

锦官城里寺,一室若云峰。水缩秋吟鼎,霜低夜讲松。
住斋尘入钵,出定藓生筇。曾听三摩义,居常梦晓钟。

和仲蒙石龙涡

群冈压泾湄,于此聚众首。其间石屋露,远视若呀口。
林端蹑絙上,却入势愈斗。围空竖古壁,阔可百人受。
洪钟谁倒仰,巨瓮忽侧剖。层岩寒泉飞,绝巘怪树走。
阴风喜复怒,野雾吞且呕。晴岚逼衣襟,欲住不得久。
尝闻耕者说,自昔藏蚴蟉。当年救旱事,有记刻不朽。
近岁灵恐歇,百祷无一偶。至今闾里人,不复来奠酒。

大慈交师演古轩

万法一轩中,周回百座容。曲燃蕾卜久,横揭贝多重。
信士供晨钵,门人集午钟。何时听雄辨,几柄换庭松。

苍溪山寺

正午风色高,遂泊苍溪县。层崖抱林木,有寺藏葱蒨。
出船步危磴,荫密颇萦转。上到金仙家,缘空列台殿。
修篁挂悬溜,坐觉炎暑变。老僧晓经论,言语何贯穿。
引我上高阁,阑干俯江面。寥寥百里内,山水尽奇观。
谁谓羁旅中,所见皆所愿。汀洲白鸟聚,井邑青烟散。
乐此暮忘归,疏钟起岩畔。徙倚下松门,尚怪舟人唤。

文彦博(1006—1097)

运使兵部见采拙诗四沐继和唱者已竭而答者无穷内省小巫敢当大敌既难收合余烬愿为城下之盟

引玉才三唱,投珠已四吟。一钧皆协律,六义尽同心。
巨浸倾无竭,洪钟叩有音。鼓行君正勇,怯者原闻金。

送乾元寺住持实大师

乾元古道场,宛在香山阳。实师应请去,无滞于一方。
飘然振镮锡,殊不事包囊。孤风尤可尚,静法固有常。
真心得正住,安重如陵冈。况闻师议论,博洽而精详。
和会禅与讲,若登圭峰堂。迎知向学众,汲汲趋门墙。
洪钟既大叩,随宜为发扬。清伊自南来,长波极渺茫。
所谓筏喻者,利济如侨梁。

和副枢吴谏议寄题广化寺东轩

净居高出四禅天,更对伊嵩辟广轩。塔耸千花侬鹫岭,舟浮一叶上龙门。
云藏古木当危槛,风递疏钟过远村。我有草堂南涧口,一回西望一销魂。

答南都致太傅相公

雪苑挥毫寄雪宫,丘门褒宠过华虫。希声远夺霜钟韵,妙墨高逾禊帖工。
辱韵颇惭才陋薄,玩辞弥见意勤隆。西南跂望安昌馆,何日陪随似戴崇。

闻人符(?—?)

题清习阁

清晓卷书坐,开帘揖远峰。腻云留宿润,膏雨沐春容。
世味生来薄,诗愁晚更浓。溪山看未足,还听暮楼钟。

闻人祥正(?—?)

集句(其一六)

玉壶传箭咽铜龙,金殿当头紫阁重。阊阖开门朝百辟,未央月晓度疏钟。

翁　卷(?—?)

寓南昌僧舍

突兀禅宫何代余,闲同衲客听钟鱼。身如野鹤栖无定,愁似顽藤挽不除。
旧隐定多新长竹,远交全乏近来书。炉香碗茗晴窗下,数轴楞伽屡展舒。

寄沈洞主

想当清夜醮,带月叩仙钟。指上雷霆诀,庵前虎豹踪。

药收阳地草,薪采故枝松。拟即寻师去,茅峰叠几重。

翁　森(？—？)

山　房

清卧荒村绝点尘,疏钟敲月梦中闻。山僧早起知何事,当户烧香礼白云。

吴　芾(1104—1183)

陪梁大谏察院同登蒋山

山如屏障阜如钟,中有巍巍古梵宫。六代兴王俱扫迹,一僧遗塔尚摩空。
万松雪类长波挂,八水源从异域通。家在天台最深处,见山还忆故山中。

偶苦耳聋

衰年已是病双瞳,那更新添两耳聋。山外钟声元不到,窗前鸡唱亦难通。
便遭谤骂安能累,纵有笙歌也是空。每恨肚皮从旧窄,而今却做得家翁。

哭元帅宗公泽

呜呼哀哉元帅公,百世一人不易逢。堂堂天下想风采,心如铁石气如虹。
正色立朝不顾死,半生常在谪籍中。真金百炼愈不变,流水万折归必东。
落落奇才世莫识,欲知劲草须疾风。维时中原丁祸乱,尘氛涨天天蒙蒙。
众人畏缩公独奋,毅然来建中兴功。雄图一定百废举,复见南阳起卧龙。
呜呼哀哉元帅公,翩然遗世何匆匆。无乃天上亦乏才,故促我公还帝宫。
公还帝宫应有用,何忍坐视四海穷。吁哉四海正困穷,兴仆植僵赖有公。
公虽居东都,天下日望公登庸。公今既云亡,天下不知何时康。
正如济巨川,中流失舟航。当今士夫岂无人,请问谁有公器业,谁如公忠良。
公虽不为相,德望震要荒。公虽非世将,威棱詟豺狼。
伟哉奇节冠今古,我试一二聊铺张。靖康元年冬,敌人正披猖。
庙堂惊失色,愁睹赤白囊。公首慨然乞奉使,欲以口伐定扰攘。
朝廷是时未知公,公之蚤志不获偿。忧国耿耿思自效,再乞守土河之旁。
命下得磁州,翌日径束装。下车未三日,边骑已及疆。
敌人闻之亟退舍,匹马不敢临城隍。顷之得兵数十万,康邸赖公王业昌。
及公领留守,北顾宽吾王。恩威两得所,春雨兮秋霜。

余刃曾不劳,危弱成安强。奸雄悉胆落,谁敢乱纪纲。
呜呼哀哉公死矣,民今有粟安得尝。狙诈乘我虚,近复陷洛阳。
洛阳去东都,雉堞遥相望。不闻敢侵犯,岂是军无粮。
只畏我公霹雳手,气慑不复思南翔。呜呼哀哉公死矣,秋高马肥谁与防。
天子久东狩,去冬幸维扬。都人心恋主,谓言何相忘。
朝夕望回辇,断肠还断肠。公独以死请,再请意愈刚。
呜呼哀哉公死矣,万乘何当归大梁。咄咄食肉人,尚踵蔡与王。
奸谀蔽人主,痛毒流万邦。人怨天且怒,意气犹洋洋。
所冀我公当轴日,尽死此曹膏剑铓。呜呼哀哉公死矣,始知国病在膏肓。
我公我公经济才,设施曾未竟所长。但留英声与后世,永与日月争辉光。
此死于公亦何憾,顾我但为天下伤。我闻天下哭公者,哀痛不翅父母丧。
父母生我而已耳,岂能保我身无殃。邦人此时失所依,波迸东下纷苍黄。
我公我公不复见,秋风在处生凄凉。百身傥可赎,我愿先以微躯当。
灵丹傥可活,我愿万金购其方。彷徨愧无起公计,安得长喙号穹苍。
呜呼哀哉元帅公,太平时节君不容。及至艰难君始用,民之无禄天不容。
呜呼哀哉元帅公,古来有生皆有终。唯公存亡系休戚,千年万口长怨恫。
嗟我草茅一贱士,念此抑郁气拂胸。衔哀挥涕何有极,愿以此诗铭鼎钟。

元夕即席呈郭次张

过了元宵到晓钟,一年乐事又成空。杯行不用深辞醉,明日君西我亦东。

吴　璩(?—?)

句

饱看七宝山头月,惯听三茅观里钟。

吴晦之(?—?)

忆江湖旧游

水满汀洲白鹭双,芦花飞雪扑船窗。归来常有江湖兴,遥想钟声隔岸撞。

吴 激(？—1142)

句(其六)

竹院鸣钟疑物外,画桥流水似江南。

长安怀古

佳气犹能想郁葱,云间双湾峙苍龙。春风十里灞陵树,晓月一声长乐钟。
小苑花开红漠漠,曲江波涨碧溶溶。眼前叠嶂青如画,借问南山共几峰。

病后寄开甫

暗蛩咽幽响,隙月漏微光。溪上风雨过,翛然有余凉。
病瘦鹤骨立,低垂不能翔。怀我中山兄,开经焚道香。
猿啸耿清夜,钟鸣悠夕阳。商秋早晚至,梦寐松楸苍。

吴 儆(1125—1183)

休日饮直之运属家

天与吾人臭味同,一官落魄郡城东。偶逢休暇追凫鹭,闲拂尘埃勘鼎钟。
适意不知华衮贵,醉余聊看舞裙红。只愁寒漏催群动,又踏朝靴逐晓风。

吴龙翰(1233—1293)

晚舟过临平

烟钟春起夕阳愁,森森临平春事幽。惟有风蒲爱吟客,岸边缭乱绾行舟。

泊真州方山下

烟冷隋宫草木秋,屏山分翠接江流。片云不隔长芦寺,夜半钟声敲客愁。

春山晚望

模糊数叠屋前山,翠色欺凌诗鬓寒。啼鸟一声泥滑滑,晚钟春雨过林端。

吴 栻(？—？)

灵岩寺(其一)

丹崖翠壑一重重,香火因缘古寺钟。若有金龙随玉简,武夷溪上幔亭峰。

吴惟信(?—?)

登下竺塔

浮图灵鹫上,迢递入晴氛。绝顶我忽到,下方钟屡闻。
林深余腊雪,谷暖涨春云。更待溪梅发,相期一访君。

吴仙湖(?—?)

夜乘航

渔火穿蓬罅,僧钟到梦边。水乡多得月,野境远连天。
败苇流萤集,荒林宿鸟喧。舟人苦无夜,未晓起炊烟。

吴　泳(?—?)

寿李雁湖(其一)

间气生贤哲,斯文擅正宗。味鸣直是凤,时见恍犹龙。
信史传缃简,元勋在鼎钟。惟存霜后节,景仰彼高松。

和虞沧江赋梅(其五)

吟成亚取夜钟敲,淡月笼窗昏晓交。真态莫将形色看,当如相马得蒲梢。

和洪舜俞太一宫韵

祠事归来夜向晨,仰瞻天宇肃无尘。瓶挡金井辘轳晓,钟撼茅山幡影春。
傍水且栽梅半树,扫檐莫使雪横陈。柏台近日清无酒,赢得吟诗分外新。

吴　渊(1190—1257)

早朝步葛元喆韵

万井苍凉欲曙天,禁钟声断佩声联。云浮玉辇霞裾降,风动金莲宝炬然。
四国龙飞清穆世,群工虎拜太平年。吾王不倦宵衣念,国祚遥知永永传。

吴则礼(?—1121)

坐　睡

白灰如雪麒麟红,一老已打斋时钟。衲子未来且坐睡,蒲团与我作新冬。

晚　　步

暮林带斜日,隐隐闻疏钟。息惫有孤石,扶衰怜短筇。
垂杨暖自绿,春事老浑慵。正念余影独,忽与幽鸟逢。

同曾公卷出南城

著处篮舆得小停,偶寻奇诡对屏星。山南山北有幽啭,树底树头惟落英。
两鬓已脱吾种种,三眠欲罢渠青青。招提故作疏钟晚,更约杖藜来细听。

过开宝谒田端彦

翛然策羸马,偶造释子居。欣与遁世士,共阅瞿昙书。
脱屦弄清泚,曲肱翳扶疏。鸟起短筇外,钟鸣幽梦余。
高论信绝俗,磊落包六虚。万古才一瞬,天地真蘧庐。
逸兴殊未已,恨彼白日徂。讵觉厌尘滓,徜徉方自娱。

次周开祖游鹤林韵

消渴茂陵端倦游,穿云踏石良未休。诸天办供林谷晓,一寺鸣钟江海秋。
吾曹大是许询辈,道人岂非支遁流。莫因妻儿要归去,杖藜聊为茶铛留。

次 公 卷 韵

故人已去逐飞蓬,醉墨新辞手自封。欲识暮年魂断处,从今不忍听霜钟。

伍　乔(？—？)

游西山龙泉禅寺

叠嶂层峰坐可观,枕门流水更潺湲。晓钟声彻洞溪远,夏木影笼轩槛寒。
幽径乍寻衣屦润,古堂频宿梦魂安。因嗟城郭营营事,不得长游空鬓残。

游　西　禅

远岫当轩列翠光,高僧一衲万缘忘。碧松影里地长润,白藕花中水亦香。
云自雨前生净石,鹤于钟后宿长廊。游人恋此吟终日,盛暑楼台早有凉。

题西林寺水阁

竹翠苔花绕槛浓,此亭幽致讵曾逢。水分林下清泠派,山峙云间峭峻峰。
怪石夜光寒射烛,老杉秋韵冷和钟。不知来往留题客,谁约重寻莲社踪。

宿灊山

一入仙山万虑宽,夜深宁厌倚虚栏。鹤和云影宿高木,人带月光登古坛。
芝术露浓溪坞白,薜萝风起殿廊寒。更陪羽客论真理,不觉初钟叩晓残。

武 衍(？—？)

恭谢庆成诗十阕(其三)

宫监推帘探晓星,景阳钟动已妆成。凤舆陆续衔车马,黄道香浓尾驾行。

夏 竦(985—1051)

感 兴

流年难驻且从容,莫厌多情事万重。深院晚因留客锁,小栏春为惜花封。
家山久驻偷归梦,庭桧清含入夜钟。更有薄游长记得,翠钿遗处绿阴浓。

帝京春日

景阳钟尽唱邻鸡,十二都门报启扉。一带楼台擎落月,万家桃李待朝辉。
宫槐烟暖莺犹睡,仙掌云寒露未晞。算是五侯偏称意,游春车马早如飞。

代村叟

安居近幽谷,井赋籍良田。圣代无深隐,家山不直钱。
候耕看土脉,祈谷赛豚肩。城市知何处,疏钟隔暮烟。

鲜于侁(？—？)

灵 岩

松门十里苍山曲,宫殿参差倚岩腹。盘盘一径入云中,又登绝顶最高峰。
石壁苍然起秋色,远溪深处时闻钟。磴道崎危达岩下,几派清泉在涧泻。
月色朦胧出远山,忽惊星斗在檐前。倦客游来不知返,清光皎皎严霜寒。
一出禅林复回顾,白云已满山头路。

项安世(1129—1208)

重过鄂州

南柯梦散不知年,东海骑鲸作醉仙。我自偶经前赤壁,谁言曾倚旧青毡。
辕门甲马三更发,古寺钟鱼一夏眠。惭愧白棠花下叟,当时刍狗尚流传。

次韵孙佥判试院中秋咏月三绝(其三)
此夜清光万古同,自开场屋几番逢。如今压倒诗人后,不许狂僧打夜钟。

次韵江陵曹令祈雨
吾尝言封侯万里不直钱,不如洛阳负郭二顷田。
清风午枕睡初熟,明月一瓯吾自煎。门前穤稌新酒熟,丈夫肯受儿女怜。
非不知鸣钟与鼎食,雨蓑风笠性所便。
有如北人事鞍马,不信世间乃有万斛之楼船。
老农对我忽三叹,此事乐矣今无年。忍饥死待一啜菽,又见赤日悬青天。
高田尺寸破龟兆,下田杪忽生针毡。飙风抒水干七泽,火云炽空炮百川。
掘残草实到黄壤,踏尽藕根倾碧圆。得钱买饭不及夕,岂复一饱期安眠。
田家活计遽如许,苦语一听双凄然。天河谁能挽壮士,甘露更忍谈高禅。
纷纷官吏走香火,往往聚落无炊烟。云雷虚无空霹雳,老稚失喜真狂颠。
欲赓噫嘻颂祈谷,安得好语来愁边。我诗穷悴不足录,晴日叫号如饥鸢。

萧立之(1203—?)

越一月复以宪檄按死事于抚之溪暑中望疏山不得往归宿永兴寺拜象山先生墓而后行兼旬得诗如前之数可发一笑为后山行云·方广寺
客子入门钟梵喧,菩提树老不知年。竹窗有月无人管,一夜秋风落笕泉。

题危叔阳兰雪诗卷下
闽号诗应似,兰清雪与研。时妆羞倚布,古调入无弦。
谷派如冰冷,骊翁此道传。客窗寒烛短,吟到晓钟前。

柬邵中立
金鲫池边伤晚风,莲花峰下倚长松。水程半月孤蓬雨,客饭浑家野寺钟。
心事岁寒诗眷属,鬓根秋色老形容。片云影里湖湘隔,莫爱新吟寄短封。

春晴试笔

为喜逢春亦自怜,新晴风物此花前。蝶狂有意如耽色,树老无枝莫记年。
钟虡尘深唐九庙,金铜泪尽汉中天。二三豪俊今何在,愁绝孤臣雪满天。

报恩荷池纳凉呈云心

重入僧窗听雨眠,藕花只在客床前。囊空不欠苏秦舌,口渴频呼陆羽泉。
十里湖光天半席,一阑秋影月初弦。新凉风物无人共,坐听微钟只自怜。

萧　肃(1111—?)

句

钟声出峡口,塔影落潭心。

萧元之(?—?)

清明省扫归舟陆相半

一径险仍修,沿溪去未休。薜萝春暗树,杨柳暮遮楼。
荡桨渔舟驶,寒钟僧寺幽。倚篷赊浊酒,犹可洗诗愁。

谢　翱(1249—1295)

山寺送翁景芳归觐

弱云竹水湄,叶影碧离离。野别如秋梦,他宵独尔思。
林残西域果,钟动下方棋。可得朝还莫,相看长在兹。

己丑除夜

鬓丝残雪影,况复在尘埃。暮色随钟尽,年光逐水来。
邻逋灯下索,乡梦戍边回。明日听春雨,渡江登越台。

虎石

寺深留片石,山雨长苔新。昔日栖禅处,遗风想至人。
锡前行虎独,钟后到猿频。越客因逃暑,于兹喜挂巾。

叠山

礧硊复崔嵬,晴云拨不开。钟闻上界响,石自太湖来。

灵草捣为药,寒松烬作煤。欲穷登览兴,未到已徘徊。

悼南上人

翻红卷未终,闻打寂时钟。尽说他身在,唯应外国逢。
锡声归后夜,琴意满诸峰。忆昨安禅处,湖云起白龙。

谢枋得(1226—1289)

谢黄禅师华严会供食

十兆九万拜,求道心如惔。毗卢顶上珠,直欲一手探。
天厨送谁馔,众腹岂敢贪。君有维摩心,作茧怜吴蚕。
八万四千供,只须丈室函。昔我闻晨钟,今载草堂楠。
流年急如梭,长歌愧仙蓝。勇寻赵州关,何畏白发鬖。
愿为护法轮,金甲持长锬。又恐回道人,晚遇黄龙南。

谢 伋(?—?)

国清愚谷禅师索更好堂诗

丹梯宁复倦扶筇,闻说青山又改容。下界已同三绝寺,上方仍对妙高峰。
聊须小憩窗前榻,莫虑遥闻斋后钟。脚力已穷犹应接,兹时目力更难供。

谢隽伯(?—?)

秋日杂兴(其一)

西风运金气,万籁含商声。寒蛩亦何为,微音最凄清。
幽人倦长夜,拊枕难为情。朱门沸歌钟,醉卧鸳鸯屏。
晨鸡唤不醒,况乃闻蛩鸣。蛩声自酸凄,赖有幽人听。

谢 逸(1068—1112)

夜 兴

梧桐叶落覆东墙,院落风清枕簟凉。梦觉疏钟鸣远寺,一池明月芰荷香。

和王立之见赠四首(其四)

钟鸣戒夜行,途远畏日暮。王良鞭骥子,一跃仅十步。
怪事书咄咄,白发生故故。未暇陈九事,亟归读四库。

谢 直(?—?)

辰十月八日同希周扫松灵石晚步松下怆然有怀以数诗示儿侄辈邀希周同赋时阿同在新城他日当寄之(其二)

老树谁所栽,及兹上交盖。峥嵘仰巨樟,秀发怜稚桧。
悠然搅心思,慨我百年外。我怀引以长,天色惨欲晦。
投床闻夕钟,拥衾不成醉。

辛弃疾(1140—1207)

和泉上人

芒鞋踏遍万山松,得得归来丈室中。破衲一身在悬罄,清谈对客似撞钟。
名家要看惊人举,觅句何须效我穷。春雨地垆分半坐,便疑身住古禅丛。

邢居实(1068—1087)

雨后出城马上作

既雨天气佳,微云淡如扫。欲寻烟际钟,骑马河边草。
紫椹饱黄鹂,人家夏蚕老。田妇踏缫车,隔篱语音好。
嗟我一何愚,读书浪枯槁。不及此中人,中年客长道。

邢恕(?—?)

题愚溪

溪流贯清江,湍濑亘百里。龙蛇几盘纡,雷雨忽奔驶。
石渠状穿凿,怪力祖谁氏。突如见头角,虎豹或蹲峙。
横杠互枝柱,小艇俄纷委。蘋藻翳泓澄,松竹荫崖涘。
两山束鸟道,侧岸数鱼尾。缭然闭深幽,梵宇叠危址。
钟呗杂滩声,亭台森水底。凭栏几游目,杖策时临履。
酒杓间茶铛,棋枰延昼晷。放怀得天倪,清啸谢尘滓。
忽忘儿女缚,似接嬴秦子。顾予拙谋身,霜鬓飒垂耳。
雅意在延龄,丹砂凤充饵。焉得兹结庐,怅念远桑梓。

熊　蕃(？—？)

登　金　山

注海银成壑,浮空玉作堆。鳌翻三岛出,鹫驾一峰来。
塔影波摇动,钟声潮拍回。犹嗟禅伯老,虚人妙高台。

熊　禾(1247—1312)

平江舟中不寐

远水萧萧荻苇风,月明云外叫孤鸿。丹枫拥被疏蓬底,梦断山深野寺钟。

徐冲渊(？—？)

中秋夕设醮洞霄宫

老桂吹香古殿秋,琼钟敲处月当楼。星坛露下斗光冷,天宇云空灏气浮。
羽客朝元锵玉佩,宝熏凝雾霭金虬。步虚政在千岩上,咫尺高灵想下游。

徐　恢(？—？)

寄题赵昌父发深省斋

寄语前身杜拾遗,梦回深省不须疑。钟声荐处浑闲事,荐起钟声未起时。

徐集孙(？—？)

赠　黄　羽　士

闲披鹤氅紫藤冠,带得林泉骨相寒。落魄一身风雪冷,飘蓬千里水云宽。
素餐洗砚抄诗句,清夜敲钟上醮坛。准拟学仙仙遇否,何年炼就九还丹。

闲　　赋

梅花白向鬓根生,岁月蹉跎事欠成。读过故书温有味,借来新絮冷无情。
未霜山寺昏钟劲,欲霁湖亭夕照明。多少红尘留滞客,可曾归去力春耕。

徐　钧(？—？)

刘　禹　锡

取水枫林莫怨嗟,钟声才听又天涯。如何一斥终难反,为赋玄都观里花。

徐良弼(？—？)

桃 花 洲

历骋禅扉到暮钟,苦无胜事可深穷。归来唤渡青溪上,唯有山桃满路红。

徐鹿卿(1189—1251)

酬众士友(其二)

大鹏息天地,蚯蚓洁槁壤。吾儒苟自适,心与天地广。
受之不为泰,钟鼎备荣养。挽之或不留,林野歌浪莽。
令誉妙文绣,片言荣爵赏。物理有乘除,大来斯小往。

徐梦发(？—1276)

龟 山 祷 雨

久困焦熬里,持香谒二禅。会留一宿觉,了得寸心缘。
鹤识小溪路,钟闻上界天。龙湫分勺水,法海遍三千。

徐千里(？—？)

茉 莉 花

炎洲绿女雪为肌,十二朱阑月未移。香逼篝纹眠不得,为渠醒过打钟时。

徐　侨(1160—1237)

后　　坡

扶筇剥啄一山中,幽兴偏于此处浓。前屏树柯呈列岫,旁开林隙出奇峰。
座迎夜月分吾石,栏度朝云对汝松。俗客不来人籁寂,省心时听数声钟。

徐　瑞(1255—1325)

客 枕 有 感

寒关掩秋寂,幽斋俗尘空。沉沉夜将半,孤灯结花红。
衣杵响深巷,塔铃哦天风。依依诉幽恨,四壁惟秋虫。
市人竞刀锥,奔走犹憧憧。众欲何有涯,百年会须穷。
高眠道心长,无言候晨钟。

次韵仲退山中小景四首·夕阳烟树

暝烟出山阿,返照映红树。微茫极有态,目尽鸿飞处。
迢递溪西钟,缭绕溪上路。惟闻唤渡人,两岸争来去。

徐似道(1144—1212)

虞仲房司马游园约予不赴因次其韵

秘书行处有歌钟,身在名园锦绣丛。试问高吟梁苑雪,何如共快楚台风。
人鸥不去机方息,鱼我相忘乐未穷。待得芙蓉濯云锦,弄花翻水与君同。

徐文卿(?—?)

庐陵刘氏以仲立于枕上和余韵夜半得诗句敲门唤余余摄衣而起相对语于野航桥上殊为胜绝因再用韵

夜半诗坛喜解围,楚天云淡玉绳低。撞钟自得兴不浅,泣鬼初成人未知。
踏月过桥惊鹤睡,犯霜对语伴乌啼。萧条此意欣重见,绝胜围红醉玉卮。

徐　铉(917—992)

雪　中　作

赋分多情客,经年去国心。疏钟寒郭晚,密雪水亭深。
影迥鸿投渚,声愁雀噪林。他乡一樽酒,独坐不成斟。

奉和御制岁日二首(其一)

运历三元正,升平太古同。五侯皆辑瑞,四海尽占风。
圣政乾行内,群生寿域中。撞钟元会罢,晃朗日升东。

徐元杰(1194?—1245)

饯刘恭父二首(其二)

乐事迟回致岁丰,几多遗爱在湘中。须知楚水枫林下,不似初闻长乐钟。

徐元娘(1261—1276)

绝命诗(其二)

弱质原归玉女峰,家亡国破恨重重。椿萱已遂抒忠愿,昆弟先教殉难从。
热血千年啼杜宇,寒泉三尺照芙蓉。堪怜宫院齐收北,忍听天朝长乐钟。

徐　照(？—1211)

游　衡　山

衡山七十二,高是祝融峰。下界蛮方近,中天岳势崇。
四维皆佛占,绝顶正秋浓。翼宿平垂地,雷池暗起龙。
简书曾禹授,燔祭自周封。拜庙巡阴石,看桥入古松。
雪深居板屋,日转动厨钟。片水清如镜,洞庭微见踪。

题　浯　溪

知是漫郎宅,舟中闻寺钟。小溪通正港,高石叠群峰。
绿木成春荫,荒台见古踪。唐碑三十本,独免野苔封。

题何仙姑旧居

身居何处洞,潇岸看云行。既已通仙籍,奚烦赠道名。
幌红花日影,香断寺钟声。题句君应识,君诗亦自清。

宿　永　康

路有三千里,春容若水浓。浅塘饥鹭下,晴霭市烟冲。
孤望生遥思,频过记昔踪。宿程知近县,闻打发灯钟。

宿吉州永庆寺

古邑溪边寺,吟人爱寂寥。少僧斋室废,乞食钓乡遥。
钟韵含霜气,楼檐近斗杓。汉时铜铸佛,瞻礼到今朝。

刘明远会宿翁灵舒西斋

秋色侵肌骨,还将鬓色侵。自来难会宿,安得废清吟。
竹露滋丛菊,邻钟觉曙禽。城中同此月,不起故山心。

寄筠阳赵紫芝推官

府后岩峦众,何时访古仙。井甘邻室共,钟远雪风传。
病去茶难废,诗多石可镌。蜀江春未动,犹得缓归船。

许安世(1041—1084)

题 清 化 山

霜钟清彻隔村闻,南渡横塘晓色分。浅浅溪流涵白石,微微山路入青云。
劳生已负林泉约,薄宦空增世俗纷。见说定香无受想,为祛尘惑借余熏。

许 琮(1149—?)

夜宿祥符寺晓钟有感

一枕松风入夜寒,晓窗残月隔帘看。梦回竹榻闻钟后,怅绝浮生出世难。
还念将军能舍宅,何妨陶令未之官。此身合向山中住,丘壑由来号易安。

许 当(?—?)

宝 峰 寺

  金园敞山阿,翛然隔城市。晨夕钟梵音,飘沓五云际。
  空山无尽香,大乘有真谛。簿领得余闲,徙倚青莲地。

许 棐(?—?)

书郭子度壁

禁苑精庐是切邻,衣巾虽旧不沾尘。钟鱼声里吟连晓,花柳香中醉过春。
和土重泥烧药灶,买丝新接钓鱼纶。绕湖十万人家住,如此清闲有几人。

不 语 僧

默坐蒲龛若塑成,客来惟听小钟鸣。却嫌庭树无禅力,时有风枝雨叶声。

许广渊(?—?)

放 生 池

  天宝当年寺,鱼池此日存。溪移古岸脚,殿压旧山根。
  月照霜钟远,风开雾阁昏。网纶虽废禁,和气满乾坤。

许 翰(?—1133)

奉和大观文相公见寄古风

毡裘乱衣裳,风雨飘屋庐。南奔万里空,脱死锋镝余。

翠华狩绝域,黄尘翳修涂。朝无嵇侍中,溅血沾谁裾。
　　夷儿金束袍,潋藪悬珊瑚。骄气吞九州,投饵术已疏。
　　公捐绕朝策,观化聊据梧。凤凰渺鸿乙,紫氛谁与俱。
　　丘壑岁已晚,钟鼎功未书。弃置委时运,超摇游物初。
　　此忧自古有,此乐绝世无。邂逅拯横流,功成吾不居。

许及之(1141—1209)

自　　和

净尽繁红但碧峰,药栏犹有绿盘龙。风光何限供吟笔,霜鬓尽添宜老筇。
岂必愁来方酌酒,底须句到始撞钟。闲中作乐真吾事,多谢天工久见容。

赵　故　城

丛台意气俄销歇,故垒歌钟几劫尘。只有蔺卿生气在,坟前衰草镇如新。

再用韵答转庵

　　岚光趋泽笏,波影漾湖床。借竹欣移宅,看花拟宴庄。
　　钟声来佛屋,镜面济慈航。莫便疏城市,诗盟未可忘。

再用韵酬居甫

凌云健笔耸云峰,夺得标归信是龙。官似梅仙非素隐,山经谢屐伴栖筇。
柳边待起明光草,花外要闻长乐钟。暂肯闻闲入诗社,来篇三复叹南容。

再酬梅南寿

看云注日爱奇峰,撼壁鱼梭欲化龙。凤沼催诗欣在手,骊珠夺目急扶筇。
老惭尚窃祠庭禄,闲觉惊闻夜漏钟。报答一春无好语,更怜同社曲优容。

寓　　居

　　野水生洲面,闲云傍屋颠。钟鸣人已定,月满句初圆。
　　花径经过少,苔文长养便。行藏随处是,安用买山钱。

游南明山

路上崔嵬断复连,危亭却立虎溪边。石梁架厂疑无地,岩窦梯云欲近天。
客子诗情专物色,老僧禅悦解行缠。亦知太与尘凡隔,时遣钟声落市廛。

用韵酬侯居甫

玉树风前映玉峰,吾家安得此乘龙。书林未照青藜杖,甥馆肯陪高节筇。
归棹喜闻明月载,哦诗想带夕阳钟。从今社里添光宠,咳唾珠玑有仲容。

用韵酬常之

老惭匿影爱岚峰,已愧家声昔二龙。凿井得泉思种橘,寻河知路记因筇。
加餐漫说囊中法,应俗多违饭后钟。同社朋来欣已诺,何时倒屣却从容。

吴门次韵颐刚严陵留别过新安

功名破甑等虚空,身世随缘邴曼容。行色过于秋澹薄,离情恰似酒醇浓。
想君时看水西景,顾我方听夜半钟。莫计升沉须强饭,男儿爱惜鬓星松。

望平山堂

霏微晚雨湿疏钟,仿佛浮图出半空。回首江南山色远,平山却在有无中。

题石乳洞

山前老石碧巑岏,山后萦纡洞府宽。妙处通行随步武,到头平坦上团栾。
宝钟池秘金为奏,甘井天成玉作栏。古怪洪阳清石乳,平章留与后人看。

送禹之皋之舅赴调二首(其一)

我是次公门下客,登龙因许与乘龙。只今击柝从关吏,渐可扶犁作老农。
莫报黄垆埋白玉,满看清庙列金钟。二难自是从来誉,勉事功名定亢宗。

某谬题媚川图江心寺晚荷仲归兄依韵宠和至再愈工勉酬厚意终惭辞费

孤亭面直海坛峰,真睹龙翔瑞应龙。长羡僧行图上境,不劳杯渡水边筇。
推移日月东西塔,透彻天渊昏晓钟。妙处难将声相见,吟摹终恐费形容。

次韵酬梅南寿旧曾和予梅花词

衣钵欧梅无别峰,天悭发处妙屠龙。琼瑶有句传商鼎,金石留声在蜀筇。
三叹少曾赓俚曲,五音全得列编钟。末章压倒君余事,不道承家有愧容。

次韵诚斋寒食日雨中游上天竺(其七)

山花压溜水通池,时有幽禽自在飞。日脚忽随云脚露,钟声恰与梵声齐。

酬翁常之和媚川图上观江心寺诗

江北屯云翳列峰,江心灵雨走神龙。已拚阮子一生屐,更倚仙人九节筇。
暗霭孤帆昏野渡,霏微两塔湿疏钟。何须小米模糊笔,潘令新诗足写容。

许 将(1037—1111)

能仁禅寺

峭壁半寒空,丛林甲海东。荡深无过雁,湫小有游龙。
屏石高三面,楼峰更一重。客心留不得,归听晓霜钟。

许 玠(?—?)

汉宫春夜

虚轮绚采千门外,窗眼渗光金箔碎。渴龙滴水续铜壶,檐马呼风摇玉佩。
宫车声远翠幌幽,珠帘闲却珊瑚钩。眉山两点亦何有,中锁万斛相思愁。
蜀罗蜜炬光明灭,红泪难溅守宫血。遥夜春寒听晓钟,角声满地梨花雪。

许景衡(1072—1128)

次韵彦崇游三洞

两溪寻胜处,三洞得偕行。涧外云犹湿,山深谷应声。
留连看龙跃,来往计牛鸣。回首林间寺,疏钟报晚晴。

许 式(?—?)

寄洞山聪禅师

语言全不滞,高蹑祖师踪。夜坐连云石,春栽带雨松。
鉴分金殿烛,山答月楼钟。有问西来意,虚堂对远峰。

许月卿(1216—1285)

浴 罢

浴罢披襟竹影斜,客中残暑散空花。人行窗外云无脚,月起林间灯映纱。
举酒闻钟知近寺,谈诗食李却忘家。明朝又浴还来此,何必开樽只煮茶。

晓　幄

晓幄明初日,晨钟递北风。人生行乐著,天道好还同。
我友诗三昧,吾衰酒一中。万间君雅志,突兀倚晴空。

薛　繗(?—?)

和吴公仲庶游海云寺

寺占灵峰更近州,喧阗驺从锦缠头。歌钟午奏晴雷殿,戈甲急趋春水流。
几处醉眠方枕藉,一城谣俗重嬉游。贤侯惠意民知否,几刻严闉为尔留。

薛　琦(?—?)

舟泊五圣祠前

叶落古祠前,村安许宿船。人声齐到客,月色独归禅。
野火明秋渚,山钟出寺烟。推蓬不成寐,霜气觉江天。

薛师石(1178—1228)

宿　瞿　溪

船泊溪西岸,人家见晚春。疏星寒有雁,村寺夜无钟。
竹径通新店,茅柴暖病容。农夫不相识,问我欲何从。

送翁灵舒闲游

袖有新诗如美玉,知君去意十分浓。山行见草认灵药,午歇就阴依古松。
两鬓已添蓬蔂色,三年判作飘零踪。羁情夜后更愁绝,深涧断猿溪寺钟。

薛　嵎(1212—?)

早起即事

隔水钟声枕上闻,城中人事已纷纷。开门放鹤溪边去,冲破闲阶一片云。

雁山纪游七首·能仁寺

过尽盘山险,登临意忽平。殿灯摇佛影,瀑布杂钟声。
湫阔龙居顶,路回峰换名。晓行林日薄,海气接云生。

雁山纪游七首·灵岩寺

千岩崚骨露,随怪各生形。目力到天尽,心旌倚佛宁。

夜钟传谷杳,石气逼灯青。崖腹狖猴住,多年性亦灵。

雁山纪游七首·宝冠灵云二寺

夜钟寥阒远相闻,古佛青山自结邻。片石挂空平可渡,两峰侵汉立如人。云归荡顶无多路,僧住岩根老此身。为忆龙湫重回首,来看瀑布独逡巡。

松阜弟于宝成寺祖墓之侧营创别业为赋得闲亭诗取又得浮生半日闲之句

陟巘心已清,复此风雨蔽。高人疏凿余,理道颇超诣。
卜筑谐素志,缁侣欣共济。修竹尚无恙,巢鹤亦数世。
空山岚欲滴,近水石可憩。春睡朝旭升,夜语孤烛继。
高扁出林麓,先垄记苗裔。严钟警晨昏,群岫罗扈卫。
身同野鹿游,迹许巢父媲。蜗角自为雄,蚁磨卒至毙。
靡怀半日羡,讵识终老计。吾庐并渔村,兴往辄鼓枻。
野衣裁芰荷,败屋粘薜荔。川陆阻会面,岁月迅流逝。
兹情不可忘,淡交慎勿替。及时毕婚嫁,即事无芥蒂。
相从丘壑真,永使心迹契。泉石闻斯言,庶以当盟誓。

潘南夫察院出台乡人荣其归拉余迎访因赋七言

囊封朝上暮身挤,谗口何如万目齐。昔谓椒兰诚择地,今知萧艾适同畦。
波涛不动中流砥,风雨难喑晦旦鸡。自著渔蓑厌趋谒,晨钟欣出郭门西。

严 粲(?—?)

建德县梅山寺

公退逢长日,清游到宝坊。山围露天小,径绕引溪长。
苔壁晴云湿,松轩暑月凉。钟声半归路,回首暮苍苍。

严 羽(1192?—1245?)

古 剑 行

我有三尺剑,悬瞻光陆离。刜钟不铮,切玉如泥,水断蛟龙陆剸犀。
三军白首才一挥,惜哉挂壁无所施,使之补履不如锥。
吾将抱愤诉玉帝,手持此剑上天飞。

访益上人兰若

独寻青莲宇,行过白沙滩。一径入松雪,数峰生暮寒。
山僧喜客至,林阁借人看。吟罢拂衣去,钟声云外残。

晏　殊(991—1055)

题东湖涵虚阁

水有支流树有孙,重重门巷挂朱轩。三君雅望标人杰,千里澄波隔世喧。
西对户庭徐孺宅,北传钟梵给孤园。欲知嗣续无穷胜,两两荣归汉使幡。

壬午岁元日雪

千门初曙彻星河,飒洒貂裘润玉珂。向兽樽前飞絮早,景阳钟后落梅多。
无声暗重琼林彩,有意微藏璧沼波。三殿端辰得嘉瑞,不须庭燎夜如何。

癸酉岁元日中书致斋感事

一叶春王拆瑞筴,八斋西省夕香浓。多年不宿金闺署,半夜再闻长乐钟。
却展旧编探史汉,更惭高步接夔龙。十思三省无荒豫,千载亨辰岂易逢。

初秋宿直

绛河星斗夜阑干,禁署沈沈闭九关。上帝册书群玉府,仙人宫阙巨鳌山。
凉蟾影度秋阴薄,促漏声来夜唱闲。拥鼻吟多欲愁绝,严钟凄断树鸟还。

阳　枋(1187—1267)

挽故人(其一)

公生百载下,学契五峰心。崇鼎屹重器,洪钟希太音。
词源擅翻海,句律善春金。材古谁人识,清歌和惨吟。

杨　备(？—？)

虎　丘

阖闾城见古荒丘,云里钟声满寺楼。白虎金晶人不见,昔曾雄据此山头。

促　妆　钟

枕面钟声及早催,锦衾香叠百花堆。蟾蜍影落珊瑚架,照得仙城下界来。

吴建初寺

僧会西来始布金,常闻钟磬伴潮音。江南古寺知多少,此寺独应年最深。

杨伯岩(?—1254)

徐偃王庙

当年大德瑞朱弓,仁在斯民千古同。故国已无徐子土,灵祠今有梵王宫。水流檐影晴江上,山接钟声暮霭中。揽辔此行因致敬,蒲团分坐听谈空。

杨大全(?—?)

句

前溪六时水,上界数声钟。

杨公远(1227—?)

烟寺晚钟

山寺钟敲晚照残,僧归云暝费跻攀。浮屠屹立巅崖顶,恰在烟岚紫翠间。

杨冠卿(1138—?)

九里松六言

风声不断天籁,钟韵初知日曛。人语惊飞幽鸟,马蹄踏破轻云。

以浯溪磨崖颂为友人寿

明皇蛊妖孽,颠倒由禄儿。真人奋灵武,群公任安危。
笑谈收两京,銮辂还京师。庙社喜重安,钟虡曾不移。
词臣有元结,歌颂镵浯溪。余生千载后,每恨不同时。
半世看墨本,长哦山谷诗。鸣剑驰伊吾,有策噤未施。
十年客卫府,斗粟不疗饥。君今联上阁,婉画赞筹帷。
眷简隆三宫,复始可指期。持以为君寿,勒名书鼎彝。
明年奉汉觞,重修前殿仪。摩挲古崖石,更纪中兴碑。

杨徽之(921—1000)

汉阳晚泊

傍桥吟望汉阳城,山遍楼台彻上层。犬吠竹篱沽酒客,鹤随苔岸洗衣僧。

疏钟未彻闻寒漏,斜月初沈见远灯。夜静邻船问行计,晓帆相与向巴陵。

杨　简(1141—1226)

题华盖仙山院默斋

渐渐疏钟动,幽深一径开。炎光隔林麓,清兴绕崔嵬。
拟作临流赋,应须倩雨催。小窗宜挂起,且放竹风来。

寿赵泉使(其一)

孕秀钟鼎庆源长,属近亲依日月光。弧矢影侵槐阴绿,熊罴梦入藕花香。
诗书博雅今平献,政事精明古赵张。九府本根关大体,故分华节到鄱阳。

富春龙门

桑麻迤逦入高原,级级差差水落田。树色自分深浅绿,山光都在淡浓烟。
竹舆渐近钟鸣处,诗句来从鸟语边。又是一番新样致,如何写得十分全。

庐山五笑·陶渊明

我笑陶彭泽,闻钟暗皱眉。篮舆急回去,已是出山迟。

杨　侃(964—1032)

游梅山寺

出郭尘路断,登舟鹫岭通。楼台花屿上,钟梵水天中。
石磴班春藓,松门韵晚风。莼丝惹轻楫,云锦散遥空。
竹径连茶坞,山亭对药丛。却输湖畔叟,朝夕访支公。

杨　蟠(?—?)

早过天竺呈明智及同游二老

雨夜灵峰卧竹床,平明展齿到云堂。门前雨过新溪满,石上风回旧草香。
山抱钟声圆不散,雪铺瓦面冷无光。理公莫怪诗相恼,今日偕行总姓汤。

杨　齐(?—?)

冬至夜旅怀

乱霜如叶扑窗寒,愁到心如欲断弦。凤管阳才一声起,蟾轮月已九分圆。
拥炉酌冻酒相对,欹枕背残灯未眠。乞得晓钟西拜望,露中香为祝亲燃。

杨万里（1127—1206）

寓仙林寺待班戏题

听尽钟鱼半月声，浪传移住竟何曾。莫教少欠丛林债，更作今宵旦过僧。

乙丑改元开禧元日

开禧元祀更元正，宿雨新收放晓晴。夜半梅花添一岁，梦中爆竹报残更。
方知人喜天亦喜，作么钟鸣鸡未鸣。老子年龄君莫问，屠苏饮了更无兄。

彦通叔祖约游云水寺二首（其二）

竹深草长绿冥冥，有路如无又断行。风亦恐吾愁寺远，殷勤隔雨送钟声。

辛丑正月二十五日游蒲涧晚归

桃李深酣日，池塘浅试春。霁晖摇远水，新暖软游人。
生酒清无色，青梅脆有仁。烟钟能底急，催我入城闉。

戊申四月九日得请补外初出国门宿释迦寺

出却金宫入梵宫，翠微绿雾染衣浓。三年不识西湖月，一夜初闻南涧钟。
藏室蓬山真昨戏，园翁溪友得今从。若非朝士相追送，何处冥鸿更有踪。

五更入宣城诣天庆观朝谒

晓雾双溪水，秋风百舫桥。行穿子城过，却望女墙遥。
落月能相伴，疏钟似见招。小亭憩山半，换马上岧峣。

往安福宿代度寺

春前腊后暖还寒，陌上泥中湿更干。野寺鸣钟招我宿，远峰留雪待谁看。

同君俞季永步至普济寺晚泛西湖以归得四绝句（其一）

阁日微阴不碍晴，杖藜小倦且须行。湖山有意留侬款，约束疏钟未要声。

送客既归晚登清心阁

谁不知侬懒，其如送客何。叶声和雨细，山色上楼多。
出处俱为累，升沉尽听他。疏钟暮相答，也解说愁么。

三月晦日

春光九十更三旬，暗准三旬赚杀人。未到晓钟君莫喜，暮钟声里已无春。

瑞庆节日同王式之诣云际寺满散

金刹深藏翠巘间,钟声吹下白云端。谁知东浙能诗客,也到南溪祝圣山。
重碧清池染衣湿,软红香雾袭人寒。祝君来岁千秋节,著脚含元鹓鹭班。

壬寅岁朝发石塔寺

晓钟梦里苦相呼,强裹乌纱照白须。只有铜炉烧柏子,更无玉盏泻屠酥。
佛桑解吐四时艳,铁树还如九节蒲。省得一朝疲造请,却教终日走长涂。

人日出游湖上十首(其五)

树隐重重竹,溪穿曲曲峰。林深那有寺,烟远忽闻钟。

秋 日 早 起

鸡鸣钟未鸣,不知乡晨否。起来恐惊众,未敢启户牖。
残灯吐芒角,上下两银帚。定眼试谛观,散作飞电走。

清晓趋郡早炊幽居延福寺

小轿欹还正,荒蹊细又纤。危峰上金镜,远草乱琼珠。
雾外钟声近,花梢殿脊孤。老僧知我冷,展席傍红炉。

前 苦 寒 歌

四大海潮打清淮,三万里风平地来。龟山横身拦不住,潮波怒飞风倒回。
欲晴不晴雪不雪,并作苦寒冻人绝。古寺大钟十字裂,东山石崖一峰蹶。
劝君莫出君须出,冰脱君髯折君骨。

林景思寄赠五言以长句谢之

华亭沈虞卿,惠山尤延之。每见无杂语,只说林景思。
试问景思有何好,佳句惊人人绝倒。句句飞从月外来,可羞王公荐穹昊。
若人乘云驾天风,秋衣剪菊裁芙蓉。暮宿银汉朝蓬宫,我欲从之东海东。
西湖柳色二三月,相逢一笑冠缨绝。醉招和靖叫东坡,一吸西湖湖欲竭。
我醉自眠君自颠,路人往往指作仙。此辈何曾识此乐,识与不识俱可怜。
别时花开今已落,思君令人瘦如鹤。梦里随君携酒瓢,同登天台度石桥。
瀑泉界天泻云窟,长松拔地挼烟霄。与君联句章未了,帝城钟动西峰晓。
海风吹堕珊瑚枝,乃是先生寄我诗。火云烧江江水沸,君诗清凉过于水。

定知来自雪巢底,恍然坐我天台寺。

记梦三首(其一)

云袖危相复,霜钟韵政迟。忽然数声急,却是住撞时。

记梦三首(其三)

雾外知何寺,钟声只隔山。望来无里许,还在九霄间。

寒 夜 不 寐

雪入迎春鬓,茶醒学古胸。梦回霜满屋,吟到月斜钟。

寒 鸡

寒鸡睡著不知晨,多谢钟声唤起人。明晓莫教钟睡著,被它鸡笑不须嗔。

过吕城闸六首(其二)

泊船到得暮钟时,等待诸船不肯齐。等得船齐方过闸,又须五鼓到荆溪。

过淮阴县题韩信庙前用唐律后用进退格(其二)

鸿沟只道万夫雄,云梦何销武士功。九死不分天下鼎,一生还负室前钟。
古来犬彘愁无盖,此后禽空悔作弓。兵火荒余非旧庙,三间破屋两株松。

归涂观刘寺新叠石山

风月肝脾冰雪胸,道人妙手凿虚空。剧翻诸岭云烟骨,幻出山岩紫翠峰。
细看分明非钉饾,如何雕得许玲珑。为谁苦死忙归去,知是斜阳是晚钟。

庚戌正月三日约同舍游西湖十首(其七)

上竺诸峰深复深,一重一掩翠云衿。只言人迹无来路,动地钟声与梵音。

冬至后贺皇太子及平阳郡王

长乐钟声搅梦惊,建章星影照人行。千官灯语听残点,一夜霜寒在五更。
金钥玉笄开北阙,银鞍丝控谒东明。青宫朱邸环天极,五色祥云覆帝城。

杨 塤(?—?)

郎 官 岩

碧玉莫遮千嶂石,黄金难买一溪云。歌钟沸地徒夸盛,争似松风竟夕闻。

杨　亿(974—1020?)

秋　晚

　　秋晚弥岑寂,天空见沉寥。溪流拖白练,树叶剪红绡。
　　露菊英初吐,霜钟韵渐调。清光开旭旦,爽气逐惊飙。
　　鹰击秦原迥,鸿归楚水遥。星高汉将出,胶折房兵骄。
　　元亮田多废,安仁鬓恐凋。功名殊未立,对景自无憀。

郡斋即事书怀十二韵呈诸官

长乐疏钟自厌闻,汉庭谁不惜离群。舟浮一水波澜阔,路入千山杳霭分。
郡阁先忧迷簿领,村田聊得问耕耘。疲民深喜犹安堵,黠吏那知便舞文。
照胆求瑕空察察,饮冰为政漫云云。玄台已分嘲扬子,桑野须防诮使君。
别派东倾连涨海,故园西望隔晴氛。黛铺远岫秋将晚,绮散余霞日欲曛。
小槛报春梅烂漫,满空呈瑞雪缤纷。题诗到处寻红叶,置酒终朝看白云。
符竹偶分惭出守,囊鞬暂佩愧从军。石渠旧署频牵梦,室有芝兰阁有芸。

成都凤道人游终南山谒种征君

何年出蜀访南宗,深锁闲房翠藓重。振锡忽闻游地肺,题门兼得谒人龙。
行吟一路高秋月,投宿斜阳远寺钟。到日弥天清论罢,遍寻紫阁与圭峰。

升　山①

　　层峦连近郭,占胜有招提。宿雾昏金像,飞泉溅石梯。
　　钟声空谷答,塔影乱云齐。千骑时来此,寻幽独杖藜。

廉上人归天台

旧住赤城华顶峰,桂岩芝崦白云重。弥天曾共习凿齿,入洛因寻陆士龙。
寒烛伴吟经腊雪,雨花开讲过晨钟。浮沤一念归心起,本寺房前见偃松。

杨则之(?—?)

游慧聚寺

　　压云开半殿,宝炬耀金幢。峭峻山无对,玲珑寺不双。

---

① 杨亿《北苑焙·朗山寺》内容与此诗相同,不再重复收录。

钟声清恋坞,林影冷摇窗。老愧诗魔在,登临讵易降。

题慧聚寺

雪晴山色一重重,因暇寻幽访古踪。神叠石基成宝殿,柱图灵品感真龙。
僧居渐远林间地,客枕曾闻月下钟。会得登临便无事,门前流水照青松。

姚 勉(1216—1262)

放生池纳凉晚归

湖面轻烟起,前山渐不分。钟声连寺答,人语隔船闻。
吟客衣生月,归僧笠带云。及城门未掩,灯火已纷纷。

登四圣观月桂亭有感

将军休战伐,居士号清凉。亭创烟萝古,山深月桂香。
梦魂犹朔漠,风景已钱塘。往事都休问,钟声又夕阳。

次友人示诗集(其三)

去岁春风客帝京,西湖烟雨过清明。苏堤画舫春三月,天竺清钟夜五更。
行李裹书归旧隐,野花沽酒赏新晴。只缘未读时文熟,端合山中且菜羹。

姚 铉(968—1020)

句

疏钟天竺晓,一雁海门秋。

姚 镛(1191—?)

寄冲晦

欲答前春信,西飞雁不逢。应随丹灶鹤,同看白云松。
花雨翻经石,山鸣出定钟。何时寻旧住,却说武夷峰。

法华寺

入门松径幽,树杪见钟楼。客至犬迎吠,香消僧出游。
水花迎晚照,风叶引凉秋。欲作居山计,吾盟在白鸥。

拜先君墓

次第瞻山看水流,夜台中闭忆三秋。新松成行如人长,老鹤无言似我愁。

僧奉晨昏惟茗供,儿悲霜露只蘋羞。结庐终岁关心事,怊怅钟声出暝楼。

宿护国寺观晦翁先生题名(其一)
满树棕花满径松,解鞍才是暝楼钟。上方月白山云静,看见东南一两峰。

叶梦得(1077—1148)

鹅 湖 山①
鹅王牧群鹅,浊世肯下游。积水近天阙,有时戏沉浮。
老禅天人师,领略倾九州。初开选佛场,坐断诸峰头。
当时江东西,海纳吞众流。岁晚徙山麓,华堂跨龙楼。
至今韦公碑,照耀苍崖幽。陈迹记往昔,登临纵冥搜。
重来岁月疾,俯仰五十秋。抚事一太息,何从问马牛。
惟余拱把木,百尺环道周。成坏各有时,干戈今少休。
空怀三宿恋,为汝半日留。钟声远送客,雾雨昏林丘。

次韵再答子因
人事纷纷去不留,客心空感大江流。已拚瓠落真何用,那得钟鸣尚不休。
邻里朱陈无别社,江山李郭有同舟。若为便觅苕溪路,六月明珠剥芡头。

叶清臣(1000—1049)

先 照 寺
一径凉飙响万松,青霞紫雾秘灵峰。寒生列洞前溪雨,声到诸天午夜钟。
仙顶月高犹驾鹤,阴潭云起旧降龙。出尘境界无多地,已上金庭第七重。

叶善夫(?—?)

芹溪八咏(其七)
数尽寒鸦日已昏,疏钟隐隐隔林闻。僧归林下柴门静,声逐前村一片云。

叶 适(1150—1223)

赵清叔挽词
昔我共笔砚,知君贤弟昆。门邀百客醉,囊讳一金存。

---

① 喻良能《鹅湖寺》内容与此诗大致相同,仅个别字词有异,不再重复收录。

忽与钟声尽,长悲磬色昏。多年赵家府,销减惠王孙。

赠瑞鹿莹老化缘铸钟

寺寺檐花院院钟,谁人肯顾此山中。待看窈窕廊阴里,拢袖疏槌答远风。

再过吴江赠僧了洪

  回飙掩夹浦,势与黑楼顽。连袂上长桥,身弱屡见扛。
  苟无倾覆忧,恣横未易当。坐定互惊愕,师云乃其常。
  有时气力雄,驾浪拍此邦。熟风无失舟,小艇来茫茫。
  始悟寡所谙,论改色据张。炫小以为大,空令事难量。
  玩变不睹微,亦乖智之方。已矣勿复云,闻钟过石塘。

送陈粮料

  万里涅洼出,行天绝比伦。能参大关键,莫用小精神。
  钟鼎身虽贵,箪瓢道未贫。梅情兼雪意,留住恰芳春。

叶秀发(1161—1230)

题龙吟寺

  晓色明征辔,疏钟忽断林。谭经惊虎伏,说法引龙吟。
  竹影残镫暗,苔痕落叶深。客怀无处适,欹枕听霜砧。

叶　茵(1199?—?)

止　庵

时事艰难路险巇,得来名利亦何为。赵州茶罢速归去,莫待钟鸣漏尽时。

天童山

  著足万松关,东州第一山。听泉穷地脉,历栈近天颜。
  奎画疏烟外,钟声远树间。衲翁曾有约,分我片时闲。

次游法喜寺韵

  招提四百载,不与世劫俱。松陵拱空觉,柏香祠真如。
  时秋兆嫩凉,携客登其庐。廊邃碑篆剥,阁迥钟声疏中有白足侣,光现摩尼珠。勘问点头石,奔走观心狐。
坐我六和室,风回晴窗虚。棋枰迭胜负,哗音发酒余。
饱分蔬笋供,似可山林居。同是百年客,得此一日娱。
远社不复见,熟与斯人徒。松日簸斜影,麋儿呼移厨。
驾流来鲈乡,野云黏菰蒲。客散渔火稀,冉冉吟篷孤。

次吴菊潭八月十四夜韵二首(其一)

来夕九秋半,月同心迹清。已知千里共,只欠一分明。
流水往来影,幽人今古情。撞钟先得句,尘世不须惊。

阿育王寺舍利塔

粒粟悬悬左角钟,几年镇压梵王宫。要知八万四千所,元在寻常一念中。
佛现紫金归胜地,僧夸乌石坠虚空。毫光起处无人见,明月堂前玉几东。

应 枢(？—？)

游 它 山

登陆由来说四明,它山胜地久驰名。龙眠巨堰两崖下,鳄吼奔流一水清。
瑶阁钟鸣群动息,金轮鼓奏百旦惊。后来水政谁研究,肯与云涛更主盟。

尤 袤(1127—1194)

送吴待制帅襄阳二首(其二)

欲将盘错试余锋,故拥旗麾讫外庸。南岘北津形胜地,前羊后杜昔贤踪。
不妨倒载同民乐,自有轻裘折虏冲。努力功名归报国,莫思山月与林钟。

句(其一二)

饱看七宝山头月,惯听三茅观里钟。

于 革(？—？)

龙王庙云平阁

枯梢突兀天风外,翠霭氤氲水石间。□吏不容今日去,老夫赢得片时闲。
烟波艇子东西客,霜岸钟声上下山。解后真成观物化,白鸥无数舞江湾。

于　石（1247—?）

伊昔（其四）

伊昔西湖外，清阴九里松。天低深雨露，风怒走蛟龙。
林霭通樵径，山云隔寺钟。何时一行乐，重到北高峰。

宿栖真院分韵得独字

空翠冷滴衣，石藓滑吾足。偶随白云去，栖此林下屋。
楼影挂斜阳，钟声出深竹。山僧老面壁，谁与伴幽独。
分我云半间，欹枕听飞瀑。

送友人之武林

钱唐江上一帆风，为我重寻旧日踪。十里湖山空战舰，千年宫阙咽僧钟。
潮生潮落东西浙，云去云来南北峰。往事茫茫何处问，残烟衰草泣寒蛩。

山居（其一）

结屋万山顶，柴扉昼懒开。捣茶惊鹤醒，抛果引猿来。
笋短和泥掘，松高倚石栽。有时寻胜去，多趁暮钟回。

鹿　田

鹿田迥在翠微巅，乘兴来寻半日闲。径入古松行落叶，目随飞鸟破寒烟。
钟声不隔东西寺，屐齿何辞上下山。一见老僧如旧识，相留煮茗试岩泉。

半　山　亭

万叠岚光冷滴衣，清泉白石锁烟扉。半山落日樵相语，一径寒松僧独归。
叶堕误惊幽鸟去，林空不碍断云飞。层崖峭壁疑无路，忽有钟声出翠微。

余　靖（1000—1064）

和伯恭殿丞游西蓉山寺

休浣约过从，宁论隘与恭。溪光染醽渌，山色秀芙蓉。
乍霁千丝雨，齐张万盖松。岫孤如欲遁，径曲似相逢。
共快云霞志，更寻麋鹿踪。氅披吴国纻，杖拄蜀郊笻。
奕布东西刹，鳞差远近峰。禽喧五色聚，钟迥六时桩。

兴废虽留目，荣枯莫荡胸。忽惊雷出地，未省雪经冬。
阴谷鸣归鹤，灵湫起应龙。跳梁窥果狖，缥缈入花蜂。
磴滑并萝蹑，岩幽半藓茸。竹间泉缭绕，烟外草蒙茸。
民乐讴谣洽，春和气象浓。吟多资雅兴，望极动离悰。
有语嫌双燕，无虞羡大櫄。归来却回睇，暮雾已重重。

俞德邻（1232—1293）

石 门 洞

衙衙双石撑青空，涧鸣瀑吼惊鱼龙。维舟支筇步山径，山黑鬼啸猿啼风。
云巢雪屋数羽士，玉函宝笈翻晨钟。天寒木落山露骨，日月隐隐行空蒙。
九衢黄埃没马腹，一家歌笑百家哭。虽然是山猛虎多，犹胜人间赋蛇毒。

陈登父和再用韵奉答共说江南杜禅

煌煌光明宫，中有西方人。当年修何道，辛苦逾十春。
道成就空灭，姬周遽嬴秦。空令亿万劫，稽首金色身。
我无忍辱行，独立招众嗔。常愿习净业，跌坐脚不伸。
向来宿木下，亦颇钟梵邻。傲睨远公社，沈冥栗里醇。
终然守陋巷，尚友颜生仁。岂伊石头路，行行欠频频。
百年三万日，奄忽如飙尘。痴人昧非想，念念生疏亲。
何当见佛影，国清甘爨薪。

病中谢亲友四首（其三）

病骨瘦崚嶒，僵卧难帖席。一夕三四迁，起坐长太息。
大患缘有身，无身更何疾。从今事委蜕，梦觉非所择。
须臾忽蘧然，又到华胥国。何处发晨钟，耿耿霜月白。

俞 桂（?—?）

寓 归

水激长江浪，风传远寺钟。宦情秋意薄，归兴客愁浓。
卷箔迎新雁，喧篱厌旧蛩。何时旋故里，载酒插芙蓉。

丙午七夕后一日晚抵松江塔下（其二）

客中情况少人知,正值钟声约束时。清坐更无人共话,挑灯来看菊潭诗。

俞　烈(?—1213)

题　东　山

文会得吾党,净居清昼长。平生爱山僻,暇日聊徜徉。
风流谢康乐,肥遁计亦良。钟鼎成淹留,江湖晚相望。
山色青未改,山名久愈彰。松风度晚曲,岩花弄晨妆。
尚疑缥缈人,髻鬟下鸣珰。凄凉怀古恨,野水涵方塘。
功名不作难,出处何可忘。人自草木腐,看渠日争光。
香消酒力微,缘阴听圆吰。悠然发遐想,莞尔还成章。
归途有清沘,濯缨咏沧浪。

俞紫芝(?—?)

秋 阁 晨 兴

远寺一声钟,檐楹惊宿鸟。拂衣风露清,月落千山晓。

虞　俦(?—?)

元衍曹居士挽诗（其二）

先君无恙日,居士得游从。酒盏花前月,茶瓯石上松。
有时连款段,胜概每从容。指点佳城处,相闻道院钟。

十五日看梅花上雪销已尽（其二）

素面青娥月里回,舞阑香汗粉融腮。洗妆懒趁霜钟早,直待扶桑金镜开。

圣龙长老资公求修佛殿疏余不暇作也昔丹霞烧木佛院主堕落须眉普贤劝修古佛末后童子证果居士举此公案二段以问圣龙若下得一转语则佛殿一时修了其或未然定又去聒扰檀施矣因作山偈奉送只此大胜作疏头劝缘也

风雨飘摇绀宇摧,百身古佛尽莓苔。政须豪士修檀施,定自诸天打供来。
向晚钟鱼犹短气,只今龙象亦生哀。道人莫惮朱门去,会有清莲一朵开。

和汉老弟南坡三十韵

北阙书休上,东山妓不携。宦情元梦鹿,交道只黄鹂。
瓜戍怀桐汭,星回直摄提。双凫方欲下,只履又还西。
尘土惭书剑,江山识杖藜。青冥甘蹭蹬,素手孰提撕。
笑幕空巢燕,怜藩几触羝。兹坡何爽垲,造物复推挤。
萧寺钟声远,坊门酒斾低。日行无远近,脚力免攀跻。
更喜经前圃,何妨过小溪。烟林轻曳练,云岫近横梯。
井邑千家丽,川原四望迷。披榛通曲径,锄麦乱蔬畦。
梅杏增奇观,牛羊失旧蹊。道傍知苦李,霜后认红梨。
植竹行抽笋,栽杨蚤秀稊。霞蒸桃处处,露怨草凄凄。
红白宜相间,高卑未得齐。壶浆旁舍乞,饭裹小童赍。
著屐应同谢,登仙不羡倪。芳菲催羯鼓,早晚映榱题。
葵绿新含露,芹香旧煮泥。鸿宾天外去,鸠妇雨中啼。
密荫真堪托,安枝可以栖。应须回俗驾,未肯厌家鸡。
蜂识花前酒,鸦随陇上犁。角看童子丱,齿见老人齯。
靖节莲为社,梁侯梯觅秭。问渠何所见,公子岂知嵇。

故安国夫人挽诗(其一)

雅趣工书画,高怀陋鼎钟。家声推两大,壸范见三从。
贤得鲁侯配,荣开安国封。平生耽静胜,宸翰焕鸾龙。

出郊迓倅车暮归二首(其二)

轧轧篮舆迫暮归,前村灯火渐依稀。溪边默数黄牛过,烟际遥看白鸟飞。
把酒无人风落帽,荷锄有客露沾衣。关门山寺知何许,忽听钟声度翠微。

喻良能(1120—?)

夜宿浮石山崇福寺上方题壁

窈窕寻支径,萦纡度密林。岸回溪更驶,峰转坞逾深。
僧梵云边寺,钟鱼竹里音。解鞍生妙兴,倚槛净烦襟。
永夜凉飙动,初秋爽气侵。岩空寒溜滴,壁静候虫吟。
香篆窥孤宿,灯花伴独斟。不谙尘外趣,谁识此时心。

王枢使生辰

金华千古赤松宅,中有初平叱羊石。双溪夌夌泻苍波,三洞潭潭接天碧。
钟英孕粹昴星精,文章蚤岁瑞王廷。横飞直上九万里,红颜两鬓何青青。
金銮畴昔挥毫处,尝草尺书招赞普。职亲埶听玉宸钟,夜分更秉金莲炬。
只今右府冠枢衡,坐运精神驱五兵。一烽莫睹狼烟燧,四海不闻金革声。
苍生颙颙待霖雨,黄屋便蕃颁异数。姓名久已覆金瓯,东街行筑沙堤路。
江左夷吾望更尊,二十四考何足论。已见威棱动蛮貊,会看勋业照乾坤。
六十门生焚蕙炷,再拜祝公如卫武。柱石皇家不计年,长容矿质入陶甄。

题雪峰寺

兰若接闽天,登临意豁然。楼台秋色里,钟梵暮云边。
未遂游山兴,聊为借榻眠。白头仍捧檄,奔走只堪怜。

石钟山

南北两石钟,上下一水侧。造物妙镕冶,蚩廉巧撞击。
镗鞳仍噌吰,歌钟与无射。丰山吾焉知,蒲牢尔何力。
咨余久愿游,偶此事行役。时秋风飕飕,日暮水激激。
初如钧天鸣,乍若金奏寂。入耳粹而清,洗心欣以怿。
怪奇有如此,游览谁能测。发端示来今,注经人姓郦。

三月二十六日工部宿直

邃宇近霄汉,微风摇竹梢。漏声通五夜,钟韵自三茅。
衣夹偏宜睡,杯单讵用庖。凤兴那敢后,鸡唱已嘐嘐。

就报恩借碾碾茶彝老有诗因次其韵

断无鹅鸭恼比邻,赖有钟鱼隔竹闻。故遣新茶就佳硙,要供戏彩满瓯云。

鹅湖寺(其二)

水鸟飞来一问津,璧宫珠塔便红尘。开基古佛留遗像,直日奇峰列众宾。
芋火拥残知永夜,霜钟递起向初晨。川徒渺渺驱尘驾,回首林前愧野人。

点检朝陵内人顿递至西兴道中纪事

平湖潋滟摇春风,扁舟轻驶如飞鸿。垂杨万缕长青茸,倚岸崇桃醉脸红。
满空烟雨霏蒙蒙,柯桥精庐闻午钟。平畴麦苗青芃芃,崇峰秀岑纷玲珑。
图经未看名叵穷,雨葩烟叶交朦胧。吾欲图之谁其工,妙语却思六一翁。
解道山色有无中,薄暮舣舟依竹丛。夜深点滴听孤篷,天明利涉浮梁雄。
钱清虽小炊烟重,我生之辰今适逢。一杯不暇缘匆匆,聊以新诗娱老惊。
龛山西北水溶溶,白鹤桥边小梵宫。海天茫茫空复空,放眸一望日本东。
萧山小邑河阳同,桃李漫山如锦幪。溪旁驿亭名梦笔,故居知是江文通。
西兴浦口天连水,满眼长安紫翠浓。

冤亭卞(?—?)

留题灵岩古诗十韵

屈指数四绝,四绝中最优。此景冠天下,不独奇东州。
夜月透岩白,乱云和雨收。甘泉泻山腹,圣日穿崖头。
大暑不知夏,爽气常如秋。风高松子落,天外钟声浮。
祖师生朗石,古殿名般舟。人巧不可至,天意何所留。
老僧笑相语,此事常穷求。移出蓬莱岛,侍吾仙子游。

元 绛(1009—1084)

和圣徒洛中九老会

五日佳辰郡政闲,延宾谈笑豁幽关。闾门歌舞尊罍上,林屋烟霞指顾间。
德应华星临颍尾,年拘皓发下商颜。名花美酒疏钟永,坐见斜晖隐半山。

袁 燮(1144—1224)

赠蒋德言昆仲三首(其一)

平生无所嗜,耽玩惟古今。以我浅陋质,期于江海深。
万事不挂胸,须臾惜光阴。五夜常自起,简牍勤披寻。
清风递晨钟,铿然感予心。年来因多事,力弱不自任。
丛书未暇读,尘埃积中襟。何当脱鞅绊,归钦松竹林。

袁说友(1140—1204)

岘山塔院

野寺埋荒草,浮屠出近郊。松声来葆乐,竹影乱旗梢。
地僻钟鱼响,庭空燕雀巢。断崖流涧远,隐隐下山坳。

袁 陟(?—?)

百 丈 山

复岭逾嶕峠,层崖遍屈盘。寺当幽谷面,路指白云端。
树老苍天骨,蓝凝上帝冠。石屏秋已冻,板屋夜多寒。
三宿孤怀恋,千山远梦残。惟愁钟动晓,西下见征鞍。

乐雷发(?—?)

到衡岳呈弟山长

闲依禹柏系征骢,猿鸟应犹怪贱踪。正拟开云访韩愈,可能避雨识茅容。
朱陵洞里秋呼鹤,紫盖峰前晓听钟。欲踏青霞寻胜趣,倦游应许借吟筇。

慈 氏 阁

峥嵘梵阁碍银潢,且对畦衣问马王。落日断云连楚粤,缺钟坏像杂梁唐。
英豪已往雄图歇,栋宇犹存古意荒。惆怅石湖题柱在,倚栏无句独凄凉。

岳 珂(1183—?)

至鄂期年以饷事不给于诗己亥夏五廿有八日始解维雪锦夜宿兴唐寺繁星满天四鼓遂行日初上已抵浠黄洲几百里矣午后南风薄岸舟屹不能移延缘葭苇间至莫不得去始作纪事十解呈旧幕诸公(其五)

宵声传柝重城闭,晓漏迷钟古寺荒。仰看繁星垂四野,不知身世变炎凉。

赵德麟召还诗帖赞

昔东晋王茂弘诸人,登新亭,望长淮,自谓风景不殊,举目有山河之异。
至今想之,犹郁乎其有余哀。矧预瑶牒,登玉阶,而寄宗国之怀者耶。

王业偏安于海濒,故都久弃于嵩莱。主议者方贪天之功,而肆其雄猜。朝士沉空,不复向来。率兆乎滔天之谗,而迄乎和议之开。此有志者所以叹于嗟之麟,而思当道之豸也。呜呼,钟虡百年,边尘尚霾。悠悠苍天,彼何人哉。

兴唐寺闻钟

兴唐钟刻无夫字,久欲摩挲与细论。归棹未容酬此志,一声烟霭又黄昏。

塔灯六言四绝(其一)

金轮示现清夜,火树高腾碧虚。说法未回坡应,册勋先到钟鱼。

去岁五月二十八日发雪锦亭以六月旦谒富池而行是夜始望见庐山今岁以此日正在湖浐中念岁月之倐忽惊道途之劳勚回首感叹二首(其一)

雪锦亭前夕照红,兴唐寺下晓闻钟。伤心楚水又经岁,回首吴云知几重。万里同盟只鸥鹭,三江啸浪忆鱼龙。如今且对湖光里,八九重开梦泽胸。

宫词一百首(其四)

五夜钟声上直时,焚香重熨早朝衣。裹头殿直催排立,等候君王出木围。

宫词一百首(其七三)

绣裳画衮地垂云,风动槐龙舞玉宸。铃索不摇钟漏永,骊珠满袖宠词臣。

洞霄宫

岩峣楼观锁新宫,十里清溪一径松。金榜奎章红日照,石崖仙影白云封。香残半掩凝尘榻,路转犹闻隔涧钟。四牡经行真不枉,玉渊初识洞霄龙。

臧 诜(?—?)

东峰亭

水西庭榭枕东峰,终日秋阴一径松。月到滩心来白鹭,云浮潭面起苍龙。最宜翠敛前山雨,长是声闻近寺钟。报捷功名今共闻,时携樽酒访遗踪。

曾从龙(1175—?)

题清水寺

壁立峥嵘万仞峰,骑鲸俄蜕葛陂筇。空流诗句传千古,今在蓬莱第几重。
岩上胜游成幻梦,壁间遗迹暗尘容。山僧好把纱笼护,莫学阇黎饭后钟。

曾丰(1142—?)

题谌氏奉先亭

大协龟黾兆,新成马鬣封。雨余生乱草,霜后拱孤松。
泣酹春秋酒,鼜撞旦暮钟。若无翁仲在,谁鉴答恩胸。

三山寺戏堂头僧(其二)

昼热催三伏,宵凉报五更。钟鸣尘外响,犬吠世间声。
强聒蛙鸣雨,诪张鸟噪晴。黎明重睡熟,栩栩梦魂清。

买舟赴广至太和逢迓吏

只被饥寒两字催,辄轻汹涌易崔嵬。篙师方借北风去,驿使忽将南信来。
钟鼎孰非相邂逅,江山何惜且徘徊。松风萝月良收拾,犹胜垂橐将手回。

寄题张子登遂勤斋

一字于吾补不曾,诗书况味冷如冰。谁家以此为长策,不把其它易短檠。
钟鼎轩裳眼应白,余犹要得圣贤力。意诚身正一家齐,门中自有华胥国。

曾巩(1019—1083)

游金山寺作

候潮动鸣舻,出浦纵方舟。举箔见兹山,岿然峙中流。
朱堂出烟雾,缥缈若瀛洲。十年入梦想,一日恣寻游。
展履上层阁,披襟当九秋。地势已潇洒,风飙更飕飂。
远把蜀浪来,旁临沧海浮。壶舼对京口,笑语落扬州。
久闻神龙伏,况睹鸳鸟投。行缘石径尽,却倚岩房幽。
颇谐云林思,顿豁尘土忧。昏钟满江路,归榜尚夷犹。

薛老亭晚归

终日行山不出城,城中山势与云平。万家市井鱼盐合,千里川原彩错明。

座上潮风醒酒力,晚来岩雾盖钟声。归时休得燃官烛,在处林灯夹道迎。

送觉祖院明上人

冠石新墙日月回,丰堂瑰殿起崔嵬。钟随秋势金声壮,佛隐寒云玉座开。
流水远奔双涧去,平林高拥四山来。麒麟细草南东路,一望松门意自哀。

升山灵岩寺

修竹长松十里阴,任敦烧药洞门深。独窥金版惊人语,能到青霞出世心。
鸡犬亦随云外去,蓬瀛何必海中寻。丹楼碧阁唐朝寺,钟呗香花满旧林。

甘露寺多景楼

欲收嘉景此楼中,徙倚阑干四望通。云乱水光浮紫翠,天含山气入青红。
一川钟呗淮南月,万里帆樯海外风。老去衣袗尘土在,只将心目羡冥鸿。

秋怀二首(其一)

流水寒更潎,虚窗深自明。褰帷远钟断,拥褐晨香清。
油然素心适,缅彼外物轻。因时固有应,在理复何营。
隐几公事退,卷书坐南荣。以兹远尘垢,何异山中情。

读 五 代 史

唐衰非一日,远自开元中。尚传十四帝,始告历数穷。
由来根本强,暴戾岂易攻。嗟哉梁周间,卒莫相始终。
兴无累世德,灭若烛向风。当时积薪上,曾宁废歌钟。

曾　会(?—?)

题法华山天衣寺

十里湖光十里松,松阴路到十高峰。窗看渡口随湖月,楼听云门度岭钟。
梁帝钵含山雨润,普贤台镶藓花重。谁人的是忘机子,香稻寒蔬养瘦容。

曾季貍(?—?)

憩雷公山

酒薄饮难醉,山寒梦不成。窗间残月影,枕上晓钟声。
邱壑平生事,山林少日情。白头翁老矣,数亩未经营。

曾 旼(？—？)

游 九 锁

山势盘纡是几重,溪行乱石水溶溶。东西路口分双洞,苍翠群中起一峰。
石上仙翁留去迹,壁间羽客有吟踪。夜分不是红尘境,清梦回时晓殿钟。

曾 协(1119—1173)

饮沈氏园得僻字

会心足胜侣,暇日访春色。慵寻剡溪榜,厌曳永嘉屐。
名园可徘徊,胜概在咫尺。峰峦起平地,村落堕城壁。
梅横前岭峻,柳列长堤直。最爱临水亭,欲背依山石。
沉沉想潜鳞,铮铮听仙弈。初无杖屦劳,具享山林适。
一尊供笑语,四座列豪逸。规摹西洛旧,仿佛香山昔。
爱酒太白狂,耽诗少陵僻。始静姑纵谈,中喧或争席。
残钟咽林际,新月挂檐隙。饮散兴未厌,人归境愈寂。
何必记昔游,虚空了无迹。

曾有光(？—？)

赠画山水陈兄

眼前画士蚕样密,有如陈君万才一。少年识高画愈精,胸蟠物象妙通神。
描尽江山归指点,寒林古嶂烟云敛。若悬瀑布飞潺湲,樵人向晚归山巅。
幻出楼台景一簇,松钗堕落鸿金屋。苔封石径绿茸茸,深藏古寺无声钟。
花落啼鸟四时好,绿阳系马迷芳草。溪上桃花三月春,渔翁垂钓理丝纶。
夏日池亭避炎暑,荷花落岸香风度。秋声飒飒芦苇寒,惊飞白鹭起前滩。
野梅冬杪香飘路,忽惊四面仝云布。展开一轴指顾间,始知妙画归毫端。
谁云不复见摩诘,陈君自得如神笔。石台一去不复来,陈君继芳诚奇哉。
形容聊述歌一首,行看声亚诸人右。

曾 慥(？—1155)

巫 山

巫山不可见,翠岫几重重。云外藏三岛,江头认九峰。

淡烟迷暝色，疏雨浥秋容。目断凝贞路，松风传暮钟。

查籥(？—？)

万州湖滩寄王夔州

满目暮山平远，一池云锦清酣。忽有钟声林际，直疑梦到江南。

翟龛(1224—1314)

寄王祥季昆

右军孙子总奇才，一别俄惊秋又来。冠佩正宜朝凤阙，钓竿未许老鳌台。
云昏野寺疏钟断，潮落寒汀野鹤回。咫尺相思不相见，渴心吟望欲生灰。

翟汝文(1076—1141)

北 固 山

山形郁长虬，掉尾趋平川。回峰耸巘巓，广殿凌云巅。
登临望八极，天盖垂空元。鸿蒙一气乱，鬼物半涂颠。
天风河汉响，户牖斗柄悬。黄图昔散漫，赤伏竟沮迁。
凄凉霸气歇，徙倚平台骞。山川宛如昔，独为骚人妍。
江声战九地，幽愤为谁湔。晴雷殷列缺，电火搜蜿蜒。
乔皇故代物，猛炽随飞烟。僧繇六花佛，生面行差肩。
铢衣类帝网，肉髻浮青莲。巍峨开元帝，玉座犹高悬。
奋迅陆子画，青狁戏芝田。萧梁遗巨镬，仿佛像奸镌。
赞皇艺两柏，郁屈蛟龙缠。空焚荡灰劫，涕视悲人天。
铿铿斧斤初，千柱欻修椽。苍头封草树，佳气封云泉。
孤标危塔涌，迥佛层阴坚。溟翻塔影倒，天转磨蚁旋。
咨嗟一弹指，悲悟三生缘。有生甚脆弱，膏火消烦煎。
喟彼昔夸夺，修罗构戈铤。吾将声洪钟，须弥叫金仙。

詹本(？—？)

宿 天 台

风泉隔西屋，独夜寒自生。开窗失山色，白云压前楹。
累尽得潇洒，去住俱不惊。鼻息答僧钟，霜露入残更。

张伯玉(？—？)

桐庐寺晓钟

扁舟下桐圃,霜月满寒潭。疏钟一声起,清与天地参。
春容逗万壑,窈窕出层岚。羁魂不成寐,洗耳涤尘贪。

清思堂晓雪初霁望飞来山

密雪晓初霁,朝阳霭融融。隐几高堂上,坐对飞来峰。
梵塔倚天半,楼台出烟中。岿然金银阙,瑰碧交玲珑。
渐转皎日高,杳杳闻疏钟。天和发秀彩,灏气如腾虹。
况予世虑疏,久矣淳心胸。更临物外趣,愈觉万缘空。

张 澂(？—1143)

孝 义 寺

城东孝义寺,仍说卧冰池。虽赝犹堪训,前贤况可师。
香销春殿冷,楼压暮钟嘶。末俗逾偷薄,哀怀欲涕洟。

雷 公 山

年大嗜烟壑,心鄙城郭近。篮舆践晨霜,峭蒨入云畛。
病衰风见乘,放浪顾难忍。驾言小玩愒,微尚希遁隐。
隐沦著扁舟,欲济江无流。岧峣雷公山,信美惭薄游。
夕烟散林谷,暮钟鸣寺楼。抚事百感集,聊兹兼夕留。
留情不复欢,恻恻抱悲叹。何以纾拂郁,曳策青云端。
雷祠蔽深莽,灵宫俯层峦。下视万壑趋,遥见千峰攒。
攒峰娱余心,领略悟山阴。平生一丘壑,何须故山岑。
放怀白鸟盟,斯焉得重寻。题诗谢灵山,勿阂金玉音。

张道成(？—？)

临 终 偈

七十四年命幻身,临行动众动群伦。鸣钟击鼓浑闲事,一点圆明不动真。
咦!擘破乾坤一玄牝,拿将日影挂林梢。

张方平(1007—1091)

劝 酒 行

众客醉归杯席阑,有客不醉坐长叹。不醉长叹客何苦,请以眼前近事观。
客见南迁丁晋公,拥旄秉轴天禧中。昔岁羁游客此宇,穷秋萧索随飞蓬。
渐达得意忘旧困,手提国柄矜权雄。矜权未足俄南窜,青衫白发穷衰翁。
向者枯荣试回省,何异春宵梦一终。人事纷纭似飞絮,钟漏声中朝复暮。
且脱鹓裘换酒来,与子相从醉乡去。

秦 州 即 事

边清羽书息,事简使君慵。地僻俗客少,日长春睡浓。
平安三路火,昏晓两山钟。戍满归心动,先随渭水东。

平 台 秋

层台复道盘盘斜,马头冷光摇玉花。曲葆翩翩映红日,彩旗苒苒舒晴霞。
铿钟考鼓台上宴,花间楼榭层层见。香雾低蒙烂不收,觥筹随酒东西转。
山衔半日王未醉,桂花蟾露滴浓翠。冬冬满板敲金丸,千娥攒碧台门闭。
古铜青涩对秋晓,王乐不极将如老。孟尝坟上牧童歌,千岁空台长荒草。
土花愁碧古甬平,阴夜鬼荧光扰扰。

偶 兴

财利乃怨府,功名为祸胎。东市悔晚矣,西钟悲悠哉。
庖刀割腴味,匠斧斩良材。在埶勿偃蹇,居易无低徊。
一瓢颜子巷,孤竿严光台。盛德与高风,颢清无毁颓。

梦 后

索索幽虫急晓风,玉绳西下露华浓。远钟惊觉窗灯暗,依旧江山一万重。

赴益部途中

中台分虎节,全蜀领龟城。山色二千里,水声三十程。
烟村深谷火,云栈半空铃。野馆无钟漏,猿吟晓日明。

张 纲(1083—1166)

李居正挽词

白首论交旧,黄冠独此人。诚全知俗薄,语直见情亲。
上馆钟鱼在,空坛月露新。如今入山去,行处是悲辛。

次韵国衡

古寺凭崇冈,苍烟荫乔木。欹斜屋鳞比,缭绕墙带束。
何人辟层轩,延客寄遐瞩。醉赏菊坡下,客意岂在菊。
念昔居此地,名世尽儒服。师旷贤多知,苍史圣重目。
台成竟谁游,事去不容局。梁王高帝孙,名字亦不辱。
当时盛歌舞,肯使后人逐。陈迹今故存,新池为谁绿。
感叹世上事,反覆如转烛。请君听钟鱼,尚想吹紫玉。

张公庠(?—?)

宫词(其六八)

长乐疏钟常送月,灵和垂柳只从风。还知天上人难老,颜色年年不减红。

张 斛(?—?)

高 寺

高寺鸣钟后,孤舟落雁边。已知归径晚,故就上方眠。
石峻溜声急,月高松影圆。明朝下烟霭,回首阻清川。

张 徽(?—?)

句(其二)

晓塔影分山店北,暮钟声落海门西。

张继先(1092—1127?)

钟

金晶铸就斗星悬,挂向琼楼知几年。好是五更残梦里,一声敲透白云天。

题度仪堂四首(其三)

骤尔升堂者,同乎白日仙。崇深邻圣像,超卓愧吾年。

微月兼寒露,乔松间野田。宫成方数载,犹使扣钟钱。

庵居杂咏九首(其九)

钟声鼓声朝夕鸣,茶烟炊烟先后生。云衣霞佩栖山客,兀兀穷年无一营。

张九成(1092—1159)

三月晦到大庾

我登超然台,积雨久不止。台下柳成行,柳下满塘水。
环塘率乔木,照影弄清泚。恍如在故乡,西湖古寺里。
气象极幽深,景物尽苍翠。十年劳梦想,一夕居眼底。
独坐不能去,颓然起深思。钟鸣主人归,烛光何烨炜。
笑语复移时,夜久余当起。归路夫何如,江声寒玉碎。

拟归田园(其一)

朝市良可厌,不如归故山。故山山色好,别来知几年。
威凤翔高冈,神龙潜深渊。黄鹄志千里,皓鹤恋芝田。
吾意亦如此,志在山水间。千峰列溪上,修竹满檐前。
樵唱归落照,僧钟鸣晓烟。晚来闲览镜,白发冠颓颠。
回思人间事,百计不如闲。吾言奚激烈,此事非偶然。

过 报 恩

篮舆访萧寺,烟暝涨春空。远树楼头绿,残霞山外红。
昏钟发林杪,人语殷桥东。回首都无迹,人生真梦中。

张 槃(?—?)

第一峰诗(其二)

凄,清。
露重,月明。
纱帽湿,夹衣轻。
路险仆倦,石危马惊。
近市火数点,出林钟一声。
客子征鞍暂解,仙家云关未扃。

浊酒三杯投倦榻,梦回画被写吟情。

张 侃(1189—?)

枫 桥

墙边紫燕留,柳外红日晚。川明山影动,风缓波声远。
吾道付悠悠,世尘空衮衮。精庐傍官河,时有舟车返。
古贤用志苦,吟诗一字稳。乃知半夜钟,绝胜木兰饭。

张 揆(?—?)

宿灵岩寺

再见祇园树,流光二十年。依然山水地,况是雪霜天。
阁影移寒日,钟声出暝烟。微官苦奔走,一宿亦前缘。

张 扩(?—?)

子公复和亦次韵(其一)

我惭问舍未知方,君亦依然卧上床。有纸遮风良不恶,无人炙手自生凉。
应怜佛屋钟鱼近,不自官居屏障妨。相去九龄今几代,风流未减笏为囊。

山居四首(其四)

诛茅结屋方丈阔,买酒浇肠升斗悭。古寺隔林人阒寂,只传钟梵到山间。

张 耒(1054—1114)

醉宿慈氏院晨起

痛饮淋漓半夜醒,披衣坐待晓窗明。风松一夕清无限,炉火三更暖有情。
孤阁鸣钟天黯惨,寒山戴雪晚峥嵘。年来渐向深杯怯,强学刘伶欲解酲。

赠铁牌道者

微官待旦亦朝天,赖尔绝胜钟鼓传。举世昏冥竟难警,怜君常负五更眠。

寓寺八首(其二)

道人钟梵久寂寞,倦客弭车聊静便。我亦云山闲衲子,平生香火旧因缘。

寓陈杂诗十首(其五)

清夜何晏晏,客眠亦复佳。邻钟唤我觉,咽咽闻城笳。

披衣行中庭,星汉已横斜。缺月挂西南,皎皎流清华。
莎鸡振其羽,蟋蟀旁悲嗟。悠哉岁已秋,日月如奔车。

永宁遣兴三首(其一)

国破空陵墓,时移改要冲。人随幽谷路,县隐乱山峰。
零落荒祠树,悠扬晚寺钟。犹传仙旧隐,跨鹿有遗踪。

谒僧不值

古寺人闲僧掩扉,客来下马解尘衣。双松带月风蝉噪,古阁鸣钟夕鸟归。

夜 霜

夜霜偏警军城角,晚日如催林寺钟。蹭蹬此身甘已老,推迁世事本无穷。
邯郸梦里忘将寤,蛮触军中尚战雄。我有一言开达者,到头可倚是天公。

叙十五日事

五更闻钟自惊起,坐守残灯具冠履。昏昏睡眼正团花,独爱当庭月如水。
强驱睡味谁不仁,漠漠黑甜留两眦。忽惊左掖涨风埃,已起上阁锵环佩。
平明原庙焕金碧,饥投散幕走寒饵。纷纷仆仆酸两胫,肉食当然贱何事。
走马回家百不问,扫榻伸腰真有味。起来炊熟日亭午,槐叶新成庭覆翠。
翻书弄翰老自笑,饱食安眠计难遂。古来高士不入城,肯听鸡鸣踏朝市。

题庐阜官厅壁

平生山水兴,今夜宿东林。落日楼殿影,西风钟梵音。
云横山阁迥,雨过虎溪深。脚力犹堪在,他年当重寻。

题大苏净居寺

平生爱山如好德,未尝一饭忘泉石。大苏山下松柏林,路尽重门照金碧。
思公得道神所相,指示岩幽驻瓶锡。天台妙教源欲启,来此一酌曹溪滴。
两公道场守龙象,兵火暂晦终辉赫。撞钟伐鼓食千指,皆二大士之余力。
紫纤石磴造山顶,上有玉人方燕寂。北轩三伏飞冰雪,一日掠尽淮山色。
东游尘土我实倦,道过化城聊暂息。青鞋布袜旧家风,此身终效名山役。

太宁庭柏

微风起清籁,烈日交翠阴。荫兹金仙居,楼殿郁沈沈。

永日燕雀下,有时钟梵音。谁能悟斯道,来此契无心。

索　莫

索莫归未得,闲云还满空。愁吟对寒月,不睡到晨钟。
衣喜初冬寄,书怜手自封。何当听夜雪,暖酒夜炉红。

宿泗州戒坛院

楼上鸣钟门夜扃,风檐送雨入疏棂。老僧坐睡依深壁,童子持经守暗灯。
千里尘埃长旅泊,五年忧患困侵凌。谁知避世天然子,一见禅翁便服膺。

宿龟山寺下赠昱师

淮流赴海何时穷,我生飘泊西复东。山中老僧旧相识,惊我非复当时容。
三年历遍百忧患,迁就汲汲如飞鸿。人生易老古所叹,如我安得颜长红。
尘埃漫灭旧题壁,枝叶已拱当时松。我方奔走师已老,更念别此何时逢。
眼看故旧怀抱久,宴坐不觉听山钟。长淮月高人语绝,惟有塔铃鸣夜风。

宿慈氏院

楼上鸣钟报五更,朦胧深殿佛灯明。更无幽梦随寒枕,听彻风松到晓声。

疏梅二首(其一)

疏梅落寒晴,高柳暗春夕。低星上苍寒,远钟韵澄寂。
颇私朝市间,更得阛阓僻。且复罢经过,深泥溅马臆。

书寺中所见四首(其二)

日出邻僧乞食,钟鸣老叟关门。谁见春宵净境,娟娟霁月当轩。

书初凉夜至将晓

秋房灯火清,人语久已寂。城远不闻更,警柝鸣未息。
横参已入地,斗柄当天直。乃知三更中,市廛已寂历。
我时守书儿,磨墨倾砚滴。反覆小学书,昏目如芒刺。
试寻邻房僧,鼻齁背负壁。体劳径就枕,冷梦分南北。
觉来寺钟鸣,僧礼像前席。须臾闻梵呗,木鱼如叩石。
举头视东牖,朝日已淡白。反身起披衣,神爽健筋力。
亟来酒瓮边,侧听声唧唧。

神运殿望香炉天池等峰晚宿官厅明日早发

远公不出山,坐受天龙供。地祇敢爱宝,木石亲输送。
岩岩千年屋,山立屹不动。风云宿修梁,星斗近华栋。
亭亭碧香炉,薝卜时自涌。五云严拥卫,天乐下鸾凤。
神池网宝象,光怪发岩洞。谁能陟其巅,手揽湖龙鞚。
东堂黄金藏,龙像俨环拱。萧条亡国辇,拙朴昔谁用。
扫堂为一睡,清极乃无梦。思归戒晨发,结束勤仆从。
鸿钟振林莽,月落朝岚重。再往堕渺茫,猿鹤应嘲讽。

山　下

山下疏钟日夜催,城头画角五更哀。流年忽忽愁中过,世事纷纷空里来。
沮溺漫高轻世节,管商空尽济时才。古来扰扰今何有,一熟黄粱梦已回。

破　幌

破幌一点白,卧知千里明。低窗通雪气,乔木尚风声。
传警军城静,鸣钟梵刹清。高眠寻断梦,邻树已乌惊。

柯山杂诗四首(其三)

断涧横桥卧古槎,晚鸡鸣处有人家。山头月出疏钟断,江上风高落雁斜。

绝　句

坐局归来已暮钟,蒙蒙寒雨湿裘茸。正须墙下一壶酒,不怕江头三日风。

将别普济二首(其二)

孤城淮北晚钟残,落日桥边送客鞍。物外楼台秋更豁,山深松竹晚多寒。
窗风细细侵衣冷,檐雨萧萧到夜阑。佳境欲留嗟不可,尘埃踪迹但悲叹。

湖上成绝句呈刘伯声四首(其一)

湖北风来吹晓钟,湖边渔客闭船篷。波光不动天光阔,更在浮烟细雨中。

广化遇雨

浮云蔽高峰,台殿延晚色。风声转谷豪,雨脚射山白。
东楼瞰虚明,龙甲排松柏。萧森异人境,坐视动神魄。

撞钟寺门掩,晚霁尚残滴。相携下山去,尘静马无迹。
归来解鞍歇,新月如破璧。但恐桃花源,回舟已青壁。

庚辰腊八日大雪二首(其一)

平生腊八日,借钵受斋糜。客路岁将晚,旅庖晨不炊。
持杯从破律,遣兴自吟诗。何日依禅宿,钟鱼自有时。

厄台寺三首(其二)

峨嵋前约已成空,风雨萧萧送暮钟。何用忘机来问话,不如松下谒痴龙。

渡洛游三乡书所见

重云蔽南山,远见山雨白。我行山之北,便与云雨隔。
西风来如奔,零乱云物拆。驱除信果决,霁霈绝余滴。
收雷如归师,蹄辙度南碛。群峰涌地出,掀荡无留碧。
暮投三乡寺,落日在东壁。钟鸣高阁晚,野迥见归翼。
还家晚川静,秋月未生魄。聊资览物态,应用慰行役。

冬夜二首(其一)

惨惨诸山暮,寥寥老树空。尚飞霜雁急,不动雪云重。
挂冷寒灯壁,悲传夜柝风。隔窗无恨竹,萧飒到晨钟。

冬 日 即 事

郡闲多暇日,况乃值清冬。风叶已成扫,霜芜犹复重。
佛香留夜火,蔬饭候晨钟。谁信二千石,心如一衲翁。

春日怀淮阳六首(其二)

灵通禅刹古丛林,永日惟闻钟梵音。阅世兴亡千室佛,百年风雨古墙金。

出京寄无咎二首(其一)

不许多闻长乐钟,打包旦遇又匆匆。长安城里谁相识,只有周南太史公。

别钱筠甫三首(其一)

倦客无眠听晓钟,五更蜡烛泪消红。城西古寺来何处,今日分携独向东。

白羊道中二首(其一)

徒旅已屡憩,过山知几峰。空畦鸣野水,坏道拱寒松。

醝酒自能暖,褐裘初御冬。朝饥久未食,林寺已鸣钟。

张　嵲(1096—1148)

坐听啼鸟如春禽响信笔书

闽山冬候暖,寒鸟似春禽。一听间关语,偏伤羁寓心。
雨沾陈叶尽,云压暮山深。坐久疏钟歇,余声过远林。

赠相僧杨懒散

野鹤本长生,孤云无定意。托迹虽世间,游心乃尘外。
请问绛人年,曾观柏寝器。微言洞倚伏,妙中惊人世。
往夏识方瞳,今春分别袂。飞帆烟雨外,驻锡云林际。
逸兴轻远游,滞念牵离思。后夜听钟鸣,应在寒山寺。

游下岩寺先是刘宝学约于此相聚既而先进舟遂失胜业

时危适远县,卧疴蔽疏篷。浮舟难计程,一听水与风。
今日出江口,划见天边峰。维舟邀胜士,杖策凌穹崇。
绝壁迤崩陁,可验秋涛雄。镌崖佛像古,凭虚楼殿工。
泛泛窗外江,落落阶前松。涧响雨滂濞,云生树玲珑。
揽胜欣远游,抚身悲转蓬。忧乐未相偿,林霏生晚容。
却纵中流棹,回望青莲宫。秋晚山萧寂,云散烟空蒙。
舟行转沙尾,微闻林外钟。惜哉李膺船,去若孤征鸿。
晨暮一相失,云峤何年同。若纵金门步,永遗尘外踪。

题画扇二首(其一)

罨蔼前林暗,遥知暮气生。渐向山门近,应闻钟已鸣。

宿永睦将口香积院满山皆松桧声二首(其二)

万壑树色敛,松门已暮钟。故园肠断客,应与此时同。

送冯元通帅夔

烈士志徇名,仁人思爱日。冯公杖节归,颇全忠孝术。
狂童昔兆乱,天常几反易。大臣清国屯,公实预谋画。
白士为台郎,未省闻在昔。义为轩冕重,功在钟鼎勒。

十载犹故官,念言为伊郁。迩来升宰士,式序期日夕。
囊封却复上,告去更甫力。官荣岂不怀,志养不遑息。
顾我废蓼莪,日念扫茔域。公方咏南陔,肯为高官职。
绝裾旧疑温,抗疏今师密。都门行饯君,视古无愧色。
柔甘既获奉,中外等事国。虽是平生言,勉哉宣泽□。

绍兴圣孝感通诗

宋有天下,逮乎八世。猛敌横生,侵欲不忌。
尧汤水旱,文景畜异。数则使然,岂人攸坠。
皇帝承统,甚武且仁。内销奸孽,外备殊邻。
浸明浸昌,师武臣力。抵掌含怒,日思奋殛。
皇帝曰咨,咨女将臣。慎守疆埸,以保吾民。
敌来则御,折北勿追。姑修吾德,以待所归。
人亦有言,投鼠忌器。矧彼狡焉,吾亲是质。
彼兵攸恃,我则德攻。靡以岁月,徼天之衷。
彼虽刚戾,不可扰驯。我视其欲,以舒吾仁。
始我有众,公卿庶士。谓彼悍骄,庸知德义。
苟有诚信,金石为开。豚鱼之孚,惟道之怀。
有唐睿真,亟诏求访。恻怛之诚,宁甘百謝。
皇帝曰咨,予由是心。彼虽我诈,我惟尔忱。
孝悌之至,神明可通。惟彼不信,天诱其衷。
行人是来,言弃旧恶。我奉慈母,归御长乐。
八月甲子,至行在所。天子在所,天子郊迎,其从如雨。
老稚仰观,踊跃呼舞。卿士相趋,肃穆伛偻。
天地感通,发祥颎祉。卿云郁兴,轮囷离诡。
屏翳不惊,川后静波。云飞渊泳,謦声相和。
玉虹沛艾,芝盖穹崇。千乘雷动,万骑风从。
天子是侍,如长乐宫。渤澥为杯,华嵩为豆。
举烽行炙,撞钟命酒。既劳王爵,下逮奔走。

万岁称觞,献太母寿。敷天之庆,周浃寰宇。
薄海内外,无或失所。皇帝之孝,振古曷遇。
睿算无疆,永作民主。人无疾疠,田多稷黍。
兵革不试,四夷款附。太母万年,康疆燕豫。
皇帝之孝,莫与比德。锡羡无疆,子孙千亿。
莞簟发祥,开统拓迹。巍巍岐岐,诜诜翼翼。
有绿其车,有赤其舄。太母万年,含饴燕息。
始归太母,小大具疑。谓将我廷,胡宁以归。
皇帝之孝,先定不易。爰有廷臣,协比我德。
有赞其决,无贰其心。指期待莅,天实我临。
曾无愆素,归御愔愔。凡是谨器,尽为歌吟。
天锡皇帝,示将保定。太平之休,繁此其证。
际天所覆,咸为我土。含识之伦,我籍斯附。
充入旧贯,天临万方。子子孙孙,永世克昌。

九日三首(其三)

夏衣著体轻,晓气蒸岚湿。清池湛城闉,微风为磨拭。
今朝乃重九,万木犹故碧。芙蕖久退红,衰蒲尚森戟。
岁丰农务闲,林间闻组织。天涯一杯酒,胜日同此席。
论交真臭味,不必须旧识。高谈璨齿白,谑浪发颊赤。
向会喜今逢,追思多古昔。千年龙山盛,坐客看落笔。
平生跌宕意,寻胜穷履屐。领会苟在心,傍人笑脱帻。
故为牛山会,遽作儿女泣。古人欣佳名,且用永今日。
百年如过鸟,万事何损益。唯思快雨来,窗竹听夜滴。
杯行莫暂停,城乌归已急。林壑暮气生,疏钟耿明夕。
尚余古今囊,冥搜句新得。

病中夜雨

新凉增客意,卧病复逾时。雨脚夜深白,虫声秋后悲。
高低山树立,迢递晓钟迟。此夕天涯鬓,知添几缕丝。

秋晚游谦上人庵四首(其三)

霜落秋山枫树红,茅檐直面列诸峰。上人竟日观心坐,粥饭遥凭别寺钟。

秋晚游谦上人庵四首(其四)

溪流触石转轻雷,境静身闲万虑灰。西崦远寺青烟外,时听钟声度壑来。

孤　　山

日薄城烟湖面红,胜游常恨隔崇墉。不如纵棹绝湖去,却听孤山打暮钟。

张　掞(995—1074)

留题灵岩寺

再见祇园树,流光二十年。依然山水地,况是雪霜天。
阁影移寒日,钟声出暝烟。粗官苦奔走,一宿亦前缘。

张声道(？—？)

九折岩(其二)

酒送钟声随晚照,雨添竹色荐新凉。栏干烛影水波静,帘卷杯深荷度香。

张师中(？—？)

枫　桥　寺

吴门多精蓝,此寺名尤古。距城七里余,冠盖日亭午。
斜径通采香,远岫对栖虎。岩扉横野桥,塔影落前浦。
霜楼鸣晓钟,夕舸轧双橹。方丈中有人,学佛洞禅语。
迹忙心已闲,道乐行弥苦。不为喧所迁,意以静为主。
何必深山林,峰峦绕轩户。

张　栻(1133—1180)

游　灵　岩

我登姑苏台,笑指前溪水。水从具区来,古色映清泚。
明朝泛舟去,两岸杂蘋芷。萦纡知几曲,举目皆可喜。
稻熟千顷黄,秋入四山紫。疏钟度横塘,青帘穿野市。

忽惊秀气逼,突兀平地起。飞阁出林颠,穿石满山趾。
褰裳上深径,鸣蝉声聒耳。木罅露遐观,欲进足屡止。
梵宫开何年,金碧焕相倚。上方纳湖光,千里净如砥。
中峰何亭亭,正尔当燕几。沙阔鸥鹭微,水落鱼龙徙。
云绕阊闾邦,草迷于越垒。琴台俯香径,不念前王侈。
兹山自古今,讵此能为痏。老松独坚卧,根株互盘峙。
颓然阅沧波,爱此青未已。我来三日留,幽事付行李。
领略宁有穷,登临聊可纪。

腊月二十二日渡湘登道乡台夜归得五绝(其五)

湘江岁晚水清浅,橘洲霜后犹青葱。归舟著沙未渠进,且看渔火听疏钟。

和元晦赠上封长老

上方元自好,一榻有余清。只趁晨钟起,宁闻山鸟声。
高僧足幽事,野客富诗情。试问峰头景,今朝作么生。

寒食前三日野步乌龙山中石上往往多新芽手撷盈掬酌玉泉煮之芳甘特甚有怀伯承兄赋此以寄

披云得新腴,煮泉听松风。香永味自真,不与余品同。
悠然泊莫留,归来隐疏钟。念昔湘滨游,年年撷芳丛。
迟日照高岭,新雷惊蛰龙。落硙快先啜,鼓腹欣策功。
夜灯紫筠窗,香生编简中。谁与共此乐,臭味有邻翁。
朅来七里城,日月转飞蓬。山川岂不好,予忧日忡忡。
酌此差自慰,思君复无穷。

方广寺睡觉

僧舍孤衾寄此情,庄生梦破晓钟声。浮沤踪迹原无定,惆怅西风一夜清。

晨钟动雷池望日

浮气列下陈,天净澄秋容。朝暾何处升,仿佛认微红。
须臾眩众采,阊阖开九重。金钲忽涌出,晃荡浮双瞳。
乾坤豁呈露,群物光芒中。谁知雷池景,乃与日观同。
徒倾葵藿心,再拜御晓风。

张 守(1084—1145)

次韵曾天猷赠知宗赵端礼展钵诗

几人能信见前因,满意肥甘豢色身。曾是鼎钟华贵胄,肯同瓶钵苦空人。招呼善友明初地,降伏心魔净六尘。翻笑花间沾醉客,空看高冢卧麒麟。

丞相惠诗复次前韵(其一)

学道居惭邴曼容,典刑今向海边逢。德容璞玉长涵润,才刃硎刀始莹锋。养寿不忧潘鬓二,趣装行觐舜瞳重。期公展尽调元手,盛取勋名勒景钟。

丞相惠诗复次前韵(其二)

开函三复似南容,入眼清诗左右逢。绝唱自应开奥窔,全提谁敢触机锋。朱弦清越宜三叠,宝玉森罗富五重。袖手吟边无好句,冥搜空恨五更钟。

张 枢(1292—1348)

宫词十首(其二)

观堂钟响待催班,步入朱廊十二间。宣坐赐茶开讲席,花砖咫尺对天颜。

张舜民(?—?)

试院感怀

朱户当昼扃,霜帘达夜悬。沈沈造广庭,睾睾接众贤。
疏莛叩洪钟,短绠汲深渊。始知学不迨,内顾多歉然。
忆昔居上庠,忝出流辈前。赋就千金直,诗成万口传。
荀杨迥接迹,班马思比肩。一从苟干禄,永谢英俊躔。
折腰府县中,糊口道路边。世俗多见轻,义士谁哀怜。
憔悴有今日,光辉思昔年。今兹睹秋闱,犹欲争相先。
枯鱼傍江湖,疲马忆蓟燕。凉风拂翠幕,陇月向人圆。
物景近中秋,客意孤绵绵。裴回望清光,欲揽不得全。
永怀欢乐时,把酒谢婵娟。

张 微(?—?)

句

人家橘柚间,钟梵云烟侧。

张　先(990—1078)

将赴南平宿龙门洞

此心常欲老林丘,去意徘徊夜更留。万客只贪门外过,少人知有洞中游。
春来犹见龙孙出,静里微闻石乳流。涧水送花通阁底,寺钟催月落岩头。
暂时清梦生危枕,明日浓尘拥敝辀。南是符阳北长举,所嗟不属古江州。

张孝祥(1132—1170)

重入昭亭赋二十韵

我本山中人,对山辄忻然。蹉跎落世网,欲去常拘牵。
苍鹰著珠鞴,侧脑思高骞。青丝络奔骥,摆脱意乃便。
抑郁不自聊,沉冥向谁宣。长怀昭亭山,积翠摩青天。
下有千柱宫,突兀数百年。往者雪中游,群峰玉回旋。
飞阁出木末,下睨春无边。堂中二老人,龙象开法筵。
炯炯月在空,浩浩海纳川。应庵默无言,妙处心已传。
如庵说千偈,微辞谛真诠。静极烓炉熏,对床且安眠。
更欲捐冠簪,一箪寄三椽。此志竟不遂,缁尘乱归鞯。
今朝复何朝,却望山中烟。缥缈见楼观,钟梵声清圆。
我携九节筇,飞步云萝巅。

用韵简天童应庵

敬亭松竹古丛林,二老风流旧赏音。楼阁长开太平象,钟鱼能洗祖师心。
别来黄鹄还千里,盟在白鸥当再寻。却忆西堂大言客,只今高坐海云深。

题定山寺(其一)

蹇驴夜入定山寺,古屋贮月松风清。止闻挂塔一铃语,不见撞钟千指迎。

上辟廱

金铜隐花古龙涩,朱干大羽纷纭立。宝钟玉磬垂丁东,和鸾雍雍八音龠。
鲸吞虎噬二十年,至尊戎衣不解鞍。里中小儿事刀剑,管钥掷去尘漫漫。
真儒倏兴明典礼,周庠连云斩荆杞。银袍如云拱翠华,师儒便坐讲经旨。

寄题向彦绩史君采菊堂

史君天资高,夙昔事幽屏。长怀渺丘壑,余习谢钟鼎。
东篱羲皇人,槁死骨已冷。凄其千载后,妙处一笑领。
高堂娱白发,兄弟极整整。不须南阳泉,寿与日月等。

福　严

行行山益高,所见益以奇。煮茶南台寺,更上千级梯。
道傍古时松,阅世心已灰。不与岁月竞,况受霜雪威。
路回闻钟声,宝刹隐翠微。排空写金碧,刓石著栱枅。
门前兜率桥,劫火昔所遗。神龙厌库陋,一炬然枯萁。
谭笑旧观还,殿柱百尺围。老禅七十余,高与此山齐。
大屋贮龙象,空岩走金犀。斋盂细细参,至味无盐醯。
颇闻三生藏,中有万宝赍。佛牙舍利涌,贝叶旁行稀。
剖蚌慈相尊,破匣血缕飞。稽首所愿观,为洗往昔非。
却寻上山路,拟看浴日池。急雨忽留人,吾其少须之。

登马氏永宁阁和朱漕元顺分韵

佛宫昔谁营,犹挟盖世气。应惭割据丑,稍识苦空味。
重檐隐白日,隆栋涌金地。耽耽壁间像,尚可将千骑。
乡来歌舞处,荒棘拥城雉。惟此悲愿成,历劫更兴起。
横撞钟万石,妙响警昏醉。忆当风雪辰,兹事实经始。
老僧喜成就,膜拜颡有泚。唤客馔伊蒲,斋房颇深邃。
空岩才跬步,不往独何谓。径携双竹杖,脚力勇难制。
绣衣两使者,风谊我所畏。相逢瘴海上,此乐岂天惠。
山林与心会,风月可回施。聊乘簿书隙,拚此一日费。
摩挲水边石,胜处欲专美。不用濡漆书,公诗即行记。

丙戌七月望日自南台游福严书留山中

乞我一枝筇,经行又别峰。水流仙界叶,风落化城钟。
锡去泉无恙,车行石有踪。却怜磨衲老,曾见两儒宗。

张　弋(？—？)

元　日

历以寅为正,风从艮位来。桃符当壁写,竹户趁钟开。
宿雨滋初苗,长年老不材。满庭青柏叶,惆怅独持杯。

张玉娘(1250—1276)

暮春夜思

夜凉春寂寞,淑气浸虚堂。花外钟初转,江南梦更长。
野春鸣涧水,山月照罗裳。此景谁相问,飞萤入绣床。

张元干(1091—1161)

真歇老人退居东庵予过雪峰特访之为留再宿仍赋两诗(其二)

山月转松影,涧泉鸣夜窗。清谈虎溪远,痴坐鹿门庞。
敌国终亡灭,边城合受降。晨钟发秋思,同梦绕三江。

用折枢韵呈李丞相二首(其一)

参陪仍许瘦筇支,长者登临敢后期。钟断白云飞雨过,月生青嶂夜凉时。
心知胜地都忘睡,喜听连床共和诗。莲社风流增荔子,余生长健更何为。

夜宿宗公丈室求诗甚勤为赋五字

林表登层阁,秋声隐暮钟。鸦归苦竹寺,雨暗乱云峰。
屡乞留新句,重来访旧踪。松门罕车马,似喜老夫逢。

留寄黄檗山妙湛禅师

晨发芗城越数峰,我来师出失从容。白云遮日蔽秋寺,青嶂闻猿惊暮钟。
世乱可无闲地隐,山深偏觉老僧慵。他年芋火谈空夜,雪屋松窗约过冬。

奉酬才元席上所赋前韵

夜饮华堂烛屡灰,暗香浮处数枝梅。坐中一笑对三粲,客里此欢能几回。
醉后不知歌扇去,归时还是晓钟催。露浓月白溪桥路,但记群山翠作堆。

范才元道中杂兴(其五)

名姓未能随老变,政须卜宅近前峰。看君决策上封事,揽取奇勋铭鼎钟。

送言上人往见径山老十四韵

忽辞鼓山行,便作径山去。道人孤飞云,腰包咄嗟具。
两边兄弟间,杨岐一条路。禅许众人参,院要大家住。
无是亦无非,何喜复何怒。同粥鼓斋钟,等灯笼露柱。
佛眼接竹庵,云门透圆悟。尔则有师承,心共成佛祖。
可笑世上儿,妄念分毁誉。石火电光中,毕竟什么处。
所得能几多,造业不知数。生死到头来,请问末后句。
穷汉未必穷,富汉岂真富。入门相见时,此话莫错举。

张至龙(?—?)

紫微阁赠凌丹士

风林叶叶带新寒,匕箸虀盐客味酸。兔抱粟眠传道石,鹿衔花上拜章坛。
沿崖取水和冰嚼,扫壁题诗当画看。尽日玄房无俗话,山钟敲月上阑干。

晚　窗

风约钟声落耳根,归鸦点点不成群。前山野烧青烟起,散满空中作暮云。

题白沙驿

雾裹峰头薄似巾,路逢水后误行人。山泉酿酒力偏重,石铫煎茶味最真。
燕不传家犹教子,梅才有肉便生仁。枕边学梦人方悟,未到钟声梦更频。

宿　灵　岩

树杪钟楼出半层,佛床黠鼠弄残灯。五更石上僧犹定,头满清霜唤不譍。

张　镃(1153—?)

至华藏寺先呈琏长老

切莫撞钟领众迎,作家相见要情真。亦庵自是优婆塞,知事当人定不瞋。

正月三日同诸亲从叔祖阁学登宁寿观东西山寻至邻园次叔祖韵

超旷欣便静,纷哗厌处浓。客亲非外约,地胜适新逢。
诗兴骖黄鹤,仙情寄赤松。烟平千万户,此处认歌钟。

杨伯时李子永潘茂洪同游安福寺诗

湖滨初试暮春衣,缘径钟残到寺迟。二月梅花还傍竹,一时游客总能诗。
横栏著砚争濡墨,断石缘蒲静看池。莫问邻亭是谁筑,山园持酒本幽期。

送客至无相兰若归过慈云岭小憩崇寿寺书所见十首(其五)

南山好处刘家寺,门里松篁一径冲。自有禽声喜迎客,不须知事更鸣钟。

山寺漫兴

未到枫林寺,常吟半夜钟。乍来冲路雨,少坐怯廊风。
漱齿村茶苦,看碑大字工。出门山惯见,何事意无穷。

清晖阁在柳洲寺旧址二首(其二)

幽寺知何处,风钟送远撞。孤花明几席,阴树惜轩窗。
唤渡轻舟竞,窥人白鸟双。寸心方自适,肯易利荣降。

陆编修送月石砚屏

何年商颢澄中秋,中光列籍稀校雠。冰轮充满不复玷,玉斧弃置无烦修。
虾蟆遁走兔老黠,历历可认浑银楼。扬光厌倦落凡眼,臭黄涨雾纷蜉蝣。
收芒转彩向林壑,孕秀石腹非雕锼。夜深辉怪想出没,肯混瓦砾埋荒幽。
地神竦踊竞持护,山鬼睥睨潜惊偷。扶疏桧影亦透入,非假幻化人能不。
谁将作屏伴几砚,窗日互耀摇双眸。三山放翁实赠我,镇纸恰称金犀牛。
翁今钜宋清庙器,咸钟韶磬铿鸣球。所学况不负天子,报国岂暇官资谋。
子虚赋传赐科第,始计兵说禆宸旒。倾城宠易妒亦速,巴蜀寄宦瓯闽游。
仙风侠气愈卓越,锦袍玉局当朋俦。平生专车只文藁,江汉万古词源流。
昆仑块圠大巧在,乃欲绘画真堪羞。精神闻道尚遒紧,恨未面觌肝肠投。
此屏远送有深意,绝胜龟甲围香篝。用张舍避立必直,铭戒要我参李尤。
拙诗酬贶忘不逮,是亦一痴何从瘳。菱租鱼市仰高咏,乘舆未果随子猷。
来春流水鳜肥好,看我坐钓书船头。

芦山长老慧举见访约游其临平庵居自号云邱草堂因赠四韵

此客南湖不易逢,几年尘外愿相从。风流前辈亲曾识,兴寄高情老未慵。
行柳映门宜著舫,青灯同坐到闻钟。稻畦莲渚临平境,何幸同师觅旧踪。

偈

钟一击,耳根塞,赤肉团边去个贼。有人问我解何宗,瞬若多神面门黑。

桂隐纪咏·高寒堂

下瞰东邻寺,钟声殷两山。贪吟尝忍冷,薄夜不知还。

钓　　台

绛衣骑日扶桑上,三精九县开灵贶。赵梁雍代迹俱空,冯吴寇邓勋相望。
客星何处潜光芒,双台叠巘摩穹苍。钓丝千丈卷烟雨,谁瞰一碧玻璃江。
羊裘坐稳无心动,蒲轮缥币知何用。故人聊为小周旋,君房谬欲相推送。
寥寥岁月今几秋,山寒松吹多飕飗。春来日暖花气发,极浦浪转鱼龙游。
先生有台人共高,虚庭忍见生蓬蒿。断碑败壁蠹荒藓,灌木野鸟捐枯巢。
一朝钟梵交云际,檐楹改观辉杉桂。非关好事取时名,此中耻但称能吏。
却经祠下罗清樽,试歌此诗当招魂。
先生出兮佩兰荪,明玑耀旆驾瑶璠,黄麟道前翠虬奔。
先生去兮山云屯,玉妃金童从缤纷。吹箫鼓瑟声冥冥,目断暮霭栖遥林。

自安福过真珠园梅坡

舒忧早逾关,延晤尽名侣。林亭果幽赏,得计良自许。
高鸣迭酬唱,阳春谁激楚。坐移游好园,振策盼芳渚。
曾茅旧剪结,冰艳静谁与。几年杨巨源,句妙听钟敧。
谪仙继前躅,凌厉苍霄举。吾人潘逍遥,清新出机杼。
揆予才独后,乙乙抽茧绪。肆瞻宇宙宏,气类混出处。
盍簪忍轻散,快意樽中醑。相看岂时情,襟期耐寒暑。

夜　　兴

老火顿扫迹,颢气凝清英。病悰少栖泊,循檐听风声。
桂魄未及圆,列纬已让明。银潢谁决流,静向苍旻倾。
引领欲纵望,众屋高峥嵘。又成兴局促,万里孤遐征。
阴墙想露泫,夕蔓粘青萤。怯冷独归户,搔头对长檠。
咨嗟分赋薄,煮药过半生。随缘但顺受,境逆或渐平。
年年中秋夜,裴回晓钟鸣。屈指行复来,得失当除乘。

宿余杭普救兰若同讷义二僧访法喜寺寻登绿野亭

平生乐游观，几欲遍区宇。足力有限量，胜处空默数。
余杭旧名邑，相距才步武。苏翁绿野咏，方册每欣睹。
朅来始经行，解担日蹉午。招提略憩倦，炉熏散云缕。
上人别累年，省识但能祖。应怜忧患迹，官路还踽踽。
将勤设瓜果，就荫指栅棫。少焉汤浴罢，作意访奇古。
相从到邻寺，儒宫换堂庑。揆昔列钟鱼，俄此登篁簋。
万法迭成坏，纷纷竞谁主。旋陟陂上亭，倾摧几风雨。
老柳不复见，危阑试凭俯。青山幸萦绕，宁暇问秦禹。
水流天接处，桑塍间疏圃。种莲止坳塘，炊烟莽村聚。
咨嗟杂慰快，拟去还眷怃。一笑诗已成，驰奔遽忘苦。

宿吴江华严院

宿云蔽空溪溟蒙，我船晓系红蓼丛。宿雨滑道树沥漉，我车早转青泥冲。
破程约涉一舍外，远目未快千山供。岸傍小店换马去，毡裘障冷披蒙茸。
须臾巾盖不容展，莽莽暗雾逢逢风。偕行客舆屡掀簸，适值官骑来憧憧。
刀弓负带竞铧矾，驒驷颗骥雅骟骢。争前迭进步殊窘，迫暮始望桥垂虹。
石塘百丈捍骇浪，间有滩碛纷鱼筒。鸦群黑白混鸥起，帆影乱点遥波中。
笔床茶灶住此地，得句未必惭龟蒙。浮图屋老且投宿，解担正听黄昏钟。
纱笼炙灯照佛古，展席布榻便吾慵。酒边纸尽莫翻写，睡觉红日生于东。

次韵酬铦上人二首（其二）

孰知苾刍流，而能建安作。灯檠味隽永，曾不带葵藿。
已撞禅月钟，请振普化铎。从伊哑羊呼，高厚中沃若。

章得象(978—1048)

题山宫法安院（其一）

路入青青数里松，上方楼阁一重重。千寻练挂双流瀑，六曲屏开四面峰。
幽鹭独翘藏翠竹，啼猿相对答疏钟。留连不忍催归骑，回首斜阳烟雾浓。

题明庆塔院

步步云梯彻上层，回头自觉欲飞腾。频来不是尘中客，久住偏宜物外僧。

下寺钟声沈地底,前峰塔影落阶棱。凭阑未尽吟诗兴,却拟乘闲更一登。

章　甫(？—？)

六言(其三)

从来钟鼎无梦,是处林泉可家。料事颇知风雨,逢人且说桑麻。

章　纶(？—？)

庚子冬夜宿郡馆怀白从古

高馆天寒霜露浓,思君深隐翠微重。月华绕树无飞鹊,云气蟠泥有蛰龙。
石鼎赋诗犹脱略,银灯看剑每从容。孤怀展转不成寐,为发城头半夜钟。

章藻之(？—？)

明　水　寺

环山清浅一溪水,夹径高低十里松。烟锁石门疑路断,斜阳影里忽闻钟。

赵必瑑(1245—1294)

再用前韵集句(其五)

相思一夜梅花发,吟破离心句不成。横玉叫云清似水,夜钟残月雁归声。

赵　抃(1008—1084)

题　灵　山　寺

我为灵山好,登留到日曛。岩幽余暑雪,钟冷入秋云。
篇咏惟僧助,尘烦与俗分。明朝入东棹,因得识吾文。

屡乞致政诏答未允述怀

自愧孤忠荷圣慈,恩荣恳向九天辞。于今蒲柳衰残日,好是云烟放旷时。
玉阙累章烦赐诏,瀫江两桨蹉归期。宵征自有高人笑,漏尽钟鸣晓未知。

和宿峡石寺下

淮岸浮图半倚天,山僧应已离尘缘。松关暮锁无人迹,唯放钟声入画船。

次韵程给事越州元夕观灯

隔江灯火越王城,别有新春喜复惊。累夕思乡还有感,三年怀旅岂忘情。
歌钟浩浩临香陌,罗绮盈盈簇彩棚。秉烛夜游公不倦,也知斯乐为民行。

赵崇森(?—?)

题三女冈白莲花

旧址来从晋,史更几废兴。一莲开陆地,三女卧冈陵。
题咏夸先辈,流传得主僧。林深钟梵寂,长夜一明灯。

赵处澹(?—?)

题周恭叔谢池读书处

粉蝶黄蜂二月天,初晴已觉十分妍。市桥船系垂垂柳,花寺钟敲淡淡烟。
幽趣静看青鸟啄,闲情独羡白鸥眠。谢家风月今何许,总入池塘梦里篇。

赵　鼎(1085—1147)

夜　　坐

寺楼钟断锁长廊,谁共萧斋一炷香。书册自能留久坐,灯花还解劝余觞。
风回绝壑沉虚籁,雨入幽林送嫩凉。老懒由来贪睡美,秋衾不怕夜初长。

灵　岩　寺

我为兹山好,登临到日曛。岩幽余暑雪,钟冷入秋云。
篇咏唯僧助,尘烦与俗分。明朝入东棹,因得识吾文。

赵　蕃(1143—1229)

周十三丈约同马三丈入青原山赋诗五首以记行(其三)

艇子君先唤,篮舆我复追。闻钟疑寺直,见塔上林移。
早起犹思睡,冲寒故觉羸。山游定何得,饭饱细吟诗。

重赋畏知寓斋

君昔少年日,起家官帝城。诸公盛称许,往往动得名。
夷途一步趋,可到公与卿。永怀松柏坚,高谢桃李荣。
谧斋乃曰渐,毫发无妄行。惟时尹夫子,犹躬南山耕。
是公妙言语,一字与不轻。铭能为君述,君志益以明。
蹉跎才几何,白发殆数茎。低回尚前衔,牢落方南征。
潇湘清绝地,屈贾放逐情。感今重恻古,慨叹识此生。

究竟渐之义,顾未忘蘖萌。彼哉少年事,老矣夫何营。
彻之易以寓,俯梦仰辄惊。何止宦为客,身悟浮云更。
南轩子张子,好学如玄成。奋然吐长句,真觉万户轻。
尹张志则异,与君尽同盟。见君极空洞,不比小器盈。
嗣宗绝臧否,白眼常若瞠。司马万事好,是中差自宏。
看君接物际,二士盖熟评。君今家山居,扁榜犹在桁。
傍陈漆园书,立参舆倚衡。因兹大有得,居穷亦如亨。
嗟我道学晚,颇困尘网撄。性又多忤物,举足逢沟坑。
誓将过君斋,指南问初程。但恐持寸筳,莫致洪钟鸣。

枕　　上
道人急打五更钟,窗外悲风正吼松。归梦不须惊久客,骤寒便欲作初冬。

早　　作
鸡送山窗月,钟残欹枕眠。栉疏知鬓秃,肘见觉裘穿。
觅句无新意,翻书有旧缘。纵违幽事喜,差免俗尘煎。

雨　　后
前朝呼蜥蜴,今雨跳虾蟆。听罢僧钟击,停闻庙鼓挝。
长饥谊游子,乐岁慰田家。未得江东信,频看天外鸦。

游浮洲寺
久客浑忘赖,群山得细看。身如悟浮没,诗喜助波澜。
塑象观殊诡,作钟怀叛干。东湖空壮丽,芝岭漫林峦。

隐山寺梁昭明题额
山深不知暑,五月冷如冰。寂寞前朝寺,风流帝子能。
田荒空野水,树老半枯藤。不尽怀人兴,钟楼日暮登。

夜作绝句三首(其三)
高下钟声一听闻,林梢落月乱纷纷。忽来眼底诗无数,颇念高人与细分。

午过无锡明日五更到平江门外
百里风帆日未中,惠山紫翠忽重重。姑苏城外枫林寺,夜半已过闻晓钟。

微霰雪

霰落初疑集陨珠,雪飞骤觉幻成图。檐间隙际窥疏密,屋顶树头看有无。
夜度佛钟清涧谷,晓翻渔艇舞江湖。平生无限幽深意,付与匡床竹火炉。

投宿清福寺

落日迷墟落,林霏隔树林。入门疑寺近,出谷听钟深。
堙户觅安寝,隔篱谋浊斟。不眠还耿耿,百虑搅予心。

同成父逸远自桃花游龟峰复回桃花赋诗二首(其二)

薄暮出龟峰,何嫌细雨冲。道边方闭户,溪阁正鸣钟。
客意冷如水,诗情哀似蛩。更思眠借榻,终夕听淙淙。

孙季章无愧郑季奕徐斯远以仆留智门载酒见过坐中雪作三诗(其一)

出山已与晓寒冲,下马频欣束缊逢。已见南山行更钝,到时山寺已昏钟。

宿龙须山(其二)

密竹复疏竹,老松仍稚松。担肩元近俗,吟趣得深供。
要宿招提景,犹赊日暮钟。殷勤问邻寺,指点说前峰。

送李袁州泛舟入浙

晦庵无处著,泛宅又吴淞。载月初寻棹,看山不藉筇。
听渠猿鹤怨,心喜鹭鸥逢。遥想题诗处,枫桥半夜钟。

十一月大雷雨

疾雷惊万里,冻雨落三更。未暇寻洪范,谁能究五行。
短檠无焰续,高枕待天明。钟省成深省,鸡声匪恶声。

十二日登列岫亭有设空幄者去之荐福酌浅沙泉登大楚之秋屏阁而归赋诗一首

轩亭著难稳,名字又恶同。譬犹死得谥,美恶百代公。
维洪之厌原,兹为众山雄。何许千万间,可以屏障充。
不于春夏时,刻画仍遗冬。岂非即其西,故取摇落中。

所得正且尽，评自曾南丰。是令登赋士，谈说口不容。
我留豫章城，十日雨且风。重寻湖上宅，再叩仙佛宫。
未行北沙门，忧心实忡忡。落日拟进棹，殷勤谢篙工。
我游有未尽，汝去何匆匆。肩舆天宁寺，高下一径通。
其谁列翠幕，正尔遮青松。欲住不得久，傍观南平钟。
清澄浅沙泉，一酌醒我胸。秋屏适跬步，直上如凌空。
回观列岫亭，有见真附庸。玄晖弹丸句，固足名壤穷。
后人竟攘取，榜识千家逢。况兹如许山，讵止窗户供。
脊记题葆真，疑未经此翁。

闰月二十日离玉山八月到余干易舟又二日抵鄱阳城追集途中所作得诗十有二首（其三）

岸尽催撑渡，风横促解桥。传闻记常岁，伟观得今朝。
时有疏钟度，谁云隔岸遥。明当绝溪去，应为好山招。

秋陂道中三首（其一）

晨钟离野寺，早市出村墟。山在空蒙里，路经崩缺余。
崎岖方自此，阻绝信非虚。却羡林间翮，飞翔得自如。

秋陂道中三首（其三）

雨止鸠频唤，雨来鸠暂停。愁怀惟惨惨，望极更冥冥。
鹭举青林破，牛行白水经。浑忘峻岭在，便拟午钟听。

六月十一夜简孙子肃子仪

暑气侵人百不堪，晚吹微喜鬓毶毶。手持白羽不胜倦，醉漱清泉欣尔甘。
定夜数钟随谷应，临流几木与天参。况当风月佳如引，只欠两公相对谈。

溧水道中回寄子肃玉汝并属李晦庵八首（其三）

僧房四立壁，淅沥夜吹风。破衲作深拥，其势乃若空。
晨钟不能待，宿火拨通红。

简徐季益二首（其一）

野寺钟鸣后，溪桥雨合时。杖藜能过我，酌酒更论诗。

意作匆匆别,仍愆得得期。近知疏问讯,不那费怀思。

寄林敏夫二首(其二)
吴江应已落丹枫,况说枫桥半夜钟。想见归心成日日,暮云如我忆江东。

和折子明丈闲居杂兴十首(其一)
维南有衡岳,一扫众山空。天既柄斯假,祭应仪比公。
穹林行莫尽,杰句古来供。叹息缁黄辈,昏灯及晓钟。

鹅湖道中二首(其二)
人间那有万株松,莫道名山都未逢。自拄枯藜行不倦,更听斋后几声钟。

东 庵 上 方
地瘠不宜竹,山寒多种松。路穷千折险,庵在最高峰。
石溜通泉乳,晴檐喧蜜蜂。客来僧不语,日暮自鸣钟。

代书示逸二首(其一)
风号窗外独株松,想汝看书趁晓钟。是我起行茅店月,御寒还觉欠茏茸。

代书寄张次律二首(其二)
闻道浮家历上塘,寒山钟接洞庭霜。是中佳句知多少,傥有书来幸不忘。

舂米方归瑞峰寺僧送菜适至遂成晚馈
香粳出村舂,晚菘来野寺。八珍不吾易,一饱有余味。
鸣钟与列鼎,饭蔬仍饮水。此道本平观,在人安择尔。

曾耆英自太和携所录谢民师观妙诗文副以长句见惠次韵酬答
别时黄落问山风,见日清霜鸣哑钟。二谢有诗皆可诵,七言兼与见传宗。
举幡故异司隶救,右袒徒闻吕氏从。君独凄凉能过我,逢迎敢作谬为恭。

病中即事十五首(其一四)
雨湿云衣敛,风沉月镜昏。谁家宵急杵,何处苦啼猿。
睡思浑无思,吟魂欲断魂。钟声才近寺,鸡叫已遥村。

八月八日发潭州后得绝句四十首(其三八)
大琛酒价旧知名,樟树姑洲得并行。晨起亟思谋一醉,远钟已作叫岩声。

赵福元(?—?)

晚　钟

花洲人别月凉船,烟寺寒鲸隔岸闻。带雨一声天外落,过江穿破半山云。

赵庚夫(1173—1219)

隐　逸

落魄蕉衫戴道冠,菖蒲满案浸清寒。有钱即买丹砂炼,无病犹将素问看。
连日游山僧共住,频年乞米鹤同餐。世间不朽非钟鼎,曾与高人静处观。

句(其二)

故人埋玉僧归塔,独听疏钟起暮愁。

赵公豫(1135—1212)

庐　山

庐山不可尽,蹑屐且相寻。峭壁悬崖险,幽泉仄涧深。
苔痕侵竹径,云气结松阴。古刹安禅静,闻钟砭俗心。

登燕子矶

岩石著江干,扁舟依岸难。钟音清晚屿,日色下寒滩。
寺古藤萝碧,霜严木叶丹。登临殊快意,趺坐看回澜。

赵佶(1082—1135)

诗二首(其一)

欲借嵯峨万仞崇,故将工巧状层峰。数寻苍色如烟合,一片盘根似藓封。
院宇接连常借竹,池亭掩映却凭松。分明装出依岩寺,只欠清宵几韵钟。

宫词(其一四)

蟾光秋半倍婵娟,河汉潜微莹碧天。楼上美人贪醉赏,晓钟声断遂经年。

宫词(其四九)

禁掖乘欢饮兴浓,笙歌围绕尽芳容。玉人相对赓酬劝,忽奏葵花一宝钟。

宫词（其九〇）
议司稽考绍熙丰，因革三王二帝功。夙夜焦劳无敢怠，求衣常是未鸣钟。

上清乐（其四）
九日宫中四老真，广霞山上宴仙宾。鸣钟鼓瑟行灵醑，碧落融融别有春。

赵　葵（1186—1266）

赠石牛上人
万里江山万里天，疏钟半夜落渔船。老来羡杀禅关客，一枕江声抱月眠。

赵立夫（？—？）

谢刘潜夫寄示诗卷
坑灰冷秦久，刀笔起汉旧。典谟慨已远，赋颂纷相授。
调律起建安，沿流及元祐。上下二千载，统脉如线溜。
渡江又百年，诸老凋丧后。灵珠繁谁握，绝唱不可复。
我行东南野，文星忽当昼。云章发玄秘，天笔括宇宙。
风雷膏泽沛，金玉渊海富。奋然蛟龙兴，绎若韶濩奏。
亟闻魑魅走，语夺江海秀。想当落笔时，真宰森左右。
要为后世法，何止鸡林售。早膺头角起，晚悟轩冕谬。
芳兰委萧艾，嘉植梗稂莠。造物岂终啬，意者其奖就。
吾衰不能进，砚墨如仇寇。大钟屹于前，缩手不敢扣。
辕缶何所知，管蠡只自陋。犹将策弩蹇，延首冀领袖。
已同南方游，何幸遇子厚。

赵帘谿（？—？）

次韵大受冷清生活与赋拙何异
群鸡今无术，乘风拟学仙。登临皆雀跃，酬倡欲蝉联。
坐久昏钟定，□迟夜漏传。南中□福地，此是一□天。

赵令畤（1061—1134）

被责三十年蒙恩召还行在方驻跸钱塘书呈子常侍郎
三十余年一梦同，向来朝士尽沈空。如今白首趋行阙，不是当年长乐钟。

赵孟坚(1200—?)

追咏西湖行乐寄傅清叔

闻借侯家宅,湖边度夏凉。钟鱼连梵寺,雉堞傍城墙。
闲适心无事,清和日正长。藕花虽尚稚,荷叶自多香。
苦笋回余味,青梅弄半黄。生绡画团扇,细葛制轻裳。
水近风生座,檐虚月满廊。龙舟花桨楫,骝马紫绦缰。
竟日歌声沸,通宵水面光。不妨投辖饮,更称静琴张。
诗社联行卷,仙姝学道妆。英游伴王谢,清梦到羲皇。
曾约陪游盖,惭稽动客樯。忆君成怅望,为我细思量。
几度吟成后,凭谁远寄将。意多收不尽,事鄙每牵忙。
今夕微醺起,中宵捉笔狂。浪吟无次第,聊表未遗忘。

赵清源(?—?)

天台石梁

何处觅灵踪,天台第一峰。云深唯见寺,夜静忽闻钟。
卓锡随飞鹤,谈玄起蛰龙。石桥如有约,跨月坐从容。

赵汝淳(?—?)

灵岩

古寺疏钟隔断烟,馆娃宫殿草芊芊。多情却有松萝月,只与当时一样圆。

赵汝谠(?—1223)

寄题王宗卿荅春堂

天德不可名,煦濡在三春。母恩不可报,爱慕极终身。
粲粲白华士,筑堂奉其亲。堂前种丛兰,堂后植修筠。
列卿禁武近,出牧藩条新。起居佩慈训,平谳宣皇仁。
属怀音书遥,曷慰色笑频。驰神越海峤,竦睇彻昏晨。
鼎钟曾足多,潞瀡良未珍。请将蓼莪义,一为君子陈。

赵汝鐩(1172—1246)

早　征
店鸡一唱接疏钟,起整行装尚梦中。沙路踏残征马月,柳堤啼断晓莺风。
水肥渡险添舟子,岸没途穷问牧童。千里乡人逢陌上,片时握手各西东。

雪中寻僧
寻僧同踏雪,握手上钟楼。初下寒飘屑,才浓风辊球。
水波糊纸阁,春乳泛茶瓯。片片看来好,庞公有话头。

雪中观客夜博
积雪深一尺,堆琼迷山扉。豪客夜排闷,挑灯红炉围。
成枭呼五白,转胜赏四绯。举觞无不釂,寒深酒力微。
姑置博与酒,剧谈木屑霏。坐久更浸阑,疏钟到帘帏。

湘西行
吾尝诵麓山盘纡句,又尝诵深林玲珑诗。
前有工部后吏部,拈出千古湘西奇。扶藜游目逐萧爽,扪萝陟磴忘崄巇。
杉桧摇空蛟虬舞,岭壑翳雾猿猱悲。晨昏两钟递名刹,日月一坛老仙祠。
摩挲徘徊怜晋柏,剥苔俯仰认唐碑。碧虚心照眼已阔,更上万仞层台危。
楚涛左渺连七泽,蛮烟右涌迷九嶷。学宫岧峣压胜概,百泉曲折流方池。
英才涵濡教育乐,风雩慨想莫春时。登临殊未澽幽境,残阳木末坠红影。
松阴夹道倒接䍦,不遣前诃杀风景。小留一片潇湘亭,双鹭飞来妆秋屏。
橘垂嫩颗匜洲青,芷纷柔叶飘岸馨。冥搜枯肠浪著语,对人欲举不敢举。
拍栏但吟工部吏部两大篇,水光山色俱欣然。

题村舍壁
柔风十里日曈昽,雨后陂塘野水通。两岸柳烟笼晓绿,数枝桃露滴春红。
明知钟鼎众皆羡,到了山林味不同。田父殷勤邀我坐,一盂白饭一盂菘。

宿横山
颇厌东征道路长,回头十日离乡邦。扫愁酌酒虽云独,照影挑灯却暂双。

打并余花风动地,迁延残夜月留窗。店鸡已唱催人起,更听疏钟隔水撞。

宿 古 寺

黄昏投寺宿,古屋瞰荒江。村酒沽春瓮,山房耿夜釭。
滩高声撼枕,月落影收窗。僧老人皆玩,楼钟晓未撞。

山 寺

树暗常疑夜,山多易得云。撞钟最深处,岭外不曾闻。

蒲 涧 行

君不见少君诧安期海上之枣,又不见坡仙咏安期宅边之蒲。
枣失其种岂复得,蒲生于涧何时无。涧流涓涓浅可涉,牵蔓披沙搜九节。
仙家自欲供仙饵,灵根不容凡齿啮。循涧探奇岩石幽,瀑音迎耳锵琅球。
阴壑常寒失炎热,终日自雨鸣春秋。振衣策足崔嵬顶,跨历列缺凌倒景。
天风海涛撼宇宙,神清骨冷肝胆醒。声传九霄景泰钟,更上上方梯晴空。
两眼有尽天不尽,沧溟浩与银河通。指顾神山似非远,弱水谁云隔三万。
乘风直到金银台,握手安期话蒲涧。

陇 首

陇首多逢采桑女,荆钗蓬鬓短青裙。斋钟断寺鸡鸣午,吟杖穿山犬吠云。
避石牛从斜路转,作陂水自半溪分。农家说县催科急,留我茅檐看引文。

黄干见约小饮就宿

病后何人慰寂寥,长须持简忽相招。溪山见说为楼爽,杖屦宁辞去郭遥。
柳絮一天晴舞雪,松声十里夜闻潮。谈诗直到疏钟动,酒困频将茗碗浇。

过宝云寺访密师

寺才三二里,曳杖且徐行。晴塔松梢见,风钟岭半鸣。
樵夫分道过,僧子就房迎。竹有千竿立,尘无一点生。

访友野外

雨意方浓改作晴,杖藜野外访柴荆。争寻桑叶占蚕熟,退立田塍避犊行。
风过沙平收鸟迹,烟浓寺没但钟声。小童走报余将至,一笑松间倒屣迎。

泛洞庭

解维武陵岸,江肥雨新止。兼程趋洞庭,势疾建瓴比。
银光吞上下,莫辨天与水。我乃航其间,滉瀁借一苇。
吏尘贮两袖,到此划湔洗。黄昏打头风,洪波半空起。
舟子惶束手,喧呼互排诋。有篙无处著,有缆无地舣。
铁索二百丈,牵猫卧沙底。进难退不可,簸弄任所以。
巨浪声洪钟,合力撞舟尾。一撞心一折,通夕不知几。
刻烛验天明,狂势稍披靡。卷索急飞橹,半昼见涯涘。
危命脱针孔,再生自今始。人言岳州程,风便五日耳。
漂滞费半月,初意所不拟。粉堞俄在眼,层楼九霄峙。
凭栏气方豁,东望酸彻髓。前日我片帆,掀舞怒涛里。
羊肠百八盘,行路难如此。今知惊浪上,羊肠尚可履。
在家贫亦好,身安门扫轨。鼾鼻喧午窗,风波尽千里。

八景歌(其七)

西岭骤暗销残晖,芷岸兰汀堆夕霏。数声撞空九天半,知有招提隐翠微。
风助余音响崖谷,萧萧暝港孤舟宿。禅关栖鸟争寒木,归僧疾步穿山麓。
嗟此何景兮烟寺晚钟,丹青欲尽焉能穷。

赵汝腾(?—1261)

陈谓老见过云今年六十有九将预为周身之防余曰君定未死不如觅钱沽酒耳用戏成拙句赠行

荷锸自随刘伯伦,裸葬旧闻杨王孙。伟哉二子真旷达,身虽殒灭名独存。
要知形骸本外物,中有妙用超六根。火风地水归四大,梦幻泡影何足论。
君不见桓魋石椁秦铁户,歌钟未彻野火焚。
不如得钱即沽酒,时时醉倒三家村。

赵善括(?—?)

再用前韵(其二)

我是忘机士,初非学二疏。瓮醅常得醉,瓶粟任无余。

天下众生病,山中四壁虚。昔年刍豢口,今日伴钟鱼。

同叶宰饯春净众寺

千尺飞虹跨碧溪,绿阴沉水暗连堤。马蹄一踏沙头滑,云脚半垂山顶齐。
招隐疏钟曾破梦,洗春微雨不成泥。晚来放目郊园外,万点翻鸦散麦畦。

题仪真天宁寺

短棹客千里,炷香人小留。禅房深寂寂,世事易悠悠。
去此两槐夏,惊予双鬓秋。钟鱼发新响,作意为重游。

醮　成　作

心格崇霄禁路通,纤埃收尽见天容。三千绛阙云开锁,十万霓旌月印踪。
香袅郁葱翔鼎凤,松摇寥廓状云龙。虚皇夜宴长生殿,九奏琼璈动晓钟。

奉和章冠之长芦壁间韵

征帆来去方旁午,触我扁舟维荻浦。疏林隐约响钟鱼,一苇可航参佛祖。
西风留客意如勤,永日闲消一炷薰。诘朝霜重风力软,千里翠縠并刀分。

赵师圣(?—?)

烂　柯　山

姑蔑城南问烂柯,篮舆踏翠晚来过。岩前云拥杉松老,席上棋敲日月多。
四序秋光浮澹荡,半空钟韵绕嵯峨。仙人去后余残局,风雨山深长薜萝。

赵师秀(1170—1219)

万　年　寺

万年山木有千年,石路阴深到缭垣。几片云闲谁是主,一条流水不知源。
土栽芍药尤胜木,僧说猕猴极畏猿。夜半空堂诸境寂,微闻钟梵亦成喧。

石　门　僧

石门幽绝甚,独有一禅僧。寺废余钟在,房高过客登。
山蜂成苦蜜,崖溜结空冰。如此冬寒月,他人住岂能。

秋日游栖霞庵

乘兴入孤村,神凝秋水间。菊开嫌径小,荷尽觉池宽。

林影悬崖屋,钟声何处山。清游殊未倦,初月照松关。

冷泉夜坐

众境碧沈沈,前峰月正临。楼钟晴听响,池水夜观深。
清净非人世,虚空是佛心。却寻来处宿,风起古松林。

和陈水云湖庄韵

粼粼水增波,叠叠云弄影。昔夸春径妍,今爱秋塘静。
芳筵集宾彦,清宴除艳靓。时当新雨余,苍翠献林岭。
既忻冲抱舒,复快远目骋。仰嘉钟鼎人,而乃眷箕颍。
深营察高趣,雅咏发沉景。独使和者难,一夕愁欲瘿。

扶　栏

强起扶栏立,新寒陡见侵。钟声诸寺晓,柳荫半池阴。
病久方凭艾,贫深或梦金。湖边好风日,孤负几登临。

大　慈　道

青苔生满路,人迹至应稀。小寺鸣钟晚,深林透日微。
野花春后发,山鸟涧中飞。或有相逢者,多因采药归。

翠　岩　寺

石岩看不见,翠色自重重。春雨生松叶,山风响铁钟。
碑顽工费墨,草嫩绿添茸。住院吴僧老,相迎忆旧逢。

赵时韶(？—？)

木 鱼 用 韵

香积厨边想象中,俨然摇鬣出吴松。不随红蓼滩头钓,常逐阇梨饭后钟。
尘土几年成涸鲋,风波平地欲成龙。若教占作维祥梦,忧国书生亦愿丰。

浮山用平叔韵

抖擞襟尘访梵宫,入门物色补陀踪。松虽未老曾留鹤,山不在高堪卧龙。
案上楞岩寻旧跋,枕边纸被认新缝。客题不要纱笼壁,遮莫轻敲饭后钟。

赵 文(1239—1315)

寻郭道士不遇

问师云已出,杖履水东湾。世上方多事,山中亦小闲。
竹光新雨后,禽语夕阳间。自出云关去,钟声送我还。

香径分韵得江字

一亭寒碧中,四面空无窗。种荷未有花,清意已满腔。
小坐梅树下,我亦青油幢。晚来蝉声歇,静境热自降。
清风与明月,造物无对桩。闲者恣吟取,如瓢分大江。
欲归尚未肯,雨湿烟钟撞。

次韵赵韫玉

坐拥寒炉酒入肌,偶然谈笑胜于诗。空斋著雨更愁绝,往事如云劳梦思。
岁月只供吾辈老,经纶不了古人痴。狂来欲碎琼壶起,忽忆残钟禁夜时。

赵希㑌(1166—1237)

盱江山寺

寺古钟鱼在,林深麋鹿游。乱云从地涌,野水接天流。
树老半粘屋,山狂欲入楼。无人话心事,黄叶自吟秋。

赵希彭(1205—1266)

游瑞象寺和杜梦麟韵

招提深僻好山重,湿翠阴森一径松。夜静鹤归清梦绕,日高僧起碧云封。
晴分贝叶翻余照,雨送钟声度远峰。竹舍因逢三昧语,鸟啼花满万缘空。

赵希橹(?—?)

秋 夕

霄虚白露泫,木叶下危阑。月澹钟声晓,灯青剑影寒。
人心山莽莽,世事海漫漫。何日平胡虏,西风望眼宽。

赵 湘(959—993)

桐江晚望

叠浪浸天青,离愁望处生。雨余孤岛暝,花落一船横。
岸远红兰湿,鱼狂白鸟惊。无人问行客,山寺莫钟声。

题国清寺

物外千年寺,人间四绝名。两廊诸岳色,九里乱松声。
海气飘僧院,秋钟彻悬城。夜来疏磬断,月影遍楼清。

太皇太后阁春帖子(其二)

长乐钟残宝殿开,鸣梢移仗问安来。欲知纯孝通天地,和气氤氲绕御杯。

送僧归终南

夏满辞京寺,终南路有松。月高缘白阁,叶尽到中峰。
漱齿泉飘锡,冥心露滴钟。长安如不去,期与鹿相逢。

赵 顼(1048—1085)

赐秦国大长公主挽词三首(其三)

庆自天源发,恩从国爱申。歌钟虽在馆,桃李不成春。
水折空还沁,楼高已隔秦。区区会稽市,无复献珠人。

赵彦端(1121—1175)

题西隐

西风数客一阑干,秋色翛然得细看。潦水倍知寒事早,夕阳更觉晚山宽。
小留待月钟无遽,半醉题诗烛未残。忆得向来幽独处,黄精未熟客衣单。

赵彦龄(1124—?)

题南峰精舍蓝光轩

一溪带郭静潺湲,寺在溪旁碧岫巅。塔影远连空翠坞,钟声高入蔚蓝天。
竹房僧定侵窗月,沙步人稀满树烟。刚被名缰挽归去,久居应作地行仙。

赵　镇(1152—1207)

临安还游金龙洞志感

几年岩径违清赏,今日云萝蹑旧踪。刹阁春阴宜燕雀,天池雷雨起蛟龙。崖流玉液空莲座,风激笙笃送梵钟。洞口不愁迷去路,樽前聊与话从容。

赵子潚(1101—1166)

早朝十绝(其五)

凰阙钟声曙色开,香飘瑞气霭蓬莱。侍臣鹄立班初合,齐进龙墀万寿杯。

真德秀(1178—1235)

闲　吟

闲中意趣定何如,静把陈编自卷舒。希圣希贤真事业,潜天潜地细工夫。林泉有分吾生足,钟鼎无心世味疏。政使一贫真到骨,不妨陋巷乐颜癯。

真山民(?—?)

三　峰　寺

寂寞烟林噪乱鸦,青鞋步入野僧家。云深不碍钟声出,日转还移塔影斜。廊下蜗黏沿砌藓,佛前蜂恋插瓶花。竹床纸帐清如水,一枕松风听煮茶。

泊舟严滩

天色微茫入暝钟,严陵滩上系孤篷。水禽与我共明月,芦叶同谁吟晚风。隔浦人家渔火外,满江愁思笛声中。云开休望飞鸿影,身即天涯一断鸿。

郑刚中(1088—1154)

枕　上

三面屏围屈曲山,篆炉灰冷柏无烟。霜钟不管春阴薄,声到寒窗客梦边。

杂　兴

秋风城垒小,远望一消凝。洞客云中路,渔舟水底灯。有钟聊是寺,半俗不成僧。羁旅其间者,尘埃料可憎。

有客问予每日何事客退赋此

杜门管得酒瓶干,余事谁能著眼看。仿佛残香幽梦断,冥蒙细雨落花寒。
林梢寺隐孤钟晚,水外人喧社饮欢。万里一身聊尔耳,此生惟觉上恩宽。

夜寒觉有霜

不胜孤洁寒窗月,分外清圆远寺钟。后圃便当收橘柚,无疑侵晓一霜浓。

五更霜寒拥被不寐

酒凭孤枕聊成寐,寒入霜钟更觉清。户外只知居士睡,那知寂默念平生。

晚 望 有 感

霜作晴寒策策风,数家篱落澹烟中。沙鸥径去鱼儿饱,野鸟相呼柿子红。
寺隐钟声穿竹去,洞深人迹与云通。雁门踦甚将何报,万里堪惭段子松。

后圃石榴初为夏日所暴得秋雨所烂易落雀又从而窃之树间日以雕疏顾其余尚可侑吾小饮因成一诗而摘取之

初见累累小圃中,鼠偷雀啄树将空。久遭日暴皮先皲,未借霜寒子半红。
爽味尚堪供齿颊,清浆聊可润心胸。小篮亲摘提取便,聊得铺排荐饭钟。

初　　夏

春物阑珊逐晓风,芰荷欹角草茸茸。野梅结子疏枝重,老竹生孙翠影浓。
煮酒情怀还是客,异乡歌笑且相从。醺然就枕皆佳处,醉梦何妨度晓钟。

郑　玠(？—？)

观　源　洞

麻姑峰头黄鹤归,稚川灶上丹霞栖。寒猿啸木山月白,正是仙人朝斗时。
壶天景象何灵杳,松门石径茸芳草。落花满院香沉沉,缘似刘郎应解到。
碧溪数声连暮钟,梦回已觉松窗晓。

郑良臣(？—？)

磊　　石

轩辕奏乐洞庭滨,乐罢齐呼万岁声。留得伶伦钟一个,山僧日夜祝皇明。

郑 起(1199—1262)

宿洞霄山中

入山时八月,岚气似深冬。岩洞生风雨,窠巢落桧松。
山中九重锁,月下一声钟。警省非人世,今秋得异逢。

郑 樵(1104—1162)

晨 雨

东方斜未彻,暝色淡初分。宿鸟林中噪,凄风叶上闻。
钟鸣催过雨,星落避行云。独立草堂内,涓涓群动纷。

郑清之(1176—1251)

三月末泛湖

半晴阴更重,乍暖冷犹争。坠叶蒲芽缀,新莼荇面生。
钟声带雨涩,帆力贮风横。客至双飞鹤,归欤茗可烹。

晨兴散步(其三)

晚岁知非蘧伯玉,前身作脱戒师兄。青山不灼利名火,白发能销忿欲兵。
境对虚空全体现,眼无拣择内心平。晓窗醒寂关何事,到枕清钟一两声。

郑思肖(1241—1318)

中秋苦雨赵知微登天柱峰赏月图

人爱中秋月色同,忽惊凉雨翳昏钟。如何只隔一重膜,不见仙家天柱峰。

晚 晴

落照开空霁,明霞映水鲜。乾文悬造化,土脉润山川。
白满重圆月,青还不翳天。定钟声更彻,通昔喜无眠。

郑文宝(953—1013)

句(其四)

星沉会节歌钟早,天半上阳烟树微。

郑 侠(1041—1119)

次韵杜幕春日

平明驱马出城东,马上知君兴莫穷。淮曲山川三月路,春光桃李万家风。
酒肠宽处须吞海,诗思狂来几击钟。何事青□正双鬓,拟将渔钓约溪翁。

郑 獬(1022—1072)

感秋六首(其一)

落日在高木,辉辉淡秋容。白云起天镜,飞去忽无踪。
雨藓烂漫紫,幽径谁相从。孤虑如有根,纠结生心胸。
良时忽已晚,撇耳过晨钟。事业余濩落,抚己真何庸。
投箸不能食,却立倚长松。酒敲百万兵,此忧不可攻。

仲 并(?—?)

题大明寺

招提隐松桂,远在城一隅。我来岁云暮,天寒气象殊。
寓目得佳趣,百念如涤除。及此斋时钟,箪瓢慰吾腥。
丈室曦未来,香篆沉熏炉。聊施济胜具,未暇学跏趺。
缓步大明寺,山光佳有余。郊原自春色,物意如相娱。
习公四海士,豪气编虎须。邂逅偶倾盖,清游邀我俱。
相从得二谢,笑语寄歌呼。

避暑报恩观

万家九陌车尘中,丹甍碧瓦真人宫。回廊小院略具体,清风爽气无能同。
殿檐密有杉松护,炎蒸纵酷来无从。偶因谒客凌晨入,归径往往侵昏钟。
道人坐稳知乐否,我生半世犹飘蓬。茅檐与此异寒暑,分毫不透东南风。

周邦彦(1056—1121)

夙 兴

瞳瞳海底日,赤辉射东方。先驱敛群翳,微露不成霜。
早寤厌床笫,起步东西厢。引手视掌纹,黯黯未可祥。

念此阅人传,三年得跧藏。弛担曾几时,兹焉忽腾装。
问今何所之,意行本无乡。晨钟神惨悲,夜鼓思飞扬。
与俗同一科,何异犬与羊。平明催放钥,利害纷相攘。
颠倒走群愚,岂但渠可伤。

周必大（1126—1204）

靖州太守李秀实挽词二首（其二）

伊昔观灯火,居然饮彻明。一旬聊隐几,万日遽成茔。
回首歌钟地,伤心挽铎声。朔风知客恨,犹欲返铭旌。

洪景严枢密挽词二首（其二）

召试曾叨对巨题,代言今忝继前规。丰钟霜响人何在,瓦釜雷鸣愧可知。
滕驷启城嗟有日,徐鸡酾酒恨无期。玉堂赖有纶章在,时展前篇慰所思。

参政李秀叔挽词二首（其二）

十载山林号后溪,三朝钟鼎列前疑。进贤自许唐师德,持论人推萧望之。
玉立诸郎传素业,金声高弟振清规。送车远莫陪千两,诔行深惭措一辞。

周 弼（1194—?）

岁除思归（其二）

春风冰断千尺,晓霁云开百重。何处溪桥争渡,谁家山寺闻钟。

菩 提 废 寺

野寺孤僧住,当春亦掩扉。晓钟三板去,昏杵一盂归。
古屋垂山櫃,幽窗养石韦。未容行客憩,荒树雨鸠飞。

灵 竺 寺

不因纯孝者,古寺若为安。壁彩蜗游遍,炉香鼠踏残。
钟声嘶破梃,幡影颭危竿。尚恐冬生笋,时来竹外看。

枫桥寒山寺

江枫吟咏工,幽寺冷遗踪。不改前朝路,犹闻半夜钟。
地凉汀月皎,村迥水烟浓。试问谁曾见,惟应独有松。

酬杜八同宿西山兰若

西山龙井路,俱有旧行踪。待得城中暇,重期石上逢。
冷霜粘破屐,落月带残钟。拟践相邻约,烦君买一峰。

周　登(？—？)

游庐山南阜步月回寓馆

不入山中不识闲,不因月上不知还。老僧长揖归方丈,只有钟声送出山。

周　孚(1135—1177)

送陈道人之金陵

一筇历遍海边山,每见钟鱼便破颜。瘦柏形骸虽已老,断云踪迹本来闲。
向来危死干戈际,此去相望梦寐间。十载光阴已虚度,欲加诃斥待君还。

闾丘仲时清晨见过作此诗遗之

子来始晨炊,饭糜语未尽。丰钟九秋鸣,历历有余韵。
期年不见子,子学乃顿进。吾州士冀北,子实千里骏。
缅怀十载语,至此方尽信。滔滔大河流,可借九里润。
衰年旧学废,得安阙亲近。明窗两跌坐,日永失余困。
世情贫更薄,吾货老亦钝。得与田苏游,从今复何恨。

触目六言二首(其二)

陂空凫鹜何在,寺古钟鱼或无。山气阴阴欲雨,仆姑端解欺予。

周　密(1232—1298)

潇湘八景·烟寺晚钟

半空兰若岚翠霏,千点万点林鸦归。疏烟灭没冷幡影,沉沉绿树生春晖。
孤钟殷殷度残雾,响透松梢惨将暮。山椒暝色失浮图,隔岸残僧尚呼渡。

毗山晚归

短榜归来晚,船头对夕阳。乱钟城市近,一雁水天长。
草眼矜春碧,梅心弄晚香。霜风吹酒醒,系缆欲昏黄。

南郊庆成口号二十首(其七)

瑞霭烘春夜不寒,骏奔冠佩拥回环。景钟奏彻升烟起,又报端诚立贺班。

访客南山僧舍

入门都是竹,景象自然幽。爱此千竿碧,因成竟日留。
月移山欲近,云起塔如浮。烟水秋城暮,疏钟送去舟。

次牟德范客中即事

华胥槐国梦中名,钟鼎山林孰重轻。争似东皋新雨足,短秧微月听蛙声。

程仪父求石鼓文作歌赠之

宣王东征猎岐下,颂美声诗足雄诧。神模鬼划不可名,斯冰后出何为者。
日皴雪剥三千年,绝无仅有争流传。龙鳞凤味敢求备,颂秦诅楚难参肩。
退之倔强少假借,咄咄夸奇补风雅。逸诗阙史不可知,要为吉日车攻亚。
宣和内府辑众珍,毡韬驼负填泥金。昆明夜半经劫火,六丁下取无由寻。
醉翁集古一千卷,此碣居然膺首选。菖蒲土炭嗜不同,知味几人尝鼎脔。
我生癖古亦太痴,订音考义忘寒饥。君今迂缓尤可笑,不宝金帛求残碑。
感君此意何敢靳,妙处难言君自领。丈夫意气当相期,会勒奇勋上钟鼎。

周　南(1159—1213)

泛舟游虎丘

水绕朱门宿海槎,山沉海月上晨霞。鸟啼烟树雨初歇,钟度云楣日未斜。
僧俯剑池看贝叶,人追寒食衮杨花。西子年侵丘谷换,女墙还有旧宫鸦。

周文璞(?—?)

雨宿山中

留连如有情,蕙帐极空明。晚粥知泉味,昏钟度雨声。
稍容林叟睡,莫放晓猿惊。剩欲剜苔藓,应当写姓名。

游栖霞四首(其一)

破晓逗苦雾,客鼻何酸辛。山中气候异,初日如烛银。
田间石兽多,知是肉角麟。古苔半皴腹,化作苍龟鳞。

两柱既岌嶪,众碑亦嶙岣。幽涂得奇观,未敢辞埃尘。
连年抱离忧,百嗟亡一呻。花委鬓毛晚,草夺袍色春。
愁中书楗失,梦里歌钟陈。穷愁著文字,屡被同行嗔。
同行不相知,而况悠悠人。

归别墅

幽栖久不到,猿鹤擅藤萝。丛筱生将遍,流泉咽更多。
邻翁新酿熟,野寺暮钟和。亦有经行者,来观倚杖歌。

法宝寺

细竹千竿殿影斜,龙颜曾此著袈裟。寺楼杳杳钟声度,疑有宫娥出晚花。

周行己(1067—1125)

玩师求诗归台州

越鸟栖南枝,胡马依北风。人生亦怀土,安能长西东。
玩公白云老,方丈凭高峰。忽为万里游,应缘来晨钟。
君看伊与洛,二川日溶溶。逝者亦如此,流转何时穷。
我居谢公山,天台一水通。莽莽宇宙内,那知忽相逢。
尘埃识眉宇,觉我耳目聪。暂来还复去,有如无根蓬。
令我长叹息,不得久相从。侧身鸡鹜群,仰羡高飞鸿。

宿大足寺

尘埃得古寺,突兀乱山中。叠径僧居僻,悬崖鸟道通。
塞云常雨雪,山木自多风。万事浮生外,心花发暮钟。

周紫芝(1082—?)

与同舍郎观潮分韵得还字一字江字三首一字江字为坐客作(其三)

神州古都会,有美东南邦。壮哉八月涛,卷地奔长江。
惊涛裂巨石,洪钟殷朝撞。万瓦响飞霤,千艘碎艅艎。
滟滪不足数,况乃峡与泷。翩翩坐中客,才器俱无双。
九牛可逆拽,五鼎乃独扛。诗成咄嗟顷,恶语徒喧哤。

戊辰除夜四绝(其四)

新春皓薄晓钟声,残烛晶荧守岁檠。年向白驹光里度,诗随蓝尾酒中成。

晚行湖堤望南山诸峰

曳履步远壑,挽衣枝短笻。霁色过急雨,余霞漏微红。
照眼一湖净,环湖几山重。不知何禅灯,明灭苍翠丛。
但闻烟霞间,绕山鸣乱钟。暮年行乐意,不与足力穷。
明晨倘可迟,尚堪历诸峰。有幽固当探,无客谁与同。
余子不足偕,形往影自从。言旋且当尔,兴在何由终。

时宰生日诗三十绝(其二二)

黄金新铸景钟鸣,公作铭诗纪告成。从此圣朝郊祀典,文章无复数西京。

李使君示开化诸诗

使君一出承明庐,当年两佩龟峰鱼。龟峰小儿骑竹马,笑挽朱轓归故闾。
门外春风吹画毂,小阁香浓绮疏碧。苏州五字老更奇,东阳八咏人谁敌。
山堂闻说公自开,烟雨遥供翠鬟色。更向招提山窟中,竹杖穿云饱经历。
夜上孤峰看明月,晓趁渔鱼着僧屐。诗成知复几牛腰,倒廪倾囷公不惜。
他人举似与何人,知我耽诗老成僻。平日看囊止一钱,惊见纵横着圭璧。
当遣儿童勿浪传,按剑从来少人识。

郊祀纪事十首(其八)

清跸声中下辇来,景钟初动八音谐。登歌已奏迎神曲,天步雍容上午阶。

甲子立春口号四首(其三)

力争和议众初疑,事在君王子母知。旧日塞垣啼鸟处,如今长乐晓钟时。

次韵季长感事

久将华发寄林泉,尺一呼来近日边。身退已甘无事老,眼明重见太平年。
鼎湖龙去心虽在,长乐钟鸣喜欲颠。解道贞元朝士少,刘郎定自有新篇。

大宋中兴颂

缅维圣宋,昔在中叶。四方多虞,万里喋血。

钟

大臣持谋,兴师肆伐。将臣持兵,日献戎捷。
皇帝曰吁,黩武无烈。糜我赤子,膏我斧钺。
孰与休师,一戟不折。因垒而降,舞干而悦。
闭我玉关,归师解甲。犁我春田,销兵铸铁。
使命交通,相望不绝。爱惜两朝,前师圣说。
昭陵之仁,嘉祐之业。念昔兴师,堂陛觑觎。
发言盈庭,更訿玄薆。佩剑彼此,孰予孰决。
庙谋一定,群议沮折。袖手何言,瞠目卷舌。
草木苍苍,始有芽糵。尽育恢胎,咸归块圠。
灞上棘门,环卫拱列。罔敢擅师,始制君节。
万夫属鞬,拜舞君阙。乃命叔孙,诹日绵蕝。
搜讲阙遗,悉究悉设。皇帝孝思,上与天合。
冀获一真,如响必答。翠舆南旋,红鸾秉翣。
长乐钟闻,皇情允惬。我歌思齐,舆情激越。
皇帝之祀,咸秩罔缺。合祭于郊,爰蕆茧栗。
苍璧前陈,大裘始挈。我歌思文,以告丰洁。
大庆御朝,王春正月。禹会涂山,万玉交戛。
汉朝诸侯,图籍是阅。兵戈涽洞,士气销谢。
俎豆不陈,军旅是急。大起廱泮,儒士鼓箧。
韦带缟衣,骈冠累屦。论秀蒸髦,尾尾炭炭。
农流于兵,病不生活。茫茫千塍,蒿藜是没。
皇帝慨然,亲耕陇畷。耕根之车,飞檐辚辚。
宣和之轨,明道之辙。圣心恳到,三推未辍。
父老曰嘻,归告我邑。俾尔粳稌,屯云积雪。
凡此大功,具载史牒。用告神明,以报爕契。
帝坐法宫,礼备乐阕。兽舞凤鸣,八音不夺。
皇威所罩,雷动风发。南面垂衣,大壮帝室。
曰皋曰夔,蕞鼓弗及。苍龙之阙,上摩星日。
万目顾瞻,葱葱郁郁。澎澎海潮,吴会来集。

天子万年,风翔喜溢。孰磨苍崖,孰秉史笔。
　　天子曰都,是任良弼。圣有至言,维德之一。
　　是用作歌,以告万国。

朱　褒(1064—1127)

慈　云　寺

　　崩崖落云外,怪石相支撑。穿林出蒙密,忽有青山横。
　　古寺瞰山腹,飞檐浮太清。寒流出其右,溅溅沿阶鸣。
　　我昔作胜游,芒鞋弄飞径。今来四十年,白首徒自惊。
　　高僧延我入,巾冠耸峥嵘。假榻寄清梦,飞泉夜澎轰。
　　残灯闻弈棋,胜负时纷争。机心亦何有,战罢谩亏成。
　　钟声随晓风,昴宿西南倾。骊驹仆在门,吾亦问归程。

朱伯虎(？—？)

紫　微　山

凿石开山已几年,半天台殿耸危峦。晓钟声向云边落,夜月光从槛底看。
野色难藏千里秀,松风长占一轩寒。老僧此处真佳隐,应笑尘劳效小官。

朱　槔(？—？)

九日与数客登善福院之绝顶晚饮茗饮阁予以病先归赋十二韵

　　风日迫佳节,一川秋意昏。临高分石磴,却立数烟村。
　　楚制随云物,蛮花照酒痕。龙山嗟未久,蓝水想空存。
　　鸿雁频收唳,茱萸几断魂。拍肩寻熟路,登阁换余樽。
　　钟梵规绳阔,亲朋笑语温。加筵携海峤,闻笛忆乡园。
　　梦记南柯守,兵看左角奔。诗凡羞晋宋,发短任乾坤。
　　汝辈禅心起,今生道眼浑。不知东嶂外,滟滟涌金盆。

寄　　人

一牛鸣地两禅林,雾雨初晴翠霭深。熟路缘溪穿窈窕,疏钟唤客出岖嵚。
未求黄卷成功处,且办青山避世心。怅望不来还独返,秋风聊作暮云吟。

朱涣(?—?)

寒夜曲

寒夜夜政长,愁人背灯立。惊风摇竹树,栖鸟堕复集。
山空接响多,室静虚白入。怊怅不成眠,残钟晓边急。

朱继芳(?—?)

和颜长官百咏·空门(其一)

闭口桐鱼勿复论,数间老屋枕云根。晓钟三板出山去,分付狝猴为守门。

和颜长官百咏·空门(其八)

白莲有社一经过,会意由来不在多。满目庐山青未了,闻钟归去意云何。

朱浚(?—?)

句(其一)

寺钟城鼓两相和,共醉烟关感慨多。堤柳垂金春几许,檐花鸣玉夜如何。

朱利宾(?—?)

题妙觉寺

有官增吏役,无事爱僧家。不惮山头路,来煎饭后茶。
钟鱼虽阒寂,松竹自交加。扫榻须盘薄,吾生会有涯。

朱南杰(?—?)

舟过吴江县

寺满吴江县,钟声两岸分。买鱼嫌少室,沽酒欠文君。
平地桥边浪,无心岭外云。篙人添德色,为策过湖勋。

朱汝贤(?—?)

题素女石

旧闻素女出天井,坐石晓梳青鬒丝。碧湫一笑入深窈,灵篆朱书来命迟。
冷钟晨梦听飘洒,爱物不遣雷车随。阴云未驭润泽广,民岂能忘心已知。

朱　松（1097—1143）

杂小诗八首（其三）

松风十里客襟凉,路入江南选佛场。欲问道人三世事,楼钟重听未应忘。

游山光寺

寺藏两山腹,路转百步阴。登高试病脚,掬冷清烦襟。
败壁龛石刻,岁月不可寻。唯应查公石,俯仰阅古今。
屋古困枝柱,摧颓力难任。何当咄嗟办,嗣彼钟梵音。
兴衰岂关吾,得酒且满斟。归路有溪月,揽之醒吾心。

西湖泛舟

望湖楼下照衰颜,羞见尘埃两鬓斑。风艇纵看山转侧,烟堤尽逐水回还。
唤人归去城钟急,触处相亲岭月弯。不用新诗摹绝境,定知长到梦魂间。

宿延庆寺

浮荣过眼旋销忘,惟有溪山意味长。身健不嫌穿荦确,尘空那复戏沧浪。
林钟唤客烟藏寺,风叶鸣秋竹荫廊。一似云溪醉眠处,只应软语欠支郎。

送五二郎读书

尔去事斋居,操持好在初。故乡无厚业,旧箧有残书。
夜寝灯迟灭,晨兴发蚤梳。诗囊应令满,酒盏固宜疏。
貜羁宁似犬,龙化本由鱼。鼎荐缘中实,钟鸣应体虚。
洞洞春天发,悠悠白日除。成家全赖汝,逝此莫踌躇。

和人游仙峰庵三首（其二）

谁麾俗驾挽今回,珍重山翁小径开。去觅云峰攀碧落,下看沙劫坏飞埃。
掬寒露井销尘想,撷翠筠篮富药材。仿佛三生曾到此,楼钟重听一徘徊。

朱　熹（1130—1200）

刘德明彦集祝弟以夏云多奇峰为韵赋诗戏成五绝（其五）

炎蒸不可奈,云气满前峰。向夕风吹尽,微闻远寺钟。

奉和公济兄留周宾之句

端居感时序，驾言谁适从。聊携二三子，杖屦此日同。
悠哉素心人，宴坐空岩中。真成三秋别，梦想情何穷。
行行陟崇冈，引脰希高风。忽然两相值，俯仰迷西东。
鳣堂偶休闲，鸡黍聊从容。不辞腰脚劳，共上西南峰。
佩萸笑长房，把菊追陶公。遐观众山迥，一酌千虑融。
兴罢复来归，杳霭秋堂空。窥樽讫余沥，倚阁闻疏钟。
主人意未阑，骊驹勿匆匆。

再 至 作

荒城一骋望，落景丽谯门。隐隐钟犹度，依依岚欲昏。
风霜非故里，禾黍但秋原。极目归来晚，兹怀谁与论。

试院杂诗五首（其三）

穷秋一雨至，暂止复萧萧。曲沼寒流满，空庭凉叶飘。
闻钟怀故宇，览物属今朝。一咏归来赋，顿将形迹超。

秋 怀

井梧已飘黄，涧树犹含碧。烟水但逶迤，空斋坐萧瑟。
端居生远兴，散漫委书帙。爱此北窗闲，时来岸轻帻。
微钟忽迢递，禽语破幽寂。赏罢一悄然，淡泊忘所适。

道中景物甚胜吟赏不暇敬夫有诗因次其韵

穿林踏雪觅钟声，景物逢迎步步新。随处留情随处乐，未妨聊作苦吟人。

朱 彦（？—？）

读齐云院碑有感

玉像传香火，金钟警旦昏。建蓝知有自，种德岂无门。
善力归慈母，余波到远孙。拂碑今日泪，挥洒旧松根。

朱 翌（1097—1167）

罗教授不赴真叟观李花之约已而有诗次其韵

广文著书不窥园，刻杯以玉露以繁。澹乎不蹑俗士驾，雅意要令吾道尊。

那知韩赋李有花,常以博士居四门。老夫却欲来不速,但恨人静钟鸣昏。
明朝未必遽零落,往看花上春风喧。更语宗文与宗武,诗成入耳宜不烦。

登白衣寺钟楼

凭高直欲驭西风,百里纤毫尽发蒙。楼观相望秋色里,江山争丽海光中。
云容入座如相识,足力缘梯尚不穷。肯使诗成夸得意,撞钟惊起坐禅翁。

丙寅十月游南华

五年四转入曹溪,飞盖干霄日为低。人定忽闻钟不嗄,饮香休问水流西。
桄榔子熟旒珠重,豆蔻丛深扇羽齐。郁郁苍苍千嶂里,犯寒犹著一蝉嘶。

祝　铸(?—?)

妙庭观(其一)

石磴飞桥转古坛,钟声敲断水云寒。道人不复夸盘鼎,自得心传养内丹。

邹登龙(?—?)

上　慧　力　寺

今代空王宅,前朝处士家。牛车回象藏,鹿苑发龙华。
松密风生树,江空月在沙。阇黎饭钟后,邀我试新茶。

邹　浩(1060—1111)

再用前韵答济明见和

长笑空言谩九丘,更携余刃佐方州。老奸不复潜封内,佳句终然到笔头。
秋入江山供远思,路回猿鹤伫清游。只应未厌斯民乐,还听钟鸣十二楼。

和路子高微雨中至山光寺

野阔天低四望赊,霏微膏雨兆休嘉。早钟郁郁穿云断,官柳垂垂夹道斜。
邂逅庭前方指柏,逡巡木末已栖鸦。杨朱易服归来处,荷笠收车几万家。

悼范丞相(其一)

钟铭勋业今何在,土偶形容尚俨然。惟有老僧心不改,殷勤歌呗作三年。

悼　陈　生

豪商破浪随东风,辘轳相继沧溟中。回环极目渺无际,万石之载裁飘蓬。

一朝六鹢不得进,十舟八九成虚空。
大明出没夜复旦,何许清越鸣晨钟。
落帆沉碇泊古岸,介然荒径云间通。
扶疏怪木进十里,突兀古院题天宫。
左右侍立满三百,谈玄演义声玲珑。
纷纷袍布欺腊雪,独此锦帐朝霞红。
主翁自言避巢寇,竭来不与中原同。
日遣二子共游处,因得细诘开冥蒙。
三等三百奉一主,上等第一裴休公。
秦皇可笑笑不已,声撼亭角摧穹隆。
举头指似蓬莱岛,霜雪直上磨苍穹。
欲令异物知所畏,周遭水面盘蛟龙。
老翁照见辄微笑,血盆再入宁易攻。
吾今舟楫助尔往,尔其登览庶可穷。
赤光散合动天地,顷刻气候分春冬。
穹晨不复值仙子,卿云瑞雾空蒙茏。
鸾骖鹤驭厌凡肉,矫然远举归鸿蒙。
书生尘念竟不断,主翁但问何所供。
翁言此物有神护,特经海道须罹凶。
殷勤教告岂一事,尤戒卧语详初终。
书生再拜起沉碇,转盻已入鄞州封。
却思投翁事清净,天南天北惟飞鸿。
君不见秦皇汉武操利势,自许神仙力能致。
海边方士日从横,毕竟千非无一是。
若为名宦苦死坚,失脚青云坠平地。
我虽忘情亦欷歔,仲尼之门非所议,率然作诗纪其事。

一舟邂逅脱鱼腹,开帆岂暇论西东。
舟人侧耳正惊喜,忽瞻水际排奇峰。
鄞川书生托舟尾,见之踊跃追猿狨。
入门长廊转寂寂,堂上高拱厖眉翁。
相逢问劳悯流落,旋启虚室栖行踪。
黄金白玉荐丰馔,药苗蔬甲青茸茸。
于今天子果谁氏,语罢默默如盲聋。
皆云我辈号处士,名字非列神仙宗。
提携峻陟几千丈,笑秦亭上聊从容。
徐福曼情亦何在,前后石壁犹房栊。
波涛作势撞山脚,鲁有神圣躬磨砻。
书生名利浃肌骨,尘念日久生心胸。
蓬莱有路尔常睹,此别旷劫无由逢。
日轮迎晓傍山出,水声先沸惊蓥窿。
高低殿角屹相向,一一镌凿非人工。
询之处士盖有谓,近世人迹几相重。
先生吕翁独于此,一年三四眠松风。
人参如人更长大,愿乞数本扶疲癃。
良金美玉亦至宝,尔诚欲之吾当从。
楞严秘密偈四句,奉以周旋宜恪恭。
还家妻子久黄壤,单形只影反匆匆。
茫然进退真捕景,一生颠倒终狂童。
书生径步蓬莱巅,况乃天人勤指示。
仙兮仙兮一何异,求不求兮两莫遂。

祖无择(1010—1085)

经 剑 池

巧冶何年百炼金,鉶钟芒刃此湮沉。气冲牛斗虽难掩,鉴遇张雷始见寻。
恍惚莫穷神物远,波澜空在曲池深。铅刀也强思磨试,怅望西山与华阴。

左 纬(?—?)

避寇即事十二首(其一〇)

借问今何所,空山号白龙。秋声凄万窍,雪意黯千峰。
俯首烧残叶,披衣听断钟。生涯都付贼,只有一萍踪。

钲

陈 普（1244—1315）

青 蛙 辞

古祠一区环槐榆，飞鼪在瓦狐树居。铁炉缺裂死灰冷，箕坐一寸青蟾蜍。
平心定气详其来，颓垣古厕浊水渠。蛇惊鼠骇得败壁，一跃乃是神王庐。
丹青神鬼非其乡，顾盼欲去聊踌躅。悾悾鄙夫见之走，争持衮冕加猿狙。
鸣钲考鼓动井邑，毳衣襤褸驱大车。浮萍狎狎叱不开，遥瞻窃礼三歔欷。
吾闻臧氏之子不智，山节藻梲居蔡祠鶢鶋。
无端尊礼青虾蟆，圣门讥诮岂只且。吾闻崇伯妖羽野，化为黄龙游羽潴。
厥子代之启九道，变作玄熊形猞猁。鬼神赫赫号威圣，当为龙虎为鲸鱼。
作云澍雨兴万化，翻江倒海洗九区。咬啮妖狐咀封豕，眼光百步双骊珠。
当为不为为虾蟆，爬沙脚手何陋欤。
吾闻狄公焚烧江南一千七百所，只留夏禹泰伯季札伍子胥。
宋祖砺山负耒夫，吴楚淫祠为之墟。轮囷大蟒郁屈死，寸蟆何足污其铁。
人心不正至斯极，无药可以医籧篨。只须正直如梁公，一日秉畀群疑祛。
鬼车豕涂满天下，收拾打并归太虚。虾蟆无知听放去，荒沟野水乐有余。

程公许（1182—?）

晚 日

西崦落照晕金钲，敛退痴云作嫩晴。忽忽暝烟行十里，前头灯火是鹃城。

范成大(1126—1193)

晓出古岩呈宗伟子文

晓风生小寒,岚润裛巾屦。宿云埋树黑,奔溪转山怒。
东方动光彩,晃晃金钲吐。千峰森隐现,一气澹回互。
平生癖幽讨,邂逅饱新遇。那知尘满甑,晨炊午未具。
不愧忍饥面,来寻古岩路。稻粱亦易谋,烟霞乃难痼。
持此慰龟肠,搜枯尚能句。

与周子充侍郎同宿石湖

幽香馥蕙帐,清梦安且吉。萝月堕苍茫,松风隐萧瑟。
晓禽啄且鸣,唤我起盥栉。钩窗纳云涛,滟滟浴初日。
金钲忽腾上,倒景落书帙。佳晴有新课,晒种催艺秫。
从今不得闲,东皋草过膝。

新　　岭

瘦马兀薆腾,荒鸡号莽苍。丝窠罥朝露,篱落万珠网。
宿云拂树过,飞泉擘山响。老桑局潜虬,怪蔓挂腾蟒。
山行何许深,空翠滴羁鞅。酿愁积雨寒,破闷朝日放。
瞳瞳赤帜张,昱昱金钲上。浮动草花馥,清和野禽唱。
仆夫有好语,沙平路如掌。惟忧三溪阻,桥断山水涨。

方　回(1227—1307)

过临平镇

楼船载甲晓闻钲,知是何营将校行。百五十年兴废事,韩家军马战临平。

冯　山(?—1094)

和徐之才宿孔溪亭驿早行

孔忧宁暖席,刘髀不禁鞍。夜永无归梦,山深正苦寒。
行钲催早发,晨鼎荐芳酸。谁识驱驰意,忧民万事端。

发新安驿

偃蹇随鸡起,衰羸索酒扶。风钲严道从,雾烛转崎岖。

迎马开熊帜,环舁簇虎殳。山中耳根静,清晓厌驺呼。

富　弼(1004—1083)

定州阅古堂

朔方之兵,劲于九土。尤劲而要,粤惟定武。
兵劲在驭,用则罴虎。失驭而劲,骄不可举。
曰保曰贝,闭壁连阻。武爵新守,束手就虏。
皇帝曰噫,汝武曷取。有敝必革,以儒于抚。
公来帅定,始以威怒。有兵悍横,一用于斧。
连营怛之,胆栗腰伛。既惧而教,如餔如乳。
以刺以射,以钲以鼓。无一不若,师师旅旅。
列城自刺,靡不和附。阴渗为梗,降此大雨。
大河破泄,在河之浒。民被黜垫,田入莽污。
流离荡析,不得其所。公戚曰吁,予敢宁处。
乃大招来,乃大保聚。乃营帛粟,寒衣饥茹。
民归而安,水下孰御。强弱死生,由公复虑。
曰义曰仁,震肃春煦。合和蒸天,天顺以序。
公境独稔,爱麦爱黍。公俗独乐,夫耕妇杼。
人虽曰康,公亦奚豫。谓此一方,民与兵具。
务剧任重,稽古其裕。人皆谓公,与古为伍。
公文化民,公武御侮。何思古人,公不自许。
遂择奇匠,绘于堂宇。列其行事,指掌可数。
前有古人,在我门户。后有来者,依我墙堵。
斯堂勿坏,有堂有故。堂之不存,来者曷睹。
宏乎焕乎,千载是矩。

郭祥正(1035—1113)

广州越王台呈蒋帅待制

番禺城北越王台,登临下瞰何壮哉。三城连环铁为瓮,睥睨百世无倾摧。
蕃坊翠塔卓椽笔,欲蘸河汉濡烟煤。沧溟忽见飓风作,雪山崩倒随惊雷。

有时一碧渟万里,洗濯日月光明开。屯门钲铙杂大鼓,舶舶接尾天南回。
斛量珠玑若市米,担束犀象如肩柴。越王胡为易驯服,陆生辩与秦仪偕。
当时贡物竟何有,汉家宫殿今蒿莱。邦人每逢二月二,熙熙载酒倾城来。
元戎广宴命宾客,即时海若收风霾。群心愈喜召和气,百伎尽入呈优俳。
乐声珊珊送妙舞,春色盎盎浮樽罍。鬼奴金盘献羊炙,蔷薇瓶水倾诸怀。
嗟余老钝已茅塞,坐视珠履惭追陪。青蝇何知附骥尾,伯乐底事矜驽骀。
番禺虽盛公岂爱,亭亭自是岩廊材。千年故事写长句,指画造化回枯荄。
昌黎气焰遂低缩,瓦砾未足当琼瑰。仙姿劝公莫妄想,元鼎久待调盐梅。

韩　淲(1159—1224)

次韵(其四)

破晓鸣钲催彩舫,近昏吹笛认旗亭。诗人也作联翩去,只此游人眼觉醒。

何梦桂(1229—?)

禅机四首·金钲一击

一声钲响弭弓刀,万旅归营寂不嚣。霜月满城天正午,悠悠旌旆马萧萧。

华　镇(1051—?)

题桃源图

枝头巧语声高低,波光葱蒨深柔荑。烘爌日暖金鳞动,渔舟荡漾沿芳堤。
淡红片玉满流水,中有谁家桃李蹊。刺棹沿洄忘远近,山重水转迷东西。
金豪瞥见林中犬,玉羽旋闻陇上鸡。相逢巾屦如图画,惊闻有客争邀携。
穿花行到花尽处,华铺昼敞同攀跻。帘栊炫煜斗金碧,楼阁玲珑凝紫霓。
琼杯石髓甘如醴,碧桃莹腻堆玻璃。殷勤历问尘寰事,闻说兴替声如嘶。
自言畴昔避闾左,乡邻负抱谋岩栖。入山惟忧山路浅,穿云涉水随麋麑。
山深遂与人境绝,回首但见云萋萋。年年桃花又桃实,不闻刘项鸣钲鼙。
当时只恨弃桑梓,此日却悟凌丹梯。酒阑历览烟霞外,天风浙浙鹓雏啼。
尘羁世网远心目,年龄便可乾坤齐。俗缘如瑕涤不去,荆布还念糟糠妻。
思家欲归归却悔,忆路重来来已迷。碧砌朱栏无处觅,溪长烟草寒凄凄。
玉京云路今何在,千年图写传缯缇。高堂众客一经目,尽愿乘景骑狻猊。

祖龙虐政猛于虎，疗饥消渴资黔黎。霜髯黄口不相保，四海惨戚如牢狴。
当时人世无居处，往往云窒为中闺。窜身幽侧宁所乐，骨肉苟免资尘泥。
种桃为食不如黍，岂恶刍豢忘烹刲。全家邂逅登金篆，此事渺忽无端倪。
清时汪濊下膏泽，浸润生齿如孩提。日长不使饷糠秕，饭炊雕胡藏骏骎。
岁寒岂独完裋褐，雾縠衣裘云锦袿。蒉除败类毓良淑，宛若嘉谷纯无稊。
干羽雍容绝征戍，春来处处操锄犁。今人不似秦人苦，寄身何用武陵溪。

送越倅胡郎中入京

雄镇扬州域，前闻越绝灵。天文直牛女，地势压沧溟。
霸业虽陈迹，王图乃旧经。遗风终朴素，弥世慎仪刑。
纡绶皆英毂，乘轩尽德馨。迄今无僭滥，自古底安宁。
硕德居华旦，清资应列星。司城新进秩，别乘旧扬舲。
妙誉高藩翰，嘉名蔼阙廷。自堪剖符竹，犹此驾箯篁。
裨替无遗恨，平反得所听。威仪严肃穆，文雅焕青荧。
裁决真穿缟，经纶甚建瓴。属城尝乏守，茂绩可书屏。
完士终何感，丹心独愿铭。沦埋脱吴阪，知赏谬柯亭。
述业知晞骥，多闻愧识鼮。成风非匠石，合舞谢庖丁。
滥拟窥场藿，叨曾食野苹。禹门俄暴鬣，陶梦辄摧翎。
捧檄终堪喜，弹冠讵可停。未能餐沆瀣，安敢卧清泠。
山薮容樗栎，川河纳渭泾。不教长在涧，还许预充庭。
破竹期迎刃，提刀更发硎。有缘重奋迅，何虑复伶俜。
稳步封崤底，长驱过井陉。旋瞻丹阙凤，密觌宝阶蓂。
先哲犹嘲白，微才乃拾青。既沾新籍桂，无负故囊萤。
寒谷逢阳律，幽姿得震霆。心诚期秉石，踪迹免如萍。
矩范兹亲觌，徽音此窃聆。执鞭欣有自，整驾恨难扃。
杯水遮雕罾，壶浆拥彩舲。鸣钲发兰沚，叠鼓起蘋汀。
庞骥虽云展，黄陂未易形。虔刀方电发，孔榻任尘冥。
伫见宵人伏，行观病者醒。驰心逐旌旆，引领瞩郊坰。

黄　庚(？—？)

故相贾秋壑旧府①

当年构华屋，权势倾卫霍。堂宇穷斧斤，天气焕丹艧。
花石拟平泉，水陆致兹壑。惟闻丞相嗔，肯后天下乐。
朱门锁荆榛，花木已萧索。苍生颠堕崖，国亡身孰托。
空悲上蔡犬，不返华表鹤。丈夫表勋名，风采照麟阁。
故为一声钲，聚铁铸此错。回头暮烟昏，不能掩余怍。

黄庭坚(1045—1105)

次韵韩川奉祠西太乙宫四首(其四)

泰坛下瑞云黄，雨师洒道尘香。便面犹承坠露，金钲半吐东墙。

家铉翁(1213—？)

中秋月蚀邦人鸣钲救月不约而齐中原旧俗犹有存者感而有作(其一)

风扫沈阴万象开，断云扶月出阳台。万人拭目看天眼，蟆蚀何曾蚀得来。

中秋月蚀邦人鸣钲救月不约而齐中原旧俗犹有存者感而有作(其二)

大化周流不暂停，从来息处见其生。冰轮万古长如此，本体何曾有晦明。

李　吕(1122—1198)

贞　妇

婉彼邹氏女，其父尝籍兵。嫁作耕夫妻，妇道以勤称。
厥夫惰农业，居肆寄郊坰。薪爨不时给，贮粟未满瓶。
行年三十余，脸白两鬓青。谁家马上郎，一见愿目成。
留连不忍去，斜红挂日钲。携篮夫偶出，次第陈私情。
示以篚中金，持赠固不轻。正色叱走之，郎马不及乘。

---

① 林景熙《故相贾氏居》内容与此诗大致相同，仅个别字词有异，不再重复收录。

未几老狂生,襆被问宿程。　百计稍与语,酌酒欲同倾。
窗前理残麻,不顾空丁宁。　复出绮香囊,藉以五花缯。
擎来通郑重,虽受心不平。　收之置敝箧,生意正经营。
托言姑少待,反把柴门扃。　长声呼四邻,悲切不忍听。
逡巡夫亦归,絷缚诉县庭。　县官颇嫉恶,慰遣壮其能。
抚几三叹息,恨今无肉刑。　吾闻秋胡妻,死有不朽名。
又闻昔罗敷,语直理甚明。　人生各有偶,勿用行兼并。
奈何世混浊,强暴相侵陵。　邹本微贱人,姆傅初不经。
何况抱贫苦,守身屹长城。　后世迹其事,足媲古烈贞。
谁秉董狐笔,大书播余馨。

李之仪(1048—1127)

古 东 门 行

元鼎元年东有兵,未央催班不待明。龙骧虎步拥旄出,蚁蚁部曲随鸣钲。
三千珠履皆上客,囊中有锥谁为发。莫歌雌兔眼迷离,长城可倚知在谁。
千羊不如一狐腋,草底寒虫漫啾唧。两口四目未必智,天下奇才余星坠。
舟中指可掬,冀北马群空。漆身吞炭为国士,射足接处谋已同。
义感丹诚虹贯日,坛上成功方顷刻。纵有明珠千丈长,安能保得头常黑。

林景熙(1242—1310)

鹿 城 晚 眺

古城仙鹿远,百感赴斜曛。　海气千年聚,山形九斗分。
神鸦饥啄藓,宰木蠹藏云。　何处鸣钲发,春屯又易军。

彭龟年(1142—1206)

送赵使君老父吟

使君朝天骑霜蹄,朔风猎猎吹裳衣。钲铙韸天山谷应,旌旗弄日龙蛇飞。
邦人遮留留不得,壮儿截镫小儿泣。老翁数十相扶携,喘若筒吹行转疾。
且行且止相叹嗟,若怨若慕言纷拿。一翁指我门前土,向时榛莽今桑麻。
自言新年年九十,旧使姓名多记忆。从头屈指细平章,清静安宁今第一。

狡胥每欲挑民争，能令衽席生五兵。我公平易与民近，智巧有尽苦难行。
里中少年号刀笔，曾向公庭瞷消息。归来语我使君明，胸中是非纸上律。
吾农疾苦年来多，公今归去谁抚摩。留公无计可奈何，呼儿起舞吾当歌。
官家神圣似尧禹，蝼蠖宫深有言路。借留谁格向来书，犹有民谣能取否。
或闻朝廷虚柄臣，须公经济难逡巡。延英奏对刻易下，囊封且说江南贫。

释德洪（1071—1128）

代人上李龙图并廉使致语十首（其六）

绣衣天使志澄清，五马贤侯见典刑。公退钲声闻射圃，日高槐影覆闲庭。
共看酒蚁浮琼斝，不废花轮绕画屏。银烛红纱侵夜色，醉归明月淡疏星。

舒邦佐（1137—1214）

久雨望晴十月六日夜雷雨大作

十月天犹暖，浑如二月晴。雷声兼雨势，春令已冬行。
稻穄多生耳，田家有叹声。官仓须玉粒，早为挂铜钲。

苏　轼（1037—1101）

新城道中二首（其一）

东风知我欲山行，吹断檐间积雨声。岭上晴云披絮帽，树头初日挂铜钲。
野桃含笑竹篱短，溪柳自摇沙水清。西崦人家应最乐，煮芹烧笋饷春耕。

新城道中二首（其二）

身世悠悠我此行，溪边委辔听溪声。散材畏见搜林斧，疲马思闻卷旆钲。
细雨足时茶户喜，乱山深处长官清。人间岐路知多少，试向桑田问耦耕。

食　槟　榔

月照无枝林，夜栋立万础。眇眇云间扇，荫此八月暑。
上有垂房子，下绕绛刺御。风欹紫凤卵，雨暗苍龙乳。
裂包一堕地，还以皮自煮。北客初未谙，劝食俗难阻。
中虚畏泄气，始嚼或半吐。吸津得微甘，著齿随亦苦。
面目太严冷，滋味绝媚妩。诛彭勋可策，推毂勇宜贾。

瘴风作坚顽,道利时有补。药储固可尔,果录讵用许。
先生失膏粱,便腹委败鼓。日啖过一粒,肠胃为所侮。
蛰雷殷脐肾,藜藿腐亭午。书灯看膏尽,钲漏历历数。
老眼怕少睡,竟使赤眦弩。渴思梅林咽,饥念黄独举。
奈何农经中,收此困羁旅。牛舌不饷人,一斛肯多与。
乃知见本偏,但可酬恶语。

苏　辙(1039—1112)

次韵子瞻新城道中

春深溪路少人行,时听田间耒耜声。饥就野农分饷黍,迎嫌尉卒闹金钲。
闲花开尽香仍在,白酒沽来压未清。此味暂时犹觉胜,问兄何日便归耕。

魏佛狸歌

魏佛狸,饮泗水,黄金甲身铁马棰。睥睨山川俯画地,画作西方佛名字。
卷舒三军如使指,奔驰万夫凿山觜。云中孤月妙无比,青莲湛然俯下视。
击钲卷旆抽行营,北徐府中军吏喜。度僧筑室依云烟,俯窥城郭众山底。
兴亡一瞬五百年,细草荒榛没孤垒。

陶梦桂(1180—1253)

舟次吴城山

淮蜀荆襄老此生,归与双眼识吴城。树依神力连云暗,水到江西彻底清。
去棹来帆南北客,孤鸿落日古今情。枯肠尚可搜诗句,三老放船钲一声。

汪元量(1241—1317)

鲁　港

博徒无计解其纷,夜半鸣钲溃万军。鲁港朔风掀恶浪,吴山寒日翳愁云。
周褒媚已终亡国,孟德欺孤忍负君。大木已颠天柱折,钱塘江上雁成群。

汪　藻(1079—1154)

汴中放船归阳羡

流澌欲作环佩鸣,枯木未肯回春声。舟人坐恐雪为祟,娇鸦又舞天边城。

天公知我不足厄,乞与十日霜风晴。遥遥烟堤护玉镜,滉滉云海浮金钲。
揽衣坐数蹅间息,窥见宇宙无余情。灯花也似调儿女,咄咄笑我长宵征。
我生底处不堪著,未归且杂吴儿耕。纵无邻翁饮子美,会有稚子迎渊明。
仙山况闻连洞壑,饵术或可求长生。闲中日月吾所有,此外付之人重轻。

王　珪(1019—1085)

宫词(其六八)

金钲画角警场开,天子南郊玉辂来。十里青城遥北望,彩云宫殿月楼台。

王庭珪(1080—1172)

和王彦谟县尉二首(其一)

耳厌钲鼙处处喧,此时犹得卧邱园。负材碌砢几无用,旧业荒凉半不存。
嗟古英雄多朽骨,览君词翰可招魂。济川政要舻艎急,樗散何因被选抡。

王之道(1093—1169)

用东坡赠晁新城韵呈朱乌江

偶然来赋瓦梁行,乱后欣闻醉客声。村戍火明人指路,江城风静夜鸣钲。
对床听雨他时念,拨火哦诗此意清。闻说鱼轩还枥里,先生应合暂归耕。

卫　泾(1160—1226)

晚　晴

雨断风回忽报晴,山颠初日挂铜钲。云烟藏迹千峰翠,草木增华两眼明。
桑野枝空蚕杼歇,溪泉溜急水车鸣。鸟啼花笑浑如喜,此去山斋只一程。

向敏中(949—1020)

呈知鄜州何士宗

勋将钟鼓堪铭楼,业为皇王致太平。貔虎有威开玉帐,犬戎无战卧金钲。

项安世(1129—1208)

初三日解维

隐隐金钲解岸维,昏昏红日下田陂。朦胧雾里廉纤雨,妆点行人去国诗。

熊蕃(?—?)

御苑采茶歌十首(其四)

纷纶争径踩新苔,回首龙园晓色开。一尉鸣钲三令趣,急持烟笼下山来。

薛季宣(1134—1173)

闻竞渡声

江头闹金钲,竞渡记时序。欲吊大夫魂,正则知何许。
情缘古今隔,况是都无楚。悲歌永为戏,拯溺凭谁语。
曰我旧家乡,湖上人如堵。船战习成风,迎神尚投黍。
家居内忘物,废听何城阻。风闻不贰事,借问为情绪。

阳枋(1187—1267)

丙寅八月旦晨兴尚早坐而假寐梦与客诵诗云藜羹藿啜蔬园芳黄花晚节凌秋霜因增成十韵寄壬儿

偻指寅年已半强,烦歊能几还凄凉。风叶有声宵鸣廊,试拥衾绸眠藤床。
晓钲铮铮楼点长,清梦了了哦诗章。藜羹藿啜蔬园芳,黄花晚节凌秋霜。
起挑木火然心香,晴云收雨烟黄江。

杨冠卿(1138—?)

次归耕堂稀字韵(其三)

功业汾阳千载稀,龙庭单骑去如飞。笑谈整顿乾坤了,黄钺金钲奏凯归。

杨万里(1127—1206)

访周仲觉夜宿南岭月色粲然晓起路湿闻有夜雨

夜晴那得晓来泥,才见金钲浴绀池。一阵五更松上雨,元来睡著不曾知。

雨后晚步郡圃二首(其一)

画舫鸣钲野寺钟,暮声惊破翠烟重。好风不解藏天巧,雕碎孤云作数峰。

稚子弄冰

稚子金盆脱晓冰,彩丝穿取当银钲。敲成玉磬穿林响,忽作玻璃碎地声。

初离常州夜宿小井清晓放船三首(其一)

拦街父老不教行,出得东门已一更。一事新来偏可意,梦中闻打放船钲。

荔枝堂夕眺三首(其一)

夕峰褪日半钲多,秋汉吹云一絮过。寂寂庭松今两月,鹤雏去尽只留窠。

过吕城闸六首(其六)

道是行船也未行,老夫误喜可怜生。要知开闸真消息,记取金钲第二声。

过莺斗湖三首(其一)

画舫如山水上奔,小船似鸭避河滨。红旗青盖鸣钲处,都是迎来送往人。

夏至雨霁与陈履常暮行溪上二首(其一)

西山已暗隔金钲,犹照东山一抹明。片子时间弄山色,乍黄乍紫忽全青。

过瓜洲镇

夜愁风浪不成眠,晓渡清平却晏然。数棒金钲到江步,一樯霜日上淮船。
佛狸马死无遗骨,阿亮台倾只野田。南北休兵三十载,桑畴麦垄正连天。

雪晴

天公有诏放朝晴,排遣云师懒未行。头上忽张青玉伞,海东涌出紫金钲。
雪山冰谷居然暖,银屋瑶台分外明。二十四船人笑语,寒声一变作春声。

泊舟临平二首(其一)

前窗向市下却帘,后窗临水开却门。岸头杨柳报春动,溪底云天随浪翻。
隔溪数间黄草屋,绕屋千竿翠琼竹。三老鸣钲舣柂楼,今宵又向临平宿。

晓晴发黄杜驿二首(其一)

望后月不落,偏于水底明。对悬双玉镜,并照一金钲。
忽值山都合,浑无路可行。多情小花径,道我度千萦。

新晴

瑶霜珠露两相鲜,玉宇金钲万里宽。欲作一晴多少日,早知只费数朝寒。
暴禾场里鸡豚乐,试笔窗前纸墨干。儿女莫餐新淅饭,打头荷甋且输官。

中秋月长句

西山走下丹砂丸,东山飞上黄金盘。径从碧海升青天,半湿尚带波涛痕。
初辉淡淡寒不动,月华犹轻桂华重。黄罗团扇暗花纹,蹙金突起双龙凤。
须臾正面天中央,银钲退尽向来黄。乾坤镕入冰壶里,万象都无只有光。
平生爱月爱今夕,古人与我同此癖。去年中秋天漆黑,今年中秋月雪白。
先生旧不论升斗,近来畏病不饮酒。月下醒眼搔白首,明年月似今宵否。

瓜州遇风

金钲三声船欲发,天地苍茫忽开阔。恶风吹倒多景楼,怒涛打碎金山塔。
涛头抛船入半空,船从空中落水中。
势如崩山同日二十九,声如推堕万石之虞千石钟。
岸人惊呼船欲没,舟人绝叫船复出。平生所闻杨子江,无风已自波相撞。
莫教风动一波起,三日奔腾收不止。
君不见逆酋投鞭欲断流,藁街自送月氏头。

秋日早起

我眠亦甚安,梦中初无惊。如何作梦语,反侧意不平。
起来不复寐,郡楼挝五更。窗纸尚昏昏,看到渐次明。
卷帘启后户,披衣步中庭。汲井漱新泉,满面吹寒冰。
仰看天宇旷,微白复淡青。犹挂烂银梳,未升紫金钲。
砌蛰余夜唧,树鹊作晓鸣。群动俱扰扰,竞若有所营。
而人居其间,独欲免夙兴。出山三见秋,一年一征行。
今兹秋又至,归心捺还生。会当挂其冠,高卧听松声。

叶梦得(1077—1148)

闻莫尚书周侍郎已自鄂州过江入汉上

再见狂胡力请平,将军无事罢屯营。传军已割淮壖地,牙帐仍收鄂渚兵。
胜日身犹堪杖策,衰年耳自厌鸣钲。角巾初了东归约,安用区区岘首名。

虞俦(?—?)

和使君巩大监秋阅

金钲鼙鼓肃秋声,画戟油幢照座明。千骑夹营横槊气,六花簇队焕新晴。
雍容坛上看儒将,潦倒尊前愧老兵。横槊赋诗豪杰事,澄江休数谢宣城。

袁甫(?—?)

和毛中书劝农韵三首(其一)

曲奏梅花促晓更,更声方断又鸣钲。篮舆咿轧亲巡野,枥马喧填看勉耕。
酒酹田翁添醉色,泽均牧叟助欢声。天公也欲催佳句,特放晴光分外明。

江东巡部纪行

春过三之一,轻车走阡陌。平坂抹池阳,迤逦山路埆。
风颠吹人面,雪滑鞁人足。忽然铜钲挂,九华醒两目。
自经千万劫,寒翠光堪摘。半霄非人间,大江横其侧。
行行逼宣州,麻姑正面矗。且上敬亭山,感慨怀李白。
听说三洞天,渴见恨无翮。岩幽鬼神哭,罅开星月烛。
金沙烂吾前,祖师灯未没。赓酬二三子,不觉诗笔秃。
歙州我旧游,迎笑儿童簇。本无棠荫芾,漫云恩波沐。
黄山怅无缘,不得搜仙窟。祁门山何如,险与石埭埒。
山花溪边明,时有新凫浴。古木龙吟啸,巨石虎蹲伏。
伟哉岳鄂王,提兵旧盘礴。像设俨遗祠,光芒射斗宿。
凌晨拜祠下,忧思心恻恻。无心惜落花,惟愁民捐瘠。
浮梁与乐安,五十笑步百。幸瞻慈湖祠,风声尚堪忆。
钟君我所敬,能续慈湖脉。乍合又倏离,人事渺无极。
别友情无奈,看山意无足。山围如城郭,渐逼鸣山麓。
父老阑道叫,一路藉神福。问尔所欲何,作庙新奕奕。
我来为尔民,尔欲我筹度。越宿至芗溪,三山森在列。
顾我一瓣香,端为象翁设。象翁百世师,此道揭日月。
书堂卜筑成,屋与人俱杰。深夜济济容,学子纷四集。

前廊问伊谁,同门旧知识。新知有二郑,操行端矩矱。
此学其兴乎,欲去令人惜。大字书磨崖,字径二三尺。
匆匆过安仁,交友相追逐。汤董最可人,吉德侔金玉。
干越今称贤,闾阎声籍籍。此声买无价,民彝知未灭。
我行三千里,六十零四日。明当抵番江,秉烛写胸臆。
若夫谘诹事,多赖诸贤力。云何略不书,此是使者职。

袁说友(1140—1204)

采石遇顺风

我观挽强弓,去镞不可止。弓力小有尽,所至亦无几。
又观鸿鹄飞,冲霄势难已。天高羽翼倦,俄复知还矣。
何如我行舟,雄风东北起。危樯张横幅,波涛涌前水。
青山掠窗户,白浪送舟尾。快哉一帆速,何止万牛比。
飞蓬偶飑滪,稚子且忧喜。众曰无彼惧,天借此风只。
鸣钲十数过,瞬目三百里。嗟我出修门,江浙半经履。
轻舟纵壑便,未见捷如此。颇闻顺逆势,殆似倚伏理。
逆境当反视,顺亦无自侈。今朝进固锐,明日去还弛。
迟速本何常,付之造物耳。

岳　珂(1183—?)

经进百韵诗

永祐当临御,重熙极泰亨。物穷隍土复,地大蘗牙萌。
蕞尔瀛懦国,违吾海上盟。烽烟昏九土,氛雾塞三精。
於赫中兴主,初专九伯征。赤符观炳炳,嘉兆得庚庚。
四七膺休运,三千协一诚。乾坤恢辟阖,日月洗明清。
天授睢坛策,风兴渭水英。维时臣大父,摇迹圣廛氓。
宝匣鸣长剑,雄冠影曼缨。衣裳供羿射,灯火近韩檠。
圣世方求骏,明神岂舍骍。始从鱼钥守,小析羽林兵。
尝敌无车乘,麾军不鼓钲。熏门摧彦政,汜水从间勍。
驲召班龙节,犀军下雀桁。王师俱蓄缩,游骑愈纵横。

马渡朝迎敌，钟山夜驻营。狂澜身砥柱，大厦手支撑。
敌焰犹繁炽，吴都忽震惊。东巡传警跸，右袒半公卿。
愤起宜兴旅，追收建业城。大江谁饮马，五岳更刑牲。
一荡西江李，重歼固石彭。利兵驱虎豹，杰观筑鲸鲵。
玉帐旋平广，铜符遂帅荆。皇灵期濯濯，王事分俵俵。
沙漠惊风鹤，山林息聚虻。神州宜亟复，六郡乃先争。
桀犬徒冯垒，苗民敢抗衡。锐师掀狡窟，高堞覆坚棚。
鼎道兵方进，湖湘寇辄平。几年凶祸结，八日骏功成。
叛将因资用，降人岂畏坑。开疆下商虢，结约到磁洺。
谋帅难张俊，还兵虑郦琼。但虞遗后患，初匪厌纷更。
沔鄂重归镇，齐刘尚据京。且羞离楚馈，未用渡河罂。
细柳千屯灶，柔桑万瓦甍。流民俱授亩，战士亦从耕。
夫浍萦如带，原田画若枰。连云登美稼，淅玉饭香粳。
刍挽从今省，兵储亦顿赢。吏贪无鼠硕，民伕异鲂赪。
姑定鸿沟约，交驰绝域怦。邻欢新玉帛，宴衎乐簧笙。
未几边摇草，恶知野食苹。礼容方济济，革乘忽斁斁。
睿断昭雄赳，天威震隐吰。六师纷雾集，万灶盛雷轰。
戎驾爰方启，神锋莫敢撄。童髦欣再见，父老喜前迎。
义气通诸夏，讴声沸八纮。官兵飐隼鹜，废垒泣鼯猩。
趱步归京阙，朝衣诣寝楹。晋军传鹤唳，楚幕听乌鸣。
机会乘今日，雌雄决此行。幸成十载绩，归捧万年觥。
何事东来诏，遄追北指旌。抚膺皆壮士，牵袂有啼婴。
崇岌登枢极，雍容俨佩珩。身虽处廊庙，志则在幽并。
岂意中原略，深违时相情。和亲徒效敬，投几不闻莺。
正尔先鞭著，居然谤箧盈。凶威摇吏牍，风旨动台抨。
枭佷饥吞噬，鹰獒乐使令。众鬈常忌冠，同浴不讥裎。
远虑为徵福，先驱谓缓程。一言鸣仗马，千丈下乔莺。
盍考谢赦表，兼觑赐札评。许身无少愧，忧国甚于酲。
彼潜宜投虎，能言不离鹦。鸟翾身蚤箙，兔健足先烹。

有客悲周道，何人恤鲁祊。同时惟切齿，来者但惩羹。
长夜何时旦，沉阴几日晴。是非从久定，祸否待终倾。
先帝资神武，深仇怆父兄。每怀得颇牧，胡忍弃韩黥。
哲监何尝惑，孤忠果渐明。岳阳还旧号，岭表返诸茕。
故垒营新祀，畿封辟赐茔。用心传舜子，述事广文声。
甘雨兴余槁，青天豁久盲。先臣死不朽，圣德浩难名。
陛下今汤禹，王臣昔散闳。令图天广大，盛烈日铿鍧。
心术参尧运，规模绍汉宏。遗形高阁绘，良股盛朝赓。
故将欣非远，微臣矧敢轻。传讹稽史谬，败俗订言讻。
日系无虚笔，云章有满籝。竹书皆历历，玉训尚铿铿。
愿辍清朝暇，叨承乙夜呈。作诗哀寺孟，览奏念缇萦。
恩锡茅封宠，光昭衮字荣。誓怀如皦日，忠报毕余生。

张 耒(1054—1114)

黄人谓寒食上冢为浇山其祭馔多用蒻菜事已则鸣钲而归

携酒浇山去，鸣钲彻祭归。青蔬蒸果蒻，白酒市无旗。
日暮人皆醉，夜深歌似啼。故人书问我，何用久居夷。

和定州端明雪浪斋

中山士马如云屯，号令惟觉将军尊。熊旟犀甲罗左右，金钲鸣鼓喧朝昏。
少年猷亩老为将，谁能复记躬耕村。东坡先生事业异，道岐不得安修门。
眼前富贵念不起，惟有山林劳梦魂。椟中奇石安至此，坐蒙湔洗见本根。
奔流骤浪势万里，至画乃扫笔墨痕。黄牛三峡固细事，赤壁长江何足论。
能令万古蛟蜃怪，么麽入此玻璃盆。扁舟独往则不可，平生致君言具存。

张 栻(1133—1180)

晨钟动雷池望日

浮气列下陈，天净澄秋容。朝暾何处升，仿佛似微红。
须臾眩众采，闾阖开九重。金征忽涌出，晃荡浮双瞳。
乾坤豁呈露，群物光芒中。谁知雷池景，乃与日观同。
徒倾葵藿心，再拜御晓风。

张 宪(?—?)

玩 鞭 亭

畸乌压营营作声,红光紫电围金钲。黄须小龙马上啸,白日饥豺梦里惊。老奴怒掷珊瑚枕,追兵起合琉璃井。巴马东归疾似风,道旁遗粪如水冷。健儿空玩七宝鞭,荆台老姥空谁传。

张 镃(1153—?)

点视马驿因成两绝(其一)

别驾今晨检驿亭,道迎赢卒破铜钲。当年错做书窗梦,蔽日旌旗出塞兵。

暂往吴兴出城

数声初听放船钲,小雨冲凉晚出城。遥见人家层荫合,便无风袖一尘生。园林岂乏清闲乐,鸥鹭须寻浩荡盟。秋色此行方到手,快来诗内发精明。

赵 蕃(1143—1229)

早 题

欲雨雨似止,为霜霜不成。山云解衣带,晓日挂铜钲。

爱 山 堂

朝从日挂钲,暮至月吐璧。坐得少文图,不资康乐屐。

郑 侠(1041—1119)

谢太守惠酒

重阴未肯避阳明,飘风骤雨加震凌。正月已缺二月近,滴水成冻威棱棱。帝虽乘震利发生,令犹行冬重严凝。莺皆迁乔忽入谷,鱼已弄暖翻藏冰。此时草木亦成愁,只恐不得违其萌。吁嗟羁穷影吊形,安得恝然如无情。明良会合千载遇,乃以罪弃投荒荆。单亲万里头应雪,不得朝晚奉甘馨。闽岭之南方弄兵,杀气殊与生成争。既不能辅助圣时使咸若,又不能慷慨帝前效昔人之请缨。诗书满腹浪自饱,一句不得推而行。身虽兀坐心惕惊,愁绪忽起填胸膺。但听旷野深林调调刁刁,如有神号鬼泣声。

真江太守真慈明,惠施每每先单茕。眼前突兀双玉瓶,满贮玉液清冷冷。
拜公之赐未敢倾,不觉失笑三闾生。不学憔悴思独醒,哺糟啜醨随其朋。
往往一饮一石五斗解酲,被人呼作生刘伶。
虽然遇酒而酩酊,心不汝醉神亦宁。开樽又饮太守德,和气坐觉生檐楹。
不知凝冽自何去,至于愁思皆自澄。乃知春功亦不远,缄封只在瓶与罂。
安得遽尔披重云,划见白日临青冥。和气习习扇九壤,枯枝朽质争敷荣。
风雨时,泰阶平,圣君万寿寰海清。细草轻烟日边路,凤管龙丝细可听。
有耳不闻鼙与钲,有目不识旗与旌,圣功浩荡不可名。

朱继芳(?—?)

辛亥二月望祭斋宫因游甘园(其三)

海棠阴下小徘徊,屐齿深深一径苔。忽听铜钲花外近,园丁说是主人来。

朱 熹(1130—1200)

十七日早霜晴观日出雾中喜而成诗

斜月夜窗白,肃霜朝气清。长涂披素锦,寒雾涌金钲。
已作三冬雨,何妨十日晴。天公且相念,莫遣暮云生。

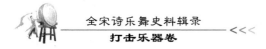

铙

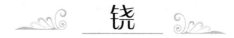

蔡 襄（1012—1067）

送杨殿丞通判睦州

苍崖中断一溪来，迤逦人家向水开。尽日烟云迎旆去，满泷铙吹引船回。
虚斋昼梦鸣禽下，别坞春游画角催。莫怪杜郎题处少，更留佳致待清才。

程 颢（1032—1085）

送吕晦叔赴河阳

晓日都门飐旆旌，晚风铙吹入三城。知公再为苍生起，不是寻常刺史行。

陪陆子履游白石万固

条山苍苍河流黄，中蒲形势天下强。帝得贤侯殿一方，四年不更慰民望。
元丰戊午季春月，上心闵雨愁黎苍。使车四出走群望，我亦奉命来侯疆。
情诚感格天意顺，诏书才下雨已雾。病麦还青禾出土，野农鼓舞歌君王。
故人相见不道旧，为雨欢喜殊未央。圣主宽忧小臣乐，自可放荡舒胸肠。
白石万固皆胜地，主人为我携壶觞。况逢佳日俗所尚，车马未晓填康庄。
扶提十里杂老幼，迤逦千骑明戈枪。初听鸣铙入青霭，渐见朱旆辉朝阳。
遨头自是谢康乐，后乘独惭元漫郎。侯来虽知有宾客，众喜更为将丰穰。
临溪坐石遍岩谷，幽处往往闻丝簧。山光似迎好客动，日景定为游人长。
乘高望远兴不尽，恋恋不知歧路忙。人生汩没苦百态，得此乐事真难常。
我辞佳境已惆怅，侯亦那得久此乡。他时会合重相语，辜负泉石何能忘。

邓忠臣(？—？)

天启有少年真喜事之句用其韵和

慷慨论边事,飘萧动礼闱。贵须金印绾,老要玉关归。
食酪便榆塞,鸣铙惯铁衣。悬知雄辩在,志愿未应违。

韩　琦(1008—1075)

过梁山泊

巨泽渺无际,斋船度日撑。渔人骇铙吹,水鸟背旗旌。
蒲密遮如港,山遥势似彭。不知莲芰里,白昼苦蚊虻。

韩　维(1017—1098)

送晁怀州学士(其一)

儒馆雠书旧,侯藩请节行。山川犹古气,铙吹自春声。
问俗怜凋瘵,颁条赖简平。从来寇河内,谁复继声名。

洪咨夔(1176—1236)

九日阅武预观军容退而纪事

遨头不管菊花寒,簇队晨登上将坛。戏马台前千古事,筹边楼下万人看。
弓声浏亮秋风劲,旗采精明宿雨干。后部铙歌归较晚,雪西烽火报平安。

胡　宿(995—1067)

送王龙图硕赴荆南

南部行台驻万兵,绣衣归路有光荣。鸣铙虎豹林中避,吹角蛟龙水底惊。
湘树远从湖外出,峡云时向马前生。主人落笔多风调,应唱新辞遍郢城。

胡　寅(1098—1156)

挽杨训母荚氏

戚戚秋风飐旐旌,送车千辆咽佳城。令妻寿母名兼美,孝子慈孙礼备成。
望士有诗歌绋绤,梵坊无侣献铙钲。更惭朴语书铭石,万一幽光久更明。

阻雪慈云有怀叔夏

常恨山阳少,篮舆故出郊。玄冥方北骛,屏翳又南交。
劲气将凝海,寒威便折胶。白云揉尽碎,黑壤势全包。
著袂成花唾,沉波异雨泡。万方齐秽洁,一润浃肥硗。
比色羞铅粉,量多诮斗筲。祷神休奠璧,谢佛寝鸣铙。
独鹤惊群舞,晨难误晓嘐。峰峦蒙似秃,沟陇划如抓。
巧谢盐相比,甘宜蜜共抄。戾天鸢冻趴,啸壑虎饥虓。
薏苡连车载,珊瑚列树敲。鲛绡从剪制,火布任焚炮。
野漫鳞鳞碛,林攒蕚蕚巢。颇思驰骏足,快意舍鸣髇。
及远翻银雁,搜潜动玉蛟。出畋瞻翠被,入贺听红鞘。
瑶席瑚玗器,珠盘瑑瑵肴。一时簪琲蕊,相与藉琼茅。
莫计消并积,聊平凸与凹。可怜诗系带,更有火烘骹。
断手超三界,坚冰工六爻。飞霙终见晛,素馔阙盈庖。
叠巘方名假,团球未忍抛。要看朝日杲,思达泮泥涍。
对饮宜空榼,离群奈系匏。似闻梅雪在,犹冀挽香梢。

李　纲(1083—1140)

道临川按阅兵将钱巽叔侍郎赋诗次其韵三首(其二)

酷暑修途起戴星,恨无鹏翼激鲲溟。折冲未论攘无敌,假道何妨小勒兵。
试使触铙齐作止,敢言旗帜益精明。三军酾醻皆呼舞,赖有贤侯守郡城。

李　洪(1129—1183)

送钱进思倅吴郡

繁雄茂苑倅汉辅,森戟凝香古佳处。鹓鹭行除半刺贤,万井提封赖摩拊。
公家名德世有人,伯仲于今见伊吕。妙龄籍甚驰日边,粉闱握兰将振羽。
故为补外便亲养,知已家庭真内举。画鹢鸣铙催去程,垂虹松江对烟雨。
西北高楼插暮霞,荷芰池光破炎暑。平分风月助诗兴,一诺无事留公府。
却寻馆娃歌舞地,麋鹿台荒尽禾黍。剑池古色湛寒泉,响屟采香迷岛屿。

仙鬼遗踪杳茫昧,临赋余情时访古。治中别驾称展骥,末俗婥婀讥越俎。
简书狱市抵胡粤,末界马牛视齐楚。欲了官事儿辈痴,钳柅吏欺租赋簿。
退食萧然绝点埃,亦有佳客酬谈麈。想席未暖诏已颁,稳上丹墀看布武。
故人贫病寄江湖,一衲蒙头参马祖。时凭尺素问沉绵,临别索诗愧吴语。

李昭玘(?—1126)

送次膺赴诏二首(其一)

辞章泛滥昔称雄,飘泊文园偶未逢。旧典铙歌归制作,盛时郊祀待形容。
久无青眼怜高卧,新有宫词落九重。异日锦衣还故里,却寻莲社日相从。

李之仪(1048—1127)

闻 葬 者

铙钹高低与哭声,同寻此路不相惊。年来自是多伤感,帘外何须问晦明。
未返耕桑真拙计,长萦缰锁奈虚名。无名可恋何贪着,瓶罄须休莫强倾。

林希逸(1193—1271)

驻 跸 山

万里君王跸,雷驱铁骑环。移来云下仗,远驻海东山。
飞檄青丘外,鸣鞘怪石间。龙经占得耳,禽语喜违颜。
似勒燕然去,如封岱岳还。铙歌模写遍,何不续东蛮。

刘 攽(1023—1089)

送欧阳永叔留守南都

白水帝旧里,大火天明堂。王都异丰镐,原庙崇高光。
毕命继三后,商邑正四方。保厘自古贵,金曰朝论昌。
前旄鸟隼旐,左佩麒麟章。厄途乱铙吹,先路交壶浆。
风物盛山东,令人忆游梁。缅然严邹徒,赋笔尝慨慷。
废池扫清冷,旧苑开荒凉。终留相如坐,一伴凫雁翔。

刘克庄(1187—1269)

竹溪直院盛称起予草堂诗之善暇日览之多有可恨者因效颦作十首亦前人广骚反骚之意内二十九首用旧题惟岁寒知松柏被褐怀珠玉三首效山谷余十八首别命题或追录少作并存于卷以训童蒙之意·驻跸山

险绝朝鲜国,微茫海四环。帝于焉驻跸,人以此名山。
房耆天威近,师行雪浪间。车旂临鸟道,草木识龙颜。
露布虹须喜,铙歌鸭绿还。可怜房与魏,扈从不随班。

杂兴(其一)

误朝者谁欤,肘后挟管商。簿录网已密,管榷弓遂张。
竞贡包茅入,谁知刈葵伤。铙歌庆胡灭,蒙冲弛江防。
向非一大治,吴楚成战场。老儒夕九起,蹙蹙瞻四方。
有鹃啼云安,无龙卧南阳。男儿重横行,讵肯坐簧床。
昔人含两齿,时来犹鹰扬。残骸久饰巾,清泪空沾裳。

陆　游(1125—1210)

枕上述梦

江湖送老一渔舟,清梦犹成塞上游。生马驹驰铁蹄踠,古铙歌奏锦衣裯。
玉关雪急传烽火,青海云开见戍楼。白首不侯非所恨,咿嘤床箦死堪羞。

梅尧臣(1002—1060)

送邵郎中知潭州

张铙叠吹洞庭外,缘虎带刀蛮帅迎。且谕汉家绥抚厚,莫言湘守事权轻。
木奴洲近霜包熟,斑竹林昏野鸟鸣。贾谊宅边寒井在,暂留千骑漱余清。

程文简公挽词三首(其一)

尝预岩廊政,终为社稷臣。作藩安旧俗,饮酒得贤人。
葬礼铙箫咽,明仪币马陈。泉堂一经掩,原上只麒麟。

彭汝砺(1042—1095)

寄君时(其一)

彩服当年尚黑头,鸣铙打鼓下扬州。老来却到经游处,一曲烟波一曲愁。

释道颜(1094—1164)

颂古(其五九)

睦州只受锥头利,这僧不见凿头方。直饶转得百千藏,这般供养也寻常。

释惠崇(？—1017)

句(其七七)

画鹢浮秋浪,金铙响夕云。

释印肃(1115—1169)

偈颂三十首(其一四)

打折达磨西来脚,莫令有误本来人。当处得心非向背,九年面壁寂光明。
庭中立雪憨痴汉,海里口干渴爱津。如今大有心颠倒,梦寐胡诤学道人。
且向自心中体究,于斯如实更证明。须观古德皆如是,万莫瞒心自发轻。
讪谤定招无间业,未全本觉且依经。修行未了身依口,莫学提纲没量人。
对病用医须有意,指权归实救迷情。迷悟不同谁解意,三乘犹尚未全明。
不契一乘为外道,经生持戒不知口。徒劳南北与东西,满口文章不合义。
不曾亲近正知见,色见声闻弄识神。髑髅几度皮消殒,林下追寻没一人。
妄把玄诠为事会,五千救网变成尘。看经须用钱财雇,佛事全凭铙钹音。
馓馅饼皮纱布绢,猪羊犬马折经金。僧俗一同轮苦趣,辜负牟尼古佛心。
致使类多贤行少,仁慈鲜矣足孤贫。荣华富贵千无一,菩萨神仙不降生。
如麻似粟人头面,杀盗贪嗔胜畜心。不管刹那沉劫海,且徒眼下乐精神。
背善恶临无解处,烧香合掌告观音。大慈大悲来救苦,须臾命断叹悲深。
一生不布纤毫善,悔惧双交没主人。方知今死难思悔,黑业无边我自成。
寄语世间今未死,光阴莫负早回心。何况出家亲悟者,喃喃直指古同今。
所以办心供作务,将勤补拙助元灵。相逢来往无心见,大事未成戒行深。

只欲心空如及第,回头救接未归人。始合老师弘大愿,先难后易叹吟吟。
十字街头不见客,孤峰顶上目群生。助柴活计元如是,不负当时这老僧。

达 理 歌

普庵识心达理,不是胡言乱语。教化三千大千,个个透泥入水。
应无所住生心,更不祭神拜鬼。时中净念法身,何假烧钱化纸。
不被邪魔所惑,各各尽淘真理。亦非夜聚晓散,亦不远寻山水。
亦不发愿烧香,亦不弃离妻子。不啖众生血味,便敬六亲九祖。
誓不饮酒猖狂,不入牢狱苦楚。见利便不干心,处处如钦父母。
你争无明人我,我自无可作做。修桥补路随缘,身作山河国土。
供养大地含灵,上愿皇图永固。时时风调雨顺,日日民歌乐舞。
皆因自性天真,永不入他门户。如今一物无求,不著邪魔祛使。
不离当处湛然,运水搬柴佛事。何须打铙击钹,岂用槌钟击鼓。
饶舌合掌归依,早被参方取怒。只心普遍莲花,何异西方净土。
自古本自无迷,今本何曾有悟。设有三乘五教,也似添盐和醋。
生死涅槃如梦,佛说无所作做。更问达磨西来,他亦别无门路。
直指人心是佛,不可更移一步。才有丝发是非,便入魔家邪户。
死中得活之人,诸佛龙天守护。斩钉截铁丈夫,这个凡夫了事。
如今人赞神钦,万劫群灵仰慕。到此若不回心,岂识摩尼宝库。
自利利他不竭,经劫且无怕怖。披云啸月吟古风,透石穿山谈正法。
只个心如巧画师,只个身如无缝塔。东村老婆是我娘,爷是南门张大伯。

司马光(1019—1086)

入　　塞

万骑入榆关,皋兰苦战还。摧锋佩刀缺,蹀血马蹄殷。
铙吹来风外,牛羊出雾间。须知沙塞恶,壮士变衰颜。

送刘观察知洺州

汉家英俊士,衮衮出金闾。久袭通侯籍,新腰太守章。
畛封连故赵,庐井带清漳。春色迎铙吹,应忘道路长。

送才元守广安军归成都觐省

皂盖五骅骝,今来异昔游。箪壶交里舍,铙吹下瀛州。
寿酒行当举,归鞭不可留。春光久相待,先在锦江头。

朔 会 堂

朔旦集俺吏,兹堂簪组繁。舞空孤鹤下,映日两凫翻。
花散东方骑,萍浮北海樽。须知太守贵,铙吹引朱轮。

送宋郎中知凤翔府

昔解陈仓印,于今二十秋。双凫久东上,五马重西游。
铙骑行关外,壶浆拥道周。民心已化服,条教不更修。

奉和济川代书三十韵寄诸同舍

金马延群俊,芸香聚众书。杳疑神境绝,深与世尘疏。
气逼烟霄爽,光分日月余。不材叨误选,故友幸联居。
云盖森胡骑,天阍谨契鱼。后先陪贾马,左右揖严徐。
朱阁霜清外,璇题日上初。辞林精采撷,艺圃纵游渔。
决胜楸枰暝,穷欢绮席舒。朝昏升紫闼,咫尺待雕舆。
玉垒俄乡思,铜符忽诏除。彩衣承几杖,华毂照园庐。
四郭柑垂荫,千塍稻散渠。壶浆迎露冕,铙吹拥高辀。
有德能仁虎,无欺耻怒狙。道途繁揖让,犴狱绝沦胥。
滞穗栖场圃,鸣桴静里闾。贫宁费官烛,饥不茹家蔬。
翁子怀青绶,文园驾赤车。古今相与校,胜负定何如。
上正开宣室,人方诵子虚。追锋行入谒,委佩复传胪。
抚己聊唏骥,临民遽起予。居然耗廪禄,岂不愧簪裾。
鹈翼颜何厚,锥囊意未摅。因循恋糠粃,汩没老涂淤。
自顾徒为尔,诚非益者欤。俄承吕公檄,遂策阮生驴。
驿骑传巴徼,诗筒达鲁墟。琳琅固无价,燕石敢沽诸。

宋 祁(998—1061)

守塞三年上北京留守贾相公(其二)

雨洗星街夜褪空,暂持鱼牧守离宫。皋陶旧曲明良内,邵縠高谈礼乐中。
载笔后车云盖密,鸣铙前队锦裤红。不妨华发千官上,始称凌烟第一功。

学舍直归晚霁三首(其三)

密雾披层宙,浓云霁四溟。乱流初漱玉,红日不藏萍。
万叶张晴幄,千山卓翠屏。无烦事铙吹,蛙响自堪听。

送马军范太尉

平狄方开府,镌羌旧著名。新提建章骑,入领羽林兵。
赐橐千金重,留车两印荣。已封头尚黑,休战髀还生。
大旆前驱影,鸣铙后队声。韎坛胜算爵,客饭饫侯鲭。
山背迷榆塞,云披认蓟城。介圭朝汉幄,扣仗侍轩营。
怅别疏华恨,勤归柣杜情。君看画像处,麟阁近西清。

宋 庠(996—1066)

屏居春日

初服仍从洛涘居,鸣蛙铙吹满前除。露园柘弹愁逢雀,磻渚璜钩枉饵鱼。
蜡屐幽怀高下齿,斫轮真想古今书。汉人尚自嘲频解,犹得凝神守泊如。

和经略宣徽吴太尉以将经洛阳旧隐之作

公有长才动缙绅,朝廷不肯弃名臣。高怀空结山中社,远略今清塞外尘。
竹坞未荒溪叶密,菊丛虽旧径花新。南台素壁题名处,莫惜麾铙一驻轮。

送龙图燕待制出守梓潼

宝构沈沈夕雾迷,儒林俊老出分麾。中天秘牒河龙负,上路鸣铙笮马驰。
香袭宠辇惊放兽,野连丰芋蔽蹲鸱。潼江肯学淮阳卧,仙液真胾壮寿祺。

迟明出都谢雪龙门佛祠途中复遇雪

路阔三条陌,云低九鼎门。铙风催骑响,裘霰减貂温。
谷晓天花乱,林空苑絮繁。周舜农意切,一一愿流根。

赴洛经郑马上偶成

去国虽伤别,乘轺尚及春。荣风清翼盖,巩树绿迎人。
后队金铙响,前驱隼旆新。衰怀无丽赋,何以诧西宾。

春晚坐建隆寺北池亭上

城外东风卷落花,更临春水惜年华。单车刺史无铙吹,叫杀荒池两部蛙。

出都赴郑作

初免鸿枢任,无庸白发身。衰年虽去国,荣路尚妨人。
官借荀池旧,恩加汉节新。鸣铙先绣𫐐,毂骑挟朱轮。
梁雪初收腊,荥波渐溢春。且持宽大诏,行及劝耕民。

苏　颂(1020—1101)

司空赠太傅康国韩公挽辞五首(其五)

六纪增年福未涯,三公归第宠频加。达逢雨木官虽怕,贤值辰年梦已嗟。
中祀牲牢开祖道,太常铙吹送灵车。伤心前月登门后,临别殷勤贶手华。

苏　籀(1091—?)

元 夕 偶 成

里唱涂讴铙吹轰,软尘梁苑记前生。宝珠穿蚁嬉游肆,莲蕊然犀不夜城。
透碗灯繁人昼绣,隔罗光酽酒渑清。春娃环舞云阶隘,邦媛鲜妆月地行。

唐士耻(?—?)

癸酉盱江鹿鸣燕和罗守

伦魁玉季乐群英,更有新醅属步兵。饫勉茂才争贾勇,尽从击楫不留行。
共酬露冕吹铙意,好近毡书淡墨荣。北海清樽今劝驾,梦回池草倍知名。

汪　藻(1079—1154)

题止戈堂二首(其二)

千里闽山驿骑飞,天书趣解海边围。异军方逐苍头起,元帅徐将白羽挥。
翻就铙歌春举酒,收还烽火夜开扉。向来万事关兵气,却作风光坐上归。

王 珪(1019—1085)

正月五日与馆伴耶律防夜燕永寿给事不赴留别

万里来持聘玉通,今宵宾燕为谁同。铙歌自醉天山北,汉节先随斗柄东。
半夜腾装吹朔雪,平明跃马向春风。使车少别无多恋,只隔燕南一信中。

依韵和章枢密景灵宫奉安列圣神御

清都铙吹犯宵寒,宝帐云龙度帝关。禁跸忽传天直北,仙山元在海中间。
九门日月蒙嘉气,六殿衣冠绘睟颜。翠辇归来朝献罢,千官齐拜未央班。

郊祀庆成诗(其一)

国重天之报,神歆德所存。孝须三后配,礼莫一郊尊。
翠羽来千仗,鸣铙下九阊。服维周冕盛,乐自舜韶温。
未酹群灵降,先祠万玉奔。黄流凝夕祼,紫焰亘霄燔。
星拱低宸幄,云回护帝辕。祥辉新日月,佳气浃乾坤。
绍古归鸿铄,含生濯至恩。钦惟斋格至,仰福在元元。

王庭珪(1080—1172)

送通判周监丞

秋江水净磨碧铜,秋山先作归意浓。况逢星火羽书急,立马不复能从容。
船中载书三万轴,鸣铙插帜摇秋空。前年群盗尚蜂午,眼底日压旌旗红。
行春兼督貔虎士,破贼屡奏明光宫。今年岂料烟尘起,赤白提囊走边吏。
县官飞符急索租,谁能急了官中事。不如置笏还县官,头巾脱挂西林寺。
诗句留传天地间,时有人来问奇字。功名正恐未免耳,此役由天不由己。

王 质(1135—1189)

和御制诗五首(其一)

列圣兼仁武,随时议战和。伫开新日月,重照旧山河。
西北浮云敛,东南王气多。大唐功十二,一一付铙歌。

魏了翁(1178—1237)

昨有祷于社稷及境内山川是夕枕上闻雨(其一)

郊宫方社诗攸重,川泽山林礼所崇。古祀不修牲币废,梵铙声里纸钱风。

项安世(1129—1208)

题谷湖诗

少年塞上传书檄,晚岁湖边结薜萝。犹有诗编传旧梦,更无心事向惊波。
人生难料君重出,戎务方殷意若何。鬓发浪苍肝胆在,铁山泾水待铙歌。

杨　亿(974—1020?)

阁门钱舍人知全州

家传吴越贤王后,郡压潇湘最上游。三殿从来奉宸扆,一麾今去典方州。
蝉吟高柳隋堤暮,水涨平湖楚泽秋。入境壶浆填候馆,上官铙吹夹华辀。
山川遍历骚人地,宵旰遐分圣主忧。应向桑郊停五马,青春太守本风流。

姚　东(?—?)

皆山西爽二亭

华亭百尺跨嶙峋,照眼风光自吐吞。闲数炊烟分聚落,坐收奇观入壶尊。
冈峦绕户云生袂,铙枥无声月在轩。更有何人佩黄犊,耕锄已遍落霞村。

张舜民(?—?)

秋日陪陕守成伯阁老过魏清逸草堂诗以志之

何处登临散郁陶,草堂依约在东郊。笼中凡鸟迎新网,天外冥鸿委旧巢。
山色茏葱辉彩斾,田歌呕轧杂鸣铙。青编虽有知音绝,可是无人学解嘲。

赵　鼎(1085—1147)

过石佛洋

鸣铙叠鼓两山傍,晓泛回潮石佛洋。漠漠东风吹瘴雾,曈曈暖日上扶桑。
如闻鹤驭来空阔,知有神洲在渺茫。何必山林啖灵药,他年鼓枻访东皇。

朱 熹(1130—1200)

卧龙之游钱通守得江字不及赋诗已解维矣熹用其韵纪事以赠并附卷末

君行安所适,冲风溯涛江。传闻阆州好,未见心已降。
邀君康山游,听此巨壑淙。班坐酌溪石,幽寻憩云窗。
劝君尽此杯,锦帆已稠杠。明年傥来东,鸣铙建高幢。
访我深涧底,晤言绝纷哤。城南且细说,慰我心悾悾。

钹

洪咨夔(1176—1236)

天　象

白气一抹蚩尤旗,南斗北斗天两垂。西方荧惑耀芒角,初月吐魄来食之。
去年天象已可骇,今年天象更可疑。春王正月暨三月,黑气几度摩晨曦。
铜盘亭亭惨且淡,铁钹拍拍合复离。沙盆贮水静照影,眼乱两日欢童儿。
移时妖氛渐引却,赤光如血铺庭墀。家无占书瞠休咎,但效嫠妇颦双眉。
昨朝忽见邸状报,诏答丞相辞公师。首言金乌效祥瑞,变我愁蹙成愉怡。
玉堂学士天下选,王澡有象非吾欺。东淮西蜀狗鼠贼,看折尺棰从头笞。

周　弼(1194—?)

龙井道中杂记(其二)

老僧病久声嘶喝,屡说紫衣胜短褐。莫嫌两手渐拘挛,曾把御前供奉钹。

镎

郑 獬(1022—1072)

题名碑石琢之已成求章伯益先生篆额

老匠豂山斩苍石,偃然巨璞长于席。锐凿飞椎日镶击,金镎嘈轰满虚室。
白沙砻就大禹圭,绀滑自同青玉色。两螭攫拿相斗立,欲求大篆冠其额。
先生绝妙不须言,引墨为我一落笔,蟠屈玉箸入石壁。
吾曹名氏遂辉赫,异物不复容侵蚀。赤尾鲤鱼问消息,丐我数字得不得。

磬

敖陶孙(1154—1227)

赠玻璃僧慧观长老

千年观一如,三日客同居。只道清淮近,乌知浊世疏。
地穷初限橘,水富巧藏鱼。排闼风烟入,观心视听虚。
饭香鸦闯户,茶熟水鸣除。潮载支祁愤,天关禹贡书。
磬材征古在,石甃表凶余。董杏通邻堵,秦瓜过满车。
游方孤雁去,问法翠屏舒。何日荆溪道,诛蓬对结庐。

白珽(1248—1328)

宿上天竺

名山倦游历,挂起手中藤。佛国三生石,天岩百岁僧。
定回松院磬,吟苦雪龛灯。愧我心犹杂,何因问二乘。

白玉蟾(1194—?)

景德观枕流

寒泉泻破青山腹,青山不改寒泉绿。幽人一心泉石心,倚溪著此数椽屋。
窗外飘喷石斛珠,枕边玲珑一片玉。山涧金龙啸欲飞,涧底银蟾清可掬。
敲磬愁惊晓鹭眠,停经坐看昏鸦浴。香浮若雪滋肺腑,响入松涛震崖谷。
清净耳观绝弦琴,广长舌相无生曲。客来坐此亦忘归,溪南溪北千竿竹。

蔡佃(?—?)

豁然阁

长风东南来,浊浪挠清镜。小轩寂寞人,默视心境静。
扁舟暂淹留,思与孤鸿迥。洞庭眼中物,何必更乘兴。
顽石漫巀峴,终惭泗滨磬。

蔡襄(1012—1067)

游烟霞洞

新晴特地入烟霞,道并南山转更赊。幽磬过邻溪口寺,众鸡鸣午野人家。
洞深随溜先如雨,石古笼藤乱放花。潘岳小园犹作赋,轻轩选胜乐无涯。

题福州释迦院幽幽亭

路尽得佳赏,川原何净明。周围地形壮,洒落世尘清。
背郭千峰起,涵空一水横。风帆人共远,潮屿岁重耕。
晓市炊烟合,孤庵汲道萦。俯窥岩鸟过,微认野云生。
香气林端出,秋容物外呈。表闲幡弄影,觉静磬传声。
官舍今稀讼,轓车此驻行。唱篇知寡和,君世负诗名。

曹汝弼(?—?)

怀寄披云峰诚上人

院高穷木盛,野极静无言。险路通岩顶,香泉出石根。
微风飘磬韵,幽鸟啄苔痕。常记相留夜,秋堂共听猿。

赠披云峰岳长老

禅外掩松扃,闲眠度岁阴。雨侵香篆湿,苔长屐痕深。
水在铜瓶冷,云归玉磬沈。前山有灵药,时策杖藜寻。

曹勋(1098—1174)

登逍遥阁

松杉闶琳宫,仙君朝帝所。神风故静默,人间漫今古。
地灵驱鸟雀,磬声肃坛宇。倚槛夕阳间,云山认归路。

仲春初五日报谒①

玉磬蒲团出定音,谒酬与世费浮沉。径松参汉周官肃,坞竹藏云商易深。
莫色溪山皆有道,春风花草本无心。年来年去头成白,斗酒楼前明月斟。

晁补之(1053—1110)

送会稽关彦远罢官河北

君年长我二十五,偶以气同均弟昆。三岁吹沙禹河曲,一身飞艇越云门。
未缘狗监知才思,端向牛衣无涕痕。秋月圆时应待我,慧林孤磬澹朝暾。

再次韵文潜病起

淮浦见之子,春风初策名。颇讶谪仙人,有籍白玉京。
晚遇广文直,老交心愈倾。同升芸香府,偶坐华发生。
斯人自龙性,意变难章程。耆酒不疵訾,身如秋叶轻。
自言士处世,何必冰雪清。交游满台省,毁誉半王城。
不肯效俯仰,畏高侮鲲鲣。常思老伊颍,紫蟹羞吴粳。
我辄抵掌和,音同磬随笙。小人奉慈亲,皆尝小人羹。
寒衣妇补绽,学绩女娉婷。日欲江海去,心期杨柳青。
众木构大厦,豫章倚孤撑。如子足医国,可容移疾行。
丹书紫皇告,玉篆五岳形。何必陶隐居,吞霞养纯精。
访道自素约,谐心期暮龄。但恐牵俗缘,志大功不成。
息交屏妻子,此语不须惊。

晁公武(?—?)

登 金 山

东游寻胜即登临,浮玉知名冠古今。万壑波涛喧海口,千年岩岫据江心。
雨篷烟棹征帆远,晓磬昏钟佛屋深。诗客分留风景在,凭君一为发长吟。

---

① 许月卿《仲春初五日报谒》内容与此诗相同,不再重复收录。

晁说之(1059—1129)

致仕后寄白莲然公

僧衣换却朝衣尽,知悔知非恐不任。磬韵应怜持课罢,香销当识坐禅深。
芭蕉庭下三身正,蟋蟀床头百虑侵。忆我白莲庵里士,几年消息亦沉沉。

冬至日涂中

海角沙场过冬至,未如今日最伤情。孝王池畔忧戎垒,炀帝河边叹楚兵。
万寿献觞身不与,百城和议泪空横。明年高会知何处,击磬焚香毕此生。

陈必复(?—?)

出　郭

泥深留屐齿,出郭少人行。远磬含余韵,疏帘透薄明。
浮云时态异,流水世情轻。只读南华了,年来悟养生。

陈　阜(?—?)

紫阳观和家兄作

相将到灵观,正值雨初晴。花近香逾妙,峰遥色更清。
鹤盘云外影,磬和涧中声。再拜真人像,还丹愿指明。

陈傅良(1137—1203)

送陈持中赴四明节推二首(其一)

更无人未识东州,晚得吾宗第一流。编磬在县金奏合,清冰出壑玉壶秋。
喜才一见还分袂,怀欲多言但倚楼。亦有鄞山三四友,可令观政话然不。

陈鉴之(?—?)

同刘叔泰放步湖边入灵芝寺坐依光良久叔泰诵坡仙好把西湖比西子之句予因赋古风一首

刘郎唤我出,胜处意所便。清寒柳桃风,浓淡杉桧烟。
僧庐自生香,步绕古佛前。依光偶不扃,坐数禽联翩。
平林度清磬,遥堤簇归船。湖山露真态,鸥点溶溶天。

形容几吟笔,刚道妆抹妍。莫作西子看,正如姑射仙。
相知喜值予,微笑生清涟。

陈举恺(？—？)

龙　邱　山

九峰湿翠秋光凝,亭亭出水芙蓉净。崔巍怪石距若虎,合沓奇峰驰八骏。
山深古寺隔红尘,时有天风度幽磬。岂惟清赏玩心目,况有高人寄真隐。
自惭奔走红尘客,何由得遂山林性。长歌聊复赋重游,不用悬岩刻名姓。

陈　克(1081—？)

游善权山留题三首·水洞

逶迤步哀壑,局蹐生微澜。惨惨白日暮,萧萧朱夏寒。
崖倾势方壮,石出水益湍。淙流响磬瑟,突起横镆干。
微踪乍渺茫,妙想忔盘桓。我今人世间,所向行路难。
如何洞宫脚,危磴仍屈蟠。神伤阻独往,发竖两股酸。
了知仙凡隔,坐惜岁月残。心违泪交堕,已去犹长叹。

陈孔硕(？—？)

挽吕东莱先生(其二)

语绝香奁坏,人非铁磬存。罢官空数日,挟策与谁论。
丈室尘埃乱,层城草木昏。寸心无诉处,号绝向令原。

陈　宓(1171—1230)

到雪峰(其二)

幽寂千人只磬声,翚飞楼观映山青。世间役役谁知梦,林下高人眼独醒。

和方宗教鼓山韵(其一)

胸次崔嵬绝点埃,山光玉色两佳哉。官闲却得身栖宿,岩迥惟闻鹤去来。
定处华鲸催石磬,眼前茗碗伴炉灰。高情一出樊笼外,逸驾飘飘未拟回。

陈师道（1053—1102）

寄参寥

平生西方愿，摆落区中缘。惟于世外人，相从可忘年。
道人赞公徒，相识几生前。早作步兵语，晚参云门禅。
舍策孤山下，一室颇萧然。林昏出幽磬，竹杪横疏烟。
昨日寄书至，坐想参寥泉。此泉如此公，遇物作清妍。
一别今几时，绿首成白颠。子亦怜我老，我岂要子怜。
会逢万里风，一系五湖船。酌我岩下水，咽子山中篇。

陈舜俞（？—1075）

灵溪观

灵溪流水碧潺湲，溪上清辉弟子园。白叟荷锄春采药，黄冠敲磬夜朝元。
山中松叶堪为酒，路口桃花似有源。自是游人无道骨，长生何必五千言。

陈岩（？—1299）

崇圣院

山形四抱水来前，中有金莲色界天。清磬一声僧定起，松间灵鹤舞蹁跹。

陈易（？—？）

答有需禅师

年来多病爱栖禅，宝鉴慵将照丑妍。却忆南湖孤顶月，定回金磬落岩前。

陈俞（？—？）

玛瑙宝胜寺

雨霁佛屋明，苔径深曲折。树摇高露惊，草密暗泉咽。
前林忽清磬，烟灯远欲灭。寄谢尘中人，与君从此别。

陈允平（？—？）

题李丹壶壁

闲乘海上槎，来访谪仙家。风逆磬声短，日低幡影斜。
猿攀高树果，蜂采半岩花。谁在丹台上，三更炼紫霞。

游阳明洞天

万木阴沉锁石门,烟霞深处近昆仑。洞箫声接玉台磬,宝盖影摇金殿幡。
湘浦有龙云气湿,越山无鹤露华昏。灵芝采尽归何处,溪上白蘋花正繁。

赠罗知宫

霞帔云巾占石床,磬声初引步虚长。拟朝碧落非无路,学煮黄金信有方。
云暗石潭龙骨蜕,草肥山崦麝脐香。青城梦窅蓬莱近,沧海为田合种桑。

陈宗远(?—?)

呈豹林伯进斋表叔

曲径禅房午,幽风动古林。泉声落涧静,磬韵隔云深。
空谷留禽语,青山洗客心。顿然忘俗想,来此不妨吟。

程公许(1182—?)

行至罗江以代者爽期得史者书复还涪滨径走富乐山中借馆(其三)

山中有何乐,淹留不复叹。濯足涧泉碧,洗耳松风寒。
清磬度林杪,枯禅兀蒲团。拙不会参请,幸勿催抽单。

程 企(?—?)

泗 源

泗源奇且怪,声势各喧豗。虎豹岩边去,蛟龙窟里来。
稍流烟作阵,初激雪成堆。派必人疏导,源应鬼凿开。
乍深涛不起,渐远浪相催。可把江心比,尝将海眼猜。
始微才迸玉,终盛忽奔雷。涧为寒无卉,丘因涧有苔。
已观离窦侧,俄见过城隈。石劲崖难漱,沙虚岸易颓。
迩虽逾济漯,遐亦到蓬莱。洗钵僧常至,乘槎客未回。
我从原际瞰,谁自谷中推。汹涌曾浮磬,潺湲好泛杯。
狭宁容蚁穴,湍可暴鱼鳃。劈华非天意,排淮乃力哉。
傍如巫女峡,上类楚王台。漏泽空神异,襄陵但水灾。

林幽多鸟雀,地僻少尘埃。重爱兹佳趣,题诗愧不才。

淳藏主(？—？)

山居(其六)

瓦炉爇处清烟霭,铁磬敲时晓韵寒。一穿数珠粗又重,拈来百八不相谩。

戴 栩(？—？)

朱尚书夫人洪氏挽词

八座方新玉铉家,妆台忽掩五云赊。徽声不愧古彤管,觉性能空昙钵花。
夜月东冈疏磬度,春风南国去旌斜。所亲多少酬恩泪,待看重封燎诏麻。

道 谏(？—？)

游灵隐寺

长吟游古寺,九里入青松。鸟向花间语,僧从月下逢。
阴廊连碧殿,清磬杂疏钟。回首夕阳晚,烟霞锁乱峰。

邓犀如(？—？)

华 盖 山

日沈露下不胜寒,绝顶江南第一山。脚底云平疑可步,身边月近似容攀。
诸天合在虚无际,清磬应闻缥缈间。欲拚今宵不成寐,遇风高处著仙班。

邓忠臣(？—？)

漫兴成章屡蒙子方宠和更辱赠句辄用奉酬

声名词藻竞骎骎,不负平生许与心。鸣凤自须谐玉磬,野麇只合恋云林。
清新每喜羊何和,冥默初闻雅颂音。不是南冠厌拘絷,楚人元爱楚风吟。

丁伯桂(1171—1237)

晚 坐

小雨流花急,香风随晚荷。清天闻野磬,高木乱秋波。
人度红桥少,灯来溪径多。幽冥间一坐,深恐负苍萝。

董　杞(？—？)

游招真观

溪旁老子宫,古松奋苍鬣。修径烟霏深,中岩祠像设。
岩头流云漫,千丈藤萝结。猿猱跃其间,手疑攀日月。
岩下缓经行,人间诸想灭。文楸飞雹铿,朱弦浮磬彻。
此山宇宙初,谁擘坤轴裂。六丁曾一戏,万古留洞穴。
仙翁昔此栖,还丹成白雪。佩环升倒景,遗台犹岌嶪。
菊秋风日佳,归艎双桨欥。便欲茆三间,于此谢尘劫。

杜　衍(978—1057)

赠应天寺昭净法华

出俗皆言为息机,性灵净僻似师稀。前山月落夜吟罢,深院菊荒秋讲归。
溪雾锁窗灯焰短,雪风敲竹磬声微。会期双阙重相见,应换当年旧衲衣。

范成大(1126—1193)

病中夜坐

村巷秋春远,禅房夕磬深。饥蚊常绕鬓,暗鼠忽鸣琴。
薄薄寒相中,棱棱瘦不禁。时成洛下咏,却似越人吟。

耳鸣戏题

历历从何起,泠泠与耳谋。人言衰相现,我以妄心求。
远磬山房夜,寒蜩陇树秋。圆通无别法,但自此根修。

嘲峡石

峡山狠无情,其下多丑石。顽质贾憎垂,傀状发笑哑。
粗类坟壤黄,沉渍铁矢黑。或如沟泥涴,或似冻壁坼。
堆疑聚廪粟,哆若坏城甓。槎牙镂朽木,狼籍委枯骼。
礚砢包蠃蚌,淋漓锢铅锡。纵文瓦沟垄,横叠衣折襞。
鳞皴斧凿余,坎窑蹴踏力。云何清淑气,孕此诡谲迹。
我本一丘壑,嗜石旧成癖。端溪紫琳腴,洮河绿沉色。

阶册截肪腻,泗磬鸣球击。嵌空太湖底,偶立韶江侧。
　　　真阳劖千岩,营道铲寸碧。倦游所阅多,未易一二籍。
　　　朅来兹山下,刺眼昔未觊。或云峡多材,奇秀郁以积。
　　　绝代昭君村,惊世屈原宅。东家两儿女,气足豪万国。
　　　山石何重轻,奚暇更融液。我亦味其言,作诗晓行客。

范纯仁(1027—1101)

和象之石磬

谁向西山选翠琳,中含太古自然音。昔逢虞帝来祥凤,今与陶家伴素琴。
清越乍敲修竹里,坚方真合哲人心。一镌名姓将难朽,千载知君道德深。

范　浚(1102—1150)

理喻(其二)

我眠鼻息邻家惊,耳不自闻齁齃声。我耳忽鸣韵清磬,旁人对面那能听。
耳鸣如心念,鼻息如已过。心念潜萌众莫知,已过自迷人看破。
历历眼前皆要理,举世何人无鼻耳。

方　凤(1240—1321)

宿保安寺

　　　扪萝山径迥,流水石桥分。一雨过秋寺,千峰生暮云。
　　　望穷迷野色,沙远见鸥群。烟霭苍茫外,寥寥清磬闻。

客有问金华胜游者以诗叙其概

赤松上下雨霏微,八咏楼头重拂衣。西港晴来汀草长,北岩幽处洞泉飞。
风敲定磬鹿春过,月满丹台鹤夜归。历览因知古词客,盛夸云梦未全非。

读西峰寺壁间诗

出郭幽探约里程,竹篱小语忽云生。寺藏密树磬声得,客染流霞暑气清。
煮茗每闻松湍落,长苔半与石床平。何来老衲吟魂尽,满壁多题世外情。

方　回(1227—1307)

南山寺潇洒阁呈川无竭二首(其二)

每从水际上山巅,历磴攀梯欲到天。北岱南嵩前后阁,东吴西楚去来船。
诗牌字没先朝藓,梵磬声飘下界烟。□□登临定分首,不知重会是何年。

高　翥(1170—1241)

僧 房 夜 坐

万枝松里一篝镫,知是山房第几层。静夜数声清磬响,上方应有诵经僧。

即　　事

秋来高处不宜登,闲却西楼最上层。读罢黄庭窗户晚,自敲清磬上香镫。

虎 丘 寺

西出吴门步屧轻,浮屠唤客入山行。石从试剑何年裂,池自通泉尽日平。
烟径远传僧磬响,云龛深锁佛灯明。移舟更宿枫桥寺,要听疏钟半夜鸣。

崇圣寺斌公房

　　近来唯一食,树下掩禅扉。落日寒山磬,多年坏衲衣。
　　白须长更剃,青霭远还归。仍说游南岳,经行是息机。

葛　闳(1003—1072)

巾 山 广 轩

　　胜地藏东越,严城耸二岑。万灯迎日早,孤磬出云深。
　　雪霁茗初试,雨涵山半阴。兹焉即方广,有路到天心。

葛立方(?—1164)

大人游千金访张仲宗以守舍不得侍行用仲宗韵二首(其一)

　　古寺依烟艇,一篙春水深。石坛幡转影,玉殿磬流音。
　　客有张公子,僧皆支道林。行行云水窟,幽梦渺难寻。

礼部尚书洪公挽歌词(其三)

高材博识服簪绅,玉树瑶林绝点尘。氏族源流推肉谱,春秋褒贬藉调人。

膝间韵磬传山水,枰上枯棋战楚秦。妙处不传今已矣,遥瞻遗像泪沾巾。

八月二十日与馆中同舍游西湖作(其五)

天竺古浮屠,孤云一鸟径。去天真尺五,峻步欲乘兴。
石壁半空立,略彴引危蹬。山底禽衔花,石罅僧入定。
请从三昧起,林外有疏磬。

葛绍体(?—?)

游本觉寺

招提俯秋水,画手借王维。清磬递风韵,晓霜翻露姿。
茶烟邀客伫,帆影唤舟移。他日成归梦,来兴楚子悲。

耿南仲(?—1129)

和邓慎思诗呈同院诸公三首(其二)

秋日同文馆,裒然观国光。泗滨何限磬,岱麓易求梁。
剑气频冲斗,锥锋定出囊。于余惭拙匠,操尺预量长。

顾 逢(?—?)

斯岩庵

舣棹水之涯,重来访可师。磬声连古寺,僧语隔疏篱。
果熟时抛地,花繁欲堕枝。三年前到此,不记旧题诗。

顾 禧(?—?)

偶 作

弹铗复尔尔,登楼向落曛。烟深横白鹭,枫老宿彤云。
松牖寒威入,琳宫远磬闻。自然能远俗,无复赋离群。

郭祥正(1035—1113)

和杨公济钱塘西湖百题·许先生书堂

丹井光长在,空堂貌亦存。邻僧深夜磬,时复与招魂。

隐静寺(其一)

门横大溪溪净碧,人不捕鱼鱼稳潜。哀猿长啸雾垂地,饥虎一声风动帘。

金仙像古苔藓剥,铁磬夜敲规矩严。道师达性傲时辈,不信书生来养恬。

郭　印(？—？)

总　持　院

晓霁同登古息台,雨师先为洒尘埃。纹楸战罢仙踪杳,清磬音传佛寺开。
门外老松迎客入,竹边高阁放山来。逡巡揽尽风光去,寄语三官不用猜。

合州菩提院和严梦锡韵

小刹迟留为觅船,欲凭一苇下长川。磬传清韵每知晓,柏偃樛枝休问年。
末路风埃埋日月,故园松竹老云烟。由来行止皆天定,遇坎乘流只信缘。

再和二首(其二)

涉海必假舟航,登山当寻蹊径。每叹修身错路,譬如饮药加病。
逢人须是问津,有心未免击磬。况遇先觉先知,早明不垢不净。
七情涣若冰雪,一性湛然渊静。虚无体道合真,恬淡乐天知命。
外之寇贼消亡,内焉邦家昌盛。初守一以处和,乃无事而生定。
教不倦称乎仁,德分人谓之圣。故玉非琢不成,惟木从绳而正。
要明师指药物,借元神为本柄。大道多歧亡羊,至人用心若镜。
何妨常善救物,免使大惑易性。门庭既已趣入,根株亦须穷竟。
直至出死超生,方知聋者善听。

韩　淲(1159—1224)

邻僧晚磬

回风薄栖鸦,寒色倏已暝。禾收正行田,木落应掩径。
市声频年稀,人迹中夜定。心懒邻更闲,僧窗有幽磬。

柬宿之藏主

雪观碧云合,檐花带女萝。磬清收梵呗,香净入禅那。
粥饭门房少,经斋城市多。幽人邻近住,取次一相过。

有怀(其四)

山庵风雨夜,莫惜细论文。友直惟家学,僧清岂世氛。
随宜粥饭好,奚止搢绅云。磬歇香灯上,词场自策勋。

韩 驹(1080—1135)

上泰州使君陈莹中

当年贤路杂薰莸,叹息诸公善自谋。今日在前皆鼎镬,后来知我独春秋。海边已击师襄磬,湖上新逢范蠡舟。惟有书生最无事,不妨挟册更西游。

韩 琦(1008—1075)

过 甘 泉 寺

甘泉穿石磴,山腹启禅扉。自笑逃尘境,翻来触静机。
花开松色淡,歌咽磬声微。十里蔷薇路,香风送马归。

何 俌(1121—1178)

膴庵(其二)

地占松江胜,为园不种瓜。幽深清磬响,高下石栏斜。
花密蜂随蝶,林深雀啅蛇。胜如摩诘画,不是季鹰家。

何梦桂(1229—?)

和何逢原寄韵

世界归大椉,人事如奔淙。浮生萃草木,万变成飘风。
触蛮两蜗国,王侯一蚁封。下观黔首愚,咄嗟书虚空。
怒攘亦蠢蠢,群飞何梦梦。失手弄刀剑,转眼生兵戎。
万骑彀弓矢,千夫驾临冲。原野肆尸血,道路哀离鸿。
师师有丈人,在师得师中。不辜多全活,不与群丑同。
师克未为绩,不杀真肤公。乾坤一胞与,感此重戚容。
涿鹿始争战,千古开武功。春秋书战伐,三复为懭忡。
南风鼓虞氏,吾谁与王通。击磬斯已矣,荷蕢犹可宗。
无用愧社栎,浪出羞涧松。君谓叔孙智,人笑郦生庸。
未能半分补,政堕一动凶。归来友石友,相对仲与翁。
抱神慎守一,吾欲师崆峒。

洪 适(1117—1184)

寒 岩 寺

峭壁插青冥,层岩覆化城。空中清磬发,幽处慧灯明。
万瓦足云气,四檐无雨声。丰干不饶舌,此地孰知名。

胡大成(？—？)

游 龙 光 寺

香宇依空结,虚轩傍水开。沙明鸿影度,径静竹风来。
午磬传清梵,晴花点绿苔。寥寥人境外,宴坐送余杯。

胡 寅(1098—1156)

初冬快晴陪宣卿叔夏游石头庵过三生藏穷深极峻遂登上封却下福严最爱廓然亭静憩久之乘兴入后洞置酒云庄榭徘徊方广阁山行崎岖不可以马虽笋舆傲兀小劳尚胜骑从之烦也既归山前之翌日复会于坚伯兄小阁同安赵涧看北山余雪披云映日翠莹珑葱殆难模状因访季父庙令欢饮而罢集记所见成十五绝(其一二)

谁闻玉磬即过门,漫说金灯不破昏。等是此身俱物化,云何五百至今存。

过疏山题一览亭梁溪公所书也二首(其一)

手遮西日到疏山,忽得昏鸦敛翅间。未暇拈香参佛祖,且须襆被扣禅关。
月林散影参差静,风磬传音窈渺闲。拟买一廛通水竹,杖藜他日寄疏顽。

胡 则(963—1039)

别 方 岩

寓居峰顶寺,不觉度炎天。山叟频为约,林僧每出禅。
虚怀思往事,宴坐息诸缘。照像龛镫暗,通宵磬韵传。
宴心资寂寞,琢句极幽玄。拾菌寒云外,烹茶翠竹前。
远阴临岳树,清响落岩泉。僻道无来客,深秋足乱蝉。
松风生井浪,溪雨长苔钱。自省浮尘世,终难住永年。
遍游曾宛转,欲别重留连。明日东西路,依依独黯然。

胡仲弓（？—？）

赠陈通妙

双成亲嘱咐，从此厌尘缘。天上黄冠侣，人间紫府仙。
金炉行殿晓，玉磬古坛烟。待得蟠桃熟，重逢又几年。

赠云谷道士

身形如野鹤，飞去每离群。玉磬随缘定，金丹与众分。
渴摇花上露，卧枕谷中云。传得九仙诀，修真好似君。

寄藏叟

版扉常半掩，人静少经过。禅思夜来得，吟情秋后多。
月高幡影直，风定磬声和。何日同携手，云山访薜萝。

重九日法轮庵次凤山韵（其二）

竟日延荒寺，秋声不可歌。磬中闻午至，石上见寒过。
野鸟心常肃，孤僧鬓已皤。欲归情不尽，门外夕阳多。

集芳园

园丁严锁钥，不许俗人看。梅落黄金弹，荷开碧玉盘。
小舟维柳外，青磬出林端。猿鹤不相识，行吟独倚栏。

华　镇（1051—？）

咏古十六首（其一〇）

吾爱袁东阳，才华自天性。注射溢飞泉，玲珑韵鸣磬。
微吟傍牛渚，倾写江州听。珠联麟野韵，响答临歧赠。
仓卒宣城辞，颠沛长沙咏。辞林骋高步，声华既明盛。
不为桓公屈，高风更严劲。荣路何足论，清衷自如莹。

黄大受（？—？）

公安寓馆夜立观前用载韵

翛翛一古观，我到夜何其。仙磬吟风殿，幽人汲露池。
星沉萤聚水，月倒兔悬篱。四起钟声乱，凌风欲化肌。

黄　榦(1152—1221)

绍熙庚戌十月偕赵仲宗舜和潘谦之曾鲁仲游九峰芙蓉寿山纪行十首·宿芙蓉寺

万叠云山踏雨来,白云依旧冒山隈。尊罍馨尽客怀恶,衣屦沾濡僧意猜。默坐香炉烟起伏,喜闻灵洞石崔嵬。五更清磬丁东响,参斗横空天四开。

黄　庚(？—？)

道观即事

月到松庭鹤未眠,玄都羽士诵灵篇。玉炉烟断瑶坛冷,金磬一声霜满天。

赠大禅寺昉上人

佛屋参差傍水涯,天然富贵属僧家。油幢碧立当轩竹,步障红围绕槛花。隐隐磬声春昼永,停停塔影夕阳斜。白头道者留连客,自汲山泉煮石茶。

黄　庶(1019—1058)

和白云庵七首·磬石

古乐破散郑卫起,走入万物不可名。山中惆怅莫能到,疑是舜时韶一声。

黄庭坚(1045—1105)

题淡山岩二首(其一)

去城二十五里近,天与隔尽俗子尘。春蛙秋蝇不到耳,夏凉冬暖总宜人。岩中清磬僧定起,洞口绿树仙家春。惜哉次山世未显,不得雄文镵翠珉。

季　季(？—？)

祈泽寺(其一)

虚窗云暗青灯小,松桧无风春悄悄。子规枝上叫梦回,清磬一声山月晓。

江朝议(？—？)

游阳华口占五言八句呈诸僚友

十里云深处,阳华小洞天。千岩虚夜月,万壑溜寒泉。石磬生何世,仙田种几年。神灵自幽显,时序任流迁。

姜特立(1125—1203)

和叶枢密同游南明

出郭眼增明,邂观酒共倾。好风吹暑气,快雨送雷声。
僧磬清敲寂,莺簧巧弄晴。论交方缱绻,奈此别时情。

蒋　堂(980—1054)

送梵才大师归天台

老被诗名系此身,思山深去避人群。宝台千尺隔江见,清磬一声归路闻。
岩上开扉灯照月,庵前扫地雪和云。终焉此是清凉处,净住无惭相国文。

虎丘山(其一)

虎丘何为山,鲸波涌而显。惟青镇一隅,峙秀状无限。
遥峰乃众阴,四望拱孤巘。上有梵王家,高压长洲苑。
游人接踵来,千里必重跰。奔走趋层巅,凌竞陟云栈。
下瞰洞庭卑,傍睨灵岩浅。巍乎屹宝阁,仰之目睛眩。
中有明光书,丽若日星烜。三朝所秘藏,百灵共幽赞。
兹焉真福庭,瞻者皆色洒。复觉尘世非,恍如化城现。
塔顶拂彤霞,山脚环青甽。北崖宿雪寒,东阜晨曦暖。
阴森岩腹空,诘屈廊腰转。秋磬落云端,宵灯耿天半。
处者病恼蠲,来者钝根遣。予膺邦寄时,所历游屐遍。
不领旌旗行,恐惊禽鹿散。扪萝穷邃深,据槛望平远。
寻幽既欢欣,访古或兴叹。葬金坟已隳,淬剑池犹漫。
冰霰凋古杉,朱丹浮断简。珍重讲石存,讥评鬼诗诞。
唐贤留风什,遗墨罗粉版。险语悉冥搜,清景不可遁。
国朝有笔札,岩壁刻棱婉。刀鞘君谟书,龙蛇不疑篆。
二美贲禅扃,千古骇人眼。于时出世师,净住日营缮。
发缘善侣臻,毕力梓工僝。绀宇生光辉,胜概如采绚。
海众咸安栖,宗风愈恢阐。迦陵觉音清,石室惊筹满。
自惟挂缨归,心与纷拏断。每来寻香刹,常得峨野弁。

448

久留莲漏移,相接犀谈款。露井汲云浆,冰瓷试芳荈。
最怜草树春,几爱烟岚晚。愿借一庵名,于兹修止观。

蒋　瑎(1063—1138)

和张祐韵

野旷吴天杳,江浮楚梦吞。桂香飘露叶,松古兀霜根。
碧莽他州树,黄芦何处村。世尘飞不到,清磬落空门。

蒋之奇(1031—1104)

燕 窝 石

墨窝化石锁烟苔,岩上茅空烟又开。尘劫一声清磬里,至今犹有燕飞来。

金君卿(1020—?)

题赠南台山院主吉大师

三纪修行箬笠僧,布衣褴褛发鬅鬠。邑人与卜幽栖处,象法能通最上乘。
常宿灵岩敲玉磬,旋营精刹布金绳。江西望镇称台岭,使者重来喜共登。

金履祥(1232—1303)

送金簿解官归天台五首(其四)

自从夫君来,二惠亦骖乘。天台本多贤,君门独何盛。
大儿十四龄,神气极凝莹。温然荆山璆,可续虞磬韵。
小儿年十一,磊朗益自俊。壮气已食牛,风蹄期奋迅。
两载辱交从,一朝随归鞚。相见复何时,相别涕其陨。
美质不可恃,学问无穷尽。少小日易逾,德业须自竟。
执手独徊徨,愧无珠玉赠。归哉各努力,教忠家有训。

康孝基(?—?)

游 虎 邱

虎邱天下名,胜概状难成。入寺登山险,开门见路平。
云连松色翠,风度磬声清。好便称居士,安闲过一生。

寇　准(962—1023)

赠宝上人

重城萧寺虽留滞,野鹤由来性本闲。寒磬终宵鸣竹院,虚窗尽日对秋山。
旋移怪石资吟赏,应有孤云共往还。自笑红尘成底事,幽期长是负松间。

李　邴(1085—1146)

句(其二)

长廊风度磬,深院雨留重。

李　乘(？—？)

慧聚杂题·依张承吉韵

一寺皆楼殿,虽雄向此吞。云霞终日影,桧柏几年根。
槛俯水烟国,磬传鸡犬村。倚窗翻贝叶,宴寂属空门。

慧聚杂题·东斋

峭绝山根野水旁,栏干瞰水有山房。鱼藏似识秋风冷,僧睡那知世路忙。
金磬一声清恋竹,石矶数级碧皴霜。耻蠹未忍轻归去,班嗣垂纶此兴长。

慧聚杂题·西庵

野蔓盘青上短檐,客来径草旋锄芟。禽饥闻磬来疏砌,僧饱携筇过别岩。
茶鼎引烟熏纸帐,竹窗漏月射经函。西庵门外如何景,杳杳寒泾一叶帆。

李处权(？—1155)

陪约之宿东禅

倦游得兹行,颇惬丘壑性。俗虑与秋澄,禅心随夜静。
灯前见修竹,月下闻清磬。未作故山归,空吟长卿咏。

李　复(1052—？)

答李成季

山川错莫不逢春,京洛空多满马尘。李渤请归聊见志,鲁褒著论久知神。
怀沙曾愧垂纶客,击磬兴嗟荷蒉人。向老愈怜筋力弱,空伤涸辙泣穷鳞。

唐秘书省书目石刻

蓬莱高阁凌浮云,天上图书奎壁明。荣河温洛龟龙呈,鲁壁汲冢科斗行。
森罗万目分纬经,大官供烹集群英。鲁鱼亥豕校雠精,垂签甲乙刻坚珉。
怀素无量元崇名,唐兴百年人文成。
大盗一炬甚秦坑,碑落人间如碎星,埋没草莽荆棘平。
刊刻欲传千万龄,毁灭今与粪壤并。牧童敲击看火生,铿然清圆犹磬声。

李 纲(1083—1140)

去岁寓长沙游道林岳麓真天下绝景也今相去不远无因再游赋诗见意

衡山之陬湘水滨,道林岳麓天下少。蟠冈复岭相掩重,石磴松门递萦绕。
经行多在烟霭间,台殿半开云木杪。衲僧宴坐禅寂余,朝磬暮钟清杳杳。
凭高旷望楚天阔,志气已逐飞鸿矫。橘洲枫浦指顾中,俯视更觉长沙小。
风樯浪舶千艘屯,丹楼粉堞百雉缭。苍茫晓色散平川,点缀残霞映疏蓼。
从来篇翰谁最优,沈宋杜韩争表表。古今尘迹散烟云,独有斯文传不了。
隔年清赏回首空,斯欲再游真渺渺。苍梧九疑云漠漠,青草洞庭风袅袅。
有时幽梦一到之,觉来枕席清秋晓。人间万事不由人,安得忘情逐猿鸟。

游鼓山灵源洞次周元仲韵

碧海吸长江,清波逾练净。我为鼓山游,潮落初放艇。
连峰翠崔嵬,倒影涵玉镜。舍舟访招提,木末缭危磴。
凌云开宝阁,震谷韵幽磬。乃知大丛林,托栖必深夐。
灵源更瑰奇,岩壑相隐映。森罗尽尤物,无乃太兼并。
伟哉造化力,至巧于此罄。烟云互卷舒,变态初不定。
岂惟冠一方,实最东南胜。周行洞浃中,泉石若奔竞。
飘萧毛发清,涤濯肺腑莹。当年喝水人,端恐溷观听。
是心如虚空,动寂岂妨并。兵戈正联绵,幽讨亦云幸。
相携得佳侣,散策谢轩乘。偷安朝夕间,未可笑赵孟。
淹留遂忘归,怅望云海暝。不负惠询期,更起沧洲兴。

李　龏(1194—?)

看桃偶集僧舍

看桃临水寺,幽会得文襟。移石分花坐,含毫对酒吟。
日斜幡影倒,风断磬声沉。人散清溪暮,莺啼出柳林。

与箬溪焕上人夜坐

一庵秋色里,共坐佛灯前。风引上香磬,月浮煎茗泉。
袖寒沙气逼,窗迥树声悬。语罢鸦栖定,山僧入夜禅。

李含章(?—?)

题庐山上化成寺

楼台高耸入中天,压破寒山数亩烟。永日松栏幽鸟语,半空岩石老僧禅。
窗临樛木排深涧,檐拂长萝下翠颠。野客每来何所得,一声秋磬似相便。

李　洪(1129—1183)

至后二日至东禅

至后阳和已发生,野梅官柳动诗情。偶为寻壑经邱计,故作穿云渡水行。
近郭好山皆可隐,隔林疏磬有余清。他时粗免微官缚,归去深谋谷口耕。

赠支提德最

我昔观华严,心熟毗卢境。东南有支提,千圣会岩岭。
欲从善财问,怅此路悠永。竭来麋王事,胜处每参请。
弹指开重楼,结愿发深省。寄谢德云师,相见在别顶。
禅翁游江湖,传衣自双径。向来梅子熟,一衲伴千圣。
十年此趺坐,楼阁方鼎盛。夜阑拨炉灰,衲也吾所敬。
我如老摩诘,到处扣禅病。接淅复过云,林端隔清磬。

李建中(945—1013)

福　圣　观

永怀闲访道,斗上上仙居。瀑水磬声外,桂花林影疏。
山名孙绰赋,观额葛玄书。已负秋来约,诛茅兴有余。

李 堪(965—?)

乌目山五题·延福院

兰桂绕禅关,半春香满山。风移金磬远,云伴玉龙闲。
树暗猿吟外,花开僧定间。尘心自然洗,流水日潺潺。

乌目山五题·永庆寺

岩扉开早凉,谷鸟纷远翔。花气湿幽径,磬声清上方。
云生松涧底,泉落薛池傍。我有遗荣意,移时坐石床。

乌目山五题·龙院

林下金仙地,苔门掩夕阳。花飞殿塔顶,地照云霞光。
松老鹤仍在,洞闲龙已翔。中宵动清众,清磬发虚堂。

宿 慧 聚 寺

石林高月生,薜阁疏磬鸣。宿鸟梦难就,定僧魂更清。
香风动花影,岩瀑飞玉声。遥夜坐来短,但余天外情。

李流谦(1123—1176)

平都山二首(其二)

福地何萧爽,真祠自杳冥。栋梁传曩昔,草木带仙灵。
雾市朝仍合,云扉夜不扃。天风吹玉磬,应是诵黄庭。

李弥逊(1089—1153)

次韵舍弟游本觉寺

招提俯秋水,画手借王维。霜磬递风韵,晓林翻露姿。
茶烟邀客伫,帆影唤舟移。他日成归梦,来兴楚子悲。

李 牧(?—?)

次韵曾端伯晚过青山

怪底尘劳破,青山在眼中。竹桥低跨水,林磬小鸣风。
半岭暮云碧,一村霜叶红。禅枝栖众鸟,回首意无穷。

李　易（？—1142）

珠　溪

玉龙劈山开，南骛肆奔猛。风荡雪蒙蒙，月流光炯炯。
壮气动贵门，前驱入蛟井。万籁息中消，一区临绝境。
奔雷有余音，垂磬得深省。白云何所闻，就宿孤峰顶。

李昭玘（？—1126）

寇彦时自历下归携古铁刀白石压尺见赠因以二诗答之·白石压尺

素质并琳琅，磨砻若截肪。动摇风莫虑，点污墨须防。
色带泉流润，声含磬韵长。愿登青玉案，时助写云章。

李正民（1073—1151）

杂诗（其四）

放旷人间世，栖迟一草堂。神交传远信，渔父许同行。
黄菊犹沾雨，丹枫未陨霜。午余幽梦断，清磬出禅房。

李　至（947—1001）

至启休沐之中静专一室病不复饮无以慰怀性且寡合若何为乐但窗闲弄笔信意乱书无所从意无所得自如而已岂曰诗乎不觉又成五章章之首句皆云朱门多好景盖纪田第园林之胜美明公游豫之适昔张处士献牛奇章诗尤鲙炙人口其警句有带盘红鼹鼠袍砑紫犀牛之盛然而清议者不以为累公之德何哉赋闲宴而歌富贵也小子是作焉敢望回然亦驽骀之希骥尔（其一）

朱门多好景，清共佛邻墙。风递何僧磬，烟闻那院香。
水声流静夜，塔影卧斜阳。只是宫城远，趋朝较数坊。

李　廌（1059—1109）

谷隐寺

挈巢江湖去，端为山水癖。遏来谷隐游，契我赏心适。

寒江渺平楚,复岭转层壁。谁与龙象筵,一扫狐兔迹。
彩云布楼台,迎日丽金碧。堂高磬声邃,壑远松响激。
山光晚相照,空翠浓欲滴。行当就墟市,幽栖买泉石。
日咏招隐诗,时过弥天释。

利　登(?—?)

青阳洞天呈青阳主人曾少裕

两崖苍苍峭天柱,停策崖边唤舟渡。青巾羽客打舟来,惊起灵蛇绝溪去。
千年神浆不自惜,万里晴天安得雨。但见飞流落半空,空中此水来何处。
岩下犹涵太古泉,安知上不通银浦。苍藤半湿苔藓昏,石罅无根迸孤树。
洞门一隙仅通人,可惜凿空开洞府。乾坤明晦自有时,突然栋宇那非数。
开辟岂无人到来,岩崖尚绝猿猱路。先生朝昏息丹岩,万壑归心心不语。
瑶磬一声天壁寒,白云紫雾惊相顾。

林　逋(968—1028)

台城寺水亭

金井前朝事,林僧问不知。绿苔欺破阁,白鸟占闲池。
清楚曾经晋,荒唐直到隋。南廊一声磬,斜照独凝思。

和陈湜赠希社师

瘦靠阑干搭梵襟,绿荷阶面雨花深。迢迢海寺浮杯兴,杳杳秋空放鹤心。
斋磬冷摇松吹杂,定灯孤坐竹风侵。锵然更有金书偈,只许龙神听静吟。

林　昉(?—?)

赠张高士

短发蓬蓬戴小冠,客来欢喜爱供看。鹤孙夜养翎犹湿,童子南归语尚蛮。
击磬花边禽醒悟,持经窗下竹平安。自言薄有耕桑地,无事干人不出山。

林　干(?—?)

赠传灯(其二)

台教源流远,高明绍梵音。扶桑红日近,华顶白云深。
清磬度山翠,黄花匝地金。三乘示方便,万法总惟心。

林景熙(1242—1310)

江 心 寺

佛借龙宫五百年,平分城树与村烟。丛林忽涌中流地,双塔曾擎半壁天。
石色带云笼客袖,磬声和月落渔船。袈袍不限侵门水,十载何人坐象筵。

林用中(？—？)

道中景物甚胜吟赏不暇敬夫有诗因次其韵

天外云端磬有声,道中景物信增新。徘徊吟赏天将暮,好向平原问主人。

赠上封诸老

上封台观静,夕霁景偏清。月下闻禅语,风中有磬声。
龙池留古迹,雁塔寄余情。借问房前树,东窗忽偃生。

刘才邵(1086—1157)

次韵王民瞻赠觉梵二首(其一)

腹稿欲成聊假卧,寒松疏磬仍相左。不容开府占清新,云里江梅萼初破。
奇芬还似暗香浮,全胜光风泛兰些。玉川昔访长寿寺,石壁留题如此作。
珊瑚炫转光夺目,含曦一读忘饥饿。便堪高蹑诗将坛,纷纷谁可克参佐。
韦庄岂免赠巾帼,格嫩更遭脂粉涴。

刘 黻(1217—1276)

黄 山 楼

风生汐恶舟难去,独上危楼立暮云。数片斜阳随处没,一声清磬隔江闻。
庙灵古木悬新纸,碑老苍苔补断文。惭愧年丰官酒贱,往来人每乐醺醺。

刘 泾(？—？)

溪 雨 亭

尘土孤城空自忙,不知精舍早秋凉。林间曲折磬三里,天上金光月满堂。
净饭打鱼刳老木,寒灰添火爇明香。鹁鸠山脚溪声好,流入人间雨意长。

刘克庄(1187—1269)

夜登甘露山二首(其二)

月落宿禽起,幽人殊未回。不知何处磬,迢递过山来。

春日二首(其一)

睡起无人小院空,南华一卷磬声中。鼻端老去齐香臭,分别柑花是晚风。

扶胥三首(其二)

旸谷扶桑指顾间,冯夷得得报平安。为言博望乘槎至,莫作师襄击磬看。

哭容倅舅氏二首(其一)

老赴容州辟,移书劝不回。客迎萧寺哭,丧附海舟来。
瘴雨铭旌暗,空山梵磬哀。未知坟上柏,此去几时栽。

雨华台

昔日讲师何处在,高台犹以雨华名。有时宝向泥寻得,一片山无草敢生。
落日磬残邻寺闭,晴天牛上废陵耕。登临不用深怀古,君看钟山几个争。

挽郑夫人二首(其一)

九秩复何憾,生荣没更哀。闺门天下则,地位佛中来。
贝叶从头看,庭槐一手栽。侍儿闻晓磬,犹恐坐禅回。

紫泽观

修持尽是女黄冠,自小辞家学住山。帘影静垂斜日里,磬声徐出落花间。
祭星绿简亲书字,避客青衣密掩关。最爱粉墙堪试笔,苦无才思又空还。

灵宝道院

两行松绕垣,数个竹当轩。山主出何处,道人知不言。
只携诗草至,尚觉磬声烦。俗奉医仙谨,儒家亦舍幡。

三和(其二)

击磬何须入于海,括囊未免取诸坤。寻盟今已白鸥社,待诏昔曾金马门。
鱼戏罕逢同队子,鸡窠会见二毛孙。两翁未易分优劣,一乐山村一水村。

崇化麻沙道中

经行爱此人烟好,面俯清溪背负山。半艇何妨呼渡去,小桥不碍负薪还。
远闻清磬来林杪,忽有朱栏出竹间。深处安知无隐者,卜邻容我设柴关。

关仝骤雨图

四山昏昏如泼墨,行人对面不相觌。凄乎太阴布肃杀,暗然混沌未开辟。
千丈拿空蛰龙起,一声破柱春雷疾。我疑人间瓠子决,或是天上银河溢。
异哉烟霏变态中,山川墟市明历历。茅寮竹寺互掩映,疏春残磬渺愁寂。
叟提鱼出寒裂面,童叱牛归泥没膝。羊肠峻坂去天尺,驴饥仆瘦行安适。
林僧卸笠窘回步,海商抛碇忧形色。纵览鲲鹏信奇伟,戏看凫雁亦萧瑟。
乃知画妙与天通,模写万殊由寸笔。大而海岳既尽包,细如针粟皆可识。
向来关生何似人,想见丘壑横胸臆。
呜呼! 使移此手为文章,岂不擅场称巨擘。

刘学箕(?—?)

石桥楼待(其二)①

手笔华严梵笈新,更开宝地接迷津。一声金磬人初静,月照空山草自春。

刘弇(1048—1102)

宿长山寺二首(其一)

苍山两蟠虬,杰势分夭矫。不缘事幽寻,兹地终难到。
破暝紫烟生,写谷清樾好。村长下牛羊,云绽入归鸟。
松风卷孤磬,夜半秋声小。客怀方未央,千里漫白道。
庭树一鸟惊,愁看楚天晓。

刘一止(1080—1161)

姜山静疑院铁磬老师通公真赞

堂堂律师,了无上乘。律彼后生,约束如绳。
我煞叩师,师笑而嘻。曰我无心,法何所依。

---

① 施枢《石桥楼待》(其二)内容与此诗相同,不再重复收录。

458

以无心故，说持说犯。以无法故，横竖钩贯。
　　我知是师，说本无说。身心了然，片云孤月。
　　姜山嵯峨，宛在世外。访师遗踪，惟铁磬在。
　　片云出山，孤月丽天。铁磬不鸣，声满大千。

刘 筠(971—1031)

奉诏立春日祝太乙宫书事

　　黄图标清馆，紫诏戒鲰臣。祗祓先三日，精明奉列真。
　　缇帷严宴室，琅菜盛奩珍。鹄浴薰汤洁，龟存踵息匀。
　　金胥传漏箭，云襡换朝绅。霞接浮丘袂，星瞻太乙神。
　　九光龙檠密，百和鹊樽新。磬度松间籁，歌飘海底尘。
　　中天鸣素瑟，五鼓下琼轮。祝册精衷道，沈榆拜席陈。
　　殿趋凫舃急，廊转羽旋频。荐币冰纹滑，升樽玉液醇。
　　楼居排迥汉，欻驾返清晨。习习灵风远，欣欣瑞木春。
　　祥氛披辇道，迟景上城闉。宣室如垂问，鸿禧永庇民。

卢 襄(？—？)

予同彦老自四明之永嘉中道留宿岳林会法照海印二禅伯夜话投晓登车乃行留题于寺三首(其一)

　　病骨倦鞍马，禅居忻少留。暮云山尽路，孤磬月明楼。
　　林静钩辀晓，风香罢亚秋。重来坐磐石，相对话归休。

卢 岳(？—？)

送英公大师归终南

　　拟息游方兴，萝龛近翠微。几程劳夜梦，一锡向秋归。
　　月彩笼清磬，岚光润紫衣。重寻溪上路，枫叶下岩扉。

陆文圭(1250—1334)

访何庵观水陆功德

　　山收雨脚云气湿，葛藤刺屡穿径入。精庐桃李花漫山，磬钟声绕落花间。
　　野僧净设伊蒲供，译说西方如说梦。我方谈笑耳不闻，寒窗暮对西山云。

陆 游(1125—1210)

小 雪
檐飞数片雪,瓶插一枝梅。童子敲清磬,先生入定回。

题丈人观道院壁
断香浮月磬声残,木影如龙布石坛。偶驾青鸾尘世窄,闲吹玉笛洞天寒。
奇香满院晨炊药,异气穿岩夜浴丹。却笑飞仙未忘俗,金貂犹著侍中冠。

山 寺
寺门压石危欲崩,槎牙老松挂苍藤。风传上方出定磬,雨暗古殿长明灯。
宿林野鹘惊复起,争栗山童呼不譍。溪南闻道更幽绝,明日裂布缝行縢。

读宛陵先生诗
欧尹追还六籍醇,先生诗律擅雄浑。导河积石源流正,维岳嵩高气象尊。
玉磬瀄瀄非俗好,霜松郁郁有春温。向来不导无讥评,敢保诸人未及门。

夏夜四首(其三)
展转纱幮睡不成,一藤扶惫绕廊行。月升双鹊移枝宿,露下孤萤缀蔓明。
汲井忽惊人已起,开门堪叹事还生。羽衣道帽从吾好,柏子烟中起磬声。

冬 朝
风入园林彻夜鸣,晓看黄叶与阶平。篝炉火著衣初暖,爨釜薪干粥已成。
洁己工夫先盥颒,正心事业始冠缨。圣贤虽远诗书在,殊胜邻翁击磬声。

闲居七首(其四)
自得穷通乐,而无宠辱惊。韬光聊混俗,去知默陶情。
毛竹苍龙瘦,云衣白鹤轻。时敲朝斗磬,林外玉声清。

心太平庵
天下本无事,庸人扰之耳。胸中故湛然,忿欲定谁使。
本心倘不失,外物真一蚁。困穷何足道,持此端可死。
空斋夜方中,窗月淡如水。忽有清磬鸣,老夫从定起。

秋怀十首末章稍自振起亦古义也（其七）

辟尘当以犀，濯缨当以水。龟堂一炷香，世念去如洗。
人生天地间，太仓一稊米。哀哉不自悟，役役以至死。
孰能从我游，跌坐爇柏子。夜半清磬声，悠然从定起。

吕　定（？—？）

游海珠寺

何年神物抱珠游，遗向沧浪第一洲。五色化成金世界，六鳌擎出宝香楼。
光涵蛟室星辰动，影落龙宫日月浮。万古团团天地里，磬声敲出海门秋。

罗公升（？—？）

题邹安斋诗卷

兵余十八载，乃忽见此诗。乾坤发危涕，未论言语奇。
古音乃泗磬，丽色藻鲛丝。想见堵墙人，倾倒落笔时。
奈何清平调，变入寒笳吹。苍茫同谷意，天遣放厥词。
墓槚忽可材，所患访何迟。空余两家子，把卷惊合离。
九原不可起，可起更可悲。祝君藏名山，小作千岁期。

马廷鸾（1222—1289）

恭进明堂大礼庆成诗

巨典崇邦祀，精禋展国阳。泰元神授策，癸亥日宣光。
艺祖郊天始，高皇受命长。后庚基再造，先甲迓殊祥。
率育歌时夏，仪刑咏我将。天街澄析木，农扈庆金穰。
筑塞惩玁鬻，梯山谢越裳。宗祈严美报，亲享荐嘉尝。
周士咸奔走，尧民共颂扬。青冥收夕雨，华耀炳朝阳。
月御金波穆，星流珠樞黄。九重纷羽卫，十二驾龙骧。
铜玉琳琅展，轩朱磬管锵。时行肃天步，安坐集神羭。
圣孝昭初禋，元良俨贰觞。旗常森婀娜，黼黻罢周张。
柴焰千灵堕，兰膏百末香。金鸡初日丽，丹凤德风翔。
薄海乾施博，垂云解泽滂。批周仍蹋晋，蹴汉亦超唐。

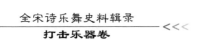

臣浅来蓬户,君仁点玉堂。恩书容稿进,嘉颂愧辞荒。
有道帝能享,难谌圣敢康。畏威勤夙夜,万寿祝君王。

马先觉(?—?)

慧聚僧神济善医能知人死生于数岁或数月之前或有奇疾则以意用药无不差者既享高寿临终甚了了因作二诗哭之僧讳清照神济乃其师号云(其一)

端的西来了世缘,有身宁肯自谋安。殷勤疗病肱三折,去住无心指一弹。
贝叶翻余清磬在,梵音飘断暮钟残。只今双树婆娑影,空锁灵山片月寒。

马仲珍(?—?)

游圆通寺(其一)

十步九憩息,行行不计程。径长人未尽,寺近地差平。
古井知潮候,重云隔磬声。榴花半零落,碎糁石棋枰。

梅尧臣(1002—1060)

甘 露 寺

曾非远城郭,寂尔隔嚣氛。尚有南朝树,能留北固云。
川涛观海若,霜磬入江濆。卫国丹青在,孤堂绿桂薰。

送乐职方知泗州

长堤冻柳不堪折,穷腊使君单骑行。苏合轻裘霜莫犯,铜牙大弩吏先迎。
山旁楚贾连樯泊,水上禹书寒磬清。试向郡楼东北望,烟波千里月临城。

吴仲庶殿院寄示与吕冲之马仲涂唱和诗六篇邀予次韵焉·次韵临淮感事

楚舸高帆未可开,满帆风暴作阴雷。圣文亹亹伤漂溺,世路纷纷自往来。
浮磬犹闻传激越,沉妖不见锁渊回。连陂蛙黾鸣无数,安得周官为洒灰。

依韵和希深游大字院

夫君康乐裔,顾我子真派。湛然怀清机,越尔寻虚界。
暂来香园中,共憩寒松大。先生醉复吟,长老言不坏。

信与赏心符,宁同俗士爱。杖屦恣游遨,池塘仍感慨。
焚香露莲泣,闻磬霜鸥迈。青板今已空,浊醪谁许载。
软草当熊绚,低篁挂缨带。不觉月明归,候门僮仆怪。

潘歙州话庐山

潘侯话庐山,落落尤可伏。初云江上来,远见云中瀑。
舍舟到云外,观瀑已岩麓。往往逢平田,攒攒爱深木。
竹门悬径微,源水阴藤覆。坐石浸两骸,炎肤起芒粟。
夕阳穿万峰,高下相出缩。寻常杳不分,但被烟岚畜。
绝顶水底花,开谢向渊腹。风力岂能加,日气岂能噢。
揽之不可得,滴沥空在掬。夜昏投僧居,孤灯望溪曲。
忽闻清磬音,渐近幽林屋。止侯休多谈,已满我心目。
怀游二十年,梦寐今固熟。何当借轻舠,一往如飞鹜。

孟宾于(?—?)

湘 江 亭

独宿大中年里寺,樊笼得出事无心。寒山梦觉一声磬,霜叶满林秋正深。

孟 贯(?—?)

寄 暹 上 人

闻罢城中讲,来安顶上禅。夜灯明石室,清磬出岩泉。
欲访惭多事,相思恨隔年。终期息尘虑,接话虎溪边。

欧阳澈(1097—1127)

过般若寺纳凉

火云亭午欲烧空,避暑联翩过梵宫。磬韵唤回蝴蝶梦,巾纱立破芰荷风。
竹林道客欲长往,河朔高人兴未穷。谁似汤休能处病,索诗吟笑慰相逢。

潘 牥(1204—1246)

元日登九山

不到鳌峰久,重来感物华。松应添岁寿,梅尚隔年花。
清磬闻朝斗,丹炉借瀹茶。满城人记节,此日正喧哗。

彭应求(?—?)

宿崇圣院

公程无暇日,暂得宿清幽。始觉空门客,不生浮世愁。
温泉喧古洞,寒磬度危楼。彻晓都忘寐,心疑在沃洲。

蒲寿宬(?—?)

寄径山书记悟上人

人间传妙语,尘外更深藏。寝食因吟废,形骸欲坐忘。
瘦林秋见鹤,断磬夜闻螀。出定生幽思,窗虚月在廊。

秦 观(1049—1100)

白马寺晚泊

蒙蒙晚雨暗回塘,远树依微不辨行。人物渐稀疏磬断,绿蒲丛底宿鸳鸯。

同子瞻端午日游诸寺赋得深字

太史抱孤韵,畅怀在登临。别乘载邹枚,佳辰事幽寻。
参差水石瘦,窅窕房栊深。清磬发疏箔,妙香横素襟。
复登窣堵波,环回瞩崟岑。双溪贯城郭,暝色带孤禽。
凉飙动爽籁,薄雨生微阴。尘想澹清涟,牢愁洗芳斟。
挥毫订往古,援毫示来今。愧无刻烛敏,续此金玉音。

次韵蒋颖叔南郊祭告上清储祥宫

特起朝阳内,祠宫极邃清。高窗窥玉女,巨闑守昌明。
盛掩秦诸畤,雄逾汉两京。垣横天上紫,洲露海中瀛。
黄帝初龙跃,中原罢虎争。樵夫亦谈道,行旅不持兵。
此地修禳禬,于时保利亨。柏梁灾未几,陈宝诏重营。
御帑金缯出,慈闱服玩并。标题动宸翰,撰次属鸿生。
玉刻黄冠印,金书秘殿名。妙经藏洞观,真篆佩威盟。
仙溜花间静,琼枝物外荣。肇禋承帝祉,肆眚顺民情。
天施宁论报,风行不计程。近传闻磬管,时或见旄旌。

海岳朝双阙,星辰集上楹。礼如尊太一,事异宠文成。
大以圆丘报,长于至日迎。侍臣来祭告,法驾欲时行。
釐事通元气,高真达孝诚。庆增黄帝系,寿续太阴精。
西北夷门峻,东南辇路倾。云行博山气,风卷步虚声。
符贶方期应,英髦各汇征。讴歌兴法从,可见泰阶平。

饶　节(1065—1129)

赠毛雍玉县丞谢到山中

何事凌寒带晓暾,高才不肯簿书昏。别峰小寺已鸣磬,夹道短篱犹闭门。
雨后松枝浑黛绿,冻余泉窦尚春温。聊将二物方君德,富贵功名不足论。

任希夷(1156—?)

明堂庆成五首(其四)

仲辛肆事展明堂,磬管锵鸣更令芳。苍璧肃陈勤圣主,二觞嘉荐属储皇。
云车天上纷纷下,月鉴庭中穆穆光。八举亲祠俱响答,吾皇诚意感穹苍。

阮　阅(?—?)

郴江百咏·开福寺

郴江东畔小禅林,谁见当年地布金。夜磬一敲僧定出,水声东去月西沉。

芮　烨(1115—1173)

东　林　寺

修竹长林罗水车,梵王家近葛仙宫。耳闻清磬是非静,心领菩提名利空。
啖枣尚知前世事,拈花还遇上机翁。抽簪若得烧丹诀,莫负扶桑半夜红。

沈　辽(1032—1085)

奉寄零陵太平禅师

昔住东江不计年,青松白竹望潇川。先知大士当行化,故卜幽栖为结缘。
五姓香花瞻法坐,六时清磬会诸天。山前耆旧如相见,应坐维摩老病禅。

沈　说(？—？)

偶　　成

读罢黄庭一卷经,磬残烟冷夜坛清。月明何处人开户,惊起松梢睡鹤鸣。

盛松坡(？—？)

乌石山僧舍

小径通山寺,飞檐抹晓霞。松风惊蝶梦,梵磬杂蜂衙。
僧腊菩提树,禅心菡萏花。诗成因抵掌,飞起欲栖鸦。

施昌言(？—1064)

题会稽溪口躬师上人房

溪口佳山水,高人住此中。生台下沙鸟,疏磬逐江风。
倚槛千岩寂,焚香万法空。如何凭小笔,一为写衰翁。

石象之(？—？)

不见如师·白莲庵

结社当年号白莲,师心应欲继前贤。有时中夜初回定,清磬一声秋月圆。

史　浩(1106—1194)

次韵戏酬张以道

新诗韵清越,宛若泗滨磬。呼儿诵终篇,悠扬久无定。
浑欲挽斯人,岁晚共三径。烂饮烟萝间,不知夕阳暝。

释保暹(？—？)

送人自阙下归天柱

却归天柱峰前去,高谢浮名似了心。林下孤灯一声磬,青猿啼断白云深。

老　　僧

鬓毛垂似雪,无语答闲人。拥衲坐终日,浮生知几春。
乘船应梦越,提锡记游秦。半夜寒堂掩,磬声闻四邻。

释重显(980—1052)

乌龙和尚

空岩清夜坐,薜径积深雪。瞑目思古人,彻曙落残月。
童敲石磬寒,猿挂枯枝折。杳杳无限情,分明向谁说。

送僧之金陵

胜游生末迹,杳自狎时群。卷衲消寒木,扬帆寄断云。
曙瓶花外汲,午磬浪边闻。别后石城月,依依远共分。

释道璨(?—?)

送愿上人过雪窦兼呈弁山

去年无准死,今年痴绝丧。二老百世师,一去空天壤。
玉磬与天球,满耳皆新响。堂堂万钟鼎,横列乳峰上。
愿也天台来,双眉拥青嶂。要见乳峰人,不作行役相。
碧树明秋花,吹香上藤杖。长松四十围,悬水一千丈。
到门相见时,为我问无恙。

释道潜(1044—?)

夏日山居(其七)

古径斜依杉竹,薰风永日无人。噪鹊鸣鸠去后,一声幽磬南邻。

夏夜智果怀武康令毛泽民

暮磬寥寥殿上方,笼纱朱火影微茫。窗虚竹净雨初阕,云润星辉夜更凉。
落枕松声惊瑟瑟,扑帘香雾霭苍苍。遥怜散发东堂老,正卧风漪六尺床。

游咏真洞赠陶道人

渊明骨已朽,陈迹尚可求。我复识其孙,长鬣青两眸。
相去仅千载,犹能继风流。寄迹黄冠中,神姿邈清修。
相携行洞天,暝色蔼已浮。松寒语栖鹤,潭静眠苍虬。
兰膏照深夜,风磬鸣重楼。吾庐闶三峡,清净亦此俦。
何时驾鹿车,访我西林丘。

释德洪(1071—1128)

赠胡子显八首(其六)

庭讼凋残道气增,早衙清磬夜香灯。吏人莫作官人看,我是南州有发僧。

绣释迦像并十八罗汉赞·第十三因羯陀尊者

情无住著,袒而凭几。侍僧击磬,狻猊卧戏。
石屏倚天,下迸流水。水声触眼,石光到耳。

题草衣岩

祝融凌寒空,方陟缘云径。此山翠被重,有岩如侧磬。
拂石聊枕肱,便觉诸缘静。万瓦粲霜晓,千里增目迥。
石头有高弟,衣草却心病。千年续灯人,谁接悬丝命。

释广闻(1189—1263)

化楞严会香烛(其二)

玉磬轻敲紫篆清,金莲花绽烛荧荧。从教一百二十日,散作满天星斗明。

释惠崇(?—1017)

句(其三〇)

磬断虫声出,峰迥鹤影沉。

句(其六三)

松风传夕磬,溪雾拥春灯。

句(其一〇二)

晓风飘磬远,暮雪入廊深。

释鉴微(?—?)

赠翌上人

京寺别来久,高斋近海隅。引禅秋磬动,照像夜灯孤。
爱水开新沼,思山挂旧图。他时如结社,许继远公无。

释净端(1032—1103)

长兴周承事相访(其二)

渐觉清和四月天,一声清磬响山川。心澄气爽无拘束,留得高人伴夜禅。

释尚能(?—?)

江　行

渺然寒水上,四望尽无涯。沙迹迎潮没,天形接海垂。
坏衣汀霭湿,疏磬苇风吹。今夜犹船宿,还应与月期。

送秀登上人

又负空囊出,都城难久居。西风随雁急,寒柳向人疏。
野宿灯分烧,船斋磬动鱼。如逢北来客,应寄社中书。

释绍嵩(?—?)

郧山道中答印上人游乳窦

鸦啼古木乱云深,地带河声足水禽。檐雨滴秋残旅梦,夜堂疏磬发禅心。
五年乳窦峰前路,十里尘媒溪上林。满目云山俱是乐,故人携客作幽寻。

释绍昙(?—1297)

代赞罗汉(其一)

古桧含烟,青山展画。题目分明,何须管带。
待你炷得香来,鸣磬一下。蹉过了也。

释守卓(1065—1124)

山居三首(其三)

当轩唯有好溪山,卒岁无人共往还。闲看白云生翠碧,静闻清磬落潺湲。
声将声入分犹易,空以空藏见即难。此个不能收拾得,任随流水落人间。

释斯植(?—?)

天竺山居

对雨吟方稳,西风忽晚晴。野花沿涧白,秋意入帘清。
浅水藏鱼影,重林隔磬声。是非尘外事,谁可继高名。

释惟凤(？—？)

与行肇师宿庐山栖贤寺

冰瀑寒侵室,围炉静话长。诗心全大雅,祖意会诸方。
磬断危杉月,灯残古塔霜。无眠向遥夕,又约去衡阳。

释惟一(1202—1281)

颂古三十六首(其一七)

万法不为侣,一口吸西江。玉磬才槌动,金钟应手撞。
三三元是九,两两不成双。此意凭谁委,令人忆老庞。

释文珦(1210—？)

送僧归静林精舍

天竺山中秋讲散,露蛩烟雁动乡情。五株松下梁朝寺,归听罗浮古磬声。

云际独坐

云际坐磬石,悠悠两无心。波静白鸥下,山寒黄叶深。
幽人住何处,午磬来清音。日暮不能去,群峰生夕阴。

夜气

夜气正冥冥,闲人梦已醒。上方风磬断,小室雨灯青。
照镜诸心静,忘缘四体宁。胜他名利客,骑马戴寒星。

凭阑

清川屡萦回,石路更深窈。经月无行人,柴门闭春草。
虚堂在云际,疏磬出林杪。日日有余闲,凭阑看飞鸟。

同友行山逢隐僧语

我本忘世人,有志在岩穴。欣逢会心友,提携步林樾。
云中野僧居,树梢清磬发。不惮登陟劳,遂得造石窟。
门前幂萝茑,座后翳松栝。结草为三衣,降龙在一钵。
问我从何来,执手道契阔。食我青精饭,语我颇谆切。
教我去众巧,使我守一拙。我诚服其言,毕志不敢越。

他年定依止,相与定晚节。万事尽弃捐,饮涧茹薇蕨。

释文兆(?—?)

送宇昭师

相见又相别,无言感倍兴。诸峰微下雪,一路独行僧。
午饭烟村磬,宵吟石屋灯。他方人请住,又得继南能。

宿西山精舍

西山乘兴宿,静称寂寥心。一径杉松老,三更雨雪深。
草堂僧语息,云阁磬声沈。未遂长栖此,双峰晓待寻。

释文准(1061—1115)

十二时颂(其一)

鸡鸣丑,念佛起来懒开口。上楼敲磬两三声,惊散飞禽方丈后。

释咸静(?—?)

拟寒山自述(其一〇)

一曲乐升平,非关啰哩棱。山河俱属宋,云水且饶僧。
时击松风磬,长然涧月灯。愿王似南岳,万世碧层层。

释心月(?—1254)

偈颂一百五十首(其一三七)

一月相抛不出门,几经花县几烟村。桑麻影里炊香早,松竹阴中笑语温。
幽磬朝离迎白日,疏钟晚泊送黄昏。卷旗收阵归来也,谁是知恩与报恩。

释行海(1224—?)

赋独山

一峰突兀上虚空,石怪藤幽树树风。四面白云人不见,磬声如在有无中。

释行肇(?—?)

送文兆归庐山

剑峰双倚汉,荡桨月中归。潮白岛西出,帆孤岸际飞。
香连潭影直,磬度雪声微。几夕□诗坐,相思入定稀。

释延寿(904—975)

山居诗(其四)

贪生养命事皆同,独坐闲居意颇慵。入夏驱驰巢树鹊,经春劳役探花蜂。石炉香尽寒灰薄,铁磬声微古锈浓。寂寂虚怀无一念,任从苍藓没行踪。

山居诗(其三二)

万事从来只自招,安危由己路非遥。笙歌韵里花先落,松桧枝间云未消。数下磬声孤月夜,一炉香蔼白云朝。谁人会我高楼意,门掩空庭思寂寥。

释宇昭(?—?)

喜惟凤师关中回

孤锡依京侍,诗愁上鬓新。迹离三辅晚,梦落九江频。草入松根井,磬通花外邻。重来知未倦,闲趣自相亲。

释元肇(1189—?)

秋晚庵中

江边成独宿,彻夜听吟蛩。窗月低残影,客衣寒未重。林疏出幽磬,风迥递村舂。细采东篱菊,晓云横瘦筇。

释正觉(1091—1157)

庚子冬二十八日天意晴和与止上人同南麓行横冈转流长作清响阴溪直木寒无悴容到竹林人家饮茶而还

云麓胜处夙未到,清行兴锐忘崎嵚。谁无瘦杖少扶力,我与幽人同赏心。壑津软缘自宛转,岸树老碧长阴森。溪西乞火煮茶去,竹里人家斋磬音。

释智愚(1185—1269)

方 广 寺

云中玉磬无时响,木末金灯永夜明。胜地正缘人罕到,古今门户未尝扃。

释智圆(976—1022)

送 僧

秋风吹行衣,旧山逍遥归。斋盂涤空潭,古磬敲残晖。
须知高静怀,杳与尘俗违。

山中与友人夜话

草舍闲宵坐,消摇事可评。澄心防有著,深隐贵无名。
砌月移松影,风泉混磬声。共期吾道在,万事任营营。

游石壁寺

寺幽称绝境,荷策自登临。翠岳千峰险,寒松一径阴。
清香秋殿冷,疏磬古廊深。静立忘归兴,残阳鸟忽吟。

次韵酬明上人

养病孤山下,消摇任野情。闲门浸寒水,高槛露荒城。
砌月移杉影,岩泉隐磬声。唯君许来此,相伴老余生。

南塔寺上方

绝顶深栖万虑平,路盘危石雨苔青。江涵迥汉供闲望,雪映幽窗卷旧经。
磬击晓霜禅乍起,枕摇秋浪梦初醒。为邻自有忘机者,月下时时扣竹扃。

赠简上人

澹然人外趣,万事已无求。花院春深讲,云山夏满游。
汲泉苔井晓,鸣磬竹窗秋。别有幽期在,香灯老沃洲。

寄德聪师

古院稽山下,幽栖厌客寻。机心禅外尽,诗思病来深。
瓶水寒澌结,杉风晚磬沉。他时若招隐,香火继东林。

次韵酬邻僧昼上人

居止闲相近,临流野色分。深秋山共见,清夜磬交闻。
静榻移明月,疏帘卷暮云。相于别有趣,冷淡况同群。

寄省悟师

平湖波渺渺,踪迹杳难寻。城里无时到,云边闭户深。

寒灯明古像,晚磬出疏林。寂寞怀高趣,西轩日易沈。

书久上人城中幽斋

杉竹匝吟径,轩窗更绝尘。清风生后夜,幽景遍诸邻。
磬断栖禽梦,香凝出定身。城中有高趣,宁羡赖留人。

浙江晚望

景象依依满目前,倚筇闲望思凄然。隔云清磬山傍寺,照水孤灯渡口船。
荡漾落潮平古岸,参差归雁没遥天。钱王霸业今何在,牢落荒城积野烟。

寄慧云大师

繁华辞帝辇,岑寂恋山林。志向浮名淡,房扃古寺深。
诗窗来皓月,斋磬下幽禽。终约逢新雪,闲过话静心。

书山中道士壁

松下消摇自扣扉,相留终日话真机。烟藏花岛青牛卧,客散仙房独鹤归。
丹井泉澄天影小,玉坛风冷磬声微。乘闲拟学冲霄术,九土茫茫得者稀。

释祖可(?—?)

天台山中偶题

伛步入萝径,绵延趣最深。僧居不知处,仿佛清磬音。
石梁邀屡度,始见青松林。谷口未斜日,数峰生夕阴。
凄风薄乔木,万窍作龙吟。摩挲绿苔石,书此慰幽寻。

舒 亶(1041—1103)

登五磊山

五磊峰高笔插天,长松合抱几千年。尘氛洒落非人世,风露清明近月边。
枕上数声敲夜磬,山前白亩起春田。我来欲步苍苔色,不著篮舆两两肩。

舒岳祥(1219—1298)

神 鳌

清声端是磬浮泗,黑质浑然玉剖荆。应是任公垂钓得,灵鳌入手出沧瀛。

474

十五日雨后微月遗安堂前有栀花一枝适开折为佛供此夜清寒

雨足清寒月色微,风将幽磬落柴扉。一瓶薝卜修清供,童子岩腰取水归。

夏日山居好十首(其一〇)

夏日山居好,藤床面北林。荷心风百顷,秧底月千寻。
幽鸟珍毛羽,流泉响磬琴。此中多乐事,客至亦能吟。

宋 祁(998—1061)

送杨偕太傅知淮阳军

下拜亲赓一札书,隋河风桅送行舻。晓辞汉署茅留蕝,暮听廉歌裤换襦。
方志贡珍传磬错,客庖羞品盛鱼腴。双旌引入柔桑陌,少驻骖騑捋美须。

宋 绶(991—1041)

送僧归护国寺

台岭分灯契上机,政庭传教及禅扉。供开蒲馔持盂至,梦忆霞标振策归。
吟砚自澄晨磬彻,经窗闲掩夕香微。袍纹迥夺岩芝色,猊座人天喜重围。

宋 无(1260—?)

游三茅华阳诸洞(其二)

玉案清香彻夜焚,紫烟成盖覆茅君。数声金磬秋坛霁,敲碎遥天一缕云。

月上人还西湖

南峰归度夏,旧业在烟霏。半夜闻清磬,一灯明翠微。
云萝寻寺远,猿狖见人稀。想到经行处,天花绕锡飞。

送僧还天目

瓶锡乱峰西,藤萝昼掩扉。山藏翠微寺,僧向白云归。
梵寂风沉磬,禅深雪到衣。想曾行道处,猿鸟共忘机。

答无住和太初韵见寄

宝地人来少,柽阴自晚晴。片云依石润,孤磬出花清。

竹笕分泉细，檀烟上氍轻。勒铭留水寺，应供宿江城。
适楚涛喧定，归吴雪滞行。雨苔粘冻屐，廊叶覆闲枰。
琴为蛇纹买，书因鸟迹评。眼高无佛祖，诗癖有山兄。
句妙唐风在，心空汉月明。昼禅休树影，夜梵杂松声。
夏减游方兴，秋添住岳情。何时修白业，去结懒残盟。

咏石得天字

肢脉昆仑析，胚浑混沌先。灵分玄岛峙，秀聚景云鲜。
覆压风雷窟，枝撑宇宙穿。峻嶒欹筱雾，历棘耸萝烟。
巢巢栖危壁，磷磷过瘦涓。雨攻绳眼断，浪击弹窝圆。
笔架珊瑚竖，屏围玛瑙偏。骨攒狞鬼竦，脊凸老蛟跧。
剑卓空苍色，矛森紫翠颠。丑宜镌鸟篆，刚可利龙泉。
怪渍潮纹湿，顽和地轴连。筼筜梢映带，薜荔叶萦缠。
磊磈蛇身缩，崩峥凤势偏。藓侵题字处，藤络倚筇边。
碎砾铺文贝，尖峰斫黛莲。窦深膏乳滴，甃润土花沿。
俨若峨冠者，昂如峻士焉。磴危欺木屐，矶滑怯苔毡。
移恐岚光动，扪嗔野蔓牵。冲湍声类磬，泻瀑韵成弦。
硬性辞斤凿，嵌形欠画传。鼓歌伤莫续，鼎句叹难联。
砥砺诚由著，磨砻学及迁。畜奇希抱璞，炼饵诧飞仙。
寸势垂千仞，鬼胎结几年。岩晖知产玉，峡束见奔川。
织女支机稳，山人作枕便。陨星沈战域，敲火出渔船。
异或称羊化，疑应讶虎眠。龟埋遗碣下，麟仆古茔前。
屹立中流壮，平施大础坚。怀沙嗟放逐，凝魄惜婵娟。
德必穿碑纪，词当巨砚研。险思经滟滪，功拟勒燕然。
嵩岱归诸掌，蓬瀛寄一拳。不须填碧海，直欲补青天。

宋　庠 (996—1066)

清明出沐

晓树阴岑客舍春，卿舆不访著书人。长楸有地金成垺，曲突无烟桂徙薪。
自欠解兰抛北阜，更堪鸣磬是南邻。饧香醅冷沈欢绪，枉负山郎出沐辰。

佛 岭

凤谷掩西岭,鹫宫联四陬。山晴岩独雾,林暑涧常秋。
风御疏清磬,云柯抱晚楼。琼芝遍诸崦,岁暮傥来游。

苏 耆(978—1035)

虎 丘

虎踞标灵迹,危楼杳霭间。剑池沉石壁,金池涌秋山。
塔影松轩断,云迷藓径斑。磬随灵籁尽,鹤伴老僧闲。
有句惭先哲,无辞愈厚颜。我来聊写望,顿觉离人寰。

苏 轼(1037—1101)

与舒教授张山人参寥师同游戏马台书西轩壁兼简颜长道二首(其一)

古寺长廊院院行,此轩偏慰旅人情。楚山西断如迎客,汴水南来故绕城。
路失玉钩芳草合,林亡白鹤古泉清。淡游何以娱摩老,坐听郊原琢磬声。

观 台

三界无所住,一台聊自宁。尘劳付白骨,寂照起黄庭。
残磬风中袅,孤灯雪后青。须防童子戏,投瓦犯清泠。

题云龙山张山人草堂石磬

折为督邮腰,悬作山人室。殊非濮上音,信是泗滨石。

苏舜钦(1008—1049)

宿华严寺与友生会话

危构岩峣出太虚,坐看斜日堕平芜。白烟覆地澄江阔,皎月当天尺璧孤。
疏磬悲吟来竹阁,青灯寂寞照吟躯。老僧怪我何为者,说尽兴亡涕泪俱。

戒珠寺上方

跻攀出上楹,叠势与云平。日暮苍烟合,秋来远水明。
幽轩开极望,疏磬落余清。便有飞腾意,俄嗟俗虑萦。

苏元鼎(?—?)

游齐山寺

秋浦齐山寺,峰峦楚楚长。岩根堆雁塔,溪角架虹梁。
雨过闻幽磬,云开见上方。苔侵石磴滑,花拥洞门香。
禅客探玄切,骚人觅句忙。汲泉寒井废,观郡古楼荒。
白鸟巢危树,孤猿叫断冈。碑珉黄阁相,诗板紫薇郎。
踪迹依稀在,文章大半亡。登临正吟赏,惆怅见斜阳。

苏 庄(?—?)

寄鹤林辛上人

苦忆长廊清磬音,复怀赞公栴檀林。阳坡佳木鸟相唤,涧户晓行藤竹阴。
日晴山路笋橛晚,雨足野塘蒲稗深。短褐兀然聊戏剧,沧江鸥鹭本无心。

孙 觌(1081—1169)

右丞相张公达明营别墅于汝川记可游者九处绘而为图贻书属晋陵孙某赋之·梅仙潭

潭潭云幕垂,杪树秋磬发。飞仙驾青鸾,通籍在金阙。
遥见切云冠,尚想凌波袜。殷勤小梅花,独照黄昏月。
生绡湿香雾,翠袖卷烟雪。忽然东风恶,一夜吹石裂。

孙 何(961—1004)

僧

去路余千里,行行雪洒衣。诸峰何日别,一锡犯寒归。
夜宿谁闻磬,晨斋自采薇。遥知到禅宇,猿鸟共开扉。

孙 迈(?—?)

齐山僧舍①

竹密通幽径,桥横逐涧斜。阴崖耸圭璧,古蔓引龙蛇。

---

① 王巩《齐山僧舍》内容与此诗相同,不再重复收录。

寺僻虚僧磬,亭荒足兔罝。紫微今不见,著意采黄花。

游齐山寺寻陈鸿断碑

万木参天绕寺篱,一声孤磬彻江湄。楼边已失陈鸿记,亭上犹存杜牧诗。
细雨乍经岩溜响,嫩苔长积石桥危。知予好古心常切,僧与前山觅断碑。

孙　嘉(?—?)

酬汪将军携游白云寺

将军恒爱客,载酒喜行游。山殿晴云浴,天香静磬浮。
嘉莲艳宝水,甘露降灵楸。征古一为瑞,清修思更幽。

唐　肃(?—1030)

吴中送僧

师向何方去,太湖西复西。风传孤磬远,松偃旧房低。
暖榻常留兔,浮杯不驭犀。何时城北寺,重听木鸡啼。

唐　最(?—?)

安 适 轩

卧听潮音坐看山,烟萝静处闭禅关。都将物外红尘隔,占得壶中白日闲。
吟罢寒猿号木末,定回清磬落云间。高僧隐几无余事,应笑劳生去又还。

陶梦桂(1180—1253)

游永福寺二首(其一)

二十余年不入山,重来疑是梦魂间。薰炉已冷灯犹在,经卷才收磬自闲。
寂寂禅关人罕到,茫茫人世事多艰。揭来细说无生话,稳坐蒲团不忍还。

酬 坚 大 师

蜀山越峤倦跻攀,拄杖经年挂壁间。驹隙光中惊迅速,龙泉山里占清闲。
但存宝藏明珠在,不管石头行路难。香冷磬残经卷了,倚栏静数暮鸦还。

田　锡(940—1004)

寄题象耳寺

二十年前会忆游,彭亡渡口泊孤舟。一程林下登山路,百尺溪边汲水楼。

磬韵似烟和烛袅,松声如雨入窗流。别来往事都成梦,谁寄篇章问惠休。

汪　任(?—?)

游　南　山

溴阳富佳致,无以过南山。山高雄地理,万丈亲云端。
攀援临绝顶,气象非尘寰。神存古庙貌,台敞旧轩栏。
青石生龙文,凛凛常风寒。纵目四无际,陡觉天地宽。
直北二江合,水势中分滩。滩横水亦转,曲折束成湾。
群峰自西来,险绝如函关。中虚左梵刹,地胜苾刍安。
梵修祝圣寿,额自九重颁。旁有石一障,高下数亩间。
或列如屏风,或方如仙坛。或立如驻马,或走如奔帆。
或侧如虎卧,或曲如龙蟠。或严如卫吏,或罗如星官。
或伛如老人,而枯其形颜。或俨如端士,而正其衣冠。
或堆如云霞,重叠而聚攒。或涌如波浪,挛属而奔湍。
或倾而复举,如猎而兽跧。或腾而不下,如射而禽翻。
或先后相续,如朝赴金銮。或参差不齐,如兵方结圆。
或平为几案,而可罗杯盘。或突出皋岸,而能垂钓竿。
或背若相恶,或向若相欢。或声若磬响,或色若豹斑。
或累而成塔,或砌而成鞍。或疏而分散,或密而弯环。
或巧而非怪,或钝而非顽。虽偶不为配,虽单不为鳏。
虽近不相狎,虽压不相残。有室可居佛,有灶可炼丹。
有洞可休息,有岩可跻攀。爽气自有余,蒸岚不相干。
乾坤所开辟,断副非斧刊。游者可意得,名状不易殚。
通天与三峡,若是乌能班。今时无王维,睥睨措笔难。
静想瑶池仙,岂不停翔鸾。又疑桃源客,讵虚潜往还。
我有英贤乐,冥搜思不悭。题名或赋诗,鸠工妙手刊。
惜哉岁月久,几至遍圬漫。山僧不好奇,仁者兴嗟叹。
爰有老仙翁,寻幽独忘餐。尘土尽去除,林木间自芟。
特道方寸地,旧耕同一观。小亭翼其上,游居兴不阑。

于此或围棋,纵横势万般。于此或煮茗,江心汲澄澜。
于此或燕坐,尘虑一切拌。谁知得真趣,消此白日闲。
胜概益增重,清爽弥骈阗。山石虽无情,似有待而言。
又况隐君子,寂寂初无传。或隐于仕禄,或晦于岩泉。
知音一提拂,岂与山石肩。尧舜吾君民,勋业垂万年。

汪元量(1241—1317)

全太后为尼

南国旧王母,西方新世尊。头颅归妙相,富贵悟空门。
传法优婆域,诵经孤独园。夜阑清磬罢,趺坐雪花繁。

汪 藻(1079—1154)

题张资政汝川图九首·多宝院

每寻疏磬访支郎,松竹交阴杖屡傍。丝履氁巾聊取用,风流不减赞公房。

龟山上方

度险逢幽处,凭谁写壮怀。连甍栖绝壁,孤塔表长淮。
地本吴枫接,山今禹绩皆。潮声遥入寺,竹影自翻阶。
木杪朱栏出,城坳雪浪埋。乾坤迷枉渚,雾雨泄阴崖。
丹叶经寒在,苍洲向晚佳。鱼龙宵听呗,猿鸟昼窥斋。
月满玭珠实,霜清磬石谐。僧盂收柏子,樵径扫松钗。
左宦书无雁,南烹菜有鲑。风烟欺短发,云水信残骸。
竟作何乡老,虚惭素尚乖。江湖今在眼,归合办青鞋。

重送惟皓

那知重到旧溪边,两月青灯听雨眠。闲引瘦筇行落叶,复寻清磬度疏烟。
宦游南北梦千里,人世短长痴百年。安得随君飞鸟去,盘陀相对共安禅。

寄何山慧老

一见蝉联话不休,别来林壑又经秋。每思树杪闻清磬,几欲沙边具小舟。
未办眼前茅一把,谁知身后橘千头。远公社里栽莲处,他日还能着我不。

王 谌(?—?)

赠茅也休(其一)

逢人说也休,举世任沉浮。清磬野云晓,素琴山月秋。
诗材频料理,世事不经求。每向沧波上,时时戏鸭鸥。

王大受(?—?)

游水乐洞

历聘空寒六六天,更来洗耳听春泉。迅湍激石浮清磬,悬溜行沙写素弦。
洞口林亭三四曲,洞中日月几千年。何人独得开收律,谱入宫商与世传。

王 迈(1184—1248)

题惠安赖汝恭溪山风月亭

亭俯清漪揖翠岑,好风吹面月盈襟。濯缨孺子沧浪兴,抱膝高人梁父吟。
流转韶光兰满砌,婆娑秋景桂成林。为君唤起栖梧凤,瑞旦来仪磬乐音。

王润之(?—?)

宝林寺

支公曾驻锡,规矩旧丛林。飞鼠殿堂古,灵鳗井穴深。
磬声来竹外,塔影卧池阴。幸有相知客,时时过我吟。

王十朋(1112—1171)

前端午一日会饮鄱江楼十有六人既分韵赋诗又戏成短篇

佳节江楼上,同僚共把杯。人如舜才子,名半汉云台。
诗占城南首,音参古磬枚。宜添两学士,相约访蓬莱。

王 随(973—1039)

送妙明规长老

振衣辞帝里,归路指禅林。胜地江山寺,澄明水月心。
卸帆烟浦近,鸣磬夜船深。到喜清凉境,门开松桂阴。

王庭珪(1080—1172)

清 音 亭

亭枕秋山窟,山明水共清。空林生逸响,飞溜落寒泓。
谁识高深意,初无世俗情。何当携韵磬,泻此澹无声。

王同祖(？—？)

明堂观礼杂咏十三首·内前

青帷朱虞柳阴旁,玉磬金钟列两行。辇路旋添泥细细,鸡竿揭处瑞云黄。

王庠(1071—？)

庠窃观学士九丈题此君轩诗谨次元韵因以求教

竹君久要已忘年,临风相语叶响泉。休学我图中似璧,莫师我直劲如弦。
劝人达节通天命,舒卷若绳明若镜。尺无枉已空宿昼,圣岂有心犹击磬。
岁寒来伴老柴门,我岂好静为躁君。惟有青青四时性,笑发千载空浮云。
平安为报春依旧,珍重道人怜特秀。忍饥宁可食无肉,相对忘形笋黑瘦。
更有涪翁心似月,平生相照何劳说。不为煎茶不作椽,清风万壑到处传。

王炎(1138—1218)

题苍玉轩

羽客家何在,翠微有仙躅。谁谓绛阙远,功行要纯熟。
小筑开壶天,燕坐媚幽独。室中阅丹经,檐外养修竹。
竹清不受尘,人清不受俗。意甚珍惜之,命名以苍玉。
此玉可种不可餐,檀栾秀色青于蓝。琅玕碧树未足贵,直节虚心同岁寒。
风前历历戛球磬,雪里珊珊鸣佩环。他年化作苍龙去,紫霄直上追鸾骖。

王予可(？—1172)

题灵隐寺

游山无处浣尘埃,出郭寻幽入翠苔。众水尽从双涧去,一峰元自五天来。
行春人散题名在,坐夏僧闲听讲回。清磬一声猿鸟寂,石楠花落满经台。

王禹偁(954—1001)

寄献润州赵舍人(其二)

记言彩笔罢摛华,郡阁高闲似道家。琴院坐听江寺磬,郡楼吟见海山霞。
春园遗母亲烧笋,夜榻留僧自煮茶。应笑陶潜未归去,折腰奔走在泥沙。

中元夜宿余杭仙泉寺留题

祭庙回来略问禅,苏墙莎径碧山前。风疏远磬秋开讲,水响寒车夜救田。
蓝绶有香花菡萏,竹窗无寐月婵娟。自惭政术贻枯旱,忍卧松阴漱石泉。

宁公新拜首座因赠①

著书新奏御,优诏及禅扉。首座名虽贵,家山老未归。
磬声寒绕枕,塔影静侵衣。终忆西湖上,秋风白鸟飞。

寄杭州西湖昭庆寺华严社主省常上人

梦幻吾身是偶然,劳生四十又三年。任夸西掖吟红药,何似东林种白莲。
入定雪龛灯焰直,讲经霜殿磬声圆。谪官不得余杭郡,空寄高僧结社篇。

八绝诗·庶子泉

物形固天造,物景自不胜。泉乎未遇人,石罅徒流迸。
宫相政多暇,行乐蹑岩磴。发蒙涨为溪,幽致兹焉盛。
唐贤大历后,峭壁刻名姓。我来一何暮,今秋始乘兴。
山势环有缺,山门壶引柄。乍挹清泚姿,颇惬幽闲性。
味将春茗宜,光与晓岚暝。架竹落僧厨,远声入清磬。
何当宿禅室,欹枕终夜听。饮多病骨换,照久尘襟迥。
销尽谪居愁,无心治归艇。

王之道(1093—1169)

和秦寿之题天祚宫

洞天无际复无旁,乔木梢云十万章。身外轩裳谁系绋,壶中日月自舒长。
平生尘垢烦三沐,投老功名笑五浆。白鹿青牛今在否,一声秋磬上寥阳。

---

① 王之道《宁公新拜首座因赠》内容与此诗相同,不再重复收录。

王志道(?—?)

五 言

颇得山居趣,悠然醉复醒。闭门延爽气,数竹寄闲情。
清磬敲残月,寒潭浴晓星。谁能牵世网,汩汩苦劳生。

王 镃(?—?)

宿香严院

地炉煨火柏枝香,借宿寒寮到上方。山近白云归古殿,风高黄叶响空廊。
敲门僧踏梅花月,入夜猿啼枫树霜。梦醒不知窗日上,时闻经磬出松堂。

韦 骧(1033—1105)

和蒋颖叔重山馆留题

清诗题柱几朝曛,二十余年伴岭云。今夜泥轮犹宿此,隔溪依旧磬声闻。

卫宗武(?—1289)

晚眺(其二)

病眸犹远眺,惟恨鬓霜侵。稻色云连亩,桂香风满襟。
野桥横落照,晚磬出幽林。牧笛数声外,明霞衬碧岑。

魏了翁(1178—1237)

和胡秘书学中释奠

祠官环邃殿,晰燎向晨光。工有歌咸夏,人无问国庠。
豆笾陈吉飨,磬管奏和锵。盛事留篇什,赓酬愧不扬。

魏 野(960—1020)

送丕上人南游

江山独去游,游遍始应休。云外敲清磬,船中剃白头。
阻风孤岛晚,听雨二林秋。南国多嘉境,诗牌几处留。

送润上人南游

山水兴如烧,难留住陕郊。五湖携磬去,几夜在船敲。
犀迹来沙岸,蝉声起树梢。南方未回日,何处暂编茆。

文　同(1018—1079)

阆州东园十咏·曲池

水似珠玱入,池如玉磬开。临流唯自适,鱼鸟莫相猜。

观音院怪松

怪松屡见无如此,每度来观说向僧。若遇风雷宜守护,恐生头角便飞腾。
秋声绕殿随斋磬,夜影侵廊对佛灯。韦偃毕宏今不在,欲求人画有谁能。

翁　卷(?—?)

同赵灵芝杜子野游豫章总持寺

满寺是秋风,吹开黄菊丛。重林无日到,此地若山中。
罢磬孤僧出,看碑两客同。相传化龙事,神怪理难通。

翁彦约(1061—1122)

武夷鸡窠岩

仙人清磬读黄庭,长听金鸡半夜声。一夕都随黄鹤去,满巢明月白云生。

吴　栻(?—?)

游　南　山

但看都梁山拱北,莫寻浮磬水朝东。此间半筑瞿昙室,底处曾营炀帝宫。
七眼泉边百无念,一襟披尽晚来风。

吴惟信(?—?)

赠广淳破衣(其四)

悟彻心宗即是禅,老来风骨尚依然。自云林下浑无事,不到人间亦有年。
秋磬声清敲落月,晓瓶手冷汲寒泉。我来问道空归去,寂寞云山薄暮天。

赠　唐　道　士

自从入道戴星冠,名利何曾着眼看。地尽种蔬因茹素,瓶长储水为浇丹。
风生晓槛占天久,霜滴秋坛拜斗寒。几度相寻寻不见,但闻金磬响云端。

吴　泳(？—？)

游大玲珑小玲珑

小玲珑,大玲珑,平林突起群玉峰。霜铡剪取碧硍硍,雷斧凿破青嵌岭。
自有此山生此石,鬼削天劓更无迹。泗滨浮出瑞玉磬,周庙横陈古苍璧。
苍官俨冠剑,翠官披琅玕。好风吹月来,光动九琳轩。
守庵道人形野侣,白领方袍草为屦。颇奇二士入洞来,引向高亭最幽处。
他山岂无石,弄假不似真。平泉马鹿迹何在,南墅甲乙名灰尘。
说真辩假无时了,山童隔竹敲茶臼。

伍　乔(？—？)

晚秋同何秀才溪上

闲步秋光思杳然,荷蓑因共过林烟。期收野药寻幽路,欲采溪菱上小船。
云吐晚阴藏霁岫,柳含余霭咽残蝉。倒尊尽日忘归处,山磬数声敲暝天。

夏　竦(985—1051)

奉和御制玉清昭应宫成

中宸夜驻飞廉辔,东阙朝迎绿错篇。只建宝宫朝晬象,载崇金阁奉真铨。
高伻紫极威神异,迥据柔灵胜势宣。蠹蠹端平规景叶,煌煌丰丽圣功全。
承隅阳马层云隔,鸣磬花台晓色先。别笈篆缄龙印字,清坛香奏鹊炉烟。
流泉灌注通河汉,列馆回环接洞天。玉籁琅璈鸾竞舞,蕊书金简鹤争传。
采梁虹指祺祥集,银榜星分庆赏延。永镇帝居资曼寿,五城奚取汉迎年。

向敏中(949—1020)

游净居寺

四面烟岚合,吟魂到便清。乱山供远翠,幽竹送寒声。
磬韵听时歇,云根望处生。尘机闲摆落,潜得笑浮荣。

项安世(1129—1208)

赋竟陵毛氏新港亭

倚东湖浪看西江,结小红桥渡绿窗。白水绕阶人径绝,青天入坐客心降。

筼筜影外闻仙磬,菡萏香中见佛幢。从此竟陵城左右,陆泉毛港一双双。

题澹山岩二首(其二)

此日纵自尔,此兴不可阑。竹径滑拳局,芒鞋侧蹒跚。
南窥下阴洞,北望升天关。鬼穴勇争觑,仙肩谁得闩。
敷床憩明洁,酌酒休痴顽。幽处可僧磬,回中堪舞鬟。
乐极忽有念,相顾生愁颜。指点壁间字,其人多马班。
书迹向昧昧,苔痕日扁扁。题名出门去,岁月如循环。
何年复此来,三士同跻攀。

次韵孙司户黄堂观醮遇雪

江陵旧识李谪仙,向来一梦今恍然。依然斗酒诗百篇,锼剔造化供清妍。
妙意直到天皇先,长歌短曲何蝉联。龙螭蛟鳄纷连蜷,黄冠作礼邀云軿。
珠幢玉节来蹁跹,玉川再拜瞻上玄。磬声缥缈空中传,儇然欲见非眇绵。
水花冰叶来满筵,清寒彻骨思啮毡。蓬莱玉霄云气连,人间化鹤三千年。
皎皎忽悟三生缘,当时误读青瑶笺。

谢　翱(1249—1295)

舣舟江心寺

数声清磬出晴暮,落木人家散烟雾。风送年年江上潮,白云生根吹不去。

夜宿雪窦上方

眠山枕斧柯,独客爱盘阿。畏日生尘梦,寻仙到鸟窠。
下方闻夕磬,南斗挂秋河。寝服侵云卷,颓泉通瀑和。
窦分沧海月,禅入沃洲歌。此地精灵聚,中宵弄薜萝。

谢　逸(1068—1112)

游西塔寺探得王夷甫玉柄麈尾以柄字为韵

宁馨捉麈手,玉色相辉映。携持宾满堂,韵与谈俱胜。
温润德堪比,鲜洁面可镜。扣几声逾清,指月色弥莹。
名压范增斗,价重齐侯磬。晋朝妙人物,此公名最盛。
风流固足赏,不救当时病。虽云王谢许,我老独不称。

肉缓形颇秽,语拙存直性。但慕杜陵翁,长镵白木柄。

徐 积(1028—1103)

题扇·释扇

把月行杉径,将风上竹轩。倒持敲磬罢,还指佛书言。

徐 玑(1162—1214)

夏夜同灵晖有作奉寄翁赵二友

斋居惟少睡,露坐得论文。凉夜如清水,明河似白云。
宿禽翻树觉,幽磬度溪闻。欲识他乡思,斯时共忆君。

宿　　寺

古木山边寺,深松径底风。独吟侵夜半,清坐杂禅中。
殿静灯光小,经残磬韵空。不知清梦远,啼鸟在林东。

徐 瑞(1255—1325)

义合寺二首(其二)

枯根绊老石,槁叶填古径。四山悄无人,铿然一声磬。

周德言游小庐山观余壁间诗次韵示教走笔奉谢(其二)

兰茗寻旧题,愧我昔好径。妙语为湔祓,清越泗滨磬。

东 湖 枕 上

云边假息竹方床,天地诗翁一枕凉。杳杳磬声清入梦,上方老衲起烧香。

徐 璹(？—？)

崇　教　院

岩僧结栋何勤勤,殿合岩峣势欲奔。秋洗江光浮绀瓦,山盘树影入青轩。
相逢未免同尘眼,何日安禅慰病魂。欲借上方留一枕,梦随寒磬过天门。

徐 铉(917—992)

和明道人宿山寺

闻道经行处,山前与水阳。磬声深小院,灯影迥高房。
落宿依楼角,归云拥殿廊。羡师闲未得,早起逐班行。

陪郑王相公赋檐前垂冰应教依韵

窗外虚明雪乍晴,檐前垂溜尽成冰。长廊瓦叠行行密,晚院风高寸寸增。
玉指乍拈簪尚愧,金阶时坠磬难胜。晨餐堪醒曹参酒,自恨空肠病不能。

徐 恺(？—？)

瀫波亭(其二)

古县幽亭胜景多,青春啼鸟每相过。林间石磬风敲竹,水面金蛇日漾波。
得友且须频载酒,爱山何必更扪萝。我来欲作无何醉,为子敲盘试一歌。

徐 照(？—1211)

访观公不遇

卧犬闻人出,门当青栎林。固知多不在,自欲远相寻。
宵短余香印,林疏出磬音。昨来曾寄茗,应念苦吟心。

题衢州石壁寺

岸上横生脉,平林一里溪。众船寒渡集,高寺远山齐。
残磬吹风断,眠禽压竹低。自嫌昏黑至,难认壁间题。

上 封 寺

步经千万歇,两日至山平。磬逐炉香尽,猿摇树雪倾。
昔曾因画见,谁拟得吟行。又出穿林阁,终宵看日生。

游雁荡山·能仁寺

寺置有碑传,观音岩石前。殿高灯焰短,山合磬声圆。
窗静吹寒雪,春鸣落夜泉。清游人岂识,谓不似秋天。

许 棐(？—？)

挽郭子度

连年染患貌栀黄,卢扁犹无起死方。稚女自敲尸畔磬,邻僧来炷佛前香。
生涯谩有千书卷,受用惟存一奠觞。听说荼毗心更苦,拭干清泪又成行。

许及之(1141—1209)

再游雁荡观双峰

不到双峰一纪年,梦随清磬上高圆。重来惯识羊肠路,兀坐慵谈兔角禅。

欲划旧题无好语,羞将华发照清泉。男儿问学全无用,愧尔耕夫垦石田。

媚川图亭上观江心寺

三山海上失双峰,插作中川镇水龙。高出赭垣尊御寝,长拖粉虎过僧筇。
夜敲图绕千灯磬,晓击声闻两岸钟。莫恨无缘随展钵,时来亭上足从容。

薛季宣(1134—1173)

雨后忆龙翔寺(其一)

二峰高峙夹禅肩,长落潮音逐磬声。老僧睡起绝无事,不管波涛四面生。

薛利和(?—?)

西 湖 亭

一泓泉色涨漪涟,窃号西湖几百年。泛出芰荷钱万叠,洗开杨柳眼三眠。
雪鸥卧听禅僧磬,锦鲤行惊钓客船。若比钱塘江上景,欠他十里好风烟。

薛 嵎(1212—?)

雁山纪游七首·净明寺

入寺嫌僧俗,独行松径幽。夜扉崖室寂,斋磬铁盂秋。
谷栈云迷级,石溪霜迸流。维摩不语坐,何日病能瘳。

燕 肃(961—1040)

赠惠山庆上人

陆羽泉边倚瘦筇,参差台殿映疏松。五天讲去春骑虎,一钵擎来昼伏龙。
像阁磬敲清有韵,苏庭云过静无踪。相逢多说游方话,知老灵山第几峰。

严 粲(?—?)

招提游(其二)

烦抱忽如遗,僧境得清胜。花发岩洞幽,云生窗户冷。
来骖树阴直,归棹川光暝。遗思山苍苍,半空闻夕磬。

发清湘(其一)

归棹将秋色,三湘是胜游。湾回仍小屿,滩过尽平流。
临水闻僧磬,限岩隐钓舟。江头每佳处,沽酒小夷犹。

杨　简(1141—1226)

偶书(其二)

无声之乐闻四方,纯德孔明即就将。哀乐相生不可见,衾裘非燠簟非凉。
秋毫莫大泰山小,殇子上寿彭祖夭。入门金作示吾情,于卫磬声今不了。
春秋冬夏风雨霜露无非教,胡为自古学者恁莫晓。
二十年来浸多晓,是殆天欲亨吾道。屈指何止数十人,知及仁守或可保。
曲礼三千不可思,至哉忠信与孝慈。水哉水哉也大奇,孔圣无语孟不知。

杨　杰(？—？)

题白云环翠亭

龟甲屏风面面开,天台连接至蓬莱。檐前朝暮碧云合,时有一声清磬来。

横　望　山

陶家旧宅寄山坳,七百年前此结茆。太尉双碑遗字晦,先生五井暗泉交。
野僧拂石为床坐,童子穿冰作磬敲。岩下清音谁解听,古声长在老松梢。

屏石谣赠郭功父

屏石屏石何崭岩,云初得自江之南。沙埋土蚀几千载,无人辨别嗟沉淹。
净空居士物鉴精,获之不贵黄金兼。清泉洗涤露真璞,野云凝结堆浓蓝。
巫峡山前暮雨霁,参差十二挑峰尖。比千骨朽心不朽,通窍至今存四三。
蜂房蚁垤岂足数,或疏或密争嵚嵌。铜台古研置其下,一片皴碧沉寒潭。
唐朝牛公嗜怪石,取之不已其亦贪。争如夫君一胜百,得此自足无伤廉。
我尝乘醉到君家,临风叩以苍玉簪。其声清越合律吕,箕虞可与大乐参。
何当琢磨中勾股,列为编磬歌云咸。问君考击荐郊庙,孰若藏在青山庵。

杨万里(1127—1206)

初夏即事十二解(其七)

玉磬金钟天半鸣,梦中惊我起来听。万松花上三更雨,政事堂中有此声。

清远峡四首(其四)

谁开峡山寺,政要避世喧。深潭无来路,断崖有青天。
疗饥摘山果,击磬烦岭猿。人迹今扰扰,只缘一渔船。

延陵怀古兰陵令

密云兮终风,健顺闭兮罔寸蹊之通。
喟葵丘践土而迹熄兮,矧冀方岐山之与逢。
单棠溪以铸兵兮,靡遗蒲于董泽。燕虞无趾而造齐庙兮,楚氓而秦其魄。
斗六王于一说兮,微仪衍之舌而不国。嗟若先生兮,鸡知时之不如。
储唐虞之故冕兮,鬻洙泗之敝裾。乘方轮与折轴兮,欲先鞭而疾驱。
岂不家捐而人弃兮,载之万世之亨衢。繄素王兮中都,若兰陵兮圣之徒。
征九伯而佩六印兮,睎二邑宰而不得俱。
傥不欲以天球玉磬而贸康瓠兮,嗟尔后死者其舍诸。

杨　亿(974—1020?)

留题黄山院

禾黍离离一径通,游人揽辔即过从。趁斋幽鸟闻疏磬,出定高僧见偃松。
夜静龛灯凝古殿,雨余岩溜进前峰。昔年曾此题名处,素壁欹斜翠藓重。

次韵和光禄黄少卿学士感恩书事十六韵

江夏门风盛,东吴族望高。才雄吐白凤,志大钓灵鳌。
昔日参珠履,多年泛碧桃。陈琳巧书檄,谢客占风骚。
曲宴飞三雅,沈机佐六韬。玳筵频岸帻,楯鼻几挥毫。
托乘同归阙,临轩别赐袍。未离王俭幕,独得吕虔刀。
粉署因扬历,朱门更郁陶。淮南荒桂苑,骑省泣霜毛。
去国逾千里,为郎历几曹。和铅兼秘府,悬磬寓神皋。
室静秋生白,庭闲雨长蒿。禁林俄召试,卿寺果垂褒。
道在心无闷,恩深首重搔。依前领图史,绸缪肯辞劳。

姚　勉(1216—1262)

赠煜上人

绕院萧萧竹,僧中尔独清。佛灯行道影,梵磬诵经声。
露叶晨蔬熟,风松昼茗烹。夜深谁伴侣,月在石窗明。

叶 适(1150—1223)

无相寺道中

傍水人家柳十余,靠山亭子菊千株。竹鸡露啄堪幽伴,芦菔风干待岁除。
与仆抱樵趋绝涧,随僧寻磬礼精庐。不知身外谁为主,更觉求名计转疏。

改东门出二首(其二)

左方拥崇冈,昔也重嶙峋。自我护樵牧,林光稍敷纷。
与菊明疏秋,堕桃照秾春。本求平野立,八荒辨燕秦。
终限分寸珠,僧磬通比邻。面墙虽养蒙,意生岂名身。

俞德邻(1232—1293)

扬州天庆观作

日转梧桐影密,月明杨柳阴疏。经阁磬声硿硿,闯然风马云车。

天 竺 山

鹫岭旧寻诗,重来十载期。蛩吟僧定榻,猿挂鹤栖枝。
山月穿窗入,溪云傍竹移。一声清磬发,应悔出家迟。

俞紫芝(?—?)

钟山僧舍酬辟疆秘授

同谒临川丞相时,不期颜色偶然披。绿葵自得山人味,绛帐难求俗士知。
午磬唤回幽枕梦,夕阳催就小窗诗。松毛桂叶山中路,肯顾非公复是谁。

喻良能(1120—?)

水 乐 洞

近听千丝急,遥闻一磬清。恐伤诗肺腑,不作断肠声。

员兴宗(?—1170)

游 凌 云 寺

半日缘云看九峰,江狂树怪满双瞳。可怜玉磬僧廊下,未奏一声郊庙中。

袁说友(1140—1204)

题乌程簿厅浮玉亭七首(其二)

人言苕霅下千崖,一水中分两派开。但怪玉浮浮似磬,不知原自泗滨来。

过风顶山

直上风顶山,如接天上语。环观千里内,此山峙为主。
循彼下山脊,翠石满原膴。巉岩巧雕刻,诡特效蟠舞。
青苍高一色,磊块千万数。光腻细泼油,滋腴润经雨。
攒天石林居,绵地三茅宇。大湖石可并,灵壁磬同取。
少却俄回首,一洞视须俯。崖深拱四壁,下蛰蛟龙虎。
梯蹑不可下,蹲望深可怖。但觉拂衣尘,微风洞门鼓。
太息天地间,纷纷诧奇睹。云收树阴转,山净川华吐。
长吟笔力穷,小憩去程阻。

遂宁府库古铜物

我貌殊不古,而有好古心。未老已成癖,此病那砭针。
本非口腹累,乃困耳目侵。遂州古名邦,有物岁月深。
一一铜作器,得之古墓阴。灯罂间管柱,匜耳擎杯斟。
剑弰累苍节,凤口涂黄金。人形杂兽面,诡异难樵临。
模糊滓尘土,剥蚀遭晴霖。摩挲细拂拭,名代不可寻。
楛矢辨形质,古磬鸣声音。一经圣贤手,疑信别古今。
佳哉今所藏,历世方骎骎。会当有博雅,破此聋与喑。
敢效石鼓歌,吾意岂微吟。

岳　珂(1183—?)

　　邵伯温闻见录载范忠宣帅庆阳时总管种诂无故讼于朝上遣御史按治诂停任公亦罢帅至公为枢密副使诂尚停任复荐为永兴军路钤辖又荐知隰州公每自咎曰先人与种氏上世有契义某不肖为其子孙所讼宁论事之曲直哉予在山中读书偶见此书而表之

君不见孔融昔日见李膺,百世尚以通家称。

又不见孔融后来荐鸿豫,卵翼方成比行路。
北海平生开酒尊,未应宾客皆若人。倘令同德更比义,华胄肯以遥遥论。
世间麟凤杂枭鸱,人事会逢总如此。高平丞相本大贤,尺璧那容寸瑕指。
一朝契家青涧种,转头不记龙图公。蝈鸣乱磬蝇点素,丞相襟量沧溟同。
归来端委庙堂上,一眚不捐三世将。自言曲直何必言,愧死老奴作何样。
吁嗟此辈何代无,高平堂堂真丈夫。邵家闻见订千古,寂寞涧城坟上土。

曾　丰(1142—?)

题刘武翼息斋

天地一从开辟始,左旋右转长不已。诘所以然气使之,君独不为气所使。
平生由气今自由,三平二满过即休。千里收回渥洼马,十年养熟汭山牛。
本来无动那得静,关著一毫还似剩。虽任鹊安头上巢,更防人打耳边磬。

谢叶英州惠石山更托寻置绝品者

梅雨酣夜眠,槐风豁朝起。应门绝传声,外有夸娥氏。
背负小峥嵘,云自西北至。浣栉出问谁,乃拜公所馈。
太行王屋山,转徙到窗几。冥茎根倒盘,混沌窍中启。
归墟孔道谽,神瀵留痕泚。两生大丈夫,二老古君子。
识面喟无从,岂料不我彼。一见三扣之,琤若相诺唯。
燕闲与之俱,庸洗吝与鄙。相爱至忘形,相期至没齿。
山容若巽词,犹有胜于己。潇洒旧主人,雅惟无所嗜。
陨星拾宋都,浮磬收泗水。尺寸靡不珍,要作补天计。
适分上帝符,来守真阳垒。山使听指挥,石侯具供拟。
三间敞铃斋,四壁罗玉峙。况才下车初,贡者来未已。
新传渤海东,五山失其二。神牛驱六丁,挟送函丈里。
风骨天下奇,非直我辈比。闻之喜欲狂,怅莫立自致。
千金岂容悭,再渎那得忌。岱舆第一峰,割爱良不易。
员峤更次之,何当便分似。

曾由基(？—？)

古　　寺

残经闲竹几，瀹茗供花瓷。法窟寂无语，禅容晚带饥。
虫萦道子画，蛩响外孙碑。风定闻疏磬，玄关却自知。

张伯玉(？—？)

乌龙寺祈雨回马上口占

官曹苦羁束，祈灵得幽便。夹路松披纷，蹑石烟分练。
迎轩玉泉响，鸣驺沙鸟散。晓日破霜阴，前峰蔼葱蒨。
逶迤步高阁，窈窕出云汉。坐来清思生，语余疏磬缓。
方将尘滓涤，还忧簿书乱。偃旆拂归鞯，回首青猿断。

登乌龙山寺阁

桐川本无尘，况此幽阁迥。万木含秋声，一轩与天净。
前峰翠分滴，后谷语相应。槛下江云归，檐前古雪凝。
岩僧对游客，湛若寒冰莹。百虑缘心空，独饭随疏磬。
嗟余本林壑，谬与世纷竞。一作市朝人，几伤麋鹿性。
旧山别来久，萝蔓锁幽径。长恐客沈深，未得归期定。
息中来此境，时觉襟韵胜。犹愧招隐心，联为小山咏。

张方平(1007—1091)

赠三茅朱先生

郁仪结邻太霄道，金铛玉佩虚皇冠。炉中火候烟霞暖，坛上磬声星斗寒。
紫节晨游从玉女，绿軿夜降接灵官。愿持璧纽充盟信，乞取胎精九化丹。

张公庠(？—？)

宫词(其五)

玉虚新殿势巉屼，谁见壶中日月闲。消尽晓霞无一缕，数声清磬落人间。

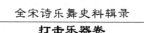

张继先(1092—1127?)

泿口治

真真相袭养真材,万木深沉一水回。珠逗夜明秋浪定,磬含霜韵晓霞开。
二仙已远教谁遇,三粒还能待我来。若遣青童验轮迹,断烟无影落苍苔。

张九成(1092—1159)

论语绝句(其六四)

卫多贤者仕伶官,击磬如襄理一般。不审乃于声上取,疑其此意太无端。

张耒(1054—1114)

宿铜陵寺题壁

僧房秋夜月明天,下马拥裘人悄然。老僧何事亦晨起,清磬一声惊客眠。

自遣四首(其三)

谁云至理宗无相,大道由来万法兼。且以声音为佛事,晓敲清磬诵华严。

夜书

黯黯夜烟青,寥寥秋汉迥。海月出天高,霜云泊天静。
鹤鸣知露寒,树影当轩正。幽客独未眠,经窗夜声磬。

夜意

荒城转五更,北斗向谁倾。穴斗时争啮,林栖或自惊。
老来神虑淡,睡足骨毛轻。石磬催僧粥,低窗枕畔鸣。

赋得风示秬秸

寂寂含至韵,清风时见嘉。无意偶自动,虽鸣终不哗。
宫悬奏编磬,朝佩响冲牙。谁知无谱曲,举世好黄华。

张理(?—?)

题惠山寺

九山朝暮云,摇落少游坟。野蔓碑全没,晴庵磬亦闻。
洞偏泉路细,松折鹤巢分。高视太湖近,雪涛鸥起群。

张师锡(？—？)

老儿诗亦五十韵

鬓发尽蟠然,眉分白雪鲜。周遮延客话,伛偻抱孙怜。
无病常供粥,非寒亦衣绵。假温衾拥背,借力仗搘肩。
貌比三峰客,年过四皓仙。唤方离枕上,扶始到门前。
每爱烹山茗,常嫌饤石莲。耳聋如塞纩,眼暗似笼烟。
宴坐羸凭几,乘骑困弹鞭。头摇如转旋,唇动若抽牵。
骨冷愁离火,牙疼怯漱泉。形骸将就木,囊橐尚贪钱。
胶睫干眵缀,黏髭冷涕悬。披裘腰懒系,濯手袖慵揎。
抬举衣频唤,扶持药屡煎。坐多茵易破,行少履难穿。
喜婢裁裙布,嗔妻买粉钿。房教深下幕,床遣厚铺毡。
琴听怜三乐,图张笑七贤。看经嫌字小,敲磬喜声圆。
食罢羹流袂,杯余酒带涎。乐来须遣罢,医到久相延。
裹帽纵横掠,梳头取次缠。长吁思往事,多感听哀弦。
气注腰还重,风牵口便偏。墓松先遣种,志石预教镌。
客到惟求药,僧来忽问禅。养茶悬灶壁,晒艾曝檐椽。
怒仆空睁眼,嗔儿谩握拳。心惊嫌蹴踘,脚软怕秋千。
局缩同寒狖,摧𦡁似饱鸢。观瞻多目眩,牵动即头旋。
女嫁求红烛,男婚乞彩笺。已闻颁几杖,宁更佩韦弦。
宾客身非与,儿孙事已传。养和屏作伴,如意拂相连。
久弃登山屐,惟存负郭田。呻吟朝不乐,展转夜无眠。
呼稚临床畔,看书就枕边。冷疑怀贮水,虚讶耳闻蝉。
束帛非无分,安车信有缘。伏生甘坐末,绛老让行先。
拘急将风夜,昏沈欲雨天。鸡皮尘渐渍,齯齿食频填。
每忆居郎署,常思钓渭川。喜逢迎佛会,羞赴赏花筵。
径狭容移槛,阶危索减砖。好生焚鸟网,恶杀拆渔船。
既感桑榆日,常嗟蒲柳年。长思当弱冠,悔不剩狂颠。

张 栻(1133—1180)

游道场山次沈国录韵

玻璃盆外起千鬟,路入空蒙紫翠间。心远最便天宇迥,眼明偏见野云闲。寒泉宰木留千载,清磬疏钟度两山。我亦湘城三径在,湖边归去洗尘颜。

自方广过高台

两寺清闻磬,群峰石作城。风生云影乱,猿啸月华明。
香火远公社,江湖鸥鸟盟。是中俱不著,俯仰见平生。

张舜民(?—?)

句(其四四)

淡虀苦笋千人供,青磬莘香一谷传。

张孝祥(1132—1170)

赋王唐卿庐山所得灵壁石

湘江竹深韶不传,后夔神禹飞上天。泗滨之磬无人编,帝敕此宝沦深渊。
於乎不知几千年,奇形异质鬼所镌。青虬赤虎遭缚缠,蹙筋怒爪身挛拳。
自从胡尘障中原,神物变化随霏烟。金声玉振义不辱,六丁徙置庐巅。
灵台星官未知处,但怪宝气干霄躔。王郎斋居敷浅原,饮水泣血天所怜。
空山无人下群仙,似梦非梦或告旃。扪萝独上果有得,失喜而惧心茫然。
百夫挽取自包裹,解衣更买蛮儿毡。缄縢不肯乡人说,知我好古容观瞻。
焚香再拜娄叹息,安得致之天子前。安得致之天子前,明堂郊丘备宫县。
调和正声荐上帝,箫勺群慝收戈鋋。朝廷清明用耆哲,一律四海归陶甄。
凤皇来仪兽率舞,复古却到虞韶边。是时赋公笔如椽,襞笺为草登歌篇。

张 志(?—?)

句

蠶汉危桥吞兔魄,出林疏磬落鲸涛。

张仲尹(？—？)

玉兔净居诗

何事回真馆，标名作净坊。金园存废趾，玉兔效殊祥。
跃汉劳置网，环山莹雪霜。来疑昆岫出，去讶月轮藏。
隐显经千载，薰修荫一方。宝坛隳道祖，华榜耀空王。
奥域居全晋，灵祠接庆唐。烟霞生四面，楼殿起中央。
映日杉阴合，飘空磬韵长。伊余闻胜概，宁惜寄篇章。

张　镃(1153—？)

种　菊

今年植菊良寡谋，丛萎满望如田畴。黄深白浅欠旌别，未表劲净专高秋。
初移风雨连朝恶，才到暄晴骤开却。铺毡未暇坐观嬉，携笻粗放行吟乐。
游蜂冶蝶拨不开，粉趐云动鸣轻雷。霜前姿性本介洁，肯受浼辱宁摧颓。
道人犹拣鲜鲜蕊，铜瓶换浸重添水。一声清磬晓窗深，香边坐断三千偈。
歌缘酒分从来轻，正色已定十种名。来年自种先献佛，不应直为杯中物。

赵　抃(1008—1084)

题僧正仲灏定阁

晓窗幽磬暮疏钟，晓暮清音消息通。阁以定名成底事，醒醒须仗主人翁。

次韵前人见寄

阻奉交朋宴赏欢，杏林春发圣师坛。诗筒把玩初藏袖，铃阁吟哦为整冠。
不啻梦昏惊玉磬，正如沈痼得金丹。夜来月下闻韶濩，并奏清音彻广寒。

赵　鼎(1085—1147)

蒲中杂咏铁佛寺

波面香风落磬声，夕阳楼殿更分明。蓬莱弱水端难到，聊与人间作化城。

赵　蕃(1143—1229)

题圆通院

吾家旧筑炉峰宅，岂不怀归困转蓬。奔走微官遍林谷，却寻清磬到圆通。

早出小北门

闻道灊皖下,杂然仙佛居。心期穷杖屦,宿昔戒车舆。
晨起先僧磬,逢人尽趁虚。烟霏欣在望,风露尽侵裾。

次韵沈司法送行

坐上著孟嘉,不问知小异。岂其眉睫殊,傥或偶相值。
余生慕名流,得见忘履屣。雅闻东嘉州,儒服类洙泗。
于今师友间,授受由原委。沈君盖其徒,往往无不肄。
向虽未云识,早已知名字。胡为冠惠文,更复仓库吏。
人之不相知,击磬与荷蒉。至其移怒时,水蟹或遭忌。
人谁不君知,相与共愕眙。君方系官曹,我乃赴幽事。
别语纵可佳,离愁渺无地。

赵公豫(1135—1212)

维摩寺和冷世修韵

放达得真赏,风流多逸才。春邀仙子佩,夜雨法王台。
云磬杯前落,昙花曲畔来。但教元度在,明月不须来。

游琅琊寺

滁阳饶古迹,山水境幽然。名流相接踵,题咏日纷繁。
我来值长至,欲一向山前。适逢豪侠友,相约入林渊。
巉岩如虎伏,苍松似龙眠。少憩闻清磬,徐步览名泉。
山僧供茗碗,不为礼数牵。坐卧兴夷犹,啸傲山之巅。

赵炅(939—997)

缘识(其三二)

逍遥物外未曾抛,念诵时将玉磬敲。虽不临坛深发愿,梦魂常忆大仙教。

赵帘豀(？—？)

次韵大受游乳洞谩赋

等闲过似得明珠,三洞山行喜自如。俗客□□寻□处,仙人何必好楼居。
石声玉磬传空谷,水色冰壶照碧虚。便好结茅采芝术,利名尽委绝交书。

赵孟坚(1200—?)

招石希孟朝饭
水临轩槛绝纤埃,砌面茸茸上绿苔。伺喂金鳞浑可狎,低飞翠羽不生猜。
篆薰欲起筵初集,清磬才敲梦恰回。正好西风坐萧爽,官程翻怕驿书催。

赵善括(?—?)

登 坛 作
一坛横压绀天低,好向云端觐紫微。林鹤惯闻金磬舞,烟鸾疑认玉台飞。
步虚声彻空犹响,宝篆香销露未晞。星斗绣天长不夜,疑乘风驭扣瑶扉。

赵善訨(?—?)

游大涤(其一)
黄帝有影金灯暗,碧殿无人玉磬清。我亦三生羽衣客,梦魂久已到瑶京。

赵师秀(1170—1219)

白 石 岩
谁炷清香礼少君,数声金磬梦中闻。起来闲把青衣袖,裹得栏干一片云。

赵顺孙(1215—1277)

伤 景 吟
门前不改旧山河,莲渚愁红荡碧波。坠叶飘花难再复,浮云流水竟如何。
鱼龙寂寞秋江冷,鸿雁不来风雨多。穷巷悄然车马绝,磬声深戛出烟霞。

赵 湘(959—993)

书松门寺壁
物外纤尘绝,堪闻乐道歌。好山光不尽,幽鸟语无多。
树影秋云杂,泉声昼磬和。高僧自禅定,时有野人过。

金 山 寺
众木皆穿石,名香自合焚。两廊吴分月,一阁楚天云。
雨过新灯露,潮平晚磬分。僧吟贝多偈,夜静钓人闻。

登天竺灵隐寺上方
众木皆穿石,名香自合焚。两廊吴分月,一阁楚天云。
雨过新灯露,潮平晚磬分。僧吟贝多偈,夜静钓人闻。

赠省安上人
闭门栖古寺,尘路杳无踪。夜讲香飘月,晨斋磬入松。
石屏泉气冷,山屐藓痕浓。自说秋来兴,时时梦远峰。

照上人山房庭树
惹云非手植,自与薜萝交。雨过苔侵影,秋来月照巢。
锡寒枝上挂,偈好叶中抄。谁见僧行绕,烟凉夜磬敲。

真山民(?—?)

宿南峰寺
禅房花木锁深幽,借与诗人信宿留。幡影分来半廊月,磬声敲破一林秋。
僧偏好事能青眼,佛本无心亦白头。试问青松峰外鹤,闲边曾见几人游。

郑可学(1152—1212)

和晦庵斋居闻磬韵
纤月照幽林,秋气一何爽。散步豁烦襟,旷然息群想。
忽闻玉磬里,泠泠送清响。顿令尘虑空,颇觉道心长。

郑清之(1176—1251)

宿翠山(其一)
篮舆十里见青崿,行尽松阴得翠岩。万籁声中清磬出,一峰高处白云缄。
茶新煮鼎作鱼沫,僧有可人能麈谈。自觉灵山缘境熟,佛禅重问后三三。

周弼(1194—?)

山行
尽日群山里,知行第几重。竹深春寺磬,滩急午溪舂。
残旭犹双塔,晴云只半峰。岂无仙隐者,恨不少从容。

赠唐栖寺僧

山门寂寞唐栖寺,别去闲居又一年。草暗暮田群雁远,花明春院一僧禅。
云房夕磬浮清雨,水殿寒灯宿细烟。作得诗成无寄处,几回遥认隔溪船。

周敦颐(1017—1073)

宿 崇 圣

公程无暇日,暂得宿清幽。始觉空门客,不生浮世愁。
温泉喧古洞,晚磬度危楼。彻晓都忘寐,心疑在沃洲。

周 密(1232—1298)

游法华瑶阜蜃洞以糁径杨花铺白毡点溪荷叶叠青钱分韵余既有作复各赋古诗一以纪游事(其二)

此身如虚舟,所至不维碇。闻奇即勇往,岂暇寻捷径。
同行二三子,委曲逐孤磬。甘清漱寒齿,醉梦为苏醒。
眷眷泉石幽,归榜烟欲暝。

周启明(?—?)

送僧有言之天台

进寺金庭远,香文玉篆连。船中鸣夜磬,雪里见新年。
山尽城临岸,云空海照天。莫嫌通剡客,僧舍枕花川。

周文璞(?—?)

重 经 洞 霄

曩既负幽讨,今敢萌遐心。扶桑下阳驭,箐磬浮空林。
琼台渺趺荡,蕊佩栖高深。屡见仙骥舞,遥聆玄女吟。
如遂睹开辟,那复忧崎崟。抱关职贵重,启闭非所任。
灵飙掣虬户,同此琅琅音。愿并翠绡水,写之朱丝琴。

周紫芝(1082—?)

送吕霞卿吕当世弃官而出家今为道士

得钱梦秽官梦尸,等为臭腐焉用为。世人爱官如爱命,君独弃官如弃泥。

道人胸中少荆棘,一色但种枣与梨。华名自毁不足取,高位疾颠无乃危。
鱼须忽复入君手,三命循墙急须走。朝持玉磬诵琅函,夜着黄冠朝北斗。
天上云车久未来,壶中日月空长久。吴山楚泽两西东,与子一笑殊匆匆。
会当握手五百载,摩挲金狄还相逢。

朱继芳(？—？)

昭 庆 寺

幽寻得胜趣,城市几人能。古柳深中磬,长廊尽处灯。
画龙听说法,塑佛看斋僧。别寺经行遍,兹游昔未曾。

有怀鹫山次僧芳庭韵

一塔与云齐,寻僧路不迷。小舟沙鸟外,疏磬夕阳西。
古树含云亚,春桥覆水低。鹫峰飞不去,夜夜子规啼。

灵 芝 寺

黄金匝地小桥通,四面清平纳远空。云气长扶天子座,日光浮动梵王宫。
残碑几字莓苔雨,清磬一声杨柳风。沙鸟不知行乐事,背人飞过夕阳东。

朱 熹(1130—1200)

斋 居 闻 磬

幽林滴露稀,华月流空爽。独士守寒栖,高斋绝群想。
此时邻磬发,声合前山响。起对玉书文,谁知道机长。

梵 天 观 雨

持身乏古节,寸禄久栖迟。暂寄灵山寺,空吟招隐诗。
读书清磬外,看雨暮钟时。渐喜凉秋近,沧洲去有期。

祖无择(1010—1085)

寺有四绝一曰灵岩予以赴官获此税鞅因赋拙句用志其行

常想灵踪得到难,因回征辔此盘桓。松风逗磬僧斋冷,石水环堂客梦寒。
圣作自同尧典布,古碑犹是魏朝刊。最怜山色当楼好,欲去重来一凭阑。

铎

敖陶孙(1154—1227)

上闽帅范石湖五首(其五)

蚤知吴下多奇士,身许先生嫡子行。他日略容追李杜,斯文何敢望班扬。
向来流水孤三奏,此去飞霞乞一翔。牛铎调宫吾岂敢,嘘濡万一借声光。

白 珽(1248—1328)

同陈太博诸公登六和塔

龙山古化城,浮屠峙其巅。开殿生妙香,金碧森贝筵。
应真俨若生,倒飞青金莲。头陀绀林丛,道我丹梯缘。
初犹藉佛日,闯境鲦已玄。回头失谁何,叫啸衣相牵。
且复忍须臾,当见快意天。娇儿诧先登,网户相钩连。
炯若蚁在珠,九曲随盘旋。烂烂沧海开,落落云气悬。
群峰可俯拾,背阅黄鹄骞。奇观兴懦夫,便欲凌飞仙。
绝顶按坤维,始见南纪偏。神京渺何许,王气须停躔。
舟车集百蛮,岛屿通人烟。一为帝王州,气压三大千。
罡风洒毛发,铎语空蝉联。红红杏园花,愧乏慈恩篇。

蔡 襄(1012—1067)

温成皇后挽词二首(其二)

翟彩开新礼,金文易大名。真游上仙路,故物感皇情。
月落辞丹禁,春前引素旌。宫闱鸣挽铎,不是佩环声。

曹 勋(1098—1174)

梦 仙 谣

梦入蓬莱宫,岩峣耸朱阁。灵风翔紫烟,霭郁生罗幕。
鸾凤栖瑶林,咀嚼瑶华萼。老龙戏沧洲,喷涛荡鳞角。
朱户翳霄晖,翠殿开晴廓。中有神仙人,缓步锵金铎。
颜貌盛芙蓉,举止何绰约。引我丹霞房,玉浆金罍酌。
更赐琅玕膏,笑谈同饮啄。仙童供蟠桃,盛以朱云络。
坐看移三山,惊波沸五岳。下顾尘埃徒,奔走赴陵壑。
真人执我手,殷勤相付托。若到红尘中,莫染红尘浊。
他年须是早归来,奉迎当遣辽东鹤。

晁补之(1053—1110)

复用方字韵奉赠同舍慎思文潜同年天启

平生数子天一方,今夕何夕情难忘。荷衣揽蕙气芬芳,册府两公同舍郎。
昆仑方轨万里长,西城却望天苍苍。秋庭风雨翻幕狂,夜语蔡侯同一堂。
张侯老笔森矛枪,文词楚些遗塞羌。胸中水镜谁否臧,学三百囷羞裹粮。
思如决渎万仞岗,大编小轴山压床。城南买屋君舍旁,疲骖日附骥尾骧。
我惭昧道由四隆,人如燕宋初束装。听君雄辩神扬扬,却思得一愁十亡。
邓侯韫椟价不偿,有方未试聊贮囊。起家牛斗玉笥乡,鸿鹜早入鸥鹭行。
和鸾采齐要骈骦,一铎便足谐宫商。知君云壑有松房,南阳耒耜心霸王。
玉池复说夜有光,仙人藏丹金鼎黄。愿分神瀁浴骨香,非我其人惭德凉。
蔡侯发迹江滥觞,闭茏只欲擘海翔。此公事业未渠央,六奇他日吾所望。
乌号张月刀莹霜,裂五单于加印章。穰苴可但虚斩庄,遭时立志未可忘。
白犊得瞽宁非祥,嗟予企踵不及墙。逢君如渴御蔗浆,怯虽如鼠犹胆张。

晁冲之(1073—1126)

复至新乡廨寄张稚

驱车出吾庐,落月犹在树。我行欲何之,所以河源去。
去去益以远,炯炯不可论。群语车铎间,尚想儿女喧。

稍涉原上路,渐见柳下村。雾草结宿露,风林散朝暾。
悠悠望蘧庐,我仆欣载奔。昔出日在毕,今出壁中昏。
昔如水上鸥,今如槛中猿。所忧负平生,岂但感寒暄。
明济十里黄,猗猗见淇园。晚投伯氏廨,拓落复何言。
周览故时居,怃见松菊存。故侣未易招,且自置肴樽。

陈 棣(?—?)

题范乌程松桂亭

谁云宰邑难,宰邑有真乐。但知弦歌趣,永谢尘劳缚。
琴堂吏惊散,昼日垂朱箔。烧香对棐几,文史资优学。
一洗朱墨昏,至味非糟粕。范公今循良,一同聊笑谑。
回视卓鲁辈,政可束高阁。苕溪古侯邦,繁庶类京洛。
壮哉万户邑,何异逢盘错。公来省其俗,治剧操至约。
政成日有余,空庭可罗雀。西园久弃置,疏町走芒屩。
经营四顾间,得地平如削。筑堂号松桂,轩槛敞寥廓。
虽无松桂阴,胸中自丘壑。况逢贤使君,成有新诗落。
异时采歌谣,持用献木铎。

陈 宓(1171—1230)

和 陈 教

昔我壬子岁,辞家莆山阳。迎妇丞相府,调官君子乡。
于时公声名,岂独梁楚扬。闻者尽兴起,见者斋以庄。
英华发经笥,土苴遗巾箱。虎蔚管庸见,海巨蠡可量。
伏波少已勇,捷出翰墨场。遗我明月珠,一见心先凉。
掷地戛清玉,映日开炎光。春云可比态,百卉羞无芳。
下顾阴何辈,颉颃李杜行。不知生最晚,磊磊何相望。
文臻韩氏奥,学升夫子堂。道贯参曾唯,心悟颜斋忘。
所读者何书,诵此虞与唐。所敬者何物,瞻彼昊与苍。
仁义久已熟,出言如探囊。又同冲霄鹤,举世避轩昂。
斯文尚何俟,木铎天其将。六经作黄麻,一赋卑长杨。

厚赐顾曷报,有类相马偿。但当铭之心,刻佩联琳琅。
区区重此来,得遂举一觞。洒然如热濯,车轮宽别肠。
归将诧朋友,亲炙道德香。

陈 普(1244—1315)

劝考亭收文公书兼聚书

孟氏继孔徂,凤鸟竟寂寞。千年性命传,造化欲废阁。
生人无所之,死者不可作。人心万山隔,治统千大落。
天生周与程,得手始撑拓。百年复考亭,体用遂磅礴。
精密洗粗疏,深厚驱浅薄。亸郤靡不周,混沌元无凿。
谁家不藏书,心目迷博约。身为行秘书,所适常迷错。
考亭三十匦,独为百川壑。万善始有条,列圣元非昨。
千派得一原,灵龟不劳灼。卷帙浩无边,要处自如跃。
岁月荒苔生,风雨惟丹膜。翁死六十年,辄起人哀乐。
同心在咫尺,闵此无声铎。为推去后心,如受生前托。
倬彼得不磨,坏乎赖爱度。人心已开辟,万象森冲漠。
重构理斯文,同盟敢无诺。

陈仁玉(?—?)

南峰寺蓝光轩怀吴直翁

怀佳人兮山扃,蹑烟霏兮步轻。蹇独立兮山上,空山无人兮寒松自声。
怀佳人兮何许,白云封关兮猿鹤看户。羌有怀兮曷诉,风虚徐兮檐铎语。
迟佳人兮未来,聊逍遥兮容与。

陈 轩(?—?)

句(其九)

溪云影乱杉松暝,檐铎声流殿阁寒。

陈与义(1090—1138)

游玉仙观以春风吹倒人为韵得吹字

清游天不借,破帽沙疾吹。下马榱桷鸣,未恨十里陂。

风余檐铎语,坐定炉烟迟。新春碧瓦丽,古意乔木奇。
黄冠见客喜,此士定不羁。但愧城中尘,浼子青松枝。
人间争夺丑,我亦寄枯棋。输赢共一笑,马影催归时。

游慧林寺以三峡炎蒸定有无为韵得定字是日欲逃暑阁下而守阁童子持不可

我如东郊马,欹侧甘瘦病。今晨举足轻,起行得幽胜。
抚窗唤懒融,槁面初出定。眼中无长物,坐久炉烟正。
门前几乌帽,来往送朝暝。岂知帽影边,有地白日静。
宝阁阴肃肃,童子色不令。年来惜违人,一笑取归径。
愿言捐何肉,终岁奉清净。檐铎岂卬吾,出门有余听。

陈　著(1214—1297)

次韵东平赵益三首·塔亭

野迥山空风撼铎,孤坟寂寂春光薄。谁问布袋事有无,水自东流日西落。

送严伯长教授邑庠任满

手扬教铎下龙汀,三载从容擅最称。禄釜半虚家继廪,书窗独冷仕如僧。
狎曾问字春风坐,惜欠论心夜雨镫。此去兰台芸阁邃,尚须时寄一溪藤。

寄台教王吉甫

直溪之水清且洌,可以沃我老枯渴。直溪之风空且阔,可以舒我穷郁结。
自闻西来飞霞佩,使我南望片云隔。苦无筋力抗尘埃,徒有心事交冰雪。
长庚分光到寂寞,好风流闲无时节。瘿木岂是曩洗材,歜渣不登鼎俎列。
见何所见斯未信,取非所取毋乃亵。俗眼滔滔鄂州花,古道卓卓元城铁。
自昔瓮城地最灵,而况金坛人更杰。漫塘词源有流传,实斋理学素磨切。
忽乘朝阳下赤城,坐觉文星灿东浙。龟手之药或以封,皋皮之座啸自彻。
糠秕在前吾不妨吾后,瓦注者巧吾但安吾拙。
教铎重新雷霆鸣,儒流勇赴江河决。弦诵洋洋正声合,芹藻楚楚生香发。
北斗泰山收宝望,东观蓬莱是途辙。
何时镫前相对一杯酒,未见颜色惟看山中秋夜月。

程公许(1182—?)

九月晦斋宿太一宫都监姚高士示刘长翁及汤仲能诸公唱酬诗轴因和韵二首(其二)

孤云踪迹混风尘,蔼蔼阳和满一襟。招得鹓班同胜赏,肯教牛铎嗣清音。庵当黛面雪霜峭,洞锁玉台烟雨深。何日与师携手去,胎仙同看舞琴心。

程 俱(1078—1144)

天宁潜老以山中春莫三诗投鸿庆尚书末章见及次韵答之(其一)

大空无故新,春物自来去。风幡有时转,霜铎深夜语。
芸芸无定在,荣悴更彼此。谁于百草头,了不挂丝缕。

戴复古(1167—?)

祝 二 严

仆本山野人,渔樵共居处。小年学父诗,用心亦良苦。
搜索空虚腹,缀缉艰辛语。糊口走四方,白头无伴侣。
前年得严粲,今年得严羽。我自得二严,牛铎谐钟吕。
粲也苦吟身,束之以簪组。遍参百家体,终乃师杜甫。
羽也天姿高,不肯事科举。风雅与骚些,历历在肺腑。
持论伤太高,与世或龃龉。长歌激古风,自立一门户。
二严我所敬,二严亦我与。我老归故山,残年能几许。
平生五百篇,无人为之主。零落天地间,未必是尘土。
再拜祝二严,为我收拾取。

戴 栩(?—?)

佛 舍 利 塔

海天五月气阴清,单绤无功絮有情。踏半浮屠见沧海,风摇铃铎是商声。

次韵卢直院题秀邸所赠春龙出蛰图

中兴断鳌四极立,黄河不动银河湿。群龙作御翊天飞,岂有泥蟠初破蛰。

画家画甜难尽神,诗家诗苦空绝尘。上圣调合二能事,从此角鬐成活身。
王门沉沉风铎语,妙舞停弯歌罢句。夜半祥光挟电生,知从所赐春龙处。
明朝黄麻出汉宫,草麻因赠玉堂翁。见者传观互矜诧,我为指点开鸿蒙。
九州未画一丰草,龙豢于官犹在岛。后来盛理称太平,麟凤不厌郊原小。
我愿万物常安舒,泽焦润槁早已拘。百灵有职不相袭,昆仑日月自出入。

戴埴(？—？)

和王教暮春出游

矫矫雪霜心,孤贞受命独。留滞染缁尘,垢面不靧沐。
背城借一战,填堑输前渎。葵心向朝阳,晞光不能燠。
徒嚣终无赢,驱驰惟仆仆。岂无丰水滋,永嗟非佳谷。
呼尔授刍秣,羁绁系驹犊。堪羡我良朋,林桂剩芳馥。
博览绎故书,胸中三万轴。悠然西河上,日与英俊逐。
振铎扬儒风,函丈纷冠服。师友递响答,循诱教匪扑。
精进日千里,目骇地脉缩。顾我阙党徒,无成坐欲速。
披襟莫奋飞,随群被私淑。枵然藜苋肠,殊未饱公悚。
弹铗何时归,涎沫流肌肉。遥想烹太牢,殷勤羹采菽。
更当春暮时,浴沂衿佩肃。心赏弄篇章,绝唱清风穆。
流水谐朱弦,押强破万竹。孝先谩耐嘲,横榻便空腹。
安识物外游,幽赏机缘熟。矧复有良俦,坚久渝晚菊。
依然苍筤丛,檀栾旁淇澳。一缄荷起予,明珠得盈掬。
大雅久不作,疏越鼓凡目。迎风挹回澜,净洗尘瞖曲。
披阅不停手,岂复惮谆复。自笑诗思悭,企山才抵麓。
正望使南印,象马来天竺。竞病安能赓,振纸空瑟缩。
绝影天边鸿,坐困家池鹜。搜索纵成篇,无异虫蠹木。
所幸情不违,合并在旦夙。愿言戒逝粮,出昼勿三宿。

度正(？—？)

奉挽近故制置侍郎畏斋先生吴公(其三)

当年王事急,盛夏叹驰驱。振铎宣皇化,登车礼硕儒。

薛公推一范,张老得三苏。扰扰成何事,千年美意俱。

范成大(1126—1193)

再赋五杂组四首(其一)

五杂组,绶若若。往复来,大车铎。不得已,去丘壑。

方　回(1227—1307)

次韵赠道士汪庭芝二首(其一)

鸤鸠不遇岂非天,斗谷於菟亦偶全。中野履霜宁怨命,通宵煮石且随缘。
此身幸是无还有,所学当令后胜前。肯复杏坛闻木铎,可能蓬岛问风船。

送张子敬湖南宣慰司都事

湘水绿,湘山青。南衡岳,北洞庭。太微翼轸相纬经。
上直长沙老人星,其下潭府甲南溟。有芷弥岸兰弥汀,骚人墨客纫芳馨。
丹砂黄金翡翠翎,日中百贾喧雷霆。艳舞皓歌酣旗亭,王宫细腰夸娉婷。
如斗如蜜餐楚萍,谁其能赋吊独醒。厥今宣幕小朝廷,如君人物犹典刑。
可振儒铎鸣道铃,无使斯文沦晦冥。南轩大名揭南斗,南轩旧轩无恙否。
君能一出扶颠手,亦足与之同不朽。

方一夔(?—?)

感兴二十七首(其二〇)

著籍占杜曲,别业在临淄。鸡号夜铎静,汗血逐膏脂。
纵横一握算,颠倒逢笑嬉。举俗以为妙,纷纷尽愚痴。
不见朱公子,千里来相师。偶然得我策,沼吴航妖姬。
秘此枕中术,若有千岁期。大化常不偶,日与人事移。
人事多乖忤,汝计不得施。君看货殖传,刀间有衰时。

次韵稼隐告归

我观大瀛海,天水二清廓。谁麾海若来,乐斗万蛟鳄。
风涛拍屯门,溃作无底壑。鼖鼟竖旂幡,牙角利椎凿。
血人不肯吐,安得留残啄。茫茫溯云槎,日夜失栖泊。

归涂三月粮，囊底余圭勺。平生崒嵂气，磨淬去隅角。
案空萤已干，匣闭龙不跃。故衣粘蠹气，未洗瘴雾恶。
尔来出白云，奔走乱车铎。有来证奇字，时扣草玄阁。
高棋固饶人，欲学苦无脚。惟君桑梓英，遇合长落落。
申旦首胥溪，险韵当离酌。勿为松菊挽，来占秋堂幕。

冯　山（？—1094）

和新成都知府邓润甫温伯内翰道中见寄

画舸秋离峡，长江水啮堤。郡楼高送别，客袂掺分睽。
前后声难继，升沉分不齐。私心常有待，得意幸相携。
千里闻鸣凤，三年倦割鸡。一哀缠性命，万事错端倪。
英俊联翩起，清华直上跻。平生依笔砚，俯首失锄犁。
同嗜餐秋菊，忘言病夏畦。精粗分玉石，去住即云泥。
近列多鸳鹭，谁人享駃騠。徊翔趋凤阁，隐约驾鸡栖。
训诰资温润，衣冠出品题。风流清宪府，威望肃朝闱。
戏彩江湖乐，观涛岁月稽。还朝垂拱北，易帅华阳西。
旧德倾中外，欢谣浃庶黎。忽闻旌棨近，顿解簿书迷。
一笑何胜喜，高谈为少低。长篇追杜老，余论及曹溪。
把酒听新阕，寻山傍小蹊。欹斜行叠嶂，空旷上危梯。
拾掇留樽俎，萧疏愧糗藜。故人难会遇，壮士合悲啼。
物理纷无定，年华去可凄。王师行解甲，盟府重盘圭。
剑外声文铎，关中息战鼙。时清数相见，宁望胯金犀。

傅　察（1090—1126）

又挽词三首（其二）

遗子一经足，成家五福并。千钟欣禄养，万石仰荣名。
日射铭旌字，风传袨铎声。摇知开吉地，不假问三生。

葛立方（？—1164）

九效·永固

珠丘峨峨兮苍梧远，弓剑杳隔兮九土魂断。

边声起兮春草深,木铎无声兮岁月换。
上天悔祸兮诱天骄,黄肠素绋兮归路迢迢。
抚梫循题兮愁雾重,江河倾泪兮雷霆声恸。
行妥灵兮金粟堆,白杨萧萧兮风送哀。匪主兮肖貌,穆将愉兮清庙。
对越兮在天,永蒸尝兮千万年。

葛胜仲(1072—1144)

记梦诗(其二)

元丰功成身退闲,钟山小筑掩松关。莘莘学子求卒业,说经闹若阛门间。
木铎兹文縶笔砚,紫绶垂腰眼岩电。似闻一日置心猿,道德功名无不办。
配食孔庙时烝祠,子生其后不识之。文章津源已默付,名爵岂待颜发衰。
向来李峤梦双笔,至今辞藻无伦匹。纳鉴唾口难细论,谓言不信有如日。

郭祥正(1035—1113)

同颖叔修撰登蕃塔

宝塔疑神运,擎天此柱雄。势分吴越半,影插斗牛中。
拔地无层限,登霄有路通。三城依作镇,一海自横空。
礼佛诸蕃异,焚香与汉同。祝尧齐北极,望舶请南风。
瑞气凝仙露,灵光散玉虹。铎音争响亮,春色正冲融。
视笔添清逸,凭栏洗困蒙。更当高万丈,吾欲跨冥鸿。

郭 印(？—？)

和于子仪观见赠二十韵

壮岁悟修性,磨砻谢圭角。堕身尘网中,意气翔寥廓。
动遭白眼观,罕识黄金诺。圣贤皆吾心,所读真糟粕。
妙处谁与语,此道今萧索。西施及嫫母,本身非美恶。
掩关学宴坐,浩气合冲漠。身世鸿毛轻,利名蝉翼薄。
兀兀寡知音,头童齿将豁。向未得良友,杯酒屡同酌。
见我辄倾倒,清音听明铎。马队骧天骥,鸡群昂野鹤。
新诗续风骚,久矣无此作。词锋敏而锐,百猒敢一酢。

愿君偃戈矛,使我坚城郭。中虚道自来,大信本不约。
养兹百炼金,劫火难销铄。心法两俱忘,无解亦无缚。
参乎一以贯,回也不改乐。富贵何足云,侯门空赭垩。

韩　驹(1080—1135)

上太师公相生辰诗

鹫岭云何锡杖飞,汉家社稷要扶持。衮衣人共尊姬旦,木铎天将以仲尼。
亿万生灵俱再造,百年寿考复奚疑。欲枯沧海濡秋兔,来写门生献寿诗。

韩　琦(1008—1075)

馆直二阕(其二)

章沟传漏过三更,霜压寒威特地生。苦恨回环窗外铎,几番幽梦不教成。

游 开 化 寺

开化得胜地,崇侈何代作。全山镵佛身,万木亘高阁。
突然数百尺,较力陋禹凿。峰峦翠环合,与寺为郛郭。
烟霞无四时,为我张幄幕。飞泉乘空来,直在庭砌落。
松柏森成行,斗状蛟龙恶。如整万人阵,偏伍不敢错。
春芳难悉名,红紫竞灼灼。点缀岩壁间,图画曾未若。
距城才一舍,旷绝类霄垮。噫吾何自劳,日窘吏事缚。
到官逾二期,未克造林壑。引疾得乡邦,昼锦行遂著。
猛抛公几烦,不负真境约。精庐始一登,百虑已澄扩。
徘徊延宾僚,开席盛燕酌。歌留岭上云,吹乱风前铎。
勿讥清赏累,粗继东山乐。数刻方暂欢,俄景忽西薄。
归鞍下危岑,眷恋心欲却。何处无林泉,隔阂牵宠爵。
终期报国家,功业效涓勺。连露乞骸章,不待七十削。
归来解朝绅,放意任衡霍。超然出世纷,安步适冲漠。
山蔬充盘筵,村酿满瓢杓。吾寿此其全,何必不死药。

韩 维（1017—1098）

邓圣求挽诗二首（其二）

乡有先生号，朝多长者言。谈经人服戴，辨狱世高袁。
雨湿铭旌暗，风摇挽铎喧。无缘攀葬绋，洒泪望秋原。

郑 公 挽 辞

兼才不废刑名学，雅意多从翰墨游。通德门中传旧业，平蛮记上见佳谋。
朝衣永闭泉台夜，挽铎犹添梦野秋。文彩声名今不泯，郎官君听在鳌头。

故汉嘉太守礼院学士张公挽诗（其二）

吾交崔与范，取友得端良。直节晚仍苦，嘉名久更香。
高怀轻世利，余事入文章。万里缄哀恨，春风挽铎锵。

同陈太丞游龙兴寺经藏院

空堂洒寒水，碧楸凉漠漠。高眠得珍簟，委弃巾与屦。
薰风穆然来，殿角鸣金铎。清香有时闻，幽鸟无声落。
论诗爱平淡，语道造冲寞。非吾方外友，谁当共兹乐。

何梦桂（1229—?）

病 起 有 感

声干木铎说铃非，天地无情世运奇。吾道悠悠川水逝，人才落落晓星稀。
百年身后千年远，万个人中一个知。一曲汾亭弹未尽，却教渔父泄天机。

和夹谷书隐先生寄题蛟峰石峡书院三十韵

堪舆运玄化，万物品汇分。狉狉鹿豕群，中有五色麟。
圣哲不出世，郊囿可能驯。粤从光岳分，鸿灵咸纠纷。
征役石渐渐，战伐车辚辚。诗亡春秋作，三叹悲圣人。
西狩折其足，反袂那能闻。而况千载下，遗轶已绝尘。
木铎响不振，安能此身亲。冥冥晦暮夜，高燎谁炀晨。
纵横纷季子，法律惨商君。吾道成说辐，君子叹伐轮。
时无郢人鼻，谁运匠石斤。世丧道未丧，气盛化自神。

无道固耻谷,有道亦耻贫。蛟翁世耆俊,皇华重谘询。
次公早识面,次第以礼宾。乃闻抗高谊,木石将终身。
云间有山峡,劫火不得焚。石间有书室,雪迹犹未陈。
当路风诗书,出此屋壁文。青青集衿风,勖尔小子勤。
斯道未坠地,百世知所因。苞栩成集鸲,白茅尚包麇。
终期人皋稷,相与帝华勋。中立天地极,再还风俗淳。
愿言放巢许,使得老辕申。吾为混沌氏,抑为葛天民。
俯仰慨今古,悠悠秋复春。夜半舟壑移,故者谁其新。

洪刍(?—?)

曾内相以绝句诗还予诗卷和其韵五首(其四)

李膺此世龙门坂,得士初非一目罗。牛铎黄钟或同调,岂无宫徵配鸾和。

同诸人西寺避暑

连廊四注塔中起,五月殿阴作商气。竹床午枕耐睡魔,宝铎天风吹佛事。
小冠捧腹绕檀栾,坐隐应迷日下山。骑马归来还执热,蚊雷虺虺满人间。

洪适(1117—1184)

程司户挽诗

把酒论诗日,高标迥绝尘。那知三语掾,便作百年人。
山雾铭旌湿,松风挽铎频。流光须有后,何必在其身。

彭叔阳挽诗

买邻乔木近,不隔一牛鸣。甲第夸新作,高楼待落成。
未教长纵壑,亦合且专城。矫首天难问,伤哉挽铎声。

洪咨夔(1176—1236)

剑 外 驴

苦甚淮南驮,嗟哉蜀口骡。护身棕结鞯,防口竹编笼。
远近关梁接,高低阁栈通。琅珰鸣铎里,谁识木牛功。

观物(其二)

薄命天元定,深居日转长。塔铃空洛度,车铎惯琅珰。
笋长竹还老,莲迟荷自香。羡他雏又乳,双燕胜春忙。

胡　寅(1098—1156)

挽李太孺人

桂水无情日夜东,空余丹旐溯西风。一经不负门闾望,五鼎端宜馈祀丰。
茂渥出纶观有炜,芳徽勒石播何穷。遥知祖送诗千首,挽铎声悲大队中。

华　镇(1051—?)

挽郑十一府君并夫人

君子言无玷,夫人德有邻。丝桐人世远,奄岁陇头新。
妆阁闲明镜,吟窗积暗尘。西风原上路,鸣铎为悲辛。

挽周祖文

蠲辰临远日,祖奠彻中楹。寒月铭旌影,霜风晚铎声。
夜台无晓日,泉路断回程。已矣生前事,空劳问代耕。

黄　庚(?—?)

寄王爱梅

诸生归去暮庭空,塔下游观倚瘦筇。千尺宝轮擎海月,七层金铎语天风。
升堂尽可同僧饭,持钵何须听寺钟。好把新诗题旧壁,他年应有碧纱笼。

黄庭坚(1045—1105)

见二十弟倡和花字漫兴五首(其二)

官驼鸣铎逐盐车,只见风尘不见花。空作江南江北梦,辛夷踯躅倚山茶。

戏答俞清老道人寒夜三首(其一)

索索叶自雨,月寒遥夜阑。马嘶车铎鸣,群动不遑安。
有人梦超俗,去发脱儒冠。平明视清镜,正尔良独难。

再答元舆

君不能入身帝城结子公,又不能击强有如诸葛丰。

法当憔悴百僚底,五十天涯一秃翁。问君何自今为郎,便殿作赋声摩空。
偶然樽酒相劳苦,牛铎调与黄钟同。
安得朱轓各凭熊,江南楼阁白蘋风,劝归啼鸟晓窗笼。
男儿邂逅功补衮,鸟倦归巢叶归本。

戏答公益春思二首(其一)

能狂直须狂,会意自不恶。蚤知筋力衰,此事属先觉。
公诗应钟律,岂异赵人铎。我为折腰吏,王役政敦薄。
文移乱似麻,期会急如雹。赋敛及逋逃,十九被木索。
公思当此时,清兴何由作。前日东山归,花如萎莎落。
径欲共公狂,知命知此乐。公家胡蜀葵,虽晚尚隐约。
晴明好天气,暂对亦惬适。妆恨朱粉轻,舞怜衫袖窄。
衣襦相补纫,天吴乱㶉𪄀。草茅多奇士,蓬荜有秀色。
西施逐人眼,称心最为得。食鱼诚可口,何苦必鲂鲫。
清狂力能否,人生天地客。不者尚能来,南窗理尘迹。
草玄续周书,揲策定汉历。有意许见临,为公酤一石。

戏答公益春思二首(其二)

昔人有真意,政在无美恶。微言见端绪,垂手延后觉。
大声久辍响,谁继夫子铎。长笑二南闲,斯道公不薄。
性怀如佩环,诗笔若陨雹。前篇戏调公,深井下短索。
子云最清净,亦动解嘲作。光尘贵和同,玉石尚磊落。
众人开眼眠,公独瘄此乐。昔在西宫游,初非朝夕约。
邂逅二三子,蛾眉能劝客。坐嫌席间疏,酒恨盏底窄。
骊驹我先返,看朱已成碧。况闻公等醉,歌舞恣所索。
舞余必缠头,歌罢皆举白。清狂稍稍出,应节自不错。
譬如观俳优,谁能不一噱。何为苦解纷,乃似自立敌。
人生忽远行,车马无归迹。黄粱一炊顷,梦尽百年历。
弃置勿重陈,虚心待三益。

姜　夔(1155?—1208)

以长歌意无极好为老夫听为韵奉别沔鄂亲友(其六)

异时之罘君,在涅守曰颢。黄钟欠牛铎,淋漓吊遗稿。
有子殊可人,特未见此老。客来请论文,但道曲肱好。

金君卿(1020—?)

韩相生日

商飙迎素律,兑泽荐元精。象顺奎钩烂,天钟义气清。
千龄将圣偶,冢辅为时生。粹蕴森群玉,冲襟贮四瀛。
大方捐朴斫,淳辨复韶韺。先帝龙飞日,朝阳凤一鸣。
振文齐木铎,保国敌金城。旧德方图任,鸿钧正倚平。
具瞻归峻岳,众口说和羹。固结君臣分,穷探礼乐情。
用人兼畎亩,得士尽豪英。省罚蠲茶法,均徭审地征。
镇浮还美俗,恤隐起疲氓。考古渊源博,含章气思宏。
太平论极至,坠典悉兴行。文物期三代,规摹小二京。
纳忠高子孟,任重等阿衡。国本重离正,身谋一羽轻。
殊方想风烈,皦日照功名。嗣圣嘉深识,明神格至诚。
官仪端表宪,圭瑞竦桓楹。邦揆车遵辙,时髦鹿在萍。
戍亭无警燧,廊庙有奇兵。达节天须佑,真儒道始亨。
黄裳坤德静,玉铉鼎功成。坐致唐虞旦,前无丙魏声。
昌期逢庆诞,睿宠极光荣。烨烨台符应,诜诜喜气盈。
南岩同久固,西昴共晶明。史克歌眉寿,芳风愿载赓。

孔平仲(1044—1102)

四日郡集于景德寺

冷铎残香僧舍开,斜风细雨坐中来。使君岂是憎歌舞,自出胡琴送酒杯。

孔武仲(1041—1097)

风　铎

潇洒当檐铎,凄清不断风。高堂人语后,广殿月明中。

暂歇还归静，重来复满空。群仙鸣玉佩，初下广寒宫。

寄襄邑宰丁阳叔

溪上一杯酒，送君今几时。譬如霜林箨，浩荡从风吹。
初飘清湘滨，今落浊汴湄。蹉跎虽渐老，相见更容怡。
尚赖城市俗，篮舆远追随。鸣驺惊雁鹜，笑语在空陂。
会食古道场，僧房静帘帷。败荷覆一水，落叶鸣轩墀。
偶坐亦无事，幽来更何之。旁有宋襄墓，高坟映深祠。
炉烟已寂寞，拱木相蔽亏。意象宛如在，兴亡真可悲。
寥寥千余年，华采几纷披。有如蛙争水，顷刻成枯池。
池尽复为陆，陆黍秋离离。追惟泓之战，语阔气甚夷。
狗颈不急搦，干将仍倒持。欲将乌合众，慕彼鹰扬师。
首领几不完，身复为囚羁。好大不量力，荒哉徒尔为。
曾不如勾践，潜军卷旌麾。夜上姑苏台，吴人犹不知。
用兵贵权谋，高言竟何施。从兹以名邑，留作永世规。
隧道仿佛在，披榛犹可窥。陈迹何足究，吾侪宁好奇。
又上金山殿，平瞰天一涯。横飙响群铎，惊鸟投深枝。
清兴乘未尽，夕阳已纷驰。流水复相促，扁舟从此移。
怒号入旅枕，先声戒寒期。相过不可得，况复穷游嬉。
后会果安在，张本以今诗。

李处权(？—1155)

潜　心　斋

古之学为己，今之学为人。始乎芒芴间，扩充遂无垠。
克己而复礼，天下皆归仁。尼父百世师，道妙圣且神。
天将为木铎，故未丧斯文。贤哉颜氏子，至乐忘其贫。
语之而不惰，好学无与伦。孟子养浩然，卓尔踵后尘。
万钟与千乘，不肯易其身。茫茫自圣哲，六籍经几秦。
末学更多岐，学海无问津。伊川二先生，身修道愈振。
当年从之游，不减洙泗滨。至今士气盛，亦复民风淳。

柴子柯山秀,言厉即之温。由来思无邪,果见德有邻。
潜心坐一室,淡泊遗嚣纷。收视而返听,自得于见闻。
先生虽云亡,书在传日新。得味极钻仰,恍如入室亲。
而我先君子,实预绛帐宾。我亦闻绪余,往往书诸绅。
多言反成蔽,目击道乃存。藜杖一幅巾,盍晚来叩门。

李 纲(1083—1140)

龙眠居士画十六大阿罗汉赞(其七)

宝珠腾空,光焰璀璨。谛玩无斁,有见皆幻。
堂堂风仪,龙象之姿。灵杵宝铎,往将加持。

过吴江阻风游宁境寺

扁舟渡松江,惨淡天色恶。胜游得禅房,旷望倚虚阁。
轩槛俯巨浸,云水互参错。长风驾惊浪,飞雪相喷薄。
未应神龙怒,端有蛟鼍作。片帆天际来,飘忽如陨箨。
波涛浩无涯,撑突殊不愕。奈何操我舟,惴栗缆添索。
茧廉也世情,逐客正落寞。深夜始归眠,蓬窗听鸣铎。

泗上瞻礼僧伽塔

汤汤淮泗滨,实为至人居。至人骨已冷,灵响初不渝。
巍然窣堵波,金碧耀云衢。突兀三百尺,势欲凌霄虚。
乃知天人师,宜有神明扶。忆昔岁乙未,奉亲由此途。
开关瞻晬容,端相不可诬。清秋日当午,为现摩尼珠。
蝉联宝铎间,悬缀如流苏。万目共瞻睹,稚耋欢惊呼。
重来念旧事,感叹涕潸如。再拜礼双足,如师真丈夫。

李 龏(1194—?)

送赵子真赴信州司户

鸣铎临征路,信州非路程。官曹有名胜,版赋足修明。
地富饶银母,山清韫水精。贫交以贫累,不得伴君行。

李　洪(1129—1183)

赠史康时二首(其二)

霜飙何凄冽,岁晏同漂泊。男儿志四方,宁久怨落魄。
怀忠思报国,结义重然诺。死生贫贱间,交情今寂寞。
差观世态浇,未遇所立卓。英衮卧东山,南极仰衡霍。
复期宇县清,重使混沌凿。会见官仪修,再卜东邑洛。
否运行当倾,宇宙见开拓。他年功名逼,岂但持禁橐。
堂堂苍须眉,形貌画麟阁。如何决此行,径欲就邱壑。
五十非无闻,斯文犹木铎。愿保千金躯,百鸟见一鹗。

李　吕(1122—1198)

代人挽妻父号道者

里闬推高足善良,不才何幸玷东床。修容方喜超宾馆,奠雁翻成举酹觞。
晚铎飘声空有恨,酸风吹泪不成行。诸郎头角多余庆,褒赠行看为显扬。

李　彭(?—?)

次韵东坡五更山吐月(其三)

三更山吐月,无睡客还起。风微一铎鸣,历历正谈此。
此身如传舍,幽怀湛秋水。兹游共昔游,定非聊尔尔。

李曾伯(1198—1268)

自和山房十咏(其七)

萧萧风籁助清吟,秋去冬来令又更。惟有老禅都不管,任它檐铎作何声。

李之仪(1048—1127)

宿大乘赠祖灯

倦游知止未知还,平日生涯只在山。金碧喜逢云外境,文章重见管中斑。
篆烟萦晓留无寐,宝铎吟风笑不闲。他日归栖虽有地,胜游终寄梦魂间。

采石三题·赏咏亭

爨下得余薪,便可歌南风。参差长路铎,鼓乐俄相同。

一弃一流落,悠然会天工。始知盛衰际,遇与不遇中。
风清月正好,爽晤聊从容。岂意接心期,赏叹如云龙。
千载瞬息尔,转盼归虚空。何适非适然,神交付冥鸿。

钱君倚夫人仙源郡君挽词

春生复秋落,物物犹帝力。哀哉劬劳恩,甘齑至诚实。
棘心咏诗人,常恐一旦失。何乃不我报,皎皎如白日。
痛哉胡为生,每念气填臆。仰君犹长庚,华发萃众德。
岁时捧金樽,门户几万石。常云我有子,未易先尺璧。
伯仁非碌碌,到此辄自惑。庶几德有相,睥睨莫我逼。
颇闻君有言,既跌不见谪。李杜苟齐名,死且不足惜。
孰不斯言愧,谓君寿无极。岂知属纩书,何为在吾侧。
堂堂古益友,千载同此室。撼铎倘能参,我泪不虚滴。

林夔孙(?—?)

资圣寺

华峰跨苍穹,下有云一壑。翚飞二百秋,蜂巢几千落。
灵泉际空留,宿雾临除薄。山呈万古姿,竹阴六月籊。
当年有贤令,神交契冥漠。怀哉精魄归,永矣香火托。
至今书壁间,读者为嗟愕。好事继前志,刳岩成此阁。
仰看斗插椽,俯听泉入铎。晤言千载心,英气凛欲作。
西崖望蒙顶,跻攀计已昨。忽闻良友同,共写襟期乐。
遝登破嵚屼,幽讨待绰约。磅礴富蒸郁,阴衣茫纷错。
再拜五华君,许莅他日约。霜威净余氛,晴宇洞寥廓。

刘攽(1023—1089)

寄金山朝阳岩僧

松篁倚石夜露滴,楼阁缘岩风铎高。山僧入定昼不起,顶上潮音翻海涛。

观范公乐有感

蜀公精思古人为,论乐成书八十时。那有伯牙为听者,空令一足尚传疑。

羊山巨黍知无用,牛铎遗音自不欺。便欲祠君从乐祖,出门陈迹奈深悲。

酬临濮刘推官

治民非己长,那得士心降。为问来鸣凤,何如止吠厖。
壶餐惭鼎食,铅割谢矛钑。辩士更持节,佳兵正上泷。
薄田桑十亩,小市酿千缸。自喜庭无讼,宁论智少双。
陪京开左辅,振铎服中邦。禁脔分留印,天枝苰建幢。
孤生老将至,壹意信犹矼。赖倚弦歌化,余风勉政庞。

刘 敞(1019—1068)

新　　年

流光无停期,二十忽复五。古昔如我人,功烈难遽数。
上天终无私,日月不少驻。三皇与五帝,回首焉得顾。
新年独何为,扰扰趁俗务。壮羞儿女态,浩叹觉已屡。
巍巍九重阙,象魏悬法度。木铎非仲尼,布衣欲何预。
沧溟百万里,乘桴意决去。顾世聊徘徊,非为取材误。
东风发幽滞,花彩映草树。烂醉苟自娱,终焉背时誉。

刘 黻(1217—1276)

四先生像赞·晦庵朱文公

天振斯文,紫阳木铎。博详反约,是继绝学。
日月昭炳,揭之以行。闲居野服,身屈道亨。

刘 鉴(?—?)

和率斋王廉使三首(其三)

试手东风第一杯,一番人物萃欧梅。曳裾昔惮王门峻,振铎今逢孔席开。
送酒马军江上去,持书驿使陇头来。斯文未坠重增气,燕饭犹胜愧有台。

刘克庄(1187—1269)

乙丑元日口号十首(其一〇)

作庆历诗赓石介,读开元报喜孙樵。自叹黄栌谐律吕,岂无木铎采风谣。

挽南雄林使君

东路归何及,南柯梦忽醒。居然鸣挽铎,都未制斋铃。
官已题华表,名空录御屏。遥知泉下意,犹待竹溪铭。

挽方倅景楫二首(其二)

屡荐于诸老,斯人可在廷。不令客翘馆,仅使直都厅。
史漫存融表,坟犹待愈铭。西风已萧瑟,哀铎更堪听。

和南塘食荔叹

君欲和诗无匆匆,唱首天下文章公。今年荔子况倍熟,亭亭锦盖高张空。
猿偷鸦啄牧童采,林间残颗犹殷红。在昔唐家充岁贡,吟讽何止杜陵翁。
南穷交州西蜀土,快马驮送如飞龙。绛裳冰肌初照眼,玉环一笑恩光浓。
惟闽以远幸免涴,一颗不到温泉宫。自从陈紫无真本,皱玉晚出尤称雄。
迩来鸡舌擅瑰玮,赞香誉味万喙同。麟台仙人亲题品,天为此果开遭逢。
乃知微物似有数,声价亦与时污隆。列圣俭德被华戎,微如淮白不敢供。
奈何置驿奉私室,安得木铎观民风。山蹊谷埆日力穷,血肩跣足驰筠笼。
请公移此食荔叹,置在薰风殿阁中。

刘　挚(1030—1097)

又次韵四首(其一)

于此登临称谢公,湘南奇观欲吟穷。天沈暮鸟烟氛外,山抱春城雾雨中。
陂岸放车看宛转,寺檐飘铎送玲珑。老僧已许炎蒸日,为借清风解箪筒。

挽宋次道二首(其一)

橐笔周旋侍汉宫,博知前载问无穷。朝廷人物儒林丈,家世文章太史公。
俯仰顿惊华屋换,声容徒望穗帷空。寝门一哭何嗟及,付与悲哀挽铎风。

陆　游(1125—1210)

夜　酌

遥夜浇愁赖曲生,灯前忽见卧长瓶。比红有句狂犹在,染白无方老已成。
园径露萤粘湿草,塔檐风铎乱疏更。悲秋要是骚人事,未必忘情胜有情。

528

汪茂南提举挽词二首(其一)

学已三冬富,书犹万卷藏。名场虽蹭蹬,朝论极揄扬。
小试襦裤咏,遂辞鹓鹭行。秋风九原路,挽铎倍凄凉。

月　　夕

醉从东郭归,散发临前楹。呼僮净扫地,勿使翳月明。
庭空卧松影,檐迥送铎声。钟断心境寂,露下毛发清。
出门碧雾合,九陌无人行。坐令锦官城,化作白玉京。

晨　　起

一官又寄汝江头,落魄文园故倦游。榻上铎声悲破梦,檐边桐叶冷生秋。
暮年作吏宁长策,薄禄縻人尚小留。晨起凭栏叹衰甚,接䍦纱薄发飕飕。

对　　酒

檐铎鸣杂佩,帘旌动微波。我老懒读书,如此长日何。
名酒来清江,嫩色如新鹅。奇菹映玉盘,珍鲊开绿荷。
万事姑置之,迨然酣且歌。宦游亦何好,且复小婆娑。
秋风云门道,踏月扪青萝。

登　　塔

冷官无一事,日日得闲游。壮哉千尺塔,摄衣上上头。
眼力老未减,足疾新有瘳。幸兹济胜具,俯仰隘九州。
雪山西北横,大江东南流。画栋云气涌,铁铎风声遒。
旅怀忽恻怆,涕下不能收。十年辞象魏,万里怀松楸。
仰视去天咫,绝叫当闻不。帝阍守虎豹,此计终悠悠。

谢徐志父帐干惠诗编

平生闻若人,笔墨极奇峭。相望二千里,安得接谈笑。
一朝获其诗,惊喜逾素料。夜窗取吟讽,寒灯耿相照。
春容清庙歌,缥缈苏门啸。蹴天浙江涛,照野楚山烧。
每篇十过读,玩味头屡掉。正如啜名酒,虽爱不忍釂。
看君亦华发,气压万年少。予昔从茶山,辱赏三语妙。

文章老不进,憔悴今可吊。谁知牛车铎,黄钟乃同调。
愿君时来过,勿恤俗子诮。

吕南公(1047—1086)

题圆上人宴静轩

宴安深静属居僧,一炷檀烟万虑清。犹自笑他檐外铎,风来未免斗鸣声。

吕祖谦(1137—1181)

春日七首(其七)

檐铎无声鸟语稀,径深钟梵出花迟。日长遍绕溪南寺,未信东风属酒旗。

陈能之少卿挽章二首(其二)

二父官曹接,诸郎砚席通。流年何鼎鼎,见日每匆匆。
马走谁怜我,麟书近得公。又成交臂失,楚些铎声中。

罗 椅(1204—?)

题向伯侨吴松雪霁图三首(其一)

暖来日晒冰滑,恨极天寒竹修。云开梵铎相诉,水活渔船自流。

罗与之(?—?)

潇湘道中

客行适潇湘,凄其岁云晏。枯梢风骚劳,荒郊云溰漫。
摵摵雨声急,皑皑雪花灿。抽萦泥途深,眇默山墺远。
日莫欲税驾,天末扣孤馆。米尽甑生尘,薪湿火不暖。
此意对三闾,似结两重案。人生如空华,百岁等抹电。
那忍听客尘,日夜苦相煎。怀安名所败,饱食亲孰显。
恭承古昔训,险阻庸敢惮。信知有此身,乃是一大患。
愁深不能寐,歌长未及乱。门前车铎鸣,翰音复号旦。

马廷鸾(1222—1289)

恭和御制诗(其二)

直庐峻在九霄高,雨露恩光切仰膏。夜炬恩浓超赐锦,春船思涩怯提鳌。

日砖有影占花隐,风铎无声引索绹。昭代崇儒逢圣主,小臣待诏愧王褒。

毛 滂(1060—?)

仙居禅院①

潇洒仙居院,楼台烟霭中。夜泉清浸月,午铎冷摇风。
转目已成昨,累名俱是空。一尊林下醉,此兴谁与同。

梅尧臣(1002—1060)

施君挽歌

哀铎凄凄里,铭旌杳杳中。涧云销穗帐,山雨入蒿官。
世路行来久,泉途去莫穷。素吟应共葬,饮韵在松风。

程文简公挽词三首(其三)

阙塞秋云冷,伊川苦雾阴。薤歌金铎碎,蒿里石宫深。
燃漆为长夜,栽松作茂林。空留旧冠剑,家庙四时心。

依韵和郭秘校昭亭山偶作

知君弃官后,江上寻名山。心既惯世内,迹欲还人间。
昭亭忽来过,览古兴长叹。野寺拂尘壁,丹阳已斓斒。
殿角虚宝铎,微风声珊珊。遗像与笔迹,始得观装颜。
浅井何泠泠,前溪何潺潺。幽幽随猿鸟,浑浑忘区寰。
裂裳不为愧,饵芝不为难。坐对寒雨中,松上孤鹤还。

缪 鉴(?—?)

题悟空寺

不到招提二十霜,眼明犹识鲁灵光。云餐已供伊蒲塞,风铎犹传替戾冈。
新寺金汤龙化远,旧家王谢燕飞忙。行人指点簪犀地,十里春风土尚香。

---

① 毛注《仙居寺》内容与此诗相同,不再重复收录。

牟巘(1227—1311)

和善之寄游何道二山(其一)

行尽千峰日未晡,斋余扣槛唤红鱼。百梁扶栋神输巧,一铎鸣檐乐出虚。那得诗情陪岛可,但夸山色胜衡庐。老禅趺坐浑无语,案上旁行几叶书。

慕容彦逢(1067—1117)

和吴显道

泽国破秋仲,景物兆冬索。回飙卷林尾,宿雾泛寥廓。
泮水还阛阓,层峦瞰篱落。启牖挹菁葱,开径徒参错。
虀盐虽寂寥,文史欣博约。论古到鸿荒,谈经愧穿凿。
逸志想鸿冥,腼颜羞雉啄。于焉得真趣,豁若解其缚。
环窗惟载籍,一视等糟粕。了了见本来,端如契圆觉。
冲襟游汗漫,高步趋广莫。同心有名儒,摄官在戎幕。
学识造渊醇,词章臻炳铄。良骥服盐车,白驹縶场藿。
念昔始倾盖,考正于狐貉。韵宇凛可钦,标致湛无著。
箪豆陪余欢,翰墨时间作。晨嬉风力劲,夜语霜威虐。
屈指两炎凉,流年信回薄。九重跻帝德,四海绝民瘼。
南征奠蛮侮,西戍弭戎掠。吾道斯为亨,君才顾何怍。
行当坐天禄,看书资笔削。不然冥成均,阐教助飞跃。
冠绥追英游,林泉谢远诺。胡为怀故乡,遽将依负郭。
古都富城市,比屋丽金䪺。甲第临江㙇,胜概夺云壑。
曲沟环渌塍,激涧度危约。升高或扪萝,厉急辄遗屩。
驯禽栖几席,幽花堕杯杓。渔樵频问讯,童稚杂欢噱。
寻步陟兰屿,选胜望菌阁。此虽美无度,乌知乖所学。
待时既韫玉,税驾宜振铎。忠告冀毋忽,投分匪轻托。
野芹称美献,行潦资远酌。眷言效悃愊,岂止事嘲谑。
知君须多暇,过我当如昨。茗饮无俗情,疏餐有真乐。
论文穷九畴,议武贯三略。谁主复谁宾,此意良不恶。

欧阳澈(1097—1127)

忆朝宗

饫聆舌铎向鸡窗,深愧葭蒹倚玉傍。妙论乍离人吐屑,渴心欣破橘含霜。
颇多好景撩人笑,独赏幽丛扑面香。数笔江山吟未得,何时对榻细商量。

欧阳修(1007—1072)

永昭陵挽词三首(其三)

行殿沉沉画翣重,凄凉挽铎出深宫。攀号不悟龙胡远,侍从犹穿豹尾中。
日薄山川长起雾,天寒松柏自生风。斯民四十年涵煦,耕凿安知荷帝功。

蒲寿宬(?—?)

送郭济叔分教邵阳

秋山多爽气,南楚登修程。岂无离别怀,此别人所荣。
眷言紫帽秀,翘然碧流英。千载木铎寄,一脉濂泉清。
无砧不言寒,有道当自鸣。采芹发新谣,吟药生逸情。
汾阳昔何人,努力加令名。

钱　时(1175—1244)

庚辰录譬如结款他日打断得了方成一段公案耳子居命时润色此殆谦词敬赓韵以谢

万马一隙争匆匆,回头只是人心同。百圣妙旨本无语,的的末在诗句工。
我生剩愧晚知学,可把芜词污新作。玄冬深夜君试听,万窍号风皆木铎。

钱惟治(949—1014)

春日登大悲阁二首(其一)

阁,阁。雕镂,彩错。簇明霞,攒丽蕚。
玉女窥牖,飞仙捧铎。沉烟燠宝香,媚水涵珠箔。
千山翁郁晴霁,万井喧填晓郭。登临徙倚傍琼栏,满目春光煦寥廓。

钱 选(?—?)

杂诗(其二)

青春跃马两山间,溪柳岩花动客颜。日落孤城金铎振,草深荒冢石人闲。
庾郎赋就元无味,阮籍途穷且未还。江左风流半摧谢,白头犹自绕乡关。

钱 昱(943—999)

留题巾山明庆塔院

数级崔嵬万木中,最堪影势似难同。栏杆夜压江心月,铃铎秋摇岳顶风。
重叠画檐遮世界,稀疏清磬彻虚空。有时问著禅僧路,笑指丹霄去不穷。

强 至(1022—1076)

石太保挽词

许国三朝老,传家万石君。乞骸章未报,没齿讣先闻。
挽铎摇秋露,铭旌卷暮云。龙冈逢吉壤,马鬣寄高坟。

王广渊郎中挽词

一门新茹痛,八座近云亡。祸故近贤者,风流失望郎。
葬帷笼淡月,挽铎诉清霜。祖烈系谁绍,三槐老北堂。

晋阳郡君挽词(其二)

夫贤微子后,身贵毕公孙。独弃斑衣养,空余象服尊。
悲风缠挽铎,苦雾湿铭幡。谁谓灵香验,何曾见反魂。

仇 远(1247—?)

送虞师宪赴延平书院山长

我师文靖公,一传子朱子。佩服中庸书,静中识根柢。
秋月湛冰壶,莹彻无瑕滓。延平建精舍,盛德宜岿祀。
君往坐皋比,文行成粹美。秋风送书船,南上二千里。
讶君来何暮,衿佩争倒屣。鸣道铎方振,问字酒已俟。
九京如可作,文靖公亦喜。予友有黄功,昔分教于此。
颇知文风盛,十室九儒士。是行若登仙,剑气炯青紫。

534

只恐席未温,思归慕园绮。

送杨志行赴徽州教授

峨峨紫阳山,翼翼素王宫。中藏朱子书,颇有邹鲁风。
在昔三十年,我尝游其中。一溪练带如,环以千翠峰。
朝岚与夕霏,四景日不同。惜哉屐齿折,我舟遽云东。
子今振木铎,出为斯文宗。诸生列馆下,待问如撞钟。
明经别同异,析理开愚蒙。独坐三鳣堂,教思传无穷。
庠序足真乐,诗书有近功。行当自此升,岂曰难为容。
平生韩孟交,云龙阻相从。愿言寿道体,有书附鳞鸿。

沈　辽(1032—1085)

乐　神

夷人事神正自酾,山头水边与神乐。大巫庞衣手摇铎,群儿伐鼓更鸣角。
青山历历神欲归,湘水漓漓日脚西。小大酣歌向山栖,神羹满盎均汝釐。

石　介(1005—1045)

留守待制视学(其一)

艺祖兴王地,诸侯布教宫。冠缨临晓集,文雅与时隆。
泮水差差绿,春沂习习风。袍辉了衿动,旗映讲纱红。
节钺来门外,声容播国中。分庭等威杀,更仆宴谈终。
亹亹闻谆诲,拳拳激懦衷。武昌尊庾亮,蜀郡乐文翁。
王化周南始,儒缝鲁俗通。四方观表则,后学发童蒙。
木铎传遗韵,缁衣缵旧功。愿公持此道,黄阁弼清躬。

释常竹坞(?—?)

辛巳陈世崇来访说偈

一藏一切藏,错。随隐随时隐,错。
霭霭春云,眼中金屑。直饶并到帝王前,总是一团闲落索。
这落索,天将以夫子为木铎。

释崇岳(1132—1202)

颂古二十五首(其一二)

云门一曲,彻髓彻骨。霁雪千峰,寒梅破萼。啐啄公子,风流鸣木铎。

释道颜(1094—1164)

颂古(其六〇)

作家相见终不错,两两同时看啐啄。喝下虽然宾主分,争如普化摇铃铎。

释德洪(1071—1128)

送 廓 然

长沙古都会,何以冠荆楚。但曰财富强,山水最佳处。
那知号大藩,实以英俊聚。张侯官虽冷,藉甚有名誉。
心胸高崔嵬,万卷相撑拄。君看逸群姿,矫不受控御。
罢官当北归,一室哗儿女。想见驼铎声,桑枣黄尘路。
倚马草十制,胆气见眉宇。此职谁当之,夫子无愧负。
璧门黄金闺,独宿无晤语。时应梦湘江,醉卧闻柔橹。

送不伐赴天府仪曹

长沙解岭海,浩壤冠南楚。岂止风物繁,山水亦清富。
然以余观之,两者未足数。虽曰大藩地,要以多贤故。
元侯汝颍奇,家世工酌古。谒来簿书中,见此廊庙具。
三年令小邑,野鹤剪翎羽。侧脑望云汉,奋跃思远举。
忽闻除书至,当得赞天府。婢仆想京华,一室哗儿女。
便觉驼铎声,吹帽黄尘路。举首望绛阙,金碧碍云雨。
富贵来自天,车马气成雾。遥知念旧游,笑与同僚语。

游南岳福严寺

生计居然成脱略,投老南来看衡岳。禹溪久留困霖雨,低摧闷若剪翎鹤。
朝来南寻度坡垄,针水秧齐鸟声乐。风光融融一都会,鬼祠雄深抱山脚。
梯空延缘止巉绝,瘦策扶衰意超豁。拂云苍杉杂锦石,紫藤绿蔓相连络。

石桥下视隔人世,但觉岚光翠如泼。亭泓无波自绀碧,涧草有香空错莫。
忽惊梵宇堕林梢,宝势飞翔照深壑。歛斜万础盘苍崖,十步一楼五步阁。
冰柱琼窗不知数,疏苏一一垂帘箔。犀颅道人相笑迎,冰雪形容无住著。
午梵清圆林叶动,天花细雨无时落。凭高且复息疲颈,心清别殿鸣风铎。
云开千里上眉睫,吴楚江山见浓薄。嵼阁如有女正色,春不洗妆秋拂掠。
紫盖顾然似矜妒,半出晴烟翠棱抹。永怀堂堂武津老,天骨开张耳重郭。
三生来游等儿戏,灵山一会俨如昨。他年遗迹旧岩下,拴索犹存众惊愕。
解云此山增智力,鹏飞天风转羊角。江西驹儿快腾踏,青原麒麟亦超卓。
折足铛中过一生,野蔬数根陈五合。故庵遗塔尚依然,行诵神交付冥漠。
影不出山岂难事,准拟茅斋就林缚。退之南迁曾过此,好语夸词杂嘲噱。
自谓忠诚动岳灵,望碑字字犹精确。但余佳处不可状,浪秃霜毫秋色阔。
东坡唾笑成文章,山川胜处多奇作。暮年亦为儋耳游,不一过山山愧怍。
为君试将说禅口,掉头长吟拥山衲。心胸便欲捏荒怪,落纸雷捶散风雹。
要将杰句酬佳景,未怕山容作颦蹙。

释法薰(1171—1245)

普化和尚赞

走城郭,摇铃铎。堂前吃生菜,触著驴性发。
勘破河阳木塔,擒下临济小卒。赚却镇州一城人,铎声已远青天阔。

释梵琮(?—?)

偈颂九十三首(其四〇)

十五日已前是结,十五日已后是解。结也著,解也著,开眼合眼,伸脚缩脚。
佛祖老婆,应病与药。而今正体全安,药病一时扫却。
赤条条,空索索,月下风前啸一声,惊起松梢千岁鹤。
错错,风吹殿角摇铃铎。

释慧性(1162—1237)

偈颂一百零一首(其三一)

丹霞烧木佛,院主眉须落。两个无孔铁锤,彼此将错就错。
焦砖打著连底冻,笑它普化摇铃铎。

释慧远(1103—1176)

颂古十五首(其一五)

尽力当胸一拳,几个眉须堕落。更欲如何若何,普化空中木铎。

禅人写师真请赞(其三)

画也错,赞也错。不识蚬子笊篱,唤作普化木铎。
而今要且头不是头,脚不是脚。恐人无信,立此为约。

普化和尚赞

热发风狂,趯倒饭床。挨脚脱漏,倒翻筋斗。
坏佗临济一生禅,哑却盘山三昧口。有时好,未必好。
有时恶,未必恶。有时把个破木铎。
大悲院里赶村斋,直至而今无摸索。

释居简(1164—1246)

普 化 赞

风颠用尽到无余,一个棺材八个异。异出镇州城外去,听他木铎自分疏。

泊 然 庵

白日静中消,忘言赋解嘲。叶疏犹可幄,云浅亦堪巢。
清拟圣人酒,澹于君子交。悠然无藉在,檐铎听风敲。

释了惠(1198—1262)

普 化 赞

铎掩洪钟,机如掣电。明头暗头,四方八面。一著得人憎,走入大悲院。

普化泉大道赞

酒肆屠门,街头市尾。摇破木铎,无宫商而暗合宫商。
挑大道浆,虽不醉人而人自醉。
是则是,我问你,不知郴州城中,何似大悲院里。

释祕演(？—？)

贾 希 德

山东持木铎,高识世难群。览照惊秋鬓,看碑见旧文。
救时曾抗牍,退迹欲眠云。帐外横经者,清朝已立勋。

释如净(？—？)

普 化 赞

者汉走从何处来,鼓合临济白拈贼。铎声摇撼动风雷,至今大地俱狼藉。

释绍昙(？—1297)

普 化 赞

大悲院里趁村斋,卒死无人出地埋。捏怪凌空摇木铎,春风处处露尸骸。

释师范(1177—1249)

偈颂一百四十一首(其一一〇)

拄杖子,难摸索。有时喜,有时恶。搅动沧溟,冲开碧落,何如普化摇铃铎。

释心月(？—1254)

普化赞(其一)

者风僧,甚举止。木铎一摇,声在人耳。
邈吾真处,点著便行,咬生菜时,触著便讳。
明头暗头,搇著便转,今日昨日,扶著便醉。
或于道吾手里倒送枪头,或于临济面前满倾恶水。
如斯伎俩,果能成褫人,建立黄檗宗旨者耶。
况其掣狂掣颠,有头无尾,是皆不逃大仰之谶、盘山之记。
末后若不向东门南门、西门北门觅个走路,
定不免新妇子、老婆禅、小厮儿抚掌笑你。

释印肃(1115—1169)

行住坐卧三十二颂(其二〇)

引领搬徒访万山,深明下手处艰难。圆成满目莲宫现,风铎声清意自闲。

释智朋(?—?)

偈颂一百六十九首(其二二)

滞货无价,烂钱无索。咬定牙关,将错就错。天将以夫子为木铎。

偈颂一百六十九首(其九五)

坐一走七,横三竖四。大力量人,全身担负。普化铃铎,杨岐驴子。

释宗杲(1089—1163)

偈颂一百六十首(其九)

不用安排,切莫造作。造作安排,无绳自缚。
不安排,不造作,善财弹指登楼阁。秘魔放下手中叉,普化入市摇铃铎。

释祖钦(1216—1287)

如 山 上 人

绝毫绝厘,如山如岳。万里高飞,遥空一鹗。
见不到处,天涯海角。智不及处,大圆满觉。
西风萧条黄叶落,古殿深沈撼金铎,却悔当初赚行脚。

司马光(1019—1086)

和江邻几金铃菊

何处见佳菊,秋风汶水阳。酒浮金铎细,露泛蜜房香。
不谓红尘地,相逢君子堂。依然故人意,不减旧芬芳。

宋 祁(998—1061)

开元寺塔偶成题十韵

集福仁祠旧,雄成宝塔新。经营一甲子,高下几由旬。
屹立通无碍,支持固有神。云妨垂处翼,月碍过时轮。
顶日珠先现,缘风铎自振。沙分千界远,花散四天春。
亿载如如地,三休上上人。堆螺俯常碣,缭带视河津。
陶甓勤争运,园金施未贫。谁纡简栖笔,为我志琳珉。

哭中山公三十韵

天欲鸣文铎,公先露上珍。谈锋贯千载,文纬补三辰。
海浪扶鹏徙,雍朝篚鹭振。荡邪初奏雅,辟路近还淳。
汗竹刊讹遍,仙蔾递宿勤。汉家方授记,赵世本多神。
稍上窑辽禅,亲逢堀吻巡。每篇称陆贾,四颂识崔骃。
接昼来词禁,轩霞切睿宸。金声兼振玉,丝绪遂成纶。
预读兰图字,时参豹尾尘。批成五色诏,乞守两朱轮。
虎幄思贤数,鳌山召节新。请闻神帝采,有意靖宫邻。
界虎潜兴僭,犹龙讵肯驯。符鱼贪六六,国猊避狺狺。
东震重光启,南箕哆焰沦。触邪观豸久,敛手避骢频。
勇退宁无谓,斜飞故有因。终承紫芝召,还返碧桃春。
丁直何尝屈,兰幽止自纫。歌成接舆凤,书止太初麟。
竟遂东平乐,非忧宣子贫。蒙庄祥止止,尼父诲循循。
久负骑星望,非图彻瑟晨。夜歌忽稀薤,仙寿顿摧椿。
奠乏刍如玉,碑须曰受辛。成蹊三榜士,坠泪四州民。
自此亡遗直,谁将赎百身。他年虎贲饮,无复老成人。

苏舜钦(1008—1049)

宿终南山下百塔院

驱马山前访古踪,僧居萧洒隔尘笼。绕庭石磬谷间水,入户鸣鸥堆上风。
无限老松秋色里,数声疏铎月明中。村鸡坐听三号彻,去去前朝气味同。

荐福塔联句[①]

踊甓皇都壮,盘基紫宙雄。山河供远目,檐户发高风。
梯险三休上,轮开一气中。门当谷子午,影落陕西东。
韵铎翻天籁,危觚驻夕红。仙聆悲下俗,仰面识长空。
绝若神挤至,深疑鋆暗通。人寰如蚁垤,身世甚秋蓬。
叹息兴亡地,沈吟制作工。清思抱明月,狂欲把飞鸿。

[①] 本诗为苏舜钦与苏舜元的联句诗。

去矣登临兴,巍乎造化功。凉襟当爽垲,幽意入鸿蒙。
头角峰如揖,丹青树不同。城郭回迤逦,阁殿失穹隆。
可使孤怀放,胡为万恨终。何当得壮士,提取出尘笼。

寄守坚觉初二僧

曾携旧书卷,来宿古禅林。方外求知性,诗中得赏音。
炉开山夜静,门掩雪天阴。杌上一寒砚,灯前三苦吟。
韵强颜汗落,句切鬓丝侵。玉就还重琢,河穷更远寻。
穴争探乳虎,沙独拣良金。字稳天星转,篇终海月沈。
唱酬同记录,得失暗规箴。木铎不徇路,薰风难和琴。
半生谁引手,中道比分襟。分野三吴阔,年华二纪深。
师方传祖印,我欲谢朝簪。岭外烟岚地,湖边云水心。
情惊张翰鲙,梦想陆机禽。松下莓苔石,何年重访临。

地 动 联 句①

大荒孟冬月,末句高春时。日腹昏盲佷,风口呜呜咿。
万灵困阴戚,百植嗟阳衰。浓寒有胜气,天冻无败期。
六指忽摇拽,群跖初奔驰。丸铜落蟾吻,始异张浑仪。
列宿犯天纪,预念汉志辞。民甍函鼓舞,禁堞强崩离。
坐骇市声死,立怖人足踦。坦途重车偾,急传壮马欹。
陵阜动抚手,砾块当扬箕。停污有乱浪,僵木无静枝。
众喙不敢息,沓嶂惊欲飞。踊塔撼铎碎,安流荡舟疲。
倒壶丧午漏,颠巢骇眠鸱。居人眩眸子,行客劳髇儿。
南北顿倏忽,西东播戎夷。四镇一毛重,百川寸浔微。
斗薮不知大,轩干主者谁。共工岂复怒,富妪安得为。
宁无折轴患,顿易崩山悲。众蛰不安土,群毛难丽皮。
惊者去靡所,仆或如见挤。轰雷下檐瓦,决玉倾仓粢。
双颠太室吻,四跃宸庭螭。万宇变旋室,百城如转机。

---

① 本诗为苏舜钦与苏舜元的联句诗。

542

念此大灾患,必由政瑕疵。胜社勇厥气,孤阳病其威。
传是下乘上,亦曰尊屈卑。夫惟至静者,犹不可保之。
况乃易动物,何以能自持。高者恐颠坠,下者当镇绥。
天戒岂得慢,肉食宜自思。变省孽可息,损降祸可违。
愿进小臣语,兼为丹扆规。伟哉聪明主,忽遗地动诗。

苏　辙(1039—1112)

王度支陶挽词二首(其二)

京尘昔倾盖,江国见佳城。零落旧冠剑,艰难孝弟兄。
存亡看世俗,意气忆平生。晓铎知人恨,幽音亦未平。

苏　籀(1091—?)

潘舍人求父朝议挽诗

紫微内史世常扬,鹤发尊荣侍膝旁。桂籍连枝皆挺特,兰陔六艺竞芬芳。
云霄门阀公侯拜,藻斧渊源典册光。水击三千由积厚,天资九十恃康强。
青衿缟素行师服,挽铎讴吟广柳箱。大启新阡高冢舍,义方不羡窦家郎。

孙应凤(?—1261)

西　　塔

忆昨慈恩登绝顶,今朝眼界更分明。飞檐高泻银河水,隔岸遥传宝铎声。
翥凤呈辉看欲下,浔龙露角望尤勍。凌风好向蓬莱去,一片香云绕足生。

太学生(?—?)

和张乖崖

四窗灭尽读书灯,窗外唯闻步铎声。辜负江山好明月,闲来此地趁虚名。

唐　庚(1071—1121)

腊岭戏书

上世有鞭能走石,今人无铎可驱山。一回凭膝一移足,老尽行人未老颜。

疟疾寄示圣俞

体中初微温,末势如汤镬。忽然毛发起,冷撼如振铎。

良久交战罢,顶背如释缚。尚觉头涔涔,眉额如镵凿。
空日一寒暑,有准如契约。伏枕两晦朔,枵然如空橐。
平生十围腹,病起如饥鹤。衰发本无几,脱去如秋箨。
到今仅能步,出没如尺蠖。旧闻五岭法,有此万户疟。
而我自侨寓,了不蒙阔略。况子又持养,何至亦例着。
此身自空虚,客疾安所托。请作如是观,无病亦无药。

通真子(?—?)

文旆山

魏氏当年礼斗坛,至今遗址在人间。苍梧已老烟霞淡,丹灶空余岁月闲。
铃铎夜深惊睡鹤,幡幢晴影上空山。后人自愧縻婚宦,不得追随款旧关。

王 柏(1197—1274)

挽邵公容春(其三)

北风北风兮丹旐飞飞,申原迈迈兮铎声孔悲。
素缰栾栾兮二子皇皇,如有望兮魂其来归。
地有灵兮人杰,表尔隧兮丰碑。

挽施子华

二五交运兮,杂糅乎刚柔。美恶厚薄兮,何禀生之不侔。
厚者未必薰兮,薄者未必莸。羌寓形于溟涬兮,藐起灭之一沤。
惟父母之哭子兮,謇彼苍之大尤。吾尝抱此至痛兮,知毅翁之恨难收。
虽我不识子兮,知谨实而好修。抚新碑而感慨兮,相铎声之口讴。
奥山兮泉浏,凄巚兮云幽。夫子有命矣夫之叹兮,可以释而翁之忧忧。

王 珪(1019—1085)

英宗皇帝挽词五首(其四)

五载临朝浅,群生受福多。徽名方镂玉,顾命忽陈戈。
风露翻金铎,尘埃满画翚。从兹天庆节,万寿复谁歌。

挽霸州文安县主簿苏明允

岷峨地僻少人行,一日西来誉满京。白首只知闻道胜,青衫不及到家荣。

玄猿夜哭铭旌过,紫燕朝飞挽铎迎。天禄校书多分薄,子云那得葬乡城。

王庭珪(1080—1172)

次韵曾育才翠樾堂雪诗

哦君翠樾堂中雪,词如剑戟相磨切。又如牛铎应黄钟,水中跃出蓂宾铁。
因诵东坡忆雪诗,城郭山川两奇绝。翠樾堂中雪复然,敢拟片词增窜窃。
长安道上醉骑驴,忍冻不知蹄屡蹶。争似淮西破贼时,蔡州城外沙如月。
将军一箭射檛枪,夜落城头晓方灭。捷书飞奏不动尘,露布驰来迷玉阙。
醉翁句律号令严,冻口何由更开说。银杯任逐马蹄翻,断藁残编且扃镝。

王　炎(1138—1218)

用元韵答徐尉

吟诗不耸肩两峰,陆沉雁鹜文书丛。银钩入眼光照牖,飞来白雪随云鸿。
平生取友半天下,短蓬邂逅依长松。尉仙鲸海驾高浪,郡博凤律锵和风。
诗翁巧手刻青玉,笑人击钵徒匆匆。怀归我正念篱菊,招魂谁为吟江枫。
鼎来徐稚笔如扫,瞬息奇怪浮青红。倾倒五色昆仑渠,洗涤万斛尘埃胸。
翩然舍去友三士,碧云莫合天冥濛。世间英杰不易得,一朝聚会江城中。
才华俱合上金马,骨相元自居纱笼。县斋冰合只悬榻,举手咄咄时书空。
把杯相属傥相忆,更寄出水新芙蓉。天球固是清庙器,牛铎或中黄钟宫。
当怜謇步困老骥,莫消豪气无雄虹。秋月照人光耿耿,秋风脱木声蓬蓬。
流年腕脱不须恨,外物乘除观塞翁。

王禹偁(954—1001)

寄献郧州行军司马宋侍郎

巨贤如木铎,一振声盖代。丈人文曲星,遣谪落下界。
辞源发昆仑,意尽若到海。昔在神德朝,少秀负文彩。
擢第应制举,召试拂华盖。醉挥拔萃判,一字不复改。
传写遍都下,纸贵无可买。一命佐著作,芸阁垂缨佩。
歌诗数千首,人口炙与鲙。志大轻俸钱,痛饮负酒债。
庸蜀既即叙,出命玉津宰。题柱薄长卿,铭阁笑张载。

锦水清见发,峨嵋绿于黛。　物华曾不负,诗酒聊自待。
旨甘岂择禄,印绶久不解。　陶潜腰任折,莱子衣有彩。
蹉跎历四邑,尘土不可摆。　吾皇在藩邸,闻名四聪骇。
即位未浃旬,独许延英对。　相见恨已晚,欣然契嘉会。
谏官聊假道,紫微遽真拜。　制诰复西汉,碑板揭东岱。
金銮赴夜召,顾问及远大。　白麻几千纸,意出元白外。
荐贤恐不及,诱善曾无怠。　当朝自独步,晚节亦泛爱。
有别乐闻韶,无讥诗自邰。　贱子在广场,知见殊流辈。
进士数且千,驰骛称俊迈。　人人握灵蛇,许我珠无颣。
超拔冠多士,权贵不得碍。　御前中科第,阁下备寮寀。
讵惟师硕德,常许接佳话。　国朝大手笔,日夕期鼎鼐。
胸中泰山云,舒卷何霡霂。　言下傅岩雨,蓄缩未霂霈。
吾道遂难行,一旦同得罪。　典午信冗散,贰车更狼狈。
商於甚僻陋,郎峕近山塞。　共月逾千里,便风无一介。
何当遂乘桴,侍坐浮渤澥。　大笑引淳风,樽前一长噫。
今兹当委顺,自昔无芥蒂。　投诗助醉吟,入室生徒在。

王　铚(?—?)

登育王山示现塔赠乡琏与三上人

危岫戴宝塔,亭亭起虚空。　金铎韵广乐,日夜锵天风。
气真逼云汉,兴逸追鸾鸿。　嘉有三禅子,超旷栖禅宫。
相追不惮远,幽致惟我同。　兴尽归一默,人逐归云东。
平轩架绝壑,上与绝顶通。　沧溟忽破碎,百川竞朝宗。
斜阳无远近,山乱高低红。　四表倏明晦,变化安可穷。
夜深风雨来,阴气夸骄雄。　响剧百谷咽,静若一气融。
明发石路干,清韵生寒松。

王　质(1135—1189)

银山寺和宗禅师四季诗·夏

绕廊行听铎丁当,禾稻桑麻各一乡。竹影能令心洒落,溪声自与意清凉。

门无惊鹿冲篱破,路有疏萤掠草光。才到斜阳生暮霭,满庭山露滴松香。

韦　骧(1033—1105)

石都讲仲谟挽辞二首(其一)

高翮欲腾超,年华忽早凋。名言在宗室,休誉满公朝。
卜远灵舆逝,伤春挽铎摇。南明此时路,花草为萧条。

文天祥(1236—1283)

晓起(其二)

远寺鸣金铎,疏窗试宝熏。秋声江一片,曙影月三分。
倦鹤行黄叶,痴猿坐白云。道人无一事,抱膝看回文。

文　同(1018—1079)

和仲蒙山城

大历年,忠武居幽捍逆氐。盛平民,营板堵,断贼闭远蹊。
连橹横,朱鸟飞。墙切紫霓萦纡围,绝巘靡迤附深溪。
外浚池隍险,旁联堡障低。輂輻防藺石,埤堄碍云梯。
树杪鸣巡铎,崖端响守鼙。石头何培塿,龙首太酰鸡。
岁久苍苔上,时平白草齐。全秦襟带地,惟此壮山西。

中梁山寺(其二)

烟峦彩翠霜林红,层楼复阁云雾中。襟怀太爽睡不得,一夜满山铃铎风。

文彦博(1006—1097)

古寺清秋日(其一)

古寺清秋日,微凉宝殿中。玉题高纳月,金铎碎摇风。
翠藓缘阶碧,幽兰裛露红。闲听连叶漏,吟对惠休公。

吴　芾(1104—1183)

病　中　有　作

吾年七十五,一朝忽患疟。仍害及老妻,对床更撼铎。

寒时寒如冰,热后热如灼。既去还复来,如与我有约。
连日莫能休,尽室皆惊愕。饮啖一不忺,形骸顿如削。
细思岂无因,良由赋分薄。本是农家子,只合事耕作。
既已得美官,复有归田乐。已是无福当,又不知惭怍。
遂至疟鬼憎,故意来相虐。作诗告天公,纵我有过恶。
愿天少垂怜,疾痛且阔略。但速赐之死,莫令我知觉。
一生缠世网,正欲解其缚。假使寿百年,宁免此一著。
不如早归藏,且免论强弱。我非畏死人,久已办棺椁。

吴　泳(?—?)

送李伯勇分教阆州

明王不兴威凤衰,直笔无传老麟死。春秋大谊炳如日,读者昏昏视为史。
濂溪之后伊川程,文字虽少源流真。抉开宝藏得胡子,一洗纸上千秋尘。
伯兮有勇弗可遏,高阁诸儒祖河洛。群玉洞见标月指,众醉醒闻候风铎。
当年进书一布衣,能取天上清名归。秋澄讲幄玉色动,春拂秘馆芸香霏。
红尘不踏东华路,绿绮还携阆风去。
舟行若上离堆山,莫把鲁公雄文劲笔埋没苍苔间。

项安世(1129—1208)

绍兴孙察推席上

孙郎觅句有新声,场屋当年更老成。曾草摩空殿前赋,却来晚饭越中行。
僧廊罢雪窗犹曙,佛塔无风铎自鸣。客到莫嫌花酒少,三从事与两卿卿。

萧立之(1203—?)

花朝同刘同年判簿登苏山

欹眠困萧寺,晓视天宇晴。细马金盘陀,路出东南城。
狞飙碾花作红埃,十里八里青松栽。云埋塔影铃铎语,水落石洪风雨来。
仙君一去今几年,断碑苍藓留层巅。鹤归华表作人语,石卧沉香生晚烟。
蚁穴蜂房三万户,山上清明山下雾。可怜当日跨龙人,依旧思归入城去。
我愿山头拾桃颗,归种云根春婀娜。从渠一实三千年,不向人间食烟火。

谢包宏斋著述科目之荐

有美人兮天一方,欲往从之道阻长。翙其乘风来帝旁,巍然一桂扶明堂。
冰盘玉果君赐酒,进讲归来坐清昼。却从闽峤望蓬莱,海气浑黄天影瘦。
春风一笺入明光,牛铎可使调宫商。低头再拜避三舍,世谓唐晋无文章。
先生阅人亦多矣,定不寻常种桃李。法鼓一震波旬惊,爨下之桐作焦尾。
尔来世道婧喧啾,百练化作绕指柔。茫茫万古落我后,传世岂必皆王侯。
红泉碧涧石齿齿,菖蒲著梅弄径蕊。我思脱我马口衔,归去从公给薪水。

谢　翱(1249—1295)

元日枕流亭听雨

征铎残年雨,吟听忆到城。愁云侵歔尽,梦日向吴生。
药产难离性,滩流不掩声。他宵桦烛饮,因想此中行。

徐　瑞(1255—1325)

次韵月湾东湖十咏·双塔铃音

浮屠双笔仰书天,檐铎吟风破曙烟。似为众生说般若,兴亡莫问劫灰年。

题周南甫草窗吟卷后

水中盐味谁能识,铎里宫声未易听。正惜无人继风雅,忽传佳句到林坰。
云开灊岳撑千仞,春入雷江涨四溟。遥想清吟得天趣,窗前草色自青青。

送凌霁云赴余姚州学正

天门振铎声弥远,越上横经任更专。颇怪风云纡宦辙,故因山水著名贤。
圩田秋足先生饭,海月春浮坐客毡。闻有世南遗墨在,归鸿倪一寄林泉。

许及之(1141—1209)

得东山居主人恋家不出因借戴希周渔乡居赋杂兴六首(其五)

借得渔乡住,诗家物色宜。苇声鱼拨剌,竹影月参差。
风铎时成曲,山童解答诗。闲居多乐事,惟有此心知。

阳枋(1187—1267)

绍庆罗巡检

蕉溪烟水似罗浮,君著轩亭瞰碧流。东馆听鸡书伴月,南边休马铎沉秋。
怜人得饱仓捐粟,送客登山岸倚舟。种玉前村春意早,梅花带雪满枝头。

杨公远(1227—?)

次余静庵寒夜诗思(其二)

拂拭蒲团坐,从渠岁事更。年来心益壮,老去眼增明。
月牖描梅影,风檐撼铎鸣。撩侬诗兴动,得句自天成。

杨颐(?—?)

游虎丘

尽日凭高步台阁,意气飘然摆羁缚。灵踪绝迹万千状,群玉排青插寥廓。
点头巨石势欲动,突立试剑峭如削。剑池在岭不惮浚,造化神工巧镌凿。
寒漱耿耿浸云根,大旱烧云源不涸。跳珠喷激莹无痕,百斛珠玑缀疏箔。
丹青妙手画不到,一点尘埃无处著。僧居占尽佳山景,楼殿高低半丹腰。
午斋寂寂山风幽,续断风摇四檐铎。始疑东海转鳌背,蓬莱弱流在西角。
千岩万壑看不厌,自谓它山尽糟粕。我来因作神仙尉,得舍尘寰少盘礴。
不因仙客为先容,争得看山这一脚。乃知世俗徒扰扰,不若此心处恬薄。
长啸拂衣归去来,旧山亦有云泉约。

杨亿(974—1020?)

宿斋太乙宫答李寺丞次韵

泰畤斋居肃,梧楸荫缭垣。露葵深得味,风铎乍成喧。
绿发松乔侣,丹经黄老言。心期阻良久,蝶梦绕朱门。

北苑焙·大中塔

鸡园开净土,雁塔倚寒空。风铎和清梵,晴幡映彩虹。
香花倾海国,金碧拟天宫。绝顶登临处,溪山一掌中。

姚 勉(1216—1262)

送胡教授之沅水任(其一)

君今鸣木铎,名与芷俱香。后夜月千里,美人天一方。
往追湖学躅,更挈楚臣芳。了却皋比事,归来振鹭行。

谢久轩蔡先生惠墨九首(其一)

孔铎经百年,诬世有杨墨。天生子舆氏,邪说一以息。
紫阳曾未远,人复诋无极。先生严卫道,功比异端辟。

叶 茵(1199?—?)

己酉生日敬次靖节先生拟挽歌辞三首(其二)

自古皆有死,载歌酹清觞。嗟予早失怙,艰阻亦备尝。
母兮岁六十,终古青松傍。陟冈恸伯氏,忘簪悲孟光。
后波逐前波,同归溟漠乡。飘风相飞旐,舆铎声央央。

易士达(?—?)

青 阳 驿

锦绷绣袜两无成,几把唐家国祚倾。帝宿青阳铃铎响,起来疑是鼓鼙声。

上 亭 驿

霏霏风送铎悲鸣,大驾南巡宿上亭。惊起三郎魂欲断,梨园犹唱雨淋铃。

余 干(?—?)

和邓慎思重九考罢试卷书呈同院诸公

庭实方期国士充,知音须办铎符钟。孔融爱客樽常满,摩诘思亲节又逢。
鸟养任真终自适,蠡谋伤性竟谁从。开门预计无多日,犹起清愁暮霭浓。

虞 俦(?—?)

林子中知府挽诗(其二)

畴昔因难弟,夤缘幸识君。宦途俱别日,苕水再披云。
劳苦惊多病,悲凉惜离群。斗金峰下路,铎挽不堪闻。

挽余丞相(其二)

暑路驱红旆,天书趣紫泥。长沙元忌鹏,太岁又逢鸡。
挽铎春风咽,铭旌夕照低。冠车纷会葬,桃李自成蹊。

岳　珂(1183—?)

米元章书山谷大悲憕赞帖赞

我佛住世,大开方便。有大士者,现自在身。
以千手眼,一一接引。指示群迷,照破诸妄。
如是我闻,佛说了义。诸铃杵铎,宝塔经卷。
轮拂璎珞,种种所执。凡所执者,俱非有相。
智慧清净,肉眼慧眼。佛法天眼,种种所见。
凡所见者,俱非有著。以无相故,释诸缠缚。
一切众生,得大解脱。以无著故,具足圆明。
一切众生,得大知见。佛尚无相,何况于赞。
佛身常住,即心是佛。稻麻竹苇,无限剂数。
彼顶戴者,皆真实相。百千万亿,何况于身。
涪幡说法,如标月指。标本在手,何者为月。
宝晋写赞,如转轮王。运转随人,终不成道。
我不见憕,我不执笔。非见非□,手眼皆具。
稽首大士,大慈悲故。去我妄想,即见如来。

曾　极(?—?)

升元阁铎

摩挲石柱藓痕斑,亡国如鸿去不还。无复切云三百尺,只传风铎在人间。

张　扩(?—?)

悼程西枢母朱夫人二首(其一)

天性敦慈惠,凝然法度中。谈玄推道韫,择配得梁鸿。
寿龄无前拟,安荣及令终。伤心原上路,哀铎咽霜风。

大年复用前韵赋诗见赠亦次韵答之

烛龙停边天步徐,酒薄肉干唇不濡。漫郎怜我困蒸溽,为送古风专扫除。
山头逢君日乍午,作诗瘦似仙人臞。展缄初疑走甘露,熟读政似锵鸾车。
世间痴儿浪摇吻,谈空说有天一隅。我今冥顽老不入,十年此路空驰驱。
迩来病废关药裹,枵腹日厌葵菽菹。窗间败毫积霜筠,架上蠹蚨繁书鱼。
钱神无耳未易使,斗宿不灵那可欤。谁门有士料理得,随地驵骏吾家驹。
三珠连树价亡敌,一鹗掣鞲名不虚。近闻扫径避袢暑,竹杖青鞋一篷篨。
枕中邯郸梦不到,户外孔宾渠自呼。读书澜翻惜昼短,几欲挽断三足乌。
鼎来说诗剧有味,令我坐享商之瑚。斯文所喜未中绝,五字复见李与苏。
遗音当从牛铎证,废律安取焦桐枯。亦知大国功九合,一时盟会收微卢。
愿持狗尾强貂续,未妨举手遭挪揄。

张 耒(1054—1114)

题南禅院壁二首(其一)

乞食高僧午未归,秋庭落叶日晖晖。萧条古寺松阴下,檐铎风中乳鸽飞。

东 方

东方未明更五鼓,星河寥寥寒雁度。铛铛鸣铎谁家车,陌上驱牛辗霜去。
北风吹面足踏冰,村南早饭天未明。年年输税洛阳城,慎莫后期官有刑。

宿柳子观音寺

黄尘满道客衣穿,古寺荒凉暂息肩。倦体收来便稳榻,汗颜濯去快寒泉。
野僧治饭挑蔬至,童子携茶对客煎。夜久月高风铎响,木鱼呼觉五更眠。

休日同宋遐叔诣法云遇李公择黄鲁直公择烹赐茗出高丽盘龙墨鲁直出近作数诗皆奇绝坐中怀无咎有作呈鲁直遐叔

休日不造请,出游贤友同。城南上人者,宴坐花雨中。
金猊散香雾,宝铎韵天风。鸟语演宝相,饭香悟真空。
尚书三二客,净社继雷宗。黄子发锦囊,句有造物功。
握中一寸煤,海外千年松。谁降午睡魔,赐茗屠团龙。

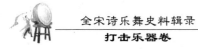

晁子卧城西,咫尺不可逢。岂无坐中客,终觉少此公。
归帽见新月,扑衫暮尘红。困眠有余想,却听寺楼钟。

张　嵲(1096—1148)

夜　坐

地炉火暖壁灯青,虚阁风惊铎乱鸣。门掩上方山月黑,北窗危坐听松声。

张商英(1043—1121)

净　明　塔

月满汾川宝铎寒,谁来此地葬金棺。育王得道行空际,尊者飞光出指端。
天上凝云常覆定,人间劫火漫烧残。三千世界无留迹,聊向阎浮示涅槃。

张元道(?—?)

秋　意

古铎摇风语夜凉,露洿莎径咽寒螀。更长展转难成寐,拟问希夷觅睡方。

张　镃(1153—?)

杂兴(其三四)

至艺得于天,音律谁同明。道上车铎逢,地底黄钟成。
伟哉创业主,用才极其精。太常识斯人,吾知不负丞。
忽疑贞观间,四海几措刑。遐想登后夔,巍巍治难名。

赵　抃(1008—1084)

故吴丞相充挽诗三首(其三)

纯诚先德行,余事著文章。所予维中寿,难谋彼上苍。
旌铭笼晓月,挽铎诉秋霜。自愧居田里,无缘奠柩骬。

赵　蕃(1143—1229)

书合龙寺旧题后

题诗客子鬓如银,壁上题诗墨尚新。犬已久忘曾宿客,半山风铎似迎人。

赵公豫(1135—1212)

立 春 日 作

春风有脚到柴门,最爱朝曦气自温。养性颇知学是贵,涵情尤识道称尊。
土牛应候农功起,木铎传音官儆存。惟愿四方成乐岁,投戈解甲牧鸡豚。

赵　佶(1082—1135)

宫词(其三〇)

太清楼畔柳依依,阑外飘飖绿线齐。鱼钥未开铃铎静,一林鹁鸠占春啼。

赵汝腾(?—1261)

赞径坂使君柯山仲春讲席之盛

赢粮多士二千余,争向柯山讲席隅。立天地心鸣道铎,开生灵眼识师儒。
孔融鲁国奇男子,孟氏邹人大丈夫。我在紫霞洲上笑,惜无羽翼到三衢。

赵师秀(1170—1219)

太平山读书寄城中诸友

野人无别事,故得坐空林。黄卷还铺日,青莲未悟心。
铎音山殿静,萤影石池深。不敢邀芳屐,因闲傥一寻。

真山民(?—?)

宿 宝 胜 寺

苦吟吟未了,只向两廊行。月去塔无影,风来铎有声。
禅心随水净,佛眼共灯明。安得云边住,与僧分此情。

郑刚中(1088—1154)

送宋叔海郎中总领湖北

余生得奇疾,傲世事矜倨。错落气少合,指摘心不恕。
人亦谓可憎,不作朋友数。自分与西山,终焉约良侣。
忆昨奉严召,孤迹踏朝路。枫落吴江冷,此是识君处。
东厨窃余饩,西府共官署。文书入同阅,茵冯出联驭。

从违一毫发,所适无异趣。重愧牛铎凡,不与黄钟迕。
霜蹄入天衢,先我呈远步。所幸时从容,一笑或相遇。
君今持使节,忽此戒徒御。分袂固良苦,余怀尚能布。
北方暗庞马,君相勤远虑。正当收杞梓,留作庙堂助。
何为使吾子,千里治财赋。苍璧白鹿皮,似亦失所措。
君如玉壶冰,透里无滓污。清诗近道要,容易不肯吐。
人于寸管中,时见斑一露。其如济剧手,妙敏难悉疏。
刀硎未轻发,千牛已神怖。使图中兴业,吾知有余裕。
无乃上流势,貔虎夕屯聚。三军饱不饱,难以责坚成。
千金日致之,又惧民生蠹。聊烦笑谈顷,非君可谁付。
长江八月风,帆饱舟楫具。结束持行李,功名戒迟暮。
如闻豫章北,下接武昌渡。公余一樽酒,时可对亲故。
孰与红尘中,轮蹄日驰骛。嗟余蒲柳姿,领发已垂素。
双溪有小园,清流锁烟雾。年来枕边梦,合眼见鸥鹭。
焉堪久劳役,短豆成恋顾。不待相汰逐,襆被行亦去。
今兹怀别恨,密坐不能诉。酒阑可无言,君行已称遽。

郑清之(1176—1251)

和白雪老禅二偈(其二)

檐铎吟风月半凹,黄金布地欠诛茅。三更出日真光景,大好钦身正笠包。

到龙井寺(其三)

底忙不肯访禅林,山寺何曾避客深。奇石韵高非令色,老松皮脱见真心。
檐牙徇铎关幽事,溪曲无弦出妙音。拂拭少游碑好在,姓名曾记落碑阴。

郑思肖(1241—1318)

十三砺十首(其九)

王道一陵夷,风俗愈卑陋。至于读书者,见利直下拜。
一或持高论,聚笑议为怪。谁其振木铎,与世开聋聩。

周　贯(？—？)

题虚白观

山郭十余里,篮舆试初程。山高云气重,野旷烟光轻。
断石络树根,欹崖溜泉声。行行款道宇,一径掌样平。
仙隐记甘罗,观名取庄生。宝藏绚金碧,仙佩飞瑶琼。
檐铎自相语,龛灯弄微明。出门境界宽,一笑大江横。
蹁跹白羽衣,孤鹤松梢鸣。

周麟之(1118—1164)

春贴子词·皇帝阁六首(其一)

木铎扬宽诏,云翘舞化风。垂衣金殿里,圣德与天通。

朱　存(？—？)

金陵览古·阿育王塔

窣堵凝然镇梵宫,举头层级在云中。金棺舍利藏何处,铎绕危檐声撼风。

朱　熹(1130—1200)

宿新喻驿夜闻风铎

倦枕欹眠到五更,却嫌风铎久悲鸣。恍疑缔绤南邻夜,寒铁丁东客梦惊。

秀野刘丈寄示南昌诸诗和此两篇(其一)

滕王阁下水初生,闻道登临复快晴。帝子讵知陈迹在,长江肯趁曲池平。
山楹雨罢珠帘卷,檐铎风惊玉佩鸣。满眼悲凉今古恨,人生辛苦竟何成。

邹　浩(1060—1111)

世美归侍政府以送君南浦伤如之何作诗送之(其三)

岩廊拱真人,妙与天地参。政教似寒暑,岂罪樵夫谈。
木铎久不振,相府方潭潭。公子饱见闻,归献北斗南。

再和晦之

举世欣欣濮上音,丝桐还寄长卿心。知君韶濩思千载,劲节松筠挺几寻。
万籁息时霜剑立,一灯明处夜堂深。他年振铎收遗器,岂愧云和瑟与琴。

故成纪李季侔挽词(其二)

师门深往好,姻党厚新情。正尔追谈笑,那知隔死生。
松风传挽铎,垄月照铭旌。莫预东郊送,悲凉空此诚。

祖无择(1010—1085)

感　事

东家木铎德音远,西竺金人像教来。礼乐不兴王道绝,吾民何日遂康哉。

锣

曹 豳(1170—1250)

上 竿 诗

又被锣声送上竿,者番难似旧时难。劝君著脚须教稳,多少旁人冷眼看。

董嗣杲(?—?)

武康姓丁人号生魂神合邑骚动

世降多淫祀,时荒扇盗区。妖丁肆荒诞,结甲走昏愚。
揭帜营祠庙,椎锣鬨市衢。大夫清似水,剿绝莫踟蹰。

释道颜(1094—1164)

颂古八首(其四)

椎锣擂鼓转船头,席卷波翻喊激流。洗脚上船乘快便,顺风相送下扬州。

释宗杲(1089—1163)

偈颂一百六十首(其三一)

正月十四十五,双径椎锣打鼓。要识祖意西来,看取村歌社舞。

苏 泂(1170—?)

三 峡

三峡波涛壮,秋深鼓枻前。飞空多陨石,失木有惊猿。
洒遍时时雨,晴开处处天。篙工罢锣鼓,此地出神仙。

汪宗臣(1239—1330)

嘲贾似道

贾秋壑,魏公爵,台州鬼,扬州鹤。气盈色骄逞才略,欺天罔人无愧怍。
帷幄不能筹,金汤弗能作。费尽世间铁,铸此一大错。
关子形模贾字同,生儿德祐纪元中。甚惭婴杵心莽卓,十可斩书真谔谔。
锣声三下东江头,铁鞭一挥南海角。假贾伪魏至于斯,呜呼似道道奚若。
宋亡感激忠义多,遗臭如君枭獍恶。

王 奕(？—？)

和叠山舟过澮港

长江几载界残棋,未著何知此地危。万舸军中焉用汝,一声锣罢竟何之。
六民堕劫谁阶厉,百罚鞭尸悔莫追。欲识开头摇手处,推篷一一问篙师。

叶 适(1150—1223)

送陈子云通判(其三)

三月召龙频鼓锣,喜作小雨恨不多。移苗未了君已去,更借后福书归禾。

赵 蕃(1143—1229)

途中杂题六首(其六)

异俗吁成怕,吾身行若何。略人仍负担,祭鬼更鸣锣。

郑 獬(1022—1072)

戍 邕 州

兵符下西州,将军催部伍。鸣锣张大旗,早发邕州戍。
家家送出城,走哭遮行路。邕州万里余,北人那可去。
毒草见人摇,雄虺大如树。二月瘴烟发,熏蒸剧甑釜。
病者如倒林,十才起四五。偶有脱死归,扶杖皆病偻。
逃生既不暇,安能捕寇虏。跳踊一蛮来,取之易攫鼠。
顾彼有土人,挥金可召募。狙练得精卒,亦足为爪距。
妻儿蓄里闾,于心必爱护。较之勇怯间,相去犹豚虎。
一朝有缓急,伸缩用臂股。何必遣戍兵,毂觫就死所。
愿留中州人,无填岭南土。

方 响

黄　然(?—?)

题涪翁亭

清音妙绝东坡老,方响名高太史公。水绕乌尤谈笑外,江连洪雅画图中。

吕颐浩(1071—1139)

真定城中闻莺声方响和贾明仲

谁家方响闻莺声,恰似年时在帝京。宝马金鞍芳草路,却教潘鬓二毛生。

王之道(1093—1169)

追和元微之春余遣兴示王觉民

物态有荣悴,时令互消长。堕身名利场,鱼鸟在罗网。
岂无金屈卮,听此石方响。残花日晴阴,落絮风下上。
春事虽已阑,余芳尚堪赏。我有临溪亭,疏棂为君敞。
青青小荷钱,雅与水相养。狂吟醉题壁,纵步懒扶杖。
仰止李谪仙,笔端走群象。九原不可作,夜梦见精爽。
栖栖亦固矣,君子坦荡荡。相期醉酕醄,偕来众无鞅。

周彦质(?—?)

宫词(其八四)

白玉镌成十六牌,禁宫方响古无偕。非唯韵出箫筝上,仍是音参律吕谐。

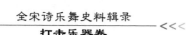

拍 板

董嗣杲(？—？)

银树道上客怀(其二)

破舆不忍登,恐负看山眼。遥程入荒复,栈道践巉嵯。
蹇载亦徒劳,登顿资笑莞。气馁不足苏,只得仰酒盏。
暂免极寒侵,围春想歌板。何当位经纶,尽把凹凸划。

范成大(1126—1193)

鲁如晦郎中挽词二首(其二)

自古归来引,于今遂隐篇。棋灯荧夜观,歌板聒春船。
陈迹空华似,佳城露草边。寂寥鸡黍约,望眼一潸然。

方一夔(？—？)

游碧沼寺

古寺萧萧昼闭房,我来无处觅春阳。门前绿静江湖汛,松下清阴暑月凉。
空寄郭公留旧隐,愁听望帝断离肠。借君拍板都无用,看尽伶优老戏场。

葛立方(？—1164)

八月二十日与馆中同舍游西湖作(其三)

跨马绿杨堤,左右临无地。鞭影堕清泚,乌帽入苍翠。
老龙拿半空,九里作青吹。闻声类击竹,心与景相值。
许由厌瓢鸣,渠未领真意。

韩　琦(1008—1075)

壬子九月七日会大安寺

萧辰禅宇展疏筵,才去登高二日前。欲识先期成雅会,要闻清论接英贤。
何须白发喧歌板,自有黄花送酒船。危阁半空同倚槛,一般重九寂寥天。

洪　适(1117—1184)

次韵景卢赏梅

　　曲坞梅藏白,东皇解出奇。不嫌歌板闹,直与酒尊宜。
　　倚竹盟三友,凌风粲一枝。清标何水部,千古说能诗。

洪咨夔(1176—1236)

迎　秋

热不能堪又便秋,天公底暇与人谋。形容如许马非马,气力几何牛戴牛。
勃勃松梢云片起,琤琤藕叶雨声留。新凉收拾归歌板,钿合金钗万古愁。

李　覯(1009—1059)

野　意　亭

福唐城郭掌中窥,旭日登临到落晖。谁在画帘沽酒处,几多鸣橹趁潮归。
晴来海色依稀辨,醉后乡愁积渐微。山鸟不知红粉好,才闻歌板便惊飞。

李之仪(1048—1127)

瑛侍者欲再游方作此勉之

精神秀发真狮子,耸壑昂霄似出林。击竹有声先了悟,拈花微笑已知音。
新诗富健疑披锦,妙字清奇不换金。往往秋高又飞锡,白云来去本无心。

林希逸(1193—1271)

和后村三绝句(其二)

谈玄要似蜜中边,末学纷纷纸上传。击竹卷帘如未会,要无疑去待驴年。

牟　巘(1227—1311)

四安道中所见(其八)

依约茅茨傍翠微,炊烟孤起半开扉。早禾趁日连耞闹,老荚争风拍板飞。

仇 远（1247—?）

怀白石社尊师道坚

我思南山阳,谷神何绵绵。松下笑相别,惚恍忘岁年。
寄我犹龙经,文字入幽玄。终期白石顶,击竹歌游仙。

饶 节（1065—1129）

送张师哲秀才出山

已向尘笼透此身,来寻击竹悟心人。眠云未暖出山去,溪月松风可负君。

祝大夫解房州印过山有颂次韵

年来养病卧岩阿,多谢庞公尽室过。若询击竹家风事,休把虚空更撮摩。

释德洪（1071—1128）

留题觉轩

自笑忍饥空画饼,谁期击竹丧全身。休夸魏药能起死,须信金尘解瞖人。

题一击轩

闲把松枝彗,扫除门径尘。惊闻一击竹,顿见十方身。
烟翠连窗暗,霜筠解箨新。老禅构轩意,应欲悟来人。

述古德遗事作渔父词八首·香严

画饼充饥人笑汝,一庵归扫南阳坞。
击竹作声方省悟,徐回顾,本来面目无藏处。
却望沩山敷坐具,老师头角浑呈露,珍重此恩逾父母。
须荐取,堂堂密密声前句。

释慧开（1183—1260）

傅大士赞

对御讲经,无本可据。案上一挥,谁知落处。
知落处,拍板与门槌,总是闲家具。

法孙天龙长老思贤请赞

咄这村僧,百拙千丑。用处颠预,举止碌斗。

秉恶毒钳锤,碎情尘窠臼。佛祖饮气吞声,魔外望风拱手。
有时汉语胡言,总当谈玄说妙。有时把拍板门槌,唱云门曲合胡筘调。
有时指圆觉场作牛栏,有时唤普光殿为马厩。如斯孟浪为人,钝置月林之后。

释慧琳(?—?)

偈二首(其二)

一即多,多即一,毗卢顶上明如日。也无一,也无多,现成公案没淆讹。
拈起旧来毡拍板,明时共唱太平歌。

释绍嵩(?—?)

书　事

　　松盖环清韵,秋风倚杖前。栖毫思确论,击竹自忻然。
　　高鸟翔云外,孤亭恰水边。幽居经宿雨,无处不潺湲。

释绍昙(?—1297)

颂古五十五首(其四七)

拍板门槌伎俩穷,人前偏要辱宗风。驴鸣狗吠成狼籍,瞒得梁王屈宝公。

释行瑛(?—?)

偈十六首(其一三)

奇怪诸禅德,文殊普贤,化作寒山拾得。头戴炙脂帽子,脚踏无底麻鞋。
身著鹕臭布衫,腰系断鞓腰带。手持拍板,口唱高歌。
吾心似秋月,碧潭清皎洁。无物堪比伦,教我如何说。
华藏当时若见,每人痛与一顿,何为如此。
且教伊不敢掣风掣颠,免使后人疑著。

释印肃(1115—1169)

颂石头和尚草庵歌(其三〇)

廓达灵根非向背,不关南岳与天台。父母未生前一著,香严击竹始迷开。

释永颐（？—？）

赠术者王髯

王君僧服而胡须,赠我手写千隶书。秦汉古法沦俗笔,锺王秘刻藏绮疏。
君游市俗谁问此,我好奇古贫无余。闲来古寺看画壁,醉去野店烹寒鱼。
击竹有时谈九命,无钱踏雪走千墟。问君岁晚君何如,家有老婢归田庐。

释正觉（1091—1157）

时禅人出丐求颂

老能碓下米无春,一出相烦作变通。阵阵香风看稻熟,番番时雨见年丰。
手携拍板傅大士,杖挂剪刀梁志公。妙应群机真绝待,秋清河淡月行空。

苏　轼（1037—1101）

中秋见月和子由

明月未出群山高,瑞光万丈生白毫。一杯未尽银阙涌,乱云脱坏如崩涛。
谁为天公洗眸子,应费明河千斛水。遂令冷看世间人,照我湛然心不起。
西南火星如弹丸,角尾奕奕苍龙蟠。今宵注眼看不见,更许萤火争清寒。
何人舣舟临古汴,千灯夜作鱼龙变。曲折无心逐浪花,低昂赴节随歌板。
青荧灭没转山前,浪飐风回岂复坚。明月易低人易散,归来呼酒更重看。
堂前月色愈清好,咽咽寒螀鸣露草。卷帘推户寂无人,窗下咿哑惟楚老。
南都从事莫羞贫,对月题诗有几人。明朝人事随日出,恍然一梦瑶台客。

吴　潜（1195—1262）

示慧开禅师颂二首（其一）

手中拍板袖中槌,赢得逢场弄一回。寄语无门开道者,挑包便好出山来。

自　叹

门槌拍板久收藏,又向棚头弄一场。束缚冠裳新上舍,经营粥饭旧街方。
乱鸦啼处客回首,落雁声边人断肠。堆案文书销永日,谁云燕寝凝清香。

谢　逸(1068—1112)

哭胡民望(其一)

才闻歌板情难忍,支枕呻吟二竖婴。天上楼成邀李贺,山中石老失初平。

员兴宗(？—1170)

距西湖五里至白塔院名蓝连五六最幽绝云

清流汩汩树斜斜,胜地金山底处家。总是光明拳下路,任人击竹笑桃花。

张孝祥(1132—1170)

与　荐　福

湖上童童百亩阴,丹楼碧阁照清深。不嫌歌板相喧聒,要见桃花印此心。

郑清之(1176—1251)

和白雪老禅二偈(其一)

阅尽恒河水上波,声尘何似泡沤多。还师拍板钳锤后,更唱谁家别调歌。

周　孚(1135—1177)

送印禅师赴雪窦二首(其一)

拍板门槌且罢休,又将竿木向何州。瘦藤去处君知否,袖有黄巢折剑头。

朱　松(1097—1143)

送祝仲容归新安

历乱百忧心,漂零一涯天。读礼不盈尺,眼萎坐自怜。
君来访安否,春风柳吹绵。篝灯语平生,惝恍夜不眠。
那知岁月度,但怪冰雪坚。感君怀亲意,使我泪贯泉。
高堂急荣养,躬耕恨无田。笔端日五色,气压诸生前。
圣门要钻仰,至味研简编。经纶出绪余,文字忘蹄筌。
他年闲击竹,妙契琴无弦。此时一瓣香,竟为何人然。
江湖多北风,怀哉归袖翩。刮目看奋飞,此道更著鞭。

筑

陈世卿(953—1016)

游黄杨岩①

朔风夜号空,于隅几枝木。深山自春色,芳草不凋绿。
朋来得佳游,招提藏翠麓。新酒赤如丹,竹萌肥胜肉。
一醉出门去,缺月挂修竹。归路沙溪浅,危桥践寒玉。
夜过渭滨居,门庭应不俗。对坐寂无言,泉声如击筑。
宗明更可人,相邀勤秉烛。开缄得捷音,豺狼俱面北。
回棹今可矣,赏心嗟未足。西去有奇岩,佳名配华屋。
箕踞列千人,未充空洞腹。更约林宗俱,来伴白云宿。

方　岳(1199—1262)

题高皇过沛图

芒砀真人赤龙子,一剑入关秦鹿死。黥王菹醢过故乡,仍冠竹皮相尔汝。
故人父老喜欲狂,至尊含笑袍花光。酒酣击筑自起舞,歌声悲壮云飞扬。
此意今人弃如土,岂但当时沐猴楚。
君不见相如草檄西入秦,蜀山憔悴生烟尘。

郭祥正(1035—1113)

补易水歌

燕云悲兮易水愁,壮士行兮专报仇。车辚辚兮马萧萧,客送发兮酹兰椒。

---

① 邓肃《游黄杨岩》内容与此诗大致相同,仅个别字词有异,不再重复收录。

击筑兮暗咽,歌变徵兮思以绝。易水愁兮燕云悲,四座伤兮皆素衣。
歌复羽兮慷慨,发上指兮泪交挥。
又前为歌曰:风萧萧兮易水寒,壮士一去兮不复还。

韩 淲(1159—1224)

偶 成

蛮歌俚耳吾不愁,江南五月疑凉秋。渐离荆卿易水流,图穷匕首非霸谋。
吴头楚尾龙虎幽,击筑乃尔听市讴,调苦节促如远游。
安得酒船同拍浮,衮衮切切终悠悠。

何梦桂(1229—?)

鹃 啼 曲

蚕丛鳖灵两丘土,玉垒灵关一荒莽。杜鹃衔哀诉千古,万里游魂腥血污。
冤声无路叫天公,吻血洒地花为红。巴江东下流无极,目断巴山归不得。
此身岂是无羽翰,天梯石栈云漫漫。落花冉冉江城暮,年年客梦乡关路。
丈夫志气笑沐猴,安知狐死还首丘。沛公击筑歌汤沐,钱王锦衣衣林木。
寄巢生子傍他谁,众鸟虽怜只自悲。哀号力尽飞不归,老尽遗民城郭非。

姜特立(1125—1203)

除 草 篇

有客劝除草,草去眼中净。梵志反著袜,一国皆通病。
颊上著三毛,精神乃殊胜。微云点太虚,不碍天宇莹。
芳草有佳色,难与俗士订。曾著骚人经,屡勤才子咏。
因依仲蔚门,缭绕渊明径。不入膏粱观,唯契山林性。
吾家北窗下,旷土勿畦町。花草随意生,红绿同一盛。
晨露共明蠲,夕烟相掩映。既傍竹阴清,又连苔色静。
微薰入衣屦,余润侵筑磬。终日坐其间,心清神气定。
诗酒颇相关,世事不足听。从渠笑吾痴,此意未易竟。

李之仪(1048—1127)

试郭底泉和韵

午睡不觉久,起坐独扪腹。眊瞶相苦魔,眩瞀遂为族。

永怀建溪春,偶尔得藏畜。品第虽非貂,犹胜狗尾续。
虚堂无纤尘,百转纷击筑。破碾顿愕眙,屑纷随轮蹙。
被褐而怀璧,凡眼真亵渎。聊资定碗黑,岂待无托绿。
久闻城西角,有泉湛寒玉。名因所居传,廉惠才可仆。
殷勤持小罂,甘莹来一掬。蟹眼方转旋,色味相芬馥。
迩来棘荆生,未易梨栗熟。一啜便超腾,庚愁空万斛。

刘　过(1154—1206)

游　北　墅

客里浮沈又一年,春风北墅故依然。路边花有香相引,涧下松无色可怜。
仙鹤舞随人击筑,神鸦飞傍客归船。何须故扫霜前叶,却趁东风学晓烟。

刘克庄(1187—1269)

风

风于天地间,惟桂尤其雄。将由岩窍多,或是地形穹。
不知起何处,但觉来无穷。浮埃晦白昼,奇响激半空。
一怒动旬浃,小亦数日中。城堞凛欲压,况此半亩宫。
尝闻古至人,御气犹轻鸿。刘季晚可怜,击筑悲沛丰。
我老断恐怖,视身等枯蓬。飘掷付大块,奚必分西东。

陆文圭(1250—1334)

咏　风

好风何处来,天籁出众窍。披襟怀楚台,击筑思高庙。
扶摇九万里,自谓一息到。安知大鹏运,不满斥鷃笑。
终当谢蓬蒿,振翼绝海峤。

寄录事王君玉

风沙眯行人,日脚黄无光。愁鸱蹲古木,冻雁拾余粮。
荒城鸡犬寂,古堠荆蒿长。瘦马兀冰涂,龙塞天一方。
今晨发申浦,何日抵渔阳。道傍转徙氓,啼哭势仓黄。
惰游散不归,信美非吾乡。锦衣虽云乐,无褐可怜伤。
南溯江悠悠,北视天茫茫。远烦公护视,雨雪上河梁。

从事岂独贤,简书讵能忘。嗟尔居者逸,拥毡坐高堂。
且置勿复道,击筑饮离觞。

陆　游(1125—1210)

老将二首(其二)

百战西归变姓名,悲歌击筑醉湖城。貂裘换得金鸦觜,种药南山待太平。

自阆复还汉中次益昌

北首褒斜又几程,骄云未放十分晴。马经断栈危无路,风掠枯茆飒有声。
季子貂裘端已弊,吴中菰菜正堪烹。朱颜渐改功名晚,击筑悲歌一再行。

秋　　夜

秋气侵帏梦不成,一灯西壁翳还明。风高露井无桐叶,雨急烟村有雁声。
击筑谁同燕市饮,赁舂方作会稽行。从来自许知何等,堪叹江湖白发生。

岁暮与邻曲饮酒用前辈独酌韵

出会稽南门,九里有聚落。虽非衣冠区,农圃可共酌。
野实杂甘酸,草具无厚薄。小童能击筑,一笑相与乐。
徒手出丛花,空中取丸药。主礼虽可笑,众客亦起酢。
聊持缀宿好,未用嘲淡泊。穷达则不同,亦践真率约。
予年过八十,故物但城郭。作诗寄清欢,未愧华表鹤。

牟　巘(1227—1311)

和王寅甫御史游南山韵

平生爱山苦趼足,况此对面美冠玉。也曾杖屦极跻攀,稍度湾埼转虚曲。
径踏青螭脊上行,所历渐高山渐束。红亭白塔出湖外,下瞰诸峰等臣仆。
祖禅晏坐服生狞,法席宏开俨清肃。何人梵呗呼僧定,划然透户如击筑。
浮岚暖翠忽纷披,依依精舍傍修竹。至今犹作咿唔声,饱食颇惭空洞腹。
崎岖竟日亦已劳,应接满前端为目。道人对境了无羡,折脚铛中煨脱粟。
小立为尔起深悟,愿事扫除甘播掬。峥嵘岁月苦难记,三寸稚杉俄立鹄。
山中老宿亦向尽,访旧无人空感触。细评道人似豪家,台殿耽耽枕岩谷。
当时气象雄一方,谁教劫火烧糜竺。十年旧观未全还,金钱奔走倾缁俗。
何山试问何所有,一溪清泠潄寒绿。入门使我意也消,不省人间有华辱。

殆是高人胜士徒,山灵笑许兹论笃。旷荡幽深两俱胜,胡不重游勇奔鹿。
多病欢娱久去心,良辰美景宁相属。昏昏午窗供坐凉,跳丸西走白日速。
夜来可奈风雨尽,尽力催花亦良酷。痛杀新红三万片,园林惨澹余老木。
作诗遣愁愁未遣,那知翻作愁根窟。古人真欲焚笔砚,苦语殆可书绅笏。
颇怜阮屐共嵇锻,更笑周妻与何肉。留连一物即是碍,羡君开襟少嚬促。
爱诗乃复宜相似,句语卓荦光透幅。倦还始觉心和平,人生有手莫操觚。

欧阳修(1007—1072)

黄河八韵寄呈圣俞

河水激箭险,谁言航苇游。坚冰驰马渡,伏浪卷沙流。
树落新摧岸,湍惊忽改洲。凿龙时退鲤,涨潦不分牛。
万里通槎汉,千帆下漕舟。怨歌今罢筑,故道失难求。
滩急风逾响,川寒雾不收。讵能穷禹迹,空欲问张侯。

彭龟年(1142—1206)

奉和御赐进士诗

昭回云汉揭天章,忽到人间足宠光。必有扬言兴率作,不须击筑叹飞扬。
湛恩汪濊倾多士,密意绸缪际万方。何幸小臣陪俊造,一如丰草在成康。

释道潜(1044—?)

寄题解颐堂

道人还家今几时,筑室构堂名解颐。尺书三遣要我赋,我独老矣何能为。
尘埃笔研试料理,肝肺枯槁源不滋。为君苦思强抽轧,词悭气迫无逶迤。
东阳自古号多士,文采风流世有之。堂成往往献佳句,罗列四壁皆瑰奇。
譬如钧天已九奏,安用击筑鸣参差。又如玉食厌方丈,葵藿欲进旁必嗤。
他年但约访君去,借君几席聊偃歌。堂中插架足书史,牙签玉轴当细窥。

汪梦斗(?—?)

汉高祖歌风台

击筑长歌意始真,斩蛇元是感乡人。大风不起人非昔,台下滔滔泗水春。

汪　莘(1155—1212)

放 歌 行

口中吐佛子,腰间出神仙。眉心红日大如钱,脑宫诵经声泠然。
瞿昙黄老去我久,可使举世终无传。天亦若忌我,我自梦里知其天。
团团清光中,本来面目常现前。分明是真不是想,水中月影镜中像。
自从别后见君稀,一朝邂逅成欢赏。见亦不可拟,得亦不可强。
知音相逢只弹指,鼗命遮寒且涵养。芙蓉芰荷颠倒披,九天风露流肝脾。
俯观人世不忍弃,世人弃我良非痴。有时愤闷须痛饮,长安市上相追随。
左挟田先生,右拍樊於期。狗屠在前舞阳后,击筑叱起高渐离。
扬雄但能识奇字,未识以道御之无不宜。一舞神鬼哭,再舞雷电飞。
三舞乾坤悉清净,却视万物生光辉。我衰不能作伊川,手把犁锄垦蚯蚓。
亦复不能作吕望,垂丝磻溪上。但愿汉家宗社牢,化权何必吾人操。
但愿紫微宫南太微北,中间七个能甄陶。
君不见张三裹青衫,李四著紫袍,黄金转多官转高。
孔丘盗跖那复辨,长蛇封豕争雄豪。我欲告天天肯否,旁人窃笑妇摇手。
不如开眼明月前,莫教失却清风后。杜子美,李太白,清风为魂月为魄。
至今来往天地间,几回独把栏干拍。

王　炎(1138—1218)

出 塞 曲

羽檄走边遽,虎符出精兵。壮士卷甲起,骨肉送之行。
击筑歌易悲,挈榼酒更倾。关山杀气缠,寒日无晶明。
箭落紫塞雕,马裂黄河冰。岂畏虏骑多,只忧将权轻。
阃外不中制,一贤当长城。鼓行渡沙碛,愿勒燕然铭。

文天祥(1236—1283)

歌 风 台

长陵有神气,万岁光如虹。有时风雪变,魂魄来沛宫。
壮哉游子乡,一览万宇空。击筑戒复隍,帝业慎所终。

重瞳爱梁父,此情岂不同。锦衣绚行昼,丈夫何浅中。
缅怀首丘意,自足分雌雄。尚惜霸心存,慷慨怀勇功。
不见往来事,烹狗与藏弓。早知致两生,礼乐三代隆。
匹夫事已往,安用责乃翁。我来汤沐邑,白杨吹悲风。
永言三侯章,隐隐闻儿童。叶落皆归根,飘零独秋蓬。
登台共凄恻,目送南飞鸿。

吴龙翰(1233—1293)

侠 客 行

击筑复击筑,欲歌双泪横。宝刀重如命,命如鸿毛轻。

萧立之(1203—?)

题穆叔晦雨净风香亭三首(其三)

别久重来有此亭,鸣球敲筑碎风棂。却怜客鬓垂垂白,不奈霜枝冉冉青。

谢 翱(1249—1295)

伙飞庙迎神引

剑歌兮击筑,荄青兮蓼绿,夕济甬兮沉玉。
步巫兮禹孙,葺神藩兮楚军,神之乘兮海云。
噢芳兮越咒,斩将兮神祐。秋零露兮为醋,春集鸦兮神语。
风萧萧兮满旗,云之车兮来思。

有洗旧诰绫作青色鬻将以为缘以绀缯易得之作手卷赋小乐章求好事书其后

吴宫辇路伤行客,茧冰压云凝碧色。门前新扫染家邻,借人铺设残衣帛。
宫花翦绫连院号,覆取翻看成一道。织纹宛转敕字新,知是初谁六尺诰。
城霞失彩宫薜病,中与海图上衣领。改颜幸售缘所遭,褪药玄香洗蓝影。
青绸易得泪承睫,击筑楚歌无故业。歌残求书好事人,异代倘传诰绫帖。

574

严 羽(1192？—1245？)

剑 歌 行

剑歌行,借君剑,为君舞。自古英雄重结交,樽酒相逢气相许。
爱君倜傥不可羁,与君一见心无疑。疏眉大颡长七尺,神彩照耀仍虬髭。
雄词落纸走山岳,霹雳绕壁蛟龙随。如何十载困羁旅,此心独未时人知。
去年从军杀强虏,举鞭直解扬州围。论功不及骠骑幕,失路羞逐边城儿。
归来宝刀挂空壁,白光夜夜惊虹霓。椎牛酾酒且高会,酣歌击筑焉能悲。
百年快意当若此,迂儒拳局徒尔为。我亦摧藏江海客,重气轻生无所惜。
关河漂荡一身存,宇宙茫茫双鬓白。到处犹吟然诺心,平时错负纵横策。
海内交游四五人,近来得尔情相亲。情相亲,两相托,生死交情无厚薄。
别君去,还留连,愿剖肝胆致君前。人生感激在知己,男儿性命焉足怜。

袁说友(1140—1204)

拟咏宴群臣

宴锡蓬山焕旧章,群工列席侍龙光。加笾折俎君恩重,合奏回风韵语长。
击筑为歌嗤汉祖,举觞隆礼视周王。幸哉盛事今逢见,愿赴功名敢入襄。

周 密(1232—1298)

将 进 酒

莫舞郁轮袍,莫酌金叵罗。四坐一时静,听我感慨歌。
君不见滔滔易水咸阳路,渐离击筑荆卿舞。
酒杯在手醉不成,八创空绕秦宫柱。
又不见睢阳夜战城欲摧,孤臣骂贼声如雷。
酒不下咽指流血,白羽空射浮图回。古来志士轻一死,意气相期每如此。
独醒自古欲何为,空留遗恨随流水。长歌感慨多怆神,不须闻此眉双颦。
直须痛饮乌程酒,与君醉倒颜华春。

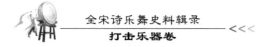

缶

白玉蟾(1194—?)

田 舍

清闲实天所惜,富贵于我何如。野马书空咄咄,醯鸡击缶乌乌。

大都督制侍方岩先生召彭白饮于州治之春野亭因和苏子美韵

夕阳花木丹青活,烟月山林水墨昏。碧缕倦飞紫宝鼎,红波惊涨溢金樽。掀髯醉接君谟笔,击缶吟招子美魂。因逐尚方双舄至,亦随桃李入春园。

晁说之(1059—1129)

春晚感怀

春来谁挽去难援,中有悲欢万古痕。飞絮无家凌紫极,落英不聘恨黄昏。半涂未肯击鸣缶,百感何因招些魂。海内一经连海外,欲搜怪物且重翻。

陈 著(1214—1297)

次单君范袖来汪西皋所撰咏秋十章以示因和之十绝(其一〇)

昏眸望杳水云村,好句从来风月人。瓦缶不量追大吕,冰壶何惜受纤尘。

元宵薇山内弟酒边五首(其一)

青镫连夜得论情,瓦缶方淫独古声。人意好时天亦应,满山风雨忽开晴。

崔与之(1158—1239)

寿李参政壁

青牛老仙紫云旎,函关西度天风高。手携柱下五千卷,来擅一世文章豪。

玻璃江头梅欲蕾,蟆颐山麓寒方鏖。飙车羽轮下霄汉,从以万鹤如云涛。
参天挺特有乔木,大地负荷须巨鳌。百斛篆鼎笔端斡,五色瑞茧胸底缫。
笑谈更化定大计,乾机坤轴回钧陶。苍生脱险诞登岸,沙觜闲此杭川艘。
雁湖风物午桥似,满引酩酊歌离骚。酒酣耳热自击缶,世间万事轻鸿毛。
涂炭未苏兵未洗,云雷可使屯其膏。玉堂昨夜进麻草,延英趣对猩红袍。
太平事业有所属,北卷燕蓟西临洮。扶持世极寿国脉,突兀一柱擎天牢。
五羊仙客起为寿,安期大枣东方桃。

邓　深（?—?）

丰城道中

西风著衣袂,凉意晓来加。宿露眩光彩,朝阳湿精华。
人烟互疏密,物色兴叹嗟。喧嚣鸭子市,萧索渔人家。
皂裙妇多跣,及冠男犹鬌。挽犁并双牸,截江横流沙。
佐饭缺蔬茹,作糜和鱼虾。湖田不薅草,沙畦多苘麻。
露空立禾架,结屋卧牛车。水叶枯荷芰,山果瘦梨楂。
乌桕动千树,杂木不一了。缘塍豆欲实,编篱槿才花。
三分莫问酒,一啜不可茶。行行入暮烟,两两数归鸦。
联步得姻戚,浪语殊欢哗。毕景自忘倦,所历不觉遐。
问宿于谁馆,有轩临水涯。暗壁飞蝙蝠,皓月升虾蟆。
式盘叠饼饵,击缶出旧瓜。携来尚余樽,取酌如流霞。
少饮不必醉,遣兴固自嘉。欲眠复出门,渔灯认蒹葭。

范成大（1126—1193）

大厅后堂南窗负暄

万壑无声海不波,一窗油纸暮春和。醉眠陡觉氍毹赘,围坐翻嫌椚柮多。
水暖玉池添漱咽,花生银海费揩摩。端如拥褐茅檐下,只欠乌乌击缶歌。

病中不复问节序四遇重阳既不能登高又不觞客聊书老怀

四时变迁翻覆手,百卉于人亦何有。骚客颠诗亦狂酒,强惜黄花爱重九。
少年习气似陶公,采采金英满衣袖。携壶木末最关情,欹帽风前几搔首。

馋吻偏怜粽栗香,新衣不管囊荧臭。贪将节物趁邀头,肯向宾筵称病叟。
如今衰飒悟空华,现在去来飞电走。登临旧迹如梦断,觞咏故人多骨朽。
百年长短随隙驹,万化陈新直刍狗。不堪把玩堪一笑,安用岁时歌拊缶。
家人亦复探新笞,插花洗盏为翁寿。蒲团困坐眼慵开,莫把故情看老丑。
挽须儿女太痴生,更问今年有诗否。

费士戣(?—?)

次踏碛韵

宝钏金钗盛峡风,邀头争逐去匆匆。旗标阵碛规模古,筵挹晴岚气色葱。
宜有明珠酬白璧,空惭瓦缶间黄钟。纷纷雪片呈佳瑞,一饱端知万姓同。

冯　山(?—1094)

咏　雪

半夜风威壮,今朝瑞雪呈。徊翔如有待,附著不胜轻。
叠叠云筛下,番番雨簌成。雕镂非众巧,融结似无精。
河汉潜欺没,乾坤欲混并。漫空虽结白,触处已纵横。
枯茂全妆出,洼隆一概平。参差相掩覆,散乱或逢迎。
远岫依稀失,高松独自荣。光明通鬼穴,肃杀下天兵。
挥霍偏随马,凭陵或绕城。威棱生剑戟,物色俨冠缨。
楼阁危将堕,乌鸢噤不鸣。岩封蹲豸起,岸断蛰龙惊。
地轴犹疑折,林梢不易擎。秾寒排瘴毒,和气入春耕。
虽学峨峨势,其如薄薄名。暗销知地暖,坐对觉神清。
交互当门舞,玲珑照眼明。味宜茶品试,力与酒权争。
佳景谁能赏,幽吟似有情。开樽烦点缀,煦笔为题评。
旧说三农庆,量深一尺盈。忧民心正切,击缶助欢声。

葛胜仲(1072—1144)

追贤院食已度岭历宋胡诸庵转山夜归

击缶那能似漆园,销魂来访小桑门。仰冲云阵寻峰顶,细步泉流觅水源。
九里环观山向背,两舆归趁月黄昏。春风不识愁人意,柳暗花明自逐村。

次韵卢行之知原见赠

元丰诗礼将,勋略传万口。长城国西陲,寄托十年久。
折棰笞黠羌,游魂屡穷走。羊公缓裘带,李广静刁斗。
黑头已青云,日昃笑击缶。阴功与忠谏,二俱宜有后。
绳绳丈夫子,茂宰最称首。不裁犹能裁,应有既尽有。
丘坟三十车,习复不置手。尚友千载人,岂论骨已朽。
芳兰秀深林,嘉苣就畲亩。宜为数旬客,顾作三日妇。
行闻尺一来,内阁延枚叟。

韩 淲(1159—1224)

尹谏议秋怀昌甫以其韵赋之因亦和焉（其七）

壮心空使鬓先华,寂寂霜前水见沙。功尽醉乡元命世,名书文府且成家。
越裳未可轻秦缶,羌笛何知咽塞笳。老觉悲秋甚无谓,是非愚智不须嗟。

韩 维(1017—1098)

和三哥立春即事

青帝收寒岁令回,彩幡今胜下天来。人声恺乐归歌缶,风气恬和拂寿杯。
发逐时光明似雪,心谙世味冷于灰。西堂梅蕊今年晚,应待安舆到始开。

洪 朋(？—？)

送谢无逸还临川

东山谢安石,事业照星斗。佳人临川秀,自言乃其后。
昔我未知子,籍甚大江右。迩来识君面,风流故自有。
早岁翰墨场,挥洒不停手。河发昆仑丘,风怒土囊口。
春来入诗垒,窥杜逮户牖。笔力挟雷霆,句法佩琼玖。
起予虞帝韶,和汝秦人缶。少年厉锋气,鄙夫成老丑。
人才古所难,吾子定不朽。清和四月夏,销黯一樽酒。
悠悠西峰云,暗暗南浦柳。平生六艺耕,勿遣生稂莠。
鼓枻黄花秋,慰此长回首。

洪　适(1117—1184)

次韵得保州老张瓦研

毛颖传既成,陶泓名不朽。陈楮接武来,论交篇籍囿。
千年铜雀台,瓦解沦坤厚。何人澄其泥,颇能仿佛否。
龙公天上客,金兰幸同臭。结束万里行,联翩五旬久。
清谈落玉麈,痛饮尽金斗。咳唾珠玑粲,挥翰不停手。
穷边得佳研,可出老吕右。瓦缶莫雷鸣,龙尾羞牛后。

胡　宿(995—1067)

上　客

上客何为者,平生富义名。飞钤师鬼谷,谈笑敌神兵。
然诺千金重,交游万户轻。平台置酒召,碣馆侧身迎。
土缶邀秦击,铜盘劫楚盟。纵横三寸舌,厌饫五侯鲭。
龙种腾长坂,霜雕刮太清。谁能弹剑铗,北海有长鲸。

华　镇(1051—?)

用石桂阳韵谢左判官陈司理见寄

曾挹清谈仆屡更,解颐聊足慰平生。共观云物怀虞帝,为引渔翁问屈平。
一逐晓风分客路,两逢春雨暗山城。寒林不见迁莺语,古壁多逢逐客名。
怀寄远随贤守句,爱忘深识故人情。参军笔力湘山峭,幕府辞源峡水倾。
刻烛赋诗曾有意,临池扫帚未能精。强将西缶临风击,终逊玲珑戛玉声。

黄大受(?—?)

荆州人种秧击缶于田间以乐农者呜呼其犹有先王之世之遗意欤

鼓声响答缶声喧,歌笑声多日易昏。尚有乐农遗意在,要知此地近中原。

黄　榦(1152—1221)

挽李尚书母太淑人(其二)

紫橐光先烈,青衫拾世科。家声今益振,母训昔应多。

方听焚舟誓,俄闻鼓缶歌。定非孙与祖,一战一言和。

黄 庚(？—？)

和茅亦山先生杂咏(其二)

身世飘浮水上蓬,闲中清事有谁同。吟窗梦草添诗料,画笔生花夺化工。
酒后乌乌时击缶,愁来咄咄自书空。园林寂寞春何处,春在桑麻雨露中。

黄庭坚(1045—1105)

次以道韵寄范子夷子默

鼓缶多秦声,琵琶作胡语。是中非神奇,根器如此故。
范公秉文德,断国极可否。至今管枢机,大度而少与。
蝉嫣世有人,风壑啸两虎。小心学忠孝,鄙事能垄亩。
持论不籧篨,奉身谢夸诩。颇知城南园,文会英俊侣。
何当休沐归,怀茗就煎去。

悼 往

西风悲兮败叶索索,照陈根兮秋日将落。
仿佛兮梦与神遇,顾瞻九泉兮岂其可作。
俄有悲秋之羽虫兮,自伤时去物改,拥旧柯而孤吟。
四郊莽苍声断裂兮,久而不胜其叹音。
平生之梗概兮,欲萧萧而去眼,将绝之言语兮,忽历历而经心。
谓逝者有知兮,何喜而弃此去也。
谓逝无知兮,谁职为此梦也。凭须臾之不再得兮,哀此言之不予听。
回廊窈窕月皓白兮,无复曩时之履声。揽平生之余制兮,芎泽其犹未沫。
虽飘飘其日败兮,吾不忍改其此佩。愁薨薨其中予兮,如醒酒之不化。
欸别离之几时兮,谁与此夏日冬夜。自我先兮一无穷,在我后兮亦一无穷。
六七十便了一生兮,何异木末之有狂风。
待外物而造适兮,固不若放之自得之场。
彼庄生之一缶兮,亦何异荀氏之神伤。
吾固知藏于天者至精,交于物者甚粗。

饮泣为昏瞳之媒,幽忧为白发之母。
忧来泣下不可安排兮,如孟津之捧土。
彼寒暑之浸化兮,天地尚不能以朝莫。目荧荧而不寐兮,夜亹亹而过中。
虽来者犹不可待兮,恐不及当时之从容。

柯 举(?—?)

次韵答李景阳

客有扣舷者,悠然太古音。风清来水面,月白满江心。
世既叹途绝,君何爱我深。愧将瓦缶句,聊以答南金。

孔平仲(1044—1102)

寄王滑州

至意须同陈与雷,田家老瓦愧云罍。缶非可击参韶乐,木肯垂阴庇野苔。
台辅雍容君有量,里闾寒贱我如灰。火龛对坐年华宴,安得西飞到滑台。

孔武仲(1041—1097)

蔡州三首(其一)

愁云昏昏掩六月,电光霍霍盘四隅。淮西一雨三昼夜,长澜积潦无处无。
试登高楼望四野,平田渺渺成江湖。山源奔溢来处远,晨朝又报高丈余。
重闉闭筑仅自守,一带萦叠何其孤。颓墙处处若山坏,百舍相望无完区。
辛勤买得秸一束,马饥况乏粟与刍。三十年间走四方,始遭此厄真穷途。
跧居丘亭往来断,时起顾是青云衢。如丝一罅见天面,顽阴复起相模糊。
幽忧填胸不自遣,强扣瓦缶倾残壶。醉中暂尔神气王,醒定更觉心摧枯。
城阴老蛙正逸乐,声如转轴相鸣呼。强弓毒矢未易射,欲杀唯有企翁符。
吾家此去八十驿,愁来更展江湖图。

李 衡(1100—1178)

功成亦赋短项翁诗复次其韵

君不见仲淹居河汾,目营四海心六经。又不见子幼反田里,拊缶乌乌徒快耳。
续经愤世虽自喜,岂识浊醪函妙理。皤然短项滑稽徒,却笑两翁非通儒。

可人风味敌冰壶,惟酒是务焉知余。不学羽衣李集贤,斗酒过量项飞泉。
复怜胡子名空传,缓急由人肠中干。高情陶彼勋华风,放怀那惜倾千钟。
鄙哉成德真小器,一击堕地羞空空。嗟余磊魄填心胸,安得与尔长相逢。
会当乞尔扁舟去,烟雨空蒙伴钓翁。

刘才邵(1086—1157)

次韵朱新仲席上赋梅花影四首(其三)

清影新诗二妙并,弓良更遇国工槃。自惭痴钝无佳思,击缶难参击玉清。

刘　敞(1019—1068)

杂　咏

今年四十一,发白牙齿脱。未能游逍遥,意每不自豁。
偶寻乐天诗,往在江州日。年几与我同,哀疾与我埒。
伊人了无生,外物均寂灭。而且于形骸,变化难自适。
况我狭中者,万缘日相伐。力小觉任重,忧多使内热。
安能保平和,但有就衰竭。贤哉香山翁,精诚妙前哲。
悬车未六十,鼓缶终大耋。以兹揆损益,亦似有与夺。
至理何心得,吾其守兹说。

刘克庄(1187—1269)

纵笔一首

邺下徐陈逐逝波,仅留老子尚婆娑。吾宗世有戴花舞,大耋谁能鼓缶歌。
松下寻常无喝道,花间随处有行窝。痴人逐物回头少,看到棋终恐烂柯。

四　和

手援鏊弧先奋呼,盛气直传入国都。屈盘硬语押险韵,有似兵家使诈愚。
专场自矜觜距黠,覆军讵意肝脑涂。堂堂老将号令肃,中营外栅如联珠。
曾呼项羽作竖子,亦斥李陵为降奴。彼望麾幢已披靡,此遗巾帼聊揶揄。
深藏区脱避石矢,密设鹿角埋桩株。始犹哆口学张籍,俄乃掩面如唐衢。
毋庸奏凯论功级,且可按甲休师徒。献俘奚异获长狄,讳败谨勿书朱儒。
君家人物盛典午,或披鹤氅击唾壶。坐观士稚无铠仗,冷笑群谢皆裤襦。

安知出奇电雹速,靡待掩耳并瞬眙。再衰三竭乃引去,裹创饮血自救扶。
铁枪漫留姓名在,玉麈有益成败无。凭轼姑与君王戏,弃甲宜按军法诛。
尝闻匹夫不可狙,蜂虿有毒况国乎。嗟余久矣精锐铄,驱使不禁诗酒虐。
蝉嘶今懒事章句,鲸吸旧宁论升较。磨石胡庭要勒铭,策勋辕门因舍爵。
备严岂虑偏师攻,理到何妨异议驳。周公尚存袚禊礼,子贡讵知观蜡乐。
祈年卜稼信当为,崇饮饰游不宜数。弟子服矣鸣吻悲,似听於菟啸风壑。
寒埕户牖不敢窥,顾惜床庐愁见剥。志士之愿在时清,穷人所忧惟岁恶。
但当击缶赛蚕官,一壶村酒醉杨朴。

刘弇(1048—1102)

送曾该

纷纷夸毗子,什伯罗秦缶。击考非无声,顾出俗物后。
曾侯西昌来,颖拔殆天就。等闲发秀语,飒洒如振垢。
渠黄为世生,骏骨谢前朽。整顿万里足,往矣擅天厩。

古风谢汪都讲示惜惜吟

番阳先生万人敌,少来翻书始成癖。风前白眼望青天,笑捉短须吟惜惜。
地祇关铁掣临贺,天家宝场正中划。万空扶坎觅坤苗,凿尽顽阴冶清液。
锲磨镌镱归高手,养水工夫价连璧。别斫圆虚费钴鉧,粉白黛绿低真色。
传看代北青氍毹,一泓几动春消息。无论丞相戒扑满,先许司空炽然石。
楚萍赫赤浪传甘,秦缶模糊徒荐客。由来此秘似未睹,琐琐搔爬嗤美炙。
先生早茂椿松姿,道韵仙风方日逼。胡麻青饲饭调饥,夜榻抱弓跧七尺。
粉闱聊当襆被游,赉携不靳胡奴力。大鼾酣酣动蛰雷,霜飙涩尽铜壶滴。
青螺仙女暮成炊,绿竹夫人寒卧壁。兴来活笔卷天潢,南国小巫阴褫魄。
悠悠万物何亲疏,新故终缘世情隔。夏裘秋箑竟谁负,寝庙偃溲转身易。
昨布东皇九十春,融冶一番浮绮席。莫学长檠换短檠,惜惜鸱夷两抛掷。

刘宰(1166—1239)

谢汤生惠酒和来韵

闻道吾犹及老成,高秋离索不胜情。朋缄已喜贤从事,二缶那堪对曲生。
多病吾今同退鹢,壮怀君可掣长鲸。能来共醉西风否,木落千山夕照明。

陆　游（1125—1210）

居三山时方四十余今三十六年久已谢事而连岁小稔喜甚有作

自问湖边舍，衰残俯仰中。谋身悲日拙，造物假年丰。
税足催科静，禾登债负空。社醅邀里巷，腊肉饫儿童。
衣及霜晨赎，炉先雪夜红。陂塘趋版筑，垣屋讫宫功。
盗息时雍象，人淳太古风。退夫无一事，鼓缶伴邻翁。

春夏之交衰病相仍过芒种始健戏作

药裹关心百不知，可怜笔砚锁蛛丝。倒壶犹有莫春酒，开卷遂无初夏诗。
户外逢人惊隔阔，灯前顾影叹支离。痴顽未伏常愁卧，鼓缶长谣乐圣时。

自　　咏

常记当年入洛初，华灯百万掷樗蒲。平生意薄刀笔吏，投老身为山泽臞。
已罢向空书咄咄，尚能击缶和呜呜。今朝客至无寻处，正伴园丁劚芋区。

野堂四首（其四）

鼓缶酣歌乐太平，野堂窗户极疏明。弃官正为愚无用，谢客新缘病有名。
闲入乡人赛神社，时从长者放鱼行。欢然更有关心处，打稻家家趁晚晴。

小　饮　赏　菊

菊得霜乃荣，性与凡草殊。我病得霜健，每却稚子扶。
岂与菊同性，故能老不枯。今朝唤父老，采菊陈酒壶。
举袖舞翩仙，击缶歌乌乌。秋晚遇佳日，一醉讵可无。

吕南公（1047—1086）

寄　陈　道　先

寄声西山阁，知我新近否。病嗽辄弥旬，无钱雇医叟。
夫何稍除去，乃自得醇酒。美味既沾肠，清甘更悦口。
适从耕垄上，杯盏不在手。坎坎遂连传，喧如击盆缶。
清秋田舍事，秋糯或稀有。倾渴圣贤心，囊空欲狂走。
思君彩衣次，与我异好丑。病少官壶多，何因到衰朽。

古人说天道，高下常更受。此语倪可征，丰荒竟谁久。

梅尧臣（1002—1060）

杂诗绝句十七首（其一七）

河畔有钓翁，团泥为瓮缶。坐想秦人声，思倾杜陵酒。

范饶州夫人挽词二首（其二）

君子丧良偶，柎棺哀有余。庄生惭击缶，潘岳感游鱼。
夕苑凋朱槿，秋江落晚蕖。犹应思所历，入室泪涟如。

欧阳修（1007—1072）

绿竹堂独饮

夏簟解箨阴加樛，卧斋公退无喧嚣。清和况复值佳月，翠树好鸟鸣咬咬。
芳樽有酒美可酌，胡为欲饮先长谣。人生暂别客秦楚，尚欲泣泪相攀邀。
况兹一诀乃永已，独使幽梦恨蓬蒿。忆予驱马别家去，去时柳陌东风高。
楚乡留滞一千里，归来落尽李与桃。残花不共一日看，东风送哭声嗷嗷。
洛池不见青春色，白杨但有风萧萧。姚黄魏紫开次第，不觉成恨俱零凋。
榴花最晚今又拆，红绿点缀如裙腰。年芳转新物转好，逝者日与生期遥。
予生本是少年气，瑳磨牙角争雄豪。马迁班固泊歆向，下笔点窜皆嘲嘈。
客来共坐说今古，纷纷落尽玉麈毛。弯弓或拟射石虎，又欲醉斩荆江蛟。
自言刚气贮心腹，何尔柔软为脂膏。吾闻庄生善齐物，平日吐论奇牙聱。
忧从中来不自遣，强叩瓦缶何哓哓。伊人达者尚乃尔，情之所钟况吾曹。
愁填胸中若山积，虽欲强饮如沃焦。乃判自古英壮气，不有此恨如何消。
又闻浮屠说生死，灭没谓若梦幻泡。前有万古后万世，其中一世独蜉蝣。
安得独洒一榻泪，欲助河水增滔滔。古来此事无可奈，不如饮此樽中醪。

邵　叶（？—？）

击瓯楼

驻旌元帅遗风在，击缶高人逸兴酣。水转巴文清溜急，山连蒙岫翠光涵。

邵 雍(1011—1077)

戊申自贻

虽老仍思鼓缶歌,庶几都未丧天和。明夷用晦止于是,无妄生灾终奈何。
似箭光阴头上去,如麻人事眼前过。中间若不自为计,所损其来又更多。

释智愚(1185—1269)

送鄱阳复道者

相逢道人漆双瞳,衣衫零落迎秋风。甘将百骸作泥土,冷笑万事如展蓬。
当今祖道薄如纸,瓦缶雷鸣闹人耳。正音却作一线悬,两手枕胸泪如洗。
行行不惜两茎眉,魔宫虎穴俱探窥。山穷桥断始得路,伎俩尽时方见伊。

苏 泂(1170—?)

雨

春禽唤雨屋山呼,二月韶光一半无。作祟岂逃泥滑滑,原情当坐谷孤孤。
不应豆蔻花梢重,已怪荼蘼叶子粗。年去年来谁奈得,酒酣击缶和噫呜。

苏 辙(1039—1112)

次韵门下吕相公同访致政冯宣猷

懒从朝谒事骖骓,此去高眠罢倒衣。诏许敲门访耆旧,天教筑室俟来归。
肩舆尚肯追春色,鼓缶何妨傲夕晖。所至成家即安隐,武昌谁乞钓鱼矶。

孙 觌(1081—1169)

送王循道赴省试四首(其三)

秦俗自击缶,齐人善吹竽。宁闻牛角斗,莫奏凤将雏。
独唱谁能晓,弥天和欲无。中郎非俚耳,为斫爨中枯。

洞庭善庆堂置酒小诗寄之

幽绝小蓬壶,参差见画图。乱青山四出,一碧水平铺。
洲蕊红相照,沙茸细欲无。莲房骈百子,橘圃聚千奴。
布谷休催种,提壶且劝酤。楚腰飞燕燕,秦缶和乌乌。

便旋惊回雪,连娟引贯珠。西风催画鹢,落日咏骊驹。
浩荡川原隔,惊呼岁月徂。寥寥清夜梦,直拟控抟扶。

孙　嵩(1238—1292)

戏嘲二子

攻为乐府作,吟尽乐府题。不晓张籍与王建,笔端欲揽风凄凄。
大半闲愁生浪语,十九他人无与汝。击辕抚缶何如声,奈此澜翻两吻鸣。

孙应时(1154—1206)

读通鉴杂兴(其一)

南山击缶正乌乌,东市匆匆坐一书。说道中兴无过事,太阳侵蚀总缘渠。

孙子秀(1212—1266)

游丹山

四明洞天居第九,巨灵擘石开窗牖。扪萝陟巘不惮劳,同行况遇忘年友。
老苔护石苍虎闲,飞瀑悬岩玉龙吼。豁然人与境俱胜,醉歌拍缶忘升斗。
固知壶中别有天,未必醉翁真在酒。徘徊步月澹忘归,世事浮云竟何有。

汪莘(1155—1212)

竹洲见寄次韵

朱宫瓦缶鸣,污泽黄钟屏。古来会通籍,作者能签整。
翁如食橄榄,但愿回味永。只今竹洲上,伏腊仰公廪。
玩彼易外象,付此卦中影。遥知疏桐下,缺月见深省。
我来如征鸿,爱此沙洲冷。他年直紫薇,梦断青丝绠。
旧游倘入念,折简肯相命。新诗蒙剪拂,为怜伍唅等。
驾言载双楾,卜日问三径。预约清樽月,云头开金饼。

王迈(1184—1248)

赠谈星达士

列肆竞谈星,谬者十八九。达士何许人,侪中推好手。
精步宿罗胸,纵谈鬼擘口。技绝固招穷,鹑衣不掩肘。

竭来访臞翁，意欲相击扣。翁命翁自知，不问子休咎。
苍生命甚危，子亦知乎否。魏阙妖狐翔，吴江水兽吼。
冯夷肆陆梁，富媪难载负。强寇噬边州，湖堧经践蹂。
王师战且弱，钺钝甲兵朽。流民满江渎，沟洫纷骸髅。
京米贵于金，十千可一斗。暮夜光烛天，彗星大于帚。
灾眚此非常，其敢饮以酒。都人极皇皇，如鱼惊在笱。
国脉眇一丝，病固有从受。西山薨于前，鹤山继于后。
洪蒋与李徐，俱作修文友。吴讣漫塘翁，广哭菊坡叟。
天为国生贤，福贤理宜厚。何事数钜公，不为国耆耇。
周堪刘向亡，老光握灵寿。元城了翁去，贼京得皓首。
贤者今余几，其生皆不偶。或入在朝廷，或出为牧守。
或未脱丹书，或犹耕岩薮。烦子布星躔，为余细分剖。
孰可坐庙堂，孰竟死田亩。孰坚如松篁，孰脆如蒲柳。
天如祚吾宋，存者必长久。狂生何能为，自分安老丑。
无地堪植锥，仰空长击缶。昂藏作丈夫，诌佞羞妾妇。
宁可效熊经，不出随狗苟。但愿世道宁，天宇息尘垢。
廷无憸壬人，周召置左右。边无儿戏军，廉蔺善攻取。
庶几老余生，官职乎何有。闲日教子书，不教子学走。

代简奉寄三山方时父遇游几叟明复

昔我游三山，稠中得二友。初交方时父，后识游几叟。
大比献能书，厥岁在丁酉。垂钓文海中，修鳞上钩否。
蔡簿校文回，曰方其所取。有高说夫者，姓名出其右。
高游本弟昆，紫荆偶分剖。游虽迟再荐，楚弓楚人有。
余评时父才，进士中少耦。词绝似秦七，诗已迫黄九。
几叟尤不凡，耿耿良自负。英辞沮金石，直气干星斗。
等是青云人，科第争前后。射策对天墀，会须为举首。
三年一抡魁，须服天下口。毋为陈诚之，要作张无垢。
狂生分不才，垂老未觉丑。向坐太饶舌，相看拥众手。
六阶何惜镌，百谪亦甘受。不爱骑鹤姿，看人作太守。

只读相牛经,教子事农亩。乏地堪置锥,仰天频击缶。
二君最知心,一别忽许久。作诗分寄之,或赏千金帚。
并简潘庭坚,何时一樽酒。

王十朋(1112—1171)

哭令人

三十年间共苦辛,忽然惊断梦中因。钟情正是我辈事,鼓缶忍同方外人。
熊胆未酬平昔志,牛衣犹是向来贫。闽山满眼同来路,木落风号泪满巾。

韦 骧(1033—1105)

和通甫见赠二首(其二)

肝胆区区岂足矜,抟风宁复计鹏程。未能名迹如山重,且固心诚似水清。
学譬治畦犹失溉,文参击缶不成声。感君篇赆虚褒借,强抉蓁芜写鄙情。

徐 钧(?—?)

蔺 相 如

缶击何分秦胜负,璧还不系赵存亡。最怜恃勇偏轻举,直挟君王冒虎狼。

徐 瑞(1255—1325)

马君采刲羊置酒作九日之会少长咸集主劝宾酬饮酒乐甚明日成小诗寄君采

节序催成岁,朋曹阻异方。幽怀兴独感,举俗爱重阳。
有美珠湾客,能勤秋月章。华堂开晚集,胜友侑清觞。
馔设羊肪白,杯持菊蕊黄。髹盘行枣栗,瓷玉进齑粮。
击缶歌呼杂,飞觥赏罚忙。群豪矜爪利,二老斗身强。
且用酒为日,何妨鬓欲霜。风松荐琴石,水竹炼丹房。
境胜身宜适,心闲味自长。明年应更健,此会未渠央。

许 棐(?—?)

破 琴

幸逃煮鹤烟,枯羸卧乌几。向来千万音,今在何人耳。
旧谱传不真,零落几张纸。瓦缶空雷鸣,牙爨唤不起。

许及之(1141—1209)

次韵洪萃之太社真率之集三首(其二)

鼎来那有说,铛坐太无哗。击缶聊三奏,吹埙信一家。
劝时几礼醵,真率胜筇加。老愧诗无律,新篇极叹嗟。

九日次常之柳市秋怀韵

柳市留连爱别坰,归来诗与字俱清。闲居挚敛全生理,老境行藏见物情。
恨把菊花随雨过,醉敲瓦缶作雷鸣。千年张翰风流句,却是生前不愿名。

杨　杰(？—？)

得安肃颜舅书再成哀词

安肃书来倍痛伤,痛伤穷苦盛时亡。三千蝉蜕人何处,十载龙山梦一场。
我愧动心非孟子,谁能鼓缶学蒙庄。夜台难寄登科信,泪滴春衫吊夕阳。

杨万里(1127—1206)

豫章王集大成惠我思古人实获我心八诗谢以五字

孤嗜难众悦,今听非昔弦。美人西山秀,蕨茹饮涧泉。
雪蓑韫明月,冰棹刺野船。宝裌耿不掩,球声忽复珊。
闻者已瞠若,鬻之谅悠然。良瑰彼何憎,击缶俗所便。
老我讵能聪,妙音误至前。古人子所思,而我岂古贤。
借不满子赏,能不聊子叹。故家富彦士,梧竹映芝兰。
紫余乃祖橐,朱遍群从轓。迅趾岂地行,逸翎当云骞。
勖哉抟羊角,何必怀西山。

元在庵主人(？—？)

石　堂　歌

吾斫石堂无变怪,土缶瓦鼓闲游戏。一镢相随万事空,十二时中牢捉系。
牢捉系,不在三闲前后际。拍将两手笑呵呵,这个消息不容易。
不容易,拈起石头拈不住,放下石头放不去。去与住,认取石堂门前路。
不开窗,不闭户,塞破世界无觅处。暖则乘风凉则眠,烟霞云外朝还暮。

朝还暮,不贪荣,不贪富,不恋妻孥及儿女。
随缘自在度时光,看著古今都错误。
皇天后土莫相瞒,翻来覆去能儿许。前贤后圣说多般,千经万论从头注。
渠不省,渠不悟,一任从渠失故步。我自知,我自顾,富贵浑如草头露。
人与我,爱与妒,对境不生无喜怒。清凉世界乃吾台,是非海里终不觑。
不向君王殿上行,不入豪家问尊贵。红妆艳粉任安排,夸逞从他斗能会。
英雄强弱只一般,喽啰巧拙说甚彩。少年才子漫风流,绝代佳人臭囊袋。
一息不来何所寻,万两黄金不容带。都是空,必竟败。
唇锵舌剑递相欺,纵使金印如斗大。尽数收拾满仓箱,不知前面能几岁。
一著错分明,输却无赢落。聚散还同浮水沤,顷刻之间难捉摸。
不向根基上乘寻,个个急后抱佛脚。早悟解,早悟解,不如石堂一大块。
石堂坏时从他坏,这一大块元自在。坚且耐风霜,雪雨摧不碎。
祁寒隆暑没遮拦,春去秋来任推载。四方八面透玲珑,石堂里面快活睡。
觉后还将怎么时,撒手便行无布摆。

岳　珂(1183—?)

四月二十日被以郡事入奏之命再赋二首(其二)

去年冬暮拜弓招,槐夏重承接画朝。锡马敢期先雨露,冥鸿自愧点烟霄。
沙堤有路瞻唐表,瓦缶何堪溷舜韶。归郡定应迟六月,却从故迹问凌歊。

张　耒(1054—1114)

冬节小不佳怀正叔老兄

老境光阴短景催,新冬又复一年回。焚香燕坐衣僧衲,煮药高眠废酒杯。
处处庖厨鸣瓮缶,年年歌笑惨风埃。孟公歌舞犹须雪,未放愁眉取次开。

张　镃(1153—?)

许深父送日铸茶

短笺欣见小龙蛇,谏省初颁越岭茶。瓷缶秘香蒙翠箬,蜡封承印湿丹砂。
清风洒落曾谁比,正味森严更可嘉。堪笑云台方忍睡,强行松径嚼新芽。

周麟之(1118—1164)

双 投 酒

君不见白玉壶中琼液白,避暑一杯冰雪敌。只今名冠万钱厨,此法妙绝天下无。
又不见九重春色蔷薇露,君王自酌觞金母。味涵椒桂光耀泉,御方弗许人间传。
向来我作金门客,不假酿花并渍核。日日公堂给上尊,时时帝所分余沥。
一朝释佩投江村,却访田家老瓦盆。道院丹泉灰脚重,官炉玉友糟头浑。
有酒如此宁不饮,但赋独醒招楚魂。锦溪昨夜秋风入,梧叶雨残溪水急。
呼奴为我挽飞流,涤瓮燎薪炊玉粒。奴言新酿良未宜,此间寒燠来无时。
双投旧法酒经载,今焉可试君无疑。初观白醅寒浆溜,再加曲米成重酎。
色如竹叶照人明,香似兰英和露透。妻孥一笑盎罂空,所恨无多才数斗。
嗟予性与礼法疏,况此扫轨甘穷居。肯学鸱夷随后车,不烦骑驴骥子扶。
焉用拊缶歌乌乌,一觞一咏聊自娱。

周 密(1232—1298)

北山四时招隐辞(其四)

风栗栗兮云黄,梅事动兮贞芳。纷白月兮广野,屑宝璐兮平冈。
云可怡兮日可献,野可撷兮水可湘。拾樵苏兮野爨,储橡栗兮山粮。
竹房深兮云暖,芸几净兮春苧。官无征兮村静,年屡有兮金穰。
我今不乐兮岁迟暮,处嘉遁兮倘徉。
击鲜拊缶兮聊以卒岁,谁争子所兮乐其乐兮无央。

朱 翌(1097—1167)

过 王 监 园

为问西园客,秋花余几何。敲门容剥啄,此老正婆娑。
十月为春酒,今年得子鹅。举杯邀月罢,击缶仰天歌。

鼓

艾性夫（？—？）

正觉僧榻

赞公分半榻，卧近竹西楼。四壁寒蛩夜，一山黄叶秋。
梦随三鼓动，月尚半窗留。零乱芭蕉影，禅衣烂不收。

敖陶孙（1154—1227）

次韵张宰牡丹

羯鼓勿罢弄，吾琴无成亏。潘桃既无赖，陶柳自不持。
造物有炉锤，揽之杜拾遗。卷帘出倾城，一笑不用帷。
输心巧当面，珍重来如期。人为曲江秀，花自潜溪移。
美人欲晞红，镜中觑东施。如闻姚魏风，红紫合折枝。
常恐砑光帽，半倒金屈卮。作诗苦留春，出吻竟不奇。
但当阒幽闲，属赋歌载驰。殷勤禅灵锦，丈尺余丘迟。
公杯当再行，雉边多小儿。

白玉蟾（1194—？）

梧州江上夜行

云去云来几点星，城头画鼓转三更。草深萤聚浑成磷，月暗鹤飞惟有声。
何处夜航鸣橹过，沧江如镜烟半破。忽然长啸惊沙鸥，飞入前山不留个。

蔡 戡(1141—?)

送葛谦问(其六)
江上霜枫叶叶红,不堪摇落又西风。只愁叠鼓催船去,千里相思月满空。

蔡 襄(1012—1067)

游灵峰院龙龛山①
天柱支南极,蓬山压巨鳌。云崩石道险,潮落海门高。
客馆闻鼍鼓,秋风忆蟹螯。凭栏望乡树,千里楚江皋。

道中寄福州王祠部
临津馆下日衔西,风卷寒潮上碧溪。画船急桨随潮去,山川满眼烟凄迷。
醉起开船看潮落,林深日落哀猿啼。离魂复与潮东下,兀然愁坐心酸凄。
今年赐告归乡里,翩翩飞鸟投故栖。双亲素发喜我至,鞠抚欢笑如婴儿。
东阡北陌来庆问,姁翁罍盏交持携。虽欲晨昏在环堵,奈何职守通金闺。
春暮辞家就行役,幽兰在手空萋萋。闽州太守意慷慨,一见欢甚无町畦。
欲令邦人满瞻听,洒洒高会挝鼓鼙。我知君侯落落者,胸中气象盘虹霓。
问之当今至急务,无若羌虏方突梯。君言区处果得术,势类秋隼持寒鸡。
养兵精悍不在众,黠贼头颅可立提。海隅僻郡谁与语,强欲论列怨吹竾。
又言人生尚忠孝,二者轻重均铢圭。以谏名官宜尽节,健行勿絷骅骝蹄。
别来破热走山驿,神疲骨瘦颜容黧。作诗遥寄复感激,岂不戚戚论乖睽。

曹 勋(1098—1174)

姑苏台上月
姑苏台上月,倒景浮天河。石梁卧长洲,垂虹跃金波。
丛薄散兰麝,水底流笙歌。歌声未断樽前舞,越兵夜入三江浦。
吴王沉醉未及醒,不知身已为降虏。响鞴廊前珠翠横,采香径里喧鼛鼓。
西施和泪下珠楼,回首吴宫隔烟雾。姑苏台殿变秋蓬,荆棘沾衣泣寒露。
至今风月动凄凉,余址石桥尚如故。

---

① 陈襄《观海》内容与此诗相同,不再重复收录。

过 楚 有 作

昔见山阳盛,气象吞淮堧。士子世忠孝,民物安园田。
再到已屯兵,鼙鼓喧中天。户口莽凋弊,庐里储橐鞬。
济师有虎臣,隔岸威腥膻。翠华江海上,玉阙风尘边。
未至重慨叹,荒城委苍烟。貔貅过江南,狐兔游城颠。
余民如惊鹿,菜色惨不鲜。呼之莫肯留,犹意虏所专。
三过乃三变,感时良泫然。二赵忠益高,仲车魂尚贤。
欲吊寂无所,淮月空娟娟。

方诸曲二首(其一)

方诸限弱水,高出扶桑东。霞波环玉垒,云崿护青宫。
珠台锦复道,宝阁亘飞虹。翠节迎雕辇,琼车驾彩龙。
群真瞻日御,列圣从青童。朝退联旌旆,杯行奏鼓钟。
灵璈激虚籁,雅舞流神风。真王拊节和,清响流绝空。
哀歌悲五浊,胡为栖樊笼。长生有真诀,劫龄安可终。

苦 雨 吟

巫山埋空晓光没,寒入风声散萧瑟。滴沥深摧十二峰,峡江涨白洗青壁。
群阴寂寂蔽阳乌,摇荡春愁满南国。何当羲御驻中天,为我驱除风雨黑。
蛮廉先驱走寰宇,列缺挥鞭起龙虎。郁仪顿辔潜海隅,九野冥冥暗风雨。
饥鸢跕翅堕曾穹,军鼓无声如击缶。青苔绿砌上高堂,檐溜侵窗入烟雾。
南山山叟桂为薪,四海横流阻行路。安有王春四百八十时,萧萧风雨迷朝暮。
我愿得娲皇炼石补此破漏天,令三光继明,
万物可睹,免使百万亿苍生憔悴困泥土。

晁补之(1053—1110)

鸾 车 引

推鸾车,伐鼍鼓。从帝子,迎天女。
天女喜,立龙旂。冯小宝,光陆离。
云斑斑,覆铜山。新城鸣鹓如乳乌,飞来为尔栖青梧。

控鹤府令云衣裾,仆射窜死令公诛。妇惧儿无呼,儿呼惊索胡。
宜都内人立次且,手擎何物金唾壶,请为大家画长图。
徐公子,哗且止,卿无来,明堂屡舞覆龙杯。
覆杯之傍戏大鼠,卿欲投之梁公俱。

建除体二首答黄鲁直教授（其二）

建鼓求亡子,初昧学所之。除去日月多,及此岁未迟。
满国和巴人,若士谁与知。平陆不推舟,客行当来兹。
定居厌屋庐,风雨劳所思。执鞭慕昔人,孰与并此时。
破裘不御冬,要假完腋裨。危言则来诟,慎密又逢讥。
成德尚如是,薄志安能期。收声复藏热,雷火忽然微。
开口且复欢,是事置勿推。闭眼可内视,独复不自为。

考校同文馆戏赠子方兼呈文潜

二十年来曹子方,新诗曾见未能忘。多才善戏称物芳,吴娃席上呼作郎。
瞥然何许岁月长,只今未老毛发苍。自言逢掖非昔狂,传经华阴夫子堂。
何曾骑马身挟枪,诏随上将西击羌。董蒲跗注谓我臧,夜行马顿饥无粮。
鼓鼙惊谷骑卷冈,吏呼为微醉在床。前锋奄至灵武傍,中坚反后无敢骧。
城开三日牧蔽隍,百驰载笱千橐装。旌旗立垒乌鸟扬,还军不省一矢亡。
坐师无获劳不偿,铙歌入奏虚锦囊。秋风鲈鱼思故乡,锐头宜董鹳鹅行。
得官犹领万骑骦,王城对巷如参商。那知连月居兹房,称多量少非我王。
群公古镜悬秋光,闭门饭饱庭叶黄。秋盘登兔官酎香,吴音讹变杂秦凉。
令壶老柏笑覆觞,淹留平日梦欲翔。得君可乐殊未央,人生倾盖何所望。
结交松柏要冰霜,中天号出玉玺章。青骢御史腾康庄,归期屈指未可忙。
闻君况有梦㢿祥,生女不恶嫁邻墙。扫轩留客具酒浆,与君更约城南张。

晁冲之（1073—1126）

香山示孔处厚

我来南经几山过,马行似冲山色破。风烟席卷岩穴开,涧花萦回水流左。
悬崖仿佛闻松声,下瞰幽深鸟飞堕。老夫他年有所归,定结白茅依紫逻。
日高下马古寺门,鱼鼓欣闻脱清饿。道人碧眼照川谷,云起盘陀藉高坐。

殷勤劝我更莫归,泪鹤啼猿亦相和。窗前笑唤祁孔宾,世间安用招魂些。

晁公遡(1116—?)

即事

故国边声静鼓鼙,依然宫阙泪沾衣。端门晓日乌声乐,别殿春风燕影归。
目断楚天嗟树隔,梦回梁苑逐云飞。里中父老今谁在,闻说比邻半是非。

去通义按刑汉嘉至中岩师伯浑临别于此因成二诗(其二)

相送自崖返,忍看骑马回。故情真独厚,叠鼓未须催。
此去无三舍,相留尽一杯。风林如惜别,摵摵暮声哀。

晁公休(?—?)

夏日过庄严寺寺僧索诗为留三绝拉舍弟同赋(其三)

机杼声中禾稻肥,畴瓜区芋绿成畦。田家乐事今如许,何日边城息鼓鼙。

晁说之(1059—1129)

知宗节使临渡江至金陵送蜡梅来

江北江南叠鼓催,清香清泪各徘徊。知君清德用无尽,椁欲移时留蜡梅。

圆机游秦州有诗相寄辄次韵作

风雨关心一梦难,欲于何地见征鸾。街亭应念贬三等,垄坻须怜持两端。
休听鼓鼙参将幕,已惊铅椠误儒冠。瑶音有底能相寄,不作龙钟俗吏看。

庚子初伏前一夕大雨

雨来夜早晚,梦断惊所向。鼓鼙声后先,龙蛇势下上。
奈此老屋何,诗书果何当。幸矣托皇州,高枕得无恙。
瑞物日纷纭,岂我独飘荡。兴言反山楹,嬴思辄以张。
疏泉到云根,松竹青益放。胡不返柴车,于焉事郁快。
平生知顾行,短发增惆怅。明朝入初伏,金火两无恙。

题公震小景

万古兴亡归白鹭,一时舒惨在青山。与君都下太平日,岂料思君鼙鼓间。

飘　流

飘流北客江之左,自问行藏语亦难。江上即今无盗贼,浪中何日不风寒。
曹潘鼙鼓于兹见,王谢风流何处看。归客不知朱雀好,但夸明月洛南湾。

蒙用诸人韵赋诗见贻复用韵谢之(其二)

一年几相作新沙,鼙鼓难开上苑花。顾我何堪鸣玉佩,如君不得侍金华。
隐身思傍悬壶树,仙驭须求蒙顶茶。辜负麒麟功业志,只教人唤作诗家。

荔枝送郭玄机戏作(其二)

荔枝一骑红尘后,便有渔阳万骑来。郭令诸孙今得味,却同羯鼓逗诗才。

枕上和圆机绝句梅花十有四首(其二)

梨园弟子强因依,羯鼓声中学御诗。十月北兵来唤仗,新梅谁复增新词。

谢圆机送梅

何事新梅度玉溪,应怜泯默与诗题。少年曾赋宋开府,老大无如羯鼓迷。

久留帐下日夕思归辄作长言一首告别经略安抚侍郎

乱山急雨佐吾愁,春去已远人淹留。谁能一饮一车酒,纵谈醉胆下凉州。
元戎高韵抚鸾凰,旧有沙堤几步长。眼底不堪论往事,且夸羯鼓似邠娘。
应怜逋客羞涩余,思归欲自驾柴车。月边风冷不得住,凡骨从来有曼都。

陈必复(?—?)

席上和林端隐韵

云压檐花重,溪禽湿不飞。烟林生暝色,雨砌上苔衣。
暮鼓深村急,疏钟远寺微。吟窗得新句,写向锦囊归。

陈昌时(?—?)

晓　程

男儿腰下带芙蓉,羞睹秦官老径松。羊胛日生寒戍鼓,马蹄风起夜楼钟。
菊花憔悴三分雨,枫叶青红一半冬。只为新诗吟太早,满衣风露湿重重。

陈长方(1108—1148)

李西平画像赞

德宗贪功失君德,四海力欲干戈平。但喜马公寙田悦,滔俊角出飞秋鹰。
绵绵延延到希烈,乘间索赋无时停。泾师门外一朝起,舟中敌国又朱泚。
仓忙出走幸奉天,大器倾移翻手尔。西平忠武根于天,奋身一旅当无前。
东狝西岖致首尾,屹立左右相周旋。马鸣萧萧向都鄙,师行引绳士如水。
传呼齐道相公来,谈笑王城藏袖里。包戈卧鼓含元廷,青天洗出妖祲清。
远坊穷巷鸡与犬,寂寂不惊刁斗声。德宗胸中暗如墨,怀光效忠终反侧。
海内汹涌等沸羹,不有西平那复国。嗟乎西平诚功高,景钟太常书勋劳。
为臣尔尔乃其职,慎勿满假矜贤豪。

陈　淳(1155—1219)

贺傅寺丞喜雨二十六韵

去冬九旬已渴雨,那意今春渴尤苦。自开正元越三月,生意全蛰不闯吐。
阳威烈烈炽盛夏,田野熬熬剧焦釜。新秧既长且干萎,播种无由可入土。
农民望雨若倒垂,类叹天命我无所。太守念瘝民命寄,如伤体肤痛心膂。
奔祷山川社稷前,下及百祠靡不举。坛告雷师雷莫闻,江叩龙神龙弗顾。
间或沾洒随即收,翘想霁需殊乌有。日切一日不遑宁,直欲伐牲实笾俎。
精虔充积四十朝,幽明贯彻忽无阻。季春望夜五鼓余,瓦鸣琢琢檐垂缕。
起来四顾云黑瞑,阿香驱车震鼍鼓。甘霆一番复一番,达昼倾盆莫之御。
东阡西陌土膏溶,负耒荷锄翕旁午。父语其子兄语弟,或曰我侯感格故。
滴滴皆是真珠饭,天救我民赐我哺。非我下民能动天,侯泽我民如父母。
既优既渥尚未已,实颖实栗决可睹。人解戚容为欢忻,岁转凶兆为丰阜。
从知天人本一机,气脉流通有如许。端犹影响应形声,证验昭昭真足数。
亦侯作霖大手段,家学渊源传自古。岂徒蕞尔南漳滨,特私所惠偏一坞。
抑将天下济苍生,行赴九重大用汝。

陈 棣(？—？)

次韵叶梦符端午

吾邦重午节，兴目皆可寓。游人肆喧阗，画舫纷排布。
溯风伐鼍鼓，击楫观竞渡。骄豪务相夸，水陆争治具。
醉忧瓶之罄，欢迫日云暮。朋从喜盍簪，谑浪时一遇。
朅来廷尉府，官冷知谁顾。吻燥无复濡，腹枵何时饫。
堂堂匡鼎来，解后肯同趣。携家忽过我，市饮容旋酤。
遥知分已投，更喜首暂聚。惭非浴沂人，鄙志蒙推与。
怜我孤危资，极力为调护。高谈惊四筵，坐使儿女怖。
便当追彦国，未肯多文度。长篇粲珠玉，绮语斥霞鹜。
人生类飘蓬，会合宁有数。交情看白头，何必论新故。

陈傅良(1137—1203)

哭吕伯恭郎中舟行寄诸友

去年上溪船，落日建安旐。今年上溪船，濡露金华草。
当代能几人，胡不白发早。念昔会合时，心事得倾倒。
倚庐鱼鼓夜，联辔鸡人晓。遐搜接混茫，细剖入幽眇。
挹注隘溟渤，扶携薄穹昊。斯文何契阔，之子复凋槁。
百年在无穷，寥廓一过鸟。家人征旧闻，学者拾余稿。
区区存万一，散逸谁可保。君看鲁论上，彭寿颜回夭。
于今悬日月，岂必言语好。傥无后来者，泯没秋毫小。
南浮吴蜀会，北顾关河杳。怀哉各努力，人物古来少。

陈 瓘(1057—1124)

庐山诗二首(其一)

庐山俯长江，秀色摩青天。招提选胜地，好景相属连。
东林最幽旷，殿阁含飞烟。馨香满天下，无如远公莲。
社客方散后，零落七百年。之人远同调，绿绮非丝弦。

不可倾耳授,但许心相传。迷津苦难渡,人以师为船。
法鼓忽雷震,此事非偶然。何时穿蜡屐,问法浮云边。

陈 杰(?—?)

人日立春极寒

彩鞭点雨斧如雷,头上顽云打不开。冬序方随人日尽,春愁却载土牛来。
几多漕运留冰解,何限耕桑要暖回。惟有上林花自早,天公羯鼓更频催。

陈 克(1081—?)

唐人画牡丹图二首(其二)

残红通白及时开,不费君王羯鼓催。玉笛重拈天一笑,外边蜂蝶等闲来。

陈 宓(1171—1230)

感 时

和戎之计最堪嗟,不以恩威以丽华。他日渔阳动鼙鼓,只因争取上林花。

和徐绍奕

将军承天宠,建此油幢碧。喑呜指顾间,匈奴期伏锧。
堂堂帷幄算,暨暨貔貅力。填填画鼓鸣,烁烁红旗植。
风高战场古,万里快驱轹。轩昂国士知,痛愤平城厄。
兵求结发战,马作腾槽踯。英声陵鬼方,义气弹禹迹。
书驰羽檄忙,阵布鱼丽戢。漫天尘雾黄,照夜戈铤白。
羌胡那敢斗,枕籍多于簀。骈颈亟卖降,析骸仍乞食。
君文比武事,雄伟世共识。顾我敢言勇,殆类殿奔策。
它年后从车,万一效寸尺。声名蛮貊间,难避江湖僻。
冥心进取地,高节空介特。囊锥不可隐,颖脱在朝夕。
丽词工锦绣,妙语珍渠珀。何时驱俗氛,相会不旬隔。

严州道中见月以祷雨不饮

赤地三千里,离家四十程。岂无瓶可倒,忍对月仍明。
在处嗟吁气,穷村鼓铎声。有神司下土,能不恻垂情。

陈　起(？—？)

以毅斋曾先生诗法曰能以无情作有情子熊举以见教兼示学诗如学禅之句次韵声谢

西禅欲南闸,胡僧越海来。一蹴嵩山云,支分五岐开。
逢人问灵源,要识老牛胎。半生苦迷此,所见只瞢哉。
有时面壁求,眼底仍飞埃。谁知机凑到,却自诗中回。
无中写出有,金枝生蒿莱。再拜先生语,段段空中裁。
当此意会处,高唱还自咍。如得合浦珠,如获荆山瑰。
方信春力到,无地匝苍苔。可怜思花人,区区羯鼓催。
我今得密旨,敢熄炉中灰。瓣香为南丰,用酬开灵台。

陈　容(？—？)

为人赋横舟二首（其二）

黄头子,捩柂听吾语。三老驾三翼,叠鼓峭帆看风色。
一千水,归黄河,世无客星泛灵槎。恒河水,波斯匿王母将去,六十年间成坏故。
性无生灭河水似,黄面瞿昙以筏谕。长淮水,一箭许,边城白骨多于土。
年年调舟已成泥,寿蔡孤城付朝暮。岷江汉源天上来,一夕不保如风埃。
重庆今为天下首,汉中不复言规恢。朽木为舟土为楫,白波如山水皆立。
当时商家畚筑子,梦里撑船济川去。只今无梦岂无舟,水浅都非泊舟处。

陈士楚(？—1195)

和林艾轩城山国清塘韵

山光一洗红尘眼,长松夹道摇青伞。回头下瞰百川溶,亭皋小立凌刚风。
杰阁玲珑朱绿户,何年蓬莱移左股。山僧见客不敛眉,梵呗琅琅应鱼鼓。
欲携三尺弹龟山,淳风一去不复还。仞墙草长章逢少,几百年来风月闲。
嗟哉贤圣远复远,天高地下日易晚。

陈天麟(1116—1177)

游岩籠寺

山疑梦里槐安国,僧住壶公小隐天。门横一水与世隔,不知鱼鼓今几年。

真人阴崖结茅屋,大千世界一粒粟。佛言芥子纳须弥,我亦来寻赞公宿。

陈文蔚(1154—1247)

和茂嘉郎中催梅韵

快读新诗似见梅,昏昏醉眼为君开。枝头未见粉苞露,句里先传春信来。试问花神缘底晚,政须羯鼓为渠催。前枝见说南枝早,合取彭溪溪上栽。

陈　襄(1017—1080)

天道不可跻

天道不可跻,以其高且危。地道不可寻,以其幽且深。

土圭测日影,可以分照临。桐鱼击石鼓,可以求声音。

嗟夫世之人,不知方寸心。

陈与义(1090—1138)

除夜二首(其二)

万里江湖憔悴身,冬冬街鼓不饶人。只愁一夜梅花老,看到天明付与春。

寒食日游百花亭

晴气已复浊,虚馆可淹留。微花耿寒食,始觉在他州。

自闻鼛鼓聒,不恨岁月流。乱代有今夕,兹园况堪游。

云移树阴失,风定川华收。曳杖新城下,日暮禽语幽。

群行意易分,独赏兴难周。永啸以自畅,片月生城头。

又　六　言

未央宫里红杏,羯鼓三声打开。大庾岭头梅萼,管城呼上屏来。

次韵王尧明郊祀显相之作

奏书初不待衡谭,奠璧都南万玉参。黄屋倚霄明半夜,紫坛承月眩诸龛。声喧大吕初终六,影动玄圭陟降三。可是天公须羯鼓,已回寒驭作春酣。

陈　渊(?—1145)

钱清过堰

小风吹树寒流止,始觉西江潮正起。须臾倒卷縠纹来,已没岸痕犹未已。

江流自下河自高,逆上更堪行罔水。九牛回首竹索细,十丈沙泥拒舟底。
舟师绝叫鼟鼓喧,观者骈肩汗如洗。未经破碎亦偶然,得造涟漪真幸尔。
世间何事非人力,计久终须倚天理。他年我欲治河源,要使黄流贯清沘。

陈元晋(1186—?)

晚　　步

鼓钟灯火后,袖手过栏干。素月空中寂,疏星竹里看。
溪毛行步湿,潭影古心寒。此意我方适,亭亭夜未残。

陈　造(1133—1203)

步西湖次韵徐南卿(其二)

杨园骞绝岭,万象赴窥临。坐久岚霏润,来时翠碧深。
莺花自佳处,鱼鼓亦丛林。谁在飞埃外,芸芸付陆沈。

再次韵答节推司理

人生行乐当及时,底用耽古仍癖诗。老子平日汗牛载,五穷追逐不得辞。
罗帏围香击鼍鼓,食填巨壑酒如雨。君看白面纨袴郎,不知经史何等语。
笑我蠹鱼尘简中,口角儒墨纷异同。腹雷昼隐吟仰屋,诧向子墨收新功。
雪毛眵眼不自恤,讥诃抵触取憎疾。几人插羽上金銮,漫云九事八为律。
不如醇朴还吾天,抉肠剔肾谁汝怜。且从酒徒趁落托,向来失计今差乐。

早春十绝呈石湖(其五)

杏羞桃涩要诗催,客子情钟倍费才。惜欠王家千杖鼓,辊雷声里看花开。

真州诸公语别

娇红烂紫正衔枚,不待王家羯鼓催。佳客又冲新雨至,羁人未许片帆回。
自今寒食嗟无几,奈许闲愁拨不开。只拟分携乘醉去,为君领略十分杯。

再次韵

解橐临风得好怀,只令公等费诗才。行装并喜鸥夷满,春意如烦羯鼓催。
饭白重供飞雪鲙,眼青还对照溪梅。滞留不恶归仍好,笑杀山阴兴尽回。

喜雨燕致语口号

华筵楚楚为谁开,和气融融逐雨回。饮处偕酬未央乐,旱余新纪不为灾。

诗成肯放庭阴转,舞困何妨羯鼓催。听取邦人歌笑地,山城几处不春台。

赠王仲和架阁

朱楼窗霏杨柳烟,楼中香雾浮龙涎。眩旋客眼锦绣筵,闹花打围妖且妍。
小蓓稚萼红玉鲜,酒行急管杂繁弦。羯鼓催开裛风莲,横笛未放蛟鼍眠。
老子判醉忘华颠,归去就枕疑针毡。但有梦语追游仙,芳讯忽听青翼传。
翠鸾彩云欻漂翩,缥缈三十六洞天。水佩风裳若个边,重来朱楼柳吹绵。
楼中主人卓诗肩,瀹处士茗安僧禅。兀坐向我俱可怜,君才时彦孰后先。
宦路已著祖生鞭,富贵取携固有然。列屋指见罗婵娟,老子贤否真天渊。
蕙兰香中锦瑟前,觞咏或可君周旋。

次韵赵帅二首(其二)

妓台香里漏声残,金步摇歌闹作团。羯鼓更催银字管,等闲惊破一天寒。

陈之方(? —1085)

祠南海神

汤汤南溟,百川所潴。有赫其灵,有严其居。
神宅于幽,诚格者应。其应维何,皇帝仁圣。
幢旍鼓铙,畴往祇祠。揭揭程公,神之听之。
祀事之既,神明欢喜。飙驰龙翔,一息万里。
衍涸濡焦,既盈既优。庙社亿年,血食均休。

陈 著(1214—1297)

戴时芳时可学子吴叔度文可载酒西坑劳苦

惊魂何事到西坑,岂是三生愿莫偿。两寺鼓钟醒客梦,一村草木助吟香。
人情物变多时样,水色山光自古妆。我本无何乡里住,仰天俯地两茫茫。

寿天宁寺主僧可举八十

弥勒下天宫,化身千百亿。应世来住山,谁是直翁直。
海眼□□脚,春心有铁脊。阅历十五期,作为万分一。
洗尽旧氛尘,幻出新金碧。层霄撼鼓钟,证明大功德。
法嗣镇别洲,澎湃好消息。欢喜不闻声,赞叹自生福。

今日是何日,相庆开九秩。我亦有偈言,自知非本色。
欲凭南风便,吹入庄严域。

避难雪窦之西坑游西麓庵

山间筑屋古西坡,小小规模净似磨。两壁鼓钟来雪窦,四围松竹护云窝。
轩窗有趣高僧远,门户无遮俗客多。我寄前林时一到,未知风月意云何。

程公许(1182—?)

香积寺午斋

峻陟龙门路,来参鸡骨师。楼台春雨霁,鱼鼓午斋时。
倦憩僧留话,荒寻仆惮随。一筇支野步,且以暮为期。

夔门邂逅同年汪丈奉议示诗和吟三首(其三)

造朝敢不戒期程,鼍鼓明朝又趣行。好趁雪晴同访古,东屯诗老旧知名。

送崔吉甫外刺安康分韵得客字

崔郎神骏如天马兮来西极,霜蹄趚踏汗流赤。
不令长楸嘶风虺属车,亦合交河涉冰摧敌魄。
世无善御如王良,可能帖耳受鞭策。栈云嵯峨汉江碧,一眼长淮天不隔。
风寒几处索调护,我有奇谋同药石。囊书行万里,三载京华客。
浮云黯黮一扫空,归来双剑翔凫舄。行台岌嶪立分鼎,叱咤风霆人辟易。
文书晓夜来急急,吏衙事牍看山积。那知退食清心堂,万卷敷床客满席。
落落一世谁怜才,令我推枕三太息。翱翔半刺头欲雪,袖长奈何地褊迫。
我闻安康坦途走洛师,内与荆襄梁益通血脉。
军兴生聚计萧条,嗷嗷悲鸿尚中泽。鼓鼙何日当罢警,济时孰是良筹画。
薰风催熟崆峒麦,本根须人为爱惜。志士惨淡意则同,掺袪况复念行役。
君看老骥久伏枥,一蹴千里如咫尺。
醉归为君慨慷击唾壶,天鸡三叫东方白。

东川节度歌

东川节度兵马雄,我尝闻之浣溪翁。
五百年间人事纷变灭,惟有青山衮衮今古同。

春官侍郎李太史,沃丝昔日来观风。
八年俯仰一炊黍,蔚蓝台上烟雨愁溟濛。
棠郊蔽芾公所憩,还有竹骑驰儿童。
是时北尘转骚屑,绿林之寇纷内讧。
洛波殷雷跃双龙,遂也长公潼少公。
少公赴镇先十日,千夫煌煌飞斾红。
金城一面森戍削,贼戈自此不复锋。
三灾之劫偶参会,天岂薄于遂而私于潼。
屹然洛波之砥柱,艰哉安宅之集鸿。
险夷一节贯金石,玉山对峙双玲珑。
春风送客来,束书一短篷。
恨无春色浮山之杰句,空有帝乡愁绪之孤忠。
举头山城新百雉,缭绕下与州城通。
高如石首矗万仞,坚并铁瓮盘层穹。
楼棚丹霞未为丽,形势墨守何可攻。
向来牛头著亭处,晴烟万井历历明双瞳。
彻桑未雨宁过计,路旁筑屋难为功。
侍郎忧国秉卓识,始谋肯使轻伤农。
登登之筑纷百堵,一朝巀嶪如金墉。
初疑化城为佛幻,又恐鬼役非人工。
浣溪曩赋冬狩行,恨不回辔擒四戎。
向令眼前见此事,奇伟大篇当复加春容。
腐儒自嗟才力窘,安得唤起诗老为我细琢砻。
紫皇坐朝甘泉宫,四明不隔天九重。
慨怀豹尾旧持橐,长安日远身孤蓬。
起家小屈东川牧,骥足折旋萦蚁封。
三年厌听鞞鼓噪,甲兵何时一洗空。
事不为难亦非易,所病滔滔皆发蒙。
明堂只须一柱力,宗桷渠可令乏供。

更须度外广物色,纳纳万顷云梦胸。
我歌东川节度兵马雄,歌声激烈轰丰隆。
先一州兮后天下,风云呼吸龙虎从。
画图麒麟铭鼎钟,牛头之城万古长穹窿。

甲午岁除即事二首初被聘召之命末章感遇述怀(其二)

乞州如斗苦难谐,遣戍蓬婆也自佳。严诏自天疑过误,虚心造物与安排。
輶辂犹未空三辅,鼙鼓何当静两淮。经世无才羞汲引,寸丹咫尺是尧阶。

祷雨有应和郡广文希白韵

金气胚浑火尚流,亢阳渐已裂龟畴。沛然一雨酬精祷,暂与群黎缓隐忧。
千里耕桑犹乐土,三边鼙鼓又防秋。白头底是宽闲日,款段令人羡少游。

书 怀

字民能使民和悦,儒术信与吏道别。十年妖祲涬太清,有耳厌听鼙鼓鸣。
创残之余忍椎剥,逃生要不如无生。愿絜乾纲奠坤轴,罢兵宽赋家给足。
圣躬示朴吏廉平,岁岁蚕登牛产犊。宦情我自春云薄,何日西归田舍乐。

程 颢(1032—1085)

高 观 谷

轰雷叠鼓响前峰,来自彤云翠蔼中。洞壑积阴成气象,鬼神凭暗弄威风。
喷崖雨露千寻湿,落石珠玑万颗红。纵有虬龙难驻足,还应不是旱时功。

程 俱(1078—1144)

灵 山 观

入梦无黄石,收身赖赤松。濯冠临皖水,执简叩灊峰。
司命开琳阙,明光下玉龙。高灵心拱卫,江海势朝宗。
清夜垂星斗,空山答鼓钟。云车来绛节,风马上丹封。
楼观参差见,岩崖转仄容。山川瞻胜异,蘋藻荐严恭。
凡骨应难换,幽人岂易逢。他年华山藕,安用葛陂筇。

感春三首用退之韵(其三)

春光浩无边,淡泹周八极。向来游乐地,鼙鼓森矛戟。

贱贫非所叹,税驾无安席。常虞风涛际,咫尺燕越隔。
却笑同谷翁,哀歌谅何益。

秋雨三首(其一)

细字忽难读,松窗失朝晖。开帘视天宇,屯云凝如鼇。
霏微乍喷洒,倏忽看淋漓。斯须建百川,中庭即方池。
秋雷亦动地,势汹万鼓鼙。虚檐忽无声,苍狗变白衣。
飘摇露穿碧,凉飙洗蒸炊。雨师真解事,作止适所宜。

天宁潜老以山中春莫三诗投鸿庆尚书末章见及次韵答之(其二)

当年白尚书,居士众称首。魔军坐调伏,消散如拉朽。
何如丹阳侯,法鼓开听牖。方当与天游,岂复为物囿。

晓　　起

鱼鼓铿铿惊睡昏,披衣兀坐了无言。扫除浮念都灰冷,紫府昆仑寄默存。

程　洵(1135—1196)

送刘伯瑞通判还吴兴

土牛方著劝农鞭,画鹢俄闻叠鼓喧。别驾但知催理楫,邦人政自欲攀辕。
黄堆荒径重寻菊,绿拥高堂更树谖。只恐清朝方急士,未容一室老陈蕃。

程元凤(1200—1269)

淳祐己酉岁谒祖梁将军忠壮公庙

有美英姿七尺长,桓桓威武孰能当。保州萧史来依德,拒逆侯生竟败亡。
爵受重安持督节,谥书忠壮配高皇。堂堂庙宇黄牢下,暮鼓晨钟不暂忘。

崔敦礼(?—1181)

楚州龙庙迎享送神辞(其二)

辛楣兮药房,兰枅兮桂楹。翼翼兮新宫,穆将进兮芳馨。
柏实兮松液,芝华兮若英。奠琼斝兮清酤,玉俎析兮嘉牲。
雅声兮远姚,锵和平兮鼓钟纷。繁会兮竽笙,灵连蜷兮须摇。
候暗蔼兮纷纭,洁我心兮恭事,灵欣欣兮燕宁。

挽太尉王权章

将军名字著华戎,露甲曾收不战功。马革裹尸忠贯日,虎头食肉气如虹。
云屯欲倚金城重,星陨俄惊玉帐空。好象祁连筑新冢,鼓鼙遗恨意何穷。

戴表元(1244—1310)

南岩留宿分韵落字

游观值暄秋,饮狎得嘉客。嵌岩复在眼,徘徊忘还郭。
款款坐向疲,喧喧笑多谑。短檐近见出,窦乳时闻落。
防暗燎蒸薪,惊虚摇鼓铎。僮憨榻露处,僧驯茗频瀹。
竟隐谅未能,羡彼高栖雀。

孙使君飞蓬亭

江南泽国多烟水,年少轻身作游子。适来衰懒畏奔驰,忽见飞蓬平地起。
飞蓬主人人中仙,曾乘千斛凌风船。船头画鼓催行酒,船尾红妆歌采莲。
收篙卷纶今尚乐,却悔从前风浪恶。青云裘褐一鸥身,白发山林五湖客。
我来花雾红霏霏,此蓬如山何处飞。但当共坐索酩酊,溪塘过雨春鱼肥。
君不见鸱夷名成沧海去,富贵畏人如脱兔。
又不见羊裘钓客桐江上,一出张皇动星象。
何如飞蓬主人亭上饮,醒与客论酬即寝。
寝酣忽作江湖梦,风雨漂摇蓬不动。

邓润甫(1027—1094)

道中咏怀奉寄利州冯允南使君

交印夔人国,分襟汴水堤。十年难会合,一梦顿乖睽。
官序潘生拙,诗文庾信齐。诸公多汲引,宪府屡提携。
不肯乘骢马,那能出宝鸡。安恬轻世味,洒落见天倪。
照物聪明决,为邦闻望跻。笑谈清岸狱,暇豫劝耕犁。
不忍为钩距,何尝设町畦。燕堂传夜烛,游毂碾春泥。
众服题鹦鹉,畴将食駃騠。草黄思隼击,梧碧值鸾栖。
欲问无来使,开编有旧题。君方安玉垒,予亦远金闺。

地隔江波阔,书传鸟翼稽。岂知双鬓白,相见两当西。
内顾微他技,殊私牧远黎。辞亲愁不断,叱驭意空迷。
吴苑飞云杳,春城北斗低。南山千里雪,剑阁万盘溪。
夜宿星边驿,朝行石上溪。深疑窥地轴,高骇蹑天梯。
看岫时欹帽,听泉或杖藜。萧萧黄叶下,袅袅冷猿啼。
蜀道无艰险,人心漫惨凄。永怀持从橐,遥想缀朝圭。
直北瞻天日,征西叠鼓鼙。相期郡斋冷,清话看挥犀。

邓忠臣(？—？)

同舍问及故山景物用钟字韵诗以答

吾庐高对玉池峰,日听诸天奏鼓钟。海外鹤归青嶂觉,洞中花落碧溪逢。
翻经夜对高禅请,采叶晨邀老圃从。说与群仙如画出,纷然归思乱云浓。

董嗣杲(？—？)

江州重午二首(其一)

晴光绕砌看葵倾,独恨无文吊屈平。梅溽润衣身体倦,竹风入牖梦魂清。
良辰美景须臾事,往古来今节序情。不信沧江传竞渡,彩旗画鼓闹西城。

南屏山

南有屏山掩翠霏,齐云亭子漫寻基。雨淋米老琴台字,火烈温公易卦碑。
回首金鱼谁抚槛,销魂白骨自污池。春风不管游人老,愁落朝昏法鼓悲。

辛酉富池元宵写怀二首(其二)

江南江北那识春,况此寄镇埋烟尘。卑栖客官困垄断,无故污此金玉身。
浊醪自醉复自解,空恨梗政吏不仁。忽传街鼓聚嬉戏,两株枯柴插烛银。
涂抹脂粉破涕泪,觅酒献笑酬佳辰。震摇荒市官不嗔,传是黄梅县西人。

杏花

太极林中碎锦堆,花仙曾识探花回。自知坛上弦歌乐,谁想轩前羯鼓催。
烟捻湿须攒绮绣,露零醉脸削琼瑰。野行觅酒无童指,拟拾遗仁作药媒。

羽觞飞上苑

日色荡晓香尘起,上苑春融锦屏里。蕙枝小叶攒石台,桃英乱糁浮池水。

612

鳞波皱云展翠绡,羽幰逐风飒珠履。骝飞步袅蹀躞高,杯行声度提壶美。
提壶朝暮啼芳阴,啼尽东君脉脉心。螭球流影晚阳浅,兽匜喷香淑景深。
灵鼍鼓曲肯停调,绿蚁漾艳争欢斟。醉情得向芳辰畅,香车回碾银蟾沈。

天 池 寺

吴说天池两字真,梵坊突兀鼓钟声。圣灯逐夜朝文阁,雷火何年损相轮。
足下有云如隔世,眼前无地可容尘。追严不枉祠忠定,招得吟僧作主人。

题江州天庆观

临寺鼓钟透,殊庭瑞庆垂。上清唐塑像,正一汉遗师。
经箓青城派,楼台紫极基。尧天跻寿域,羽佩有威仪。

太平兴国宫

旌幢龙虎卫,台殿鼓钟浮。水乱浑疑雨,山深只见秋。
九天严采访,元老主焚修。得禄安萧散,前身几世修。

钧 天 曲

圆丘崇且高,广汉清且浅。元祀播鼓钟,严禘列瑚琏。
天酒泻琪花,遵此奉常典。恩流昭感通,报称示丰腆。
鹤鸣集霞台,凤曳翔云辇。已际天人和,八表清尘卷。

霍 山 祠

霍家山下敞行宫,溜水桥西透鼓钟。古迹建平遗烈在,春风广惠历朝封。
露台献社呈苍马,阴壁飞旌绘赤龙。蚁聚乞灵人散后,云街雨陌撼涛松。

北 高 峰

幡竿袅影入青冥,暮鼓朝钟镇不停。劫火几灰龛底像,西风两减塔层铃。
市人祈福心苗异,庙祝求金口角灵。三十六弯登绝顶,日中长现七元星。

入寓双泉寺

大江沙岸虚,几寸水痕落。萧萧双泉寺,佛像剥丹雘。
纸轮转晴鼓,灰塔断风铎。残僧极荒急,深得酒中乐。
西风客子来,栖暂得矮阁。开窗望村疃,四下尘漠漠。
人烟极零星,鸡犬更萧索。自罹开庆扰,景况恍如昨。

周章见世态,凋瘵叹民瘼。梵呗忽传声,饱饭且藜藿。

别王监镇

侨寄荒津厌鼓鼙,逆行遣日守羁栖。天兵未卜何时解,心事难俦此日齐。
雨醉田家无屦借,春眠野寺有诗题。蒲帆行趁东流去,应目狂踪类阮嵇。

将军教场墓

阅武场开傍古松,忽惊尘起废墙东。黑蜂飞毒归锄下,白骨通灵入梦中。
花草地宽千骑勇,鼓鼙声撼一坏空。若钱若马讹传久,难觅埋铭证异同。

出德化门外

湖光分柳岸,野趣入桑畦。锦片花随水,犀尖笋迸泥。
淮云收雨去,蜀鸟失春啼。隔浦军船过,斜阳送鼓鼙。

范成大(1126—1193)

次韵子文冲雨迓使者道闻子规

梦魂翩蝶翅,鼻息吼鼍鼓。唤起治晓装,马嘶童仆语。
汩泥溷凫鹥,惭愧黄鹄举。猥吟陬隅池,浪废桔槔圃。
啼鹃撩客心,钩引著何许。请歌苏仙词,归耕一犁雨。

题开元天宝遗事四首(其一)

御前羯鼓透春空,笑觉花奴手未工。一曲打开红杏蕊,须知天子是天公。

次韵宗伟阅番乐

十日闲愁昼掩关,起寻一笑共清欢。罢休诗社工夫淡,洗净书生气味酸。
尽遣余钱付桑落,莫随短梦到槐安。绣鞾画鼓留花住,剩舞春风小契丹。

十二月十八日海云赏山茶

追趁新晴管物华,马蹄松快帽檐斜。天南腊尽风晞雪,冰下春来水漱沙。
已报主林催市柳,仍从掌故问山茶。丰年自是欢声沸,更著牙前画鼓挝。

自晨至午起居饮食皆以墙外人物之声为节戏书四绝(其三)

北寨教回挝鼓远,东禅饭熟打钟频。小童三唤先生起,日满东窗暖似春。

元夕泊舟雪川

莲炬光中月自圆,人情草草竞华年。最怜一夜旗亭鼓,能共钟声到客船。

晚　　潮

东风吹雨晚潮生,叠鼓催船镜里行。底事今年春涨小,去年曾与画桥平。

重送文处厚因寄蜀父老三首(其一)

江上连樯叠鼓行,不争微利即争名。算来无似君潇洒,来往空船载月明。

富顺杨商卿使君向与余相别于泸之合江渺然再会之期后九年乃访余吴门则喜可知也今复分袂更增悯然病中强书数语送之

合江县下初语离,共说再会知何时。寿栎堂前哄一笑,人生聚散真难料。
青灯话旧语未终,船头叠鼓帆争风。草草相逢复相送,直恐送迎皆梦中。
昨闻亲上安边奏,玉阶从容移禁漏。天香怀袖左鱼符,归作双亲千岁寿。
我今老病塘蒲衰,君归报政还复来。万里倪容明月共,更期后梦如今梦。

浮　湘　行

湘山中间湘水横,绿蘋叶齐春涨生。盘涡沄沄去无声,吾乘桂舟溯中濡。
扬波击汰双橹狞,辘轳引筈如牛鸣。篙师绝叫叠鼓轰,潜鱼跳奔乳猿惊。
暖烟浮空昼梦腾,山长水远天无情。吹箫拊瑟吊湘灵,水妃风御缤来迎。
问客良苦远征行,昨者斧钺下青冥。命我尽护安南兵,岭海一视如王庭。
布荡阳春濯腐腥,王事靡盬来有程。匪躬之故惟尔氓,芳洲杜若空青青。
九歌凄悲不可听,愿赓楚调归和平。

刺　濆　淖

峡江饶暗石,水状日千变。不愁滩泷来,但畏濆淖见。
人言盘涡耳,夷险顾有间。仍于非时作,未可一理贯。
安行方熨縠,无事忽翻练。突如汤鼎沸,禽作茶磨旋。
势迫中成洼,怒霁外始晕。已定稍安慰,倏作更惊眩。
漂漂浮沫起,疑有潜鲸噀。勃勃骇浪腾,复恐蛰鳌抃。
篙师瞪褫魄,滩户呀雨汗。逡巡怯大敌,勇往决鏖战。

幸免与赏入,还忧似蓬转。惊呼招竿折,奔救竹筲断。
九死船头争,万苦石上牵。旁观兢薄冰,撇过捷飞电。
前余叱驭来,山险固尝遍。今者击楫誓,岂复惮波面。
澎澎三峡长,飑飑一苇乱。既微掬指忙,又匪科头慢。
天子赐之履,江神敢吾玩。但催叠鼓轰,往助双橹健。

方　回(1227—1307)

宿西畴曹教授宅

宿羽同夜林,天明各分飞。人生尘土内,别易会合稀。
我自钱塘来,君从宣城归。初喜望颜色,昔癯今似肥。
细视久乃觉,翛然不胜衣。老至故当尔,闲心厌尘鞿。
户门岂可忽,仕宦未为非。迩来三径荒,园花减芳菲。
政坐行作吏,耕稼始愿违。子婿环我前,设席灯烛辉。
邃庑考画鼓,崇盘荐琼蕤。友道比衰丧,闻客扃重扉。
独此意不然,壶倒觞屡挥。酒醒日已出,行行穿山围。
回首重回首,晴川渺烟霏。

早大雾午大风寇销兵解之象

骤合公超雾,俄飞御寇风。大声千里动,阴翳一时空。
远睇烽楼外,愁吟战鼓中。所思何日见,还得一樽同。

十月六日小酌以自宝此身方有寿分韵得身字

一从鼙鼓沸烟尘,十士相逢八九贫。梦境谁能为达者,醉乡犹幸属闲人。
剩留佳句传来世,谨护风寒养病身。归去吾家有何物,岂无江水濯缁巾。

宿包山杨明府宅(其一)

十年共艰难,老友杨明府。贤令实所赖,拙守何足数。
尚忆纷纭初,天地沸鼙鼓。穷山古未见,倏忽集万马。
家财吝不捐,宁保杀与掳。公一无所爱,什器亦遭斧。
我书寄歙山,万卷弃草莽。即令两秃翁,衣破缺纫补。
独有浩然气,依旧塞□□。□□白云村,连榻晓共语。

乙巳三月十五日监察御史王东溪节宿戒方回万里饮灵隐冷泉亭赵宣慰君实赵提举子昂灵隐寺知事晦坛治具西方僧四人两提领北人放泉喷雪观猿掷果予醉先退赋诗五首记之（其一）

年年时节美春三,谁识湖山绿似蓝。万户栋梁双语燕,千村桑柘两眠蚕。
鼓钟下竺寺连上,香火北高峰胜南。除却咸平处士外,何人更此筑吟庵。

晓　枕

春来何事客江城,欹枕怀人意屡惊。遥夜欲明风雨止,老人无睡鼓钟清。
苦难辞酒真成病,强欲酬诗曲徇情。竹密花浓归去好,万山深处听莺声。

秋晚杂书三十首（其九）

何以知秋深,衾薄无浓梦。梦断复不眠,寒气夜已纵。
幻虚成诸有,谁实神其用。积惨以消之,化工似好弄。
东家生育喜,西舍哭泣痛。鸿荒考妣初,万代几宾送。
释氏寂灭乐,此理未必中。浩然思无涯,雨鸣鼓钟动。

西斋秋日杂书五首（其一）

居城近城门,前市后山郊。质明沸枢鼓,彻夜喧僧铙。
暑病人死多,当此秋夏交。盐米哄贾贩,杖经酸哀号。
倏忽异存殁,所争常毫毛。

方信孺（1177—1223）

铜　鼓

石鼓嵯峨尚有文,旧题铜鼓更无人。宝钗寂寞蛮花老,空和楚歌迎送神。

方一夔（？—？）

无　愁　潭

酌我无愁酒,歌我无愁诗。竭来无愁潭上弄明月,漱涤万虑清肝脾。
平生蓄积总开豁,便欲遗世超希夷。持杯试问此潭水,昔来何处今何之。
覆船山高寒岌嶪,玉泉飞下东天池。分流一泻数百里,直抵绝壑潴清漪。
镜平百丈洞无底,其下深黑蟠蛟螭。幽兰薜芷乱洲渚,倒影寒浸枯松枝。

千回万折流到海,波涛喷薄孤城危。潮生水满潮退涸,蓬莱清浅倏改移。此愁与水两无尽,昔人已去今人悲。君不见莫愁山下春水长,画船鼍鼓相追随。淡烟芳草望不断,石城荒废留空陂。不如此潭只在山水窟,纵有奇胜无人知。何曾红粉照清泚,但有欸乃渔翁词。一声歌断暮山碧,秋风两鬓寒飕飕。

冯　山(?—1094)

和李曼修孺职方谢梓守张靖子立龙图游春

潼川侈风俗,一春事嬉游。太守与民乐,高会邀良俦。
年丰廷无讼,日夕为欢谋。宾从相追随,景物多访求。
名园布芳郊,宝刹依重丘。红旗肃冠盖,画鼓翻倡优。
人情殊未央,春意亦少留。最后司马至,为罗东山羞。
观棋缓带闲,试茗澄心幽。猖狂但醒醉,感慨还唱酬。
清尊未放手,急景如转头。分司饱余味,经世忘远忧。
来时蚕始眠,归看场中莽。人生苟适性,不羡万户侯。
丈夫负壮气,安知饿填沟。得志位卿相,失时归田畴。
纷纷素所轻,大半登瀛洲。肯为五斗米,折腰趋道周。
区区事笔砚,顶踵称恩庥。酒酣且勿去,为我新声讴。

高景山(?—?)

留宿灵岩

雪霁寒威峻,山空晚色新。我来何所羡,一夕暂闲身。
法鼓震虚空,灵岩绍祖风。老僧禅定后,龙虎自相逢。

葛立方(?—1164)

次韵洪庆善同饮道祖家赏梅(其二)

麝脐飘馥来疏蕊,霜女将寒堕瘦枝。数朵腊前舒冷艳,催花羯鼓未应知。

葛绍体(?—?)

嘉兴尉府教阅即事

轻风荡宿氛,薄日笼晓晴。草嫩芟锄易,沙软蹙踏轻。

军容壮而肃,兵器老以刚。震动击鼓鼙,节止鸣铙钲。
前行萃白旗,后队随红旌。闪闪云雾披,阒阒烟尘凝。
放箭羽鲜新,张弓角光晶。粢丝搭饭玉,赭衫坐盈庭。
犒激劵楮叠,簇结巾带横。叉手最健武,骁势殊掀腾。
跳梁勇投掷,呼喝骄凭陵。左旋忽右转,此伏俄彼升。
路分寻丈斗,锋合毫厘争。目与手不谋,须臾悬死生。
倪非教之素,何以所习精。豫章太史氏,家世冰雪清。
早传师律严,遂识戎阵明。坐言二十年,不见此宪程。
教场沮洳地,溃雨几浮倾。荒池倒枯荷,腐水飘乱萍。
旧观喜再还,徒曰练弓兵。公宇昔零落,华屋今峥嵘。
昔也一概废,今也百度兴。今昔同此时,人有能不能。
萧萧忧危念,策策夙夜情。固将宣国威,非惟振家声。
儿戏谁逍遥,老成尚典刑。嗟乎真将军,亚夫细柳营。

葛胜仲(1072—1144)

己未次广惠院

下若水泛泛,佛寺古邑西。开帆但五里,不到将噬脐。
怀古展清眺,崇阁聊攀跻。法生有鼻祖,乐此山与溪。
自言孙子贤,兹地兴王基。霸主受九锡,二纪承梁齐。
空余阳乌阜,石人卧荒蹊。绿满天随家,岩花伴幽栖。
留传杞菊堂,墨妙悬榱题。秀色有他岭,招寻更杖藜。
山林且放诞,边城多鼓鼙。

招中散兄饮

飘零羁旅苦摧颓,旬日希逢笑口开。炉冷难施文武火,气寒聊杂圣贤杯。
牛鸣地去无多远,羊胛熟时宜便来。闻说家山动归兴,预愁叠鼓起高桅。

与襄阳太守张亚仲泛汉江

春波涨酴醾,绿净疑染黛。神女昔江皋,玩珠仍解佩。
沙光射目明,浪影摇风碎。乐哉今日游,放溜舞滂湃。
华舫挹空阔,叠鼓助击汰。仰视白铜堤,岑楼飞彩绘。

游女凭危栏,纷若五家队。真想谢窘拘,意有千里快。
远岸指烟蓝,飞流罗水硙。尚想竞渡时,千船唱何在。

高君贽兼数职奔走疲甚以诗劳苦之

晓鼓逢逢天未白,呼火摄衣干典客。青衫手板阶石前,磬折擎拳若无骨。
还将束矢听情伪,更向团丝分枉直。糟浆逆鼻走兵厨,播糠眯目司平籴。
翩翩轻舆行若飞,濯濯单纨汗如涤。趋局何曾过八砖,端居未暇移百甓。
归家往往犬迎吠,得肉时时鸟攫食。长材要自万鹏程,初筮聊淹一鸡肋。
径须黾勉弹其冠,未用低徊尤此帻。左冯旧事今复继,敏手州人惊霹雳。

葛　郯(?—1181)

临 终 偈

大洋海里打鼓,须弥山上闻钟。业镜忽然扑破,翻身透出虚空。

龚颐正(?—?)

陈山龙君祠迎享送神曲(其二)

君祝驾兮芬阳斯陈,鼓钟广享兮列鼎重茵。君之宫兮屯云,蕙肴蒸兮芬芬。
我黍我稌兮抑亦荐其蘋芹,君明其衷兮无吐芳新。

郭祥正(1035—1113)

魏 王 台

金城东,百尺高台临远空。长江浩荡剑门险,欲平吴蜀难为功。
谁倾黄金建佛庙,击鼓撞钟夜还晓。香厨供办老僧闲,玉栏花谢游人少。
我来独立想英雄,战舰连云气概中。犹有斯台存旧址,可怜铜雀起悲风。

望 白 纻 山

隔江望白纻,葱苍压牛渚。却忆跨黄犊,渡桥溪东去。
悠悠登此山,直待圆蟾午。汗漫丹湖水,万顷浸天宇。
北斗酌不干,光炯反吞吐。诸峰若案几,白云俯可取。
览景壮我怀,长谣念前古。传闻桓将军,致酒领歌舞。
雄风回秋霜,英声散鼍鼓。宁知千载后,荒榛老狐鼠。

男儿及时乐,一饷亦足许。前年翰林公,绝顶构堂庑。
我方客沅湘,盛事未能睹。及今佐肥幕,治狱历阳府。
注目聊独吟,何时达庭户。

宣州双溪阁夜宴呈太守余光禄

陵阳三峰压千里,百尺危楼势相倚。海波不动蛟龙盘,叠玉无尘霜雪洗。
溪光冷泹山光润,色接金陵古名郡。青猿啸断四五声,白鸟归飞两三阵。
四时之景皆可观,六月来游肤发寒。有时下瞰北山雨,只道林林银竹竿。
贤哉光禄余太守,昨引佳宾列樽酒。朝饮三百杯,暮吟三百首。
不为阴惨严刑诛,长吐阳春活残朽。御史曾书治绩碑,州人尽祝灵椿寿。
沈沈罗幕更漏稀,灯如撒星公醉归。丝篁前引后鼓鼙,珠履交错行迟迟。
丈夫得意不为乐,借问百年能几时。

次韵和元舆待制后浦宴集三首(其三)

谁为宓妃寻洛浦,且看芙蓉照秋圃。烂漫折随罗袖归,芬香忍对西风吐。
官池不属野人游,画鼓喧喧驾鹢舟。宾从欣陪史君去,筵开正在红云处。
独携椽笔发清唱,老鹤昂藏映鸡鹜。敢辞倒载委篮舆,绛腊行行夹城路。

送沈司理赴阙改官

捕寇治狱皆有闻,才力纵横真出群。荐书交上三岁满,玉陛引对瞻吾君。
胸中策画烂星斗,笔写纸上虬龙奔。完创补弊有捷理,此时歧路拿青云。
云霄问谁作霖雨,愿洗边城血中土。和气油然熟禾黍,天下蒸黎免穷苦。
男儿事业当致主,我独沈沟亦无语。离亭愁怀安可数,春风自在花飞舞。
船尾插旗轰画鼓,掺袂青山遮别浦。

石屏台致酒呈蒋帅待制

石屏台下玉池水,绕岸石屏青齿齿。镌劖初自人力成,一石十牛车不起。
蕐置应须费万金,园囿森罗供宴喜。苍藓昏埋岁月远,修藤缠络根相倚。
刘鋹族氏已无余,此物犹存旧基址。曾经战鼓轰雷霆,屡对春风阅罗绮。
老榕交阴不透日,客袂生寒冰雪洗。小桥断处栈梯连,一线崎岖劣容跬。
未知深窟藏龙蛇,但见枯荷阁蝼蚁。摩挲题字考前人,名姓班班少奇伟。

请公椽笔赋大篇,歌颂永平诛僭拟。光焰须令万丈长,一时行乐何足纪。

郭 稹(?—?)

朱萼亭侍宴

九重香辇出,三月御庭开。圣酒鸾杯酌,宫花羯鼓催。
莺声压歌管,山色满亭台。睿赏欢无极,叨陪愧不才。

韩 淲(1159—1224)

两倅约过南台

别乘偷闲里,南台避暑初。招邀到班邴,宦达付严徐。
贤相规尤远,灵山画不如。荆淮多战鼓,煮饼少踌躇。

雪观(其二)

暮鼓朝钟外,鼻端消息真。灵山高溪南,而有彼上人。
祝发岂灭性,趺坐宜忘身。咄哉露地牛,染净俱一尘。
当年少林立,话头犹许新。北风吹雨花,缤纷皓如银。
我来试标榜,此境何了因。无相亦无证,颦伸气方匀。

书姜白石昔游诗后

平生未踏洞庭野,亦不曾登南岳峰。因君谈旧游,恍如常相从。
江淮历历转湘浦,裘马意气传边烽。吾尝泛大江,只见匡庐松。
乘风醉卧帆影底,高浪直溅岚光浓。日暮泊船时,是时方严冬。
雪花压船船背重,缆摇舵鼓声如钟。当年意浅语不到,无句可写波涛舂。
君诗乃如许,景物不易供。尽归一毫端,状出三飞龙。
人间胜处贵着眼,虽有此兴无由逢。钱唐山水亦自好,奈何薄宦难从容。
南高北高一千丈,潮头日夜鸣灵踪。应有隐者为识赏,青鞋布袜扶杖筇。
君无诧彼我愧此,急还诗卷心徒忪。

十月十六日同器远晚步童游桥(其二)

濯锦江头小佛庐,二三良友亦同居。僧敲暮鼓朝钟处,舒卷一编贤圣书。

韩　驹（1080—1135）

昔与道颜智俱二僧居武宁明心寺未几与俱避贼山中颜几不免绍兴三年复会于广寿寺偶作一首

昔与二子居明心，避贼夜走南山阴。天寒更蹋沮洳径，月黑错堕杨梅林。
历险登危四三里，少复前行过溪水。平明乞火野人家，十日身藏岩窟里。
闽俱叹我装赍空，蜀颜转陷妖氛中。谁言性命脱针孔，沉忧伤人衰疾同。
春风酣酣柳边寺，相对梦中论梦事。莫嫌薄饭一茎虀，郡国而今无鼓鼙。

上王太守生辰诗

碧落仙家琼树枝，传芳何处庆云低。人间凤历将移朔，天上瑶光欲转西。
丹穴巢空骞瑞翼，渥洼波涨奋霜蹄。堂堂风骨端如岳，凛凛神姿秀入奎。
紫殿文章惊独步，黄金名字最先题。袖将月窟三春桂，踏尽云头万级梯。
北阙一麾新出守，南州五马总骄嘶。铃斋玉麈清谈笑，晏馆金花贴鼓鼙。
诗焰进腾昏日月，酒觞沉困吸虹霓。未能度岭寻真去，直欲枯潭觅剑携。
千里暂烦倾皂盖，九重终看步沙堤。吏情何以为公颂，只赋嵩高与寿齐。

韩　琦（1008—1075）

陈商学士知常州

叠鼓声喧下鹢舟，书山萧索别英游。青藜照字观奇废，朱雀分符锡命优。
霞夹乌樯晴斾卷，星摇渔浦夜灯幽。莼风正孰帆无恙，一色江天望处秋。

答孙植太博后园宴射

花梢点红芽绿苗，宴亭爽垲堋云列。呼宾习射次序升，体裁人人矜笿挃。
六钧力副百中艺，由基注目老羿拽。支左屈右何大工，象弭急收如列缺。
须臾一镝入鹄心，画鼓连轰尽声喝。后者审固意愈精，有时大呼劈箭筈。
惜哉最是毫厘差，彩侯似动旂微撇。分明角胜各记晕，将终或为一箭夺。
当筵主筹令难犯，大白时举出正罚。此礼自古尤所重，礜圃去留宜有别。
五善大抵主和容，不止穿杨与穿札。因忆当年黠羌叛，非才误授将军钺。
帐下貔貅十万师，力过生犀心似铁。大人未许覆凶巢，饬封垂御侵越。

悍夫猛士志待骋，贮填愤气何由泄。正值高秋天气寒，塞场霜重严风刮。
约束偏裨整队兵，旌旗烁电戈矛雪。驱出长郊阅奇阵，离合应麾皆有节。
次引精锐较绝技，控弦命中无虚发。气豪马健走危坡，直下千寻未尝蹶。
收军校猎围平原，犬顺人呼鹰解绁。山麋冲轶犯劲矢，岗兔奔跳迷狡穴。
大雕盘空不轻搏，老狐仰视肝胆裂。驻鞍赏获犒部曲，浪泻酒车论染血。
将军未酣众心醉，耳后风生鼻头热。此日淮藩奉宽诏，朱轮慢辗行春辙。
铃索声沉讼牒稀，优游大可养疏拙。斜蒿青青鲦鲅新，公醪香重醅才拨。
射堂对客且相娱，不妨乐事陶嘉月。襟怀聊与水云间，梦魂犹寄关山阔。
逢辰未立赫然勋，破的求功真琐屑。欲得心如外貌欢，报国之诚尽摅豁。

甲午冬阅

练士当时阅，临高共一观。势凭朝气锐，令入晓霜寒。
事重三军国，形存八阵滩。烧烘旗帜动，雷吼鼓鼙干。
画守谁能犯，循环莫见端。赴溪驱稚子，飘石走惊湍。
弹压提封静，周旋四野宽。机深天地秘，知少古今难。
寨巧花齐出，营新月未圆。全师充国慎，坚卧亚夫安。
鹅鹳行虽卷，貔貅伎要殚。撒缰驰铁骑，叠箭取银盘。
避槊身藏镫，扬尘足挂鞍。弩飞三刃剑，炮掷百星丸。
铙管喧归队，肴胾足犒餐。父兄人自卫，凫藻众胥欢。
有志铭燕石，无劳误汉坛。壮心徒内激，神武正胜残。

啄　木

剥剥复卜卜，意若念良木。营营求蠹心，未获空我腹。
或露一裆红，或展双翅绿。捷缘都卢橦，响弄羯鼓曲。
搜索不知疲，利嘴信摧秃。忽尔破奸宄，种类无遗族。
内孽固难辨，一发知潜伏。彼实害珍材，尽殄此非酷。
直疑天意深，不使嗜梁肉。专为众蠹仇，侍饫弗与足。
如令知庶味，恣择虫与粟。杞梓任阴贼，长喙罢攻触。
饱食作群飞，时下泉沼浴。归鸣凉树阴，暮趁高枝宿。

韩　维(1017—1098)

送李阁使出守冀州

天子仁恩抚四陲,边兵坐饱太平时。只知使者持金絮,不识将军有鼓鼙。
君去守藩忧就重,古来忘战志当危。祖门事业如南仲,无使家声愧鼎彝。

遗吴冲卿大飨碑文

苍碑剥龙螭,突兀古殿侧。世变文字异,岁久苔藓蚀。
谅非好事者,尘土未尝拭。我来仰首看,百过不自息。
曩者魏方盛,帝丕托威德。驰驱百万众,南指斗牛域。
誓将殄氛祲,饮马长江邑。翠华郁回翔,高会夸故国。
肃肃环佩响,煌煌羽旄饰。鼓钟何镗鞳,淮汉为震仄。
罢飨示得意,摛文永镵勒。从臣梁孟皇,隶法当世特。
奉诏无与让,淋漓奋其墨。尔来几千岁,卓卓见筋力。
端庄九鼎重,劲挺群珪植。威仪商山老,气象汉庭直。
惟昔铭栒戈,先儒固难迹。况我鄙陋极,视此空叹惜。
常恐日磨灭,不辨点与画。呼工模于纸,一扫见白黑。
缄包比琼瑶,把玩废寝食。于时大经九,有诏讲谬忒。
刊之太学中,为后代法式。冲卿邦家彦,学问古今积。
辞端海鲸运,笔力霜鹫击。况兹服儒官,洒翰固其职。
楷模所流传,历世动千百。自非体法正,徒使观者惑。
厥初篆草隶,根本君已极。聊持钉张玩,庶以参得失。

和冲卿晚秋过金明池

闻君西郊行,正值秋风晚。清霜卷枯荷,碧玉莹池面。
浮空结修梁,涌波抗华殿。云烟渺净色,览望一萧散。
缅思暮春际,都人盛嬉燕。连帷错绣绮,方车骛金钿。
填填鼓钟响,耳目厌哗眩。乃令尘嚣辞,而有清旷恋。
达人冥至理,喧寂无异观。偶然乘化往,何适非汗漫。
吾知御寇游,所乐在观变。

韩元吉(1118—?)

送中甫兄之淮南(其一)

忆昔湖阴道,边声日夜闻。远峰明积雪,叠鼓堕层云。
未叹河山异,常忧玉石焚。三年真一梦,相见且论文。

依韵和御制秋晚曲宴诗

巍巍舜治浃嘉生,宴俎丰年万宝成。禁幄云深开晓色,上林风迥起秋声。
威加鼜鼓雷霆转,喜动龙旂日月明。应手神珠看电击,旄头消尽铁山平。

远游十首(其三)

雷出九地底,化为万鼓鼙。豕首柄石斧,骎然四海驰。
夔魖与罔象,辟除靡有遗。无私乃帝令,风雨多随之。
苟能仆夷伯,何怨儿女为。

次韵鲁如晖雪晴

腊近千门雪,风高一夜晴。醉余和被拥,梦破觉窗明。
鼙鼓三年戍,关河万里情。应怜铁甲冷,烽火未须惊。

与苏训直约游招隐寺(其二)

鼙鼓初归塞上师,京江酒美胜年时。春来逆旅真无事,身到名山合有诗。
石底於菟穷作穴,泉间科斗闹成池。荒寒景色君休问,后日应怀此客随。

送赵任卿芜湖丞

青山照濡须,江驶不可渡。当年黄须儿,跨马识其处。
奸雄有遗迹,草木尚西顾。孤城千家邑,政尔横故戍。
翩翩佳公子,儒雅称风度。金门向蓬莱,曾未试阔步。
畴令一官卑,仅乃高尉簿。得非多言穷,定坐能诗故。
相从十年间,了不见喜怒。千金第深韫,至宝可轻付。
江山落君手,判断得佳句。谁欤招得仙,我欲起谢傅。
似闻王师出,鼙鼓近营驻。老生固常谈,愚者亦千虑。
一樽别时酒,且用慰迟暮。去去无久留,功名有夷路。

方务德元夕不张灯留饮赏梅务观索赋古风

昨日风雨今日晴,绿水桥南春水生。使君元夕罢高宴,亭午邀客花间行。
危亭直上花几许,水仙夹径梅纵横。不须沈水薰画戟,帘幕自有香风清。
门前纷纷鸟鹊乱,隐几坐爱寒江明。忆昨淮南戎马动,岂谓景物还新正。
遗民归公十万口,鼛鼓日日严刀兵。眼看指麾尽摩抚,闾里愁叹成欢声。
酬功端合侍玉辇,安得坐啸江干城。景龙灯火公尚记,耆旧出语儿童惊。
我来两月滥宾客,况有别驾能诗名。相从一笑说万事,重费美酒勤杯觥。
东风摇荡入烟柳,歌管错杂催离情。诏书征拜那可后,为公前马遥相迎。

何梦桂(1229—?)

送李县尹

河阳桃李是谁栽,怕说春归叠鼓催。正好鸣琴看锦水,俄惊飞诰下金台。
一堤烟柳离亭路,两岸风花送客杯。百里桑麻正生意,为言来者好栽培。

贺　铸(1052—1125)

江行写望

斜照侵疏箔,微凉逗小窗。青蒲故依渚,白鸟屡横江。
遣兴诗三百,煎愁橹一双。前舟定未远,叠鼓听逢逢。

寓泊临淮有怀杜脩撰

幕卷歌鬟列,堂深蜜炬然。临风鸣羯鼓,待月戏秋千。
短韵吟笺出,长檐醉帽偏。斯人违薄俗,何减孟公贤。

答许景亮

东嘉海上孕瑰怪,之子人英晦当代。发之辞章聊一噫,雷鼓霜钟警聋聩。
投吾夜光敢不拜,相期过高幸少杀。君家风鉴严简汰,顾吾衰迟积尪瘵。
久隐墙东慕牛侩,绝望仲华安石辈。老矣狂奴犹故态,清思屡遭俗子败。
絮衣棘径动冒碍,京尘浼人更难奈。行拿一舟犯滂湃,五斗无余杂糠稗。
全家饫飧云梦薹,黄鹤登临指天外。燕子西飞书可待,访吾少明安好在。

洪 刍(?—?)

席上次张法曹韵

山城腊月盛江梅,底用花奴羯鼓催。密炬暗随残漏尽,冰肌巧斗一枝开。
已闻珠贯停檀板,未许葱根近玉杯。多谢主人能卜昼,幽花未落更重来。

洪 迈(1123—1202)

车驾幸玉津园晚归进诗

五更犹自雨如麻,无限都人仰翠华。翻手作云方怅望,举头见日共惊嗟。
天公的有施生妙,帝力堪同造物夸。上苑春光无尽藏,何须羯鼓更催花。

洪 朋(?—?)

早 发 新 吴

行路柳枝弱,池塘草色齐。石萝人共远,洲蕊意兼迷。
宿雾笼城郭,春飔入鼓鼙。黄鹂花叶底,何事向人啼。

洪 适(1117—1184)

广东春教致语口号

高管嗷嘈叠鼓忙,春云轻覆飨军堂。二星光动狐狸伏,六纛威腾貔虎良。
海孽向来如薙草,射夫无有不穿杨。时平已卧边庭鼓,不废搜田谨旧章。

隆庭竹至四绝句(其二)

竹里巧传幽鸟语,月台高视客星移。乡园何幸立分鼎,鸣鼓铿钟乐圣时。

洪咨夔(1176—1236)

十月晦过巫山(其一)

巫峡逢初度,平生一段奇。江山襟抱写,岁月鬓毛知。
神女翻旗下,冯夷叠鼓随。直须豪举酒,捩柂不妨迟。

送游考功将漕夔门(其二)

神鼎一铸魑魅怖,法鼓四震波旬悲。祖宗涵养天下气,留得此脉扶颠危。

章升伯妻孺人挽诗

婉娈从君子,青云远大谋。乐羊灯火夜,李侃鼓鼙秋。
露舄凫迎喜,星机鹊送愁。诰花纷五色,光动九原头。

送新婺州汪总领归歙

天骄运去如隤堤,横决燕涿流青齐。斩竿揭旗扣并塞,被发左衽称遗黎。
脍肝山前走肉语,碪骨寨里饥魂啼。尽笼虎兕淮南北,期猎狐兔山东西。
常人喜功首例肯,智士察变眉先低。危言不顾犯众忌,设难直欲开群迷。
近嗟唐祸兆回纥,远述晋乱基羌氐。积薪未然不着手,曲突已验空噬脐。
贼帆方落射湖去,胡骑已闯滁山嘶。正须筹幄坐月观,却卷郡绂寻黟溪。
带泥烧笋荐晨饷,踏雨剪韭供春齑。心安便是上池药,眼净何用黄金篦。
蜀公早尝着野服,君实晚始持桓圭。方来事业推不去,还踏晓鼓听朝鸡。
穷边杀气贯矛戟,严城酸风吹鼓鼙。化云相随不可得,矫望玉宇横苍鹥。

送石士志推官赴调

石友抱奇璞,朅来掾吾邦。昂然凌霄姿,莒鼎独力扛。
入幕有此士,诸人亮难双。决事风赴谷,哦诗雨翻江。
青衫裹妍骨,黑发今眉庞。世无九方皋,谁识骊与骦。
一朝解绶去,船鼓催逢逢。阃府少颜色,我心若为降。
倦游方闭门,寄傲但一窗。惜别不得饯,况能缀羊腔。
明廷急才俊,召驿南逾泷。森森邓林枝,剪拔穷株桩。
岂其饭牛戚,未作展骥庞。早晚对北阙,叶钟发鲸撞。

会　心

不是非心佛,还疑有漏仙。朝闻驰鼓起,夜候定钟眠。
浴少衣偏垢,游多袜易穿。祇将毋不敬,推倒野狐禅。

用王司理韵送别(其二)

芦花秋摵摵,征思旆悠悠。歌吹莫愁国,鼓铙熊绎州。
胸奇空盾鼻,胆隽落觥头。傥有西风雁,频书老故侯。

续洗兵马上李制置

太白过午芒角狞,蚩尤亘天钩尾赪。淮东千里正鼾寝,夜半汹涌传边声。
王师北渡衄泗口,胡马南牧摇青平。拥城败将死蜗缩,护堡赢卒飞猱惊。
诗书元帅戒凤驾,往试百万胸中兵。几人险语挽衣断,甚至涕泗交纵横。
李晟为国不虚出,裴度与贼难俱生。两军相持以气胜,督战火急开行营。
长江涨绿冯夷舞,击楫东来亲一鼓。威灵闪闪动牛斗,精采轩轩起貔虎。
金牌银牌胆为冷,千户万户色如土。尺兵寸镞不待施,已觉目中无此虏。
四句颉颃斗困兽,一夕仓皇窜饥鼠。不闻令狐戛刁斗,但见龟山撑窣堵。
麦畦黄里栗留风,秧圳青边勃姑雨。老农想见太平年,买酒煮茶相劳苦。
黄旗紫盖祥光开,宫柳飞絮公归来。平淮勒碑字如斗,铙歌奏曲声如雷。
奉觞再拜白寿母,儿辈破贼边州回。欢然一笑春满面,婆娑起舞斑衣莱。
还观先正绍兴日,立朝清节高崔嵬。独于和议植赤帜,坐令火德然寒灰。
家传此意石不转,事业自许图云台。从今着手快经理,一洗河洛无纤埃。
君不见武侯用西蜀,诛赏大明人自服。
又不见叔子镇襄阳,恩信一孚江汉皆金汤。

胡　宏(1105—1161)

送友人归荆南

瞬息光阴便百年,壮时无谓此身坚。莫随白日悠悠去,要见先民旳旳传。
心耻文俳似班马,眼看青紫自头旋。望云飞鸟长天外,临水不知鱼在筌。
沈吟岩野意不展,燮理一身居屡迁。愿学只知依孔圣,懒从禅客问因缘。
圣门子贡最明达,肯使宫墙但及肩。天生我才朴更拙,未逢良匠入雕镌。
清漳见公二十载,论仁一句期超然。致知两字足功力,方信能行穷化先。
南山文会未振起,公今远去岷江边。闻说豺狼卧当路,日向黄昏休更前。
况复江城动鼙鼓,四时烽火长相连。征轮决去曳不止,男儿性命绝可怜。
晓月子规惊别梦,冥冥空有泪痕溅。临岐相赠要切语,慎勿使我空华颠。

胡　榘(?—?)

重游洞霄宫

蛟鳄谗波偶脱身,洞霄真境浣妖氛。未妨贳酒余杭姥,重与题诗大涤云。

何自玉关休战鼓,傥容琼馆秦炉熏。第忧负愧麋裘老,驯虎岩前有勒文。

胡舜陟(1083—1143)

滑　石　泉

奔走尘沙五十程,泉声今夜响泠泠。明朝画鼓催征骑,不使行人仔细听。

胡松年(1087—1146)

洞　　庭

白蘋风静碧波沉,画舸来游着意深。愿觅灵文窥秘钥,更追遗范写良金。
姓名便合联真隐,出处何妨拟醉吟。畴昔光阴费行乐,中原鼙鼓正伤心。

观音院德云堂

小舟乘风飞鸟过,万顷云涛纵掀簸。此行要是快平生,无数青山笑迎我。
山根隐约见人家,槿篱茅屋埋烟霞。宛似秦人种桃处,川原远近纷香葩。
杖藜径踏华山去,试问莲开今何许。路迷绝壑荫松筠,身到半山听鱼鼓。
道人为我开云堂,是中境界浑清凉。幽磬时和野鸟语,飞泉暗泻岩花香。
文书照眼本吾事,雁鹜著行败人意。造物似怜厌世器,挈置湖山烦一洗。
何人夜呼隐去来,向来得丧真山崖。金庭玉柱永不改,人间劫火空飞灰。

胡　宿(995—1067)

送刘观察赴襄阳

甲队霜秋莹武蜂,万兵都府去临戎。习池岘首风流远,汉水方城气象雄。
宴榭鸣鼍飘画鼓,射堂栖鹊试雕弓。平时公子推能政,爱日遥知遍境中。

胡　寅(1098—1156)

岳阳楼杂咏十二绝(其九)

有时风浪战城西,何啻渔阳万鼓鼙。狎水虻虻忘垫溺,谁人能续偃虹堤。

再　谢　见　寄

非关粮尽不能兴,自叹车中蹭蹬鳞。诗客颇能怜逐客,饔人知复受鲛人。
为怜飞箸千条玉,不忘牵潭百尺纶。腹似鼓鼙无塌处,诗如姜蒜有余辛。
阌乡少府新权尔,争比周郎美味频。

胡仲弓(?—?)

海月堂观涛

青天与海连,羲娥代吞吐。封姨助余威,阳侯倏起舞。
或奔千丈龙,或轰万叠鼓。蓬弱此路通,只界一斥卤。
浩浩无津涯,尾闾辟地户。嬴女驱鲛人,献怪扶桑府。
琛球来百蛮,玭珠还合浦。独立象冈外,身世等一羽。
宇宙纳溟渤,万山齐伛偻。清风与明月,造物不禁取。
临流喜得句,玉栏失笑拊。眺望此一时,颂洞注千古。
安得卷上天,霈作天下雨。

题通妙亭柱

小亭存古意,雅称道家风。池水鸭头绿,山茶鹤顶红。
内丹还九转,法鼓叩三通。若问希夷事,檐铃语未终。

颐斋再作催梅诗次韵

但是南枝尽向阳,凝寒未许暗传香。水边疏影空浮月,岭外孤根浅带霜。
北帝无因全漏泄,东君何事巧遮藏。好将羯鼓花前报,莫待狂风破麝囊。

华　岳(?—1221)

江上双舟催发

前帆风饱江天阔,后帆半出疏林阙。后帆招手呼前帆,画鼓轻敲总催发。
前帆雪浪惊飞湍,后帆舵尾披银山。前帆渐缓后帆急,相傍俱入芦花滩。
岛屿萦回断还续,沙尾夕阳明属玉。望中醉眼昏欲花,误作闲窗小横轴。

黄公度(1109—1156)

奥村晚望

山逐寒云断,天随暮霭低。稻畦迷上下,樵径自东西。
故国存书剑,他乡尚鼓鼙。涓埃期补报,未敢卜幽栖。

与方稚川

南来厌见跕飞鸢,之子相逢意凛然。未用天涯叹沦落,要知幕府盛才贤。

清谭霏屑论交地,叠鼓喧江送别筵。帆腹渐肥人渐远,离愁长在夕阳边。

黄庭坚(1045—1105)

次韵钱德循鹿苑滩舣舟有作

鹿苑滩头秋月明,使君辍棹爱江清。尘埃一段思归路,已听荆州渔鼓鸣。

定交诗二首效鲍明远体呈晁无咎(其二)

建鼓求亡子,原非入耳歌。除去绿绮尘,水深山峨峨。
满堂悦秦声,君独用此何。平分感秋节,空阔湛金波。
定夜百虫息,高论听悬河。执揽北斗柄,斟酌四时和。
破屋仰见星,得子喜且多。危柱无安弦,野水自盈科。
成道在礼乐,成山在丘阿。收此桑榆景,相从寄琢磨。
开怀溟海阔,百怪出蛟鼍。闭藏愿自爱,惊人取谴诃。

浔阳江口阻风三日

枯桑最知天风高,旅人更觉时序迫。去年解官出北门,犹缆江船依贾客。
狙公七芧富贵天,喜四怒三俱可怜。湖口县前教战鼓,声到浔阳渡头船。

罗汉南公塔颂

一点墨漆,元无缝罅。罗汉云居,天上天下。
出入奋迅,三界无家。以除恼禅,打鼓弄琵琶。
沈却法船,留下戽斗。欲得不沈,戽干札漏。

塞 上 曲

十月北风燕草黄,燕人马肥弓力强。虎皮裁鞍雕羽箭,射杀山阴双白狼。
青毡帐高雪不湿,击鼓传觞令行急。戎王半醉拥貂裘,昭君犹抱琵琶泣。

戏答仇梦得承制二首(其一)

结发从征听鼓鼙,未曾一展胸中奇。弯弓如月落霜雁,谁道将军能赋诗。

款 塞 来 享

前朝夏州守,来款塞门西。圣主敷文德,降书付狄鞮。
毡裘瞻日月,剺面带金犀。殿陛闲干羽,边亭息鼓鼙。
永输量谷马,不作触藩羝。声势常相倚,今闻定五溪。

午 寝

读书常厌烦,燕处意坐驰。动静两不适,尘劳败天倪。
目昏生黳花,耳聩喧鼓鼙。沈忧愁五神,倦剧委四支。
不聊终日堪,况乃久远期。投书曲肱卧,天游从所之。
是身入华胥,仿佛胜初时。春蚕眠巨箔,夏蜩化枯枝。
今之隐几者,岂有异子綦。觉寐须臾间,良亦休我疲。
乃知大觉梦,盖此德之归。谁为今日是,二十二年非。

黄文雷(?—?)

石 头 怀 古

长江日浩浩,跂予望淮南。禹画足广轮,王气分骰函。
朝市一以建,蟠踞诚匪惭。中躔胡尘悲,六龙此停骖。
衣冠幸有地,喙息赖未殱。岂惟时贤力,要是天险参。
颇闻京洛墟,不救狐兔馋。厌难故有道,往悔宁非贪。
前登石头路,得共北客谭。新秋带归鸿,落日随征帆。
吊古意未厌,鼓钟已酣酣。

黄 载(?—?)

陪侍丞相安晚先生宿觉际寺夜遇大风可畏遂赋大篇

船头落日如血红,客言今夕当有风。空山梦回刺骨冷,纩被无力身如弓。
但闻纸窗响僳窣,初意空厨饥鼠出。忽然扉户竞开阖,犹谓偷儿入吾室。
须臾欻作号怒声,鼖鼓百万渔阳鸣。室庐动摇地欲转,林木震吼山如崩。
噫嘻异哉那有此,欹枕恍惚疑梦寐。应是钱塘醉未醒,翻海胥涛骋游戏。
或者客寓紫塞旁,铁骑赴敌古战场。不然此处安乐国,何遽陞阬犹乘航。
起来穴牖目如割,平湖已卷十堆雪。乃知跋扈是飞廉,似妒晚来客饶舌。
因思前年到黄冈,朔风摇江惊断肠。骁将忍冻骨比铁,壮士力斗身如汤。
此身仿佛临皋上,一感还生百惆怅。长安贵人正酣眠,日高尚恋销金帐。
东窗未白鸡未啼,相公自起烧松枝。

金朋说(？—？)

海棠吟

艳质妖娜放早春,谁教帝主溺初心。椒房一睡才扶起,彻动渔阳鼙鼓声。

孔平仲(1044—1102)

西兴

舟行颇濡滞,累日驿前溪。大雨翻盆盎,狂风作鼓鼙。
两潮空朝晚,一水限东西。忆昔游湖棹,新晴傍会稽。

孔武仲(1041—1097)

送林子中知成都

鞍马覆山黑,旌旗垂野红。问远谁当行,太守临蜀中。
太守时之豪,学博文章工。人事未称遂,崎岖已巴东。
公年方六十,皎皎头如童。不服何首乌,自有夜气充。
丹田芙蕖开,余光发形容。推此见治民,亦与治身同。
以静镇浮躁,以仁苏疲癃。一夫无向隅,四野常年丰。
间出作逖头,伐击鼓与钟。远民生爱敬,有古循吏风。
岂止招学徒,区区继文翁。

黎廷瑞(1250—1308)

过太常寺簿谢公故第

落日庐阜紫,飞砂湖水黄。散倦登古原,含凄眺层冈。
丹梯遂寥邈,沈思热中肠。当年扣玉墀,抗疏何慨慷。
拂衣云壑卧,著书名山藏。筑园印清流,艺树条孤芳。
英彦集文字,燕席开华妆。人生既难料,天运亦靡常。
黯黯玄云阴,萧萧北风凉。山流鳌背空,柯改蚁梦荒。
事往迹已陈,名存道弥光。独念平生游,使我重感伤。
破壁嘶瘦马,叠鼓发暝航。屐痕难重寻,寒苔日苍苍。
高丘渺烟雾,不得酹一觞。怀哉我先铭,翠琰垂千霜。

俯仰落清泪,目断江流长。

李　常(1027—1090)

解雨送神曲(其一)

怒风兮扬尘,日烁石兮将焚。水泉竭兮厚地裂,嘉谷槁兮孰耨且耘。
神龙兮灵壑,挹清波兮幽渍。鸣鼍鼓兮舞神觋,庶下鉴兮需祥氛。

李处权(?—1155)

次韵呈德基兼呈王侍郎

书生卧病久无衣,不意临衰厌鼓鼙。乡信略无鸿雁到,客愁惟有杜鹃啼。
谁怜弹铗长依孟,自不工竽漫说齐。我亦漂流费耒业,看君文字照浯溪。

谒王夏卿同过曼卿西轩留题

烟云坐久湿人衣,未觉城中有鼓鼙。春到好花随意折,日长幽鸟尽情啼。
贵公行色心方壮,旷士闲居物已齐。客子不知今夕梦,故乡何处是潜溪。

次韵朴俭见寄

鼙鼓声中老战尘,故山归梦月三更。交情咄咄浑无寐,学古悠悠浪得名。
鳌禁未容追世职,熊轓何足语官荣。阿咸自是吾家秀,始觉前人畏后生。

送荣茂世

戎马绝黄流,飞尘暗京畿。竟成王室祸,痛定不忍思。
衣冠半陷没,逃难皆散之。有如水衡君,将命弗顾危。
跃马赤手出,扼隘河之湄。中途被冲突,星夜西南驰。
回头望城阙,夐隔母与妻。半年无家书,欲言涕先挥。
微身亦曷爱,所忧国步艰。仓黄偶不死,定省陈苦辞。
汴水六七月,横泛被两堤。河渠忽中干,漕挽功莫施。
不劲辄加罪,散秩总厥司。相次下维扬,庀职从六飞。
众人之所畏,远害夫何疑。春来仪真火,鼠辈轻王师。
伟哉马氏妹,贞节不可欺。终焉兵在颈,视死端如归。
何惭古烈妇,事与日月垂。君性根孝友,而不求人知。
方其闻孽初,对客神若痴。茹悲不敢哭,上念亲老悲。

岂惟识者悼,行路犹歔欷。兹畴魏楼功,叙君官甚卑。
几年始见录,孰为公是非。君怀有直气,不为宠辱移。
朝来又骇闻,白简停官资。索马亟往唁,我心有不怡。
君乃笑迎我,喜色见睫眉。曰此造物意,巧以从其私。
舟楫密已办,生具亦甚微。税驾不可必,苟全其庶几。
我贫君不厌,交契管鲍期。去意尚勇决,升斗不足縻。
春风鼓河水,立岸看解维。四郊鼛鼓声,问君此何时。

李　苪(？—1276)

浯溪读中兴颂

羯鼓梨园迹已荒,斯文犹在日星光。我来细拂青苔石,不忆三郎忆漫郎。

李　复(1052—？)

过兴德寺

行雨忽过渐细微,冉冉傍马残云飞。乱溪争流经屡渡,近水短畦菘叶肥。
跻欹到寺石磴滑,红叶拥门人迹稀。升堂坐定闻鱼鼓,亦传斋钵慰我饥。
久阴忽开日色薄,初见竹影摇窗扉。开山宝塔真相在,瞻拜入炉香霏霏。
塔前苍松尽手植,到今百尺森相围。登览未尽夜气冷,拂榻置枕舒寝衣。
明星耿耿东方白,仆夫结束马已靰。老僧送客有勤意,静境幸到何遽归。

李　纲(1083—1140)

申伯和篇举叔易自代叔诗复推申伯要之二子皆当由此科取重名于世恨吾资妄高不得偕二子鸣跃其间复次前韵以兼勉之

古来豪杰收殊科,眇然鸾凤亦可罗。汉唐选举最为盛,我宋得士良已多。
危言切论动天壤,陆离剑佩冠巍峨。至今凛凛有生气,岂与草木同销磨。
自从罢举乐软美,驯致黠虏窥关河。翠华两宫狩沙漠,叠鼓万里翻鲸波。
睿明感愤复旧制,欲起士气宁兵戈。多材好学如二子,辞此其奈制举何。
青钱万选当万中,善射不复言公他。勉将忠谠助休运,嗟我老矣真蹉跎。

余 干

岁寒迁路过江乡,叹息飞蓬堕渺茫。云锦洞深烟水远,琵琶洲转暮滩长。
田园归去荒三径,金鼓传闻震一方。极目东吴何处是,断霞轻霭落残阳。

吴元中书言近不作诗以所著豳七月诗义见示因成三篇赠之(其三)

儒生乐事信同风,端抱前言当鼓钟。公正说诗笺七月,我方学易纬群龙。
艰难盛事原衣食,忧患余生问吉凶。去圣寥寥千载后,何时挥麈得从容。

题建德县开化寺

路绕江南烟水村,梅花的皪正销魂。峰峦影里过山邑,鼙鼓声中念故园。
残腊未曾看雪舞,劲风何事扫云屯。拙翁自笑平生拙,欲叩天阍更一言。

次韵王尧明游北寺

小雨湿残花,回风振芳草。胜游宜及时,嘉此春物好。
萧然二三子,散策穷杳眇。招提枕郊头,殿阁出林表。
中有王屋泉,一酌百虑澡。踟蹰古城隅,幽径通翠筱。
嗟予阻追陪,正坐尘事绕。衣冠方北渡,亲故幸非少。
客情终念归,回首云缥缈。遥怜松菊荒,仰羡鹳鹤矫。
园田诚可乐,鼙鼓尚惊扰。何当终素心,永叹忧用老。

江行即事八首(其八)

一重一掩翠参差,路入桃源客意迷。江雾晓分山远近,浦鸥闲送棹东西。
颇欣岭表佳泉石,闻道江南多鼓鼙。稚子候门应念我,提携来共此幽栖。

循梅道中遣人如江南走笔寄诸季十首(其六)

虏骑滋南牧,于今大将谁。楼船泛溟渤,哀诏问疮痍。
沙漠深銮辂,江湖震鼓鼙。远方惟岭峤,耕凿自熙熙。

次韵李似之秋居杂咏十首(其四)

鼓鼙思将帅,戡乱属豪杰。吾儒贵全才,冠履仍佩玦。
憬彼乘间盗,萌蘗傲霜雪。锄恶当务本,使众宜以悦。
一扫巢穴空,毋俾蚁蝎结。安得李临淮,念此五情热。

读韩偓诗并记有感（其一）

唐室昔不竞，天纲遂陵迟。阉竖擅朝政，奸雄肆觊窥。
天子遭迫胁，翠盖蒙尘飞。矢石集黄屋，四郊皆鼓鼙。
群凶虽殄灭，国命亦已移。韩子司翰苑，实被昭宗知。
忠言虽屡贡，颠厦诚难支。谪官旅南土，召复不敢归。
当时白马驿，从横卿相尸。投之浊流中，至今耆旧悲。
夫子乃幸免，祸福良难期。假道寓沙阳，空门知所依。
虽逾二百载，犹传赠僧诗。邑令真好事，作记刊丰碑。
文辞虽浅陋，事实颇可追。读之三叹息，吊古情凄洏。
寄声藏去者，擅有将奚为。

李 龏（1194—？）

梅花集句（其一二五）

万木逢霜一劫灰，动摇诗兴又逢梅。野桥漏泄春光处，不用君王羯鼓催。

李 洪（1129—1183）

和柯山先生读中兴碑

曲江罢相迹如扫，满朝婥婀无谏草。动地渔阳鼙鼓惊，旧将半死哥舒老。
蜀道乘骡万里来，不识平原济世才。仓皇灵武送玉册，岂顾九庙蒙尘埃。
天开地辟扶皇纪，李郭功成安史死。一日三朝有深意，臣结胸中老文字。
麻鞋诗老脱贼来，北征自足配磨崖。我思潇湘不易到，谁持墨本心眼开。
鉴古评诗增感慨，无逸图亡山水在。
君不见阿忠少日历艰贫，汤饼曾持半臂卖。

李静独（？—？）

回舟即事

羞将尘土鬓，重上钓鱼舟。闲对湖山晓，静观天地秋。
鼓钟云外寺，歌舞水边楼。兴尽归心急，荷花劝少留。

李流谦(1123—1176)

金陵二首(其二)

江城叠鼓晚停挝,游子翩翩念岁华。水底乾坤浮日夜,沙边鸥鹭老烟霞。
渔人能说陈隋事,燕子犹寻王谢家。南北自分仍自合,不应全殢后庭花。

枕　　上

欲问更长短,江村无鼓鼙。客怀如酒病,秋夜与年齐。
被冷失孤蝶,霜清闻远鸡。终年为荡子,尺纸愧山妻。

送孙隆州

万里对明光,真实一字字。九陛元不隔,是亦父子尔。
我读公车牍,再拜甚欢喜。玉色近昕夕,王度日完粹。
再析山中符,可以觇胸次。道行国无小,意甘食则旨。
平生熟窥觇,步步圣贤地。造物宝其人,华皓表斯世。
从军落穷塞,愁破觊清峙。蜗庐仅缠躯,鼓钟日在耳。
何以充淹留,白日不可系。长年慕道德,师友别匪易。
踽踽南城隅,伫立渺无涘。不见两朱轮,但见嘉陵水。

刘林夫以诸公送行诗轴见示作此

我思在何许,却立望高丘。手持金错刀,美人不可求。
此意恐蹉跎,怅然生百忧。嘉鱼乐循渚,泼泼不受钩。
燥湿各天性,万生难其俦。乔木怀故家,日星藻皇猷。
吾欲征文献,庶以充淹留。鼓钟侑大烹,其乐有此不。
江黄预坛坫,斋明盛阳秋。义合在一朝,如新嗤白头。

用山谷上东坡韵与冯黎州(其二)

鼓镛作宫庭,缶盎不能声。仙圆起濒死,乃欲进豨苓。
淫书有痼疾,展卷自弱龄。俗学或攘之,正忧荆棘生。
孔颜共一世,余事不芥蒂。跪求直指处,遂了不朽计。
自今面其真,向来独喜似。

李弥逊(1089—1153)

春　雪

繁云初弄日,累霭渐韬霞。夜色连空迥,春英入望赊。
白霓分羽卫,青女乱簪珈。栩栩思轻蝶,飞飞欲尽花。
琼瑰才琐屑,龙凤忽交加。骋岁邀难驻,便轻去莫遮。
似因风伯力,偏助水官夸。阔布漫天阵,低成匝地洼。
升阶方浸润,投隙任欹斜。杂遝争排挤,纵横类攫拿。
怙阴方汹汹,畏日尚哗哗。遇坎宁辞险,投荒忽匿瑕。
谁能问畛域,何处辨隆窊。眺远眸增眩,惊深吻尽呀。
势包夸海若,功盖补天娲。赋象随形巧,嘘枯与物华。
黏枝拳宿鹭,拆竹响翻鸦。径没虫书薛,滩平鸟篆沙。
冻池静凫鹭,冻草伏麋麚。弱柳封腰束,停莎老鬓丫。
圆方杂圭璧,牝牡失骊䯄。砌走冯夷蚌,檐垂白帝蛇。
趋明惊吏愕,唱晓误鸡哑。表沴愁交积,占丰信有涯。
平施入穮蓘,余润到蓬葭。获早车应秭,稌多垄看秅。
沾帘迎路盎,赛鼓集祠挝。梁苑曾延客,蓝桥正忆家。
剑歌悲杂缶,陶饮乐胜吁。更觅刘义伴,相从咏雪车。

东　岗　晚　步

饭饱东岗晚杖藜,石梁横渡绿秧畦。深行径险从牛后,小立台高出鸟栖。
问舍谁人村远近,唤船别浦水东西。自怜头白江山里,回首中原正鼓鼙。

近报陕右大捷又继闻王师遂平建寇用高字韵

南北军书走羽毛,城头喜见赤云高。颇闻关陇尽归马,不独瓯闽行卖刀。
壕吏捉人那复有,田翁泥饮不辞遭。会看四海收鼙鼓,郡邑官闲得坐曹。

苦　旱

单练直似御重袍,碧碗冰浆饮尚豪。满载骊珠思薏苡,堆盘马乳说葡萄。
轻雷破远喧鼍鼓,小雨遮空簇猬毛。谁挽天河洗炎酷,冷云凉月助风骚。

早入昭亭与同游散步山中自樵径至水滨路穷还僧舍饭

散策春岗晓,樵苏一径长。钩衣藤挂石,断路水浮塘。
山静竹生韵,池清兰自香。禅房得深憩,鱼鼓正鸣廊。

送李仲和之泉南其子官所

吾宗达士人所嗤,官居自视如鸡栖。十年借屋作僧梦,鱼鼓声中长抱饥。
撑肠但有黄卷语,垒磈尽扫胸中奇。一朝起就彩衣养,喜气已觉生须眉。
阿龙官清酷似父,五斗未足供朝糜。芝兰正喜在阶砌,诗礼自可娱庭闱。
愿言早试餐玉法,富贵似与长年期。我今衰白心更老,结习尚余伤别离。
薰风南浦欲分手,菡萏未折凌波姿。径须痛饮破愁本,酒盏旋折长荷丝。

李　彭(？—？)

余久不饮酒偶饮殊适因和九弟韵

年侵畏病酒尊空,矧复听歌盛小丛。烟际鸟呼云际雨,花边蝶舞柳边风。
向来怀抱愁眉外,今日欢娱醉眼中。何用花奴鸣羯鼓,新诗解秽思无穷。

寄甘露灭

道人欲居甘露灭,年来寄食温柔乡。开单展钵底事远,举案齐眉风味长。
我衰日涉甘岑寂,颇遭霜刺颐长出。愿随鱼鼓供伊蒲,一堕尘网谁能力。
要知在欲是行禅,久聚荷花颜色鲜。秋涛风怒何掀掀,莫倒危樯沈法船。

李清照(1084—？)

和张文潜浯溪中兴颂二首(其二)

君不见惊人废兴传天宝,中兴碑上今生草。
不知负国有奸雄,但说成功尊国老。谁令妃子天上来,虢秦韩国皆天才。
花桑羯鼓玉方响,春风不敢生尘埃。姓名谁复知安史,健儿猛将安眠死。
去天尺五抱瓮峰,峰头凿出开元字。时移势去真可哀,奸人心丑深如崖。
西蜀万里尚能反,南内一闭何时开。可怜孝德如天大,反使将军称好在。
呜呼!奴辈乃不能道辅国用事张后尊,乃能念春荠长安作斤卖。

李　石(1108—1181)

舟中示开并寄圆

三年独客思亲泪,洒作钱塘大江水。却乘此水得西归,两泪急收成一喜。
庾公楼下江月春,拍手中流逢小麟。骎骎逼人出瘦骨,懔懔似我今长身。
夜船灯火无乃是,犹似梦中论梦事。小鹏有翅未能来,独学膺门想憔悴。
一官外物等去留,来未足喜去莫忧。蘫盐敢有去国恨,菽水未免还家羞。
峡江之人走云雨,送船迎船闻叠鼓。君不见并舍紫薇郎,颇愿生还见乡土。
我今归来四壁空,两窗万轴南北风。杜门忍饥吾与汝,文字穰襄祈年丰。

送浩侄成都学官

忆昔官博士,所得英俊多。斥去典蜀学,蜀士烦搜罗。
二井转辘轳,犹能挹余波。袍子白纷纷,有如镜重磨。
爱汝似二父,此地曾经过。分职有十师,圣门严四科。
傥非一万卷,难取三百禾。我有十咏诗,考古烦吟哦。
鼓钟乐高文,羽翼崇雄轲。似闻礼殿柏,久矣寻斧柯。
古物天为惜,蒸薪鬼所呵。堂堂公议地,岁月穷羲娥。
忍此恣横说,后来敢谁何。我集四库书,琬琰藏洛河。
此外有石经,参酌正舛讹。熟读懋汝学,师友相切磋。
汝有屋三间,竹墅连松坡。日夜望汝成,门户高嵯峨。
我贫自有道,一竿钓渔蓑。后生问老子,守死山之阿。

李思衍(？—1290)

隆山塔院

峰顶浮图第几重,四天尘界尽虚空。县居岛屿萦回处,海在烟霞暧霼中。
浴水垂盘旸谷日,轰雷鼙鼓怒涛风。蓬莱咫尺阑干底,平步长桥跨玉虹。

李　新(1062—？)

题兴化小阁(其三)

钵囊有润何癯瘠,鱼鼓无声太寂寥。更向冲衢见车马,可能不过虎溪桥。

李泽民(?—?)

东　　湖

四围图画簇鲜妍,为托湖天汇众川。蚁运笕泥千嶂满,虹牵堤势两山连。
旌旗耀日鼓鼙壮,冠盖如云罗绮鲜。才谢冒然兴大役,幸而集事谢群贤。

李曾伯(1198—1268)

庚子祈雨蒋山赠月老

欲知计寺金谷吏,便是钟山粥饭头。尔欲朝朝动鱼鼓,我期日日饱貔貅。
几为晓灶炊烟喜,又作秋田渴雨忧。自有宝公能办供,元凭心上细推求。

李正民(1073—1151)

寄和叔(其三)

木落山高断旅魂,可堪云水隔烟村。分甘赖有东屯稻,托赠初无西灜园。
淮上纷纭鼙鼓震,海隅络绎羽书奔。何时却得同樽酒,弟劝兄酬笑语喧。

破贼凯歌八章(其三)

万幕如云振鼓鼙,角声呜咽马惊嘶。亚夫持重惟坚壁,应为桑榆太白低。

简邦求宗博

荆州清德畏人知,况值中原战鼓鼙。公自南来无薏苡,我从东渡乏朱提。
珍台鹤禄惭非称,别乘瓜期奈久稽。明日重阳菊花好,且捴痛饮醉如泥。

李之仪(1048—1127)

阮公啸台次韵辛正叔

有口莫饮盗泉水,有手莫探骊龙珠。秋风冷落千古意,追风绝足谁能拘。
白云青山避世乐,击鼓撞钟廊庙居。等闲舒卷四海为之动,岂惮一一从吹竽。
君看事事绝天险,阿房宫在空荒墟。野人不识贵者帝,直欲炙背同向茅檐隅。
由来土苴漫优劣,亹亹传习随有无。当时一啸亦偶尔,至今登览烦嗟歔。
吾人妙质素所畏,感叹陈迹追盈虚。泾清渭浊固可辨,未应到海君能殊。

七言古风寄题薛公尉氏逍遥阁兼送伯成知县宣德解印当涂直书民言耳非所谓诗也

长身少髯复多骨,忆在儿时获相识。满朝善类推老成,乡曲名流诵才德。
尔来契阔四十年,停鸾峙鹄欣相传。我方却归不自得,但觉和气如春天。
往日朝门炙可热,今朝吏糵几无烟。追呼辈伍殆千指,一旦束手蚕如眠。
父老相传语且泣,岌岌流离遽安集。省事以来无此君,豫恐他时莫能及。
尺纸胡为来北阙,乐境危城俄见欶。覆盆虽光亦暂尔,所惜时间未能雪。
稍传远近或叹喜,叹者吾民喜者吏。吏至酌酒更相贺,毕竟卷舒须在我。
父老沾襟嗟薄福,此理冥冥定谁坐。异时得君逾所闻,杳杳健鹘盘霜旻。
信矣此地不可久,空使遗爱传邦人。邦人姑止听我语,逍遥阁去天尺五。
长身仙翁昔游戏,日日烟云泛樽俎。仙翁久已朝紫皇,功行不泯钟诸郎。
扶疏密荫被所至,遂令此阁如甘棠。我昔西畿数来往,日脚阑干犹可想。
尘埃满袂阻登临,白发心期负真赏。六月炎炎汗如洗,江南雨多拍堤水。
旗开鼓响船欲发,超然爽意因君起。骅骝一跌愈莫止,大鹏会展沧溟翅。
何妨阁下敞高门,更看阴功动间里。

次韵胡希圣登毗陵东山亭

君不见狐裘相齐望前古,后日执鞭固欣慕。烟云得趣更飘萧,常使高人恨无路。
阑干峥嵘擅空阔,寒日低回得循步。朱轮想见不可从,南国小棠疑未去。
百年暴辉实之宾,俯盛仰衰情易新。孤怀直欲共倾倒,衣上元无一点尘。
又不见三千珠履春申君,十年天禄扬子云。极目平原草萦骨,秋月春风愁杀人。
五湖归去辨之蚤,击鼓撞钟犹恨少。险语缓丝一剑休,九衢相视空草草。
荆州万里控上流,歌舞翻风甚飞鸟。回首苍梧隔暮云,南狩不归何可叫。
解后相逢情更亲,刍狗畴能夸已陈。欲书醉语致多感,好事今无载酒人。
班班微阳度密竹,喷喷寒雀喧荒榛。韦郎所纪十无一,安得遗老酬咨询。
蹭蹬难堪随末俗,健论爱君如剪竹。宁人负我无负人,咄咄老瞒徒四目。
直弦易断曲未终,凤髓难容断谁续。白首胡君到孤独,在何分金齐鲍叔。

离　宣　城

倦客登舟际,江城欲暮时。恨长山自远,心速棹归迟。

村市明鱼火,严城起鼓鼙。诗成真有助,新月上天涯。

寄范七平凉有一优者颇相似每见即与从容聊遣吾思之不能已也

吾友范君谊,宛似丘迟诗。点缀花映草,草长莺乱飞。
咏诗知吾人,因人想其诗。不知胸中宽,西域方鞭笞。
昔为守御策,坚壁不容锥。今作进讨计,万里入鼓鼙。
相从惜日短,既别恨见迟。虽无老成人,仿佛颀赪儿。
每见挽手语,问我将何为。我非浊子者,我友实似之。
典刑不可见,况复堂上奇。边城气候晚,四月犹夹衣。
青灯照冷坐,素目披重帷。孤怀苦萧屑,人事终难期。
何当命典刑,一笑相淋漓。

李　廌(1059—1109)

作塞上射猎行

塞云委地如泼墨,恶风吹沙变黄黑。紫髯将军柳叶甲,银鬃护阑白玉勒。
铁林子弟八九千,饮马渡桥过河北。沙漠黩地古战场,寸草不生地皮赤。
将军指呼令鼓鼙,旌斾悠悠动坚壁。壮夫露股挟纩温,蕃马鞘脚寒有力。
龟手荷戈指欲坠,气结冰凌满须历。前驱萧萧近林翳,军声业业震金革。
怪狐跳梁罔两避,虎豹惊骇丧胆魄。山根浅草枯槎丫,隐隐叶下见兔迹。
武夫张罝四散逐,双兔雌雄中金镝。自云舍矢不失驰,手持双兔有德色。
凯旋如殪大咒归,喜非诡遇无所获。常闻武功贵时习,忘战必危欲定国。
蒐田以时选车徒,士卒素练务严翼。季冬物成农事休,民闲庶类亦蕃殖。
泮上虎臣献俘馘,淮夷攸服远人格。
悲夫王泽浸熄多鬼蜮,蒙恬白起为民贼。
君不见长平鬼哭万人冢,击破秦坑髑髅白。

廖　刚(1071—1143)

送毛择民

雾缠晓色风泠泠,沧波漾榖旌旗明。画船叠鼓不可挽,一城攘攘心为倾。
城中老人为余语,我公道来能几许。朝家借不恤吾人,以我公归欲焉处。

惟公立德清而通,惟公御下严而容。文章光彩莹万古,二十八宿罗心胸。
高标不受俗尘涴,唾手功名犹坎轲。恩深谩结千里愁,见晚端闻九重贺。
官僚有士辕下驹,感激剪拂铭肌肤。瑶池一夕看奔逸,惆怅未易追亨途。
云龙风虎俟际会,回首可须论治最。要将椽笔压西清,不负声名燕许大。

燕待知泉州郑司业致语

虎符分寄辍名卿,锦缆牙樯绣水滨。昼秀岂将夸故里,彩衣端为奉高亲。
开怀此日樽中醉,结绶他年席上珍。画鼓不须催去棹,清欢难会玉堂人。

廖行之(1137—1189)

送湖南张仓解官还建昌九首(其五)

扶持根本恃纲维,叹息论功到鼓鼙。蠢蠢潢池皆赤子,埋轮何必问狐狸。

无题(其一)

生憎城里只尘埃,胜处何妨特地来。况是近郊新雨歇,可能乘兴一樽开。
春随使者轺车至,花倩梨园羯鼓催。来岁披香侍华宴,也应犹记此低徊。

林东愚(?—?)

秋　　兴

落日江城动鼓鼙,故山千里转逶迤。谢安旧宅空陈迹,尼父余风异昔时。
苜蓿秋高戎马健,海门日短雁书迟。客窗兀对黄昏坐,云汉悠悠起暮思。

林季仲(1090—?)

赠 李 端 明

洗尽烟岚见海山,池塘春草亦怡颜。野沈犬警清宵迥,檐转堂阴白昼闲。
移镇又传三叠鼓,告庭行促百官班。攀辕父老休相忆,总在炉锤橐籥间。

林景熙(1242—1310)

灯 市 感 旧

旧梦仙山驾海鳌,飞梅如剪柳如缲。千门疑是繁星落,九陌不知明月高。
零乱遗钿空宿草,升平叠鼓散春涛。寒灯寥落残书在,独抱荒愁寄浊醪。

林希逸(1193—1271)

代怀安王林丞上杨安抚十诗(其一)

止戈堂外戟森森,画鼓无声昼漏沈。好是风流贤太守,空斋一片读书心。

代怀安王林丞上杨安抚十诗(其四)

一样新缝战士衣,指麾貔虎上旌旗。太平侍从资文武,肯向春风卧鼓鼙。

闻鸡起舞

龙卧何时起,生涯厌鼓鼙。舞因随独鹤,闻偶为荒鸡。
楚客长更梦,秦关未晓啼。竹风吹袂举,柳月傍楼低。
我醉非无度,渠寒不奈栖。谁家小垂手,百啭听黄鹂。

林宗放(?—?)

陪郡守游西园

倒影扶阑印碧溪,玻璃盘上玉东西。落红那得愁如海,举白难逃醉似泥。
郎宿高明香雾起,客星华耀烛花低。波心夜半鱼龙舞,都转天风入鼓鼙。

刘攽(1023—1089)

寄老庵

兹山韫奇胜,四野穷眺览。近峰擢矛剑,远巘矗莲菂。
云霞发光彩,气候变舒惨。啼禽不能名,秀芳多可揽。
招提就丘壑,初地首铅椠。精庐烂金碧,净供欢藜糁。
佛香昼绵绵,法鼓晨钦钦。林风忽飘摇,天乐随簸撼。
灵泉初发蒙,温液遂盈坎。异源判炎凉,及物万尘默。
西南江路永,水墨画色澹。沤鸟破青冥,帆樯出葭菼。
吾人事探讨,绝境更平澹。悟真心自知,得隽首独颔。
剪茅地夷爽,筑基土强墚。长松启门扃,怪石列宆窞。
遂初本逍遥,知略贵刚敢。颓龄惜鬒发,壮节露肝胆。
由来抱轩昂,岂复甘黯黮。辞满异多秩,掺袪嗟不寋。
高风故难继,弱质因自感。赪肩疲负任,勿药羞是瘠。
愿言尔为邻,宁使我余憾。即今桑榆景,光曀将就暗。

荔枝(其二)

锦筵火齐砌金栟,五月甘浆破齿寒。南国已随朱夏熟,北人犹指画图看。
烟岚不续丹樱献,玉座空悲羯鼓残。相见任夸双蒂美,多情莫唱水晶丸。

送王相公

白麻诏出凤凰池,金节铜符副锡珪。故事周公不之鲁,是行山甫亦徂齐。
百年礼乐更梼杌,万国车书载狄鞮。开阖乾坤容海运,斡回枢极寄杓携。
故都形胜余龙虎,开府文章盛壁奎。列坐诸生亲绛帐,纵谈禅伯得金篦。
四山岚气连松梓,二水波涛乱鼖鼙。里老傍车看画鹿,江灵低首避燃犀。
鸿河带地长余润,蟠木开花亦有蹊。跃冶空惭折钩喙,在钩仍似落巢泥。
苦心刻鹄才成鹜,卑意函牛只洎鸡。早晚重开丞相阁,为公赢马踏沙堤。

王正仲林子中联舟西上过睢阳寄书率尔成诗为报

大帆如翼画江来,鼛鼓声干咆咆雷。洛水登仙惟李郭,兔园延客得邹枚。
寄书上有加餐饭,倾盖何时数举杯。想到石渠寻旧境,秋花著子遍庭槐。

季孙肥

季孙事颛臾,祸起萧墙内。秦皇筑长城,灭国乃胡亥。
蒙公不正谏,地脉岂其罪。战国尚权谋,阿谀彼何怪。
亲为圣人徒,鄙陋曾莫解。龟玉毁椟中,危颠竟谁赖。
鸣鼓讵可攻,菹醢死无悔。

观南戍士

膂力三军士,由来百战经。舞旗翻鸟隼,叠鼓会风霆。
杀气过铜柱,欢声塞洞庭。九州防盗贼,儒服愧青萍。

送余江州

潮汐通城下,东南仍上游。怀章趋便道,叠鼓送华舟。
卷斾鹰隼急,落帆江汉秋。心知恋魏阙,频上庾家楼。

刘才邵(1086—1157)

为刘端礼题翠微堂

春阴涔涔透方础,春云蒙蒙阁残雨。烟中梅子未传黄,坐使名园清兴阻。

谁料天公亦会事,报晴逼晓闻街鼓。来迟不见碧桃开,满洞翠阴笼牖户。
杖藜徐步穿芳径,芝术丰茸杂兰杜。含笑无心迷下蔡,酴醾分清从月宇。
共占余春动地香,香地满园无处贮。步芳桥长清浸阔,花影波光媚栏柱。
漫天柳絮烂不收,点水荷钱疏可数。行行直到翠微堂,帘幕风轻双燕舞。
梢云何啻千竿竹,铄石空传三伏暑。远碧岩岩太超绝,高标凛凛如相许。
堂阴路转经古城,茅屋数间营别墅。白石清溪自潇洒,闲花野草无行伍。
归来还复坐达轩,石鼎酪奴烦旋煮。因君指似壁间诗,知是昔人觞咏所。
驾麟跨空窥理窟,搜抉幽奇呈脉缕。当时景物怯劖镌,造化小儿遽相苦。
海山茫茫风驭远,人世空惊如插羽。幸哉有子续奇芬,新编还见惊人语。
才大终婴珪组累,身闲好作林塘主。高情随处即逍遥,岂向明时分出处。
早晚乘风肆远图,九万云程看一举。

刘　敞(1019—1068)

伯镇出都后见寄

叠鼓鸣笳太守船,都人倾注似登仙。旧游俯仰成陈迹,离思纷纭绕别弦。
愁目青枫空自极,素书双鲤不忘传。恐君未得江湖乐,追诏方将急用贤。

寄佑之

长安风尘地,见子若旧交。意气何激昂,骨干真蒲梢。
戎胡扰边封,杀气连二崤。丈人国长城,多垒忧四郊。
劲兵向海西,千里沸鼓铙。共传校尉印,勇略如虎虓。
功业系感激,念当覆妖巢。秋风日夜清,敌人知折胶。
努力张国家,寄声慰衡茅。

送杜横州

小郡横山外,居民半岛夷。路偏逢客少,地湿见秋迟。
铜鼓侵城角,蛮旌接使麾。平生闻义勇,好祭伏波祠。

出塞曲三首(其三)

茫茫郊塞远,木落原野空。鼓鼙湿前雨,笳吹悲后风。
山州行无极,敌窟未可穷。生当取荣名,死当为鬼雄。

江行寄隐直

自念复远适,与君仍解携。天文鹑首尾,地势陕东西。
江汉饶风雨,关山盛鼓鼙。离忧各易老,秋意欲凄凄。

至日宴水上呕吐先醉上府公

南极微阳中夜新,碧池风物晓来春。鼓鼙似动鱼龙伏,旌旆不惊鸥鹭驯。
东阁于今待贤士,西曹不意吐车茵。博阳气度平津学,虽贱犹堪颂得人。

次韵和宋职方北城

菏泽元通济,陶邱已近齐。身纡会稽绶,诏坼武都泥。
求瘼初无术,端居愧择栖。万家严壁垒,五雉耸楼梯。
版筑人同欲,经营事不迷。峻防谁敢慢,隆栋可言低。
兵卫森旂戟,军声叠鼓鼙。论诗讥自郐,肆士取诸隄。
物境晨昏异,宾朋步武跻。远烟春漠漠,残雪昼凄凄。
华发欢同籍,他年恨解携。琼瑰何足报,堵壁为君题。

刘 黻(1217—1276)

次酬胡编校赋竹屋(其一)

癖为看书借壁光,肯随鹏鹍论行藏。听僧鱼鼓斋粮办,留客茶杯礼数常。
小屋槃姗贪巷静,矮檐伛偻笑身长。黄花也识人寥落,不待重阳已吐香。

淮 上

翠华南渡后,此地独防秋。明月家家泪,西风处处愁。
鼓鼙寒出塞,烽火夜分楼。征战何时息,长河万古流。

刘 光(?—?)

题南峰蓝光轩

百尺擎空窣堵波,群峰奈此独高何。鼓钟鸣处是非外,天地望中苍翠多。
闲看野云披玉柱,醉眠秋浪卷银河。问师乞取窗前月,一榻清风许我么。

刘 过(1154—1206)

红酒歌呈京西漕刘郎中立义

桃花为曲杏为蘖,酒酝仙方得新法。大槽迸裂猩血流,小槽夜雨真珠滴。

岘山之北古襄阳，春风烂漫草花香。乘轺谁为部使者，金闺通籍尚书郎。
儿样爱民真父母，十万人家感恩厚。鹅儿不酌宜城黄，流霞造此江南酒。
轮蹄日日行乐同，琥珀潋滟琉璃钟。珊瑚枝下贵公子，人面日色相争红。
栏杆十二开帘幔，腰鼓轰雷奏仙乐。翠翘金凤大隄倡，玉纤捧劝罗衣薄。
人生百岁能几何，海棠花开春较多。有貂可解换一斗，醉到天晓待作么。

刘克庄（1187—1269）

无题二首（其一）

江北尘高战鼓酣，惜无赤壁顺风帆。城池险固为楼百，郡邑萧条有户三。
明主依然劳圣虑，诸君岂得尚清谈。呜呼颇牧不复作，谁与儿郎共苦甘。

四和二首（其二）

朱门画鼓舞宫靴，应笑狂歌似采和。露坐一生无步障，春游是处有行窝。
绍兴说议谁当续，元祐全人本不多。办取九年同面壁，未应末后话头蹉。

寒　食

闻道江乡吹战尘，叵堪鼙鼓震于邻。荒城少有飞花处，高冢多无擘纸人。
沙塞榆枯难取火，玉关柳少化为薪。遥知玉座焦劳处，闲却龙舟阁水滨。

五月二十七日游诸洞

来南百虑拙，所得惟幽寻。籹余玉雪友，共此丘壑心。
江亭俯虚旷，穴室穷邃深。是时薄雨收，白霭笼青岑。
弃筇追野步，却扇开风襟。炎方岂必好，差远鼙鼓音。
且愿海道清，莫问神州沉。徘徊惜景短，留滞畏老侵。
昨游感莺哢，今至闻蝉吟。常恐官事絷，佳日妨登临。
譬如逃学儿，汲汲贪寸阴。何因释胶扰，把臂偕入林。

神君歌十首（其一〇）

冬冬街鼓动，寂寂市声稀。祭罢社人散，老巫怀肉归。

和乡侯灯夕六首（其五）

街鼓冬冬霜月寒，冶游夹道拥如山。衡门谢客孤吟过，铃阁忧民一念关。
变赤地余成佛国，望红云处隔仙寰。华灯收了霏微雨，最好耘田更钓湾。

发湘潭驿寄府公

走本山中人,感激趋燕台。谬辱弓旌招,愧乏谋议陪。
先生如春风,盎然嘘陈荄。晓入开玉帐,夕话肩铃斋。
下榻惊一府,撰杖穷千崖。岂曰君畜伇,实惟子视回。
岁晚谋北辕,凄其难为怀。欲言先菀结,既决犹徘徊。
是日戒行李,送者皆邹枚。兵厨遗珍饷,祖席罗宝钗。
下令许卜夜,宁畏街鼓催。诘旦枉牙纛,山亭陈金罍。
都人如堵墙,谓我何荣哉。未闻从事去,亲致元戎来。
缱绻谈至夜,霜月照露苔。长跪抱马足,离绪焉能裁。
丽谯落天杪,怅望空倚桅。昔人死知己,骨朽名不埋。
公有管乐姿,愚非温石才。他时倘后凋,安敢忘栽培。

海棠七首(其三)

莫惜千银烛,频添两玉瓶。不须摇羯鼓,花睡未曾醒。

燕二首(其二)

野老柴门日日开,且无栏槛碍飞回。劝君莫入珠帘去,羯鼓如雷打出来。

再和十首(其八)

淡赏无烦羯鼓催,解鞍便可坐莓苔。莫将花与杨妃比,能与三郎作祸胎。

九叠(其一〇)

新咏平生陋玉台,梨园以后更堪哀。宁随太白金鞍去,莫放花奴羯鼓来。

刘　牧(1011—1064)

次韵经略吴及石门洞

谏纸空箱后,高牙拂断霓。还符翠洲梦,来见石门题。
架竹生新径,诛茅得旧蹊。阴崖走别洞,阳岭带回溪。
吟桂人非隐,逢花客自迷。虚中存纳受,绝壁阻攀跻。
地远饶征戍,君来息鼓鼙。吏闲眠麂鹿,民乐戏凫鹥。
胜事时相遇,芳樽手屡携。清风与诗句,留与昔贤齐。

刘学箕(?—?)

宿兴国寺方丈与客对床

世间何事能感人,诗人题咏为多情。我亦执笔书长吟,诗吟未竟情已盈。
古称白头如新,倾盖如故。何似只今握手见肺肝,开口无毁誉。
古称共君一夜话,胜读十年书。何似只今对床谈子虚,醉歌哈台笑庐胡。
昨宵春月如昼明,与君联诗到三更。今宵夜雨如盆倾,与君齁齁直到街鼓鸣。
醒来莫问阴与晴,但听檐溜飞泉声。明朝又作穿云行,巾纱杖竹鞋芒轻。
遇酒酌彼兕觥,逢花赏其芳馨。见贤者如接芝兰,对俗子譬之蚊虻。
勿与物忤竞,勿为事绊萦。陶然乐吾真,是谓羲皇人,是谓葛天民。

刘 弇(1048—1102)

雷 塘

磐嬉截长淮,闻自隋天子。运丁大业末,役跨辽东始。
汹涌沟浊河,赤血洗千里。江都天东南,岁阅翠华指。
锦帆抹非烟,叠鼓蓬蓬起。紫幰朱丝络,百万罗卫士。
璇房贮彩女,灼灼艳芳李。虞公正逢恶,何稠甘没齿。
一从水调奏,便识还声已。浪传遭个春,不悟羊无尾。
雷塘一掬土,仅足掩冠履。行人为伤心,清泪堕如水。
池荒九曲春,尚想迷楼倚。落日注芜城,牛羊下坡屹。

同李端臣游荐福寺禅院

相期采真游,骤得青莲界。戴公旧栖隐,缔构化祇祴。
古老张祖乘,参儿走巾瓶。百年沸鱼鼓,牡□联青冥。
白门三面水,天末薪风起。衣重褰湿云,苔幽凉展齿。
南来双春锄,干雪点晴湖。怜渠足闲淡,恍欲与之俱。
蟹眼课谷汲,分饷云腴泣。落日转金绳,林暝归鸟急。
束身事幽讨,税驾苦不早。及兹一鞭然,微君孰颠倒。

三用前韵酬达夫(其三)

柳挽花搴独自狂,鼓催钟趁几人忙。重城特解春将闭,时放红英笑女墙。

刘 筠(971—1031)

句(其三四)

峭帆横渡官桥柳,叠鼓惊飞海岸鸥。

刘 宰(1166—1239)

送李果州(其三)

一年春好处,寒食一百五。想见束晨装,沙头震鼍鼓。

刘 挚(1030—1097)

送郑毅夫舍人被召五首(其二)

三国遗基楚子宫,洞庭游乐与民同。画船载酒春波绿,叠鼓随车夜烛红。
爱此南阳歌召父,学如西蜀化文翁。去思不用甘棠赋,恩在邦人骨髓中。

还句龙纬化文诗卷

谁识斯文久寂寥,希声杳杳思滔滔。气无外物纤毫累,才有灵光万丈高。
误借鼓钟娱海鸟,自堪奴仆命离骚。哑钟亦欲烦君手,能为孤音解郁陶。

刘 著(？—？)

次韵彦高即事

福威看九落,笔削在麟经。中道亡三鉴,危时忆九龄。
网罗无处避,鼙鼓不堪听。身远辽阳渡,心怀岘首亭。
脱巾头半白,倾盖眼谁青。断雁西风急,潸然涕泗零。

刘子翚(1101—1147)

荔子歌

炎精孕秀多灵植,荔子佳名闻自昔。绛囊剖雪出雕盘,寻常百果无颜色。
闽天六月雨初晴,星火荧煌曜川泽。欹如彩凤戏翱翔,烂若彤云堆翕赫。
中郎裁品三十二,陈紫方红冠流匹。盐蒸蜜渍尚绝伦,啄鲜空羡南飞翼。
我闻二和全盛时,贡输不减开元日。涪州距雍已云远,况此奔驰来海侧。
绣衣中使动辎车,黄纸封林遍阡陌。浮航走辙空四郡,妙品人间无复得。

似闻供御只纤毫,往往尽入公侯宅。骊山废苑狐兔静,艮岳新宫鼙鼓急。
繁华今古共凄凉,绕树行吟悲野客。西风刮地战尘昏,一听胡笳双泪滴。

双　　庙

无复连云战鼓悲,英风凛凛在双祠。气吞骄虏方张日,恨满孤城欲破时。
幽鸟自啼檐际树,夕阳空照路傍碑。平生不作脂韦意,倚棹哀吟两鬓丝。

赋双溪阁用蔡君谟诗声字韵

雄观今古快幽情,突兀层楼出市甍。二水交流何处尽,孤舟不见乱山横。
丹炉寂寞仙游远,剑气萧条客恨盈。向晚移樽话流落,可堪时听鼓鼙声。

云际赠施子

惊沙惨淡连云起,曳杖悲歌行复止。春城是处闻鼓鼙,好风依旧开桃李。
对花惆怅忽逢君,把酒无欢如啜水。六年丧乱两相见,世路艰难嗟若此。
江边盗贼真游魂,挟虏声援图并吞。金陵失守数骑入,会稽移跸千官奔。
只今州县多阻绝,消息时听行路说。百川背海欲西流,八柱撑天愁更折。
苻坚陈乱丘山摧,夜闻鹤唳犹惊猜。莫轻赤壁一炬火,曹瞒气焰随飞灰。
功名邂逅有快意,岂在今日无人哉。天方秘祸秘豪杰,故遣君辈多沈埋。
亦知兴衰运有极,天时一半因人力。男儿遇事不作难,看君赤手排荆棘。

柳子文(?—?)

再呈慎思诸公兼以言怀

侵寻节物过秋风,何处钧天燕鼓钟。九日菊花聊一醉,五湖佳士偶相逢。
挑灯款语时供笑,借纸联诗且漫从。待得出闱应放意,百杯追逐兴方浓。

楼　钥(1137—1213)

送一老住庐山归宗(其四)

归宗法窟浸湮微,拭眼余风麈子遗。法鼓一声精彩变,要如光弼用军时。

隐　　潭

灵潭深入白云堆,带雨春云为我开。乳石半空浑欲堕,瀑泉千尺正中来。
两军酣战鼓鼙急,一雨生寒霹雳催。中有卧龙君勿狎,有时平地起风雷。

侍仲舅同诸表游山

来游大梅山，涉山知几重。平行千仞冈，俯瞰他山峰。
一步一步高，势欲凌虚空。左顾九地底，楼台鸣鼓钟。
蓬莱反在下，直恐船引风。又疑海水竭，洞见冯夷宫。
行行愈就顺，故步寻苔封。十年旧主人，相对如梦中。
清谈虚阁上，坐到夕阳春。年来颇畏影，掣身慕冥鸿。
入山非不深，犹有行人踪。安得更深居，尚友荷衣翁。
未问梅子熟，宁能啖青松。庶几适吾心，余生得从容。

陪沈虞卿使君游钱园

休沐无官事，公庭且放衙。城中寻胜地，道上引高牙。
潭府临芳径，东岩玩物华。山林真夐绝，栋宇谢豪奢。
陶令亲栽菊，秦侯晚种瓜。裴公余绿野，六一醉琅玡。
幽阪森三友，飞桥粲百花。树深藏曲折，谷险路谽谺。
道院罗星斗，禅房供释迦。鳌峰思御气，画舸想乘槎。
佳处城环雉，吟边路绕蛇。登山携翠袖，喝道屏银树。
井市花相映，湖陂柳半遮。高歌惊野鸟，叠鼓乱鸣蛙。
陛级青珉滑，秋千彩斾斜。丛篁穿嫩笋，芳草绽新葩。
静憩方开宴，徐行更试茶。仙醪斟玛瑙，玉指奏琵琶。
清绝嚣尘远，苍茫望眼赊。诗情弥海峤，饮兴渺天涯。
贤尹民同乐，名郎子克家。才高修月户，笔妙补天娲。
挥麈风流胜，凭栏笑语夸。追风惭款段，倚玉愧蒹葭。
逸韵迷春蝶，清欢接暮鸦。舞茵收地锦，画烛照笼纱。
耄稚欣相告，舆台靖不哗。微风朝趁马，好雨夜随车。
土脉兴原隰，霖膏润甲芽。相将劝耕去，和气满桑麻。

寻春次韵（其一）

一自东皇天上来，坐看芽檗起枯荄。化工潜有洪钧转，春事何劳叠鼓催。
晚景鬓凋宁再绿，去年花谢又重开。赏花携酒那容缓，走遍郊原莫便回。

陆文圭(1250—1334)

题刘晦卿月楼图并饯秋闱之行仍不犯月楼字

君不见刘越石,晋阳铁骑围城急。一声长啸震山谷,抛弓散走群儿泣。
又不见庾元规,武昌僚佐相追随。坐据胡床夜笑语,不知宾主竟为谁。
枕戈待旦成何事,终让著鞭先士稚。况复西风尘污人,茂宏举扇思还第。
嗟嗟二子逢世乱,误长清谈空致患。争如今夕倚阑人,一生饱吃升平饭。
百城桴鼓夜不鸣,万里山川秋愈明。黄鹤孤飞白鸥睡,卷帘露气下三更。
初听笛声何激烈,再听书声更清越。素娥密约无人知,今秋丹桂来先折。

陆 游(1125—1210)

舟中偶书

老子西游万里回,江行长夏亦佳哉。昼眠初起报茶熟,宿酒半醒闻雨来。
汉口船开催叠鼓,淮南帆落亚高桅。四方本是丈夫事,白首自怜心未灰。

中夜雨霁月色入户起饮酒一杯作绝句

吹尽浮云天宇清,城头叠鼓报三更。平生无此一杯酒,玉笥峰头看月生。

秋夜读书每以二鼓尽为节

腐儒碌碌叹无奇,独喜遗编不我欺。白发无情侵老境,青灯有味似儿时。
高梧策策传寒意,叠鼓冬冬迫睡期。秋夜渐长饥作祟,一杯山药进琼糜。

虾 蟆 碚

不肯爬沙桂树边,朵颐千古向岩前。巴东峡里最初峡,天下泉中第四泉。
啮雪饮冰疑换骨,搊珠弄玉可忘年。清游自笑何曾足,叠鼓冬冬又解船。

乾明院观画

唐年兰若占闲坊,名画萧条半在亡。簌簌疏篁常似雨,阴阴古屋自生凉。
入门叠鼓初催讲,唤马斜阳欲满廊。显晦熟思真有数,万金奇迹弃颓墙。

舟过玉津

玻璃江上送残春,叠鼓催帆过玉津。蜀苑莺花初破梦,巴山风月又关身。
幅巾久已忘朝帻,短剑惟思隐市尘。莫倚诸公容此老,西曹那许吐车茵。

泛富春江

双橹摇江叠鼓催,伯符故国喜重来。秋山断处望渔浦,晓日升时离钓台。
官路已悲捐岁月,客衣仍悔犯风埃。还家正及鸡豚社,剩伴邻翁笑口开。

早春新晴

柳弄春柔拂小潭,山横霁色卷浮岚。飞扬幡脚掷东北,零落梅花余二三。
村店疏灯新卖酒,神祠叠鼓正祈蚕。幽人睡起东园去,芹茁萱芽又满篮。

题卧龙山

涪翁几日客,遗墨遍苍崖。作吏今三月,偷闲始一来。
云归就檐宿,江怒触山回。更欲穷幽赏,城头叠鼓催。

冬　夜

翩翩残历不满纸,坎坎叠鼓无停挝。香残未消古鼎火,灯暗尚结寒缸花。
长安故人日已远,锦江小筑天之涯。拘挛动觉吏有责,幽独更似僧无家。
卧闻沙雁叫空阔,想见雪谷森谽谺。起提一笔扫疋纸,入卷飒飒奔龙蛇。

园中观草木有感

木笔枝已空,玉簪殊未花。赪桐时更晚,春尽始萌芽。
老人多感慨,俯仰悲岁华。两曜如奔轮,疾去不可遮。
城头插双旗,叠鼓催清笳。兀然一室间,不复过邻家。
午睡或至暮,乱发垂鬖髿。所嗟瘦僧死,莫致茶山茶。

池上醉歌

我欲筑化人中天之台,下视四海皆飞埃。
又欲造方士入海之舟,破浪万里求蓬莱。
取日挂向扶桑枝,留春挽回北斗魁。横笛三尺作龙吟,腰鼓百面声转雷。
饮如长鲸海可竭,玉山不倒高崔嵬。半酣脱帻发尚绿,壮心未肯成低摧。
我妓今朝如花月,古人白骨生苍苔。后当视今如视古,对酒惜醉何为哉。

秋月曲

旧时家住长安城,万户千门秋月明。紫陌朱楼歌吹海,酣宴不觉银河倾。
受降城头更奇绝,莽莽平沙千里月。选兵夜出打番营,铁马蹴冰冰欲裂。

塞月未落成功回,腰鼓横笛如春雷。长安高楼岂不乐,与此相去何辽哉。
丈夫志在垂不朽,漆胡骷髅持饮酒。举头云表飞金盘,痛饮不用思长安。

喜　晴

西风吹雨冷凄凄,道上行人白昼迷。聊抉重云取朝日,未容嘉谷卧秋泥。
年丰郡府疏文檄,蛮遁边亭息鼓鼙。寄语农家莫游惰,冬闲正要饱锄犁。

书悲二首(其二)

丈夫孰能穷,吐气成虹霓。酿酒东海干,累曲南山齐。
平生搴旗手,头白归扶犁。谁知蓬窗梦,中有铁马嘶。
何当受诏出,函谷封丸泥。筑城天山北,开府萧关西。
万里扫尘烟,三边无鼓鼙。此意恐不遂,月明号荒鸡。

中春偶书

邻曲祈蚕候,陂塘浸种时。春寒薪炭觉,雨霁鼓钟知。
驴瘦冲泥怯,鱼惊食钓迟。衰翁一味懒,耕养愧吾儿。

野　兴

荷锄通北涧,腰斧上东峰。秋水清见底,晓云深几重。
冬冬传社鼓,渺渺度楼钟。归觅村桥路,诗情抵酒浓。

老病追感壮岁读书之乐作短歌

少年志力强,文史富三冬。但喜寒夜永,那知睡味浓。
庭树风浙浙,城楼鼓冬冬。自鞭不少贷,冻坐闻晨钟。
探义剧攻玉,摘文笑雕龙。落纸笔纵横,围坐书叠重。
得意自吟讽,清悲答莎虫。饥肠得一饼,美如紫驼峰。
俯仰五十年,于世终不逢。夜半起饭牛,颓然成老农。
束书不更读,蠹简流尘封。世无袁伯业,太息吾何从。

初夜暂就枕

街鼓冬冬欲断时,官闲惟与睡相宜。褰帷卧看初升月,转枕重思未稳诗。
偃仰少安真得策,欠伸徐起顿忘疲。悠然已在羲皇上,莫遣儿曹取次知。

660

夜　归

饮酒不尽觞,观棋不竟局。索马踏街鼓,仰视月挂木。
疾驰沿河堤,不记几坊曲。到家四邻寂,往往睡已熟。
天香余袅袅,佛灯犹煜煜。中庭虽一席,缓步意亦足。
寒犬吠荆篱,栖鹊起丛竹。市声从北来,始觉非林谷。
却寻西窗书,开卷剪残烛。官闲居更远,一笑谢羁束。

西湖春游

灵隐前,天竺后,鬼削神剜作岩岫。冷泉亭中一尊酒,一日可敌千年寿。
清明后,上巳前,千红百紫争妖妍。冬冬鼓声鞠场边,秋千一蹴如登仙。
人生得意须年少,白发鬖钟空自笑。
君不见灞亭耐事故将军,醉尉怒诃如不闻。

秋兴十二首(其一二)

鼍鼓华鲸响寺廊,残芜落叶弄秋光。蹇驴系著门前柳,闲觅题名拂败墙。

丰　岁

丰岁欢声动四邻,深秋景气粲如春。羊腔酒担争迎妇,鼍鼓龙船共赛神。
处处喜晴过甲子,家家筑屋趁庚申。老翁欲伴乡闾醉,先办长衫紫领巾。

发黄州泊巴河游马祈寺

南望武昌山,北望齐安城。楚江万顷绿,著我画舫横。
云帆不须挂,鼍鼓不须鸣。淡然隐曲几,山水相逢迎。
疏雨漏薄日,非阴亦非晴。晚泊巴河市,小陌闻屐声。
紫髯刑马地,一怒江汉清。中原今何如,感我白发生。

寺居睡觉二首(其二)

心地安平晓梦长,忽闻鱼鼓动修廊。披衣起意清羸甚,想象云堂煮粥香。

仗锡平老具舟车迎前天衣印老印悉遣还策杖访之作二绝句奉送兼简平(其二)

鱼鼓声中白氎巾,南山笋蕨一番新。长安不是无卿相,林下平津独可人。

寺居夙兴

闲居无一事,睡少自夙兴。空庭翠雾合,高树红日升。
曳杖绕四廊,悄然不逢僧。厨烟俄漠漠,鱼鼓亦登登。
晨粥香满堂,粱肉坐可憎。匡山在何许,吾将买行縢。

眉州郡燕大醉中间道驰出城宿石佛院

玻璃春作江水清,紫玉箫如雏凤鸣。漏声不闻看炧烛,侠气未减欺飞觥。
单车万里信有数,二年三过宁忘情。钗头玉茗妙天下,琼花一树真虚名。
酒酣忽作檀公策,间道绝出东关城。清歌未断去已远,回首楼堞空峥嵘。
貂裘狐帽醉走马,陌上应有行人惊。径投野寺睡正美,鱼鼓忽报江天明。

越王楼二首(其二)

葡萄酒绿似江流,夜燕唐家帝子楼。约住管弦呼羯鼓,要渠打散醉中愁。

芳华楼夜饮二首(其二)

结客追游亦乐哉,城南城北古池台。香生赭汗连钱马,光溢金船拨雪醅。
难觅长绳縻日住,且凭羯鼓唤花开。一春政使浑无事,醉到清明得几回。

六月二十六日夜梦赴季长招饮

少城骏马逐春风,二十年间万事空。清梦都忘双鬓改,绣筵还喜一尊同。
乌巾掩冉簪花重,羯鼓敲铿列炬红。安得此欢真入眼,碧油幢拥主人翁。

枕上感怀

五更揽辔山路长,老大诵书声琅琅。古人已死心则在,度越秦汉窥虞唐。
三更投枕窗月白,老夫哦诗声喷喷。渊源雅颂吾岂敢,屈宋藩篱或能测。
一代文章谁汝数,老不能闲真自苦。君王虽赏于芳于,无奈宫中须羯鼓。

春晚即事四首(其一)

桑麻夹道蔽行人,桃李随风旋作尘。煜煜红灯迎妇担,冬冬画鼓祭蚕神。

得韩无咎书寄使虏时宴东都驿中所作小阕

大梁二月杏花开,锦衣公子乘传来。桐阴满地归不得,金罍玲珑上源驿。
上源驿中挝画鼓,汉使作客谁作主。舞女不记宣和妆,庐儿尽能女真语。
书来寄我宴时诗,归鬓知添几缕丝。有志未须深感慨,筑城会据拂云祠。

醉中下瞿唐峡中流观石壁飞泉

吾舟十丈如青蛟,乘风翔舞从天下。江流触地白盐动,滟滪浮波真一马。
主人满酌白玉杯,旗下画鼓如春雷。回头已失瀼西市,奇哉一削千仞之苍崖。
苍崖中裂银河飞,空里万斛倾珠玑。醉面正须迎乱点,京尘未许化征衣。

大将出师歌

将军北伐辞前殿,恩诏催排苑中宴。紫陌惊尘中使来,青门立马群公饯。
绣旗杂沓三十里,画鼓敲铿五千面。行营暮宿咸阳原,满朝太息倾都羡。
天声一震胡已亡,捷书奕奕如飞电。高秋不闭玉关城,中夜罢传青海箭。
山川图籍上有司,张掖酒泉开郡县。还朝策勋兼将相,诏假黄钺调金铉。
丈夫未遇谁得知,昔日新丰笑贫贱。

日出入行

吾闻开阖来,白日行长空。扶桑谁曾到,崦嵫不可穷。
但见旦旦升天东,但见暮暮入地中。使我倏忽成老翁,镜里衰鬓成霜蓬。
我愿一日一百二十刻,我愿一生一千二百岁。
四海诸公常在座,绿酒金尊终日醉。高楼锦绣中天开,乐作画鼓如春雷。
欢尔白日无西颓,常行九十万里胡为哉。

老 马 行

老马虺隤依晚照,自计岂堪三品料。玉鞭金络付梦想,瘦稗枯萁空咀噍。
中原蝗旱胡运衰,王师北伐方传诏。一闻战鼓意气生,犹能为国平燕赵。

夜雨寒甚

万籁号风如战鼓,雪意垂垂先作雨。庭中栖鸟惊屡起,窗下残灯翳还吐。
老翁耸膊高过顶,童子触屏低不语。时闻邻舍起饭牛,亦有归樵说逢虎。
去年雪薄蝗害稼,今年望雪如望赦。行当三白兆丰年,牲酒如山作秋社。

胡 无 人

须如猬毛磔,面如紫石棱。丈夫出门无万里,风云之会立可乘。
追奔露宿青海月,夺城夜蹋黄河冰。铁衣度碛雨飒飒,战鼓上陇雷凭凭。
三更穷庐送降款,天明积甲如丘陵。中华初识汗血马,东夷再贡霜毛鹰。

群阴伏,太阳升,胡无人,宋中兴。丈夫报主有如此,笑人白首篷窗灯。

吕本中(1084—1145)

句(其五)

不用君王羯鼓敲。

守　城　士

北风且莫雪,一雪三日寒。不念守城士,岁晚衣裳单。
衣单未为苦,隔壕闻战鼓。杀贼须长枪,防城要强弩。
炮来大如席,城头且撑柱。岂不知爱身,倾心报明主。
报主此其时,一死吾亦宜。未敢望爵赏,且今无事归。
寄语守城士,此言君所知。

颂送山上人游南华

三浙三衢未说归,且从岭路访曹溪。卢公若问南来事,但道江湖尽鼓鼙。

吕南公(1047—1086)

梦　寐

偶入重城坐客堂,年年风味只荒凉。春花秋月各无味,晚鼓晓钟俱断肠。
别恨不堪诗控引,高情犹赖酒分张。著书耕钓平生事,梦寐西村五亩桑。

麻姑山诗·宿仙都观

仙山古秀拔,百里见遭匝。楼殿出其中,鼓钟日镗鞳。
唶唶云间鹤,下取芝菌嚼。道人锄药归,月色满畚锸。
夜眠依松槛,清思逼睡榻。起咏步虚声,倾筋煮蔬甲。
事有属外念,寄之以评商。何由使我心,浩浩上羲皇。

吕　陶(1028—1104)

西　郊

西郊村落好,岁月甚优游。野性每自适,倦心何所求。
鼓钟催永昼,砧杵报新秋。若遇延形术,犹能换白头。

吕夏卿（？—？）

谒张相公祠
天以伊皋生百越,力回尧舜作开元。波涛漏网鱼龙活,日月无光蝃蝀昏。
一自渔阳鼙鼓起,九重方忆老臣存。

罗与之（？—？）

为　　言
日薄寒浓春意微,花须柳眼尚依稀。为言羯鼓休频打,催得先开即早飞。

毛　滂（1060—？）

春词（其六）
　　君恩破寒色,天笑觉春回。先暖延和柳,曾无羯鼓催。

上 元 夜
翠辇遥窥日角丰,阳光浮喜散云同。海山不动双龙矫,天信频颁一鹤通。
胡越照临清景内,唐虞消息笑声中。六街鼓舞谁能强,三尺儿童识帝功。

梅尧臣（1002—1060）

和江邻几学士画鬼拔河篇
蒲中古寺壁画古,画者隋代展子虔。分明八鬼拔河戏,中建二旗观却前。
东厢四鬼苦用力,索尾拽断一鬼颠。西厢四鬼来背挽,双手捶下抵以肩。
龙头鱼身霹雳使,持钺植立旗左偏。拔山夜叉右握斧,各司胜负如争先。
两旁挝鼓鼓四面,声势助勇努眼圆。臂枭张拳击棒首,似与暴谑意态全。
当正大鬼按膝坐,三鬼带鞠一执旃。操刀攘囊力指督,怒发上直筋旧缠。
虎尾人身又蹯顾,蒺藜短挺金捶坚。高下尊卑二十四,二十四鬼无黄泉。
角雄竞强欲何睹,曷不各各还荒埏。

将行赛昭亭祠喜雨
　　未生潭上云,空望山中雨。湛湛陈桂樽,坎坎奏鼍鼓。
　　萧萧灵风来,蹲蹲祝郎舞。莫言春作迟,但念寒滩阻。
　　何当发泉源,绿水浸沙渚。不与农者期,自将舟人语。

定作榜歌行,暮投丹湖浦。瞻祠草树失,认岭烟霞吐。
平吞东南吴,远带西北楚。川泽见坡陁,龙蛇蹙鳞膂。
人经兴瘝叹,事往成前古。考碑何验今,涂马立空庑。
余知骨相贫,岂敢望冥许。愿乘溪流深,滂沛随彻俎。

宣州杂诗二十首(其八)

细雨春冈滑,无因驻马蹄。裘单怀后侣,风急过前溪。
近寺闻鱼鼓,穿林听竹鸡。田家春正急,炊饭待锄犁。

送王郎中知江阴①

持归汉省青绫被,去看吴都白马潮。叠鼓渡江寒浪伏,鸣铙入境野云飘。
鱼穿杨柳夸鲜脍,人采芙蓉学细腰。家有二槐为太守,弟兄谁似李文饶。

送胡都官知潮州

自昔揭阳郡,刺史惟韩侯。韩侯初来时,问吏泷水头。
到官谕鳄鱼,夜失风雨湫。乃知抱正直,异类尚听谋。
潮虽处南粤,礼义无遐陬。勿言古殊今,唯在政教修。
适闻豫章士,勇往登犀舟。不畏恶溪恶,叠鼓齐歌讴。
远持天子命,水物当自囚。更寻贤侯迹,书上揭阳楼。

冬夕会饮联句②

与君数夜饮,唯恐酒盏空。今我苦欲浅,语志难此同。
陈编侑欢适,间谑何魁雄。婢子寒且倦,主人哦不穷。
灯青屡结花,煎响时鸣虫。穴鼠暗出没,风雁高雍容。
冰霜覆瓦屋,貂狐输贵翁。孤床乏暖质,苦语有淡工。
咀嚼患禽小,煨炮惊壳红。落蟾斜入窦,远漏微递风。
醉心欺睡魄,细书刺昏瞳。吽呀闻争犬,哮吼厌啼骡。
拨火乱赪豆,附炙双弯弓。干果硬迸齿,寒齑酸满胸。
枯蛤擘无肉,淡脯烧可饔。语必造圣贤,乐已过鼓钟。

---

① 王安石《送王郎中知江阴》内容与此诗大致相同,仅个别字词有异,不再重复收录。
② 本诗为梅尧臣与谢景初的联句诗。

纸窗幸未曙,絮被令旋缝。冻痹两股铁,跑抓双鬓蓬。
脬尿既懒溺,裈虱唯欲烘。器皿足缺齾,捧执无夭秌。
儿女寒不寝,僮仆困欲薨。岂无贵富徒,笑此饥寒踪。
丈夫固有负,道义久已充。墨子不黔突,齿辈且得封。
勉哉梅夫子,塞者终自通。

湖州寒食陪太守南园宴

寒食二月三月交,红桃破颡柳染梢。阴晴不定野云密,默默鼓声湖岸坳。
使君千骑出南圃,歌吹前导后鸣铙。是时辄预车马末,倾市竞观民业抛。
竹亭临水美可爱,嗑呷草木皆吐苞。游人春服靓妆出,笑踏俚歌相与嘲。
使君白发体尤健,自晨及暮奏酒肴。尔辈少年翻易倦,倚席欠伸谁得教。
公虽不责以正礼,我意未容诚斗筲。逡巡秉烛各分散,小人争路何咬咬。

莫　渊(？—？)

送程给事知越州

北房分庭正,东藩得郡优。兼曹抛玉殿,重阁指蓬邱。
节制连江海,封疆直斗牛。地虽邻故里,人始识元侯。
合浦珠还日,长河虎渡秋。溪山归胜览,风月入冥搜。
使斾天边去,楼船鉴里游。茶枪香泛泛,竹箭绿修修。
乐苑花犹卉,兰亭水尚流。千寻经石篑,八月看潮头。
萧寺逢支遁,山阴忆子猷。昔贤尝纵乐,太守好销忧。
倒载何妨作,扁舟未可谋。朝纲须急治,民瘼俟全瘳。
青琐从虚位,朱幡且少留。行当宣室召,还应傅岩求。
德望终归用,愚蒙只自愁。官资卑执戟,身势类浮鸥。
每玷乡人荐,长思国士酬。那堪闻叠鼓,惆怅送行辀。

牟　巘(1227—1311)

和梅君遇退闲

鞅掌徒劳耳,人皆羡子闲。惟甘寄市隐,勿苦忆家山。
街鼓晨眠稳,丹田夜气还。萧然无一事,意已出区寰。

羯 鼓 图

春光一曲透霓屏,红锦绷中养不廷。谁道青峰白雨点,开元宰相也渠听。

牟子才(?—?)

春雨怀述(其一)

懒把闲情去问花,花如含泪向天涯。二分春色已抛过,几处芳枝寒未芽。
羯鼓无功缘底事,莺梢已恨落谁家。门前杨柳黄犹淡,为问何时可暮鸦。

慕容彦逢(1067—1117)

许冲元生日

良月当初吉,昌时叶半千。气钟奎壁粹,寿禀角亢全。
殖学优前哲,香名自妙年。文章魁桂籍,风采冠樱筵。
要路谐先据,清班阅屡迁。芸书雠甲乙,黼坐谒温宣。
丹陛趋文石,彤庭咏绮钱。云梯滋稳步,风翮正孤骞。
清切陪华跸,雍容进迩联。夜归惊宝烛,晓直候花砖。
余力兼京辅,能声映简编。寇清桴鼓绝,讼息缿筒捐。
入谢虽言迈,徂齐遽式遄。词林俄再入,政辖遂详延。
鲠议违时去,丹心许国坚。赐环朝帝所,曳履上星躔。
枢宪仍图旧,岩廊庆得贤。珥珰鹓渚上,鸣佩凤池边。
默识通伦类,先几炳眇绵。龙輴迎舜日,鳌柱拱尧天。
夹毂占辎鹿,飞冠兆冕蝉。鹤龄偕集木,龟算等巢莲。
丙魏君臣契,韦平父子传。功成五福具,永作地行仙。

穆修(979—1032)

秋浦会遇

踟踟幽遐地,栖栖会遇人。穷愁艰理胜,羁旅易情亲。
岂意当漂谪,兹谐卜并邻。温温窥表粹,晏晏奉嬉嚬。
直道谈端辟,横流语下堙。绮文何斐叠,瑰行亦璘玢。
敦分初投漆,交言乍饮醇。操心忠义合,开口肺肝陈。
共昧随时理,俱成迷患因。祸来非造次,语及自酸辛。

众奋漂山舌，孤縻坐狱身。诋诬惟腼臆，锻炼正逡巡。
囚任桐棺跃，冤宁斗剑伸。君牵成狼翟，我患构奸秦。
巧纵铦刀笔，幽争謟鬼神。精诚怀皎日，悲愤贯高旻。
素誓端清检，期无取玷沦。斩刍尝鼓箧，卧藁先书绅。
侧璧疑曾辨，钩金法所循。得情奚示喜，伏念不忘旬。
粗评三章直，何辞一马贫。决曹诚自任，司举仰谁论。
膺破藏奸柱，纲埋翦暴轮。存心固慨慕，有位敢希遵。
骥骆程初发，虹霓气未振。沮磨圭失色，萋菲锦争新。
肯或奇虚刃，翻成害实宾。木招孤秀伐，珠掇暗投嗔。
跖砾同非圣，敦犨众忌洵。棘心终妒蕙，蓬首不羞蓁。
冶媚皆狸貉，跳梁并狡狻。不无嫌虎据，的是恶鹰瞵。
合力邪攻正，连谋伪訾真。蝇声移栝槚，蚁漏垫嶙岣。
抵玉为凡砾，摧松作弊神。椎埋智直堕，排陷堵潜填。
卑湿终投谊，愁忧遂放均。吁辜赊盖幕，照覆隔蟾蜙。
流落穷山崦，夷犹积水垠。望家惟霣泣，向国只低颦。
艰毒天崩杞，遭危岁在辰。庭帏偏屺岵，伯仲邈璵琎。
愧未鸥夷死，渐如浑敦囂。睢盱摇尾兽，宛转曝腮鳞。
已叹栖迟郡，尤居寂寞滨。土风传细碎，心事遘凶屯。
城郭周□援，人烟簇野津。贾樯通劲越，商帆彻瓯闽。
溪妇收菰米，村娃货竹薪。回头波渺渺，动足石磷磷。
再见来巢乙，频闻入市寅。满林垂啸狖，当面走惊麇。
水寺传将久，沙禽渐欲驯。无心从碌碌，任志守谆谆。
早作慵洮盥，宵眠独叹呻。机床闲笔格，窗牖乱书筠。
旧葛那支暑，贫炊莫续晨。未尝游井闬，况复出城闉。
悒悒危肠溃，昏昏病目眴。梅蒸衣醭氎，瘴触面鼃皴。
未免鸡猜鹤，徒希鹊庇鹑。素鹅求庚悦，碧鹳事韦诜。
讵识开三雅，奚谁指一囷。欢无官局事，病免府趋尘。
避路深藏拙，忘机独任纯。鸢轻饥鹭鹭，驽消瘦麒麟。
瑕谪连城宝，惊疑照席珍。泥蟠蚖肆若，涂曳蜾嘲频。

机弛千钧綮,刚摧百炼镔。愠忧宜悄悄,谖吠更狺狺。
渐豆多闻耳,全胶欲语唇。已甘钟律哑,难斗釜雷震。
近叹非辜者,还称被谴臻。堪持言自解,姑以命相询。
顿觉穷通外,殊惊得丧泯。岂烦怀鲁汶,并说忘岐豳。
兹共追随日,时逢物景春。杂花明浦屿,细草染郊畛。
绣羽来穿柳,妆鬟去采蘋。画船江泛泛,铜鼓野嚞嚞。
荷芰卷生渚,芜菁秀出巈。丛暄茶正发,秧暖稻初匀。
远去寻芳径,闲留坐翠濒。小蛮聊倒橭,独茧暂垂缗。
烟杪闻啼魄,沙壖过祭猵。道宫披古碣,僧阁凭雕楯。
滞迹惭鱼鸟,归怀谢茗莼。谁怜秦逐客,自耻晋缧臣。
学忆居州里,文曾力组细。曾仓祛秕稗,任苑薙荆榛。
壮节轻宗悫,奇才轹卞彬。赋毫摛藻绘,诗墨洒玭琳。
始角词场胜,争驰羲毂轥。战瘤知景陷,盟手敢他挼。
勇俟邀主爵,功期取鼎茵。乡书先鹗祢,省荐半龙荀。
艺窃登廷试,名叨擢帝宸。阙严趋紫贝,陛峻拜苍银。
变化初飞壁,挺和却在钧。三年纡选调,一命就陶甄。
冗骤司囹圄,卑才服璑珉。上寮非遂霸,同列异超珣。
介立旁无援,阴排密有夤。堤防虽少懿,坎坷亦多逊。
缴已能伤雁,罘仍未放麟。逾年留异域,肆会奉严禋。
仰问苍苍理,难穷荡荡仁。良图君未聘,薄命我方湮。
蓬藋何当返,兰荃自可纫。肴苏调旨膳,春税给租缗。
寄傲邱名麦,遗荣野号莘。退藏师李谧,贵显让颜竣。
蹑迹三高士,追狂六逸民。耕皋营酒秫,樵谷访琴楩。
畚土封花堡,诛茅出果榛。园中持铫锸,林下设置罠。
至理鹏齐鹖,浮生菌等椿。未甘捐粪土,所幸曳丝纶。
南面同尧禹,岩廊即甫申。固应容一叟,鼓腹得还淳。

倪德元(？—？)

钓鱼矶

□□□□□□□,□□□□□□□。以文会友真足乐,宽我老怀百岁忧。

盍簪况乃□□席,□□□□注黄流。□□□□击鼍鼓,满酌玉罍罗珍羞。
溪回断岸颠崖出,千仞插天如立壁。信知神禹疏凿功,悬溜黯然长湛碧。
波光照影肝胆寒,岚气逼人毛发立。第恐喧呼鸟雀惊,□□□行随湍急。
□□□□桃花,徘徊一望朝霞赤。疑有秦人住洞天,□来舣舟携酒入。
花洞□□□落红,□铺万里□□。家童采山□毂薪,稚子属文资戏剧。
须臾岭头新月上,归棹将诗写岩石。春光都来无百日,忧愁风雨十居七。
古今会合不易得,邂逅□今□成昔。郭君退翁世□贤,我欲从之终吾年。
年年与君来载酒,此乐人间岂常有。

欧阳修(1007—1072)

得滕岳阳书大夸湖山之美郡署怀物甚野其意有恋著之趣作诗一百四十言为寄且警激之

峭巇孤城倚,平湖远浪来。万寻迷岛屿,百仞起楼台。
太守凭轩处,群宾奉笏陪。清霜荐丹橘,积雨过黄梅。
逸思歌湘曲,遒文继楚材。鱼贪河岫乐,云忘帝乡回。
遥信双鸿下,新缄尺素裁。因闻夸野景,自笑拥边埃。
龙漠方多孽,虎头久示灾。旌旗时映日,鼙鼓或惊雷。
有志皆尝胆,何人可凿坏。儒生半投笔,牧竖亦输财。
沮泽辞犹慢,蒲萄馆未开。支离莫攘臂,天子正求才。

送 杨 员 外

予昔走南宫,江湖浩然涉。今来厌尘土,常怀把轻楫。
闻君东南行,山水恣登蹑。秋江湛已清,树色映丹叶。
羡君舟插栌,去若鱼鼓鬣。君家兄弟才,门族当世甲。
行期荐贤书,疾驿来上阁。

送祝熙载之东阳主簿

吴江通海浦,画舸候潮归。叠鼓山间响,高帆鸟外飞。
孤城秋枕水,千室夜鸣机。试问还家客,辽东今是非。

送润州通判屯田

船头初转两旗开,清晓津亭叠鼓催。自古江山最佳处,况君谈笑有余才。

云愁海阔惊涛涨,木落霜清画角哀。善政已成多雅思,寄诗宜逐驿筒来。

与谢三学士唱和八首·昨日偶陪后骑同适近郊谨成七言四韵兼呈圣俞

堤柳才黄已落梅,寻芳弭盖共徘徊。桑城日暖蚕催浴,麦垄风和雉应媒。别浦人嬉遗翠羽,弋林春废锁歌台。归鞍暮逼宫街鼓,府吏应惊便面回。

代书寄尹十一兄杨十六王三

并辔登北原,分首昭陵道。秋风吹行衣,落日下霜草。
昔日憩巩县,信马行苦早。行行过任村,遂历黄河隩。
登高望河流,汹汹若怒闹。予生平居南,但闻河浩渺。
停鞍暂游目,茫洋肆惊眺。并河行数曲,山坡亦萦绕。
嚣子与山口,呀险乃天灶。秤钩真如钩,上下欲颠倒。
虎牢吏当关,讥问名已告。荥阳夜闻雨,故人留我笑。
明朝已高尘,軿车引旌纛。传云送主丧,窆穸诣坟兆。
后乘皆辎軿,轮毂相辉照。辟易未及避,庐儿已呵噭。
午出郑东门,下马仆射庙。中牟去郑远,记里十余堠。
抵牟日已暮,仆马困米槁。渐望闾阖门,崛若中天表。
趋门争道入,羁鞅不及掉。浪瞳游九衢,风埃叹何浩。
京师天下聚,奔走纷扰扰。但闻街鼓喧,忽忽夜复晓。
追怀洛中俊,已动思归操。为别未期月,音尘一何杳。
因书写行役,聊以为君导。

读　　书

吾生本寒儒,老尚把书卷。眼力虽已疲,心意殊未倦。
正经首唐虞,伪说起秦汉。篇章异句读,解诂及笺传。
是非自相攻,去取在勇断。初如两军交,乘胜方酣战。
当其旗鼓催,不觉人马汗。至哉天下乐,终日在几案。
念昔始从师,力学希仕宦。岂敢取声名,惟期脱贫贱。
忘食日已晡,燃薪夜侵旦。谓言得志后,便可焚笔砚。
少偿辛苦时,惟事寝与饭。岁月不我留,一生今过半。

中间尝忝窃,内外职文翰。官荣日清近,廪给亦丰羡。
人情慎所习,鸩毒比安宴。渐追时俗流,稍稍学营办。
杯盘穷水陆,宾客罗俊彦。自从中年来,人事攻百箭。
非惟职有忧,亦自老可叹。形骸苦衰病,心志迹退懦。
前时可喜事,闭眼不欲见。惟寻旧读书,简编多朽断。
古人重温故,官事幸有间。乃知读书勤,其乐固无限。
少而干禄利,老用忘忧患。又知物贵久,至宝见百炼。
纷华暂时好,俯仰浮云散。淡泊味愈长,始终殊不变。
何时乞残骸,万一免罪谴。买书载舟归,筑室颍水岸。
平生颇论述,铨次加点窜。庶几垂后世,不默死乌猭。
信哉蠹书鱼,韩子语非讪。

鹭鸶

激石滩声如战鼓,翻天浪色似银山。滩惊浪打风兼雨,独立亭亭意愈闲。

栾城遇风效韩孟联句体

岁暮氛霾恶,冬余气候争。吹嘘回暖律,号令发新正。
远响来犹渐,狂奔势益横。颓城鏖战鼓,掠野过阴兵。
扫荡无余霭,颠摧鲜立茎。五山摇岌嶪,九鼎沸煎烹。
玉石焚冈裂,波涛卷海倾。遥听午合市,争呼夜惊营。
惨极云无色,阴穷火自生。电鞭时寿划,雷轴助喧轰。
孔窍千声出,阴幽百怪呈。狐妖凭莽苍,鬼焰走青荧。
奋怒神增悚,中休耳暂清。胡兵占月晕,江客候鼍鸣。
飘叶千艘失,飞空万瓦轻。猎豪添马健,舶稳想帆征。
畏压频移席,阴祈屡整缨。冻消初醒蛰,枯活欲抽萌。
病体愁山馆,春寒赖酒铛。鸡号天地白,登垄看晴明。

潘 牥(1204—1246)

江 行

急橹鸣鹅鹳,喧滩闹鼓鼙。风随山曲折,船与浪高低。
春浅霜连夜,天随月半溪。嵯峨如许石,直欠一镌题。

彭龟年(1142—1206)

送王仲显赴琼州

朔风猎猎搜离思,千山木叶飞东西,山声互答轰鼓鼙。
日影倒乱摩旌旗,琼山太守行赤帷,父老出饯相扶携。
把袂惜别车去迟,仙都散吏挈楄随,洗盏酌酒歌别离。
别离之歌歌声希,儿女子态不愿为,圣皇择守先南陲。
朱崖况复环生黎,黎山插天海四围,黎人出没如鬼魑。
凶鲸虯集不可羁,无异生缚虎与罴,乃令错处海一涯。
一日万变藏几微,赵张缩手龚黄痴,良二千石非公谁。
公行南方易如归,公举南事易如携,向来盐策一局棋。
白黑纷乱杨朱岐,公能辨晰是与非,袖有长疏天下知。
口不可惜人可悲,鬼魑虎罴日夜伺,此时此事分安危。
想公再拜辞玉墀,睿意恳恻亦在兹,九重寄公万里师。
纷纷狱讼不足治,从驲遽听东南驰,定知召节封金泥。
不然盐策更畴咨,服岭以南公一夔。
与公离别歌此词,愧不以颂而以规。

彭汝砺(1042—1095)

古北口杨太尉庙

将军百战死钦岑,祠庙岩岩古到今。万里胡人犹破胆,百年壮士独伤心。
遗灵半夜雨如霓,余恨长时日为阴。驿舍怆怀心欲碎,不须更听鼓鼙音。

韩氏周宣王时为侯尝入觐而归显父饯之尹吉甫作诵今司空康国公既老元祐丁卯朝京师戊辰春还许天子赐燕某赋是诗

在昔韩侯,受命有周。绍嗣禹功,以续祖考。
韩侯入觐,玄衮介圭,有淑其斾。韩侯归止,显父是饯。
苾豆有践,奏鼓衎衎。韩侯燕喜,既多受祉。
施于子孙,为宋柄臣。有子且贤,长则上公。
亦似前人,有赫厥庸。公老许田,载见式时。

朝有大疑,公为蓍龟。公去不留,天子是思。
薄言维之,旂旐有辉。都人咸喜,祝之千岁。
国有元老,邦家是赖。康公之德,寅亮孔硕。
利泽在民,功在社稷。孰能诗之,以继韩奕。
诞发其声,施于罔极。

和致远学士游池(其二)

岸岸垂杨障绿阴,时时好鸟啭清音。昭回河汉波澜阔,方丈蓬莱雨露深。
到处香烟浓作雾,谁家珠翠密成林。争标想见千人唱,声入青云画鼓深。

彭　演(?—?)

羯　鼓　绦

长安宫阙半蓬蒿,尘暗红梁羯鼓绦。惟有水天明月夜,一条空碧见秋毫。

蒲寿宬(?—?)

登师姑岩见城中大阅恍如阵蚁因思旧从戎吏亦其中之一蚁感而遂赋

晨起扪层巅,苍茫见尘市。鼛鼓生远陴,壶蜂在幽耳。
遥知细柳屯,于时阅军士。俯彼万铠群,微哉一窨蚁。
初集如慕膻,俄拥如聚米。或圆如旋磨,或方如缘几。
隐隐床下声,牛斗差可拟。未熟黄粱间,忽忆大槐里。
昔在群蚁中,不知蚁是已。长揖谢孙蒵,微笑辞蒯起。
蛮触胡为哉,鸡虫今已矣。醉眼未醒时,此真尺与咫。
更陟最上头,须弥亦芥子。

钱公辅(1021—1072)

众乐亭二首(其一)

谁把江湖付此翁,江湖更在广城中。葺成世界三千景,占得鹏天九万风。
宴豆四时喧画鼓,游人两岸跨长虹。他年若数东南胜,须作蓬邱第一宫。

钱　选(？—？)

五君咏·刘伶

刘公善闭关,怀情灭闻见。鼓钟不足欢,容色岂能眩。
韬精日沉饮,谁知非荒宴。颂酒虽短章,深衷自此见。

钱　易(968—1026)

七　夕　作

天上人间重此宵,新情旧恨两迢迢。汉宫露密罘罳冷,秦殿灯深羯鼓焦。
香粉溟蒙筛绮席,蛛丝千万络烟霄。牵牛何事劳乌鹊,不使虹霓驾作桥。

强　至(1022—1076)

送李讲主还维扬

定忆婆娑树,双垂满地阴。春风吹社燕,归意逐淮禽。
帆落横江尽,门开小院深。先挝大法鼓,续震海潮音。

秦　观(1049—1100)

秋兴九首·拟杜牧之

鼓鼙夜战北窗风,霜叶铺阶叠乱红。一段新愁惊枕上,几声悲雁落云中。
眼前时节看驰马,日下生涯寄断蓬。弟妹别来劳梦寐,杳无消息过江东。

和　游　金　山

江流会扬子,汹汹东南骛。海门划前开,金山屹中据。
鼓钟食万指,金臒栖千柱。夜庭游月波,晓观抟香雾。
天清猿鸟哀,风暗鱼龙怒。云物横古今,涛波阅晨暮。
三州气色来,上下端倪露。伟哉元气间,此胜知谁聚。
念昔憩精庐,登临辄忘去。汲新试团月,饭素羹魁芋。
妙兴入芳藤,真境在芒屦。别来景暑换,痞瘵经从处。
忽蒙珠璧投,了与云峦遇。幽光炯肝肺,爽气森庭户。
区中多滞念,方外饶奇趣。寄语山阿人,泠然行复御。

仇　远(1247—?)

雪后祈晴

闰正月过二月来,溧阳溪头花乱开。浓云急雨荐雷电,不待羯鼓花奴催。
江南天气全然别,昨夜清寒今日热。东风忽转西北风,吹作霏霏一天雪。
艳桃秾李睡海棠,颜色顿减仍减香。燕莺羞涩未出谷,惟见野水生浑黄。
昼夜交流已登岸,丘麦畦蔬根浸烂。州官忧水复忧民,明日祈晴泰清观。

夜闻秋声

西南振响使人惊,未必秋声作此声。万骑奔驰鼙鼓动,千夫翻踏桔槔鸣。
初疑潮汐还疑雨,只在山林不在城。人道今年丰稔兆,灯前起舞待天明。

袁万顷(?—1219)

次洪内翰十月桃韵三首(其三)

不须羯鼓促春工,一树霜边取意红。寄语玄冥为收拾,莫教人恨五更风。

饶　节(1065—1129)

用海印和尚韵和吴提刑游山颂

白崖老将卧遥岑,苗裔分明祖少林。遂有乐天来问道,不妨黄檗为传心。
绳床斜月坐秋晚,石铫寒泉语夜深。一枕竹风清未晓,堂堂鱼鼓现观音。

饶　鲁(?—?)

春水番湖

春湖浩浩无津涯,银河之水天上来。波澜万顷清复浊,日光云影相昭回。
雄吞宇宙何寥廓,欲度冥鸿势还却。南通海气北长江,月出东兮日西落。
当时神禹别九州,彭蠡之泽居上流。千年人物余润泽,况乃雄秀光潜虬。
洪涛如山驾楼橹,春风夜夜喧鼙鼓。谁是江湖归去人,扁舟范蠡随渔父。

茹芝翁(?—?)

秋月收兵献钟侍郎

强兵义勇威严令,化靖由来不战征。疆境复时归马健,鼓鼙休处乱云轻。

霜凝积恨怀边戍,月落冲寒夜上城。黄叶树头风凛凛,碧波江远路平平。

邵　雍(1011—1077)

杯　盘　吟

林下杯盘大寂寥,寂寥长愿似今朝。君看击鼓撞钟者,势去宾朋不易招。

沈　遘(1028—1067)

奉祠东太乙宫七首·五言斋居有感一首

城中尘埃多,白日迷东西。城中市井喧,半夜犹鼓鼙。
我本江海人,偶来东都客。寸心虽自丹,两鬓颇欲白。
一为城南宿,晚若与世违。不闻车马音,但见烟霞飞。
自喜复自羞,胡然久羁旅。秋风弄涛时,聊可整归橹。

七言送沈景休知常州

叠鼓翻波汴流响,双旌照地秋日晴。兰陵使君下斋舸,都门送客冠盖倾。
使君去从金马署,颜朱发漆意气横。十年待诏困囊粟,千骑乞得专名城。
城居虽小地乃大,物众力薄俗喜争。惠穷迁暴各有术,从来治者难其平。
使君才勇固自许,一州讵足烦神明。从容谈笑期月尔,坐听道路传能声。
教行民服已无事,乘时豫乐与众并。惠山荆溪两秀绝,丹毂画隼当春行。
还有歌诗写高兴,宾客谁许从唱赓。

五言信武殿

匈奴昔南牧,先帝躬濯征。旌旗从天下,龙虎百万兵。
元臣坐帷幄,大将当鼓钲。黄盖临城楼,城下万岁声。
卷起黄河波,飘入单于营。单于胆先破,犬羊乱纵横。
大黄殪贤王,京观封鲸鲵。甘雨洗原野,清风扫膻腥。
王师奏凯归,残胡稽颡盟。于今五十载,北塞维蚕耕。
黎民亦何知,但见原庙成。下臣方奉使,过谒慄若惊。
威神敢云测,尚冀通精诚。

沈继祖（？—？）

俞舜俞作墨梅八轴皆取古人诗句请余赋之

天生万物俱森罗，诗人于梅诗独多。不言成蹊桃与李，何敢当此不类歌。
由来画中有新诗，俞君造次以笔追。浑然莫知诗画异，手与心犹不自知。
红杏花开惊羯鼓，虞美草认歌声舞。笔能招此玉梅梦，花非解语如欲语。
我生身世两茫茫，独与此花交分长。书窗有月半弄影，山驿无风远有香。
溪流落英送我别，谁念孤芳增皎洁。此时我有万斛愁，吹断参差山石裂。
吴霜忽点双鬓华，故人各在天一涯。南望一枝书断绝，临风不复三叹嗟。
天花何曾著禅定，百忧炼心澄古井。世有铁心石肠人，举似我诗应首肯。

沈 辽（1032—1085）

题文殊寺（其二）

月落山时鱼鼓鸣，华堂不动夜来灯。人间扰扰方多事，谁似炉间白发僧。

愚 溪

榜舟下潇江，泛泛入愚溪。昔人不复见，秋草空萋萋。
委蛇望僧园，云屋倦攀跻。林高日气薄，磔磔鸣山鸡。
倒景相吐吞，清明合致犁。昔人怅投裔，感事多悲凄。
北邙一抔土，荣辱方今齐。人生无百年，外物安可迷。
溪水泻石间，喧喧如鼓鼙。了无人世想，粗可休天倪。
吾亦被黯黮，东山饱蒿藜。二年已数至，屐齿连山溪。
行亦归三吴，孤猿安故栖。它年若有梦，邂逅识江西。

沈与求（1086—1137）

葛鲁卿再和复用前韵奉酬（其二）

小槛观鱼呼策策，来伴渔蛮作逋客。风回别浦有飞帆，雨湿断堤无响屐。
梦回春到放龟潭，潭上杂花开石岩。十椽老屋烟烬灭，越鸟无日忘巢南。
空说花骢酬马癖，岂有过都如块砾。出门咫尺行路难，只办苍黄问家室。
鼓鼙声动何处村，争挽神器归王孙。今者不乐愤忘食，奋臂拟关弓五石。

溪上见梅

晴溪涨渌如阴苔,晴山插影相低回。画船叠鼓顺流下,波光浩荡征帆开。
滩萦岸缭柂牙转,水石相激如奔雷。须臾已复过绝壁,归路渐近严陵台。
山重溪复境弥迥,暗香忽自空中来。日斜正见丛棘外,炯炯疏片飘寒梅。
槎牙一种独愁绝,含情不语明岩隈。凌波疑是水仙出,缟衣素质行徘徊。
下窥清浅一笑粲,坐使凡卉俱尘埃。山谷之儒已臞甚,龟肠鹤骨世所咍。
相逢顿觉百忧释,不嫁春风谁与媒。舟行易远空回首,角声吹梦心悠哉。

石延年(994—1041)

曹太尉西征

仁者虽无敌,王师尚有征。独乘金厩马,都领铁林兵。
肃气关河暮,屯烟部落晴。旗光秋烧合,甲色夜江横。
士喜击中鼓,虏疑闻后钲。无私乃时雨,不杀是天声。
濯濯前谁拒,堂堂彼自倾。寒逾博望塞,春宴隗嚣城。
外使戎心伏,旁资帝道平。公还如画像,为赞学班生。

史　浩(1106—1194)

和建王雨中闻戒酒之什

簇云行太虚,作霖自天意。凉气入郊坰,通宵喜不寐。
冬鼓喧铜驼,鲸钟韵萧寺。迟明上层楼,羽扇端可弃。
万象奔空来,揽之入诗思。七碗有余清,一觞成径醉。
倒着白接䍦,飘萧新出笥。客有可人姿,终规聊见志。
乐饮虽及辰,沈酣非所恣。主人云梦胸,绰有容物智。
温颜起谢客,博哉斯言利。平生千金躯,于此肯尝试。
逡巡扫钜篇,华衮酬一字。观者嗟贤王,不以儒为戏。

释宝昙(1129—1197)

瑞岩行者写华严经求僧

荷屋老子僧中龙,平生眼里无诸公。莫年愈觉气深稳,木寒霜净天无风。
揭来精进复精进,焚香却扫大圆镜。数十万偈堆如山,从头一唱一加敬。

波澜散入诸子中,华藏海与川源通。秋毫茧纸快收拾,百城烟水行无穷。
善财再见文殊日,一臂黄金摩顶讫。选佛场中及第归,便是西来好消息。
石林道与鞭峰齐,老子晚与诸孙期。云霄羯鼓到汝手,打底打兮吹底吹。

为高芝大卿寿

江南江北梅雨村,山东山西将相门。谢天为产此英杰,一洗瘴雾中黄昏。
斯文辇辇古都会,象犀珠玉如云屯。富商巨贾不易售,独许王谢窥藩垣。
周家草木本忠厚,几遭雨横春风颠。试将尺棰付其手,定御六辔驰幽燕。
天回地转诚有日,小屈皂盖仍朱幡。风流太守民父母,向来狱市多平反。
圜扉寂寞度晴书,鼠辈亦复环诸孙。太平无象此其象,亟挽画鼓当华轩。
黄金百镒锦千两,半以寿客余歌樽。功名富贵两成就,我亦鸡犬随腾骞。

释道璨(?—?)

偈颂十八首(其九)

玉关度了久班师,犹向人前动鼓鼙。只道马行荒草地,不知身已陷重围。

释道冲(1169—1250)

偈颂五十一首(其一四)

振法雷,击法鼓,布慈云兮洒甘露。只将此法为全提,世世愿为诸佛母。

释德洪(1071—1128)

代人上李龙图并廉使致语十首(其二)

太平无象乐年丰,况值疆场久已空。宾主献酬成雅集,江山谈笑助清风。
良辰美景开金罍,缓带轻裘控角弓。鼙鼓急催齐指目,大侯的处中飞鸿。

代人上李龙图并廉使致语十首(其三)

雨后园林花木新,传闻千骑出城闉。异能未中侯中鹄,佳气先浮盏面春。
画鼓绣靴筵奏曲,红妆细马地无尘。长沙万古民争说,宾主人英伎绝伦。

代人上李龙图并廉使致语十首(其一〇)

画鼓晓晴三击罢,如云兵骑整全威。俄闻画角胡笳断,忽觉华堂羽箭飞。
一百步中精力巧,数重围内见心机。风流太守兼文武,扶路争看踏月归。

金华超不群用前韵作诗见赠亦和三首超不群剪发参黄檗(其三)

赤河沙泉自吞吐,北崦疏钟答南坞。凭栏试诵鹏鸟文,洛阳少年亦翘楚。
当时七国犯谋议,睢阳不复闻鼙鼓。时更事往空流水,豪魂英魄知何处。
金华衲子如玉清,温粹愈恭如履虎。明章秀句出仓卒,慷慨山川吊前古。
篇篇秀发春欲酽,便疑造化毫端住。不须众口夸昼公,苕溪君作中兴祖。

余还自海外至崇仁见思禹以四诗先焉既别又有太原之行已而幸归石门复次前韵寄之以致山中之信云(其一)

北去忧如会渑口,危甚相如跪瓦缶。南归喜胜脱鸿门,那恤范增撞玉斗。
筠溪野寺邻新丰,亦与丛林鱼鼓同。悬知他日君念我,定作少陵寻赞公。

和陈奉御游梁山

公诗自雄放,故我甘雌伏。韵高霜月苦,洗尽瘴雾毒。
游丝映明窗,小字为公录。便觉春争妍,胜气增林麓。
永怀瞿铄翁,论兵到精熟。子阳井底蛙,提耳论祸福。
归来得真主,简易心屈服。才高犯众忌,薏苡致谤讟。
梁生付一笑,何必较直曲。山僧亦何知,鱼鼓听斋粥。
陈侯金闺彦,论清如屑玉。南游兴未已,甚欲乘桴木。
湘西独何幸,旌旆先见辱。松间偶相值,论交一言足。
云山久干没,赖此佳句赎。

释德一(?—1162)

祷 雨 颂

振法雷,击法鼓。布慈云,洒甘露。

释法一(1084—1158)

偈三首(其一)

衲僧正法眼,照破铁围山。四方并八面,尖角更团圞。
双椎轰法鼓,一击透玄关。乾坤收不得,留与后人看。

释梵思(？—？)

颂古九首(其五)

摘杨花,摘杨花,打鼓弄琵琶。昨日栽茄子,今日种冬瓜。

释慧开(1183—1260)

南剑州伏虎岩请师开山请赞

个样村僧,也甚奇怪。身如椰子,胆似天大。
蟒蛇窟里安禅,猛虎穴中札寨。无端于微尘国里,转大法轮,击大法鼓。
却向刀山剑树上,成等正觉,弄者一解。

释居简(1164—1246)

王梁山画像赞

从事毛锥,壮夫不为。置书学剑,弓号马嘶。
不斩楼兰,夫何自欺。堂堂梁山,襟利带夔。
帝轸遐方,详延瑰琦。良马素丝,组以五之。
维贤作牧,任以抚绥。抚绥伊何,恩斯勤斯。
岂惟怀恩,亦复畏威。庶靖氛埃,以偃鼓鼙。
昔人可师,感夜半鸡。哂乃阿瞒,横槊赋诗。

酬赵天乐

桂为诗人馥,邻喧羯鼓催。秋窗无唤起,海石借飞来。
眼老因山碧,襟疏并水开。何妨不解饮,对客浅持杯。

冷水谷桃花未开次竹岩韵

山行两袖皆华风,游人未多花未红。堂堂春去已无几,晴趁一日来山中。
山人寸金酬天地,都种芳菲留客醉。粉桃商略待绯桃,坐令羯鼓催无计。
匆匆归兴如酒浓,零落断云流水踪。明朝乘兴尚可再,应笑武陵蓑笠翁。
判花大手今燕许,收拾是中春一坞。小待巴东制锦归,尽吹红雨为霖雨。

赵禅庵

面面苍崖似削瓜,涛翻鼍鼓半天挝。依稀刘阮曾行处,无数水边桃未花。

飞 湍

飞湍衮衮飞当户，平地隆隆万鼍鼓。澎轰乱石震风霆，崩奔千仞无朝莫。
涛神何许驾潮来，余愤未平方震怒。又若飞廉声万窍，余勇尚多无处贾。
年时旱潦尚如此，况当八月九月雨。渊潜虽伏不能安，林栖欲寐还惊顾。
山翁惯听如不闻，只应自乐山中趣。对床展转悲游子，咫尺华胥迷去路。
欲随胡蝶翩翩举，空过夜遥忘栩栩。起来晨炊恶草具，误作迅雷仍失箸。
呼童秣马不少驻，不待黎明出山去。出山定入红尘去，欲去谓言姑小住。
此声不似郑声淫，聒耳虽喧君勿恶。

别宣城元僚府掾二赵柬诸名胜三十韵

大缄遣吏赍，小缄手自抄。两缄九鼎重，只觅一把茅。
把茅住山人，莫识所以然。或云尔当去，云毳风翩翩。
问之何因尔，拱默俟风旨。就列乃陈力，尸素辄屏弃。
静推尸素元，展转竟未安。一日不自营，一日不敢餐。
竹疏不肯蓊，梅瘦不肯肥。豆瘠不加实，菊瘁不受医。
种植系勤堕，肥瘠系天时。极力敢不勉，强智终奚为。
年年县官租，急不啻星火。今年水粘天，经冬首阳饿。
人言尔何愚，冉冉霜茁颜。料不阅坟典，岂暇观奇书。
所学昧日损，区区使人忿。不识诸方玄，况复众妙本。
列刹鼓钟沸，四方走檀施。问尔胡不然，我则异于是。
懒安只牧牛，琛师独种田。老农与老圃，圣智愿学焉。
日日洗钵盂，吾岂尸吾庐。丁宁勿它斥，只斥山泽癯。
谬闻世道隘，乐此山林大。山林今复然，老我不足汰。
西南天一隅，首丘亦有狐。云为故山雨，珠曾还合浦。
竹扉阒无人，柏子芳袅云。贝叶照窗几，沈潜报知己。

释可湘（1206—1290）

偈颂一百零九首（其四一）

开天门，辟地户。震法雷，击法鼓。

释克勤(1063—1135)

颂

鼓寂钟停托钵回,岩头一拶语如雷。果然只得三年活,莫是遭他受记来。

释普度(1199—1280)

偈颂一百二十三首(其一一二)

震法雷,击法鼓。玉角金鳞,兴云吐雾。
机前拶倒凌霄峰,大地撮来无寸土。杀活全提,平欺佛祖。

释普宁(?—1276)

偈颂四十一首(其三二)

南山白额虫,撞倒太白峰。直得西湖彻底枯竭,东海怒浪翻空。
安汉圭峰拊掌,天台尊者槌胸。郎忙日本国里打鼓,大唐国里撞钟。
兄弟添十字,此意孰能穷。

释 玿(?—?)

颂古三十一首(其二)

相逢打鼓弄琵琶,须是还他两会家。曲罢不知何处去,夕阳斜映暮天霞。

释绍嵩(?—?)

小憩东岳行宫戏题

树色遥藏店,春风入鼓鼙。行宫花漠漠,孤屿草萋萋。
白鸟飞还立,黄莺歇又啼。诗成那用好,到处好诗题。

释绍昙(?—1297)

偈颂一百零二首(其一一)

仙苑名花取次妆,冬冬羯鼓漫催芳。春风不费纤毫力,拂掠枝头便有香。

颂古五十五首(其三九)

剪酥蹙锦上林花,晓怯春寒不放开。蓦听一声挝羯鼓,檀心远送异香来。

释师体(1108—1179)

四圣赞(其二)

稽首观音,全彰妙有。鹤唳青霄,莺啼绿柳。
鼓响钟鸣,椎鸡打狗。不落诸缘,通身眼手。

释惟一(1202—1281)

偈颂一百三十六首(其一一八)

马师一喝大雄峰,直得三日双耳聋。今日松山声更甚,半年不复闻鼓钟。
依俙钝铁,仿佛顽铜。只好投之火聚中,火余烜赫地通红。
几多错认,鸟啼月落,煜煜晓星明向东。

释文珦(1210—?)

送极太初住鄞江宝严

阇相招惟重,邦人望亦浓。欲开新象教,应扫旧狐踪。
烟水浮瓶锡,云山应鼓钟。宝严初变土,遥想雨花重。

释咸润(?—?)

五泄山三学院十题·石鼓

巨石平如掌,天然状鼙鼓。击之还有声,分明含太古。

释行海(1224—?)

梅(其八)

难将羯鼓唤春回,一种风光傍雪开。婀娜水仙难作弟,山矾犹自欠清才。

释印肃(1115—1169)

金刚随机无尽颂·无法可得分第二十二(其四)

如是□些些,翠竹与黄花。打鼓弄琵琶,还我一会家。

证道歌(其一三七)

震法雷,击法鼓,针锋剔发千钧弩。大地山河失却威,独坐雄峰孤眼普。

释云岫(1242—1324)

颂古十首(其一〇)

有道君王传号令,频催羯鼓要花开。眼头一曲风光好,日暖莺声出谷来。

释智本(1035—1107)

偈四首(其一)

满口道不出,句句甚分明。满目觑不见,山山叠乱青。
鼓声犹不会,何况是钟鸣。

释智愚(1185—1269)

颂古一百首(其三九)

日月无光杀气浮,揭天鼍鼓战貔貅。捷呼获下真番将,那个儿郎不举头。

释智远(?—?)

偈

从来打鼓弄琵琶,须是相逢两会家。佩玉鸣鸾歌舞罢,门前依旧夕阳斜。

释仲易(?—?)

偈

一二三四五,升堂击法鼓。蔟蔟齐上来,一一面相睹。
秋色满虚庭,秋风动寰宇。更问祖师禅,雪峰到投子。

释遵式(964—1032)

依修多罗立往生正信偈

稽首西方安乐刹,弥陀世主大慈尊。我依种种修多罗,成就往生决定信。
住大乘者清净心,十念念彼无量寿。临终梦佛定往生,大宝积经如是说。
五逆地狱众火现,值善知识发猛心。十念称佛即往生,十六观经如是说。
若有欢喜信乐心,下至十念即往生。若不尔者不成佛,四十八愿如是说。
诸有闻名生至心,一念回向即往生。唯除五逆谤正法,无量寿经如是说。
临终不能观及念,但作生意知有佛。此人气绝即往生,大法鼓经如是说。

一日一夜悬缯盖,专念往生心不断。卧中梦佛即往生,无量寿经如是说。
昼夜一日称佛名,殷勤精进不断绝。展转相劝同往生,大悲经中如是说。
一日二日若七日,执持名号心不乱。佛现其前即往生,阿弥陀经如是说。
若人闻彼阿弥陀,一日二日若过等。系念现前即往生,般舟经中如是说。
十日十夜六时中,五体礼佛念不断。现见彼佛即往生,鼓音王经如是说。
十日十夜持斋戒,悬缯幡盖然香灯。系念不断得往生,无量寿经如是说。
若人专念一方佛,或行或坐七七日。现身见佛即往生,大集经中如是说。
若人自誓常经行,九十日中不坐卧。三昧中见阿弥陀,佛立经中如是说。
若人端坐正西向,九十日中常念佛。能成三昧生佛前,文殊般若如是说。
我于众经颂少分,如是说者无穷尽。愿同闻者生正信,佛语真实无欺诳。

舒岳祥(1219—1298)

安住寺松声

晴日千竿籁,春风万鼓鼙。清和兼怨适,细大杂高低。
释子聆眠石,行人听过溪。曾于天竺寺,为尔驻游藜。

巾山行同王监簿作

皇华真人游海东,云行急疾去若风。霓旌羽节追不及,飘飘双帻堕碧空。
六丁六甲不得取,化作两峰撑青红。至今八面各变态,隐见有无横复纵。
或说苍龙从海度,潮落江干不能去。两角峥嵘云护之,身伏泥沙惟脊露。
雷鸣电作定腾霄,铁锁横江截归路。老胡说法欲降龙,又恐钵盂藏不住。
故将两塔压其巅,击鼓撞钟警朝暮。有时风雨响空岩,僧坐堂中生畏怖。
惟有江平月照时,付与诗人题好句。

司马光(1019—1086)

出　　塞

边草荒无路,星河秋夜明。卷旗遮远塞,歇马受降城。
霜重征衣薄,风高战鼓鸣。将军功未厌,士卒不须生。

早春(其二)

璇霄转斗车,春意逼梅花。熟寐侵街鼓,闲情到酒家。
晴阳浮地末,寒色敛天涯。归雁空余迹,朝来印浦沙。

送茹屯田知无为军

叠鼓鸣铙迎候新,军牙孑孑倚淮津。聊应衣绣过乡曲,不作引章惊故人。
荻迸短芽泥水暖,荷浮圆叶潆湖春。使君此去荣多少,犹是当年书剑身。

射　　堋

叠鼓花前急,红旍竹外高。惊飙分白羽,余响振乌号。
壮观倾春陌,欢声涌夜涛。因兹刑礼俗,岂独事游遨。

乐　　轩

繁弦凝绿水,叠鼓掺渔阳。风结舞初急,尘飞歌正长。
凫鹥争上下,栋宇为低昂。太守且安坐,新声未遽央。

和河阳王宣徽九日平嵩阁宴集

九日英僚集,千秋胜赏同。飞桥贯河渚,危阁压霜风。
金散黄花泛,雷惊叠鼓通。百峰高鸟外,万里寸眸中。
槛底临丹叶,杯中倒碧嵩。来云低拂座,去雁远沈空。
吹帽陪游阻,摇旌结想丛。风流免埋灭,邹湛倚羊公。

和君贶清明与上巳同日泛舟洛川十韵

繁华两佳节,邂逅适同时。雅俗共为乐,风光如有期。
晓烟新里巷,春服满津涯。已散汉宫烛,仍浮洛水卮。
占花分设席,爱柳就张帷。华毂争门去,轻帘夹路垂。
三川云锦烂,四座玉山欹。叠鼓传遥吹,轻桡破直漪。
清谈何衮衮,和气益熙熙。想见周南俗,当年播逸诗。

景仁将归颖昌辄为诗二十韵纪赠

秀发西南美,挺生河岳灵。雕龙蔚文采,老鹤莹仪形。
落笔高时隽,飞缕侍帝庭。英声轶云汉,远势击沧溟。
苦节专忧国,嘉谋每据经。温虽比圭璧,直不避雷霆。
道胜轩裳薄,神和气体宁。忠诚怀畎亩,乐事寄林坰。
藻鉴评随月,过从德应星。苦吟金出矿,确论木衔钉。
贱子叨流辈,高风仰典刑。巨川容滴水,余景借流萤。

久别眉俱白,重来眼更青。淹留弦与晦,游集醉还醒。
有酒须相就,无歌不共听。奇花喧夕市,叠鼓咽春亭。
扬袂行辞洛,回车去望陉。往还天表雁,离合浪间萍。
异日期同传,穷泉约互铭。古今难得事,交分保颓龄。

宋 白(936—1012)

宫词(其二六)

水晶宫闭月光铺,羯鼓声干雨点粗。一曲未终余思在,急宣前殿唤花奴。

宋 祁(998—1061)

陪季秋大宴

秘殿霞暾几刻移,天临法座俨朝绥。鱼龙雾暗充庭后,羯鼓风干解渴时。
山答欢声来广座,花留和气入繁枝。自怜侍从非方朔,不识壶齈是隐词。

七不堪诗七首(其一)

一不堪,性嗜日高寝。叠鼓震余梦,星毛欹倦枕。
冠剑朝已盈,当关视门阈。

赠吴太博二首(其一)

银兔频年滞使麾,曲台犹掌一王仪。四巡奏颂推严笔,千牍程书入汉帷。
驲里飞觞酣玉液,天街叠鼓候金羁。前期侍从丹涂地,秘殿螭风拂翠绥。

夜 分

夜分群动息,秋意久劳劳。林净月华上,河明天界高。
街风遥叠鼓,园露暗僵桃。万事蹉跎外,惟应得二毛。

禁门待漏

破月余光淡禁街,驻车聊候九门开。双蟠晓阙苍龙动,斜倚春城北斗回。
漏箭急传催叠鼓,酒炉争拥卖寒醅。元规尘影真堪畏,已傍游人要路来。

吏 上

吏上重门钥,楼喧叠鼓挝。翠沈遥岭树,红敛暝丛花。
杼促虫声急,眉拖月魄斜。烦心销热尽,不待镇嘉瓜。

宋 绶(991—1041)

送何水部蒙出牧袁州
梧楸初谢楚天凉,亲见腰间换印囊。渔浦雾浓沈叠鼓,溢江风急下危樯。
帝城云表瞻龙首,故国星边认剑光。退食斋中多燕喜,暖泉春酿泛瑶觞。

宋 庠(996—1066)

从猎晚归马上默成奉呈承旨端明王学士
天子乘冬校猎回,钩陈平野转瑶魁。万蹄未暮先追日,叠鼓非春已作雷。
得俊风毛随禁仗,犒勤霞液出仙杯。词臣定有长杨赋,翰墨能销几许才。

宋 逸(?—?)

灵 岩
抖擞尘衣访古踪,扪萝涉崄彻灵峰。寒堆泰岳千岩雪,清绕方山十里松。
泉顶客回闻法鼓,云堂僧起动斋钟。如来元现因明处,直在人天第一重。

苏 迟(?—1155)

建炎己酉冬自婺女携家至临海岁首泛舟憩天柱精舍谒吴君文叟山林感泉石之胜叹城邑之人沈酣势利不知山中之乐也
列嶂峥嵘植翠屏,寒泉绿净浸轩楹。衣巾清润玻璃上,窗牖疏明图画成。
尘世正趋名利域,山居不识鼓鼙声。莫年忧患将何适,暂喜沧浪可濯缨。

苏 过(1072—1123)

和良卿病目在告
寒月侵窗独在檠,幽人燕坐梦魂清。一从拾得空花病,十日不闻鼙鼓声。

送昙秀
三年避地少经过,十日论诗喜琢磨。自欲灰心老南岳,犹能茧足慰东坡。
来时野寺无鱼鼓,去后闲门有雀罗。从此期师真似月,断云时复挂星河。

次韵承之紫岩长句
乱山穷处闻鱼鼓,梵宇潭潭不知暑。当时麻衣此卜居,自启山林著蓝缕。

飞空楼观惊造化,缥缈云间如帝所。道人疑是有道者,已不求人人自许。
富儿争致千金多,贫者不辞筋力苦。若非足指按大地,荒山坐变琉璃宇。
南阳持节奉诏归,夜上峥嵘携幕府。是时六月火令炽,千骑解鞍人按堵。
登临岂为谢公赏,七子赋诗歌赵武。长廊月出清风生,古殿无人铃独语。
公留三日看溪涨,白昼鱼虾落飞雨。我昔千里上太行,身世飘零悲逆旅。
莫投紫岩稍自慰,欲扣僧房无可侣。有来野饷苜蓿饭,主人对客羞贫窭。
何似元戎从掾吏,落日红旗照洲渚。椎牛酾酒劳还役,号令三更传部伍。
君能笔力记其事,句法更如山峻阻。一时豪放岂易得,况有幻怪供诗取。
归来尚可诧朋友,云梦青丘俱不数。山川虽是风物殊,乐哉信美非吾土。

苏　泂(1170—?)

舟中(其二)

小睡醒来欲二更,村深那听鼓钟声。舟中反覆无穷事,只道寒天不会明。

寒鸦诗

点点飞来绕水村,不缘街鼓识黄昏。当年口腹成疏弃,却保生全反哺恩。

次韵张耒学士病中二首(其一)

一卧怜君三十朝,呼医仍苦禁城遥。灵根自逐新阳发,病枿从经野火烧。
吻燥未须寻曲蘖,囊空谁与典绨蕉。何时匹马随街鼓,睡起频惊髀肉消。

苏　轼(1037—1101)

寒食宴提刑致语口号

云间画鼓叠春雷,千骑寻芳戏马台。半道已逢山简醉,万人争看谪仙来。
淮西按部威尤凛,历下怀仁首重回。还把去年留客意,折花临水更徘徊。

和陶拟古九首(其五)

冯冼古烈妇,翁媪国于兹。策勋梁武后,开府隋文时。
三世更险易,一心无磷缁。锦伞平积乱,犀渠破余疑。
庙貌空复存,碑版漫无辞。我欲作铭志,慰此父老思。
遗民不可问,偻句莫予欺。爇牲菌鸡卜,我当一访之。
铜鼓壶卢笙,歌此送迎诗。

司竹监烧苇园因召都巡检柴贻勖左藏以其徒会猎园下

官园刈苇留枯槎,深冬放火如红霞。枯槎烧尽有根在,春雨一洗皆萌芽。
黄狐老兔最狡捷,卖侮百兽常矜夸。年年此厄竟不悟,但爱蒙密争来家。
风回焰卷毛尾热,欲出已被苍鹰遮。野人来言此最乐,徒手晓出归满车。
巡边将军在近邑,呼来飒飒从矛叉。戍兵久闲可小试,战鼓虽冻犹堪挝。
雄心欲搏南涧虎,阵势颇学常山蛇。霜干火烈声暴野,飞走无路号且呀。
迎人截来莙逢箭,避犬逸去穷投罝。击鲜走马殊未厌,但恐落日催栖鸦。
弊旗仆鼓坐数获,鞍挂雉兔肩分麚。主人置酒聚狂客,纷纷醉语晚更哗。
燎毛燔肉不暇割,饮啖直欲追羲娲。青丘云梦古所咤,与此何啻百倍加。
苦遭谏疏说夷羿,又被词客嘲淫奢。岂如闲官走山邑,放旷不与趋朝衙。
农工已毕岁云暮,车骑虽少宾殊嘉。酒酣上马去不告,猎猎霜风吹帽斜。

常润道中有怀钱塘寄述古五首(其一)

从来直道不辜身,得向西湖两过春。沂上已成曾点服,泮宫初采鲁侯芹。
休惊岁岁年年貌,且对朝朝暮暮人。细雨晴时一百六,画船鼍鼓莫违民。

次韵刘景文周次元寒食同游西湖

絮飞春减不成年,老境同乘下濑船。蓝尾忽惊新火后,邀头要及浣花前。
山西老将诗无敌,洛下书生语更妍。共向北山寻二士,画桡鼍鼓聒清眠。

和黄鲁直效进士作二首·款塞来享

蠢尔氐羌国,天诛亦久稽。既能知面内,不复议征西。
斥堠销兵火,边城息鼓鼙。输忠修贡职,弃过为黔黎。
雪满流沙静,云沉太白低。巍巍二圣治,盛德古难齐。

书晁说之考牧图后

我昔在田间,但知羊与牛。川平牛背稳,如驾百斛舟。
舟行无人岸自移,我卧读书牛不知。前有百尾羊,听我鞭声如鼓鼙。
我鞭不妄发,视其后者而鞭之。泽中草木长,草长病牛羊。
寻山跨坑谷,腾趠筋骨强。烟蓑雨笠长林下,老去而今空见画。
世间马耳射东风,悔不长作多牛翁。

兴龙节侍宴前一日微雪与子由同访王定国小饮清虚堂定国出数诗皆佳而五言尤奇子由又言昔与孙巨源同过定国感念存没悲叹久之夜归稍醒各赋一篇明日朝中以示定国也

天风淅淅飞玉沙,诏恩归沐休早衙。遥知清虚堂里雪,正似蒼卜林中花。
出门自笑无所诣,呼酒持劝惟君家。踏冰凌兢战疲马,扣门剥啄惊寒鸦。
羡君五字入诗律,欲与六出争天葩。头风已倩檄手愈,背痒却得仙爪爬。
银瓶泻油浮蚁酒,紫碗铺粟盘龙茶。幅巾起作鸜鹆舞,叠鼓谁掺渔阳挝。
九衢灯火杂梦寐,十年聚散空咨嗟。明朝握手殿门外,共看银阙暾朝霞。

游博罗香积寺

二年流落蛙鱼乡,朝来喜见麦吐芒。东风摇波舞净绿,初日泫露酣娇黄。
汪汪春泥已没膝,剡剡秋谷初分秧。谁言万里出无友,见此二美喜欲狂。
三山屏拥僧舍小,一溪雷转松阴凉。要令水力供臼磨,与相地脉增堤防。
霏霏落雪看收面,隐隐叠鼓闻春糠。散流一啜云子白,炊裂十字琼肌香。
岂惟牢丸荐古味,要使真一流天浆。诗成捧腹便绝倒,书生说食真膏肓。

有美堂暴雨

游人脚底一声雷,满座顽云拨不开。天外黑风吹海立,浙东飞雨过江来。
十分潋滟金樽凸,千杖敲铿羯鼓催。唤起谪仙泉洒面,倒倾鲛室泻琼瑰。

虢国夫人夜游图

佳人自鞚玉花骢,翩如惊燕踏飞龙。金鞭争道宝钗落,何人先入明光宫。
宫中羯鼓催花柳,玉奴弦索花奴手。坐中八姨真贵人,走马来看不动尘。
明眸皓齿谁复见,只有丹青余泪痕。人间俯仰成今古,吴公台下雷塘路。
当时亦笑张丽华,不知门外韩擒虎。

渚宫

渚宫寂寞依古鄎,楚地荒茫非故基。二王台阁已卤莽,何况远问纵横时。
楚王猎罢击灵鼓,猛士操舟张水嬉。钓鱼不复数鱼鳖,大鼎千石烹蛟螭。
当时郢人架宫殿,意思绝妙般与倕。飞楼百尺照湖水,上有燕赵千蛾眉。
临风扬扬意自得,长使宋玉作楚辞。秦兵西来取钟虡,故宫禾黍秋离离。

千年壮观不可复,今之存者盖已卑。池空野迥楼阁小,惟有深竹藏狐狸。
台中绛帐谁复见,台下野水浮清漪。绿窗朱户春昼闭,想见深屋弹朱丝。
腐儒亦解爱声色,何用白首谈孔姬。沙泉半涸草堂在,破窗无纸风飕飕。
陈公踪迹最未远,七瑞寥落今何之。百年人事知几变,直恐荒废成空陂。
谁能为我访遗迹,草间应有湘东碑。

书双竹湛师房二首(其二)

暮鼓朝钟自击撞,闭门孤枕对残缸。白灰旋拨通红火,卧听萧萧雨打窗。

苏舜钦(1008—1049)

游　　山

上春游南峰,出自阊扉西。崎岖缘田塍,时又涉狭碛。
午初至峰下,先读烂古碑。僧庐颇新鲜,丹青见朝曦。
云昔支公居,石迹有马蹄。逾岭到天平,上观石屋危。
苍壁泻白泉,对之已忘疲。西岩列窗户,玲珑漏斜晖。
嵌然似钅亘钉,人力安可施。朝餐下木渎,市物俗所宜。
琴台昔尝游,回首忆旧题。南向又渡岭,盘屈麋鹿蹊。
折身趋宝华,未到闻法鼙。松间见广路,平如隐金锤。
寺压两山脚,三面张屏帏。夜阑宿虚堂,清甚无梦思。
西南登尧峰,俗云尧所基。洪川不能没,上有万众栖。
中道舍篮舆,从者亦汗衣。关陆巧步趋,健马莫可追。
自伤干躯大,两股酸不随。岩雨洒磴滑,惟赖枯筇支。
四顾物象殊,虽困强自持。竹木互支撑,小阁架险梯。
凌晨过横山,蹀躞云霞低。身如插翅翼,下见鸿鹄卑。
却视众壑林,密若荠麦齐。童童或行列,春发绿翠姿。
一方绀碧瓦,楼殿贴地飞。右顾万顷湖,东与天相迷。
日炙白烟开,风驱银山移。旁过折腰塔,铁轮尽颠堕。
近为震霆拔,火烈瓦甓糜。未知天之意,摧此将何为。
迤逦瞰荐福,爱此路侧池。清无一点尘,虾鱼潜琉璃。
宝积仰修竹,整如翠羽旗。楞伽屋老朽,旧闻传者非。

北渡千丈桥,柱枭阑倾攲。揽衣俯而趋,愁为溪风吹。
遇胜辄自留,仰啸巾屡遗。永言喜谑浪,把酒先嘻嘻。
子履阅奇怪,瞪视惟嗟咨。及还城中居,城人殊未知。
自疑身被留,暂此梦寐归。纷然著鄙事,奔走争自私。
向者却是梦,反复又自疑。神明日夜往,内顾行者尸。
何由摆尘坌,荣辱两莫期。清泉与白云,终老得自怡。

苏　颂(1020—1101)

观潮三首(其一)

海门双峙隔沧溟,潮汐翻波势若倾。万叠银山横一线,千挝鼍鼓震重城。
来无源委逢秋盛,信有盈亏应月生。今古循环曾不涸,谈天闳辩岂能名。

苏　辙(1039—1112)

次韵子瞻和渊明饮酒二十首(其一〇)

羌虏忘君恩,战鼓惊四隅。边候失晨夜,骑驿驰中涂。
诏书止穷征,诸将守来驱。敌微势可料,师竞力无余。
防边未云失,忧怀愧安居。

上元夜适劝至西禅观灯

三年不踏门前路,今夜仍看屋里灯。照佛有余长自照,澄心无法便成澄。
追欢狂客去忘返,入定孤僧唤不譍。更到西禅何所问,隔墙鱼鼓正登登。

送鲁有开中大知洺州次子瞻韵

仲连虽不仕,而非绮与园。逡巡笑谈间,屡解战斗繁。
子敬识二孙,长挝鼓鼙喧。意气感周郎,振策起江村。
二贤继英风,千载为高门。曾孙事仁祖,风义凤所敦。
台阁余故事,父老称遗言。白发识公子,十载友元昆。
婆娑久不试,俯仰色愈温。五马忽嘶鸣,朱轮夹征轩。
旌旆隔河至,部曲几人存。铜虎不可留,刍狗行当燔。
秋潦决河防,遗黎化惊魂。忧心念千里,何暇把一樽。
西城叩门别,南风吹帽翻。嗟我限出谒,未敢逾短垣。

新晴水尚壮,想见民惊奔。安得万丈堤,止此百里浑。
姑尔救一境,谁当理其源。百闻贵一见,尺书为我论。

和子瞻凤翔八观八首·李氏园

有客骑白驹,扬鞭入青草。悠悠无远近,但择林亭好。
萧条北城下,园号李家媪。系马古车门,随意无洒扫。
鸣禽惊上屋,飞蝶纷入抱。竹林净如濯,流水清可澡。
闲花不着行,香梨独依岛。松枝贯今昔,林影变昏早。
草木皆苍颜,亭宇已新造。临风置酒樽,庭下取栗枣。
今人强欢笑,古人已枯槁。欲求百年事,不见白须老。
秦中古云乐,文武在丰镐。置囿通樵苏,养兽让麀麛。
池鱼跃金碧,白鸟飞纨缟。牛羊感仁恕,行苇亦自保。
当年歌灵台,后世咏鱼藻。古诗宛犹在,遗处不可考。
悲哉李氏末,王霸出奴皂。城中开芳园,城外罗战堡。
击鼓鸣巨钟,百姓皆懊恼。及夫圣人出,战国卷秋潦。
园田赋贫民,耕破园前道。高原种菽粟,陂泽满粳稻。
春耕杂壶浆,秋赋输秸藁。当年王家孙,自庇无尺橑。
空余百岁木,妄为夭巫祷。游人足讥骂,百世遭舌讨。
老翁不愿见,垂涕祝襁褓。持用戒满盈,饮酒无醉倒。

除夜泊彭蠡湖遇大风雪

莫发鄡阳市,晓榜彭蠡口。微风吹人衣,雾绕庐山首。
舟人释篙笑,此是风伯候。柁舟未及深,飞沙忽狂走。
暗空转车毂,渌水起冈阜。众帆落高张,断缆已不救。
我舟旧如山,此日亦何有。老心畏波澜,归卧塞窗牖。
土囊一已发,万窍无不奏。初疑丘山裂,复恐蛟虺斗。
鼓钟相轰隆,戈甲互磨叩。云霓黑旗展,林木万弩毂。
曳柴眩人心,振旅拥军后。或为羁雌吟,或作苍兕吼。
众音杂呼吸,异出殊圈臼。中宵变凝冽,飞霰集粉糅。
萧骚蓬响干,晃荡窗光透。坚凝忽成积,澎湃殊未究。

697

纻缟铺前洲,琼瑰琢遥岫。山川莽同色,高下齐一覆。
渊深窜鱼鳖,野旷绝鸣雏。孤舟四邻断,余食数升糗。
寒齑仅盈盘,腊肉不满豆。敝裘拥衾眠,微火拾薪构。
可怜道路穷,坐使妻子诟。幽奇虽云极,岑寂顿未觏。
一年行将除,兹岁真浪受。朝来阴云剥,林表红日漏。
风棱恬已收,江练平不绉。两桨舞夷犹,连峰吐奇秀。
同行贺安稳,所识问癯瘦。惊余空自怜,梦觉定真否。
春阳着城邑,屋瓦冻初溜。艰难当有偿,烂熳醉醇酎。

苏 籀(1091—?)

大坞山寺

巘谷窈幽深,映发杉松嘉。击钵半乔木,烧香乱烟霞。
穿林擢峭壁,挽辣回环遮。四合山复山,泉籁音响哗。
清致满楼阁,道人心靡他。寒磵柿栗秋,暗窗秀枇杷。
倦飞暂投迹,脱兔无复置。茹粲盐酪空,解铏与筭珈。
余生愧语偷,逆旅即住家。战鼓震淮甸,雄师奋爪牙。
儒士缪揣摩,戎韬政纷拿。才智为人谋,何事丘中麻。
冥鸿跨海岱,逝水悲荣华。旷哉游方外,心迹同幽遐。

孙 觌(1081—1169)

钓台二首(其一)

北塞风尘万鼓鼙,东京社稷一戎衣。绿林群盗驱民去,赤伏真人得帝归。
诸老禅联苍玉佩,将军坐鞯紫金鞿。先生此日青霞志,一笑凌空挂杖飞。

西 斋

二江戎马后,宜春独称雄。重垣抱金椀,巨堑疏玉虹。
使君师齐相,佳处在酒中。百瓢倒春酿,洗尽疮痍空。
西斋置一榻,时有客子从。我来属无事,新脱楚市舂。
伴值呼浩然,惊座得孟公。欹眠看衙集,鼍鼓鸣逢逢。

正月十四日半夜大雷雨许楑仲有诗次韵三首(其一)

万炬红莲陆海中,车如流水马如龙。九街画鼓春声满,百柁琼艘蜡味浓。

698

底事狂雷翻地轴,叵堪笑电破天容。冲泥蹋雨寻归路,竹杖芒鞋取次供。

题杨令藏春坞三首(其二)

汝阳红槿帽,欲挽春风回。不用宝刀截,试看羯鼓催。
玉树日日新,金莲步步开。仍须觅春草,随人处处来。

东坡先生与蒋魏公游最善宣卿侍郎蓄东坡诗文自公始也心慕手追遂入于室某尝赋景坡堂诗宣卿谓余知音者遂标藏之楔中比守吴门治有状玺书褒进待制敷文阁某驰小舟往贺宣卿出诗三章见属句法华妙为一时绝唱有云正索解人那复得其谁知我固无从此真东坡语也辄次韵书于卷末(其三)

洲蕊霏红风澹沱,池光铺练月徘徊。乍惊醉眼生春缬,顿觉诗肠蛰夜雷。
坐看千言供刻烛,自甘百罚耻空罍。使君处处栽桃李,为报花奴羯鼓催。

孙 渐(?—?)

游 骊 山

晓促零口征,晚留华清宿。弥月倦纷埃,晞发莲汤浴。
夜雨闹庭梧,漏长秋睡足。平明径欲西,霁色开林麓。
遂作朝元游,聊放千里目。嵯峨北来横,渭水东转曲。
坡田散牛羊,沙岸翔凫鹭。爽气袭衣裘,青烟生井屋。
忆昔唐天子,承天溺爱欲。翠辇拂行云,钩陈裹幽谷。
遗址今尚存,缭垣半颓覆。玉像暗真仙,石槽标饮鹿。
羯鼓寂无声,连理空余木。长生岂难求,有道书丹箓。
泪未忘马嵬,恨已悲金粟。往事寄冥冥,芳草依然绿。

孙 嵩(1238—1292)

临安钱武肃庙

吴越归旗纛,风云助鼓鼙。锦蒙山树遍,弩射海潮低。
龙凤城葱郁,牛羊墓惨凄。古祠存故里,秋草庑东西。

孙 因(?—?)

越问·封疆

九州皆有山镇兮,职方氏独先会稽。射祥光于斗分兮,占星纪于天倪。
牵牛炳其初躔兮,届须女之七度。少阳当其正位兮,为万物之洁齐。
南控引乎闽粤兮,北连亘乎巨海。日出扶桑之东兮,风行浙河之西。
八山蜿其中蟠兮,罗千岩以为郛。三江汇而旁注兮,渺万壑以为溪。
洞天岧崿以连云兮,俯九垠其如芥。洪涛沸渭以拍天兮,轰三军之鼓鼙。
宅卧龙之岩崺兮,蠡城屹其环缭。带平湖之浩溔兮,云镜铸而天低。
辟陵门而四达兮,八风飒其递至。飞翼楼而舞空兮,天门沈其可梯。
提封方数千里兮,运瓯吴于掌上。七郡四十余县兮,归中权之总提。
兹古今之大都会兮,为九牧之冠冕。谅天地之设险兮,他郡宁得而攀跻。
客曰伟哉山川兮,信美矣其无慊。然吾闻固国兮,不以山溪之险。

孙应凤(?—1261)

虎岩纪游

月出山越高,云行月益忙。树影遍空白,疏星避月光。
总非往者见,不从意内量。聪明此一进,境界因久忘。
深坐庭露淹,山僧促回廊。鼓钟奏天乐,经行重山堂。
暮楫动朝梵,初日升屋梁。佛心光见日,林晖洞八方。
细雨霏日中,飞烟青逐黄。出门绕山径,两道夹修篁。
茗根千百个,却于山隈藏。径深见奇巚,云与戴云望。
因之曳竹杖,集伴凌高冈。他年记此际,风花带天香。

唐 庚(1071—1121)

骤 雨

黑云惊小市,白雨沸秋江。声入家家树,凉传处处窗。
乱流鸣决决,叠鼓闹庞庞。蘋末清风起,斜阳觑海邦。

陶　弼（1015—1078）

醉　石

守边无一事,载酒翠崖东。几稳平沙上,杯流醉石中。
野蔬沿涧绿,林果映江红。休把鼓钟动,此欢鱼亦同。

陶梦桂（1180—1253）

望郡城酬舟中诸丈

归路宁迟三两程,落霞孤鹜近乡城。水连南浦天然碧,秋入西山雨后清。
鹿梦已醒谙世事,鸥盟犹在见交情。近来一事君知否,耳畔全无鼙鼓声。

滕　岑（1137—1224）

鼓腹无所思朝起暮归眠渊明诗也以诗定韵为十诗（其八）

万籁止不作,寂寂山居夜。鼓声起神祠,磬声来佛舍。
幽人启楼窗,片月光相射。此景不可孤,呼儿具杯斚。

田　况（1005—1063）

成都遨乐诗二十一首·二日出城

初岁二之日,言出东城闉。缇骑隘重郛,淤车垒行尘。
原野信滋腴,景物争光新。青畴隐遥坝,弱柳垂芳津。
逻卒具威械,祭墦列重茵。俗尚各有时,孝思情则均。
归途喧鼓铙,聚观无富贫。坤隅地力狭,百业常苦辛。
设微行乐事,何由裕斯民。守侯其勉旃,亦足彰吾仁。

成都遨乐诗二十一首·四月十九日泛浣花溪

浣花溪上春风后,节物正宜行乐时。十里绮罗青盖密,万家歌吹绿杨垂。
画船叠鼓临芳溆,彩阁凌波泛羽卮。霞景渐曛归棹促,满城欢醉待旌旗。

汪炎昶（1261—1338）

汪颜复秋江堂

拂衣何必归沧洲,黟水不减沧江流。本有渔矶带苍藓,且无叠鼓惊眠鸥。
风漾霞光笛声晚,云压雁影芦花秋。客子还能念乡土,今年更作新安游。

汪元量(1241—1317)

湖州歌九十八首(其八)

锦帆高揭绣帘开,鼍鼓声悲风管哀。月子纤纤云里见,吴江不尽暮潮来。

寰州道中

穷荒六月天,地有一尺雪。孤儿可怜人,哀哀泪流血。
书生不忍啼,尸坐愁欲绝。鼛鼓夜达明,角筋竞于邑。
此时入骨寒,指堕肤亦裂。万里不同天,江南正炎热。

湖州歌九十八首(其一四)

铁瓮城头马乱嘶,金陵城下炮如飞。黑风卷地鼓鼛急,昨夜常州又受围。

易水

芦苇萧森古渡头,征鞍卸却上孤舟。烟笼古木猿啼夜,月印平沙雁叫秋。
砧杵远闻添客泪,鼓鼛才动起人愁。当年击筑悲歌处,一片寒光凝不流。

太皇谢太后挽章(其一)

羯鼓喧吴越,伤心国破时。雨阑花洒泪,烟苑柳颦眉。
事去千年速,愁来一死迟。旧臣相吊后,寒月堕燕支。

吴山

海枯龙去雨淋淋,羯鼓喧哗山禁林。虎士堕殁兵力倦,鸡人罢箭漏声沈。
莺摇御柳春犹闹,燕蹴宫花雾转深。肠断木绵庵里客,可怜郿坞筑黄金。

慈元殿赐牡丹

九重羯鼓声动地,万年枝上回春意。天遣姮娥散一枝,一枝先到山人家。
焚香再拜皋国色,雨露沾濡知帝力。我愿人间春不老,长对此花颜色好。

湖州歌九十八首(其二七)

两淮战鼓不停挝,万骑精兵赛夜叉。破阵焚舟弹指顷,汉人犹误夏爷爷。

越州歌二十首(其四)

两峰云锁几时开,昨夜京城战鼓哀。渔父生来载歌舞,满头白发见兵来。

杭州杂诗和林石田(其一三)

静看从衡士,番成买卖儿。禁中惊战鼓,城上出降旗。
魏操非无汉,唐渊不有隋。从兹更革后,宁复太平期。

邳　　州

身如传舍任西东,夜榻荒邮四壁空。乡梦渐生灯影外,客愁多在雨声中。
淮南火后居民少,河北兵前战鼓雄。万里别离心正苦,帛书何日寄归鸿。

成　　都

锦城满目是烟花,处处红楼卖酒家。坐看浮云横玉垒,行观流水荡金沙。
巴童栈道骑高马,蜀卒城门射老鸦。见说近来多盗跖,夜深战鼓不停挝。

燕　歌　行

北风刮地愁云肜,草木烂死黄尘蒙。挝鞭伐鼓声冬冬,金鞍铁马摇玲珑。
将军浩气吞长虹,幽并健儿胆力雄。战车轧轧驰先锋,甲戈相拨声摩空。
雁行鱼贯弯角弓,披霜踏雪渡海东。斗血浸野吹腥风,捐躯报国效死忠。
鼓衰矢竭谁收功,将军卸甲入九重。锦袍宣赐金团龙,天子锡宴葡萄宫。
烹龙炰鸾割驼峰,紫霞潋滟琉璃钟。天颜有喜春融融,乞与窈窕双芙蓉。
虎符腰佩官益穹,归来贺客皆王公。戟门和气春风中,美人左右如花红。
朝歌夜舞何时穷,岂知沙场雨湿悲风急,冤魂战鬼成行泣。

汪　藻(1079—1154)

徽州班春古岩寺呈诸僚友

揆日奉明诏,班春出孤城。和风递鼓鼙,细雨迷斾旌。
渺渺度阡陌,溪山照人明。幽花不孤芳,好鸟相应鸣。
陇麦已争秀,畦秧亦微萌。食新知有期,及我凋瘵氓。
古寺依绝壁,林端列飞甍。残僧四五人,静若无所营。
石室广百肘,嵌空自天成。泉甘与茶宜,就把岩下清。
伏槛肆遐瞩,归云入檐楹。数农前致辞,貌野意则诚。
兹幸枉冠盖,使君岂无情。频年苦饥虚,奚用恤此生。
守昔在闾里,先畴每躬耕。起家三绝余,谬忝符竹荣。

无术布宽大,低头愧鲽茕。愿言同抚绥,永绝愁叹声。

王安国(1028—1074)

句(其一四)

宫殿影摇河汉外,江湖梦断鼓钟边。

王安石(1021—1086)

自 喻

岸凉竹娟娟,水净菱帖帖。虾摇浮游须,鱼鼓嬉戏鬣。
释杖聊一愒,褰裳如可涉。自喻适志欤,翩然梦中蝶。

王 柏(1197—1274)

拜明招二先生墓有感(其六)

研席尝栖一柏堂,至今鱼鼓诉凄凉。溪山不掩中和气,发见随时草木香。

宿仙山浸碧轩二首(其一)

冒黑投精刹,呼灯读旧诗。平分禅榻稳,共听雨声驰。
鱼鼓催行色,溪山挽故知。人生萍聚散,后会复何时。

王 珪(1019—1085)

宫词(其二二)

两班齐贺玉关清,新奏熙州曲破成。画鼓连声催撷遍,内人多半未知名。

依韵和景仁寄河中公仪龙图

锦江回日应迢递,闻道秋来已到城。南省深沉春又锁,东楼怅望雨中情。
河声欲转吞鼙鼓,山色初明照斾旌。别后新诗有多少,锺嵘那得为君评。

王 令(1032—1059)

送曹杜赴试礼部

霜风琅琅鸣鼓鼙,鸟寒夜噪树折枝。居者不出行者归,厩马解衔车弃脂。
长河夜冰船就维,百贾晏起朝闭扉。为问当今行者谁,出门千里到何处。
母送拊背父叹嘻,儿惜欲去哭挽衣。上马反顾纷涕洟,非所愿欲去何为。

家虽有田丰岁稀，所得偿公不及私。况望膻芗事庭闱，结发从学今十期。
始自有志徇孔姬，岂愿从世成依违。高堂华发纡素丝，暮年待子为光辉。
望我日久莫报之，苟得一笑辱弗辞。况望三釜家无饥，吾于二子久所知。
怪其才高所就卑，今乃语此诚可思。近闻天子变典彝，欲拨旧况收新奇。
子行出仕适其期，骅骝得路无衔羁。罢酒行矣无自迟，去取天宠酬亲慈。

王　迈（1184—1248）

送黄成甫殿讲被召

泉为闽望郡，山海来航梯。琛贡交异域，珠贝象玳璃。
腥风易涴人，浊如雨后泥。不屑受点污，除非辟尘犀。
南渡贤太守，前称王梅溪。中间西山真，后有苕川倪。
近岁李竹湖，四贤玉雪齐。他守非不贤，多以欲境迷。
一罅苟可投，趋者由旁蹊。利心长萌蘖，公道生蒺藜。
鸮见腐鼠吓，凤甘梧桐栖。物性殊洁秽，人品随高低。
君侯第一人，壮气干虹霓。天埤一长鸣，万马不敢嘶。
为州上异最，趋觐下宸奎。归装试检点，定无南物赍。
时艰方急贤，君命焉可稽。巨舰方解维，穹车正发锐。
忆昔端平初，众正咸登跻。如人堕梦境，忽听警旦鸡。
云何不常泰，一变成孤睽。大老遽沦谢，善类谁提撕。
菊坡未起南，鹤山斥归西。朽屋费撑拄，洪流欠障堤。
蜀道横豺虎，边城喧鼓鼙。流民满京辅，沟壑填髫倪。
弊事非一端，言之重酸凄。医国要大药，去膜须金篦。
君子与小人，却是一巨题。愿为君子者，名检身自提。
皎然不可玷，琳琅别介圭。凛然不可犯，贞女处幽闺。
必服群小心，始去禾中稊。义利生一念，治乱分两畦。
老我以狂故，屡为语阱挤。朝行辞鸂鶒，野性便凫鹥。
附热耻翕翕，耐寒甘凄凄。荷君不世情，犹念故人绨。
红絮正飞零，绿阴被长堤。送客洛阳桥，春风逐马蹄。
相期在远大，不敢惜分携。

王梦应(？—？)

甲申元日

上日仍漂寄,尊前客又非。乡心眠听雨,病骨晚添衣。
街鼓春将动,帘灯寒未归。梅花经一雪,几片不曾飞。

东　归

一揖仍为别,他乡复避兵。客随风雨老,春著鼓鼙轻。
宇宙关何事,艰危得此生。门前一溪水,几日到江城。

王　阮(？—1208)

游三峡一首

玉渊真水府,三峡跨长虹。万斛镕银泻,千枒战鼓雄。
倚天危石立,透地密泉通。四海思霖雨,龙奚久在中。

王庭珪(1080—1172)

读唐遗录六绝·梁祖纪

深宫三鼓夜方分,梁祖唯知虑太原。错料诸儿非彼敌,斩关还入万春门。

观竞渡次壁间绝句四首(其二)

红旗画鼓照江明,两岸争看万目横。夺得锦标谁助喜,呼声动地见真情。

观骆元直经进江南形势图

异时汉网疏天讨,胡儿马啮江南草。石头重戍岂无兵,将军不识丹阳道。
至今战骨埋秋霜,伤心不忍问耆老。龙蟠虎踞昔何雄,赤壁濡须在眼中。
浔阳江水射蛟处,旌旗拂天来向东。艨艟塞川不敢下,昔人曾此破曹公。
横江九道波翻屋,试请轻兵渡淮曲。夜入长安人不知,应见画图心已熟。
他日将军按此图,鼓行如西如破竹。

萧泷庙迎神诗

泷神何年此列宫,神之来兮雨溟蒙。雷公击鼓驱群龙,神之灵兮与天通。
十日五日一雨风,物无疵疠年谷丰。泷民事神甚严恭,牲羞荐酒罗鼓钟。
湍虽汹涌长年工,不闻船石相撞舂。孰知此者神之功,宜歌此曲传无穷。

送胡绍立往高陂游学

天下干戈未尽稀,独骑瘦马苦吟诗。穷山窟里携书剑,半夜不眠听鼓鼙。

送元上人游仰山归泐潭

两刹崚嶒隐翠岑,却担拄杖出烟林。来时饱吃东禅饭,归去泥添古佛金。
绝岭松篁青玉瘦,上方渔鼓白云深。是中不可著言句,且听半山鸾凤音。

仙人春宴曲

高楼玉佩摇春风,银槽压雨珍珠红。天留晓月十分魄,飞光下照仙人宫。
瑶姬半醉挝鼍鼓,彩凤吹笙黄鹤舞。双成翠袖织藕丝,麻姑行厨擗麟脯。
金盘烧蜡夜未央,从妃进果蟠桃香。坐上花开人未老,他日重来花更好。
三千年后忽相逢,再约群仙醉蓬岛。

次韵周孟觉记皮老人事三首(其二)

何物庞眉一老翁,能谈庆历至熙丰。只应坐厌听鼙鼓,到处逢人说耳聋。

和赵叔清书事

铁马初休淮上兵,人心遥望泰阶平。祥云密绕皇居近,喜气先从日下生。
汉殿风高飞燕雀,秋宵星乱落欃枪。从今且觅耳边静,半夜不闻鼙鼓声。

和谢梦叟思乡用李巽伯韵

江头野老哭声哀,宫殿千门安在哉。御路初传鼙鼓动,驿尘犹见荔枝来。
九重奇祸遽如许,四海军书重困催。家在双龙双阙下,乱云春思益难裁。

王　炎(1138—1218)

过浯溪读中兴碑

日光玉洁元子辞,银钩铁画颜公书。百金不惮买墨本,摩挲石刻今见之。
猗那清庙久不作,其末变为王黍离。春秋一经事多贬,鲁颂四篇文无讥。
渔阳鼙鼓入潼华,公卿徒步从六飞。朔方天子扶九庙,京师父老迎千麾。
紫袍再拜谒道左,上皇万里旋銮舆。牝鸡鸣晨有悍妇,孽狐嗥夜有老奴。
扶桑杲杲未翳蚀,但歌大业吾何疵。首章义正语未婉,前辈不辨来者疑。
正须细读史克颂,未用苦说涪翁诗。许张劲节震金石,李郭壮武如虎貔。

断崖苍石有时泐,诸公万古声烈垂。天怜倦客有所恨,雨湿江寒催解维。
神州北望三叹息,翰墨是非何议为。

王 洋(1089—1154)

曾竑父再赋鼓字韵诗再赋一篇

头如青山手如雨,十日瓦沟鸣羯鼓。南城病客偏作愁,鱼游浅釜蛙同渚。
去年曾困夏畦干,巫祝陈牲女师舞。淮南米贱隔关河,漫道归期久已许。
谁同著力破愁城,愿备前行插飞羽。那知物理自乘除,原思五秉公西庾。
暑雨祁寒人莫嗟,洁笾涤豆神其吐。茅檐生意满晴川,方信蛊肠能抵虎。

冬雨不止郑丈作诗次韵

海门山外天池雨,来趁沱江打鼍鼓。望夫台上湿愁红,玉斧坛边没沙渚。
貂裘公子思寒侣,佩玉鸣鸾不成舞。殷勤举爵祝云师,壮士端须气相许。
果然晴日照鱼梁,鸿雁高飞肃霜羽。西清丈人诗眼高,师友渊云仆徐庾。
兴来弄笔起春风,暖日桃花静初吐。且题红药寄长沙,不用短衣从猛虎。

十一月二十九夜大风明起书室皆败叶

木老性倔强,朔风怒明威。初更即合战,已乃声鼓鼙。
大块信难测,三鼓气不衰。我屋山僧居,破陋久不治。
会当晴明日,仰见河汉移。微风鼓囊籥,虚空同奔驰。
夜无芙蓉人,慌惚疑褰帷。平明满书斋,败叶方纷披。
孰为呼吸者,作此怒张为。天寒不成雪,恐坐强风师。
扑尘整书架,粪挶不可迟。人非陈仲举,用舍亦有宜。

元日倦卧书斋闻僧食未敢歌鼓声作继以清唱感而戏作

蚤莺声转杂危弦,惊散书窗午枕眠。大法鼓声胡部曲,摩登伽戏野狐禅。
眼中颠倒迷情事,世上纵横使鬼钱。烂煮瓠壶钟鼎食,山堂谁道独翛然。

王 恽(?—?)

杨 柳 枝

密叶阴阴汉将营,春风吹断鼓鼙声。少年不说封侯事,柘弹铜丸落晓莺。

王之望(？—1170)

再用前二诗韵(其二)

胜境名标第五天,殊庭佳气蔼非烟。鼓钟与看千人会,玉石难分十种仙。
幽壑旧传灵药富,苍崖曾现宝光圆。尘劳未决丹梯急,只得虚堂一夜眠。

王　质(1135—1189)

和张安国闻捷

两京乔木久秋风,甘露棠梨非汉宫。铁凤雕零周庙古,玉鱼流落汉陵空。
朝催战鼓云埋阵,夜发戈船月照篷。宣德楼前清御道,明年元会纳群工。

赠　杨　溥

丰城何以多英贤,老杜曩有浮云篇。名季友者天下传,与吾偕出緱山仙。
豫章尚有丰碑坚,万古千秋不敢镌。却距季友五百年,星辰不灭同其躔。
致君逸气常蹁跹,风后力牧参吾前。往往剑气腾冲天,季者太阿仲龙泉。
斗牛河汉光相鲜,雷焕安得知其然。西山北岩埋苍烟,不及华阴玉井连。
延津双虬终蜿蜒,恨我不识张茂先。精神胡为暗式干,溥也疏骨粗缯缠。
叩门剥啄音清圆,询之与我生相联。同在丰城南北廛,五行七曜难拘挛。
瑶环沈隐尘埃边,高谈雄辩波潺湲。偻身缩手不敢揎,扬徐李吕纷兰荃。
云溪独造珞琭渊,此曹可收不可捐。康庄固有英豪潜,溥也可惜真酸寒。
沙头静鹭清联拳,松梢野鹤飘孤搴。
合在林壑栖空禅,否则江湖烟雨舷,二者汝亦难当焉。
斗米三钱汝万钱,菜根堕叶如凝膻。他时六版无两肩,枯芦半席汝亦悭。
我亦自笑骨迍邅,有时挥麈敲哀弦。汝谈我命五者全,略与庚午相周旋。
我忽大笑汝失言,鱼水若得庚午权,岂肯草草为江南。
功成名遂飞翩翩,不作子房作仲连。泽州叔宝令人怜,长跪告别趋吴船。
无瓶无钵何论毡,觚棱金镜射玉璇。有见问者勿面谩,但实告之灰不然。
别有一路非人寰,王颠来处从溪癫。狐踪不入象王圈,驴乳难沾狮子涎。
临济饱受黄檗鞭,三鞭跃上层霄颠。一喝一踏成平原,后来三杰勤演端。
佛日霹雳天关三,足摇驴儿八角盘。驾雷驱电驰奔湍,明月堂中一觉眠。

何时法鼓声阗阗,今其去兮风方颠。大江茫茫雪满川,莼鲈兴尽撑西帆。倘欲见我江淮埂,不在庐山则祖山。

王仲修(？—？)

宫词(其一〇)

画栋宵寒燕未来,江南谁寄一枝梅。闰年雪后春工晚,羯鼓催花满槛开。

韦 骧(1033—1105)

和邓舍人读之罘碑二十韵

之罘之碑何所刻,昔者秦人纪秦德。风镂日铄断璞昏,雨暴冰残老龟坼。
微芒遗字三四行,容易历年千五百。文词事实可考求,赖有子长修简策。
始皇末年气益矜,轻视天下夸功名。玉堰金户厌宫殿,不远万里为游行。
鼓钟帷帐不移徙,所至毫发皆如情。温寒清暑回造化,绝深度险安经营。
徐市卢生巧窥测,浪语神仙致君惑。东巡亟欲见三山,从此海埂来辙迹。
神仙杳邈不可攀,六龙回首沧波碧。从臣无以慰踌躇,请陈勋业刊诸石。
高文大句如形容,将以荣耀传无穷。银钩玉箸勒未久,变故恍惚如飘风。
人心恚望鬼神怒,滈池神怪俄符同。祸秦非胡日在国,长城未毕咸阳空。
空遗此石苍崖里,万古悠悠辨终始。虽然篆刻半缺讹,至今不得藏虚美。
世人往往爱瑰奇,蜡泽松烟印之纸。览观莫不哀所为,岂独玩焉而已矣。

和 寒 食

城关咫尺到春郊,跃马行春固不劳。寒食萧疏观物态,楚歌嘲哳聚儿曹。
平湖漾日扁舟满,芳榭迎风画鼓高。薄暮田翁醉归乐,山花倒插挈余醪。

送胜之宰仁和

霜风掠野卷愁云,纥纥催船画鼓频。方喜乡间得贤宰,却惊燕席失佳宾。
去鄞迤逦穷残腊,渡浙依稀傍早春。恰幸主人真恺悌,承宣相与慰斯民。

魏了翁(1178—1237)

春社日祀事既毕轿中得三绝(其三)

阴雾冥蒙慢鼓鼙,田坡勃窣误轮蹄。居人闭户未炊起,太守车前一尺泥。

次韵李参政李提刑见和雁湖观梅

春事何须羯鼓催,好春全看未花时。雨余庭院湖光湿,人倚阑干夕暝迟。
正会意时俄起起,到忘言处谩期期。雁湖饮散人归后,曾问梅花复几枝。

题大安军杨宝谟旌忠庙

范阳一夕鼙鼓鸣,莽然河朔惟孤城。姓名彻闻帝犹谓,我乃不识颜真卿。
人才所用非所养,自昔然矣奚独神。肘间银黄挂三组,腰间犀玉围万钉。
养痈护疾皆此辈,事危先及城郭臣。求仁得仁性情正,可死无死分义明。
岂徒一时折群丑,将与万世开太平。我尝辱交于神者,寤寐精爽如平生。
过祠解后日端午,昌歜之酒芬兮清。要呼湘累径同醉,毋使二子称独醒。

后殿侍立(其一)

禁城鼓铎晓逢逢,风满衣裾靴满霜。守得门开骑马入,又同承旨步修廊。

文天祥(1236—1283)

平　原

平原太守颜真卿,长安天子不知名。一朝渔阳动鼙鼓,大河以北无坚城。
公家兄弟奋戈起,一十七郡连夏盟。贼闻失色分兵还,不敢长驱入咸京。
明皇父子将西狩,由是灵武起义兵。唐家再造李郭力,若论牵制公威灵。
哀哉常山惨钩舌,心归朝廷气不慑。崎岖坎坷不得志,出入四朝老忠节。
当年幸脱安禄山,白首竟陷李希烈。希烈安能遽杀公,宰相卢杞欺日月。
乱臣贼子归何处,茫茫烟草中原土。公死于今六百年,忠精赫赫雷行天。

石　楼

　　晓色重帘卷,春声叠鼓催。长垣连草树,远水照楼台。
　　八境烟浓淡,六街人往来。平安消息好,看到岭头梅。

文　同(1018—1079)

梁信羯鼓小图

　　高梧间垂杨,玉宇极清邃。三郎当殿坐,左右拥佳丽。
　　甗㲲近香案,蹲兽吐碧穗。宝几承画控,缤纷交彩袂。

花奴卷双袖,俯立前奏技。君王顾之笑,轩庑动和气。
谁谓一尺素,写遍天上意。听者定何如,观之犹解秽。

吴趋曲(其二)

岸上相将叠鼓催,青翰齐上碧波开。交鸡鹉属璃不惊起,惯见兰桡日日来。

闻人祥正(?—?)

集句(其八)

羯鼓声高众乐停,上林仙景似蓬真。轻云阁雨迎天仗,花外风飘万岁声。

无名氏(?—?)

看 弄 潮

弄罢江潮晚入城,红旗飐飐白旗轻。不因会吃翻浪头,争得天街鼓乐迎。

吴 芾(1104—1183)

和胡经仲即事二首(其一)

世事凭谁论,羁怀只自谙。风烟悲蜀魄,桑柘老吴蚕。
晚步惜残照,春衫怯晓岚。日来鼙鼓近,牢落愈无堪。

和经仲春日即事(其二)

策杖郊原信步行,沙边春水半涵清。花开旧树香仍在,燕葺破巢功未成。
世路十年尘土面,春风万里鼓鼙声。从今准拟开怀去,到手荷杯莫厌倾。

春阅偶成三首(其一)

晓驱千骑出郊坰,极目江天万里晴。风入鼓鼙声益壮,日烘旗帜色增明。
安边虽是难忘战,和众由来在戢兵。但愿从今烽燧息,早归林下看升平。

吴 可(?—?)

即 事

劲敌谋应大,春来势转雄。烽烟惊北阙,鼙鼓战东风。
雪舞愁云外,花飞泪眼中。翠华行乐处,戈甲照寒空。

吴龙翰(1233—1293)

持 敬 堂

大哉紫阳箴,诚为百世师。心法故能传,心印几能提。
明明道统灯,于此接光辉。端居俨帝临,暗室疑神窥。
立足千仞渊,生怕伤发肤。兢兢一寸心,炯炯冰雪壶。
脱帽貌王公,无乃酒狂徒。蹀躞渔阳鼓,傲态逐刑诛。
我则持以敬,譬如龙恋珠。断断猫捕鼠,绵绵鸡哺雏。
守之戒勿闲,意马防驰驱。

吴顺之(1088—1163)

寿太师(其五)

老农含笑指家丁,偃伯灵台始见生。身手只今大如许,耳根不识鼓鼙声。

吴锡畴(1215—1276)

次韵题璜原僧舍

鱼鼓无声昼阒沈,荒碑积雨古苔侵。忽飞寒雀窥斋钵,偶有驯猿听梵音。

吴　泳(？—？)

汉　中　行

汉中在昔称梁州,地腴壤沃人烟稠。稻畦连陂翠相属,花树绕屋香不收。
年年二月春风尾,户户浇花压醿子。长裙阔袖低盖头,首饰金翘竞奢侈。
自从铁骑落武休,胜事扫迹随江流。道傍人荒鸟灭没,独有梨花伴寒食。
君不见当年劫火然,携老扶幼奔南山。又不见拗项桥边事,七八千兵同日死。
死则义魄犹有归,存则偷生漫如此。三人共,一碗灯,通夜纺绩衣髶髶。
八口同,半间屋,煮糒椎冰常不足。家粮一石五券钱,一半入口一半官。
男担军装出边去,女荷畚锸填濠还。官知民贫当爱惜,兵者卫民贫不恤。
且如今年春,又经征战苦。风尘未动力已罢,殆以饥羊饲豺虎。
梁山奕奕水汤汤,知他见几玉节郎。昨日汉川过,香气夹道花成行。
还挝青氂鼓,复拥白鹊旗,帐犀殿后车悬鸱。

营中闻之暖挟纩,尽道节制吾父师。东军本皆孝顺儿,好在良牧绥牧之。
太清鱼不蕃,太缓琴不理。师中有吉当自求,度外无功更谁喜。
秋风淅淅吹芙蓉,山童唤我歌汉中。
中欲歌兮可奈何,为语前途胡秘阁,莫使兵贫复如昨。

吴则礼(？—1121)

简王长元次元时复欲入都

跂跂鬓毛短,娟娟春日长。繁花丽泽国,叠鼓掺渔阳。
唤婢理双屏,遣儿谋一觞。惟知作寒食,那复问殊方。
石鼎官芽滑,铜盆井水凉。有时拈挂杖,随意坐胡床。
涎涎定巢尾,咬咬求友吭。篮舆元落眼,豆饭或撑肠。
楚柁连江色,淮天著雁行。关依五斗粟,老子复游梁。

今　　朝

今朝天气撩老夫,红杏一枝那可孤。端须羯鼓与判断,世上久觉无花奴。

简鲍钦止

剧谈解人颐,湖海鲍工部。端能于口前,截断第二句。
瘦藤寻上方,住此鼓钟暮。快办呼酒尊,梅花已无数。

鲜于侁(1019—1087)

锦　屏　山

分命叮咛诏旨宽,昼归聊憩锦屏山。寺门一路烟霞外,邑屋千家紫翠间。
城山鼓鼙催日暮,雨中桃李报春还。江流此去朝宗急,远迹何时遂赐环。

咸淳士人(？—？)

刺贾平章

鼙鼓惊天动地来,九州赤子哭哀哀。庙堂不问平戎策,多把金钱媚秀才。

项安世(1129—1208)

二十六日下山观胜业寺禹柏偃卧地上分为九枝

人言禹时柏,是否何必研。要知是古物,少亦逾千年。

盘盘九龙子,脊尾何蜿蜒。疏髯挟雷雨,瘦骨含风烟。
居然负世望,淡苦依老禅。纷披苔藓中,偃息鱼鼓边。
不知亿万人,饥饿长呼天。我欲笺上帝,六丁呼使前。
九龙分九州,各值所治田。膏泽皆要足,阴晴无敢愆。
如此岂不善,天心应谓然。

四月二十八日轮对遇雨

攒梻叠鼓递相催,西府东班次第来。雨入北门千步湿,天临后殿九重开。
尝时只在中廷拜,此日容穿左序回。叨近威颜陈悃愊,愧无崇论补涓埃。

送李知县赴蕲州广济

江头雪霁冰河折,日照江光动春色。青丝快马踏香泥,画鼓方舟送行客。
已惊柳叶大如指,忽见梅花飞著额。草根青软湿针毡,枝头绿淡摇金碧。
眼看客子过淮南,春逐樯竿起江北。客帆渐远春渐深,一路浓香慰行役。
悬知上日春更好,桃李漫山献红白。何时我亦下沧浪,把酒兰亭访今昔。

小塘道中小雨二首(其二)

隐隐轻雷动,昏昏野市迷。嫩云时绽日,暖雨半含凄。
时节新装束,人家小鼓鼙。晚来扶路看,往往醉如泥。

别　岳　州

五更鼍鼓忽逢逢,舟子闻晴上北江。推枕一兵辞画戟,开门三骑到篷窗。
鹿鸣厚意陈箱筐,伐木深情缀酒腔。小雅风流千古在,飞吟亭下此心降。

食角黍怀江陵

经年不食三闾饵,一日相逢似故人。旋剥青菰香满手,试餐黄颗软粘唇。
蔗浆下箸甘无敌,昌本浮杯小作巡。正是乡人行乐处,画旗鼍鼓隘江津。

萧立之(1203—?)

次使长苍玉洞韵

不是仙源不是村,千年霜壁树蟠根。半山鱼鼓动城郭,一日龙雷出洞门。
云似世情翻覆变,石如尊宿典刑存。摩挲藓刻无穷意,时听游人自细论。

开元天宝杂咏·玉有太平字

瑞玉天开此日奇,分明中有篆文题。翠华不作西南幸,肯信渔阳有鼓鼙。

题陈广文苏山小草

学诗学仙将无同,昔闻此语求志翁。远孙青春文字工,九仙城里鞭游龙。
三年朗吟洞天白,湖光一区开醉墨。向来雪壁涴髯秦,未许斜阳今德色。
短韵急雨鸣瓦沟,大障沙场鼙鼓秋。苏君欲语道未得,山鬼叫啸江灵愁。
请君急与枣木刻,空明下有蜿蜒宅。升天倘要□朝词,夜半风雷留不得。

谢　翱(1249—1295)

秋风海上曲

秋风吹水龙上天,龙女抱珠海底眠。水花生云起如莼,神龙下宿藕丝孔。
巨鳌赑屃鼍鼓随,赤鱼鳞鬣陈旍旗。海人见此失操纲,归对妻儿月下纺。
自言移家来磺中,十载秋风潮不上。老夫一人语门前,见此已是开皇年。

熊　禾(1247—1312)

观　洛　行

我生海南万山间,出门冈陇相回环。平田更无十里阔,何处知有天地宽。
男儿堕地六合志,抱此一寸常悁悁。早年曾作天府客,长歌东出穆陵关。
关头仰天坐叹息,百年事业如弹丸。乾坤只限衣带水,何繇万里窥中原。
只今文轨一朝混,地不改辟时易然。斯须洛京见嵩华,咫尺孔林登泰山。
圣贤往迹正在此,譬若木水有本原。北方学道古所贵,当年楚产皆其偏。
从来一气有旺歇,况及人事多移迁。程门立雪道南后,幸此一脉犹绵延。
武夷考亭今洙泗,文公之学行八埏。当时亦号小洛阳,游胡刘蔡居相联。
风流不减程邵马,至今故老人能言。起来高目视八荒,斯文一缕千钧悬。
人心不啻溺焚急,茫茫大柄伊谁颛。但得人读周孔书,不患古道今无传。
图书龙马事阔远,荥河温洛仍当年。畴分三三卦八八,举目法象非虚玄。
大哉伊亳一德书,此极翼翼甸幅员。太平六典深识此,下方余意公惓惓。
不惟周官列三百,更将仪礼陈三千。成周致治绝千古,空余轨则留残编。
尼山已叹凤不至,只有梦寐相周旋。从兹架漏过千载,何时赤子当息肩。

汉初自是有余责,仁义经制皆葩绵。董公年老贾生少,至今秦法常袭沿。
娄敬一言岂通论,长雄气习争相挺。绝爱东都一代治,犹是三代气象存。
泱泱思乐鼓钟地,冠带几万圜桥门。尊师重傅古亦少,一变至道夫何难。
惜哉桓荣无此学,西方现出金光仙。马来牛去事甚浅,自此正气常腥膻。
秣陵青山那得似,独有此地余衣冠。王通元经莫轻议,太和文治诚班班。
一时礼乐盛兴学,千闾万井皆均田。殷周而下此一治,王苏诸老重讨论。
却恨晋阳好昌运,大纲不正他何观。此几一失又几载,高天厚地衔深冤。
虽然正气当有合,古今良会应非悭。书生杜门三十载,邂逅三生一日缘。
愿言挟册拜曲阜,更欲促驾窥涧瀍。河南夫子倡道地,似闻荒草凝凄烟。
圣贤事事在耳目,依然昔日佳山川。文公之道会当北,古今此理常往还。
昭代表章自此始,九州四海须同文。大道久分要统一,皇极一建趋荡平。
老癃扶杖何日见,深衷寓此观洛篇。尧夫卜宅太平日,有道经世常一元。
扬帆东南必沧海,振展西北须昆仑。鲁侯僖伯我有望,残山剩水难为妍。

徐　积(1028—1103)

舞 马 诗

开元天子太平时,夜舞朝歌意转迷。绣榻尽容骐骥足,锦衣浑盖渥洼泥。
才敲画鼓头先奋,不假金鞭势自齐。明日梨园翻旧曲,范阳戈甲满西来。

徐　钧(？—？)

倪 若 水

人重朝班恶外迁,一时荣擢似登仙。谁知鼙鼓渔阳祸,不在朝廷却在边。

齐 宣 王

鼓钟苑囿乐如何,货色贪淫勇更多。伐国交邻徒屡问,用贤曾不到邹轲。

徐　瑞(1255—1325)

戊寅雪中有感

五更窗白鸣早鸦,北风猎猎号嵞斜。冻云不开天雨雪,漫空作态纷横斜。
披衣起立尽萧散,睥睨神巧令人嗟。深山荒怪号狐兔,古木蜿蜒蟠龙蛇。
空林野鹘栖又起,寒檐饥雀喧且呀。断桥古埭欲无路,孤城叠鼓方停挝。

老农嘻嘻庆丰乐,羁旅琐琐愁荒遐。酒垆群聚浇氍毹,市楼歌吹闻呕哑。
纵观山川绝尘土,坐叹造物真空花。世间万事蕉覆鹿,回首二曜如奔车。
老仙骑鲸东海去,谁尚风雅排淫哇。遗音妙寄不可续,嗟我怅望迷天涯。
萧萧竹屋白昼阒,俗子不到山人家。呼童屏置勿举饮,石鼎且试曾坑茶。

徐　铉(917—992)

奉和御制打球

上闲精习渥洼骢,玉镂花鞍锦覆鬃。金埒无尘初裛露,朱旗向日自生风。
雷传画鼓偏增气,星度飞球欲映空。共道宸游因习武,凯歌犹似奏平戎。

送刘山阳

旧族知名士,朱衣宰楚城。所嗟吾道薄,岂是主恩轻。
战鼓何时息,儒冠独自行。此心多感激,相送若为情。

许及之(1141—1209)

舁石行

沙河塘路飞晴泥,夹道睨立如凫鹥。千夫舁石自何所,相以柝节当鼓鼙。
一夫流喝相和答,声与步应如采齐。观者局蹐汗通下,彼独闲暇轻如携。
此石非是装玉砌,此石非是筑金堤。不为文陛仪禁卫,定作润础承榱题。
俨然一柱方峙立,何者偃植为拱枅。呜呼!自昔良工心独苦,大材小用俱难取。

许景衡(1072—1128)

赠袁州仰山简长老

简师本吾儒,学佛见阃奥。开心涤尘滓,回首弃巾帽。
飘飘秋云意,凛凛霜柏操。鱼鼓屡陪众,林壑常寄傲。
十年栖仰山,终日勤劝导。欲酌清泠泉,为尔沃炎燥。
欲挥智慧剑,戒尔逗贪暴。迷途自多梗,法岸岂易到。
惟知务引拔,仰不愧覆帱。幽明虽难诘,善否疑有报。
岩间涌宝塔,兹事谁为造。琢削宁须班,挽拽谁困奡。
一方竞奔走,万口尽喧噪。守臣献异状,天子锡嘉号。
镇压等衡岳,扶持壮大宝。师乎良有得,叟也无复道。

还自乐寿寄卢行之三绝句(其三)

当年玉帐抚辕门,鼙鼓声中十万军。妙略未应随手尽,诸郎才气各凌云。

诸友偶赋克己以战喻次韵酬之

闻道除戎戒不虞,何须深考七家书。万全要在先谋帅,多算安能便胜予。
岂止边陲卧鼙鼓,尝闻俎豆荐牢蔬。古来偃武修文者,会使人人有室庐。

许应龙(1169—1249)

拜赐宫花纪恩诗(其二)

不用凉州羯鼓催,阳和已逐小春来。谁将万点花间艳,都向百官头上开。
样巧剩裁隋苑彩,影摇斜蘸汉宫杯。玉阶再拜君恩重,洋溢欢声遍九垓。

薛季宣(1134—1173)

贵　游　行

沙堤大盖何穹窿,底人佩玉鞍蒙狨。俨如熊虎马游龙,谁何出入咸阳宫。
笑刀瓠体颜芙蓉,步趋持重为雍容。诸侯爱统掌百工,调元为职裨九重。
万钱一食声鼓钟,犹言下箸终无从。异时糠覈肠不充,家徒壁立其室蓬。
抄撮语丽文雕虫,绘为绣句欺南宫。不分菽麦俦知侬,且无万卷浇胸中。
脂韦婥婳陈小忠,竭民膏髓自为功。榻前触事惟迎逢,肯思责难始为恭。
君王谓贤拜三公,门如沸汤贿赂通。财侔县官邑侯封,积金犹欲齐灪崇。
家有钱炉非范铜,卖官鬻狱扬成风。后房之灿燕支红,皆民女妇来无踪。
有忧失得常忡忡,杀贤贼能摧英雄。汲将同类塞要冲,害苗之心饶螟螽。
忽弯射羿逢蒙弓,怡然自得豁心胸。黯如抹漆何赤衷,问人自欺咤匪躬。
高自标置人盲聋,言立便拟称儒宗。学禅逃俗坐谈空,元非友朋相磨砻。
世间将谓无轲雄,言出波流士与农。却矜巧宦官既穹,笑伊鲁儒嗟道穷。
那知达人节青松,视而土苴及蛆虫。古今异时理道同,奸邪未必皆令终。
君不见晋朝失国隳金墉,为奴为猷岂惟怀愍巡北戎。

晏　殊(991—1055)

奉和圣制上元(其二)

凤掖千门迥,金缸四照然。市阛通夜阙,歌肆与云连。

叠鼓迷清漏，游车际晓天。泛膏仍洁祀，蚕麦伫登年。

杨公远(1227—?)

寓婺源紫虚观

书卷携来寓紫虚，凭高凝眺更无余。五山结邑龙盘踞，一水依城带卷舒。
旦暮鼓钟喧梵宇，高低楼阁壮神居。年时除却酬香者，阛阓行人往复疏。

杨冠卿(1138—?)

辛丑残腊前一日扁舟东归阻风马当乞灵祠下

维舟桑落洲，十日风和雨。雨余江波平，山横眉黛妩。
急呼黄帽郎，来扣灵真宇。椒桂荐芳馨，鱼龙忽掀舞。
巨浪拍天浮，万叠震鼍鼓。淮洲十里间，蜚楫不可渡。
三老前跪陈，珍贝非神予。愿言点归装，勿为神所怒。
我生窭且贫，穷涂一羁旅。照乘乏明珠，落霞有佳句。
稽首谢龙君，放我扁舟去。

杨 杰(?—?)

和酬子瞻内翰赠行长篇

云涛拥开沧海门，鼓鼙万叠鸣江村。仙翁引我峰顶望，耳目惊骇难穷源。
黄金铸鲸为酒樽，桂浆透彻冰雪盆。吴歌楚舞屏不用，夹道青玉排云根。
经纶事业重家世，昔闻父子今季昆。九丹炼就鼎灶温，刀圭足以齐乾坤。
我行欲别湖山去，为我索笔书长言。照乘不假明月珠，自有光焰生韶轩。

杨万里(1127—1206)

德寿宫庆寿口号(其三)

春色何须羯鼓催，君王元日领春回。牡丹芍药蔷薇朵，都向千官帽上开。

雪霁晓登金山

焦山东，金山西，金山排霄南斗齐。天将三江五湖水，并作一江字杨子。
来从九天上，泻入九地底。遇岳岳立摧，逢石石立碎。
乾坤气力聚此江，一波打来谁敢当。金山一何强，上流独立江中央。

一尘不随海风舞,一砾不随海潮去。四旁无蒂下无根,浮空跃出江心住。
金宫银阙起峰头,槌鼓撞钟闻九州。
诗人踏雪来清游,天风吹侬上琼楼,不为浮玉饮玉舟。
大江端的替人羞,金山端的替人愁。

过弋阳观竞渡

急鼓繁钲动地呼,碧琉璃上两龙趋。一声翻倒冯夷国,千载凄凉楚大夫。
银碗锦标夸胜捷,画桡绣臂照江湖。三年端午真虚过,奇观初逢慰道涂。

杨咸亨(？—？)

江郊亭新成赋诗二十三韵

蜀江千里东南倾,峡门横锁千丈鲸。吴帆蜀楫过如织,府主四海皆弟兄。
城西门前二十里,客去当送来当迎。藤梢橘刺密无路,短亭四壁荒榛荆。
春风淡沱酌客处,我陪后乘同郊行。碧油红旆驻沙尾,连宵急雨鼓不鸣。
元戎玉皇香案吏,俯仰茆屋无乃轻。擘山鞭石相原隰,钉头瓦缝粟缕盈。
伟哉幻书此奇观,丹楹画栋光峥嵘。山长波迥目力短,空蒙宜雨高宜晴。
危岚滴翠染窗户,空江倒影翻檐甍。天藏地久相待,更为佳处得佳名。
梁间横陈大手笔,龙蛇飞动鬼神惊。高斋百篇子美唱,岘山千载羊公情。
试呼小队访新馆,壮游始与盛概并。披云唤月星斗动,放舟闻鹤天水明。
练光渺渺风力壮,叠鼓西上帆东征。舳舻冠盖两叹息,欢谣昼乱渔樵声。
元戎故是活国手,山河指顾风尘清。凄凉三峡小游戏,朴斫丹黝安足程。
明堂梁栋要杞梓,天关一柱须公擎。纷纷故吏万里外,燕雀行庆大厦成。
赋诗抵掌者谁子,夜郎野老杨咸亨。

杨 亿(974—1020？)

句(其三)

峭帆横渡官桥柳,叠鼓警飞海岸鸥。

杨 寅(？—？)

龙云寺次罗竦韵

路转羊肠望眼舒,篮舆更入道人居。千林黄叶新霜后,四面青山夕照余。

幽梦乍惊鱼鼓响,小诗闲向竹窗书。炉烟茗碗匆匆话,已觉人间万象虚。

姚　宽(1105—1162)

西溪早行

清晨出故溪,邻曲未闻鸡。草露平平湿,溪云漠漠低。
转山人忽见,分路马多迷。作客风埃里,难堪听鼓鼙。

姚　勉(1216—1262)

和邹希贤舟中遇风雨

湖干野泊不知更,水国荒寒怆旅情。一夜奔雷吁可怪,满空寒雨注如倾。
飓风翻海驱潮势,战鼓轰天震地声。到晓定应三尺雪,短篷忽漏赤暾明。

麻子湖遇逆风

嘉平既望余,玉冰发归桨。舟行苦滩涩,三日葛陂上。
天寒岁云晏,道远空怅惘。行行且旬日,仅此舟泱泱。
顺流风忽逆,进尺退或丈。鱼鼋反出没,涛浪相漰荡。
茫茫水接天,四望极空敞。虽令归思滞,亦觉胸次广。
是时群鱼集,轧轧乱轻榜。纷来以千百,并进或三两。
悬金上丝纶,跳玉中层网。中间数十辈,蓑笠牵画舫。
沿流勤按视,似是此湖长。彼行良甚捷,此进不可强。
倘无观鱼乐,孰慰岑寂想。篙师不告瘁,奇观亦可赏。
黄昏成野泊,风雨助凄怆。势如潮汐来,怒若鼙鼓响。
吾独安所适,幸不愧俯仰。缅怀金兰友,气义特慨慷。
念我归苦迟,舍我愿先往。亟趋南浦城,择馆待税鞅。
今宵此风雨,露宿必草莽。继兹更三日,会面一拊掌。
屠酥酒同倾,共挹西山爽。

日食罪言

皇帝十四载,新元纪嘉熙。仲冬戊寅朔,午漏方中时。
朔风震丘壑,猛籁号枯枝。黯如商雪天,四野昏垂垂。
昼炊烟始息,暝色来庭帷。鸡登杙楼立,鸟急林梢栖。

颇讶南至后,晷度宜舒迟。胡为景尚促,疾甚驹隙驰。
儿童忽走报,日壁无全规。仓忙出仰视,如月初蛾眉。
金乌失焰彩,玉象潜光辉。苍天玳瑁色,列宿争依稀。
老稚相喧呼,伐社沸鼓鼙。不知何物怪,掩此清阳晖。
吾闻阴阳家,日月以历推。日迟月行速,赢缩数不齐。
遇朔必会合,差忒无毫厘。气盛或相掩,二曜斯一亏。
望日日掩月,阳感阴故衰。朔日月掩日,阴盛阳乃微。
又闻玉川子,月蚀曾有诗。谓此日月者,天眼生东西。
两眼不相攻,相食其说非。食月乃蟆精,伊威盖自贻。
吾观作诗人,志各有所之。玉川特寓谏,假此为之辞。
日月有蟾乌,此事本怪奇。况自食其光,安能走而飞。
书称辰弗集,天象昏且迷。则知交相食,此说当勿疑。
思既得其说,伤心重嗟咨。日为众阳宗,万象皆影随。
今者何不臧,阴精夺炎曦。仰空不能救,涕泗纷交颐。
嗟嗟今之岁,天屡彰其威。星文沓示变,雷震沴失宜。
越在夏五月,郁攸燔京畿。六月既望后,月蚀主旱饥。
今兹复日食,灾异何繁滋。天意不虚示,坐井聊管窥。
即天以论人,日君而月妃。关雎哀窈窕,意在贤才思。
靡曼或盈前,必为物欲移。今者日之蚀,或恐由宫闱。
然而吾君圣,未必耽燕私。君象日而尊,臣象月而卑。
正心在朝廷,昭德可塞违。国柄或窃弄,耳目相蔽欺。
今者日之食,亦恐由群儿。然而吾君明,朝岂庸盲痴。
人主向明治,武力不可隳。方今北有敌,负垒惊边陲。
战士怯不勇,塞马纷骄嘶。今者日之食,或由边事危。
然而吾君武,安肯假彼资。重念此三者,急务诚在兹。
万一或有是,是即变所基。应天不以文,减撤徒儿嬉。
如人丧厥明,必求良药医。一片葵藿心,只恐天未知。
何当排闾阖,碎首彤玉墀。一篇痛哭策,历写心伤悲。
一者何所陈,无逸为元龟。暗室屋漏中,肃如对神祇。

愿为楚庄王,规谏从樊姬。毋效汉成帝,温柔老昭仪。
天君必清彻,智烛光发挥。如日丽中天,煌煌明作离。
二者何所陈,用贤登皋夔。选众立一相,国论公主持。
乌台执白简,妙选刚正姿。戚里勿柄授,貂珰毋印累。
朝廷豁氛翳,在位销脂韦。末光依汉日,天子是倚毗。
三者何所陈,张皇吾六师。击楫如逖辈,天宠畀节麾。
卖国若桧等,电扫无孑遗。练军明赏罚,勇锐奔熊罴。
南越颈可缨,中行背必笞。如日照霜雪,殄灭何难为。
凡此三说者,中心久思维。明白可举行,匪曰徒费词。
能转乱为治,可回灾为釐。不学后羿射,不效夸父追。
捧轮上扶桑,洗光出咸池。苍生照共仰,九土光咸晞。
五色太平象,重晕中兴期。昊穹耀华彩,万国长瞻依。

叶梦得(1077—1148)

二月六日虏兵犯历阳方出师客自吴江来有寄声道湖山之适趣其归者慨然写怀

松江浪静如镜平,菰蒲长春秋水生。晴沙回雁久未到,坐想白鸥增眼明。
五年辜负钓船约,故人疑我真逃盟。岂知尘缨不易濯,正想沧浪之水清。
朝来铁马暗江北,中流叠鼓云涛倾。楼船十万下采石,旗纛灭没天戈横。
书生事业今乃尔,授钺孰敢辞专征。岂无传檄走飞骑,漫复长啸登高城。
文思天子民父母,大度未忍麋奇兵。澶渊一矢安五世,明日傥或传诸营。

陈子高移官浙东戏寄

幕府陈琳老,官身恋故溪。解谈孙破虏,那厌庾征西。
未拟烦刀笔,聊应谢鼓鼙。登临如得句,小字与亲题。

怀　西　山

西山十亩强,高下略不齐。嵌空抱奇秀,上有凌云梯。
小屋八九间,茅檐敢辞低。所欣面势好,老稚通扶携。
密竹转修径,老松故成蹊。仲冬景气肃,碧草犹萋萋。
仰视天宇大,四观渺回溪。徐行信足力,未畏成颠跻。

用意各有适,孰云无町畦。平生几濡首,末路多噬脐。
不作巢幕燕,肯从触藩羝。胡为滥麋钺,坐听鸣鼓鼙。
外物委虫臂,全生思马蹄。可能三径草,归路老更迷。

雨夜西堂独宿

华屋非所安,忆我三间茅。闭关傲初寒,坐听风雨交。
灯火微黯淡,松篁杂萧梢。一枝寄宿鸟,自许无倾巢。
我非乘桴翁,讵敢辞系匏。曷来亦何事,大似从僧包。
忽闻报严更,鼓钟乱钲铙。慨然念故栖,此地宁久抛。
君知芥舟微,但可浮杯坳。去矣无更疑,作诗聊自嘲。

叶 茵(1199?—?)

道 院 偶 成

把茅为屋竹为城,柏子香销道气生。九十春光花一片,万千心事雨三更。
连村鼍鼓相高下,断浦渔灯半灭明。闭户和衣寻小榻,梦回犹听读书声。

易士达(?—?)

梅花曲(其三)

昨夜东风破寒腊,南枝北枝尽披拂。不须羯鼓喧春雷,一点阳和香自发。

牛 心 寺

玉环妖国祸胎深,鼙鼓渔阳帝莫禁。不怨锦绷当日事,如何归咎凿牛心。

游 何(?—?)

绍兴乙丑秋仲冒雨独游阳华岩胜绝未让淡山岩恨古今诗人未有奇句潓上游何临清流以赋之且棕鞋桐帽怅不一陪浮溪先生金华居士以徜徉

西风卷痴云,欲压不堕地。化作碧㠌颜,融结在空际。
是名阳华岩,造物一何异。东山雨脚断,明月招我至。
傍窥嵌窦深,密恐鬼神闷。细度沁寥风,旧无卑湿气。
虚阁架其中,榜以浮岚美。下有潺溪溪,翻雪轰雷比。

阁背两桥分,岩胁双龙起。石如缨络垂,整整翠绣委。
又如鼙鼓形,挝击声颇厉。溪水相与喧,铿鎝乱宫徵。
岩穷天忽开,木杪风自靡。坐久发毛寒,兴逸诗语绮。
无人共一尊,有客自千里。山僧颇殷勤,相伴亦忘寐。
拂石要题诗,挥毫留汉隶。

余 复(?—?)

西 陂

涉海波涛险,登山足力疲。胡为赤鉴游,海角山之涯。
崎岖乱石间,况复乘船危。兹游固有意,访古伤今时。
荒陂存遗迹,缺处十丈余。父老向我言,先畴为农师。
当时大父行,相与筑此堤。堤成百物丰,师承及见之。
稻蟹不论钱,况敢论糠粃。一朝坏不修,惊心伤鼓鼙。
田家岁作苦,土狭何由支。忆昔禾黍地,石水数斗泥。
前功嗟已废,继者今其谁。曾闻部使者,询问及故基。
水利固可究,具文怨徒欺。又闻劝农吏,楚楚多奇姿。
朝游暮始还,山水穷清晖。有念不及此,但见冠盖飞。
公家急相敛,星火惊文移。农无地可耕,岁入何从规。
今幸长官贤,愿言拯我饥。作书白太守,经营得如兹。
珍重父老言,岂为儿童戏。皇华如观风,此老诚可资。

俞德邻(1232—1293)

秋 壑 堂

衮绣三朝乐盛时,湖山廊庙两栖迟。一声鼙鼓乾坤沸,万里烟尘草木悲。
隔叶黄鹂空睍睆,定巢紫燕尚差池。春风不管人间事,犹绕雕阑扬绿漪。

送程道大归新安兼简宪使卢处道学士四首(其三)

我生惭愧贾胡留,暮鼓晨钟复报秋。万里桥南存旧宅,十年客舍尚并州。
青山是处堪埋骨,白发新来渐满头。此日送君何限意,长江万折有东流。

古意八首(其八)

鼓钟乐爱居,藻棁居大蔡。云壑驷背人,一生餍粗粝。
长镵耕黄独,短蓑钓清濑。富贵等浮云,达生谁芥蒂。

寓山阳天庆馆作

紫气浮关怅客情,琳宫赢卧绝逢迎。长廊夜静蛩吟苦,古殿秋深鹤唳清。
勾漏丹砂何处问,蓝桥云液为谁倾。卷帘残月斜窥牖,街鼓冬冬又五更。

闻筑鹿门

干戈又绕鹿门西,清梦犹应忆鼓鼙。可叹遭逢夸二鸟,却令经济属三犀。
腐儒暗事惟蒿目,圣哲知几莫噬脐。块莽氛埃何日净,春江飞雨涨芹泥。

客中别友

语别莫匆匆,情怀彼此同。山川秋色里,风雨客愁中。
故国俱离黍,劳生共转蓬。鼓鼙声一概,何处是辽东。

次韵陈登父送春有感

同谷歌残返旧蹊,园庐寂寞半蒿藜。忧时顿觉愁如海,对客何能醉似泥。
春去春来人渐老,城南城北望犹迷。鼓鼙一概旌旗满,何日车书混夔鞮。

赠月篷戴相士

双眸炯炯秋篷月,十载声名动京阙。隆准龙颜曾为开,獐头鼠目谁撄挄。
我闻论相先论心,此语古传非恍惚。闾阎谈笑觅侯封,渭水垂纶飘白发。
脍肝盗跖以寿终,赵盖杨韩膏斧钺。相形相心两莫凭,使我向空书咄咄。
年来四海一鼓鼙,萧艾腾芳兰茝歇。宣室宁无贾谊思,侯门半却斯衡谒。
君归若见袁李徒,造化韫藏须剖厥。我今自分老山林,渴饮壑冰饥食蕨。
但烦一语抱璞人,莫学卞和遭再刖。

虞 俦(?—?)

春大阅呈郡僚

青油谈笑坐生风,便觉湖山气象雄。霁色喜浮旌旆上,欢声争入鼓鼙中。
中军合用诗书帅,上马空惭矍铄翁。横槊赋诗君等事,何妨寓目此时同。

和陈德章春日送客(其一)

年华看鬓上,春事转头中。羯鼓催花雨,虹桥送客风。
未须愁酒债,政复坐诗穷。谁识挥弦意,寥寥寄远鸿。

和汉老弟迎春

青旂小队唤渠频,新历先看早二旬。羯鼓催花夸敏捷,舞腰回雪斗精神。
燕飞欲傍钗头月,雁过才归陌上人。谁道土牛鞭不动,也能脚底散阳春。

和吴守韵送木犀

珍重黄堂遗送来,淮南未数小山才。分从月里双株在,趁得风前一笑开。
秋著屏帏蟾弄影,春生酒面蚁浮杯。姮娥自与花为约,不爱人间羯鼓催。

喻良能(1120—?)

书大洞僧壁

招提冈林麓,鱼鼓白云边。地僻疑无路,山深别有天。
幽花充佛供,好鸟伴僧禅。何日征鞭暇,重来借榻眠。

袁说友(1140—1204)

霸　王　庙

志大无遗策,天亡有愧心。威棱空炯炯,祠殿独阴阴。
木秀千年古,溪流万折深。江东父老意,羯鼓奏新音。

遇　顺　风

天高江阔快飞篷,云去山移过眼中。江上鼓鼙惊不断,连朝送我岳阳风。

峡路山行即事十首(其七)

鼟鼓鸣山绿叶摇,繁声嚣杂漫终朝。不如涧下一杯水,沃起行人心肺焦。

被旨许浦阅舟归

皇家百万兵,一一拱行阙。盼恩劳军士,有诏涓良月。
鸣銮肃天仗,君王自亲阅。旌旗照鼟鼓,铠甲耀冰雪。
金缯辱君赐,再拜嵩呼叠。天子曰嘻哉,长江殆虚设。
云屯皆壮士,宁有中外别。乃命臣某某,腆犒均行列。

许之问军旅，利害与优劣。臣闻畴昔论，舟师利通捷。
出入如风驰，进退如电掣。乡来经始意，规置有余烈。
更张一何误，事亦随废缺。横舟卧平沙，鏊胄半折裂。
蒙冲才什五，水卒无枭杰。只今众弊见，嚌不一语决。
往往忧国者，无路伸喙舌。小臣愧不敏，衔命纡华节。
愿陈一得虑，竹头而木屑。方略许图上，稽首思罄竭。
君王赦其愚，臣敢毕其说。

岳　珂(1183—?)

山居感旧百韵

昔在淳熙日，中兴最盛年。身逢千载运，眼见五朝天。
楚甸当澄按，岷江极溯沿。经途俱极险，问字始能言。
卫国呼珠帽，阁公着玳筵。进思红满幄，便室白连椽。
诏趁回衡雁，重听下峡猿。讲书闻岳麓，论道识湘川。
至治承三纪，康谣沸九廛。亲逢尧寿并，继见禹功传。
阶玉骈床笏，籝金课椠铅。程书仍把学，句读始精研。
白发沈詹事，青云张集仙。遗经说东鲁，大义指南轩。
古郢十连地，修门万里船。欢呼瞻玉轪，恭请拥珠鞯。
全盛开京邑，升平沸市廛。民无买刀佩，士有诵声弦。
去国波浮鸒，炎陬瘴跕鸢。稍知遗枉白，仅齿与龄玄。
附首丁宁切，垂膺涕泗连。止樊谗暧昧，皖簟恨缠绵。
奏牒怀留语，慈亲返故泉。名坊观正献，萧寺饯忠宣。
鼓箧来承学，抠衣接钜贤。伊濂一宗匠，郑邓两魁躔。
持论闻忠厚，逢时正党偏。伪名开建上，威焰张平原。
国论几沈痼，初心本怙权。朱彭承既倒，沈季助方燃。
东阁陪公议，南州返客还。奋身从百战，垂翅谒三铨。
累载需将冠，中宵叹著鞭。穷边周障塞，访古涉淮壖。
归抱遗书痛，亲裁逸事编。绸藏金匮底，吁直玉阶前。
日射九关豹，风清列辟鹓。丁时旒十二，乙奏椟三千。

鼛鼓宸心感，丝纶诏墨鲜。铸佗光裂地，绘像焕凌烟。
狐史无留憾，麟台录奏篇。贤书虽偃蹇，仓氏尚拘挛。
大幕开丘邓，从军下宿涟。人谋自矛盾，民命困戈铤。
已矣椎铜虎，归欤访石田。哦松期埽径，荐草又誊笺。
掌庋斯文在，鸣琚大老先。扈祥才列属，鹤吊复题阡。
甫毕三期制，重登九寺联。曾因陈战守，尚忆奏蝉蜎。
冯翊菟符佩，华亭鹤羽翩。弱翁惭美报，季子幸求遣。
兰省频分帐，枢庭恰缀员。干时飝阃议，问俗许帷褰。
平籴千仓富，防江万鼓豗。田畴免捐瘠，闾里仅安眠。
戎监还文石，粮车抗使旟。龙荒潴庙玺，鸿笔研山园。
为访平山柳，来寻九曲莲。降胡启胶辖，走檄更喧阗。
位棘珪颁瑞，持荷袷在肩。登坛委寄重，仗钺便宜专。
间使诛妖福，坚城戡逆全。万艘争转粟，九府亦流钱。
诗祸兴同列，天游□上元。闲僧偶传诵，匪石遂铭镌。
学羿招弯射，沤阳厌老拳。了无虚券证，仅有巧言谝。
幕府门生旧，勋家宿契坚。反身徒浩叹，齰舌谩思愆。
皇上颁明制，公朝雪滞冤。复令修甬道，适遇奋空弮。
忧职霜侵鬓，忘餐颊露颧。粗能供尺伍，何以报尘涓。
忽奉枢机召，难胜束帛戋。迄孤朝厌席，敢望政齐璇。
误沐便蕃渥，重寻香火缘。九霄三境近，十阁五云边。
倍惜筋骸老，空惊手足胼。支离赋囊粟，温饱及华颠。
喘月牛歌戚，嘶风马忆燕。枕戈悲壮志，揭橐愧空馔。
触事常多感，怀安只自怜。深山游鹿豕，交友半貂蝉。
北海亡郁渐，南荣偃偓佺。余生知有幸，世虑盖无牵。
多幸偕癃老，清时释绊缠。采芝从涧底，策杖又山巅。
止足须关念，沈迷盍久悛。便须便漱石，勿使诿乘轩。
垤蚁还惊梦，冥鸿愿比骞。屋闲云可宿，檐曝日常暄。
适性频移竹，忘忧更树萱。衔杯趁安健，卒岁乐周旋。
往岁当流马，归心听杜鹃。方眠不忘起，已病始知痊。

龃技羞穷木，羊肠易折辕。但令思愦愦，岂厌腹便便。
逆旅还推枕，知音谩续弦。谁谈少年事，为我写蹄筌。

戏作呈赵通判胡教授张总干

人言春游无不好，一日宴客三日饱。翁言此语特未定，一日宴客三日病。
人生所愿筋力强，问花访柳同壶觞。老夫岂无少年狂，胡为兀兀坐一床。
忆昔少时事宾友，常有清尊湛东牖。稍长便不论升斗，才对白衣辄搔首。
东来三辅西陪京，二十四桥夸广陵。万椽红蜡槌画鼓，醒处传杯醉中舞。
何尝一日不春风，酒光花艳诗兴浓。兔肩鹿脽坐据熊，急雪打面看雕弓。
笑谈千古一映中，眼底顿觉四海空。可怜芳草长边路，年少堂堂背人去。
欢筵徙废管与弦，粥鼎相随朝复暮。塞砧街鼓总愁听，凉月花宵等虚度。
前旬作意趁万红，沈霪积雨仍多风。中间一日稍晴意，药裹关心复思睡。
无毡坐上老相如，昔时依幕今题舆。三君笑谈忽与俱，使我舍策忘其躯。
须臾把酒舌底滑，席地暮天醉乡阔。明朝奇崇那可言，闭院重寻旧生活。
回思北海酒不空，料应多病过于侬。坐客常满更可疑，华佗已死将谁医。

张文懿珍果帖赞

以帝傅，从赤松。有荣名，华厥躬。
超二疏，列三公。瞻中台，祖上东。
焕衮舄，乐鼓钟。寿九秩，天报丰。
思其人，想清通。观笔法，犹雍容。

予老病倦烦入山两月颇得静中趣良月六日赵南仲端明朱子明户部曾编摩忽皆专介王囡衙诸人亦来而东老侄自石门至阁皂刘道士又以诗卷为贽戏成

鼓钟不合飨鹪鹩，人事何因到野庐。玉节金台新贵字，宝章琰刻故交书。
葛冠道士重温卷，芝砌郎君亦下车。忽忆苏州风雨夕，空山落叶昔何如。

曾　丰(1142—?)

立　春

羯鼓催春春尚回，况公夜拥软红灰。五更温厚东南气，煦煦妓围深处来。

曾 巩(1019—1083)

依韵和酬提刑都官寒食阻风见寄

画舻齐泊倚青山,正值春风阻往还。江作鼓鼙声浩渺,树为城障绿回环。
幽花婀娜偏当眼,啼鸟交加亦解颜。使者文章工不浅,尽将模写寄柴关。

曾渊子(?—?)

漳南示义军寄邑人谭野臣

漳州城南烟雾深,漳州城北氛气侵。忆从奸邪卖和议,汉廷君臣愁至今。
乘舆播迁天地怒,残军掩泣眠星雾。黄金无收白骨多,指点枯骸拟亲故。
昨夜羽书如电飞,报道三城又被围。皇家恩深重如山,英雄奋起披铁衣。
万人同心猛如虎,关山震动挝鼙鼓。百战须当百胜归,凯歌唱满中原土。
论功赏爵将宪章,汾阳异姓封侯王。鞠躬尽瘁固常事,愿教一涌歼豺狼。
莫上高楼偶长望,壮怀忽忽思乡丈。琴台落日私语时,丹心耿耿今能忘。
惜君忠义老无官,山河破裂泪欲干。衰容未画麒麟阁,目尽故园心转酸。

张安修(?—?)

题灵龟洞

何年六丁驱霹雳,苍龙惊起穿崖石。拿雷掣电卷波涛,来与真仙分窟宅。
上崖窅深如侧瓮,下崖谽谺如空洞。不知泉脉从何来,百面鼙鼓长汹涌。
大灵闯首浮中流,背隐八卦开双眸。似闻夏潦不能没,疑有神仙司诸幽。
我曾雁荡观龙鼻,半日才通涓滴水。岂如六月散甘霖,灵泉滚滚无穷已。
惜哉埋没荒烟中,车马来稀三叠重。若教遗向飞来峰,龙井冷泉皆下风。

张伯端(?—?)

读雪窦禅师祖英集

曹溪一水分千派,照古澄今无滞碍。近来学者不穷源,妄指蹄洼为大海。
雪窦老师达真趣,大震雷音椎法鼓。狮王哮吼出窟来,百兽千邪皆恐惧。
或歌诗,或语句,丁宁指引迷人路。言辞磊落义高深,击玉敲金响千古。
争奈迷人逐境留,却将言相寻名数。真如实相本无言,无下无高无有边。

非色非空非二体,十方尘刹一轮圆。正定何曾分语默,取不得兮舍不得。
但于诸相不留心,即是如来真轨则。为除妄相将真对,妄若不生真亦晦。
能知真妄两俱非,方得真心无罣碍。无罣碍兮能自在,一悟顿消穷劫罪。
不施功力证菩提,从此永离生死海。吾师近而言语畅,留在世间为榜样。
昨宵被我唤将来,把鼻孔穿放杖上。问他第一义如何,却道有言皆是谤。

张方平(1007—1091)

秦州后园春宴赠部署刘几阁使

柳暗三眠困,花繁二月香。情怀当酒尽,兴味为春长。
叠鼓渔阳节,清讴北里妆。阶前乐无误,席上有周郎。

题松江曹生学舍

江边无限地,君舍劣容蜗。争鼓田家社,疏钟野寺斋。
执经多卉服,牵莩待荆钗。秋雨鲈鱼美,时应钓薜崖。

皇帝狩于近郊

讲事时农隙,斿车引狩畋。旌门开霁野,帐殿拂霜天。
星斗随华盖,风云逐宝鞭。翼开花浪急,围合锦城圆。
射狡无遗镞,从奔必应弦。迹人轻过电,骑队速回漩。
鸷翮纷争击,材卢亦竞先。亟来余逸足,径下不虚拳。
勇气凌金鼓,欢声杂管弦。抗绥分逆顺,植表阅周旋。
汤德逾三面,尧心岂两豻。颁禽均近列,赐帛及高年。
坐幄陈慈宴,停舆劳力田。鸣铙回彩仗,斜日下蒙泉。
宁校虞旗获,聊供庙俎鲜。简稽严卒乘,典制寓蹄筌。
甫草深怀古,磻溪念得贤。威灵增震耀,夷虏慑腥膻。
羽猎尝箴汉,车攻昔美宣。词臣兹纪咏,抑未愧前篇。

张 纲(1083—1166)

野 望

日落寒云薄,楼高望眼迷。兴亡千古恨,衰病万行啼。
拔士空岩穴,防秋尚鼓鼙。建章何处是,坐待玉绳低。

张公庠(?—?)

宫词(其一五)

四部韶音进玉卮,千官倾望柘黄衣。舞头再拜金阶远,画鼓连催卷队归。

宫词(其三一)

承露双盘插碧空,楼台更在月明中。何人传得花奴曲,羯鼓声高满六宫。

张九成(1092—1159)

雨晴到江上

今朝山色好,不似未晴时。路转沙汀出,桥回桦柳移。
群山来衮衮,积水去披披。云叶多奇态,蘋花弄晚姿。
人家机杼急,野寺鼓钟迟。欲去不得去,冥搜足此诗。

张 扩(?—?)

奉和朱新仲祠部六月晦日省宿用白乐天诗无波古井水有节秋竹竿十字为韵(其三)

街鼓肃市喧,炉薰起烟缕。掩关一绳床,坐稳得处所。
风前数茎竹,偃蹇不受暑。初无儿女姿,气貌颇高古。

次韵顾子美陪方仲兄游允仲花园后篇简允仲(其二)

怪底主人襟抱开,小园千本定深栽。不须羯鼓催花发,却要提壶唤酒来。
可但拨忙聊慰眼,会应痛饮莫论杯。诗人有戒君知否,渐老逢春能几回。

张 耒(1054—1114)

次韵慎思贻二公诵诗

西城永夜灵鼍鼓,北寺五更青石钟。九牧何时官事了,三英聊喜故人逢。
甲庚定处君无让,蹀躞归时我请从。欲却睡魔通夕语,明窗茗粥不辞浓。

绝句三首(其三)

淮上春风万鼓鼙,落帆舟泊岸边矶。喧喧野市残阳里,沽酒携鱼客散归。

县 斋

只合门如野叟家,市朝声利苦喧哗。但知得醉频沽酒,何处逢春不见花。

暗树五更鸡报晓,晚庭三叠鼓催衙。知君宰邑端无事,吟笑何妨到暮鸦。

务中晚作

官事一酒瓮,寝斋低竹檐。朝昏睡过半,老病醉相兼。
楼晚双旂袅,城昏叠鼓严。隔江吹笛处,空碧帖新蟾。

张　镆(?—?)

送向综通判桂州

百里常淹展骥材,除书远自九天来。绿油车上扬旌去,画鹢舟中叠鼓催。
桂岭花光纷似雪,荔江波色渌如苔。讼庭尘满无留事,惟伴登临燕席开。

张　嵲(1096—1148)

即　事①

落日边书急,秋风战鼓多。私忧真过计,长算合如何。
尽欲清淮戍,仍收瀚海波。栖迟一尊酒,幽恨满关河。

劝　农

奉诏励农耦,建旆行近郊。流云生薄阴,远色澹平皋。
溪口逾散涣,山远始岩峣。柔荑展翠茵,穿石架长桥。
暂休佳士庐,竹树干云霄。步障疑围帟,杂花竞娴妖。
妆面羞短垣,儿童惊鼓铙。皇恩信广大,祗事因游遨。
竞识使君车,夫妇杂颠毛。竟夕不知回,偃月生林梢。
已举候亭火,犹滞川上桡。抚己愧民氓,归思戒屯膏。

寓　居

未有扬雄宅一区,已惊短发似卢蒲。家贫粥饭随鱼鼓,地远宾从只鸟乌。
已罢书空为咄咄,犹思快耳作呜呜。衰残政值中兴日,聊得安闲卧五湖。

喜张丞相破湖贼

遥欣丞相受降时,湖外欢声入鼓鼙。十万水军归禁旅,二千里地反锄犁。
弄兵无复潢池内,弃甲应同熊耳齐。从此上流无犬吠,好营停障接京西。

---

① 张孝祥《即事简苏廷藻》内容与此诗大致相同,仅个别字词有异,不再重复收录。

过平陵汉苏建所封

寒食光辉薄,古原多夕阴。行经平陵道,感慨一何深。
将军昔封此,汉史传至今。山川宛如旧,事迹嗟已沉。
聚落有人烟,故国无乔林。尚想英雄气,千古犹森森。
边尘久未定,干戈日相寻。兴怀几内恸,何必鼓鼙音。

张商英(1043—1121)

颂一首

鼓寂钟沉托钵回,岩头一拶语如雷。果然只得三年活,莫是遭他受记来。

张　栻(1133—1180)

和查仲文雪中即席所赋

方帽冲泥有客来,九衢俗眼莫惊猜。一樽相对十年外,两脚新从万里回。
壮志未随衰鬓改,孤怀良为故人开。雪中细放梅花发,不用匆匆羯鼓催。

张元干(1091—1161)

叶少蕴生朝

先生早贵当天升,文章尔雅传六经。腹包万卷书纵横,玉堂草制群公惊。
绣鞯绿发趋承明,意气已向沙堤行。出入四纪更宠荣,声华摩空郁峥嵘。
坐啸十郡历九卿,视公进退为重轻。圣神天子开延英,丞辖政地思仪型。
中开香火祠殊庭,石林高卧忧苍生。五载管钥司陪京,貔貅百万环屯营。
大江千里依长城,控制劲敌坚其盟。诏书移镇来莅旌,山川草木知威名。
潢池桴鼓令不鸣,尽归戏下息斗争。维师鹰扬宇宙清,指顾号令驱风霆。
小试擒纵孰敢撄,部曲爱戴如父兄。太阿龙泉发新硎,逆顺之势如建瓴。
纶巾羽扇宽作程,韬略堂堂时俗评。乞师未用牛酒迎,胸次自有堂上兵。
奸宄革面输忠诚,碧海不复鳄鲵腥。细数前辈存典刑,烂烂伴月唯长庚。
岁时建巳岳降灵,三奇天运乙丙丁。良辰乐事非难并,香凝燕寝合鼓笙。
舞翻流雪歌哢莺,儿孙绕膝奉觥觫。安舆彩服寿且宁,五福共应南极星。
庞眉鹤骨超籛铿,清都绛阙吞蓬瀛。明年正拜居阿衡,炉锤造化推至诚。
黼藻王度重丹青,云龙会遇真千龄。羲和日驭无亏盈,永佐火德辉炎精。

张　埴(?—?)

春日武昌南楼

客上高楼春已非,山花无语野禽啼。未论老子从前事,且看涪翁以后题。
汴水悠悠云尽处,襄州漠漠月明西。登临岂是为行乐,试倚长风听鼓鼙。

张　镃(1153—?)

崇德道中(其一)

破艇争划忽罢喧,野童村女闯篱边。令人说著苏堤路,花满清明画鼓船。

石首春鱼梅鱼三物形状如一而大小不同尔因赋长篇

遝陬编户居海滨,不但生涯仰虾蟹。煮盐成雪雪成堆,清曝群鱼趋市卖。
其间石首最得名,随潮百万鼟鼓声。长舻巨舳斗截取,急逐风便来王城。
头中有物从何得,精卫含冤口抛石。此鱼腹小不容舟,只把石吞那患迮。
错将转上泥丸宫,又疑当年漱石翁。临流快咽透入脑,化作鳞鬣金龍鬆。
子孙诜诜仍亶亶,曰春曰梅俱可喜。醉乡贪衔风味高,失身盘胾杯羹里。
先生趁晴携酒舫,柳色正似鹅儿黄。与渠岂暇考族谱,便结保社南湖傍。
软炊玉饭乘燕艇,撑对柴门乱花径。并呼三子伴渔童,食肉诸公自时政。

题荷花画屏

芙蓉世界水为宫,宴处铿轰沸鼓钟。后乘舞妃香十里,月寒谁见晓骑龙。

赵　抃(1008—1084)

次韵前人见赠

惟公治迹峤之南,增秩颁金出帝金。蛮獠望风安畛域,城闉兴筑赖韬钤。
恩行稚耋增和乐,令下奸豪尽伏潜。抚俗上宽当宁念,扬风深副远民瞻。
潮阳鳄去因诚祷,合浦珠还表性廉。五岭盛传威德著,九天俄下诏书严。
紫宸入觐输忠说,青琐归来发滞淹。謇謇去为中国使,皇皇宁许外夷觇。
河冰日度疑铺玉,朔雪时逢类撒盐。持节塞垣先正席,过涂溪馆尽穷阎。
光华不辱熙朝命,诽讪因知黠虏忺。去路冬迎风若箭,还朝春早月如镰。
论勋已出庭臣右,得礼应须史笔添。赐对预陈官政致,称褒亲被德音恬。

天人密语依旒冕,风日微和满扇帘。得请乡州心且适,暂违黼座义无嫌。
都门客况千钟饯,禁掖诗仍二府兼。巨舰解维桃浪紧,高楼夹岸柳丝纤。
经途驻节频开筛,密宴喷香似展衾。会友樽罍醑泼蚁,渡淮诗什砚磨蟾。
居常志气惟中立,虽久淹徊肯附炎。夜泊每窥渔父火,晓行遥认酒家帘。
吴江橘柚津偏美,茂苑鲈莼味正甜。上冢朋从空里巷,过家车马拥门檐。
邻邦饷劳迎旌棨,乐榭歌欢散彩縑。渡越一潮催叠鼓,去杭千骑拥行襜。
抑强抚弱恩先被,宣化承流泽下沾。鉴水渔樵随业乐,秦山草木尽仁渐。
想经岁月须膺召,纵有蓍龟不在占。屡寄诗筒追故事,亲挥墨宝见劳谦。
冰清气谊同初淡,胶固情怀未比粘。何日西归容迓礼,莫辞吟醉夜厌厌。

次韵苏寀游学射山

锦川风俗喜时平,上巳家家出郡城。射圃人稠喧画鼓,龙湫波净照红旌。
迎真昔诧登天虎,命侣今闻出谷莺。勉为远民同乐事,使台仍是得贤明。

将至太和寄蔡仲偃太博

我忆去年仲冬月,夜醉离尊晓船发。冬冬画鼓上穷江,章贡川源接南粤。
虔州之民十万家,下车公议乱如麻。去除烦苛养疲瘵,令严讼简俗亦嘉。
农事屡登稻粱积,狱犴空虚寇衰息。远陬安堵幸实天,阙然自愧予何力。
迩来被旨还神京,乘秋击棹烟波行。夷犹入境奚所喜,故人乐土弦歌声。

次韵程给事同孙觉学士杨宪景略天衣谒禹庙夜归

梵守近灵祠,偕游薄晚归。云疏通日影,风景作霜威。
博约诗情健,盘桓酒力微。旌麾分颔颏,戈戟耸光辉。
左右车帷彻,周连烛炬围。湖流平杳杳,泉派溅霏霏。
却念观珪剑,仍欣赏钵衣。庙楼临浩渺,寺阁倚峨巍。
灯火达城市,烟波远石几。鼓钟初警动,骖驭始分飞。
胜概同时遇,贤朋共乐稀。佳章蒙寄贶,邻愧得仁依。

赵崇铋(?—?)

都昌书事

世事可无酒,春藤还有花。山云欲到地,街鼓又催衙。
风紧鱼休市,官贫饭带沙。天机不得问,暮色欲栖鸦。

书事（其六）

东街鼓坎坎，西街鼓冬冬。市酒倚法禁，椎牛聚群凶。
差事惊父老，狂歌走儿童。此俗苟不止，斯民始终穷。

赵　鼎（1085—1147）

陪王毅伯游柏梯寺次毅伯韵

伊昔耐辱人，诛茅此山谷。爱闲如爱官，食薇如食肉。
酌泉吸山光，清泠饱空腹。故居今宛然，修篁蔽山麓。
我亦困尘笼，暮年思退缩。道人梯柏处，梦想长在目。
崎岖乃夙心，宁问隘车毂。危蹬乱水石，悲风号竹木。
款步转钦崿，举头蒙朴樕。径欲走其巅，仰羡孤飞鹜。
层峰拥户来，何啻三十六。幽人岂知此，相对一茅屋。
真成拓异境，不胜无遗镞。夜枕却生寒，尚烦杯酒燠。
清梦那得长，鱼鼓惊晨粥。五老晓相迎，雾雨如盥沐。
引我眺北岭，坐觉天宇蹙。朝日涌地低，明霞疑可掬。
欲留采黄精，愧此鬓发秃。正恐泛槎星，已见君平卜。

解梁别李氏女子晚宿静林寺（其三）

森森竹树晓生寒，病怯秋衾梦易阑。欲驾征鞍慵未起，卧听渔鼓吼空山。

赵鼎臣（？—？）

杨时可苏在廷家有声伎之奉而又俱为秋官属诸公方以诗请之余恨未尝识苏然时可邀使同赋故亦用此韵

文章华翰九天开，二妙同时在一台。高会竞看文阵合，后堂新许客星来。
评诗故自当归逊，在寝何容敢望回。已请杏花留一笑，不劳羯鼓横相催。

中秋夜杨时可与狄端叔载酒见过月下联句

月固不可得，客亦未易逢。相看且一笑，剧饮须千钟。
石交事绮语，辩口如剑锋。血指遇巧匠，青菁倚长松。
平生所欣慕，今夕获从容。我出元白后，敢蹑李杜踪。
竞夸词激烈，已觉醉蒙茸。虚文矜画虎，利口极雕龙。

谁能望尘拜,初不希侯封。云披蟾影白,露浥桂香浓。
河汉淡无色,乌鹊迷所从。要为青女约,从使蜚廉攻。
渡河天女懒,捣药玉兔慵。秋凝霜悒悒,晴解云重重。
论功有词客,误晓惊惰农。兴从庾亮发,景为仲宣供。
夜气凄以冷,斗杓横复纵。文章余所短,翰墨子之丰。
酒渴思朝汲,肠饥闻夜舂。宁尽杯中蚁,勿听床下蛩。
思涩惭追骥,篇成类采葑。我眠君且去,莫待鼓冬冬。

赵 蕃(1143—1229)

叔文再用韵赋诗亦复用韵答叔文兼呈伯玉昆仲

杜陵心喜归茅宇,无复长安叹今雨。事虽聊向朱阮论,身盖自与稷契许。
胡为流落不称意,长铗貂裘遍南土。我尝细把遗诗读,大半悲伤闻战鼓。
徒空至德至大历,田车竟绝维庚午。区区清醥与肥羊,何似松根茯苓煮。
是翁独破念吾庐,太息明光谁避暑。诗穷如是仅得名,欲作诗人宁易语。
要呼同志共讨论,客里那知酒家妪。便从瓮侧觅茂世,谁复尊中似文举。
共将崄韵搜崛奇,要逼蛟龙起飞舞。

赵 佶(1082—1135)

宫词(其二九)

龙舟舣岸簇楼台,兰棹轻飞两翅开。击鼓鸣铙扬旗帜,早来观赏暮方回。

宫词(其五〇)

杂逻仙韶按八音,曲余羯鼓渐声沉。已将殊韵参群奏,岂贵花奴冠古今。

赵 湑(?—?)

焦山顽石偈

丹石无光古刹存,芦沙渔鼓□朝昏。江淮门户天分合,日月轩窗海吐吞。
山足半沉曾瘗鹤,云腰中断可呼猿。丁宁为我留佳处,茅屋三间护竹根。

赵 炅(939—997)

缘识(其二三)

春色春兮景媚妍,薰风暖润物华鲜。上林花结和香雾,絮压轻轻软似绵。

寰中运启大平年，文武须精百艺全。
仙仗仪排亲自注，电转星球来进御。
靴衫束带两分行，七宝鞭擎呈内库。
掀天沸渭轰鼍鼓，返朴纯诚敦三皇。
龙马徘徊多步骤，生狞堪羡困垂缰。
五云庆集鹤为驾，短袍新样甚风雅。
隔宿阍门宣侍臣，厩中令拣驯良马。
趫捷雄雄镂镫轻，雷声唱彻迎空响。
学之玄妙似通神，凤翼藏珠岂易落。
我因闲暇自销停，对手临时相架阁。
孤星远进向人飞。云开瑞色天，清廓打三筹，公子王孙第一流。
声高唱好绣旗举，响亮欢声动十洲。齐拜彤庭临玉砌，香随雾散堕鳌头。
奔驰系合班，供奉内臣侧。祥烟澹荡俨清风，御筵开处浮春色。
弦管调高甚谐和，排优次第用心怕。难中最难人健羡，困即暂来临玉殿。
苑花方盛重喧和，特会群臣开广宴。广宴初启日迟迟，时饮酡醁红满面。
唯将煦育遍覃恩，狻猊喷猊龙香散。四寒偃戈征将闲，丧胆犬戎寻不见。
牡丹澹兮白如雪，打球妙兮多指诀。似展兵机演智谋，风旋两阴甚奇绝。
每争竞逐向前冲，星高陨坠相钩拽。声传士庶万千家，济济锵锵耀辉华。
从人巧拙快予意，欢呼动地喜交加。我缘寡薄非明主，礼乐风俗成规矩。
笑他左右尽狂心，文臣战将多如雨。修持管笔故无疑，威慑遐荒用神武。
僚宰满面是香尘，一边得失亏先补。车书混化霸丕图，姬周小世方为数。
休言落雁射双雕，中原静乱平胡虏。

弄影马骄难控勒，龟兹韵雅奏钧天。
玄之寂妙得其玄，更重人前举止措。
一坦平兮殿球场，国乐调兮甚锵洋。
折旋俯仰怡情悦，乾坤日月尽舒光。
绣鞯红绦金蹀躞，銮铃珂佩水精装。
东西相望贺头筹，欢呼蹈舞金阶下。
紫气盘旋分月仗，庭芜尽去平如掌。
俄然斗转俱辉霍，亦非骇目犹人作。
傍捎正击有多门，斜身用力轻敲斫。
深似交锋立战功，匹马纵横藉筋脚。

赵君锡（1028—1099）

送程给事知越州

鸾台给事领东藩，画鼓朱旗下浚川。夕拜暂辞青琐闼，昼行争看锦衣船。
高才治郡廷中服，秀句惊人海内传。越国湖山应动色，烟岚迎马待新篇。

赵汝譡(？—1223)

囊山寺

松门包土囊,石径驻尘鞅。征途悄愁辛,意豁金利爽。
鼓钟殷林际,堂殿攀磴上。有亭依后冈,极眺一何朗。
海光混苍碧,云思浮渺㵰。良久空雨霏,风泉谷交响。
岩龛寄禅迹,古佛瞻刻像。更欲步层巅,荒烟晚迷罔。

真德秀(1178—1235)

金国贺正旦使人到阙紫宸殿宴致语口号(其一)

榆关玉塞静无尘,嘉定如今第四春。两国交驰通好使,八荒同作太平人。
翠罍鼓奏娱嘉客,白兽樽浮赏谏臣。圣历从兹天共远,年年玉帛会枫宸。

郑刚中(1088—1154)

和丘师悦二首·深夜

鼓鼙传永漏,风露结新寒。小热金初冷,孤斟玉屡干。
感时方自叹,假寐敢求安。且拨炉中火,清吟琢肾肝。

园中锦被花始开一枝红白二色赵守以二诗见报依韵答之(其二)

机上红,江头红,其织其濯皆春风。平铺岂是宝刀鬻,怯日尚用轻烟笼。
何人不置芙蓉帐,置向山园寂寞中。欲寻诗句赞天巧,乱花秀发诗不工。
一枝和露奉明牧,知我陋室非所容。果然花去玉为报,琐细换得光玲珑。
颓然只拥公孙布,晓枕不知传鼓钟。

春 晚

寒鸡不饱亦知鸣,布被堆中又五更。唤此枕边烟浪梦,杂然风外鼓钟声。
花笼宿雾方冲湿,窗识朝阳已弄明。盥濯是身无始业,一炉香火向三清。

郑霖(？—？)

彭知军宴交代都运陈宝章乐语

使轺严戒鼓逢逢,熊轼颁春到此邦。炳炳福星临一道,融融爱日照横江。

断霞秋日闲飞鹜,荒草寒烟不吠厖。台府交欢同一体,从今俗返古淳庞。

郑清之(1176—1251)

和敬禅师茶偈(其三)

鱼鼓才休客至时,摸头元是最先机。不须吸尽西江水,一滴曹溪味便知。

郑 獬(1022—1072)

戏酬正夫

汪子怪我不作诗,意欲窘我荒唐辞。自顾拙兵苦顿弱,安敢犯子之鼓鼙。
子之文章既劲敏,屡从大敌相摩治。左立风后右立牧,黄帝秉钺来指麾。
蚩尤跳梁从风雨,电师雷鬼相奔驰。顷之截首挂大旆,两肩冢葬高峨危。
如何韬伏不自发,欲用古术先致师。遗之巾帼武侯策,司马岂是寻常儿。
应须敌气已衰竭,然后铁骑来相追。回戈坐致穷庞伏,得非欲学韩退之。
嗟我岂敢与子校,唯图自守坚城阵。况兹忧窘久废绝,空余衰老扶疮痍。
开卷旧字或不识,岂能有意争雄雌。朝来据鞍试矍铄,是翁独足相撑支。
检勒稍稍就部伍,亦欲一望将军旗。曹公东壁不羞走,周郎未得相凌欺。
便须持此邀一战,非我无以发子奇。

初春欲为小饮先寄运使唐司勋运判张都官

人生长与赏心违,莫遣樽前笑语稀。老去未羞花插帽,醉来不怕酒淋衣。
免听画鼓催朝去,且驻金鞍待月归。休道东风犹早在,落梅已扑翠苔飞。

出 城

尘土满城黑,出城双眼宽。山川秋意恶,风雨晚潮寒。
物象飒以变,泥污不可蟠。英豪重节概,儿女感衰残。
霜老雕弓劲,风焦画鼓干。蛟螭正无赖,好掷六鳌竿。

勉陈石二生

精金埋深山,凿土不难得。大贝贮沧海,破浪亦能识。
山趋猛虎穴,海入长蛟室。必意往取之,投躯不少惜。
仁义藏遗书,尧孔圣人迹。不观不知道,触涂暗于漆。
上无猛虎畏,下无长蛟逼。污辱不及身,灿灿嵬山璧。

金贝岂饱腹,盗窥恐易失。累累畜满家,仅能一身佚。
孰谓遗书贫,猗顿莫能易。其源固不赀,可为天下泽。
二子齿甚少,蚤莫宜加力。剖剥见光铓,拄天一千尺。
勿逐篱下雏,自跨凤凰翼。雄声落众耳,白日飞霹雳。
偏亲况在堂,雪缕初垂白。泪眼望荣归,一书千万亿。
夜灯绽寒衣,秋风吹素壁。胡为不奋飞,跳跃在泥碛。
北阙挂贤科,将相尝曾历。五犗垂巨钩,往往长鲸食。
学饱遂骞翔,青云无物隔。右顾玉堂人,左揖金鼎客。
广庭罗鼓钟,朱门画幡戟。岁时献亲寿,腰金光照席。
慈颜春云披,此乐直无敌。是为烈丈夫,后世称盛德。
荣辱固在人,孰云非我职。

仲 并(？—？)

代人上师垣生辰(其四)

已闻鼙鼓静边陲,初见丝纶宠帝师。寰宇一新周礼乐,广庭重用汉威仪。
江南江北无他事,春后春前更此时。举盏上公千岁寿,赓歌永赞舜无为。

周邦彦(1056—1121)

开元夜游图

潞州别驾年十八,弯弓射鹿无虚发。真龙绝水鱼鳖散,参军后骑凫鸥没。
咸原瑞气映壶关,城南书生知阿瞒。解鞍下马日向夕,炙驴行酒天为欢。
坐上何人识天意,攦帽破靴朝邑尉。旄头夜转紫垣开,太白光芒黄钺利。
万骑齐呼左右分,将军夜披玄武门。鏖兵三窟尽妖党,问寝五门朝至尊。
羽林萧萧参旗折,太极瑶光净烟雪。杀身志在攀龙鳞,唾手成功探虎穴。
麾下且侯李与王,轻形玉带持箙房。晋文赏功从悉录,汉光道旧情无忘。
与宴宫中张秘戏,复道晴楼过李骑。连催羯鼓汝阳来,一抹鲲弦薛王醉。
玉阶凄凄微有霜,天鸡唤仗参差光。宜春列炬散行马,长乐疏钟严晓妆。
清丝急管欢未毕,瑶池八马西南出。扪参历井行道难,失水回风永相失。
君不见当时韦杜间,呼鹰走狗去不还。坐间年少莫大语,临淄郡王天子父。

744

周必大(1126—1204)

横州太守赵持挽诗
忆驱千骑过田间,充国年耆鬓未斑。遗事剧谈黄阁老,旧游追记玉门关。
横槎只道南通海,妖梦那知夜裂山。宿将如今几人在,稍听鼙鼓涕先潸。

和仲宁中秋赴饮庄宅
方讶顽阴蔽月堂,坐看凉吹动枯肠。疾驱云阵千重翳,尽放冰轮万丈光。
莫问蚌珠圆合浦,且听羯鼓打西凉。疏狂似我何须挠,挠取吹笙玉雪郎。

次韵丁维皋粮料牡丹未开
拙速那能斗巧迟,从教绿暗与红稀。天香未染蜂犹懒,日暖先笼蝶已飞。
羯鼓只应催上苑,鹤林谁复倩红衣。请君多酿淮南米,纵赏先拚倒载归。

周 弼(1194—?)

浣沙秋日五首(其二)
当前滩号西施碛,对碛看秋得句清。五色悬门秦一尉,六经充栋汉诸生。
石丛细火团荒砌,野蔓疏金出废城。目送浣沙人去后,又闻街鼓报新晴。

周 孚(1135—1177)

高仲威总管挽词二首(其二)
忆在多艰日,君王叹鼓鼙。来从三晋远,独与二高齐。
佳赋方惊鹏,流年已梦鸡。生前横槊手,还傍汉征西。

周麟之(1118—1164)

破虏凯歌二十四首(其二)
采石江头万鼓鼙,祭天台上手挥旗。坐驱朔马为鱼鳖,笑杀江南踏浪儿。

望秦川歌(其六)
雨声鸣栈不堪听,尽日穿云上杳冥。羯鼓催花浑不记,曲中空唱雨霖铃。

郊 祀 庆 成
紫极三阶正,黄宫一气旋。迎阳周吉土,练日汉甘泉。

考典陈商辂，占祥察舜璇。朝冠纷璀璨，斋幄湛蟺蜎。
荔席方颙若，油云已廓然。瑶源尊始祖，绛节从群仙。
碧瓦霏烟外，雕梁丽日边。大音谐美乐，芳荐列嘉筵。
默喜云孙燕，深期鼎祚延。六虬纤制踤，九庙辟崇筵。
郁鬯香秬熟，芝栭瑞叶连。醇牺登硕俎，肃倡被朱弦。
孝奏灵咸格，诚存礼不愆。清晨登玉轪，彩仗揭龙旃。
虎旅罗三卫，霓旌亘百廛。展容趋泰畤，哀福对苍圜。
展坐张皇邸，帷宫驾采椽。鼓钟传禁漏，星月粲高躔。
蠖略车回斗，荧煌衮象天。华支金擢秀，雅奏玉鸣铅。
虚次停垂佩，登坛俨奉瑄。兰生芬献罕，电燎郁升烟。
气晏樵蒸焜，天澄境落寒。涓成均拜胙，抃庆趣摩肩。
风盖端闱敞，蝇书惠泽宣。自欣千载遇，叨贰六卿联。
簪笔雕舆上，扶圭绣黼前。独多亲日表，敢后赞云篇。
帝德惟天大，臣心匪石坚。愿言陪虎拜，宝历万斯年。

周　密（1232—1298）

拟长吉十二月乐辞·正月

八埏梦醒惊勾芒，青旐翠节迎东皇。柔风玉破第一香，明霞院宇悬金珰。
兰唇笑红草心喜，七十二番芳候始。流苏夜暖催羯鼓，日日梨园按新舞。

周世昌（？—？）

句

画鼓雷奔天不雨，彩旗云耸地生风。

周紫芝（1082—？）

洗马行和关子东韵

忆昔四海多甲兵，令严细柳将军营。铁衣健卒持满立，黑头壮士从军行。
眼前千马复万马，寸土不耕犁与驿。自从虎皮蒙剑戟，此马不闻鼙鼓惊。
只今尽浴长安水，七十万匹俱长鸣。风鬃雾鬣久不试，日餍官粟无斗升。
庙堂伊吕自有策，不与韩白齐功名。圉人但喜马肥健，野老安知无战争。

有君如此岂不乐,俟河几时今得清。不须天育骠骑种,云雾晦冥方降精。
我欲刻石上浯水,白头弄笔羞书生。不闻铁骑响鸣镝,但听玉箫吹九成。

次韵邦伯达春寒

岭外梅花使已来,江南正月未春回。顽云放日归蓬牖,残雪将寒入酒杯。
便有社风催燕到,何须羯鼓打花开。老于春事浑无意,睡起群书正作堆。

次韵道卿催梅

江上连朝暗飞雪,花信风迟寒凛冽。东阁观梅殊未妍,扬州何逊心应折。
何郎思苦花欲开,羯鼓不情天公催。诗翁自是催花手,能挽春从天际来。
帐下玉人羞起晚,弄粉含姿半骄寒。应怜冶叶与倡条,有意凌寒入芳苑。
君诗好更谁与论,会令寒谷生春温。冰姿一笑忽满眼,谁道鹤林花有神。

寄家龙溪寺小阁初成

三年波浸白湖门,佛屋新分水北村。窗可近书真窈窕,室才容榻颇深温。
妻孥共社同香火,鱼鼓催人作晓昏。雪领已疏怜我老,云踪无定与谁论。

晚浴崇教寺

闲居谁与游,幸此招提邻。时乘下泽车,访我物外人。
往往听鱼鼓,相随作朝昏。斋得饱佛饭,暮浴沾僧巾。
情熟自不厌,无求亦何嗔。我生束世故,欲解未有因。
愿丐一滴甘,为洗千劫尘。无冠顾安整,有衣聊自振。
道人小轩窗,池净花色新。芭蕉过微雨,苍翠争蒙筠。
劲节秋益好,柔葩委营榛。岂但娱老眼,亦足观是身。
欹眠寄静榻,小休只逡巡。茶甘犹在口,龛灯已前陈。
日暮行当归,击柝催重闉。

宿灵河寺

风餐倚虚壑,险步跻云梯。惊魂栖客枕,夜宿投招提。
殷勤入檐月,肯为幽人低。沧海念横流,万方喧鼓鼙。
胡为困行役,窜伏随麇麑。南枝越鸟巢,北风胡马嘶。
耿耿念徒旅,依依怀故溪。脂车待明发,胡为尚栖栖。
人生如醵饮,暂聚还复暌。百年能几何,行乐戒噬脐。

次韵具茨老人观腊月十五日按兵

六花阵合红满川,鼓鼙声喧旌暗天。锦裘绣帽不动鞭,腰鞬两弓谁更先。
城狐社鼠空百千,一呼辟易投戈铤。霹雳昼射蛟螭渊,妖星夜落蚩尤躔。
谷城老父书谁传,可为帝师策万全。脱兔一出忽复旋,风声鹤唳惊虚弦。
常山蛇势孰后前,四头八尾屡变迁。何止内政分轨连,部伍聊足相纠联。
势如漂石奔流泉,蒙冲未数浮江船。三军不用呼飞燕,功成唾手岂待年。
长安贼平不改廛,万里玉关沉夕烟。降王曳组未解缠,白麻晓下彤庭宣。
兵雄泽潞非公贤,谈笑自足空戎边。

燕衔柏行

双燕何时来瀚海,寄巢修椽巢不改。春深巢稳初养雏,双雏引颈仰哺呼。
雄将雌出双雏孤,雏危堕地声呱呱。雌随雄归见雏泣,主人将雏纳其室。
双雏脱死翅欲开,玄衣素臆去复来。明年主人开寿燕,画鼓停挝歌舞遍。
双雏傍席争回旋,共衔青柏置樽前。口不能言对以臆,再拜寿君如柏年。

时宰生日乐府四首·升平谣

负石填海海可干,铸铁削山山可刊。俟河之清岂易得,眼见太平真复难。
春风辇路宫槐绿,花绕汉宫三十六。喜入天颜人尽知,奉常新奏升平曲。
前年被衮郊圆天,今年执玉朝涂山。汉官威仪久不见,三代礼乐俱追还。
太师功大非人力,早向壶天赐新宅。消得官家驻六飞,画鼓咽咽燕瑶席。
紫宸朝散千官行,四方警奏虚封章。衮司无事铃索静,牙牌报漏春昼长。
但闻群贤岁歌舞,寿曲声中玉觞举。青衫小吏亦复欢,自采民谣裨乐府。

朱 存(?—?)

金陵览古·后湖

雷轰叠鼓火翻旗,三翼翩翩试水师。惊起黑龙眠不得,狂风猛雨下多时。

朱 槔(?—?)

徐彦猷以仇池诗句为韵作诗十四章见示答之

徐侯笔下波涛宽,新诗示我清且闲。谁能辛苦学饭颗,格辙已到元和间。
春寒十日不出户,坐想江柳分烟鬟。东坡老仙有奇句,析韵琢句光斓斑。

疾雷一洗牛蚁闹,羯鼓略惊桃李顽。周郎知音亦已久,仲车著语谁当删。
大弪六钧古称重,汝自力弱无由弯。胡为坎坎事嗑点,今古可笑儿童屡。
乡关春物入意匠,水光花气相回环。莫嫌众口乱如沸,当见三耳生其颜。
嗟吾和诗虽已晚,识君妙意存高山。告君诗妙须饮酒,社瓮一醉宁当悭。

朱继芳(？—？)

次韵李黄州江淮伟观

槛前卷箔见晴峰,夏口武昌西复东。三国六朝襟带地,孤城四水鼓鼙中。
女墙夜送淮山月,老树秋生梦泽风。君作此堂心万里,应怜世上少英雄。

朱　松(1097—1143)

东阳社日泛舟观竞渡

　　谁唤思家客,来为荡桨嬉。鬓华羞照水,雨意解催诗。
　　叠鼓飞文鹢,香鬟出短篱。醉归真梦觉,犹忆湔裙时。

朱　熹(1130—1200)

次子有闻捷韵四首(其一)

神州荆棘欲成林,霜露凄凉感圣心。故老几人今好在,壶浆争听鼓鼙音。

隆冈书院四景诗(其三)

水绕荒村竹绕墙,俨然风景似柴桑。车缣白雪丝盈轴,铚刈黄云稻满场。
几树斜晖枫叶赤,一篱疏雨菊花黄。东邻画鼓西邻笛,共庆丰年乐有常。

和人都试之韵

储胥闻道落初成,共喜儿郎意气生。初恨雨声迷叠鼓,忽惊晴色动高旌。
盘牟入咏诗情壮,破的传觞酒今明。纵使腐儒东乡坐,不妨堂上有奇兵。

暇日侍法曹叔父陪诸名胜为落星之游分韵得往字率尔赋呈聊发一笑

　　长江西委输,汇泽东溔瀁。中川屹孤屿,佛屋寄幽赏。
　　我来此何日,秋气欲萧爽。共载得高侪,良晨岂孤往。
　　酒酣清啸发,浪涌初月上。叠鼓唤归艎,陈迹真俯仰。

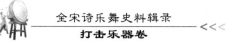

朱 翌(1097—1167)

观 潮

海山不见两螺青,但见横江展玉城。动地鼓鼙飞屋瓦,刺天鬣鬣斗溟鲸。
拍浮未见群儿弄,借势须令万楫迎。俄顷日斜风欲定,向来元是一沤生。

诸葛梦宇(?—1279)

海边僧寺绝笔

孤臣垂死愈心伤,卷土重来岂望还。万里海涛鸣战鼓,千年灵气结浮山。
鱼龙亦解齐殊类,犬马谁教到此间。留得御风魂不散,直须号哭叩天关。

邹登龙(?—?)

宫 词

内人倚遍玉楼东,晓色开云腊雪融。羯鼓一声花尽拆,三郎自唤作天公。

邹 浩(1060—1111)

泛汉江(其一)

汉江衮衮接天流,百里舟行一转眸。白浪激风鸣战鼓,青山迎棹走长虬。
均阳已断南柯梦,鄢上还惊宋玉秋。南望祖茔能几驿,王程不得下荆州。

示方广长老从誉

五百阿师何处来,天堂初不隔天台。灵泉飞作人间雨,法鼓腾为山下雷。
对现此身谁仿佛,上方重阁正崔嵬。只应永劫观空眼,总向峰前欢喜开。

邹 极(1043—1107)

石碧潺湲亭

危亭跨幽涧,涧水日潺湲。响与鼓钟应,静无车马喧。
布金因利物,漱玉自澄源。练引千寻远,珠倾万斛繁。
倚空横石壁,夹岸带山樊。涨骇天河决,湍流地轴翻。
僧栖真梦觉,客至涤尘烦。不尽登临意,忘言愧有言。

风 铃

胡朝颖(?—?)

风　铃

风不能调碎玉声,宫商滥奏竟难名。谁家稚女敲方响,一曲从头学不成。

于　石(1247—?)

次韵徐觉风铃

锵然非金亦非玉,壹片宫商纷其触。
欸如环䌽玲珑摇佩旌,铿如鸣球拍琴九奏箫韶声。
凄如孤鸿叫群嘹唳穿云去,清如幽泉滴沥飘落断崖处。
余音欲断还复鸣,咄咄胡床静中据。
乃知檐铃适与风相会,锵锵铮铮可听不可佩。
我怜其轻脆不足恃,戛则成音击则碎。
嗟哉无情之物能感人,浮华言语自古多误身。
喧然声名满天地,好声过耳俱成尘。
物情万变伏还起,人生几何安足恃。
何如物我两忘言,云在青山水在月。

云 璈

程公许(1182—?)

青山高为宋郎中德之作

青山高,六六峰。瑶镌嵼巢千万仞,斗起西南天半空。
蒸岚喷薄不得泄,翠屏掩霭深几重。
不知丹梯委曲到何许,飞楼杰观缥缈疑神功。
丈人天上足官府,爱此叠嶂高巃嵷。奏疏白玉京,此山上帝之离宫。
臣请为帝守宫钥,检课列仙功行之异同。
帝凭玉几领其奏,道以绛节双青童。
岳灵巢峨远奔命,其下溇鬼趋蒙鸿。丹书校录晓继夕,朱衣执侍严且恭。
赤明龙汉屈指今几劫,珠幢羽帔可想不可踪。
云璈铿鎗洞天晓,步虚寥亮闻阊风。
有时山空夜永斗柄出复没,眩眼千炬煜煜灯吐红。
呜呼青山高兮六六峰,丈人宫阙兮远层穹,飞仙来往兮安得逢。
山中人兮媚幽独,烜山绪兮雪溪翁。
形癯霄汉舞皓鹤,神茂晴峦森老松。
三生曾侍丈人之左右,出入孔老竺干之学该以通。
把茅山间二十年,幽栖活计那讳穷。
白云四壁兮风月窗栊,玉泉如饴兮柏实可饔。
丈人悯世日混浊,敕遣下山开瞽蒙。
被发鞭麒麟,驾霆呵灵鼍。高冈一鸣众鸟喑不吐,修门再入九虎狞以攻。
飘然整我飞霞佩,佳山水处挟册从。仙槎尚有楼突兀,荡漾万顷风涛中。

酒酣浩歌蕊珠三叠之险韵,出没蛟蜃悲鱼龙。
道逢仇池老仙伯,握手一笑蟆鼻烟溟濛。
混成庵中据梧默数息,明霞阁上弹铗看飞鸿。
丈人嗔不归,鸾歌凤舞瞻听慵。
我闻至人离世不忘世,肯学山泽之臞块独守此虎豹丛。
欧子来自神清洞,乐天故栖蓬海东。
手携天孙云汉之机杼,下与世俗一洗组纂之拙工。
后先相望几百年,帝命何独私与公。
青山之阻烟霞浓,六时滴水声玲珑。猿鹤何知强凄怨,祝公不用思懵懵。
我愿飞章夜扣丈人九仙之宝室,世路荆棘人心蓬。
洗氛涤祲待雨露,惊聩醒醉须笙镛。
乞公且住千百岁,要使民有司命儒有宗。
色丝不尽今古胸,帝衮何阙须弥缝,笑谈变俗为时雍。
青山青山长好在,洞天气物何曾改。归来瑶简朝丈人,坐看桑田变沧海。

黎廷瑞(1250—1308)

松　　风

流水渡涧秋泠泠,怒涛拍天风雨惊。鸾锵鹤唳翻青冥,龙吟虎啸愁太阴。
连山遍野流空明,飘飘音乐张洞庭。弹璈鼓簧吹雪笙,拊石击磬作天钧。
忽然昭文不鼓琴,幽幽又作吟风筝。问童何如睡不应,起视月落天河倾。
乃知虚皇集万灵,风伯起舞苍穹伶。世间郑卫聊足听,久笑舞此蓬莱音。
传伯技痒不可禁,篝灯起诵离骚经。

汪元量(1241—1317)

麻姑仙坛歌

麻姑飘飘出烟雾,红尾凤飞骑不住。青城山高风露寒,佩环挂著山花树。
花雾蒙蒙香湿衣,一点柔红泻香露。群仙行酒擘麒麟,玉碗金盘间犀箸。
琼璈铁笛含氤氲,二十三弦语幽素。琼台宴罢醉不归,月出昆仑天未曙。
青衣结束金丝蕊,鹤扇双行引归路。白云叠叠水潺潺,神仙窟宅知何处。

徐　铉(917—992)

观灯玉台体十首(其九)

抚云璈,吹玉箫。艳舞回罗袂,香风闪步摇。

后 记

  甲辰年的盛夏,随着《全宋诗乐舞史料辑录与研究》之"研究卷"的定稿,六卷本的《全宋诗乐舞史料辑录与研究》编撰工作也接近尾声。掩卷回首,针对全宋诗的系列学术研究工作弹指已过八年,由衷感慨人生如白驹过隙,光阴似流水。

  2016 年在指导研究生王珂选择毕业论文题目时,不经意间关注到了全宋诗,但考虑到全宋诗的体量,就退而求其次,让其选择《宋诗钞》作为研究范畴,重点聚焦《宋诗钞》中的乐舞史料研究,这也由此拉开了我和学生们持续研究全宋诗中乐舞史料的序幕。

  2019 年我又决定让研究生韩莉薇继续扩大对宋诗乐舞史料的研究,将北京大学出版社出版的 72 册《全宋诗》作为研究对象,试图从宏观维度勾勒其所蕴含的乐舞史料特点。这对于一名硕士研究生来说是一个巨大的挑战。《全宋诗》是由北京大学古文献研究所牵头,傅璇琮、倪其心、孙钦善、陈新、许逸民任主编,集众多学者之力、历经八年之功系统整理出版的宋诗研究的里程碑式成果。其共辑录两宋 9000 余名诗人的 24 万余首诗作,涵盖了两宋 300 余年间有迹可循的几乎所有诗作,近 4000 万字,在数量上远超《全唐诗》,更是《全宋词》的数倍。之所以做这样冒险式的选择,是基于前期我带领学生做《宋诗钞》乐舞史料整理时形成的勇气和责任感。因为,这浩瀚的宋诗蕴含了极为丰富的乐舞史料,这是研究宋代及其前代音乐历史的重要材料。可以说,一首首宋诗,就是一个个生动的宋人乐舞生活场景片段、一段段宋人对乐舞认知的情感表达。这是极具学术魅力的领域,值得去系统研究和长期探索。

所以,从2019年起,我开始带领研究生有计划地对《全宋诗》中的乐舞诗进行系统整理、辑录,但当时并没有想到《全宋诗》中的乐舞诗会有如此巨大的体量。经过3年的努力,我们基本上把其中的乐舞诗辑录出来,初步发现《全宋诗》中有乐舞诗留存的诗人共2000余名,乐舞诗约2万首,内容包括乐器、乐舞、乐人、乐曲、乐律、乐事等多个方面,总字数300余万字。

2022年,苏州大学出版社编辑孙腊梅得知我在做此项工作,推荐我申报2023年度的国家出版基金。我根据现有的史料辑录情况,将我们的整理成果设定为六卷本,即《全宋诗乐舞史料辑录·弹拨乐器卷》《全宋诗乐舞史料辑录·吹管乐器卷》《全宋诗乐舞史料辑录·打击乐器卷》《全宋诗乐舞史料辑录·乐曲、乐器组合卷》《全宋诗乐舞史料辑录·乐舞、乐人、乐事、乐律卷》《全宋诗乐舞史料研究》。

国家出版基金的申报成功,肯定了我和我的团队近几年在这一领域的付出,给了我极大的信心和鼓励,同时也让我们压力倍增。因为这让我想起了同样在有限时间内撰写、出版《中国音乐经济史》的艰难历程。但一想到那些大量的、鲜为学术界所知和使用的全宋诗乐舞史料,一想到在整理过程中时刻如身临其境般走入宋代文人的乐舞生活世界,一切压力也就消失了。

编撰六卷本的《全宋诗乐舞史料辑录与研究》是一项相对庞大、复杂的学术工作,需要团队协作。因此,前五卷的编撰团队由我和韩莉薇、郑捷、钟文君、王梓均、王珂五位同学组成。研究卷的第一章、第二章、第四章、第六章、第七章、第九章、第十章由我和韩莉薇同学合作完成;第三章由我和郑捷同学合作完成;第五章由我和钟文君同学合作完

后记

成;第八章由我和王梓均、韩莉薇同学合作完成。

因此,这一系列成果是我和我的研究生们一起学习全宋诗的阶段性成果,尽管我们在主观上做了最大的努力,但限于学识,在研究过程中,我和我的团队也存在诸多困惑,有很多不足。如太大的诗文体量,让我们常常感到心有余而力不足,甚至是眼花缭乱;在文献学、文学史、古代汉语和校勘学等方面的不足,导致我们在辑录和编撰过程中,可能会存在错收、漏收的现象,存在对个别诗文解读偏颇的现象。原计划要对乐律诗、诗人们的朋友圈、不同阶层群体的音乐生活进行更为细微的分析,但限于篇幅总量和时间就只能暂时忍痛割爱,适度压缩。以上诸种遗憾,只能寄希望于未来弥补!所以,衷心希望学界同仁多多指正,我们将持续努力,不断完善。

当然,五卷本的全宋诗乐舞史料辑录和一卷本的理论研究并非全宋诗乐舞史料研究工作的终结,实际上这仅仅是一个开始,是借诗文史料回到历史场景中去探寻宋代音乐史的一个起点。

最后,非常感谢参与这套丛书编撰的研究生们,尤其是我的博士生韩莉薇同学,她为此套丛书的顺利出版付出了非常大的努力。还要感谢苏州大学出版社的编辑孙腊梅女士,也正因为她不懈的敦促和坚持,才有了今天的成果,才有了我们学术团队的进步。

韩启超

2024 年 9 月 10 日